BUR
Rizzoli

Ann Brashares

Quattro amiche e un paio di jeans

La serie completa

BUR
Rizzoli

Pubblicato per

BUR Rizzoli

da Mondadori Libri S.p.A.

ISBN 978-88-17-18184-6

Titolo originale delle opere:
The Sisterhood of the Traveling Pants
The Second Summer of the Sisterhood
Girls in Pants. The Third Summer of the Sisterhood
Forever in Blue. The Fourth Summer of the Sisterhood

Traduzione di Fiammetta Giorgi, Bérénice Capatti, Patrizia Rossi

Prima edizione Omnibus BUR **ARGENTOVIVO** : 2023
Seconda edizione Omnibus BUR **ARGENTOVIVO** : settembre 2024

Quattro amiche e un paio di jeans

Traduzione di Fiammetta Giorgi

A Jodi Anderson,
l'autentica.

NÉ CHI VA ERRANDO
È SEMPRE PERDUTO.

– J.R.R. TOLKIEN

PROLOGO

C'era una volta un paio di pantaloni. Un paio di quelli essenziali: jeans, e blu, naturalmente, ma non quel blu tutto d'un pezzo, troppo nuovo, che si vede così spesso il primo giorno di scuola. Era un blu morbido, non uniforme, con un pizzico di scoloritura alle ginocchia e sul sedere e qualche ricciolo di filo bianco all'orlo.

Avevano vissuto una bella vita prima di noi, lo si poteva immaginare. Per certi versi, un negozio dell'usato è un po' come un canile: qualunque cosa ci trovi è legato ai proprietari precedenti. I nostri Pantaloni non erano un cucciolo nevrotico abbandonato tutto solo dai genitori, pronto ad abbaiare dalla mattina alla sera fino a diventare rauco. Erano più simili a un cane ormai grande, cresciuto nell'amore della sua famiglia, che però aveva dovuto disfarsene perché traslocava in un condominio, o forse in Asia (è lì che a volte mangiano i cani?).

Avrei potuto scommettere che quei pantaloni non erano finiti sulla nostra strada in seguito a una tragedia. Avevano solo subito una di quelle svolte del destino che, per quanto dolorose, capitano regolarmente. Questo, insomma, è il Cammino dei Pantaloni. Erano pantaloni nobili, ma senza pretese. Potevi dar loro un'occhiata rapida e pensare semplicemente: "Ah, sì, dei pantaloni", oppure potevi fermarti a guardare sul serio la bella trama di sfumature e cuciture. Non ti costringevano ad ammirarli. Si accontentavano di assolvere il proprio ruolo base, coprendoti il sedere senza farlo sembrare più grosso di quanto fosse.

Li ho trovati in un negozio dell'usato all'estrema periferia di Georgetown, stretto come in un sandwich tra un negozio che vende acqua (non so voi, ma io a casa mia ce l'ho gratis) e un negozio di alimenti salutari che si chiama Yes! Ogni volta che una di noi nomina un negozio Yes! (e li infiliamo nel discorso tutte le volte che si può), strilliamo il nome a pieni polmoni. Quella volta ero in giro con Lena, sua sorella piccola Effie e la loro mamma. Effie era lì per comprarsi un vestito per il ballo degli studenti del secondo anno e lei non è il tipo da accontentarsi di un vestito da sera comprato da Bloomingdale's, come le altre. Lei voleva qualcosa di *vintage*.

Ho comperato i pantaloni soprattutto perché la madre di Lena detesta i negozi dell'usato. Secondo lei, i vestiti di seconda mano sono da straccioni. «A me sembra sporco, Effie» ripeteva ogni volta che Effie sfilava un abito dalla gruccia. Io segretamente ero d'accordo con la signora Kaligaris e la cosa mi faceva provare una vaga vergogna. La verità era che bramavo l'insulsa pulizia di un grande magazzino Express, ma dovevo assolutamente comprare qualcosa. I pantaloni erano ripiegati su uno scaffale vicino al bancone della cassa. Ho pensato che forse li avevano lavati. E poi costavano soltanto tre dollari e quarantanove, tasse comprese. Non li ho nemmeno provati, il che lascia capire che non ero davvero decisa a possederli. Il mio sedere accampa pretese speciali in tema

di pantaloni. Effie ha sfilato dal mucchio un vestito elegante, decisamente inadatto al ballo degli studenti, e Lena ha scovato un paio di mocassini semidistrutti che potevano essere appartenuti al prozio di qualcuno.

Lena ha i piedi grandi, trentanove, quaranta o qualcosa del genere. È l'unica cosa in lei che non è perfetta. Adoro i suoi piedi, ma non ho potuto fare a meno di trasalire di fronte a quelle scarpe. Già è abbastanza tremendo comprare vestiti usati, che in teoria si possono lavare: ma un paio di scarpe usate?

A casa, ho buttato i Pantaloni in fondo all'armadio e li ho dimenticati.

Sono saltati fuori il giorno prima che ognuna di noi prendesse la sua strada per l'estate. Io ero diretta in South Carolina per passare un po' di tempo con mio padre, Lena ed Effie sarebbero andate due mesi in Grecia dai nonni, Bridget prendeva un aereo, destinazione Baja California (che poi è in Messico, ma chi lo sapeva?), dove avrebbe frequentato un corso intensivo di calcio. Tibby restava a casa. Era la prima estate che ci separavamo e secondo me la cosa dava a tutte una sensazione strana, di incertezza.

L'estate prima ci eravamo iscritte tutte a un corso di storia, perché Lena sosteneva che d'estate è più facile prendere voti migliori, e sono sicura che Lena ha preso davvero voti migliori. L'estate prima ancora eravamo tutte educatrici a un campo vacanze di Tall Timbers, sulla costa orientale del Maryland. Bridget allenava la squadra di calcio e insegnava nuoto, Lena si occupava di artigianato e Tibby come sempre era incastrata in cucina. Io davo una mano nel laboratorio di teatro, ma dopo aver perso le staffe con due demoni di nove anni ero stata trasferita in segreteria, a leccare buste in solitudine. Se avessero potuto mi avrebbero licenziato in tronco, ma secondo me in realtà i nostri genitori pagavano perché ci tenessero lì a lavorare.

Le estati precedenti sono un'immagine confusa di ore passate attorno alla piscina comunale di Rockwood, tra olio per neonati, creme abbronzanti ad alta protezione e odio per il nostro corpo (io avevo le tette enormi, Tibby non le aveva proprio). La mia pelle diventava più scura, ma neppure una ciocca dei miei capelli aveva raggiunto il biondo sperato.

E immagino che prima ancora... Non so cosa avevamo fatto prima. Tibby aveva frequentato per un po' una colonia diurna di ispirazione socialista: volontariato per dare una mano a costruire case popolari. Bridget aveva preso una valanga di lezioni di tennis. Lena ed Effie si erano rigirate giorno dopo giorno nella loro piscina, giocando a spruzzarsi. Io, per essere sincera, credo di aver guardato un mucchio di tv. Eppure riuscivamo a ritrovarci insieme almeno per qualche ora, e nei fine settimana eravamo inseparabili. Alcuni anni spiccano rispetto agli altri: l'estate in cui la famiglia di Lena ha costruito la piscina, l'estate in cui Bridget ha preso la varicella e l'ha attaccata a tutte... L'estate in cui mio padre se n'è andato.

Non so perché, le nostre vite erano scandite dalle estati. Mentre io e Lena andavamo alla scuola elementare pubblica, Bridget frequentava una scuola privata insieme a una manciata di altri atleti in erba e Tibby era iscritta ancora a Embrace, una strana scuola minuscola dove i bambini invece di sedere nei banchi stavano su *pouf* imbottiti e nessuno si sognava di dar loro dei voti. L'estate era il momento in cui le nostre vite si riunivano per davvero, in cui tutte festeggiavamo il compleanno, in cui succedevano le cose davvero importanti. A parte quando è morta la mamma di Bridget: quello è successo verso Natale.

Abbiamo cominciato a essere noi ancora prima di essere nate. Siamo nate tutte sul finire dell'estate, nel giro di diciassette giorni: la prima è stata Lena, alla fine di agosto, l'ultima io, a metà settembre. Non è stato solo un caso, ma il motivo che ha dato origine al nostro essere noi.

L'estate della nostra nascita, le nostre madri seguivano un corso di aerobica per donne incinte (pensate un po'!) in un centro che si chiama Da Gilda; loro erano il gruppo di settembre (Lena è arrivata un po' in anticipo). L'aerobica andava di gran moda all'epoca. Immagino che le altre donne del corso dovessero partorire i loro pargoli non prima dell'inverno, ma quelle del gruppetto di settembre erano così vistosamente incinte che l'insegnante temeva potessero esplodere da un momento all'altro. Così per loro aveva modificato la tabella d'allenamento. «Settembrine!» abbaiava l'allenatrice, stando ai racconti di mia madre. «Solo quattro volte! Fate attenzione! Attenzione!» Lei, figurarsi, si chiamava April e, sempre secondo i racconti di mia madre, tutte loro la detestavano.

Le settembrine avevano preso l'abitudine di uscire insieme dopo la lezione, per lamentarsi dei piedi gonfi, di quanto erano ingrassate e ridere alle spalle di April. Dopo la nostra nascita – miracolosamente eravamo tutte femmine, più il gemello di Bridget – avevano creato un gruppo di supporto mamme, e ci lasciavano a rotolarci tutti insieme su una coperta mentre loro si lamentavano della mancanza di sonno e di quanto erano ancora grasse. Dopo un po' il gruppo di supporto si era disgregato, ma durante le estati del nostro primo, secondo e terzo anno ci portavano ancora tutte insieme alla piscina di Rockwood. Noi facevamo la pipì nella vasca dei bambini e ci rubavamo i giochi a vicenda.

Piano piano l'amicizia tra le nostre madri si era come guastata, non so bene perché. Le loro vite si erano complicate, immagino. Un paio tornarono a lavorare. I genitori di Tibby si trasferirono in una fattoria dispersa sul Rockville Pike. Forse le nostre madri non hanno mai avuto molto in comune, a parte il fatto di essere rimaste incinte insieme. Insomma, a pensarci erano un gruppo ben strano: la madre di Tibby, alias la giovane radicale; la madre di Lena, ovvero la greca piena di ambizioni che sgomitava per farsi strada alla scuola per assistenti sociali; la madre di Bridget, debuttante dell'Alabama; e infine mia madre, la portoricana con un matrimonio burrascoso. Eppure per qualche tempo erano sembrate amiche. Io me lo ricordo perfino un po'.

Adesso si comportano come se l'amicizia fosse un accessorio facoltativo, infilato chissà dove nella lista dopo mariti, figli, carriera, casa, denaro: più o meno tra le grigliate all'aria aperta e la buona musica. Per noi non è così. «Aspetta solo quando comincerete a prendere sul serio i ragazzi e la scuola» dice sempre mia madre. «Aspetta solo che scatti la competizione.» Ma si sbaglia: non lasceremo che ci succeda, non a noi.

Alla fine l'amicizia non è stata più tra le madri, ma tra noi, le figlie. Loro sono diventate come coniugi divorziati ai quali rimane poco in comune, se non i figli e il passato. A dire la verità, c'è un vago imbarazzo tra loro, soprattutto dopo quello che è successo alla mamma di Bridget. È come se ci fosse qualche dissapore, o forse addirittura qualche segreto che le divide: così preferiscono rimanere in superficie.

Le settembrine siamo noi, ora. Quelle vere. Noi siamo tutto l'una per l'altra. Non c'è nemmeno bisogno che ce lo diciamo: è vero e basta. A volte siamo così vicine da sembrare quasi una persona sola, invece che quattro amiche separate. Ognuna di noi è un tipo: Bridget l'atleta, Lena la bella, Tibby la ribelle e io, Carmen la... la che? Quella con il brutto carattere. Ma anche quella che ci tiene di più a noi, quella che si preoccupa che restiamo unite.

Sapete qual è il segreto? È troppo semplice. Ci vogliamo bene, siamo affettuose. Sapete quanto è rara una cosa simile?

Mia madre sostiene che non reggerà, ma io sono convinta del contrario. I Pantaloni sono un segno. Simboleggiano la promessa che ci siamo fatte: qualunque cosa succeda, noi resteremo unite. Però simboleggiano anche una sfida. Non basta rimanere a Bethesda, Maryland, raggomitolate nelle nostre case con l'aria condizionata. Ci siamo ripromesse che un giorno ce ne andremo per il mondo a vedere come vanno certe cose.

Potrei far finta di essere stata una profonda e fedele estimatrice dei Pantaloni fin dal primo momento, oppure posso essere sincera e dirvi che stavo quasi per buttarli via. Ma devo tornare indietro un po' e raccontarvi come sono nati i Pantaloni Viaggianti.

LA FORTUNA
NON FA MAI REGALI,
SOLO PRESTITI.

– ANTICO PROVERBIO CINESE

«Potresti chiudere quella valigia?» chiese Tibby a Carmen. «Mi fa stare male.» Carmen gettò un'occhiata alla borsa di tela spalancata come una grossa bocca in mezzo al suo letto. D'un tratto avrebbe voluto avere solo biancheria nuova di zecca. Dal suo migliore paio di slip di raso spuntavano minuscoli pezzettini di elastico tutto intorno alla vita.

«Fa stare male me» intervenne Lena. «Io non ho ancora cominciato a fare i bagagli e ho l'aereo alle sette.»

Carmen chiuse la valigia lasciando cadere il coperchio e si sistemò sul tappeto. Era impegnata nell'impresa di togliersi lo smalto blu marino dalle unghie dei piedi.

«E tu, Lena, potresti evitare di ripetere quella parola?» chiese Tibby afflosciandosi sul letto di Carmen. «Quella sì che mi fa stare male.»

«Quale parola?» domandò Bridget. «Bagagli? Aereo? Sette?»

Tibby rifletté. «Tutte.»

«Dai, Tibs» disse Carmen, allungandosi da dov'era seduta per afferrarle un piede. «Andrà tutto bene.»

Tibby ritrasse il piede. «Andrà tutto bene per voi che partite. Non farete altro che godervi barbecue, fuochi d'artificio e tutto il resto.» Tibby aveva strane idee su come la gente passa il tempo in South Carolina, ma Carmen non aveva voglia di litigare.

Lena si lasciò sfuggire un lieve mugolio comprensivo. Tibby si voltò verso di lei. «Smettila di compatirmi.» Lena si schiarì la gola. «Non ti compativo» si affrettò a dire, nonostante Tibby ci avesse azzeccato in pieno.

«Smettila di crogiolarti nell'autocommiserazione» commentò Bridget, rivolta a Tibby. «Sei tu che ti compatisci.»

«No» esclamò Tibby, alzando le braccia e incrociando i polsi in un gesto da strega per parare il colpo di Bridget. «Niente prediche, non vale. Hai il permesso di farmi la predica solo quando tu ne hai bisogno per sentirti meglio.»

«Non ti stavo facendo la predica» replicò Bridget sulla difensiva, anche se le stava facendo proprio la predica.

Carmen inarcò le sopracciglia con aria saggia. «Sai, Tibbs? Se sei abbastanza perfida, magari non sentirai la nostra mancanza e noi non sentiremo la tua.»

«Carma!» strillò Tibby balzando in piedi e puntando il braccio verso di lei. «Lo vedo, sai? Mi stai facendo l'analisi. No, no e no!»

Carmen arrossì. «Non è vero» rispose calma.

Le tre amiche rimasero sedute in silenzio, zittite dalle frecciate di Tibby.

«Santo cielo, Tibby, ma non ti si può dir niente?» chiese Bridget.

Tibby rifletté.

«Potreste dirmi...» Fece scorrere lo sguardo per la stanza. Le stavano salendo le lacrime agli occhi, ma Carmen sapeva che non voleva farlo vedere. «Potreste dirmi...» I suoi occhi si concentrarono sul paio di pantaloni ripiegati in cima alla pila di vestiti sulla cassettiera di Carmen. «Potreste dirmi: "Ehi, Tibby, li vuoi questi pantaloni?"»

Carmen sembrava allibita. Avvitò il tappo della bottiglietta di acetone, si avvicinò alla cassettiera e prese i pantaloni. Tibby di solito adorava i vestiti orrendi o provocatori. Quelli erano normalissimi jeans. «Dici questi?» Avevano tre brutte pieghe perché erano rimasti schiacciati sotto un mucchio di roba per un bel po'.

Tibby annuì seria. «Quelli.»

«Ma li vuoi sul serio?» Carmen non se la sentiva di confessare che aveva in mente di buttarli via. Tanto meglio se interessavano a qualcuno!

«Mmm.»

Tibby pretendeva una piccola dimostrazione di amore incondizionato. E in effetti ne aveva tutti i diritti. Tre di loro avrebbero preso il volo il giorno dopo, dirette verso grandi avventure, mentre lei stava per avviare la sua carriera al magnifico supermercato Wallman's nella fantastica cittadina di Bethesda, per uno stipendio che superava di ben cinque centesimi il minimo.

«Okay» disse Carmen con aria benevola, passando i jeans all'amica.

Tibby li abbracciò distrattamente, con una punta di delusione per averli ottenuti così in fretta.

Lena li stava osservando. «Ma sono i pantaloni che hai preso nel negozio dell'usato vicino a Yes!?»

«Yes!» strillò Carmen in tutta risposta.

Tibby li dispiegò. «Grandi!»

All'improvviso a Carmen sembrarono diversi. Ora che interessavano a qualcuno, sembravano un po' più carini.

«Non credi che dovresti provarteli?» chiese Lena, pratica. «Se vanno bene a Carmen, a te non staranno.»

Carmen e Tibby la fulminarono con lo sguardo: non sapevano chi delle due dovesse sentirsi più offesa.

«Be'?» chiese Bridget balzando in difesa di Lena. «Voi due avete una struttura fisica completamente diversa. Non è ovvio?»

«Bene» sibilò Tibby, felice di poter tornare scontrosa.

Si sfilò i pantaloni militari con le tasche sulle cosce, di un marrone scolorito con la pietra pomice, rivelando slip e reggiseno di cotone color lavanda. Poi, per enfatizzare il colpo di scena, voltò
la schiena alla amiche mentre infilava i jeans. Tirò su la cerniera, chiuse il bottone e si girò.

«Ta-da!»

Lena la squadrò da capo a piedi. «Ehi!»

«Tibs, sei uno schianto!» proclamò Bridget.

Tibby cercò di non sorridere troppo. Andò allo specchio e si mise di profilo. «Credete davvero che vadano bene?»

«Sono davvero i miei pantaloni, quelli?» chiese Carmen. Tibby aveva i fianchi stretti e le gambe lunghe, rispetto alla sua struttura minuta. I pantaloni le scendevano sotto la vita, stringendole i fianchi in un abbraccio intimo e lasciando intravvedere una striscia chiara di pancia piatta, con un ombelico molto carino.

«Sembri una ragazza» disse Bridget.

Tibby non replicò. Sapeva bene quanto le altre che nei pantaloni giganti che portava di solito sembrava uno stecco senza forme. I jeans le ricadevano un po' troppo lunghi sui piedi, ma per lei erano perfetti.

D'un tratto Tibby parve incerta.

«Non so. Forse dovrebbe provarli qualcun altro.»

Lentamente li sbottonò e abbassò la cerniera.

«Tibby, tu sei pazza» disse Carmen. «Quei pantaloni sono innamorati di te. Ti desiderano con il corpo e con la mente.» Non riusciva a non vedere quei jeans sotto una luce del tutto nuova.

Tibby li lanciò a Lena. «Eccoli. Prova tu.»

«Perché? L'idea era che fossero tuoi» protestò Lena.

Tibby si strinse nelle spalle. «Provali soltanto.»

Carmen notò che Lena studiava i pantaloni con un certo interesse. «Perché no? Provali, Lena.»

Lena osservò i jeans con circospezione. Si sfilò i suoi calzoni cachi e si mise i jeans. Prima di scoccare un'occhiata allo specchio si assicurò che fossero ben abbottonati e sistemati sui fianchi.

Bridget la fissava ammirata.

«Lenny, mi farai venire un colpo!» esclamò Tibby.

«Gesù, Lena!» commentò Carmen. «Scusami, Gesù» aggiunse subito, pentita.

«Sono proprio dei bei pantaloni» commentò Lena con reverenza, quasi in un sussurro.

Loro tre erano abituate a Lena, ma Carmen sapeva benissimo che il resto del mondo la trovava una bellezza mozzafiato. Aveva la pelle mediterranea che si abbronzava facilmente, capelli neri lucidi e lisci, occhi grandi, verde chiaro. Aveva un viso così dolce e delicato, che a Carmen dava quasi una stretta allo stomaco: una volta, quando aveva confessato a Tibby il timore che un regista notasse Lena e se la portasse via, Tibby aveva ammesso di avere anche lei la stessa preoccupazione. Ma le persone molto belle sono proprio come quelle molto strane: quando le conosci, non ci fai più caso. I pantaloni aderivano perfettamente alla vita di Lena, seguivano la linea dei suoi fianchi, le fasciavano alla perfezione le gambe e le cadevano esattamente sui piedi. Quando Lena fece due passi, i jeans parvero abbracciare delicatamente ognuno dei suoi muscoli, accompagnandoli nel loro movimento elastico. Carmen notò con stupore che effetto completamente diverso facevano sull'amica rispetto all'uniforme cachi firmata J. Crew.

«Molto sexy» disse Bridget.

Lena rivolse un'altra occhiata furtiva allo specchio. Aveva sempre l'aria imbarazzata, con il collo piegato in avanti, quando si guardava allo specchio. Indietreggiò. «Secondo me sono troppo aderenti» disse.

«Stai scherzando?» abbaiò Tibby. «Sono belli. Ti stanno mille volte meglio dei pantaloni molli che ti metti di solito.»

Lena si voltò verso di lei. «Lì in mezzo dovrebbe esserci nascosto un complimento?»

«Davvero. Dovresti tenerli» insistette Tibby. «Non so come dire... ti trasformano.»

Lena giocherellava con le asole della cintura. Non era mai a suo agio quando si parlava del suo aspetto.

«Tu sei sempre bella» aggiunse Carmen, «ma Tibby ha ragione... sembri... non so... diversa.»

Lena fece scivolare i pantaloni dai fianchi. «Ora deve provarli Bee.»

«Io?»

«Sì, tu» confermò Lena.

«È troppo alta perché le stiano» obiettò Tibby.

«Be', almeno prova» insistette Lena.

«Non ho bisogno di altri jeans» disse Bridget. «Ne avrò nove paia.»

«Ma senti, non ti faranno mica paura?» la stuzzicò Carmen. Queste sfide stupide funzionavano sempre con Bridget. Bridget li strappò di mano a Lena, si sfilò i jeans azzurro chiaro, con un calcio li lanciò ad ammonticchiarsi sul pavimento e si mise i pantaloni nuovi. All'inizio se li tirò su bene in vita, e così le stavano troppo corti, ma appena li lasciò andare i pantaloni le si adattarono con grazia sui fianchi.

«Du-du-du-du» canticchiò Carmen: il motivo di *Ai confini della realtà*.

Bridget si voltò a guardare come le stavano dietro. «Allora?»

«Non sono corti, sono perfetti» osservò Lena.

Tibby inclinò la testa per osservare attentamente l'amica.

«Sembri quasi... minuta, Bee. Non la solita amazzone.»

«La fiera degli insulti prosegue...» commentò Lena ridendo.

Bridget era alta, spalle larghe, gambe lunghe e mani grandi. Veniva facile pensarla come una ragazza robusta, ma aveva vita e fianchi sorprendentemente sottili.

«Ha ragione» confermò Carmen. «Ti stanno meglio dei tuoi soliti pantaloni.»

Bridget agitò i fianchi davanti allo specchio.

«Sono proprio belli» disse. «Uau! Credo che non mi dispiacerebbe averli.»

«Hai un gran bel sederino» osservò Carmen.

Tibby scoppiò a ridere.

«Ha parlato la regina dei sederi!» D'un tratto le apparve negli occhi un'espressione maliziosa. «Ehi, sapete come possiamo fare a capire se questi pantaloni sono davvero magici?»

«Come?» chiese Carmen.

Tibby scosse un piede nell'aria.

«Provali tu. So che sono tuoi e tutto il resto, ma insomma, scientificamente parlando è impossibile che questi pantaloni stiano bene anche a te.»

Carmen si mordicchiava l'interno della guancia. «Stai diffamando il mio posteriore?»

«Dai, Carma. Sai benissimo che te lo invidio. Solo che non riesco a credere che ci stia dentro questi pantaloni» disse Tibby con aria pratica.

Bridget e Lena annuirono.

All'improvviso Carmen fu colta dal timore che quei pantaloni capaci di abbracciare con tanta grazia amorevole i corpi delle amiche non potessero adattarsi alle sue cosce. Non era grassa, ma aveva ereditato il sedere dalla metà portoricana della famiglia. Era decisamente ben fatto, e di solito ne era orgogliosa, ma ora entravano in gioco quei pantaloni e i tre microsederi delle sue amiche: non le sarebbe piaciuto aggiudicarsi il titolo di Gran Balena.

«No. Non li voglio» disse alzandosi in piedi, pronta a cambiare argomento. Sei occhi rimasero fissi sui pantaloni.

«Sì» disse Bridget. «Devi provarli.»

«Dai, per favore, Carmen» disse Lena.

C'era troppa attesa sul viso delle amiche perché potessero arrendersi senza combattere. «D'accordo, ma non aspettatevi che mi stiano bene. Sono sicura che non sarà così.»

«Carmen, quei pantaloni sono tuoi» fece notare Bridget.

«Sì, cervellona, ma non li ho mai provati prima» ribatté Carmen, con energia sufficiente a zittire altre domande. Si sfilò i calzoni neri a zampa d'elefante e si tirò su i jeans. Non le si arenarono sulle cosce. Scivolarono a coprirle i fianchi senza fare tante storie. Carmen li abbottonò. «Allora, che ve ne pare?» Non si sentiva ancora pronta per azzardare un'occhiata allo specchio.

Nessuno fiatava.

«Allora?» Carmen era inquieta. «Allora? Sono così tremendi?» Trovò il coraggio di incrociare lo sguardo di Tibby. «Insomma, mi dite qualcosa?»

«Io... io... insomma ...» balbettò Tibby.

«Oh, mio Dio» sussurrò Lena.

Carmen arretrò, distogliendo lo sguardo dalle amiche. «Adesso me li levo e faremo finta che non sia mai successo nulla» disse, con le guance in fiamme.

Finalmente Bridget ritrovò la parola. «Carmen, ti sbagli! Guardati! Sei uno spettacolo. Una visione. Una supermodella.»

Carmen si mise le mani sui fianchi e fece la faccia acida. «Ne dubito.»

«Sul serio. Guardati» le ordinò Lena. «Questi sono pantaloni magici.»

Carmen si guardò. Prima da lontano, poi da vicino. Di fronte e di dietro.

Il CD che stavano ascoltando finì, ma nessuna di loro parve accorgersene. Il telefono squillava in lontananza, ma nessuna si mosse per andare a rispondere. La strada, di solito gonfia di traffico, era silenziosa.

Carmen finalmente trasse un respiro. «Questi sono pantaloni magici.»

Fu un'idea di Bridget. La scoperta dei pantaloni magici proprio il giorno prima delle prime vacanze estive che avrebbero trascorso separate meritava una spedizione Da Gilda. Tibby portò il cibo e la videocamera, Carmen si incaricò di recuperare la più orrenda musica dance anni Ottanta, Lena pensò a ciò che serviva per creare l'atmosfera. Bridget portò le forcine grandi e i Pantaloni. La questione genitori la sbrigarono come al solito: Carmen disse a sua madre che era da Lena, Lena disse a sua madre che era da Tibby, Tibby disse a sua madre che era da Bridget e Bridget chiese a suo fratello di dire a suo padre che era da Carmen. Bridget passava così tanto tempo a casa delle amiche da rendere piuttosto dubbia l'eventualità che Perry trasmettesse il messaggio o che il padre di Bridget si preoccupasse, ma anche questo faceva parte della tradizione.

Come al solito si diedero appuntamento all'entrata sulla Wisconsin Avenue, alle dieci meno un quarto. Il locale ovviamente era buio e sprangato, ed era qui che entravano in gioco le forcine. Le tre amiche rimasero a guardare con il fiato sospeso mentre Bridget forzava con mano esperta la serratura. Negli ultimi tre anni avevano ripetuto l'impresa almeno una volta l'anno, ma la parte dell'irruzione rimaneva immancabilmente eccitante. Per fortuna, l'apparato di sicurezza di Gilda zoppicava come al solito. D'altra parte, cosa c'era lì da rubare? Tappetini azzurri puzzolenti? Una cassa di pesi rugginosi e scompagnati?

La serratura scattò, la maniglia girò e le quattro amiche sfrecciarono su per le scale, dirette al secondo piano, lasciandosi sfuggire apposta qualche urletto isterico sulla scalinata buia. Lena sistemò le coperte e le candele. Tibby tirò fuori il cibo: pasta cruda per biscotti spremuta da un tubetto freddo di congelatore, tortine alla fragola con la glassa rosa, i classici salatini un po' induriti e deformi, vermicelli di gomma alla frutta e qualche bottiglia di succo di frutta. Carmen si occupò della musica: scelse un pezzo tremendo, e piuttosto preistorico, di Paula Abdul, mentre Bridget saltellava qua e là davanti alla parete a specchi.

«Secondo me questo era il posto di tua madre, Lenny» strillò Bridget mentre rimbalzava su un'asse del pavimento più malconcia delle altre.

«Divertente» disse Lena. C'era una famosa foto delle quattro mamme che esibivano le loro tute da aerobica anni Ottanta e quattro pance tonde: la mamma di Lena era di gran lunga la più grossa. Alla nascita Lena pesava più di Bridget e suo fratello Perry messi insieme.

«Pronte?» Carmen abbassò la musica e depose solennemente i Pantaloni in mezzo alla coperta.

Lena stava ancora accendendo le candele.

«Bee, sbrigati» gridò Carmen rivolgendosi a Bridget che rideva e faceva le facce davanti allo specchio.

Appena si furono riunite tutte e Bridget ebbe finito con l'aerobica, Carmen esordì: «Nell'ultima notte prima della diaspora...» e qui inserì una breve pausa perché tutte potessero ammirare l'uso del termine, «... abbiamo scoperto qualcosa di magico».

Sentì un leggero pizzicore sotto l'arcata dei piedi. «La magia si manifesta in molteplici forme e stanotte viene a noi sotto le sembianze di un paio di pantaloni. Io propongo dunque che questi Pantaloni appartengano ugualmente a tutte noi, che ci seguano in ogni nostro viaggio e che ci tengano insieme nei momenti in cui siamo separate.»

«Pronunciamo il giuramento dei Pantaloni Viaggianti!» Bridget afferrò con entusiasmo le mani di Lena e di Tibby. Lei e Carmen erano sempre quelle che recitavano con più spontaneità le cerimonie di amicizia, mentre Tibby e Lena erano goffe, come se fossero davanti alle telecamere.

«In questa notte noi siamo le Vere Amiche dei Pantaloni Viaggianti» intonò Bridget non appena tutte e quattro ebbero formato un cerchio. «In questa notte noi affidiamo ai Pantaloni l'amore della nostra Vera Amicizia, perché ognuna di noi possa portarlo con sé ovunque vada.»

La fiamma delle candele vibrava nel grande stanzone. Lena aveva un aspetto solenne, mentre la faccia di Tibby tradiva una lotta interna, ma Carmen non capiva se fosse contro le lacrime o contro una risata.

«Dovremmo mettere per iscritto le regole» suggerì Lena, «così sapremo come comportarci: non so a chi spettano i Pantaloni, e quando, e cose del genere.»

Erano tutte d'accordo, così Bridget rubò un foglio e una penna dal piccolo ufficio di Gilda.

Tra una merendina e l'altra, mentre Tibby filmava l'evento per i posteri, stilarono le regole: il Manifesto, come lo battezzò Carmen. «Mi sento come uno dei padri fondatori» dichiarò orgogliosa. L'incarico di scrivere fu affidato a Lena, perché aveva la calligrafia più aggraziata.

Ci volle un po' per selezionare cosa inserire nel decalogo: mentre Lena e Carmen volevano regole che parlassero di amicizia (tipo il fatto di rimanere in contatto con le altre durante l'estate o che i Pantaloni dovessero passare dall'una all'altra), Tibby aveva in mente le cose più assurde che si potevano o non si potevano fare indossando i Pantaloni (tipo mettersi le dita nel naso). Bridget ebbe invece l'idea di scrivere sui Pantaloni le memorie dell'estate non appena si fossero ritrovate tutte e quattro insieme. Quando finalmente riuscirono a trovare un accordo, Lena aveva in mano una lista che comprendeva le regole più strane, dalle più autentiche alle più assurde, ma Carmen era certa che le avrebbero rispettate.

Poi parlarono di quanto tempo ognuna di loro dovesse tenere i Pantaloni prima di passarli a un'altra; e alla fine decisero che ciascuna di loro li avrebbe consegnati quando avesse avuto la sensazione che era giunto il momento. Per garantire che i Pantaloni circolassero, stabilirono però che nessuna potesse tenerli più di una settimana, a meno che non ne avesse davvero bisogno. Questo significava che i Pantaloni sarebbero riusciti a fare il giro completo due volte entro la fine dell'estate.

«La prima ad averli dovrebbe essere Lena» disse Bridget annodando due vermi di gomma e staccando un morso dal nodo appiccicoso. «La Grecia è un bel posto da cui partire.»

«Poi posso venire io?» chiese Tibby. «Ne avrò bisogno per tirarmi fuori dalla depressione.» Lena annuì.

Poi sarebbe toccato a Carmen, e infine a Bridget. Quindi, tanto per rimescolare un po' le cose, i Pantaloni avrebbero fatto il giro contrario: da Bridget a Carmen, poi a Tibby e di nuovo a Lena.

Mentre discutevano, la mezzanotte arrivò a segnare lo spartiacque tra il loro ultimo giorno insieme e il primo giorno che avrebbero passato separate. C'era un fremito di eccitazione nell'aria, e Carmen leggeva sul volto delle amiche che non era l'unica ad avvertirlo. I Pantaloni parevano racchiudere le promesse dell'estate. Quelle sarebbero state le prime vacanze che Carmen passava per intero con suo padre da quando era bambina. Si immaginava insieme a lui, a ridere e farlo ridere, con i Pantaloni. Lena depose solennemente il Manifesto sopra i Pantaloni.

Bridget chiese un minuto di silenzio.

«Ai Pantaloni» disse.

«E alla Vera Amicizia» aggiunse Lena.

Carmen si sentì la pelle d'oca correrle lungo le braccia.

«E a questo momento, a questa estate e al resto della nostra vita.»

«Insieme e lontane» concluse Tibby.

Noi quattro, Vere Amiche, decretiamo le regole che governeranno l'uso dei Pantaloni Viaggianti:

1. Non laverai mai i Pantaloni.

2. Non li porterai mai con i risvolti in fondo: i risvolti sono fuori moda e lo rimarranno sempre, nei secoli dei secoli.

3. Non pronuncerai mai la parola "ciccia" al cospetto dei Pantaloni e mai penserai "sono grassa" mentre li indossi.

4. Non permetterai mai a un ragazzo di sfilarti i Pantaloni (ma potrai sfilarteli da sola in sua presenza).

5. Non ti metterai mai le dita nel naso mentre indossi i Pantaloni, ma ti sarà concesso di darti una grattatina disinvolta alle narici quando proprio muori dalla voglia di metterti le dita nel naso.

6. Al momento della nostra riunione, dovrai seguire le procedure previste per documentare il periodo in cui hai portato i Pantaloni:
   Sulla gamba sinistra scriverai il posto più eccitante in cui sei stata mentre li indossavi.
   Sulla gamba destra scriverai la cosa più importante che ti è successa mentre li indossavi (per esempio, "mentre indossavo i Pantaloni Viaggianti ho baciato il mio secondo cugino Ivan.").

7. Dovrai scrivere alle tue Vere Amiche durante tutta l'estate, per quanto tu possa divertirti da pazzi anche senza di loro.

8. Passerai i Pantaloni alle tue Vere Amiche secondo lo schema prestabilito dalla Vera Amicizia. Il mancato adempimento di tale regola comporterà una severa sculacciata dopo la nostra riunione.

9. Non indosserai i Pantaloni con la cintura né infilandoci dentro la maglietta. (Vedi regola n. 2)

10. Ricorda: Pantaloni = Amore. Ama le tue amiche. Ama te stessa.

OGGI È IL DOMANI
DI CUI IERI
CI PREOCCUPAVAMO.

– ANONIMO

Una volta, quando aveva dodici anni, Tibby si era accorta di poter usare come criterio per misurare la propria felicità il suo porcellino d'India, Mimì. Quando era impegnata, tutta piani e progetti, Tibby sfrecciava per la camera, provando una vaga tristezza per Mimì costretta a sonnecchiare ignobilmente tra i suoi trucioli di segatura, mentre la sua vita era così magnifica.

Chiaro segno di infelicità era invece quando si scopriva a fissare Mimì con invidia e voleva trovarsi lei a bere grosse gocce d'acqua da un cilindretto sistemato esattamente all'altezza della sua bocca, a rannicchiarsi sotto il tepore dei trucioli di legno, a dover decidere solo se fare qualche giretto sulla ruota da ginnastica o godersi un altro pisolino. Niente decisioni, niente delusioni.

Tibby aveva sette anni quando le era arrivato il porcellino d'India. All'epoca era convinta che Mimì fosse il nome più bello del mondo. Lo aveva conservato per quasi un anno, aspettando. Sarebbe stato facilissimo sprecare il nome migliore per un animale di peluche o per un'amica immaginaria, ma Tibby aveva resistito. Erano ancora i giorni in cui Tibby aveva fiducia nei propri gusti.

Oggi, con il grembiule verde di Wallman's ripiegato sotto il braccio, senza nessuno con cui lamentarsi e senza alcun progetto allettante davanti a sé, Tibby era semplicemente gelosa.

Nessuno ha mai spedito un porcellino d'India al lavoro, giusto? Immaginò Mimì con una divisa verdina: ma no, Mimì era irrimediabilmente improduttiva.

In quell'istante arrivò un ululato dalla cucina, tanto per ricordare a Tibby l'esistenza in casa di due altre creature improduttive: il fratellino di due anni e la sorellina di uno. Erano soltanto rumore e distruzione e orridi pannolini ambulanti. Perfino Wallman's poteva sembrare un luogo di pace religiosa rispetto a casa loro all'ora di pranzo.

Tibby infilò la videocamera nel suo astuccio e la mise sullo scaffale più alto, nel caso che Nicky si fosse intrufolato di nuovo in camera sua. Poi appiccicò un pezzo di nastro adesivo sul tasto per accendere il computer e una striscia più lunga sul driver del CD. Nicky adorava spegnerle a tradimento il computer e cacciare a forza i dischi nel lettore CD.

«Vado al lavoro» gridò a Loretta, la babysitter, mentre scendeva le scale e usciva dalla porta di casa senza fermarsi. Non esprimeva mai le sue intenzioni sotto forma di domanda, per evitare che Loretta si illudesse di avere potere anche su di lei.

Molti futuri studenti di terza avevano la patente. Tibby aveva la bici. Quel mattino percorse il primo isolato cercando di tenere inchiodati sotto il braccio portafoglio e grembiule, ma non riusciva a girare il manubrio. Si fermò. L'unica soluzione ragionevole sarebbe stata indossare il grembiule e infilare il portafoglio nella tasca. Tibby li sistemò di nuovo tutti e due sotto il braccio e riprese a pedalare. In Brissard Lane, il portafoglio le scivolò da sotto il braccio e rimbalzò sull'asfalto. Tibby rischiò di urtare contro un'auto che passava. Si fermò di nuovo e recuperò il portafoglio.

Diede una rapida occhiata intorno e decise che durante i successivi quattro isolati tra lì e il supermercato non avrebbe incontrato nessuno di sua conoscenza. Si infilò il grembiule facendolo passare per la testa, ficcò il portafoglio in tasca e riprese a pedalare sfrecciando come il vento.

«Ehi, Tibby» la apostrofò una voce familiare non appena ebbe fatto la curva per entrare nel parcheggio. Ebbe un tuffo al cuore. «Come va?»

Era Tucker Rowe, secondo lei il più carino tra gli studenti del terzo anno dell'intera contea di Westmoreland. Per l'estate si era lasciato crescere una minuscola barbetta sotto il labbro inferiore. Era in piedi vicino alla sua macchina, un muscoloso modello anni Settanta che la mandava in deliquio.

Tibby non riuscì a guardarlo. Il grembiule le scottava sulla pelle. Mentre metteva il lucchetto alla bici rimase a testa bassa, poi si tuffò nel supermercato sperando che lui si convincesse di essersi sbagliato e pensasse che quella poverina in grembiule di poliestere con le minuscole *pinces* sul seno non fosse in realtà Tibby, ma un facsimile molto meno in gamba.

Cara Bee,

allego un quadratino di fodera del mio grembiule. Un po' per il gusto di mutilare questo coso orribile, un po' per farti vedere che aspetto ha una stoffaccia di poliestere.

Tibby

«Bridget Vreeland?» Connie Broward, la direttrice del campo, faceva l'appello leggendo dal blocco.

Bridget era già in piedi. Non riusciva più a stare seduta. Non riusciva a tenere i piedi fermi. «Eccomi!» gridò. Si mise la borsa con il sacco a pelo su una spalla e lo zaino sull'altra. Una brezza tiepida soffiava sulla baia di Concepción. Dall'edificio centrale del campeggio si poteva vedere fino alla baia turchese. Bridget sentiva l'eccitazione scorrerle nelle vene.

«Baracca quattro, segui Sherrie» disse Connie.

Bridget si sentiva addosso un mucchio di occhi, ma non ci fece troppo caso. Era abituata ad avere gente che la guardava. Sapeva di avere capelli insoliti: lunghi e lisci, avevano il colore di una banana sbucciata. La gente li notava sempre. Bridget, tra l'altro, era alta, con lineamenti regolari: naso dritto e tutte le altre cose al posto giusto. Questa combinazione di qualità portava sempre tutti a credere che fosse bella.

Ma lei non era bella. Non quanto Lena. Il suo viso non aveva grazia e poesia particolari. Bridget lo sapeva, come sapeva che anche gli altri probabilmente se ne accorgevano, una volta superata la faccenda dei capelli.

«Ciao, io sono Bridget» disse a Sherrie, buttando la propria roba sul letto che le era stato indicato.

«Ben arrivata» disse Sherrie. «Vieni da lontano?»

«Washington D.C.»

«È un bel viaggio.»

Lo era. Bridget si era svegliata alle quattro per prendere il volo delle sei per Los Angeles, poi da lì un volo di due ore per il minuscolo aeroporto di Loreto, una cittadina sulla costa orientale della penisola della Baja California, sul mar di Cortez. Poi c'era stato il viaggio su un piccolo bus... lungo giusto quanto bastava perché Bridget cadesse in un sonno profondo e si svegliasse disorientata.

Sherrie spostò la sua attenzione all'altra nuova ospite del campeggio. La baracca ospitava quattordici semplici brandine di metallo, su ognuna delle quali era posato un materasso sottile.

L'interno dello stanzone era grezzo, fatto di tavole di legno messe insieme alla meno peggio. Bridget uscì sul minuscolo portico davanti.

Se l'interno della baracca era un classico dei campeggi, l'esterno era magico. Il campeggio si trovava alle spalle di un'insenatura orlata di palme e sabbia bianca. La baia era di un azzurro così perfetto da sembrare ritoccata per un dépliant turistico. Dietro di lei si innalzava protettiva una catena di montagne che, spalla a spalla, attraversavano la penisola di Concepción.

Oltre le baracche del campeggio si levavano alcune colline più basse e scoscese. Miracolosamente, qualcuno era riuscito a ricavare a metà tra la spiaggia e le colline aride due magnifici campi da calcio di misura regolamentare, irrigati così bene da esibire uno splendido verde uniforme.

«Ciao. Ciao.» Bridget salutò con la mano due ragazze che entrarono una dopo l'altra nella baracca a posare il bagaglio. Avevano gambe abbronzate e muscolose, da giocatrici di calcio.

Bridget le seguì nello stanzone. Quasi tutti i letti erano ormai occupati.

«Vi va di fare una nuotata?» chiese. Difficilmente si lasciava intimorire dagli estranei: anzi, spesso li preferiva alla gente nota.

«Devo disfare la borsa» rispose una delle ragazze.

«Credo che tra un paio di minuti ci aspettino per cena» aggiunse l'altra.

«Okay» disse Bridget, tranquilla. «Io mi chiamo Bridget, comunque. Ci vediamo più tardi» salutò, voltandosi mentre già si incamminava.

Si infilò in una delle docce esterne, si mise il costume da bagno e si avventurò sulla sabbia. L'aria aveva la temperatura esatta della sua pelle. L'acqua catturava tutti i colori del tramonto. I raggi del sole, che già cominciavano a sparire dietro la collina, le accarezzavano le spalle. Bridget si tuffò e rimase a lungo sott'acqua.

"Sono felice di essere qui" pensò. La sua mente volò per una frazione di secondo a Lena e ai Pantaloni Viaggianti: non vedeva l'ora di prenderne possesso e di viverci dentro un'avventura.

Poco più tardi, quando si presentò a cena, Bridget notò con entusiasmo che le lunghe tavolate erano state allestite sulla veranda semplice e spaziosa che si apriva a fianco della mensa, invece di essere ammassate all'interno, nel locale dal soffitto basso. Una folta parrucca viola di bougainvillea pendeva dal tetto e si arrampicava sul pergolato. In un posto simile sembrava una follia passare anche un solo minuto al chiuso.

Bridget era seduta tra altre occupanti della baracca quattro. C'erano in totale sei baracche, quindi Bridget calcolò rapidamente che in totale dovevano essere ottantaquattro ragazze, tutte autentiche atlete, condizione indispensabile per essere ammesse al campo. Alla fine del turno le avrebbe conosciute tutte e magari si sarebbe anche affezionata a loro, ma quella sera Bridget faticava perfino a ricordarne il nome. Era quasi sicura che quella con i capelli scuri lunghi fino alle spalle fosse Emily. La ragazza di fronte, con i capelli crespi biondi, doveva essere Olivia, detta Ollie. Accanto a lei c'era una ragazza afroamericana con i capelli che le arrivavano a metà schiena, Diana.

Mentre divoravano tacos ai frutti di mare ed enormi quantità di riso e fagioli accompagnandoli con una limonata che dal sapore sembrava fatta con le polverine, Connie si avvicinò a un podio improvvisato e raccontò gli anni che aveva passato nella squadra olimpica femminile degli Stati Uniti. Sparpagliati per i tavoli c'erano vari allenatori e preparatori tecnici.

Tornata alla baracca, Bridget si infilò nel sacco a pelo e prese a fissare lo spicchio di luna che si intravvedeva tra due travi del soffitto. D'un tratto la attraversò un pensiero: era in Baja California. Perché doveva accontentarsi di un frammento di cielo quando poteva averlo tutto quanto? Si alzò e si ficcò sotto il braccio sacco a pelo e cuscino.

«C'è qualcuno che ha voglia di dormire in spiaggia?» chiese, rivolta al gruppo.

Ci fu una pausa, e alcune parlottarono tra loro.

«Ma abbiamo il permesso?» chiese Emily.

«Non ho mai sentito dire il contrario» rispose Bridget. Non era indispensabile per il suo piano che qualcuno la seguisse, ma non le dispiacque quando due compagne decisero di unirsi a lei: Diana e un'altra ragazza di nome Jo.

Sistemarono i sacchi a pelo sull'orlo interno della grande spiaggia. Chissà quanto si alzava la marea durante la notte. Il suono dolce della risacca batteva ritmico sulla battigia. Le stelle si allargavano splendide sopra di loro.

Bridget era così felice, così appagata che le fu difficile stendersi nel sacco a pelo. Si scoprì a sospirare alla vista del cielo pulsante in alto sopra di lei. «Adoro questo posto.»

Jo si rannicchiò ancora più a fondo nel sacco a pelo. «È incredibile.»

Per un po' tutte e tre guardarono il cielo in silenzio.

Diana alzò la testa e la posò sul palmo della mano. «Non so se riuscirò ad addormentarmi. Uno spettacolo così ti annulla, non pensate? Ti fa sentire insignificante. La mente oltrepassa i confini del cielo e continua ad andare avanti all'infinito.»

Bridget rise in segno di approvazione. In quel momento Diana le ricordava piacevolmente Carmen, con il suo filosofeggiare e le sue chiacchiere psicologiche. «Davvero? Non mi è mai venuta in mente una cosa simile» disse Bridget.

"Gli aeroplani sono così puliti." A Carmen piaceva. Le piacevano l'odore standard, industriale, e la schiera di pacchetti che si accalcavano sul suo vassoio.

Le piaceva anche la mela in miniatura. Perfetta per misura, forma e colore. Un po' finta, forse, ma al tempo stesso rassicurante. La infilò nella borsa: meglio tenere qualcosa per più tardi.

Non era mai stata a casa di suo padre: era sempre stato lui a venire a trovarla. Riusciva a immaginarla, però. Suo padre non era disordinato, ma non aveva neppure il doppio cromosoma X: non c'erano da aspettarsi tende alle finestre, copriletti a proteggere le lenzuola o bicarbonato in frigorifero. Probabilmente si aggirava per la casa qualche creatura di polvere, magari non proprio in mezzo alle stanze, ma con molta probabilità sotto il divano sì. (Chissà se c'era un divano, tra l'altro.) Carmen sperava di dormire tra lenzuola di cotone. Conoscendo suo padre, poteva benissimo trovarsele di misto poliestere: lei non le sopportava.

Magari tra una partita a tennis e un film di John Woo, o qualsiasi altra cosa avessero deciso di fare il sabato pomeriggio, sarebbe riuscita a trascinarlo in un negozio per la casa a comprare qualche tovaglia carina e un vero bollitore per il tè. Lui si sarebbe lamentato, ma lei lo avrebbe trasformato in un divertimento, e alla fine anche lui l'avrebbe apprezzato. Carmen fantasticava che magari alla fine dell'estate suo padre sarebbe stato triste, avrebbe chiesto se c'erano posti nel liceo della zona e le avrebbe chiesto, sul serio, se lei avrebbe mai potuto sentirsi a casa in South Carolina.

Carmen osservò la pelle d'oca sollevarle i peli scuri e sottili dell'avambraccio.

Non vedeva suo padre da Natale. Natale era da sempre il loro periodo. Da quando lei aveva sette anni e i suoi genitori si erano separati, ogni anno suo padre veniva a stare per quattro giorni all'Embassy Suites, a Friendship Heights, e loro due passavano tutto il tempo insieme. Andavano al cinema, correvano lungo il canale e cercavano il modo di ricambiare gli assurdi regali di Natale che Carmen riceveva dalle sorelle del padre.

Capitava poi che il padre riuscisse a passare qualche altra notte in città per lavoro, tre o quattro volte l'anno. Carmen sapeva che lui coglieva al volo qualsiasi pretesto per capitare nella zona di Washington. Cenavano sempre in un ristorante scelto da lei, ma lei cercava sempre di trovare posti che piacessero a lui. Spiava sempre l'espressione del padre mentre osservava il menu e poi quando attaccava con il primo morso. Lei assaggiava a malapena il proprio cibo.

Sentì un rumore raschiante sotto il ventre dell'aeroplano. I casi erano due: o un motore si stava sganciando, oppure stavano sbucando i carrelli delle ruote per l'atterraggio. C'erano troppe nuvole per capire a che distanza da terra si trovavano.

Carmen schiacciò la fronte contro la plastica gelida del finestrino. Strizzò gli occhi sperando in uno squarcio tra le nuvole. Voleva vedere l'oceano. Voleva vedere dov'era il nord. Voleva vedere il panorama dall'alto, prima di atterrare.

«Rimetta a posto il tavolino, per cortesia, e lo blocchi» cinguettò un'assistente di volo all'uomo seduto accanto a Carmen, dalla parte del corridoio, poi recuperò i resti del vassoio di Carmen. Il suo vicino era grosso, quasi calvo e continuava a sbatterle la ventiquattrore contro lo stinco.

In aereo, Bridget capitava sempre accanto ad adorabili coetanei che prima dell'atterraggio le chiedevano immancabilmente il numero di telefono. A Carmen invece toccava sempre il posto di mezzo, schiacciata tra uomini con dita grasse, anelli con lo stemma della scuola e rendiconti delle vendite da sfogliare.

«Assistenti di volo ai propri posti per l'atterraggio, per cortesia» annunciò il capitano tramite l'altoparlante. Carmen avvertì un brivido al fondo dello stomaco. Raddrizzò le gambe, posò i piedi sul pavimento, e si fece il segno della croce come faceva sempre sua madre al momento di un decollo o un atterraggio. Si sentiva un po' un'attrice, ma d'altra parte era davvero quello il momento più opportuno per infrangere le superstizioni?

Tibby,

sei qui con me, anche se non ci sei. Adoro tutto di questa vacanza, tranne il fatto che abbiamo dovuto separarci e sappiamo che ti dispiace di essere rimasta a casa. Così, non mi sembra giusto essere felice. Mi sento così strana senza di voi. Senza di te, mi sento un po' Tibby... non quanto te, però.

XXX,
Carma

PUOI OBBLIGARTI
A VOLER BENE A QUALCUNO?
PUOI OBBLIGARE
QUALCUNO A VOLERTI BENE?

– LENA KALIGARIS

Innanzitutto la porta d'entrata. Era dipinta di uno squillante giallo tuorlo d'uovo contro un giallo più chiaro. Attorno alla porta, la facciata della casa era di un azzurro brillante ai limiti del possibile. Chi poteva immaginare un azzurro simile? Lena alzò il volto verso il cielo pomeridiano sgombro di nuvole. Oh.

A Bethesda, se uno avesse dipinto la casa di quei colori, gli avrebbero dato del drogato. I vicini lo avrebbero denunciato e di notte sarebbero arrivati con le bombolette spray a ridipingerla di beige. Qui il colore esplodeva ovunque, vivo contro le pareti bianche di calce.

«Lena, vai!» si lamentò Effie, spingendo avanti con il piede la valigia della sorella.

«Benvenute, ragazze. Benvenute a casa!» esclamò la nonna battendo le mani. Il nonno infilò la chiave nella serratura e spalancò la porta color del sole.

La combinazione di jet lag, sole e presenza di quei due strani personaggi faceva sentire Lena in un trip allucinogeno... immaginario, ovviamente. Non aveva mai sperimentato un trip, se non forse la volta che aveva mangiato gamberetti guasti al Giardino di Pechino. Se Lena era stordita e stupefatta, la mancanza di sonno rendeva Effie semplicemente intrattabile. Lena contava in genere sulla sorella minore per le chiacchiere di circostanza, ma Effie era troppo di malumore perfino per quello. Così il percorso dal minuscolo aeroporto dell'isola a casa era stato perlopiù silenzioso. La nonna continuava a voltarsi sul sedile davanti della vecchia Fiat per ripetere: «Ma guardatevi, ragazze! Tu sei davvero una bellezza, Lena!».

Lena si augurava che la piantasse con quella solfa. Se irritava lei, quanto si sarebbe innervosita Effie a sentirselo ripetere mille volte?

L'inglese della nonna era buono, perché aveva gestito per anni un ristorante per turisti, ma il nonno, Bapi, non sembrava aver ottenuto lo stesso risultato. Lena sapeva che la nonna era un'ostessa eccezionale, il volto pubblico del ristorante che si faceva amare incantando tutti con le sue travolgenti ondate d'affetto. Il nonno in genere rimaneva nel retro, prima a cucinare, poi a occuparsi dell'amministrazione.

Lena si vergognava di non parlare greco. Stando a quanto raccontavano i suoi genitori, era stata la prima lingua che aveva parlato da bambina, per poi dimenticarla quando aveva iniziato ad andare a scuola. Con Effie, il padre e la madre non avevano neppure tentato. L'alfabeto era completamente diverso. Ora Lena avrebbe voluto parlare greco, come avrebbe voluto essere più alta o avere una voce bassa e fonda. Lo desiderava, ma non si aspettava che potesse mai succedere.

«Nonna, è bellissima la vostra porta!» esclamò Lena varcando la soglia. L'interno della casa al confronto era così buio che ebbe la sensazione di svenire. All'inizio vide soltanto dei puntini luminosi che le vorticavano davanti agli occhi.

«Eccoci!» gridò la nonna, battendo di nuovo le mani.

Bapi chiuse la porta, portando in spalla le due borse da viaggio delle nipoti e lo zainetto di pelo verde fosforescente di Effie: era carino e deprimente al tempo stesso. La nonna abbracciò Lena e la strinse forte. Lei ne era contenta, ma dentro di sé era a disagio: non sapeva come rispondere al gesto.

La casa si mise finalmente a fuoco. Era più grande di quanto Lena si aspettasse, con piastrelle di ceramica a terra e bei tappeti.

«Seguitemi, ragazze» ordinò la nonna. «Vi mostrerò le vostre camere e poi berremo qualcosa di buono, d'accordo?»

Due giovani zombie la seguirono su per le scale. Il pianerottolo era piccolo ma dava accesso a due ampie camere da letto, un bagno e un breve corridoio nel quale Lena vide due altre porte.

La nonna si voltò verso la prima.

«Questa è per la nostra bella Lena» disse con orgoglio. Lena non rimase troppo impressionata dalla semplice stanza in cui erano entrate, finché la nonna non spalancò le pesanti imposte di legno.

«Oh» esclamò Lena con un sospiro.

La nonna indicò fuori dalla finestra.

«La caldera» annunciò.

«Oh» esclamò di nuovo Lena sinceramente impressionata.

Lena era ancora incerta riguardo alla nonna, ma si innamorò istantaneamente della caldera. L'acqua era una copia più scura del cielo, increspata dal vento quanto bastava per scintillare al sole. L'immensa distesa era chiusa all'orizzonte da un'isola sottile, a mezzaluna, e nel mezzo spuntava un'altra isola minuscola.

«Oia è il villaggio più pittoresco della Grecia» proclamò la nonna, e Lena non avrebbe potuto immaginare il contrario.

Lena abbassò lo sguardo sulle case bianche di calce, assai simili a quella in cui erano loro, aggrappate alla scogliera scoscesa a picco sul mare. Non si era accorta prima di quanto fosse ripida la parete di roccia, di quanto fosse strano quel posto per scegliere di costruirci una casa. Santorini in fin dei conti era un vulcano. Sapeva per tradizione familiare che era stata teatro di una delle più catastrofiche eruzioni della storia, di terribili terremoti e maremoti. Il centro dell'isola era letteralmente sprofondato in mare, e quel che rimaneva era un'accidentata striscia di rocce vulcaniche e qualche spiaggia color cenere. La caldera ora era splendida, calma, ma gli abitanti di Santorini amavano ricordare che avrebbe potuto cominciare a ribollire e sputare lava in qualsiasi momento.

Lena, pur essendo cresciuta in una periferia che si allargava uniforme su una pianura erbosa, dove nessuno temeva disastri naturali che non fossero le zanzare o il traffico sulla tangenziale, aveva sempre saputo che le sue radici erano lì. Ora, guardando l'acqua, sentiva affiorare memorie profonde e si sentiva davvero a casa.

«Mi chiamo Duncan Howe e sono il vicedirettore generale. È a me che dovete sempre fare riferimento.» Howe puntò un dito massiccio e coperto di lentiggini verso la targhetta di plastica con il suo nome. «Ora che avete finito il periodo di orientamento, sono lieto di darvi il benvenuto come nuove addette alle casse di Wallman's.» Parlava con tale autorevolezza da far pensare che stesse arringando una folla di centinaia di persone e non due ragazze che masticavano annoiate una cicca.

Tibby immaginò che una striscia di saliva le colasse giù dall'angolo della bocca fino al pavimento di linoleum rigato dalle scarpe.

Duncan studiò il suo blocco di appunti. «Be', dunque, Tilly» cominciò, storpiandole il nome.

«Tibby» lo corresse lei.

«Vorrei che tu mettessi a scaffale il materiale arrivato al magazzino per il settore Igiene Personale, corridoio due.»

«Credevo di essere un'addetta alle casse» commentò Tibby.

«Brianna» continuò Duncan, ignorandola, «tu puoi cominciare alla cassa quattro.»

Tibby fece una smorfia indispettita. Brianna avrebbe potuto masticare in pace la sua cicca accanto a una cassa vuota perché aveva i capelli insolitamente lunghi e due tette così gigantesche che neppure le *pinces* del grembiule bastavano a contenerle.

«Ora indossate le radiocuffie e mettetevi al lavoro» comandò Duncan, tutto tronfio.

Tibby cercò di soffocare la risata, che così uscì come un incrocio tra un colpo di tosse e un grugnito. Lei si mise la mano sulla bocca e Duncan parve non notarla.

La buona notizia era che finalmente aveva trovato la star che cercava. La mattina dopo il giuramento dei Pantaloni, Tibby aveva deciso di trasformare la sua estate di infelicità in un reportage filmato: un documentario iperrealista che testimoniasse gli aspetti più deprimenti di quei mesi. Duncan si era appena conquistato una parte.

Tibby si calcò la radiocuffia sulle orecchie e si affrettò verso il corridoio due prima che la licenziassero in tronco. Da una parte sarebbe stato un colpo di fortuna eccezionale, dall'altra, però, le conveniva guadagnare un po' di soldi se voleva comperarsi la macchina. Sapeva per esperienza che le opportunità di carriera erano scarse per una ragazza con il piercing al naso che non sa scrivere a macchina e non è un personaggio carismatico.

Tibby si avviò verso il magazzino, dove una donna con unghie di straordinaria lunghezza le indicò uno scatolone enorme. «Sistemalo nel settore deodoranti e antitraspiranti» ordinò in tono annoiato.

Tibby non riusciva a staccare lo sguardo da quelle unghie: sembravano dieci pugnali ricurvi. Rivaleggiavano con le unghie dell'indiano finito nel *Guinness dei primati*. Tibby se le immaginava così, le unghie di un cadavere rimasto sepolto per qualche anno. Si chiese come quella donna potesse sollevare una scatola. E riusciva a digitare un numero al telefono? Poteva battere i tasti del registratore di cassa? Poteva lavarsi i capelli? Era possibile licenziare uno perché aveva le unghie troppo lunghe? Potevano essere considerate motivo di scarsa efficienza? Tibby guardò le proprie unghie rosicchiate.

«C'è una tecnica particolare per sistemarlo?» chiese.

«È un espositore» rispose la donna, con l'aria di dire che qualunque stupido avrebbe saputo come montarne uno. «Ci sono le istruzioni nella scatola.»

Tibby trascinò lo scatolone verso il corridoio due, chiedendosi come ci sarebbero state le unghie della tizia nel suo documentario.

«Ti sta cadendo la radiocuffia» la avvertì la donna.

Tibby aprì lo scatolone e si scoraggiò: c'erano come minimo duecento antitraspiranti a pallina e una complicata struttura di cartone. Poi fissò a bocca aperta la quantità di frecce e schemini che costituivano le istruzioni. Ci voleva una laurea in ingegneria per mettere insieme quell'affare!

Con l'aiuto di un rotolino di scotch recuperato nel corridoio otto e una palla di cicca dalla propria bocca, Tibby riuscì finalmente a costruire una piramide di antitraspiranti su cui svettava la testa di una sfinge in cartone. Ma cosa c'entrano i deodoranti con l'antico Egitto? Mah, chi lo sa?

«Tibby!» Duncan marciava maestoso verso di lei.

Tibby alzò lo sguardo dalla piramide pericolante.

«Ti ho chiamato quattro volte! Abbiamo bisogno di te alla cassa tre!»

Tibby si era dimenticata di accendere la radiocuffia: era troppo impegnata a ridere in silenzio di Duncan per stare attenta mentre lui le spiegava come usarla.

Dopo avere passato un'ora alla cassa tre vendendo in totale due pile tripla A a una tredicenne brufolosa, il suo turno finì.

Tibby si tolse il grembiule, ripiegò i ricevitori della radiocuffia e si avviò a grandi passi attraverso la porta, scatenando una sequela assordante di fischi d'allarme. Duncan le sbarrò la strada con un balzo sorprendente per uno che propendeva al grasso.

«Scusami, Tibby, potresti seguirmi nel retro?»

Gli si leggeva scritto in faccia: "Non avremmo mai dovuto assumere una con l'anello al naso".

Le chiese di vedere il contenuto delle sue tasche. Lei non aveva tasche.

«E il grembiule?»

«Ah.» Tibby tirò fuori il grembiule che aveva accartocciato

sotto il braccio. Dalla tasca sfilò il portafoglio e… un rotolino di scotch parzialmente usato. «Ah, questo…» iniziò Tibby. «Vede, l'ho usato per la…»

Duncan prese un'aria della serie "ho già sentito tutte le scuse che esistono al mondo". «Ascolta, Tibby. Qui al Wallman's adottiamo la politica di concedere una seconda chance, perciò per questa volta lasceremo perdere. Ma ricordatelo: sono costretto a sospenderti dai nostri benefit per gli impiegati migliori, e in particolare dallo sconto del quindici per cento su tutti gli articoli Wallman's.»

Dopodiché Duncan annotò scrupolosamente che il prezzo dello scotch le venisse dedotto dallo stipendio del primo giorno. Poi scomparve un momento e tornò con un sacchetto di plastica trasparente. «Da ora in poi ti dispiacerebbe tenere qui dentro i tuoi effetti personali?» le chiese.

Cara Carmen,

immagino che quando uno ha dei parenti stretti che non ha mai incontrato sia inevitabile idealizzarli un po'. Come i bambini adottati, che si convincono sempre che il loro vero padre fosse un professore universitario e la madre una modella.

Credo che con i miei nonni mi sia capitata la stessa cosa. I miei genitori mi hanno sempre detto che ero bella come la nonna. Così in tutti questi anni me la sono immaginata un po' Cindy Crawford. Ma mia nonna non è Cindy Crawford. È vecchia. Ha una brutta permanente, una tuta di velluto da vecchia e le unghie dei piedi spesse che le spuntano dai sandali rossi col tacco basso. Piuttosto volgare, sai?

Bapi, il nonno, il leggendario uomo d'affari della famiglia Kaligaris, lo immaginavo alto almeno un metro e novanta. Non è così. È un piccoletto, sarà alto quanto me. Qui ci sono un milione di gradi ma lui porta pesanti pantaloni di lana marrone e una maglietta bianca chiusa al collo da una cerniera. Ha il classico odore di muffa e le macchie dei vecchi. È molto timido.

Sento che dovrei amarli così come sono, ma come si fa? Non puoi obbligarti a voler bene a qualcuno, o sbaglio?

Mi sto prendendo buona cura dei Pantaloni. Mi manchi. So che non mi giudicherai male per la mia perfidia, perché di me pensi sempre meglio di quanto meriti.

Ti voglio un sacco di bene,

Lena

NON ESISTE
UN DIVERTIMENTO
CHE VADA BENE
PER TUTTA LA FAMIGLIA.

– JERRY SEINFELD

Il tramonto era troppo bello. Lena fu quasi presa dal panico al pensiero di non saperlo trattenere. I mucchietti di colore sulla sua tavolozza, che di solito la ispiravano, ora le sembravano irrimediabilmente smorti. Il tramonto ardeva di un miliardo di watt. Non c'era luce nel suo dipinto. Buttò sopra l'armadio la tavolozza e la tela che aveva preparato con ogni cura, per non vederle più.

Poi si accoccolò sul davanzale, a guardare il sole rosseggiante che si immergeva nella caldera. Cercava di godersi lo spettacolo, pur sapendo di non esserne capace. Perché doveva sempre sentirsi obbligata a fare qualcosa di fronte alla bellezza?

Sentì il trambusto della festa che si preparava al piano di sotto. I nonni volevano celebrare il loro arrivo con una grande cena a cui erano invitati alcuni vicini. Avevano venduto il ristorante un paio d'anni prima, ma non avevano perso l'amore per il cibo, pensò Lena. Ricchi odori di spezie si inseguivano uno dopo l'altro al piano di sopra, in camera sua, un assaggio olfattivo del banchetto.

«Lena! È quasi pronto!» gridò la nonna dalla cucina. «Vestiti e vieni giù.»

Lena sistemò la valigia e la borsa da viaggio sul letto in modo da poter tenere gli occhi alla finestra. Vestirsi la emozionava di rado. Portava abiti pratici: noiosi, insulsi e patetici, stando alle sue amiche. Non le piaceva dare alla gente altri motivi per guardarla e convincersi di conoscerla in base al suo aspetto. Da bambina era stata fin troppo spesso la bambolina da mettere in mostra.

Quella sera, però, sentiva un formicolio in fondo allo stomaco. Scavò cautamente in mezzo agli strati di vestiti per scovare i Pantaloni. Sembravano un po' più pesanti del dovuto. Lena trattenne il respiro mentre li dispiegava, liberando nell'aria mille desideri.

Questo era l'inizio della loro storia, della loro vita di Pantaloni Viaggianti. Mentre li infilava avvertì l'enorme responsabilità di rendere loro merito. Per un attimo cercò di immaginarsi nell'atto di vivere grandi momenti con i Pantaloni, ma chissà perché non riusciva a scacciare l'immagine di Effie che li indossava al posto suo.

Infilò i piedi in un paio di mocassini marroni malconci e si avviò al piano di sotto.

«Ho fatto le polpette» annunciò orgogliosa Effie dalla cucina.

«Le *keftédhes*» precisò la nonna alle sue spalle, ugualmente orgogliosa. «Effie è una Kaligaris. Adora cucinare e mangiare!» E abbracciò Effie, a conferma delle sue parole.

Lena si avventurò in cucina per indagare ed elargire complimenti.

Lei ed Effie stavano già mettendo in scena il loro show della lepre e la tartaruga. All'inizio tutti si concentravano su Lena per la sua bellezza mozzafiato, ma nel giro di poche ore o pochi giorni la loro attenzione si spostò su Effie, più esuberante e affettuosa. Lena era convinta che la sorella lo meritasse. Lei era un'introversa, trovava difficile entrare in rapporto con la gente. Aveva sempre l'impressione che il suo aspetto esteriore fosse un'esca finta: in apparenza offriva un ponte, ma poi era difficile attraversarlo.

La nonna gettò un'occhiata al suo abbigliamento. «Hai intenzione di restare vestita così per la festa?»

«Pensavo di sì. Devo mettermi qualcosa di più elegante?» chiese Lena.

«Be'...» la nonna non aveva un'aria particolarmente severa. Sembrava piuttosto maliziosa, come chi ha un segreto e vuole che qualcuno le faccia delle domande. «Non è una festa elegante, ma...»

«Dovrei cambiarmi anch'io?» chiese Effie. Aveva la maglietta impolverata di briciole di pane.

La nonna sapeva tenere segreti poco quanto Effie. Guardò Lena con aria cospiratoria. «Vedi, ci sarà un ragazzo, è come un nipote per me e per Bapi. È un ragazzo piuttosto carino...»

E le strizzò l'occhio.

Lena cercò di congelare l'aria compiaciuta della nonna. Pensava seriamente di sistemarla con uno sconosciuto a meno di sei ore dal suo arrivo? Lena detestava quel genere di traffici.

Effie in compenso sembrava offesa.

«Si chiama Kostos.» La nonna andava per la sua strada senza fare caso alle nipoti. «È nipote di alcuni vicini nostri buoni amici.»

Studiando l'espressione della nonna, Lena aveva il grosso sospetto che quell'idea non le fosse venuta in mente nel giro delle ultime due ore. Sospettava che avesse tramato la cosa da tempo. Sapeva che i matrimoni combinati erano ancora in voga tra i genitori greci, soprattutto nelle isole, ma santo cielo!

Effie rideva imbarazzata. «Sai, nonna? I ragazzi adorano Lena, ma lei è piuttosto dura con loro.»

Le sopracciglia di Lena si inarcarono bruscamente. «Grazie, Effie! Grazie mille davvero!»

Effie si strinse nelle spalle, tranquilla. «È la verità.»

«Lena non ha ancora incontrato Kostos» rispose la nonna con sicurezza. «Tutti lo adorano.»

«Tesoro!»

Il cuore di Carmen prese a correre più veloce dei suoi piedi quando vide il padre sbracciarsi per salutarla da dietro il tramezzo di plexiglas che delimitava il gate quarantadue. Le sembrava di incarnare un cliché a correre così, ma le piaceva comunque.

«Ehi, papà!» gridò, e gli si gettò addosso. Assaporò con gusto quella parola. La maggior parte dei figli sono abituati a usarla ogni due minuti, senza pensarci. Per lei invece rimaneva in disuso, messa da parte per così tanti mesi l'anno.

Lui la strinse forte quel tanto che bastava. Poi la lasciò andare e Carmen alzò lo sguardo verso di lui. Adorava che fosse così alto. Lui le sfilò la borsa e se la gettò in spalla. Lei sorrise guardando che effetto faceva su di lui quella borsa coperta di paillettes turchesi.

«Ehi, bambina!» esclamò lui allegro, e le passò il braccio libero attorno alle spalle. «Com'è stato il volo?» chiese, guidandola verso la zona ritiro bagagli.

«Perfetto.»

Erano sempre goffi quando camminavano abbracciati perché avevano passi molto diversi, ma le piaceva troppo per pensarci. Che si lamentassero pure le altre ragazze, che vedevano il proprio padre ogni giorno! Lei vedeva il suo poche volte l'anno.

«Sei molto carina, coniglietto» disse lui con dolcezza. «E sei anche più alta.» E le posò una mano sulla testa.

«Sì» confermò lei orgogliosa, sempre compiaciuta all'idea che l'altezza la rendesse più simile a lui. «Sono un metro e sessantanove abbondante» precisò. «Quasi uno e settanta.»

«Ehi» commentò lui dall'alto del suo metro e ottantotto. «Ehi. Come sta tua madre?»

Non si dimenticava mai di fare quella domanda d'obbligo entro i primi cinque minuti.

«Sta bene» rispondeva immancabilmente Carmen, sapendo che al padre non interessava una risposta dettagliata. Anno dopo anno, la madre di Carmen manteneva una curiosità sfrenata nei confronti del padre, mentre lui si informava solo per cortesia.

Gocce silenziose di un vago senso di colpa calarono a inquinare la felicità di Carmen. Lei era quasi un metro e settanta, mentre sua madre superava di poco il metro e cinquanta. Il padre la chiamava affettuosamente coniglietto e le diceva che era bella, ma non si interessava più della madre.

«Come stanno le tue amiche?» chiese lui mentre si schiacciavano insieme su un gradino della scala mobile. Le cingeva ancora le spalle.

Sapeva di lei, Tibby, Lena e Bridget e ricordava sempre i dettagli della loro vita che Carmen gli aveva raccontato la volta prima.

«È un'estate strana per noi. È la prima volta che la passiamo separate. Lena è in Grecia dai nonni, Bridget a un corso di calcio in Baja California e Tibby è a casa da sola.»

«E tu sei qui per tutta l'estate» concluse lui, con un interrogativo appena percettibile nello sguardo.

«Sono così felice di essere qui» esclamò lei, dandogli una risposta forte e chiara. «Non vedevo l'ora. È strano, sai? Non in senso negativo, ma anzi, strano in positivo, insolito. Ci farà bene, approfondire un po' il nostro rapporto. Vedremo se andiamo d'accordo.» Si accorse di balbettare. Detestava l'idea che questo punto potesse essere incerto.

Il padre additò il nastro trasportatore ad anello, sul quale scorrevano le valigie. «Dev'essere quello del tuo volo.»

Carmen ripensò a quella volta a Washington, quando lui la teneva per le mani mentre lei si godeva il nastro trasportatore come se fosse una giostra. Dopo un mezzo giro, una guardia aveva gridato loro dietro e il padre l'aveva fatta scendere.

«È un valigione nero con le rotelle. Potrebbe essere di chiunque» disse Carmen. Era strano che lui non avesse mai visto la sua valigia. Lei invece non lo aveva mai visto senza.

«Eccola!» esclamò lei all'improvviso, e lui scattò. La recuperò con disinvoltura dal nastro trasportatore, come se nella vita non si fosse esercitato a fare altro. I lustrini della borsa turchese luccicavano. Il padre sollevò la valigia invece di farla scorrere sulle rotelle. «Perfetto! Andiamo.» E la guidò verso il parcheggio.

«Hai ancora la tua Saab?» chiese Carmen. Le macchine erano uno dei tanti loro interessi in comune.

«No. L'ho cambiata questa primavera per una station wagon.»

«Davvero?» L'idea le pareva incomprensibile. «Ma ti piace?»

«Fa quello che deve» rispose lui, conducendola verso l'auto. Era una Volvo beige. La Saab era rossa. «Eccoci.» Le aprì lo sportello e la fece accomodare all'interno, le passò la borsa turchese prima di sistemare la valigia nel portabagagli. Ma doveva aveva imparato tutte queste cose? Perché i papà non le insegnano sempre ai figli maschi?

«Com'è finita la scuola?» le chiese mentre faceva manovra per uscire dal parcheggio.

«Alla grande.» Per lei era sempre un piacere fargli il resoconto dei voti. «Ho preso A in matematica, biologia, inglese, francese e A meno in storia.» Sua madre era convinta che Carmen si preoccupasse troppo della scuola. Il padre invece ci teneva al suo rendimento scolastico.

«Favoloso, coniglietto. E il secondo anno delle superiori è un anno importante.»

Carmen sapeva che lui avrebbe voluto che lei andasse al Williams, come lui, e lui sapeva che anche lei desiderava la stessa cosa, anche se non l'avevano mai detto chiaro.

«E il tennis?» chiese lui.

Quasi tutti quelli che Carmen conosceva detestavano queste tipiche domande da padre, ma lei si allenava tutto l'anno alle risposte. «Ho giocato in doppio con Bridget e abbiamo perso solo una partita.»

Non si preoccupò di dirgli che aveva preso F in attività manuali – lo avrebbe visto sulla pagella – né che il ragazzo che adorava aveva invitato Lena al ballo di fine anno, né che il giorno di Pasqua aveva fatto piangere la madre. Quelle loro conversazioni erano sulle sue vittorie. «Ho prenotato un campo per domenica» le disse lui prendendo velocità sull'autostrada.

Carmen osservava il paesaggio. C'erano motel e piste di atterraggio come attorno a qualsiasi altro aeroporto, ma l'aria qui aveva un odore più intenso, salmastro. Studiò il viso del padre. Aveva già un'abbronzatura che faceva risaltare i suoi occhi azzurri. Lei avrebbe tanto voluto avere gli occhi del padre invece di quelli castani della madre. I capelli sembravano tagliati di recente e la camicia era croccante di bucato, con i polsini risvoltati con cura. Carmen si chiese se il padre avesse avuto un aumento.

«Sono curiosissima di vedere casa tua» disse.

«Sì» rispose lui con aria assente, dando un'occhiata nello specchietto prima di cambiare corsia.

«Non è strano che io non sia mai stata qui prima?»

Lui era concentrato sulla guida. «Sai, coniglietto, non è che io non abbia mai voluto averti qui. Lo desideravo da un bel po', ma volevo sistemarmi, prima.» C'era una vaga aria di scusa nei suoi occhi quando si voltò a guardarla.

Lei non voleva metterlo a disagio. «Papà, non mi importa se

non sei ancora sistemato bene. Non preoccuparti. Ci divertiremo da pazzi. Chi se ne importa di come sei sistemato?»

Lui imboccò la rampa di uscita. «Non riuscivo a immaginare come infilarti nella mia vita frenetica. Un mucchio di lavoro, una vita da lupo solitario in un appartamento con un letto solo, sempre a cena fuori.»

Carmen sbottò più in fretta che poteva. «Non vedo l'ora. Adoro cenare fuori e ne ho fin sopra i capelli di una vita ordinata.» Diceva la verità. Quella era l'estate di Carmen e Al.

Lui non disse più nulla mentre percorrevano stradine di periferia, fiancheggiate da alberi e imponenti case vittoriane. Gocce di pioggia esplosero sul parabrezza. Il cielo si era fatto così grigio che sembrava quasi notte. Il padre rallentò fino a fermarsi di fronte a un edificio vittoriano color crema, con le imposte grigio verdi e un portico tutto attorno.

«Dove siamo?» chiese Carmen.

Il padre spense il motore e si voltò verso di lei. «Questa è casa mia.» Aveva uno sguardo distante, vagamente misterioso. Sembrava che non volesse prendere atto dell'aperto stupore negli occhi della figlia.

«Questa casa? Qui? Credevo che tu vivessi in un appartamento in centro.»

«Ho traslocato. Il mese scorso.»

«Davvero? Ma perché non me l'hai detto per telefono?»

«Perché... perché c'è una cosa grossa, coniglietto. Una cosa che preferivo dirti di persona» rispose lui.

Lei non era sicura di voler ascoltare cose grosse. Si agitò sul sedile. «Be'? Hai intenzione di dirmelo?» Carmen non era mai troppo bendisposta verso le sorprese.

«Entriamo, d'accordo?»

Il padre aprì lo sportello e si affrettò a raggiungerla dalla parte opposta dell'auto prima che lei avesse avuto il tempo di rispondere. Lasciando la valigia lì dov'era, tese l'impermeabile sopra la testa di tutti e due mentre salivano gli scalini di pietra della casa.

La prese sottobraccio. «Fai attenzione. Quando piove si scivola» disse, guidandola sui gradini di legno dipinto del portico. Sembrava che vivesse lì da sempre.

Il cuore di Carmen rimbombava. Non aveva idea di dove si trovavano né di cosa aspettarsi. Avvertiva la forma della mela che aveva in borsa. Il padre aprì la porta senza bussare. «Eccoci!» gridò.

Carmen si accorse che stava trattenendo il respiro. Chi c'era lì? Entrò nella stanza una donna, insieme a una ragazza apparentemente dell'età di Carmen. Carmen rimase rigida, allibita, mentre la sconosciuta e poi la ragazzina la abbracciavano. Subito dopo di loro si presentò un ragazzo alto, sui diciott'anni, immaginò Carmen. Era biondo, con le spalle larghe, da atleta. Lei gli fu grata per averle risparmiato un abbraccio.

«Lydia, Christa, Paul, questa è mia figlia Carmen» disse il padre. Sentir pronunciare il proprio nome dal padre le suonò strano. La chiamava sempre tesoro, bambina o coniglietto, mai Carmen. Lei pensava che fosse perché era il nome della nonna portoricana che dopo il divorzio aveva scritto al genero lettere grondanti veleno. La nonna paterna, Maria, era morta.

Tutti la fissavano con aria d'attesa, sorridendo, e lei non aveva idea di cosa fare o dire.

«Carmen, ti presento Lydia.» Pausa, pausa, pausa. «La mia fidanzata. E Christa e Paul, i suoi figli.»

Carmen chiuse gli occhi e li riaprì. Le luci soffuse della stanza creavano macchie ondeggianti nel suo campo visivo. «Da quando hai una fidanzata?» chiese, quasi in un sussurro. Sapeva di non avere usato la formula più cortese.

Il padre scoppiò a ridere. «Dal 24 aprile, per essere precisi» disse. «E ho traslocato qui a metà maggio.»

«E avete intenzione di sposarvi?» Sapeva che era una domanda assolutamente idiota.

«In agosto» rispose lui. «Il 19.»

«Ah.»

«Incredibile, no?» chiese lui.

«Incredibile» gli fece eco debolmente lei, anche se in tono un po' diverso da quello di lui.

Lydia le prese una mano. Carmen ebbe l'impressione che non appartenesse più al suo corpo. «Carmen, siamo così contenti di averti qui quest'estate. Perché non entri e ti rilassi? Ti va una bibita o una tazza di tè? Albert ti mostrerà la tua camera, così puoi sistemarti.»

Albert? Chi mai aveva chiamato suo padre Albert? E che cos'era questa storia di sistemarsi? Cosa ci faceva lei in quella casa? Non era lì che avrebbe passato l'estate.

«Carmen?» le chiese il padre. «Una bibita? Del tè?»

Lei si voltò solo verso di lui, con gli occhi spalancati, senza quasi sentirlo. Annuì.

«Quale? Tutti e due?» la incalzò lui.

Carmen osservò la cucina. Mobili con accessori cromati, come nelle case dei ricchi. Sul pavimento c'era un tappeto orientale. A chi poteva venire in mente di mettere un tappeto orientale in cucina? Sopra le loro teste c'era un ventilatore di foggia antiquata, come si usano al sud. Girava lentamente. Carmen sentiva le gocce di pioggia battere contro la finestra.

«Carmen? Carmen?» Il padre cercava di mascherare la propria impazienza.

«Scusami» mormorò lei. Si accorse che Lydia era impalata accanto alla credenza, in attesa di ordini. «Niente, per me. Potreste dirmi, per favore, dove devo mettere le mie cose?»

Il padre aveva l'aria offesa. Ma lo vedeva, quanto era sconvolta lei? Poi l'aria offesa si dissolse. «Sì, vieni con me. Ti mostro la tua camera, poi vado a prenderti la valigia.»

Lei lo seguì su per la scala moquettata, oltrepassando tre stanze, finché non arrivarono a una camera che dava sul cortile dietro, con un'alta moquette color pesca, mobili antichi e due scatole di Kleenex rivestite di plastica trasparente: una sulla scrivania e una sul comodino. Tende e copriletto erano dove dovevano essere e Carmen avrebbe scommesso un miliardo di dollari che al piano di sotto, nel frigo, c'era almeno una confezione di bicarbonato di sodio.

«Questa è la camera degli ospiti?» chiese.

«Sì» rispose lui, senza capire l'allusione. «Sistemati» le disse, usando per l'ennesima volta quella parola idiota. «Ti porto su la valigia.»

Si avviò verso la porta.

«Ehi, papà?»

Lui si voltò. Aveva l'aria diffidente.

«È solo che...»

Esitò. Voleva soltanto dirgli che era stato abbastanza avventato non avvisarla prima. Non era facile, trovarsi catapultata in quella casa piena di estranei senza preavviso.

Negli occhi di lui c'era una supplica. Lei la avvertì più che vederla. Suo padre voleva solo che tutto filasse liscio.

«Niente» disse lei debolmente.

Lo guardò uscire dalla stanza e capì che per certi versi erano uguali. Quando era con lui, nemmeno lei voleva affrontare questioni spinose.

Cara Bee,

l'estate di Carmen e Al non è sopravvissuta al viaggio aeroporto-casa. Mio padre è diventato Albert, sposerà Lydia, vive in una casa che pullula di Kleenex e gioca a fare il padre di due biondini. Addio a tutto quello che avevo immaginato. Sono ospite nella camera degli ospiti di una famiglia che non sarà mai la mia.

Mi spiace, Bee. Come al solito mi faccio prendere dai miei problemi. So di essere una bambina, ma ho il cuore a pezzi.

Detesto le sorprese.

Ti voglio bene. Mi manchi,

Carmen

L'AMORE
È COME LA GUERRA:
FACILE DA COMINCIARE,
DIFFICILE DA FINIRE.

– PROVERBIO

«Lena?»

Lena alzò gli occhi dal suo diario mentre Effie appariva sulla soglia, entrava e si sedeva sul letto.

«Sono tutti qui. Sta per iniziare la festa, sai?»

Lena aveva sentito le voci al piano di sotto, ma era pronta a sostenere il contrario.

«C'è anche lui» continuò Effie con aria di intesa.

«Lui?»

«Kostos.»

«E allora?»

Effie fece una smorfia. «Lena, non sto scherzando: devi vederlo.»

«Perché?»

Effie si sporse in avanti, puntellandosi sui gomiti. «So che te lo immagini come un... un cocchino della nonna, ma davvero, Lena, è... è un...» Quando era agitata Effie non finiva le frasi.

«È cosa?»

«È...»

Lena inarcò un sopracciglio.

«Stupendo» dichiarò Effie.

Lena, ovviamente, era un po' curiosa, ma non voleva ammetterlo.

«Ef, non sono venuta in Grecia per trovarmi un fidanzato.»

«Posso prenderlo io?»

Lena finalmente sorrise. «Effie, sì, certo che sì. Ma conta qualcosa il fatto che tu abbia già un fidanzato?»

«Ce l'avevo finché non ho visto Kostos.»

«Ma è così eccezionale?»

«Vedrai.»

Lena si alzò. «Allora andiamo.» Era meglio che le sbandierassero tanto le virtù di Kostos: vedendolo, sarebbe certo rimasta delusa.

Effie fece una pausa. «Avevi detto alla nonna che saresti salita a cambiarti.»

«Ah, già.» Lena rovistò nella borsa. Era fresco, ora che il sole era tramontato. S'infilò una maglia marrone a collo alto, l'indumento meno sexy che aveva, e si raccolse i capelli in una severa coda di cavallo. Eppure, i Pantaloni erano i Pantaloni.

«Sai, quei pantaloni sembrano magici» esclamò con entusiasmo Effie. «Ti stanno benissimo. Sì, stai anche meglio del solito.»

«Grazie» disse Lena. «Andiamo.»

«Via» esclamò Effie, agitata.

E così Kostos non era una delusione. Era alto. Sembrava un uomo più che un ragazzo; dimostrava almeno diciott'anni. Era tanto carino da rendere Lena diffidente.

Certo, lei era diffidente verso molte cose, ma i suoi sospetti sui ragazzi erano giustificati. Aveva imparato a conoscerli: non guardano mai al di là del tuo aspetto. Fanno finta di essere tuoi amici per guadagnarsi la tua fiducia, e non appena tu gliela concedi, cercano di metterti le mani addosso.

Pur di catturare la tua attenzione, fingono di voler lavorare insieme a una ricerca di storia o si iscrivono come volontari alla tua associazione per donatori di sangue, ma non appena gli entra nella zucca l'idea che non vuoi uscire con loro, d'improvviso non sono più interessati alle linee del tempo o alla terribile carenza di sangue. Peggio ancora, ti può capitare che chiedano un appuntamento a una delle tue amiche per avvicinarti e poi le spezzino il cuore non appena viene a galla la verità. Lena preferiva i ragazzi normali a quelli carini, ma anche quelli normali spesso la deludevano.

Era convinta che l'unica ragione per cui moltissime ragazze sceglievano un ragazzo era perché volevano essere rassicurate sul fatto di essere carine. E questa era senz'altro una cosa, forse l'unica di sé, di cui Lena era sicura anche senza conferme esterne. Le amiche la chiamavano Afrodite, come la dea dell'amore e della bellezza. Per la bellezza il nome era più o meno azzeccato; per l'amore era solo una battuta. Lena non era un tipo romantico.

«Lena, questo è Kostos» disse la nonna.

Lena vedeva benissimo che la nonna cercava di fingersi tranquilla, ma stavano per esploderle le cuciture per l'eccitazione.

«Kostos, questa è mia nipote Lena» riprese la nonna con uno svolazzo della mano, come se stesse presentando un nuovo partecipante a uno spettacolo in arrivo sulla sua nuova auto rosso fiammante.

Lena allungò rigida la mano per stringere quella di lui e scansare così il bacio sulla guancia che ai greci viene naturale. Lui la guardò in viso, mentre le stringeva la mano. Lena si accorse che stava cercando di trattenere il suo sguardo per un istante, ma lei abbassò subito gli occhi.

«In autunno Kostos andrà all'università a Londra» si vantò la nonna, come se il ragazzo fosse di sua proprietà. «E si è iscritto anche alla selezione per entrare nella nazionale di calcio» aggiunse. «Siamo tutti così fieri di lui.»

Ora era Kostos a tenere basso lo sguardo. «Valia esagera anche più di mia nonna» mormorò.

Lena notò che parlava inglese con un forte accento, ma lo parlava bene.

«Ma per quest'estate Kostos rimarrà ad aiutare suo nonno» riprese la nonna, asciugandosi una lacrima dall'angolo dell'occhio. «Bapi Dounas ha avuto un problema con il suo...» e qui la nonna si batté una mano sul cuore. «Così Kostos ha cambiato i suoi progetti per l'estate ed è rimasto a casa a dare una mano.»

Ora Kostos sembrava assolutamente a disagio. Lena provò d'un tratto un moto di simpatia. «Valia» disse Kostos, «Bapi è più forte che mai, e a me è sempre piaciuto lavorare alla fucina.»

Lena sapeva che stava mentendo, e le piacque per questo. Poi le venne un'idea fantastica.

«Kostos, conosci già mia sorella Effie?» Effie era rimasta a gironzolare lì intorno, perciò non fu difficile individuare il suo gomito e trascinarla avanti.

Kostos sorrise. «Si vede che siete sorelle» disse, e Lena avrebbe voluto abbracciarlo. Chissà perché, tutti in genere si concentravano più sulle differenze che sulle somiglianze. Forse ci voleva un greco per vederle. «Chi è la più grande?» chiese lui.

«Io sono la più grande, ma Effie è la più carina» rispose Lena.

«Ma per favore!» intervenne la nonna con un grugnito.

«È più grande soltanto di un anno» si intromise Effie. «Quindici mesi, per la verità.»

«Capisco» commentò Kostos.

«Effie ha solo quattordici anni» sentì il bisogno di precisare la nonna. «Lena compirà i sedici alla fine dell'estate.»

«Hai fratelli o sorelle?» chiese Effie, che non vedeva l'ora di cambiare argomento.

Kostos assunse un'aria vagamente guardinga. «No... ci sono solo io.»

«Ah» dissero in coro le due ragazze. A giudicare dall'espressione di Kostos, Lena intuì che c'era dietro qualcosa di più e pregò in silenzio che Effie non se ne uscisse con altre domande. Non voleva addentrarsi in discorsi personali lì in mezzo a tutti.

«Kostos... mmm... gioca a calcio, vero?» buttò lì.

«Gioca a calcio?» gridò la nonna come se fosse scandalizzata. «È un campione! È l'eroe di Oia!»

Kostos rise, così anche Lena ed Effie seguirono il suo esempio.

«Voi giovani!» protestò la nonna. «Parlate voi» ordinò, e svanì.

Lena decise che poteva essere una buona opportunità per lasciare Kostos ed Effie un minuto da soli. «Vado a prendere qualcosa da mangiare» disse.

Più tardi si sedette su una sedia solitaria fuori dalla porta anteriore, a gustare le deliziose foglie di vite ripiene di riso che chiamano *dolmádes* e qualche oliva. Aveva mangiato greco migliaia di volte nel Maryland, ma il sapore non era proprio quello.

Kostos fece capolino dalla porta.

«Eccoti» disse. «Stai qui seduta tutta sola?»

Lei annuì. Aveva scelto quel posto perché c'era una sedia sola.

«Capisco.» Era molto, molto bello. Aveva capelli neri e ondulati, e gli occhi tra il verde e il giallo. E una piccola gobba sul naso.

"Il che significa che dovresti andartene" gli suggerì lei in silenzio.

Kostos fece qualche passo nel vicolo che passava oltre la casa per continuare con strette curve lungo la scogliera. Indicò verso il basso. «Quella è casa mia» disse, indicando un edificio simile, circa cinque porte più in là. Al secondo piano un balcone con una ringhiera di ferro battuto dipinta di un verde vivo che reggeva una cascata di fiori.

«Mmm, un sacco di strada» commentò Lena.

Lui sorrise.

Lei stava per chiedergli se viveva con i sui nonni, ma poi si rese conto che in quel modo avrebbe incoraggiato la conversazione.

Kostos si appoggiò con le mani all'arcata bianco calce che passava sopra il vicolo: e poi dicono che i greci sono bassi!

«Ti va di fare una passeggiata con me?» chiese. «Vorrei farti vedere Ammoudi, il piccolo villaggio che c'è ai piedi della scogliera.»

«No, grazie.» Lena non si sforzò neppure di trovare una scusa. Aveva imparato da tempo che i ragazzi usano le tue scuse come pretesti per insistere.

Kostos studiò per un istante il viso di Lena, visibilmente deluso. «Magari un'altra volta» disse.

Lena sperava che tornasse dentro e chiedesse a Effi di accompagnarlo ad Ammoudi, ma lui invece si avviò lentamente lungo la discesa per tornare a casa sua. "Peccato che tu mi abbia invitata a uscire" gli disse lei in silenzio. "Altrimenti avresti anche potuto piacermi."

Alla fine c'erano anche dei maschi al campo. Un ragazzo. Per la verità più di uno, ma per Bridget ce n'era uno solo.

Era un allenatore, a quanto pareva. Era dalla parte opposta del campo, a consultarsi con Connie. Aveva i capelli neri lisci e la pelle di parecchie tonalità più scura di quella di Bridget. Poteva essere un ispanico. Aveva il fisico aggraziato di un mediano. Perfino da quella distanza aveva un viso elegante, per essere un allenatore. Era bello.

«Non è educato fissare la gente.»

Bridget si voltò con un sorriso verso Ollie. «Non riesco a farne a meno.»

Ollie annuì. «È proprio carino.»

«Lo conosci?»

«Dall'anno scorso» confermò Ollie. «Era l'allenatore in seconda della mia squadra. Gli abbiamo sbavato dietro tutta l'estate.»

«Come si chiama?»

«Eric Richman. È di Los Angeles. Gioca per la Columbia University. Credo che debba iscriversi al secondo anno.»

Allora era più grande, ma non poi di tanto.

«Non montarti la testa» le disse Ollie, leggendole nel pensiero. «Il campeggio ha ovviamente adottato una politica molto severa contro l'eccesso di confidenza. E lui la rispetta, anche se un sacco di ragazze hanno cercato di portarlo fuori strada.»

«Venite tutte qui!» gridava intanto Connie, chiamando a raccolta le ragazze che correvano disordinatamente per il campo.

Bridget liberò dall'elastico i capelli, che le ricaddero sulle spalle catturando una quantità di raggi del sole molto maggiore di quanto fosse opportuno in quel momento, e si incamminò verso il punto in cui Connie era in riunione con gli altri istruttori.

«Ora leggerò i nomi delle varie squadre» annunciò Connie alle ragazze che si erano radunate. Come tutti quelli che facevano gli allenatori da tempo, quando era necessario Connie tirava fuori una voce potente quanto un megafono. «È importante, d'accordo? Rimarrete con la vostra squadra per due mesi, dalle prime amichevoli fino alla Coyote Cup alla fine dell'estate, siamo intesi? Imparate a conoscere la vostra squadra. Imparate ad amarla.» Scrutò il ventaglio di facce. «Sapete tutte che il grande calcio non è fatto di grandi giocatori. È fatto di grandi squadre.»

Il gruppo lanciò un breve urlo di approvazione. Bridget adorava quei discorsi di incitamento. Sapeva che erano triti e ritriti, ma su di lei funzionavano sempre. Pensò che Tibby avrebbe roteato gli occhi.

«Prima di leggere le squadre, lasciate che vi presenti il resto dello staff: allenatori, allenatori in seconda e preparatori atletici.» Connie li passò in rassegna uno dopo l'altro, citando nome e funzione di ognuno, fino a concludere con Eric. Era una sua impressione, o era stato salutato con un applauso più vivace degli altri? si chiese Bridget.

Connie spiegò che c'erano sei squadre, che non corrispondevano alla divisione nelle sei baracche. Ognuna avrebbe avuto i propri colori e, appena finito l'appello, a ogni ragazza sarebbero state consegnate le sue magliette. Prima di tutto le sei squadre sarebbero state chiamate all'appello una dopo l'altra, poi ognuna avrebbe avuto l'onore di scegliersi un nome. *Bla bla*. Connie assegnò a ogni squadra un allenatore, un allenatore in seconda e un preparatore atletico. Eric era con la squadra quattro.

"Per favore, fa' che io sia nella sua squadra" pregò in silenzio Bridget.

Connie consultò l'onnipresente blocco.

«Susanna Aaron, squadra cinque.»

Meglio recuperare la calma: la lista era in ordine alfabetico. Bridget si scoprì a odiare ogni ragazza scelta per la squadra quattro.

Finalmente, ecco la V.

«Bridget Vreeland, squadra tre.»

Era delusa, ma quando si fece avanti per ritirare le sue tre magliette verdi identiche, constatò con una certa soddisfazione che se non altro Eric non era immune al fascino dei suoi capelli.

Carma,

solo a me può capitare di innamorarmi in un campo di allenamento per sole femmine. Non ci ho nemmeno parlato. Si chiama Eric. È bellissimo! Lo voglio.

Vorrei che tu lo vedessi. Lo adoreresti. Ma non puoi averlo. È mio! Mio!

Sono pazza. Vado a farmi una nuotata. Siamo in un posto romanticissimo.

Bee

REGOLA N. 1:
IL CLIENTE
HA SEMPRE RAGIONE.
REGOLA N. 2:
SE IL CLIENTE HA TORTO
SI PREGA
DI FARE RIFERIMENTO
ALLA REGOLA N. 1.

– DUNCAN HOWE

"Qui al Wallman's rischio di morire dopo una lenta agonia" decise Tibby il pomeriggio dopo, sotto il ronzio delle luci al neon. Quel lavoro magari non provocava una morte prematura rispetto alla norma, ma era una vera tortura.

"Perché i posti come questo non hanno mai le finestre?" si chiese. Temevano che un semplice raggio di sole potesse fare imbizzarrire i loro impiegati pallidi e prigionieri?

Quel pomeriggio era di nuovo nel corridoio due, questa volta a riassortire assorbenti geriatrici. Ma che legame c'era tra lei e l'igiene personale? La sera prima sua madre le aveva chiesto di utilizzare lo sconto per i dipendenti per comprare i pannolini al fratellino e alla sorellina. E lei non aveva avuto il coraggio di confessare che lo sconto lo aveva già perso.

Mentre impilava pacchi di Depends, le sue funzioni fisiche e mentali si abbassarono al livello minimo. Lo vedeva, il proprio diagramma cerebrale piatto misurato da un macchinario ospedaliero. Morire lì al Wallman's.

D'un tratto udì un gran fracasso e voltò di scatto la testa. Affascinata, osservò la sua piramide di antitraspiranti crollare sotto il peso di una ragazzina che vi era inciampata. La ragazzina non riuscì a recuperare l'equilibrio, come Tibby si sarebbe aspettata, ma cadde a terra come un sasso e batté la testa sul linoleum con un tonfo sordo.

"Mio Dio" pensò Tibby precipitandosi verso di lei. Aveva la sensazione di assistere alla scena in tv, invece di viverla davvero in prima persona. Gli antitraspiranti rotolavano da tutte le parti. La ragazzina aveva forse dieci anni. Aveva gli occhi chiusi, i capelli biondi sparsi a ventaglio sul pavimento. "Era morta?" si chiese

Tibby, presa dal panico. Si ricordò della radiocuffia. «Ehi, aiuto!» gridò, premendo vari bottoni e rimpiangendo di non avere imparato a usarla.

Scattò di corsa verso il bancone dell'uscita. «Emergenza! C'è un'emergenza nel corridoio due! Chiamate il 911!» ordinò. Era raro che pronunciasse tante parole di fila senza neppure una punta di sarcasmo. «C'è una ragazzina svenuta al corridoio due!»

Dopo aver visto Brianna chiamare il numero d'emergenza, Tibby corse di nuovo dov'era la ragazzina. Era ancora distesa lì, immobile. Tibby le prese la mano. Le cercò il polso: era come se fosse stata d'un tratto catapultata in un telefilm sul pronto soccorso. Il battito si sentiva. Tese la mano verso la borsetta della ragazzina per cercare il portafoglio, ma poi si trattenne. Non era meglio non toccare nulla fino all'arrivo della polizia? Ma forse no, quello valeva in caso di omicidio. Stava confondendo i telefilm polizieschi con quelli medici. Afferrò il portafoglio. Chiunque fossero i genitori, senz'altro bisognava far loro sapere che la figlia era distesa priva di sensi in mezzo al supermercato.

C'era una tessera della biblioteca. Un oroscopo ritagliato da una rivista. Qualche foto scolastica di una ragazzina dai denti grossi di nome Maddie, con un mucchio di baci e abbracci scritti sul retro. Quattro banconote da un dollaro. Tutta roba completamente inutile. La stessa roba che Tibby si portava nel portafoglio quando aveva quell'età.

In quel momento irruppero nel corridoio tre ausiliari medici con una barella. Due di loro cominciarono a punzecchiare la ragazzina, mentre il terzo osservava un braccialetto medico che le cingeva il polso sinistro. Tibby non aveva pensato a controllare che cosa aveva al polso.

Il terzo ausiliare aveva delle domande anche per Tibby. «Allora, cosa è successo? Tu hai visto?»

«Non proprio» rispose lei. «Ho sentito un rumore, mi sono voltata e l'ho vista inciampare contro questo espositore. Ha battuto la testa per terra e credo che sia svenuta.»

L'attenzione dell'infermiere si spostò dal viso di Tibby al portafoglio che lei aveva in mano. «E quello cos'è?»

«Be', mmm, il suo portafoglio.»

«Le hai preso il portafoglio?»

Tibby spalancò gli occhi. D'un tratto capì come doveva apparire dall'esterno la cosa. «Insomma, voglio dire… stavo soltanto…»

«Perché non facciamo che adesso lo dai a me?» scandì lentamente l'uomo. La stava trattando come una criminale o era lei che era paranoica?

Tibby non se la sentì di scoccargli una frecciata ironica come avrebbe fatto di solito. Le veniva da piangere. «Speravo di trovare il suo numero telefonico» spiegò porgendogli il portafoglio. «Volevo avvertire i genitori.»

Gli occhi dell'uomo si addolcirono. «Perché non vieni con noi mentre la carichiamo nell'ambulanza? Ci penserà l'ospedale a chiamare i genitori.»

Tibby strinse il portafoglio e seguì gli uomini con la barella. In pochi secondi l'avevano caricata sull'ambulanza. Dalla macchia d'umido sui jeans e dalla striscia di bagnato che si era lasciata dietro, Tibby capì che la ragazzina si era fatta la pipì addosso. Lei voltò subito la testa, come faceva sempre quando le capitava di vedere un estraneo piangere. Assistere a uno svenimento, vedere qualcuno che sbatteva la testa andava bene, ma così le sembrava di invadere troppo l'intimità altrui.

«Posso venire anch'io?» Non sapeva perché l'aveva chiesto. Forse aveva paura che svegliandosi e vedendo solo sconosciuti vestiti da dottore la ragazzina si spaventasse. Le fecero spazio perché potesse sedersi accanto a lei. Tibby tese la mano e prese quella della ragazzina. Di nuovo, non sapeva perché: forse era perché se fosse capitato a lei avrebbe voluto che qualcuno le tenesse la mano. All'incrocio tra la Wisconsin e la Bradley, la ragazzina riprese conoscenza. Si guardò intorno strizzando gli occhi, confusa. Strinse la mano di Tibby, poi la guardò per vedere di chi era. Quando vide Tibby, fece una faccia sconcertata, poi scettica. Spalancando gli occhi, squadrò la targhetta con la scritta "Salve, sono Tibby!" e il grembiule verde. Poi si voltò verso l'ausiliare medico seduto dall'altra parte.

«Perché questa qui di Wallman's mi tiene la mano?» chiese.

Qualcuno bussò. Carmen guardò la porta e si mise a sedere sul tappeto. La sua valigia era aperta, ma non aveva messo ancora a posto nulla. «Sì?»

«Posso entrare?»

Era quasi sicura che fosse Krista.

«No, non puoi. Be', sì.»

La porta si aprì cautamente. «Carmen? Sarebbe... mmm... ora di cena? Sei pronta?»

Solo la testa di Krista oltrepassò la soglia. Carmen avvertì il profumo del suo lucidalabbra. Aveva il sospetto che Krista fosse un'insicura. Perfino quando faceva un'affermazione la esprimeva in tono interrogativo.

«Sarò giù tra un minuto.»

Krista si ritrasse e chiuse la porta.

Carmen si distese di nuovo sul pavimento per un minuto. Come era finita lì? Com'era potuto accadere? Si immaginò la Carmen di un universo parallelo, che spazzava via dal piatto un hamburger in un ristorante del centro, insieme al padre, appena prima di sfidarlo in una partita a biliardo. Provava invidia per quella Carmen.

Si trascinò al piano di sotto e prese posto al tavolo apparecchiato con grande cura. Un simile plotone di forchette andava bene al ristorante, ma in casa? C'erano vari vassoi bianchi, tutti coordinati e accuratamente coperti, e dentro ogni sorta di vivanda cucinata in casa. Costate d'agnello, patate arrosto, zucchine in umido e peperoni, insalata di carote, pane caldo. Carmen sussultò quando sentì la mano di Krista cercare la sua. Istintivamente, la ritrasse di scatto.

Krista arrossì. «Scusami» mormorò. «Noi ci prendiamo per mano per la preghiera di ringraziamento.»

Carmen guardò il padre. Da una parte stringeva felice la mano di Paul, dall'altra tendeva la mano per prendere la sua. "Questo è quello che fanno loro. E noi?" avrebbe voluto chiedergli. "Non dovremmo essere una famiglia anche noi?" Si sottomise all'usanza e a una preghiera di ringraziamento che le era estranea. Suo padre aveva rifiutato di convertirsi al cattolicesimo per compiacere i nonni materni di Carmen. E ora era diventato Mr. Preghiera di Ringraziamento?

Carmen pensò con tristezza alla madre. Lei e sua madre recitavano la preghiera prima di ogni pasto, ma in passato, quando il padre viveva ancora con loro, non l'avevano mai fatto.

Fissò Lydia. Che razza di poteri aveva quella donna?

«Lydia, questa cena è favolosa» disse il padre.

«Fantastica» confermò Krista.

Carmen si sentiva addosso gli occhi del padre. Si aspettava che dicesse qualcosa anche lei, ma Carmen rimase semplicemente seduta a masticare.

Paul era silenzioso. Guardava Carmen, poi abbassava lo sguardo.

La pioggia batteva contro la finestra, le posate stridevano nei piatti, i denti masticavano.

«Sai, Carmen» azzardò Krista, «non sei affatto come ti immaginavo.»

Carmen ingoiò un boccone enorme senza masticare. Non era il massimo. Si schiarì la voce. «Vuoi dire che ho un'aria da portoricana?» e fulminò Krista con un'occhiata.

Krista fece una risatina, poi tentò una marcia indietro. «No, volevo solo dire... sai... insomma, hai gli occhi scuri, i capelli crespi neri...»

"La pelle scura e il sederone?" avrebbe voluto aggiungere Carmen. «Proprio così» disse. «Sembro una portoricana, come mia madre. Mia madre è portoricana. Un'ispanica. Può darsi che mio padre si sia dimenticato di dirvelo.»

La voce di Krista si fece così sommessa che Carmen non era neppure certa che stesse ancora parlando. «Non sono sicura che lui...» Krista balbettava sempre di più, fino a sussurrare le sue parole soltanto al piatto.

«Carmen ha ereditato la mia altezza e il mio talento per la matematica» intervenne il padre. Era un intervento zoppicante, ma Carmen lo apprezzò comunque.

Lydia annuì seria. Paul continuava a non fiatare.

«Allora, Carmen» disse Lydia posando la forchetta sul piatto, «tuo padre mi dice che sei una gran giocatrice di tennis.»

In quel momento Carmen aveva la bocca assolutamente piena. Ebbe l'impressione che le ci volessero cinque lunghi minuti per masticare e inghiottire il boccone. «Me la cavo» fu la grande uscita dopo tutto quel masticare.

Carmen sapeva di risultare pungente con quelle risposte a monosillabi. Avrebbe potuto allargare il discorso, o rispondere a sua volta con una domanda. Ma era furibonda, così furibonda che stentava a riconoscersi. Detestava il fatto che la cucina di Lydia fosse così buona. Detestava il fatto che il padre la apprezzasse tanto. Detestava il fatto che Krista sembrasse una bambolina nel suo cardigan color lavanda. Avrebbe voluto che Paul dicesse qualcosa, invece di starsene lì a pensare che lei era una stupida pazza. Odiava quella gente. Non voleva essere lì. D'un tratto avvertì un senso di vertigine. Sentì il panico provocarle un crampo allo stomaco. Il suo cuore batteva in modo irregolare.

Si alzò.

«Posso chiamare la mamma?» chiese al padre.

«Certo» disse lui, alzandosi a sua volta. «Perché non usi il telefono nella camera degli ospiti?»

Carmen lasciò il tavolo senza altre parole e corse al piano di sopra.

«Mami» singhiozzava nella cornetta un minuto più tardi. Ogni giorno che era passato da dopo la fine dell'anno scolastico, Carmen aveva allontanato sempre di più la madre, un pezzetto alla volta, pregustando l'estate con il padre. Ora ne sentiva la mancanza, aveva bisogno di lei per dimenticare tutti quei giorni.

«Cosa c'è, bambina mia?»

«Papà si sposa. Ha già una nuova famiglia. Ha una moglie, due figli biondi e una casa elegante. Cosa ci faccio io qui?»

«Oh, Carmen. Mio Dio. Si sposa, davvero? Lei chi è?»

La madre non riuscì a impedire che almeno un briciolo della sua curiosità filtrasse attraverso la preoccupazione per la figlia.

«Sì, si sposa. In agosto. Lei si chiama Lydia.»

«Lydia come?»

«Non lo so nemmeno.» Carmen si buttò sul copriletto a fiori.

La madre sospirò. «Come sono i figli?»

«Non so. Biondi. Silenziosi.»

«Quanti anni hanno?»

Carmen non aveva voglia di rispondere. Voleva essere coccolata, compatita.

«Sono ragazzi. Il figlio è più grande di me, ma non so bene.»

«Be', sinceramente avrebbe dovuto dirtelo prima che tu andassi lì.»

Carmen sentiva una punta di rabbia nella voce della madre, ma non voleva farci i conti proprio ora.

«Va bene così, mami. Ha detto che voleva parlarmene di persona. È solo... che non ho più tanta voglia di stare qui.»

«Oh, tesoro... Sei delusa di non avere il tuo papà tutto per te?»

Messa così la cosa, a Carmen non rimaneva più spazio per la sua giusta indignazione.

«Non è questo» disse piangendo. «Loro sono così...»

«Così come?»

«Non mi piacciono.» La rabbia le impediva di articolare pensieri definiti.

«Perché no?»

«Perché no. E io non piaccio a loro.»

«Come fai a saperlo?» chiese la madre.

«Lo so e basta» ribatté Carmen di malumore, detestandosi perché faceva la bambina.

«Ce l'hai con questi estranei o ce l'hai con tuo padre?»

«Non ce l'ho con lui» si affrettò a rispondere Carmen, senza neppure perdere un istante a valutare l'ipotesi. Non era colpa del padre se aveva perso la testa per una che aveva due figli zombie e una camera per gli ospiti che sembrava trasportata di peso da un Holiday Inn.

Salutò la madre e promise che l'avrebbe chiamata il giorno dopo. Poi si rotolò sulla pancia e pianse, senza saper bene perché. La parte sana del suo cervello le diceva che avrebbe dovuto essere felice per il padre. Aveva incontrato una donna che amava tanto da sposarla. Aveva una vita ricca, ora. Era chiaro che lo voleva, e Carmen sapeva che anche lei avrebbe dovuto desiderarlo per lui.

Eppure li odiava. E odiava se stessa perché li odiava.

Bridget camminava piano nell'acqua tiepida. Migliaia di pesciolini tropicali le sfrecciavano intorno alle caviglie.

«Io voglio Eric» disse Bridget a Diana, che era stata assegnata alla squadra quattro. «Faresti cambio con me?» Non era la prima volta che faceva quella proposta.

Diana rise. «Credi che qualcuno lo noterebbe?»

«Alle cinque ha un allenamento di corsa» intervenne Emily.

Bridget guardò l'orologio. «Maledizione, è tra cinque minuti.»

«Non avrai davvero intenzione di andarci» disse Diana.

Bridget era già quasi fuori dall'acqua.

«Certo che sì.»

«Sono dieci chilometri di corsa» disse Emily.

La verità era che Bridget non aveva corso nemmeno un chilometro negli ultimi due mesi. «Dov'è il punto di ritrovo?»

«Di fronte all'attrezzeria» rispose Emily, avanzando verso l'acqua più fonda.

«Ci vediamo» gridò Bridget da sopra la spalla.

Nella camerata, si infilò un paio di calzoncini sugli slip del costume e sostituì il reggiseno con uno sportivo. Poi si mise le calze e le scarpe da jogging. Faceva troppo caldo per chiedersi se era dignitoso correre solo con il reggiseno. Il gruppo era già partito e Bridget per raggiungerli dovette tagliare per uno sterrato. Avrebbe dovuto fare almeno un minuto di stretching. Erano più o meno quindici. Bridget rimase indietro per il primo chilometro, finché non trovò il passo. Aveva le gambe lunghe e nessun chilo di troppo, il che la rendeva per natura una buona atleta, per quanto fuori allenamento.

Raggiunse il gruppo. Eric la notò. Bridget si avvicinò. «Ciao. Io sono Bridget» disse.

«Bridget?» Eric si lasciò raggiungere.

«Quasi tutti mi chiamano Bee, però.»

«Io sono Eric» si presentò lui.

«Lo so.»

Eric si voltò verso il gruppo. «Un chilometro in quattro minuti e venti: direi che non siete male. Se siete stanche, rallentate. Non pretendo che tutti arrivino in fondo insieme a me.»

No. Quattordici chilometri l'ora. Il sentiero si inerpicava sulla collina. Bridget sollevava polvere dal suolo asciutto. Sul crinale il terreno tornava in piano. Corsero lungo il letto di un torrente, che nella stagione asciutta ospitava solo un rivolo d'acqua.

Bridget era sudata, ma il respiro era regolare. Stava al passo con Eric. «Ho sentito che sei di Los Angeles» disse. Ad alcuni piace parlare quando corrono, altri lo detestano. Voleva scoprire a quale gruppo appartenesse Eric.

«Sì» rispose lui.

Bridget lo aveva già classificato nel gruppo due quando Eric riaprì bocca. «Ho vissuto tantissimo tempo qui, però.»

«Qui in Baja California?»

«Sì. Mia madre è messicana. È di Mulegé.»

«Davvero?» chiese Bridget, davvero interessata, il che giustificò lo sguardo di lui. «Appena pochi chilometri a sud di qui, giusto?»

«Giusto» confermò Eric. «E tu?»

«Io sono di Washington, ma mio padre viene da Amsterdam.»

«Perciò ne sai qualcosa, della sindrome da genitore straniero!»

Lei rise, soddisfatta di come stavano andando le cose. «Sì, la conosco.»

«E tua madre?» Qui, senza preavviso, Bridget si trovò a passare direttamente alla seconda prova, che, quando possibile, preferiva lasciare per molto più avanti.

«Mia madre...» È? Era? Si sentiva ancora indecisa sui tempi da usare, quando si affrontava la questione. «Mia madre... era dell'Alabama. È morta.» Per quattro anni Bridget si era ostinata a dire "se n'è andata", ma poi questa formula aveva iniziato a irritarla. Non diceva la verità.

Eric si voltò a guardarla negli occhi.

«Sono triste per te.»

Bridget sentì il sudore asciugarsi sulla sua pelle. Era una frase di un'onestà disarmante. Distolse lo sguardo. Per lo meno non aveva detto "mi dispiace". D'un tratto si sentì troppo esposta, con addosso solo il reggiseno.

Con la maggior parte dei ragazzi, Bridget riusciva a spostare in là la questione. Con qualcuno era riuscita a uscire per mesi senza nemmeno sfiorarla. Era strano che con Eric fosse saltato fuori entro i primi due minuti. Carmen lo avrebbe preso come un segno, ma lei era sempre a caccia di segni. Bridget mai.

«Vai alla Columbia University?» chiese, lasciandosi alle spalle, sul sentiero, il proprio disagio.

«Sì.»

«Ti piace?»

«È uno strano college, per un atleta» disse. «Non è che allo sport diano grande peso, lì.»

«Già.»

«Ma c'è un buon corso di calcio e i professori sono decisamente ottimi. Mia madre ci teneva molto.»

«Giusto» disse Bridget. Di profilo era terribilmente carino.

Ora stava aumentando il ritmo e lei la prese come una sfida. Le piacevano sempre le sfide.

Bridget si lanciò un'occhiata alle spalle e vide che il gruppo si era assottigliato di parecchio. Lei stava perfettamente al passo con Eric. Adorava la sensazione dei muscoli in tensione, l'euforia che si faceva avanti con il crescere della spossatezza.

«Quanti anni hai?» le chiese Eric di punto in bianco.

Lei aveva sperato di eludere l'argomento. Sapeva di essere una delle più giovani, lì. «Sedici» rispose. Le mancava poco per compierli. Non era un crimine arrotondare, o sì? «E tu?»

«Diciannove.»

Non era poi una grande differenza. Soprattutto se lei avesse avuto davvero sedici anni.

«Stai già pensando al college?» chiese lui.

«Forse la University of Virginia» disse Bridget. In realtà non ne aveva idea. La verità era che l'allenatore della University of Virginia aveva già parlato di lei con l'allenatore delle superiori. Bridget sapeva di non doversi preoccupare troppo del college anche se i suoi voti non erano spettacolari.

«Grande scuola» commentò lui.

Ora fu lei ad allungare il passo. Si sentiva bene e l'eccitazione di essere così vicina a Eric le infondeva energia. Disegnarono un cerchio per finire la corsa tornando sulla spiaggia. «Prendi la corsa piuttosto sul serio» disse Eric.

Lei rise. «Non correvo da mesi.» E con questo accelerò per lo sprint finale. Il resto del gruppo li seguiva ormai con grande distacco. Bridget era curiosa di vedere se Eric avrebbe mantenuto il passo che si era imposto o se lo avrebbe abbandonato per rimanerle al fianco.

Sentì il gomito di lui sfiorare il suo. Sorrise. «Gara!»

Scattarono in velocità per l'ultimo chilometro che li separava dalla spiaggia. Bridget si sentiva scorrere nelle vene tanta adrenalina che avrebbe potuto superare quella distanza volando.

Crollò sulla spiaggia. Lui fece altrettanto. «Credo che abbiamo stabilito un record» disse.

Bridget allargò le braccia, felice. «Ho sempre degli obiettivi.» Poi si rotolò nella sabbia fino a trasformarsi in una specie di frittella coperta di zucchero. Lui la guardava, ridendo.

Il resto del gruppo li avrebbe raggiunti tra un paio di minuti. Lei si alzò e calciò lontano scarpe e calze. Poi, guardandolo dritto negli occhi, si sfilò i calzoncini rivelando il costume da bagno. Sfilò l'elastico dai capelli. Granelli di sabbia dorata le rimasero attaccati alle spalle e alla schiena sudata.

Lui distolse lo sguardo.

«Nuotiamo» propose lei.

Ora lui aveva un'espressione seria. Non si mosse.

Lei non rimase ad aspettarlo. Camminò nell'acqua per qualche metro, poi si tuffò. Quando riemerse vide che Eric si era tolto la maglietta bagnata di sudore. Lei lo guardava senza nasconderlo.

Eric si tuffò dietro di lei, proprio come lei aveva pregato che facesse. La oltrepassò nuotando sott'acqua e riemerse qualche metro più in là.

Bridget, senza nessun motivo, alzò le braccia nell'aria. Saltellava su e giù nell'acqua, incapace di contenere la propria energia.

«È il posto più bello del mondo.»

Lui rideva di nuovo. L'espressione seria era sparita.

Bridget si immerse, puntando verso il fondo sabbioso. Oltrepassò lenta i piedi di lui. D'istinto tese una mano e gli sfiorò la caviglia con un dito, leggera come un minuscolo pesce tropicale.

SE LA VITA TI OFFRE
UN LIMONE, TU DI':
SÌ, ADORO I LIMONI.
CHE ALTRO C'È?

– HENRY ROLLINS

Quando Lena arrivò in cucina il mattino dopo, per colazione, solo Bapi era sveglio. «*Kalimera*» disse lei.

Lui annuì, facendole l'occhiolino, compiaciuto. Lei si sedette di fronte a lui al tavolo della cucina. Il nonno indicò una scatola di Rice Krispies. Guarda caso, lei li adorava. «*Efcharistó*» lo ringraziò Lena, e con questo aveva praticamente esaurito il suo patrimonio di parole greche. La nonna aveva preparato ciotole e cucchiai. Il nonno le passò il latte.

Tutti e due masticavano. Lei guardava lui e lui guardava nella propria ciotola. Era infastidito dalla sua presenza? Preferiva fare colazione da solo? Era deluso del fatto che lei non parlasse greco?

Il nonno si servì una seconda ciotola di cereali. Era magrolino, ma evidentemente godeva di buon appetito. Buffo: guardando Bapi, riconosceva in lui le proprie fattezze. Il naso, per esempio. Quasi tutti in famiglia avevano il celebre naso alla Kaligaris: il padre, la zia, Effie. Un naso così grande e prominente dava carattere al volto. La madre, ovviamente, aveva un naso diverso – un naso alla Patmos – ma anche quello era abbastanza caratteristico. Il naso di Lena era piccolo, delicato, senza carattere. Lei si era sempre chiesta dove l'avesse preso, ma ora lo vedeva lì in mezzo alla faccia del nonno. Voleva dire che era lei ad avere un autentico naso alla Kaligaris? Sin da bambina aveva sempre desiderato avere il nasone di famiglia. Ora che vedeva da dove aveva preso il suo, le piaceva un pochino di più.

Si costrinse a smettere di fissare Bapi. Lo stava mettendo a disagio. Doveva dire assolutamente qualcosa. Non era molto carino da parte sua starsene lì seduta senza spiccicare una parola.

«Voglio dipingere, questa mattina» disse, mimando il gesto.

Lui parve risvegliarsi bruscamente dal suo sogno a occhi aperti sui cereali. Lei conosceva così bene quella sensazione. Il nonno alzò le sopracciglia e annuì. Lena non riuscì a decidere se avesse capito almeno una parola.

«Stavo pensando di arrivare a piedi fino ad Ammoudi. Esistono scale che portano fin laggiù?»

Il nonno annuì. Lena immaginò che volesse tornare alla sua contemplazione della scatola di cereali. Era stufo di lei? Lo stava disturbando?

«Be', okay, ci vediamo più tardi. Buona giornata, nonno. *Antío.*»

Salì al piano di sopra e infilò nello zainetto tutto quello che le serviva per dipingere, con la stranissima sensazione di essere Effie e di aver appena fatto colazione con Lena.

Infilò i Pantaloni e una camicia stropicciata di lino bianco. Si mise in spalla lo zainetto con tavolozza, cavalletto pieghevole e fogli da disegno.

Proprio mentre stava per mettere piede sulle scale, apparve sulla porta Kostos: portava un vassoio di dolcetti appena preparati da sua nonna. La nonna di Lena lo baciò e abbracciò, ringraziandolo in un greco così rapido che Lena non riuscì a cogliere nemmeno una parola.

La nonna adocchiò Lena e ne intercettò lo sguardo. Subito invitò Kostos a entrare. Lena era dispiaciuta che Effie non fosse sveglia. Si avviò verso la porta.

«Lena, siediti. Mangia un dolcetto» ordinò la nonna.

«Sto andando a dipingere. Devo cominciare prima che il sole sia troppo alto e faccia sparire le ombre» si scusò Lena. Tecnicamente non era vero, perché in realtà quel giorno avrebbe cominciato dallo schizzo, il che voleva dire che le ombre non contavano.

Kostos si avvicinò alla porta. «Devo andare al lavoro, Valia. Sono già in ritardo.»

La nonna si accontentò dell'idea che quanto meno i due giovani avrebbero dovuto fare un pezzo di strada insieme. Fece l'occhiolino alla nipote mentre Lena seguiva Kostos fuori della porta. «È un ragazzo carino» le bisbigliò di nascosto. Ormai era un ritornello.

«Ti piace dipingere» osservò Kostos quando furono usciti alla luce del sole.

«Sì» rispose Lena. «Soprattutto qui.» Non sapeva bene perché gli avesse offerto quest'ultimo spiraglio gratuito.

«So che è bello qui» commentò pensieroso Kostos, lasciando vagare lo sguardo lontano, verso lo scintillio del mare, «ma io faccio fatica a vederlo. Non conosco altri paesaggi.»

Lena sentì il desiderio di una vera conversazione. Era interessata a quello che Kostos diceva. Poi pensò alla nonna, che probabilmente li stava osservando dalla finestra.

«Da che parte vai?» chiese Lena. Gli stava preparando una trappola un po' sleale.

Kostos la guardò di traverso, cercando di indovinare quale fosse la risposta migliore, ma l'onestà prevalse. «Giù per la discesa. Alla fucina.»

Facile. «Io invece vado in salita. Oggi voglio dipingere un po' di alberi.» E cominciò ad allontanarsi da lui, su per la collina.

Kostos era deluso. Ma aveva capito che lei gli aveva giocato un brutto tiro? La maggior parte dei ragazzi non sono così sensibili ai no.

«D'accordo» si arrese Kostos, «buona giornata.»

«Anche a te» rispose lei con disinvoltura.

Era un peccato dover puntare verso l'interno, perché quel mattino si era svegliata con una voglia pazza di dipingere il porticciolo di Ammoudi.

Tibba-dee,

tu odieresti questo campeggio. È un posto sanissimo, con i classici americani che fanno sport ventiquattr'ore su ventiquattro. Darsi un cinque va di gran moda, e ho anche assistito a un abbraccio di gruppo: cliché sportivi dalla mattina alla sera.

Quasi quasi sei felice di essere al Wallman's, eh?

Sto scherzando, Tib.

Certo che io adoro questo posto. Ma ogni giorno che passo qui mi rendo conto di quanto sono felice che la mia vera vita non sia così, tra persone identiche a me, perché altrimenti non avrei voi, giusto?

Ah, mi sono innamorata.

Non te l'avevo ancora detto? Si chiama Eric. È un allenatore, dunque intoccabile. Ma tu mi conosci.

Con affetto,

la tua amica di penna Bee

Tornata al Wallman's, Tibby scoprì due cose: primo, aveva commesso "un'infrazione passibile di licenziamento" abbandonando con così largo anticipo il proprio turno (come Duncan si affrettò a informarla senza perdere tempo). Le sarebbe stata concessa un'ultima chance, ma non sarebbe stata pagata per le ore di lavoro di quel giorno. Tibby cominciava a pensare che alla fine sarebbe stata lei a dovere dei soldi a Wallman's.

La seconda scoperta fu che il portafoglio della ragazzina che aveva perso i sensi era accanto al suo nel sacchetto di plastica trasparente da "impiegata cattiva". Oh, maledizione!

Recuperò la tessera della biblioteca su cui era scritto il nome della sconosciuta: Bailey Graffman. Uscì e andò verso la cabina telefonica. L'elenco degli abbonati per fortuna dava soltanto un Graffman con due effe, in una strada poco distante da Wallman's.

Tibby prese la bici e percorse i pochi isolati che la separavano da casa Graffman. Fu una donna, la signora Graffman probabilmente, ad aprirle. «Salve, mi chiamo Tibby e... be'...»

«Sei tu che hai trovato Bailey da Wallman's?» disse la donna, con aria riconoscente.

«Giusto. Insomma, avevo preso il suo portafoglio per cercare un modo per chiamarvi e, be', ho dimenticato di restituirglielo» spiegò Tibby. «C'erano soltanto quattro dollari dentro» aggiunse in tono di difesa.

La signora Graffman la guardò confusa. «Mmm. Giusto. Certo.» Poi sorrise. «Bailey riposa al piano di sopra. Perché non glielo restituisci tu? Sono sicura che le farà piacere ringraziarti di persona.»

«Su per le scale e poi diritto» disse la donna mentre Tibby si avviava controvoglia su per le scale.

«Ehi, ciao» disse timidamente sulla porta della camera della ragazzina. La stanza aveva la tappezzeria di raso e gonfie tende gialle, ma c'erano anche dappertutto poster di complessi musicali giovanili. «Be', sono Tibby...»

«Sei la ragazza del supermercato» disse Bailey, alzandosi a sedere.

«Sì.» Tibby si avvicinò al letto e le diede il portafoglio.

«Mi hai sfilato il portafoglio?» chiese la ragazzina strizzando gli occhi.

Tibby si incupì. Che bambinetta insopportabile. «Non ti ho

sfilato il portafoglio. All'ospedale lo hanno usato per chiamare i tuoi genitori e poi per sbaglio è rimasto a me. Eccolo, comunque» e lo lanciò sul letto.

Bailey lo afferrò e guardò dentro, contando le banconote. «Secondo me avevo più di quattro dollari.»

«Io credo di no.»

«Perché li hai presi tu.»

Tibby scosse la testa incredula. «Stai scherzando? Credi davvero che ti avrei rubato i soldi e poi mi sarei fatta tutta questa strada per venire qui a riportarti il tuo patetico portafoglio? Cos'altro c'è che vale la pena di restituire a parte i soldi? Il tuo oroscopo? Rischiamo chissà che disgrazia se dimentichi il tuo segno zodiacale?»

Bailey parve sorpresa.

Tibby si sentì cattiva. Forse aveva esagerato.

Bailey però non si era ancora arresa. «E cosa c'è invece di importante nel tuo portafoglio? Una patente per guidare la bici? Un tesserino di riconoscimento di Wallman's?» E pronunciò Wallman's con un disprezzo tale che perfino Tibby avrebbe avuto qualcosa da imparare.

Tibby strizzò gli occhi. «Quanti anni hai? Dieci? Chi ti ha insegnato a essere così tagliente?»

Le sopracciglia di Bailey si abbassarono in un'espressione di rabbia. «Ne ho dodici.»

Ora Tibby si sentiva anche peggio di prima. Aveva sempre detestato quelli che la credevano più piccola, solo perché era bassa, minuta e senza seno.

«Quanti anni hai tu?» chiese a sua volta Bailey. Aveva uno sguardo vivace, combattivo. «Tredici?»

«Bailey! È ora di prendere la medicina» gridò la madre dal piano di sotto. «Vuoi mandare giù la tua amica?»

Tibby si guardò intorno. L'amica era lei?

«Certo» gridò Bailey di rimando. Aveva l'aria divertita. «Ti spiace?»

Tibby scosse la testa. «Certo che no, visto come accetti i favori.» E si avviò giù per le scale chiedendosi che cosa diavolo ci faceva lei lì.

La signora Graffman le diede un lungo bicchiere di succo di frutta e un bicchierino di carta pieno di pillole. «Tutto bene lassù?» chiese.

«Sì, direi» rispose Tibby.

La donna la scrutò in viso un istante. «A Bailey piace mettere alla prova la gente» spiegò, senza alcun particolare motivo.

«A Tibby piace mettere alla prova la gente.» Era da brivido. Quante volte aveva sentito sua madre pronunciare quelle precise parole?

«È certo colpa della sua malattia.»

«Che malattia?» chiese Tibby senza riflettere.

La signora Graffman pareva stupita che non lo sapesse. «Ha la leucemia.» Si sforzò di mantenere un tono neutro, come se avesse ripetuto quella parola milioni di volte e ora non le facesse più paura. Ma Tibby vedeva bene che non era così.

Tibby ebbe la sensazione di sprofondare. Quella donna la guardava con troppa intensità, come se lei potesse dire qualcosa di importante. «Mi spiace» mormorò impacciata.

Poi si costrinse a risalire le scale. C'era qualcosa di troppo triste nello sguardo ansioso della mamma di un bambino malato.

Si fermò davanti alla porta di Bailey, rovesciando qualche goccia di succo d'arancia e sentendosi un mostro per le cattiverie che aveva detto. Certo, era stata Bailey a cominciare, ma Bailey aveva la leucemia.

La ragazzina ora era seduta sul letto, evidentemente ansiosa di riprendere la battaglia.

Tibby si incollò sulla faccia un vago, blando sorriso amichevole e porse a Bailey le sue pillole.

«E allora hai mentito sull'età per avere il posto da Wallman's? Il minimo non è quindici?»

Tibby si schiarì la voce, bene attenta a non lasciare che il suo sorriso si afflosciasse. «Sì, è il minimo. E in effetti ho quindici anni.»

Bailey era chiaramente irritata. «Non li dimostri.»

Il sorriso di Tibby era teso. Non ricordava neppure come doveva essere un sorriso normale. Quello che aveva ora doveva essersi trasformato in un ghigno. «Credo di no» rispose piano. Avrebbe tanto voluto andar via.

Gli occhi di Bailey si riempirono a un tratto di lacrime. Tibby distolse lo sguardo. «Te l'ha detto, vero?» chiese.

«Mi ha detto cosa?» chiese Tibby come se parlasse alla coperta, odiandosi perché faceva finta di non sapere quello che sapeva perfettamente. Odiava la gente che si comportava così.

«Che sono malata!» L'espressione da dura di Bailey faceva acqua tanto quanto il sorriso amichevole di Tibby.

«No» mormorò Tibby, disprezzando la propria vigliaccheria.

«Non credevo che fossi una bugiarda» ribatté secca Bailey.

Gli occhi di Tibby, in cerca di un bersaglio qualunque che non fosse il volto di Bailey, approdarono su un tessuto di rete attraversato da un ago con un filo da ricamo rosso posato sul copriletto di Bailey. C'era scritto, con punti precisi: TU SEI LA MIA. La mia che? Luce? Tibby ne fu colpita: le pareva un dettaglio tragico, patetico.

«È meglio che io vada» disse quasi in un sussurro.

«Bene. Esci di qui» disse Bailey.

«Okay. Ci vediamo» rispose Tibby come un robot, e trascinò i piedi verso la porta.

«Complimenti per il grembiule» le sibilò Bailey alle spalle.

«Grazie» si sentì dire Tibby mentre fuggiva.

Cara Carmen,

un'estate mi piacerebbe che venissimo qui tutte insieme. È la cosa più allegra che possa immaginare. Il primo giorno avrò fatto un milione di scalini giù per la scogliera, per arrivare a un minuscolo villaggio di pescatori che si chiama Ammoudi, sulla riva della caldera.

È un'enorme distesa d'acqua che ha sommerso la terra quando una mostruosa esplosione vulcanica ha fatto sprofondare gran parte dell'isola. Quando ho finito di dipingere le barchette greche si bolliva di caldo, così mi sono spogliata (avevo il costume) e mi sono tuffata direttamente nell'acqua fredda e limpida.

Ho fatto un quadro per te. È la torre campanaria di una chiesetta che c'è qui a Oia. Il mio nonno timido, che non parla una parola di inglese, mi è venuto alle spalle ed è rimasto a studiare il mio dipinto per un bel po'. Poi ha annuito in segno di approvazione: era proprio tenero.

Io ed Effie siamo arrivate in bici fino a Thira, capoluogo dell'isola, e abbiamo bevuto un caffè incredibilmente forte in un bar all'aperto. Ci sentivamo entrambe su di giri per la caffeina. Io ero agitata e stavo in silenzio, mentre Effie flirtava con i camerieri e perfino con alcuni passanti.

E poi c'è questo Kostos. Passerà da casa nostra sei volte al giorno. Si ostina a cercare di catturare il mio sguardo e di intavolare una conversazione, ma io non starò al suo gioco. Il massimo desiderio di mia nonna sarebbe che ci innamorassimo.

Cosa puoi immaginare di meno romantico?

A parte questo, non è successo nulla di notevole. Nulla all'altezza dei Pantaloni, che sono ancora qui in paziente attesa.

Non vedo l'ora di ricevere una lettera da te. La posta è così lenta, qui. Vorrei tanto avere un computer. Spero che tu e Al vi stiate dando alla pazza gioia.

Un abbraccio,
Lena

"Che cosa ci faccio qui?" Carmen si guardò intorno nella stanza chiassosa, ma le sue orecchie e i suoi occhi non riuscivano a distinguere un singolo rumore né un singolo volto: era solo un grumo casuale di gioventù in South Carolina.

Krista chiacchierava con le amiche nel cortile sul retro. Paul si dava un sacco di arie di fronte alla sua fidanzata-bambolina e ai suoi amici palestrati. Carmen se ne stava da sola accanto alle scale, senza curarsi di sembrare un'inesorabile perdente.

Si sentiva stranamente stordita, invisibile. Non era solo che le mancavano le sue amiche: cominciava a chiedersi se aveva bisogno di averle attorno per sentirsi esistere.

Lydia e suo padre avevano i biglietti per un concerto di musica da camera. (Per la cronaca, suo padre detestava la musica classica.) Così avevano pensato che mandare Carmen a un "party divertente" in compagnia di Krista e Paul avrebbe sistemato le cose.

Nemmeno una musona che aveva passato quattro giorni a tenere il broncio nella camera degli ospiti avrebbe potuto resistere a un "party divertente". Il padre aveva riposto una speranza talmente patetica nell'idea che lei ci era andata e basta. Che cosa le importava, del resto?

Un tappo la urtò con la spalla. «Scusa» le disse, rovesciando sul tappeto metà della birra che aveva nel bicchiere di plastica.

Poi si fermò a guardarla: «Ciao» le disse.

«Ciao» borbottò Carmen.

«Chi sei?» chiese il ragazzo. Le guardava le tette come se stesse rivolgendo la domanda a loro.

Lei incrociò le braccia. «Be', sono qui con Krista e Paul Rodman... sono la loro... Loro madre è la mia...»

Gli occhi del tappo si erano già allontanati da lei e Carmen non si curò neppure di finire la frase. A chi importava?

«Ci vediamo» disse, e lo mollò lì.

D'un tratto si ritrovò accanto a Paul. Penoso. Lui la salutò con un cenno. Aveva in mano una Coca Cola. Probabilmente la stava bevendo tra una birra e l'altra. «Conosci Kelly?» le chiese. Kelly aveva un braccio avviticchiato attorno alla vita di Paul. Era carina quanto un mostro: zigomi troppo marcati, occhi troppo distanti, clavicole sporgenti dalla scollatura ossuta.

«Ciao, Kelly» salutò Carmen svogliatamente.

«E tu sei?» chiese Kelly.

«Sono Carmen.» Kelly era evidentemente inquieta perché Paul conosceva una ragazza che lei non conosceva. E dato che Paul pronunciava una media di non più di sette parole al giorno, molto probabilmente non le aveva spiegato che Carmen viveva a casa sua. «Vivo con Paul» disse, volutamente ambigua.

Le sopracciglia sottili di Kelly si inarcarono fin quasi all'attaccatura dei capelli. Poi Carmen scivolò via.

«Vado a prendere da bere» mormorò, lanciando uno sguardo malizioso a Paul.

Povero Paul. Gli ci sarebbero volute le parole di un anno intero per spiegare.

HO VISTO IL FUTURO.
È COME IL PRESENTE.
SOLO PIÙ LUNGO.

— DAN QUISENBERRY

«Tibby, ti dispiacerebbe tagliare il pollo di Nicky?» chiese sua madre. In genere Tibby si sarebbe lamentata, ma quella sera si chinò verso il tavolo ed eseguì. Nicky le afferrò il coltello. «Tallio io! Tallio io!»

Con pazienza Tibby le staccò le dita grasse e appiccicose dal manico. «I coltelli non sono per i bambini, Nicky» lo rimproverò. Suonava esattamente come sua madre.

Nicky espresse le proprie emozioni afferrando due manciate di spaghetti e lanciandole sul pavimento.

«Prendilo!» raccomandò la madre.

Tibby eseguì. Arrivava sempre un momento durante la cena in cui Nicky cominciava a scagliare in giro il cibo. Il trucco era approfittare dell'attimo per prendergli il piatto.

Tibby osservava desolata gli spaghetti spiaccicati sulla moquette azzurra di materiale sintetico lavabile. Era così resistente alle macchie che Tibby sospettava fosse fatto di nylon. Una volta c'era un tappeto di paglia che le solleticava i piedi. Una volta c'erano portacandele messicani e spargisale e pepe fatti da Tibby con la creta. Ora ce n'erano due comprati al Pottery Barn. Tibby non avrebbe saputo dire esattamente il giorno in cui i suoi spargisale e pepe erano scomparsi, ma poteva datare vagamente il periodo. Era successo non molto tempo dopo che sua madre aveva smesso di essere una scultrice e aveva dato l'esame per diventare un'agente immobiliare.

«Yogurt! Vollio yogurt» strillava Nicky.

La madre di Tibby sospirò. Stava dando il biberon a Katherine, mezza addormentata. «Tibby, ti dispiacerebbe prendergli uno yogurt?» chiese con voce stanca.

«Sto ancora mangiando» si lamentò lei. Soprattutto le sere in cui il padre tornava tardi dal lavoro, la madre si aspettava che Tibby intervenisse a condividere le responsabilità del genitore. Come se avesse scelto lei di trovarsi tra i piedi quei due marmocchi. Era irritante.

«Bene.» La madre si alzò e sistemò Katherine in braccio a Tibby. La bimba cominciò a strillare e Tibby le ficcò di nuovo in bocca il biberon.

Quando Tibby era piccola, suo padre era stato giornalista, difensore d'ufficio e poi per breve tempo agricoltore biologico, ed era sempre a casa per cena, ma da quando la madre aveva cominciato a frequentare case altrui, grandi e pulite come specchi, e aveva visto quante belle cose avevano gli altri, il padre era passato a fare l'avvocato in una ditta privata, e ora era fuori una sera sì e una no. Tibby pensava che fosse pessimo dal punto di vista organizzativo decidere di fare due figli in più e poi non essere mai presente.

I suoi genitori parlavano continuamente di semplicità, ma ultimamente sprecavano tutto il proprio tempo ad accumulare cose nuove senza avere il tempo per godersele. Nicky affondò le mani nello yogurt e poi si leccò le dita. La madre glielo tolse da sotto il naso e lui cominciò a ululare.

Tibby ebbe la tentazione di parlare alla madre di Bailey e della sua leucemia, ma come al solito le era difficile capire dove infilare una conversazione.

Andò in camera sua, al piano di sopra, e sostituì le batterie della telecamera. Scoccò un'occhiata al computer dormiente, con la spia dell'accensione che pulsava come un lento battito cardiaco sotto lo scotch.

Di solito la sera il suo computer era tutto luci e ronzii, mentre lei spediva e-mail alle amiche, ma erano tutte lontane e lo scotch sembrava un bavaglio sulla bocca del computer.

«Ehi, Mimì» disse Tibby. Mimì dormiva. Tibby aggiunse un po' di mangime nella ciotola e cambiò l'acqua. Mimì dormiva imperterrita.

Più tardi, mentre Tibby si stava appisolando ancora vestita e con le luci accese, i suoi pensieri presero il largo come spesso facevano e cominciarono a fluttuare tra pannolini geriatrici e antitraspiranti, fazzolettini sterili e saponi antibatterici, proteggislip extra-assorbenti e Bailey, accasciata in modo scomposto sul pavimento.

«C'è il tuo fidanzato» disse Diana vedendo Eric avvicinarsi alla veranda.

Bridget fissò gli occhi su di lui. "Alza lo sguardo, forza." Eric lo fece. Poi distolse gli occhi con una rapidità quasi gratificante. L'aveva notata, tutto bene.

Eric prese posto dalla parte opposta del tavolo. Bridget si gettò sulle lasagne: stava morendo di fame. Adorava il cibo della mensa servito in grandi quantità. Era strana, da quel punto di vista.

«Credo che abbia una ragazza a New York» disse una certa Rosie.

«Vedremo» ribatté provocatoria Bridget.

Diana le diede una gomitata.

«Bridget, tu sei pazza.»

Emily scosse la testa. «Lascia perdere. Ti caccerai in un bel guaio.»

«Chi può dirlo?»

Diana assunse la sua aria da Sigmund Freud. «D'altra parte, mettersi nei guai è il tuo obiettivo, non è vero?»

«Non è vero» ribatté caustica Bridget. «Ma hai dato un'occhiata a quel ragazzo?»

Si alzò per andare al buffet e servirsi una seconda porzione di lasagne. Fece un percorso alternativo per passare accanto a Eric. Sapeva che le amiche l'avrebbero tenuta d'occhio.

Si fermò dietro di lui e attese una pausa nella conversazione tra Eric e Marci, la sua assistente. C'era molto rumore tra i tavoli, perciò era perfettamente plausibile che lei dovesse chinarsi vicino all'orecchio di lui. Mentre lo faceva una cortina di capelli ricadde in avanti sfiorando la spalla di Eric. «A che ora è l'amichevole?» chiese Bridget.

Eric osò a malapena voltare la testa. «Alle dieci.»

Bridget lo innervosiva. «Okay. Grazie.» Si rialzò. «Vi faremo la pelle.»

Ora Eric si voltò a guardarla, sorpreso, quasi arrabbiato, ma subito capì dall'espressione che Bridget lo prendeva in giro. «Vedremo.» Almeno sorrideva.

Bridget si avviò verso il buffet, concedendosi un'occhiata veloce alle facce impressionate delle amiche. «Ah» esclamò.

Cara Carmen,

le ragazze della mia baracca hanno alzato le scommesse su me ed Eric a 40/60. Sono perfida, lo corteggio senza pietà. Tu moriresti dal ridere. D'altra parte cosa può fare una povera ragazza relegata a migliaia di chilometri da casa, sulle sponde dell'oceano?

Siamo andati a Mulegé, la cittadina più vicina. La madre di Eric è di lì. Abbiamo visto una grande chiesa missionaria e un carcere che chiamano "carcel sin cerraduras", prigione senza serrature. Di giorno i detenuti lavorano nelle fattorie della zona e la sera tornano a dormire in cella.

Spero che tu ti stia divertendo con Al.

Baci e abbracci,
Bee

Lena aveva a disposizione i Pantaloni ancora per un giorno e voleva spenderlo bene. Fino a quel momento era stata la solita vecchia Lena di sempre: solitaria e amante della routine, attenta a evitare ogni percorso che potesse condurla a spontanee relazioni umane. Nel complesso, non era certo l'elemento ideale per inaugurare la carriera dei Pantaloni Viaggianti.

Quel giorno, però, si sarebbe gettata in un'avventura. Avrebbe fatto qualcosa. Avrebbe sorpreso le amiche. O forse i Pantaloni. O se stessa, a pensarci bene.

Si spinse su, su, su, oltre la cresta della parete rocciosa, nella pianura che si apriva al di sopra. Lì c'era molto più spazio aperto. In lontananza si ergevano alcune colline, probabilmente a segnalare una scogliera ancora più alta, che si tuffava nel mare. Ma lì il pendio era dolce. Per quanto il terreno fosse arido, le rocce si addolcivano in prati e ampie vigne verdeggianti. L'aria sembrava più calda, il sole anche più forte.

"Questi Pantaloni portano davvero fortuna" pensò un chilometro più tardi, raggiungendo un posticino delizioso. Era un oliveto splendido, con le foglie grigioverde che brillavano al sole. Le olive erano ancora piccole e dure, appena nate. In fondo, scoprì un laghetto alimentato da una sorgente. Era un posto così appartato, silenzioso, adorabile, che lo sentì suo: come se fosse la prima persona al mondo ad avervi posato lo sguardo, come se non fosse mai esistito prima che lei arrivasse lì con i suoi Pantaloni magici. Subito Lena montò il cavalletto e cominciò a dipingere.

Prima che il sole avesse raggiunto lo zenit, Lena era in un bagno di sudore dalla testa ai piedi. I raggi battevano così forte da darle le vertigini. Il sudore le gocciolava sul collo e sulle tempie dai capelli spessi e scuri. Si pentì di non aver portato un cappello. Scoccò uno sguardo di desiderio al laghetto. Più che altro si pentiva di non avere portato un costume da bagno.

Si guardò intorno. Non c'era nessuno a vista d'occhio. Non vedeva neppure una casa né una fattoria. Sentì un rivolo di sudore correrle lungo la spina dorsale. Doveva fare un tuffo nel laghetto.

Timida perfino di fronte a se stessa, Lena si sfilò lentamente i vestiti. "Non ci posso credere, io che faccio una cosa simile." Rimase in mutande e reggiseno, lanciando in un mucchio gli altri vestiti. Considerò l'idea di tenere almeno la biancheria mentre si tuffava in acqua, ma poi le sembrò un pudore ridicolo. Lanciò un'occhiata ai Pantaloni e loro la sfidarono a spogliarsi in fretta.

«Aaaah» esclamò Lena entrando in acqua. Era buffo sentirsi parlare ad alta voce. I suoi pensieri e le sue sensazioni di solito erano nascosti così in profondità che di rado riuscivano a emergere in superficie senza uno sforzo deliberato da parte sua. Perfino quando le capitava di vedere qualcosa di davvero buffo in televisione non rideva mai ad alta voce, quando era da sola.

Si tuffò fino a raggiungere il fondo, poi tornò in superficie. Si lasciò galleggiare languidamente: solo il viso affiorava dall'acqua. Il sole le scaldava le palpebre e le guance. Sollevò qualche spruzzo, godendosi le goccioline d'acqua sulla pelle.

"Questo è il momento più perfetto che io abbia mai vissuto" decise. Si sentiva come un'antica divinità greca, sola sotto il cielo.

Lasciò andare le braccia lungo i fianchi, abbandonò indietro la testa, chiuse gli occhi e si lasciò levitare, ogni muscolo del suo corpo sciolto, perfettamente libero. Sarebbe rimasta così fino al tramonto, fino all'alba, fino ad agosto, forse per sempre...

Ogni fibra del suo corpo scattò all'erta: un fruscio nell'erba. Nella frazione di un secondo si ritrovò con i piedi sul fondo ciottoloso del laghetto.

Trasse rapidamente un respiro. C'era qualcuno. Vide l'ombra di una figura oscurata da un albero. Era un essere umano? Un animale? Esistevano fiere capaci di aggredire l'uomo a Santorini?

La sua pace era spezzata, era finita in frammenti minuscoli. Le pareva che il cuore volesse balzarle fuori dal petto. La paura le diceva di rimanere sott'acqua, ma una paura più grande le diceva di scappare via. Si tirò fuori dal laghetto. La figura emerse dall'ombra.

Era Kostos.

Lei lo fissò apertamente, ma, molto peggio, anche lui fissò lei. Lena era stata presa così alla sprovvista, che le ci volle un istante per reagire.

«K-Kostos!» esclamò con un grido spezzato. «Che cosa stai... che diavolo...»

«Mi dispiace» disse lui. Avrebbe dovuto distogliere lo sguardo, ma non lo fece.

Con tre passi Lena aveva raggiunto i suoi vestiti. Li afferrò e si coprì con gli abiti appallottolati. «Mi hai seguito?» quasi gridava. «Mi hai spiato? Da quanto tempo sei lì?»

«Mi dispiace» ripeté lui, mormorando qualcosa in greco. Poi si voltò e prese ad allontanarsi.

Ancora gocciolante, Lena si infilò in fretta i vestiti. Con uno scatto di rabbia gettò nello zaino tela, cavalletto e tavolozza, sciupando il dipinto ancora fresco. Attraversò rapida il prato, diretta verso la discesa rocciosa, troppo furibonda per mettere ordine nei pensieri.

Lui l'aveva seguita! E se lui... Si era infilata i Pantaloni al rovescio. Come osava fissarla in quel modo! Lei avrebbe...

Arrivata quasi a casa, si accorse che aveva la camicia con due bottoni allacciati male e così bagnata, tra sudore e acqua del laghetto, da aderirle al corpo in modo quasi osceno.

Si precipitò dentro e gettò lo zainetto per terra. La nonna corse fuori dalla cucina e rimase a bocca aperta di fronte alla nipote.

«Lena, agnellino mio, cosa ti è successo?»

Il volto della nonna era cupo di preoccupazione e a Lena venne voglia di piangere. Le tremava il mento, come quando aveva cinque anni.

«Cosa è successo? Dimmi» disse la nonna, fissando con occhi spalancati e confusi i pantaloni infilati al contrario e la camicia abbottonata storta.

Lena annaspò per trovare le parole. Cercò di imbrigliare almeno uno o due dei pensieri che le vorticavano nella testa. «Kostos non è un ragazzo carino!» esplose infine, tremando di rabbia. Poi marciò fuori dalla stanza.

A VOLTE
SEI IL PARABREZZA,
ALTRE VOLTE L'INSETTO.

– MARK KNOPFLER

Carmen osservava Krista combattere sui compiti al tavolo della cucina. Stava prendendo lezioni estive di geometria per alleggerire il carico di studio che l'aspettava il primo anno delle superiori. Carmen aveva l'impressione che non si sarebbe unita a loro per la messa né per altro.

«Pronta?» le aveva gridato il padre dalla camera, mentre si infilava le scarpe da tennis.

«Quasi» aveva gridato in risposta lei. Era pronta da almeno venti minuti.

Krista cancellava ogni due secondi, poi soffiava via le briciole di gomma rossa dal foglio gualcito. Sembrava una bambina delle elementari. Carmen avvertì un'ondata di compassione e la respinse.

Non riuscì a non sbirciare il problema sul foglio di Krista. Genio della matematica com'era, aveva iniziato il corso di geometria in nona, ed era forse la sua materia preferita in assoluto.

Krista era bloccata su una dimostrazione. Anche solo con un'occhiata dalla parte opposta del tavolo, Carmen avrebbe saputo dire come risolverla con il minor numero possibile di passaggi. Era strana, la voglia che provava di risolvere quell'esercizio.

Le prudevano quasi le dita per il desiderio di prendere in mano la matita. Sentiva Lydia blaterare al telefono del tinello con la sua voce da sposina. Parlava con quello che avrebbe organizzato il banchetto, pensò Carmen, perché non faceva che dire mini soufflé.

«Tutto a posto?» chiese il padre, incorniciato dalla porta della cucina con la maglietta dei Williams e i pantaloncini da tennis bianchi.

Carmen si alzò, con una sensazione di sollievo. Era la prima cosa che faceva con il padre in quei cinque lunghi giorni da quando era lì. Assurdo: si sentiva quasi privilegiata ad averlo per sé. Uscì con un sospiro di felicità, dispiaciuta solo di dover abbandonare il problema di geometria.

Solamente quando si trovò sulla porta le venne il pensiero che, se Krista non fosse stata Krista, se non avesse avuto nessun rapporto con suo padre, lei le avrebbe chiesto di sicuro se aveva bisogno d'aiuto.

Cara Bee,

Skeletor è riapparsa anche questo pomeriggio. Passa qui praticamente ogni ora in cui Paul è in casa. È triste che la mia unica gioia nella vita sia tormentare questa idiota.

Oggi mi sono messa un paio di boxer, una canottiera scollata e ho bussato alla porta di Paul chiedendogli se mi prestava un tagliaunghie.

È evidente che lui mi odia, anche se non apre mai bocca e quindi è difficile dirlo. L'idea che possa trovarmi attraente ed essere così una minaccia per la felicità sua e di Skeletor è assolutamente ridicola, ma lei non se ne rende conto.

Con affetto, dalla vostra maestra di perfidia, a cui rimane solo una briciola di cuore per sentire disperatamente la mancanza delle proprie amiche,

Carmen

Per motivi insondabili, il giorno dopo Bailey riapparve da Wallman's.

«Che diavolo ci fai qui?» le chiese Tibby, dimenticando per un attimo di essere gentile.

«Pensavo di concederti una seconda opportunità» disse Bailey. Aveva addosso dei pantaloni militari quasi identici a quelli di Tibby del giorno prima. Aveva una felpa con il cappuccio e una traccia di eyeliner nero sugli occhi. Voleva sembrare più grande, era chiaro.

«In che senso?» chiese Tibby facendo la finta tonta, di nuovo infastidita da quella propensione a mentire.

Bailey roteò gli occhi, irritata. «Una seconda opportunità di dimostrare che non sei una stronza.»

Malgrado la sua volontà, Tibby sentì una vampata di rabbia. «Chi sarebbe la stronza qui?» scattò.

Bailey sorrise. «Ehi, senti, ma quel grembiule è il tuo vestito per tutte le occasioni?»

«Sì, se lo vuoi te lo presto» rispose Tibby godendosi l'allegria comparsa sul viso di Bailey.

«Nooo, è bruttino» ribatté la ragazzina.

Tibby scoppiò a ridere. «È ben foderato, ed è fatto di petrolio.»

«Carino. Hai bisogno di una mano?» chiese Bailey.

Tibby stava impilando scatole di assorbenti interni. «Stai cercando un impiego da Wallman's?»

«No, mi dispiace solo di avere distrutto quell'espositore di deodoranti.»

«Antitraspiranti» precisò Tibby.

«Giusto» disse Bailey, e cominciò ad accatastare le scatole di assorbenti. «Insomma, te lo levi ogni tanto questo grembiule? O lo porti ventiquattr'ore su ventiquattro?»

Tibby era irritata. Non ne poteva più di battutine sul grembiule. «Ti dispiace lasciar perdere l'argomento?» chiese, tanto per

provare. Era tentata di tirare in ballo il ricamo. Sua madre aveva l'abitudine di ricamare.

Bailey sembrava bendisposta. «Okay, per un po'.» Respinse una ciocca di capelli dagli occhi. «Quando finisci il turno, posso offrirti un gelato o qualcos'altro? Sai, come ringraziamento per non avermi rubato tutti i soldi.»

Tibby non moriva dalla voglia di uscire con una dodicenne. D'altra parte non se la sentiva neppure di dire di no. «Certo, perché no?»

«Grande» esclamò Bailey. «A che ora?»

«Finisco alle quattro» la informò Tibby senza troppo entusiasmo.

«Passo a prenderti» propose Bailey, e si voltò per andare. «Ma sei carina con me solo perché ho il cancro?» chiese, voltandosi indietro.

Tibby soppesò la domanda per qualche istante. Poteva dire un'altra piccola bugia. Oppure no. Alzò le spalle. «Sì. Credo di sì.»

Bailey annuì. «Okay.»

Tibby imparò velocemente le regole fondamentali con Bailey. Non era difficile, ce n'erano solo due: 1) non mentire; 2) non chiederle come stava.

A parte questo, la conversazione che intavolarono sopra un gelato con cioccolato fuso e biscotti era libera di spaziare ovunque.

Tibby si ritrovò a parlare con interesse e disinvoltura insoliti del film che stava progettando. Bailey sembrava affascinata e Tibby non era immune al fascino di avere di fronte qualcuno che la giudicava in gamba.

Il che la indusse a chiedersi se le sue amiche non le mancavano più di quanto pensasse. Era così sola da aprirsi con una qualsiasi dodicenne rompiscatole?

Bailey parve nutrire lo stesso sospetto. «Ma hai degli amici?» le chiese a un certo punto.

«Sì» rispose lei sulla difensiva, ma quando cominciò a descrivere le sue tre favolose, bellissime e stupefacenti amiche e gli splendidi posti in cui stavano trascorrendo le vacanze, si rese conto che sembrava davvero che stesse inventando tutto.

«E dove sono tutti i tuoi amici?» chiese infine, rilanciando la palla a Bailey.

Bailey parlò a raffica di una certa Maddie che ora viveva in Minnesota e di qualche altro.

A un certo punto Tibby alzò lo sguardo e vide Tucker Rowe in piedi accanto al bancone. Il cuore cominciò a batterle più forte. Ma era lui l'unico della loro classe rimasto a casa durante l'estate, oltre a lei? Nel frattempo aveva scoperto che Tucker lavorava in un negozietto di musica alternativa all'ultima moda che condivideva il parcheggio con Wallman's. Era almeno quattro negozi più in là, dopo un Burger King, una pizzeria da asporto e un negozio di animali, perciò non era così scontato incontrarlo, ma altamente probabile. Era già accaduto una volta. Ci sono alcuni che s'inventano tutte le strade possibili pur di incrociare quelli per cui hanno preso una cotta. Tibby faceva tutto il possibile per evitarlo. In genere, aveva notato che Tucker parcheggiava sul retro del centro commerciale, perciò lei si era fatta un punto d'onore di parcheggiare la bici sul davanti. E la cosa pareva funzionare. A parte in quel momento, nella gelateria, che in effetti si trovava oltre il negozio di animali. Tibby si rimproverò in silenzio per la scarsissima prudenza.

Tucker era un po' immusonito, con gli occhi socchiusi, come se fosse appena caduto dal letto. Probabilmente, mentre lei si riposava per il turno successivo da Wallman's, lui aveva passato la nottata al Nine Thirty Club. Tibby si augurò con tutte le forze che Tucker scambiasse Bailey per la sua sorellina minore e non per la sua nuova migliore amica.

«Perché fai quella faccia?»

Tibby le lanciò un'occhiata incandescente. «Cosa intendi?»

«Così, con le guance tutte risucchiate in dentro» e Bailey si esibì in un'imitazione esagerata.

Tibby sentì una vampa di calore al viso. «Ti sbagli, non stavo facendo nulla.» Da quando aveva cominciato a mentire? Si vantava di essere diretta... soprattutto con se stessa. Ma Bailey era così spietata, tanto più diretta di lei, e la costringeva a nascondersi, a rattrappirsi in se stessa: un difetto che Tibby generalmente rinfacciava agli altri.

Bailey non aveva ancora finito. I suoi occhi d'aquila scrutarono la facciata del negozio. «Ti piace?»

Tibby fu tentata di fingere di non sapere di chi stesse parlando, ma si trattenne. «È okay» ammise, a disagio.

«Credi?» Bailey non sembrava convinta. «Che cosa ti piace di lui?»

«Che cosa mi piace di lui?» Tibby era irritata. «Guardalo.»

Bailey lo fissò apertamente. Tibby era in imbarazzo, nonostante in genere detestasse le recite ridicole della serie "non fargli vedere che lo stai guardando".

«Secondo me ha l'aria stupida» annunciò Bailey.

Tibby roteò gli occhi. «Davvero?»

«Ma crede sul serio che quegli orecchini siano carini? E poi, insomma, guardagli i capelli. Quanti chili di gel ci ha messo?»

Tibby in effetti non aveva mai considerato il fatto che Tucker spendeva un bel po' di tempo per apparire come appariva. Era vero che i capelli non potevano stare così in piedi per caso. Eppure, non se la sentiva di ammetterlo di fronte a Bailey.

«Be', non offenderti, Bailey, ma tu hai dodici anni. Non sei nemmeno entrata nella pubertà. Perdonami dunque se non accetto il tuo esperto parere sui ragazzi» rispose Tibby con disprezzo.

«Non mi offendo per nulla» assicurò Bailey, evidentemente divertita. «Ti dirò una cosa. Prima o poi troverò un ragazzo che ne vale la pena, e tu mi dirai se non sei d'accordo.»

«Bene» concordò Tibby, sicura che non avrebbe passato tanto tempo con Bailey da darle la possibilità di individuare quel ragazzo che ne valeva la pena.

«Oh-oh» Diana alzò lo sguardo dal libro. «Bee ha la faccia da pirata.»

«Non è vero» protestò Bridget, ma Diana aveva ragione.

Ollie era seduta sul letto a gambe incrociate. Un mucchio di ragazze della baracca erano già in camicia da notte. «Vuoi fare un raid nella baracca degli allenatori?» si informò Ollie.

Bridget sollevò le sopracciglia con interesse. «Suona bene, ma non era quello a cui stavo pensando.»

«A cosa stavi pensando?» chiese Diana con la sua aria da so-tutto.

«Due parole. Hotel Hacienda.» Era l'unico bar di tutta Mulegé, il posto dove aveva sentito che gli allenatori si ritrovavano la sera.

«Non credo che sia prevista la nostra presenza» disse Emily.

«Perché no?» sfidò Bridget. «Ollie ha diciassette anni. Sarah Snell diciotto. Praticamente la metà di noi in autunno andrà al college.» Lei non faceva parte di quella metà, ma non vedeva il bisogno di chiarirlo. «Non siamo al campo Kitchee, dove ti fanno spegnere perfino le torce alle nove. Dai, forza. Non esiste nemmeno un limite minimo di età per bere alcolici, in Messico.» In realtà non sapeva neppure se era vero.

«Domani abbiamo la prima amichevole» fece notare Rosie.

«E allora? Festeggiare un po' ti fa giocare meglio» rispose Bridget con disinvoltura. Era una frase in linea con le sbruffonate tipo "L'alcol ti fa guidare meglio" o "Gli spinelli ti trasformano in un asso della fisica", ma che cosa importava? Era in uno dei suoi momenti d'istinto. «Come ci andiamo?» chiese Diana. Era un tipo pratico, ma non una codarda.

Bridget rifletté. «Potremmo rubare un bus o prendere le bici. Credo che ci voglia una mezz'ora, a pedalare forte.» Non voleva ammettere di non avere ancora la patente.

«Prendiamo le bici» concordò Ollie.

Bridget si sentì correre nelle vene il pizzicorino di quando faceva qualcosa che non avrebbe dovuto.

Diana, Ollie e Rosie furono d'accordo. Tutte le altre no. Si cambiarono in fretta. Bridget si fece prestare una gonna da Diana, che era quasi alta quanto lei. Era una seccatura, non aver pensato a portare neppure un vestito che non la facesse sembrare un maschio.

Le quattro amiche sfrecciavano lungo la superstrada di Baja California, lasciandosi alle spalle i camper che procedevano come lumache. Bridget continuava a urtare la ruota dietro di Diana, che urlava. Alla loro sinistra avevano la baia placida, a destra le colline, e la luna piena sembrava posata sulle spalle di Bridget.

Prima ancora di vedere il bar, udirono la musica che pompava potente. «Ehi!» strillò Bridget. Sulla porta, tennero un rapido consulto.

«Sentite» disse Ollie. «Se c'è Connie, ce ne andiamo. Credo che nessuno degli altri farà caso a noi. L'anno scorso, verso la fine del corso, siamo venute qui un paio di volte e nessuno degli allenatori ha detto nulla.»

Ollie si offrì come volontaria per verificare. Si insinuò dentro e fu subito di ritorno. «È strapieno, ma non l'ho vista. Se spunta, ce la filiamo.» Lanciò a Bridget un'occhiata dubbiosa. «Okay?»

«Okay» confermò lei.

«Che Eric ci sia o meno.»

«Ho detto okay.»

Bridget non era stata in molti bar, ma ogni volta era la stessa cosa. Tutti gli occhi, o almeno quelli dei maschi, seguivano i suoi capelli. Forse era la combinazione tra le luci del bar e l'alcol a farli brillare ancora più del solito.

Si fecero strada verso la zona per ballare. A Bridget non importava di bere, ma adorava ballare. Afferrò la mano di Diana e la trascinò sulla pista affollata. La danza era per lei come il calcio, il minigolf o il ramino. Era una delle tante cose per cui era portata.

Il ritmo della salsa le batteva attraverso il corpo. Sentiva urla, occhiate, fischi, alcuni dei quali sospettava fossero rivolti a lei... o comunque ai suoi capelli. Cercò con lo sguardo Eric.

All'inizio non lo vide, così si dedicò completamente alla musica. Poco più tardi lo individuò insieme ad altri allenatori a un tavolino lontano dalla pista. Il tavolino era coperto di grossi bicchieri da margarita, con il bordo incrostato di sale, quasi tutti vuoti.

Lui la stava guardando. Eric non vide che lei lo aveva visto e per il momento Bridget non voleva che se ne accorgesse. Ci teneva a non fare la timida, ma voleva che lui si sentisse libero di guardarla, se ne aveva voglia.

Eric sembrava molto tranquillo, per il sole, la corsa e probabilmente la tequila. Aveva un modo sexy di inclinare la testa quando guardava la gente.

I maschi continuavano a ballarle intorno, ma lei rimaneva appiccicata a Diana, la sua partner preferita. Pochi minuti più tardi, Ollie si unì a loro, con una birra in mano.

Anche Ollie vide il tavolino degli istruttori e fece un gesto di saluto. Marci rispose con la mano. Eric e Robbie, un altro allenatore, lanciarono invece alle tre ragazze un'occhiata come per dire: "Noi non abbiamo visto nulla".

Ma un giro di margarita più tardi anche gli allenatori si avventurarono sulla pista. Era una bella sensazione, inebriante. Bridget si sentì invadere da un'eccitazione per la danza che rivaleggiava con quella che di solito le ispirava la corsa. Non poteva più resistere.

Si voltò verso Eric e cominciò a danzargli vicino. Ogni tanto gli sfiorava la mano. Gli guardava i fianchi. Eric era abile, disinvolto. Bridget indugiò con gli occhi nei suoi e per una volta Eric non distolse lo sguardo.

Bridget mise le mani sotto la vita di Eric, muovendo i fianchi insieme a quelli di lui. Era così vicino che poteva sentirne l'odore. Lui le avvicinò le labbra all'orecchio, provocandole una cascata di brividi.

Con dolcezza lui le prese le mani e le allontanò da sé. All'orecchio le bisbigliò: «Non possiamo farlo».

Lena si gettò sul letto, tanto offesa da rischiare di esplodere. Sentì bisbigliare e poi urlare al piano di sotto. Possibile che il suo nonno taciturno urlasse? Balzò in piedi e si sfilò la camicetta per sostituirla con una asciutta. Poi si tolse i Pantaloni e li infilò di nuovo, questa volta diritti, con dita tremanti. Che cosa stava succedendo?

Quando arrivò in fondo alle scale, vide che il viso del nonno era praticamente viola. Bapi andava a grandi passi verso la porta. La nonna gli ronzava attorno, discutendo con lui in un cicaleccio nervoso, in greco, ma non sembrava che le sue parole facessero grande effetto. Bapi uscì furibondo di casa e imboccò la discesa.

D'un tratto Lena ebbe un brutto presentimento e si precipitò dietro i nonni. Prima ancora che Bapi si fosse avvicinato a casa Dounas, Lena sapeva che si sarebbe fermato lì. Bussò forte alla porta.

Fu il nonno di Kostos ad aprire. Rimase allibito quando vide l'espressione di nonno Kaligaris. Bapi, da parte sua, cominciò subito a gridare. Lena lo sentì abbaiare qualche volta il nome di

Kostos, ma per il resto capiva solo la sua rabbia. La nonna rimaneva lì, timidamente.

L'espressione di nonno Dounas passò dallo stupore all'indignazione. E cominciò a gridare anche lui.

"Oddio" gemette tra sé Lena.

D'un tratto il nonno fece per entrare di prepotenza in casa Dounas. La nonna cercò di trattenerlo e nonno Dounas tentò di sbarrargli la strada. «*Poú eínai Kóstos?*» tuonò Bapi.

Lena era quasi certa che stesse chiedendo: «Dov'è Kostos?». Proprio in quel momento, Kostos apparve alle spalle di suo nonno, con espressione confusa, agitata. Cercò di tranquillizzare il nonno di Lena, ma lui non lo lasciò avvicinare.

Lena vide con una fitta lancinante di orrore che nonno Kaligaris alzava le braccia ossute cercando di spintonare indietro l'altro anziano che gli sbarrava il passo. Nonno Dounas, con gli occhi fuori delle orbite per la rabbia, lo respinse. D'un tratto nonno Kaligaris ritrasse il braccio e sferrò un pugno sul naso di Dounas.

Lena trattenne il respiro. La nonna gridò.

I due anziani si scambiarono di nuovo un pugno, prima che Kostos riuscisse a prendere il controllo della situazione. Li teneva separati, con il viso grigio di agitazione. «*Stamátiste!*» ruggì. «Fermatevi!»

Caro papà,

potresti spedirmi qualche vestito? Le mie canottiere e i prendisole che tengo nel terzo cassetto? E anche il costume da bagno nero, il due pezzi? Ah, e anche le gonne che ho nel quarto cassetto... quella rosa corta e quella turchese?

Continuo ad adorare questo posto. Oggi abbiamo la prima amichevole, gioco come attaccante. Ti richiamo sabato. Salutami Perry.

Un abbraccio,

Bee

SE TI SEMBRA
DI AVERE TUTTO
SOTTO CONTROLLO,
NON STAI ANDANDO
ABBASTANZA FORTE.

– MARIO ANDRETTI

«Sei emozionato per il matrimonio?» chiese Carmen al padre, sperando che la sua voce non suonasse troppo acida.

«Be', sì» rispose lui. «Non vedo l'ora.» La guardò con affetto. «E non so dirti quanto sia importante per me che ci sia anche tu, coniglietto.»

Carmen si sentì in colpa. Perché si comportava così? Perché non riusciva a smetterla e a essere carina?

«Spero che ti piacciano i mini soufflé» disse, senza motivo.

Il padre annuì. «Si sta occupando di tutto Lydia.»

«Ho notato che ci dedica un mucchio di tempo» commentò Carmen in tono piano, volendo e non volendo al tempo stesso che il padre capisse l'implicita nota polemica.

«Per lei è molto importante: vuole che tutto sia perfetto in ogni dettaglio.»

Carmen ponderò fugacemente una domanda perfida: chi pagava?

«La prima volta non è stato un vero matrimonio» continuò il padre. Il cervello di Carmen zigzagò rapido tra vari possibili scandali. Una convivenza riparatrice? Una relazione extraconiugale? «Perché?»

«Stava organizzando un banchetto grandioso con l'aiuto della madre, ma la madre morì all'improvviso sei settimane prima del matrimonio. Lydia era a pezzi e alla fine il matrimonio si ridusse a due testimoni più un giudice di pace.»

Carmen si sentì triste, delusa.

«È terribile» mormorò.

«Ora è la sua grande possibilità, e voglio che se la goda fino in fondo.»

«Sì» borbottò Carmen. Rifletté un istante. «E il suo vecchio marito?»

«Si sono separati quattro o cinque anni fa. Lui ha seri problemi di alcolismo. Sono anni che entra ed esce dalle cliniche.»

Carmen sospirò di nuovo. Anche questo era triste, ma lei non voleva provare compassione per Lydia. Le avrebbe reso difficile trovarla antipatica. Ma non riusciva a non pensare alla madre di Lydia, morta appena prima del matrimonio, al marito alcolista e al taciturno Paul con un padre scombinato. In una situazione simile, il suo silenzio assumeva una sfumatura di stoicismo. E Krista, così palesemente in adorazione del padre di Carmen: solido, gentile, efficiente... Quanto dovevano sentirsi tutti grati della loro nuova vita con Al.

Carmen si ripromise di sorridere a Lydia, tornando a casa, e di farle qualche domanda amichevole sul matrimonio.

«Senti, ti spiace se facciamo una tappa prima di andare al tennis? Paul gioca nella squadra di calcio estiva e oggi ha una partita importante. Gli ho promesso che mi sarei fermato a guardare.»

«Bene» borbottò Carmen, ripiombando nel rancore.

All'alba Bridget partì per una nuotata in solitudine. Quando era troppo agitata non riusciva a dormire. Nuotò a lungo, spingendosi molto al largo nella speranza di avvistare un delfino, ma quel giorno non ce n'erano. Sulla strada di ritorno verso la riva, girò attorno al promontorio che separava la loro spiaggia dal resto della baia. La spiaggia era punteggiata di camper. Che orrore!

Tornò a nuoto verso la loro spiaggia, si sdraiò sulla sabbia e si riaddormentò per un'oretta. Poi sentì i rumori della colazione. Corse alla baracca e si vestì. Moriva di fame, come al solito.

Portò al tavolo le sue tre scatolette di cereali alla frutta, due cartoni di latte e una banana e si sedette accanto a Diana. «Hai dormito?» le chiese l'amica. «Dov'eri stamattina?»

«A nuotare» rispose Bridget.

«Da sola?»

«Purtroppo sì.»

Perlustrò i tavoli in cerca di Eric. Non c'era. Soffriva ancora dei postumi della sera prima? O stava sgobbando sugli schemi di gioco? Il ricordo di avere ballato con lui la sera prima le tinse le guance. «Non possiamo farlo» le aveva detto, non: «Non puoi farlo».

«Andiamo a riscaldarci» propose a Diana.

La prima partita amichevole era iniziata alle nove. La squadra numero uno, la El Burro, era già in vantaggio di due goal sulla seconda, le Balene Grigie. La squadra tre, recentemente ribattezzata Los Tacos, e la squadra quattro, Los Cocos, erano già scese nel secondo campo per riscaldarsi. Bridget si sedette a bordo campo e guardò Eric discutere la strategia con Marci e un paio delle sue ragazze.

Si allacciò le scarpe con i tacchetti. Un vecchio attore famoso, non ricordava esattamente chi, aveva detto di avere creato il proprio personaggio a partire dalle scarpe. Bridget si sentiva la versione preferita di se stessa quando aveva le scarpe con i tacchetti, sia che attraversasse ticchettando il pavimento degli spogliatoi, con i suoi due centimetri di altezza in più, sia che li affondasse nell'erba soffice del campo. Le sue scarpe da calcio erano molto consunte e coperte di fango, perfettamente modellate sui suoi piedi. La facevano camminare come un bullo da palestra, ma a lei piaceva anche quello.

Fissò Eric finché anche lui non le restituì lo sguardo. Bridget sorrise, lui no. «Voi ragazzi siete duri come il legno» imprecò lei, rivolta a chiunque stesse ascoltando i suoi pensieri.

L'allenatore della sua squadra, Molly Brevin, richiamò tutte le giocatrici.

Bridget si mise i parastinchi e si raccolse i capelli con un elastico. Ollie ed Emily si scambiarono un cinque mentre si univano al gruppo. Era la prima volta che giocavano insieme come squadra.

Molly elencò i ruoli in cui ognuna avrebbe giocato, anche se li sapevano già. Bridget saltellava su e giù per attivare la circolazione.

«Forza, Tacos, ascoltatemi. Quello che mi interessa sono soltanto i passaggi» proclamò Molly. «Davvero. Non mi interessa nient'altro di quello che farete in questa partita. Prendete la palla e passatela.» Perché guardava Bridget mentre lo diceva?

Le squadre si schierarono in campo. Bridget, passando accanto a Diana, la strizzò velocemente alla vita. Diana fece un salto, presa alla sprovvista. «Siete morte!» scherzò Bridget, dispettosa come una bambina. Prese posizione a centro campo e aspettò il fischio lungo.

Bridget doveva concentrarsi. Aveva troppa energia, lo sapeva, e una buona dose di talento grezzo, non disciplinato. In ogni aspetto della sua vita aveva bisogno di avere un unico obiettivo, semplice, per riuscire a correre veloce in avanti. Altrimenti rischiava di andare indietro, dove non voleva.

Oggi il suo obiettivo era Eric. Era dimostrargli cosa sapeva fare. Eric era il motivo che manteneva in riga ogni cellula del suo corpo.

La sua energia esplose non appena la palla entrò in movimento. Lei la sottrasse immediatamente a Dori Raines e la portò in avanti. Prese posto in un punto adatto a tirare direttamente in porta, ma immediatamente attirò due o tre difensori, quindi passò al libero, Alex Cohen. Alex rimase imbottigliata e ripassò a Bridget.

Quando Bridget riusciva a concentrarsi bene, il tempo rallentava per lei. Aveva il tempo per decidere. Il tempo per valutare la posizione e la traiettoria della palla. Tirò indietro la gamba e colpì la palla da sotto, per alzarla un po'. Il pallone si insaccò appena sotto la traversa. Le sue compagne di squadra la sommersero. Attraverso gli spiragli tra un corpo e un braccio o una gamba, Bridget vide Eric. Stava parlando con le sue riserve a bordo campo. Lei avrebbe voluto a tutti i costi che la notasse.

Avrebbe continuato a tempestare le avversarie finché lui non le avesse dedicato attenzione. Rubò pallone dopo pallone. Sentiva in sé una strana elasticità, la capacità di giocare benissimo o malissimo, a seconda dell'umore. Quel giorno alzò il limite del positivo. Lo sfondò addirittura. Fece sì che altre giocatrici, legittimamente considerate brave e preparate, sembrassero fuori posto in campo.

«Passa, Vreeland!» le urlò Molly. Se la partita fosse stata a un livello più alto, Bridget non avrebbe accettato una sciocchezza simile. Se hai il giocatore in zona, lo lasci giocare. Gli dai la palla.

Bridget passò, ma la palla le tornò indietro rapidamente. Le compagne di squadra le riconoscevano il primato, nonostante l'allenatrice. Segnò di nuovo. Era il terzo o il quarto goal?

Molly sembrava furiosa. Fece un cenno all'arbitro che fischiò. «Cambio!» gridò Molly. «Fuori, Vreeland.»

Ora era Bridget a essere furiosa. Marciò decisa verso bordo campo e si sedette sull'erba, con il mento tra le mani. Non aveva ancora nemmeno il fiatone.

Molly la raggiunse.

«Bridget, questa è un'amichevole. Tutte devono giocare. Lo

scopo della partita per me è vedere chi abbiamo in campo. Sei un supereroe, lo vedo, e lo vedono anche gli altri, d'accordo? Risparmiati per il campionato.»

Bridget abbassò la testa. D'un tratto sentì tutta la tensione che le crollava addosso. Avrebbe voluto piangere.

Capiva anche lei che avrebbe dovuto moderarsi. Perché le era così difficile tenersi a freno?

Cara Tibby,

tartine ai gamberetti, gravlax di salmone (che cosa sarà?), sformato di spinaci e lonza di maiale arrosto. Le decorazioni floreali prevedono tuberose (eh?) e fiori di magnolia (i suoi preferiti!). Potrei andare avanti quaranta pagine, Tib, ma ti risparmio. Il matrimonio è L'UNICA COSA di cui parlano tutti in questo posto... tutti gli altri, ovviamente. Diventerò matta. Ma in che pasticcio si è cacciato mio padre?

Con affetto e disperazione,
Carmen Lucille

«Qual è il tuo?» sentì uno sconosciuto chiedere a suo padre.

Lei era in piedi, imbronciata qualche metro più in là, a bordo campo. Paul era la star della squadra. Negli otto minuti da quando erano lì aveva già piazzato due goal. Suo padre faceva il tifo come un pazzo. Accanto alla porta c'era Skeletor, agghindata peggio di un'assistente di volo. Ogni due secondi interrompeva un attimo il suo tifo isterico per scoccare occhiate malevole a Carmen.

«Qual è il mio?» ripeté suo padre confuso.

«Qual è tuo figlio?» chiarì l'uomo.

Suo padre esitò, ma non abbastanza.

«Paul Rodman. Gioca come attaccante» rispose indicando Paul.

Carmen sentì un piccolo brivido correrle su per la schiena, fino alla nuca.

«È un giocatore incredibile» disse l'uomo. Si voltò a guardare il padre: «Ha la tua struttura fisica» disse, e si spostò lungo la linea per seguire meglio l'azione.

"Come fa ad avere la tua struttura fisica? Non è tuo figlio!" Carmen avrebbe gridato fino a farsi scoppiare i polmoni. "Io sono tua figlia!"

Il padre le si avvicinò e le mise un braccio attorno alle spalle. Non era bello come cinque giorni prima.

"Ora hai il figlio maschio che hai sempre voluto" pensò amara Carmen. Sapeva che suo padre lo aveva desiderato. Com'era possibile il contrario? Aveva un'ex moglie bisbetica, una figlia musona, quattro sorelle pazze. Ed ecco un ragazzone silenzioso, poco complicato e con una struttura fisica identica alla sua.

Carmen aveva la nausea. Paul segnò un altro goal e lei lo odiò per questo.

Lei era un disastro a calcio. Quando aveva sei anni, giocava in una squadra di bambini. Correva su e giù per il campo e non toccava mai palla. Suo padre era venuto anche alle sue partite.

«È emozionante, vero?» le chiese il padre. «Ti spiace se rimaniamo fino alla fine del tempo?»

«Chi, a me? Perché vuoi che mi dispiaccia?» Il suo tono acido non sortì alcun effetto.

«Fantastico. Al club hanno un mucchio di campi, non dovremmo avere difficoltà.»

D'un tratto, ecco apparire Skeletor. Sorrise melliflua al padre di Carmen. «Salve, signor Lowell, come va?» cinguettò.

«Bene, grazie, Kelly. Conosci mia figlia Carmen?» chiese lui.

Kelly si sforzò di non mostrare disgusto.

«Da tempo. Ciao, Kelly» disse Carmen.

«Ciao» rispose rigida Skeletor. Poi si voltò verso Al. «Non sta giocando in modo fantastico Paul? Deve essere così fiero di lui!»

Carmen la scrutò inarcando un sopracciglio: era più intelligente di quello che pensava?

«Be', sì, certo» borbottò suo padre.

Né Carmen né il padre ne approfittarono per chiacchierare e Kelly aveva una bassa soglia di sopportazione, rispetto alle situazioni imbarazzanti. «Ci vediamo più tardi» disse ad Al, tornando a bordo campo. «Vai, Paul!» strillò mentre lui compiva una delle sue imprese eroiche.

D'un tratto Carmen riconobbe Lydia che, pallidissima, correva verso di loro dal parcheggio.

Appena la vide, Al sfilò il braccio dalle spalle di Carmen e si affrettò verso la futura moglie. «Cosa c'è?»

«Il ristorante. Hanno chiamato per dire che sono pieni. Uno dei due matrimoni previsti per quel giorno deve saltare e hanno detto che noi ci siamo messi in lista per secondi» spiegò Lydia senza fiato. Carmen vide le lacrime che le tremavano sulle ciglia.

«Cara» le disse Al, abbracciandola in atteggiamento protettivo, «è terribile. Cosa possiamo fare?» e la attirò da una parte per parlarle sottovoce. Suo padre aveva da sempre l'istinto di salvaguardare la propria riservatezza, anche se l'unica minaccia al momento era rappresentata da sua figlia.

Un minuto più tardi, suo padre la chiamò. «Carmen, devo fare un salto al ristorante con Lydia. Giocheremo domani, d'accordo?»

Non era una domanda, non serviva una risposta. Era già passato a preoccuparsi d'altro.

«Ti lascio le chiavi della macchina, così potrà riaccompagnarti a casa Paul.» Le diede un bacio sulla fronte. «Mi spiace, coniglietto. Faremo la nostra partita, non preoccuparti.»

Carmen avrebbe potuto comportarsi da persona matura; invece si buttò sull'erba, appena oltre il bordo campo. Era una fortuna che in South Carolina lei fosse diventata invisibile, altrimenti il suo avrebbe anche potuto essere scambiato per un atteggiamento di stizza.

Se lei fosse stata una persona reale e non invisibile, se avesse potuto guardare se stessa attraverso gli occhi delle amiche o della madre, sarebbe riuscita a riconoscere i propri sentimenti. Da sola si sentiva alla deriva, trasparente.

Il sole le splendeva piacevole sul viso. Finalmente arrivò il lungo fischio che segnalava la fine della partita. Un'ombra si proiettò su di lei. Con la mano Carmen parò il sole quanto bastava per vedere che era Paul. Lui la guardò per un minuto. Se anche la giudicava strana, non diede a vederlo.

«Ti va una partita a tennis?» le chiese.

Era la loro conversazione più lunga da quando si conoscevano. Carmen disse di sì.

E lo schiacciò: 6-0, 6-0.

IL PROBLEMA
NON È IL PROBLEMA.
IL PROBLEMA
È IL TUO ATTEGGIAMENTO
RISPETTO AL PROBLEMA.
AFFERRATO?

– L'ALLENATORE BREVIN

Ore dopo la zuffa, Lena era seduta tra i due vecchi inaciditi in un'infermeria di Thira. La nonna si era allontanata con la scusa di andare a prendere caffè e merendine, ma Lena sospettava che non sopportasse più i musi e i mugugni. Evidentemente turbato, Kostos era tornato subito alla fucina. Non aveva nemmeno guardato Lena.

Bapi dovette farsi dare quattro punti sulla guancia, mentre nonno Dounas, nonostante tutti i suoi lamenti (in effetti aveva perso un bel po' di sangue), non aveva il naso rotto come sosteneva. Mentre aspettava sotto le squallide luci al neon, senza nemmeno il conforto di una rivista illustrata, Lena notò una macchiolina di sangue che si stava asciugando sui Pantaloni. «Mi dispiace» sussurrò piano ai jeans.

Andò nei bagni e provò a tamponare la macchia con un po' di carta igienica bagnata. Per un attimo si sentì in colpa, per la regola antilavaggio, ma chi avrebbe voluto conservare la macchia di sangue di un vecchio greco invelenito sui pantaloni magici per il resto dell'eternità?

Si guardò di sfuggita allo specchio. I suoi capelli si erano asciugati in modo strano dopo il tuffo nel laghetto. Non erano lisci e dritti come al solito, ma leggermente gonfi. Aveva la sensazione di essere ubriaca. Avvicinò la faccia allo specchio. "Ma sono proprio io?"

Tornata alla sala d'attesa, vide che aria sciocca avevano i due nonni. Le loro sedie di plastica erano fianco a fianco, ma nel loro sforzo di ostentare sdegno erano seduti praticamente schiena contro schiena. Lena vedeva quanto era ridicola, assurda, perfino comica l'intera faccenda, ma per quanto sembrasse divertente, per lei non lo era. Si sentiva a disagio. Si vergognava.

La nonna aveva creduto che Kostos l'avesse molestata fisicamente e lo aveva raccontato al marito. Ora tutti e due erano convinti che il loro adorato Kostos fosse una specie di malvagio violentatore.

Lena capiva che la sua reazione era stata esagerata. Avrebbe dovuto confessare la verità alla nonna e non lasciarla balzare alle più fosche conclusioni.

Allora, Kostos l'aveva spiata. L'aveva vista nuda. Era stata un'azione stupida, cattiva e infantile. Eppure lei aveva provato sollievo vedendo quel ragazzone robusto intervenire nella zuffa per calmare i due vecchi prima che si uccidessero.

Kostos l'aveva spiata e lei se l'era presa. Ma non aveva fatto quello di cui lo ritenevano colpevole i nonni di Lena.

E ora? Appena le acque si fossero calmate e tutti avessero ripreso fiato, lei avrebbe chiesto scusa ai nonni, spiegando che cosa era successo.

Poi lo avrebbe spiegato a Kostos.

E finalmente tutto sarebbe tornato a posto.

Lena,

oggi nell'amichevole ho giocato troppo duro. Devo raffreddarmi un po'. Cos'è che mi dici tu? Calma il corpo, Bee. Ci provo, ma le mie gambe hanno le scalmane.

Vado a fare una corsa. Con Eric. LO VOGLIO. Te l'avevo già detto? So che tu sei superiore ai tuoi ormoni, ma non tutti ce la fanno.

Baci,

Bee

«Salve, mi chiamo Bailey Graffman e sono un'amica di Tibby. È in casa?»

Tibby ascoltò attonita dalle scale mentre Bailey appariva sulla porta di casa sua e si presentava a Loretta alzando la voce sopra gli strilli di Katherine, che si era svegliata di malumore. Ma si era attirata addosso una maniaca pedinatrice dodicenne?

Tibby rimise cautamente Mimì nella sua gabbia e pregò che Loretta ignorasse che lei era in casa. Niente colpi di fortuna. Ovviamente, pochi secondi più tardi, Tibby sentì Bailey saltellare su per le scale.

«Ciao» disse Bailey salutandola con la mano dalla soglia della camera.

«Bailey, ma cosa ci fai qui?»

La ragazzina si accomodò sul letto disfatto di Tibby. «Non riesco a non pensare al tuo film. È un'idea fantastica. Voglio aiutarti.»

«Non puoi. Non ho nemmeno cominciato» protestò Tibby.

«Quindi hai assolutamente bisogno d'aiuto» dedusse Bailey.

«Sarò il tuo cameraman, il tuo tecnico del suono, il tuo capo-elettricista... Il tuo uomo tuttofare.»

«Non sembri esattamente un uomo» puntualizzò Tibby.

«Potrei essere semplicemente la tua assistente. Il tuo ufficio stampa. O una portaborse.» Bailey sembrava così sinceramente entusiasta che era difficile scoraggiarla.

«Grazie, ma davvero non ho bisogno d'aiuto» disse Tibby.

Bailey ora si era rimessa in piedi e studiava Mimì. «Chi è questo qui?» chiese.

«È Mimì. Ce l'ho da quando avevo sette anni» spiegò Tibby di malavoglia. Quando era con le amiche tendeva a lasciar credere che non le importasse troppo di Mimì.

«È tenera» disse Bailey. Le stava facendo delle smorfie arricciando il naso. «Posso prenderla?»

Da quando Tibby aveva circa otto anni, nessuno, a parte Nicky, aveva mai espresso il desiderio di prendere in mano Mimì. Forse quello era uno dei vantaggi, ad avere come amici dei bambinetti.

«Certo.»

Con cautela, ma disinvolta, Bailey prese Mimì dalla sua gabbia, tenendola in una mano a cucchiaio. Mimì non sembrava infastidita e si rannicchiò con il suo corpo grassoccio contro il petto di Bailey. «Oh, com'è calda. Io non ho nemmeno un animale.»

«Mimì non fa molto» disse Tibby, sentendosi un po' sleale nei confronti del porcellino d'India. «È abbastanza vecchia e dorme un mucchio.»

«Si annoia lì dentro, secondo te?» chiese Bailey.

Tibby non aveva mai preso in considerazione l'ipotesi. Scrollò le spalle. «Non lo so. Credo che sia abbastanza felice. Non credo che senta nostalgia della vita selvaggia.»

Bailey si sistemò su una sedia con Mimì.

«Hai già deciso chi sarà il tuo primo intervistato?» chiese.

Tibby stava per dire di no, ma si trattenne. «Probabilmente Duncan, lo svitato di Wallman's» rispose.

«In che senso, svitato?»

«Mio Dio, è che... è che parla un'altra lingua: "dirigentese". Si sente così importante... ed è ridicolo.»

«Ah.» Bailey grattò la pancia di Mimì.

«Poi c'è una con delle unghie incredibili» continuò Tibby. «E credo che anche Brianna meriti qualche attimo di gloria per la sua pettinatura che sfida la forza gravitazionale! Poi mi piacerebbe intervistare la donna che lavora al multisala Pavilion: sa recitare intere scene di film, ma solo quelli idioti.»

Bailey si agitava sulla sedia. «Io ho sempre voluto fare un documentario» disse, entusiasta. Tibby aveva la sensazione che stesse per giocarsi la carta leucemia. «Perché non ne fai uno?»

«Non ho la videocamera. Non so come fare. Mi piacerebbe davvero se tu mi permettessi di aiutarti.»

Tibby sospirò.

«Stai cercando di farmi sentire in colpa perché hai la leucemia, vero?»

Bailey grugnì. «Sì. Abbastanza.» Strinse a sé Mimì. «Senti, quella al piano di sotto era la tua sorellina?»

Tibby annuì.

«Bella differenza di età, eh?»

«Quattordici anni» confermò Tibby. «Ho anche un fratellino di due. Sta dormendo.»

«Uno dei tuoi genitori si è risposato?» chiese Bailey.

«No. I genitori sono gli stessi. Hanno sposato un nuovo stile di vita.»

Bailey sembrava interessata. «Cosa intendi?»

«Bah, non saprei.» Tibby si lasciò cadere sul letto. «Quando i miei genitori hanno avuto me, abitavamo in un appartamento minuscolo sopra un ristorante della Wisconsin Avenue e mio padre scriveva per un quotidiano socialista mentre studiava legge. Poi, quando non ne ha potuto più di lavorare come un pazzo come pubblico difensore, siamo andati a vivere in una roulotte su due acri di terreno oltre Rockville, e mio padre ha imparato le regole dell'agricoltura biologica, mentre mia madre scolpiva piedi. Un'intera primavera l'abbiamo passata in tenda in Portogallo.» Tibby si guardò in giro. «Ora lo vedi, come viviamo.»

«Erano giovani quando hanno avuto te?» chiese Bailey.

«Diciannove anni.»

«Una specie di esperimento» commentò Bailey, poggiandosi in grembo Mimì addormentata.

Tibby la guardò. Non aveva mai pensato quelle parole esatte, ma racchiudevano bene la sensazione. «Credo di sì» rispose con più franchezza di quanto volesse.

«Poi sono diventati adulti e hanno voluto avere figli sul serio» rifletté Bailey.

Tibby era meravigliata e allo stesso tempo ferita per la piega presa dalla conversazione. Quello che Bailey diceva era vero. Quando tutti gli amici dei suoi genitori avevano cominciato ad avere figli, loro avevano desiderato una seconda possibilità di farlo come si doveva: con il walkie-talkie per sentire se il neonato si svegliava, i paraspigoli coordinati con l'arredamento e gli strumenti musicali per bambini. Non come con Tibby, una bambinetta arruffata che si trascinavano dietro alla ventura.

Bailey la guardava con gli occhi grandi di simpatia. Tibby si sentiva triste. Non sapeva bene come era finita a parlare di quegli argomenti. Aveva voglia di stare da sola. «Be', devo uscire, tra poco. È meglio che tu vada» disse.

Per una volta Bailey non insistette. Si alzò per andare.

«Rimetti Mimì dov'era, ti va?»

Tibby,

sono un disastro. Kostos mi sorprende a fare il bagno nuda e io do di matto. Sai quanto ci tengo alla mia privacy. Così mi infilo tutti i vestiti a caso (sono riuscita addirittura a mettermi i pantaloni al rovescio, che ne dici di questo colpo di magia?) e corro a casa in preda a una crisi d'ira. La nonna mi vede e sospetta una vicenda ben più grave dell'accaduto.

Così, e qui il racconto si fa più difficile, dice a mio nonno (in greco, ovviamente) quello che crede sia successo e lui, non scherzo!, va a darle a Kostos. Suo nonno non lo lascia entrare in casa e così i due vecchietti si prendono a pugni. Fa ridere, ma credimi, è stato orribile.

Ora i miei nonni sono in guerra con i loro migliori amici, Kostos mi odia e nessuno tranne noi due sa che cosa è accaduto. Dovrei solo dire la verità, giusto?

Questo è stato il primo grande colpo di scena con i Pantaloni Viaggianti, ma non giurerei che facciano proprio l'effetto che volevamo. Ah, mi ci è finito sopra anche uno schizzo di sangue che potrebbe danneggiare ancora di più l'effetto magico (ho fatto del mio meglio per lavarlo via, però). Te li spedisco con la posta più celere di Santorini (il che significa probabilmente che ci vorrà un po'). Sono sicura che tu otterrai risultati migliori di me.

Vorrei che tu fossi qui, Tib. Anzi, no, cancella. Vorrei che fossimo tutte insieme in qualsiasi posto, tranne che qui.

Baci,
Lena

Lydia e il padre di Carmen erano ancora a una festa. Suo padre, che non aveva mai avuto amici, si era d'un tratto trasformato in una farfalla festaiola. Gli amici di Lydia erano suoi amici, né più né meno. Si era catapultato in una vita già pronta su misura: casa, figli, amici. La cosa strana era quanto poco della sua vecchia vita aveva dovuto portarsi dietro.

Paul era uscito con Skeletor e Krista stava facendo una spaghettata con due amiche in camera sua. Gentilmente, aveva invitato anche Carmen a unirsi al gruppo, ma lei era convinta che le avrebbe fatto venire la depressione. Le avrebbe fatto sentire la mancanza delle sue amiche.

La stanza degli ospiti le dava la nausea. Tutti i mobili erano drappeggiati di vestiti; gli altri erano ammucchiati per terra. Era matta, lo sapeva. Aveva creato lei quel caos, però non lo sopportava. In cucina vide che Krista aveva lasciato sul tavolo i suoi compiti di geometria. Li sbirciò, piena di desiderio. Krista aveva piantato a metà il secondo esercizio e ne rimanevano ancora da fare otto.

La casa era immersa nel silenzio. Carmen prese i fogli. Li osservò e prese anche la matita. Cominciò a lavorare: gli esercizi di geometria sono gioia pura. Quando parti, hai già la soluzione. Era così concentrata che non si accorse che Paul era tornato a casa finché non se lo ritrovò in piedi in cucina a guardarla. Grazie a Dio era senza Skeletor. Sembrava confuso.

Il sangue le affluì caldo alla faccia. Che scusa poteva trovare per essersi messa a fare i compiti di Krista?

Paul esitò ancora un istante. «Notte» disse.

«Paul, li hai fatti tu i miei compiti di matematica?» domandò perentoria Krista la mattina dopo a colazione. Aveva un tono a metà tra il broncio e la gratitudine.

Era domenica e Al aveva fatto *pancakes* per tutti. Ora cucinava pure! Lydia aveva apparecchiato la tavola con il suo servizio migliore, quello a fiori. Che servizio!

Paul non rispose subito.

«Credevi che fossi troppo stupida per farli da sola?» insisté Krista.

"Probabilmente" fu tentata di rispondere Carmen.

«No» rispose Paul con la sua consueta parsimonia di parole.

Krista si rizzò sulla sedia. «No nel senso che non hai fatto i miei compiti o che non credevi che fossi troppo stupida?»

«Tutte e due le cose.»

«E allora chi li ha fatti?» insistette Krista.

Carmen aspettava che gli occhi di Paul si posassero su di lei. Non fu così. Paul non disse nulla: si limitò a scrollare le spalle. Se Paul non la denunciava, avrebbe dovuto confessare lei stessa? si chiese Carmen.

«Sarà meglio che io vada» disse Paul. «Grazie per i *pancakes*, Albert.» Uscì dalla cucina e, prima di lasciare la casa, raccolse una sacca da viaggio che era di fronte alla porta principale.

«Dove va?» chiese Carmen, anche se non erano affari suoi.

Lydia e Krista si scambiarono un'occhiata. Lydia aprì la bocca, poi la richiuse. «Sta andando a... a trovare un amico» disse infine.

«Ah.» Carmen non capiva bene perché fosse una domanda spinosa.

«Sapete una cosa?» Lydia cambiò argomento con tono leggero. «Abbiamo un piano B per il ricevimento.»

Parlava rivolta a Carmen e lei capì che lo faceva perché era l'unica a non saperne ancora nulla.

«Ah» ripeté Carmen. Sapeva che tutti si aspettavano chiedesse altre informazioni.

«Lo faremo in giardino. Abbiamo affittato un tendone enorme! Non ti pare un'idea divertente?»

«Sì, divertente.» Carmen inghiottì l'ultimo sorso di succo di frutta.

«Ero così agitata ieri, sai» continuò Lydia, «ma dovevo farmi coraggio. E Albert ha avuto l'idea fantastica di fare il ricevimento qui a casa. Sono felicissima di questa soluzione.»

«Sì, sembra entusiasmante.» Avrebbe dovuto sentirsi in colpa per il suo sarcasmo, ma tanto nessuno se ne accorgeva.

«Senti, bambina» disse il padre, facendo scivolare indietro la sedia per allontanarsi dal tavolo. «Sarà meglio che andiamo verso il club.»

Carmen balzò in piedi. «Andiamo.» Finalmente la loro sospirata partita a tennis. Lo seguì fuori di casa e salì sulla nuova auto familiare beige.

«Coniglietto» cominciò il padre mentre si allontanavano dal vialetto, «quello che ti ho raccontato dell'ex marito di Lydia... è una cosa che preferirei tenessi per te. Lydia è molto sensibile al riguardo.»

Carmen annuì.

«Te lo dico perché Paul oggi è partito per andare a trovare suo padre, in una clinica di Atlanta. Ci va una volta al mese e dorme lì» le spiegò.

Carmen non sapeva bene perché, ma la cosa le fece venire voglia di piangere.

«E Krista?»

«Krista preferisce non avere contatti con il padre. La turba troppo.»

"Si vergogna di lui" pensò Carmen. Così come Lydia si vergognava di lui. Prenditi un modello nuovo, migliore, e dimentica quello vecchio.

«Non si può abbandonare la propria famiglia così» mormorò. Poi si voltò verso il finestrino e per la prima volta da giorni pianse davvero.

«Ho fissato la prima intervista per il nostro film» esclamò Bailey eccitata.

Tibby sbuffò forte nel ricevitore.

«Il nostro film?»

«Scusa. Il tuo film. Quello per cui ti do una mano.»

«Chi ha detto che mi dai una mano?» chiese Tibby.

«Per favore, per favore...» la supplicò Bailey.

«Dai, Bailey. Ma non hai niente di meglio da fare?» Nel silenzio che seguì, le parole di Tibby sembrarono rimbombare come un'eco lungo la linea. Forse non era la domanda da fare a una ragazzina con una malattia grave.

«Ho fissato l'intervista per le quattro e mezza, dopo che esci dal lavoro» insistette Bailey. «Se vuoi posso fare un salto a casa tua a prendere la roba.»

«E chi dovremmo intervistare?» chiese Tibby sospettosa.

«Quel ragazzino che gioca sempre ai giochini elettronici al 7-Eleven di fronte a Wallman's. Ha occupato tutti e dieci i primi posti della classifica nel gioco più difficile.»

Tibby borbottò. «Effettivamente suona disperato quanto basta.»

«Allora ci vediamo più tardi?» chiese Bailey.

«Non so ancora che progetti ho» rispose Tibby freddina, senza riuscire a convincere né Bailey né se stessa di avere un'alternativa di vita in quel preciso momento.

Ovviamente, alla fine del suo turno, Tibby trovò Bailey ad aspettarla.

«Come va?» le chiese Bailey, come se fossero grandi amiche.

Tibby si sentiva il cervello bollito dalle lunghe ore sotto le luci al neon. «Sto morendo di morte lenta» disse, e si pentì all'istante di quelle parole.

«Allora andiamo, non c'è tempo da perdere!» disse Bailey, brandendo la telecamera.

SE NON LO TROVATE
NELL'INDICE, CERCATE
MOLTO ATTENTAMENTE
IN TUTTO IL CATALOGO.

– CATALOGO DI SEARS ROEBUCK

Appena fatte le presentazioni con Brian McBrian, Tibby capì che per la "fiera del disperato" avevano bussato alla porta giusta. Brian era la caricatura della caricatura di un perdente. Era ossuto e molliccio al tempo stesso, con una pelle bianco-azzurra come latte scremato. Aveva la sindrome del monosopracciglio, capelli unti color cacca di cane, apparecchio per i denti muschiato e un modo di parlare a sputacchio davvero disgustoso. Tibby fu costretta a riconoscere il talento di Bailey.

Mentre loro sistemavano le attrezzature, Brian partì con *Dragon Master*. Suo malgrado, Tibby osservò ammirata Bailey che fissava il microfono esterno a una giraffa improvvisata. Con il rumore di sottofondo che regnava dentro e fuori del negozio, non ci sarebbe stato verso di ottenere un'intervista dignitosa senza un microfono orientabile. Ma davvero Bailey non aveva mai fatto prima riprese con la videocamera?

Tibby cominciò presentando la scena: passò dal primo piano estremo di un Hostess Snowball con un rosa innaturale a un espositore di giornali scandalistici che strombazzavano la nascita del bambino di Vanna White fino a un espositore da banco di Slim Jims. Finì la sequenza concentrandosi sul ragazzo che lavorava dietro il bancone. Lui si parò subito le mani davanti alla faccia, come se Tibby fosse una giornalista di "60 Minutes". «Niente telecamere! Niente telecamere!» ruggì. Spostandosi verso la vetrina del negozio, Tibby colse un'inquadratura della faccia di Bailey che rideva. Poi catturò l'immagine di Brian preso di schiena, con le scapole che guizzavano mentre lui lottava contro i draghi. Finalmente Tibby interruppe la ripresa per cominciare l'intervista. «Pronto?» chiese.

Brian si voltò di centottanta gradi. Bailey posizionò il microfono. «Si gira» lo avvisò.

Lui non si irrigidì, non cercò di darsi un tono né piegò il capo in strane pose come fa molta gente di fronte a una videocamera: la fissò senza battere ciglio.

«Dunque, Brian, sappiamo che sei un *habitué* qui al 7-Eleven.» Tibby dava per scontato che i veri disperati siano insensibili al sarcasmo.

Lui annuì.

«Che orari fai?»

«Be', più o meno dall'una alle undici.»

«Ma perché, il negozio chiude alle undici?» chiese Tibby con le labbra che le si arricciavano in un ghigno.

«No, le undici sono il mio coprifuoco» spiegò Brian.

«E durante l'anno scolastico?»

«Durante l'anno vengo qui solo dalle tre alle cinque.»

«Capisco. Niente doposcuola, niente sport, niente attività?»

Brian parve cogliere l'allusione sottintesa nella domanda e indicò il parcheggio che si intravvedeva oltre la vetrina.

«Un mucchio di gente passa la sua vita là fuori» disse. Poi puntò il dito verso il videogioco: «Io vivo qui» disse, battendo l'indice sul vetro dello schermo.

Tibby era vagamente innervosita dalla sua onestà e dal suo sguardo fermo. Avrebbe immaginato di intimidire un personaggio come Brian.

«Allora, raccontaci di *Dragon Master*.»

«Ti faccio vedere» disse lui infilando due monetine da un quarto di dollaro nella fessura. Era quello, evidentemente, il motivo per cui aveva accettato l'intervista.

«Il livello uno è la foresta. Siamo nel 436 d.C., l'anno della prima grande spedizione in cerca del Sacro Graal.»

Tibby spostò la videocamera sullo schermo del gioco elettronico. L'immagine non era nitida come lei avrebbe voluto, ma non era proprio male.

«Ci sono in totale ventotto livelli, che vanno dal quinto al venticinquesimo secolo d.C. Soltanto una persona è riuscita finora ad arrivare al livello ventotto su questa macchina.»

«Tu?» chiese Tibby, vagamente senza fiato.

«Sì, io» confermò Brian. «Il 13 febbraio.»

Tibby, la maga dei disperati, sapeva di avere tra le mani del materiale di qualità, ma si sentiva suo malgrado un pochino impressionata. «Magari oggi riesci a farcela di nuovo» disse.

«Possibile» confermò Brian. «E anche se non riuscissi, oggi c'è il mondo intero, qui.»

Tibby e Bailey spiarono al di sopra delle sue spalle, mentre Brian, un enorme guerriero muscoloso, radunava truppe di fedeli e una donna tutta curve perché combattessero al suo fianco.

«Di draghi non ne incontri neanche uno fino al livello sette» spiegò.

Al livello quattro ci fu una battaglia navale. Al livello sei i barbari diedero alle fiamme il villaggio di Brian e lui riuscì a salvare donne e bambini. Tibby osservava le sue mani muoversi rapide e sicure tra leve e bottoni. Lui non abbassava mai gli occhi per guardarle.

A un certo punto, dopo che era comparso il secondo drago, Tibby sentì la batteria esaurirsi e la videocamera spegnersi con un piccolo scatto, ma lei continuò a guardare.

Dopo il lungo assedio di un castello medievale, Brian mise il gioco in pausa e si voltò sul suo sgabello.

«Mi sa che hai finito la batteria» disse.

«Sì, hai ragione» rispose Tibby con noncuranza. «Era la terza e non ne ho più. Magari possiamo finire l'intervista più tardi.»

«Certo» annuì Brian.

«Puoi continuare a giocare, se vuoi» offrì Tibby.

«D'accordo» disse lui.

Bailey comprò per sé e per Tibby una crostatina di frutta Hostess Snowball e rimasero entrambe a guardare l'*alter ego* eroico di Brian superare ventiquattro livelli prima di finire incenerito dalla vampata del drago.

Eric aveva un altro allenamento di corsa alle cinque. Bridget non era certa che lui fosse felice di vederla.

«Oggi scendiamo a un chilometro in quattro minuti» annunciò Eric al gruppo. «Ancora una volta, ricordatevi che ognuna di voi conosce il proprio corpo. Ve ne accorgete da sole, se state esagerando. Qui fa molto caldo, perciò prendetevela comoda. Rallentate quando ne avete bisogno. È un allenamento, non una gara.» Guardò dritto verso Bridget. «Pronte?» chiese dopo aver lasciato loro qualche minuto per fare stretching.

Parve rassegnarsi in fretta all'idea che Bridget avrebbe corso al suo fianco, qualunque velocità lui avesse tenuto. «Hai dei numeri come giocatrice, Bridget» le disse con un tono di voce misurato. «Oggi hai davvero dato spettacolo.»

Era convinto che lei avesse esagerato. Era evidente. Bridget si mordicchiò l'interno del labbro: si vergognava.

«Mi sono fatta prendere troppo. Mi capita, a volte.»

Lui fece una smorfia, come se non fosse troppo sorpreso.

«Ho dato spettacolo per te» confessò lei.

Eric parve trattenere qualche secondo i propri pensieri, mentre la guardava dritto negli occhi. Poi si voltò indietro per vedere a che distanza era la ragazza più vicina. «Bee, non farlo» le sussurrò a mezzo fiato.

«Non fare che?»

«Non… non insistere.» Sembrava che non riuscisse a trovare le parole giuste.

«Perché no? Perché non dovrei essere autorizzata a volerti?»

Lui fu preso in contropiede dal suo parlar chiaro. Le lanciò un'occhiata e gemette. «Senti, sono… sono lusingato. Ne sono onorato. E chi non lo sarebbe?»

Bridget strinse la mascella. "Lusingato" e "onorato" non erano le parole che avrebbe voluto sentire. In ogni caso, non ci credeva. Eric accelerò il passo, per staccare un po' di più le altre. «Bridget, sei bella. Sei stupefacente, hai talento e sei… sei… semplicemente irrefrenabile.»

La sua voce era più dolce, ora. Eric cercò gli occhi di lei. «Non che io non me ne sia accorto. Credimi, me ne sono accorto eccome.»

Bridget riprese a sperare.

«Ma io sono un allenatore… e tu hai sedici anni.»

«E allora?»

«Sarebbe una cosa sbagliata, prima di tutto, e in secondo luogo una violazione delle regole.»

Bridget si sistemò dietro l'orecchio una ciocca di capelli ribelli. «Non sono regole di cui mi importi.»

Il viso di Eric era tornato a chiudersi. «Io non posso scegliere.»

Nonostante la colazione con il nonno fosse ormai una routine, Lena si sentiva ancora a disagio. Soprattutto dopo quanto era successo.

Quel mattino i suoi Rice Crispies schioccavano, scricchiolavano e scoppiettavano mentre il nonno mangiava in silenzio i suoi Cheerios. Lena lo studiava, aspettando il momento opportuno.

Cercò di intercettare quegli occhi grigioverde, così simili ai suoi. Voleva apparirgli sincera e pentita, ma i cereali rumorosi le rovinavano l'effetto. Vedendo i piccoli punti irregolari sulla pelle rugosa avvertì una fitta di vergogna in fondo allo stomaco.

«Bapi, io...»

Lui alzò lo sguardo. Aveva l'aria preoccupata.

«Be', è solo che...» Le stava tremando la voce. Ma cosa le era venuto in mente? Bapi non parlava nemmeno inglese.

Bapi annuì, mettendo una mano sulle sue. Era un gesto dolce. Esprimeva affetto e protezione, ma voleva dire anche "Non c'è bisogno di parlarne".

Quel mattino avrebbe voluto che Effie non fosse così dormigliona. La sera prima, Lena era troppo stanca e confusa per spiegare le cose alla sorella e i nonni non avevano neppure sfiorato la questione. Effie aveva voluto sapere della benda sulla guancia del nonno, ma lui aveva risposto con un'alzata di spalle, borbottando qualcosa in greco.

Ora Lena avrebbe voluto raccontarle l'intera storia e sottoporsi al suo giudizio, per quanto potesse essere severo: Effie era famosa per il suo pragmatismo, avrebbe potuto brevettarlo. Poi avrebbe parlato con la nonna, che avrebbe potuto spiegare a Bapi com'erano andate le cose. Così avrebbe funzionato meglio. Ma Effie dormiva.

Risalita al piano di sopra, dopo colazione, Lena infilò nello zaino l'occorrente per dipingere. L'abitudine aiuta sempre una mente agitata. Sbirciò fuori della finestra all'ora in cui di solito Kostos passava lì sotto per fare un salto al caffè in fondo alla strada prima di tornare giù, verso la fucina, ma Kostos non apparve.

Ovvio. Uscì di casa e decise che quel mattino sarebbe andata verso la discesa. Il sole che riverberava dai muri bianchi le colpiva gli occhi, proiettandole raggi di luce chiara nel cervello, illuminandone gli angoli più polverosi e trascurati. Si incamminò verso la casa di Kostos. Vista la curva che faceva in quel punto il viottolo e vista la posizione di casa Dounas, se ti capitava di inciampare e di rotolare giù e la porta era casualmente aperta, rischiavi di finire diritto in soggiorno.

Lena la oltrepassò camminando piano. Nessun segno. Proseguendo giù per la scogliera, si incamminò verso dove credeva fosse la fucina. Magari avrebbe incrociato Kostos. Magari avrebbe potuto parlargli o quanto meno comunicargli con l'espressione degli occhi che sapeva anche lei che le cose erano andate troppo in là. Lena non lo vide. Continuò a camminare. Con scarso entusiasmo, sistemò il cavalletto appena sotto la sua chiesa preferita. Prese il carboncino, pronta a schizzare la sagoma della torre campanaria. La sua mano esitava, i suoi pensieri giravano a vuoto. Posò il carboncino. Quel giorno, tanto per cambiare, non aveva voglia di sprecare tempo prezioso con se stessa. Rimise tutte le cose nello zaino e cominciò a risalire il pendio. Forse questa volta si sarebbe imbattuta in Kostos. Oppure sarebbe andata a fare spese con Effie, che glielo chiedeva sempre, e avrebbero comprato una di quelle stupide ciotole di legno d'ulivo per turisti. Forse avrebbe trovato un modo per raccontare alla nonna cos'era realmente accaduto.

Be', si disse fra sé, di buono c'era che Kostos non l'avrebbe più importunata. Ma al momento non le sembrava più un gran vantaggio.

Carma,

abbiamo fatto trekking nella zona vulcanica. Las Tres Virgenes, la chiamano. Quattro Virgenes e avremmo potuto essere noi. Giuro che ho sentito odore di fumo, anche se la guida insisteva che le bocche del vulcano sono inattive dal secolo scorso.

Poi siamo scesi a sud attraverso dei canyon per vedere alcune antiche pitture indiane rupestri. C'erano scene di caccia e poi, uno dopo l'altro, grandi dipinti di peni enormi. Io e Diana abbiamo riso così forte che abbiamo dovuto sederci per terra, mentre gli allenatori cercavano di trascinarci via. È stato buffissimo. Peccato che tu non fossi qui.

Ah, i divertimenti folli della Baja California!

Baci, Bee

PRIMA DI CRITICARE
QUALCUNO,
DOVRESTI FARE UN MIGLIO CON
LE SUE SCARPE.
COSÌ, QUANDO LO CRITICHI, SEI
A UN MIGLIO
DI DISTANZA.
E HAI LE SUE SCARPE.

– FRIEDA NORRIS

«Barbara, ti presento mia figlia Krista» disse Lydia. Era martedì pomeriggio ed era arrivata la sarta. Krista sorrideva beata.

Lydia fece un cenno verso Carmen. «E questa è mia...» Fece una pausa. Carmen era sicura che Lydia si stesse sforzando di dire "figliastra", come Al definiva Krista, ma le mancò il coraggio. «Questa è Carmen.»

«Lydia è la mia matrigna» chiarì Carmen, tanto per punzecchiarla.

Barbara portava i capelli biondi in un caschetto a forma di campana perfetta. I suoi denti, quando sorrideva, formavano un muro bianco. Grandi e falsi, concluse Carmen.

Barbara la stava fissando. I capelli di Carmen erano raccolti in una matassa disordinata. La canottiera rossa era zuppa di sudore. «Questa è la figlia di Al?» chiese con evidente sorpresa, guardando Lydia, e non Carmen, per avere conferma.

"Sì, è la figlia di Albert" rispose Carmen tra sé.

Barbara avrebbe voluto fare marcia indietro. Dopotutto era Albert che pagava le fatture. «È solo che... è solo che evidentemente assomigli a tua madre» disse, come se fosse una frase diplomatica.

«Sì» confermò Carmen. «Mia madre è portoricana. Parla con accento ispanico. E recita il rosario.»

Nessuno parve cogliere la sua sfacciataggine. La ragazza invisibile.

«Carmen è portata per la matematica, come suo padre» aggiunse debolmente Lydia, come se in cuor suo non credesse affatto che tra Carmen e Albert esistesse una parentela.

Carmen le avrebbe appioppato volentieri un ceffone.

«Be', mettiamoci a fare un po' di prove» suggerì Barbara appoggiando una bracciata di portabiti di plastica sul letto di Lydia. Il letto di Lydia e Albert. «Krista, prova il tuo per prima.»

«Oh, oh, non possiamo vedere prima quello della mamma?» supplicò Krista. Aveva letteralmente congiunto le mani in segno di preghiera.

Carmen scomparve inghiottita da una poltrona imbottita accanto alla parete, mentre Lydia imbracciava orgogliosa una stoffa bianca lucente che sembrava lunga almeno sessanta metri. Carmen trovava francamente imbarazzante che una donna sopra i quaranta e con due figli grandi si mettesse una palandrana tutta sbuffi al proprio matrimonio. Il corpetto era ricamato e le maniche lasciavano scoperta una buona porzione di braccia ultraquarantenni.

«Mamma, sei stupenda. Sei una visione. Mi viene da piangere» sospirò platealmente Krista, senza poi passare ai fatti.

Carmen si accorse che stava battendo il piede sul pavimento di legno lucido come uno specchio e si costrinse a smettere.

Poi fu la volta della dolce, piccola, pallida Krista di indossare un abito di taffetà tra il rosa e il violetto. Carmen poteva solo augurarsi che non le toccasse un vestito identico. L'abito era da riprendere appena in vita. «Ooh» rise Krista mentre Barbara faceva pieghine e infilava spilli. Il vestito era atroce, ma sul corpo informe e senza curve di Krista faceva quel che poteva.

Poi venne il turno di Carmen. Pur essendo invisibile, doversi infilare sulla pelle umida di sudore un vestito identico a quello di Krista, rigido, lucido e troppo piccolo fu penoso, umiliante. Carmen non riuscì a guardarsi nello specchio. Non voleva che quell'immagine si stampasse nella sua memoria per il resto dei suoi giorni.

Barbara la valutò con occhio critico. «Qui ci vorrà un bel po' di lavoro.» Puntò dritta verso i fianchi di Carmen e aprì le cuciture ancora provvisorie. «Sì, dovremo recuperare tutto l'orlo e non sono nemmeno sicura che mi basti la stoffa. Appena arrivo in laboratorio controllo se ne ho ancora.»

"Sei una strega" pensò Carmen.

Sapeva di essere orrenda in quell'abito. Una via di mezzo tra una prostituta sulla Bourbon Street e una ragazzina ispanica alla prima comunione.

Barbara esaminò la stoffa che si tendeva sgraziata sul petto di Carmen. «Dovremo allargare anche qui» disse, avvicinandosi.

Carmen incrociò le braccia. "Non avvicinarti alle mie tette" ordinò in silenzio.

Barbara si voltò costernata verso Lydia, come se fosse colpa di Carmen se quello stupido vestito non le stava. «Temo che per questo abito dovrò ricominciare dal modello.»

«Avremmo dovuto darti prima le misure di Carmen» confessò Lydia vagamente mortificata, «ma Albert ha preferito aspettare che venisse qui per dirle di persona...» Esitò, accorgendosi che si stava avventurando in zona minata.

«Di solito però un modello standard va bene come punto di partenza» ribatté Barbara, respingendo la colpa su Carmen e sui suoi fianchi.

«Carmen ora deve andare» annunciò Carmen, rivolta a Barbara. La rabbia le cresceva dentro, le stringeva il cuore, le saliva alla gola. Il suo malumore non avrebbe sopportato quella donna un secondo di più.

«Odio questo posto» fu la sua frase di saluto rivolta a una Lydia costernata. «E tu faresti meglio a scegliere le maniche lunghe.» E con questo marciò fuori dalla stanza.

Trovare Paul in corridoio la colse alla sprovvista. «Tu ti rendi ostile la gente» le disse mentre lei gli passava rapida accanto. Lei rimase attonita sia di sentirgli pronunciare una frase così lunga sia del significato.

"Lo dici tu" commentò fra sé, accelerando.

«Pantaloni da paura» commentò Bailey, arrivando da Wallman's all'ora solita. Tibby si era abituata ad aspettarla e non faceva neanche più la fatica di lamentarsi.

Si alzò dallo scaffale in basso dove stava attaccando i prezzi a una partita di scatole di matite e guardò i jeans con palese orgoglio. «Questi sono i Pantaloni» spiegò. «Mi sono arrivati ieri.» Aveva strappato la carta del pacco costellato di francobolli così colorati da sembrare finti. Aveva stretto a sé i Pantaloni con la sensazione di abbracciare una parte di Lena, aveva respirato il profumo della Grecia che, nella sua immaginazione, doveva aver intriso la stoffa. I Pantaloni avevano in effetti un vago odore di olio d'oliva... non era lei a immaginarlo. E sul davanti della gamba destra, sulla parte alta della coscia, c'era una macchia marroncina, che immaginò fosse il sangue del nonno di Lena.

Gli occhi di Bailey si spalancarono in un'espressione di rispetto.

«Ti stanno benissimo» disse senza fiato.

«Dovresti vederli sulle mie amiche» rispose Tibby. Sempre più spesso, Bailey voleva ascoltare le storie delle tre amiche lontane e avere aggiornamenti sulle loro lettere. E Tibby aveva sempre più l'impressione di inventare per sé e per Bailey un mondo immaginario.

«È già successo qualcosa con i jeans?» chiese Bailey, che voleva a tutti i costi credere alla magia dei Pantaloni.

«Be', sì e no. Un ragazzo ha visto Lena nuda e il nonno di lei ha cercato di prenderlo a pugni.» A quel pensiero Tibby non poté trattenere un sorriso. «Se tu conoscessi Lena, sapresti che per lei è un bel problema.»

«Lena è quella che sta in Grecia» disse Bailey.

«Esatto.»

«Bridget li ha già avuti?» Chi sa perché, Bridget la affascinava particolarmente.

«No, la prossima è Carmen. Poi tocca a Bridget.»

«Vorrei sapere cosa ci farà lei» meditò Bailey.

«Qualche follia» disse Tibby scherzando, ma poi tacque, pentendosi di avere scelto quelle parole.

Bailey la studiò qualche istante. «Sei preoccupata per Bridget, vero?»

Tibby era pensierosa. «Forse» considerò lentamente. «Forse lo siamo tutte un pochino.»

«Per sua madre?»

«Sì. Soprattutto per quello.»

«Era malata?» incalzò Bailey.

«No... non fisicamente, perlomeno» precisò Tibby cauta. «Aveva... una brutta depressione.»

«Ah» disse Bailey. Era pronta a lasciare cadere l'argomento. Sembrava che avesse immaginato il resto. «Insomma... e a te è già successo qualcosa, da quando hai i Pantaloni?» chiese.

«Ho rovesciato una Sprite e Duncan mi ha accusato di tenermi gli scontrini.»

Bailey sorrise. «Ossia?»

«Ho dimenticato di dare lo scontrino a una cliente.»

«Ah» commentò Bailey. «Brutto.»

«Allora, sei pronta ad andare al Pavilion?» chiese Tibby.

«Certo. Ho portato la roba e caricato tutte le batterie.»

Bailey aveva preso l'abitudine di passare ore in camera di Tibby a lavorare sul film mentre Tibby faceva i turni al supermercato. Tibby le aveva insegnato le regole base per montare gli spezzoni e aggiungere la colonna sonora al computer. Loretta la faceva sempre entrare. Era un po' strano, ma Tibby ormai non se ne preoccupava più.

Al Pavilion, Margaret stava ancora lavorando alla cassa, perciò dovettero aspettare. Appena misero piede nell'atrio del cinema, Tibby riconobbe Tucker. Aspirò una boccata d'aria. Stando a quello che aveva sentito raccontare sui posti e sulle persone che Tucker frequentava, non si aspettava di trovarlo lì. Era in fila con due suoi amici al banchetto dei popcorn. Aveva le braccia incrociate e sembrava impaziente.

«Cosa ci trovi in quello lì?» si meravigliò Bailey a voce alta.

«Niente, a parte il fatto che è uno dei ragazzi più belli che io abbia mai visto» rispose Tibby.

Tucker guardò dalla loro parte e incrociò il suo sguardo. Ricordando di avere indosso i Pantaloni, Tibby avvertì un'ondata di spavalderia, destinata però a crollare un istante dopo, quando si accorse di essersi tenuta il grembiule.

Era troppo vistoso se approfittava dell'istante in cui lui era distratto per scivolare fuori dal grembiule? Tucker finì di comprare i popcorn e un bicchierone di bibita grande quanto la batteria di una macchina e puntò proprio verso di lei.

«Ehi, Tibby. Come te la passi?» Stava fissando la spilla con scritto "Salve, sono Tibby!". Sapeva il suo nome anche senza la targhetta, ma solo per associazione con le sue amiche più carine.

«Bene» rispose rigida Tibby. Non le uscivano mai le parole quando lui era nei dintorni.

Sentì Bailey tirare su col naso, per prenderla in giro.

«Lavori da Wallman's?» chiese Tucker e uno dei suoi amici fece un sorriso furbo.

«No, porta quel grembiule solo perché è stupendo» intervenne Bailey.

«Ci vediamo» tagliò corto Tibby, e fece per andare. Trascinò Bailey fuori dal cinema, nell'afa della strada. «Bailey, tieni la bocca chiusa, ti spiace?»

Bailey aveva il suo solito sguardo polemico. «Perché dovrei?»

In quel momento apparve Margaret dal botteghino: «Ci siete?».

Tibby e Bailey si scambiarono un'occhiata tesa. «Sì, siamo pronte» mugugnò Tibby a denti stretti, con aria superiore.

«Margaret, da quanto tempo lavori qui?» chiese Tibby quando si furono sistemate in una zona tranquilla dell'atrio, di fronte al poster di *Ragazze a Beverly Hills*... scelta di Margaret!

«Be', vediamo.» Margaret alzò gli occhi al soffitto. «Doveva essere il... 1971.»

Tibby deglutì rumorosamente. Voleva dire una trentina d'anni prima. Guardò Margaret più da vicino. Portava i capelli biondi raccolti in un'alta coda di cavallo e si metteva un bello strato di ombretto. Era evidentemente più anziana di quanto sembrasse, ma Tibby non avrebbe mai immaginato che fosse così anziana.

«Quanti film credi di aver visto?» chiese Tibby.

«Più di diecimila, direi.»

«E il tuo preferito?»

«Non saprei, onestamente» rispose Margaret. «Sono così tanti. Questo lo adoooro» disse indicando con il pollice il poster che aveva alle spalle. Rifletté un altro po'. «Anche *Fiori d'acciaio* è uno dei miei preferiti.»

«È vero che sai recitare scene intere?» chiese Tibby.

Margaret arrossì. «Certo. Be', non voglio esagerare. Riesco a ricordare solo qualche parte. In questo momento ce n'è una davveeero carina di Sandra Bullock. Volete sentirla?»

Margaret si sfilò il cardigan rosa e Tibby notò quanto era minuta. Non sembrava nemmeno che avesse superato la pubertà, figuriamoci i quarant'anni!

«Cos'hai?» si chiese Tibby, guardando Bailey. La sua bocca sembrava davvero piccola in mezzo al viso.

«Possiamo guardare un film insieme?» chiese Bailey.

Gli occhi di Margaret erano stupiti. «Vuoi dire se possiamo entrare e guardarne uno ora? Tutte e tre insieme?»

«Esatto» disse Bailey.

«Sì, credo che possiamo.»

L'espressione di Margaret stava passando lentamente dallo stupore all'interesse. «Ce n'è uno davveeero carino che sta cominciando in sala quattro.»

Margaret seguì incerta Bailey e Tibby nella sala buia, fino alla fila centrale di posti. «Di solito io sto in piedi in fondo» spiegò in un sussurro. «Ma questi posti sono davvveeero carini, non vi pare?»

Mentre la commedia procedeva, Margaret si voltò a guardare le due ragazze così tante volte che Tibby si chiese con una punta di tristezza quanti di quei diecimila film Margaret avesse visto in compagnia di qualcuno.

Bridget non riusciva a dormire. Perfino il suo posto preferito al margine della spiaggia le sembrava chiuso e claustrofobico quella notte. Sentiva una pericolosa inquietudine accumularsi nei tendini, nei muscoli.

Scivolò fuori dal sacco a pelo e si avvicinò all'acqua. Era più piacevole che mai. Bridget voleva che Eric venisse lì da lei. Desiderava da morire averlo accanto.

Le balenò un'idea. Era una pessima idea, lo capì subito, ma non appena ebbe fatto capolino fu per lei una sfida. Non poteva non farlo.

Camminò in silenzio lungo la spiaggia, ascoltando il fruscio della sabbia sotto i suoi piedi. L'estremità nord della baia era quella più appartata e Bridget sapeva che la baracca condivisa da Eric con altri due allenatori era proprio lì.

Nella sua mente emerse d'un tratto un ricordo. Una frase scritta su di lei da uno psichiatra pochi mesi dopo la morte della madre. Avrebbe dovuto essere una comunicazione confidenziale, ma lei l'aveva trovata nel cassetto della scrivania del padre. "Bridget è determinata nel raggiungere i suoi obiettivi. Tanto determinata da agire in modo spericolato" aveva scritto il dottor Lambert.

"Darò solo un'occhiata dentro" promise a se stessa. Non poteva fermarsi, a quel punto. Era lì ormai. Trovò la porta. All'interno c'erano quattro letti. Uno era vuoto. Altri due ospitavano altrettanti preparatori atletici: due studenti universitari come Eric. Nel quarto c'era Eric. Dormiva con un paio di boxer, il corpo slanciato abbandonato in una posa scomposta sulla brandina. Bridget fece un passo avanti.

Lui probabilmente la sentì, perché alzò la testa di scatto. La posò di nuovo sul cuscino, ma la rialzò subito di scatto quando ebbe compreso il significato di ciò che aveva visto. Era allarmato dalla sua presenza.

Bridget non fiatò. Non voleva metterlo in difficoltà, ma evidentemente lui era spaventato all'idea che lei parlasse. Eric scese dal letto e barcollò fuori. La prese per mano e se la trascinò dietro fino a un angolino riparato sotto un ciuffo di palme da dattero.

«Bridget, cosa ti salta in mente?» Era intontito dal sonno, disorientato. «Non puoi venire qui, lo sai» sussurrò.

«Mi spiace» disse Bridget. «Non avevo intenzione di svegliarti.»

Lui sbatté gli occhi, cercando di metterla a fuoco. «E che intenzione avevi, invece?»

Il vento le soffiava in avanti i capelli. Le punte sfioravano il petto di Eric e lei si trovò a desiderare di avere terminazioni nervose anche lì. Portava soltanto una maglietta bianca che le copriva appena gli slip. Era terribilmente difficile non toccare Eric. «Ti stavo pensando. Volevo soltanto vedere se dormivi.»

Lui non disse niente, non si mosse. Lei gli posò tutte e due le mani sul petto. In trance, lei lo guardò alzare una mano per spingerle indietro i capelli, liberandole il viso.

Eric era ancora mezzo addormentato. Era come se quella fosse la continuazione di un sogno, e lui volesse sprofondarci, Bridget ne era sicura. Tese le braccia e strinse il petto di Eric al suo. «Mmmm» mugolò lui.

Lei voleva esplorare i contorni del suo corpo. Li seguì avidamente con le mani, fino alle spalle, poi di nuovo lungo le braccia muscolose. Tornò verso il collo, i capelli e poi giù verso il petto, lo stomaco elastico. Fu qui che lui parve svegliarsi. Parve scuotersi, le afferrò le spalle per respingerla. «Santo cielo, Bridget» gemette con evidente frustrazione, con rabbia. Lei fece un passo indietro. «Che cosa sto facendo? Devi andartene» le disse.

Le teneva ancora le braccia, ora più dolcemente. Non si sarebbe concesso a lei, ma non la stava nemmeno lasciando andare via. «Non farlo, ti prego. Promettimi di non tornare qui.» Le spiava il viso. Gli occhi di lui le stavano chiedendo l'esatto il contrario.

«Io ti penso» disse Bridget in tono solenne. «Penso a come sarebbe stare con te.»

Eric chiuse gli occhi e le lasciò libere le braccia. Quando riaprì gli occhi, aveva uno sguardo più deciso. «Bridget, vai via e promettimi che non rifarai una cosa simile. Non so se riuscirei a dominarmi.»

Lei se ne andò, ma non promise.

Forse lui non aveva inteso quelle parole come un invito. Ma fu così che le interpretò lei.

IL TEMPO SVELA
LA VERITÀ.

— BISCOTTO DELLA FORTUNA

«Voglio sedermi qui» annunciò Bailey trascinando una sedia vicino alla gabbia di Mimì. Vedere Mimì le fece scattare il ricordo.

«Maledizione» mormorò Tibby.

«Cosa?»

«Ieri ho completamente dimenticato di darle da mangiare» spiegò Tibby afferrando il cestino di semenze assortite. Non se ne era mai dimenticata in mesi e mesi.

«Posso farlo io?» chiese Bailey.

«Certo» rispose Tibby, non del tutto sicura. Nessuno tranne lei aveva mai dato da mangiare al suo porcellino d'India. Dovette spostarsi dalla parte opposta della stanza per non ficcare il naso in quello che faceva Bailey.

Bailey diede il cibo a Mimì e si sedette di nuovo.

«Pronta?» chiese Tibby, preparando il microfono.

«Credo di sì.»

«Bene.»

«Aspetta» disse Bailey, alzandosi in piedi.

«E ora cosa c'è?» chiese Tibby irritata. Bailey voleva farsi intervistare per il loro film, ma ora era stranamente incerta. Si tormentava le mani. Chiaro che aveva un'idea. «Posso mettermi i Pantaloni?»

«I Pantaloni?»

«Sì, posso averli in prestito?»

Tibby era dubbiosa. «Per prima cosa, non credo proprio che siano della tua misura.»

«Non mi importa» rispose Bailey. «Posso provarli? Non li terrai ancora per molto, vero?»

«Grrr.» Impaziente, Tibby li recuperò dal loro nascondiglio

nell'armadio. Era terrorizzata dall'idea che Loretta li buttasse a lavare con qualche bicchiere di candeggina, come aveva fatto con i suoi maglioni di lana. «Ecco» disse, e li passò a Bailey.

Bailey si sfilò i calzoni militari verde oliva. Tibby rimase colpita dal pallore delle sue gambe ossute e dalla grossa cicatrice scura che le andava dal fianco alla coscia.

«Ehi, ma cosa ti sei fatta?» le chiese.

Bailey le lanciò uno sguardo della serie "niente domande né commenti" e si infilò i Pantaloni. Per quanto magici, erano troppo grandi per lei. Bailey era minuscola. Eppure era felice, e ripiegò con cura sui piedi le gambe tutte grinze dei Pantaloni.

«Tutto bene?» chiese Tibby.

«Tutto bene» rispose Bailey, e prese posto di nuovo sulla sedia.

Tibby prese la videocamera e schiacciò il pulsante di accensione. Attraverso l'obiettivo, Bailey le appariva un po' diversa. La pelle sottile, quasi trasparente, sembrava pesta, livida attorno agli occhi. «Allora, raccontami» disse Tibby: non sapeva bene di cosa volesse parlare Bailey nell'intervista ed era istintivamente intimorita all'idea di rivolgerle domande dirette.

Bailey alzò i piedi nudi sulla sedia, posò le braccia sulle ginocchia ossute e il mento sugli avambracci. Il sole che filtrava obliquo dalla finestra le accendeva di luce i capelli.

«Chiedimi qualcosa» la sfidò Bailey.

«Di cosa hai paura?» La domanda le sfuggì prima che avesse l'intenzione di formularla.

Bailey rifletté. «Ho paura del tempo» rispose. Era risoluta, fissava senza battere ciglio il grande occhio ciclopico della videocamera. Non posava né mostrava un filo di imbarazzo. «Insomma, temo di non averne abbastanza» spiegò. «Di non averne abbastanza per capire la gente, come sono davvero, oppure di essere capita a mia volta. Ho paura dei giudizi prematuri e degli errori di valutazione dovuti alla fretta. Non puoi correggerli, se non hai abbastanza tempo. Ho paura di vedere solo i trailer e non i film.»

Tibby la guardava incredula. Era colpita da quell'aspetto nuovo di Bailey, dalla sua filosofia così precoce rispetto all'età. Il cancro ti rende più saggio? Il sovraccarico di raggi X e medicine aveva influito sul suo cervello di dodicenne?

Tibby scosse il capo.

«Cosa c'è?»

«Niente. È solo che mi sorprendi ogni giorno.»
Bailey le sorrise.
«Mi piace che tu ti lasci sorprendere.»

Carmen,

ti scrivo dall'ufficio postale e questo pacco espresso mi costa più di quanto guadagno in due ore da Wallman's, perciò sarà meglio che ti arrivi entro domani.

Non saprei ancora dire che cos'hanno rappresentato per me i Pantaloni. Se è stata un'esperienza profonda o meno. Te lo dirò quando l'avrò capito. Tu farai meglio di me perché sei l'unica e sola Carma Carmeena.

Sarà meglio che chiuda qui e firmi, prima che la signora allo sportello mi spedisca (ah ah).

Baci, Tibby

La nonna a pranzo sembrava arrabbiata. Aveva detto che aveva poca voglia di parlare: tradotto, voleva dire che non le andava di parlare di nessun argomento proposto da Lena o Effie. Si accontentava di ascoltare se stessa.

«Questa mattina ho incrociato Rena e lei non mi ha rivolto la parola. Ma vi rendete conto? Chi crede di essere quella lì?»

Lena cincischiava con lo *tzatzíki* che aveva nel piatto. Bisognava ammettere una cosa della nonna: non era mai troppo arrabbiata per cucinare.

Bapi era a Thira per qualche faccenda, mentre Effie, dalla parte opposta del tavolo, aveva già lanciato alla sorella un migliaio di occhiate perplesse.

«Kostos è sempre stato un così bravo ragazzo, così carino, ma non si può mai dire» meditava la nonna.

Lena era depressa. La nonna adorava Kostos. Lui era un verme, ma evidentemente anche un'enorme fonte di gioia nella vita della nonna.

«Nonna» la interruppe Lena, «forse Kostos, forse lui...»

«Se si pensa alle esperienze che ha passato, si capisce che debba avere dei problemi» proseguì imperturbabile la nonna, «ma in passato non li avevo mai notati.»

«Che genere di problemi?» si informò Effie.

«Nonna, forse non è successo proprio quello che pensi» tentò timidamente Lena, parlando insieme alla sorella.

La nonna squadrò tutte e due con uno sguardo stanco. «Non voglio parlarne» disse.

Non appena ebbero mandato giù una quantità accettabile di cibo, Effie e Lena sciacquarono velocemente i piatti e se la filarono.

«Che cosa è successo?» domandò Effie in tono perentorio non appena ebbero messo piede fuori di casa.

«Uuuh» borbottò Lena.

«Insomma, ma cos'è che vi prende a tutti?» incalzò Effie.

Lena si sentiva stanca. «Senti, Ef, non urlare, non aggredire e non criticare finché non avrai sentito tutto fino in fondo. Prometti?»

Effie accettò e mantenne la promessa fino a quando non si arrivò alla rissa tra i due nonni. A quel punto non riuscì più a trattenersi.

«Non è possibile! Non puoi parlare sul serio! Bapi? Oddio.»

Lena annuì.

«Farai meglio a raccontare la verità prima che sia Kostos a farlo, altrimenti ti sentirai un'idiota per tutta la vita» la ammonì Effie con la sua tipica capacità di andare al sodo.

«Lo so» rispose Lena infelice.

«Ma perché non gliel'hai detta subito?» disse Effie, stupita.

«Non so. C'era una tale confusione. Non so nemmeno se Kostos abbia capito da cosa nasceva la lite.»

Effie scuoteva la testa. «Povero Kostos. È così innamorato di te.»

«Non più» ribatté Lena.

BRIDGET: Salve, mmm, Loretta?
LORETTA: Sì?
BRIDGET: Loretta, sono Bridget.
LORETTA: Pronto?
BRIDGET (praticamente urlando): Bridget! Sono Bridget. Cerco Tibby. È in casa?
LORETTA: Ah... Bridget?
BRIDGET: Sì.
LORETTA: Tibby non c'è.
BRIDGET: Potrebbe dirle che ho chiamato? Io qui non ho il telefono, quindi richiamo io.
LORETTA: Pronto?

Quella sera, scendendo al piano di sotto poco prima di cena, Carmen era pronta alla lite. Indossare i Pantaloni le dava la sensazione di aver recuperato la memoria di sé.

Il ricordo di come ci si sente ad essere amati. Della propria abilità nelle discussioni. Doveva portare la vera Carmen al piano di sotto e farla parlare con Lydia e con suo padre prima di dimenticare di nuovo se stessa e tornare invisibile.

Lydia aveva senz'altro raccontato al padre il disastroso episodio della prova dell'abito, e certo si era lamentata del suo comportamento. Ora lei aveva voglia di tirare fuori tutto. Voleva urlare contro Lydia e sentirla gridare a sua volta. Ne aveva assolutamente bisogno.

«Ciao» disse Krista dalla sua postazione per i compiti al tavolo di cucina. Carmen la studiò per decifrare le sfumature del suo saluto.

«Carmen, ti andrebbe una bibita?» chiese allegra Lydia, mentre misurava il riso e lo versava in una pentola.

Apparve sulla soglia della cucina anche il padre, che non si era ancora tolto gli abiti da lavoro. «Ciao, coniglietto, com'è andata la giornata?»

Carmen guardò allibita suo padre e poi Lydia. "La mia giornata è stata orribile!" avrebbe voluto gridare. "Una sarta con i denti falsi mi ha insultata e umiliata. E io mi sono comportata come una bambinetta capricciosa."

Non lo disse. Rimase invece a fissarlo a bocca aperta, in silenzio. Aveva idea di come si sentiva lei? Di quanto era infelice lì?

Il padre aveva l'aria allegra. E altrettanto Lydia. «Che profumino fantastico» commentò il padre.

«Pollo arrosto» disse Lydia.

«Mmmm» commentò Krista, come un robot.

Ma chi era quella gente? Che cos'avevano tutti?

«È stata una giornata pessima» disse lei, avvertendo che la sua *chance* le stava scivolando via di mano. Era troppo giù di corda per fare la sarcastica.

Suo padre era già quasi in cima alle scale per andare a cambiarsi. Lydia fece finta di non aver sentito.

Perfino con i Pantaloni rimaneva invisibile. E muta. Uscì di casa con foga teatrale e si sbatté violentemente la porta alle spalle. Per fortuna, almeno la porta era ancora capace di fare un bel rumore.

FRA I TRENTASEI MODI
PER EVITARE UN DISASTRO,
FUGGIRE È IL MIGLIORE.

— ANONIMO

A volte una camminata aiutava Carmen a sbollire la rabbia. Altre volte no. Arrivò fino al torrente al margine del bosco. Sapeva che nel fitto sottobosco si nascondevano i mocassini acquatici. Sperava che uno di loro la mordesse con i suoi denti velenosi.

Staccò un pietrone dal fango secco e duro della riva. Lo lanciò in acqua, felice dello schizzo rumoroso che fece arrivare uno spruzzo di goccioline fino ai Pantaloni. La pietra si adagiò nel letto del torrente, ostacolando appena il fluire dolce della corrente. Gli occhi di Carmen fissavano l'acqua incresparsi mormorando attorno al sasso. Nel giro di pochi minuti, la corrente parve però adattarsi alla novità. Fece sprofondare un po' di più la pietra e riprese il suo morbido corso.

La cena a quel punto doveva essere pronta. La stavano aspettando? Si chiedevano dove era andata? Suo padre non poteva non aver sentito la porta sbattere. Era preoccupato? Forse era uscito a cercarla. Forse si era diretto a nord, mandando Paul a sud a cercarla lungo la Radley Lane. Forse il pollo arrosto di Lydia si stava raffreddando, ma il padre non se ne curava perché Carmen se n'era andata. Si avviò per tornare a casa. Non voleva che suo padre chiamasse la polizia. E poi Paul era tornato quel mattino dalla visita a suo padre. Aveva già abbastanza cose a cui pensare.

Accelerò il passo. Era perfino un po' affamata: da giorni non mangiava molto. «Io mangio quando sono felice» aveva detto al padre la sera prima, di fronte a un piatto di sformato che non aveva nemmeno sfiorato. Lui non aveva raccolto la provocazione.

Il cuore le batteva forte mentre saliva i gradini d'ingresso immaginando la faccia che avrebbe fatto suo padre. Ma era in casa?

O era fuori a cercarla? Non aveva molta voglia di irrompere in casa, se c'erano solo Lydia e Krista.

Spiò dalla porta. La luce in cucina era accesa, ma il soggiorno era buio. Girò furtiva lungo il fianco della casa per avere una visione migliore. Fuori era abbastanza buio da non doversi preoccupare di essere scoperta.

Quando arrivò alla grande finestra panoramica che incorniciava la tavola da pranzo, raggelò. Smise di respirare. La rabbia montò di nuovo. Le salì fino in gola, ne sentì il sapore in fondo alla bocca, metallico, come quello del sangue. Le scese nello stomaco, annodandole le viscere. Le irrigidì i muscoli delle braccia, le bloccò le spalle. Le premette contro le costole fin quasi a spezzarle come bastoncini.

Suo padre non la stava cercando. Non stava chiamando la polizia. Era seduto a tavola e aveva sul piatto una montagna di pollo arrosto, carote e riso.

Evidentemente era il momento della preghiera di ringraziamento. Il padre teneva la mano di Paul da una parte e quella di Krista dall'altra. Lydia era di fronte a lui, con le spalle alla finestra. I quattro formavano un gruppo compatto: le braccia intrecciate a cingerli come una ghirlanda, le teste chine vicine le une alle altre, così grate. Padre, madre e due figli. E poi una terza figlia malriuscita, più spigolosa, che guardava in casa da fuori, invisibile. La rabbia era troppo intensa per trattenerla.

Corse giù dai gradini laterali del portico e raccolse due pietre, piccole e maneggevoli. I movimenti non erano più connessi al cervello, ma doveva avere risalito i gradini e caricato il braccio. La prima pietra rimbalzò contro l'intelaiatura della finestra. La seconda dovette colpirla, perché sentì il vetro infrangersi e vide il sasso volare dietro la testa di Paul e colpire il muro per poi rotolare sul pavimento, ai piedi del padre. Carmen rimase quanto bastava perché il padre alzasse lo sguardo e la scorgesse attraverso il buco frastagliato nel vetro, perché capisse che era stata lei, e vedesse che lei lo aveva visto, ed entrambi sapessero.

Poi corse via.

Tibby,

adoro le docce all'aperto, adoro guardare il cielo. Ho perfino cominciato a fare quello che devo fare all'aperto invece di chiudermi negli stanzini disgustosi dei gabinetti. Sono una creatura selvaggia. Si dice così? Tu non potresti sopportare questa sistemazione così spartana, ma per me è perfetta. Il pensiero di fare la doccia al chiuso mi dà la claustrofobia. Credi che qualcuno se ne accorgerebbe se cominciassi a fare la pipì in cortile? Ah ah. Era solo una battuta.

Credo di non essere fatta per le case.

Baci,
la contemplativa Bee

Lena chiese informazioni per arrivare alla fucina e comprò un sacchetto di dolci dalla signora del panificio. «*Antío*, bella Lena» la salutò la donna. Il paesino era abbastanza piccolo perché tutti i locali ormai la conoscessero come la "bella e timida Lena". "Timida" era le definizione scelta con simpatia dagli anziani, mentre i coetanei la definivano con un po' meno simpatia "scontrosa".

Dalla panetteria, Lena arrivò fino alla fucina, un basso edificio di mattoni, isolato, con un piccolo cortile davanti. La porta a due battenti era aperta e lasciava intravvedere l'interno buio, fino al fuoco azzurro-arancio che fiammeggiava sul fondo. Ma era ancora possibile tenere in piedi un'attività commerciale facendo ferri di cavallo e accessori da barça? D'un tratto sentì una fitta di malinconia profonda per Kostos e per suo nonno, che senz'altro sognava di lasciare al nipote l'impresa di famiglia, perché lui la continuasse nel secolo nuovo che stava nascendo. Ma lei immaginava che Kostos non si fosse fatto accettare alla Facoltà di economia di Londra per poi passare la propria vita a fare il fabbro in un paesino greco.

Era come per suo padre: era diventato un rispettato avvocato di Washington, ma i nonni di Lena erano sconcertati dal fatto che non avesse aperto un ristorante. Anzi, erano ancora certi che al momento opportuno lo avrebbe fatto. «Può sempre rispolverare la sua predisposizione per la cucina» diceva fiduciosa la nonna ogni volta che capitava nel discorso la professione del figlio. C'era un baratro misterioso tra quell'isola e l'immenso mondo, come c'è tra vecchi e giovani, tra l'antico e il nuovo. Lena esitò inquieta sulla porta che dava sul cortile. Di lì a poco Kostos si sarebbe preso la pausa per il pranzo. Lena arricciava tra le mani sudate l'orlo del sacchetto di carta. Era stranamente preoccupata del proprio aspetto. Non si era lavata i capelli quel mattino, e probabilmente dovevano sembrare sporchi, alle radici. E aveva il naso rosa, bruciato dal sole.

Il cuore prese a batterle forte non appena Kostos apparve sulla soglia. Sembrava coperto di fuliggine e fuori moda nei suoi abiti scuri. I capelli erano arruffati dall'elastico degli occhiali protettivi che ancora portava, e il volto era arrossato, lucido di sudore. Lena puntò gli occhi dentro quelli di lui. "Per favore, guardami." Lui non lo fece. Era troppo educato per non farle almeno un lieve cenno di saluto passando, e prendere atto della sua presenza. Ma ora era il turno di Kostos di ignorarla e non darle alcuna possibilità di comunicare.

«Kostos!» gridò infine Lena. Lui non rispose. Lei non capì se avesse sentito e avesse deciso di ignorarla, oppure se era lei che aveva aspettato troppo a chiamarlo.

Carmen correva, con la sensazione di non avere le gambe collegate al corpo. Corse senza fermarsi fino al torrente, saltò oltre l'acqua e si distese sulla riva opposta. Le venne in mente che così i Pantaloni magici si sarebbero sporcati, ma quel pensiero fu spinto via da milioni di altri pensieri e lei lo lasciò andare alla deriva. Alzò lo sguardo verso il cielo: un ricamo di foglie di quercia che risaltava in negativo. Allargò le braccia, come in croce.

Rimase lì per un bel po', qualche ora, non avrebbe saputo dire quanto. Avrebbe voluto pregare, ma si sentì in colpa perché lo faceva solo quando aveva bisogno. E non era nemmeno sicura di voler attirare su di sé l'attenzione di Dio: lei, la ragazza-che-prega-solo-quando-ha-bisogno-di-qualcosa. Magari lo avrebbe irritato. Forse avrebbe dovuto trattenersi, e pregare quando fosse riuscita a farlo solo per il desiderio di pregare, in modo che Lui la riprendesse in simpatia. Ma Dio (scusa, Dio), chi mai si ricorda di pregare quando le cose filano a gonfie vele? La gente buona, ecco chi si ricorda. E lei non era così.

Quando la luna ebbe raggiunto il punto più alto nel cielo e cominciò a calare, la furia di Carmen era placata e il suo cervello stava riprendendo a funzionare.

A pensarci, forse la cosa migliore era tornare a Washington. Ma il suo pensiero le diceva anche che aveva lasciato tutto – denaro, carta di credito e qualsiasi altra cosa indispensabile – a casa di Lydia e Al. Perché il suo caratteraccio e la sua mente razionale non lavoravano mai in coppia? Il caratteraccio si comportava come un ingordo che ordina un centinaio di pietanze in un ristorante costoso, per poi sparire non appena arriva il conto, lasciando la mente razionale a lavare i piatti.

"Nessuno ti inviterà a tornare" borbottava Carmen al caratteraccio, il gemello malvagio, la Carmen cattiva.

Forse avrebbe dovuto solo affidarsi sempre all'istinto. Lasciare che fosse il caratteraccio a governare le conseguenze, al posto del sé consapevole, razionale, che guidava il suo corpo per la maggior parte del tempo. Be', ogni tanto.

La Carmen razionale, oca com'era, dovette intrufolarsi nella casa addormentata alle tre di notte (la porta sul retro era aperta, l'aveva lasciata qualcuno di proposito?) e recuperare le sue cose in perfetto silenzio. La Carmen malvagia sperò che qualcuno la sentisse e litigasse con lei, la Carmen razionale le impedì di farlo succedere.

La Carmen razionale arrivò a piedi fino alla fermata dell'autobus e dormì su una panchina fino alle cinque, quando cominciavano le corse degli autobus locali. Andò in centro, alla stazione dei Greyhound, dove comprò in contanti un biglietto per Washington su un autobus che faceva non più di quindici fermate.

Era stata la Carmen razionale ad arrivare in South Carolina ed era la Carmen razionale ad andarsene. Ma le sue apparizioni erano state piuttosto rare.

Guardò fuori dal finestrino mentre l'autobus avanzava attraverso il centro di Charleston, grandi condomini addormentati, negozi e ristoranti, e si augurava che la Carmen dell'universo parallelo se la stesse passando meglio di lei insieme al padre single e un po' matto.

Bee,

sono distrutta. Non riesco nemmeno a scrivere. Voglio solo spedirti questo pacchetto con il mezzo postale più rapido e costoso. Lasciami dire solo che i Pantaloni non hanno saputo convincermi a comportarmi come una persona amabile e come si deve. Spero che tu ne faccia un uso migliore. Che cosa ti auguro? Mmm, spero che questi Pantaloni ti portino...

Coraggio? No, ne hai fin troppo.

Energia? No, ne hai fin troppa.

Nemmeno amore. Già così ne dai e ricevi a camionate.

Okay, senti un po'. Spero che ti portino buonsenso.

È una noia mortale, mi stai gridando, e lo so. Ma lasciami dire, sulla base delle mie più recenti esperienze, che un briciolo di buonsenso non è male. E comunque tutti gli altri assi fortunati dell'universo li hai già, Bee.

Indossali come meritano. Baci,
Carma

LA VITA È COSÌ...
NON SAPREI.

– KELLY MARQUETTE,
ALIAS SKELETOR

A colazione, Bridget pensava al sesso. Era vergine, come le sue migliori amiche. Era uscita con un mucchio di ragazzi diversi, di solito in compagnia. Con un paio di loro era andata oltre il bacio, ma non di molto. Spinta più dalla curiosità che dal desiderio.

Ma per Eric il suo corpo provava qualcosa di diverso. Qualcosa di più grande, più scosceso, tempestoso di quanto le fosse mai capitato. Il suo corpo desiderava quello di Eric con un'intensità evidente, prepotente, dolorosa, ma non sapeva nemmeno lei bene che cosa stesse chiedendo, e fino a che punto.

«A che cosa pensi?» chiese Diana, facendo tintinnare il cucchiaio contro il fondo del piatto.

«Sesso» rispose Bridget con onestà.

«Lo immaginavo.»

«Ah sì?»

«Sì. C'entra qualcosa il posto in cui hai passato la notte scorsa?» chiese Diana, curiosa ma non invadente.

«Be', più o meno» rispose Bridget. «Eric l'ho visto, ma non abbiamo fatto sesso.»

«Avresti voluto?» chiese Diana.

Bridget annuì. «E credo che stanotte potrebbe essere la notte.» Cercò di mostrare sicurezza, ma senza spavalderia.

«Stanotte potrebbe essere che notte?» chiese Ollie, sedendosi e posando il suo vassoio.

«La mia notte di sesso, Oh-livia» rispose Bridget.

«Credi?» chiese Ollie.

«Sì.» Bridget non voleva parlare di quello che era successo la notte prima. Le sembrava troppo intimo per raccontarne i dettagli.

«Sono proprio curiosa di sapere» esclamò Ollie in tono dubbioso, di sfida.

E Bridget non poté resistere alla tentazione di fare la disinvolta. «E io non vedo l'ora di raccontare.»

Sherrie, mentre usciva, si fermò al loro tavolo. «Bridget, ti è arrivato un pacchetto.»

Lei si alzò. Un sospetto le fece correre un brivido lungo la nuca. Era quasi sicura che non potessero già essere i vestiti che aveva chiesto al padre. Suo padre era il classico olandese avaro, quindi era escluso che le avesse mandato un pacco per posta celere. Ma allora...

Bridget corse a piedi nudi fino all'edificio principale e si fermò inquieta di fronte al bancone. «Salve!» strillò per attirare attenzione. La pazienza sarà anche stata una virtù, ma non la sua.

Eve Pollan, l'assistente di Connie, uscì dall'ufficio. «Sì?»

Bridget non riusciva a tenere fermi i piedi. «C'è un pacco per me? Sono Bridget Vreeland. V-R-E-E...»

«Eccolo.» Eve sgranò gli occhi: c'era un unico pacco sullo scaffale, e glielo passò.

Bridget lo squarciò lì dov'era. Sì! Erano i Pantaloni! Belli. Aveva sentito la loro mancanza. Erano già un po' sporchi, soprattutto sul sedere... qualcuno doveva essersi seduto per terra. Il pensiero la fece ridere e nello stesso tempo le inflisse una fitta di nostalgia per le amiche. Era davvero come avere lì un pezzetto di Lena, Carmen e Tibby. Anche se era difficile che Carmen si facesse trovare con una macchia di fango sul sedere. Dovevano essere state Lena o Tibby. Bridget si infilò i Pantaloni sopra calzoncini bianchi di nylon.

C'era anche una lettera. La infilò in tasca per dopo.

«Sono forti o no questi Pantaloni?» chiese a Eve, giusto perché quell'acidona era l'unica persona nei dintorni.

Eve si limitò a guardarla.

Bridget tornò di corsa alla baracca a recuperare scarpe da calcio e maglietta verde. Quel giorno iniziava il primo girone della Coyote Cup. Le Tacos avrebbero giocato contro la squadra cinque, le Pulci di Mare. «Diana! Guarda un po'!» disse Bridget, camminando sinuosa sotto il naso della compagna.

«Sono i Pantaloni Viaggianti?» chiese lei.

«Sì! Cos'altro potrebbero essere?»

Diana la squadrò da capo a piedi. «Be', sono jeans, direi. Anche se ti stanno benissimo, certo.»

Bridget era raggiante. S'infilò al volo le scarpe da calcio e corse in campo.

«Bridget, che intenzioni hai?» le chiese Molly nell'istante in cui la vide.

«Cosa intendi?» chiese Bridget, sbattendo gli occhi con aria innocente.

«Hai i jeans, qui fuori ci saranno quasi quaranta gradi e stiamo per giocare la nostra prima vera partita.»

«Sono Pantaloni Speciali» spiegò Bridget con pazienza. «Sono come... magici. Mi faranno giocare meglio.»

Molly scosse la testa. «Bridget, giochi fin troppo bene anche senza. Toglili.»

«Dai.» Bridget batteva i tacchetti. «Per favore. Per favore?»

Molly tenne duro. «No.» Non riusciva a trattenersi dal ridere. «Sei una bella gatta da pelare, ragazzina.»

«Mmm.» Immusonita, Bridget si sfilò i jeans e li ripiegò con cura a bordo campo.

Prima di spedirla a raggiungere le altre, Molly le passò un braccio attorno alle spalle. «Giocati la palla, Bee» le disse, «ma non lasciarti prendere la mano, hai capito?»

Bridget ebbe la netta sensazione che un giorno Molly sarebbe diventata una brava nonna. Peccato che al momento avesse solo ventitré anni.

Al fischio, Bridget partì come un razzo, ma non si fece prendere la mano. Passò alle compagne, servì loro magnifici assist per tutta la partita. Fu un atto di sacrificio: si sentiva come Giovanna d'Arco.

Le Tacos si erano piazzate al primo posto nelle amichevoli, le Pulci al sesto, perciò era normale che le Tacos fossero in vantaggio, ma quando arrivarono al 12-0, Molly le chiamò a bordo campo. «Bene, un po' di stile, ragazze. Evitiamo di essere crudeli.» Guardava Bridget. «Vreeland, prendi il posto di Rodman.»

«Cosa?» esplose Bridget. Birittany Rodman era il portiere. Era quello il ringraziamento che le spettava?

Molly fece la faccia da niente-storie-con-me.

«Bene» sibilò Bridget, e si avviò di malumore verso la porta. Non aveva mai giocato in quel ruolo in tutta la vita.

Fu proprio quello il momento che Eric scelse per venire a dare un'occhiata. Vedendola in porta, con una mano puntata sul fianco poggiato in fuori, non riuscì a trattenere un sorriso. Lei lo fulminò con un'occhiataccia. Lui le rispose a sua volta con un'occhiataccia. Dolce, però.

Lei era occupata a fargli le facce, quando una palla arrivò sfrecciando verso di lei. Bridget aveva buoni riflessi: difficile reprimerli. Afferrò la palla al volo.

Quando vide la delusione dipinta sulla faccia di tutti, Molly compresa, si lanciò la palla alle spalle, direttamente in porta. Tutti esplosero in urla e risate di gioia. Il fischio lungo decretò la fine della partita. «Dodici a uno per i Tacos» urlò l'arbitro.

Bridget guardò Eric. Lui alzò i pollici in segno di approvazione. Lei gli fece un inchino.

I Pantaloni portavano fortuna, perfino da bordo campo.

«Carmen! Santo cielo! Cosa ci fai qui?»

Tibby era in mutande e maglietta quando Carmen irruppe in camera sua. Si era fermata a casa appena il tempo necessario per disfare la valigia e telefonare alla madre al lavoro.

Si gettò sull'amica, rischiando di falciarla e buttarla per terra. Schioccò un bacio sulla guancia di Tibby e cominciò subito a piangere.

«Oh, Carma» esclamò Tibby guidando l'amica verso il letto disfatto per farla sedere.

Carmen piangeva sul serio. Singhiozzava, rabbrividiva e cercava di prendere boccate d'aria come una bambina di quattro anni. Tibby la circondò con le braccia, avvolgendola nel suo profumo e in quel suo modo affettuoso, e Carmen fu così sollevata di essere in un posto sicuro con qualcuno che la conosceva davvero, in profondità, che si lasciò andare. Era la bambina che si è persa in un grande magazzino, e non aspetta altro che di essere al sicuro accanto alla madre per versare un fiume di lacrime.

«Cosa c'è? Cosa c'è? È stato così un disastro?» chiese Tibby dolcemente quando i singhiozzi si smorzarono.

«È stato orribile» piagnucolò Carmen. «Una pena.»

«Raccontami cosa è successo» chiese Tibby. I suoi occhi, a volte distanti, ora erano lucidi, dilatati dalla preoccupazione.

Carmen si concesse qualche altro respiro profondo per riprendere la calma. «Ho buttato un sasso contro la finestra mentre loro erano a cena.»

Non era quello che Tibby si aspettava di sentire. «Davvero? Perché?»

«Perché li odio. Lydia, Krista.» Pausa. «Paul. Quella loro vita insulsa» borbottò Carmen imbronciata.

«Sì, ma... voglio dire, cos'è che ti ha fatto tanto arrabbiare?» chiese Tibby, strofinandole la schiena.

Carmen sbatté le palpebre. Che domanda. Da dove cominciare? «Loro... loro...» Dovette fermarsi a raccogliere le idee. Perché Tibby doveva interrogarla? Perché non poteva essere come chiunque altro e accettare i sentimenti di Carmen come prova del fatto che le cose non andavano e basta? «Perché mi fai tutte queste domande? Non mi credi?»

Gli occhi di Tibby si spalancarono ancora di più. «Certo che ti credo. Sto solo... cercando di capire che cosa è successo.»

Carmen rizzò gli aculei.

«Ecco che cosa è successo. Sono andata in South Carolina con l'idea di passare l'estate con mio padre. Arrivo lì e... sorpresa! È andato a vivere con la sua nuova famiglia. Due figli, una bella casa grande, i preparativi...»

«Carmen, so tutto. Ho letto le tue lettere, lo giuro.»

Per la prima volta Carmen notò che Tibby aveva l'aria stanca. Non come uno che ha fatto tardi una sera: stanca dentro. Le lentiggini spiccavano contro la pelle bianca del naso e delle guance.

«Lo so. Mi spiace» si affrettò a dire Carmen. Non voleva battibeccare con Tibby, aveva bisogno del suo affetto. «A te va tutto bene?»

«Sì. Tutto okay. Strano. Va bene, immagino.»

«Com'è al Wallman's?»

Tibby scrollò le spalle. «Profonda disperazione. Come al solito.»

Carmen fece un gesto verso la gabbia del porcellino d'India. «E il topo?»

«Mimì sta bene.»

Carmen si alzò e abbracciò Tibby di nuovo. «Mi dispiace per la scena. Sono così felice di vederti. Avevo così tante cose da riversarti addosso e non riuscivo a dirne neppure una sensata.»

«Non importa, è tutto okay» rispose Tibby strizzandola forte, poi si sedette sul letto. «Raccontami solo quello che è successo e io ti dirò che tu sei un tesoro e tutti gli altri dei mostri» promise: così era già più simile alla se stessa di sempre.

"Non sono un tesoro." Erano le parole che avrebbero voluto salire in superficie come bolle, ma Carmen le trattenne. Con un sospiro si lasciò cadere lunga distesa sul letto.

La coperta di lana pizzicava. «Direi che mi sentivo... invisibile, là» rispose lentamente, riflettendo. «Nessuno mi prestava attenzione. Nessuno mi ascoltava quando dicevo di essere infelice o protestava quando io mi comportavo da bambinetta capricciosa. A loro interessa solo che tutto sembri perfetto.»

«Quando dici "loro" intendi Lydia? Tuo padre?» Tibby lasciò che l'ultima parola indugiasse nell'aria.

«Sì. Lydia, soprattutto.»

«Ce l'hai anche con tuo padre?» chiese cauta Tibby.

Carmen si alzò a sedere. Perché Tibby non poteva condividere la sua furia e basta? Tibby era una maestra della rabbia. Giudicava gli altri senza alcun motivo, era pronta a distribuire disprezzo per

niente. Odiava i tuoi nemici più di quanto li odiassi tu.

«No, non ce l'ho con mio padre! Ce l'ho con quella gente!» sbottò Carmen. «Non voglio avere niente a che fare con loro. Voglio che si levino di torno e lascino me e mio padre insieme, da soli.»

Tibby si allontanò un po'. Sembrava guardinga. «Carma, tu credi... insomma, pensi davvero...» Tibby spostò i piedi sul letto. «Credi che sia possibile che questa non sia la cosa peggiore del mondo?» chiese, tenendo lo sguardo basso. «Voglio dire, in confronto alle cose davvero gravi?»

Carmen la fissò a bocca aperta. Da quando Tibby era diventata Miss Prospettiva Corretta? Miss Giudizio Equilibrato? Se c'era una che si autocompativa e buttava sempre la colpa sugli altri, quella era Tibby. Perché ora faceva la filosofa, quando lei aveva soltanto bisogno di essere ascoltata?

«Dove hai nascosto la vera Tibby?» chiese infine Carmen, con l'umore a terra, e uscì dalla stanza.

Cara Lena,

il film va avanti, ma non è come pensavo. Bailey si è autoeletta mia assistente e ho affidato a lei l'intervista a

Duncan, Vicedirettore dell'Universo Intero. Non è venuta divertente come la immaginavo, ma per certi versi non è male. Le persone che io trovo di una follia ridicola per lei sono interessanti.

Come sta il baldo pugile Bapi? E l'ineffabile Eff? Non torturarti, Len. Noi ti vogliamo troppo bene.

Tibby

Quel pomeriggio c'era la partita contro le Balene Grigie. Nel frattempo le Cocos, la squadra di Eric, avevano vinto anche loro. L'indomani avrebbero sfidato la squadra sei, le Ossa del Cranio. La finalissima della Coyote Cup era fissata per l'indomani. Bridget dava per scontato che le Tacos avrebbero giocato la finale.

Aspettarono le sei perché il sole calasse e l'aria si rinfrescasse un po', prima di cominciare. L'intero campeggio era venuto ad assistere, questa volta. La bella luce rosa tagliava obliqua il campo. Bridget guardò Eric, seduto su una coperta a quadri insieme a un paio di altre persone. Rideva di qualcosa che aveva detto Marci. La gelosia le trafisse il cuore. Non voleva che altre ragazze lo facessero ridere. Aveva portato di nuovo i Pantaloni con sé. Li piegò accuratamente a bordo campo.

Molly la osservava. A Bridget non piaceva l'espressione che le leggeva in faccia. Aveva intenzione di farla giocare come portiere per tutta la partita?

«Bridget, tu giochi in difesa.»

«Cosa? Non se ne parla.»

«Certo che se ne parla. Vai e non oltrepassare il mezzocampo» aggiunse Molly con fare paternalistico, come se Bridget non avesse mai visto una partita in vita sua.

«Vai, Bridget!» strillò Diana da bordo campo. Era sdraiata a pancia in giù sull'erba, con un gruppetto di altre ragazze che mangiavano nachos con salsa piccante.

Bridget si schierò in difesa e muffì là dietro per tutta la partita, mentre Ollie, Jo e altre ragazze giocavano per la gloria. Quantomeno ebbe la soddisfazione di annientare l'offensiva delle Balene.

Entro la metà del secondo tempo erano 3-0. Bridget adocchiò la sua chance, troppo bella per lasciarsela scappare. Ci fu un breve contrasto a bordo campo che attirò lì praticamente tutte. Bridget si trovò a mezzocampo con il terreno quasi completamente libero fino alla porta. Ollie intercettò un passaggio all'interno e notò Bridget con la coda dell'occhio. Badando a mantenersi entro la riga di mezzocampo, Bridget catturò abilmente la palla e la spedì con un arco alto e veloce verso la porta. La folla tacque. Gli occhi di tutti erano inchiodati alla palla. Il portiere prese lo slancio e saltò. La palla volò più alta e s'infilò nell'angolo della rete.

Bridget guardò Molly: era l'unica a bordo campo che non stesse esultando. «Bee! Bee! Bee!» inneggiavano Diana e le sue amiche.

Subito dopo, Molly fece uscire Bridget dal campo. Lei si chiese vagamente se l'anno successivo sarebbe stata convocata al campeggio. Si sedette sull'erba a mangiare nachos e salsa piccante, godendosi la bocca in fiamme e gli ultimi raggi di sole sulle spalle.

FARAI OGNI GENERE
DI ERRORE, MA FINCHÉ
SEI GENEROSO, SINCERO
E FIERO NON PUOI FARE
DEL MALE AL MONDO
NÉ ADDOLORARLO SUL SERIO.

— WINSTON CHURCHILL

Lena doveva tornare a dipingere. Non faceva altro che ciondolare, giorno dopo giorno, sperando di vedere Kostos, in attesa che lui si degnasse di rispondere al suo sguardo, in attesa di scoprire che lui aveva raccontato a tutti cosa era successo tra loro... quasi lo desiderava. Per metà del tempo si convinceva che non era possibile convincere i nonni, così impassibili, così irremovibili, a parlare di nuovo dell'argomento. E per metà del tempo sapeva di mentire a se stessa. Erano solo alibi per il proprio disagio.

Non poteva bere l'ennesimo caffè con Effie al bar del cameriere carino. Non poteva spendere l'ennesimo pomeriggio sulla rovente sabbia nera della spiaggia di Kamari. Non poteva fare l'ennesima passeggiata inutile oltre la casa dei Dounas e poi giù fino alla fucina. Penoso, ecco cos'era. Doveva tornare a dipingere.

Sarebbe tornata al suo oliveto vicino al laghetto. Di tutti i quadri che avesse mai fatto, quello dell'oliveto era il suo preferito. Era leggermente sbavato, ma era sopravvissuto al suo attacco d'ira. Quel giorno infilò nello zaino un cappello e un costume da bagno. Non si sa mai. Si sentiva coraggiosa, a tornare là. Bastava poco a farla sentire coraggiosa.

La salita le parve più ripida di nove giorni prima. Il passaggio dalle rocce al prato fu ancora più suggestivo. Quando le apparve il pittoresco boschetto, Lena sentì scorrerle nel sangue un'energia speciale. Tornò nel punto esatto dove era stata la volta prima. Vide i tre buchi lasciati sul terreno dal cavalletto. Preparò accuratamente la tela e strizzò sulla tavolozza nuovi cumuli di colore. Amava l'odore del colore. Era una cosa buona.

Mescolò quella precisa sfumatura di argento, il bruno per dare calore, il verde e il blu: quelle foglie d'olivo richiedevano più blu di quanto immaginasse. Ognuna sembrava riflettere un minuscolo pezzo di cielo. La lenta ipnosi della concentrazione stava prendendo possesso di lei. Era la sensazione che la faceva sentire più sicura, uno stato mentale in cui lei amava rimanere molto più a lungo della maggior parte degli esseri umani. Si sentiva come una di quelle strane rane che vanno in letargo, e il loro cuore smette di battere per un inverno intero. Le piaceva, stare così.

Sentì un tonfo nell'acqua. Alzò lo sguardo, cercando di richiamare all'erta i propri sensi. Batté le palpebre, obbligando gli occhi a recuperare la visione tridimensionale di ciò che era tridimensionale. Un secondo tonfo. C'era qualcuno che nuotava nel laghetto?

C'erano poche cose che Lena detestava più del fatto di godere di un perfetto isolamento e scoprire che non era così.

Si allontanò di pochi passi dal cavalletto e spiò da dietro un tronco per avere almeno una visione parziale del laghetto. Vide una testa. La testa di un essere umano. Vista da dietro. Una vampata di frustrazione le serrò la mascella. Voleva che quel posto fosse suo. Perché la gente non poteva lasciarla in pace? Avrebbe dovuto andarsene in quell'istante esatto. Invece fece due passi avanti per avere una visione migliore. La visione migliore si voltò e d'un tratto assunse le sembianze di Kostos. In quel momento anche lui riconobbe Lena che lo fissava stupefatta.

Questa volta era lui a essere nudo nel laghetto dall'acqua bassa, e lei era vestita, ma come l'altra volta, fu lei a ritrarsi avvampando, e lui a rimanere lì calmo.

L'altra volta lei se l'era presa con Kostos, ora se la prese con se stessa. L'altra volta aveva pensato che lui fosse uno sciocco leggero e presuntuoso, ma questa volta capì che era lei ad esserlo. L'altra volta si era fissata ossessivamente sul proprio corpo esposto alla vista altrui; ora pensava a quello di Kostos.

L'altra volta lui non era venuto a spiarla. Non l'aveva seguita. E probabilmente era rimasto stupito quanto lei nel vederla.

Finora aveva pensato che fosse stato lui a invadere il suo posto speciale. Ora sapeva che era stata lei a invadere quello di Kostos.

Lena,
ho la sensazione che sarà una gran notte. Non so cosa succederà, ma ho i Pantaloni, che è un po' come avere te, Tib e Carmen, perciò le cose non possono andare male.

Mi mancate tutte da morire. Sono passate quasi sette settimane. Mangia un pezzo di spanakópita anche per me, d'accordo?

Bee

Bridget strisciò nel sacco a pelo, con Pantaloni e canottiera. Rientrava nella natura magica dei Pantaloni dare la sensazione di essere larghi e freschi anche con quel caldo atroce. Aveva il sospetto che col freddo sarebbero diventati invece caldi e avvolgenti.

Non riusciva a dormire, ovviamente. E non riusciva nemmeno a rimanere sdraiata. Se se ne fosse andata in giro per il campeggio, l'avrebbero sorpresa prima ancora che potesse fare sul serio qualcosa di male. Così si spinse sul promontorio. Si sedette su una roccia, arrotolò i Pantaloni fino alle ginocchia e lasciò penzolare i piedi nell'acqua. D'un tratto le dispiacque di non avere una canna da pesca.

Ricordò il paesino sulla costa orientale della Chesapeake Bay dove lei e suo fratello andavano quando lei era piccola. Andavano a pescare tutti i giorni. Per quanto ricordava lei, era l'unica attività all'aperto che piacesse a suo fratello. Era lui a prendere i pesci migliori. Aveva imparato a pulirli. Lei, invece, tutti i giorni ributtava i suoi in acqua. Per molto tempo, da allora, lei si era immaginata con una punta di rimorso tutti i pesci del fiume Wye che se ne andavano in giro con un buco nel labbro.

Non riusciva a evocare l'immagine di sua madre là, pur sapendo che c'era. Forse era in uno di quei suoi periodi di stanchezza, in cui rimaneva a letto tutto il giorno con le persiane chiuse per difendere gli occhi dalla luce.

Bridget sbadigliò. Quell'energia frenetica stava scivolando fuori dal suo corpo, lasciandole una profonda spossatezza. Forse avrebbe fatto meglio ad andare a dormire, a rimandare l'avventura all'indomani. Oppure poteva andare subito da lui. Di nuovo, quel pensiero le apparve come una sfida. Non poteva ignorarlo. "Penso, dunque faccio." Il fremito di eccitazione le ripartì dai piedi, serrandole i polpacci affaticati in un crampo.

Tutte le luci erano spente. Era tardi. Si voltò a guardare il suo sacco a pelo solitario in mezzo alla spiaggia. Tornò indietro in punta di piedi lungo gli scogli scivolosi. Lui la stava aspettando? Sarebbe andato su tutte le furie. O forse si sarebbe arreso. Oppure tutte e due le cose.

Gli metteva fretta, lo sapeva. E metteva fretta a se stessa. Difficile fermarsi.

Come un fantasma, scivolò silenziosa davanti alla porta della capanna di Eric. Lui non dormiva. Era seduto. Appena la vide, scivolò giù dal letto. Bridget saltò giù dal piccolo portico e si avviò tra le palme verso la parte di spiaggia più fitta di alberi. Lui la seguì, senza maglietta: portava solo i boxer. Non era costretto a seguirla.

Il cuore di Bridget faceva le fusa. Tese una mano verso di lui. «Sapevi che sarei venuta?» chiese. Faticava a distinguere i lineamenti di Eric, nell'oscurità.

«Non volevo» rispose lui. Fece una lunga pausa. «E lo speravo.»

Nelle sue fantasie romantiche, l'immaginazione di Bridget giocava sempre con i tasti del telecomando, mandando avanti veloce la pellicola per poi riavvolgerla, tante volte. Con la fantasia, Bridget tornò mille volte a quel primo bacio appassionato, rendendolo sempre più perfetto. Ma non andò oltre. Per molte ore, dopo avere lasciato Eric, rimase sveglia nel sacco a pelo. Tremava. Aveva gli occhi pieni di lacrime. Ecco che cominciavano a scendere. Lacrime di tristezza, di disagio, d'amore. Erano il genere di lacrime che le venivano quando si sentiva troppo colma: aveva bisogno di fare un po' di spazio. Guardò il cielo. Era più grande, quella notte. Quella notte i suoi pensieri si avventuravano negli spazi infiniti e, come diceva Diana, non trovavano alcun ostacolo su cui rimbalzare per tornare indietro. Andavano avanti e avanti, finché nulla sembrava più reale. Neppure il pensiero.

Bridget si era stretta a Eric, piena di desiderio, insicura, spavalda e impaurita. C'era una tempesta nel suo corpo, e quando era diventata troppo violenta, lei era andata via. Si era lasciata levitare fino alle fronde delle palme. Lo aveva già fatto altre volte. Avrebbe lasciato affondare la nave senza il capitano.

Quello che era successo con Eric era insondabile, indescrivibile. Ora tutto questo era lì con lei, incerto, desideroso di qualcuno che se ne prendesse cura: ma Bridget non sapeva come.

Richiamò indietro i propri pensieri, raccogliendoli ad anello come il filo di un aquilone.

Si arrotolò il sacco a pelo sotto il braccio e tornò furtiva alla baracca. Si distese sul letto. Quella notte non avrebbe concesso ai suoi pensieri di avventurarsi oltre le travi sbiadite del soffitto.

Tibby,

mi sento così idiota. Sono stata così vanitosa da pensare che Kostos fosse troppo innamorato di me per resistere e mi avesse seguita per spiarmi al laghetto. Poi sono tornata lì e l'ho trovato a nuotare. Sì, nudo. Probabilmente, d'estate nuota lì ogni pomeriggio. E io avevo pensato che seguisse me. Un'ultima cosa che sarebbe facile dimenticare, tra lui nudo (Oh... mio... Dio!) e tutte quelle urla (mie) e i comportamenti idioti (sempre miei): indovina un po'? Kostos mi ha guardata dritta negli occhi. Finalmente, dopo giorni e giorni, mi ha guardata.

Se tu fossi qui, mi faresti ridere. Mi manchi.

Un abbraccio,
Lena

P.S. Hai notizie fresche di Bee?

Il telefono squillava. Carmen controllò il numero sul display, sapendo che non poteva essere per lei. Chi avrebbe potuto chiamarla? Tibby? Lydia? Krista, forse? Era il capo di sua madre. Era sempre lui. La madre di Carmen faceva la segretaria in un ufficio legale e il suo capo sembrava convinto che dovesse fargli anche da babysitter.

«C'è Christina?» chiese l'avvocato Brattle, con il suo solito tono frettoloso.

Carmen diede un'occhiata all'orologio sopra il frigo. Erano le dieci e un quarto. Perché doveva chiamare alle dieci e un quarto? Probabilmente aveva perso come al solito qualche appunto, schiacciato il pulsante sbagliato sul computer o dimenticato come allacciarsi le scarpe. «È andata a trovare la nonna in ospedale. È molto malata» rispose Carmen con voce addolorata, per quanto sua madre fosse al piano di sopra a guardare la televisione e la nonna avesse ottime probabilità di sopravvivere ai nipoti. Carmen adorava mettere in imbarazzo Brattle, o farlo sentire in colpa per avere chiamato. «Dovrebbe tornare per mezzanotte: le dirò di chiamarla.»

«No, no» si affrettò a rispondere lui. «Le parlerò domattina.»

«Okay.» Carmen tornò al suo cibo. L'unica cosa buona di Brattle era che pagava sua madre un mucchio di soldi e non rifiutava mai di darle un passaggio a casa. Per paura, più che per generosità, sospettava Carmen, ma chi era lei per dubitare?

Aveva schierato sul tavolo della cucina quattro possibili spuntini. Un mandarino, un pacchetto di cracker Goldfish, un pezzo di formaggio cheddar e una confezione di albicocche secche. Il tema della serata era l'arancio.

Nelle due settimane scarse da quando era tornata, nemmeno una delle cose che si era messa in bocca le era sembrata buona. A cena quella sera aveva a malapena trangugiato un boccone, e ora aveva fame. Mmm. Optò per le albicocche secche e ne estrasse una dalla confezione. La pelle era liscia, ma quando se la mise in bocca l'albicocca sembrava di gomma. D'un tratto ebbe la netta sensazione di masticare l'orecchio di qualcuno. La sputò nella spazzatura e mise via tutto il resto.

Andò al piano di sopra e guardò dentro la camera di sua madre. In tv passavano un vecchio episodio di *Friends*. «Ciao, tesoro. Vuoi guardare la tele con me? Ross non faceva sul serio con Rachel, l'ha presa in giro.»

Carmen attraversò il corridoio ciondolando. Le madri teoricamente non dovrebbero interessarsi di Ross o Rachel. Il telefilm piaceva anche a lei, prima, finché la madre non aveva cominciato a guardare le repliche. Carmen si lasciò cadere sul letto, ma le toccò di coprirsi la testa con il cuscino quando la risata a squarciagola della madre trapanò il muro. Carmen si era ripromessa che non si sarebbe lasciata innervosire dalla madre. Non si sarebbe mostrata irritabile, lamentosa. Niente sospiri, niente occhi sgranati.

Doveva essere amata almeno da uno dei due genitori. Promessa facile da mantenere finché era stata sola, ma quando si era ritrovata di fronte sua madre in carne e ossa era diventato impossibile. Sua madre faceva sempre qualcosa di imperdonabile, tipo ridere a squarciagola di fronte a *Friends* oppure dare un nome proprio al suo computer.

Carmen, seduta nel letto, guardava il calendario. Non aveva fatto nulla per segnare il giorno del matrimonio di suo padre, ma aveva l'impressione che le saltasse sempre all'occhio. Ancora tre settimane soltanto. A lui sarebbe importato qualcosa che Carmen non ci fosse?

Suo padre aveva avuto una breve conversazione telefonica con la madre il giorno che Carmen era andata via, solo per assicurarsi che fosse arrivata a casa sana e salva. Poi aveva richiamato una settimana prima per discutere con Christina di una questione economica: il dentista. Carmen ascoltò incredula tutto quello che riuscivano a trovare da dirsi quei due sul tema "deducibile". Ma il padre non aveva chiesto di parlarle.

Avrebbe potuto telefonargli lei, certo. Avrebbe potuto chiedere scusa o almeno dare una qualche spiegazione. Non l'aveva fatto. Il senso di colpa, quasi fosse il gatto che lei non aveva mai avuto, le si strusciò intorno alle gambe, balzò sul letto e si insinuò accanto a lei. "Vattene" gli disse, immaginandolo strofinarsi al suo fianco, passarle la coda sulla guancia. Il senso di colpa voleva starle vicino quando lei meno lo desiderava. I gatti adorano le persone allergiche. Non lo avrebbe tenuto con sé. Nemmeno per sogno. Lo avrebbe messo fuori della stanza, e che graffiasse la porta quanto gli pareva.

Non invitata, le apparve nella mente l'immagine del padre, del suo viso attraverso la finestra infranta. Era più che sorpreso. Non riusciva a capire. Era convinto che Carmen fosse migliore.

"Okay, sali." Il senso di colpa le impastò lo stomaco con le zampe e si accoccolò per restare con lei a lungo.

DESIDERA QUELLO
CHE VUOI.
DATTI DA FARE PER CIÒ
DI CUI HAI BISOGNO.

– LA NONNA DI CARMEN

«Indovina un po'?» Le guance di Effie erano molto arrossate, mentre i suoi piedi danzavano sulle mattonelle del pavimento.

«Indovina cosa?» chiese Lena, alzando lo sguardo dal libro.

«L'ho baciato.»

«Chi?»

«Il cameriere!» gridò Effie.

«Il cameriere?»

«Il cameriere! I ragazzi greci baciano molto meglio degli americani!» dichiarò.

Lena non riusciva a credere alla sorella. Non poteva credere che lei ed Effie fossero frutto degli stessi genitori. Evidentemente non era così. Una di loro doveva essere adottata, e dato che Effie era identica a mamma e papà, non rimaneva che Lena. Forse era frutto di un amore illegittimo di Bapi. Forse era davvero nata a Santorini.

«Effie, ma sei stata con lui? E Gavin? Sai, il tuo fidanzato?...»

Effie scrollò le spalle, estasiata. La felicità la rendeva impermeabile al senso di colpa. «Sei stata tu a dire che Gavin puzzava di cotenna di maiale.»

Era vero. «Ma Effie, non sai nemmeno come si chiama, questo qui! Lo chiami cameriere? Non è un po' selvaggio?»

«Lo so, come si chiama» rispose Effie, imperturbabile. «Si chiama Andrea. E ha diciassette anni.»

«Diciassette! Effie, tu ne hai quattordici» disse Lena. Suonava perfino a se stessa come la preside di una scuola di educande.

«E allora? Kostos ne ha diciotto.»

Ora le guance di Lena erano altrettanto rosse. «Be', io con Kostos non ci sono stata» balbettò.

«Colpa tua» disse Effie, e uscì.

Lena gettò il libro a terra. Tanto non stava davvero leggendo. Era troppo infelice, troppo preoccupata.

Effie aveva quattordici anni e aveva già baciato molti più ragazzi di lei. Lena in teoria era quella carina, ma era Effie quella che aveva sempre il fidanzato. Effie sarebbe diventata la classica vecchia signora felice, con una grande famiglia, circondata da persone che la amavano, mentre Lena sarebbe stata la zitella stramba e rinsecchita che veniva invitata solo per compassione.

Prese il materiale da disegno e lo sistemò, fissando il panorama che vedeva dalla finestra, ma quando posò sul foglio il carboncino le sue dita non tracciarono la linea dell'orizzonte. Disegnarono invece il contorno di una guancia. Poi un collo. Un sopracciglio. Una mascella. Poi un filo d'ombra su quella mascella.

La sua mano volava. Stava disegnando con molta più scioltezza del solito. L'attaccatura dei capelli... così. Una narice... così. Un lobo... Chiuse gli occhi per ricordare l'esatta forma del suo orecchio. Ebbe l'impressione che il respiro le si fermasse. Il cuore smise di battere. Il profilo delle spalle di lui riempì il fondo della tela. Ora la sua bocca. La bocca era sempre la parte più difficile.
Lena chiuse gli occhi. La sua bocca...

Quando li riaprì immaginò di vedere il vero Kostos in piedi sotto la finestra. Poi capì che il vero Kostos *era* in piedi sotto la finestra. Lui alzò lo sguardo. Lei lo abbassò. Poteva vederla? Vedeva che stava disegnando? Oh, no.

Il cuore di Lena ripartì con un sussulto e si mise a correre a tutta velocità. Lei si chiese vagamente se il cuore delle rane che d'inverno vanno in letargo quando è estate batte al doppio della velocità.

La sera prima erano amiche. Quel mattino, avvoltoi.

«E allora, che cosa è successo?» chiese Ollie, piombando sul letto di Bridget prima ancora che lei avesse aperto completamente gli occhi.

Diana si stava vestendo, ma quando vide che Bridget era quasi sveglia si avvicinò.

Perfino Emily e Rosie migrarono verso il suo letto. Le ragazze che non corrono mai rischi amano e odiano insieme a quelle che rischiano.

Bridget si alzò a sedere. La notte prima stava lentamente tornando a galla. Nel sonno lei era tornata a essere la Bridget di ieri. Guardò le altre ragazze, i loro occhi curiosi... quasi famelici. Bridget aveva visto troppi film. Non aveva immaginato che il suo incontro con Eric sarebbe stato... personale. Credeva che sarebbe stato una scampagnata, un'avventura di cui vantarsi con le amiche. Si aspettava di sentirsi forte, e invece non era così. Si sentiva come se le avessero strofinato il cuore con la paglietta per i piatti.

«Dai» incalzò Ollie. «Racconta.»

«Bridget?» era Diana.

La voce di Bridget era sepolta in profondità, quel mattino, e non tagliente come al solito sulla sua lingua. «N-niente» riuscì a dire. «Non è successo niente.»

Bridget vide che Ollie stava soppesando l'aria spiritata negli occhi dell'amica. Non era sesso; era delusione.

Gli occhi di Diana dicevano invece che era incerta. Il suo intuito le suggeriva qualcos'altro. Ma Diana non era un tipo sospettoso. Aspettò che le altre andassero via, poi sfiorò la spalla di Bridget. «Tutto bene, Bee?»

La sua gentilezza le faceva venire voglia di piangere. Non voleva parlarne. Ma non poteva nemmeno guardare Diana, se voleva tenere tutto per sé. «Sono stanca, stamattina» disse, dal sacco a pelo.

«Vuoi che ti porti qualcosa per colazione?»

«No, arrivo fra due minuti.»

Era felice che se ne fossero andate tutte. Si raggomitolò e sprofondò di nuovo nel sonno. Più tardi, Sherrie venne a vedere come stava.

«Ti senti bene, tutto okay?» le chiese.

Bridget annuì, ma senza affiorare dal sacco a pelo.

«Tra pochi minuti i Cocos e le Ossa della Testa giocano la semifinale. Vuoi venire?»

«Preferisco dormire, sono stanca, oggi.»

«Bene.» Sherrie si voltò per andarsene. «Mi domandavo quando avresti esaurito tutta quell'energia.»

Diana, tornata un paio d'ore dopo, le raccontò che le Cocos avevano spazzato via le Ossa della Testa. La finale sarebbe stata Tacos-Cocos. «Vieni a pranzo?» chiese. Aveva un tono leggero, ma negli occhi le si leggeva un'ombra di preoccupazione.

«Magari tra un po'» rispose Bridget.
Diana inclinò la testa.
«Dai, Bee, vieni giù dal letto. Cosa ti succede?»
Bridget non sapeva da dove cominciare a spiegare che cosa aveva. Aveva bisogno di qualcuno che lo spiegasse a lei.
«Sono stanca» disse. «A volte ho soltanto bisogno di recuperare il sonno. A volte rimango in tilt per una giornata intera.»
Diana annuì, quasi rassicurata dal fatto che quello fosse uno dei tanti dettagli di quello strano essere che era Bridget.
«Posso portarti qualcosa? Morirai di fame.»
Bridget si era guadagnata la reputazione di ottima forchetta, ma non aveva fame. Scosse la testa.
Diana soppesò il tutto. «Strano. In quasi sette settimane non ti ho mai vista sotto un tetto per più di tre minuti di fila. Non ti ho mai vista ferma se non mentre eri addormentata. E non ti ho mai vista saltare un pasto.»
Bridget alzò le spalle. «Contengo moltitudini» disse. Le sembrava che fosse una poesia, ma non ne era certa. Suo padre amava la poesia e aveva l'abitudine di leggergliene tante, quando era piccola. Allora le riusciva più facile stare seduta tranquilla.

Papà,
per favore accetta questi soldi per riparare la finestra. Sono sicura che sarà già a posto, visto quanto ci tiene Lydia alla casa e vista la sua fobia dell'aria non-condizionata, ma

Caro Al,
non so da che parte cominciare per spiegare il mio comportamento a casa di Lydia... Voglio dire, a casa tua e di Lydia. Quando sono arrivata a Charleston non avrei mai immaginato che tu

Caro papà e cara Lydia,
mi scuso con tutti e due per il mio comportamento irrazionale. So che è tutta colpa mia, ma se voi aveste ascoltato
L'UNICA cosa che avevo da dire, forse non avrei

Cara nuova famiglia di mio padre,

Spero che vi godiate la vostra meravigliosa biondezza. Possa la gente parlarvi solo sussurrando piano piano per il resto della vostra vita.

P.S. Lydia, il tuo abito nuziale ti fa le braccia grasse.

Carmen aprì la busta imbottita e vi infilò tutti i suoi risparmi. Centottantasette dollari. Valutò l'idea di metterci dentro anche novanta centesimi in moneta, ma sembrava la bravata di una bambinetta delle elementari in un telefilm del pomeriggio. Tra l'altro, spedire monete per posta sarebbe costato più del loro valore. Un pensiero simile non poteva non stuzzicare un mostro della matematica come lei.

Chiuse la busta con la graffettatrice senza inserire alcun biglietto, scrisse accuratamente indirizzo del destinatario e del mittente e sfrecciò fuori di casa prima che l'ufficio postale chiudesse. Come faceva sua madre a lamentarsi del fatto che Carmen ciondolava per casa senza fare mai niente?

In un pomeriggio soffocante, Lena era sdraiata sulle mattonelle del pavimento e fissava il soffitto pensando a Bridget. La sua ultima lettera la preoccupava. Bee a volte seguiva il proprio cuore con un abbandono così esasperato da spaventarla. Di solito Bee veleggiava tra glorie e trionfi, ma ogni tanto si schiantava sugli scogli.

Senza sapere perché, Lena ripensava a un sogno che aveva fatto durante la notte. Nel sogno lei era una casetta abbarbicata alla scogliera, con le nocche bianche per lo sforzo. Sapeva di doversi tenere aggrappata a tutti i costi, perché il salto fino alla caldera era altissimo. Una parte di lei voleva rilassare le dita rattrappite e lasciarsi semplicemente cadere, ma un'altra parte di lei la ammoniva che non ci si può lasciare cadere solo per il gusto di farlo.

La nonna era seduta sul divano a cucire qualcosa. Effie era fuori, chissà dove. Lena avrebbe scommesso i propri dipinti che la sorella era in giro con il cameriere.

Forse il pensiero di Bridget, o forse il sogno, il calore, l'avevano sprofondata in una strana attitudine alla libera associazione di idee.

«Nonna, perché Kostos vive con i suoi nonni?»

La nonna sospirò. Poi, con stupore di Lena, rispose.

«È una storia triste, agnellino. Sei sicura di volerla sentire?»

Lena non era proprio sicura. La nonna andò avanti comunque.

«I genitori di Kostos sono emigrati negli Stati Uniti, come fanno molti giovani» spiegò. «Lui è nato lì.»

«Kostos è un cittadino americano?» chiese Lena.

Aveva troppo caldo per voltare la testa, ma lo fece lo stesso. La nonna annuì.

«Dove abitavano?»

«A New York.»

«Ah» disse Lena.

«Oltre a Kostos, i suoi genitori ebbero un secondo bambino, due anni dopo.»

Lena cominciava a immaginare quanto sarebbe stata triste la storia.

«Quando Kostos aveva tre anni, un inverno, l'intera famiglia stava andando in macchina in montagna. Ci fu un terribile incidente. Kostos perse tutti e due i genitori e il fratellino.»

La nonna fece una pausa e perfino in quel caldo rovente Lena sentì i brividi correrle lungo tutto il corpo. Quando la nonna riprese, Lena avvertì l'emozione nella sua voce.

«Kostos venne rimandato qui, dai nonni. Al momento, era la soluzione migliore.»

La nonna era di un umore strano, notò Lena. Era insolitamente rilassata, riflessiva, piena di antica malinconia.

«È cresciuto qui come un ragazzo greco, e noi tutti gli abbiamo voluto bene. L'intero villaggio di Oia lo ha cresciuto.»

«Senti, nonna...»

«Sì, agnellino?»

Quello era il suo momento. Non si fermò a riflettere troppo, per non avere il tempo di tirarsi indietro. «Tu sai che Kostos non mi ha mai fatto del male. Non mi ha mai toccata e non ha fatto nulla di sbagliato. È un bravo ragazzo come hai sempre pensato.»

La nonna sospirò. Posò il cucito e si lasciò andare contro lo schienale del divano.

«Lo sapevo. Passato un po' di tempo, credo di averlo capito.»

«Mi dispiace di non averti detto niente prima» disse seria Lena, divisa tra il sollievo di avere finalmente parlato e il rimorso di averci messo tanto tempo.

«Per certi versi, hai cercato di dirmelo» commentò la nonna con filosofia.

«Dirai a Bapi quello che ti ho appena detto?»

«Credo che lo sappia già.»

Lena sentiva un nodo stringerle la gola, tanto da far male. Si voltò su un fianco, lontano dalla nonna, e tenne le palpebre chiuse per dare via libera alle lacrime.

Era triste per quello che era successo a Kostos. E da qualche parte era triste perché gente come Bee e Kostos, che avevano perso tutto, erano ancora aperti all'amore, e lei che non aveva perso nulla non lo era.

IL MIO KARMA
HA MESSO SOTTO
IL MIO DOGMA.

– ADESIVO SU UN PARAURTI

Bridget si trascinò fino alla veranda della baracca. Almeno poteva guardare la baia. Aveva in mano una penna e un blocco di carta. Doveva spedire i Pantaloni a Carmen, ma quello era un brutto giorno per scrivere.

Era seduta lì a masticare il tappino della penna, quando si avvicinò Eric. Si sedette sulla ringhiera.

«Come va?» le chiese.

«Bene.»

«Non sei venuta alla partita» riprese Eric. Non la toccò. Non la guardò. «È stata bella. Diana ha fatto furore.»

Stavano riavvolgendo il nastro. Lui era tornato a essere l'allenatore gentile e lei l'allieva irrefrenabile. Lui le chiedeva il permesso di far finta che quello che era successo non fosse successo.

Lei non era sicura di volerglielo accordare. «Ero stanca. Grande notte, ieri notte.»

Eric arrossì. Tese in avanti le mani, si guardò il palmo. «Ascolta, Bridget.» Sembrava che stesse pescando da un ventaglio di frasi molto misero. «Avrei dovuto mandarti via, ieri notte. Non avrei dovuto seguirti quando ti ho vista passare... Ho sbagliato. Me ne assumo la responsabilità.»

«È stata una mia scelta venire.» Come osava sottrarle il suo potere?

«Ma io sono più grande di te. Sono io che... che sarei finito in un guaio se ci avessero scoperti.»

Nemmeno ora la guardava. Non sapeva che altro dire. Voleva andar via, lei lo vedeva. «Mi spiace» disse Eric.

Lei gli tirò addosso la penna. Lo odiò per quello che aveva detto.

Carmen,

ecco i Pantaloni. Sono completamente sottosopra. Se avessi ascoltato i tuoi consigli sul buonsenso, non starei come sto.

Così, rieccoli a te. Che il buonsenso regni. Vorrei averne avuto io.

Baci,

Bee

«Tibby, spegni quella videocamera.»

«Per favore, Carma. Per favore?»

«Potresti metterti i Pantaloni per l'intervista?» chiese Bailey.

Carmen le scoccò un'occhiata carica di disprezzo. «Non farò l'intervista. Ma chi credete di essere voi due, i fratelli Coen?» sibilò.

«Carmen, stai tranquilla e collabora per una volta nella tua vita.» Tibby pronunciò la frase in tono irritato ma, se possibile, senza cattiveria.

"Tu ti rendi ostile la gente" si disse Carmen. "Diventerai una vecchia bisbetica. Ti sbaverai tutto il rossetto e griderai dietro ai bambini al ristorante."

«Bene» si arrese. Si infilò i Pantaloni, poi si sedette e osservò Bailey che cominciava a sistemare l'equipaggiamento della videocamera. Quella ragazzina era vestita praticamente allo stesso modo di Tibby. Era una miniTibby con microfono e giraffa. Perfino le occhiaie violacee sotto gli occhi si intonavano con quelle di Tibby. Carmen si chiese di sfuggita perché Tibby frequentasse una dodicenne, ma in ogni caso… Non era colpa di Tibby se tutte le sue amiche se n'erano andate.

La stanza si fece silenziosa. Tibby armeggiava con le luci. Le due registe erano diventate mortalmente serie. Carmen sentì Bailey borbottare nel microfono come un Dan Rather senza i testicoli. «Carmen Lowell è una carissima amica di Tibby da quando erano…»

Carmen cominciava a sentirsi a disagio. «Mmm… senti, io e Tibby stiamo litigando, in questo periodo.»

Tibby spense la videocamera. Bailey alzò lo sguardo irritata e respinse l'idea della lite con un rapido movimento del polso. «Voi due vi volete bene. Tibby ti vuole bene. È una sciocchezza.»

Carmen la fissò incredula. «Ehi, tu hai dodici anni.»

«E allora? Ho comunque ragione» ribatté Bailey.

«Potremmo rimetterci a lavorare?» chiese Tibby.

Da quando Tibby aveva sviluppato quell'etica calvinista?

«Stavo solo dicendo che è strano andare avanti senza accennare al fatto che io e te siamo arrabbiate, Tibby» disse Carmen.

«Bene, ora l'hai fatto» replicò Tibby.

Molte persone evitano i conflitti. Carmen cominciava a preoccuparsi del fatto che forse lei li desiderava, ne era avida, come una tossicodipendente. "Tu ti rendi ostile la gente" ricordò a se stessa. Si ficcò le mani in tasca, giocherellando con i granelli di sabbia che erano rimasti prigionieri nella fodera.

«Io ti farò alcune domande» annunciò Bailey. «Tu cerca solo di essere te stessa.»

Come aveva potuto il mondo moderno creare una dodicenne così sicura di sé? Qualcuno avrebbe dovuto instillarle immediatamente la sindrome di Ofelia. «Bene» disse Carmen. «È previsto che io guardi in camera?»

«Se ti va, puoi farlo» rispose Bailey.

«Okay.»

«Pronta?»

«Pronta.»

Seduta sul suo letto rifatto con cura, Carmen incrociò le gambe.

«E così Tibby mi dice che tuo padre si risposa questa estate...» incominciò Bailey.

Carmen spalancò gli occhi. Lanciò un'occhiata accusatrice a Tibby, che si limitò a scrollare le spalle.

«Sì» rispose rigida Carmen.

«Quando?»

«Il 19 agosto. Grazie per l'interessamento.»

Bailey annuì. «Ci andrai?»

Carmen strinse per un istante le labbra. «No.»

«Perché no?»

«Perché non mi va.»

«Ce l'hai con tuo padre?» chiese Bailey.

«No, non ce l'ho con lui.»

«E allora perché non ci vai?»

«Perché non mi piace la sua nuova famiglia. Sono irritanti.» Carmen sapeva di fare la figura della bambinetta viziata e imbronciata.

«Perché non ti piacciono?»

Carmen prese tempo. Accavallò le gambe al contrario. «Io non c'entro niente.»

«Perché?»

«Perché sono portoricana. E ho un sedere enorme.» Carmen sorrise suo malgrado.

«Stai dicendo che loro non piacciono a te o che tu non piaci a loro?»

Carmen piegò la testa. Fece una pausa. «Entrambe le cose, immagino.»

«E tuo padre?»

«Cosa vorresti dire?» chiese Carmen.

«Insomma, non è lui la persona importante?» disse Bailey.

Carmen si alzò e agitò le mani di fronte a Tibby. «Ferma. Ferma. Che razza di film è?» sbottò.

«Un documentario» rispose Tibby.

«Già, ma su cosa?» insistette Carmen.

«Sulla gente. Sulle cose che sono importanti per la gente» suggerì Bailey.

«Be', credete davvero che a qualcuno importi di me e mio padre?»

Bailey si strinse nelle spalle.

«Se importa a te» rispose.

Carmen si studiava le unghie. Erano rosicchiate corte, con alcune pellicine a decorare i lati.

«Allora perché hai buttato quei sassi?» riprese Bailey. «Dovevi essere piuttosto fuori di te.»

Carmen rimase a bocca aperta. Fulminò Tibby con lo sguardo. «Grazie mille. Ma le hai detto proprio tutto?»

«Solo le cose importanti.»

Per qualche oscuro motivo, Carmen sentì che le lacrime le salivano agli occhi. Evitò di sbattere le palpebre, per timore di lasciarle uscire di fronte alla videocamera. «Non ce l'ho con mio padre» scandì, con voce decisa.

«E perché no?»

Le lacrime ora si gonfiavano. A volte il solo fatto di avere le lacrime agli occhi ti scatena una sorta di autocommiserazione e il bisogno di versarne di più. «Così: non ce l'ho con lui» ribadì Carmen.

Non c'era verso. Le lacrime cominciarono a traboccare. Si rincorrevano lungo le guance, sul mento, sul collo. Sentì un vago rumore metallico e vide che giraffa e microfono erano sul pavimento. Bailey era seduta accanto a lei e le stringeva il gomito con un gesto che comunicava una solidarietà profonda, che Carmen non sapeva spiegarsi.

«È okay» le disse dolcemente Bailey.

Carmen crollò e lasciò che la sua testa si appoggiasse a quella di Bailey. Avrebbe dovuto dire a quella ragazzina stramba di andare al diavolo, ma non lo fece. Non seppe più della videocamera, del film, di Tibby e perfino di avere gambe e braccia e del fatto che il mondo girava.

Poco dopo, Tibby era al suo fianco dall'altra parte, e le teneva un braccio attorno alla vita.

«Hai il diritto di essere arrabbiata» disse Bailey.

Erano le quattro e sette minuti e Bailey non era ancora comparsa da Wallman's. Tibby scoccò un'occhiata al grande orologio a muro di fronte alle casse, solo per controllare. Dov'era finita? Non era mai arrivata neppure un minuto dopo la fine del turno di Tibby, alle quattro. Tibby si avvicinò alle porte automatiche, si sentì investire da una vampata di aria calda e strizzò gli occhi per vedere fino al 7-Eleven, dall'altra parte della strada. Brian giocava da solo. Alzò gli occhi e Tibby gli fece un gesto di saluto. Anche lui le rispose con la mano.

Alle quattro e diciotto, Tibby cominciò a sentirsi davvero a disagio. Contava sul fatto che Bailey le ronzasse attorno praticamente in ogni istante della sua giornata. Lo dava per scontato. Certo, all'inizio la irritava, ma ora era diverso. Era rimasta bloccata a casa sua, in attesa che Loretta la facesse entrare per poter prendere l'attrezzatura per il documentario? Si era stancata tutto d'un tratto del loro film?

Conoscendo Bailey, nessuna delle due ipotesi le pareva molto verosimile, ma l'aiutarono a passare il tempo. Camminò avanti e indietro per altri otto minuti, poi inforcò la bici. Per prima cosa controllò a casa. Di Bailey neppure l'ombra. Ripassò al Wallman's, nel caso che nel frattempo fosse andata lì. Poi si avviò verso casa di Bailey. Nessuno rispose, quando bussò alla porta. Suonò più volte il campanello. Era in mezzo al vialetto, con la testa alzata verso la finestra di Bailey per vedere se ci fossero segni di vita, quando una vicina si avvicinò lentamente, sul marciapiedi.

«Stai cercando i Graffman?» chiese la donna, fermandosi di fronte al cancello del giardino.

«Sì. Cerco Bailey» rispose Tibby.

«Credo che siano andati in ospedale un paio d'ore fa.» Sembrava addolorata.

Tibby represse la preoccupazione che cominciava a stringerle il petto. «Va tutto bene?» chiese.

«Non saprei» disse la donna. «Sono al Sibley.»

«Grazie» gridò Tibby, e risalì sulla bici. Puntò in direzione dell'ospedale e cominciò a pedalare forte.

"Probabilmente Bailey deve fare uno dei suoi soliti controlli" pensava. Probabilmente le stanno prelevando pochi centilitri di sangue per essere sicuri che la leucemia non stia facendo scherzi. I bambini malati stanno a letto. Bailey è sempre in giro.

Certo che se fosse stato un banale check-up a Bailey avrebbe fatto una certa impressione vedersi piombare Tibby lì in ospedale, pensò mentre camminava, fradicia di sudore, nell'aria condizionata ghiacciata dell'atrio.

Attraversò l'atrio soppesando le possibilità, poi riconobbe la signora Graffman che entrava dalle ampie porte dell'ospedale. Portava un tailleur e aveva in mano un pacchetto di McDonald's.

«Salve, signora Graffman» disse Tibby, sbucandole di fronte. «Sono un'amica di Bailey.» Ricordò vagamente le settimane in cui concedeva a malincuore a Bailey di dire che erano amiche.

La signora Graffman annuì, con un breve sorriso. «Certo, lo so chi sei.»

«Va... mmm, va tutto bene?» Tibby si accorse che le tremavano le gambe. Santo cielo, in quel posto l'aria condizionata era davvero esagerata. Se non eri già malato, ci pensavano loro a farti venire un colpo. «È solo un controllo, vero?» Tibby camminava accanto alla madre di Bailey, per quanto nessuno l'avesse invitata a farlo. Chi era la maniaca pedinatrice, ora?

La madre di Bailey si fermò un istante, e Tibby rischiò di passarle avanti. «Vuoi sederti un attimo con me?» chiese la signora Graffman.

«Certo. Va bene.» Tibby studiò il volto della donna. Gli occhi erano rossi e affaticati, la bocca vagamente simile a quella di Bailey.

La signora Graffman condusse Tibby verso alcune sedie in un

angolino tranquillo. Si sedette. Non c'erano sedie di fronte, così Tibby si accomodò in quella accanto e si sporse in avanti.

«Tibby, non so quanto tu sappia di quello che Bailey ha passato. So che non ne parla.»

Tibby annuì, stordita. «No, non ne parla.»

«Ma sai che ha la leucemia, il cancro del sangue.»

Tibby annuì di nuovo. Le sembrava un modo così tetro di esprimere la cosa. «Ma è curabile, giusto? I bambini possono superarla, vero?»

La signora Graffman parve avere un piccolo cedimento, come se avesse un peso troppo grande da sopportare.

«La leucemia le è stata diagnosticata quando aveva sette anni. Ha subito otto cicli di chemioterapia, e l'anno scorso un trapianto di midollo osseo. Bailey ha trascorso la maggior parte della propria vita in una clinica specializzata di Houston, in Texas.» Si lasciò sfuggire un sospiro esausto, poi riprese il controllo. «Qualunque cosa facciamo, continua a tornare.»

Tibby aveva tanto freddo che le battevano i denti. Tutti i peli delle braccia erano ritti. «Non possono tentare altre cure? Non ne esistono altre?» La voce le uscì più forte, più brusca di quanto volesse.

La madre di Bailey scrollò le spalle ossute. «Abbiamo voluto darle due mesi da vivere nel mondo come una ragazzina normale.»

«Vuole dire che la state lasciando morire?» esclamò Tibby.

La signora Graffman sbatté qualche volta le palpebre. «Non sappiamo... che cos'altro tentare» disse, con voce stridula. «Bailey ha una brutta infezione, al momento. Preghiamo che il suo corpo abbia abbastanza forza per combatterla.» Alzò lo sguardo, gli occhi gonfi, pieni di lacrime. «Abbiamo molta paura. Devi saperlo.»

D'un tratto Tibby sentì un dolore al petto. Il suo respiro non funzionava bene. Il cuore sembrava sobbalzare senza un ritmo preciso.

«Bailey ti adora» riprese la signora Graffman. Le rughe d'espressione ai lati della sua bocca ebbero un tremito. «Hai fatto di questi due mesi il periodo più speciale della sua vita. Suo padre e io apprezziamo davvero quello che hai fatto.»

«Devo andare» sussurrò Tibby. Il suo cuore stava per esplodere, sarebbe morta anche lei e non voleva che succedesse lì, in ospedale.

PUOI PRENDERE UNA STRADA
CHE TI PORTA ALLE STELLE.
IO POSSO PRENDERE UNA
STRADA CHE MI PORTI
FINO IN FONDO.

– NICK DRAKE

Un mattino di inizio agosto, Lena condivise la solita colazione silenziosa con Bapi, poi preparò lo zaino e scalò la scogliera fino all'altopiano. Sarebbe tornata al suo oliveto. No. All'oliveto di Kostos.

Quando lo raggiunse, notò che i colori erano cambiati, da giugno. C'era più giallo nell'erba, fiori selvatici diversi. Le olive sugli alberi erano più grosse... erano adolescenti ora. Il vento era più sostenuto. Il *meltími*, lo chiamava la nonna.

Forse era venuta lì nella speranza di vederlo, non ne era sicura,

ma la pittura carpì i suoi pensieri. Per ore, immersa in una profonda concentrazione, mescolò colori e dipinse, lanciò occhiate al paesaggio e dipinse. Se il sole era caldo, lei non lo sapeva più. Se il suo corpo era stanco, lei aveva smesso di sentirlo.

Finalmente, quando le ombre divennero troppo lunghe, Lena tornò alla vita normale. Guardò il dipinto con occhi critici e oggettivi. Se fosse stata un'altra, avrebbe sorriso, ma lei si limitò ad avvertire quel sorriso.

Ora conosceva lo scopo di tutta quella fatica. Avrebbe dato quel dipinto, il suo dipinto migliore, a Kostos.

Disperava di trovare il coraggio di dirgli quello che provava e sperava che il dipinto potesse esprimere ciò che lei aveva capito: che quello era il posto speciale di Kostos, e che le dispiaceva.

Tibby si diede malata. Aveva un crampo al piede. Aveva un tic all'occhio. L'anello che aveva al naso si stava infettando. Voleva soltanto tornare a dormire.

Non voleva andare al lavoro mentre Bailey era all'ospedale. Non voleva dimenticare nemmeno un istante, per poi ricordare di nuovo quando Bailey non sarebbe comparsa alle quattro. Dimenticare e poi dover ricordare di nuovo era la cosa peggiore in assoluto.

Guardò con desiderio la gabbia di vetro di Mimì. Mimì era più assonnata che mai. Non aveva nemmeno toccato cibo. Mimì viveva al rallentatore, eppure il suo ciclo vitale stava avanzando molto più velocemente di quello di Tibby. Perché? Tibby si aspettava che Mimì tenesse il passo.

Si avvicinò alla gabbia e tamburellò sulla parete di vetro. Sentì un'inaspettata ondata di dolore all'idea che Mimì potesse trascorrere sonnecchiando quel periodo così doloroso. Tese una mano e stuzzicò con l'indice la pancia morbida di Mimì.

Qualcosa non andava. Mimì non stava bene. Non era calda. Era appena tiepida. Con un sussulto di panico, Tibby la afferrò troppo bruscamente. Mimì le si afflosciò sulle mani. Non si stiracchiò. «Mimì, dai» la incalzò Tibby con voce piagnucolosa, come se Mimì le stesse facendo uno stupido scherzo. «Svegliati.»

La sollevò in alto, su una mano. Mimì lo detestava. Di solito le conficcava i dentini aguzzi nel polso.

Lentamente, inesorabilmente, calò in lei la consapevolezza che quella non era più Mimì. Erano i resti mortali di Mimì.

Da qualche parte nel suo cervello si formò un muro, un muro che tagliava fuori qualsiasi altra considerazione su quello che stava succedendo lì. I pensieri di Tibby erano confinati nell'angusto spazio libero del suo cervello. Sembravano comandi dettati da una torre di controllo, più che pensieri.

"Rimetti Mimì nella gabbia. No, non farlo. Potrebbe puzzare. Portala in giardino."

"Neanche per sogno." Tibby rizzò il pelo contro la torre di controllo. Non avrebbe mai fatto una cosa simile.

Doveva telefonare alla madre sul lavoro? Doveva chiamare il veterinario? No, sapeva già cosa le avrebbero detto.

Le venne un'altra idea. Scese le scale. Per una volta nella vita, la casa era tranquilla. Senza riflettere più dello stretto necessario, infilò Mimì in un sacchetto marrone per generi alimentari, ne arricciò il bordo perché Mimì si sentisse protetta e la infilò nel freezer.

D'un tratto ebbe l'orribile visione di Loretta che scongelava Mimì e la metteva in padella. Spalancò di nuovo lo sportello del freezer e nascose Mimì dietro i resti surgelati della torta di battesimo di Katherine, che nessuno avrebbe mai mangiato o buttato via.

Ecco. Bene. Mimì non era… quello che era. Era solo ibernata. Esisteva la tecnologia, per questo genere di cose. C'era un'intera branca della scienza, Tibby ne era sicura. Poteva forse volerci un decennio, ma Tibby non sarebbe stata impaziente. C'era tempo.

Tornò di sopra e crollò sul letto. Prese penna e taccuino dal comodino per scrivere a Carmen, o a Bee, o a Lena, ma si accorse di non avere niente da dire.

Carmen,

tutte le mattine, da quando sono in Grecia, ho fatto colazione con mio nonno, e non ci siamo mai detti niente. Non è strano? Penserà che sono stramba? Domani, lo giuro, imparerò a memoria almeno tre frasi in greco e gliele dirò. Mi sentirò un fallimento se finisce l'estate senza che ci siamo scambiati neppure una parola.

Quando torniamo, credi che potresti darmi qualche dritta su come essere una persona normale? A quanto pare, ho qualche difficoltà.

Baci,
Lena

Senza più difese, Carmen crollò sul letto della madre e lasciò che lei le massaggiasse la schiena.

«Bambina mia» mormorò Christina.

«Ce l'ho con il papà» annunciò Carmen, con la faccia mezzo sepolta nella coperta.

«Certo che ce l'hai con lui.»

Carmen si rovesciò di scatto sulla schiena. «Perché faccio così fatica a dirlo? Non faccio fatica ad avercela con te.»

«L'ho notato.»

La madre rimase in silenzio per un po', ma Carmen era sicura che aveva qualcosa da dire.

«Non credi che sia più facile avercela con le persone di cui ci fidiamo?» le chiese la madre con molta dolcezza.

"Io mi fido di papà" stava per rispondere lei senza pensare. Poi si sforzò di riflettere. «Perché è così?»

«Perché abbiamo fiducia in loro e pensiamo che ci vogliono comunque bene.»

«Papà mi vuole bene» rispose rapida Carmen.

«Sì, ti vuole bene» confermò la madre. Aspettò un altro po', ma con sguardo risoluto. Si distese sul letto, accanto a Carmen, e trasse un lungo respiro prima di riprendere. «È stata molto dura per te quando lui se ne è andato.»

«Sì, vero?» Carmen ricordò se stessa a sette anni, a scimmiottare le parole del padre ogni volta che qualcuno le chiedeva qualcosa. «Deve andare via per lavoro. Ma ci vedremo più di prima. È la cosa migliore per tutti noi.» Ma credeva davvero a quelle parole?

«Una volta ti sei svegliata nel cuore della notte e mi hai chiesto se il papà sapeva che eri triste.»

Carmen rotolò su un fianco e appoggiò la guancia sul palmo della mano. «Credi che lo sapesse?»

Christina fece una pausa. «Credo che raccontasse a se stesso che tu stavi bene.» Tacque di nuovo. «A volte diciamo a noi stessi le cose che abbiamo bisogno di sentire.»

«Tibby, la cena!» Era la voce di suo padre. Era a casa.

Si gelava. Tibby tremava nella sua maglia di flanella e nei pantaloni del pigiama. Il padre doveva aver alzato di nuovo l'aria condizionata. Da quando avevano installato l'impianto centralizzato di condizionamento, i suoi genitori tenevano la casa ermeticamente chiusa quattro o cinque mesi l'anno.

«Tibby?»

Si disse pigramente che prima o poi avrebbe dovuto rispondergli.

«Tibby!»

Lei aprì la porta di uno spiraglio. «Ho già mangiato!» strillò attraverso l'apertura.

«E se ci facessi compagnia lo stesso, che ne dici?» replicò lui. L'aveva detto come un suggerimento, perciò Tibby decise che poteva ignorarlo. Chiuse la porta. Sapeva che nel giro di pochi secondi Nicky avrebbe cominciato a lanciare piselli, Katherine avrebbe sputacchiato a zampillo – soffriva di rigurgiti infantili – e i genitori si sarebbero dimenticati di Tibby, l'adolescente riottosa.

Si toccò i capelli. Non erano unti solo alle radici. Erano unti per tutta la lunghezza, fino alle punte. Avrebbero lasciato un alone sulla federa del cuscino.

«Tibby, tesoro?» Era ancora suo padre. Non si sarebbe arreso così facilmente.

«Vengo giù per il dolce!» strillò. L'avrebbero dimenticata, per allora.

Erano le sette. Avrebbe potuto guardare i quiz televisivi finché non cominciavano le trasmissioni della Warner, che l'avrebbero portata tranquillamente fino alle dieci.

A differenza dei telefilm sui pronto soccorso, le trasmissioni della Warner non avevano alcun legame con la vita vera, potevi star sicuro. Poi c'erano tre ore di filmati rock preistorici sul canale VH-1, tutte band musicali morte di overdose prima che lei nascesse. Perfetti per spedirla nel mondo dei sogni.

Squillò il telefono. La prima volta che la madre era rimasta di nuovo incinta, Tibby aveva ottenuto una propria linea telefonica. Quando il telefono squillava in camera sua, sapeva che era per lei. Si rintanò ancora di più sotto le coperte.

Le volte che eri in cucina e aspettavi che Carmen ti richiamasse, la segreteria telefonica partiva dopo tre secondi. Quando invece filtravi le telefonate stando a meno di un metro dal telefono, suonava per ore senza che la segreteria desse segno di vita. Finalmente il meccanismo scattò.

«Ehi, Tibby? Sono Bailey.»

Tibby rimase gelata. Si ritrasse dal telefono.

«Il mio numero qui è 555-4648. Chiamami, okay?»

Tibby rabbrividì sotto le coperte. Si concentrò sulla pubblicità di un medicinale contro le disfunzioni sessuali maschili. Voleva dormire.

Pensò a Mimì che gelava al piano di sotto nella sua scatolina e a lei lì a gelare nella sua scatola più grande.

Bridget ci mise un bel po' a vestirsi per la grande partita. Le altre ragazze avevano disegnato sulle magliette tacos di varia foggia. Era il genere di cosa che sarebbe piaciuta da morire anche a lei, se non fosse stata così giù. Tutte e due le squadre avevano legato gonfaloni di carta alla propria porta; e a fianco del campo, su un tavolo, c'era una bella scorta di cocomeri.

Le scarpette le sembravano troppo larghe. Bridget sapeva di avere perso un po' di peso. Il suo metabolismo richiedeva nutrimento costante. Ma è possibile che ti dimagriscano i piedi?

«Bridget, dov'eri finita?» le chiese Molly.

Bridget sapeva che al mattino c'era stata una partitina non ufficiale di riscaldamento. «A riposarmi per la grande partita» rispose.

Molly non era abbastanza sensibile per sospettare altro, e Bridget non voleva che lo scoprisse.

«Bene, Tacos» disse Molly. «Ci aspetta una partita dura. Le Cocos sono in forma. L'avete visto anche voi, ieri. Per vincere dovremo mettercela tutta.»

Bridget si fece un appunto mentale: non usare mai l'espressione "mettercela tutta".

Molly si voltò verso di lei, con un'espressione carica di aspettativa. «Pronta, Bee? Fuori il tuo talento, oggi sei in attacco.»

Il resto della squadra esultò a queste parole. Bridget rimase immobile dov'era. Era stata relegata in difesa. Relegata in porta. Si era sentita urlare addosso ogni volta che aveva portato la palla avanti per più di un metro. «Non so se mi ricordo come si fa» disse.

Fin dal primo istante, Bridget si rivelò lenta. Era incerta. Non si buttava sul pallone. Se le arrivava, lo calciava lontano. La cosa mandò in confusione la squadra, la rese inquieta. Erano abituate a contare sull'energia di Bridget. Le Cocos segnarono due volte nei primi cinque minuti. Molly chiese tempo all'arbitro. Guardava Bridget come se fosse un'estranea. «Dai, Bridget, gioca! Che cosa ti succede?»

Bridget in quel momento la detestava con tutte le forze. Non era mai stata brava a trattare con l'autorità. «Mi hai giocata male quando ero in forma. In questo momento non lo sono. Spiacente.»

Molly era furiosa. «Mi stai punendo?»

«E tu mi stavi punendo?»

«Io sono l'allenatore, maledizione! Sto cercando di trasformarti da esibizionista in vera giocatrice.»

«Io sono una vera giocatrice» disse Bridget, e uscì dal campo.

COSA STRILLI
IN QUESTO MODO,
CHE NON RIESCO
NEANCHE A SENTIRE
COSA DICI?

— RALPH WALDO EMERSON

Inizialmente Tibby portò con sé in camera una scatola di ciambelline al sesamo, ma i pezzettini di sesamo le ricordavano il mangime per roditori, così le riportò in cucina e le spinse in fondo all'armadietto.

Poi le venne in mente il gelato, ma non voleva andare a cercare dov'era. Afferrò invece una scatola di merendine alla frutta a forma di dinosauro – le preferite di Nicky – e le portò di sopra. Con gli occhi fissi su Ricky Lake, masticò metodicamente otto dinosauri gommosi dei colori più assurdi, gettando sul pavimento otto involucri argentati.

Per accompagnare il talk-show di Jerry Springer, ingollò due litri di ginger ale. Poi vomitò in Technicolor, con bollicine. Quindi guardò per un po' le televendite.

Quando era a tre quarti del talk-show di Oprah, il telefono squillò. Tibby alzò il volume del televisore al massimo. Non sopportava di perdere nemmeno una parola. Oprah era molto cordiale.

Nonostante tutti i suoi sforzi per evitarlo, Tibby sentì comunque la voce. «Salve, Tibby. Sono Robin Graffman. La mamma di Bailey.» Lunga pausa. «Te la sentiresti di telefonarle o passarla a trovare? Il numero è 555-4648. Stanza 448. Quarto piano, a sinistra quando esci dagli ascensori. A Bailey farebbe davvero piacere vederti.»

Tibby sentì il dolore invaderle nuovamente il petto. Il suo cuore non era a posto. Il dolore le esplose nelle tempie. Aveva un attacco di cuore e un aneurisma al cervello in contemporanea. Guardò la gabbia di Mimì. Avrebbe voluto acciambellarsi tra i riccioli di segatura, respirare l'odore salato da roditore di Mimì e dormire fino alla morte. Non sembrava difficile.

Carmen digitò il numero. Ebbe la tentazione di buttare giù quando sentì rispondere una voce femminile, ma non lo fece. «Lydia, sono Carmen. Potrei parlare con mio padre?»

«Certo» rispose in fretta Lydia. Carmen poteva pensare che Lydia fosse capace di qualcosa che fosse men che gentile?

Presto arrivò la voce di suo padre. «Pronto?» Avvertì sollievo e timore insieme.

«Papà, sono Carmen.»

«Lo so. Sono contento che tu abbia chiamato.» Sembrava che lo fosse davvero. «Ho ricevuto la busta. Grazie del pensiero.»

«Ah... bene» disse Carmen. Si sentì nuotare verso acque tranquille. Poteva chiedere scusa. Lui sarebbe stato molto comprensivo. Nel giro di due minuti, tutto sarebbe tornato a scintillare. La vita sarebbe andata avanti.

Dovette costringersi a continuare. «Papà, devo dirti qualcosa.»

Sentì la pressione silenziosa del padre perché non lo facesse. Oppure quella pressione arrivava da lei? «Okay.»

"Vai vai vai" si esortò tra sé. "Non guardarti indietro." «Ce l'ho con te» disse, con voce rotta appena. Era contenta che lui rimanesse in silenzio.

Prese un respiro e si piantò l'unghia del medio nella pellicina accanto all'unghia del pollice. «Sono... delusa, sai. Credevo che avremmo passato l'estate insieme, io e te. Sarebbe stato molto, molto meglio che tu mi dicessi del tuo trasloco a casa della famiglia di Lydia.» Aveva la voce ruvida, scossa.

«Carmen, mi dispiace. Avrei dovuto dirtelo. È stato un mio errore. Mi dispiace davvero.»

Finì la frase con un tono definitivo. Voleva chiudere la questione. Cauterizzare la ferita prima che ci fossero altre perdite di sangue.

Ma Carmen non era disposta a collaborare. «Non ho finito» disse. Lui taceva.

Carmen si concesse alcuni istanti per riacquistare una voce ferma. «Ti sei trovato una nuova famiglia, e io non c'entro molto.» La voce le uscì stridula, diretta. «Ti sei trovato questa nuova famiglia, con questi nuovi figli... ma... e io?» Ora guidava veloce. Emozioni che non si era neppure mai accorta di provare le passavano davanti, più rapide di lei. «Che cosa è successo, con me e la mamma?» La voce le si incrinò dolorosamente. Le lacrime presero a cadere. Non si preoccupava neppure più di ascoltare: doveva continuare a parlare.

«Perché la tua vecchia famiglia non ti bastava più? Perché te ne sei andato di casa? Perché mi hai promesso... che saremmo stati più vicini che mai?» Si interruppe per cercare di riprendere fiato. «Perché... perché hai continuato a dirmi che eravamo vicini, anche se non era vero?» Ora singhiozzava senza ritegno. Le sue parole salivano e scendevano, portate da onde di pianto. Carmen si chiese se il padre almeno capiva quello che diceva lei.

«Perché Paul va a trovare suo padre una volta al mese e tu vieni a trovare me solo due o tre volte l'anno? Io non ti ho fatto niente di male, o sbaglio?»

Smise con le parole; pianse e basta, forse per un bel po', non ne era sicura. Finalmente si calmò. Ma lui c'era ancora?

Quando strinse il ricevitore all'orecchio, ascoltando, avvertì un suono soffocato. Respiri. Non asciutti. Umidi.

«Carmen, mi dispiace» disse. «Mi dispiace davvero.»

Carmen si disse che gli poteva credere, perché capì che, per la prima volta da quando lei era nata, anche lui piangeva.

Il pomeriggio seguente, Tibby stava sprofondando nel sonno quando sentì bussare alla porta. «Vattene!» abbaiò. Chi poteva essere? I suoi genitori erano al lavoro e lei aveva terrorizzato Loretta abbastanza perché si tenesse a distanza in eterno.

«Tibby?»

«Vattene» ripeté.

La porta si aprì di una fessura e apparve la testa di Carmen. Quando vide l'aspetto orribile di Tibby e il caos ammucchiato per terra e sul letto, sul suo viso apparve un'espressione preoccupata. «Tibby, che cosa succede?» le chiese con voce dolce. «Stai bene?»

«Sono a posto» tagliò corto lei, e si lasciò sprofondare di nuovo sotto le coperte. «Vattene, per favore.» Alzò il volume. Dopo una breve pausa di spot pubblicitari, stava tornando Oprah.

«Che cosa diavolo stai guardando?» chiese Carmen.

Con le veneziane abbassate c'era ben poco da guardare, a parte la tv e gli enormi cumuli di disordine.

«Oprah. È molto simpatica, sai?» ribatté secca Tibby.

Carmen si avventurò nel caos e si sedette sul letto dell'amica. Era una prova inequivocabile della sua preoccupazione, perché

Carmen detestava ogni forma di disordine che non fosse creata da lei. «Tibby, per favore, dimmi che cosa succede. Mi fai paura.»

«Non voglio parlare» rispose dura Tibby. «Voglio che tu te ne vada.»

Il telefono cominciò di nuovo a squillare. Tibby lo fissò come se fosse un serpente a sonagli. «Non toccarlo» ordinò.

Beep. D'un tratto Tibby scattò verso la segreteria, cercando con furia il tasto del volume, e fece precipitare tutto sul tappeto. Ma la voce uscì chiara e forte. «Tibby, sono di nuovo la mamma di Bailey. Voglio che tu sappia cosa succede qui. Bailey non sta bene. Ha un'infezione e...» Tibby sentì che la donna traeva un respiro profondo. Sembrava che avesse i polmoni pieni d'acqua. «Noi... a noi farebbe davvero piacere se tu venissi. Vorrebbe dire molto per Bailey.» Un breve singhiozzo, poi riappese.

Tibby non riusciva a guardare Carmen. Non voleva vedere nulla. Sentì gli occhi di Carmen scavare gallerie fino a entrarle nel cervello. Sentì il braccio di Carmen circondarle le spalle. Tibby distolse lo sguardo. Una schiera infinita di lacrime indugiava dietro le sue palpebre. «Per piacere, vattene» piagnucolò.

Carmen, che era Carmen, le diede un bacio sulla testa e si alzò per andarsene.

«Grazie» le mormorò Tibby alle spalle.

Purtroppo Carmen, che era sempre Carmen, tornò un'ora dopo in camera di Tibby senza essere invitata. Questa volta non bussò nemmeno. Apparve e basta.

«Tibby, devi vederla» le disse dolcemente, fluttuando nel dormiveglia di Tibby, a fianco del suo letto.

«Vattene» le ordinò Tibby mezzo addormentata. «Non posso muovermi.»

Carmen lasciò andare un lungo sospiro. «Puoi. Ti ho portato i Pantaloni.» Li posò sui piedi di Tibby. Era l'unico posto nella stanza in cui non sarebbero stati inghiottiti dal caos selvaggio. «Mettiteli e vai.»

«No» protestò stridula Tibby.

Carmen scomparve.

Tibby batteva i denti e rabbrividiva. Carmen non capiva che il suo cuore non funzionava bene, il cervello aveva un aneurisma e l'anello al naso si stava infettando?

Cadde in un sonno comatoso per ore e al risveglio vide i Pantaloni emanare un vago bagliore nella luce azzurrina di Jay Leno. I Pantaloni le dicevano che era una persona orribile, e avevano ragione. Tibby si lasciò ricadere all'indietro. Avvertì il peso dei jeans sui piedi e sulle caviglie. Sembrava che pesassero venti chili. Chi avrebbe potuto fare un passo con pantaloni così pesanti? «Sorprendi te stessa» le disse Jay Leno. Tibby lo fissò: non poteva aver detto una frase simile.

Saltò giù dal letto, spaventata, con il cuore che correva a un ritmo irregolare. E se non fosse rimasto più tempo? E se Bailey se ne fosse già andata?

Si sfilò il pigiama e si mise i Pantaloni. Infilò i piedi in un paio di zoccoli. I capelli erano così sporchi che avevano passato il punto limite e sembravano di nuovo puliti.

Solo quando fu sul marciapiedi si rese conto che era passata mezzanotte e lei indossava ancora la maglietta del pigiama. Chi le avrebbe permesso di entrare in ospedale a quell'ora per andare a trovare Bailey? L'orario di visita non terminava alle otto?

Tornò indietro e recuperò la bici in garage. Non aveva molto tempo. Bailey aveva paura del tempo.

Sfrecciò attraverso le strade. I semafori sulla Wisconsin Avenue lampeggiavano di arancione.

L'entrata dell'ospedale aveva le luci quasi tutte spente, ma quella del pronto soccorso era ancora illuminata. Tibby entrò superando l'assortimento di poveretti sulle sedie di plastica. Anche il pronto soccorso diventa noioso, quando devi aspettare per ore.

Per fortuna, la donna al bancone aveva la testa abbassata. Tibby le passò accanto decisa. Si avviò verso un ascensore.

«Posso esserti d'aiuto?» le chiese un'infermiera di passaggio.

«Mmm, sto... sto cercando mia madre» mentì male Tibby. Continuò a camminare. L'infermiera non la seguì. Tibby prese le scale antincendio fino all'atrio principale, al piano rialzato, indugiò fino a che non ebbe via libera e schizzò verso l'ascensore.

Dentro c'era un medico dall'aria esausta. Tibby frugò nel proprio cervello in cerca di scuse, finché non si accorse che al medico non importava nulla di lei. Aveva cose più importanti a cui pensare piuttosto che preoccuparsi del servizio di vigilanza dell'ospedale.

Tibby scese al quarto piano e si tuffò immediatamente in un corridoio. Il piano era tutto immerso nel silenzio. La reception era sulla sinistra, ma un cartello indicava che la stanza 448 era a destra. Più avanti lungo il corridoio, sulla destra, c'era uno stanzino delle infermiere. Tibby respirava a malapena, mentre strisciava lungo il muro come un ragno. Grazie al cielo, la stanza 448 era vicina. La porta era un po' aperta. Tibby scivolò dentro.

Si fermò nel piccolo vestibolo. Da lì vide Jay Leno esibirsi in silenzio nella sua performance sul televisore a parete. Non vide i genitori nelle due sedie sotto la finestra. Doveva costringersi a entrare.

Aveva paura di trovarsi di fronte una Bailey diversa, i resti di Bailey. Ma la ragazzina addormentata nel letto era la stessa che conosceva lei. Solo che aveva dei tubicini che le uscivano dal polso e una cannuccia nel naso. Tibby sentì un piccolo gemito sfuggirle dalla gola. In quella stanza aleggiava troppa emozione perché lei potesse controllarla.

Bailey era così minuta sotto le coperte. Tibby vide il battito del cuore sul collo. Dolcemente, si allungò a sfiorare la sua mano. Aveva ossa da uccellino. «Ciao, Bailey, sono io» sussurrò. «La ragazza di Wallman's.»

Bailey era così piccola da lasciare abbastanza spazio perché Tibby si sedesse sul letto accanto a lei. I suoi occhi rimasero chiusi. Tibby si posò sul petto la mano di Bailey e la tenne stretta lì. Quando anche le sue palpebre cominciarono a calare, Tibby si sdraiò con cautela, posando la testa sul cuscino, accanto a quella di Bailey. Sentiva il solletico leggero dei suoi capelli contro la guancia. Le lacrime le scivolarono fuori, scorsero oblique fino alle orecchie e sui capelli di Bailey. Sperava che andasse bene così. Sarebbe rimasta lì a tenere la mano di Bailey tutto il tempo, così lei non avrebbe avuto paura di non averne abbastanza.

Quella notte era la festa della *Koímisis tis Theotókou*, l'Assunzione della Vergine, la più importante della Chiesa greca ortodossa dopo la Pasqua. Lena ed Effie accompagnarono i nonni nell'adorabile, semplice chiesina, per il rito. Dopo ci sarebbe stata una processione, e infine l'intera cittadina si sarebbe data ai festeggiamenti.

La nonna era nel gruppo dei dolci, così lei ed Effie avevano preparato dozzine di vassoi di *baklava*, mescolando ogni genere concepibile di frutta secca per il ripieno delle delicate sfogliatine.

Ora che l'estate stava per finire, la nonna aveva intensificato l'addestramento di Effie in cucina.

Lena bevve un bicchiere di vino rosso forte, dal sapore ruvido, che la fece sentire stanca e malinconica. Salì in camera sua e si sedette al buio accanto alla finestra, da dove avrebbe potuto guardare la festa da una certa distanza. Era così che le piaceva godersi le feste.

Giù sul marciapiede e nella piazzetta pochi metri più in basso, verso la casa di Kostos, dopo il tramonto la festa si era fatta più impetuosa. Gli uomini scolavano bicchierate di *ouzo* e, cominciata la musica, erano diventati molto espansivi. Perfino Bapi sfoderava un largo sorriso un po' sciocco.

Anche Effie bevve qualche bicchiere di vino: in Grecia non esisteva un'età minima ufficiale per gli alcolici. In realtà, anche i nonni spingevano Effie e Lena a bere vino nelle occasioni speciali, il che probabilmente faceva sì che Effie fosse meno interessata all'alcol di quanto lo sarebbe stata altrimenti. Quella sera, però, Effie era esuberante, con le guance colorite. Lena guardò la sorella ballare con Andrea, il cameriere, e poi sgattaiolare con lui in un vicolo. Lena non era preoccupata. Effie era esuberante, ma in fondo era la persona più sensata che lei conoscesse. Adorava i ragazzi, ma nonostante i suoi quattordici anni non avrebbe rinunciato a se stessa per loro.

Oia, quella sera, aveva due lune ugualmente vivide, una nel cielo, una nel mare. Se non lo avesse saputo prima, Lena non sarebbe riuscita a distinguere l'originale. Nella luce argentea della notte Lena vide il volto di Kostos. Lui non aveva notato la sua assenza oppure non se ne curava. Lena ne era certa.

"Vorrei che te ne importasse" gli disse lei col pensiero, e subito dopo avrebbe voluto riprendersi la frase.

Guardò Kostos avvicinarsi alla nonna. Valia, in punta di piedi, lo abbracciò e lo baciò con tanto impeto che Lena si chiese se non lo stesse strangolando. Lui le sussurrò qualcosa all'orecchio che la fece sorridere. Poi cominciarono a ballare.

Dalla piazza esplosero i fuochi d'artificio, modesti ma aggraziati. Per certi versi erano i più suggestivi, pensò Lena con un brivido. A differenza dei fuochi d'artificio alla Walt Disney, questi fatti in casa avevano una rozzezza dolce che colpiva di più. Mostravano lo sforzo e il pericolo, mentre gli spettacoli pirotecnici più patinati li nascondevano.

Kostos faceva vorticare la nonna. Ridendo, lei riusciva a mantenersi in equilibrio sui piedi. Kostos terminò il ballo con un spettacolare *casqué*, piegando praticamente in due la nonna. Lena non l'aveva mai vista così felice.

Osservò i volti delle ragazze ai margini della festa. Avrebbe potuto scommettere che Kostos occupava i desideri delle poche ragazzine che c'erano a Oia, ma lui scelse invece di ballare con tutte le loro nonne, con le donne che lo avevano cresciuto, che avevano riversato su di lui tutto l'amore che non potevano dare a figli e nipoti lontani. Era un aspetto commovente della vita dell'isola, che intere generazioni si fossero trasferite a vivere altrove.

Lena lasciò che le lacrime le scivolassero oltre il mento, lungo il collo. Non sapeva esattamente perché piangeva.

Perfino dopo che la festa fu finita, a tarda ora, Lena non riuscì a prendere sonno. Si sedette alla finestra a guardare la luna. Aspettò che la brezza increspasse i contorni della luna marina. Immaginò tutti gli abitanti di Oia cadere felici in un sonno profondo, appesantito dal vino.

Ma quando si chinò un po' oltre il davanzale, riconobbe un altro paio di gomiti appoggiati alla finestra più lontana del secondo piano. Erano i gomiti grinzosi di Bapi. Era seduto alla finestra a contemplare le due lune, proprio come lei.

Lena sorrise, fuori e dentro di sé. Aveva imparato almeno una cosa, a Santorini. Lei non era come i genitori e neppure come la sorella, ma come il nonno: orgogliosa, silenziosa, timida. Per fortuna sua, Bapi aveva trovato il coraggio almeno una volta nella vita di rischiare in amore con una persona che sapeva come dare amore. Lena pregò di fronte alle due lune di trovare lo stesso coraggio.

OGNI LUGUBREDÌ, MORTEDÌ,
MUGUGNEDÌ, GEMENDÌ, VIOLEN-
TODÌ, SCROLLADÌ.

– JAMES JOYCE

Lena dormì fino a tardi il mattino dopo. Meglio, non dormì ma rimase nel letto per ore dopo essersi svegliata, perché non sapeva che fare di sé. Era contraddittoria, energica e apatica insieme.

Effie pose fine a quel mattino irrompendo in camera sua, pronta a razziare l'armadio di Lena in cerca di questo o quello. «Che cosa ti succede?» le chiese da sopra la spalla mentre frugava spudoratamente tra le cose della sorella.

«Sono stanca» proclamò Lena.

Effie la guardò insospettita.

«Com'è andata ieri sera?» chiese Lena, per sviare l'attenzione.

Gli occhi di Effie si illuminarono. «Benissimo» esclamò. «Andrea è il miglior baciatore del mondo. Molto meglio dei ragazzi americani.»

«Questo l'hai già detto» notò aspra Lena. «E tra l'altro tu hai solo quattordici anni.»

D'un tratto Effie smise di far tintinnare l'appendiabiti. Era completamente immobile.

«Cosa c'è?» la incalzò Lena. Effie la rendeva inquieta ogni volta che taceva.

«O mio Dio!» sussurrò Effie.

«Cosa c'è?» urlò Lena.

Quando sentì il fruscio della carta e vide cosa aveva in mano la sorella, Lena si fece piccola piccola. Era il ritratto di Kostos.

«O mio Dio» ripeté Effie, questa volta più lentamente. Si voltò verso la sorella, come se la vedesse con occhi diversi. «Non posso crederci.»

«Cosa c'è?» Il vocabolario di Lena sembrava essersi ridotto a quell'unica frase.

«Non posso crederci.»

«Cosa c'è?» strillò Lena per l'ennesima volta, alzandosi a sedere sul letto.

«Sei innamorata di Kostos» accusò Effie.

«No, non è vero.» Se aveva ignorato fino a quel momento di essere innamorata di Kostos, ora lo sapeva. Perché sapeva che sapore ha una bugia.

«Sei innamorata. E la cosa triste è che sei troppo codarda per fare qualcosa di più che trasformarti in uno straccio.»

Lena risprofondò tra le coperte. Come al solito Effie aveva riassunto in un'unica frase il suo complicato stato mentale d'angoscia.

«Almeno ammettilo» insistette Effie.

Lena non lo avrebbe fatto mai: incrociò ostinatamente le braccia davanti alla giacca del pigiama.

«Okay, non farlo» disse Effie. «Comunque so che è vero.»

«Be', ti sbagli» ribatté Lena con ostinazione infantile.

Effie si sedette sul letto. Aveva la faccia seria ora. «Lena, ascoltami, d'accordo? Non ci resta più molto tempo, qui. Tu sei innamorata. Non ti ho mai vista così prima d'ora. Devi essere coraggiosa, capisci? Devi andare a dire a Kostos quello che provi.
Giuro su Dio che se non lo fai te ne pentirai per il resto della tua vita codarda.»

Lena sapeva che era tutto vero. Effie aveva colpito il bersaglio con tanta precisione che Lena non si curò neppure di ribattere.

«Ma Ef» disse, e la sua voce svelava la sua angoscia, «e se lui non mi ricambia?»

Effie soppesò l'ipotesi. Lena aspettò, ansiosa, sperando in una rassicurazione. Voleva che Effie le rispondesse che certo Kostos l'avrebbe ricambiata. Com'era possibile il contrario? Ma Effie non disse niente del genere.

Prese invece la mano di Lena tra le sue. «È quello che intendo quando dico che devi avere coraggio.»

Quando Tibby si svegliò, nel letto dell'ospedale, Bailey la stava guardando. E con lei l'infermiera che era venuta a portare il vassoio con la colazione. Bailey sembrava contenta. L'infermiera vagamente irritata.

«Spero che tu abbia dormito bene» le disse la donna, guardando Tibby sotto le sopracciglia aggrottate, con un mezzo sorriso.

Tibby scivolò giù dal letto. «Mi spiace» disse, con la voce da sonno. Aveva lasciato una macchia di saliva sul cuscino di Bailey.

L'infermiera scosse la testa. Non sembrava cattiva. «La signora Graffman è rimasta piuttosto stupita di trovarti qui ieri notte» disse, rivolta a Tibby. «La prossima volta ti suggerirei di provare a venire durante gli orari di visita.» Spostò lo sguardo da Tibby a Bailey. «Mi dicono che tu conosci questa nostra giovane ospite.»

Bailey annuì. Era ancora distesa, ma gli occhi erano vigili.

«Grazie» disse Tibby.

L'infermiera controllò il diagramma ai piedi del letto di Bailey. «Tornerò tra qualche minuto, se avete bisogno di una mano» disse, facendo un cenno verso il vassoio della colazione.

«Non ne ho bisogno» disse Bailey.

L'infermiera lanciò a Tibby un'ultima occhiata severa prima di lasciare la stanza. «Non mangiarle la colazione.»

«Non lo farò» promise Tibby.

«Torna qui» disse Bailey, battendo leggermente la mano sul letto.

Tibby risalì sul letto. «Ciao» disse. Per un pelo non le scappò un "Come ti senti?", ma si trattenne.

«Hai i Pantaloni» notò Bailey.

«Avevo bisogno d'aiuto» spiegò Tibby.

Bailey annuì.

«Mimì è morta.» Tibby non riusciva a credere di avere pronunciato quelle parole. Senza preavviso, aveva cominciato a versare grossi lacrimoni.

Un'unica lacrima delicata scivolò lungo la guancia di Bailey. «Sapevo che qualcosa non andava» disse.

«Mi spiace» disse Tibby.

Bailey scosse la testa per respingere le scuse. «Sapevo che eri qui ieri notte. Mi hai fatto fare dei bei sogni.»

«Sono felice.»

Bailey guardò l'orologio. «Devi andare. Il tuo turno comincia fra tredici minuti.»

«Cosa?» Tibby era confusa.

«Wallman's.»

Tibby respinse la cosa con un gesto della mano. «Non importa.»

Bailey aveva l'aria seria. «Sì, che importa. È il tuo lavoro. Duncan conta su di te, lo sai. Vai.»

Tibby la guardò incredula.

«Vuoi davvero che io vada?»

«Sì.» Si addolcì un po': «Voglio anche che torni, però».

«Certo» assicurò Tibby.

Quando arrivò nell'atrio, ci trovò seduta Carmen, che appena la vide, si alzò per abbracciarla. Tibby le restituì l'abbraccio.

«Devo andare al lavoro» disse Tibby intontita.

Carmen annuì. «Ti accompagno.»

«Sono con la bici.»

«Allora accompagnerò te e la tua bici» ribadì Carmen. «Ehi, aspetta» esclamò poi rientrando attraverso le porte automatiche. «Mi servono i Pantaloni.»

«Adesso?»

«Credo di sì» disse Carmen.

«Teoricamente li avrei addosso io» le fece notare Tibby.

Carmen la prese per un braccio e la trascinò in un bagno. Si sfilò i pantaloni a zampa, di stoffa azzurro baby, e li offrì a Tibby. Faceva parte della magia dei Pantaloni che Carmen avesse un aspetto fantastico, mentre Tibby era terribilmente ridicola nei pantaloni azzurrini di Carmen.

Nonostante nelle due ultime settimane passate avesse dormito ogni mattino almeno fino alle dieci, il 19 agosto Carmen saltò giù dal letto al sorgere del sole. S'infilò subito i Pantaloni, apprezzando la perfezione con cui le avvolgevano protettivi i fianchi. Le davano la sensazione di amarla. Infilò i piedi in un paio di sabot leopardati e allacciò rapidamente i bottoni di perla di una camicetta nera. Scosse la chioma voluminosa, pulita, lavata la sera prima. Si infilò i grandi cerchi d'argento alle orecchie.

Lasciò un biglietto per sua madre sul tavolo della cucina e sentì il telefono squillare mentre già veleggiava verso la porta. Era il signor Brattle, lo vedeva dal display. Lasciò che si stufasse di far squillare il telefono. Quella mattina non lo avrebbe torturato. Prese l'autobus per l'aeroporto, dove comperò il costoso biglietto andata e ritorno che aveva prenotato la sera prima ricorrendo alla carta di credito che le aveva dato il padre per "emergenze e acquisto libri".

Durante le due ore di volo fino a Charleston, dormì sdraiata di traverso su tre sedili, svegliandosi solo per la colazione. Questa volta la mela la mangiò. Passò un po' di tempo leggendo riviste nell'aeroporto internazionale di Charleston, poi prese un taxi verso la chiesa di Meeting Street. Questa volta le querce e gli alberi di pecan con le loro barbe di fiori le sembrarono piacevolmente familiari.

Arrivò pochi minuti prima dell'inizio della cerimonia. Gli uscieri avevano già accompagnato tutti al loro posto e la congregazione era riunita in mezzo a giganteschi mazzi di fiori violetti e bianchi. Carmen si infilò inosservata nell'ultima fila, nella penombra. Riconobbe in seconda fila due zie. La seconda moglie del nonno, che non piaceva a nessuno, era seduta accanto a loro. A parte loro, Carmen non conosceva nessun altro nelle panche dalla parte di suo padre. Era triste che le coppie avessero amici di coppia e li perdessero non appena smettevano di essere una coppia. All'improvviso apparve il padre dalla porta laterale, alto ed elegante nel suo smoking. Al suo fianco Paul, che indossava uno smoking identico. Paul era il testimone, capì Carmen. Si aspettava di sentirsi scorrere la bile in corpo, ma non fu così. Paul sembrava prendere così sul serio il proprio ruolo di testimone. Lui e Albert stavano bene insieme, con i loro capelli chiari e la loro altezza. Il padre aveva avuto fortuna, e Carmen lo sapeva.

Partì l'inno nuziale. La prima a emergere fu Krista, che sembrava una caramella nel suo vestito rosa. Era carina, decise Carmen. Aveva una pelle così chiara che sembrava avesse una sfumatura azzurra. Il volume della musica si alzò trionfale. Una pausa ad effetto, e apparve Lydia.

Ogni matrimonio ha un non so che. Non importava che Lydia avesse passato i quaranta e indossasse un abito sciocco: era trasfigurata dalla grazia mentre avanzava lungo la navata e Carmen si sentì commossa al punto giusto. Il sorriso di Lydia era il perfetto sorriso da sposa, timido ma deciso. Gli occhi del padre si nutrivano con gioia della perfezione della sua sposa. Quando lei arrivò al suo fianco, i quattro membri della famiglia formarono un semicerchio compatto davanti all'altare.

Carmen sentì per un attimo una fitta acuta, vedendo quell'immagine. "Volevano che fossi lì anche tu. Tu dovevi essere lì." Carmen si lasciò ipnotizzare dall'archetto del violinista, dall'odore delle candele, dalla voce tonante del pastore. Dimenticò di essere la figlia dello sposo e di essere vestita in modo inadeguato. Abbandonò il proprio corpo e volò alta fino alla volta della chiesa, da dove poteva osservare ogni cosa, godendosi la visione d'insieme.

Fu soltanto quando stavano già tornando indietro lungo la navata che gli occhi di suo padre incrociarono i suoi, la tirarono giù dal soffitto, la fecero rientrare nel suo corpo. Lo sguardo che vide sul volto del padre la rese felice di essere lì.

Diana riuscì non si sa come a prepararle i suoi fantastici biscotti al cioccolato sulla cucina da campo. Ollie le propose di massaggiarle la schiena. Emily le offrì in prestito il lettore di CD portatile. Erano tutte in pensiero per lei. Le sentì bisbigliare quando credevano che fosse addormentata. La sera dopo andò a cena con le altre solo perché era stufa di averle intorno a fare le chiocce e a portarle pacchi soccorso. Sotto il letto aveva montagne di cibo putrescente.

Dopo cena, Eric venne a chiederle se voleva fare quattro passi con lui. Lei fu colta di sorpresa, dato che la proposta veniva dall'uomo che non voleva essere catturato. Disse di sì. Oltrepassarono il promontorio, diretti verso la spiaggia grande. In silenzio superarono i camper dei turisti, finché non arrivarono in un angolino appartato, alla fine della spiaggia, dove le palme e i cactus prendevano possesso della sabbia. Il tramonto fiammeggiava alle loro spalle.

«Ero preoccupato per te. Dopo la partita di ieri e tutto il resto...» I suoi occhi dicevano che era sincero.

Bridget annuì. «Non sempre gioco bene.»

«Ma hai un talento spettacolare, Bridget, e devi saperlo, che tutti ti considerano una star.»

A Bridget piacevano come a chiunque altro i complimenti, ma di questo non aveva bisogno. Sapeva da sola come stavano le cose.

Eric scavava nella sabbia, lisciando le pareti del buco che aveva creato. «Temevo che quanto è successo tra noi... avevo paura che tu ne fossi stata ferita. Forse più di quanto io avessi pensato sul momento.»

Lei annuì di nuovo.

«Non hai troppa esperienza con i ragazzi, vero?» le chiese. La sua voce era gentile. Non c'era prepotenza. Stava cercando di darle una mano.

Bridget annuì ancora.

«Mi dispiace non averlo saputo prima.»

«Io non te l'ho detto. Come avresti potuto saperlo?»

Eric allargò la buca nella sabbia, poi la riempì di nuovo. «Sai, Bridget, la prima volta che ti ho incontrata, eri così sicura di te e... così sexy. Ho pensato che tu fossi più grande di quanto sei. Ora ti ho capito meglio. Non hai fatto molto. Hai sedici anni.»

«Quindici.»

Eric gemette. «Non dirmelo.»

«Spiacente. Dico solo la verità» rispose Bridget.

«Non avresti potuto dirla prima?»

Bridget si sentì tremare la bocca. Eric sembrava dispiaciuto. Le venne più vicino e le passò un braccio attorno alle spalle.

Eric riprese. «Ecco quello che volevo dirti. Può darsi che non ci ricapiti l'occasione di parlare, perciò voglio che tu lo ricordi, okay?»

«Okay» borbottò lei.

Eric fece un lungo respiro. «È un'ammissione dura per uno che in teoria qui dovrebbe essere l'allenatore, perciò apri bene le orecchie.» Guardò il cielo in cerca di aiuto. «Hai investito la

mia vita come una tempesta, quest'estate. Sei stata nel mio letto accanto a me ogni notte dal primo giorno che ti ho vista.» Le mise una mano sui capelli. «Il giorno che abbiamo nuotato insieme. Corso insieme. Ballato insieme. Quando ti ho guardata ballare... so di essere un maniaco del calcio, Bee, ma vederti giocare per me è stata un'eccitazione enorme.»

Lei sorrise appena.

«È per questo che mi prende il panico. Sei troppo carina, troppo sexy e troppo giovane per me. Lo sai anche tu, vero?»

Bridget non era sicura di essere troppo giovane per lui, ma sapeva di essere troppo giovane per quello che aveva fatto con lui. Annuì.

«E ora, dopo esserti stato così vicino, non posso più starti accanto senza pensare a come è stato.»

Bridget era sull'orlo del pianto. Enormi lacrimoni le tremolavano negli occhi. Lui le prese la testa tra le mani. «Bee, ascolta. Un giorno, quando avrai magari vent'anni, forse ti rivedrò. Tu sarai una stella del calcio in qualche grande squadra, con un milione di ragazzi più interessanti di me che ti daranno la caccia. E sai una cosa? Io ti vedrò e pregherò che tu mi voglia ancora.» Prese due ciocche dei suoi capelli tra le dita, come se fossero di un materiale prezioso. «Se potessi incontrarti di nuovo in un momento e in una situazione diversa, potrei adorarti come meriti. Ma ora non posso.»

Bridget annuì ancora una volta e lasciò che le lacrime cadessero.

Sperava che Eric manifestando i propri sentimenti facesse scattare il meccanismo giusto, facesse la magia. Lo sperava davvero. Sapeva che anche lui voleva quello che voleva lei. Che dicesse la verità o no, Eric credeva di farla sentire meglio e lui lo voleva, lo voleva davvero. Ma non erano le parole di cui aveva bisogno. Il desiderio di Bridget arrivava alle stelle, e lui era laggiù sulla spiaggia, così silenzioso che lei faceva fatica a sentirlo.

C'È ABBASTANZA MONDO PER ME?

– JANE FRANCES

Sotto il tendone, in giardino, il padre strinse Carmen a lungo. Quando la allontanò da sé aveva gli occhi pieni di lacrime. Lei era contenta che non dicesse nulla. Poteva immaginare quello che voleva dirle.

Anche Lydia la abbracciò. Per puro dovere, ma Carmen non ci badò. Se Lydia amava a quel punto suo padre, tanto meglio. Krista le diede un bacio frettoloso sulla guancia e Paul le strinse la mano. «Bentornata» le disse.

Se qualcuno notò che Carmen aveva i jeans, nessuno fiatò.

«Parenti degli sposi! È l'ora delle foto ufficiali» gridò l'assistente più anziano del fotografo, senza far caso alla delicatezza della situazione. «Parenti degli sposi! Per favore, tutti sotto la magnolia» strillò nell'orecchio di Krista. Era come se si rivolgesse a un'orda di persone invece che a quattro gatti soltanto.

Carmen si avviò al tavolo delle bibite, ma il padre le prese la mano. «Vieni» le disse. «Il tuo posto è con noi.»

«Ma io...» e fece un gesto verso i Pantaloni.

Lui respinse con un gesto della mano le sue preoccupazioni. «Stai benissimo» le disse, e Carmen gli credette. Carmen posò con loro quattro. Posò con Krista e Paul. Posò con Lydia e suo padre. Il vecchio assistente fece un commento acido sui suoi jeans, ma nessun altro vi accennò. Carmen non riuscì a non essere colpita dall'idea che Lydia permettesse che le foto del suo matrimonio da fiaba fossero imbrattate da un'adolescente di pelle scura con un paio di blue jeans.

L'aperitivo e la cena parvero scivolare via rapidi come il vento. Carmen scambiò quattro chiacchiere con le zie nevrotiche finché gli sposi non diedero inizio alle danze tra una marea di applausi.

Poco dopo, Paul si avvicinò alla sua sedia. «Ti andrebbe un ballo?» le chiese in tono formale, inchinandosi lievemente.

Carmen si alzò, decisa a non pensare al fatto che non sapeva bene come si balla un valzer. Lo seguì, prendendolo a braccetto. Sul parquet della pista lui cominciò a farla girare a tempo di musica.

D'un tratto Carmen si ricordò della fidanzata di Paul. Cominciò a osservare i tavoli accanto per capire da dove sarebbero arrivate le occhiate velenose. Paul parve avvertire la sua distrazione.

«Dov'è... be'...» All'improvviso Carmen non riusciva a ricordare il nome.

«Skeletor?» le suggerì lui.

Carmen sentì una vampata di calore alle guance. Paul rise. Aveva una risata inaspettatamente dolce, a singhiozzo. Possibile che lei non l'avesse mai sentita prima?

Carmen si morse il labbro imbarazzata. «Mi spiace» mormorò.

«Abbiamo rotto» le disse lui. Non sembrava affatto dispiaciuto.

Quando la canzone finì, Paul si allontanò appena da Carmen e lei vide suo padre che si avvicinava a grandi passi. Prima di lasciare la pista da ballo, Paul si chinò al suo orecchio: «Hai reso felice tuo padre» le disse, cogliendola di sorpresa come faceva praticamente sempre, tutte le volte che apriva bocca. Il padre la attirò nel suo abbraccio e cominciò a vorticare con lei sulla pista.

«Sai cosa ho intenzione di fare?» le disse.

«Cosa?»

«Da ora in poi sarò onesto con te come tu lo sei stata con me.»

«D'accordo» annuì lei, e lasciò che le scintillanti luci bianche si sfumassero in una tormenta di neve per effetto delle lacrime.

Finita la serata, mentre andava a letto, Carmen notò la finestra della sala da pranzo. Una ragnatela di crepe convergeva verso un buco. Il pannello di cristallo non era stato sostituito ma solo coperto da un foglio di plastica trasparente, assicurato in modo approssimativo con del nastro adesivo argentato. Per qualche oscuro motivo, la cosa riempì Carmen di vergogna ma la rese felice.

Lena,

finalmente ho fatto qualcosa di buono con i Pantaloni. Credo che anche Tibby lo abbia fatto. Così ora te li mandiamo con un po' di karma (eh eh eh). Non vedo l'ora di raccontarti tutto non appena ci ritroveremo

insieme. Spero che questi Pantaloni ti portino tanta felicità quanta ne hanno portata a me oggi.

Un abbraccio,
Carmen

Tibby andò al lavoro con la giacca del pigiama. Dovette chiedere in prestito un grembiule. Duncan recitò la parte del cattivo, ma Tibby notò che era contento di vederla dopo che si era data per malata così tanti giorni di fila. Le fece anche un complimento sui pantaloni di Carmen.

Alle quattro, la sua mente infida tornò a sperare che Bailey comparisse. E Tibby dovette di nuovo ricordare.

«Dov'è la tua amica?» le chiese Duncan. Tutti ormai al Wallman's conoscevano Bailey.

Tibby si rifugiò nella soglia sul retro a piangere. Si sedette sull'alto gradino di cemento e nascose il viso tra le braccia. Spesso doveva asciugarsi il naso che colava sul grembiule preso in prestito. La sua pelle, sotto la giacca di flanella, era appiccicosa.

C'era qualcuno accanto a lei. Alzò lo sguardo. Le ci volle qualche istante per adattare gli occhi alla vista di Tucker Rowe.

«Stai bene?» le chiese. Lei si soffiò il naso nel grembiule. Lui si sedette al suo fianco. Tibby era troppo sprofondata nel pianto per fermarsi, perciò continuò a singhiozzare per un po'. Lui le accarezzò timidamente i capelli, una volta. Se fosse stata la solita Tibby, sarebbe andata in estasi perché lui la toccava, per quanto mortificata che le toccasse i capelli sporchi. Ora come ora, degnò la cosa solo di un pensiero fuggevole.

Quando le lacrime finalmente si placarono, Tibby alzò lo sguardo.

«Perché non ci prendiamo una tazza di caffè e non mi racconti che cosa succede?» propose Tucker.

Lei lo scrutò attentamente, non attraverso i propri occhi ma attraverso quelli di Bailey. Aveva troppo gel sui capelli, e si era depilato in mezzo alle sopracciglia. I suoi vestiti, la sua fama sembravano falsi. Tibby non ricordava perché le fosse piaciuto.

«No, grazie» rispose.

«Dai, Tibby. Dico sul serio.» Tucker credeva che lei respingesse l'invito per insicurezza. Come se uno tanto più carino di lei non potesse realmente provare interesse nei suoi confronti.

«È solo che non ne ho voglia» chiarì.

Il volto di Tucker registrò l'offesa.

"Una volta mi sono presa una tremenda sbandata per te" pensò Tibby guardandolo mentre si allontanava. "Ma non riesco proprio a ricordare perché."

Non molto tempo dopo, Angela, quella con le unghie lunghissime, uscì per portare alcuni sacchetti di spazzatura nei bidoni dell'immondizia. Vedendo Tibby, si bloccò.

«La tua amichetta è molto malata, vero?» le chiese.

Tibby alzò lo sguardo sbigottita. «E tu come lo sai?» chiese.

«Mi è morta di cancro una nipotina» spiegò Angela. «Mi ricordo che aspetto ha.»

Anche gli occhi di Angela erano pieni di lacrime. Si sedette accanto a Tibby. «Povero tesoro» disse, battendole una mano sulla schiena. Tibby sentì le sue unghie raschiare sul poliestere.

«È una ragazzina dolce, la tua amica» proseguì Angela. «Un pomeriggio ti stava aspettando. Io sono uscita prima e lei ha notato che ero agitata per qualcosa. Mi ha portata a prendere un tè freddo e mi ha ascoltata piangere per mezz'ora sul mio insopportabile ex marito. Da allora io e Bailey lo abbiamo trasformato nel nostro piccolo rituale del mercoledì pomeriggio.»

Tibby annuì, provando in parti uguali ammirazione per Bailey e disappunto per se stessa. Tutto quello che aveva notato di Angela erano le unghie smaltate.

Con un miracolo che spiegava la loro natura magica, i Pantaloni arrivarono a Lena il suo ultimo giorno in Grecia. Il pacco era così accartocciato che sembrava avesse fatto il giro del mondo e ritorno, ma i Pantaloni erano lì, intatti... per quanto raggrinziti, più morbidi e vagamente più consumati dell'ultima volta che li aveva visti. Sembravano esausti quanto lei, ma sembrava anche che potessero durare ancora un milione di anni. Quei Pantaloni erano per lei l'ultima ingiunzione: vai a parlare con Kostos, perdente che non sei altro.

Quando li indossò le infusero qualcosa di più che un semplice senso di colpa. Le infusero coraggio. I Pantaloni per mistero trattenevano i pregi delle sue tre migliori amiche, e fortunatamente tra questi c'era il coraggio. Avrebbe ceduto volentieri ai Pantaloni le poche qualità che aveva lei, ma il coraggio era l'unica cosa che avrebbe tenuto per sé.

Si sentiva perfino sexy con i Pantaloni, il che non guastava.

Lena una volta aveva preso parte a una marcia benefica che le aveva fatto percorrere a piedi una quarantina di chilometri attraverso il centro e la periferia di Washington. Sorprendentemente, la strada per la fucina fu più lunga.

Aveva intenzione di andarci dopo pranzo, ma poi si accorse che non avrebbe pranzato comunque, perciò perché aspettare?

Si rivelò una buona scelta. Quando vide l'edificio basso spuntare da dietro la curva, si sentì male.

Aveva le mani così bagnate di sudore che temeva di rovinare il disegno. Cercò di asciugarsele sui Pantaloni, ma due tracce bagnate sui pantaloni non sono esattamente un dettaglio trendy.

All'entrata del cortile si fermò. "Continuate a camminare" ordinò in silenzio ai Pantaloni. Si fidava più di loro che delle sue gambe.

E se Kostos stava lavorando? Non poteva disturbarlo, o sì? "Che idea assurda, dargli fastidio sul lavoro" si diceva la parte più vile del suo cervello (che rappresentava di gran lunga la quota maggiore).

Continuò a camminare. La minuscola parte coraggiosa del suo cervello sapeva che quella era la sua unica chance. Se voltava le spalle ora, l'avrebbe persa.

La fucina era buia tranne che per le fiamme che ruggivano nel forno di mattoni sul retro. Si vedeva soltanto una figura che forgiava un pezzo di metallo nel fuoco, ed era troppo alta per essere Bapi Dounas.

Kostos udì o avvertì in qualche modo i suoi passi. La vide voltandosi a guardare da sopra la spalla, poi cautamente, lentamente, depose il lavoro, si tolse maschera e guanti e si avvicinò a lei. I suoi occhi sembravano mantenere un lieve riflesso del fuoco. Non c'era traccia di imbarazzo o di preoccupazione nei suoi occhi. Quelle erano specialità di Lena.

Lei di solito contava sul fatto che i ragazzi fossero tesi in sua presenza, il che le assicurava una posizione di vantaggio, ma con Kostos non era così.

«Ciao» disse lei, titubante.

«Ciao» disse lui, tranquillo.

Lei esitò, cercando di ricordare la battuta d'inizio.

«Vuoi sederti?» le offrì lui. Sedersi significava appollaiarsi su un muretto basso di mattoni che separava una parte della stanza dall'altra. Lena si appollaiò. Ancora non sapeva come cominciare. Si ricordò della propria mano, poi del disegno. Glielo porse. Aveva pensato a una presentazione più elegante, ma in ogni modo... Kostos voltò il foglio e lo studiò. Non reagì subito, come fa la maggior parte della gente. Guardava e basta. Dopo un po' la cosa innervosì Lena, ma era già così nervosa in partenza che era difficile dire dove cominciasse il nervosismo in sovrappiù.

«Quel posto è tuo» disse Lena, brusca.

Lui non distolse gli occhi dal dipinto. «Vado lì a nuotare da molti anni» disse lentamente, «ma non mi dispiace dividerlo con qualcuno.»

Lena lo ascoltava cercando qualche allusione nelle sue parole... per metà sperando che ci fosse, per metà sperando che non ci fosse. Non c'era, decise.

Lui le restituì il disegno.

«No, è per te» disse lei. D'un tratto si sentiva mortificata. «Se lo vuoi, intendo. Non sei obbligato a prenderlo. Solo...»

Kostos lo riprese. «Lo voglio» disse. «Grazie.»

Lena con una mano respinse indietro i capelli dalla nuca. Dio, che caldo faceva in quel posto. "Va bene, è il momento di parlare" ordinò a se stessa, a mo' di allenatore. «Kostos, sono venuta qui a dirti una cosa» esordì. Non appena aprì bocca, si ritrovò in piedi, a strisciare inquieta la suola sul pavimento e a camminare avanti e indietro.

«Okay» disse lui, ancora seduto.

«Ce l'ho in mente da quando... da quando... dal giorno in cui...» "Come posso dirlo?" si chiedeva freneticamente. «... in cui ci siamo incontrati al laghetto.»

Lui annuì. C'era una traccia di sorriso all'angolo della sua bocca?

«Così... Be'... Quel giorno... Be'...» Lena riprese a camminare avanti e indietro. La rapidità avvocatesca del padre nel muoversi avanti e indietro era un'altra delle cose che non aveva ereditato da lui. «C'è stata un po' di confusione e forse, sai, qualche equivoco su quello che è accaduto. E probabilmente è stata colpa mia. Ma non mi sono resa conto di quello che succedeva finché non è successo, e poi...» Si interruppe. Fissò il fuoco. Le fiamme della dannazione non erano una vista delle più confortanti.

Kostos sedeva paziente.

Quando Lena cominciava a divagare così, contava sul fatto che gli altri la interrompessero, salvandola, ma Kostos non lo fece. Aspettava e basta.

Lena cercò di rimettersi in pista, ma aveva dimenticato quale fosse.

«Quando è successo, era ormai troppo tardi. Io volevo parlarne, ma non riuscivo a trovare il modo, perché ero troppo codarda per spingere i nonni a parlare di quello che credevano fosse successo e spiegare loro che quello che credevano fosse successo non era successo, così non l'ho fatto anche se ne avrei avuta intenzione e anche se sapevo che avrei dovuto farlo.» D'un tratto desiderò essere in una soap, e che qualcuno le desse uno schiaffo, come si fa con chi delira nei telefilm pomeridiani.

Era abbastanza sicura di aver visto la traccia di un sorriso sul viso di Kostos. Era un buon segno, o no?

Con il dorso della mano si asciugò il sudore da sopra il labbro. Guardò i Pantaloni e ricordando che erano i Pantaloni cercò di immaginare di essere Bridget.

«Quello che sto in realtà cercando di dire è che io... io ho fatto un enorme errore e che quella lite assurda tra i nostri nonni è stata solo colpa mia e che non avrei mai dovuto accusarti di avermi spiato, perché ora so che non l'hai fatto.» Ecco, ora andava meglio. Oh, finalmente. Ma aveva dimenticato qualcosa. «E mi dispiace» esclamò. «Mi dispiace davvero tanto.»

Lui le lasciò ancora un momento per essere sicuro che avesse finito. «Accetto le tue scuse» le disse con un piccolo inchino del capo. Le sue maniere erano motivo d'orgoglio per le nonne di Oia.

Lena trasse un lungo sospiro. Grazie al cielo la parte delle scuse era andata. Ora poteva fare i bagagli e tornare a casa con un minimo frammento d'orgoglio intatto. Era una tentazione terribile. Santo cielo, che tentazione!

«C'è dell'altro» disse. Era inorridita e affascinata insieme dal fatto che quelle parole fossero davvero uscite dalla sua bocca.

«Che cosa?» chiese Kostos. Era più tenera, ora, la sua voce? O era soltanto lei che voleva sentirla così?

Lena cercò le parole giuste. Guardò il soffitto in cerca di aiuto.

«Vuoi sederti?» la invitò di nuovo Kostos.

«Non credo di farcela» rispose lei con sincerità, torcendosi le mani.

L'espressione negli occhi di Kostos le diceva che aveva capito.

«Be', so di non essere stata molto amichevole quando sono arrivata qui.» Lena cominciò così il secondo round. «Tu sei stato carino con me e io no. Il che ti ha forse fatto pensare che io non... che io non fossi...» Lena fece un breve cerchio camminando, poi tornò a fronteggiare Kostos. Grossi aloni di sudore le si allargavano da sotto le ascelle fin quasi alla vita. Il sudore le imperlava il labbro superiore e le gocciolava dall'attaccatura dei capelli. La combinazione di caldo estremo ed estremo nervosismo le facevano fiorire macchie rosse su tutta la pelle.

Lena non aveva mai pensato di poter piacere a un ragazzo per qualcosa che non fosse il suo aspetto, ma se Kostos le avesse fatto l'inimmaginabile onore di dimostrare interesse per lei quel giorno, era sicura che non sarebbe stato perché era carina.

«Ti ho forse fatto pensare che tu non mi piacessi, ma la realtà è che...»

Oh, Signore. Sarebbe affogata nel proprio sudore. Possibile?

«Ma la realtà è che non volevo affatto questa cosa. Forse voleva dire... l'esatto opposto.» Ma stava ancora parlando inglese? Riusciva ancora a mettere insieme delle frasi?

«Perciò quello che voglio dire è che vorrei non essermi comportata in quel modo con te. Vorrei non essermi comportata come se tu non mi piacessi o non mi importasse di te, perché in realtà... in realtà... quello che provo non è quello che sembrava che provassi...»

Lo guardò con occhi supplichevoli. Ci aveva provato, ci aveva provato davvero. Ma temeva che quello fosse il massimo a cui poteva arrivare. Gli occhi di Kostos erano lucidi quanto i suoi. «Oh, Lena» disse. Le prese le mani sudate tra le sue. Sembrava che avesse capito che quello era il massimo a cui poteva arrivare.

La attrasse a sé. Lui seduto sul muro e lei in piedi di fronte, erano quasi della stessa altezza. Le gambe di Lena toccavano le sue. Lena sentiva il suo odore: sapeva di cenere. Aveva la sensazione di dover svenire da un momento all'altro. Il viso di Kostos era lì, bello, ombreggiato dalla luce fiammeggiante. Le sue labbra erano lì. Con un coraggio che arrivava da chissadove, ma non dal suo corpo, Lena si chinò appena in avanti e gli baciò le labbra. Era un bacio e una domanda.

Lui rispose attirandola a sé, premendo stretto il suo corpo contro il proprio, e il suo bacio fu lungo e profondo.

Lena ebbe un ultimo pensiero, prima di smettere di pensare e abbandonarsi alle sensazioni: non se lo aspettava, che il paradiso fosse così rovente.

NEI TUOI OCCHI
IO SONO COMPLETO.

– PETER GABRIEL

Come era già successo le due sere precedenti, le infermiere cacciarono fuori Tibby dalla stanza di Bailey al termine dell'orario di visita, alle otto.

Lei non era ancora pronta a tornare a casa. Telefonò alla madre e le disse che sarebbe andata al cinema. La madre parve sollevata. Perfino lei aveva notato che negli ultimi tempi Tibby non si concedeva troppi divertimenti.

Tibby vide in lontananza le luci del 7-Eleven che la invitavano ad avvicinarsi. All'interno fu felice di riconoscere Brian McBrian chino su *Dragon Master*.

Quando si voltò e vide che lo guardava, Brian le fece un gran sorriso. «Ciao, Tibby» disse timidamente. Non fece minimamente caso alla maglietta del pigiama né all'aspetto orribile di Tibby.

«Che livello?» chiese lei.

Lui non tentò di mascherare il proprio orgoglio. «Venticinque.»

«Impossibile!» esclamò lei ammirata.

Con un pizzico di suspense, Tibby lo osservò combattere la sua lunga battaglia eroica attraverso il vulcano del livello ventisei, finché non finì arrostito dalla lava, sfrigolando.

«Aaah» gemette Tibby.

Lui scrollò le spalle, contento. «È stata una bella partita. Non si può sempre pretendere di vincere.»

Lei annuì. Poi rifletté un istante. «Ehi, Brian?»

«Sì?»

«Mi insegni a giocare a *Dragon Master*?»

«Certo.»

Con la pazienza e l'entusiasmo di un vero maestro, Brian la

addestrò fino al livello sette, dove appariva il primo drago. Nonostante l'eroina tutta curve di Tibby fosse caduta con una spada infilzata nello stomaco, Brian era raggiante di orgoglio. «Sei una sterminatrice di draghi nata» si complimentò.

«Grazie» disse lei, davvero grata per il complimento.

«Come sta Bailey?» chiese Brian, con espressione grave.

«È in ospedale.»

Lui annuì. «Lo so. Sono andato a trovarla all'ora di pranzo.» D'un tratto gli venne un'idea. «Aspetta un secondo. Voglio farti vedere una cosa.» Pescò da terra uno zainetto semidistrutto. «Ho preso questo per lei.»

Tibby guardò. Era un Sega Dreamcast con una copia di *Dragon Warrior*, la versione per consolle di *Dragon Master*. «Non è bello come quello vero» spiegò Brian, «ma servirà per tenerla in allenamento.»

Tibby sentì le lacrime salirle agli occhi. «Le piacerà da morire» disse.

Più tardi, camminando lungo la Old Georgetown Road, Tibby si sentiva ancora addosso l'entusiasmo della partita a *Dragon Master*. Stava già pensando al livello otto. Era la prima volta da giorni che provava la sensazione di quando non vedi l'ora di fare qualcosa. Forse, pensò nell'andare, Brian si era dedicato a qualcosa di importante. Forse la felicità non doveva essere fatta di grandi cose, non era avere ogni cosa della vita al suo posto. Forse bastava raccogliere un mazzo di piccoli piaceri. Mettersi le ciabatte e guardare il concorso di Miss Universo. Mangiare un biscotto al cioccolato con il gelato alla vaniglia. Arrivare al livello sette di *Dragon Master* e sapere che hai ancora davanti a te venti livelli.

Forse la felicità dipende solo dall'insieme di piccoli dettagli positivi – il semaforo che diventa verde nel secondo in cui tu arrivi – e negativi – l'etichetta della T-shirt che ti pizzica sul collo – che capitano a ciascuno durante un giorno. Forse a ciascuno è assegnata un'identica quantità di felicità al giorno.

Forse non aveva importanza se eri un rubacuori celebre in tutto il mondo o un patetico solitario. Forse non importava se una tua amica stava morendo.

Forse a certe cose si passa attraverso e basta. Forse era l'unica cosa che si poteva chiedere.

Era la sua ultima colazione con Bapi, il suo ultimo mattino in Grecia. Nella beatitudine febbrile che l'aveva tenuta sveglia fino all'alba, Lena aveva immaginato la sceneggiatura di un'intera conversazione in greco che lei e il nonno avrebbero potuto recitare come gran finale dell'estate. Ora lo guardava masticare soddisfatto i suoi Rice Krispies, aspettando il momento giusto per la battuta.

Lui le rivolse un breve sguardo e sorrise, e Lena capì una cosa importante: così era come doveva essere. Così era come piaceva a entrambi. Mentre la maggior parte della gente si sente unita e confortata dalla conversazione, lei e Bapi erano due dei pochi che non la vedono così. Loro si sentivano uniti dalla semplice abitudine di mangiare i cereali insieme.

Dimenticò rapidamente la sua sceneggiatura e tornò ai cereali.

A un certo punto, quando ormai le era rimasto solo il latte, Bapi tese una mano e la mise sulla sua. «Tu sei la mia ragazza» le disse.

E Lena sapeva che era vero.

Due giorni più tardi, Tibby era seduta al suo solito posto sul letto di Bailey e sapeva che lei stava sempre peggio. Bailey non sembrava spaventata, non aveva un atteggiamento solenne, ma le infermiere e gli assistenti sanitari sì. Abbassavano lo sguardo ogni volta che Tibby guardava negli occhi uno di loro.

Bailey stava giocando a *Dragon Warrior* mentre suo padre dormicchiava su una sedia vicino alla finestra. Bailey posò la testa indietro sul cuscino: aveva bisogno di riposo. «Giochi per me?» chiese a Tibby.

Tibby annuì e prese i comandi.

«Quando tornano le tue amiche?» chiese Bailey con voce assonnata.

«Carmen è già a casa. Lena e Bridget tornano la settimana prossima.»

«Carino» disse Bailey. Gli occhi le si chiudevano per periodi sempre più lunghi.

Tibby notò che quel giorno c'erano due monitor pigolanti in più nella stanza.

«Come sta Brian?» chiese Bailey.

«È un grande. Mi ha fatta arrivare fino al livello dieci.»

Bailey sorrise. Tenne gli occhi chiusi. «È un ragazzo che ne vale la pena» mormorò.

Tibby rise, ricordando la frase.

«Vero. Avevi ragione, e io sbagliavo. Come sempre.»

«Non è vero» disse Bailey. Aveva il viso bianco come quello di un angelo.

«Sì che è vero. Io giudico la gente senza conoscerla» ribadì Tibby.

«Ma poi cambi idea» disse Bailey con voce lenta, via via più debole.

Tibby mise in pausa Dragon Warrior, convinta che Bailey si fosse addormentata.

«Tu continua a giocare» le ordinò Bailey in un sussurro.

Tibby continuò a giocare fino alle otto, quando le infermiere la mandarono via.

Lena,

qualcosa è successo. Non è stato come immaginavo. Ho bisogno di parlarti, ma non posso farlo in una lettera. Sono solo... strana. Mi sento estranea a me stessa.

Bee

Lena,

non riesco a dormire. Sono spaventata. Vorrei poterti parlare.

Lena lesse le lettere di Bridget durante il volo da Atene. Sia quelle che aveva ricevuto durante tutta l'estate, sia quella che aveva ritirato all'ufficio postale andando all'aeroporto. L'aereo attraversava fusi orari diversi, e il cuore di Lena percorreva il doloroso viaggio dalla fucina di Oia dove avrebbe voluto essere al campo di calcio femminile in Baja California dove sentiva che c'era bisogno di lei. Lena conosceva Bridget da abbastanza tempo e abbastanza bene per essere preoccupata. Sapeva che nella vita di Bridget c'era stata un brusca svolta e da allora le erano rimasti parecchi punti deboli.

Bee dardeggiava sempre in un fiume di attività, ma di tanto in tanto qualche evento imprevisto la colpiva forte e la lasciava lenta e incerta. Bee si preoccupava, non era brava a rimettere insieme i pezzi. A volte sembrava una bambina piccola. Smaniava per il potere, lo pretendeva, ma quando ne imboccava la via, rimaneva sola con se stessa, e la cosa la terrorizzava. La madre se n'era andata, il padre era timido e distante. Bridget aveva bisogno di sapere che qualcuno la teneva d'occhio. Aveva bisogno che qualcuno le assicurasse che il mondo non era deserto.

Effie russava accanto a lei. Lena si voltò e spinse la spalla della sorella. «Effie? Ehi, Ef?»

Effie sorrise nel sonno. Lena sospettava che stesse pensando al cameriere. Le diede una spinta più forte. «Effie. Svegliati.»

Borbottando, Effie aprì gli occhi. «Stavo dormendo» si lamentò, come se fosse stato violato un sacramento.

«Sei una campionessa della specialità, Effie, sono sicura che riuscirai a riaddormentarti.»

«Ah ah.»

«Ascolta, credo di dover cambiare la mia rotta, d'accordo? Ti lascerò a New York e cercherò di prendere un volo per Los Angeles.»

Effie non era un'amante dei viaggi aerei, quindi Lena si sentì in dovere di aggiungere: «Da New York a Washington c'è un volo brevissimo, Effie. Andrà tutto bene.»

Effie era allibita. «Ma perché?»

«Sono preoccupata per Bee.» Effie conosceva Bridget abbastanza bene per sapere che c'erano momenti di crisi in cui preoccuparsi per lei non era un vezzo stupido.

«Che cosa ha fatto?» chiese Effie, a sua volta preoccupata.

«Non lo so ancora.»

«Ce li hai i soldi?» chiese Effie.

«Ho ancora quelli che ci hanno dato mamma e papà» rispose Lena. I genitori avevano dato loro cinquecento dollari ciascuna da spendere durante l'estate, ma Lena non li aveva praticamente toccati.

«A me rimangono duecento dollari. Se vuoi posso darteli» disse Effie.

Lena la abbracciò. «Riporterò Bridget a casa domani. Chiamerò mamma e papà dall'aeroporto, ma potresti spiegarglielo anche tu?»

Effie annuì. «Le farai da madre.»

«Se ne ha bisogno» rispose Lena.

Era contenta di aver infilato i Pantaloni Viaggianti nel bagaglio a mano.

Quando il telefono squillò alle dieci del mattino dopo, Tibby sapeva già chi era. Alzò la cornetta e sentì singhiozzare.

«Signora Graffman, so che cosa è successo. Non c'è bisogno di dire niente.» Tibby si mise una mano sugli occhi.

Il funerale fu due giorni più tardi, il lunedì. Un pastore recitò la predica accanto alla tomba, poi la seppellirono. Tibby era in piedi accanto ad Angela, Brian, Duncan e Margaret. Carmen era tornata dal South Carolina ed era in piedi alle sue spalle. Piangevano tutti in silenzio. Quella notte, Tibby non riuscì a dormire. Dall'una alle tre del mattino guardò *Fiori d'acciaio* sul canale dei film.

Fu contenta di sentire Katherine piangere alle tre e un quarto. In silenzio, prima che uno dei genitori esausti si svegliasse, andò nella stanza dei piccoli, prese la sorellina dalla culla e la portò giù in cucina. Strinse Katherine attorno alla vita sottile e se la appoggiò contro la spalla. Con l'altra mano, le mise a scaldare il biberon. Katherine faceva dei versetti che le solleticavano l'orecchio.

Infilò Katherine nel proprio letto e la guardò scivolare nel sonno mentre era ancora a metà del latte. Si rannicchiò attorno alla sorellina e pianse. Le sue lacrime bagnarono i capelli soffici e ricciuti di Katherine.

Quando la sorellina raggiunse lo stadio di sonno profondo dei neonati, quello in cui potrebbero ignorare l'esplosione più fragorosa, Tibby la riportò nella culla.

Ora erano le quattro. Tibby scese in cucina. Aprì lo sportello del freezer e recuperò il sacchetto di carta marrone che conteneva Mimì. Sentendosi come scesa da un altro pianeta, uscì di casa e andò fino al garage in pigiama e ciabatte. Arrotolò la parte superiore del sacchetto attorno al manubrio della bici, tenendolo stretto, e pedalò per alcuni chilometri fino al cimitero, con Mimì ibernata che dondolava sotto il suo polso.

Il terreno sopra la tomba di Bailey era ancora soffice. Tibby sollevò con cura di lato il tappetino d'erba e scavò nella terra con tutte e due le mani. Diede un bacio al sacchetto e posò Mimì nella buca. Poi la ricoprì e rimise a posto l'erba. Si sedette sul prato che copriva tutte e due. Guardò com'era bella la luna che calava già sull'orizzonte. Una parte di lei, una parte importante, voleva soltanto rimanere lì con loro. Avrebbe voluto acciambellarsi nella più minuta, più semplice esistenza possibile e lasciare che il mondo continuasse la sua corsa senza di lei.

Si distese. Si rannicchiò. Poi cambiò idea.

Lei era viva, loro erano morte. Lei doveva tentare di rendere grande la propria vita. Più grande che poteva. Promise a Bailey che avrebbe continuato a giocare.

Quando arrivò finalmente a Mulegé, Lena aveva ormai una percezione piuttosto confusa di tempo e spazio. Dovette prendere un secondo taxi per farsi portare al campeggio. Il sole era tramontato, ma l'aria era ancora calda e densa di salmastro. Era a migliaia di chilometri da Oia, ma respirava la stessa aria.

Lena sapeva che secondo i programmi Bridget avrebbe dovuto partire l'indomani e voleva essere lì in tempo per aiutarla a tornare a casa... qualsiasi cosa volesse dire. Trovò la direzione e chiese indicazioni per la baracca di Bridget.

Appena entrata nello stanzone in penombra, i suoi occhi riconobbero immediatamente l'amica: una testa gialla e un sacco a pelo scuro.

Bridget si alzò a sedere. Lena colse la sua espressione tragica. I suoi capelli da fiaba. «Ehi, Bee» disse, e corse ad abbracciarla.

Bridget stentò a capire cosa stava succedendo. Sbatté le palpebre, socchiuse gli occhi per mettere a fuoco Lena. Le cinse la schiena con un abbraccio, come se non fosse del tutto sicura di chi stava abbracciando.

«Come sei arrivata qui?» chiese attonita.

«Con un aereo.»

«Credevo che fossi in Grecia.»

«Lo ero. Ieri. Ho ricevuto la tua lettera» spiegò.

Bridget annuì. «Evidentemente sì.»

D'un tratto Lena si rese conto che decine di paia d'occhi le osservavano curiosi. «Vuoi che facciamo una passeggiata?»

Bridget scivolò fuori dal sacco a pelo. Fece strada verso la porta d'uscita con la sua maglietta fuori misura, a piedi nudi. Bee non si preoccupava mai troppo del proprio aspetto.

«Bello» disse Lena. «Ho guardato la stessa luna per tutta l'estate.»

«Non riesco a credere che tu abbia fatto tutta questa strada» disse Bridget. «Perché sei venuta?»

Lena infilò le dita dei piedi sotto la sabbia. «Volevo farti sapere che non sei sola.»

Gli occhi di Bridget erano enormi, luminosi nel suo viso.

«Ehi, guarda cosa ti ho portato» disse Lena, e sfilò dalla borsa i Pantaloni.

Bridget li strinse fra le braccia qualche istante prima di indossarli.

«Raccontami cosa è successo, ti va?» disse Lena, sedendosi sulla sabbia e attirando Bridget accanto a sé. «Dimmi tutto e troveremo insieme un modo per sistemare le cose.»

Bridget abbassò lo sguardo sui Pantaloni, grata di averli. Trasmettevano sostegno, trasmettevano amore, proprio come prometteva il giuramento che avevano fatto all'inizio dell'estate. Ma con Lena lì, proprio lì accanto a lei, quasi non aveva bisogno di loro. Bridget alzò gli occhi al cielo. «Forse hai già sistemato tutto.»

ANDREMO
DOVE NON SAPPIAMO.
NON ABBIAMO BISOGNO
NEPPURE DI PARLARE.

— BECK

EPILOGO

La tradizione richiedeva che la nostra annuale celebrazione a tarda notte Da Gilda cadesse nel giorno a metà tra i nostri compleanni: nove giorni dopo quello di Lena e nove prima del mio, due dopo quello di Bridget e due prima di quello di Tibby. I numeri mi danno sempre conforto. Interpreto le coincidenze come piccoli segnali del nostro destino. Così quel giorno sembrava che fosse stato Dio in persona a scriverlo nella mia agenda. La celebrazione quell'anno cadeva la notte prima che cominciasse la scuola: anche questa era una coincidenza significativa, anche se non necessariamente felice.

Come i salmoni che risalgono la corrente fino al minuscolo torrente dove sono stati generati, noi siamo tornate Da Gilda, luogo onorario della nascita di noi quattro e della nascita della Vera Amicizia.

Come al solito Tibby e Bee si sono date da fare per la torta, mentre io e Lena ci siamo occupate dell'atmosfera, portando musica e decorazioni. Per entrare, Bee è stata come sempre la nostra specialista dello scasso.

Di solito, gli altri anni, a quel punto dell'estate ci eravamo già consumate l'una sull'altra come ciottoli nel letto di un fiume. Per tre mesi avevamo vissuto in completa simbiosi, senza troppe sollecitazioni esterne. Le poche storie che avevamo vissuto erano già state considerate, analizzate, celebrate, maledette, bersagliate di battute: consunte fino a ridursi in sabbia.

Quella notte era diverso. Avevo la sensazione che ognuna di noi fosse separata e colma fino all'orlo delle proprie storie, perlopiù non condivise. Per certi versi mi spaventava avere un'estate di esperienze e di sensazioni che appartenevano solo a me. Quello che mi accadeva di fronte alle mie amiche aveva il sapore della realtà, quello che mi accadeva da sola aveva in parte il sapore del sogno, immaginato, deformato e avvolto dalle mie paure e dai miei bisogni. Ma chissà. Forse c'è più verità in quello che senti che in quello che succede.

I Pantaloni erano gli unici testimoni di tutte e quattro le nostre vite. Testimoni e documento insieme. Negli ultimi giorni li avevamo riempiti di scritte, raccontando un po' delle nostre storie con parole e disegni che spiccavano netti sull'umile stoffa.

Quella sera ho guardato le mie amiche, sedute su una coperta rossa, circondate dalle candele, al centro di una palestra squallida. Di solito il posto d'onore al centro era occupato dalla torta, ma quella sera era stata spinta di lato, come atto di riguardo per i Pantaloni. Due facce abbronzate e quella pallida di Tibby rispondevano al mio sguardo. I loro occhi erano tutti dello stesso colore, in quella luce. Tibby esibiva un sombrero arrivato dal Messico e la maglietta che le aveva dipinto Lena, con il porticciolo di Ammoudi. Lena aveva le scarpe che le aveva prestato Bridget e Bridget puntava i piedi nudi verso il centro della coperta, mettendo in mostra le unghie lucide del mio smalto preferito, turchese. Le ginocchia di Tibby e di Lena si toccavano. Ci stavamo di nuovo adattando l'una all'altra, stavamo condividendo un'altra volta le nostre vite.

Ma quella sera eravamo più taciturne. C'erano più affetto e meno battute del solito. Per certi versi eravamo ancora estranee l'una all'altra, mi sono detta, ma avevamo il conforto dei Pantaloni. I jeans avevano assorbito l'estate. Forse era meglio che non potessero parlare. Ci avrebbero permesso di ricordare più quello che avevamo provato e meno quello che era realmente accaduto. Ci avrebbero permesso di tenere tutto per noi e nello stesso tempo di condividerlo.

Non che non avessimo condiviso le nostre storie, almeno a grandi linee. Certo che l'avevamo fatto. Io avevo raccontato per filo e per segno com'era stato il matrimonio di Al. Sapevamo che Bee aveva combinato un pasticcio con Eric. Avevamo visto tutte Lena parlare di Kostos come non aveva mai parlato di un ragazzo. Sapevamo di Bailey e intuivamo la necessità di essere caute nel fare domande sull'argomento a Tibby. Ma c'erano milioni di piccole sfumature che non potevamo comunicare così facilmente.

Erano i dettagli più sottili, e capirli, o perlomeno intuire che non si riusciva a capirli, era ciò che distingueva le amiche qualunque dalle amiche vere, come eravamo noi.

Eppure, i Pantaloni ci promettevano che c'era tempo. Niente sarebbe andato perduto. Avevamo un anno intero, se ce ne fosse stato bisogno. Avevamo tutta la strada fino all'estate successiva: allora avremmo tirato fuori i Pantaloni e, insieme o separate, avremmo ricominciato da capo.

RINGRAZIAMENTI

Un grazie a Wendy Loggia, Beverly Horowitz, Leslie Morgenstein, Josh Bank, Russel Gordon, Lauren Monchik, Marci Senders e ovviamente a Jodi Anderson, la mia vera musa.

Vorrei ringraziare anche Jacob Collins, Jane Easton Brashares, William Brashares e ricordare con amore Sam, Nathaniel e il piccolo che nascerà tra breve.

Quattro amiche e un paio di jeans

La seconda estate

Traduzione di Bérénice Capatti

A mia madre,
Jane Easton Brashares,
con amore.

NIENTE È TROPPO BELLO
PER ESSERE VERO.

– MICHAEL FARADAY

PROLOGO

C'erano una volta quattro ragazze che condividevano un paio di pantaloni. Le ragazze avevano tutte taglie e forme diverse, eppure i pantaloni stavano bene a tutte e quattro.

Forse pensate che sia una leggenda di periferia. Ma io so che è vero perché sono una di loro, una delle Vere Amiche dei Pantaloni Viaggianti.

Abbiamo scoperto la loro magia l'estate scorsa, per puro caso. Stavamo per separarci per la prima volta in vita nostra. Carmen li aveva presi in un negozio dell'usato senza nemmeno darsi la pena di provarli. Stava per buttarli via, ma Tibby li ha scovati, per caso. Tibby li ha provati per prima; poi io, Lena; poi Bridget, poi Carmen.

Quando li ha provati Carmen abbiamo capito che stava succedendo qualcosa di straordinario. Se gli stessi pantaloni vanno bene – e dico proprio vanno bene – a tutt'e quattro, non sono normali. Non appartengono del tutto al mondo delle cose che puoi vedere e toccare. Mia sorella, Effie, dice che non credo nella magia, e forse non ci credevo, allora. Ma dopo la prima estate dei Pantaloni Viaggianti, sì, ho cominciato a crederci.

I Pantaloni Viaggianti non sono solo i jeans più belli che siano mai esistiti: sono gentili, confortanti, e saggi. E ti fanno anche sentire davvero bene.

Noi, Vere Amiche, eravamo amiche prima dei Pantaloni Viaggianti. Ci conosciamo da quando siamo nate. Le nostre madri seguivano tutte lo stesso corso di aerobica per donne incinte. Mi sembra che questo spieghi qualcosa di noi. Abbiamo in comune il fatto di essere state sballottate nella pancia della mamma, picchiando la testolina qua e là. Siamo tutte nate nell'arco di diciassette giorni. Avete presente la gente che dà grande importanza a quale gemello è nato tre minuti prima dell'altro? Come se fosse importante? Be', noi siamo così. Attribuiamo un grande significato al fatto che io sia la più grande – la più matura, la più materna – e Carmen la più piccola.

Le nostre madri hanno cominciato a frequentarsi. Avevamo appuntamento per giocare insieme almeno tre volte alla settimana, finché non siamo andate al nido. Le nostre madri chiacchieravano nel giardino, bevendo tè freddo e mangiando pomodori ciliegini. Noi giocavamo, giocavamo, giocavamo e ogni tanto litigavamo. A essere sincera, mi ricordo le amiche di mia madre quasi bene quanto la mia, in quel periodo.

Noi quattro, le figlie, ci raccontiamo i nostri ricordi qualche volta: guardiamo indietro a quel periodo come a un'età dell'oro. Piano piano, mentre crescevamo, l'amicizia delle nostre madri si è sfilacciata. Poi è morta la madre di Bee. È rimasto un vuoto immenso e nessuna di loro ha saputo come attraversarlo. O forse è solo che non ne hanno avuto il coraggio.

La parola "amiche" non sembra abbastanza ampia per descri-

vere quello che proviamo l'una per l'altra. Ci dimentichiamo dove comincia una di noi e dove finisce l'altra. Quando Tibby si siede vicino a me, al cinema, batte il tacco contro il mio polpaccio durante le parti divertenti o paurose. Di solito non me ne accorgo neppure finché il livido non si scurisce il giorno dopo. Nell'ora di storia, Carmen pizzica distrattamente la pelle morbida del mio gomito. Bee appoggia il mento sulla mia spalla quando cerco di farle vedere qualcosa al computer, e stringe i denti quando mi volto per spiegarle qualcosa. Ci calpestiamo spesso i piedi a vicenda. (E va bene, i miei piedi sono grandi.)

Prima dei Pantaloni Viaggianti non sapevamo come rimanere unite quando eravamo lontane. Non sentivamo ancora di essere più grandi e più forti e più importanti del tempo che passavamo insieme. Lo abbiamo imparato la prima estate.

Per tutto quest'anno abbiamo aspettato chiedendoci che cosa avrebbe portato la seconda estate. Abbiamo imparato a guidare. Abbiamo cercato di interessarci alla scuola e ai test di ammissione all'università. Effie si è innamorata (più volte) e io ho cercato di disinnamorarmi. Brian è diventato una presenza fissa a casa di Tibby. Carmen e Paul da fratelli acquisiti sono diventati amici. Tutte noi abbiamo puntato sguardi nervosi, affettuosi su Bee.

Mentre facevamo le nostre cose, i Pantaloni vivevano tranquilli in alto, nell'armadio di Carmen. Erano Pantaloni estivi, su questo eravamo tutte d'accordo. Le nostre vite sono sempre state scandite dalle estati. Del resto, con la regola del non lavaggio, non volevamo usarli troppo. Ma non c'è stato giorno d'autunno, d'inverno o di primavera in cui io non abbia pensato a loro, stipati nell'armadio di Carmen, lì a tenere in serbo la loro magia per quando ne avremmo avuto di nuovo bisogno.

L'estate è cominciata in modo diverso dalla prima. A parte Tibby, che avrebbe fatto un corso di cinema in un college della Virginia, pensavamo di rimanere a casa. Eravamo tutte eccitate all'idea di vedere come funzionavano i Pantaloni quando non viaggiavano.

Ma a Bee non è mai piaciuto rispettare i programmi. Quindi fin dall'inizio la nostra estate non è andata come ci aspettavamo.

OH, CHI PUÒ DIRE,
TRANNE COLUI
IL CUI CUORE HA PROVATO.

– LORD BYRON

Bridget era seduta sul pavimento della sua stanza col cuore che martellava. Sul tappeto c'erano quattro buste, tutte indirizzate a Bridget e Perry Vreeland, tutte con i timbri dell'Alabama. Erano di una donna di nome Greta Randolph, la madre di sua madre.

La prima lettera era di cinque anni prima, e li invitava a partecipare alla commemorazione di Marlene Randolph Vreeland nella chiesa metodista di Burgess, Alabama. La seconda era di quattro anni prima, e annunciava a Bridget e Perry che il loro nonno era morto. Dentro c'erano due assegni non incassati, ognuno del valore di cento dollari, e spiegava che i soldi erano un piccolo lascito voluto dal nonno. La terza era di due anni prima e comprendeva un albero genealogico delle famiglie Randolph e Marven. "Le vostre radici" aveva scritto Greta. La quarta lettera era di un anno prima, e invitava Bridget e Perry ad andare lì quando volevano.

Bridget non ne aveva vista né letta nessuna fino a quel giorno. Le aveva trovate nello studio di suo padre, riposte con il suo certificato di nascita, le pagelle e i referti medici, come se le appartenessero, come se gliele avesse date.

Le tremavano le mani quando entrò in camera di suo padre. Lui era appena tornato a casa, e, seduto sul letto, si toglieva le scarpe che usava al lavoro e le calze nere, come sempre. Quando era molto piccola, le piaceva farlo per lui, e a lui piaceva dire che era il suo momento preferito di tutta la giornata. Già allora si preoccupava che non ci fossero abbastanza momenti felici nelle giornate di suo padre.

«Perché non me le hai date?» urlò. Gli andò vicino abbastanza perché lui potesse vedere quello che teneva in mano. «Sono indirizzate a me e Perry!»

Suo padre la guardò come se la sentisse appena. Guardava sempre in quel modo, per quanto forte lei parlasse. Lui scosse la testa. Gli ci volle un po' di tempo per individuare quello che Bridget gli stava sventolando in faccia. «Non ci sono rapporti tra me e Greta. Le ho chiesto di non mettersi in contatto con voi» disse infine, come se fosse semplice e ovvio e neanche troppo importante.

«Ma sono mie!» gridò Bridget. Era una cosa importante. Era una cosa molto importante per lei.

Lui era stanco. Viveva sprofondato nel suo corpo. I messaggi impiegavano molto tempo a entrare e uscire da lì. «Sei minorenne. Io sono tuo padre.»

«E se io le avessi volute?» disse lei di rimando.

Lui studiò il viso arrabbiato della figlia.

Bridget non aveva voglia di aspettare la risposta, di lasciare che fosse lui a decidere il ritmo della conversazione. «Io ci vado!» gridò, senza nemmeno pensare a quello che stava dicendo. «Lei mi ha invitato e io ci vado.»

Lui si stropicciò gli occhi. «Vai in Alabama?»

Lei annnuì, con aria di sfida.

Lui finì con le calze e le scarpe. I suoi piedi sembravano piccoli. «Come farai?» le chiese.

«È estate. Ho un po' di soldi.»

Lui ci pensò. Non riuscì a trovare una ragione per la quale sua figlia non dovesse farlo. «Non mi piace e non mi fido di tua nonna» disse infine. «Ma non ti impedirò di andare.»

«Bene» disse lei, brusca.

Tornò in camera sua mentre la vecchia estate si dissolveva e la nuova spuntava intorno a lei. Sarebbe partita. L'idea di andare da qualche parte la faceva sentire bene.

«Indovina.»

A questa frase di Bee, ogni volta Lena si metteva a sedere dritta e ascoltava.

«Che cosa?»

«Vado via. Domani.»

«Vai via domani?» ripeté Lena in modo meccanico.

«In Alabama» disse Bee.

«Mi stai prendendo in giro.» Lena non disse altro. Quella era Bee, quindi non stava scherzando, lo sapeva.

«Vado a trovare mia nonna. Mi ha mandato delle lettere» spiegò Bee.

«Quando?» chiese Lena.

«Be'... a dire il vero... la prima è arrivata cinque anni fa.»

Lena era sbalordita di non aver saputo niente, prima.

«Le ho appena trovate. Mio padre non me le ha mai date.» Bee non sembrava arrabbiata. Lo diceva come un dato di fatto.

«Perché no?»

«Dà la colpa di tutto a Greta. Le ha detto di non mettersi in contatto con noi. Gli dava fastidio che lei ci provasse.»

Lena aveva così poca fiducia nel padre di Bee che non si stupì.

«Per quanto tempo rimarrai là?»

«Non so. Un mese. Magari due.» Si interruppe. «Ho chiesto a Perry se voleva venire con me. Ha letto le lettere, ma ha detto di no.»

Lena non trovò strano neppure questo. Perry era stato un bambino dolce, ma crescendo era diventato un adolescente solitario.

Lena si allarmò per questo cambio di programma. Avrebbero dovuto trovare dei lavoretti. Avrebbero dovuto stare insieme tutta l'estate. Ma al tempo stesso si sentiva stranamente confortata dall'impulsività di Bridget. Era una cosa che la vecchia Bee avrebbe fatto.

«Mi mancherai.» La voce di Lena tremò appena. Aveva una strana voglia di piangere. Era naturale che Bee le mancasse. Ma in genere Lena registrava che una cosa era triste prima di sentirla. Questa volta l'ordine era invertito. E ciò la colse di sorpresa.

«Lenny, anche tu mi mancherai» disse Bee in fretta, tenera, spaventata quanto Lena dall'improvvisa emozione nella voce dell'amica.

Bee era cambiata così tanto quell'ultimo anno, ma alcune cose erano rimaste uguali. Molte persone, anche Lena, si ritraevano quando sentivano avvicinarsi un'emozione fuori dal loro controllo. Bee andava avanti diritta a incontrare quell'emozione. Subito. Era una cosa che a Lena piaceva.

Tibby sarebbe partita il giorno dopo, e non aveva ancora finito la valigia né fatto la spesa per la spedizione Da Gilda, che si ripeteva due volte all'anno. Stava facendo la valigia in fretta quando Bridget arrivò.

Bridget si sedette sul cassettone di Tibby e la guardò rovesciare a terra l'intero contenuto della sua scrivania. Non riusciva a trovare il cavo della stampante.

«Prova nella cabina armadio» suggerì Bridget.

«Lì non c'è» rispose Tibby, scontrosa. Non riusciva ad aprire l'armadio perché era stipato di cose che non poteva tenere né buttare (come la gabbia del suo vecchio porcellino d'India).

Tibby temeva che se avesse aperto la porta, anche solo uno spiraglio, l'intera montagna sarebbe caduta e lei sarebbe morta sepolta.

«Scommetto che l'ha preso Nicky» borbottò Tibby. Nicky era il suo fratellino di tre anni. Prendeva la sua roba e la rompeva, di solito un attimo prima che lei ne avesse bisogno.

Bee non disse niente. Era silenziosissima. Tibby si voltò a guardarla. Se qualcuno non avesse visto Bee per un anno, forse non l'avrebbe riconosciuta, lì seduta. Non era bionda e non era magra e non era agile. Aveva cercato di tingersi i capelli molto scuri, ma il colore copriva a stento il famoso biondo che lottava per riemergere. Bee di solito era così magra e muscolosa che i sette chili che aveva preso durante l'inverno e la primavera le gravavano, pesanti

e appariscenti, sulle braccia e le gambe, e sul busto. Sembrava quasi che il suo corpo non volesse incorporare i chili in più. Li lasciava star lì, in superficie, sperando che se ne andassero via presto. Tibby non poté fare a meno di pensare che la mente di Bee e il corpo di Bee volevano due cose diverse.

«Forse l'ho persa» disse Bee in tono solenne.

«Perso chi?» chiese Tibby, alzando lo sguardo dalla confusione a terra.

«Me stessa.» Bee batté un tacco contro un cassetto chiuso.

Tibby si bloccò. Distolse l'attenzione dalla sua confusione. Indietreggiò con passo cauto fino al letto e si sedette, tenendo d'occhio Bee. Quello era un umore raro. Mese dopo mese, con delicatezza, Carmen aveva cercato di strappare a Bee qualche confidenza, ma non ci era riuscita. Lena era stata materna e affettuosa, ma Bee non aveva voluto parlare. Tibby sapeva che quel momento era importante.

Anche se Tibby era la meno propensa delle quattro al contatto fisico, avrebbe desiderato che Bee fosse seduta accanto a lei. E così intuì che Bee stava seduta sul cassettone per una ragione precisa. Non voleva stare seduta in un posto basso e soffice che le fosse di facile conforto. Sapeva anche che Bee aveva scelto Tibby per quella conversazione perché, proprio così come le voleva bene, l'avrebbe ascoltata senza giudicarla.

«Cosa intendi dire?»

«Penso alla persona che ero, e mi sembra così lontana. Camminava veloce, io cammino lenta. Stava in piedi fino a tardi e si alzava presto, io dormo. Sento che se si allontana ancora un po', non sarò più in contatto con lei in nessun modo.»

Il desiderio di Tibby di avvicinarsi a Bee era così forte che dovette stringere i gomiti contro le gambe per rimanere ferma. Le braccia di Bee stringevano il suo corpo, la contenevano.

«Tu vuoi rimanere... in contatto con lei?» Le parole di Tibby erano lente e calme, e sembravano farsi strada fino a Bridget una per volta. Bee aveva fatto ogni sforzo possibile per cambiare, quell'anno. Nel suo intimo Tibby credeva di saperne il motivo. Bee non riusciva a superare i suoi problemi, quindi aveva trovato un modo per proteggersi, come se fosse un testimone in pericolo. Tibby sapeva che cosa volesse dire perdere qualcuno che si ama. E sapeva anche quanto forte può essere la tentazione di liberarsi di quella parte triste e rovinata di sé, come un maglione che non ci va più bene.

«Se voglio?» Bee soppesò le parole. Alcune persone (come Tibby, per esempio) tendevano ad ascoltare in maniera distante, riparata. Bee era l'opposto.

«Credo di sì.» Le lacrime le riempirono gli occhi, unendo le ciglia bionde in piccoli triangoli. Tibby sentì che anche i suoi occhi erano gonfi di lacrime.

«Allora devi trovarla» disse Tibby, e la gola le faceva male.

Bee tese un braccio in avanti e lo lasciò così, con il palmo rivolto al soffitto. Tibby si alzò senza pensare e le prese la mano. Bee posò la testa sulla spalla di Tibby. Tibby sentì la morbidezza dei suoi capelli e l'umido dei suoi occhi sulla spalla.

«È per questo che vado» disse Bee.

Più tardi, dopo aver salutato Bee, Tibby si interrogò su di sé. Lei non era distruttiva quanto Bee. La sua situazione non era mai stata così drammatica. Era scivolata via piano, furtiva, lontano dai propri fantasmi.

Nel tardo pomeriggio Carmen se ne stava sdraiata sul suo letto, felice. Era appena tornata da casa di Tibby, dove erano arrivate anche Bee e Lena. Si sarebbero riunite di nuovo quella sera per la seconda cerimonia dei Pantaloni, Da Gilda. Carmen aveva pensato che si sarebbe sentita triste, visto che non andava da nessuna parte. Ma spesso trovava gli addii più semplici di quanto si aspettasse. Si prese cura di tutti i suoi timori in anticipo. E comunque, vedere Bee l'aveva resa felice. Bee aveva preso una decisione, e Carmen ne era contenta. A Carmen sarebbe mancata tantissimo, ma qualcosa dentro Bee era cambiato in meglio.

L'estate non sembrava così brutta, vista da lì. Avevano tirato a sorte con le cannucce per stabilire il percorso dei Pantaloni, e Carmen li avrebbe avuti per prima. Aveva i Pantaloni e un appuntamento la sera dopo con uno dei ragazzi più carini della classe. Era il fato, o no? Doveva per forza significare qualcosa.

Per tutto l'inverno aveva cercato di immaginare ciò che i Pantaloni le avrebbero portato quell'estate, e ora, nella coincidenza dell'appuntamento e dei Pantaloni vedeva il grande indizio nel quale aveva sperato. Quell'estate sarebbero stati i Pantaloni dell'Amore. Carmen si mise a sedere quando sentì un trillo familiare venire dal computer. Era un messaggio di Bee.

Beezy3: Faccio valigie. Hai tu la mia calza viola con il cuore sulla caviglia?

Carmabelle: No. Come se mi mettessi le tue calze.

Carmen portò lo sguardo dal computer ai suoi piedi. Con suo sgomento, vide che le calze erano di due viola leggermente diversi. Ruotò il piede per dare uno sguardo alla caviglia.

Carmabelle: Ehm. Potrei avere la calza.

La porta del Centro di Aerobica Gilda, nella parte nord di Bethesda, aveva una serratura che si scassinava come niente. Ma quando arrivarono in cima alle scale, l'odore di vecchio sudore era così intenso che Carmen si chiese perché avessero scelto di starsene lì, dandosi la pena di forzare la serratura per entrare.

Si misero all'opera con una sensazione di grandiosità. Era già tardi. Bee doveva prendere il pullman per l'Alabama alle cinque e mezzo del mattino, e Tibby nel pomeriggio sarebbe partita per il college di Williamston.

Seguendo la tradizione, Lena preparò le candele e Tibby tirò fuori i vermicelli di gomma alla frutta, i salatini al formaggio schiacciati, le bottiglie di succo. Bridget sistemò lo stereo, ma non lo accese.

Gli occhi di tutte erano rivolti alla borsa che Carmen teneva tra le braccia. Avevano tutte scritto sui Pantaloni e li avevano messi via con una cerimonia, in settembre, dopo il compleanno di Carmen, l'ultima delle quattro. Nessuna di loro li aveva più visti da allora.

Si fece silenzio quando Carmen aprì la borsa. Lei cercò di prolungare il momento, orgogliosa di essere quella che aveva trovato i Pantaloni, anche se, certo, era anche quella che li aveva quasi buttati via. Lasciò cadere la borsa a terra mentre i Pantaloni si dispiegavano lentamente, richiamando nell'aria i ricordi, come in un vortice.

In un silenzio pieno di reverenza, Carmen stese i Pantaloni sul pavimento e le ragazze si disposero in cerchio intorno. Lena aprì il Manifesto e lo adagiò sopra di loro. Tutte sapevano le regole. Non avevano bisogno di guardarle. Avevano già tracciato uno schema del percorso dei Pantaloni, e la logistica era molto più semplice, quell'estate.

Si presero per mano.

«Ecco qui» mormorò Carmen. La magia di quel momento le avvolgeva. Ricordò il voto dell'estate prima. Lo ricordarono tutte. Lo pronunciarono insieme:

«Per onorare i Pantaloni e la Vera Amicizia
e in questo momento e in questa estate
e per il resto della vita
insieme e separate.»

Era mezzanotte, la fine dello stare insieme e, per un altro verso, il suo inizio.

NULLA È COME
RITORNARE IN UN POSTO
RIMASTO IMMUTATO
PER CAPIRE I MODI
COI QUALI ABBIAMO CAMBIATO
NOI STESSI.

– NELSON MANDELA

Benché la città di Burgess, Alabama, 12.042 abitanti, occupasse molto spazio nella mente di Bridget, non richiamava granché l'attenzione come fermata sulla linea Triangle. Bridget dormì quasi fino a lì. Per fortuna, quando il conducente annunciò la sosta, si risvegliò di soprassalto e balzò a recuperare i bagagli, in equilibrio precario. Si precipitò fuori dal pullman così in fretta che dimenticò la giacca impermeabile piegata sotto il sedile.

Camminò fino in centro, notando le belle linee dritte tra le pietre dei marciapiedi. La maggior parte dei solchi che si vedeva di solito nei marciapiedi erano false giunture pressate nel cemento umido, ma questi erano veri. Bee metteva i piedi su ogni fenditura calcando, come se fosse una sfida, mentre sentiva il sole batterle sulla schiena e un impeto di energia nel petto. Finalmente faceva qualcosa. Non sapeva bene che cosa, ma l'azione le si addiceva più che un'inerte attesa.

Nel suo breve sopralluogo del centro scoprì due chiese, un ferramenta, una farmacia, una lavanderia automatica, una gelateria con alcuni tavolini fuori, e quello che sembrava un palazzo di giustizia. Più in là, in Market Street, scorse un bed-and-breakfast pittoresco, che sembrava troppo costoso, e voltato l'angolo, in Royal Street, un edificio vittoriano meno pittoresco con un cartello rosso usurato dal tempo che diceva "Royal Street Arms" e sotto "Camere in affitto".

Salì i gradini e suonò il campanello. Venne ad aprire una donna snella sulla cinquantina.

Bridget indicò il cartello. «Ho visto il cartello, sto cercando una camera in affitto per un paio di settimane.» O un paio di mesi.

La donna annuì e studiò Bridget con attenzione. Era casa sua, a quanto Bridget poteva capire. Era grande ed era anche stata sontuosa in passato, ma, come la padrona, aveva conosciuto tempi duri.

Si presentarono e la signora, Mrs. Bennett, mostrò a Bridget una camera al secondo piano, lato strada. Era ammobiliata in modo semplice, ma era grande e luminosa. Aveva un ventilatore da soffitto, una piastra elettrica, e un frigobar.

«Questa ha il bagno in condivisione e costa settantacinque dollari a settimana» spiegò.

«La prendo» disse Bridget. Avrebbe dovuto rimediare alla questione della carta d'identità lasciando in deposito una somma astronomica, ma si era portata quattrocentocinquanta dollari in contanti, e sperava di trovare presto un lavoro.

Mrs. Bennett elencò le regole della casa, e Bridget pagò.

Pensò alla velocità e alla semplicità dell'operazione mentre portava le valigie in camera. Era a Burgess da meno di un'ora, ed era sistemata. La vita itinerante era più facile di quanto si dicesse.

Non c'era un telefono in camera, ma c'era un telefono a pagamento nel corridoio. Bridget lo usò per chiamare a casa. Lasciò un messaggio per il suo papà e per Perry dicendo che era arrivata bene.

Tirò la cordicella per avviare il ventilatore da soffitto e si sdraiò sul letto. Si trovò a battere i talloni contro la struttura bianca di ferro, pensando al momento in cui si sarebbe presentata a Greta. Aveva cercato di immaginare quel momento così tante volte, ma non ci riusciva. Non ci riusciva proprio. E non le piaceva. La cosa che voleva da Greta, qualunque fosse questa cosa innominabile, sarebbe stata soffocata nel primo doveroso abbraccio. Erano estranee, eppure avevano un fardello così pesante in comune. Per quanto Bee fosse coraggiosa, aveva paura di quella donna e di tutte le cose che sapeva. Bee voleva saperle e non voleva saperle. Voleva scoprirle a modo suo.

Bee sentì una vecchia, familiare scarica di energia nelle braccia.

Si alzò dal letto. Si guardò allo specchio. A volte si può vedere qualcosa di nuovo in un nuovo specchio.

Al primo sguardo vide la solita devastazione. Era cominciata quando aveva lasciato il calcio. No, in realtà era cominciata prima, alla fine dell'estate prima. Si era innamorata di un ragazzo più grande. Si era innamorata più di quanto avesse voluto e con lui si era spinta troppo in là. Il trucco che Bee usava era muoversi sempre, muoversi a passo tanto veloce da risultare inebriante ma anche incauto. Dopo l'ultima estate si era fermata per un po', e le cose dolorose – vecchie cose che credeva dimenticate – l'avevano raggiunta. A novembre aveva lasciato il calcio, proprio mentre gli allenatori dei college, a caccia di nuovi talenti, le ronzavano attorno. A Natale il mondo aveva celebrato la nascita e Bee aveva ricordato la morte. Aveva nascosto i capelli sotto uno spesso strato di tintura castano scuro. A febbraio dormiva fino a tardi e guardava la tv, trasformando con decisione sacchetti di ciambelle e scatole di cereali in massa corporea. La sola cosa che l'aveva tenuta nel mondo era l'attenzione costante di Carmen, Lena, e Tibby. Loro erano decise a non lasciarla andare, e lei voleva loro bene proprio per questo.

Ma quando si guardò più a lungo in quello specchio, Bridget vide qualcosa di diverso. Vide protezione. Aveva una coperta di grasso sul corpo. Aveva uno strato di colore sui capelli. Aveva la copertura di una menzogna, se voleva.

Non sembrava affatto Bee Vreeland. Chi diceva che doveva esserlo?

«È come un'anteprima, no?» disse la mamma di Tibby eccitata mentre il suo papà dirigeva il furgoncino nel parcheggio dietro Lowbridge Hall. Probabilmente a Tibby non avrebbe dato tanto fastidio se fosse stata la prima volta che sua madre lo diceva.

Quanto era eccitata di mandare Tibby al college? Doveva proprio essere così esplicita? Così Alice avrebbe potuto godersi la sua giovane famiglia fotogenica senza l'imbarazzante adolescente che strisciava sullo sfondo.

Sarebbe dovuto essere così: la figlia felice di andar via da casa e i genitori tristi. Invece Tibby si sentiva triste. La felicità di sua madre la costringeva a invertire i ruoli. Potremmo essere felici tutt'e due, pensò Tibby per un attimo, ma lo spirito di contraddizione che c'era in lei bocciò la proposta. Con cautela, Tibby ripose il suo nuovo iBook nella custodia. Era un regalo di compleanno anticipato dei suoi genitori, un altro esempio del fatto che volevano comprarla. Sulle prime Tibby si era sentita vagamente in colpa per tutta quella roba: la tv, la linea telefonica separata, l'iMac, la videocamera digitale. Poi si era resa conto che poteva scegliere di essere solo ignorata, oppure di essere ignorata possedendo un mucchio di apparecchi elettronici ricercati.

Il campus di Williamston era un classico scorcio di vita da college. C'erano i vialetti lastricati, l'erba rigogliosa, gli alloggi per gli studenti coperti di edera. L'unica cosa poco convincente erano gli studenti con gli occhi sgranati che giravano nell'atrio. Erano come comparse lasciate libere sul set di un film molto realistico. Andavano ancora a scuola, e lì avevano l'aria di imbroglioni, proprio come si sentiva Tibby. Le ricordò i tempi in cui Nicky andava in giro per la casa con lo zaino sulle spalle.

Su un foglio appeso vicino all'ascensore c'era un elenco con l'assegnazione delle stanze. Tibby lo scorse, ansiosa. Una singola. Per piacere, fa' che sia una singola. Eccola. Stanza 6B4. Pareva che non ci abitasse nessun altro, nella stanza 6B4. Premette il pulsante dell'ascensore. Le cose stavano migliorando.

«Tra poco più di un anno saremo di nuovo qui. Riesci a crederci?» chiese sua madre.

«Incredibile» disse suo padre.

«Sì» disse Tibby, levando gli occhi al soffitto. Perché erano

tanto sicuri che sarebbe andata all'università? Che cosa avrebbero detto se fosse rimasta a casa e fosse andata a lavorare da Wallman's? Una volta Duncan Howe le aveva detto che avrebbe potuto diventare vicedirettore in qualche anno se avesse smesso di essere scostante e avesse fatto sparire l'orecchino al naso. La porta della stanza 6B4 era aperta, e una chiave era appesa a una puntina, sulla bacheca. Sulla scrivania c'erano un mucchio di carte che le davano il benvenuto e spiegavano un sacco di cose. C'era un letto singolo e un cassettone di legno molto rovinato. Il pavimento era di linoleum marrone a chiazze bianco sporco.

«È... fantastico» dichiarò sua madre. «Guarda la vista.»

Durante i cinque anni di lavoro da agente immobiliare, sua madre aveva imparato l'arte del diversivo. Quando non c'è assolutamente niente di attraente nella stanza, punta alla finestra.

Suo padre depose le valigie sul letto.

«Buongiorno.»

Si voltarono tutti e tre.

«Tu sei Tabitha?»

«Tibby» corresse Tibby. La ragazza indossava una felpa di Williamston. I capelli castani le si arricciavano all'attaccatura, sfuggendo alla coda di cavallo. Era pallida e aveva tantissimi nei. Tibby contò i nei.

«Sono Vanessa» disse, agitando il braccio in un ampio segno di saluto. «Sono la A.R. Sta per Assistente ai Residenti. Sono qui per aiutarti. La tua chiave è lì.» Tese un dito. «Il tuo cappellino da baseball è lì.» Tibby sobbalzò vedendo il cappellino che dondolava spensierato sull'angolo del comodino. «Il materiale per l'orientamento è sulla scrivania e le istruzioni del telefono sono sul comodino. Fammi sapere se posso esserti utile.»

Disse tutto in modo precipitoso, mezzo imparato a memoria, come una cameriera che ha da elencare un mucchio di piatti del giorno.

«Grazie, Vanessa» disse suo padre. Dopo il suo quarantesimo compleanno, aveva cominciato a ripetere spesso i nomi delle persone.

«Fantastico» disse sua madre. In quell'istante si sentì il suo cellulare. Invece di squillare, suonò il *Minuetto in Sol* di Mozart. Tibby era imbarazzata ogni volta che lo sentiva. Era l'ultimo brano di musica che Tibby si era sforzata di suonare, prima che il suo insegnante di pianoforte gettasse la spugna, quando aveva dieci anni. Questo non aiutava.

«Oh, no» disse sua madre dopo aver ascoltato per un attimo. Gemette e guardò l'orologio. «In piscina?... Oddio... Va bene.» Guardò il padre di Tibby. «Nicky si è sentito male durante l'ora di nuoto.»

«Povero piccolo» disse suo padre.

Vanessa sembrava presa in trappola, a disagio. Nicky che si sentiva male in piscina probabilmente non era previsto nel manuale.

«Grazie» disse Tibby a Vanessa, sottraendosi alla conversazione dei suoi genitori. «Ti cercherò se, insomma, se ho bisogno di qualcosa.»

Vanessa annuì.

«D'accordo. Stanza 6C1.» Alzò il pollice sopra la spalla. «Laggiù in fondo al corridoio.»

«D'accordo» disse Tibby, guardandola scappare via. Quando si voltò di nuovo verso i genitori, la stavano guardando. Avevano quello sguardo.

«Tesoro, Loretta deve portare Katherine alla lezione di musica all'una. Devo correre indietro per...» Esitò un attimo. «Sto cercando di pensare... Che cosa ha mangiato a colazione...?» Poi si ricordò che stava deludendo Tibby. «Ad ogni modo, dovremo rimandare il pranzo. Mi dispiace.»

«Va bene» Tibby non aveva nemmeno avuto voglia di pranzare con loro finché non avevano disdetto.

Suo papà si voltò verso di lei e l'abbracciò. Tibby restituì l'abbraccio. Le veniva ancora istintivo. Lui la baciò sulla testa. «Divertiti tanto, stellina. Ci mancherai.»

«Sì» disse lei, senza credergli.

Alice si fermò sulla soglia e si voltò indietro. «Tibby» disse, aprendo le braccia come se fosse stata tanto soprappensiero da dimenticarsi quasi di salutarla.

Tibby si avvicinò e l'abbracciò. Per un istante si lasciò andare contro il corpo di sua madre. «Ci vediamo» disse, raddrizzandosi.

«Ti chiamo questa sera per sapere se ti sei sistemata» promise Alice.

«Non c'è bisogno. Starò bene.» disse Tibby in modo goffo. Lo disse per proteggersi. Se sua madre avesse dimenticato di chiamarla, cosa che poteva succedere, entrambe avrebbero avuto una scusa.

«Ti voglio bene» disse sua madre uscendo.

Sì, sì, avrebbe voluto dire Tibby. Per i genitori basta dirlo ai figli qualche volta ogni settimana per sentirsi buoni. Non costava nulla e dava loro così tanti punti.

Prese le istruzioni della rete telefonica del campus. Vi si chinò sopra, studiandole con attenzione in modo da scacciare la tristezza.

A pagina undici, terzo paragrafo, Tibby scoprì di avere una casella di posta vocale, con una password personale. Aveva cinque messaggi nella casella. Li ascoltò, e sorrise a sentire le voci. Uno era di Brian. Uno era di Lena. Due erano di Carmen. Tibby si lasciò sfuggire una risatina. Anche Bee aveva lasciato un messaggio tutto pieno di scricchiolii da una cabina telefonica.

Bene, il sangue era più denso dell'acqua. Ma l'amicizia, e questo colpì Tibby, era più densa di entrambi.

«Tesoro, voglio solo fermarmi qui un istante.»

La mamma di Lena l'aveva reclutata per stare seduta in macchina mentre andava a prendere una ricetta dal medico, in modo da non dover parcheggiare. Ma com'era inevitabile, seguirono altre commissioni. Era quello il modo in cui sua mamma le concedeva del tempo per stare insieme: con il sotterfugio e l'inganno. Lena avrebbe rifiutato senza esitare, ma non aveva ancora un lavoro che sostenesse la sua autostima.

Lena alzò i folti capelli dal collo sudato. Faceva troppo caldo per i tettucci apribili. Faceva troppo caldo per i parcheggi. Faceva troppo caldo per le madri.

«Bene.» Lì c'era Basia, una boutique piena di donne come sua madre. «Vuoi che aspetti qui, così non devi parcheggiare?» chiese Lena davanti al negozio, mentre sua madre si affrettava a schioccarle un bacio.

«Certo che no» rispose sua mamma con leggerezza, sempre sorda al tono ironico di Lena.

Lena aveva sentito così tanto la mancanza di Kostos durante l'anno che aveva preso l'abitudine di far finta che lui fosse presente. Era un suo piccolo gioco. E in qualche modo, la sua presenza immaginaria le dava un punto di vista esterno sul suo valore come persona. Ora lo immaginava seduto sul sedile posteriore dell'auto, a sentire Lena che agiva come un'ingrata.

È odiosa, immaginò che Kostos pensasse sudando sul sedile di pelle scura.

No, sono odiosa solo con mia madre, Lena immaginò di difendersi.

«Ci mettiamo un minuto» promise sua madre.

Lena annuì, coraggiosa, per Kostos.

«Voglio comprare qualcosa per il brunch di maturità di Martha.» Martha era la figlioccia di sua cugina. O la cugina della sua figlioccia. O l'una o l'altra.

«Va bene.» Lena seguì sua madre fuori dalla macchina.

Il negozio era freddo come in febbraio. Era un vantaggio. Sua madre andò dritto verso gli scaffali dei vestiti beige. Dal primo prese un paio di pantaloni di lino beige e una camicia beige. «Carini, no?» disse, mostrandoli a Lena.

Lena alzò le spalle. Erano così insignificanti che gli occhi le si appannarono. Quando la sua mamma andava a fare acquisti comprava sempre cose esattamente uguali a tutte quelle che aveva già. Lena origliò la conversazione con la commessa. I termini che usava sua madre per indicare i vestiti la fecero sobbalzare. «Pantaloni... camicia... crema... écru... taupe.» L'accento greco la rendeva ancora più ridicola. Lena si precipitò verso l'entrata del negozio. Se Effie fosse stata lì, avrebbe provato dei vestiti a fiori nel camerino vicino a quello di sua madre, tutta contenta.

Lena guardò gli occhiali da sole e i fermagli per capelli sul banco. Gettò uno sguardo alla vetrina. "ASSEMMOC ISACREC" diceva il cartello sulla porta. Sua madre finalmente decise di rinunciare ai beige in favore di una "adorabile blusa guscio d'uovo" e una "adorabile gonna color avena". Diede il tocco finale con una grande spilla che Lena non avrebbe messo nemmeno per scherzo. Quando finalmente se ne stavano andando, sua madre si fermò e strinse l'avambraccio di Lena.

«Tesoro, guarda.»

Lena annuì davanti al cartello. «Eh, sì.»

«Andiamo a chiedere.»

La fece tornare dentro. «Ho visto il cartello sulla porta. Il mio nome è Ari, e questa è mia figlia Lena.» Il vero nome di Mrs. Kaligaris era Ariadne, ma nessuno la chiamava così tranne sua madre.

«Mamma» sussurrò Lena a denti stretti.

Grazie ai duecento dollari appena incassati, la commessa si presentò come Alison Duffers, responsabile del negozio, e ascoltò la parlantina di Mrs. Kaligaris con entusiasmo.

«Questo lavoro potrebbe essere perfetto, non credi?» concluse Ari tutta eccitata.

«Be'...» cominciò Lena.

«Lena» la interruppe sua madre, voltandosi verso di lei, «pensa agli sconti!»

«Uh... mamma?»

Mrs. Kaligaris chiacchierava, amichevole, raccogliendo un sacco di informazioni utili, come l'orario (da lunedì a sabato, dalle dieci alle sei), la paga (per cominciare sei dollari e settantacinque centesimi all'ora più il sette per cento di provvigioni), e il fatto che avrebbe dovuto compilare alcuni documenti di lavoro e fornire la sua tessera di previdenza sociale.

«Fantastico, allora.» Mrs. Duffers sorrideva, raggiante. «Sei assunta.»

«Ehi, mamma» disse Lena mentre andavano all'auto. Non poteva fare a meno di sorridere suo malgrado.

«Sì?»

«Credo che *ti* abbiano appena assunta.»

Camen si stava infilando i Pantaloni Viaggianti per il viaggio inaugurale della seconda estate quando squillò il telefono.

«Indovina?» Era la voce di Lena.

Carmen abbassò la musica.

«Cosa?»

«Sai quel posto, Basia?»

«Basia?»

«Sai, in Arlington Boulevard?»

«Oh, credo che mia mamma ci vada ogni tanto.»

«Sì. Be', ho trovato lavoro lì.»

«Davvero?» disse Carmen.

«Be', veramente è mia mamma che ha trovato lavoro lì. Ma mi presenterò io.»

Carmen rise. «Non ho mai immaginato che tu potessi avere un futuro nel campo della moda.» Si esaminò allo specchio.

«Grazie mille.»

«Ehi, credi davvero che io mi debba mettere i Pantaloni questa sera?» chiese Carmen, in cerca di conferme.

«Ovvio. Ti stanno a meraviglia. Perché no?»

Carmen si voltò per vedersi dietro. «E se Porter pensa che queste scritte sono assurde?»

«Se non apprezza i Pantaloni, allora saprai che non va bene per te» disse Lena.

«E se mi chiede qualcosa di loro?» chiese Carmen.

«Allora sei fortunata. Non sarai a corto di argomenti.»

Carmen riusciva quasi a sentire Lena sorridere al telefono. Una volta, in ottava, Carmen era tanto preoccupata di rimanere a corto di cose da dire al telefono con Guy Marshall che aveva scritto una lista di argomenti su un foglietto rosa. Avrebbe preferito non averlo mai detto a nessuno.

«Vado a prendere la macchina fotografica» annunciò la madre quando Carmen entrò in cucina qualche minuto dopo. Stava togliendo i piatti puliti dalla lavastoviglie.

Carmen distolse lo sguardo dalla pellicina intorno all'unghia del pollice. «Fallo solo se vuoi che mi suicidi. O che commetta un omicidio. O matricidio, penso che lo chiamino così.» Riprese a tirare la pellicina del pollice senza pietà.

Christina rise, facendo tintinnare il cestello delle posate. «E perché non posso fare una foto?»

«Vuoi che il ragazzo con cui esco scappi urlando da casa nostra?» Carmen abbassò costernata le sopracciglia doloranti appena assottigliate. «È solo uno stupido appuntamento. Non è il ballo di fine d'anno o qualcosa del genere.»

L'indifferenza di Carmen era contraddetta dal fatto che aveva passato quasi tutto il giorno con Lena a fare manicure, pedicure, ceretta, trattamenti alla faccia e ai capelli. In realtà Lena aveva perso interesse dopo la pedicure e aveva passato il resto del tempo a leggere *Jane Eyre* sul letto di Carmen.

La madre di Carmen la guardò, paziente, e offrì il suo sorriso da madre-martire-di-una-adolescente. «Lo so, Lena, ma, stupido o meno, questo è il tuo primo appuntamento.»

Carmen rivolse uno sguardo terrorizzato a sua madre. «Se lo dici quando Porter è qui...»

«Va bene, d'accordo!» Christina alzò la mano. Rise di nuovo.

Ad ogni modo non era il suo primo appuntamento, si confortò Carmen, risentita. Solo che non aveva mai affrontato una di quelle uscite stile anni Cinquanta in cui il ragazzo ti viene a prendere a casa e tua madre ti fa sentire mortificata. Secondo l'austero orologio della cucina erano le otto e sedici. Era una faccenda complicata. L'appuntamento era alle otto. Se Porter fosse venuto prima delle otto e un quarto, sarebbe parso troppo entusiasta. Gli avrebbe dato una forte connotazione di ragazzo senza personalità. D'altra parte, se fosse venuto dopo le otto e venticinque, voleva dire che Carmen non gli piaceva poi così tanto.

Le otto e sedici inaugurava il periodo ufficiale di grazia. Nove minuti da calcolare. Corse in camera a prendere il suo orologio da polso. Si rifiutava di continuare a essere vittima del diabolico orologio della cucina. Con i suoi grandi numeri neri, le tacche inconfondibili dei minuti e una grossa, inesorabile lancetta dei secondi, era l'orologio più impietoso della casa. Quando lo guardava, era sempre in ritardo per la scuola e non rispettava mai il permesso di mezzanotte. Si fece un appunto mentale di regalare a sua madre un orologio per sostituirlo, al suo compleanno. Uno di quegli orologi eleganti senza numeri né segni di nessun tipo. Un orologio come quello le avrebbe dato una tregua ogni tanto.

Il telefono squillò non appena tornò in cucina. La sua mente corse. Era Porter. Disdiceva l'appuntamento. Era Tibby. Le diceva di non mettere le ciabattine di plastica che fanno sudare i piedi.

Fissò il display dell'apparecchio per sapere chi chiamava, aspettando di veder comparire il suo destino... Era lo studio legale per il quale lavorava Christina. Bleah.

«È il Persecutore» disse Carmen irritata, senza rispondere.

Christina sospirò e le passò davanti in fretta. «Non chiamarlo il Persecutore, Carmen.»

Christina esibì la sua faccia leggermente tesa da ufficio e sollevò il ricevitore. «Pronto.»

Carmen era già stanca della conversazione di sua madre, e non avevano ancora iniziato a parlare. Mr. Brattle era il capo di Christina. Aveva un anello con lo stemma di famiglia al dito e usava spesso la parola "mission". Chiamava sempre per grandi emergenze, tipo quando non riusciva a trovare l'intestazione della carta da lettere.

«Oh... sì. certo. Ciao.» La faccia di sua madre si distese. Le sue guance erano rosa. «Scusa. Credevo che fossi... no.» Christina ridacchiò.

Non poteva essere Mr. Brattle. Mr. Brattle non aveva mai detto niente in vita sua che facesse ridacchiare qualcuno, nemmeno per sbaglio. Mah. Carmen stava riflettendo su quel mistero quando si sentì il clacson di sotto. Senza volerlo, i suoi occhi corsero al diabolico orologio da parete. Per una volta la notizia non era brutta. Otto e ventuno. Molto buona, a dire il vero. Premette il pulsante per aprire il portone. Non voleva sottoporre Porter al trauma del citofono.

«Ciao» gli disse, dopo aver aspettato un discreto numero di secondi prima di andare ad aprire. Cercò di sembrare una che ha appena finito di scartavetrare una credenza anziché starlo ad aspettare.

Lo stato dei capelli di lui (morbidi, lunghezza media), l'aspetto del suo viso (sveglio, interessato) non erano cambiati, ora che stava in piedi in casa sua e non più accanto al suo armadietto nel corridoio della scuola. Non scopriva un'immagine più intima di lui.

Porter portava una camicia grigia abbottonata al collo e dei bei jeans. Voleva dire che lei gli piaceva di più che se avesse messo solo una maglietta.

«Ehi» disse, seguendola all'interno. «Stai benissimo.»

«Grazie» disse Carmen. Scosse un po' i capelli. Che fosse vero o no, era la cosa giusta da dire.

«Sei pronta?» chiese, allegro.

«Sì. Prendo la borsa al volo.»

Andò in camera sua e prese la borsa turchese che stava appollaiata sul letto. Uscendo si aspettò che sua madre le piombasse addosso. Stranamente, Christina era ancora al telefono in cucina.

«Bene. Fatto tutto» disse Carmen. Si mise la borsa sulla spalla e si fermò, esitante, vicino alla porta. La mamma avrebbe davvero perso quell'occasione unica di metterla in imbarazzo?

«Ciao, mamma» gridò.

Carmen voleva uscire in fretta, ma non poté fare a meno di voltarsi per controllare. Sua madre era comparsa sulla soglia della cucina, con il telefono all'orecchio, e salutava con gesti entusiastici. "Divertitevi" scandì con le labbra, senza emettere un suono.

Molto strano.

Percorsero lo stretto corridoio fianco a fianco. «Ho parcheggiato qui davanti» la informò Porter. Stava guardando i Pantaloni. Inarcò un poco le sopracciglia. Li stava ammirando.

No, lo confondevano.

Era possibile che lei non riuscisse a distinguere la confusione dall'ammirazione? Forse non era un buon segno.

HO PASSATO UNA SERATA
DAVVERO STUPENDA,
MA NON QUESTA.

– GROUCHO MARX

Bee avrebbe ordinato un grosso piatto di spaghetti. Non le importava di avere fili di pasta che le pendevano dalla bocca come tentacoli. Bee non si atteneva alla lista di cibi accettabili per gli appuntamenti.

Lena sì. Avrebbe ordinato qualcosa di pulito. Un'insalata, forse. Una bella insalata.

Tibby avrebbe ordinato qualcosa di provocante, come una piovra. Avrebbe sfidato il ragazzo con la piovra, ma non avrebbe

ordinato qualcosa destinato a finirle tra i denti provocando grande fastidio.

«Petto di pollo al salto» disse Carmen al cameriere coperto di lentiggini scure, fingendo di non accorgersi che era uno studente del secondo anno della classe di ceramica di Tibby. Il pollo era sicuro e noioso. Era stata sul punto di ordinare una *quesadilla*, ma si era resa conto che avrebbe potuto avere conseguenze etniche spiacevoli. Per il momento era ostaggio della paura che Porter ordinasse qualcosa di Tex-Mex per farla sentire a casa.

«Prenderò un hamburger. Cottura media.» Restituì il menu. «Grazie.»

Molto pragmatico e maschile. Probabilmente le avrebbe dato fastidio se avesse ordinato una cosa da ragazza e di moda, come un involtino. Lei strinse il tovagliolo tra le mani e gli sorrise. Era molto carino. Era alto. Sembrava particolarmente alto, lì seduto davanti a lei. Hmm. Voleva dire che aveva le gambe corte? Carmen aveva una paura irrazionale delle gambe corte, siccome sospettava che le sue lo fossero. Lasciò vagare i pensieri. E se si fosse innamorata di lui e si fossero poi sposati e avessero avuto dei figli con le gambe molto, molto corte?

«Vuoi un'altra Coca Diet?» chiese lui con gentilezza.

Lei scosse la testa. «No, grazie.»

Se avesse bevuto un'altra Coca Diet avrebbe dovuto andare subito in bagno e gli avrebbe dato modo di notare le sue gambe corte.

«Allora... hai pensato a quale università andrai?»

La domanda rimase sospesa e Carmen avrebbe voluto risucchiarla subito. Era il genere di domanda che sua madre gli avrebbe fatto se non fosse stata al telefono quando era arrivato. Non si chiedono cose del genere a un compagno di sofferenze. Il guaio era che avevano già esaurito tutti gli argomenti tipo quanti-fratelli-hai ancora prima di ordinare.

Gabriella, la cugina mondana di Carmen, le aveva detto che si poteva giudicare il successo di un appuntamento da quanto durava. Forse rimanere a corto di cose da dire prima di aver ordinato era un brutto segno.

Carmen diede un'occhiata all'orologio. I suoi occhi si gelarono. Oh, oh. Era scortese? Alzò lo sguardo in fretta.

Porter non sembrava offeso. «Probabilmente andrò nel Maryland» rispose.

Carmen annuì, mostrando grande interesse.

«E tu?»

Bene. Così altre tre frasi erano garantite.

«Williams, come prima scelta. Ma è piuttosto difficile entrarci.»

«Grande università» disse Porter.

«Yeah» concordò lei. Sua nonna odiava quando diceva "yeah" o "ok" o "uh-uh" al posto di un semplice sì.

Porter annuì.

«Ci è andato mio padre» disse lei, incapace di trattenere una nota di orgoglio nella voce.

Sapeva di inserire dettagli come quello un po' troppo spesso nei suoi discorsi. Quando non si ha un vero padre vicino, si tende ad affidarsi ai fatti.

Proprio in quel momento Kate Barnett entrò nel ristorante insieme a Judd Orenstein, con la gonna più corta che Carmen avesse mai visto. Era di cotone, con un bordo verde acido. Praticamente il bordo era la gonna.

Carmen avrebbe voluto ridere. Molto. Ma guardando Porter, in qualche modo dubitò che volesse ridere con lei. Carmen strinse gli occhi per non mettersi a ridere e scattò un'istantanea mentale da condividere con Tibby più tardi.

Uscire con un ragazzo era bello. Uscire con un ragazzo andava bene. Ma se avesse detto "Kate Barnett ha preso in prestito la gonna della sua sorellina di quattro anni", il ragazzo avrebbe pensato che era pettegola e probabilmente anche cattiva.

Capì che il problema della persona con cui era uscita era che si trattava di un ragazzo. Non sapeva molto dei ragazzi. Il suo cast quotidiano consisteva in sua madre, Bee, Tibby e Lena. Oltre a loro c'erano sua zia, sua cugina e sua nonna. In passato era andata in giro con il fratello di Bee, Perry, ma quando erano bambini, quindi non contava proprio. C'era Paul. Ma Paul era diverso. Paul era solido e responsabile come un uomo di quarant'anni. Era su un gradino più alto.

La verità era che Carmen amava l'idea dei ragazzi. Le piaceva il loro aspetto, il loro profumo, la loro maniera di ridere. Aveva letto abbastanza riviste da conoscere le regole e le complicazioni degli appuntamenti. Ma quando le capitava, cenare con un ragazzo era come cenare con un pinguino. Di che cosa doveva parlare?

Caro Kostos,

Come stai? Come sta il tuo Bapi? Come va la squadra di calcio?

Indovina un po'? Ho trovato un lavoro. In un negozio di vestiti a un chilometro e mezzo da casa. Mi pagano $6.75 all'ora più le provvigioni. Non male, eh?

Effie fa la cameriera da Olive Vine, te l'ho detto? Li ha stregati usando tutte e sette le parole greche che conosce (la maggior parte c'entrano con i ragazzi). Ieri sera l'ho sentita che ripeteva sotto la doccia la serenata di compleanno di Olive Vine.

Saluta gli anziani da parte mia.

Da febbraio, quando aveva rotto con Kostos, Lena aveva scritto lettere brevi, leggere, amichevoli, una volta al mese, più o meno. Non sapeva perché gli scriveva ancora, in realtà. Forse è tipico delle ragazze il fatto di voler rimanere amiche degli ex per evitare che vadano in giro a spargere brutte voci. (Non che pensasse davvero che Kostos lo avrebbe fatto.) O forse era perché non ti dimenticassero del tutto.

Le sue vecchie lettere erano diverse: frequenti e tormentate. Scriveva prima a matita, e poi con la penna. Teneva il foglio quasi infilato sotto il mento in modo che potesse assorbire un poco di lei. La metteva nella busta ma non la sigillava per qualche ora. La sigillava ma non la affrancava per un giorno. Esitava sempre davanti alla buca delle lettere, indugiando prima di aprire lo sportello, indugiando prima di chiuderlo, come se il futuro fosse incerto.

Lena aveva pensato che siccome avevano rotto avrebbe smesso di pensare a lui e di sentire così tanto la sua mancanza. Aveva pensato che sarebbe stata libera. Ma non era proprio così.

Avrebbe forse potuto essere così per Kostos, paradossalmente. Sembrava che avesse smesso di pensare a lei e di sentire la sua mancanza. (Cosa che andava bene.) Non le scriveva una lettera da mesi.

Lena esaminò la carta, in basso, chiedendosi come firmare.

Se non avesse temuto di amare Kostos, avrebbe scritto "Baci, Lena" senza problemi. Scriveva "Baci" alla fine di biglietti e lettere a gente che non aveva nessuna voglia di baciare. Firmava biglietti di ringraziamento alla zia Estelle (l'irritante ex moglie di suo zio) con "Baci Lena". A pensarci, c'era una terribile inflazione di baci nelle lettere. Era facile scrivere "Baci" quando la parola non aveva nessun significato.

Amava ancora Kostos?

Come diceva Tibby, dai a Lena la scelta tra A e B e sceglierà sempre C.

Lo amava?

A: No.

B: Sì.

C: Be', forse, considerato che pensava un sacco a lui. Ma forse era solo stata attrazione l'estate prima. Come si distingue l'attrazione dall'amore? E come poteva pensare di amare uno che conosceva appena e non aveva visto per quasi nove mesi e molto probabilmente non avrebbe più rivisto?

In quelle ultime ore a Santorini, Lena aveva certo creduto di amarlo. Ma quale pazza avrebbe basato la sua vita su un pugno di ore? E comunque, sapeva fare di meglio che credere al suo ricordo colmo di desiderio. Man mano che i mesi passavano, il Kostos che ricordava doveva essere sempre più lontano dal Kostos reale.

Si rappresentò i due Kostos come fossero il filmino sulla mitosi che aveva visto a biologia quand'era in nona. Il film cominciava con una cellula che si propagava e si espandeva, allungandosi e smembrandosi finché – *hop* – due cellule. E più tempo queste due cellule passavano separate (una andava via e contribuiva a formare il cervello, e l'altra andava via e contribuiva a formare il cuore, per esempio) più erano diverse...

Sì, la sua risposta era un clamoroso C.

Lena finì la lettera con "Ciao", la piegò con cura e la infilò nella busta.

Mentre attraversava l'androne con Porter, Carmen ripassò i punti salienti della serata in modo da poter rispondere al milione di domande che sua madre le avrebbe di sicuro fatto.

«Ciao» disse piano, mentre apriva la porta.

Eccola, Carmen Lucille, sedici anni-quasi diciassette, in casa sua al buio con un ragazzo. Si aspettava che sua madre sbucasse a passi felpati da dietro l'angolo, tutta preoccupata di sorprenderli a baciarsi.

Carmen attese. Che cosa succedeva? Sua madre si era di nuovo addormentata di fronte alle repliche di *Friends*?

«Mamma?» Carmen guardò l'orologio. Erano le undici passate.

«Siediti» disse a Porter indicando il divano. «Arrivo subito.»

Controllò la stanza di sua madre. Con sua grande sorpresa, non c'era. Carmen stava cominciando ad avere un po' di paura quando accese la luce della cucina. Sua madre non era lì, ma in mezzo al tavolo c'era un messaggio.

Carmen,

sono fuori a cena con un collega. Spero che passerai una serata meravigliosa.

Mamma

Collega? Meravigliosa? Sua madre si era per caso scambiata con un'altra? Christina non diceva meraviglioso. Non aveva amici tra i colleghi di lavoro.

Sbalordita, Carmen tornò in soggiorno. «Non c'è nessuno qui» disse, senza pensare alle possibili implicazioni finché non guardò Porter.

Non sembrava davvero intenzionato, ma probabilmente si stava chiedendo che cosa volesse dire. Dopotutto, l'aveva invitato a salire.

Sua madre le aveva lasciato l'appartamento la sera della sua prima vera uscita ufficiale? Come mai?

Carmen poteva far andare Porter dritto in camera sua e andare fino in fondo, se lo avesse desiderato. Sì, certo che poteva. Guardò Porter: i suoi capelli erano un po' incollati dietro, le suole delle sue scarpe da ginnastica erano stranamente larghe e piatte. Guardò la propria camera attraverso la porta aperta. La faceva sentire un po' a disagio pensare che Porter potesse vedere il suo letto da dove era seduto sul divano. Hmm. Se un ragazzo che vedeva il suo letto la metteva in imbarazzo, probabilmente era il segno che non era pronta per andarci con lui.

«Senti» disse lei. «Devo alzarmi presto per andare in chiesa domani mattina.»

Sbadigliò per impressionarlo. Cominciò per finta, ma a metà lo sbadiglio diventò reale.

Porter si alzò in fretta. La combinazione chiesa più sbadiglio funzionò. «Va bene. È meglio che vada.»

Sembrava un po' deluso. No, forse sembrava sollevato. Possibile che lei non sapesse riconoscere la differenza tra deluso e sollevato? Forse lei non gli piaceva. Forse era contento di andarsene. Forse pensava che i Pantaloni decorati sulle sue gambe corte erano la cosa più strana che avesse mai visto.

Porter aveva un naso molto, molto bello, se ne rese conto quando venne verso di lei. Stava in piedi vicino a lei ed era un po' curvo in avanti mentre erano insieme sulla porta. «Grazie, Carmen. Mi sono divertito molto.» La baciò sulle labbra. Fu un bacio veloce, ma non di delusione o di sollievo. Bello.

Si è divertito molto? si chiese lei, meditando davanti alla porta chiusa. O diceva così per dire? L'idea di divertimento di lui era diversa dalla sua idea di divertimento?

A volte Carmen si stupiva della quantità di pensieri che le riempiva la testa. Anche le altre persone pensavano così tanto?

In realtà, il successo della serata dipendeva tutto dalle aspettative, e Carmen possedeva un'abilità singolare nell'accatastare le sue, su fino al cielo.

Si voltò a guardare l'appartamento vuoto. Dove diavolo era Christina? Che cosa passava per la testa di sua madre? Come faceva Carmen a trasformare un'esperienza appena vissuta in una bella storia, senza sua madre a cui raccontarla? Che cosa le succedeva?

Andò in cucina e si sedette irrequieta al piccolo tavolo di formica. Quando i suoi genitori erano ancora insieme, avevano vissuto in una casetta con un giardino. Ma poi lei e sua madre erano venute a stare in quell'appartamento.

Sua madre era convinta che non si potesse avere un prato senza un uomo per tosarlo. La finestra della cucina guardava tre finestre di altre cucine. L'area compresa tra di loro era quello che gli agenti immobiliari chiamano cortile ma che la gente normale chiama buco. Da tanto tempo Carmen aveva preso l'abitudine di non mettersi le dita nel naso o fare cose del genere quando era seduta in cucina.

Non era giusto. Non poteva andare a dormire così. Quella serata chiedeva con insistenza di essere raccontata. Non poteva chiamare Bee in Alabama. Provò la stanza di Tibby al college, e le parve di chiamare un altro universo, un universo futuro. Lasciò squillare il telefono a lungo. In quell'universo futuro, a quanto pareva, non si stava accanto al telefono alle undici e mezzo. Esitò

a chiamare Lena a quell'ora, temendo di svegliare suo padre e con lui il suo malumore, ma lo fece lo stesso.

Si fece forza durante due lunghi squilli.

«Pronto?» Era il sussurro di Lena.

«Ciao.»

«Ciao.» Lena sembrava assonnata. «Ciao ciao. Come è andata la serata?»

«È stata… bella» scandì Carmen.

«Bene» disse Lena. «Quindi… quindi ti piace?»

«Ti piace?» Carmen lo ripeté come se la domanda non fosse del tutto pertinente. Aveva pensato molte cose nel corso della serata, ma a quello non aveva proprio pensato.

«Le sue gambe ti sembrano corte?» chiese Carmen.

«Cosa? No. Di cosa stai parlando?»

«Le mie gambe ti sembrano corte?» Era la domanda più delicata.

«Carma, no.»

Carmen rimase in silenzio per un minuto, pensosa. «Lena, sei mai rimasta a corto di cose da dire con Kostos?»

Lena rise.

«No. Avevo il problema di non essere capace di tacere. Ma siamo stati insieme solo alla fine dell'estate, dopo che erano successe un sacco di cose pazze.»

Di solito Carmen parlava con Lena liberamente, come se stesse parlando a se stessa, ma per qualche ragione si sentì imbarazzata nell'ammettere che la sua famosa lingua si era tutta attorcigliata in presenza di un ragazzo vero. Si lanciò invece in una lunga disquisizione sui dove e i perché di sua madre.

Lena rimase in silenzio tanto a lungo che Carmen sospettò si fosse addormentata. «Len? Len? Allora, che cosa ne pensi?»

Lena sbadigliò.

«Penso che è bello che tua mamma sia fuori a divertirsi. Dovresti andare a letto.»

«Va bene» disse Carmen, secca. «Si capisce chi ha bisogno di andare a letto.»

Più tardi, Carmen non riusciva ancora ad addormentarsi, quindi scrisse una e-mail a Paul. Paul era così poco generoso di parole che scrivergli era in qualche modo come scrivere a nessuno, ma lo faceva comunque spesso.

Poi decise di mandare una e-mail a Tibby. Cominciò descrivendo Porter. Aveva intenzione di dire qualcosa sul colore dei suoi occhi, ma quando si fermò e cercò di ricordare gli occhi di Porter, si rese conto che non li aveva proprio guardati.

SULL'ALTRA MANO,
HAI DITA DIVERSE.

– JACK HANDEY

«Tomko-Rollins, Tabitha.» Tibby sobbalzò. Silenzio. Le sarebbe piaciuto poter cambiare il suo certificato di nascita. E le pagelle scolastiche e la tessera di previdenza sociale.

«È, ehm, solo Rollins. Tibby Rollins» disse all'insegnante di sceneggiatura, Mrs. Bagley.

«Tomko che cos'è?»

«Il mio... secondo nome.»

Mrs. Bagley controllò la lista di nuovo. «Allora Anastasia che cos'è?»

Tibby sprofondò sulla seggiola. «Un errore di stampa.» Sentì ridere intorno.

«D'accordo. Tibby, hai detto? Bene. Tibby Rollins.» Mrs. Bagley scrisse un appunto sulla lista. Quando i suoi genitori erano hippy e comunisti e femministi e tutto il resto, sua madre aveva deriso le donne che cambiavano il loro nome quando si sposavano. Allora lei era Alice Tomko, e aveva appioppato a Tibby non solo il nome ma anche il trattino. Tredici anni dopo, quando era arrivato Nicky, sua madre aveva abbandonato il nome Tomko. «Rende tutto così complicato» aveva mormorato, mentre diventava Alice Rollins. Finse che Tomko non esistesse più neppure per Tibby. Ma il certificato di nascita non mentiva. Ci volle un momento prima che Tibby riprendesse abbastanza dignità da spingere lo sguardo sopra il banco e guardare l'aula intorno.

Riconobbe una ragazza del sesto piano, due posti dopo di lei. Alcuni ragazzi che aveva incontrato alla cena e alla festa di orientamento la sera prima. Molti di loro avevano sguardi famelici. Avevano bisogno di farsi in fretta degli amici; non importava quali.

C'erano due ragazzi che non avevano lo sguardo affamato. Uno era molto carino. I suoi capelli erano scompigliati, lunghi davanti, fino agli occhi; sembrava che si fosse appena alzato.

Era abbandonato sulla sedia, con le lunghe gambe che si protendevano sul pavimento. L'altra era la ragazza vicino a lui. Aveva i capelli corti da folletto, neri con riflessi rossi, e occhiali sfumati rosa senza montatura. La sua maglietta sembrava una taglia XXL.

Era evidente che si conoscevano da prima. Sophie, la ragazza della 6B3, aveva già invitato Tibby per pranzo quel giorno. Le sue compagne di corso, Jess e un'altra con il nome che cominciava anche lei con la J e che dormiva da qualche parte nel 6D, avrebbero voluto andare in giro con Tibby quella sera. Ma Tibby voleva evitare tutti i ragazzi disperati e senza amici come lei.

Guardò Faccia-da-sonno e Occhiali-rosa. Occhiali-rosa sussurrò qualcosa a Faccia-da-sonno e lui rise. Sembrava un po' sofferente. Scivolò ancora più giù sulla sedia. Le orecchie di Tibby le prudevano dal desiderio di sapere che cosa aveva detto la ragazza.

Tibby voleva quei due, che non avevano bisogno di farsi nuovi amici.

«Bene, ragazzi.» Finalmente Mrs. Bagley aveva finito l'appello.

«Facciamo un piccolo gioco per iniziare a conoscerci e a imparare i nomi degli altri.»

Occhiali-rosa alzò un sopracciglio verso l'amico e scivolò in giù per raggiungerlo. Anche Tibby si abbassò un po'.

«Pronti? Ecco come funziona. Dite il vostro nome e due delle vostre cose preferite che cominciano con l'iniziale del vostro nome. Comincio io.» Mrs. Bagley guardò il soffitto per un istante. Era sui trent'anni, suppose Tibby. Le sue sopracciglia scure si allungavano verso il centro, sopra il naso, alla Frida Kahlo. Per una qualche ragione, Tibby sospettò che volesse dire che non era sposata.

«Caroline. Ehm, cozze e... Caravaggio.»

Tibby guardò Occhiali-rosa che mormorava all'amico qualcos'altro mentre Shawna diceva a tutti che le piacevano il shish kebab e Shaquille O'Neal. Occhiali-rosa guardò in su, stupita, quando si rese conto che toccava a lei. Era chiaro che non aveva ascoltato niente di quello che gli altri dicevano.

«Oh, uh... il mio nome è Maura e... devo dire due cose che preferisco?» chiese.

Bagley annuì.

«Ok, uh, Milk shake e, um... sonoro.»

Qualcuno ridacchiò. Tibby scosse la testa. Se Maura avesse solo detto musica, come tutte le persone normali avrebbe risposto giusto. Faccia-da-sonno si chiamava Alex, e gli piacevano la squadra di rugby degli Ardvarks e l'ananas. La sua "a" era vagamente aspirata. Tibby aveva il sospetto che volesse prendere in giro sia l'insegnante che Maura. Ma aveva una bella voce, un po' roca, e rivolse a Maura un bellissimo mezzo sorriso.

Voglio uno di loro, pensò Tibby.

Alex non aveva le calze nelle Puma. Tibby si chiese se i suoi piedi puzzavano.

Toccava a lei. «Mi chiamo Tibby» disse. «Cosa mi piace? Torte e... tappi.» Tibby non sapeva che cosa le fosse venuto in mente. Rispondere così. Si voltò piano di quarantacinque gradi e vide Alex che la guardava da sotto i capelli. Le sorrise.

Lo sapeva, che cosa le aveva preso. O almeno, chi.

Bridget percorse il vialetto che portava alla casa di mattoni a due piani, moltiplicando i passi per metterci più tempo. C'erano piccoli formicai da una parte. L'erba sbucava trionfante dall'asfalto
in molti punti. Lo zerbino diceva "Casa è dove lasci il cuore" a caratteri cubitali decorati con fiori rosa e gialli. Bridget ricordava quello zerbino, e ricordava anche il battiporta di ottone a forma di colomba. O piccione. Forse era un piccione.

Picchiò alla porta un po' più forte di quanto avrebbe voluto. Aveva bisogno di continuare a muoversi. Dai, dai, borbottò tra sé. Sentì dei passi. Scosse le mani perché il sangue continuasse a fluire.

Ci siamo, pensò Bridget mentre la maniglia girava e la porta si apriva.

Eccola.

La vecchia signora era dell'età giusta per essere Greta, ma Bridget non riuscì a riconoscerla.

«Buongiorno» disse la donna, socchiudendo gli occhi nella luce abbagliante.

«Buongiorno» disse Bridget. Tese la mano. «Mi chiamo Gilda, e sono in città da un paio di giorni. Lei è Greta Randolph, per caso?»

La vecchia signora annuì. Bene, era lei.

«Vuoi entrare?» le disse. Sembrava un po' sospettosa.

«Sì, grazie.»

Bridget la seguì sulla moquette bianca, sbalordita dall'odore della casa. Era particolare ma indefinibile... o forse era familiare. Trattenne il respiro per un momento.

La donna la invitò a sedere sul divano scozzese del soggiorno. «Ti posso offrire un bicchiere di tè freddo?»

«No, per ora no. Grazie.»

La donna annuì e sedette sul bracciolo della poltrona di fronte a lei. Bridget non sapeva bene quello che cercava, ma certo non questo. Greta Randolph era sovrappeso, e il grasso era distribuito in maniera sgraziata nella parte alta del corpo. Aveva capelli grigi, corti e ricci di permanente, e i denti gialli. I suoi vestiti sembravano comprati al Wal-Mart.

«In che cosa posso esserti utile?» chiese studiando Bridget, probabilmente per assicurarsi che non si portasse via nessuno dei ninnoli di cristallo sulla libreria.

«Ho sentito dai suoi vicini che potrebbe aver bisogno di un po' di aiuto in casa; sa, lavoretti. Sto cercando lavoro» spiegò Bridget.

La bugia le venne senza sforzo.

Greta sembrò confusa. «Quali vicini?»

Bridget indicò verso destra, a caso. Mentire le sembrava più semplice di quanto molti dicessero. Cosa fondamentale, perché i bugiardi agivano grazie all'onestà degli altri. Se tutti avessero mentito, non sarebbe stato così semplice.

«Gli Armstrong?»

Bridget annuì.

La donna scosse la testa, preoccupata a quel pensiero. «Be', abbiamo tutti bisogno di un piccolo aiuto, no?»

«Certo» disse Bridget.

Greta rifletté un momento. «C'è una cosa che avevo in mente.»

«Di cosa si tratta?»

«Mi piacerebbe ripulire la mansarda, poi forse renderla abitabile e affittarla in autunno. Potrei usare i soldi che ho da parte.»

Bridget annuì. «Posso aiutarla.»

«Ti avverto che c'è un sacco di spazzatura lassù. Scatoloni di roba vecchia. I miei figli hanno lasciato tutta la loro roba in questa casa.»

Bridget si ritrasse. Non aveva immaginato che ci sarebbe arrivata tanto in fretta, anche indirettamente. In realtà, mentre era seduta, aveva quasi dimenticato di avere un legame con quella donna.

«Mi dica cosa bisogna fare e io lo faccio.»

Greta annuì. Scrutò la faccia di Bridget a lungo. «Non sei di queste parti?»

Bridget agitò gli alluci dentro le scarpe da tennis. «No, sono solo qui per, ehm, le vacanze estive.»

«Fai le scuole superiori?»

«Sì.»

«E la tua famiglia?»

«Sono...» Erano risposte che Bridget avrebbe dovuto preparare tempo prima. «Sono in viaggio. Volevo lavorare per guadagnare un po' di soldi. Per l'università, l'anno prossimo.»

Si alzò e si sgranchì le gambe, sperando così di evitare le domande conseguenti. Guardò oltre il corridoio la veranda sul retro, mentre con la memoria andava al grande albero di sanguinello rosa nel giardino, con i rami bassi, su cui era facile arrampicarsi.

Si voltò a guardare il camino. Una fotografia incorniciata di lei e Perry a sei anni ricambiò il suo sguardo. Trattenne il respiro. Forse non era un'idea poi così buona. Si sedette di nuovo.

Greta distolse lo sguardo da Bridget e consultò le sue nocche nodose per un momento.

«Bene. Ti pagherò cinque dollari all'ora. Come ti sembra?»

Bridget cercò di trattenere una smorfia. Forse quella paga era normale a Burgess, Alabama, ma a Washington non si cuoceva neppure un hamburger, per quella cifra. «Ah, va bene.»

«Quando puoi cominciare?»

«Dopodomani.»

«Bene.»

Si alzò e Bridget la seguì fino alla porta d'ingresso. «Grazie tante, Mrs. Randolph.»

«Chiamami Greta.»

«D'accordo, Greta.»

«Ci vediamo dopodomani alle... otto, va bene?»

«Va... bene. Arrivederci.» Bridget mugugnò tra sé. Faceva molta fatica ad alzarsi la mattina.

«Come hai detto che è il tuo cognome?»

«Oh. È... Tomko.» C'era un nome smarrito che poteva avere

una nuova proprietaria, anche temporanea. Del resto, le piaceva pensare a Tibby.

«Quanti anni hai, se non ti dispiace dirmelo?»

«Quasi diciassette» disse Bridget.

Greta annuì. «Ho una nipote della tua età. Compierà diciassette anni in settembre.»

Bridget si ritrasse. «Davvero?» Le tremava la voce.

«Vive a Washington, D.C. Ci sei mai stata?»

Bridget scosse il capo.

Era facile mentire agli sconosciuti. Era più difficile quando sapevano la data del tuo compleanno.

«E di dove sei?»

«Norfolk.» Bridget non sapeva perché Norfolk.

«Hai fatto tanta strada.»

Bridget annuì.

«Bene, è stato un piacere conoscerti, Gilda» disse la donna che era sua nonna.

«Il ristorante era davvero fantastico. Pensavo che saremmo andati in un posto qui vicino, invece aveva prenotato da Josephine. Ci credi? Avevo paura di non essere abbastanza elegante, ma mi ha detto che ero perfetta. Queste sono state le sue esatte parole. "Sei perfetta." Ci credi? Ci ho messo un'infinità di tempo a decidere cosa ordinare in modo da non finire con la salsa *béarnaise* sulla camicia o con l'insalata tra i denti.»

Christina rise così forte che sembrava nessuno si fosse mai trovato in quell'impiccio prima di lei.

Carmen abbassò lo sguardo sulla sua cialda integrale. Le quattro conche in mezzo erano colme di sciroppo, mentre il resto era asciutto. Le cose che sua madre le stava dicendo erano cose che avrebbe dovuto dire Carmen. Carmen non le stava dicendo perché le stava dicendo sua madre: parlava, parlava, e non la smetteva.

Christina spalancò gli occhi in modo teatrale. «Carmen, avresti dovuto assaggiare il dolce. Era da morire. Si chiama *tarte tatin*.»

L'accento francese superentusiasta, insieme all'accento di Portorico che affiorava sempre più marcato, rese Carmen incapace di arrabbiarsi con sua madre quanto avrebbe voluto.

«Mmm» disse Carmen senza entusiasmo.

«Lui è stato così dolce. Così galante. Mi ha aperto la portiera dell'auto. Quando mi è successo l'ultima volta?» Christina la guardò come se si aspettasse davvero una risposta da lei.

Carmen alzò le spalle. «Mai?»

«Si è laureato all'Università di Stanford. L'ho già detto?» Carmen annuì. Christina aveva l'aria così pateticamente orgogliosa che Carmen non poté fare a meno di pensare con vergogna al suo orgoglio la sera prima, quando aveva detto che suo padre era andato alla Williams.

Carmen prese la bottiglia di sciroppo e lo versò con attenzione, cercando di riempire ogni singola conchetta della cialda. «Come hai detto che si chiama?»

«David.» Christina parve assaporarne il gusto anche più di quello della *tarte tatin*.

«Quanti anni hai detto che ha?»

Christina si sgonfiò un poco. «Ha trentaquattro anni. Sono solo quattro anni di differenza, però.»

«Quasi cinque» disse Carmen. Era una cosa meschina da dire, camuffata da cosa vera. Sua madre ne avrebbe compiuti trentanove dopo meno di un mese. «Ma sembra molto carino» aggiunse per rimediare.

Era ciò di cui sua madre aveva bisogno. «Lo è. Lo è davvero.» E continuò lo sproloquio su quanto quello là era gentile, insieme ad altre due cialde. Di come le aveva portato il caffè qualche volta in ufficio e l'aveva aiutata quando il computer si era bloccato.

«È socio da tre anni» disse Christina, per informazione, come se a Carmen interessasse qualcosa. «Non ha fatto studi di giurisprudenza subito dopo la scuola. Ha lavorato per un giornale a Memphis. Credo che sia questo a renderlo così interessante.» Christina disse l'ultima parola come se meritasse di essere usata quella volta soltanto. Carmen si versò un bicchiere di latte. Non beveva un bicchiere di latte da quando aveva all'incirca tredici anni. Si chiese, con una sorta di curiosità scientifica, per quanto tempo sua madre avrebbe continuato a parlare se lei non avesse detto niente.

«È sempre stato così amichevole e gentile, ma non avrei mai immaginato che avrebbe voluto uscire con me. Mai!» Christina fece più volte il giro della piccola stanza. Le scarpe che metteva sempre per andare in chiesa ticchettavano sul linoleum color pesca.

«So che forse non è una buona idea uscire con qualcuno dell'ufficio, ma d'altra parte non lavoriamo nello stesso settore e neppure sullo stesso piano.» Agitò il braccio, mostrando di approvare l'idea di una storia d'amore al lavoro prima ancora di avere finito di respingerla a parole.

«Voglio dire, ieri sera, vedendoti andare via, mi sono sentita così vecchia e sola. Ho pensato a come sarà senza di te l'anno prossimo. E poi, ecco! Un tempismo eccezionale, divino, direi.»

Carmen si trattenne dal far notare che forse Dio aveva cose più importanti a cui pensare.

«Non dovrei correre troppo. E se non succede niente? E se non sta cercando una vera relazione? E se sta su un pianeta diverso dal mio?»

Prima di tutto, Carmen odiava quando sua madre usava la parola "pianeta" come un grande metafisico. Secondo, da quando sua madre era alla ricerca di una relazione? Non usciva con un uomo da quando Carmen faceva la quarta. Non rispondere non serviva a niente. Nemmeno andare in bagno arginò il flusso di parole di sua madre. Carmen si chiese se uscendo di casa sarebbe riuscita a farla smettere. Alla fine consultò l'orologio sulla parete. Non era mai dalla sua parte. Per la prima volta nella storia di Christina-Carmen, non erano in ritardo per la messa. «Dovremmo andare» suggerì lo stesso Carmen. Sua madre annuì e la seguì con aria cameratesca fuori dalla cucina, parlando per tutto il tempo. Non s'interruppe finché non entrarono nel parcheggio della chiesa.

«Dimmi, Nena» chiese Christina mentre infilava le chiavi dell'auto nella borsa e si dirigeva con Carmen verso la chiesa. «Come è andata la tua serata?»

Lenny,

so che sei solo qualche isolato più in là e che ti passerò i Pantaloni tra circa cinque minuti (va bene, dieci) quando verrò a prenderti al lavoro (va bene, sono in ritardo). Ma ero un po' triste di non poter scrivere una lettera da un posto lontano, e poi ho pensato: ehi, solo perché possiamo mandarci e-mail e chiamarci e vederci per dirci tutto quello che vogliamo quest'estate, non vuol dire che non posso scrivere una lettera da un posto vicino, no? Non è un crimine.

Quindi, Lenny, lo so che non è come l'estate scorsa. Non ti manco, perché mi hai visto più volte ieri, e poi ieri notte sono andata avanti a blaterare mentre tu eri in una specie di coma. Ma anche se stai per vedermi e probabilmente per sgridarmi perché sono in ritardo (di nuovo), posso comunque cogliere l'occasione per dirti che sei la migliore, più grande, più favolosa Lenny che c'è e che ti voglio molto bene. Quindi fai pazzie con questi Pantaloni, trottolina.

Carmen elettrizzata

GLI UOMINI OCCASIONALMENTE
INCIAMPANO NELLA VERITÀ,
MA LA MAGGIOR PARTE
DI LORO SI RIALZA
E SE NE VA IN FRETTA
COME SE NULLA FOSSE.

– WINSTON CHURCHILL

Lena non fece pazzie coi Pantaloni. Il primo giorno li lasciò a casa in camera sua sopra la pila di lettere di Kostos. Il secondo giorno li indossò per andare al lavoro, fu rimproverata da Mrs. Duffers e dovette toglierseli prima di pranzo. Li lasciò su una sedia nel retro del negozio, dove una cliente li vide e cercò di comprarli.

Il suo cuore stava ancora battendo forte per quell'orribile esperienza quando Effie entrò in fretta. Era l'ora della chiusura, e Lena non aveva ancora finito di pulire i camerini di prova.

«Indovina chi ha chiamato oggi» disse Effie.

«Chi?» Lena odiava gli indovinelli di Effie, soprattutto quando era stanca.

«Indovina.» Effie la seguì nei camerini di prova.

«No!»

Effie fece la faccia offesa. «Bene, bene.» Poi alzò gli occhi come se cercasse di mantenere la calma. «La nonna. Le ho parlato.»

«Davvero?» Lena smise di raccogliere vestiti. «Come sta? Come sta Bapi?»

«Stanno benone. Hanno fatto una grande festa per il loro anniversario nel vecchio ristorante, il mese scorso. C'era tutto il paese.»

«Ohhh.» Lena riusciva a immaginarselo. La sua mente si spinse piano fino a Fira, alla vista della caldera dalla terrazza del ristorante che era stato dei suoi nonni. «È molto bello» disse, assente. Vedere il porto le fece vedere Kostos. Vedere Kostos le diede quella sensazione come di un rombo in fondo alla pancia.

Si schiarì la voce e ricominciò a radunare i vestiti. «Come stanno i Dounase?» chiese con calma.

«Bene.»

«Sì?» Lena non voleva chiedere subito di Kostos.

«Certo. La nonna ha detto che Kostos ha portato una ragazza di Ammoudi alla festa.»

Lena si sforzò di non muovere la faccia di un solo millimetro. Le sopracciglia di Effie si abbassarono. «Lenny, perché fai quella faccia?»

«Che cosa intendi?»

«Come… così.» Effie indicò la faccia tesa, infelice di Lena. «Sei tu che l'hai lasciato.»

«Lo so.» Lena batté il piede in maniera convulsa contro lo specchio. «E allora?» Aveva bisogno di fare l'ingenua. Altrimenti si sarebbe messa a piangere.

«Non ti capisco. Se ti senti così, perché l'hai lasciato?» chiese Effie. Non parve accorgersi che non stavano parlando la stessa lingua.

«Sentirmi come? Come fai a sapere come mi sento?» chiese Lena. Cominciò a dividere i pantaloni per taglia.

Effie scosse il capo, come se Lena fosse un'irrimediabile ritardata da compatire. «Se ti fa star meglio, alla nonna non piace la ragazza che ha portato.»

Lena finse che non le importasse.

«E ha anche detto, e cito: "Questa ragazza non è nemmeno vagamente bella quanto Lena".»

Lena continuò a fingere.

«Questo ti fa star meglio?» disse Effie, che cercava di lusingarla.

Lena alzò le spalle, impassibile.

«Così ho detto: "Nonna, Lena deve averlo lasciato per una buona ragione".»

Lena lasciò cadere i vestiti a terra. «Smettila» disse, ferma. «Non ti darò un passaggio per andare al lavoro.»

«Lenny! Hai promesso!» disse Effie. «Comunque, che cosa ti importa? Credevo che avessi detto che non ti importava.»

Effie vinceva sempre. Sempre.

«Non m'importa» mormorò Lena in maniera infantile.

«Allora portami al lavoro, come hai promesso.» Effie era un genio nel trasformare un favore in un obbligo.

Il cielo si era fatto tanto scuro che Lena fece fatica a credere che non fosse notte. Con i Pantaloni stretti sotto il braccio, chiuse la porta d'ingresso e abbassò la saracinesca. Fuori, grosse, calde gocce di pioggia le caddero sui capelli e le scesero sulla fronte. Effie corse fino all'auto e Lena camminò, proteggendo i Pantaloni tra le pieghe della gonna. Le piaceva la pioggia.

L'Olive Vine era a meno di due miglia dal negozio. Effie raggiunse il ristorante con un paio di balzi.

Lena proseguì. La pioggia tamburellava e i tergicristalli cigolavano. Le piaceva essere da sola al volante, e nessuno che la aspettasse da nessuna parte. A un certo punto, qualche mese prima, era passata alla fase in cui non doveva più stare attenta a come guidava. Non doveva più pensare: "Va bene, freccia. Freno. Gira". Guidava e basta. La mente era libera di vagabondare.

Si ritrovò a passare davanti alla buca in cui aveva l'abitudine di infilare le sue lettere, prima che non gliene importasse più molto. O prima di far finta che non gliene importasse più molto.

Teneva ancora i Pantaloni stretti a sé. Li aveva indossati quando lei e Kostos si erano baciati alla fine dell'estate prima. Trasse un profondo respiro. Forse qualche cellula di Kostos era rimasta attaccata ai pantaloni. Forse.

Avere i Pantaloni con sé in quella sera piovosa, lontana da Kostos, le diede un profondo, malinconico senso di perdita.

Ecco come stavano le cose. Kostos aveva una nuova ragazza. Lena aveva una sorella perfida e un lavoro in cui vendeva vestiti beige.

Chi ne era uscito meglio, alla fine?

All'inizio Bridget pensava di non ricordarsi nulla di Burgess. Poi, mentre gironzolava per la città, alcuni elementi le tornarono in mente. Una era la macchinetta delle noccioline fuori dal ferramenta. Anche a sei anni aveva pensato che era strano e antiquato un distributore di gomme da masticare che distribuiva noccioline. Però era ancora lì. Aveva il forte sospetto che le noccioline avessero la sua età.

Un'altra cosa era il cannone nero arrugginito della Guerra Civile nel prato di fronte al tribunale. C'era una piramide di palle di cannone incollate tra loro, accanto. Si ricordava di aver fatto il pagliaccio, infilando la testa lì dentro come il personaggio di un cartone, facendo ridere Perry.

Si ricordava anche di essersi arrampicata sull'alto muro vicino alla banca mentre sua nonna le strillava di scendere. Era proprio una scimmia, da piccola. Era la miglior arrampicatrice del vicinato, anche contando i maschi e i bambini più grandi. Era così leggera e snodata.

Bridget lasciò che i piedi la guidassero, perché sembrava che avessero una memoria migliore della testa. Continuò a camminare lungo Market Street finché le case si diradarono.

C'erano ortensie in fiore davanti a ogni casa, grandi palloni viola.

Oltre la chiesa metodista si stendeva un grande campo, verde e rigoglioso. Andava avanti per tre isolati, circondato da querce enormi e antiche, e da graziose panchine di ferro. In fondo notò delle porte da calcio che delimitavano un bel campo regolamentare. Le mancò il respiro quando lo guardò. C'era un rimbombo, uno stridio nel suo cervello, come se stesse cercando tra i tanti documenti polverosi e trascurati.

Si sedette su una panchina e chiuse gli occhi. Ricordò che correva e ricordò un pallone da calcio, e poi cominciò a ricordare moltissime cose tutte insieme. Ricordò suo nonno che insegnava a lei e a Perry come tirare la palla quando avevano solo tre o quattro anni. Odiava il calcio, e inciampava sempre, ma a Bridget piaceva. Ricordò che teneva le mani dietro la schiena per ricordare a se stessa che il calcio era solo un gioco di piedi.

Ricordò quando aveva dribblato suo nonno e lui le aveva gridato dietro orgoglioso: "Ragazzi, questa sì che è un talento naturale" anche se non c'era nessun altro nel campo.

L'estate dei suoi cinque anni, il nonno l'aveva iscritta alla Limestone County Boys' League, suscitando le forti proteste degli altri genitori. Bridget ricordò di aver costretto la nonna a tagliarle i capelli corti, come un maschio, e anche di aver visto sua madre piangere vedendola alla fine dell'estate. Bridget portò i Burgess Honey Bees a vincere il torneo per due estati di fila, e i genitori smisero di lamentarsi.

Non si era più ricordata della squadra fino a quel preciso istante. Eppure era così importante per lei, allora, il fatto che il suo soprannome coincidesse con il nome della squadra. "Forza, Bee dei Bees! Bee, sei tutti i Bees!" gridava il nonno da bordo campo, credendosi molto spiritoso. Suo padre non si era mai interessato allo sport, ma a suo nonno piaceva moltissimo.

Suo padre aveva saputo della morte del nonno?

Lasciò la mente libera di vagare. Non si era mai fermata a riflettere quando avesse cominciato con il calcio, ma era andata così. Quello era stato l'inizio.

C'era qualcosa di strano nella sua memoria, e lo aveva già notato. Quando aveva undici anni e il fatto terribile era successo, il suo cervello si era come cancellato da sé. Aveva dimenticato tutto di quell'epoca e di prima, oppure lo ricordava come se fosse successo a qualcun altro. L'avevano portata da uno psichiatra alcuni mesi dopo la morte della sua mamma, e lui aveva detto che la ferita nella sua mente si era cicatrizzata. Non le era mai piaciuta molto quell'immagine.

Rimase seduta abbandonando la testa ferita contro lo schienale della panchina per molto tempo, finché, come in un sogno, sentì dei passi e delle grida e l'amato rumore di un piede contro un pallone da calcio. Aprì gli occhi e guardò, spaventata, mentre un gruppo di ragazzi invadeva il campo. Erano quindici o venti, e sembrava che avessero più o meno la sua età; forse erano un po' più grandi. Quando uno dei ragazzi le passò accanto non poté trattenersi e gli fece cenno di fermarsi. «Siete una squadra?» chiese.

Lui annuì. «I Burgess Mavericks» disse.

«C'è ancora una squadra estiva?» chiese lei.

«Certo.» Lui teneva in mano il pallone. Bridget, che non ne toccava uno da più di nove mesi, lo guardò con invidia.

«Hai gli allenamenti adesso?» chiese.

«Martedì e giovedì pomeriggio» rispose, con l'accento vibrato tipico dell'Alabama. Sembrava che la gente parlasse con un maggior numero di sillabe lì.

Si ricordò di aver amato quell'accento mentre lo sentiva insinuarsi come per magia nelle sue vocali e consonanti. Poi se ne sarebbe tornata su al nord, e i suoi amici avrebbero ridacchiato del suo modo di parlare, ed entro ottobre sarebbe di nuovo svanito.

Il ragazzo continuava a voltarsi per guardare gli esercizi che gli altri stavano cominciando sul campo. Era educato, ma non aveva più voglia di parlare con lei.

«E avete le partite la domenica?» chiese lei.

«Sì. Per tutta l'estate. Devo andare.»

«Va bene, grazie» disse Bridget, mentre lui stava già correndo a raggiungere i suoi amici sul campo.

Le sembrava ancora strano il modo in cui intrecciava legami

con il mondo in quel periodo. Un anno prima lo stesso ragazzo avrebbe guardato con ammirazione i suoi capelli e sarebbe stato felice di dirle qualunque cosa lei avesse voluto sapere. Si sarebbe fatto notare e avrebbe parlato ad alta voce in modo che i suoi amici vedessero che stava parlando con lei.

Dai tredici ai sedici anni Bridget aveva ottenuto più fischi di ammirazione e numeri di telefono e passaggi galanti di quanti potesse contarne. Ma non era perché era – era stata – bella. Lena era davvero bella, in modo assoluto, e quasi tutti i ragazzi sembravano spaventati quando passava loro vicino. Il fatto era che Bridget faceva colpo: era snella, estroversa e, naturalmente, aveva quei capelli.

Guardò i ragazzi fare alcuni esercizi. Quando cominciarono a giocare, si avvicinò a bordo campo. Erano comparse alcune ragazze, probabilmente le loro ragazze. Mentre studiava le facce dei giocatori, alcuni si trasformarono da estranei a compagni di squadra di tanti anni prima. Incredibile. C'era quel bolide che riconosceva perfettamente, qual era il suo nome? Corey qualcosa. E il centrocampista con i capelli rossi. Sembrava che avesse ancora sette anni, e giocava quasi allo stesso modo. Era sicura di aver riconosciuto uno dei portieri, e poi c'era… Oh. Bridget strinse le mani sul petto. Il nome le balzò subito nella memoria: Billy Kline. Oddio! Era il secondo miglior giocatore della loro squadra e il suo migliore amico fuori dal campo. Lo ricordava bene ora. Probabilmente Bee aveva una o due sue lettere nascoste da qualche parte, a casa.

Incredibile.

Non poté fare a meno di notare che era cresciuto proprio bene. Era insieme agile e muscoloso: il tipo che preferiva. I capelli erano più scuri e ondulati, ma il viso era uguale. Le piaceva tanto quel viso, quando era piccola.

Lo guardò con il cuore che le batteva e la mente confusa. La sua casa era giù vicino al fiume. Avevano passato ore e ore a raccogliere pietre insieme, certi che fossero punte di vecchie frecce e che avrebbero potuto venderle all'Indian Mound Museum di Florence e ricavarne un mucchio di soldi. Billy tirò il pallone da bordo campo. Bridget si scansò in fretta. Lui la guardò, guardò oltre.

Non temeva che lui la riconoscesse. Allora era magra, coi capelli biondi, e piena di allegria. Ora era pesante, coi capelli color fango, e piena di ansie. Avrebbe potuto essere un'altra persona.

Era un sollievo, in parte. A volte il fatto di essere invisibile le dava sollievo.

Tibby era seduta accanto a un gruppo di ragazzi del corso di cinema. C'erano un mucchio di vestiti neri e scarpe pesanti e diversi piercing che scintillavano con la luce del sole. L'avevano invitata a sedersi con loro mentre finivano di pranzare prima del seminario di cinema. Tibby sapeva che l'avevano invitata soprattutto perché aveva un anello al naso. Questo la irritava quasi come quando la gente la escludeva perché aveva un anello al naso.

Una ragazza di nome Katie si lamentava della sua compagna di stanza mentre Tibby masticava con indifferenza l'insalata di pasta. Tibby si rese conto di quanto fosse comodo avere delle amiche fin dalla nascita, perché non era per niente brava a farsi nuovi amici.

Qualche minuto dopo seguì il gruppo su per le scale dell'edificio di arte e dentro l'aula. Si sedette sul lato, così ci sarebbero stati dei posti vuoti vicino a lei. In parte, voleva prendere le distanze dal gruppo. Ma soprattutto aspettava Alex. Il suo cuore accelerò
quando lui arrivò con Maura e si sedette vicino a lei. Maura si mise accanto a lui, dall'altra parte. D'accordo, erano i due soli posti vuoti vicini nell'aula.

Il professore, Mr. Russel, impostò il lavoro. «Va bene, ragazzi.» Alzò le mani. «Come sapete, questo è il seminario di progettazione. Questo corso non è per ascoltare, ma per fare.»

Alex prendeva appunti sul suo raccoglitore. Tibby non poté trattenersi dal dare un'occhiata.

Lezione per fare

Stava scherzando? Scoccò un'occhiata a Tibby. Sì, stava scherzando.

«Ognuno di voi farà un film quest'estate, e avrete quasi tutto il corso per farlo. Passerete molto tempo fuori, nel mondo, e poco tempo in questa classe.»

Alex stava disegnando Mr. Russel, solo che la testa era molto piccola e le mani molto grandi. Era un disegno fatto piuttosto bene. Alex sapeva che Tibby stava sbirciando? Gliene importava?

«L'obiettivo» continuò Mr. Russel «è realizzare un pezzo biografico. Concentratevi su qualcuno che ha avuto un ruolo importante nella vostra vita. Potete usare sceneggiature e attori, o fare un documentario. Sta a voi.»

Tibby aveva già un'idea di quello che voleva fare. Le era subito venuta in mente. Le era venuta con l'immagine di Bailey. Bailey seduta contro le veneziane nella camera di Tibby, con il sole che filtrava, nell'ultimo mese della sua vita durata dodici anni. Sentì male agli occhi. Guardò a sinistra.

"Sta a voi" scrisse Alex con una grafia ornamentale, sotto il disegno di Mr. Russel. Tibby si stropicciò gli occhi. No, non voleva realizzare quell'idea. Non poteva realizzare quell'idea. Non si concesse neppure di dare a quell'idea una definizione possibile. La lasciò tornare da dov'era venuta.

La sensazione di quell'idea la tormentò per il resto della lezione, benché l'idea stessa fosse scomparsa. Dimenticò Alex e i suoi appunti. Tenne gli occhi fissi in un punto indefinito nello spazio, qualche centimetro davanti a sé.

Si dimenticò di Alex finché lui non prese a parlarle all'orecchio. Le ci vollero alcuni istanti prima di rendersi conto che stava parlando al suo orecchio. O meglio, a lei.

«Vuoi prendere un caffè?» le parve che chiedesse.

Anche Maura la guardava, in attesa.

«Oh...» Quando le parole di Alex presero l'ordine giusto, Tibby scoprì che sì, ne aveva voglia. «Adesso?»

«Certo.» Sembrava che Maura avesse preso in mano i programmi. «Hai un'altra lezione?»

Tibby fece spallucce. L'aveva? Era importante? Si alzò e si mise lo zaino su una spalla.

Sedettero in fondo al caffè nell'edificio dell'unione studentesca. Risultò che Alex e Maura venivano tutti e due da New York, cosa che Tibby avrebbe potuto capire da sola. Risultò anche che la stanza di Maura era al settimo piano dello stesso edificio di quella di Tibby. Maura provava un interesse particolare per Vanessa, la A.R.

«Hai visto la sua stanza?»

L'attenzione di Tibby si stava spostando su Alex. Però Maura non aveva intenzione di lasciarla andare.

«Sul serio, l'hai vista?»

«No» disse Tibby.

«È piena di giocattoli e animali di pezza. Lo giuro. Quella ragazza è un fenomeno da circo.»

Tibby assentì. Non ne dubitava, ma la interessava di più sentire Alex che parlava del suo progetto. «È puro nichilismo. Pensa a Kafka, ma con un sacco di esplosioni» stava spiegando.

Tibby rise, anche se non sapeva che cosa voleva dire nichilismo e non era in grado di citare una singola cosa scritta da Kafka. Era uno scrittore, vero?

Alex fece un sorriso ironico. «Kafka incontra Schwarzenegger, e il tutto si svolge da Pizza Hut.»

È intelligente, pensò Tibby. «E in che senso è biografico?» chiese.

Alex alzò le spalle e le rivolse un sorriso tranquillo. «Non so» disse, come se non potesse stare a preoccuparsene.

«E come sarà il tuo film? Lo sai già?» le chiese Maura.

Tibby non si concesse di pensare alla sua prima idea, benché proiettasse la sua ombra dall'alto, sopra la sua testa. «Non lo so... Credo che probabilmente...»

Tibby non aveva idea di come avrebbe terminato la frase. Guardò le Puma di Alex. Voleva che il suo film fosse divertente. Voleva che Alex le sorridesse come aveva fatto durante la lezione di Mrs. Bagley. Pensò alle cose che aveva già filmato quell'estate. Aveva quel pezzo esilarante di sua madre affaccendata in cucina, senza sapere di avere un leccalecca di Nicky incollato nei capelli. Era una gag stupida, ma era divertente.

«Credo che farò una specie di film comico... su mia madre.»

A Carmen sarebbe piaciuto che il percorso in auto fino alla casa dei Morgan fosse più lungo per potersi lamentare ancora un po'. Si rese conto che per Lena era lungo abbastanza.

«Capisco, davvero» disse Lena dolcemente, ma con pazienza decrescente, mentre si fermava davanti alla casa di legno. «Sto solo dicendo che tua madre non esce con un uomo da tanto tempo. È entusiasmante per lei.»

Lena guardò la faccia risentita di Carmen. «Però non è la mia mamma. Se lo fosse, forse mi sentirei proprio come te.»

Carmen la studiò, sospettosa. «No, non ti sentiresti così.»

Lena alzò le spalle. «Be', non credo che mia madre abbia mai baciato un uomo che non fosse mio papà, quindi è abbastanza difficile da immaginare» ragionò con diplomazia. «Ma se succedesse...»

«Affronteresti l'argomento con gentilezza» concluse Carmen.

«Nessuno è gentile con la propria mamma» disse Lena.

«Tu sì» la accusò Carmen.

«Oh, no, non è vero» disse Lena con trasporto.

«Ti irriti e forse sei suscettibile a volte, Len, ma non sei capricciosa.»

«Irritabile e suscettibile possono essere anche peggio di capricciosa» rispose Lena.

La porta d'ingresso rossa e lucida si aprì, e Jesse Morgan fece un cenno di saluto con la mano, in piedi sull'ultimo gradino.

«Devo andare» disse Carmen. «Puoi venirmi a prendere? Domani guido io.»

«Non puoi guidare domani, se no arriverò di nuovo in ritardo» disse Lena.

«Non succederà. Davvero. Mi alzerò presto. Prometto.»

Carmen spesso prometteva, ma non manteneva mai.

«Va bene.» Lena le dava sempre un'altra possibilità. Era il loro piccolo gioco.

«Ciao, Jesse» disse Carmen, risalendo il vialetto. Gli passò la mano sopra la testa in fretta mentre entrava in casa. Jesse aveva quattro anni e gli piaceva tenere il conto di chi entrava e usciva da Quincy Street. E gli piaceva anche gridare cose sgradevoli alla gente sul marciapiedi dalla finestra della sua camera al secondo piano.

Carmen andò in cucina, dove Mrs. Morgan stava raccogliendo i Rice Krispies dal pavimento con una mano e teneva Joe, il bimbo di nove mesi, nell'altro braccio.

Carmen aveva già imparato a non dare ai bambini i Rice Krispies perché erano più difficili da pulire dei Kix, per esempio. C'erano cose che un estraneo riusciva a cogliere in un giorno, mentre una madre non ci avrebbe mai pensato. I cereali bagnati e schiacciati per terra sembravano un disastro inevitabile a Mrs. Morgan.

«Buongiorno a tutti» disse Carmen. Tese le braccia verso Joe, ma il piccolo si aggrappò a sua madre. Carmen gli piaceva, ma solo quando sua madre era fuori casa.

«Ciao, Carmen. Come stai?» Mrs. Morgan prese dal frigorifero alcune cose avvolte nella pellicola e le lanciò nel cestino dell'immondizia. «Vado fuori a fare alcune commissioni. Sarò di ritorno per mezzogiorno. Mi trovi sul cellulare, se hai bisogno.»

Cercando di posticipare l'inevitabile distacco, Joe posò la testa sulla spalla di sua madre e studiò Carmen. Carmen ricordò quello che Lena aveva detto sul fatto di essere gentile con la propria madre. Joe era gentile con sua madre. La adorava. Carmen era stata gentile con sua madre quando era una neonata? Forse si è gentili solo quando si è molto piccoli o molto vecchi.

Prese Joe che protestava e si dimenava dalle braccia di Mrs. Morgan.

Non appena l'ebbe sistemato per terra con i secchielli che s'impilavano, lui si tolse una calza e cominciò a masticarla. La calza aveva un piccolo motivo di gomma sotto. Antiscivolo, immaginò Carmen.

«No, Joe. Non mangiare le calze.»

Jesse si mise a guardare le auto che passavano attraverso un piccolo vetro all'altezza del suo viso, vicino alla porta d'ingresso. «Ehi, Jess. Che cosa vedi?»

Jess non rispose. A Carmen piaceva il fatto che anche se gli adulti sentivano il bisogno di controllarli con domande e affermazioni inutili, i bambini di rado sentivano il bisogno di rispondere.

«Devo fare la pipì» disse un istante dopo. Carmen prese Joe in braccio e seguì Jesse di sopra. Per una qualche ragione, Jesse voleva usare solo il bagno di sopra. Decise di cambiare il pannolino a Joe, già che c'era. Lo adagiò sul fasciatoio e lasciò che masticasse il tubo di pomata. L'ossido di zinco faceva male, a mangiarlo?

Aprì il cassetto in alto del mobile, ammirando l'assortimento di calze appaiate con cura, tutte di colori primari, tutte con l'antiscivolo sotto. Mrs. Morgan sembrava una donna intelligente, eppure spendeva così tanta energia a riordinare le calze. Non aveva studiato giurisprudenza? Si poteva essere madri troppo qualificate?

Carmen pensò a sua madre seduta al tavolo della cucina della vecchia casa, che graffiava con una forchetta le suole delle scarpe nuove di Carmen, un regalo di compleanno, in modo che Carmen non scivolasse sui pavimenti lucidi della casa di Lena. Tornata di sotto, Carmen chiamò sua mamma al lavoro.

«Ciao» disse, quando sua mamma rispose. Era tutto quello che aveva da dirle.

«Nena, sono contenta che tu abbia chiamato.» Christina era trepidante. «Vado fuori a cena con David, questa sera. Se ti va bene. Ci sono, ehm, le lasagne nel freezer.» Sua madre sembrava distratta. Non distratta come se stesse cercando la cucitrice, ma profondamente distratta.

«Davvero? Un'altra volta?» Carmen fece una pausa, sperando che sua madre riuscisse a cogliere il suo malumore.

«Non farò tardi» assicurò sua madre. «Che settimana stravagante.»

«Bene. D'accordo.» La voce di Carmen suonò debole. «Ciao.»

C'era certo stato un tempo, forse solo fino a due giorni prima, in cui Carmen avrebbe trovato fantastica l'idea di una serata in casa da sola. Ma ora no.

Più o meno un'ora dopo, ascoltò i messaggi. Ce n'era uno di Paul, che rispondeva a una sua chiamata. Ce n'era uno di Porter. La famosa telefonata post uscita. Se un ragazzo chiamava entro tre giorni, gli piacevi. Se aspettava una settimana, significava che

non aveva altre possibilità e probabilmente stava solo cercando di aiutare la fortuna.

Se non chiamava affatto, be', era ovvio.

La telefonata di Porter cadeva giusto entro i primi tre giorni. E avrebbe contato anche di più, se fosse arrivata un'ora prima.

Tibby,

ecco i Pantaloni. Ammetto che non ho proprio fatto miracoli. Mi sono fatta sgridare dal capo e ho bloccato appena in tempo una cinquantenne all'ultima moda che cercava di comprarli. Spero che tu farai di meglio.

Ad ogni modo, non so cosa ti ha detto Carmen, ma è tutto a posto con Kostos e la sua nuova ragazza. Sono io che ho rotto, ricordi?

Divertiti con i Pantaloni. Mi manchi. Chiama più tardi, questa sera, se non sei fuori a fare la ragazza sofisticata e cool con i tuoi nuovi amici registi sofisticati e cool.

Lena

... VEDIAMO
SOLO FINO A DOVE ILLUMINANO
I NOSTRI FARI,
MA POSSIAMO FARE
TUTTO IL VIAGGIO COSÌ.

– E.L. DOCTOROW

A Lena piaceva la cucina di Carmen. Era rassicurante e raccolta, al contrario dei grandi cambiamenti in casa sua, con tutto il bianco splendente e l'acciaio argentato e le lampadine alogene troppo luminose. E poi Lena amava il cibo che c'era. Era tutto avocado e patatine dietetiche e tisane: cose da ragazze. Niente gigantesche confezioni di birra da dodici e innumerevoli pezzi di maiale come quelli che riempivano il frigorifero da lei. C'erano molti meno compromessi a cui cedere in un appartamento per due persone che in una casa per quattro.

«Tesoro, vuoi un bicchiere di tè freddo?»

Lena guardò la mamma di Carmen. Stava riordinando le pentole nei ripiani inferiori. Teneva i capelli neri raccolti in una coda di cavallo e aveva l'aria di una ventenne. Christina si era sempre ben curata, ma Lena non l'aveva mai vista attiva e felice come quel giorno.

«Molto volentieri» disse Lena.

Carmen stava scorrendo le pagine del giornale dedicate ai cinema. «Anch'io» disse senza alzare lo sguardo.

«Come sta la tua mamma?» chiese Christina sopra il rumore del lavello. Quando lo chiedeva a Lena, sembrava sempre un po' colpevole, come stesse cercando di ritirare i vestiti in tintoria senza ricevuta.

«Sta bene.»

«E come sta il tuo ragazzo? Come si chiama?»

«Kostos» disse Lena controvoglia: non era mai entusiasta di discutere della sua vita amorosa. «Ma non è più il mio ragazzo. Ci siamo lasciati.»

«Oh. Mi dispiace. Era troppo complicato, per il fatto della lontananza?»

A Lena piacque quella spiegazione. Era sbrigativa e non la faceva sentire per forza una lunatica. «Sì. Proprio così.»

Christina prese una caraffa piena dal frigorifero. «Mi ricordi tua madre. Immagino che lei capisca quello che stai passando.»

Lena rimase sconcertata. «Non ne abbiamo proprio parlato.»

Christina non sembrava rendersi conto che non tutte le madri parlano con le proprie figlie di tutto e sempre.

«Ad ogni modo non credo che sappia nulla di relazioni a distanza» disse Lena.

Christina allineò tre bicchieri.

«Certo che ne sa. È stata con Eugene per almeno quattro o cinque anni.»

Lena guardò Christina, perplessa.

Christina e la mamma di Lena non si confidavano da un sacco di tempo. Christina si confondeva, forse a causa della sua storia d'amore.

«Chi è Eugene?»

Carmen aveva alzato la testa dalle pagine dei cinema. Spostò lo sguardo da Lena a Christina.

«Chi è Eugene?» ripeté Lena. La sua espressione passò piano da sorpresa a incerta ad ansiosa.

«Uh...» Christina voltò la schiena alle ragazze e versò il tè.

«Mamma? Sveglia! Svegliaaaa!»

Christina impiegò molto tempo a mescolare lo zucchero. Quando si voltò, la sua espressione non sembrava più pronta al dialogo. «Non importa. Credo di essermi confusa. È successo tutto tanto tempo fa.»

Christina era amabile, generosa, una persona dolcissima, ma era una cattiva attrice e una pessima bugiarda. Lena aveva creduto che si fosse sbagliata, in un primo momento. Ora era sicura di no.

Gli occhi di Carmen calarono come raggi laser sul viso di sua madre. «Non importa? Non importa? Stai scherzando?»

Christina scoccò uno sguardo smanioso alla porta. «Devo chiamare Mimmy, tesoro. È già pomeriggio.»

«Non ce lo dici?» Sembrava che Carmen stesse per esplodere.

Lo sguardo di Christina vagava qua e là, nervoso. «Non c'è niente da dire. Mi sono confusa. Stavo pensando a qualcun altro. Non è importante.» Chiuse la bocca e uscì in fretta dalla cucina. Sapeva bene che Carmen non lasciava le persone in pace.

«Non è importante?» fece eco Lena, più piano.

Carmen guardò Lena, complice. «Ovviamente vuol dire che lo è.»

«Chi è Eugene?»

Lena lasciò cadere la frase con calma, tra la cena e il dolce, mentre sua madre caricava la lavastoviglie. Lena stava sparecchiando. Erano da sole in cucina. Effie era da un'amica, e suo papà stava leggendo il giornale in sala.

«Cosa?» Ari si voltò.

«Chi è Eugene?»

Lena seppe subito che l'argomento la turbava.

«Perché me lo chiedi?» Sua madre teneva un piatto in ogni mano.

«Voglio... solo sapere.»

«Chi ti ha parlato di lui?»

«Nessuno» disse Lena. Se sua madre non dava informazioni, neppure lei si sentiva di darne. A parte il fatto che non voleva mettere la mamma di Carmen nei pasticci. Il viso di Ari assunse un'espressione frustrata e incerta. Sembrava che stesse calcolando in fretta. «Be', non so di cosa stai parlando.»

«Allora perché sussurri?»

Lena non aveva intenzione di torturare sua madre, ma stava succedendo proprio così.

«Non sto sussurrando» disse, sempre in un sussurro.

Lena si bloccò. Stava perdendo il controllo. Voleva delle informazioni, le voleva moltissimo. Più difficile era ottenerle, più cresceva la voglia di sapere. Però l'espressione di sua madre la spaventava un poco.

Il papà di Lena entrò tranquillo in cucina.

«E la torta?» chiese gentilmente.

La madre di Lena le scoccò uno sguardo che diceva, senza ombra di dubbio: non aprire la bocca o ti punisco finché sei vecchia.

«Vado di sopra» Lena informò il piano di granito.

«Niente dolce?» chiese suo papà. Avevano in comune la passione per i dolci.

«Non questa sera» disse lei.

«Credi che la mamma avesse un fidanzato prima di papà?» chiese a Effie, quando questa entrò nella sua camera, più tardi.

«No. Nessuno di importante.»

«Come fai ad essere così sicura?» chiese Lena.

«Ce l'avrebbe detto» disse Effie.

«Forse no. Non ci dice tutto.»

Effie fece roteare gli occhi. «La mamma ha una vita molto noiosa. Forse non c'è niente da dire.»

Lena rifletté un istante. «Credo che la mamma avesse un fidanzato di nome Eugene. Credo che lei vivesse qui e lui vivesse in Grecia, e forse l'ha amato davvero.»

Effie inarcò le sopracciglia. «Ne sei certa, vero?»

Lena annuì.

«Secondo me faresti meglio a pensare alla tua tragica storia d'amore.»

«David vuole portarci tutte e due fuori a cena» annunciò Christina quella sera, come se stesse proclamando una novità strabiliante.

«Perché?»

«Carmen!» Christina era troppo felice per arrabbiarsi. «Perché ti vuole conoscere!»

Christina aveva appoggiato il libro di cucina della Weight Watchers sul ripiano, mentre le cipolle sfrigolavano in una pentola.

«Quando?»

«Domani sera?» suggerì Christina.

«Vado al cinema con Lena.»

«Giovedì?»

«Faccio la babysitter.»

«Venerdì?»

Carmen guardò sua madre, seccata. Di solito una persona afferra, alla terza volta. «Esco... con Porter» disse, soddisfatta della risposta, anche se era una bugia. Sua madre non era l'unica al mondo ad avere un corteggiatore. Lo sguardo di Christina da deluso divenne entusiasta. «Portalo! Usciremo tutti e quattro!»

«David ci vuole portare fuori a cena» Carmen annunciò un'ora dopo al telefono. Il suo tono era piuttosto diverso da quello di sua madre.

Tibby sospirò. «Sembra che stia diventando una cosa seria. Sai, il momento di conoscere i genitori. A parte il fatto che è al contrario.»

«Le ho detto che uscivo con Porter, e vuole che venga anche lui.»

«Un'uscita a quattro con tua madre?» disse Tibby, divertita per l'assurdità della situazione.

«Lo so» si lamentò Carmen. «Forse è meglio così. Avrò qualcos'altro a cui stare attenta. E forse gli uomini potranno parlare dei cerchioni delle auto.»

«Forse.» Tibby sembrava perplessa.

«Il fatto però è che non ho in programma di uscire con Porter. Me lo sono inventata.»

«Oh, Carmen.»

«Sì, così adesso devo chiederglielo.»

Tibby rise, ma Carmen sapeva che la capiva. «Ti piace?» chiese.

«Chi?»

«Porter!»

«Oh. Be', credo di sì.»

«Credi di sì?»

«È molto carino, no?»

«È carino» disse Tibby, un po' impaziente. «Ma Carmen, non dovresti chiedergli di uscire se non ti piace. Gli mandi un messaggio sbagliato.»

«Chi ha detto che non mi piace? Forse mi piace» ribatté Carmen.

«Oddio. Suona proprio romantico.»

Carmen rise. Si mordicchiò una pellicina intorno all'unghia del pollice. «Ti ho detto che la mamma ci ha messe a dieta?»

«No.»

«Sì.»

«Povera te.»

«Comunque sono andata al Giant e ho comprato tre gusti di gelato di Ben & Jerry.»

Tibby rise. «Brava!»

Ehi, Bee Bee,

Sono un disastro cosmico, ma è una novità? Il grande evento del mio calendario mondano è un'uscita a quattro con mia madre. Non sto scherzando.

Come è successo? Una settimana fa i programmi esaltanti di mia madre erano un appuntamento dal dentista. Ora esce con David una sera sì e una no.

Non dire che sei felice per lei. L'hai già detto l'ultima volta. Non sei tu quella che deve mangiare pizza surgelata.

Ieri sera è uscita con una camicia sfrangiata. Giuro che le si vedeva l'ombelico. Non è bello, Bee. Questa mattina l'ho chiamata in ufficio per sapere se potevo andare al cinema alle dieci e ha detto "Usa il buonsenso"!!!! Come mai il mio buonsenso non era mai abbastanza prima che arrivasse David? Sono solo egoista e capricciosa? Sii onesta. Ma non troppo onesta.

Scrivi presto, e dimmi tutto di Gilda Tomko. Mi manchi tantissimo.

Baci,

Carmen "ragazzaccia" Lowell

«Facciamo colazione insieme, se vuoi» disse Maura più tardi, quella sera, mentre le porte dell'ascensore si chiudevano. «Andiamo fino al bar.»

«D'accordo» disse Tibby attraverso le porte. Essendo di New York, Maura e Alex si divertivano a scherzare sul fatto che gli altri posti avevano le strade senza marciapiedi. Tibby annuiva come se anche lei fosse di New York, e non un prodotto di pura periferia.

Il segnale intermittente di stop del suo iBook la salutò. «Ciao» disse al computer.

«Ciao» le rispose lui.

Tibby sobbalzò. Sentì il sangue vorticare nelle vene.

Il computer rise. Aveva la voce di Brian. Tibby accese la luce.

«Oh! Brian! Mi hai spaventata a morte.»

Lui si avvicinò e le toccò un braccio. «Ehi, Tibby.» Il suo sorriso era immenso.

Anche il sorriso di lei era immenso, e spontaneo. Le era mancato. «Che cosa ci fai qui?»

«Mi mancavi.»

«Anche tu mi mancavi» disse, senza riflettere.

«E poi pensavo di portarti a casa.»

«Vuoi dire per il fine settimana?»

«Sì» disse lui.

«È fra tre giorni.»

«È vero.» Lui alzò le spalle. «Mi mancavi.»

«Come hai fatto a entrare?»

«Mi hanno lasciato passare, giù.» Indicò la porta. «E questa serratura si può forzare con qualsiasi cosa.»

«Davvero? Questo sì che è confortante.» Pensando alle serrature forzate sentì la mancanza di Bee.

«Va bene se...» Lui indicò un sacco a pelo verde scuro arrotolato sul pavimento.

«Dormire qui?» chiese lei.

Lui annuì.

«Sì. Certo. Voglio dire, dove altro potresti andare?»

Lui parve esitare. «Sei sicura che va bene?»

Quando si soffermò a riflettere, Tibby si rese conto che non era cosa da poco ospitare un ragazzo nella propria stanza per tutta la notte. Era davvero come al college, in un certo senso.

Brian, però, non era un ragazzo. Be', lo era, fisicamente. Ma Tibby non si comportava con lui come con qualsiasi altro ragazzo. Per quanto gli volesse bene, Brian era sexy quanto un paio di calzini di spugna.

Lo studiò per un momento. Era strano, com'era cambiato dal giorno in cui l'aveva conosciuto. Era molto più alto. (Cenare a casa sua due o tre sere a settimana era stato decisivo.) Si lavava i capelli ogni tanto. (Tibby, che si faceva docce in continuazione, sospettava che avesse deciso di seguire il suo esempio.) Aveva la cintura. (Va bene, forse gliel'aveva regalata lei.) Ma era comunque Brian.

«Potrei finire nei pasticci, però» disse Tibby. «Se la A.R. o qualcuno ti vede.»

Brian annuì, serio. «Ci ho pensato anch'io. Farò in modo che nessuno mi veda.»

«Va bene.» Sapeva che i suoi genitori non si sarebbero arrabbiati per una cosa del genere. Non era un problema. Lui si sedette sul comodino.

«Ho visto Nicky e Katherine ieri» le disse.

«Sì?»

«Katherine è caduta dalle scale, voleva che tu la consolassi.»

«Voleva me?»

«Uh uh.»

Tibby sentì le guance scaldarsi. Riusciva quasi sempre a tenere a bada quelle due piccole creature. Sapeva quanto i suoi genitori ci tenevano, che avesse dei legami con loro. Ogni volta che Tibby prendeva Katherine in braccio, sentiva l'opportunismo di sua madre, il suo costante desiderio di avere una babysitter gratuita. Quando Bugs Bunny guardava Daffy Duck sull'isola deserta, vedeva una grossa anitra sugosa arrostita. Quando Alice guardava Tibby, vedeva una brava babysitter adolescente.

«Ho giocato a *Dragon Spots* con Nicky.»

«Deve essergli piaciuto tanto.» Brian stava già alimentando in Nicky l'amore per i videogiochi.

Tibby si sentì un poco a disagio per il fatto che Brian continuava ad andare a casa sua mentre lei non c'era. Era davvero Tibby a piacergli, o erano i piccoli Rollins?

«Come va qui?» chiese Brian. Guardò gli schizzi e gli appunti sparsi sulla scrivania.

«Piuttosto bene.»

«Com'è il film? Hai già deciso su cosa sarà?»

Tibby aveva sentito Brian diverse volte da quando aveva cominciato a lavorare al film. Ma per qualche ragione non gliene aveva parlato. Raccolse gli schizzi. «Credo di sì.»

«Cosa?»

«Forse su mia mamma.»

Non aveva voglia di spiegare.

La faccia di lui si illuminò. «Davvero? È una grande idea.» Brian aveva la fastidiosa tendenza a voler bene ad Alice.

«Sì.»

«Come sono i tuoi amici?» chiese Brian. «Voglio dire, quelli che hai conosciuto.»

Aggrottò le sopracciglia, mostrando tutto il suo interesse.

«Sono...» Stava per dire simpatici, ma la parola non era giusta. Grandiosi sembrava avere una connotazione sbagliata. «... normali.»

«Li conoscerò domani, speriamo.» Brian cominciò a srotolare il sacco a pelo.

«Certo» disse. Non ne era proprio sicura.

Brian teneva lo spazzolino e il dentifricio in un sacchetto di plastica di Wallman's accartocciato. La trousse di Tibby era di plastica blu trasparente con la zip. «Puoi andare prima tu» propose. Guardò fuori dalla porta. Il bagno era solo a pochi metri nel corridoio. «Vai prima tu» ripeté.

Mentre lo aspettava, decise di pescare nell'armadio la coperta in più che aveva, in modo che Brian dormisse su qualcosa di morbido anziché direttamente sul pavimento. Una grossa busta con sopra la scrittura di Lena cadde insieme alla coperta.

La busta sembrava guardarla con rimprovero. Sapeva che i Pantaloni erano lì dentro, però non l'aveva ancora aperta. Perché no?

Sapeva il perché, in realtà. Vedendo i Pantaloni, avrebbe ricordato l'estate prima e Bailey e Mimì e tutto il resto. Sarebbe stata costretta a vedere il cuore rosso storto che aveva ricamato sul lato del ginocchio sinistro. Sarebbe stata costretta a ricordare quei giorni lunghi e strani dopo il funerale di Bailey, quando stava seduta nella veranda a ricamare infiniti punti imperfetti. Forse non era ancora pronta per pensarci. Qualche minuto dopo la stanza era buia: Tibby e Brian erano tutti e due distesi sulla schiena a guardare il soffitto. Era la prima volta che dormiva con un ragazzo.

«Hai lasciato Travel Zone?»

«Sì.»

Brian cambiava spesso lavoro. Era un abile webmaster e un tuttofare per le nuove tecnologie. Riusciva a farsi pagare venti dollari all'ora, qualsiasi cosa facesse.

Stavano zitti. Lei ascoltava il suo respiro. Si capiva che non si era ancora addormentato. Sentiva la gola stretta, le faceva male.

Nei primi mesi della loro amicizia, c'erano stati momenti tranquilli e intensi tra loro. In quei momenti Brian accennava a Bailey. Era difficile, per Tibby, ogni volta che succedeva. Dopo un po' gli chiese di non farlo più. Disse che quando erano in silenzio insieme avrebbero saputo che stavano pensando a lei.

Quella notte, in quella piccola stanza in quello strano posto, sapevano entrambi a chi stavano pensando.

SOLO GLI AMANTI
SI VESTONO DI LUCE.

– E.E. CUMMINGS

David non aveva alcuna deformità apparente. Aveva tutti i denti. Aveva anche i capelli. Carmen ispezionò i suoi vestiti con un'occhiata veloce. Accettabili. Non indossava una maglietta di Star Trek o cose del genere. Esaminò i suoi piedi in cerca di scarpe ortopediche.

«Questo è Porter» disse Carmen. «Porter, questa è mia mamma, Christina.» Si voltò verso David. «E questo è David.»

Guardò Porter e David che si stringevano la mano e si sforzavano di fingere che quella non fosse la serata più strana che fosse mai capitata loro.

«Porter farà l'ultimo anno, l'anno prossimo» Christina disse a David, come se fossero cari vecchi amici. «Sono compagni di scuola, lui e Carmen.» Carmen ebbe un sussulto interiore. Sembrava che Christina si sentisse in dovere di spiegare tutto il mondo a David.

La cameriera li accompagnò al loro tavolo. Era in un séparé. Carmen avrebbe preferito non stare in un séparé. Christina e David sedettero da un lato, Carmen e Porter dall'altro. David si strinse a Christina e le cinse la vita con un braccio. Carmen sentì la schiena irrigidirsi. Fissò sua madre e si chiese che cosa vedeva in lei quell'uomo non deforme. David si era reso conto che sua madre era vecchia? Che usava le mutande e non il tanga? Che cantava le canzoni di Carpenters, ed era anche stonata? Era forse un tipo strambo con il pallino delle segretarie legali ispaniche?

Ma la verità era, come Carmen si rese conto guardando il volto vivace di sua madre, che Christina era abbastanza attraente. Aveva riccioli belli e folti, lunghi fino alle spalle. Non aveva neppure bisogno di tingerli. Non era una top model, ma non era neppure obesa. Aveva una bella risata aperta e sonora, e la usava molto. Soprattutto quando era David ad aprire la bocca.

«Carmen.»

Porter la fissava con l'espressione un po' ansiosa di uno che ha appena fatto una domanda, forse anche più di una, e si aspetta una risposta.

Carmen aprì la bocca. «Uhhhh.»

«O no?» suggerì in modo educato.

«Uhhhh?»

Ora tutti e tre la stavano guardando in quella stessa maniera.

Carmen si schiarì la voce. «Scusate. Cosa?»

«Vuoi che dividiamo l'antipasto di pasta al sesamo?» chiese Porter, probabilmente pentito dell'idea, visto che aveva già dovuto chiederlo più volte.

«Ah, certo» disse in modo strano. Le sembrava una caricatura dell'uscita a quattro, mangiare dallo stesso piatto. Ma non sarebbe stato scortese dire di no, dopo che lo aveva già ignorato?

«Potremmo avere un piatto in più?» chiese Carmen alla cameriera mentre ordinavano, tesa come Lois, la nonna ottantenne di Tibby.

Si sentì romantica quanto nonna Lois quando divise la pasta, e tagliò la sua con la forchetta.

La sua mamma non sembrava affatto nonna Lois. Era premuta contro David, e rideva di qualcosa che aveva detto lui. Aveva le guance rosse. Assaggiò un boccone di pasta dal piatto di David senza che sembrasse per niente strano.

«Buono, eh?» le chiese David. La sua voce e i suoi occhi chiedevano solo di Christina. Avrebbe potuto chiederle allo stesso modo se lo amava. E lei avrebbe potuto rispondere di sì. I loro sguardi erano fissi, in una maniera che sarebbe potuta essere imbarazzante, se mai loro fossero stati imbarazzati. Erano caricature. La tua felicità è banale, pensò Carmen, meschina.

«Carmen?»

Porter aveva di nuovo quello sguardo. «Scusa» disse Carmen. «Che cos'hai detto?»

Non era abbastanza in confidenza con lei per richiamarla dai suoi viaggi mentali, o ancor meglio, prenderla in giro. Invece, sembrava confuso. Un po' come il marito della nonna Lois. Il suo defunto marito.

«Niente. Non ti preoccupare.»

Carmen tagliò altra pasta, con la strana sensazione di guardare quella cena senza prendervi parte.

A un certo punto si accorse che la conversazione sussurrata era arrivata al termine. David la stava guardando.

«Tua mamma dice che fai la babysitter dai Morgan quest'estate.»

David la guardò negli occhi. Uno sguardo risoluto, diretto, il genere di sguardo tipo io-vengo-in-pace. Lo sguardo di Carmen volteggiava e danzava intorno, nel ristorante. «Uh uh. Sì. Li conosci?»

«Jack Morgan è un socio del nostro studio. Carini i bambini, eh? Quel maschietto, com'è che si chiama?»

Carmen fece spallucce. «Jesse.»

«Sì, Jesse. È un grande lavoratore.» David rise. «Al picnic dello studio ha contato tutti i cubetti di ghiaccio.»

Christina e Porter risero.

Carmen si dimenticò di farlo.

«Mi ha chiamato gnu dalla finestra della sua camera quando sono andata a prendere Carmen, ieri.» Carmen pensò che Christina rideva in maniera ammirevole, per una che è stata trattata da gnu. Non era sicura che lei l'avrebbe detto, davanti a un ragazzo.

Vagamente in trance, guardò David baciare sua madre sui capelli. Poi Porter disse qualcosa, ma Carmen non ascoltò.

Quando alla fine arrivò il conto, David pagò con un gesto deciso, ma senza ostentazione. «La prossima volta» disse a Porter con rispetto, mentre Porter armeggiava con il suo portafoglio.

Galantemente David si alzò e andò a prendere la giacca di Christina dall'appendiabiti. Carmen gli diede un'occhiata per vedere se aveva le gambe corte. No.

Lena si alzò dal letto e mise il CD di Lucinda Williams che Kostos le aveva rispedito in gennaio. Tibby se n'era andata, Bee se n'era andata, Carmen era uscita per la sua folle serata a quattro. La musica le fece desiderare una sensazione che aveva provato a Santorini e aveva poi smarrito. Quasi non l'aveva provata. Forse l'aveva solo intravista. Non sapeva darle un nome. Era ruvida e aspra e pericolosa, ma anche leggera e fantastica.

Lena sapeva di aver passato troppo tempo in uno stato di paura passiva, aspettandosi che le capitasse qualcosa di brutto. In una vita come quella, il sollievo era quanto di più vicino alla felicità.

Lena si interrogò sulla propria paura. Da dove veniva? Di che cosa aveva paura? Non le era successo niente di terribile. Era un caso di vite precedenti? Altrimenti, non aveva vissuto abbastanza per spiegarselo. A meno che non fosse un brutto periodo. Era un brutto periodo? Ma in fondo, viveva davvero?

Andò verso la cabina armadio e tirò fuori il suo logoro sacchetto per le scarpe. Rovesciò le lettere sul letto. Cercava di non farlo troppo spesso, soprattutto da quando aveva saputo della ragazza, ma quella sera non poté trattenersi.

Un tempo rileggeva le lettere di Kostos tanto spesso che ne aveva ormai colto ogni possibile sfumatura, ogni significato, ogni goccia di emozione. Le aveva succhiate fino a prosciugarle, tanto che era stupita che non si fossero polverizzate. Si ricordava la sua gioia quando arrivava una nuova lettera, piena di potenziale, non letta. Si ricordava di aver pensato che la moltitudine di sensazioni fresche, non ancora provate, faceva sembrare la busta pesante tra le mani.

Si sedette a gambe incrociate, aprendole meccanicamente, una dopo l'altra. All'inizio era stata spesso colpita dal tono formale
della scrittura di Kostos, che le ricordava sempre come lui non fosse americano né adolescente. Poi quel tono era scomparso ed era rimasto lui.

La prima era dell'inizio di settembre, poco dopo che era tornata a casa, lasciando lui e Santorini.

I ricordi sono così vicini che sento la tua presenza dappertutto. E guardo avanti, in modo tanto chiaro e triste, a un tempo in cui i ricordi saranno distanti. Non riuscirò più a vedere le tue cose per dipingere sparse sulla roccia piatta di Ammoudi e i tuoi piedi nudi impregnarsi di sole sul muro del giardino di Valia. Ora li vedo. Presto li ricorderò. Dopo molto tempo ricorderò i ricordi. Non voglio che passino altre ore a separarmi da te. Questa sera, mentre preparavo le valigie per Londra, ho odiato il pensiero di dover lasciare questo posto dove siamo stati insieme.

Quella dopo, spedita nello stesso mese, aveva il francobollo dell'Inghilterra, dove Kostos era andato a studiare, alla London School of Economics.

Siamo in cinque in un appartamento con tre stanze. Karl dalla Norvegia, Yusef dalla Giordania, e un paio di britannici del nord che non si sono ancora trasferiti del tutto. Londra è rumorosa e splendente ed eccitante. Ho aspettato tanto tempo, eppure è sorprendente essere qui. Le lezioni cominciano martedì. Ieri sera ho bevuto un paio di birre (si dice sempre un paio, non importa quante sono) con Yusef in un pub nella nostra via. Non ho potuto fare a meno di parlargli di te. Ha capito. Ha una ragazza a casa.

La lettera seguente era di ottobre. Lena ricordò la sorpresa al vedere il francobollo greco. Era stata scritta appena il nonno di Kostos aveva avuto l'attacco cardiaco. Kostos era tornato a casa, a Santorini. Invece di studiare macroeconomia con professori famosi in tutto il mondo, costruiva attrezzi per le barche nell'arcaica fucina di famiglia. Kostos era quel tipo di persona.

Lena, per favore non ti preoccupare per me. È stata una mia scelta tornare. Davvero. La LSE non scappa via. Ho già ottenuto un rinvio. Non è stato difficile trovare qualcuno che prendesse il mio posto nell'appartamento. Non mi dispiace. Il mio Bapi si sta rimettendo in fretta. È rimasto seduto nella fucina con me mentre lavoravo, oggi. Dice che sarà in salute per Natale e io tornerò a scuola con l'anno nuovo, ma non c'è bisogno di correre. Mi occuperò dell'attività di Bapi prima di tutto.
Sono andato a nuotare nel nostro boschetto di olivi la sera in cui sono tornato. Ho pensato pazzamente a te.

All'inizio aveva scritto "fare l'amore con te", poi l'aveva sbarrato un centinaio di volte. Ma quando Lena aveva letto la lettera dal retro tenendola controluce, era riuscita a leggere le parole censurate. E tutte le volte che le leggeva, il loro impatto era altrettanto forte. Ogni parola scoppiava come un fuoco d'artificio nel suo cervello. Desiderio. Pena. Felicità. Dolore.

Aveva fatto l'amore con la sua nuova ragazza? Il pensiero le bruciava come carbone ardente, e lo scacciò prima che poté. La quarta lettera che estrasse dal mucchio era di dicembre. Le lettere di quel periodo le provocavano ancora un palpito di vergogna. Era contenta di non avere le proprie.

La tua ultima lettera sembrava così distante, Lena. Ho cercato di chiamarti lunedì. Hai ricevuto il messaggio? Ti senti bene? Come stanno le tue amiche? Bee?
Mi dico che eri giù di morale il giorno in cui hai scritto. Stai bene e stiamo bene. Spero che sia vero.

Poi venne il gennaio decisivo. Per quanto grande fosse il coraggio che era sbocciato dentro di lei in agosto, col freddo dell'inverno si era inaridito. Era ridiventata chiusa e impermeabile. Aveva scritto una lettera piena di vigliaccheria e lui aveva risposto.

Forse siamo solo troppo distanti. L'Oceano Atlantico sembrava piccolo in settembre. Ora anche la caldera mi appare come il limite di una distanza insormontabile. Faccio sogni in cui nuoto e nuoto e approdo sempre a una sponda diversa di quest'isola. Forse siamo stati separati per troppo tempo.

E poi lo aveva lasciato, promettendo a se stessa che sarebbe stata di nuovo intera. Ma non era tornata intera. Lui le mancava ancora.

Certo che capisco, Lena. Sapevo che sarebbe potuto succedere. Se io fossi via, a Londra, e lavorassi sodo all'università, sarebbe tutto diverso per me. Solo che essere qui su quest'isola, con il desiderio di essere da un'altra parte... mi mancherai.

Per parecchi mesi, durante le lunghe notti, Lena aveva immaginato che lei gli mancasse. Piano, bloccando la scena e mandando indietro e bloccando di nuovo, si era immaginata scene incredibili, stupefacenti, a volte erotiche, di quello che avrebbe potuto succedere quando due persone che sentivano così tanto la mancanza l'uno dell'altro finalmente si fossero riviste. Non importava che Lena fosse impacciata, disinformata, e vergine. Una ragazza poteva sognare.

Ma ora Kostos aveva una ragazza. L'aveva dimenticata. Non si sarebbero più rivisti. I sogni non erano più così piacevoli, se non potevano realizzarsi.

Brian era vestito e sedeva, paziente, alla scrivania quando Tibby si svegliò la mattina dopo.

Lei avvertì come non mai la goffaggine dei suoi capelli arruffati appena sveglia. Li schiacciò con tutt'e due le mani.

«Hai fame?» le chiese Brian in tono amichevole.

Si ricordò della colazione. Si ricordò il bar e la decisione di fare la strada insieme. Voleva dire a Brian dell'appuntamento e dirgli di andarci con lei. Voleva, ma non lo fece.

«Ho una lezione presto» disse.

«Oh.» Brian non cercò di nascondere la sua delusione. Non giocava a nessuno di quei giochi nei quali cerchi di agire come se te ne importasse meno di quanto te ne importi.

«Potremmo incontrarci per pranzo?» chiese lei. «Prenderò dei panini alla caffetteria e possiamo mangiarli vicino al laghetto.»

L'idea gli piacque. Andò in bagno mentre lei si vestiva. Scesero insieme. Tibby decise la sua via di fuga. Non fu così complicato. Brian non avrebbe mai sospettato che lei fosse così perfida.

Si diresse verso la strada per andare all'edificio dell'unione studentesca. «Hanno *Dragon Master* al seminterrato.»

«Davvero?» Brian parve interessato al college più di quanto non lo fosse mai stato prima.

«Sì. Vediamoci lì a mezzogiorno.» Sapeva che Brian era in grado di giocare per ore con un dollaro.

Corse verso l'edificio in cui si trovava la stanza di Alex, al primo piano. Era lì che si vedevano di solito. Entrando nella stanza, trovò Alex seduto davanti al computer, con le cuffie. Maura stava leggendo una delle sue riviste di hip-hop sul letto. Nessuno dei due alzò lo sguardo o disse niente. Tibby indugiò sulla soglia, sapendo che sarebbero tornati quando sarebbero stati pronti. Era orgogliosa di aver imparato il loro codice.

Pensò che Alex stesse mixando la sua colonna sonora. C'erano pile di CD sulla scrivania. Perlopiù registrazioni fatte in casa ed etichette oscure che Tibby fingeva di aver già sentito. Alex staccò le cuffie in modo che lei e Maura potessero sentire la fine. C'era un acutissimo battito fastidioso e una sorta di basso stridente sotto. Tibby non capiva bene se quella voleva essere musica o no. Alex sembrava soddisfatto. Lei annuì: le sarebbe piaciuto che avesse un senso anche per lei.

«Sì, Tomko. Andiamo a prenderci la caffeina» disse lui, si alzò e uscì. Tibby si chiese se fosse rimasto alzato tutta la notte.

Avrebbero dovuto firmare, quando uscivano dal campus. Ma Tibby non sollevò l'argomento.

Camminarono per poco meno di un miglio sul ciglio della strada mentre le auto e i camion rombavano passando.

Si sentì un po' triste quando la cameriera, capelli grigi e visiera, le portò una montagna di *pancakes*. Brian adorava i *pancakes*, come tutti.

Alex parlava del ragazzo brufoloso della stanza accanto alla sua, che giocava a scacchi: uno dei suoi bersagli preferiti, quando aveva voglia prendere in giro qualcuno.

Tibby pensò a Brian con la maglietta di *Dragon Master* e gli occhiali spessi e sporchi con la montatura dorata pesante.

Rise di qualcosa che Alex aveva detto. La sua risata suonò falsa alle sue stesse orecchie. Si interrogò. Non aveva portato Brian perché era preoccupata dell'impressione che avrebbe fatto su Alex e Maura? O perché era preoccupata di come lei, Tibby, sarebbe sembrata a Brian?

Bee,

Non mi sto comportando tanto bene con i Pantaloni in questo momento, quindi ho pensato di andare avanti e mandarteli.

Comunque, ti penso tutto il tempo. Ero così felice della tua telefonata, ieri sera. Il fatto che tu abbia trovato subito Greta mi sembra un buon inizio.

Sii tranquilla nel grande stato dell'Alabama, Bee, e ricorda quanto ti vogliamo bene.

Tibby

LA VITA NON È GIUSTA.
È SOLO PIÙ GIUSTA
DELLA MORTE, TUTTO QUI.

– WILLIAM GOLDMAN

I primi giorni nella mansarda di Greta furono di puro lavoro manuale: bisognava tirare giù scatole da mucchi enormi, e portare mobili e pile di libri in cantina.

La mattina del quinto giorno, i Pantaloni Viaggianti apparvero nel pacco che Bridget aveva ritirato all'ufficio postale. Ne fu contenta all'inizio, perché stava per cominciare il periodo più duro nella mansarda, e ne aveva bisogno. Ma fu presa dall'ansia quando tornò in camera sua.

Misurò la moquette a piccoli passi, mentre apriva il pacchetto.
Con il fiato sospeso, cercando di trattenere tutte le parti molli del suo corpo, cominciò a infilarli. Incontrò resistenza sulle cosce. Dovette fermarsi. Non poteva continuare. E se li avesse strappati? Non sarebbe stato orribile?

Li sfilò in fretta e s'infilò un paio di pantaloncini corti, col fiato grosso.

Non voleva dare un significato a quel fatto. Non doveva per forza avere un senso. Aveva bisogno di perdere qualche chilo, tutto qui. Si sedette sul letto, appoggiò la testa alla parete e cercò con tutta se stessa di non piangere. Aveva i Pantaloni. Non poteva lasciarli lì e ignorarli. Forse i Pantaloni non andavano indossati per forza perché la loro magia funzionasse. Vero? Forse.

Bridget uscì stordita dalla stanza, tenendoli stretti. Li portò fino a casa di Greta, dove entrò dalla porta sul retro, come le era stato detto. Greta era in cucina che si pungeva il dito per ricavarne una goccia di sangue. Aveva avuto il sospetto che Greta fosse diabetica. Aveva visto in giro l'attrezzatura che le era familiare.

Bridget conosceva il diabete, perché sua madre l'aveva avuto negli ultimi anni della sua vita.

«Buongiorno, Greta» disse lei, a occhi bassi.

«'Giorno» rispose Greta. «Vuoi fare colazione?»

«No, grazie» disse Bridget.

«Succo d'arancia?»

«No. Porto su un po' d'acqua, se posso.» Si avvicinò al frigorifero per prenderla da sola.

Greta stava guardando i Pantaloni, incuriosita. «Sono tuoi?» chiese.

Bridget annuì.

«Vuoi che te li lavi? Un po' di candeggina toglierebbe tutti questi pasticci.»

Bridget la guardò, sbalordita. «No! No, grazie.» Li abbracciò, protettiva. «Mi piacciono come sono.»

Greta borbottò e scosse la testa. «I gusti sono gusti» mormorò.

Non c'è magia in te, pensò Bridget.

Faceva caldo in casa, e c'erano almeno quattro gradi di più nella mansarda. Bridget era già fradicia di sudore quando arrivò in cima alle scale.

Aveva lasciato una pila di scatole con sopra scritto MARLY col pennarello nero, in un angolo. Ora la faccenda si faceva delicata. Quella era la parte che desiderava e temeva al tempo stesso. Depose i Pantaloni su uno scaffale e si mise al lavoro. Mentre affrontava la prima scatola, Bridget si costrinse ad aprirla senza pensare troppo.

Estrasse con cautela alcuni libri di composizione inglese. Erano della scuola elementare. Bridget sentì un piccolo dolore al petto vedendo il corsivo accurato di sua madre. Educazione civica, inglese, algebra. C'era una busta piena di fotografie, sotto. C'erano i compleanni, le uscite per andare a prendere il gelato, una festa della scuola. Sua madre catturava lo sguardo di Bridget in ogni immagine. I suoi occhi splendevano e il suo viso non era mai immobile. Bridget aveva sempre saputo di avere i capelli di sua madre.

La scatola conteneva vari disegni, in gran parte su fogli di carta e carta da pacco che si sbriciolava. Bridget salvò quanto poté e buttò il resto nel sacchetto di un negozio di dischi.

La seconda scatola sembrava risalire alla scuola superiore. Bridget scorse i libri di testo e i quaderni prima di arrivare alle fotografie. Marly che ballava, Marly cheerleader, Marly che posava provocante in costume da bagno, Marly che flirtava, Marly che andava a una festa, poi un'altra festa e una festa ancora, con parecchi ragazzi che avevano l'aria compiaciuta. C'erano quattro annuari della scuola, ognuno pieno di fotografie di quel genere. Marly era decisamente troppo presente in tutti. Quattordici edizioni ingiallite dell'*Hustville Times* contenevano una fotografia di Marly. In ciascuna, Marly era splendida. Era come un'attrice di cinema: sorrideva, rideva, gridava, si metteva in mostra. Bridget non poté fare a meno di sentirsi fiera. Non era solo la sua bellezza, benché quella fosse evidente: Bridget rifletté sull'intensità di ogni singola foto. Era profondamente colpita da quella ragazza, ma non sentiva di conoscerla personalmente. Quella Marly non aveva alcun legame esplicito con la donna che aveva conosciuto come sua madre. Per una frazione di secondo Bridget tornò indietro all'immagine che conservava di sua madre, la più recente, nella camera buia dove era stata distesa per giorni.

«Gilda!»

Era mezzogiorno. Greta la stava chiamando per il pranzo.

Bridget scese le scale, frastornata. Guardò Greta che disponeva i panini con il prosciutto e le patatine sul tavolo, le dita nodose e artritiche che impiegavano un tempo infinito a piegare un semplice tovagliolo di carta. Come ha fatto a venire fuori da te? si sorprese a pensare Bridget.

Carmen passò il pomeriggio da Lena a fare la torta al cioccolato e i biscotti con gli M&M's e li infilò in due pacchetti per Bee e Tibby. Quando arrivò il momento della cena, fu particolarmente felice di trovarsi da Lena. In realtà non le piaceva come cucinava il padre di Lena, e non le piacevano nemmeno le luci alogene troppo forti sopra il tavolo, e nemmeno l'odore penetrante dello smalto istantaneo di Effie. Ma era contenta di non essere nella sua casa vuota per la terza sera di seguito.

«È delizioso, Mr. Kaligaris» disse Carmen, infilando la forchetta in qualcosa che conteneva degli spinaci.

«Grazie» disse lui, facendo un cenno col capo.

«Allora, Carmen» disse Effie mentre prendeva la forchetta con cautela per non rovinare le unghie. «Ho sentito che tua madre è innamorata pazza.»

Carmen deglutì forte. «Sì, abbastanza.» Scrutò Lena in cerca di segni di slealtà.

«Non l'ho saputo da Lena» disse Effie, annullando l'imbarazzo. «L'ho saputo da Melanie Foster. La conosci? Fa la cameriera da Ruby Grill. Ha visto tua mamma e il suo fidanzato che si baciavano.»

«Dobbiamo proprio starti ad ascoltare?» chiese Lena.

Carmen sentì la cosa di spinaci tornarle su.

«Non ti piace il tipo?» chiese Effie.

«È a posto» tagliò corto Carmen.

Mrs. Kaligaris sembrava interessata, imbarazzata e leggermente spaventata al tempo stesso. «È bello che la tua mamma abbia incontrato qualcuno che le interessa davvero.»

«Immagino di sì» disse Carmen, dopo una pausa di silenzio. E fece una faccia come per chiudersi in se stessa.

Effie, che non era stupida, cambiò argomento.

Carmen guardò l'orologio. «A proposito… dovrebbe venire a prendermi tra qualche minuto.» Si guardò intorno per assicurarsi che tutti avessero più o meno finito di cenare.

«Mi conviene andare a prendere le mie cose.» Finì quello che aveva nel piatto. «Scusate se… sapete… mangio e scappo via.»

«Nessun problema, tesoro» disse Mrs. Kaligaris. «Mi dispiace che abbiamo cenato così tardi questa sera.»

I Kaligaris cenavano sempre tardi. Carmen era convinta che fosse un'usanza greca. Per i cinquantacinque minuti che seguirono, Lena rimase seduta in salotto con Carmen ad aspettare Christina.

«Potrebbe almeno chiamare» disse Carmen. Lo aveva già detto parecchie volte. All'improvviso le venne in mente che era il genere di cose che di solito diceva sua madre.

Lena sbadigliò. «Ci si mette secoli, a uscire dallo stadio. Sono sicura che è bloccata nel parcheggio.»

«È troppo vecchia per andare a una partita di baseball» borbottò Carmen.

Mrs. Kaligaris scese in vestaglia per prendere qualcosa in cucina. Quasi tutte le luci in casa erano spente. «Carmen, lo sai che puoi rimanere qui a dormire, se vuoi.»

Carmen annuì. Le veniva da piangere.

Alle dieci e quarantaquattro un'auto si fermò fuori. L'auto di David.

Lena, che si alzava presto la mattina, era mezza addormentata sul divano. Si alzò e sfiorò il gomito di Carmen che si avviava alla porta con passo pesante. «Va tutto bene» disse Lena con dolcezza.

«Nena, c'era da impazzire» esplose Christina non appena Carmen aprì la portiera dell'auto. «Mi dispiace tanto.»

Il volto di Christina era troppo felice ed eccitato perché sembrasse molto dispiaciuta o davvero toccata.

«Carmen, mi sento in colpa. Mi dispiace» disse David con foga.

"Allora perché sorridi così?" ebbe voglia di chiedergli Carmen.

Richiuse la portiera e rimase seduta in silenzio.

Christina e David sussurravano, quando si fermarono davanti al palazzo. Carmen non si sforzò di sentire che cosa dicevano. Balzò fuori dall'auto in modo da non dover vedere il bacio della buonanotte.

Carmen non fermò le porte automatiche dell'ascensore, quindi sua madre dovette correre per riuscire a entrare. Nello spazio ristretto dell'ascensore, Carmen percepì con disgusto che l'alito di sua madre sapeva di birra.

«Stellina, davvero» disse Christina. «So che eravamo in ritardo, ma se avessi visto che traffico... era tutto esaurito alla partita... be', non ti è mai dispiaciuto passare più tempo a casa di Lena...»

Aveva gli occhi che brillavano, un po' troppo lucidi. Voleva con tutta se stessa che Carmen lasciasse correre e le consentisse di vivere nel suo mondo felice.

Carmen percorse il corridoio davanti a sua madre e usò la propria chiave per aprire la porta. Non avrebbe lasciato correre.

«Ti odio» disse a sua madre, e andò a gettarsi sul letto, piena di vergogna e disperazione.

Quella sera Tibby rimase con Brian. Avrebbe potuto farlo entrare di nascosto alla mensa, ma respinse l'idea. Invece ordinarono una pizza e se la fecero portare in camera.

Poi si sistemarono tutti e due per terra con carta, penne e matite. Brian accese la radio e cercò un canale di musica classica.

«Che cos'è?» chiese Brian, guardando il tracciato di quadrati che stava facendo Tibby su due grandi fogli di carta.

«È una specie di... *storyboard*, immagino.»

Lui annuì, interessato.

Anche lui lavorava sodo. A Tibby parve che stesse disegnando un fumetto. I suoi personaggi avevano teste e occhi grandi. Non erano molto belli. Le ricordarono quei quadri squallidi, con bambini tristi dagli occhi lucidi. Lui si mordeva l'interno della guancia quando era concentrato e muoveva le labbra mentre ombreggiava con la matita.

Tibby stava studiando i propri riquadri quando fece caso alla musica. Forse era una sinfonia. Si rese conto che Brian fischiettava. La cosa incredibile era che stava fischiando sull'aria della musica. Centinaia di note, e sembrava che le prendesse tutte.

Si fermò e lo guardò. Lui non la notò. Ombreggiava e fischiava.

La musica era bella, qualunque cosa fosse. Come faceva Brian a conoscerla così bene? Com'era che la sapeva nota per nota? Tibby alzò le mani dai fogli. Appoggiò il mento sulla mano. Era sempre stato capace di seguire la musica fischiando?

Tibby non voleva dire nulla. Temeva che se lo avesse fatto, lui avrebbe smesso, e non voleva che smettesse. Appoggiò la testa sul pavimento. Chiuse gli occhi. Un brivido le percorse la nuca. Le veniva da piangere, non sapeva perché. I fogli si stropicciarono sotto la sua guancia.

Ombreggiare e fischiare. I violini stridevano e s'innalzavano. I violoncelli le facevano sentire un risucchio giù, nello stomaco. Il piano batteva il tempo, per un attimo accompagnato solo dal fischio.

Poi tutto finì. Tibby era tristissima. Le sembrava di aver vissuto nel mondo della musica, caldo e giubilante, e ora ne era stata spinta fuori. Faceva freddo, lì fuori.

Guardò Brian. Disegnava in silenzio. Non aveva ancora alzato lo sguardo.

«Che cos'è?» chiese lei alla fine.

«Cosa?»

«La musica?»

«Uh… Beethoven, mi sembra.»

«Sai come s'intitola il pezzo?»

«È un concerto per pianoforte. Il quinto, forse.»

«Quanti ce ne sono?»

Brian la guardò, un po' stupito dalla sua insistenza. «Concerti per pianoforte? Che ha scritto Beethoven? Non sono sicuro. Forse solo cinque.»

«Come fai a conoscerlo?»

Lui alzò le spalle. «L'ho solo sentito un po' di volte. Lo danno alla radio, ogni tanto.»

Gli occhi di Tibby scrutarono i suoi con grande intensità. Brian capì che lei voleva saperne di più.

«E poi, mio padre suonava.»

Tibby deglutì in fretta. Abbassò lo sguardo, ma Brian no.

«Mio padre era musicista, un pianista. Lo sapevi? Poi è morto.»

Tibby rimase a bocca aperta. No, non lo sapeva. Non sapeva niente della vita di Brian, e quello era un punto difficile da cui partire. Deglutì ancora, toccando la punta della matita con un dito. «Davvero? Voglio dire, davvero era un pianista?»

«Sì.» Brian si tolse gli occhiali, e lei fu colpita da quanto profondo fosse il suo sguardo. Lui cominciò a pulire gli occhiali usando il bordo della maglietta, con grande concentrazione.

«Suonava questo?»

«Sì.»

«Ah.»

Tibby si morse con forza l'interno della guancia. Che amica era se non sapeva neppure quella singola importantissima cosa? Sapeva che Brian aveva avuto una vita solitaria e triste fino a quel momento. Lo sapeva, eppure non si era mai data la pena di scoprire perché. Aveva evitato, come aveva evitato tante cose. E Tibby seppe, nella maniera in cui ogni tanto le cose si sanno e basta, che Bailey lo aveva saputo. Bailey aveva saputo che il padre di Brian era stato un musicista e che era morto. Bailey aveva saputo come era morto. Probabilmente lo aveva scoperto la prima volta che lo aveva conosciuto.

Tibby, invece, aveva passato centinaia di ore con Brian lottando per cercare di non sapere.

CI SONO COSE
CHE BISOGNA VEDERE
PER CREDERCI.

– RALPH HODGSON

«Rusty si sta sciogliendo.» Billy Kline si voltò e fece due passi verso Bridget. «Scusa?»

«Rusty, il tuo compagno di squadra. È più veloce di quanto tu creda.» Bridget non era mai stata brava a tenere la bocca chiusa sul campo di calcio.

Lui scosse la testa come per assicurarsi che quella strana ragazza seduta a bordo campo a dargli suggerimenti fosse vera. Lei alzò le spalle. Era seduta al sole e masticava un filo d'erba, come da bambina su quello stesso campo. Aveva dimenticato quanto amava guardare le partite, anche quando si trattava di un pugno di dilettanti. «Stavo solo pensando» disse.

Era abbastanza carino, quando aggrottava la fronte. «Ti conosco?»

Lei sorrise per il suo accento e la sua voce adulta. Non poté trattenersi. Alzò di nuovo le spalle. «Non so. Tu lo sai?»

I modi di Bridget sembravano disorientarlo. «Ti ho vista qui un po' di volte, immagino.»

«Perché sono una fan» disse lei.

Lui annuì come se lei fosse pazza e tornò in campo.

Se fosse successo un tempo, lei avrebbe saputo che stava flirtando con lui e molto probabilmente lui le avrebbe già chiesto di uscire. Ma non lo fece. Durante gli ultimi minuti di gioco, Rusty si liberò, e Billy, dopo aver aspettato un attimo, gli passò il pallone. Rusty segnò.

Bridget gridò da bordo campo. Billy la guardò e non poté fare a meno di sorridere.

Carmabelle: Ehi Len. Finalmente ho parlato con Tibby. Le ho detto che ci saremmo state quando tornerà a casa alle sette. Brian è andato a trovarla e torna a casa in auto con lei.

Lennyk162: Anch'io le ho parlato. È buffo. Ancora non si è accorta che Brian è innamorato di lei.

Carmabelle: Credi che Brian le voglia bene in quel senso?

Lennyk162: Credo che le voglia bene in tutti i sensi.

«Tibby, spegni, per favore.»

«Bene. Andrò a filmare qualcun altro» disse Tibby.

Tanto Lena era contenta di vedere Tibby, quanto era scontenta di vedere la sua videocamera. Si sentiva sempre così goffa davanti a lei.

«Volete farne altre o smettere per oggi?» chiese la mamma di Tibby, che aveva in mano un sacchetto marrone pieno di pannocchie. «Decidete voi.»

Lena guardò l'orologio. Aveva ancora mezz'ora prima di andare al lavoro.

«Faccio io» si offrì. Le piaceva pulire il granoturco. Era seduta al tavolo rotondo nella cucina dei Rollins. La mamma di Tibby stava preparando un'insalata per la festa del Quattro Luglio, il giorno dopo, e Loretta, la domestica, badava a Nicky e Katherine che si spingevano nella piscina gonfiabile, fuori sull'erba.

Lena prese una pannocchia dal sacchetto e spinse indietro il cartoccio con circospezione. Non si poteva mai sapere, a volte si trovava un verme grassoccio e marrone o un orrido buco nero che brulicava d'insetti. Ma quella sembrava perfetta. Le piaceva la barba perché le ricordava i capelli di Bridget. Come erano una volta, insomma.

«Allora, Lena, come sta il tuo ragazzo?» chiese la mamma di Tibby, inarcando le sopracciglia come per indicare che era un argomento interessante.

Lena cercò di non agitarsi. Non si sentiva a suo agio con il concetto di "ragazzo" anche quando ne aveva uno, e detestava che tutti sapessero i fatti suoi.

«Abbiamo rotto» disse con leggerezza. «Sai, per via della distanza.»

«Che peccato» disse Alice.

«Sì» concordò Lena. Non riusciva a non pensare che le madri

fossero un po' troppo sollecite sull'argomento ragazzi, come se la vita cominciasse sul serio solo quando i ragazzi erano nei dintorni. Lena era irritata. Attese in silenzio per un attimo che l'argomento cadesse prima di introdurne uno nuovo.

«Ehm... Alice.» Non appena le ragazze avevano imparato a parlare, la mamma di Tibby aveva insistito che la chiamassero per nome.

«Sì?»

Lena aveva avuto quell'idea per la prima volta qualche giorno prima. All'inizio l'aveva scacciata perché era troppo diabolica. In verità non era da lei. Ma ora che le si presentava un'opportunità perfetta, non vedeva che male avrebbe fatto. Trasse un respiro profondo. Voleva essere certa di avere un'aria noncurante e innocente. «Mia madre ti ha mai parlato di Eugene?» chiese.

Alice si bloccò sulle patate. Nella stanza illuminata dalla luce del sole, Lena vide le numerose lentiggini di Alice, come quelle di Tibby, ma più leggere.

«Eugene?»

I suoi occhi erano umidi e nostalgici. «Certo. Era il ragazzo greco di cui tua madre era innamorata, vero?»

Lena trattenne il respiro. Aveva ottenuto informazioni più in fretta di quanto si fosse aspettata. «Vero» disse, sentendosi disonesta nel fingere di essere perfettamente informata.

Alice aveva ancora un'aria distante. «Le ha spezzato il cuore, eh?»

Lena guardò le pannocchie. Il sangue le salì alla testa e le tinse le guance di rosa. Si era aspettata di sentirselo dire. «Sì, credo di sì.»

Alice appoggiò il coltello sul tavolo e guardò il soffitto. Sembrava che le piacesse quella passeggiata sulla strada dei ricordi. «Mi ricordo quando è venuto in America a trovarla e tu eri solo una neonata.» Guardò Lena. «Sono sicura che te l'ha raccontato.»

Lena si morse l'interno della guancia. «Uhm... forse.» Cominciava a sentirsi a disagio. Aveva trovato più tesori di quanti fosse pronta a portarne a casa. I tesori troppo abbondanti non sembravano più tanto preziosi. Lena fissò Alice. Aveva la sensazione che non fosse abbastanza attenta, che non le importasse abbastanza dei segreti degli altri.

«Be', sono sicura che te lo racconterà, prima o poi» disse Alice piano. Sembrava che si fosse accorta di aver detto più di quanto fosse opportuno. Tornò alle patate.

«Comunque, perché mi chiedi di lui?»

Era una bella domanda. Lena cercò di pensare in fretta a una risposta logica.

Per fortuna Katherine avanzò traballando tra le porte scorrevoli, piangendo e scivolando e cercando di balbettare qualcosa a proposito di Nicky e del suo secchiello. Sparse acqua e sporco e pezzi di erba su tutto il pavimento pulito della cucina. Lena fu grata sia a Nicky che a Katherine, perché la mamma di Tibby spedì subito la bambina fuori dalla cucina e prese a pulire il pavimento, ricacciando ogni pensiero su Eugene lo spezzacuori tra i lontani ricordi.

Bridget si svegliò in un bagno di sudore. Faceva caldo, ma erano anche i sogni. Di giorno esaminava e toccava le cose di sua madre e di notte le sognava. I sogni le davano una visione frammentaria di Marly proprio come le scatole nella mansarda. C'erano mille episodi grandiosi, ma si sentiva così poco la persona che li collegava.

Bridget faceva lunghe docce, gli anni passati, ma lì, al terzo piano del Royal Street Arms, nel bagno che condivideva con due braccianti brizzolati, erano tutte molto rapide. Si consolò pensando che l'acqua scorreva marrone giù nello scolo per via della tinta dei capelli, ma aveva comunque la spiacevole sensazione di diventare più sporca nella doccia, anziché più pulita. Greta le faceva trovare la colazione pronta. Succo d'arancia e pane integrale tostato con burro e marmellata, proprio come piaceva a lei. L'aveva accennato qualche giorno prima, e Greta aveva preparato tutto il giorno dopo.

Bridget mangiò e bevve in fretta. Non aveva voglia di chiacchierare con Greta. Voleva tornare da sua madre.

Di sopra, scovò un modulo di ammissione a Shepherd's Hill. C'era la data: era l'anno dopo la fine della scuola superiore. Sulle prime Bridget credette che fosse una scuola estiva, un campo di cheerleader o qualcosa del genere, ma non era così. Col cuore che faceva un gran fracasso nel petto, Bridget capì che era un ospedale psichiatrico. Dal modulo Bridget poté vedere che Marly era stata lì poco meno di tre mesi. Le avevano prescritto una sostanza chiamata litio. Un dottore riferiva che Marly aveva parlato di suicidio. Bridget guardò i nitidi caratteri neri che si deformavano mentre gli occhi le si riempivano di lacrime.

Posò il foglio a terra e sedette sul davanzale della finestra, a guardare il furgone della posta percorrere la via. Non era convinta di poter continuare, per quel giorno. Era stata così eccitata e abbagliata dalle immagini della giovane Marly, la bella della città, che aveva quasi dimenticato come la storia era andata a finire nella realtà. Fu sollevata quando Greta la chiamò giù per il pranzo. Bridget aveva detto il giorno prima che non aveva mangiato verdure negli ultimi tempi, e fu commossa quando vide le carote pelate con cura sul suo piatto.

«Grazie, Greta» disse Bridget.

«Ah, non c'è di che, tesoro.»

Dalla prima settimana, Greta aveva smesso di chiamarla Gilda e aveva cominciato a chiamarla tesoro.

Mangiarono i panini in silenzio, ma quando ebbero finito, Greta non si alzò da tavola. Sembrava che avesse voglia della compagnia di Bridget più che del suo sudore.

«Avevo due figli, sai? Probabilmente lo avrai immaginato dalla roba di sopra.»

Bridget annuì. Ecco un'altra delle cose che desiderava e insieme temeva.

«Mia figlia è morta sei anni e mezzo fa.»

Bridget annuì, guardandosi le mani. «Mi dispiace tanto.»

Anche Greta annuì, lentamente, con tutto il corpo. «Era una bella ragazza. Si chiamava Marlene, ma tutti la chiamavano Marly.»

Bridget non riusciva ancora ad alzare lo sguardo.

«Era popolare nella contea di Limestone quando aveva la tua età. La gente diceva che se si fosse iscritta al concorso per Miss Alabama avrebbe vinto.»

«Davvero?» L'assurdità di quel commento diede in qualche modo a Bridget l'opportunità di riprendersi.

«Certo.» Greta sorrise. «Ma era troppo occupata a uscire con i ragazzi per imparare a far girare la bacchetta o qualunque cosa dovessero fare quelle ragazze.»

Anche Bridget sorrise.

«Era stata reginetta del penultimo e dell'ultimo anno di scuola. Posso dirti che non è mai successo, né prima né dopo.»

Bridget annuì, cercando di sembrare abbastanza colpita da assecondare l'orgoglio di Greta.

«Vuoi dell'altro tè freddo?» chiese Greta.

«No, sono a posto. Grazie.» Bridget si alzò. «Dovrei tornare al lavoro.»

Greta agitò le mani. «Fa un caldo d'inferno, lassù. Perché non rimani qui seduta ancora un po'?»

«Va bene» disse Bridget.

Greta versò ancora del tè per tutte e due. Anche se Bridget aveva detto di no, in realtà ne voleva ancora.

«Tesoro.»

«Sì?»

«I tuoi sanno dove sei?»

Bridget sentì il viso scaldarsi. «Sì.» Era vero. Suo padre, almeno.

«Sai che puoi usare il mio telefono se ne hai bisogno.»

«Va bene. Grazie.»

«Sono in viaggio, hai detto?»

Bridget annuì, fissando il suo tè freddo. Non voleva che Greta le facesse altre domande. Certo, mentire era semplice, ma a Bridget non piaceva più. Avrebbe voluto che le sue bugie evaporassero quando aveva finito di dirle. Bridget si schiarì la gola. «Marly è andata al college da queste parti?» chiese.

Sembrava che a Greta piacesse parlare di sua figlia. «È andata a Tuscaloosa. Anche suo padre era andato lì.»

«Si è trovata bene?»

«Be'...» Greta rifletté. Bridget sapeva che sarebbe stata onesta sull'argomento ancor prima che aprisse bocca. «Ha avuto dei problemi.»

Bridget bevve il tè freddo.

«Marly era proprio strana. In alto come un aereoplano una settimana, e quella dopo non riusciva nemmeno ad alzarsi dal letto.»

Bridget annuì ancora e posò i piedi sul pavimento. Non era facile da sentire. Sembrava fin troppo familiare.

«Ha avuto un crollo durante il primo anno al college, ma non conosco tutti i dettagli. Un dottore le ha diagnosticato una malattia mentale e l'ha mandata in un ospedale per alcuni mesi. Credo che le sia stato utile, anche se odiava quel posto.»

Bridget sapeva che quella era la parte di Shepherd's Hill.

«L'anno dopo, all'università, si è innamorata del suo professore di storia, un ragazzo che veniva dall'Europa. Era una pazzia per una ragazza di diciannove anni, ma voleva sposarlo a tutti i costi.»

Bee fu stupita. Sapeva che suo padre aveva insegnato in Alabama, e che le strade dei suoi genitori si erano incrociate lì per la prima volta, ma non aveva la minima idea che fosse successo così.

«È stato triste, in realtà, perché Franz, suo marito, ha perso il posto per questo.»

Bridget annuì. Questo spiegava perché suo padre era passato dall'università a una scuola superiore privata.

«Ha trovato lavoro a Washington D.C., così si sono trasferiti lì.»

«Oh.»

Greta la osservava, pensierosa. «Sembri stanca, tesoro. Perché non fai una bella doccia nel bagno degli ospiti e ti stendi un po'?»

Bridget si alzò; provava tanta gratitudine per Greta che avrebbe voluto darle un bacio sul capo. Perché dormire un po' e una doccia erano esattamente quello di cui aveva più bisogno.

Bee,

Vorrei poterti chiamare. Odio non poterti mandare delle e-mail o telefonarti cinquanta volte al giorno. Non sono abbastanza paziente per le lettere. Ma continuerò a scrivere comunque, perché devo stare con te, in qualche modo.

Mi ha fatto piacere sapere di tua nonna e di Billy. Avresti potuto dirmelo, però, che lei non sa ancora chi sei. (Saputo da Tibby, a proposito.) Quando glielo dirai? Come fa ad aiutarti, se non lo sa?

Non sto ad annoiarti con i racconti del mio pessimo comportamento con mia madre, o della mia spumeggiante vita amorosa. Forse più avanti.

Chiamami questa settimana. Altrimenti, basta torta al cioccolato, capito?

Baci

Carma

IL TEMPO È CIÒ
CHE IMPEDISCE
ALLE COSE
DI ACCADERE
TUTTE INSIEME.

– ANONIMO

Adesso era Lena quella che cercava di prendere tempo con sua madre, invece del contrario. Per giorni aveva aspettato con impazienza un invito a sedersi in macchina, mentre sua mamma andava a restituire le videocassette o qualsiasi altra cosa. Si era ormai resa conto che sua madre la stava evitando.

Che cosa poteva essere? si chiese. Che cosa significava Eugene per lei? Perché era così reticente?

Persistette nel suo comportamento diabolico quando finì il turno al lavoro e telefonò a sua madre perché la venisse a prendere. La verità era che davvero non sapeva come tornare e davvero stava piovendo. E davvero c'era una camicia abbastanza carina, beige, naturalmente, che a sua madre poteva piacere.

Quando furono in macchina, insieme, sulla via di casa, Lena sbottò: «Ehi, mamma».

«Sì?»

«So che sei a disagio per qualche ragione, ma potresti per favore dirmi chi è Eugene? È solo per me. Non andrò a dirlo in televisione o cose del genere. Non dirò niente a nessuno, nemmeno a papà, se non vuoi che lo dica.»

Le labbra di sua madre si strinsero. Non era un buon inizio.

«Lena.» Sembrava che cercasse di essere paziente, ma non le riusciva facile.

«Sì» disse Lena timidamente.

«Non voglio parlarne. Credevo di essere stata abbastanza chiara.»

«Ma perchéééé?» Lena sapeva di poter piagnucolare così solo con sua madre. Non avrebbe mai voluto Kostos o la sua nuova ragazza nell'auto con lei in quel momento.

«Perché non voglio. Sono affari miei, e non mi sento di condividerli. Capito?»

«Sì» disse Lena, sconfitta, piano. Che cos'altro poteva dire?

«Non voglio che me ne parli più.»

«Va bene.»

La pioggia cominciò a cadere rumoreggiando sul parabrezza. Lampi attraversavano il cielo. Aveva tutta l'aria di un grosso temporale estivo. Lena li adorava.

«E cosa succede la prossima volta che non ho voglia di condividere con te qualcosa della mia vita?» chiese Lena. Non poté non dirlo. Non voleva uscirne a mani vuote.

Ari sospirò. «Dipende da cos'è. Ma tanto per mettere le cose in chiaro: io sono la madre, tu sei la figlia.»

«Lo so» mormorò Lena.

«Non è sempre giusto.»

Non è mai giusto, avrebbe voluto dire Lena, ma per una volta riuscì a tenere la bocca chiusa.

Sua madre parcheggiò davanti a casa. Spense il motore, ma non accennò minimamente a scendere.

«Lena, ti posso chiedere una cosa?»

«Sì» disse Lena, desiderando e sperando che sua madre avesse all'improvviso cambiato idea.

«Chi ti ha detto di Eugene?»

Non era quello che sperava. Si strofinò le mani e si schiarì la voce. «Non credo di aver voglia di condividere questo con te.»

Joe, il piccolino, giocava per terra con le macchinine mentre Jesse guardava la tv: c'era un programma di gatti che parlavano inglese con l'accento cinese. Carmen si sentiva un po' in colpa, a non fare di più per i soldi che guadagnava, ma a Jesse il programma piaceva molto ed era sul canale per i piccoli, il che voleva dire che andava senz'altro bene, no?

A parte il fatto che aveva un sacco di cose a cui pensare, e ci riusciva meglio quando i bambini erano tranquilli. Voleva chiamare Bee perché non sentiva la sua voce da otto giorni, ma non ci riuscì; così chiamò Lena al lavoro.

«Il mio lavoro è molto più pesante del tuo» disse Lena con tono accusatorio, quando rispose.

«Ti sbagli proprio. Hai mai passato del tempo con un bambino di quattro anni?» chiese Carmen. Continuarono così una discussione in corso tra loro.

«Allora come mai mi chiami sempre, se è così pesante?»

«Perché m'importa proprio tanto di te.»

Lena rise. «Sul serio, Mrs. Duffer mi sta fulminando con lo sguardo in questo momento. Non posso parlare.»

«Hai sentito Bee?» chiese Carmen.

«No.»

All'improvviso un grido riempì la stanza. Poi due più forti. Jesse stava prendendo la macchinina di Joe. «Visto?» disse Carmen con soddisfazione a Lena prima di riagganciare.

«Jesse!» intervenne Carmen. «Lascia giocare Joe con le macchinine!»

«Nooooooo! Sono miiiiiie.»

«Su, Jesse. Dagli le macchinine. Non vuoi che stia tranquillo, così puoi sentire cosa dicono alla tv?» Carmen si sentì immorale, come se gli stesse offrendo una sigaretta.

«No!» gridò Jesse. Strappò la macchinina dalla mano grassottella di Joe. Il pianto di Joe fu così intenso che non produsse alcun suono. La sua faccia si fece rossa, a parte le piccole pieghe intorno al naso e sulla fronte, che diventarono verdastre.

«Jesse, non puoi fare a metà?» lo supplicò Carmen.

Quando finalmente il pianto di Joe si sentì, fece quasi volar via il tetto.

Carmen raccolse Joe dal pavimento e corse per la stanza con lui. «Vuoi giocare col mio cellulare?» chiese, in preda alla disperazione.

Era il passatempo proibito che Joe preferiva. Una volta aveva chiamato il padre di Carmen al lavoro.

Porse il telefono al bambino, ed ebbe un brivido quando lui accese il menu dei comandi veloci. La faccia di Joe riprese subito un colore normale. «Attento, tesoro, non ho più credito» supplicò mentre il bimbo premeva tutti i pulsanti.

Jesse si precipitò verso di loro e tese la mano. «Voglio il telefono» disse.

Carmen sospirò. Tutto questo era al di là delle sue capacità. Fare a metà? Era figlia unica. Non aveva mai diviso niente. Le mancava quella lezione.

Carmen stava per rinunciare quando Joe porse a Jesse il cellulare con magnanimità. Jesse non voleva più il cellulare se Joe non lo voleva, quindi lo buttò per terra. Poi Jesse porse con gentilezza la macchina gialla a Joe e tenne quella blu per sé.

Cinque minuti dopo i due bambini si muovevano carponi sul pavimento, felici. Carmen si sedette sul divano e guardò i bambini giocare, chiedendosi se la lezione che aveva perso conteneva qualcosa di prezioso.

«Il suo sinistro non è niente male» Bridget disse a Billy.

Billy, per quanto fosse ancora spaventato, si stava abituando a lei. Burgess giocava la terza partita della stagione e non aveva ancora mai vinto. Quello era il primo campionato a cui Bridget avesse partecipato, e adesso lo guardava con grande avidità, come se fosse la Coppa del Mondo.

Billy le si avvicinò. La felpa verde scuro della squadra era in tinta con i suoi occhi.

Bridget abbassò la voce e gli andò vicino. «Il portiere di Mooresville. Niente sinistra.»

Sapeva che Billy avrebbe voluto ignorarla, ma non ci riusciva.

Quando Billy fu in possesso della palla per la seconda volta, la tirò forte sulla sinistra del portiere. E quella entrò in rete senza difficoltà.

Tutti gridavano, a bordo campo. Billy si voltò e mostrò a Bridget i pollici in su. Era un gesto stupido, ma lei gli sorrise lo stesso.

Burgess vinse uno a zero. I ragazzi della squadra, i loro amici e le loro belle cheerleader uscirono a festeggiare, e Bridget tornò da sola alla sua pensione. Ma era troppo eccitata per starsene in camera, quindi pescò le scarpe da jogging in fondo alla valigia. Non le usava da mesi. Le mise e uscì. Corse per tutta Market Street, fino al fiume. Si ricordò la strada coperta d'erba che correva lungo l'argine. Il posto con le punte delle frecce. Lontano, sulla sponda, vide l'antica quercia spezzata che dava riparo a erbacce robuste e rampicanti a spese dei suoi rami cadenti.

Aveva corso per così tante miglia in vita sua che il suo corpo sembrò accogliere con benevolenza il movimento. Però, dopo circa un miglio nel caldo di luglio, cominciò a lamentarsi. Bridget sentì tutti i chili di troppo sui fianchi, le spalle e le braccia. Questo le fece rallentare il ritmo e le spezzò il fiato.

La sua mente corse ai Pantaloni Viaggianti. Solo quella mattina li aveva mandati per la loro strada. Non li aveva neppure indossati. Era arrabbiata con se stessa e questo la faceva correre sempre più veloce. E più correva, più sentiva di trasportare un fardello, e voleva disfarsene.

Lena ricordava con chiarezza l'ultima volta che i Rollins avevano fatto la grigliata del Quattro Luglio, perché aveva vomitato sulla tovaglia a quadretti bianchi e rossi. Aveva sempre dato la colpa all'anguria, ma non si poteva mai essere certi. Avevano dieci anni, quell'estate.

La grigliata era stata una tradizione con cadenza annuale quando erano bambini, ma dopo gli undici anni c'era stata una lunga interruzione. Benché nessuno avesse detto niente, Lena sapeva che era per via della mamma di Bee. I rapporti tra gli adulti non erano stati più tanto facili, dopo.

Non sapeva bene perché, dopo sei anni, avessero deciso di ricominciare. Per un breve istante aveva temuto che fosse perché Bee era via quell'estate, ma si era resa conto che la mamma di Tibby aveva fatto gli inviti prima che Bee fosse partita, d'impulso. Lena aveva un altro dubbio che la tormentava: era stata quella festa a spingere Bee ad allontanarsi?

Ma Lena non ci credeva davvero. Bee aveva sopportato di proposito e con caparbietà riunioni più dure di quella. A maggio aveva inspiegabilmente deciso di partecipare alla cena sportiva madri-figlie che si teneva tutti gli anni, nonostante i loro tentativi di fare altri programmi per quella sera.

Mentre parcheggiavano davanti alla bella casa con giardino dei Rollins, tutti i Kaligaris insieme per una rara apparizione di famiglia, Lena si ripromise di andarci cauta, con l'anguria.

«Chi ha pulito queste belle pannocchie?» chiese la mamma di Tibby, benevola, mentre Lena e la sua famiglia si avviavano verso il giardino. Lena vide che le pannocchie, a macchie giallo chiaro e scuro, erano impilate come una piramide su un piatto da portata blu.

«Credo di essere stata io» disse Lena con modestia.

Guardò le madri abbracciarsi e baciarsi, un colpetto sulla schiena, una guancia. Lena notò che sua madre aveva l'aria particolarmente rigida. I padri si strinsero le mani e parlarono con voce più grave di quanto facessero a casa.

Lena scorse Carmen che se ne stava piuttosto distante da sua mamma. Carmen indossava una gonna corta di jeans sfrangiata, una canottiera bianca e una sciarpa rossa le legava i lunghi capelli. Lena era sempre ammirata davanti a lei. Quel giorno Carmen riusciva ad essere sexy e patriottica al tempo stesso.

Tibby si muoveva furtiva per il giardino con la videocamera. Indossava una maglietta militare verde a macchie, tutta sbiadita, e pantaloni corti logori color kaki. Non aveva l'aria sexy né patriottica. Le tre ragazze si ritrovarono in fretta, come pezzetti di mercurio separati, e si riunirono nella veranda. Guardarono Christina e Ari ripetere i loro rigidi gesti di abbraccio-e-bacio.

«Cos'ha tua madre?» chiese Carmen.

«Non ha l'aria felice, vero?» osservò Lena.

«È ancora arrabbiata con te per la storia di Eugene?» chiese Carmen.

«Credo di sì» disse Lena. «Si comporta in modo strano.»

Carmen guardò il cielo. «Mi manca Bee.»

«Anche a me» disse Tibby.

Lena si sentì triste. Afferrò una mano di Tibby e una mano di Carmen. Se le strinsero e le lasciarono andare prima di sentirsi sciocche. Lo facevano, a volte, quando una di loro non c'era.

«Però ha i Pantaloni» disse Carmen pensierosa.

«Speriamo che stia bene» disse Lena.

In silenzio, immaginarono Bee in Alabama, armata dei Pantaloni.

«Devo andare.» Tibby agitò la videocamera. «Devo lavorare, questo fine settimana.»

«Allora andiamo al centro commerciale questa sera?»

«Certo» disse Lena. Ogni anno, il Quattro Luglio, un folto gruppo di ragazzi della scuola si riuniva intorno alla piscina per ascoltare i gruppi che suonavano e vedere i fuochi d'artificio. Lena sentiva che, come *teenager*, era doveroso andarci, ma non le piaceva la folla e non le piacevano le feste.

Effie si presentò con due hamburger, una montagna di insalata di patate e due pannocchie.

«Fame?» chiese Lena.

Effie la ignorò. «Voglio quella gonna» disse a Carmen.

«Puoi averla in prestito» propose Carmen, magnanima. Da figlia unica, Carmen apprezzava la novità di Effie.

Lena si guardò in giro. Ai vecchi tempi quella festa era piena di personaggi controcorrente. I genitori di Tibby erano giovani alternativi. Qualcuno tirava fuori una chitarra e suonava canti popolari e strane canzoni dei Led Zeppelin, che i suoi genitori non sapevano mai tanto bene, col fatto che erano greci. Con il senno di poi, Lena sospettava che un sacco di adulti fumassero marijuana nella taverna di casa, mentre i bambini giocavano a prendersi nel prato. Sei anni dopo, gli amici dei Rollins erano molto più trasandati. La maggior parte di loro aveva bambini piccoli e piccolissimi.

All'improvviso Lena capì perché quella festa era risorta. Le settembrine e i loro genitori erano i testimoni della prima fase genitoriale dei Rollins. La mamma di Tibby li aveva invitati di nuovo per amore dei vecchi tempi, ma quella festa in realtà era per i loro amici della seconda fase, i genitori degli amici di Nicky e Katherine. In realtà, Lena aveva il forte sospetto che entro la fine della serata sarebbe stata reclutata per fare la babysitter.

Si sentì un po' triste. Capì un po' di più come stavano le cose per Tibby. Rifletté su come avrebbe spiegato quel sentimento a Kostos se gli avesse scritto ancora delle vere lettere. Forse era solo la tristezza del tempo che passa. Forse era male al cuore per la normalità della vita. Lena, Effie e Carmen mangiarono sull'erba e guardarono i bambini correre intorno. Poi, quando venne il dolce, Lena guardò con qualche presentimento i bambini piccoli che addentavano enormi quantità di anguria succosa.

Il sole cominciava appena ad abbassarsi quando la madre di Lena apparve al suo fianco, di malumore. «Lena, noi andiamo. Puoi restare, se trovi un passaggio fino a casa.»

Lena la guardò stupita. «Andate di già? È ancora presto.»

Ari le scoccò un'occhiata del tipo non-ho-voglia-di-parlarne. Lena ne aveva ricevute tante, negli ultimi tempi.

«Vengo anch'io» disse Lena. Quando era alle feste, spesso non vedeva l'ora di essere in camera sua. Anche Effie decise di andare via con loro. Lena pensò che fosse perché gli unici maschi disponibili avevano meno di quattro anni.

Lena vide la mamma di Carmen, che la chiamava. Christina indossava la versione Christina dello sguardo di Ari. Che cosa stava succedendo? Ari andò diritto all'auto, senza salutare nessuno. Lena si avvicinò in fretta a Carmen. «Che cosa succede?» sussurrò.

«Non lo so.» Carmen aveva l'aria altrettanto stupita.

Si precipitarono in cucina, da Tibby.

«Non so.» Tibby sembrava proprio traumatizzata. «Si sono chiuse tutte e tre in sala da pranzo. Tua madre è convinta che mia madre e la madre di Carmen ti abbiano rivelato qualche grosso segreto su Eugene. Sussurravano, ma si capiva che erano arrabbiate.»

Lena gemette. Sentì il motore rombare fuori. «Vi chiamo più tardi. La mia mamma se ne sta andando.» Le tre ragazze si abbracciarono in fretta, lasciandosi da amiche mentre le loro madri si erano separate con rabbia. Lena sedette sul sedile dietro, nel ritorno verso casa, assaporando un tipo di tristezza tutto nuovo. Aveva nutrito qualche speranza inespressa per quella grigliata. In qualche modo, aveva immaginato che le loro madri si sarebbero ricordate di quanto amavano le figlie e di quanto si volevano bene tra loro e senza sforzo avrebbero ricominciato a essere amiche.

Ora a Lena sembrava di capire Carmen, con i suoi genitori divorziati. Era un istinto umano elementare, desiderare che le persone che ami si amino tra loro.

Lena guardò il volto teso di sua madre nel retrovisore. Effie le scoccava occhiate interrogative. Suo padre, in apparenza all'oscuro di tutto, terminò il pezzo di anguria che aveva portato con sé. Almeno, Lena non aveva vomitato.

Carma,

smettila di preoccuparti, d'accordo? Non l'hai detto ieri al telefono, ma si capiva. Quindi smettila. Sto bene. Ho bisogno di stare qui, e presto scoprirò anche perché. Ti ho parlato di Billy? Credo di sì. Almeno quindici volte.

Ecco allora i Pantaloni, toccano di nuovo a te. Sembra che facciano il giro in fretta questa volta, o è una mia impressione? Non posso raccontarti come sono stata coi Pantaloni. Non posso parlarne. Devi aspettare fino alla fine dell'estate, e allora avrò alcune grandi cose da dire. So che le avrò.

Ehi. Divertitevi al grande vecchio ritrovo dei Rollins. Fai a Nicky e Katherine un bel po' di solletico da parte mia. E di' a Lenny di andarci piano con l'anguria.

Ti voglio bene. Sempre e ovunque, Carmabelle.

Bee

A VOLTE SI HA BISOGNO
DI METTERE TUTTO
IN DISORDINE.

– LORETTA, LA DOMESTICA
DEI ROLLINS

Quando Alex si chinò accanto a Tibby, lei sentì il calore del suo corpo. Il suo mento doveva essere a meno di quindici centimetri dalla spalla di lei.

«Mi piace molto questo» disse lui.

No, a me piace molto questo, pensò lei.

Era una serie di brevi tagli di sua madre che non aveva abbastanza tempo. Era un montaggio, in realtà. Tibby aveva detto a sua madre che voleva farle un'intervista, e Alice aveva passato gran parte del fine settimana a rimandare.

Prima con l'asciugamano in testa e lo smalto sull'unghia dell'alluce che asciugava: "Tesoro, possiamo farlo più tardi?".

Poi sporgendo la testa fuori dal bagno: "Stellina, non ho proprio tempo in questo momento". Poi frustrata e immersa fino ai gomiti nella carne rossa di manzo, mentre faceva gli hamburger da cucinare sul barbecue. "Puoi aspettare finché finisco questi?"

Tibby mostrò spezzoni più corti e più veloci man mano che passavano. Gradualmente aumentò la velocità del video, quindi la voce di sua madre divenne più acuta e i suoi movimenti sempre più a scatti con l'avanzare del documentario.

«Perché non ci butti dentro questo?» chiese lui. Era un primo piano di succo rosso di ghiacciolo che colava lungo l'avambraccio di Nicky.

«Perché?» chiese lei.

«Perché è *cool*. E poi non deve diventare prevedibile.»

Tibby voltò appena il viso, in modo da vederlo meglio. Era al tempo stesso intimorita e avvilita. Lui era così bravo. Mentre le sue idee erano prevedibili.

Lui la stava spingendo con sottigliezza oltre il puro umorismo da farsa con cui lei aveva cominciato, verso un ritratto di sua madre più oscuro e caotico. Tibby sapeva che era più tagliente, ma anche più stimolante.

Per creare un buon equilibrio, Tibby gettò in mezzo, a caso, la ripresa di una macchia di erba gialla nel suo giardino altrimenti verde.

«Grandioso» disse lui, approvando con un cenno.

Lui era un buon insegnante. Lei era una buona allieva. E Tibby sentì un lieve, diabolico piacere nel fatto che Alex si interessasse così tanto al suo film, mentre Maura non aveva quasi nemmeno cominciato le riprese.

Per tutta la strada di ritorno alla sua stanza, Tibby rimuginò sulla parola "grandioso".

Quando arrivò, Brian era lì.

«Ehi» disse sorpresa.

«Sono tornato, va bene?»

Tibby annuì, ma una parte di lei non era convinta.

«Volevo vedere come stava venendo il tuo film.»

«Grazie» disse lei.

Sapeva che quando era venuto la prima volta si era reso indispensabile a una copisteria locale il cui sistema informatico era andato in tilt.

Almeno aveva lavorato.

Guardò l'abbigliamento trascurato di Brian. Chissà com'era la sua casa perché volesse starci così poco, si chiese lei, ma non glielo chiese. Per anni la sua vita era stata tutta un videogioco davanti a un 7-Eleven. Ora, a quanto pareva, era Tibby.

«Devo lavorare un sacco» disse. «Devo presentare il primo montaggio domenica. Facciamo un piccolo festival di cinema per il giorno dei genitori» spiegò.

«Va bene. Ho delle cose da fare.» Brian si sistemò sul pavimento con quaderno e matite per dimostrarglielo.

Tibby posò il computer sulla scrivania. Doveva comporre la colonna sonora quella sera. Credeva di sapere le canzoni che voleva, ma dopo aver visto quello su cui Alex stava lavorando si preoccupò che le sue fossero troppo... prevedibili. Pensò a quelle custodie di CD scritte a mano. Probabilmente lui conosceva di persona tutti i musicisti. Si sentì una stupida ragazzina all'ultima moda che si compra i CD da Sam Goody's.

Prese a cercare canzoni meno note di gruppi meno noti. Poteva mescolarle e variare la velocità in modo che le canzoni fossero quasi irriconoscibili. Fece passare la sequenza sulla quale lei e Alex avevano lavorato. La fece ripassare. Mise la canzone che aveva scelto e la accelerò fino a raggiungere una velocità spasmodica. Era molto concentrata quando si rese conto che Brian stava guardando sopra la sua spalla. Si voltò nel tentativo di impedirgli con la testa di vedere lo schermo.

«Cosa?»

«È questo?»

«Una parte» disse, un po' sulla difensiva.

Gli occhi di lui erano turbati. «Non credi che la tua mamma potrebbe arrabbiarsi se la fai vedere in bagno con un asciugamano in testa?» Era una domanda vera, non un'accusa. Lei lo guardò come se fosse ritardato. «È un film. I suoi sentimenti non c'entrano. Dovrebbe essere... sai, come arte.»

Arte o non arte, Brian non cedette. «Ma se lo vede, potrebbe rattristarsi» disse con semplicità.

«Innanzitutto non lo vedrà. Pensi davvero che mia madre si farà vedere per il giorno dei genitori? Non ha nemmeno il tempo di leggere la mia pagella.»

«Ma non ti sentiresti in colpa a fare un film su di lei che non le lasceresti vedere?»

«Non sto dicendo che non glielo farò vedere!» disse Tibby risentita. «Va benissimo, se lo vede. Dico solo che non c'è alcuna possibilità che venga al festival, quindi è abbastanza irrilevante.»

Brian non disse altro, e non rimase a guardare il film di Tibby. Si ritrasse piano mentre lei ascoltava un passo di una canzone più volte, ad alto volume, variando la velocità. Quella sera nessuno fischiettò.

«Credo che sia ancora arrabbiata. Non sono sicura. Non mi parla» disse Lena, tenendo il telefono tra l'orecchio e la spalla: aveva tutt'e due le mani impegnate ad appendere delle camicie.

C'erano sempre tanti vestiti da rimettere a posto. Di solito le clienti provavano venti capi e ne compravano più o meno uno. E quando Lena era lì ad assisterle, non ne compravano nessuno. Lena non aveva l'anima della venditrice.

«Che festa surreale. Almeno ho usato un bel po' di pezzi nel film» disse Tibby.

Lena notò la musica incoerente in sottofondo. Tibby era troppo progressista per amare una cosa che sembrasse buona e basta.

«Hai filmato la lite?» chiese Lena, molto seria. Non riusciva a capire perché il disaccordo tra le madri la preoccupasse tanto. Be', a meno di non pensare che fosse tutta colpa sua. C'era quel piccolo dettaglio.

«Un pezzo. Però per sbaglio ho registrato sopra la parte finale, quando stavo riprendendo la corsa di mia madre per la casa con un pannolino appiccicato a un tacco.»

Lena rise senza energia. «Oh.»

«Mia mamma è proprio stramba. Quando me ne sono andata stava ancora delirando e borbottando sul fatto che tua madre dovrebbe aprirsi di più con te. Come se mia mamma spendesse anche solo dieci secondi a dirmi qualcosa.»

Lena strinse una serie di grucce sotto il braccio. «Sì» disse, assente. Silenzio dall'altra parte.

Lena si accorse all'improvviso di aver infranto una regola basilare. Potevi inveire contro tua madre. Potevi ascoltare con pazienza un'amica che inveiva contro sua madre. Ma non dovevi mai inveire contro la madre di un'amica o essere d'accordo con i
summenzionati rimproveri.

Lena non lo aveva fatto apposta, ma era troppo tardi, ormai.

«Non è che sia la sola ad essere stramba» disse Tibby con calma.

«Sì. No. Voglio dire, no.» Lena stava cercando di sistemare una camicia che le scivolava giù dalla gruccia. Non era mai stata brava a fare due cose insieme.

«E forse non avresti dovuto mentirle per farti raccontare di quell'uomo.»

«Tibby, non ho mentito.» Lena si fermò. Sì, lo aveva fatto. «Voglio dire, mi dispiace se le ho mentito, ma comunque non doveva...» Per errore Lena schiacciò un tasto con la guancia. Biiip.

«Non doveva cosa?» disse Tibby, seccata e combattiva. «Dirti tutte quelle cose che la stavi spingendo a dirti?»

«No, voglio dire...»

«Scusa. Oh, buongiorno.» Una donna fece un cenno dal camerino. Lena sentì la sua voce e vide il suo braccio.

Tesa, lasciò cadere a terra le camicie. Calpestò una manica. «Tibby, io... io non posso...»

«La cosa triste è che mia mamma stava cercando di esserti amica.»

La frustrazione di Lena passò la misura.

«Tibby! Non sto criticando tua mamma! Sei tu che stai facendo un film su di lei mentre trascina un pannolino per la casa!»

Tibby rimase zitta. Lena si sentì davvero in colpa. «Tib, mi dispiace» disse piano.

«Devo andare. Ciao» disse Tibby, e riagganciò.

Loro quattro avevano stretto un patto secondo il quale non dovevano mai riappendere, per quanto arrabbiate. Tibby aveva quasi infranto il patto.

«Scusi» chiamò di nuovo la cliente.

Lena aveva voglia di piangere. Si trascinò fino al camerino. «Sì. Posso aiutarla?»

«Li avete di una taglia in più?» La donna sventolò un paio di pantaloni al di sopra della tenda.

Lena li afferrò e andò dritta verso gli appendiabiti. Le donne portavano sempre nel camerino la taglia che avrebbero voluto avere invece della taglia che avevano davvero. Lena andò a prendere i pantaloni tra le taglie dodici.

«Ecco qui» disse.

Un istante dopo, la donna apparve indossando la dodici. Aveva i capelli rossi, scialbi, e l'incarnato smorto. «Che cosa dici?» chiese a Lena, con aria speranzosa.

Lena era preoccupata. Stava ancora fissando il telefono come se l'avesse pizzicata. «Be', mi sembrano un po' stretti.» Lena tendeva a preferire la verità alla carità.

«Oh. Forse hai ragione.» La signora si allontanò in fretta dallo specchio.

«Dovremmo avere la quattordici» propose Lena.

La donna non aveva l'aria di voler considerare quella opportunità. Se ne andò qualche minuto dopo, senza comprare niente. Meglio non comprare niente che affrontare la vita in una taglia quattordici quando si crede di essere una dieci.

Lena teneva ancora in mano il telefono mentre guardava la sua unica cliente trascinarsi fuori dal negozio. Forse non era proprio difficile capire perché Lena non guadagnava mai niente come provvigioni.

Carmen digitò il numero di cellulare di sua madre sul suo nuovo telefonino. Si tappò l'orecchio libero con un dito per attutire i rumori del bar.

Era staccato. Christina lo aveva spento. Incredibile! E se Carmen fosse stata coinvolta in un incidente? E se fosse stata per terra sul ciglio della strada, sanguinante? Avrebbe voluto essere per terra sul ciglio della strada, sanguinante.

«Va tutto bene?» chiese Porter.

Carmen si rese conto di aver fatto senza volerlo la faccia da sul-ciglio-della-strada-sanguinante.

«Sì.» Cercò di ricomporsi. «È solo che non riesco a parlare con mia madre.»

«È urgente? Perché potremmo...»

No, non è urgente. Carmen aveva voglia di essere aggressiva con lui. Non ho proprio niente da dirle. Voglio solo infastidirla e rovinarle la serata.

Le labbra di Porter si muovevano: sembrava che suggerisse qualcosa, ma Carmen non ascoltava.

Fece un cenno con la mano. «Tutto bene. Non è niente.» Fissò cupa il milkshake rosa.

«D'accordo, bene...» Porter spinse da un lato il suo milkshake. Per fortuna non si era messo ad aspirare il fondo gorgogliando. Prese il portafogli. «Il film comincia tra quindici minuti. Sarebbe meglio andare.»

Carmen annuì, assente. La sua mente era fissa su un altro pensiero. Sua madre era andata ronzando per casa tutto il giorno, come Martha Stewart in preda alle anfetamine. Aveva foderato gli scaffali della cucina con la carta nuova e sistemato i tulipani sopra il caminetto nel salotto.

Carmen aveva creduto che Christina stesse solo spargendo felicità e bellezza sul mondo, ma ora aveva un sospetto più oscuro. E se le aveva dato il permesso di andare allo spettacolo delle dieci e venti perché intendeva segretamente portare David a casa? E se avessero...

Va bene, no. Carmen non doveva pensarci.

Ma sua madre credeva sul serio di poter portare con tanta leggerezza un uomo in casa sua – nella casa di Carmen – e... e...

Carmen era furiosa. No che non poteva.

Si portò una mano alla testa. «Sai cosa, Porter?»

Lui la guardò, dubbioso, con lo scontrino in mano. «Cosa?»

«Credo di avere la sinusite.»

Avrebbe potuto dire mal di testa e basta, ma così sembrava più realistico. «Sto pensando che dovrei forse saltare il film, stasera.»

«Oh. Peccato.» Aveva l'aria delusa. E per la prima volta parve balenargli il sospetto che lei lo stesse prendendo in giro.

«Mi dispiace» disse lei. Le dispiaceva. Non avrebbe voluto essere lei la stupida che lo prendeva per stupido.

«Ti do uno strappo fino a casa, allora» bofonchiò lui, alzandosi.

«Posso andare a piedi» bofonchiò lei di rimando.

«Non ti lascio andare a casa a piedi se ti senti male» disse lui. C'era un luccichio di sfida nei suoi occhi. Forse aveva capito qualcosa.

Qualche minuto dopo Carmen entrò in casa facendo rumore, impacciata. Pensò di fare piano, ma solo Dio sapeva che cosa avrebbe visto se non avesse dato almeno un piccolo preavviso. Sbatté la porta alle sue spalle. Fece tintinnare le chiavi. Mosse qualche passo nel salotto e agitò di nuovo le chiavi.

Silenzio.

Non erano né in cucina né in salotto. Mancava solo la camera di Christina, l'alternativa peggiore. Carmen trattenne il respiro e si avventurò da quella parte, non sapendo bene che cosa avrebbe fatto quando fosse arrivata lì.

Col cuore in gola, entrò nella breve anticamera. Un passo. Due. Si fermò. La porta era aperta, ormai riusciva a vederla. Il letto di Christina era esattamente come lo aveva lasciato, coperto dai vestiti che aveva scartato prima di uscire.

«Ciao» disse. La sua voce s'incrinò. Aveva l'aria patetica.

Non c'era nessuno lì. Anche se questo avrebbe dovuto farla felice, la rese triste.

Sedette, rigida, in cucina. Si rese conto solo dopo un po' che stava ancora stringendo la borsa e le chiavi.

LA PAURA È QUELLA PICCOLA
CAMERA OSCURA
IN CUI SI SVILUPPANO
I NEGATIVI.

– MICHAEL PRITCHARD

L'orologio della cucina si era proprio fermato. Era rotto. Doveva essere rotto. Non si era mosso dalle dodici e quarantadue, oh. Dodici e quarantadue.

Era troppo tardi per chiamare qualcuno. Carmen non voleva mandare una e-mail a Paul. Non voleva leggere la bile che sarebbe scivolata fuori dalle proprie dita. Se avesse trovato le parole e le avesse digitate, Paul avrebbe avuto tutto il tempo per giudicarla in quel suo modo silenzioso.

Avrebbe salvato il messaggio sull'hard disk. Forse lo avrebbe inoltrato a tutta la sua rubrica per errore. Le venne un'idea. Avrebbe impacchettato i Pantaloni per Tibby. Era una cosa sana da fare. Era tutto il giorno che voleva farlo. Avrebbe inserito la lettera e avrebbe scritto l'indirizzo e tutto il resto.

Camminò come in trance fino alla sua camera. Spostò pile di cose da una parte all'altra, senza scopo. Si scordò quello che stava cercando, poi se lo ricordò. Cercò meglio. Con un certo sforzo riuscì a concentrarsi su quello che doveva fare. I Pantaloni Viaggianti. I Pantaloni. Sacri. Da non perdere. Come un robot, frugò nei cassetti. Non erano nei cassetti. E nemmeno nella grossa pila di vestiti ai piedi del letto.

All'improvviso li visualizzò in cucina. Sì, li aveva portati in cucina prima, quella sera stessa. Si trascinò in cucina e ispezionò la piccola stanza. Non erano sul piano di lavoro. Alla preoccupazione per sua madre si sovrappose la preoccupazione per i Pantaloni. Controllò nella lavanderia, nel caso che qualche terribile accidente avesse portato i Pantaloni in contatto proibito con la lavatrice. Le parve che le ossa e i muscoli le si gonfiassero. Controllò nella cesta della biancheria sporca in bagno. Il

Pantaloni-pensiero cominciava ufficialmente a scalzare il mamma-pensiero.

Carmen stava correndo ormai senza speranza verso l'armadio della biancheria quando la porta d'ingresso si spalancò e tutt'e due le sue preoccupazioni apparvero in una sola cornice.

Alla vista di sua madre, Carmen si fermò con uno scivolone, come un personaggio dei cartoni animati. Spalancò la bocca.

«Ciao, tesoro. Che cosa fai ancora alzata?» Sua madre sembrava timida, non proprio preparata a incontrare Carmen in quel momento.

Carmen boccheggiò come un pesce. I suoi respiri erano molto lievi. Puntò un dito.

«Cosa?» Christina avvampò, come sempre. Di solito esprimeva sia stupore che vergogna. In quel momento stava scivolando dal primo verso la seconda.

Carmen mosse un dito per aria, incapace di mettere insieme parole che potessero in qualche modo esprimere la sua indignazione. «Tu-tu... Quelli...!»

Christina era esitante. Mostrava ancora strascichi di felicità. Una parte di lei era ancora in auto con David. Non era entrata del tutto nell'incubo domestico che Carmen rappresentava.

«I miei Pantaloni!» gridò Carmen come una furia. «Li hai rubati!»

Christina abbassò lo sguardo sui pantaloni, confusa. «Non li ho rubati. Li hai lasciati in cucina... Credevo...»

«Credevi cosa?» tuonò Carmen.

Sua madre parve rimpicciolire. Aveva un'aria timida ormai. Fece un cenno verso i Pantaloni. Rivolse a Carmen uno sguardo supplichevole. «Credevo che fossero...»

Carmen la guardò, impassibile.

«Fossero...» Christina aveva l'aria addolorata. «Un'offerta di pace, immagino» terminò piano.

Se Carmen fosse stata gentile, sarebbe tornata sui suoi passi. Era un errore tenero, seccante solo in potenza.

«Credevi davvero che ti lasciassi mettere i Pantaloni Viaggianti? Lo hai creduto sul serio?» La rabbia di Carmen stava crescendo tanto che lei stessa ne era spaventata. «Stai scherzando? Li ho tirati fuori per mandarli a Tibby. Non avrei mai e poi mai...»

«Carmen, basta.» Christina mosse le mani. «Capisco. Ho sbagliato.»

«Togliteli subito. Subito. Subito subito subito!»

Christina se ne andò. Aveva le guance tutte rosse e gli occhi lucidi.

La vergogna di Carmen crebbe.

La cosa terribile era che Christina era bellissima coi Pantaloni: snella e giovane. Le stavano bene. La amavano e proprio come avevano amato Carmen l'estate prima, quando Carmen li aveva meritati. Quest'estate la evitavano. Invece, avevano scelto sua madre. Christina era comparsa sulla soglia qualche istante prima con un'aria libera e felice e ottimista, come Carmen non l'aveva mai vista prima. Sembrava avvolta in una specie di magia che Carmen non riusciva a trovare. E in quel momento, Carmen la odiava per questo.

Christina le tese la mano, ma Carmen rifiutò di prenderla. Allora Christina unì le proprie mani. «Tesoro, lo so che sei furiosa. Ma... ma...» Lacrime le sgorgavano dagli occhi mentre si stringeva le mani. «Questa... relazione con David non cambierà niente.»

Carmen tacque. Conosceva già il trucco. Quando i tuoi genitori stanno per rovinarti la vita, usano questa strategia.

Sua madre forse intendeva dire proprio quello che diceva. Poteva anche credere che fosse vero. Ma non lo era. Sarebbe cambiato tutto. Lo era già.

Tib,

Non sei peggio di me. Io sono peggio di te. Credimi. Possiamo discuterne più in là, quando sarai a casa.

Ecco i Pantaloni. Dovrebbero teoricamente andare a Lena, ma tutte e due abbiamo avuto l'idea che sarebbero stati fantastici per la prima del tuo film. Dalli a Lena, dopo di te. Lasciali tutti di sasso, Tibba-dee.

Con affetto dalla tua amica che non merita più felicità né cose belle,

Carmen

Prima di andare da Greta, Bridget si guardò nello specchio sopra il cassettone. Era un sollievo non vedere altro che la faccia, in realtà. Si chinò in avanti e ispezionò la sommità della testa. C'erano già due centimetri di crescita chiara all'attaccatura dei capelli, e stonava. Anche le parti tinte si scolorivano a chiazze, dando ai capelli un effetto bizzarro da moffetta.

Non le piaceva più tanto il castano, ma non voleva neppure rischiare di rimanere senza copertura, quindi estrasse un cappellino da baseball da una pila di vestiti sporchi e se lo mise in testa. Come principio di moda non era il massimo. Scusami, Carmen, pensò uscendo dalla porta.

La mansarda stava cominciando a prendere forma. Bridget aveva scorso e riordinato grandi quantità di libri, cartellette e riviste e aveva portato tutto in cantina: rimanevano solo le ultime due scatole. Ora che la maggior parte delle cose ammassate alla rinfusa era sparita, riusciva a farsi un'idea della stanza. Era una soffitta piccola, mansardata, romantica. Il soffitto era alto al centro e si abbassava fino a circa un metro e venti dove c'erano le finestre. C'erano parecchie finestre, tre su ciascuno dei quattro lati, e sembravano catturare la luce migliore.

Guardandosi intorno, Bridget si disse che c'era un gran bisogno di una mano di pittura.

Per il momento decise di affrontare un'altra delle scatole di Marly. Toccò a quella in cui, come aveva sospettato, suo padre entrava nelle fotografie. C'erano due compiti che Marly aveva scritto per il suo corso (un A- e un B+, "Idee fantastiche. Da sviluppare" aveva scritto sul secondo). C'erano diverse foto di lei con i suoi amici, da perfetta studentessa di college misto. Non c'erano foto di lei a letto. Non c'erano foto di lei a Shepherd's Hill.

Poi c'erano le foto del matrimonio, la maggior parte scattate sui gradini della chiesa battista della città. Bridget le esaminò con cura, interrogandosi sul carattere furtivo che avevano. Suo padre aveva l'aria inebetita dall'amore, ma tendeva a indugiare verso il bordo delle fotografie, rigido. La sua famiglia non era lì. Non pareva che ci fossero neppure colleghi o amici. Era un matrimonio, d'accordo, ma non era il matrimonio che si sarebbe aspettata dalla popolare Marly Randolph, una ragazza che avrebbe potuto essere Miss Alabama se solo lo avesse voluto.

Bridget era abbastanza sicura che sua madre non fosse incinta, allora, e tuttavia aveva coperto di vergogna lo sposo. Lo aveva trascinato giù, nel mondo. Suo padre aveva sacrificato tutto per sposarla, e Bridget si chiedeva se Marly non lo avesse disprezzato per questo. Forse il professor Vreeland era una sorta di premio fintantoché lei non poteva averlo.

In fondo a quella scatola c'era il vestito da sposa. Bridget lo sollevò, sentendo il sangue pulsarle nella testa e nel cuore. Era così stropicciato e sbiadito che era difficile pensare che fosse stato bello. Bridget lo avvicinò al viso. Vi era forse rimasto qualcosa dell'odore di sua madre?

Era pronta per andare di sotto, ora. Si mise il cappellino da baseball, benché facesse troppo caldo per portare un cappello. Scendendo, vide Greta che metteva in tavola il pranzo, e le parve molto confortante.

«È bello vederti quaggiù un po' più presto del solito» disse Greta, allegra.

Bridget si lasciò cadere con tutto il peso su una sedia della cucina. «Comincerò a imbiancare domani, se sei d'accordo.»

«Imbiancherai? Da sola? Hai mai imbiancato?»

Bridget scosse il capo. «Ma me la caverò. Non ti preoccupare. Non sarà così difficile.»

Greta le sorrise: «Sei una brava ragazza e una lavoratrice instancabile».

Bridget avrebbe avuto voglia di dire "Grazie, nonna" e se ne stupì.

Con un senso di pace, guardò Greta che sistemava il cibo. Il pranzo era cambiato col procedere dell'estate. Ora c'erano carote tutti i giorni, e a volte del cheddar piccante o tacchino al posto del prosciutto. Bridget sapeva che Greta la studiava con grande attenzione e registrava mentalmente i suoi umori e le sue preferenze. Ma anche quando il menu cambiava, il pranzo era sempre servito alla stessa ora, negli stessi piatti, con gli stessi tovaglioli gialli di carta. Greta era sempre stata così, a quanto ricordava Bridget. Tanto tempo prima le cose erano uguali in quella casa.

«La mia Marly aveva due bambini, sai?» disse Greta, e guardò Bridget che finiva il suo panino.

Bridget inghiottì con forza. «Mi hai detto che hai una nipote.»

«Sì, la figlia di Marly. Marly ha avuto due gemelli. Una femmina e un maschio.»

Bridget strappò un filo dall'orlo dei pantaloni corti, invece di fingersi sorpresa da quella informazione.

«Credo che i bambini siano arrivati circa due anni e mezzo dopo il matrimonio.»

Bridget annuì, guardando ancora in basso.

«La gravidanza ha fatto bene a Marly. È stato un momento felice per lei. Ma, poi, quando sono arrivati...» Greta scosse la testa al ricordo. «Gemelli. Puoi immaginare? Quando uno aveva bisogno di mangiare, l'altro aveva bisogno di dormire. Quando uno voleva star dentro, l'altro voleva star fuori. Sono andata ad abitare con loro i primi sei mesi.»

Bridget alzò lo sguardo. «Davvero?»

«Certo» disse Greta. Aveva un'espressione pensierosa. «Però, guardandomi indietro, vorrei aver fatto di meno e pensato di più. Per Marly è stato difficile, dopo la mia partenza.»

Senza pensare a come le cose fossero andate dopo, Bridget sentì che i suoi primi sei mesi sulla terra dovevano essere stati facili, se Greta era con lei.

«Adoravo quei bambini» disse Greta, scuotendo la testa. Aveva le lacrime agli occhi e Bridget ebbe paura di cedere anche lei. «Quella bambina. È entrata nel mondo con qualcosa di speciale, posso dirtelo.»

Bridget pensò al profondo inganno di stare seduta lì ad ascoltare sua nonna che parlava di lei. Ma all'improvviso si rese conto che voleva sapere. Le faceva bene.

«Aveva un visino bellissimo» disse Greta, e poi parve ricredersi sul modo in cui l'aveva presentata. «Aveva anche una spiccata personalità. Era testarda e indipendente, e riusciva a fare tutto quello che voleva al primo tentativo. Santo cielo, suo nonno era convinto che il sole si alzasse e tramontasse su quella bambina.»

Bridget ascoltò, sperando che non fosse un problema se non annuiva e non guardava neppure in su. Era quello che aveva voluto, quello per cui era andata lì: conoscenza a distanza. Solo che ora non pareva più distante.

«Credo che fosse difficile per il maschietto, a volte. Lui era più tranquillo e prudente. Si perdeva un pochino, con la potente Bee in giro.»

Bridget si ritrasse al suono del suo nome. Le dispiacque per Perry. Sapeva che si era sentito così per tutta la vita. Lo sguardo di Greta si posò sull'orologio della cucina. «Oh, santo cielo. Io parlo, parlo. Immagino che tu voglia rimetterti al lavoro, no?»

Bridget non ne aveva nessuna voglia. Voleva stare lì ad ascoltare Greta. Ma si impose di alzarsi. «Oh sì, certo. È tardi, eh?»

Si fermò sulla soglia. Non voleva tornare di sopra in quel momento. «Sarà meglio che vada a prendere della vernice» disse.

Gli occhi di Greta si illuminarono. «Sì. E se ti portassi in auto da Wal-Mart?»

A Bridget l'idea piacque. «Perfetto» disse.

Tibby vide un foglietto giallo nella sua casella di posta, nell'atrio dell'edificio dove si trovava la sua stanza. Diceva che aveva ricevuto due pacchi e che li aveva la A.R. Tibby non era entusiasta di andare a trovare Vanessa, con i suoi giochi e i suoi nei. La camera di Vanessa era una delle cose che Maura si divertiva di più a prendere in giro. D'altra parte, Tibby possedeva una curiosità da regista che la spingeva a dare almeno un'occhiata al luogo.

«Avanti» disse Vanessa quando Tibby bussò.

Tibby aprì la porta piano. Vanessa si alzò dalla scrivania e andò alla porta.

«Ciao. Mmm... Tibby? Sei venuta per i pacchi?»

«Sì» disse Tibby, cercando di dare un'occhiata intorno.

Vanessa parve rendersene conto. «Vuoi entrare?» chiese con cortesia.

Vanessa indossava una maglietta del Williamston e un paio di jeans a vita alta da vecchia signora. Aveva l'aria nervosa quando Tibby la seguì all'interno della stanza. Tibby non poté fare a meno di chiedersi perché una persona tanto impacciata nelle relazioni sociali si fosse proposta come A.R.

Vanessa cercò i pacchi, mentre Tibby si guardava in giro. La luce non era molto forte, quindi gli oggetti si stagliavano piano sulle pareti. C'erano un sacco di animali di pezza. Coprivano le mensole e il letto. Ma mentre Tibby li osservava da più vicino, si rese conto che non erano i soliti insignificanti orsetti e bambolotti. Non erano come gli animali di pezza che aveva visto fino ad allora. Suo malgrado, Tibby si avvicinò a un armadillo infilato in uno scaffale con i libri.

«Posso guardarlo?» chiese Tibby.

«Certo» disse Vanessa.

«Accidenti. Ha così tanti pezzi» disse Tibby sbalordita mentre spingeva indietro gli strati di stoffa spessa e zigrinata che formavano il guscio.

«Lo so. Ci ho messo secoli.»

Tibby si voltò a guardarla, incredula. «L'hai fatto tu?»

Vanessa annuì. Arrossì appena. Porse i pacchi a Tibby.

Tibby prese i pacchi con un gesto meccanico e li appoggiò sul letto. «L'hai cucito?»

Vanessa annuì.

Tibby sentì i suoi occhi spalancarsi mentre guardava tutte le altre creature nella stanza: tucani dai colori squillanti, koala, un bradipo con due dita dei piedi appeso all'anta dell'armadio. «Li hai fatti tutti tu?» sospirò.

Vanessa annuì.

«Davvero?»

Vanessa alzò le spalle. Stava cercando di capire se Tibby era stupita in senso buono o se Tibby pensava solo che lei fosse matta.

«Sono... incredibili» disse Tibby con sincerità. «Voglio dire, sono fantastici. Sono così belli.»

Vanessa sorrise, anche se le sue braccia erano strette intorno al busto, come a proteggersi.

Tibby raccolse una rana giallo intenso a macchie nere. Senza riflettere, si sentì dire: «Il mio fratellino la adorerebbe. Ne andrebbe pazzo».

Vanessa allentò le braccia. Rise piano. «Davvero? Quanti anni ha?»

«Ha quasi tre anni e mezzo» disse Tibby, cominciando a ricordarsi dov'era e perché era lì. Mise l'armadillo e la rana al loro posto e raccolse i pacchi.

«Grazie mille» disse, andando verso la porta. Sentiva uno spiacevole rimescolio nello stomaco.

«Oh, prego» disse Vanessa. Le lodi di Tibby avevano cambiato l'atteggiamento di Vanessa.

«Ah, Tibby» disse, alle sue spalle.

Tibby si voltò. «Sì?»

«Mi dispiace di non essere mai venuta a trovarti. Non... sono proprio la A.R. più brava del mondo.»

Tibby si voltò del tutto. Guardando l'espressione ansiosa di Vanessa e la sua maglietta da studentessa leale, all'improvviso ebbe voglia di piangere. Non poteva sopportare che Vanessa si sentisse una pessima A.R., anche se in effetti lo era.

«Ma dai. Davvero. Sei grande» mentì Tibby. «Se ho qualche domanda, so dove devo venire» aggiunse, impacciata.

Dal suo viso, Vanessa seppe che Tibby non lo pensava davvero, ma apprezzò lo sforzo. «Fa parte della borsa di studio» spiegò Vanessa.

«Mi piacciono moltissimo i tuoi animali, davvero» disse Tibby uscendo dalla stanza.

Nel corridoio Tibby sentì un vuoto sotto le costole mentre ripensava a tutti i commenti maligni e agli scherzi che Maura aveva fatto sui giochi di Vanessa. Maura, l'artista creativa, che non riusciva nemmeno a finire la sua sceneggiatura, mentre Vanessa, l'incapace, aveva creato un mondo con semplici pezzi di stoffa. E Maura era quella che Tibby voleva avere come amica a tutti i costi?

Tornata nella sua stanza, Tibby si ricordò i pacchi. Uno conteneva i Pantaloni Viaggianti. Tibby provò troppa vergogna per guardarli subito. L'altro pacco veniva da casa. Lo aprì e vi trovò parecchie fette di torta al cioccolato avvolte nella carta d'argento e tre disegni su carta da pacco. Il primo era uno scarabocchio firmato con il nome di Katherine. Il secondo era uno scarabocchio firmato con il nome di Nicky. Il terzo era un autoritratto infantile che sua madre aveva fatto con le matite. Aveva la fronte corrugata e una lacrima blu sulla guancia. «Ci manchi!» diceva.

Anche voi mi mancate, pensò Tibby. La sua bocca tremò mentre una lacrima andò a fare il paio con quella sul disegno.

Una volta Paul aveva detto a Carmen che un bevitore era diverso da un alcolista perché un bevitore poteva scegliere di smettere e un alcolista no.

Carmen era come un'alcolista. Poteva bere alcol o meno; la rabbia era la sua forma di autodistruzione. Non riusciva a smettere quando altre persone ci riuscivano.

La sua rabbia la sera prima era stata tanto grande che vi era quasi affogata dentro. Quella mattina si svegliò come tormentata dai postumi di una sbornia, in un bagno di rimorsi. Dal letto sentì sua madre fare il caffè come sempre la domenica mattina. Poi la sentì uscire di casa piano. Christina andava dietro l'angolo a comprare il "New York Times". Lo faceva sempre.

Qualche istante dopo che la porta si era richiusa, il telefono squillò. Carmen entrò barcollando in cucina con una maglietta e gli slip.

La segreteria si mise in funzione dopo il secondo squillo. Le dita di Carmen erano sospese sopra il ricevitore quando sentì una voce.

"Tina... rispondi, se sei lì..."

Carmen si ritrasse.

"Tina?... Va bene, non ci sei. Senti, mi piacerebbe venire a prenderti all'una e portarti da Mike e Kim. Poi, forse, potremmo andare alle cascate, se ti va una gita in campagna. Chiamami se sei libera oggi, d'accordo? Chiamami appena arrivi a casa."

David fece una pausa. Dopo uno strano ronzio, riprese, a bassa voce.

"Ti amo. Ti ho amato, la notte scorsa. Ti penso ogni minuto, Tina." Parve ridere di sé. "Non te lo dico da qualche ora." Si schiarì la voce. "Chiamami. Ciao."

Carmen si sentì risucchiare, sotto le costole, da qualcosa che aspirava la poca buona volontà rimasta, lasciando solo ostilità e paura. C'erano così tante parole allarmanti e minacciose in quel messaggio che i suoi demoni non sapevano da che parte voltarsi.

Mike e Kim? Coppia di amici. Coppia di amici per coppia felice. Sua madre non aveva mai avuto coppie di amici fino ad allora. Aveva sua sorella e sua cugina e sua madre e una o due amiche che erano madri sole. Soprattutto aveva Carmen.

Carmen non aveva mai guardato la vita passata di sua madre come se fosse un premio di consolazione. Ma all'improvviso le sembrò così. Ora che aveva un fidanzato e una coppia di amici. Adesso che era come le altre.

Fino a quel momento Carmen era convinta che sua madre avesse scelto la propria vita. Che l'avesse voluta. E invece aveva sperato in qualcos'altro? Non aveva mai avuto quello che voleva? Carmen era forse il miglior ripiego possibile?

Credevo che fossimo felici insieme.

Forse se avesse avuto fratelli o sorelle e un padre in giro non le sarebbe importato tanto. Ma lei e sua madre dipendevano l'una dall'altra in maniera tacita e profonda. Erano spinte dall'amore e dalla lealtà, ma sotto c'erano anche la paura e la solitudine, non era così? Carmen tornava sempre a casa per cena. Si comportava come se fosse una consuetudine naturale, ma non le piaceva che sua madre mangiasse da sola. Che cosa provava davvero Christina per Carmen? Amore? Senso del dovere? Oppure semplicemente non aveva nulla di meglio?

Carmen aveva le sue amiche e contava su di loro, ma non dimenticava mai che avevano sorelle e fratelli veri. La sua profonda insicurezza le ricordava che se ci fosse stato un incendio, avrebbero dovuto salvare i loro fratelli e le loro sorelle per primi. La persona che avrebbe salvato Carmen durante un incendio era Christina, e viceversa. Carmen e sua madre potevano far finta che il mondo fosse vasto e vario, ma sapevano bene che si riduceva tutto a loro due.

Carmen tornò col pensiero alla notte di fine giugno, circa un mese prima, quando quel guaio era cominciato. La sera della prima uscita con Porter. Carmen aveva bluffato ed era stata presa dal suo bluff. Aveva fatto finta di rompere l'accordo che non si era resa conto esistere e non avrebbe mai voluto rompere. A Carmen non piacevano i cambiamenti, e di certo non le piaceva che le cose finissero. Teneva i fiori finché non erano appassiti e accartocciati e le alghe aleggiavano nell'acqua del vaso.

Non voglio fidanzati, aveva voglia di dire. Voglio che torni tutto come prima.

In piedi davanti alla segreteria, che ormai lampeggiava in maniera frenetica, Carmen premette il pollice sul tasto "play". Sentì di odiare David mentre, riascoltando il messaggio, la sua spontaneità si consumava. Aveva dimenticato che Christina viveva con sua figlia? Che era imbarazzante e inappropriato lasciare messaggi intimi, quasi porno, gridandoli per casa? Carmen aveva forse così poca importanza che David si era del tutto dimenticato di lei? Anche Christina l'aveva dimenticata?

Andò in camera sua, disorientata, e si gettò a faccia in giù sul letto disfatto. Sentì il telefono suonare di nuovo. Non si mosse. La segreteria fece click. «Ehm... Christina? Sono Bruce Brattle. Sono in ufficio oggi e ho una domanda veloce. Fammi un colpo, se riesci.» Lunga pausa seguita da un bip.

Qualche minuto dopo sentì sua madre entrare. Christina andò dritto alla segreteria e schiacciò il tasto "play". Si sentì il messaggio di Bruce Brattle. Solo quello. Carmen sentì il cuore batterle un po'. Avrebbe potuto correggere l'errore dicendolo a sua madre. Invece si addormentò.

Qualche minuto dopo, durante il suo breve sonno, in un sogno triste e palese, il loro appartamento andava a fuoco. David, coraggioso, salvava Christina, mentre Carmen finiva carbonizzata.

ANCHE I CENTAURI
FURONO INVITATI
PERCHÉ, SEBBENE SELVATICI
E SENZA LEGGE,
ERANO COMUNQUE
LONTANI PARENTI.

– IL LIBRO DEI MITI GRECI
DI D'AULAIRE

Sabato pomeriggio Tibby si mise i Pantaloni Viaggianti prima di andare all'auditorium dell'Arts Center. Brian non c'era: si sentì sollevata. Aveva deciso di andare fuori a festeggiare dopo il festival con Maura e Alex. E non sapeva se invitare anche Brian a venire con loro o accampare qualche scusa per non portarlo.

Si mise i Pantaloni senza guardarsi troppo e pensare troppo. Quelli erano i Pantaloni, dopotutto, e lei era fortunata, molto fortunata ad averli indosso per la prima visione pubblica di un suo film. Se le cose le fossero andate bene, sarebbe stato il primo di tanti film. Rimase in piedi davanti allo specchio per parecchio tempo, soddisfatta di come le stavano, senza badare alle scritte. Era difficile capire come mai, ma i suoi capelli avevano un aspetto migliore quando indossava i Pantaloni. Anche il suo seno pareva un po' più grande, o almeno esisteva.

Il suo cuore accelerò quando vide la folla nell'auditorium. La maggior parte dei ragazzi era seduta con i genitori. Tibby si sedette da sola in fondo, tenendo due posti vuoti accanto al suo. Quando vide Alex e Maura nel corridoio tra le poltrone sventolò il braccio per chiamarli, e si sentì un po' colpevole di non avere lasciato un posto per Brian. Poi tenne la testa bassa. Forse non l'avrebbe vista.

All'inizio il professor Graves, il responsabile del corso di cinema, diede a tutti il benvenuto; poi cominciarono le proiezioni. Tra i primi sei video c'erano un paio di corti drammi familiari, una lunga intervista alla nonna dell'autore, una storia di avventura che cercava di far sembrare il campus un deserto, e un imbarazzante film romantico.

Alex si agitò e fece commenti ironici per tutto il tempo. Tibby all'inizio rideva, ma poi si rese conto che anche Maura stava ridendo dall'altra parte, quindi smise. Fu colpita dal fatto che Maura dicesse sempre di sì ad Alex. Che avesse i capelli rosa o meno, era una di quelle che vanno dietro agli altri, una persona insignificante, e Tibby capì che si stava comportando proprio come lei.

Tornò la luce. Tibby sapeva che il suo video sarebbe stato nel secondo gruppo dei tre in cui erano suddivisi i film.

«Tibby!» Sentì un sibilo.

Si guardò intorno, tesa.

«Tibby!»

La voce veniva da una fila a metà, sul lato sinistro dell'auditorium, e apparteneva senza alcun dubbio a sua madre.

Tibby ebbe un tonfo al cuore. Non respirò.

La mamma si sbracciava come una forsennata. Aveva un largo sorriso stampato in faccia. Pareva eccitata di essere lì, e contenta di essere riuscita a farle quella sorpresa.

E che sorpresa. Tibby si costrinse a sorridere. Fece un segno con la mano. «Quella è mia...» cominciò, senza pensare. Lasciò che la frase si esaurisse. Si alzò con l'idea di andare a sedersi accanto a sua madre, ma non c'erano posti liberi, e le luci si stavano abbassando per il secondo gruppo di film.

In quel momento il suo sguardo cadde su Brian, che era seduto sulla destra, quasi alla stessa distanza di sua madre. La guardava come se avesse saputo per tutto il tempo dove si trovava lei. Sapeva anche che sua madre era lì?

Aveva detto a Brian che andava bene che sua madre vedesse il suo film, non le importava. Ma dagli stiracchiamenti nel suo stomaco si sarebbe detto che forse le importava.

Sua madre aveva fatto tutta quella strada per una bella sorpresa. Con un senso di fatalità, Tibby aspettò la sorpresa.

C'erano due film prima del suo, ma non le rimase impresso niente di nessuno dei due.

Il suo cominciò piano, con un primo piano di un innocente leccalecca rosso ciliegia. Poi la musica aumentò e il leccalecca diventò cattivo. La ripresa si ampliò per mostrare che aderiva al dietro di una testa castana ben pettinata. Il pubblico scoppiò a ridere, proprio come Tibby aveva sperato. Ma le risate le caddero addosso come schegge di vetro.

Uno dopo l'altro, i segmenti provocarono reazioni nel pubblico, proprio come sognavano i registi. Le risate divennero quasi isteriche quando la videocamera seguì il tacco di un'elegante scarpa décolletée che si trascinava un pannolino per tutta la casa.

Tibby non riuscì a girarsi verso il posto di sua madre fino alla fine, dopo la fine del suo film e l'inizio di un altro che trasformò l'umore generale, come Tibby aveva sperato. Tibby si sentì una vigliacca mentre fissava lo schermo.

Poteva certo evitare quello sguardo, ma non aveva pensato di tapparsi le orecchie. Sentì un respiro rumoroso alla sua sinistra. Sperò con tutta se stessa di averlo immaginato. Chiuse gli occhi, strizzandoli forte. Se avesse mai potuto volare da un luogo a un altro, lo avrebbe fatto in quel momento.

Mosse la testa appena verso sinistra e fece il resto con gli occhi. Aveva bisogno di vedere sua madre, ma non poteva guardarla in faccia, nemmeno al buio. Sforzando lo sguardo fino all'estremità del suo campo visuale, vide che sua madre era a capo chino.

Le mani di Tibby incontrarono quel viso. Che cosa aveva fatto?

Alex ridacchiava per qualcosa sullo schermo. Tibby si sentì persa. Era altrove. Non alzò lo sguardo finché le luci si furono accese e la metà delle persone se ne fu andata.

«Tibby?» Alex la stava guardando.

«Sì?»

«Vieni?» Guardò la faccia di Alex ma non la vide.

Si voltò, e Brian era in piedi ad aspettarla, all'estremità della fila. Quando si voltò dall'altra parte, Tibby vide che sua madre se n'era andata.

Christina non si allontanava mai più di due metri dal telefono. Lo portava con sé quando andava in bagno. Aspettò fino alle due di pomeriggio prima di reprimere il proprio orgoglio e chiedere a Carmen se qualcuno avesse chiamato mentre era fuori quella mattina.

Carmen alzò le spalle senza incontrare il suo sguardo. «C'era la segreteria» disse. Non era una bugia.

«Il messaggio di Mr. Brattle?» chiese Christina.

Carmen alzò le spalle di nuovo.

Christina fece un cenno col capo: le sue tenui speranze furono infrante.

Quello di sua madre era un comportamento femminile così patetico che Carmen sentì la rabbia ribollirle nello stomaco di nuovo. «Stai aspettando una chiamata in particolare?» chiese Carmen.

Christina distolse lo sguardo. «Be', pensavo che forse David...» La sua voce era debole. La frase si spense prima di arrivare alla fine.

Parole meschine riempirono la bocca di Carmen. In una qualche parte nobile della sua mente, diceva a se stessa di andarsene in camera e chiudere la porta. Invece aprì la bocca.

«Non ce la fai proprio a passare una giornata senza David?» la aggredì.

Le guance di Christina si colorarono. «Certo che no. È solo che...»

«Sei un esempio orribile, sai. Stai buttando via la tua vita per uno qualunque. Te ne stai tutto il giorno attaccata al telefono a sognare, aspettando che ti chiami.»

«Carmen, sei ingiusta. Non è vero.»

«Sì che è vero» insistette Carmen. Provò per la prima volta l'ebbrezza di tormentare sua madre senza che nessuno la fermasse. «Esci tutte le sere. Ti vesti come una ragazzina. Prendi in prestito i miei vestiti! Ti sbaciucchi nei ristoranti! È imbarazzante. Ti stai rendendo ridicola, non te ne accorgi?»

Per giorni e giorni la felicità di Christina l'aveva trasportata tanto in alto da farle accogliere la rabbia di Carmen con pazienza e comprensione. Ora Carmen riusciva a sentire che sua madre era tornata giù, sulla terra, e ne era soddisfatta. Christina non aveva più le guance di un rosa tenue; ormai erano rosse a chiazze. Fece una smorfia. «Sei cattiva a dire questo, Carmen. Non è vero.»

«È vero! Melanie Foster vi ha visti al Rugby Grill! L'ha detto a tutti! Sai come mi sento io?»

«Non ci stavamo sbaciucchiando» si difese Christina con ardore.

«Sì, invece! Credi che non sappia che vai a letto con chi capita? La Chiesa non dice forse che bisogna sposarsi prima? Non è quello che mi hai sempre insegnato?»

Era una supposizione, ma dall'intensa espressione di Christina, Carmen seppe che aveva indovinato. Fu come aver sganciato la bomba atomica, e Carmen lo aveva fatto senza prepararsi alle conseguenze. Sentì la nausea mentre guardava Christina. Una parte consistente di lei voleva che Christina negasse, ma lei non lo fece.

Christina guardò il pavimento e si strinse le mani. «Non credo proprio che ti riguardi» mormorò, agitata.

«Certo che mi riguarda. Si suppone che tu sia mia madre» rispose Carmen. Sua madre era ormai abbastanza arrabbiata per tutte e due.

«Sono tua madre» rispose, secca.

Carmen sentì le lacrime riempirle gli occhi. Non era pronta a mostrarsi vulnerabile con sua madre. Portò invece il suo cuore gonfio nell'intimità della sua camera, dove poteva cercare di capire che cosa ci fosse dentro.

«Ehi» disse Brian dietro di lei. Sembrava triste. Cercò di catturare lo sguardo di Tibby, in piedi nella fila davanti, e di trattenerlo per capire che cosa le stesse succedendo.

Lei abbassò gli occhi. Non voleva che lui ci vedesse niente.

Brian rimase lì. L'avrebbe aspettata, naturalmente. Alex e Maura lo stavano guardando, si chiedevano chi era quel ragazzino insignificante con la maglietta di Star Wars e gli occhiali orrendi.

Tibby respirò. Doveva dire qualcosa.

«Uh, questo è Brian» disse, assente. La sua voce suonava come se venisse da un corpo non suo.

Indicò Alex. «Questo è Alex.» Indicò Maura. «Questa è Maura.»

A Brian non sembrava che importasse di Alex e Maura. Stava ancora guardando Tibby, serio, con i suoi occhi marrone scuro. Lei avrebbe desiderato che se ne andasse.

«Bene» disse Alex passando davanti a Brian e dandogli la schiena. Guardò Tibby. «Andiamo.»

Lei annuì, frastornata, e seguì Alex e Maura fuori dall'auditorium. Non stava pensando. Naturalmente Brian la seguì. Finirono tutti e quattro in un ristorante messicano a due isolati da lì. Alex sembrava seccato di non essersi levato Brian di torno. Maura non nascondeva la sua irritazione, e sgranava gli occhi.

Sarebbe stato il momento giusto perché Tibby spiegasse che Brian non era uno svitato, ma uno dei suoi migliori amici che non solo stava a casa sua tutto il tempo, ma al momento viveva con lei, nella sua stanza. Non lo fece. Non riusciva neppure a guardare Brian, figurarsi pronunciare il suo nome.

Rimasero in piedi, imbarazzati, nel locale rumoroso. Alex riuscì a ordinare tre Dos Equis con la sua carta d'identità falsa. Si chinò verso Tibby e fece schioccare la sua bottiglia contro quella di lei.

«Brava, Tomko. Ti sei fatta notare.»

Tibby sapeva che stava cercando di congratularsi con lei, non di farla piangere.

«È stato grandioso» concordò Maura.

«Non è vero» disse Brian, rimanendo vicino a Tibby. «La sua mamma era in platea.» Sembrava che Brian credesse che se quelli erano gli amici di Tibby, dovevano saperlo. La sua mano incontrò il gomito di Tibby. Stava soffrendo per lei.

Alex trangugiò quasi tutta la birra e non parve afferrare la frase sulla mamma di Tibby. «Stai dicendo che il film non era bello? Era da morire dal ridere.»

Brian scosse la testa. «Non lo era.» Era onesto, dopotutto.

Alex socchiuse gli occhi. «Cos'è che non va?»

Brian non guardava Alex. «Sono preoccupato per Tibby.»

«Sei preoccupato per Tibby?» C'era così tanta derisione nell'aria che Tibby riusciva quasi a sentirne l'odore. «Ma guarda che amicone. Perché non vai a preoccuparti di lei da qualche altra parte?»

Brian guardò Tibby. Lo sguardo diceva: "Dai, Tibby, torna qui da me. Siamo amici, no?".

Ma Tibby rimase immobile, a bocca aperta, come se qualcuno le avesse reciso le corde vocali con un machete.

Alex si avvicinò a Brian, gonfio d'orgoglio. Stava diventando aggressivo. «Quale parte non capisci di "vai via"?»

Brian rivolse a Tibby un ultimo sguardo preoccupato; poi se ne andò.

Tibby sentì gli occhi riempirsi di lacrime. Che cosa aveva fatto? Si posò le mani sui fianchi. Sotto le sua dita c'erano la stoffa dei Pantaloni Viaggianti e i punti che aveva fatto con cura alla fine dell'estate prima. Abbassò lo sguardo e fece correre l'indice sul bordo del cuore che aveva cucito col filo rosso. I suoi occhi erano troppo pieni di lacrime per leggere le parole che aveva ricamato sotto. Riusciva ad avvertire il peso del suo corpo seduto per ore nella veranda sul retro col caldo opprimente della fine dell'estate, e le gambe che s'intorpidivano mentre cuciva migliaia di punti, infilando l'ago, con dita ostinate e maldestre. Il risultato di tutta quella fatica era un cuore sgraziato più quattro paroline storte. Bailey è stata qui.

Bailey era stata lì? Davvero? Che cosa lo dimostrava?

Il cuore di Tibby viveva senza di lei in quel momento.

Si posò le mani sulle guance. Aveva bisogno di tener su la testa.

Alex ringhiava ancora contro Brian. Si voltò a guardare Tibby, irritato.

«Allora, Tibby.» Il suo tono era critico. «Che cos'hanno di tanto interessante quei pantaloni?»

SE SPARGI LE SPINE,
NON CAMMINARE
A PIEDI NUDI.

– PROVERBIO ITALIANO

Tibby guidò Earl, la sua amata Pontiac, verso nord. Quando si fermò a Front Royal per fare benzina, prese la rubrica. Non era mai stata a casa di Brian, per quanto potesse sembrare strano, ma aveva il suo indirizzo. Quando Nicky stava per compiere tre anni, aveva insistito per spedire a Brian l'invito per il Rodeo Party.

Erano ormai quasi le dieci quando arrivò a Bethesda. Il quartiere di Brian era a meno di mezzo miglio di distanza dal suo, ma le case lì erano più piccole e più nuove. Girò per qualche minuto prima di trovare la casa. Era a un piano, di mattoni rossi. Era sempre stata infastidita dagli arbusti potati alla perfezione e dai vasi di fiori sgargianti sui davanzali di casa sua, ma quel posto vuoto e squallido non sembrava meglio. L'unica luce era il bagliore azzurrino della tv, su un lato della casa.

Tibby bussò, timida. Era tardi, e lei era un'estranea per quella famiglia. Aspettò qualche minuto, poi bussò di nuovo.

Un uomo aprì la porta. Era grosso e quasi calvo. Sembrava mezzo addormentato.

«Sì?»

«C'è, ehm, Brian?»

Era seccato. «No.»

«Sa dov'è?»

«No. Brian non si fa vedere da diversi giorni.»

Tibby intuì che quello doveva essere il suo patrigno. «Crede... che sua mamma lo sappia?»

La sua pazienza stava per esaurirsi. «No, non lo so. Comunque non c'è neppure lei.»

«D'accordo» disse Tibby. «Scusi il disturbo.»

Salì in macchina e posò la testa contro il volante. Si sentiva triste per Brian, più di quanto non riuscisse ad ammettere.

Tibby guidò piano fino al suo vecchio posto, il 7-Eleven in Rogers Boulevard. Stava chiudendo, e lui non c'era. Proseguì per un altro isolato fino al giardinetto nel quale andavano a volte dopo un pomeriggio intero di *Dragon Master*.

Lo vide lì, una sagoma nera seduta a un tavolo da picnic. Con lo zaino e il sacco a pelo accanto.

Tibby gli si avvicinò. Purtroppo Earl faceva rumore, quella sera. Brian alzò lo sguardo e vide l'auto, con lei dentro. Raccolse lo zaino e il sacco a pelo e se ne andò.

Tibby non poteva andare a casa. Non poteva affrontare sua madre. Era troppo tardi per presentarsi da Lena o da Carmen. Oltre al fatto che si odiava troppo per guardarle in faccia.

Il cuore cucito sui Pantaloni la insultava. La faceva piangere. Non poteva più sopportarlo. Tibby si sfilò i Pantaloni e guidò fino a casa di Lena. La trovò immersa nel silenzio e nell'oscurità. Piegò i Pantaloni, li appiattì più che poteva e li spinse nella buca delle lettere. Poi si voltò e guidò di nuovo fino a Williamston, vestita solo di vergogna e di un paio di slip.

Lena era distesa sul pavimento di legno della sua camera. Si sentiva triste per sé e odiava ogni cosa e persona che conosceva.

Se fosse riuscita a sforzarsi di dipingere, lo avrebbe fatto. Dipingere e disegnare la facevano sempre sentire al sicuro. Ma ci sono volte in cui ci si sente tristi e si ha voglia di sentirsi meglio e altre volte in cui ci si sente tristi e si riesce solo a pensare che si continuerà a sentirsi tristi. Tanto non c'è niente di bello al mondo.

Faceva caldo come poteva fare solo a Washington D.C. alla fine di luglio. Il padre di Lena non credeva nell'aria condizionata centralizzata perché era greco, e sua madre detestava le ventole perché erano troppo rumorose. Lena si tolse il reggiseno pushup (gliel'aveva dato Carmen, che li comprava sempre troppo piccoli) e un paio di boxer bianchi. Orientò il ventilatore in modo che le soffiasse dritto in testa.

A Lena piaceva infastidire, irritare e provocare sua madre, ma odiava essere in conflitto aperto con lei. Odiava il fatto di essersi arrabbiata con Tibby. Odiava la tensione tra la sua mamma e Christina e Alice. Odiava Kostos e la sua nuova ragazza. Odiava Effie che glielo aveva detto. (Adorava la nonna perché non le piaceva la nuova ragazza di Kostos.)

A Lena non piacevano le liti. Non le piaceva gridare e riattaccare il telefono. Le andavano bene i silenzi, ma non oltre il terzo giorno.

Lena era una creatura abitudinaria. Aveva mangiato burro di arachidi spalmato sul pane integrale per trecentosette colazioni di seguito. Non andava matta per le novità stimolanti.

Sentì il campanello. Si rifiutò di andare alla porta. Lasciò che andasse Effie.

Aspettò e ascoltò. Effie ovviamente rispose. Effie adorava i campanelli e gli squilli del telefono. Poi Lena sentì Effie gridare, eccitata. Lena si sforzò di sentire. Cercò di capire chi poteva essere. Effie di solito non gridava ai postini, ma non si poteva mai sapere. Forse era una delle sue amiche con un nuovo taglio di capelli o qualcosa del genere. Poteva valere uno strillo di Effie.

Lena si concentrò sui suoni. Si sforzò di riconoscere il nuovo venuto, ma non riusciva a sentirne la voce. Non aiutava il fatto che Effie parlasse cinque volte più forte delle persone normali.

Venivano di sopra. I passi non erano il tipico crepitio di artiglieria veloce di Effie con una delle sue amiche. Il secondo passo era più lento e più pesante. Era un ragazzo? Effie stava portando un ragazzo di sopra in pieno pomeriggio? Sentì una voce. Era un ragazzo! Effie stava per chiudersi in camera sua con un ragazzo!

All'improvviso Lena si rese conto che i passi non puntavano verso la camera di Effie, come si aspettava. Venivano verso la sua. In un attacco di panico, le venne in mente che la porta era aperta. Era quasi nuda, un ragazzo avanzava verso la sua camera e la porta era aperta! Be', non avrebbe proprio potuto prevederlo. Poteva contare sulle dita di una mano le volte in cui un ragazzo era salito su per quelle scale. I suoi genitori erano severi, in questo.

Lena era immobile, a terra. I passi erano ormai vicini. Se fosse balzata in piedi per chiudere la porta, l'avrebbero vista. Se fosse rimasta dov'era, l'avrebbero vista. Se si fosse alzata e avesse afferrato l'accappatoio…

«Lena?»

Nel sentire la voce di sua sorella – eccitamento che rasentava l'isteria – Lena balzò in piedi.

«Lena!»

C'era Effie. C'era anche un ragazzo. Un ragazzo alto, familiare, e troppo bello.

Effie si coprì la bocca con una mano vedendo quello che Lena aveva e non aveva addosso.

Il ragazzo rimase lì, con un'espressione incantata e divertita. Non distolse lo sguardo tanto in fretta quanto avrebbe dovuto.

Lena era confusa. Il suo cuore frusciava come una macchinina da corsa. La gola le faceva male, gonfia com'era per l'emozione. Sentì il caldo diffondersi in tutto il corpo.

«Kostos» disse, con un filo di voce. Poi gli chiuse la porta in faccia.

Bridget aveva memorizzato gli impegni di Greta. Il lunedì sera giocava a bingo in parrocchia. Mercoledì giocava a bridge con i vicini di fronte. Quel giorno, giovedì, Greta andava al Safeway per fare la spesa della settimana e spendeva un mucchio di soldi per comprarsi un filetto. Il terzo giovedì di ogni mese, Pervis veniva da Huntsville per cena, e Greta comprava due filetti. Bridget si offrì di andare con lei. La vera attrattiva per Bridget era il fresco che c'era nel reparto delle carni. Era diventata un'amante dei piccoli piaceri.

«Com'è tuo figlio?» chiese Bridget, guardando i cartelli luminosi sulla strada con aria indolente.

«Tranquillo. Non molto socievole» disse Greta.

«Che cosa fa a Huntsville?»

«Servizio di custodia al U.S. Space and Rocket Center.» Guardò Bridget in tono di confidenza. «È un modo carino di dire portiere. Pulisce e lucida i pavimenti.»

«Oh.»

Ricordava lo zio Pervis sempre in camera sua, sempre alla finestra a guardare con il telescopio. Una volta, quando lei era più grande, lo zio era andato a Washington D.C. e aveva dormito da loro una notte. Per quanto si ricordava, era venuto quella sola volta. Aveva montato il telescopio, lo aveva sistemato e le aveva permesso di guardare il cielo. Pervis vedeva migliaia di immagini familiari nel cielo, mentre Bridget vedeva il caos.

«Io e mio marito abbiamo risparmiato e lo abbiamo mandato in un campo spaziale un'estate, quando aveva nove anni. Credo che non volesse più andarsene. È una cosa che lo rende felice.»

«Si è mai sposato?» chiese Bridget.

«No. È sempre stato molto timido con le ragazze. Non riesco a immaginarlo sposato. Ha i suoi amici radioamatori. Non sa essere più socievole di così.»

Bridget annuì. Pervis aveva realizzato il suo sogno di lavorare in un centro spaziale, ma passava le sue giornate a guardare in giù.

Pensare a Pervis le fece pensare a Perry, il suo omonimo, che gli somigliava, a parte la radio. Bridget aveva finalmente parlato con Perry per qualche minuto al telefono, la sera prima. Era curioso sul conto di Greta, ma prudente. Non voleva sapere niente di Marly.

Da Safeway, Greta avanzò decisa con il carrello e i buoni, mentre Bridget gironzolava per i reparti dei cibi freschi e surgelati, lasciando che la mente vagasse in posti nei quali non era mai andata.

Pensò a Perry e a suo padre. La tragedia univa forse alcune famiglie, ma non la sua. Suo padre non parlava mai di quello che era successo. Non parlava mai delle cose che avrebbero potuto indurlo a parlare di quello che era successo.

C'erano così tante cose di cui non potevano parlare che avevano smesso di cercare di parlare di quasi tutto. Immaginò suo padre che, quando non era a scuola, stava seduto nel suo studio con le cuffie, sintonizzato sulla radio pubblica nazionale. Non metteva mai la radio in viva voce, nemmeno quando era solo.

Perry passava il tempo davanti al computer. Giocava a elaborati giochi di fantasia online. Passava più tempo a interagire con estranei che con le persone che conosceva. Bridget a volte si dimenticava di vivere insieme a lui, nella stessa casa, anche se erano gemelli.

Era triste. Sapeva che lo era. Si chiese se forse avrebbe potuto essere più vicina a loro, a Perry e papà. Forse, se avesse provato a impegnarsi, avrebbe potuto continuare a farli sentire una famiglia e far sentire la loro casa come una vera casa. Invece sembrava che volassero tutti fuori, fluttuando nella stratosfera, sempre più lontani l'uno dall'altro, senza entrare in nessuna orbita.

Lena camminò in tondo per la stanza, con il viso che le bruciava. Kostos era lì. Kostos era lì, in casa sua. Kostos in tre dimensioni. Kostos vivo, che respirava.

Era vero? Era in preda a un attacco psicotico? Non faceva così caldo, vero?

Aveva sognato quel momento. Aveva sognato lui. Le sue ginocchia tremavano di delusione alla sola idea che non fosse vero. Quanto desiderava che lui fosse reale.

Sembrava lo stesso. Sembrava molto meglio.

L'aveva vista in reggiseno.

Nessuno al mondo tranne sua madre, sua sorella e le sue tre migliori amiche l'aveva mai vista senza vestiti. Era una persona pudica, lei. Davvero! Non le piacevano nemmeno i camerini, a meno che avessero porte che si chiudevano. E Kostos l'aveva già vista due volte!

Kostos era giù, in casa di Lena! Effie lo aveva portato di sotto. Erano in cucina. Ammesso che esistesse davvero e che tutto quello non fosse un sogno, erano in cucina.

Era venuto a trovarla! Tutta quella strada! Che cosa voleva dire?

Un momento! Aveva una ragazza! Che cosa voleva dire?

Lena camminava in tondo, un tondo tanto stretto da farle girare la testa. Raddrizzò la traiettoria e si spinse fino alla porta.

Oh! Vestiti. Ah, sì.

I Pantaloni Viaggianti erano sulla sedia accanto alla scrivania: aspettavano pazienti. Sapevano quello che succedeva? L'avevano previsto? Lena li guardò sospettosa prima di indossarli. Che cosa avrebbero fatto? L'avrebbero resa triste prima di renderla felice? Per piacere, no.

S'infilò una maglietta bianca. Diede una sbirciatina allo specchio. La sua faccia era lucida di sudore. Aveva i capelli sporchi e un orzaiolo su un occhio. Ohi.

E se per caso Kostos la ricordava bella e, vedendola pensava: Oddio, che cosa è successo? E ho fatto tutta questa strada per questo? Il suo viso aveva spinto in mare una nave, e la nave stava per tornarsene indietro al punto di partenza.

E se per caso non la stava affatto aspettando in cucina? E se stava andando via di corsa, ripetendosi: Come sono cambiate le cose. Probabilmente ormai stava già aspettando l'autobus alla fermata Friendship.

In preda alla disperazione, Lena si mise la matita per le labbra. Era arancione. La mano tremava troppo per riuscire a disegnare i contorni. Aveva un aspetto orribile. Corse in bagno e sciacquò via il colore. Si lavò anche il resto della faccia in modo che non fosse più così lucida. Raccolse i capelli.

Pazienza. Se pensava che fosse diventata brutta, pazienza. Se era quello che gli interessava, allora peccato. Tanto aveva un'altra ragazza!

Lena si guardò nello specchio, scoraggiata. La nonna era convinta che lei fosse più carina della nuova ragazza di Kostos. Cosa ne sapeva la nonna? La nonna pensava che Sofia Loren fosse la donna più sexy sulla terra. Non importava quello che diceva la nonna; Lena non era certo più carina della nuova ragazza di Kostos!

Si costrinse a smettere di camminare. Si sforzò di trarre un respiro, forse il primo negli ultimi dieci minuti.

Calma. Calmati. Aveva bisogno di svuotare la mente. Taci! le gridò.

Ahhh. Bene.

Kostos era di sotto. Sarebbe andata giù. Lo avrebbe salutato. Ecco quello che avrebbe fatto.

Respiro profondo. Calma.

Lena inciampò in cima alle scale e afferrò il corrimano evitando così di ruzzolare per tutta la rampa. Altri respiri. Entrò in cucina.

Lui era seduto al tavolo. La guardò. Era anche più… come prima.

«Ciao» disse. Le rivolse un breve sorriso interrogativo.

Il corpo di Lena stava tremando davvero oppure era una sua sensazione? I suoi piedi nudi sudavano in abbondanza. E se per caso fosse scivolata e fosse caduta nella pozzanghera di sudore ai suoi piedi?

Lui la guardò. Lei lo guardò. Immaginò una nuvola romantica che piovesse dall'alto e l'avvolgesse con grazia e una luce che la valorizzasse, e le desse buone idee su cose da dire.

Su! Lui era un ragazzo, lei era una ragazza. Lui era un ragazzo con un'altra ragazza, ma comunque un ragazzo. Perché non interveniva il fato, in quel momento?

Lei rimase immobile, in piedi. Lui sgranò gli occhi.

Anche Effie parve preoccupata per lei.

«Siediti» le ordinò.

Lena ubbidì. Era più al sicuro, con i piedi liberi.

Effie le porse un bicchiere d'acqua. Kostos ne aveva già uno. Lena non osò toccare il bicchiere, nel caso che la sua mano tremasse.

«Kostos lavora a New York per un mese quest'estate, non è incredibile?» disse Effie.

Il cuore di Lena volò dritto da sua sorella. Effie sapeva come prendersi cura di lei, a volte. Lena annuì, cercando di metabolizzare l'informazione. Non si fidava, a dare alle sue corde vocali il compito di dire qualcosa.

«Un vecchio compagno di scuola di mio padre ha un'agenzia di pubblicità» disse Kostos. Stava rispondendo a Effie, ma i suoi occhi erano fissi su Lena. «Mi ha offerto questo *stage* mesi fa. Il nonno sta molto meglio, quindi ho pensato di provarci.»

C'erano troppi pensieri da tenere a mente. Lena avrebbe voluto avere una testa separata per ognuno dei pensieri. Prima di tutto c'era il padre di Kostos. Kostos non aveva mai accennato a lui. Ne parlava in modo così aperto e coraggioso che Lena ne soffrì quasi. Poi c'era il fatto che stava a New York. Perché non gliel'aveva detto? L'aveva già deciso prima che si lasciassero? Lei rientrava in
qualche modo nei suoi programmi?

«Ho sempre desiderato vedere Washington» continuò. «Sono cresciuto con lo "Smithsonian Magazine".» Sorrise più a se stesso che a loro. «La nonna pensava che mi sarebbe servito per riallacciare le mie radici americane.»

Quindi non era venuto in America per vedere Lena, a quanto pareva. Era delusa. Non era venuto a Washington per vedere Lena. Però era venuto in quella casa per vedere lei. Almeno quello, no? O si era ritrovato davanti a casa loro sulla strada per andare alla metropolitana? La sua ragazza gli sarebbe balzata fuori dallo stomaco o qualcosa del genere?

«Sono venuto senza avvisarvi prima, spero che non sia un problema» disse. «Ho scoperto che vivete proprio vicino a dove sto io.»

Tutta forma, pensò Lena con amarezza.

«Mi dispiace se ti ho colto in... un brutto momento» disse a Lena, e le lanciò uno sguardo malizioso. Anche uno sguardo sexy, avrebbe pensato lei, se non avesse saputo che non gli importava più di lei.

«Dove stai?» chiese Effie.

«Con un'altra famiglia di amici. Sai come sono i greci: un porto per ogni tempesta. Conoscete i Sirtis in Chevy Chase?»

«Sì. Sono amici dei nostri genitori» disse Effie.

«Mi hanno promesso di farmi vedere tutto quello che c'è nel distretto e di farmi conoscere ogni famiglia greca a Washington, in Maryland e Virginia.»

Effie annuì. «Per quanto tempo rimani qui?»

«Solo fino a domenica» disse.

Lena provò il desiderio di tirargli un piatto in testa. Si sentì come se stesse per piangere. Perché si comportava come se non si conoscessero neppure? Come se non fossero neppure amici? Perché non aveva nemmeno telefonato per dire che stava arrivando? Perché non gli importava più di lei?

Lena sentì le lacrime pizzicarle gli occhi. Si erano baciati. Kostos le aveva detto che l'amava. Non aveva mai, proprio mai provato per qualcuno quello che aveva provato per lui.

Lo hai lasciato, le ricordarono le voci di Effie e Carmen all'unisono, nella sua testa.

Aveva voglia di dirgli che non per questo era autorizzato a smettere di amarla.

Era così facile dimenticarla?

Ebbe voglia di correre in camera sua e tirare fuori tutte le sue lettere dalla borsa della scarpe e buttargliele in faccia. Vedi? Avrebbe gridato. Non è vero che non esisto!

Kostos si alzò. «Devo andare. Mi aspettano alla National Gallery prima che chiuda.»

Lena si rese conto che non aveva ancora detto una parola.

«Bene. È stato bello vederti» disse Effie. Guardò Lena con commiserazione, come per dire: sei proprio un disastro.

Le due ragazze lo accompagnarono fino alla porta d'ingresso.

«Ciao. State bene» disse. Guardò Lena.

Lei lo guardò con grande pena. Sentiva che i suoi occhi ammiccavano da dentro, in profondità, nella testa. Avevano passato mesi lontano, ognuno a desiderare l'altro, sperando con fervore in una lettera o una telefonata o una fotografia, e ora lui era lì, abbastanza vicino a lei perché si baciassero, con la sua bellezza struggente, e stava per andarsene via così, e non si sarebbero più rivisti?

Lui uscì. Si avviò per il vialetto. Se ne stava andando sul serio. Si voltò a guardarla una volta.

Lei gli corse dietro. Mise la mano nella sua. Non trattenne più le lacrime, non le importava che la vedesse. «Non andare» disse. «Per favore.»

Ma non lo fece davvero. Invece corse in camera sua e pianse.

GRAZIAMI ANCORA,
TI PREGO.

– NICK DRAKE

Tibby non poteva affrontare un'altra ora in camera sua. Ce n'erano state quasi ventiquattro insostenibili, dopo che era tornata da Washington D.C., tardi, la sera prima. Odiava quella stanza. Odiava tutto quello che aveva pensato e sentito e fatto lì dentro. Non riusciva ad andare a letto. Non c'erano posti sicuri in cui potesse stare, men che meno la sua mente, in cui la coscienza aveva spodestato il governo normale. Strepitava e la apostrofava e non voleva stare zitta, per quanto lei la minacciasse con crudeltà.

Presa dalla disperazione, salì in auto e guidò fino a Washington. Non sapeva neppure dove stava andando, finché non arrivò al Giant di MacArthur Boulevard.

Si ritrovò a mezzanotte in coda alle casse con un pugno di garofani arancioni dall'aspetto patetico. Ma poi la sua coscienza mandò all'aria anche quelli. I fiori sarebbero morti e ad ogni modo non erano mai andate matte per i fiori. Ebbe un'ispirazione. C'era una cosa che piaceva a tutte e due.

Tibby andò nel reparto cereali e trovò una scatola giallo brillante, coi frutti di bosco.

Parcheggiò sotto il cimitero e percorse i vialetti in salita, sulla piccola collina coperta di pietre, con il sacchetto di Giant in mano. La terra era morbida e le sue scarpe sprofondavano. Provò fastidio e si fermò per toglierle. Meglio camminare a piedi nudi, leggera sull'erba.

La pietra tombale di Bailey era arrivata, dall'ultima volta che era stata lì. Aveva l'aria di un pietra tombale.

Tibby appoggiò la scatola gialla di cereali contro il marmo grigio. No, i colori sembravano troppo sgargianti per un cimitero.

Aprì la scatola ed estrasse il sacchetto. Così era meglio. Ripose la scatola vuota nel sacchetto di plastica.

Era un po' preoccupata, mentre ispezionava la pietra. Prese un pennarello dalla borsa e dietro, in piccolissimo, scrisse "Mimì" con un carattere elegante, quadrato. Non voleva che Bailey fosse da sola lì dentro e che Mimì rimanesse non detta, non scritta.

Si sdraiò sull'erba. I vestiti si stavano infradiciando, ma non le importava. Mezzi fili d'erba tagliata di recente le coprivano i piedi nudi e bagnati. Si voltò in modo che una guancia aderisse al suolo.

«Ciao» sussurrò.

Le sue lacrime penetrarono nella terra. Desiderava che tutto il suo corpo penetrasse insieme a loro nella terra.

È più bello lassù? Aveva voglia di chiedere.

Come aveva fatto Tibby ad andare così lontano? Dove era stata? Tutta la sua vita da quando Bailey era morta le parve il vagabondare di qualcuno in preda a un'amnesia, pieno di confusione e oblio.

Tese il braccio e toccò la pietra fredda con tre polpastrelli. Ricordamelo, sentì il bisogno di chiedere. Mi sembra di non sapere più come essere.

Teneva l'orecchio premuto contro la terra, come la guancia. Ascoltò.

«Lenny, lo hai lasciato» disse Bee con dolcezza, dopo aver ascoltato, paziente, la valanga di dolore di Lena, anche se era ormai passata mezzanotte.

«Ma non mi sono dimenticata di lui» gemette Lena nel telefono.

Bee rimase in silenzio per un attimo. «Len» disse il più dolcemente che poté. «Lasciare qualcuno è come dimenticarlo. È come dire che non vuoi più stare con lui.»

«Ma forse non intendevo in quel modo» disse Lena in lacrime.

«Ma forse a lui è sembrato così» disse Bee.

«Non doveva trovarsi un'altra ragazza» rispose Lena in tono accusatorio.

Bee soffocò un sospiro. «Lo hai lasciato. Ho visto la tua lettera. Ha il diritto di avere una ragazza, dopo. È giusto così.» La sua voce si addolcì di nuovo. «So che sei molto triste, e sono triste per te, ma devi pensare a come può sembrare tutto questo dal suo punto di vista.»

«Che cosa devo fare?» chiese Lena. Doveva fare qualcosa. Si sentiva così disperata che non sopportava nemmeno di stare nella propria pelle. Avrebbe preferito colpirsi sulla testa con il raccoglitore di storia piuttosto che sentire quello che stava sentendo.

Ecco perché lo aveva lasciato. Per non sopportare quei sentimenti. Quel desiderare e volere e non avere. Perché tutto era venuto fuori così sbagliato?

«Lena?»

«Sì.»

«Sei ancora lì?»

«Sì.»

«Sai cosa devi fare?»

«No» mentì.

«Pensaci un secondo.»

Lena ci pensò. Lo sapeva. Ma non voleva ammetterlo, perché poi avrebbe dovuto forse farlo davvero.

«Non posso» disse triste.

«D'accordo» disse Bee.

«Mamma.» Tibby toccò la spalla di sua madre. «Mamma?»

Gli occhi di Alice si aprirono. Era confusa. Erano le tre del mattino. Si mise a sedere sul letto.

Davanti allo sguardo interrogativo di Tibby, sua madre d'istinto posò le mani sul suo viso triste. Gli occhi di Alice erano pieni di preoccupazione per il fatto che Tibby non fosse dove doveva essere. Alice si ricordò che amava Tibby prima di ricordarsi quanto era arrabbiata con lei. Tibby le gettò le braccia al collo con foga. I suoi singhiozzi erano senza lacrime, silenziosi. Accoglimi di nuovo, voleva dire. Lascia che sia ancora la tua bambina.

La sera della lite Carmen rimase seduta per ore nella sua camera buia. In una di quelle ore, sentì una conversazione sussurrata e tesa venire dalla camera di sua madre. Carmen sapeva che Christina stava parlando con David. Aveva versato benzina tutt'intorno alla relazione di sua madre e la telefonata persa era il fiammifero. In uno stato di soddisfazione meschina e colpevole, Carmen sentì Christina, angosciata e ipertesa, rompere con un David che opponeva resistenza, confuso. Lo avvertì distintamente anche senza sentire tutte le parole.

Tardi, quella sera, quando Carmen andò a prendere un bicchiere di succo d'arancia, non poté fare a meno di scoccare un'occhiata verso la camera di sua madre. Carmen voltò lo sguardo in fretta, ma aveva visto la faccia segnata dalle lacrime di Christina e i suoi occhi gonfi.

Il giorno dopo, lunedì, sua madre tornò dritto a casa dal lavoro e cucinò un pollo arrosto. Mangiarono in un silenzio quasi assoluto.

Martedì sera Christina disse che aveva mal di testa e rimase in camera sua. Carmen andò con fare furtivo in cucina a prendere del gelato e notò che una pinta di birra di Ben & Jerry era vuota.

Mercoledì sera Carmen andò da Tibby, anche se si sentiva in colpa a lasciare sua madre sola in casa. Quando tornò, Carmen sentì le risa registrate della replica di *Friends* venire dalla camera di sua madre.

David non aveva chiamato e sembrava che neppure Christina lo avesse chiamato. Per quanto Carmen poteva capire, era davvero finita.

Carmen aveva voluto rovinare tutto. E c'era riuscita.

Oh, Bee,

Ti ricordi l'estate scorsa quanto mi ero arrabbiata con mio papà e Lydia e come la mia rabbia era diventata così grande che ho cercato di abbattere tutta la casa insieme a me? Te lo ricordi?

Be', lo sai che ci sono due tipi di persone al mondo? Ci sono quelle che imparano dai loro errori e quelle che non lo fanno. Indovina a quale genere appartengo.

So che trovi sempre un modo per volermi bene anche se sono disgustosa. Spero di avere ancora una possibilità.

Con affetto e pena,

Carmen

Sabato mattina, prima della partita di calcio, Bridget era andata a fare una corsa. Aveva corso per quattro miglia. Piano, però. Quando arrivò al campo era sudata e appiccicosa, ma felice come solo la corsa riusciva a farla felice.

Prese il suo solito posto a bordo campo. Billy la cercava con lo sguardo. Si sentì sollevato nel vederla. Bridget notò che stava piuttosto vicino a lei nel primo quarto d'ora, nel caso che avesse qualcosa da dirgli. Lei si limitò a fare un cenno con la mano.

A metà partita, Burgess perdeva di un punto. Billy le si avvicinò veloce. «Che cosa dici?» le chiese.

Le piaceva essere interpellata. «Il vostro centrocampista mi sembra un disastro» disse.

Billy parve allarmato. «Sì?»

«Oh, sì.»

«Perché?»

«Se Corey non sa passare la palla, digli di darsi al tennis.»

Billy si allontanò per un istante e tornò con Corey. Spinse Corey verso Bridget. «Ascoltala» gli disse.

«Corey.»

«Sì.»

«Passa. Passa la palla. La tieni bene, ma sei una frana quando tiri.»

Un'espressione indignata si disegnò sulla faccia di Corey.

Billy aveva l'aria seria. «Ha ragione lei» disse.

Si sentì l'arbitro fischiare e Billy trascinò Corey di nuovo in campo. Notò che Corey cominciava a passare.

Ecco una cosa che Bridget adorava dei ragazzi. Prendevano bene gli insulti. Burgess vinse due a uno, e in campo esplose la solita esultanza dopo il fischio finale. Bridget esultò e gridò con loro. Tutti i ragazzi della scuola superiore si riunirono per andare fuori insieme, dopo. Corey stava già baciando la sua ragazza accanto alla porta. Billy si avvicinò a Bridget. «Vuoi uscire con noi?»

Bridget ci pensò. Era stato gentile a chiederglielo, ma lo aveva chiesto in un modo che le faceva venire voglia di andarsene. Lo aveva chiesto in un modo che le fece capire che le era grato. Grato e interessato erano due cose diverse. «No. Grazie lo stesso» disse lei.

Invece camminò fino alla Statale 65. Un gruppo di ragazzi della scuola superiore le passò accanto. Erano stretti in una cabriolet, mentre lei camminava da sola sul ciglio. Sapeva come la guardavano, ma non le importava. Alcune ragazze non potevano sopportare di restare sole. Bridget era diversa. Andava al cinema, al ristorante, anche alle feste da sola. Voleva molto bene alle sue tre amiche, ma preferiva stare da sola che stare con persone di cui non le importava.

Quando arrivò da Wal-Mart comprò un po' di cose, anche un pallone da calcio. Fece l'autostop per tornare indietro, scese dall'auto davanti al tribunale e sentì i piedi che cambiavano direzione quando passò di nuovo accanto al campo. Faceva buio ormai, ma tre fari potenti illuminavano tre fazzoletti d'erba.

Con un'ondata di emozioni che le riempiva il petto, estrasse il pallone dalla scatola e lo annusò. Aveva gli occhi lucidi. Lo lasciò cadere a terra. Le piaceva così, pulito e scintillante, ma le piaceva anche coperto di fango.

Aveva lasciato il calcio in novembre perché non voleva più che si contasse su di lei. Voleva solo dormire. Per tutto l'autunno e l'inverno aveva visto i suoi compagni di squadra e quasi tutti quelli che facevano sport a scuola guardarla nei corridoi come se si fosse amputata le gambe da sé.

Ma amava il calcio. Sentiva di amarlo in ogni muscolo. Le era mancato in un modo profondo e doloroso. Il suo corpo aveva bisogno di essere in movimento. Era una persona vorace.

Aveva sognato di provare di nuovo il contatto del piede col pallone. Tirare. Il suo cuore galoppava, furioso. Corse per tenergli dietro. Tirare, correre, tirare. Lasciò che gli esagoni e i pentagoni confusi la ipnotizzassero. Era bello fare solo questo. Non aveva bisogno di partite o allenatori o spettatori che tifavano o allenatori in cerca di talenti per il college.

«Sono tre giorni che non si alza dal letto» disse Carmen sorseggiando il caffelatte. «Mi sento un mostro. Vorrei starle vicina, ma non mi guarda nemmeno in faccia.»

Tibby ascoltava, ma non nel modo che a Carmen piaceva di più. Non annuiva e non la incoraggiava. Sedeva tranquilla, staccando pezzi di brioche.

Infine alzò lo sguardo. «Carma.»

«Sì?»

«L'hai già detto a tua madre?»

Carmen alzò il coperchio che teneva in caldo il caffè. «Dirle cosa?»

«Dirle che David ha chiamato domenica.»

Carmen era stupita. Aveva già confessato le sue colpe. «No.»

«Credi... che lo farai?»

«Dirglielo?»

«Sì.»

Carmen piantò gli occhi sull'ampia lavagna del menu, cercando di cambiare argomento.

Tibby la guardava dritto negli occhi. «Ehi, Carma?»

«Uh-huh.»

Carmen stava analizzando la differenza di prezzo tra un latte Alto, Grande e Gigante. Perché nessuno chiamava più niente piccolo? Quando ordinavi un latte, se ne chiedevi uno piccolo la cassiera ti guardava come se fossi ritardata. "Vuoi dire Alto?" diceva con aria condiscendente. Piccolo è relativo! aveva voglia di gridare Carmen.

«Carma?»

«Uh-huh.»

Il viso di Tibby era così insolitamente partecipe che Carmen seppe di dover prestare attenzione.

«Forse dovresti dirglielo. Non aggiusterà le cose, ma vi farà sentire meglio.»

«Sentire meglio chi?» rispose Carmen, sospettosa.

«Lei. Tu. Tutte e due» disse Tibby con cautela.

Carmen aprì la bocca e, prima di potersi fermare, esplose: «Ha parlato l'esperta delle relazioni madre-figlia».

Tibby guardò i pezzetti di brioche ammucchiati. Il suo volto si contrasse. «Non lo sono. Per niente. È chiaro.»

«Scusa, Tib» disse Carmen di rimando, coprendosi il viso con le mani. Tibby si sentiva già abbastanza giù prima. La sua espressione era fragile e i tratti sembravano delicatissimi sul volto lentigginoso.

Carmen si odiò perché aveva fatto sentire Tibby ancora più triste.

«Va tutto bene.» Tibby si alzò. «Hai ragione.» Spazzò via il pasticcio sul tavolo. «Devo andare. Ho detto alla mamma che sarei andata a prendere Nicky in piscina.»

Anche Carmen si alzò. Avrebbe voluto che quella conversazione fosse finita in modo diverso. «Quando torni a Williamston?»

Tibby alzò le spalle. «Tra un paio di giorni.»

«Mi chiami dopo, d'accordo?»

Tibby annuì.

«Per piacere, non essere arrabbiata con me» pregò Carmen.

«Non lo sono.» Tibby offrì un sorriso. Era debole, ma non era falso. «Davvero. Non lo sono.»

Carmen annuì.

«Carma.»

«Uh-huh?»

«Potresti parlare con tua madre.»

Carmen ebbe voglia di piangere mentre guardava Tibby uscire dalla porta e attraversare il parcheggio. Sapeva che un'amica peggiore l'avrebbe fatta sentire meglio.

IL POTERE CORROMPE.
IL POTERE ASSOLUTO
È PIUTTOSTO GRADEVOLE.

– JOHN LEHMAN

Carmen era un disastro. Tibby era un disastro. Lena era un disastro anche peggiore. Carmen lo pensò mentre andava con passo spedito al Burger King di Wisconsin Avenue. L'unica non-disastro al momento era Bee, che di solito, in quanto a disastri, faceva la parte del leone. Si stava disegnando una strana estate.

Era il suo giorno libero dal lavoro. Carmen aveva passato la pausa pranzo di Lena seduta a sudare insieme a lei nel parcheggio dietro il negozio. A dire il vero, Carmen era stata soprattutto seduta mentre Lena passeggiava avanti e indietro, agitatissima.

Carmen aprì la porta, godendosi la ventata di aria fresca. Mentre si orientava all'interno, scoccò un'occhiata veloce a una ragazza bionda che stava in piedi davanti al bancone. Forse era il fatto che Kostos fosse in città, ma Carmen continuava a vedere gente che le sembrava di conoscere. Sui marciapiedi, nell'ingresso del suo palazzo, fuori dal negozio di Lena.

Carmen si diresse verso il bancone, studiando la ragazza bionda da dietro. Aveva pantaloni corti sfrangiati e la permanente e stava contando il resto. Impossibile, si disse Carmen. Non poteva essere. Eppure, mentre ordinava le patatine, Carmen non riusciva a smettere di guardare la ragazza. Non poteva essere quella che aveva immaginato, perché la ragazza alla quale stava pensando non aveva la permanente e non avrebbe mai indossato pantaloni corti come quelli. E poi viveva in South Carolina.

Però Carmen aspettava con impazienza che la ragazza si voltasse. Considerando il tempo che ci metteva a contare il resto, avrebbe potuto davvero essere lei.

Alla fine la ragazza si voltò e guardò Carmen in faccia. Dopo un attimo di sorpresa il suo viso si illuminò.

«Santo cielo» mormorò Carmen.

La ragazza le venne incontro veloce, con una tonica in mano e una sacca da viaggio sulla spalla.

«Carmen!»

Carmen rimase immobile, raggelata. Evidentemente Kostos non era l'unico fantasma dell'estate prima a fare ritorno. «Krista?»

Krista aveva l'aria insieme eccitata e intimidita. «Non posso credere di averti incontrata.»

«Che cosa ci fai qui?»

«Speravo di trovarti» rispose Krista. Rovistò nella tasca dei pantaloni corti e con un po' di fatica estrasse un foglietto spiegazzato. «Ho provato a chiamare a casa tua qualche minuto fa, ma non ha risposto nessuno.»

Sul foglio che Krista teneva in mano era scritto l'indirizzo e il telefono di Carmen.

«Wow... davvero? Be'...» Carmen voleva chiedere perché senza sembrare scortese. «Sei qui con... ehm... amici?» Carmen era ipnotizzata dall'eyeliner, dai pantaloni corti e dalla canottiera rossa. Doveva essere Krista, ma Carmen non riusciva a credere che fosse davvero Krista.

«No. Sono sola.»

«Oh.» disse Carmen. Carmen si convinse che quella ragazza fosse proprio Krista e non un'impostora quando scorse la sua solita collana d'oro con il pendente.

Carmen pagò in fretta le patatine. «Vuoi... sederti un attimo?» chiese, avviandosi a un tavolo. Pur essendo una fuggiasca, Krista non avrebbe potuto dimenticare il suo modo di fare se anche ci avesse provato. Rimase in piedi accanto alla sedia finché Carmen si fu seduta.

«Uhm, tua mamma è in città?» chiese Carmen. Il mistero avrebbe assunto tutta un'altra dimensione se Lydia e magari suo padre fossero stati in città senza aver chiamato Carmen.

La faccia di Krista si rabbuiò. «No.» Si schiarì la voce. «Sono qui per scappare da lei.»

All'improvviso Carmen inarcò le sopracciglia. «Stai scappando? Perché?»

Krista si guardò intorno per accertarsi che nessuno sentisse. «Continua a sgridarmi, ecco perché.»

Carmen era sbalordita e non cercò di nasconderlo.

«Lo sa che sei qui?» chiese Carmen con calma, come se stesse parlando con Jesse Morgan.

«No.» Krista aveva una faccia spaventata ma trionfante.

«Krista.» Carmen la guardava seria. «Va tutto bene? Sembri proprio… diversa.»

Krista giocherellava con l'involucro di carta della cannuccia. «Ho voluto fare di testa mia, quest'anno, e la mamma fa un dramma per tutto.»

Carmen annuì in silenzio.

«Mi sono ricordata che la scorsa estate sei scappata a Washington, senza dire niente a nessuno. Mi hai dato l'idea.»

Carmen abbassò le mani sotto il tavolo in modo che Krista non potesse notare che si stava tormentando la pellicina intorno all'unghia del pollice. «Ma io ci vivo, a Washington.»

Krista annuì, mentre una crescente insicurezza le si leggeva negli occhi. «È per questo che sono venuta qui. Speravo di poter stare con te per un po', magari.»

Carmen si sentì sul punto di esplodere. «Vuoi stare con me e la mia mamma?»

Si chiese se Krista si era soffermata a riflettere sul fatto che Christina era la ex moglie del suo patrigno.

Krista annuì. «Se non è un problema. Mi dispiace di non aver chiamato prima.» Abbassò appena la testa. «Avrei dovuto chiamare.»

«No, no. Va bene così. Non ti preoccupare.» Carmen si stupì di se stessa mentre toccava il polso di Krista per rassicurarla. «Puoi stare con noi per qualche giorno.»

Krista indicò il lobo dell'orecchio. Era rosso e gonfio. «Ho fatto due buchi nelle orecchie e mia madre ha avuto un attacco di nervi. Anche per quella litigata ho deciso di venire qui.»

Carmen cercò i due buchi nel lobo, senza trovarli. «Krista, hai parlato con Paul?»

Gli occhi azzurri di Krista erano segnati dall'eyeliner. Scosse il capo.

«Qualcuno sa che sei qui?»

«No. E per piacere non dirlo» rispose seria. Krista parlava troppo, e questo minava la potenza della sua ribellione.

Carmen deglutì. Come aveva potuto non dirlo a Paul? Si alzò. «Dovremmo andare» disse. Afferrò il sacchetto di patatine che aveva preso come regalo per sua madre e fece cenno a Krista di seguirla. Il palazzo in cui abitava era solo a due isolati da lì. Mentre saliva in ascensore con Krista, Carmen si chiese che cosa avrebbe detto la sua madre ferita quando l'avesse presentata alla figlia della moglie del suo ex marito e avesse accennato al fatto che forse sarebbe rimasta da loro per un po'.

Carmen-in-allarme,

avrai sempre sempre sempre sempre sempre sempre un'altra possibilità. Non lo sai?

Hai ragione. Ci sono due generi di persone al mondo. Il genere che divide il mondo in due generi e il genere che non lo fa.

Con affetto, sempre, qualunque cosa accada

Bee

Quando Tibby aveva undici anni, l'anno in cui era morta la mamma di Bridget, aveva coltivato il sogno segreto che la sua famiglia potesse adottare Bridget. A modo suo, Tibby aveva avvertito che Mr. Vreeland si era isolato troppo per potersi prendere ancora cura di sua figlia. Il fratello di Bee non usciva quasi mai dalla sua camera e si accontentava dei videogiochi. Bee era agitata e impaziente e la sua casa era calma e vuota. Tibby aveva sofferto per la sua amica.

Nel suo cuore undicenne, Tibby sapeva di essere la sorella di Lena e Carmen e Bee, ma avrebbe voluto essere anche la sorella ufficiale. Aveva fatto il ragionamento che Carmen viveva sola con la madre e Lena aveva già una sorella, quindi la famiglia ideale per Bee era la sua. Aveva fatto un disegno accurato di come sarebbe stata la sua camera con due letti e due cassettoni e due scrivanie.

Tibby ricordava quanto aveva lasciato correre la fantasia. Aveva programmato di dividere la sua paghetta. Aveva stabilito con benevolenza che Bee non avrebbe dovuto fare lavori in casa per il primo anno, e che poi avrebbero potuto spartirseli. Aveva immaginato i suoi genitori, e soprattutto suo padre, tifare per Bee durante le partite di calcio. Si era chiesta se Bee si sarebbe mai fatta chiamare Bee Rollins, e se un estraneo, vedendo Tibby e Bee cenare in un ristorante con i loro genitori, avrebbe pensato che si somigliavano.

Quando Tibby aveva tredici anni, sua madre era rimasta incinta e Tibby era diventata una vera sorella ufficiale. Era diventata una sorella ufficiale di nuovo a quindici anni. Tibby aveva sempre pensato che in quel caso Dio aveva ascoltato le sue preghiere e le aveva prese un po' troppo alla lettera.

Per una qualche ragione, Tibby portò con sé a Williamston il disegno della sua camera. In effetti la prima cosa che fece, appena aprì la porta della stanza 6B4, fu appoggiare il disegno sul cassettone, di fronte allo specchio. Socchiuse gli occhi guardando il piccolo rettangolo che aveva disegnato per rappresentare la gabbia di Mimì. Si ricordò di averlo disegnato equidistante dai due letti in modo che anche Bee potesse goderne e non fosse invidiosa.

Si chiese che cosa avrebbe detto Alex se avesse visto quel disegno. Che cosa avrebbe pensato se gli avesse detto che era stata molto legata al suo porcellino d'India finché non era morto quando aveva sedici anni.

Che cosa avrebbe pensato Bailey di Alex?

Sapeva quello che Bailey avrebbe pensato di Alex. Se si sforzava, poteva vedere attraverso gli occhi di Bailey, ed era come tenere uno specchio rivolto verso il mondo. Bailey avrebbe detto che Alex si dava delle arie e non avrebbe affatto badato a lui. C'erano tante persone sincere là fuori, gente a cui Bailey avrebbe voluto pensare.

Questo le fece ricordare Vanessa. Estrasse dalla valigia un'altra delle cose che aveva portato da casa. Era un sacchetto trasparente pieno di animali di gomma alla frutta: serpenti, scimmie, salamandre, tartarughe, pesci. Glieli aveva dati Nicky. Tibby pensò che ci fosse più o meno un animale per ogni crudeltà che Maura aveva detto di Vanessa, ogni cosa non divertente per la quale Tibby aveva riso, ubbidiente.

Tibby allacciò un nastro verde intorno alla parte alta con attenzione. Usò la lama delle forbici che trovò sulla scrivania per arricciare le estremità. Attaccò un bigliettino. "Grazie per essere una grande A.R." scrisse, in un corsivo pulito e anonimo. Lo lasciò fuori dalla stanza di Vanessa. Bussò alla porta, poi scappò prima che Vanessa potesse vederla.

Era una cosa così sciocca, ma era una sciocchezza che la fece star bene.

«Paul, rispondi» ordinò Carmen, dopo aver chiuso la porta della sua camera. Probabilmente non avrebbe urlato così alla segreteria telefonica se lo avesse chiamato a casa, nella casa di suo padre e di sua moglie a Charleston. Ma Paul si trovava all'Università della Pennsylvania per quasi tutta l'estate: frequentava corsi supplementari e giocava a calcio. «Ehi, compagno di stanza di Paul. Ehi, tu. Rispondi al telefono, per piacere.»

Nessuna risposta. Perché la gente non c'è mai negli alloggi per studenti dei college?

Riagganciò e si collegò a Internet.

Paul, ehi! Chiamami subito. Subito!

Premette il pulsante di "Invio".

Andò in punta di piedi fino alla porta e la aprì senza far rumore. Krista stava ancora dormendo.

La fuga sembrava farle bene. Quando Carmen era scappata, aveva dormito sonni brevi e agitati. Aveva sempre mal di stomaco. Krista invece aveva molto appetito. Carmen le aveva offerto una patatina del sacchetto che aveva preso per sua madre, e Krista, riconoscente, aveva mangiato tutto il sacchetto. Cinque minuti dopo essersi sdraiata sul divanoletto, dormiva già. E non si era mossa per oltre due ore.

Carmen era a metà di *CosmoGirl!* quando il telefono finalmente squillò.

«Pronto.»

«Carmen?» Anche per un'emergenza, la voce di Paul era pacata.

«Paul. Paul!» sussurrò. «Sai chi sta dormendo sul mio divanoletto in questo preciso istante?»

Paul rimase zitto. Era proprio la persona meno adatta per giocare al gioco degli indovinelli.

«No» disse infine.

Era un'informazione troppo assurda da dare senza spiegazioni, ma non aveva scelta. «Krista!»

Ci volle un istante perché lui capisse. «Perché?»

«È scappata!»

«Perché?» Paul non sembrava tanto stupito.

«Non va d'accordo con tua madre. Hanno litigato. Non lo so.

Si è fatta fare i buchi alle orecchie.» Carmen fece una pausa. «Hai visto… tua sorella negli ultimi tempi?»

«In aprile.»

«È molto… diversa dall'estate scorsa. Non ti sembra?»

«In che senso?»

«Oh, non so… trucco, capelli diversi, vestiti diversi. Sai.»

«Cerca di assomigliarti.»

Carmen sentì i polmoni che si accartocciavano. Non c'era abbastanza aria per formare delle parole.

Paul diceva una parola per mille delle sue, ma quella contava.

Carmen non sapeva bene a quale allusione rispondere. Quando riuscì a far entrare un po' d'aria nei polmoni, cominciò dalla più ovvia. «Stai dicendo che mi vesto come una sciattona?»

«No.» Paul spesso sembrava sconcertato da quello che lei sembrava leggere nelle sue parole.

«Be… bene» farfugliò lei. Forse era meglio battere l'altro chiodo. «Perché credi che stia cercando di essere come me?»

«Ti ammira.»

«Impossibile! Davvero?» Carmen lo disse più forte di quanto avrebbe voluto. Sentì un movimento in salotto.

«Sì.»

«Perché?» Carmen non poté fare a meno di chiederglielo, anche se Paul non era proprio la persona da cui andare a cercare complimenti.

Lui fece una pausa. «Non lo so.»

Fantastico. Grazie. «Be', che cosa devo fare?» sussurrò Carmen. Sentì dei passi. Dovette interrompersi. Carmen non poteva far sapere a Krista che l'aveva tradita subito.

«Non posso dirle che te l'ho detto» aggiunse Carmen. «Ho promesso di non dirlo a nessuno.»

«Tienila lì con te per un po'» disse Paul. «Verrò presto.»

«Si è svegliata. Devo andare. Ciao.» Carmen riagganciò proprio mentre Krista bussava alla porta.

«Ciao» disse Krista con un filo di voce. Aveva il segno della coperta impresso sulla guancia. Qualunque fosse lo spirito di ribellione che l'aveva portata fino a lì, si stava già consumando.

Carmen all'improvviso provò tenerezza per Krista. Forse aveva solo ceduto alle lusinghe.

Perché quando ebbe un attimo per guardare, Carmen riuscì

a vedere che la nuova acconciatura di Krista era una vera, triste imitazione dei suoi capelli ondulati. Mentre i capelli di Carmen erano folti e scuri, quelli di Krista erano chiari e poco abbondanti. I capelli di Krista erano belli se lasciati stare, ma non reggevano una permanente. I pantaloni corti di Krista erano molto simili a un paio che Carmen indossava l'estate prima a Charleston, ma il loro effetto sulle gambe stecchite biancoblu di Krista era diversissimo. L'eyeliner nero che Carmen spesso metteva mischiandolo con le sue ciglia nere faceva sembrare Krista una specie di drogata.

«Posso?» chiese Krista, esitando sulla soglia.

Una drogata molto educata.

«Certo. Vieni.» Carmen le fece segno di entrare. «Dormito bene?»

Krista annuì. «Grazie. Sai per caso l'ora?» chiese.

Carmen si voltò verso la radiosveglia: «Cinque e mezza. Mia mamma sarà a casa tra poco.»

Krista annuì. Esitava, disorientata per il sonno. «Credi che sarà d'accordo?»

«Vuoi dire per te?»

Krista annuì. Sgranò gli occhi come faceva l'estate prima quan-
do Carmen diceva una parolaccia.

«Sì. Non ti preoccupare.» Carmen la guidò in cucina e versò a tutte e due un bicchiere di succo d'arancia. «Bene... ehi. Non te la senti proprio... di chiamare tua mamma?»

«Preferirei di no.» Krista scosse il capo. «Sarà arrabbiatissima con me.»

«Le sarà passata da tempo la rabbia. Sarà preoccupata, sai? Puoi dirle solo che stai bene e basta.»

Krista parve convincersi. Carmen ricordava quanto fosse malleabile.

«Forse la chiamerò... domani?»

Carmen annuì. Poteva capire. Se doveva opporre resistenza, doveva tenere duro per almeno ventiquattro ore. Krista bevve il succo in silenzio per qualche istante.

«Quindi tu e tua madre avete avuto una bella discussione, eh?» chiese Carmen, con dolcezza.

Krista annuì. «Litighiamo un sacco negli ultimi tempi. Dice che sono maleducata. Odia tutto quello che mi metto. Non sopporta quando alzo la voce.» Krista spinse una ciocca di capelli biondi sfilacciati dietro l'orecchio. Carmen era stupita di sentire la forza della rabbia nella voce di Krista.

«Vuole che tutto sia tranquillo e perfetto in casa sua. Io non ho più voglia di essere tranquilla e perfetta.»

Carmen sapeva di aver sparso veleno sul piccolo mondo ordinato di Lydia l'estate prima, ma non si era resa conto che Krista se lo stesse mangiando. «Non posso darti torto» disse Carmen.

Krista sfiorò il bordo del suo bicchiere di succo d'arancia. Era evidente che sperava di poter contare su Carmen. «Se mi comporto come mi chiede di comportarmi, sono invisibile.» Il suo tono era lamentoso. «Se mi comporto come voglio, dice che le rovino la vita.»

Krista studiava la faccia di Carmen, in cerca di qualche segno di saggezza. «Che cosa faresti?»

Carmen considerò la posizione di responsabilità in cui era stata sospinta a forza.

Che cosa avrebbe fatto? Che cosa avrebbe fatto lei, Carmen?

Piagnucolare, resistere, lamentarsi. Lanciare sassi contro la finestra della casa di suo padre e di sua moglie. Correre via come una vigliacca. Tormentare sua madre. Comportarsi come una bimbetta egoista. Distruggere la felicità di Christina.

Carmen aprì la bocca per cercare di dare qualche consiglio. La richiuse.

C'era una parola per indicare tutte quelle cose. Cominciava con la I. Dava l'idea di una persona assolutamente sprecata.

Com'era?

Ah, sì. Ipocrita.

NIENTE TOGLIE GUSTO
AL BURRO DI NOCCIOLINE
QUANTO L'AMORE
NON CORRISPOSTO.

– CHARLIE BROWN

Tibby appoggiò la pila di CD sul bancone. «Non era uno di questi» disse. «Quello che sto cercando non aveva solo il pianoforte. Aveva anche altri strumenti.»

L'uomo annuì. Doveva essere sulla quarantina. Portava delle Hush Puppies ai piedi e aveva il taglio di capelli di una persona a cui non importa dei capelli.

«Piano e altri strumenti?» le chiese.

«Sì.»

«Era un concerto.»

Gli occhi di Tibby s'illuminarono. «Sì. Credo che lei abbia ragione.»

«Sei sicura che sia Beethoven.»

«Credo di sì.»

«Credi di sì.» Sembrava che avesse bisogno di una tazza di caffè.

«Sono piuttosto sicura» aggiunse in fretta.

«Va bene, se è Beethoven ce ne sono cinque. Probabilmente il più noto è il concerto dell'Imperatore» spiegò, paziente.

Tibby gli era grata. Quell'uomo aveva già passato un bel po' di tempo a seguirla. Per fortuna non c'era molto da fare nel reparto di musica classica alle dieci e quarantacinque del mattino.

«Posso sentirlo?»

«Ne ho una copia da ascoltare da qualche parte. Potrei metterci un po' per trovarla. Vuoi tornare più tardi?» Ebbe l'aria speranzosa.

Lei non voleva tornare. Ne aveva bisogno subito. «Se posso aspettare? Ne ho proprio, proprio bisogno.» Aveva nove giorni, e così tanto lavoro da fare.

Lo guardò mentre cercava, troppo lento. «Posso aiutarla a guardare?»

Con riluttanza, le permise di andare dietro il bancone e guardare in una scatola.

«Qui» disse lui finalmente, alzando il CD con aria di trionfo.

«Yuhuu!» disse lei. Lo afferrò e corse verso le postazioni di ascolto.

Lo capì dopo pochi secondi. «È questo!» gli gridò.

«Bene!» disse lui, quasi eccitato quanto lei.

Ebbe una gran voglia di abbracciarlo. «Grazie. Grazie mille.»

«Prego» disse lui contento. «È raro che io abbia un'emergenza del genere, in questo lavoro.»

Tornata nella sua stanza al college, si mise davanti al computer. In una mano teneva lo zip con i video che aveva copiato dall'attrezzatura di casa. Nell'altra il concerto per pianoforte dell'Imperatore.

Infilò il CD nella fessura e guardò lo schermo vuoto. Lasciò che la musica la avvolgesse. Non si mosse. Non riusciva ancora a farlo. Posò una mano sullo zip e lo allontanò di nuovo.

Era difficile. Non lo guardava dall'estate precedente. Non era pronta, si era detta. Ma forse non sarebbe mai stata pronta. Forse doveva solo costringersi a farlo.

Estrasse il DVD dalla custodia di plastica. Lo appoggiò sulla scrivania. La musica saliva e scendeva. Il suo cuore batteva veloce. Qualcuno bussò alla porta. La sua testa scattò. Abbassò la musica. Si schiarì la voce. «Sì?» Uscì roca.

La porta si spalancò. Era Alex.

«Ehi» disse lui. La sua faccia era più incerta del solito. «Sei tornata. Dove sei stata?»

Lei diede un calcio al muro, sotto la scrivania. «Dovevo andare a casa a sistemare un paio di cose.»

Lui annuì. Accennò al computer. «Stai lavorando al film?»

Lei lo guardò. «Non quello che credi tu. Non quello su mia mamma.»

«No?»

«Non lo faccio più.» Avrebbe voluto buttare il film nella fogna, ma si era costretta a tenerlo per punizione.

«Che cosa farai come progetto di fine corso?»

«Un nuovo film.»

«Ne cominci uno nuovo? Adesso?»

«Sì.»

«Ah. Credi di poterlo fare in pochi giorni?»

«Spero di sì.»

Alex sembrava sempre indifferente, ma era chiaro che gli sembrava una cosa seria. Tibby cominciava a capire com'era lui. Poteva essere sprezzante e sorridere compiaciuto quanto voleva, ma poi faceva le cose sul serio. Non rischiava mai davvero, ed era un falso ribelle. Ci voleva qualcuno come lei per capirlo.

«Di che cosa parla?»

Tibby guardò lo zip con aria protettiva. Non poteva dirlo ad Alex. Era molto più difficile e pericoloso di una sequenza di sciocche riprese di sua madre.

«Non lo so nemmeno io.» Lei si voltò di nuovo verso la scrivania. Lui si voltò per uscire.

«Che cosa ascolti?»

Per un istante pensò sul serio di sconfessare la musica che aveva impiegato più di un'ora a trovare, facendo finta di aver sintonizzato la radio sulla frequenza sbagliata.

«È Beethoven» disse invece. «Il concerto dell'Imperatore.»

Lui la guardò in modo un po' strano. Si voltò di nuovo per andare. Il cuore di Tibby batteva veloce.

«Ehi, Alex» disse.

«Sì?»

«Sai quel ragazzo, Brian? Quello a cui non è piaciuto il mio film?»

Alex annuì.

«È uno dei miei migliori amici in assoluto. Praticamente vive a casa mia.»

Alex parve confuso. E poi a disagio. «Potevi dirlo prima» disse, rigido.

Tibby annuì. «Sì, avrei dovuto.» Un impulso irrefrenabile le si arrampicò su per le costole come se fossero una scala, facendosi strada fino alla bocca. «E la sai un'altra cosa?»

Lui scosse la testa appena. Non voleva sapere l'altra cosa.

«Il film che ho fatto era orribile. Era meschino e misero e stupido.»

Alex voleva andarsene. Non era il genere di persona che riesce a sopportare il confronto.

«E la sai un'altra cosa?»

Lui s'incamminò verso la porta. Era chiaramente convinto che fosse matta.

«Vanessa la A.R. è più artista di quanto potremo mai essere Maura o tu o io!» gli gridò. Non era certa che avesse sentito quest'ultimo pezzetto, e non le importava. Tanto non lo diceva per lui.

Lena andava in giro per casa come se avesse infilato un dito in una presa elettrica e ce l'avesse lasciato. Era scossa da brividi e sussulti, con la sensazione che tutto il suo corpo fosse compresso in uno spazio ridottissimo. Era lì. Era lì! E se per caso non l'avesse più rivisto?

A colazione era così preoccupata che aveva imburrato il pane di sua madre, dimenticando la guerra fredda che combattevano da quando aveva scoperto di Eugene.

Al lavoro guardava sempre fuori dalla finestra. Kostos era lì vicino. Avrebbe potuto passare da un momento all'altro. L'intera area metropolitana di Washington D.C. era un potenziale punto d'incontro. Forse lo avrebbe visto di lì a cinque minuti. Forse non lo avrebbe visto mai più. Aveva una paura terribile sia di un'alternativa che dell'altra.

Fece tutta la strada a piedi dal lavoro a casa come in *trance*, immaginando che ogni autobus che passava trasportasse Kostos che la guardava attraverso il vetro.

Quando entrò, avvertì che c'era qualcosa di strano. Effie preparava la tavola. Effie stava mettendo troppi posti a tavola.

Quando vide Lena, quasi scoppiò. «Kostos viene a cena» saltò su, in fibrillazione.

Brividi, sussulti e compressione. Lena si portò la mano alla testa. La sentiva come se non posasse più sul collo. «Cosa?»

«Sì. L'ha invitato la mamma.»

«Come? Perché?»

«Ha parlato con Mrs. Sirtis. Mrs. Sirtis le ha detto che Kostos era in città. La mamma non riusciva a credere che non lo sapessimo e che non l'avessimo invitato, sapendo che è di famiglia, visto che è come se fosse il nipote di Valia e Bapi.»

Lena rimase ferma con gli occhi chiusi. Era stata preceduta. A nessuno importava di lei. Kostos era amico di tutti fuorché suo.

Lena non solo era arrabbiatissima e gelosa della nuova ragazza di Kostos, era anche arrabbiatissima con tutti i membri della famiglia Kaligaris, e anche con tutti i Sirtis, perfino con quelli che non aveva mai conosciuto.

«Credi che la mamma stia cercando di torturarmi?» chiese Lena.

«Sul serio credo che non abbia nemmeno pensato a te.»

D'accordo. Non era di conforto.

Effie si accorse dell'aria abbattuta di Lena. «Voglio dire, sa che tu e Kostos vi piacevate l'estate scorsa. Sa che gli hai scritto qualche lettera. Forse crede che vi siate persi di vista. Gliene hai mai parlato?»

«No.»

«Ecco perché» disse Effie.

Lena era irritata. Da quando bisognava dire tutto alla propria madre perché sapesse?

«Quando arriva?» chiese Lena.

«Sette e mezza» disse Effie comprensiva. Le dispiaceva per Lena.

Lena si dispiacque con se stessa che sua sorella minore si dispiacesse per lei. Guardò l'orologio. Aveva cinquanta minuti. Doveva andare in camera sua, fare la doccia e vestirsi: sarebbe stata una persona diversa quando fosse tornata giù. Oppure poteva sdraiarsi sul letto e dormire fino al mattino dopo, e probabilmente nessuno se ne sarebbe accorto.

Carmen non poté non sentirsi triste quando vide sua madre sulla porta, quella sera. Vide una Cenerentola dopo il ballo. La magia era svanita. Tre settimane prima Christina era accanto alla stessa porta con i Pantaloni Viaggianti. Tornando, quella sera, le era sembrata maestosa e splendente come una donna amata.

Quella sera invece aveva l'aria decisamente poco amata. I suoi capelli e le sue scarpe e la sua espressione non erano per nessuno. Tutto il suo corpo sembrava rivolto verso il basso.

«Ciao, mamma» disse Carmen, uscendo dalla cucina con Krista alle spalle. Indicò Krista. Con l'eyeliner che aveva sbavato durante il sonno, Krista aveva l'aria ancora più strana. «Questa è Krista. È, ehm, la figlia della moglie di papà.» Carmen cercò di mantenere un tono leggero.

Christina alzò la testa e strizzò gli occhi. Qualche settimana prima era stata troppo felice per essere toccata da qualcosa. Ora era troppo infelice. Annuì. «Ciao, Krista.» Rivolse a Carmen uno sguardo che esprimeva la più totale confusione.

«Krista è, uhm, via da casa per un pochino, e ci chiedevamo se può restare qui per un paio di giorni.» Scoccò un'occhiata a sua mamma come per dire che sapeva quanto era strano e se potevano discuterne dopo. Indicò il divanoletto disfatto che aveva già trasformato il piccolo salotto. «Sai, sul divano.»

«Be', credo che vada bene.» I balbettamenti di Christina non parvero condensarsi in un giudizio. «Se la sua mamma è d'accordo.»

«Grazie» mormorò Krista. «Grazie mille, Mrs...» S'interruppe. Guardò Carmen disperata, in cerca d'aiuto.

«Mrs. Lowell» suggerì Mrs. Lowell.

Krista cominciava finalmente a rendersi conto di quanto fosse strana quella situazione. Anche sua madre era Mrs. Lowell. La parte alta del corpo di Krista, dalle spalle alla nuca, si tinse. «Scusi.»

La cena fu uno dei pasti meno rilassati che Carmen potesse ricordare. Krista, educata, cercò di rendere la conversazione piacevole, eppure tutti gli argomenti portavano ad Al. Christina la prendeva sportivamente, ma era palese che voleva solo andarsene a letto.

«Vuoi che andiamo a prendere un gelato?» Carmen chiese alla sua mamma mentre riordinavano. «Pensavamo di andare da Häagen Dazs.»

Christina sospirò. «Andate voi. Io sono esausta.» Sembrò quasi che si scusasse, cosa che fece sentire Carmen in colpa. Christina non usciva di casa da giorni se non per andare al lavoro. Ma non era arrabbiata con Carmen. Era solo triste. Si era arresa al suo destino. Era come se essere felice non dovesse più riguardarla.

Perché mi hai permesso di rovinare tutto? Carmen avrebbe voluto chiedere a sua madre. Aveva il desiderio perverso di vedere le conseguenze negative dei suoi rimproveri dissolversi magicamente in poche ore. Avrebbe voluto che le sue vittime si raddrizzassero come i personaggi dei cartoni animati con la testa schiacciata da una padellata. Invece i relitti sopravvivevano per molto tempo alla sua rabbia.

Krista cercava qualcosa nella sua sacca da viaggio. Raggiunse la porta con un paio di ciabattine di plastica blu ai piedi, identiche a quelle che c'erano nell'armadio di Carmen. Krista guardò Carmen, entusiasta. Le sue orecchie spuntavano dai capelli tristi, sciupati. Carmen sentì di essere una forza distruttiva.

Perché vuoi essere come me? Carmen voleva chiedere a Krista.

Carmen aveva sempre voluto essere importante. Ma non voleva essere così importante.

Lena era pulita. Si era lavata i capelli. Aveva un buon profumo. Quando Kostos entrò, cercò di non perdere l'equilibrio.

Lo guardò, come in sogno, mentre salutava suo padre. Lo guardò baciare sua madre su tutte e due le guance. Lo guardò abbracciare Effie. Lo guardò mentre invece di abbracciarla le dava la mano. Mentre si stringevano la mano, Lena sentì che la propria era diverse centinaia di gradi sotto lo zero.

Lo guardò che si rivolgeva in greco ai suoi genitori; forse fece perfino una battuta, perché i suoi genitori risero tutti e due e lo guardarono estasiati, come se fosse un supereroe e un comico insieme.

Lena avrebbe voluto sapere il greco. Si sentì all'improvviso come un delfino che non sa nuotare.

Si sedettero in salotto. Suo papà gli offrì del vino. Kostos era quasi un uomo. Era splendido. Era il sogno di ogni genitore.

Il papà offrì a Lena del succo di mela. Si sentì come una bambina di dieci anni rispetto a lui, come se non avesse neppure raggiunto la pubertà. Era una buona cosa aver rotto con Kostos, perché si era risparmiata la pena di scoprire che non era abbastanza in gamba per lui. Be', a pensarci, non si era risparmiata quella pena, vero?

Lena cercò di ricordarsi le cose che le piacevano di se stessa. Cercò di ricordarsi le ragioni per le quali era piaciuta a Kostos. Non riusciva a trovarne nessuna. Forse era meglio che se ne andasse di sopra.

A cena, Lena era seduta accanto a lui.

Lui raccontò una storia divertente su Bapi Kaligaris, quando la nonna aveva cercato di fargli mettere delle nuove scarpe di pelle di anguilla al posto di quelle bianche che preferiva. «Queste sono scarpe buone e oneste!» gridò Kostos, imitando Bapi alla perfezione. «Stai cercando di farmi diventare un dandy?» Il padre di Lena sembrava così allegro e pieno di nostalgia che Lena si aspettava quasi che scoppiasse a piangere.

Kostos era proprio come lo ricordava. Perché si era fidata così poco di lui? Perché si era fidata così poco della propria memoria? Perché era stata così impaziente?

Mentre Lena mangiava l'agnello, sentì una scarpa sfiorare la pianta del suo piede nudo. Quasi soffocò. Un brivido le percorse la gamba e risalì fino alla nuca. Tutto il suo corpo era in allerta. Ogni terminazione nervosa mandava impulsi al cervello in un groviglio inestricabile.

Lo aveva fatto apposta? Il suo cuore ruggiva. Stava cercando di dirle qualcosa? Di mandare un piccolo messaggio?

Non osò voltare le testa per guardarlo. Non riusciva neppure a finire di masticare quello che aveva in bocca. Lui sapeva che lei si sentiva persa? Voleva darle un briciolo di speranza?

Tu lo hai lasciato, la combinazione Carmen-Effie-Bee le si affacciò alla mente per l'ennesima volta.

Ma non ho smesso di amarlo!

D'accordo.

Era chiaro. Almeno ne aveva preso coscienza. Aveva finalmente optato per la soluzione B. Riprese a masticare. Lo amava. Lei lo amava e lui non la amava più. Quella era la dura, fredda verità. Avrebbe preferito traslocare in Alaska piuttosto che ammetterlo, ma almeno era chiaro. Era fatto. Era terribile, ma ci si sentiva meglio a essere onesti.

I nervi sotto il suo piede chiamavano Kostos. Il tocco più lieve avrebbe significato tutto per lei. Successe. Un tocco delicatissimo. Lei guardò giù.

Non era il piede di Kostos. Era quello di Effie.

CI SONO DUE TRAGEDIE
NELLA VITA.
UNA È NON OTTENERE QUELLO
CHE IL CUORE DESIDERA.
L'ALTRA È OTTENERLO.

– GEORGE BERNARD SHAW

Ci vollero ore perché Lena si addormentasse e, appena ci riuscì, fece un sogno che la risvegliò.

Il sogno aveva la qualità logora e povera di un vecchio filmino di scienze. Sentiva il ronzio della pellicola che passava attraverso il proiettore e il ventilatore che raffreddava la luce. Il film mostrava due cellule molto amplificate che si muovevano attraverso un grafico schematico del corpo umano. Una cellula partiva dal cervello e un'altra dal cuore. Le cellule s'incontravano all'altezza delle spalle. Rimbalzavano, rimbalzavano, rimbalzavano una contro l'altra finché le due membrane cedevano e le cellule si univano.

Nel sogno Lena alzava la mano e diceva a Mr. Briggs, il suo professore di biologia di nona: "Non può succedere, vero?".

Poi si svegliò.

Quando si svegliò, andò in bagno perché doveva fare la pipì. E mentre faceva la pipì, si sentì stanca di se stessa. Si sentì stanca di non essere capace di dire quello che voleva o fare quello che voleva o perfino di volere quello che voleva. Era stanca, certo, ma non riusciva a dormire.

Rimase seduta sul davanzale per molto tempo a guardare la luna quasi piena. Era la stessa luna che brillava su Bee e Carmen e Tibby e Kostos e Bapi e tutte le persone a cui voleva bene, vicine e lontane.

No, non avrebbe più dormito quella notte. Si infilò i Pantaloni Viaggianti sotto la camicia da notte e la giacca di jeans sopra. Prima di riflettere, scese e uscì dalla porta d'ingresso, che richiuse senza far rumore. La casa dei Sirtis distava circa un miglio, che Lena percorse con disinvoltura. La situazione in cui si trovava era la peggiore possibile. Non poteva peggiorare.

Ma si sentiva in obbligo con se stessa di vedere se c'era una possibilità di farla migliorare.

Era stata a casa dei Sirtis un numero sufficiente di volte per sapere dove si trovasse la camera degli ospiti. Ma mentre girava, furtiva, intorno alla casa, all'improvviso ebbe paura che ci fosse un allarme e che lo avrebbe fatto scattare. Immaginò le sirene che ululavano e i cani che abbaiavano e Kostos che guardava i poliziotti mentre la trascinavano via con le manette sulle maniche della camicia da notte. Forse non aveva ancora affrontato la peggior situazione possibile.

Era una fortuna che la camera degli ospiti fosse al piano terra, perché non era brava ad arrampicarsi e aveva una pessima mira.

Le luci erano spente nella camera. Certo, erano quasi le tre del mattino. Si fece strada tra gli arbusti che coprivano il lato della casa. Si sentì una stupida. Bussò piano contro la finestra. Bussò di nuovo. E se avesse svegliato tutta la casa? Come si sarebbe giustificata? Tutta la comunità greca avrebbe parlato di Lena la predatrice.

Lo sentì muoversi prima di vederlo alla finestra. Ora il suo cuore le sembrava un fucile AK-47 senza nessuno a maneggiarlo, che roteava nella cassa toracica e faceva esplodere tutto quello che si trovava sulla sua traiettoria.

Se per caso vedere Lena in camicia da notte e jeans che bussava alla sua finestra alle tre di notte gli parve un incubo da sveglio, Kostos non lo diede a vedere. Sembrò stupito, però.

«Puoi uscire?» Erano le prime parole che gli rivolgeva da quando era arrivato. Era orgogliosa di avere ancora un po' di fiato da soffiare al suo orecchio.

Lui annuì. «Aspetta. Arrivo» disse.

Lei si allontanò dai cespugli, perdendo un pezzo di camicia da notte.

La maglietta bianca di Kostos sembrava blu sotto la luna quando venne verso di lei. Si era infilato un paio di jeans sopra i boxer. «Vieni con me» le disse.

Lei lo seguì nel giardino sul retro, in un angolo protetto da alberi alti e vecchi. Lui si sedette e anche lei si sedette. La giacca di jeans le faceva sentire caldo dopo tutto quel movimento. La tolse. Si mise seduta sulle ginocchia, all'inizio, poi scivolò giù sull'erba umida e si sedette con le gambe incrociate.

Il cielo d'estate le sembrò magico, quando alzò la testa a guardarlo. Si sentì spensierata e non più tanto spaventata.

Lui la guardava negli occhi, con grande attenzione. Aspettava che lei dicesse qualcosa. Era lei quella che lo aveva fatto uscire dal letto in piena notte.

«Volevo solo parlarti» disse, con un tono appena più alto di un sussurro.

«Va bene.»

Ci volle un momento prima che le parole salissero e uscissero. «Mi manchi» disse. Lo guardò negli occhi. Voleva solo essere onesta con lui.

Lui le restituì lo sguardo. Non guardò da un'altra parte.

«Vorrei non aver smesso di scriverti» proseguì. «L'ho fatto perché avevo paura che tu mi mancassi troppo e di volerti sempre. Mi sentivo così protesa fuori di me. Volevo sentire che la mia vita mi apparteneva di nuovo.»

Lui annuì. «Lo capisco» disse.

«So che non provi più gli stessi sentimenti per me» disse Lena, coraggiosa. «So che hai una ragazza, adesso.» Strappò un filo d'erba e lo strofinò tra le dita. «Non mi aspetto niente da te. Volevo solo essere sincera, perché prima non lo ero.»

«Oh, Lena.» Kostos era teso. Si lasciò andare nell'erba e si coprì la faccia con le mani.

Lena si trovò a guardare le sue mani anziché i suoi occhi. Abbassò lo sguardo sull'erba. Forse non voleva più parlarle.

Alla fine lui allontanò le mani. «Non sai niente?» disse. Lo disse in un borbottio.

Le guance di Lena si scaldarono. Emise un singhiozzo. Si era aspettata che fosse comprensivo con lei, nonostante tutto. Ora il coraggio le mancava. «No» disse umilmente, con la testa china. Sentiva che le lacrime le spezzavano la voce.

Lui si rialzò e si voltò verso di lei. Era davanti a lei, a non più di trenta centimetri. Le prese una mano tra le sue, con grande sorpresa di Lena. Sembrava molto dispiaciuto dall'aria tragica dipinta sulla faccia di lei. «Lena, per favore, non essere triste. Non essere mai triste perché credi che io non ti ami.» Teneva lo sguardo fisso su di lei. Le lacrime di Lena erano ferme sulle sue ciglia e lei non sapeva bene che strada avrebbero preso.

«Non ho mai smesso di amarti» disse lui. «Lo sai?»

«Non mi hai più scritto. Hai una nuova ragazza.»

Lui le lasciò la mano. Lei avrebbe voluto che la tenesse. «Non ho una nuova ragazza! Cosa stai dicendo? Sono uscito con una ragazza qualche volta quando ero infelice a causa tua.»

«Hai fatto tutta questa strada dalla Grecia senza neppure dirmelo.»

Lui accennò una risata, più per sé che per lei. «Perché credi che sia venuto qui?»

Lei aveva paura di rispondere. Le lacrime oltrepassarono le ciglia e si riversarono in grossi rivoli sulle guance. «Non lo so.»

Lui tese il braccio. Pose un dito sul polso di lei, poi lo fece salire per toccare una lacrima. «Non è perché voglio far carriera nella pubblicità» disse.

Da una parte la mente di Lena vorticava all'impazzata, dall'altra era concentrata e calma. Il suo sorriso minacciava di deformarsi a ogni istante. «Non per gli Smithsonian?»

Lui rise. Lei sperò che la toccasse di nuovo. Dappertutto. Sui capelli. Sull'orecchio. Sull'unghia dell'alluce.

«Non per quello» disse lui.

«Perché non hai detto niente?» chiese lei.

«Cosa avrei potuto dire?»

«Avresti potuto dimostrare che eri felice di vedermi o dirmi che t'importava ancora» suggerì lei.

Lui rise con un riso di nuovo amaro. «Lena, so come sei.»

Lena avrebbe voluto sapere com'era. «Come sono?»

«Se mi avvicino, tu scappi. Se sto fermo, forse, pian piano, potresti anche venire da me.»

Lei era così?

«Lena.»

«Sì?»

«Sono felice di vederti e m'importa ancora di te» disse lui.

Lui rideva, ma lei se la prese. «E io che avevo perso tutte le speranze» disse.

Lui le strinse le mani e le posò sul suo petto. «Non perdere mai la speranza» disse.

Lena si protese verso di lui, sollevandosi sulle ginocchia. Incontrò la bocca di lui con la sua. Lo baciò con dolcezza. Lui gemette molto piano. La abbracciò e la baciò profondamente. Poi cadde all'indietro e la trascinò nell'erba sopra di lui.

Lei rise e poi si baciarono ancora. Si rotolarono nell'erba e si baciarono ancora e ancora finché un ragazzo su una bicicletta lanciò il giornale sul vialetto d'ingresso e li spaventò.

Il sole stava cominciando a illuminare il cielo quando Kostos la aiutò ad alzarsi. «Ti accompagno a casa» disse.

Aveva i piedi nudi e fili d'erba incollati un po' ovunque sulla camicia. I suoi capelli erano tutti dritti da una sola parte. Lena poteva solo immaginare il proprio aspetto. Rise un po' impacciata per tutta la strada. Lui le teneva la mano.

Appena prima che raggiungessero la casa, lui si fermò e la baciò. Poi la lasciò andare. Lei non voleva andare.

«Bellissima Lena» disse toccandole una spalla. «Verrò da te domani.»

«Ti amo» gli disse lei, con coraggio.

«Ti amo» disse lui. «Non ho mai smesso.»

Lui la sospinse piano verso la porta.

Lei non voleva andare. Non voleva essere da nessuna parte senza di lui. Era difficile sforzarsi di andare via.

Si voltò per un ultimo sguardo.

«Non smetterò mai.»

Bridget indietreggiò e guardò la mansarda come una cosa compiuta. Aveva dato due mani di vernice color crema. Aveva tinteggiato il soffitto di bianco opaco e lo zoccolo di vernice semilucida. Aveva dipinto il pavimento di larghe assi di legno con un bel verde, il colore che le ricordava il Golfo della California nei giorni di sole l'estate prima.

Per fare un'altra sorpresa a Greta, aveva montato un letto bianco di ferro. Aveva trovato un materasso in condizioni dignitose. Aveva scartavetrato un cassettone antico e lo aveva dipinto con la stessa vernice color crema che aveva usato per lo zoccolo. Da Wal-Mart aveva comprato delle lenzuola bianche traforate, economiche ma carine, e delle tende di pizzo semplici.

Il tocco finale era un mazzo di ortensie viola che aveva raccolto nel giardino mentre Greta era fuori. Trovò una caraffa di vetro e la mise sul cassettone, sopra un pezzo di stoffa blu.

A parte una scatola rimasta nell'angolo sinistro, la stanza era perfetta.

Chiamò: «Greta! Ehi!».

Greta stava passando l'aspirapolvere. Premette il pulsante dell'accensione con il piede. «Che c'è, tesoro?»

«Sei pronta?» chiese Bridget, senza nascondere l'eccitazione.

«Per che cosa?» disse Greta fingendo di non sapere.

«Vuoi vedere la tua mansarda?»

«Hai già finito?» chiese Greta, come se stesse dicendo che Bridget era la ragazza più intelligente del mondo.

«Ti seguo» la incalzò Bridget.

La nonna fece le due rampe piano. Bridget notò la sua pelle ammaccata e i capillari violacei che fiorivano sui polpacci.

«Ta-da» disse Bridget con orgoglio, passando accanto a Greta per aprirle la porta in cima alle scale con un gesto teatrale.

La nonna trattenne il fiato. Come in un film, mise una mano sulla bocca spalancata. Osservò la stanza per molto tempo, in ogni angolo. «Oh, tesoro» disse. Quando si voltò, Bridget vide che aveva le lacrime agli occhi: «È così bello».

Bridget non si ricordava di essere mai stata tanto orgogliosa. «Ha un bell'aspetto, vero?»

«Hai creato una piccola casa qui sopra, eh?»

Bridget annuì. Senza pensarci davvero, l'aveva proprio fatta diventare una casetta.

Greta sorrise. «Non credevo che fossi un tipo casalingo, devo ammetterlo.»

«Nemmeno io!» rispose Bridget, inarcando le sopracciglia. «Devi vedere la mia camera a casa.» Si zittì. Non avrebbe voluto parlare di casa.

La nonna lasciò correre. «Ti sei sfinita per questo lavoro, tesoro, e te ne sono così grata.»

Bridget rispose con modestia: «Nessun problema».

«E ho già qualcuno in mente da far venire qui.»

Bridget s'incupì e non cercò di nasconderlo. Non aveva proprio immaginato che qualcuno sarebbe venuto a stare lì e l'avrebbe estromessa. Greta aveva finito? Non c'era più lavoro per lei lì? Era così?

«Ah, sì?» disse cercando di non piangere.

«Sì. Tu.»

«Io?»

La nonna rise. «Certo. Preferisci stare qui che non in quella pensione decadente in Royal Street, no?»

«Sì» disse Bridget, e fu come se il cuore le s'innalzasse.

«Quindi è fatta. Vai a prendere le valigie.»

Carmen vide una strana scena, quando entrò in cucina il mattino dopo. Sua madre e la figlia della moglie di suo padre erano sedute una di fronte all'altra al piccolo tavolo rotondo e mangiavano le uova in camicia con fare amichevole.

«'Giorno» disse Carmen assonnata. Un po' aveva sperato di aver sognato tutta la faccenda di Krista.

«Vuoi un uovo in camicia?» chiese Christina.

Carmen scosse la testa. «Odio le uova in camicia.»

Krista smise di masticare quello che aveva in bocca. Fece una faccia ansiosa, come se avesse voluto essere lei quella che odiava le uova in camicia.

Carmen si corresse in fretta. «Non è che li odi, in realtà. Mi piacciono. Cibo per il cervello. Solo che non ne ho voglia adesso.» Era una faccenda spinosa, essere il modello di qualcuno. Si subiva un sacco di pressione, specialmente al mattino.

«Oggi devi tenere i bambini?» chiese Christina.

«No, i Morgan sono partiti ieri pomeriggio per Rehobeth: non lavoro più fino a martedì.»

Sua madre annuì, distratta. Non sembrava che Christina avesse ascoltato la propria domanda, e nemmeno la risposta di Carmen. Christina si alzò per versare dell'altro caffè, e Carmen notò all'improvviso la gonna che portava. Era a pieghe bianche e grigie, e l'aveva da prima che Carmen andasse all'asilo nido. C'erano squadre di vestiti di prima scelta e squadre di vestiti di seconda scelta, ma quella gonna era in panchina. Per sempre.

«Ti metti quella per andare a lavorare?» chiese Carmen, senza sforzarsi di nascondere la sua incredulità. Da quanto tempo nessuna delle due faceva il bucato? Sua madre era molto suscettibile in quei giorni; Carmen non avrebbe quindi dovuto stupirsi di vederla sparire in camera sua.

Qualche minuto dopo Carmen alzò la testa dai cereali e vide Krista che guardava immobile il suo uovo in camicia mezzo mangiato e Christina con i pantaloni del giorno prima.

Era patetico. Era orribile. Carmen si odiava e odiava quelle due che la stavano ad ascoltare.

«Ehi, ho un'idea» disse con voce squillante, a tutte e due. «Da ora in poi nessuna di voi due ascolti più quello che dico.»

Il giorno dopo Lena rimase a letto fino al pomeriggio, solo lei e il suo cuore che scoppiava, pensando a tutto quello che era successo. Voleva tenere se stessa per sé, come era spesso incline a fare. Ma voleva anche condividere la notizia; quindi fu contenta quando il telefono suonò ed era Bee.

«Indovina» Lena sbottò subito.

«Cosa?»

«Lo sapevo.»

«Sapevi cosa?»

«Sapevo cosa dovevo fare.»

«Con Kostos?»

«Sì. E la sai un'altra cosa?»

«Cosa?»

«Ho fatto quello che dovevo fare.»

Bridget urlò. «L'hai fatto?»

«Sì.»

«Racconta.»

Lena raccontò tutto. Era difficile trasmettere un'esperienza così privata e viscerale a parole, ma aveva la certezza rassicurante di custodire quell'esperienza dentro di sé.

Bee urlò di nuovo quando Lena ebbe finito.

«Lenny, sono così orgogliosa di te!»

Lena sorrise. «Anch'io sono orgogliosa di me.»

Tibberon: C, hai già parlato con Lena? Aveva la riderella, tanto che pensavo di parlare con Effie. Sono contenta per lei. Fa anche un po' paura, però. Voglio che rimanga Lenny. Ne basta una, di Effie, da queste parti.

Carmabelle: Le ho parlato. È incredibile. I Pantaloni dell'Amore sono di nuovo all'opera. Tranne per me. Ho qualcosa che non va, Tibby? Voglio dire, a parte il solito.

CHE COSA C'È
NEI TUOI OCCHI?
A ME PARE
PIÙ DI TUTTE LE PAROLE
CHE HO LETTO
IN VITA MIA.

— WALT WHITMAN

A volte bisognava solo affrontarlo. Bisognava camminare al centro, per quanto brutto potesse sembrare. Altrimenti si finiva schiacciati contro i muri, a strisciare pieni di paura contro i bordi della propria vita.

Fu quello che Tibby si disse, e che aveva deciso di fare. Infilò il disco nel computer.

Esaminò i file. Non riusciva a ricordare quale fosse. Lei era brava ad archiviare, ma Bailey no, e Bailey era stata la sua assistente e, si supponeva, il suo genio dell'organizzazione. Bailey però aveva solo dodici anni. Tibby ne prese uno e lo aprì. Doveva cominciare da qualche parte.

Un'immagine si materializzò sullo schermo. Era la ripresa del giorno al 7-Eleven. Era il loro primo giorno di riprese, l'estate prima, Tibby se lo ricordava bene. Era il giorno in cui aveva incontrato Brian.

L'immagine si mosse dallo scaffale di Slim Jim all'uomo che stava alla cassa. Proprio come ricordava, lui si coprì la faccia con le mani gridando: «Niente videocamera! Niente videocamera!». Tibby sorrise.

Poi l'inquadratura cambiò e Tibby rimase senza fiato. Eccola. Ogni nervo del suo corpo era teso. C'era la faccia di Bailey in primo piano. Sentì un'ondata di emozione travolgerla come un sacco di sabbia diritto in testa. Grosse lacrime le riempirono gli occhi. Con un gesto meccanico, Tibby schiacciò il tasto di pausa. La risoluzione diminuì, ma l'immagine era ancora più impressionante. Tibby si avvicinò allo schermo tanto da toccarlo con la punta del naso. Si ritrasse. Aveva quasi paura che la faccia sparisse, ma non successe.

Bailey si voltò a guardare Tibby. Rideva. Era lì. Proprio lì. Tibby non l'aveva vista dall'ultima notte della sua vita.

Aveva immaginato il viso di Bailey almeno un milione di volte da allora, ma più si allontanava dalla vera Bailey, meno nitido si faceva il suo ricordo. Era contenta di vedere di nuovo la vera faccia, gli occhi di Bailey.

Beethoven si diffondeva nell'aria allegramente. Bailey rideva.

Tibby lasciò che i suoi sentimenti si esprimessero. Poteva stare lì seduta e piangere per tutto il tempo che voleva. Poteva strisciare sotto la scrivania. Poteva correre in giro per il parcheggio. Poteva vivere sul serio. Poteva costringersi a fare cose che erano difficili. Poteva.

Per una volta Tibby aveva ragione: stava proprio al centro, e da lì riusciva a vedere molto meglio.

Sua madre era al lavoro, Krista dormiva, i Morgan erano al mare, Bee era in Alabama, Lena era al negozio, Tibby era in Virginia e Carmen era seduta nella sua cabina armadio.

La cabina armadio era così piena di cianfrusaglie che non si riusciva quasi a entrarci. Carmen adorava fare acquisti, ma odiava buttare via le cose. Adorava l'inizio ma odiava la fine. Amava l'ordine ma odiava pulire.

Soprattutto, adorava le bambole. Aveva una collezione che poteva appartenere solo a una figlia unica di genitori afflitti da eterni sensi di colpa.

Adorava le bambole ma non sapeva prendersi cura di loro, si disse mentre tirava fuori le tre scatole di cartone che giacevano sotto i vestiti appesi. Per tutta l'infanzia le erano state care. Aveva continuato a giocare con loro per molto tempo, anche quando alle altre ragazzine non interessavano più. Ma i suoi sforzi per lavarle, renderle carine, vestirle e migliorare il loro aspetto, la sollecitudine nel trasformarle, davano loro l'aspetto di veterane di una lunga, estenuante guerra.

Angelica, con i capelli castani e con un neo, aveva una pettinatura a spazzola da quando Carmen aveva cercato di piegare i suoi capelli di plastica con un ferro per fare i ricci. Rosemarie, la rossa, aveva gli occhi neri dal tempo in cui Carmen le aveva disegnato il trucco con un pennarello. Rogette, la sua bambola dalla pelle scura preferita, era un orrendo pupazzo di stoffa cucito solo per metà quando Carmen aveva cominciato a giocare con ago e filo per imitare sua zia Rosa. Sì, Carmen le aveva amate, ma non avrebbero avuto un aspetto peggiore se si fosse messa d'impegno per strapazzarle.

«Carmen.»

Carmen saltò su. Lasciò andare Rogette. Guardò qua e là nella stanza buia.

«Scusa per la sorpresa.»

Raccolse Rogette e rimase immobile. «Santo cielo, Paul. Ciao.»

«Ciao.» Aveva uno di quei grandi zaini da campeggio sulle spalle.

«Come hai fatto a entrare?» chiese lei.

«Krista.»

Carmen sussultò. Si morsicò il pollice. «È sveglia? Sta bene? È arrabbiata con me?»

«Sta mangiando i cereali.»

In questo modo sembrava che rispondesse a tutt'e tre le domande. Carmen aveva ancora Rogette in mano. La alzò. «Ti presento Rogette» disse.

«Bene.»

«Stavo pulendo la mia cabina armadio.»

Lui annuì.

«Sono proprio un turbine di mondanità. Sai, cose da fare, gente da vedere.»

Gli ci volle del tempo prima di capire che stava scherzando.

«L'hai detto a tua mamma?» chiese Carmen.

«Lo sapeva» disse Paul.

«Tutto a posto? Credi che Krista stia bene?»

Lui annuì. Non sembrava preoccupato.

«Allora… com'è l'università?» chiese lei.

«Buona.»

Immaginava che il college avrebbe reso Paul più rilassato e meno educato, ma dal modo in cui stava fermo sulla soglia, ne dubitò. Se lo raffigurò come il solo nuovo membro sobrio del gruppo Delta Kappa Epsilon.

«La scuola estiva è divertente? Il calcio? Bello?»

Lui annuì. Paul stava al chiacchierare come Carmen stava al contenersi. Rimasero in silenzio.

«Tu?» chiese lui.

Carmen sospirò e inspirò molto profondamente prima di cominciare a rispondere. «Oh, sono una specie di disastro.»

Agitò il braccio.

«Ho rovinato la vita di mia madre.»

Paul guardò Carmen nel modo in cui la guardava spesso. Come se fosse la star di uno speciale del Discovery Channel.

Krista comparve sulla soglia dietro Paul. Teneva in mano una copia di *CosmoGirl!* di Carmen. Lo sventolò in aria. Non sembrava per niente seccata che Paul fosse lì. «Vado fuori a prendere dei milkshake.»

«Va bene» Carmen la salutò con la mano. «Hai bisogno di soldi?»

«No, ce li ho.»

Paul aveva l'aria divertita. Krista si sforzava perfino di parlare come Carmen.

Carmen indicò il letto. «Siediti.» Lei si mise a sedere sulla scrivania, dondolando le gambe.

Paul fece quello che gli era stato detto. Stranamente, spostò una pila di vestiti. Non aveva imparato a sedersi sul letto di una ragazza, come altri. Rimase seduto lì, con i piedi a terra, le spalle dritte. Lei si sentì orgogliosa di lui: era bello, alto e forte, con le ciglia lunghe e scure che orlavano i suoi occhi blu marino. Eppure non si comportava mai come se si sentisse bello.

Non poteva aspettare che fosse Paul a riprendere la conversazione. Altrimenti avrebbe aspettato una settimana. «Paul, ti ricordi David, quello di cui ti ho scritto per e-mail? Quello a cui piaceva mia mamma?»

Lui annuì.

«Be', a lui piaceva davvero. L'amava, credo. E anche lei era innamorata di lui.» Lei guardò di nuovo in su. «Incredibile, eh?»

Paul alzò le spalle.

«Bene.» Carmen appoggiò i talloni sulla scrivania e si abbracciò le ginocchia. «Questa è la parte della storia in cui Carmen è cattiva.»

Paul aveva un'aria paziente. Conosceva diverse storie così.

«Sono impazzita. Non so come spiegarlo. Mia mamma era fuori tutto il tempo. Si vestiva come una quattordicenne. Ha perfino preso i… non importa. Mi sono sentita come se la felicità stesse tutta dalla sua parte… e io non avessi niente.»

Paul annuì di nuovo.

«E le ho… urlato contro. Le ho detto che la odiavo. Ho detto un sacco di cose cattive. Ho rovinato tutto. Lei lo ha lasciato.»

L'espressione di Paul era attenta. I suoi occhi erano spalancati per la concentrazione, come se stesse facendo del suo meglio per capire l'imperscrutabile Carmen.

Com'era bello avere accanto un ragazzo come Paul. Aveva assistito al peggio di lei l'estate prima, e ancora le stava vicino. Certo, non diceva granché, ma durante l'anno si era rivelato un vero amico. Non ignorava mai una e-mail, non dimenticava mai di richiamarla. Eppure lui aveva problemi seri di cui occuparsi. Suo padre era un forte alcolista che entrava e usciva da centri di cura da quando Paul aveva otto anni. Prima che il padre di Carmen si sposasse con la madre di Paul, l'estate passata, Paul aveva badato a sua madre e a sua sorella come se fosse stato il capofamiglia. E tuttavia, di qualsiasi stupidaggine Carmen parlasse, lui ascoltava sempre come se gli importasse davvero. Non si lamentava mai né la guardava orripilato né le diceva di chiudere la bocca.

«Eri gelosa» disse lui alla fine.

«Sì. Ero gelosa. Ed egoista e meschina.»

Lacrime improvvise inondarono gli occhi di Carmen. Bagnarono la faccia della povera Rogette, abbandonata sul pavimento. Carmen non era brava ad amare. Amava troppo.

«Non volevo che fosse felice senza di me.» La sua voce tremava.

Senza quasi far rumore, Paul le si avvicinò e si mise a sedere sulla scrivania. «Non sarebbe felice senza di te.»

Carmen avrebbe voluto dire che non voleva che sua madre fosse felice se anche lei non era felice. Ma mentre le parole di Paul le rimbombavano nel cervello, si chiese se forse lui avesse capito qualcosa che lei non aveva capito.

Era gelosa di sua madre? O era gelosa di David?

Intrecciarono le braccia. Carmen pianse. Non era molto, forse, ma a lei sembrò tutto.

Kostos venne a trovarla, ma non quando lei si aspettava. Lena lo sperò e lo volle a colazione, pranzo, e cena, ma lui arrivò quando lei era già a letto. Sentì una ghianda colpire il vetro.

Con il cuore in gola, andò alla finestra e lo vide. Salutò e corse giù dalle scale e fuori dalla porta sul retro il più veloce possibile. Si gettò contro di lui. Lui fece finta di cadere all'indietro. Barcollò per qualche passo gigantesco e la trascinò giù con lui.

«Ssst» le disse mentre lei rideva.

Cercarono il posto più segreto del giardino, sul lato della casa sotto l'ampia magnolia. Se i suoi genitori li avessero scoperti, nemmeno lo splendido Kostos avrebbe potuto salvarla. Lei era in camicia da notte. Lui era vestito in modo più conveniente.

«Ti ho sognato tutto il giorno» gli disse.

«Ti ho sognato tutto l'anno» le disse lui.

Cominciarono piano, baciandosi.

Era tutto quello di cui ebbero bisogno per tanto, tanto tempo, finché lei non infilò le mani dentro la maglietta di Kostos. Lui la lasciò esplorare il suo petto e le sue braccia e la sua schiena, ma alla fine si allontanò. «Devo andare» disse con aria infelice.

«Perché?»

Lui la baciò. «Perché sono un gentleman e non sono sicuro di rimanerlo ancora per molto.»

«Forse non voglio che tu sia sicuro» disse sfacciata, lasciando che parlassero i suoi ormoni.

«Oh, Lena.» Parlava come se fosse sott'acqua. E non la guardava con l'aria di chi vuole andare via.

La baciò di nuovo e si allontanò, veloce. «Ci sono delle cose che ho una voglia terribile di fare con te.»

Lei annuì.

«Non hai mai fatto… queste cose, vero?» chiese lui.

Lei scosse la testa. All'improvviso si sentì preoccupata di non essere capace.

«A maggior ragione» disse lui. «Dobbiamo andare piano. Far sì che conti.»

Lei fu colpita dalla sua nobiltà. Sapeva che aveva ragione. «Anch'io voglio fare queste cose. Prima o poi.»

La prese e la strinse così forte che lei dovette soffocare un grido. «Abbiamo tempo. Faremo tutte queste cose milioni di volte, e sarò la persona più felice del mondo.» Si baciarono ancora e ancora, finché lei dovette lasciarlo andare. Avrebbe voluto inghiottire tutto il suo futuro in una sola notte.

«Devo partire domani mattina» le disse lui.

Gli occhi di Lena si riempirono subito di lacrime.

«Però torno. Non ti preoccupare. Come potrei stare lontano da te? Tornerò il prossimo fine settimana. D'accordo?»

«Non so se riesco ad aspettare» disse lei, con la gola che le faceva male.

Lui sorrise e la strinse per un ultimo istante. «In ogni luogo, in ogni momento. Se pensi a me, puoi stare certa che sto pensando a te.»

Billy accostò l'auto accanto a Bridget che era sulla via del ferramenta, dove voleva comprare dei pezzi per riparare la porta del frigo di Greta. Ormai pagava i suoi settantacinque dollari alla settimana a Greta e si applicava a sistemare tutte le cose capricciose che c'erano in quella casa: le erbacce sul prato, il tavolino da salotto traballante, la vernice che si sgretolava sul retro. Bridget indossava i vestiti che usava per correre, i suoi capelli erano raccolti in una bandana, e il suo umore era allegro perché pensava a Lena.

«Non sei venuta agli allenamenti, giovedì» disse lui.

Bridget lo guardò.

«E allora?»

«Di solito vieni.»

«Ho un paio di altre cose a cui pensare» disse lei.

Billy parve offeso. «Tipo?»

Anche lei si preparò ad avere l'aria offesa, ma poi lui rise. Il suo riso era proprio quello soffocato e pieno di quando aveva sette anni. Bridget adorava quel suono. Anche lei rise.

«Ehi, posso offrirti un milkshake o qualcos'altro?» le disse.

Non stava flirtando, ma era amichevole.

«D'accordo.»

Attraversarono la strada e si sedettero a un tavolino fuori, all'ombra. Lui ordinò un milkshake alla menta e lei prese una limonata.

«Sai una cosa?»

«Cosa?» chiese lei.

«Hai un'aria familiare.»

«Ah, sì?»

«Sì. Di dove sei?»

«Washington D.C.» rispose lei.

«Come mai sei venuta fino a qui?»

«Venivo qui da piccola» spiegò, sperando che lui le avrebbe chiesto qualcos'altro.

Ma lui non chiese altro. Non ascoltò neppure l'ultima parte di quello che stava dicendo, perché in quel momento due ragazze si fermarono sul marciapiede. Una era bruna, con tanto seno, l'altra bionda e bassina, e portava pantaloni molto stretti e molto lunghi. Bridget riconobbe le ragazze del campo di calcio. Sorrisero e chiacchierarono con Billy mentre Bridget si allacciava le scarpe.

«Scusa» disse Billy quando se ne furono andate. «Mi sono preso una cotta per quella ragazza, è durata un anno.»

Bridget si sentì triste. Si ricordò di quando anche lei era una ragazza di cui i ragazzi s'innamoravano, non una con cui parlarne. «Quale?» chiese.

«Lisa, la bionda» disse lui. «Vado matto per le bionde» aggiunse.

D'istinto Bridget si toccò i capelli scuri chiusi nella bandana. Arrivarono le bibite.

«Come mai sei così esperta di calcio?» chiese lui.

«Giocavo» disse lei. Tenne la cannuccia tra i denti.

«Eri brava?» chiese lui.

«Me la cavavo» disse, con la cannuccia in bocca.

Lui annuì. «Verrai alla partita sabato sera, vero?»

Lei alzò le spalle, solo per punirlo.

«Devi esserci!» Sembrava preoccupato. «Tutta la squadra perderà la testa se non ci sei!»

Lei sorrise, divertita. Non si era preso una cotta per lei, ma non era poi un gran male. «D'accordo.»

«Krista porta la sua mamma a fare il brunch da Roxie» spiegò Carmen a sua madre mentre mangiavano delle cialde fatte in casa. Al e Lydia erano arrivati la sera prima per fare pace con Krista e riportarla a casa.

Christina sorrise. Era un sorriso da fantasma, a dir la verità, ma allegro in confronto alla sua espressione delle ultime settimane. Roxie, noto per la sua clientela di travestiti, si trovava al limitare del quartiere Adams Morgan. Era stata Tibby a parlarne davanti a Krista, che aveva spalancato gli occhi, affascinata. Carmen era abbastanza contenta della sua protetta. Krista stava cedendo, ma non senza lottare.

«Anche Al?»

«No, è un incontro madre-figlia. Krista torna a casa con loro domani.»

Sua madre annuì pensierosa. «Mi piace Krista.»

«È dolce. È a posto.» Carmen prese metà di una cialda e se la mise in bocca. «Vieni stasera?» chiese, dopo aver masticato e inghiottito.

Il volto di sua madre assunse la sua solita vaga espressione di sopportazione. «Immagino di sì.»

Così come ogni coppia ha un'identità nel matrimonio, loro ne avevano una nel divorzio. I genitori di Carmen praticavano il "divorzio amichevole". Così, quando Al e Lydia avevano deciso di cenare al ristorante con Carmen, Al si era sentito costretto a invitare Christina perché conoscesse il suo nuovo modello di moglie e Christina era stata costretta ad accettare.

«Ti va di incontrare Lydia?»

Christina rifletté, tenendo in bocca la forchetta vuota. «Sì.»

«Sì?» Sua madre era stoica. Sua madre era coraggiosa. Forse Carmen era stata adottata.

Christina stava per dire qualcos'altro, ma si fermò. «Sì.»

Quelle settimane rimasero sulla superficie. Carmen voleva un milione di cose da sua madre, ma aveva paura di essere insistente. Non si meritava niente.

Aveva certo mangiato e dormito, anche se non riusciva a ricordarsi di preciso che cosa o come.

Tibby aveva perso il senso del tempo e dello spazio: non andava nemmeno in bagno. C'erano un mucchio di video da passare in rassegna, soprattutto dopo che aveva chiesto a Mr. Graffman qualche cassetta della loro collezione. Bisognava essere molto scrupolosi, salvare i materiali originali, e ogni fase del montaggio richiedeva una profonda concentrazione.

Nel corso del lavoro, scoprì abbastanza in fretta che quello che aveva filmato per fare il documentario, l'estate prima, non aveva nessun valore. Le cose belle erano ai margini. Erano gli scarti e le parti che sbucavano qua e là: Bailey che preparava le riprese o le interrompeva, Bailey che armeggiava con la giraffa.

A Tibby piacevano anche le parti in cui Bailey era dietro la videocamera. Bailey aveva una pazienza straordinaria. Al contrario di Tibby, non aveva fretta di ficcare tutto a forza in una storia. Non costringeva i protagonisti a dire quello che voleva lei.

L'unica parte buona, tra quelle che Tibby aveva filmato di proposito, era la sua intervista a Bailey. Bailey era seduta sulla sedia vicino alla finestra, luminosa come un angelo, con i Pantaloni Viaggianti troppo larghi che le cascavano addosso, coprendole i piedi. C'era perfino una ripresa di Mimì che dormiva. Ogni volta che la guardava, Tibby rimaneva ipnotizzata dal viso coraggioso e sincero di Bailey: lo specchio della sua anima.

Quel giorno stava lavorando alla colonna sonora. Era facile, davvero, perché avrebbe montato solo Beethoven per tutto il tempo. Ma mentre ascoltava la musica, si rese conto che non faceva proprio l'effetto che voleva lei.

Abbandonò la testa all'indietro. Le girava. Era stata alzata per molte ore di fila. Mancavano meno di quattro giorni alle proiezioni di fine corso.

La musica che amava includeva il fischio di Brian. In qualche modo, nella sua mente che mancava di sonno lo percepì come un'opera d'arte. Non era Kafka e fuochi d'artificio da Pizza Hut. Era il crescendo e il diminuendo del fischio di Brian.

EGLI TRASFORMÒ
IL MONDO
IN UNA STRADA ERBOSA
DINNANZI AI PIEDI VAGABONDI
DI LEI.

– W.B. YEATS

Era stata un'estate di pranzi strani. Carmen era seduta tra Lydia e Krista. Christina era seduta tra Al e Paul.

Carmen temeva così tanto i lunghi infelici silenzi che avrebbero senz'altro riempito l'atmosfera che si era preparata qualche argomento di conversazione:

I film dell'estate
I sequel: buona idea o problematici per la loro stessa natura?
Popcorn: cos'è esattamente quell'ammasso burroso?
(Lasciare spazio a Christina, che citerà dati sbalorditivi
sulle calorie.)

Protezione solare (gettare un osso in pasto alle madri.)
Fattore di protezione solare: che cosa significa davvero?
La peggiore scottatura? (Osso pronto per essere afferrato.
Lasciare che Al vinca con la storia spesso raccontata della
barca a vela alle Bahamas.)

Ozono. (Lasciare che tutti siano d'accordo nell'amarlo.
E che non amino i buchi dentro.)

Viaggiare in aereo, è peggio di prima? (Lasciare che gli adulti vadano
avanti all'infinito, se ne hanno bisogno.)

Israele/Palestina. (Se la situazione si fa disperata.)

Ma stranamente il foglietto di carta rimase in tasca. Carmen ascoltò in silenzio mentre la conversazione si avviava bene: Lydia descrisse Roxie e stupì Carmen perché fu capace di riderne. Il riso di Lydia fece ridere anche Christina. Un piccolo miracolo rosa.

Poi Krista raccontò di come ci si può perdere per tre ore e ventidue minuti nella metropolitana di Washington. Al ne approfittò per fare un lungo riassunto educativo sui vari colori e le linee e gli incroci del sistema di trasporti pubblici di Washington D.C. Dispiegò perfino la sua mappa per illustrare quello che diceva.

In qualche modo si passò alla storia di come Al e Christina si erano persi la notte in cui avevano portato a casa Carmen neonata dall'ospedale. Carmen conosceva bene quella storia, e di solito odiava sentirla perché i punti salienti erano sempre Carmen che piangeva o Carmen che sputava. Ma quella sera ascoltò rapita mentre i suoi genitori ricamavano avanti e indietro le diverse parti della storia, risultando divertenti e amichevoli. Lydia rise in segno di apprezzamento. Al teneva la mano di Lydia sul tavolo, per farle sapere che era tutto a posto, l'amava di più, ora.

Al ordinò il vino con un buffo accento italiano. Krista giocherellava con la sua collana e sussurrò qualcosa di carino a sua madre. Lydia insistette perché Christina assaggiasse la sua "divina" insalata di aragosta e mais.

Carmen si sentì piena di calore e di piacere vedendo intorno le facce animate. Quella era la sua famiglia, per quanto sembrasse strano. Era passata da una famiglia malfunzionante di tre a una impazzita di sei.

Paul la guardò. "Va tutto bene" sembrava dire.

Lei sorrise. La vera fortuna era che Paul fosse coinvolto nella faccenda.

Paul, che era la persona più gentile e paziente che conosceva.

Ripensò all'estate prima, al giorno in cui aveva conosciuto Lydia e Krista e Paul. Era furiosa con suo padre, allora. Aveva pensato che fosse la fine, ma era diventato l'inizio.

Guardò sua madre, che sopportava tutto con grazia. Al e Lydia erano una coppia; Christina era sola. Christina sopportava sempre con grazia. Come una madre single con un lavoro a tempo pieno. Come una persona con il cuore infranto.

Anche sua madre si meritava un inizio.

Alle nove e un quarto il telefono squillò, e Lena si precipitò a rispondere. Il telefono era il suo peggior nemico e il suo migliore amico, ma non sapeva mai quale dei due, prima di rispondere.

«Pronto» disse, contenendo a stento l'entusiasmo.

«Ciao.»

Era il suo migliore amico.

«Kostos.» Come le piaceva quel nome. Le piaceva dirlo. «Dove sei?»

«Alla fermata della metropolitana.»

Il suo stomaco cominciò a girare vorticoso. Si sforzò di stare ferma e calmarsi.

«In... quale... città?»

«Nella tua città.»

«No.» Per piacere, per piacere. «Davvero?» chiese con voce stridula.

«Sì. Puoi venire a prendermi?»

«Sì. Sì. Subito. Lasciami solo, um... dire una bugia ai miei genitori?»

Lui rise. «Dal lato di Wisconsin Avenue.»

«Ciao.»

Era quasi troppo bello avere ancora i Pantaloni Viaggianti. Li infilò e mentì in fretta a sua madre dicendo che andava a prendere un gelato con Carmen. Volò fuori dalla porta e in auto, benedicendo i genitori che gliela lasciavano usare tutte le volte che voleva.

Lui era lì ad aspettarla, in carne e ossa. Non era un sogno o uno scherzo. Abbassò il finestrino dal lato del passeggero perché vedesse che era lei. Non era ancora quasi entrato nell'auto che le diede un bacio sulla bocca, un verso bacio, e cullò la sua testa tenendola indietro con le mani. «Non potevo stare lontano» le disse senza fiato. «Ho preso il treno subito dopo il lavoro.»

La baciò ancora e ancora finché alla fine lei si ricordò che era al volante di un'auto in una delle maggiori arterie cittadine. Guardò in su, in preda al delirio, cercando di mettere a fuoco le luci che scorrevano. «Dove andiamo?»

La faccia di Kostos era espressiva, concentrata su di lei. Non gli importava.

«Credi che dovremmo fare qualcos'altro, a parte baciarci?» chiese Lena. «Voglio dire, dovremmo mantenere una certa apparenza? Hai fame?» Il suo corpo era desideroso di contatto fisico.

Lui rise. «Ho fame. Voglio portarti fuori. Ma no, non voglio fare niente che mi impedisca di toccarti per più di cinque minuti.»

L'amore la ispirò. «Credo di avere un'idea.»

Guidò fino al supermercato A&P. Provvide all'acquisto di biscotti e un quarto di latte magro dal reparto fresco, una scatola di Pop-Tart alla fragola con la glassa rosa dal reparto cereali. Trovarono molti modi per toccarsi: le mani di lui sulla vita di lei, i fianchi premuti l'uno contro l'altro, le labbra di lui veloci sul suo collo, anche lì, sotto le luci abbaglianti del supermercato.

Lena cercò di concentrarsi sulla guida più che poteva mentre attraversavano i boschi sulla strada di Rock Creek Park, anche se lui le baciava il gomito e le toccava i capelli. Costeggiarono il fiume Potomac e i volti di marmo splendente s'innalzarono intorno a loro come un'antica città. La strada era vuota. L'acqua luccicava e i pallidi ponti arcuati erano così belli da farli ammutolire.

Per una volta fu facile parcheggiare. Portarono il loro tesoro in un sacchetto di carta marrone fino agli ampi gradini di pietra bianca e guardarono su con reverenza verso Lincoln, illuminato e innalzato in un tempio di marmo.

«Questo è il momento più bello per vedere il monumento, ma non viene mai nessuno» disse Lena, facendo segno con le braccia per mostrare il vuoto intorno a loro.

Alcuni possono pensare che lo sguardo solenne di un grande presidente sia in grado di raffreddare le passioni, ma Lena non era d'accordo. Mangiarono e si baciarono, sempre più presi. Lei staccò pezzetti di pasta di biscotto e lui guardò la sua canottiera verde. Guardò le sue spalle, il suo collo, la sua bocca come rapito. Attraverso gli occhi di Kostos, provò il piacere della propria bellezza come non lo aveva mai provato prima. Lo stava rendendo felice come lui rendeva felice lei? Era possibile? Come avrebbe potuto provare quel benessere, quella vicinanza se lui non ne sentiva almeno un po'?

Sembrava una giusta transizione, passare dal Grande Emancipatore alle stelle vere e proprie, ma non si vedevano, se si stava troppo vicini alle luci. Quindi vagarono nel parco, fuori dai viali, fino a una radura appartata dove si distesero fianco a fianco, intrecciando le caviglie. Era un luogo troppo pieno di pensieri del resto del mondo per lasciarli completamente soli.

L'aria era calda e dolce, quella sera. Le foglie fitte dell'estate erano dolci. Quella notte, perfino la spazzatura che traboccava dal cestino era dolce.

Certe notti le stelle ammiccano e ti stuzzicano fredde da lontano. Altre notti sembrano bruciare e incalzarti vicine: quella notte era così. Lena fu contenta che fosse estate, e che non avessero sopra di loro un soffitto a trattenere quelle sensazioni.

Prima furono solo le caviglie a toccarsi. Poi avambracci e mani. Poi, in modo naturale, Lena si ritrovò sopra Kostos, con il corpo che aderiva completamente al suo. «Andiamo troppo in fretta?» gli chiese.

«No.» Lo disse forte, come se avesse paura che lei smettesse. «No e sì. Troppo veloce e troppo piano.» Il suo petto si scosse mentre rideva. «Ma per favore, non smettere.»

Lei percorse il suo ventre con le mani. «Credi di poter smettere per un momento di essere un gentleman e ricominciare a esserlo domani?»

Dolcemente, la fece rotolare in modo da trovarsi sopra di lei, ma teneva sospeso quasi tutto il suo peso, facendo leva sulle mani. Affondò la testa nel suo collo. «Forse. Un po'.» Glielo disse smorzato sul lobo dell'orecchio. Un leggero brivido le percorse la spina dorsale all'ingiù.

Assaporando il presente e il futuro prossimo, lo guardò curvarsi sul suo stomaco e baciare la sua pelle più segreta. Mentre alzava la sua maglietta piano per scoprirla, una parte dopo l'altra, la cosparse di baci intorno all'ombelico e su, fino alle costole. Mentre ancora faceva fatica a credere a quel piacere che non aveva immaginato così intenso, lo sentì slacciarle il reggiseno e sfilare il cotone leggero della maglietta dalla testa. Kostos la guardò con tutta la venerazione che aveva avuto quando aveva visto il suo corpo nel boschetto di ulivi, l'estate prima. Ma allora Lena apparteneva solo a se stessa e si era coperta con le mani, come poteva. Ora invece apparteneva a lui e non voleva altro che lui la vedesse.

Senza aspettare, gli sfilò la camicia. Premette la sua pelle nuda contro quella di lui.

Il ricordo è strano e dice bugie. Ma quella notte vedere Kostos nudo sotto la luna non fu meno bello del Kostos nudo che aveva visto nel laghetto a Santorini e che aveva immaginato così tante volte dopo. Sentiva il proprio spirito riempirle tutto il corpo, e pensò a una riga di una canzone che amava.

All your life, you were only waiting
for this moment to be free.

Per tutta la vita hai solo aspettato questo momento per essere libera.

A Carmen piaceva l'idea di cuocere i biscotti con Jesse e Joe. Mentre afferrava allegramente i coriandoli di *butterscotch* e le stelline dei colori dell'arcobaleno dallo scaffale del supermercato, sulla strada per andare al lavoro, le era sembrato il genere di progetto che una babysitter in gamba avrebbe proposto.

Ma quando si ritrovò davanti al fatto vero e proprio, sembrò tutto meno divertente.

«Jesse, tesoro, piano. Solo un colpetto» lo implorò.

Jesse annuì e sbatté l'uovo contro il bordo del recipiente di metallo. Decine di frammenti di guscio d'uovo scivolarono nell'impasto. Lui guardò in su, verso di lei, in cerca di approvazione.

«Be', forse un po' più piano sarebbe meglio. Magari il prossimo lo rompo io...»

Era troppo tardi. Jesse stava già sbattendo l'uovo numero due contro il bordo.

«Ahhhhhh!» Joe tendeva il braccio verso le stelline e gridava.

«Joe, lo so che vuoi un'altra stellina. Ma non credo che la mamma...»

I bambini piccoli era pasticcioni e maldestri il più delle volte, ma ogni tanto colpivano per la loro precisione. Carmen guardò incredula Joe che si chinava in avanti, allungava la mano, si aggrappava al piccolo tubo di stelline, mezzo metro più in là, ne afferrava una manciata e spingeva il tubo fuori dal ripiano con un gesto così deciso che le stelline si riversarono sul pavimento.

«Cielo» mormorò Carmen.

«Mescolare, vero?» chiese Jesse eccitato, soddisfatto che l'uovo spaccato fosse stato ormai dimenticato.

«Be', forse dovremmo provare a...»

Posò Joe a terra in modo da poter pescare qualche guscio nell'impasto. Ma Joe cercò di mettersi in piedi aiutandosi con una sedia, e le stelline si sparsero ai suoi piedi e corsero in ogni direzione. La sua caduta fu veloce e rumorosa.

«Oh, Joe» gemette Carmen. Lo prese in braccio e saltellò con lui per la stanza per evitare le stelline. «Vuoi giocare con il mio cellulare?» propose. Non le importava se anche avesse chiamato Singapore.

«Ecco qui.» Lo spinse nel seggiolone. Tolse la scopa dal gancio e cominciò a spazzare.

«Mescolare, vero?» chiese di nuovo Jesse, sempre appollaiato sul piano di lavoro della cucina.

«Um... sì» disse Carmen stanca. I bambini la sfinivano così in fretta. Era lì solo da quindici minuti.

Sentì Mrs. Morgan che scendeva le scale. Carmen balzò verso Joe, cercando di cancellare ogni segno di stelline dalla sua bocca e dalle sue mani.

Mrs. Morgan comparve sulla soglia della cucina. Indossava un vestito elegante. Carmen era sbalordita della sua eleganza. «Wow» disse. «Ha un aspetto magnifico!»

«Grazie» disse Mrs. Morgan. «Ho una riunione in banca.»

«Mamma! Mamma!» gridò Joe. Lanciò il cellulare di Carmen e tese le braccia verso sua madre.

Non farlo, avvisò Carmen dentro di sé. Ma inevitabilmente le forze dell'universo risucchiarono Mrs. Morgan verso il suo bambino. Lo prese in braccio.

«Mamma! Guarda qui!» gridò Jesse.

«State facendo i biscotti?» chiese Mrs. Morgan con entusiasmo, come se Jesse avesse vinto il Nobel per la Pace.

«Sì!» gridò Jesse soddisfatto. «Assaggia! Assaggia!»

Mrs. Morgan guardò nella ciotola.

«Per piacere, mamma! L'ho fatto io.»

Mentre Mrs. Morgan esitava, Carmen vide Joe nascondere la testa nel braccio di sua madre. Carmen l'aveva previsto. Una sottile traccia di bava si disegnò sul risvolto del vestito nero di Mrs. Morgan, proprio come se un lumacone fosse scivolato sulla stoffa. Mrs. Morgan non se ne accorse e Carmen non ebbe cuore di dirglielo.

La memoria di Carmen le fornì subito alcune immagini di vestiti da lavoro di sua madre: la gonna di gabardine nella quale Carmen affondava il naso sanguinante, il blazer di tweed sul quale aveva rovesciato lo smalto blu.

«Mamma, è buono!» Jesse avvicinò il cucchiaio alla bocca di sua madre.

Mrs. Morgan mantenne il suo sorriso entusiasta mentre esaminava i pezzettini di guscio che scivolavano nel tuorlo. «Sarà ancora più delizioso quando sarà cotto» osservò.

«Per piacere» la supplicò Jesse. «L'ho fatto io.»

Mrs. Morgan si chinò e ne prese un assaggio minuscolo. Annuì con fare incoraggiante.

«Oh, Jesse. È buonissimo. Non vedo l'ora di assaggiare i biscotti.»

Carmen guardò Mrs. Morgan, incredula. Lei, Carmen, avrebbe accettato di assaggiare quella cosa orribile? E sua madre? Appena la domanda era balenata nella mente di Carmen, la risposta aveva seguito. Sì, Christina avrebbe assaggiato l'impasto. Lo avrebbe fatto, e lo aveva fatto. In quel momento Carmen capì com'era per le madri. Mrs. Morgan non l'aveva assaggiato perché lo desiderava. Lo aveva fatto perché voleva bene al suo bambino. E per qualche ragione, Carmen trovò quel pensiero misteriosamente confortante.

Lennyk162: Carmen! Dove sei? Che cos'ha il tuo cellulare? È tutto il giorno che cerco di chiamarti! Ho tanta voglia di parlarti.

Carmabelle: Ho il cellulare fuori uso. Sarò lì tra poco.

Tibby chiamò Brian a casa. Non l'aveva fatto quasi mai. Rispose la segreteria telefonica. Era uno di quei messaggi anonimi con una voce elettronica che erano inseriti nella segreteria. Le parve che fosse come comprare una cornice per le fotografie e lasciare dentro la fotografia del negozio invece di metterci la propria.

Si schiarì la voce. «Ehm, spero che sia il numero giusto... Brian, sono Tibby. Puoi chiamarmi a Williamston? Ho bisogno di parlarti.»

Riagganciò. Spinse il pollice contro il bordo della scrivania. Perché avrebbe dovuto chiamarla, vista la maniera in cui l'aveva trattato? Se fosse stata in lui, non l'avrebbe chiamata. O se lo avesse fatto, sarebbe solo stato per dirle che era odiosa.

Fece di nuovo il numero. Ascoltò di nuovo il messaggio. «Brian? Sono ancora Tibby. Ehm... Una cosa... be', la cosa più importante che volevo dire è che mi dispiace davvero. Mi dispiace anche di più. Mi vergogno. Io...» Tibby guardò fuori dalla finestra e all'improvviso si rese conto che stava facendo la coraggiosa con una segreteria telefonica che non aveva neppure un messaggio personalizzato. Era matta. Non aveva dormito abbastanza. E se aveva sbagliato numero? E se la madre di Brian e il suo patrigno avessero ascoltato i messaggi? Riagganciò.

Ma un attimo. Che cosa credeva? Era troppo fifona per finire almeno di scusarsi, dopo il modo in cui aveva trattato Brian? Riagganciava così, nel bel mezzo del suo balbettio? Le importava più della mamma e del patrigno di Brian che di essere un'amica decente?

Tibby si guardò i piedi. Aveva le pantofole con l'elefante. Indossava i pantaloni del pigiama scozzese e il costume da bagno, perché tutti i suoi vestiti erano sporchi. Aveva anche un asciugamano legato in vita perché avevano messo l'aria condizionata troppo forte. Non faceva la doccia e non usciva da parecchi giorni. Quale dignità stava cercando di conservare, in quella situazione?

Tibby fece di nuovo il numero. «Brian? Ehm, ancora Tibby. Quello che voglio dire è che mi dispiace. Mi dispiace così tanto che non riesco a trovare le parole per spiegarlo. Vorrei farti le mie scuse di persona. E volevo anche dirti che sarà proiettato il mio film – uno nuovo, non quello vecchio – domenica alle tre, qui all'auditorium. So che non vuoi venire.» Si fermò per prendere respiro. Farneticava come un'invasata. «Probabilmente non verrei, se fossi in te. Ma nel caso che tu decida di venire, sarebbe molto importante per me.» Riagganciò. Era troppo strano? Tutta la famiglia di Brian avrebbe protestato formalmente per la sua invadenza?

Fece di nuovo il numero. «E scusate perché ho chiamato tante volte» disse, impetuosa, e riagganciò in fretta.

NON C'È ALTRA MEDICINA
PER L'AMORE
SE NON AMARE DI PIÙ.

– HENRY DAVID THOREAU

Venerdì sera Bridget corse per quasi sette miglia, fino all'ansa del fiume dove una volta c'era la casa di Billy. Forse abitava ancora lì.

Il suo corpo stava cambiando, lo sentiva. Non era ancora tornato normale, però mancava poco. Le gambe e la pancia stavano diventando muscolosi e forti come prima. I capelli erano di nuovo biondi. Correndo da sola, si tolse il cappellino da baseball: che sollievo. Lasciò che i capelli fluissero nell'aria tiepida della sera. Si fermò da Greta a prendere il pallone e andò dritto al campo da calcio. Era diventato un rituale per lei, allenarsi da sola la notte nelle tre aree illuminate.

«Gilda!»

Si voltò e vide Billy che le veniva incontro. Probabilmente stava andando a una festa in cui tutti i ragazzi avevano una cotta per tutte le ragazze, e lo sapevano e si divertivano.

«Ciao» disse col fiato corto, contenta di essersi ricordata di rimettersi il cappellino da baseball.

«Pensavo che non giocassi più.»

«Ho ricominciato.»

«Oh!» Lui la guardò. Guardò il pallone. A lui il calcio piaceva quanto a lei. «Vuoi giocare?»

Lei sorrise. «Certo.»

Non c'era niente che facesse salire l'adrenalina di Bridget quanto un avversario affascinante. Trovò il ritmo tenendo la palla davanti a sé. Scartò a sinistra, preparò la palla, poi tirò. Sentì Billy lamentarsi, incredulo, dietro. «Tiro fortunato» disse lui, e ricominciarono.

Era come se fosse tornata al tempo degli Honey Bees. Bridget aveva capacità esplosive, quanto voleva, e quella sera riuscì a dribblare Billy cinque volte di fila.

Alla fine lui si sedette in mezzo al campo, col fiato grosso. Si coprì il volto con le mani. «Che diavolo!» urlò nell'aria, al buio.

Bridget cercò di non assumere un'aria tronfia. Si sedette vicino a lui. «Hai giocato con i jeans, non prendertela troppo.»

Lui abbassò le mani e la guardò. Aveva lo sguardo spaventato di qualche settimana prima. Strizzò gli occhi. «Chi sei?»

Lei alzò le spalle.

«Che cosa vuoi dire?»

«Sei tipo Mia Hamm in incognito o qualcosa del genere?»

Lei sorrise e scosse il capo.

«Sono il migliore della squadra!» le gridò, frustrato.

Lei alzò di nuovo le spalle. Che cosa poteva dire? Aveva una lunga esperienza nel ridimensionare l'ego dei ragazzi in campo.

«Mi ricordi una ragazza che conoscevo» disse Billy, rivolto più all'erba che a lei.

«Davvero?»

«Si chiamava Bee, ed era la mia migliore amica quando avevo sette anni. Anche lei mi faceva fuori. Quindi dovrei essere capace di sopportare.»

Aveva occhi vivaci e dolci. Le piaceva che sapesse prendere la sconfitta con ironia. Voleva dirgli chi era: era stanca del gioco. Era stanca di imprigionare i capelli sotto un cappellino da baseball.

Billy stava guardando le sue gambe. Forse Bee non era una bellezza, ma sapeva che le sue gambe stavano diventando belle di nuovo. Erano toniche e abbronzate dopo che aveva corso per cinque settimane di seguito, per non parlare dell'allenamento di calcio serale. Lui non aveva l'aria né spaventata né riconoscente. In effetti aveva un'aria un po' strana. Si schiarì la voce. «Io, ehm, è meglio che vada. Sarai qui domani alle cinque, vero? È la penultima partita prima del torneo, lo sai.»

Bridget cercò di dargli una pacca sulla spalla, ma il gesto non fu cameratesco come avrebbe voluto. Invece lo sfiorò. Le dita le pizzicavano dove l'aveva toccato. Lui guardò la sua spalla e di nuovo lei. Sembrava confuso.

«Ci sarò» promise lei.

Quando entrò piano dalla porta, vide la luce blu tremolante della televisione nel salotto. Avanzò in punta di piedi per dare la buona notte a Greta, ma lei dormiva già, con la testa adagiata sulla poltrona. Davanti a lei era appoggiato un vassoio con i resti della cena. Venerdì era la serata tv. Guardandola, Bridget si rattristò. La sua vita era così piccola, e così semplice, e così anonima. Bridget sarebbe riuscita ad entrare in una vita così piccola?

Poi non poté fare a meno di pensare a Marly. La vita di Marly non era mai stata piccola o semplice. Con Marly ti svegliavi in un mondo diverso ogni giorno. Ogni ora era stata degna di nota, nel bene o nel male. Vivere alla grande voleva dire finire così?

Nel salotto in cui Marly aveva flirtato con mille ragazzi e in cui Greta sonnecchiava davanti alla televisione, Bridget si chiese se tutto si riducesse a una scelta claustrofobica: morire belli o vivere brutti.

Tibberon: Lenny, sono felice per te e Kostos. Ma per piacere non dirmi che lo hai fatto. Non posso parlarne in questo momento.

Lennyk162: Non l'ho fatto, Tib. Non avere paura. Ma non posso mentire. Mi sarebbe piaciuto. Potrebbe succedere presto.

Era tardi. Carmen aveva passato tutto il pomeriggio e la sera da Lena. Aveva la testa piena di amore e passione: l'amore e la passione di Lena. Era eccitante, ma faceva anche paura. Era una cosa in più che le separava dalla loro infanzia comune.

Quando Carmen arrivò a casa, i suoi pensieri erano dilagati, fino a diventare sentimentali. Sentiva la mancanza di sua madre. Avrebbe voluto averla vicino, anche se Christina era distesa nella stanza accanto.

Carmen si mise una maglietta per la notte e si lavò i denti, poi s'infilò nel letto di sua madre. Era sempre il posto più soffice dell'universo, anche quando erano arrabbiate. Christina si voltò e posò la testa sul gomito. Una volta, nelle notti come quella, avrebbe accarezzato la schiena di Carmen, ma quella notte Carmen non si avvicinò tanto. Non se lo meritava ancora. «Mamma.»

«Sì?»

Carmen tirò su col naso. «Ti devo dire una cosa.»

«D'accordo.» Christina doveva sapere che prima o poi sarebbe arrivato quel momento.

«Ti ricordi la domenica quando uscivi ancora con David e hai pensato che non avesse chiamato per tutto il giorno?»

Christina rifletté. «Sì» disse.

«Be', lui aveva chiamato. Ho riavvolto il suo messaggio e un nuovo messaggio si è registrato sopra per sbaglio. Avrei dovuto dirti la verità, ma non l'ho fatto.»

Sul viso di Christina c'era rabbia, ma non troppo accesa. «È stata una cosa meschina, Carmen.»

«Lo so, e mi dispiace. Mi dispiace per questo, e mi dispiace per le cose terribili che ho detto. Mi dispiace di averti reso così infelice.»

Christina annuì.

«Mi dispiace di aver rovinato la storia tra te e David, vorrei non averlo fatto.» Gli occhi di Carmen si riempirono di lacrime. «Non so perché l'ho fatto.»

Christina non disse niente. Aveva la capacità di aspettare con calma, quando Carmen mentiva.

«D'accordo. So perché l'ho fatto. Avevo paura che sarebbe stata la fine di me e te.»

Sua madre si avvicinò e le toccò i capelli. «Tu hai fatto degli errori. Ma non sei stata l'unica» disse piano. «Anch'io ne ho fatti.

Ho lasciato che le cose andassero troppo in fretta. Mi sono lasciata trasportare.» Gli occhi di Christina erano stretti, fissi sulla faccia di Carmen. «Ma ascoltami. Non ci sarà mai una fine per me e te.»

Carmen sentì una lacrima attraversare il gomito e bagnare il materasso. «Posso farti una domanda?»

«Certo.»

«Era tanto tempo che speravi di incontrare uno come David? Tutto questo tempo in cui siamo state solo noi, ti sei sentita sola?»

«Oh, no. No.» Accarezzò la testa di Carmen come quando era bambina. «Sono sempre stata così felice di essere tua madre.»

Carmen sentì il mento tremare. «Davvero?»

«Più di ogni altra cosa.»

«Oh.» Carmen sorrise tremando. «Sono stata felice di essere tua figlia.»

Si voltarono tutte e due sulla schiena e guardarono il soffitto.

«Mamma, che cosa vuoi?»

Christina rifletté per un momento. «Innamorarsi è una sensazione meravigliosa. Ma mi faceva paura, il modo in cui mi ha sopraffatta. Non so se voglio quello.»

«Hmmm...» Carmen osservò le crepe negli stucchi.

«E tu, tesoro? Che cosa vuoi?»

«Be'» Carmen levò le braccia in aria e avvicinò i gomiti. Si esaminò le mani. «Vediamo. Voglio che tu mi lasci sola, ma non m'ignori. Voglio mancarti quando vado al college, ma senza che tu sia triste. Voglio che tu rimanga uguale, ma senza essere sola o sentirti sola. Voglio essere quella che se ne va, e che non sia mai tu quella che se ne va. Non è molto giusto, no?»

Christina alzò le spalle. «Tu sei la figlia. Io sono la madre. Non deve essere giusto.» Rise. «Non mi pare che tu mi abbia mai cambiato un pannolino.»

Carmen rise.

«Oh, un'altra cosa.» Carmen si voltò e guardò la sua mamma. «Voglio che tu sia felice.»

Lasciò che le parole penetrassero dentro di loro. Poi si voltò di nuovo e si avvicinò abbastanza perché sua madre potesse strofinarle la schiena.

Bee,

ti mando i Pantaloni pieni di amore e stranezza. Sto vivendo in un altro mondo, qui. So che capirai, Bee, perché anche tu vivi qui. Non parlo solo di fare tutto con un ragazzo, anche se ne so molto di più, ora. Voglio dire, stare lì fuori sulla via della felicità travolgente e sapere che è anche la via di terribili ferite. Ho paura di essere così felice. Ho paura di essere così estrema.

Ma sei qui con me, Bee. Ho sempre desiderato di essere coraggiosa quanto te.

Baci

Lena

Se la mancanza e il desiderio erano stati forti prima, ora erano quasi insostenibili. Lena si sentiva come se la moltitudine dei suoi pensieri e sogni e fantasie su Kostos gravassero sulle ore e le costringessero a trascorrere pianissimo.

Stava vivendo fuori di sé, viveva per quando fossero stati insieme. Era proprio quello che aveva tanto voluto evitare. Ma Lena capì che forse era il prezzo da pagare per l'amore.

Quando l'aveva chiamata lunedì, lei aveva accarezzato il ricevitore. Avrebbe preferito sentire solo il suo respiro per un'ora, piuttosto che riagganciare.

Quando aveva chiamato martedì, aveva riso per un'ora e mezza, e allora si era chiesta se per caso la vera Lena non fosse chiusa in un armadio da qualche parte, con la bocca tappata da un nastro adesivo.

Non aveva chiamato mercoledì, e quando chiamò venerdì, c'era qualcosa che non andava. Il suo tono di voce era così piatto che si faceva fatica a riconoscerlo. «Temo che non riuscirò a venire questo fine settimana.»

Lena si sentì la testa girare all'improvviso.

«Perché no?»

«Forse devo tornare indietro.»

«Indietro dove?»

«In Grecia» disse lui.

Le mancò il respiro. «Sta bene, il tuo Bapi?»

Lui rimase in silenzio per un istante. «Sì, credo che stia bene.»

«E allora perché? Cosa...?» Era così appassionata. Si stava lanciando su di lui come un gatto su un insetto. Avrebbe voluto essere capace di ritrarsi.

«È saltato fuori un problema a casa» disse lui con calma. «Ti spiegherò quando saprò che cosa succede.» Non voleva che lei chiedesse altro.

«È una cosa brutta? Si risolverà?»

«Spero di sì.»

Il suo cervello cercava spiegazioni possibili che non fossero devastanti per lei.

«Devo salutarti» disse lui. «Vorrei non doverlo fare.»

Non andare! voleva gridargli.

«Ti amo, Lena.»

«Ciao» disse lei, visto che non poteva far altro.

Non doveva tornare in Grecia! Lei sarebbe morta! Quando lo avrebbe rivisto? Il pensiero di dover aspettare solo fino a venerdì l'aveva fatta vivere in quei giorni.

Odiava quella situazione. L'incertezza. L'impotenza. Era come se lui avesse aperto una voragine, a sorpresa, sulla strada tracciata della sua vita. Il marciapiede ora finiva solo pochi metri più in là.

Effie comparve sulla soglia della sua camera. Aveva le scarpe da ginnastica. «Stai bene?» chiese.

Lena scosse la testa. Chiuse gli occhi stringendoli forte, per trattenere le lacrime.

Effie rimase in piedi accanto a lei. «Cosa c'è?»

Lena alzò le spalle. Raccolse la voce da qualche parte, giù, vicino alle caviglie. «Credo che essere amata da Kostos sia ancora più difficile che non essere amata.»

«I tuoi nipoti venivano a trovarti prima, vero?» chiese Bridget alla nonna da sotto il berretto, mentre facevano colazione.

La nonna mangiava del pane tostato. «Oh, sì. Tutte le estati, finché non hanno avuto quasi sette anni. E io andavo a trovarli a nord per sei settimane ogni inverno, fino ai loro cinque anni.»

«Perché hai smesso?» chiese Bridget, esitante.

«Perché Marly mi ha chiesto di non andare.»

«Perché, secondo te?»

Greta sospirò. «Le cose cominciavano ad andare male. Non voleva che nessuno guardasse la sua vita da troppo vicino, soprattutto non io. Avevo troppe opinioni sui bambini, e né lei né Franz
volevano ascoltarle.»

Bridget annuì. «È triste.»

«Oh, tesoro.» Greta si dondolò sulla sedia. «Non puoi sapere quanto sia triste. Marly amava i suoi figli, ma era difficile per lei. Di solito tornava a letto dopo aver preparato il pranzo, e quando avevano ormai otto o nove anni credo che tornasse a letto anche dopo la colazione. Si sentiva travolgere dalla depressione mentre stendeva la biancheria, e così la lasciava nella lavatrice per giorni, finché non era Franz a stendere.»

Bridget si posò la mano sulla guancia. La cucina stava diventando buia, mentre il cielo fuori si copriva di nuvole. Ricordava sua madre a letto per tutto il pomeriggio e la sera. Ricordava sua madre esasperata e frustrata per l'allacciatura dei sandali di Bridget o i nodi nei suoi capelli. Bridget aveva imparato a stare attenta alle macchie e a rimettersi i vestiti anche se erano macchiati, perché passava molto tempo prima che venissero lavati.

«Perché… non sono più venuti? I bambini, voglio dire.»

La nonna posò i gomiti sul tavolo. «A dir la verità, credo che sia stato perché ero in forte disaccordo con Franz. Sapevo che Marly aveva problemi seri, ed ero sempre preoccupata per lei. Franz non voleva vedere le cose che vedevo io. Gli dissi che Marly aveva bisogno dell'aiuto di un dottore e lui disse di no. Gli dissi che Marly aveva bisogno di essere curata e lui non era d'accordo. Credo che fosse arrabbiato con me, così allontanò i bambini. Mi disse di smettere di chiamare. Di lasciare in pace Marly. Ma io non potevo.»

Bridget si accorse che le labbra di Greta tremavano. Strofinava le mani da vecchia signora con un gesto meccanico.

«E avevo ragione di preoccuparmi. Avevo ragione, perché…»

Bridget si alzò così in fretta che quasi rovesciò la sedia. «Devo fare una cosa di sopra. Scusa, Greta, mi sono appena ricordata. È meglio che vada.»

Salì le scale senza guardare indietro. Nella mansarda la prima cosa che vide fu la scatola, quella che doveva aprire da tanto tempo. Nei sogni si sentiva come Pandora. Immaginava che quella scatola avrebbe aperto un buco nero tra lei e la sua infanzia e che, una volta aperta, ci sarebbe caduta dentro e sarebbe morta.

Bridget si distese sul letto e ascoltò il temporale che si preparava fuori. Dormì per un po' e quando si svegliò guardò di nuovo la scatola. Il cielo si stava oscurando. Poteva quasi sentire il barometro precipitare. Guardò le tende che si agitavano al vento. Il cielo sembrava tingere di grigio il pavimento, a sua immagine. Amava quella camera. Si sentiva a casa lì più che in qualsiasi altro posto. Ma c'era ancora quella scatola. Scrutò il paesaggio agitato, fuori dalla finestra.

Andò verso la scatola e la aprì. Era il momento giusto per affrontarla. Voleva provare a se stessa che non era davvero così terrificante. E se non lo avesse fatto allora, quando lo avrebbe fatto? Doveva andare fino in fondo.

Sopra c'erano tante fotografie della giovane famiglia felice. Marly e Franz con i loro due bimbi biondi. In auto, allo zoo. Le solite cose. Le fotografie che trovò più interessanti erano quelle con i nonni. Bridget che strizzava gli occhi al sole sulle spalle di suo nonno, facendo le smorfie; oppure vicino a Greta, con la bocca arancione e appiccicosa di ghiacciolo. Rise vedendo la fotografia degli Honey Bees. Lei era lì, con il suo taglio da maschio e il braccio stretto attorno a Billy Kline. Più sotto c'erano i lavoretti fatti da lei e da Perry, e una pila di fumetti a brandelli di Perry. Eliminò molta di quella roba.

Ancora sotto, le fotografie che Marly doveva aver spedito a sua madre negli ultimi anni, quando ormai non andavano più a trovarla in Alabama. Le rigide fotografie di classe di Bridget e Perry, dalla terza alla quinta. C'erano delle foto divertenti delle Quattro Amiche l'estate dopo la quarta. A Tibby mancavano ancora parecchi denti. Bridget esibiva il filo metallico dell'apparecchio con tanti piccoli elastici tesi davanti. Carmen aveva i capelli alla Jennifer Aniston, in versione floscia, orribile. Lena sembrava normale, ma Lena era sempre così.

L'ultima fotografia era triste. Dalla data scritta dietro Bridget capì che era stata scattata quattro mesi prima che sua madre morisse. Pensò che sua madre l'avesse mandata a Greta per dimostrarle che stava bene, ma bastava guardarla solo un attimo, e l'illusione lasciava posto allo strazio.

Le braccia e le gambe di Marly erano troppo magre. La sua pelle aveva l'aria di non aver visto la luce del sole per settimane. La sua posa sulla panchina in un parco sembrava artificiale: sembrava che la sua bocca non sorridesse da mesi e avesse perso l'abitudine a curvarsi all'insù.

Bridget amava la Marly brillante, che si metteva in mostra, ma era quella la donna che ricordava.

Si alzò. Era agitata. Le sue gambe avevano bisogno di muoversi. Il cielo era scuro come di notte. Premette l'interruttore della luce, ma non successe niente. Il temporale aveva fatto saltare la corrente.

Bridget scese le scale per cercare Greta. La trovò in un angolo della cucina, con una torcia elettrica in mano. Non si era aspettata di vederla così.

«Stai bene?» le chiese Bridget.

Greta era in un bagno di sudore. «Ho la glicemia alta. Faccio fatica a farmi l'iniezione, con questo buio.»

Bridget si avvicinò per aiutarla. «Ti tengo la torcia» si offrì.

Guardò ansiosa Greta che preparava l'ago e lo infilava nella vena. All'improvviso il fascio di luce che Bridget reggeva vacillò e si mosse tutto intorno. La sua mano tremava così forte che lasciò la presa e la torcia cadde a terra. Bridget tremava tutta. «Scusa» gridò. «La prendo subito.» Invece perse l'equilibrio e cadde in ginocchio in mezzo alla stanza.

«Tesoro, è tutto a posto. Ho fatto» disse Greta per calmarla, ma a Bridget parve che lo dicesse da un luogo remoto.

Bridget cercò di alzarsi, ma la sua testa era tutta sbagliata, i suoi occhi erano sbagliati. Non riusciva a mettere a fuoco niente. Fu presa dal panico: doveva continuare a muoversi. Spalancò la porta sul retro e corse fuori nel giardino. Sentì la voce della nonna che la chiamava, ma non riusciva a vederla bene. Continuò a camminare.

Camminò sotto la pioggia battente fino al fiume e poi lungo la sponda, seguendo il percorso familiare. Camminare non sembrava abbastanza, così cominciò a correre. Il fiume era alto, batteva contro gli argini. Sentì le lacrime che le sgorgavano dagli occhi e si mescolavano con l'acqua. La pioggia era fitta e all'improvviso immaginò la giacca impermeabile compressa sotto il sedile del Pullman Triangle, che sfrecciava per la campagna, mentre lei rimaneva lì fuori, da sola.

Corse finché cadde a terra, sfinita, e la terra la prese nel suo grembo. Distesa sulla sponda bagnata e fangosa, si lasciò sommergere dai ricordi, perché non poteva più evitarli.

C'era sua madre con l'ago nella pelle, dentro la pelle bianca e blu. C'erano i capelli, lunghi e biondi, sparsi sul pavimento. C'era il volto di sua madre che non si muoveva nemmeno a urlare. Era

Bridget che urlava. Stava urlando, e il viso di sua madre rimaneva immobile, per quanto Bridget la scuotesse. E urlava e urlava, finché qualcuno arrivò e la trascinò via.

Ecco come andò la storia. Ecco come andava a finire davvero.

UN PICCIONE
È COME
UNA COLOMBA.
LO SAPEVATE?

– BRIDGET VREELAND

Poco prima dell'alba, Bridget si alzò e tornò a casa. Entrò dalla porta sul retro e salì le scale, intorpidita. Entrò in bagno. Fece una lunga doccia calda, si avvolse in un asciugamano, prese un pettine dalla mensola e andò giù in cucina. Si versò un bicchierone d'acqua e si sedette al tavolo nell'oscurità.

Era stanca. Era frastornata. Le sembrava di essere morta. Sentì dei passi sulle scale e poi sentì la nonna che entrava in cucina, alle sue spalle. La nonna si sedette al tavolo, di fronte a lei. Non disse niente.

Poi prese il pettine dal tavolo e si alzò. Andò alle spalle di Bridget e cominciò a pettinarle i capelli bagnati, piano, con dolcezza, sbrogliando tutti i nodi come una professionista.

Bridget abbandonò la testa sul petto di sua nonna, e ricordò quante volte Greta lo aveva fatto, sempre piano, sempre con grande pazienza.

Bridget chiuse gli occhi e ricordò altre scene in cucina. La nonna che le preparava una tazza di cereali quando lei avrebbe già dovuto essere a letto, che riempiva il cucchiaio di sciroppo per la tosse quando Bridget aveva la bronchite, che le insegnava a giocare a ramino e guardava dall'altra parte quando lei imbrogliava.

Quando il sole si alzò, i capelli di Bridget erano pettinati e lisci e brillavano come soffici fili d'oro. Greta baciò Bridget sulla testa.

«Sai chi sono, vero?» chiese Bridget con voce fragile.

Sentì Greta fare un cenno del capo dietro di lei.

«Lo sai da tanto tempo?»

Un altro cenno.

«Da sempre?» chiese Bridget.

«Non il primo giorno» rispose Greta. Non voleva che Bee si sentisse triste perché il suo piano era del tutto fallito.

Bridget annuì.
«Sei la mia Bee. Come potevo non sapere?»
Bridget rifletté. Aveva un senso. «Anche con i capelli diversi?»
«Tu sei tu, comunque siano i tuoi capelli.»
«Ma non hai detto niente.»
Greta alzò le spalle e le abbassò. «Ho pensato che ti avrei seguita.»
Bridget annuì di nuovo. Era una cosa importante, ed era vera. Greta sentiva quello di cui Bridget aveva bisogno. Lo aveva sempre sentito.
Infilandosi di nuovo nel suo letto, con la pelle tesa e i capelli soffici, Bridget avvertì una sensazione di benessere diffuso. Aveva assorbito i ricordi di una madre che sembrava incapace di amarla, ma al tempo stesso aveva lasciato affluire i ricordi di una madre che sapeva farlo.

Fino a metà agosto Lena si alzò al mattino e andò a letto la sera. A volte andava a lavorare. Ogni tanto mangiava. Vide Carmen e la ascoltò. Ebbe qualche scontro con Tibby. Quando Bee aveva chiamato, lei non era in casa. Lena era il genere di persona a cui piaceva condividere le buone notizie. Mentre teneva le cattive notizie per sé.
Kostos era tornato in Grecia. Non aveva spiegato perché. Quando gli aveva chiesto se aveva fatto qualcosa di sbagliato, si era arrabbiato. Per la prima volta, la sua voce aveva perso il tono piatto.
«No. Lena. Certo che no. Qualsiasi cosa succeda, non hai fatto niente di sbagliato.»
Era commosso. «Sei la cosa migliore che sia mai capitata nella mia vita. Non pensare mai di aver fatto qualcosa di sbagliato.»
Però non si sentiva rassicurata.
Kostos aveva promesso che avrebbe scritto sempre e chiamato quando poteva. Lena sapeva che non avrebbe chiamato molto. Costava tanto, ed era un peso per i suoi nonni. La loro casa a Oia non era neppure attrezzata con la posta elettronica.
Tornarono alle lettere. Rimandare la gioia sembrava una tortura, più di quanto Kafka avrebbe potuto immaginare.
Non so se ce la faccio, pensò Lena più volte. Ma qual era l'alternativa? Smettere di amarlo? Impossibile. Smettere di pensare

a lui? Smettere di desiderare di essere con lui? Ci aveva provato, una volta. Era troppo innamorata per provarci di nuovo.

«Lena, stai bene?» le chiese sua madre una mattina a colazione.

No che non sto bene! «Sto bene» disse.

«Sei così magra. Vorrei che mi dicessi che cosa ti sta succedendo.»

Anche Lena avrebbe voluto. Ma non l'avrebbe fatto. Da tanto tempo, soprattutto dopo la rottura su Eugene, ognuna si muoveva nell'orbita dell'altra, a grande distanza. Non poteva succedere che sua madre all'improvviso la abbracciasse, ribaltando la situazione.

Carmabelle: Tib. Visto Brian in bicicletta oggi. Quasi investito. Ha un aspetto incredibile. È carino. Non sto scherzando.

Tibberon: Stai scherzando. O ti sei confusa.

Carmabelle: No.

Tibberon: Sì.

Bridget aveva bisogno di fare una corsa. Una corsa lunga e veloce. Per giorni era rimasta intorno alla casa, camminando con le pantofole di Greta e lasciando che Greta le preparasse delle limonate e le accarezzasse la schiena. Aveva passato tanto tempo senza una madre.

Di solito quando dormiva dodici ore per notte era segno che non stava per niente bene, ma in quelle notti, con i loro sogni tranquilli, sentiva che si stava ricostruendo, si stava ricomponendo.

Si lavò i capelli quattro volte di fila, guardando i residui di tinta marrone che finivano giù nello scolo. Poi si mise le scarpe per andare a correre.

L'aria era un po' più fresca del solito e prese subito un buon ritmo. Sentiva il corpo leggero e bellissimo, come se si fosse liberata di una coperta molto pesante e molto scura.

Il fiume era ancora in piena, dopo il giorno e la notte di pioggia. I suoi piedi scivolavano un po' sulle parti fangose del sentiero, ma si limitava a rallentare, senza cambiare andatura. Quel giorno avrebbe potuto correre per un milione di miglia, ma decise di tornare indietro dopo cinque. Gli alberi erano così rigogliosi e fitti che si ripiegavano, pesanti, sulla sponda del fiume.

Magnolie con grandi foglie s'innalzavano verso il cielo. Una spessa coltre di muschio ricopriva ogni masso e ogni roccia.

«Ehi!»

«Ehi!» Il richiamo si ripeté prima che Bridget si rendesse conto che era rivolto a lei.

Rallentò e si voltò.

Era Billy. Le faceva dei segni dall'alto, sulla sponda erbosa. Certo, aveva senso. Da lì Bridget poteva scorgere la casa di Billy, se stava in punta di piedi.

Billy andò verso di lei. Pareva confuso dal suo aspetto. Lei si toccò la testa, ricordando di non averla coperta. A quale scopo, ormai?

«Sembri... diversa» disse lui, studiandola con attenzione. «Ti sei tinta i capelli?»

«No, io li ho... come... stinti.»

Lui parve stupito.

«Voglio dire, è così che sono di solito.»

Qualcosa si agitava nei suoi occhi. Stava cercando di afferrare qualcosa.

«Mi conosci, Billy» disse lei.

«Ti conosco, vero?»

«Non mi chiamo Gilda.»

«No.»

«No.»

Si stava spremendo il cervello, lei lo capiva.

«Non sono nemmeno Mia Hamm.»

Lui rise. La osservò ancora un po'. «Tu sei Bee» disse infine.

«Sì» disse lei.

Lui sorrise, stupito, felice, sbalordito. «Grazie a Dio, non ci sono due ragazze a Burgess che riescono a farmi fuori su un campo da calcio.»

«Solo una» disse lei.

Si puntò un dito sulla fronte. «Sapevo di conoscerti.»

«Anch'io sapevo di conoscerti.»

«Sì, be', io non andavo in giro con un falso nome, no?»

«No. E comunque sei uguale.»

«Tu sei...» La osservò. «Uguale anche tu» stabilì.

«È strano» disse lei, sentendosi allegra.

Camminarono insieme lungo il fiume.

Ogni tanto lui la guardava. «Perché hai usato un nome falso?» chiese infine.

Era una domanda ragionevole. Ma non era più sicura della risposta.

«La mia mamma è morta, lo sapevi?» Non era una risposta, ma era un'informazione che voleva lui ricevesse.

Billy annuì. «C'è stata una funzione per lei, qui. Mi ricordo che ho pensato che forse saresti venuta.»

«Non ne sapevo niente. Altrimenti sarei venuta.»

Lui annuì di nuovo. Lei lasciava sempre un sacco di interrogativi senza risposta, lo sapeva, ma la gente non insisteva, sapendo che sua madre era morta.

«Ti ho pensato spesso» disse lui. Lei seppe dal suo sguardo che era vero. «Mi è dispiaciuto tanto. Per tua madre, voglio dire.»

Lui le toccò la mano con delicatezza mentre camminavano. Fino a quel momento avevano parlato solo di calcio, e tuttavia era capace di essere serio con lei, di accogliere quello che era.

«Volevo venire a rivedere questo posto» spiegò Bridget dopo una pausa di silenzio. «Volevo vedere Greta e sapere di mia madre, ma... non volevo nessuna responsabilità, credo.»

Billy parve trovare la spiegazione ragionevole, anche se lei non poteva esserne certa.

«Ora non mi sento più così» aggiunse.

Le piaceva l'attenzione con cui la guardava, ma era pronta a cambiare discorso.

«Allora, come è andata contro Decatur?» chiese. Ora che era di nuovo se stessa, era divertente sentire la sua voce che riprendeva il vecchio accento.

«Abbiamo perso.»

«Oh, che peccato. Immagino che la partita sia stata rimandata per la pioggia sabato.»

«Abbiamo giocato domenica» disse lui. «Tre a uno. I ragazzi dicono che è perché non c'eri.»

Bridget sorrise. Le piacque l'idea.

«Ho detto che ti avrei chiesto di essere il nostro allenatore ufficiale.»

«E se fossi un allenatore non ufficiale?»

Billy si accontentò. «Niente più partite perse, mister» disse. «E devi venire anche agli allenamenti. Abbiamo la finale del torneo il prossimo fine settimana.»

«Prometto» disse lei.

Alla fine della strada si separarono. Billy le prese la mano mentre lei se ne andava. La strinse una volta, piano, e la lasciò andare. «È bello che tu sia tornata, Bee.»

Tibby doveva uscire. Da tre giorni non vedeva la luce del sole e aveva divorato fino all'ultimo granello di ogni scatola di cereali in miniatura che aveva rubato alla mensa, per di più asciutto, dopo che aveva finito il latte. Poteva anche non fare la doccia, non fare il bucato e non pettinarsi, ma aveva bisogno di mangiare.

Vagava nell'atrio del dormitorio, discutendo con se stessa un paio di tagli, quando si scontrò con Brian.

«Brian!» gridò, quando capì che era proprio lui e non un frutto della sua fervida immaginazione.

Lui sorrise. Le si avvicinò abbastanza da poterla abbracciare, ma poi perse il suo sangue freddo. Così fu lei ad avvicinarsi e abbracciarlo.

«Sono così contenta di vederti» disse.

«Ho sentito i tuoi messaggi» disse Brian.

Lei s'irrigidì appena.

«Tutti» aggiunse lui.

«Mi dispiace.»

«Non importa.»

Tibby osservò, felice, la sua faccia. «Ehi, dove sono finiti gli occhiali?» E mentre la domanda abbandonava le sue labbra, si rese conto che Carmen aveva ragione. Se Tibby si costringeva a essere obiettiva, riusciva a vedere che Brian era presentabile. Le venne un sospetto terribile. «Ti sei messo le lenti, vero?» Che cosa sarebbe successo se Brian, tra tutti, fosse diventato vanitoso? Che cosa avrebbe voluto dire per il mondo?

Brian la guardò come se fosse matta. «No. Si sono rotti.» Alzò le spalle. «Non ci vedo.»

Tibby rise. Era così contenta che fosse di nuovo suo amico.

«Vuoi venire con me alla mensa? Ti farò entrare di nascosto.»

«Certo» disse lui.

Nell'atrio, Tibby vide Maura. La parte vigliacca di sé voleva nascondersi, fingere di non averla vista. Non si parlavano da più di una settimana. Tibby era sicura che Alex le avesse raccontato tutto.

Maura indossava una gonna di pelle. Tibby aveva ancora i pantaloni del pigiama scozzesi. E la canottiera macchiata d'inchiostro. Brian guardò Tibby, prudente. Maura abbassò lo sguardo: preferiva recitare la farsa in cui si comportavano come se non si fossero viste.

Tibby insultò il suo sé vigliacco. «Ehi, Maura» disse. «Non ti ho presentato il mio amico Brian come si deve. Maura, questo è Brian. Ti ho detto che è mio amico?»

Maura sembrava preoccupata. Guardò il flusso di persone che attraversavano l'atrio. Non voleva essere sorpresa a parlare con una ragazza in pigiama. Tibby avrebbe desiderato, perversamente, che Brian avesse ancora il suo aspetto da vero disastro, invece di essere così totalmente presentabile. Maura rivolse loro un sorriso forzato e sgradevole e passò davanti a Tibby per andare a prendere l'ascensore.

Più tardi, alla mensa, Tibby ebbe l'impulso di presentare Brian a tutti quelli che conosceva, ma purtroppo si ridusse tutto a Vanessa. Vanessa accettò di sedersi al loro tavolo e promise di mostrare a Brian i suoi animali quando fossero tornati agli alloggi per gli studenti.

«È carino» le sussurrò Vanessa mentre Brian andava a prendere del succo d'arancia per loro.

La prima lettera impiegò otto giorni ad arrivare, e Lena seppe, tenendola in mano, che non l'avrebbe resa felice. Era leggera e sottile, e la scrittura di Kostos, di solito larga, era stranamente schiacciata.

Carissima Lena,
Mi è difficile scriverti questo messaggio. Mi trovo in una situazione che mi preoccupa. Voglio aspettare a spiegartela finché non saprò come si risolverà. Mi dispiace dell'attesa. So che non è facile per te.
Per piacere, sopporta con me, ancora per poco.

Kostos

Sotto la sua fredda firma aveva scritto qualcos'altro in un altro momento, perché l'inchiostro era diventato di un colore leggermente diverso, e la scrittura era molto meno controllata, quasi da ubriaco.

"Ti amo Lena" aveva scarabocchiato alla fine. "Non potrei smettere anche se ci provassi."

Lena soppesò la lettera con uno strano senso di distacco. Che cosa poteva essere successo? Aveva passato così tante ore a cercare di calcolare e indovinare, e non era arrivata ad azzardare un'ipotesi sensata.

Lui diceva di amarla. Anche se in genere Lena faceva fatica a pensare a quella parola, gli credeva. Ma perché diceva che non avrebbe potuto smettere anche se ci avesse provato? Sembrava che ci stesse provando. Perché ci stava provando? Che cosa poteva essere successo per fargli desiderare di smettere di amarla? Il suo Bapi era di nuovo ammalato? Sarebbe stato preoccupante, ma non li avrebbe separati. Se Kostos doveva stare a Oia, bene. Lei avrebbe trovato un modo per andarci l'estate dopo. Magari già durante le vacanze di Natale.

Lena si sentì come un sassolino che cade in un pozzo. Cadeva, e non c'era nulla che la fermasse. Sapeva che la fine, quando fosse arrivata, sarebbe stata dolorosa. Ma anche l'attesa diventava snervante, quando era troppo lunga.

Lei aspettava. Aspettava. Cadeva.

La lettera che seguì fu peggio.

Cara Lena,
non posso più ritenermi impegnato con te. Né voglio che tu ti senta impegnata con me. Mi dispiace. Un giorno ti spiegherò tutto, e spero che mi perdonerai.

Kostos

Lena aveva toccato il fondo. Vi sbatté contro, senza capire. Stava solo laggiù, e guardava in su. Sapeva che ci doveva essere un piccolissimo cerchio di luce lassù da qualche parte, ma non riusciva a vederlo, in quel momento.

POZZE DI TRISTEZZA,
ONDE DI GIOIA.

— BEATLES

«Pronto, David?»

«Sì. Con chi parlo?»

«Sono Carmen Lowell, la figlia di Christina.»

Lui esitò. «Ciao, Carmen. Che cosa posso fare per te?» Sembrava cauto. Sapeva che Carmen non aveva fatto proprio da Cupido tra lui e Christina.

«Vorrei chiederti un grosso favore.»

«Va bene...»

Quel "va bene" suonava più come un "te lo sogni".

«Vorrei che tu venissi a prendere mia madre stasera alle sette e la portassi al Toscana. La prenotazione è a nome di Christina.»

«Sei diventata la sua segretaria?» chiese lui. Aveva tutte le ragioni di essere amareggiato. Comunque lei apprezzava molto il fatto che non l'avesse zittita.

«No» rispose Carmen, secca. «Ma ho fatto la mia parte nel mandare all'aria le cose tra di voi. Credo che sia mia responsabilità aggiustarle, se posso.» Non c'era niente di meglio che l'onestà.

Lui fece di nuovo una pausa. «Sul serio?» Aveva paura di crederle.

«Sul serio.»

«La tua mamma vuole vedermi?» Il tono divenne acuto e lamentoso sull'ultima parola. Aveva smesso di essere cauto.

«Stai scherzando? Certo che vuole vederti.» Carmen non aveva ancora chiesto a sua madre, a dire il vero. «Tu vuoi vederla?»

David sospirò. «Sì.»

«Le sei mancato.» Carmen non riusciva a credere che le uscissero quelle parole, ma favorire l'amore si rivelava molto più divertente che rovinarlo.

«Lei mi manca.»
«Bene. Allora divertitevi.»
«Bene.»
«E… David?»
«Sì.»
«Mi dispiace.»
«Va bene, Carmen.»

Tibberon: Hai parlato con Lena? Sono preoccupata per lei.

Carmabelle: È da due giorni che le telefono e le mando e-mail. Anch'io sono preoccupata.

Lena era seduta da sola nel retro del negozio, sotto un appendiabiti pieno di camicie. Sapeva che avrebbe dovuto darsi da fare, ma non ci riusciva, quel giorno. Si abbracciò le ginocchia. Stava perdendo la lucidità per gradi. Il primo grado era fare cose strane, e il secondo non badarci più.

Quel giorno aveva parlato due volte con Tibby e con Carmen. Era arrabbiata con loro perché non erano capaci di dire niente che la facesse star meglio. Ma stava cominciando a rendersi conto che non c'erano cose che potevano farla star meglio.

Sentì un formicolio nei polpacci. Tirò la spessa unghia del mignolo finché quasi non si staccò. Il dolore era la sola cosa che le andava.

Una donna si avvicinò con un mucchio di vestiti sul braccio. Lena la guardò dal retro, mentre sceglieva un camerino. Scelga pure. Arrivo subito.

Sentì la signora armeggiare e menar colpi nella piccola camera della tortura con la tenda che non si chiudeva bene. Le era indifferente, sentire quella cosa piuttosto che un'altra. Lena chiuse gli occhi e chinò il capo.

Sentì un colpo di tosse. «Scusi.» La voce era timida. «Crede che questo mi stia bene?»

Lena guardò in su. Aveva dimenticato la signora, ma ora era in piedi sulla moquette. Aveva i piedi nudi e piatti. Indossava un vestito grigio di seta lavata che le cascava sul corpo piccolo e ossuto, facendo molte pieghe. Il volto della donna era in ombra, e la sua pelle era fine come una pellicola trasparente. Solo le vene blu sul collo e sulle mani sembravano vive. Ma il colore del suo vestito si accordava con la tonalità dei suoi begli occhi grandi. Non le stava bene, ma le stava meglio di qualsiasi altra cosa nel negozio.

Lena smise di guardare il vestito della signora e guardò il suo viso. Fino a quel momento, non era riuscita a definire l'aria particolare di tante donne che facevano acquisti lì. In verità, non ci aveva nemmeno provato. Ma in quel momento lo vedeva così in modo così chiaro. Era un'aria di bisogno. Era un'aria di speranza. Era la richiesta di un piccolo segnale che indicasse che valevano qualcosa.

Il bisogno di quella donna era evidente. All'improvviso Lena seppe chi era. Era Mrs. Graffman. Era la madre di Bailey. Mrs. Graffman non conosceva Lena, ma Lena sapeva di lei. Aveva perso sua figlia, la sua unica bambina. Non aveva più nessuno di cui essere madre, ormai. Lena non sapeva niente a proposito di perdita, in confronto a lei.

Lena guardò Mrs. Graffman. Vide quello di cui aveva bisogno e non distolse lo sguardo. Si alzò. «Questo vestito… credo che la renda… bella.» Le parole affiorarono come luce nell'aria, più vere di qualsiasi bugia che Lena avesse mai detto.

Quando Bridget tornò a casa dalla corsa, un pomeriggio, c'era un pacco che l'aspettava. Lo aprì subito, in piedi vicino al tavolo della cucina.

I Pantaloni! Erano tornati. Con il cuore che martellava nel petto, volò su per le scale, si tolse i vestiti e balzò nella doccia. Non si potevano lavare i Pantaloni. E non era così pazza da provarli dopo aver corso dieci miglia un giorno d'agosto in Alabama.

Si asciugò, si mise degli slip puliti, prese i Pantaloni. Per piacere, andate bene, li implorò. Li tirò e li chiuse con un movimento fluido. Ahhhhhh. Se li sentiva così bene addosso. Fece un giro trionfale per la mansarda. Corse giù e poi fuori, e fece un giro trionfale intorno alla casa. «Yuhuu!» gridò al cielo, perché faceva così bene, sentirsi di nuovo bene.

Si sfiorò i fianchi con le mani, sentendo il legame che la univa a Carmen e Lena e Tibby, e quanto voleva loro bene. "È tutto a posto!" voleva gridare, abbastanza forte perché potessero sentire. "Starò bene!"

Greta le scoccò uno sguardo perplesso mentre Bridget sfrecciava davanti a lei e tornava su al terzo piano.

Il contenuto dell'ultima scatola era ancora ammucchiato in un angolo. Bridget era pronta per riporre tutto e finire. Afferrò la scatola per riempirla di nuovo, ma si fermò. Era rimasto un quadrato giallo sul fondo, un quadrato che non aveva notato prima. La sua euforia diminuì mentre tendeva il braccio per afferrare il pezzo di carta. Mentre vi posava le dita capì che era il retro di una fotografia. Promise a se stessa che sarebbe stata bene, qualunque cosa fosse.

La fotografia mostrava una ragazza di circa sedici anni, seduta sui gradini della Burgess High. Era bella da guardare, con il suo sorriso gigantesco e la cortina bionda di capelli. Il primo pensiero di Bridget andò a sua madre. Ma mentre guardava più da vicino, le venne un dubbio.

La fotografia sembrava troppo vecchia perché si trattasse di sua madre. E del resto anche i tratti sembravano diversi...

Bridget si precipitò giù di nuovo.

«Nonna! Ehi!» gridò.

«Sono qui fuori» disse la nonna. Stava innaffiando con la canna il piccolo giardino che circondava la casa, sul retro.

Bridget le mise la fotografia sotto il naso. «Chi è?»

Greta la guardò. «Io» disse.

«Sei tu?»

«Certo.»

Bridget la studiò di nuovo. «Eri bellissima, nonna.»

«È così strano?» chiese, cercando di fare l'offesa, ma senza troppa convinzione.

«No. Be'. Un po'.»

La nonna le innaffiò il piede. Bridget saltellò, ridendo.

Quando Bridget si calmò, tornò alla fotografia. «Avevi i capelli così.»

La nonna alzò la testa. «Dove credi di averli presi, signorina?» chiese in tono giocoso.

La risposta di Bridget fu molto seria. «Ho sempre creduto di averli presi da Marly. Ho sempre pensato che volesse dire che ero come lei.»

Greta si adattò al nuovo umore di Bridget. «Siete simili, in certi aspetti, in certi aspetti bellissimi.»

«Per esempio?»

«Sei appassionata come lei. Sei coraggiosa. Hai la sua bellezza, non c'è nessun dubbio.»

«Lo credi davvero?» Bridget desiderava essere rassicurata su quel punto più che mai.

«Certo. Qualunque sia il colore dei tuoi capelli.»

A Bridget piacque quella risposta.

Greta chiuse l'acqua della canna e lasciò il tubo nell'aiuola. «Ma sei anche molto diversa da lei.»

«Per esempio?» chiese Bridget di nuovo.

Greta si soffermò a pensare. «Ti faccio un esempio. La maniera in cui sei entrata in questa casa e hai rimesso a nuovo la mansarda. L'hai smontata e hai lavorato giorno dopo giorno per rimetterla insieme. Mi ha riempito il cuore vedere la tua pazienza e il tuo duro lavoro, Bee. Tua madre, che Dio la benedica in cielo, non riusciva a concentrarsi su un lavoro per più di un'ora o due.»

Bridget se lo ricordava, come faceva in fretta sua madre a perdere la pazienza. Con un libro, con la radio, con i suoi figli. «Ha rinunciato troppo in fretta, no?» chiese Bridget.

Greta guardò Bee come se stesse per mettersi a piangere. «Lei sì, tesoro. Ma tu non lo farai.»

«Nonna, posso tenere questa foto?» chiese. Di tutte le migliaia di cose che aveva passato al vaglio nella mansarda, quella era l'immagine della speranza. Era quella che voleva tenere.

Carmabelle: Len. Per piacere rispondimi. Per piacere. Arrivo.

Lennyk162: Non ora. Ti chiamo dopo, d'accordo?

Lontano, dal fondo del pozzo, Lena sentì bussare alla porta. Ci furono altri due colpi prima che si rendesse conto che era la sua porta e che avrebbe dovuto rispondere.

Spinse fuori la voce, tossendo. «Chi è?»

«Lenny, sono io. Posso entrare?»

La voce di Carmen era così bella e familiare, eppure apparteneva al mondo di sopra.

«Non… ora» riuscì a dire.

«Lenny, per piacere. Ho davvero bisogno di parlarti.»

Lena chiuse gli occhi. «Forse dopo.»

La porta si aprì comunque. Carmen andò diritto verso il letto su cui Lena stava raggomitolata.

«Oh, Lenny.»

Lena si mise a sedere, anche se le sembrava che le sue ossa

fossero scavate e cascassero. Si coprì gli occhi con le mani, ma poi Carmen le fu accanto. Non poteva nascondersi. Carmen cinse Lena con le braccia e la abbracciò.

Lena lasciò cadere la testa pesante sul collo di Carmen, lasciandosi andare all'inesprimibile compassione che sentiva nella pelle tiepida dell'amica.

«Lenny» mormorò Carmen. La abbracciò, e Lena pianse.

Lena piangeva e tremava. Piangeva, e Carmen pianse con lei.

Dopo un attimo Lena si rese conto che non era in fondo al pozzo, ma che lì, con lei, c'era Carmen.

«Marcalo! Rusty, vai!» gridò Bridget da bordo campo. Camminò per tutta la lunghezza del campo con i Pantaloni Viaggianti addosso, abbaiando ordini e strepitando incoraggiamenti, come un buon allenatore. Aveva i capelli sciolti e incandescenti, ma i suoi giocatori non ci facevano caso. La volevano per il suo cervello. O la sua strategia. A metà partita undici ragazzi si raccolsero intorno a lei, gli occhi ben aperti e attenti, come se fosse un oracolo.

Greta sedeva qualche metro più indietro, su una sedia pieghevole: sorrideva e scuoteva il capo, dividendosi tra la partita e il suo cruciverba.

«Cristo, Corey, smettila di dormire di fronte alla porta. Rusty, non andare più avanti di Billy. Sei inutile, quando sei in fuorigioco; non m'importa se sei veloce. E poi il loro centrocampista è un morto in piedi e non hanno una riserva valida. È lì che dovete insistere.»

Aggiustò la formazione e li spedì in campo.

Otto minuti dopo l'inizio del secondo tempo, il centrocampista sfinito di Mooresville andò in panchina e venne sostituito dal portiere di scorta che era in sovrappeso di almeno venti chili. A quel punto Bridget seppe che avevano la vittoria in pugno.

Billy la abbracciò dopo la vittoria e la sollevò da terra. «Evviva, mister!» gridò. Corsero in giro felici, gridando e strillando ed esultando.

«Non facciamo gli arroganti» disse lei. Poi si rese conto di quanto aveva odiato l'allenatore quando lo diceva. «Al diavolo!» disse ridendo. «Fate gli arroganti quanto volete. Farete fuori l'Athens alle quattro?»

Burgess non fece fuori l'Athens alle quattro, ma lo batté, assicurandosi un posto in finale per il giorno dopo.

Risultò che la finale sarebbe stata contro Tuscumbia, della lontana Muscle Shoals. Bridget si alzò presto e indossò i Pantaloni per un'altra vittoria. Portò a colazione il blocco e spiegò in dettaglio la sua complessa strategia alla nonna, che cercò di mostrarsi interessata, ma continuò a sbirciare l'articolo che stava leggendo sul *Ladies Home Journal.*

Billy si presentò dietro la porta con la zanzariera: era pallido, ed erano solo le nove. «Siamo finiti» disse.

«Cosa?»

«Corey Parks è partito per Corpus Christie con la sua ragazza, ieri sera.»

«No!»

«Sì. Lei l'ha minacciato che lo avrebbe lasciato se non la portava lì in auto.»

Bridget fece una smorfia. «Oh, no.» Scosse il capo. «Non mi sono mai fidata di Corey. Fin da quando ha finto di essersi fatto male al ginocchio per andare da King Dominion.»

«Bee, avevamo sei anni» disse Billy.

Bridget insistette.

«Be', sai. Più le cose vanno avanti...»

Sul campo, mezz'ora dopo, con le due parti riunite e le due città presenti per fare il tifo, la situazione non sembrava migliore. Burgess non era una squadra più completa di quanto lo fosse Mooresville. Bridget ispezionò la panchina, sconfortata. Il loro sostituto affidabile era partito per Aubrun due giorni prima. Seth Molina aveva una gamba steccata e si rifiutava di mettere la maglietta della squadra. Rason Murphy aveva un'asma così forte che Bridget aveva paura che a metterlo in campo in una giornata afosa come quella sarebbe morto. Sarebbe stato quasi meglio reclutare Greta e gettarla nella mischia.

Lei e Billy passeggiarono insieme, analizzando le possibilità. Non c'erano possibilità.

Guardarono la loro malinconica panchina. «Non c'è speranza» disse Billy.

Il fischio diede inizio alla partita. Bridget stava a bordo campo, immobile, mentre i dieci membri della sua squadra si sparpagliavano per il campo.

Tuscumbia segnò quattro gol e si fermò, forse per compassione, finché l'arbitro fischiò la fine del primo tempo. La maggior parte dei fan gridava "buu" e se ne stava già andando.

Bridget non aveva niente da dire alla sua squadra nell'intervallo. I giocatori non erano abbastanza numerosi: qualsiasi sottile strategia in quelle condizioni non avrebbe avuto alcun effetto.

«È umiliante» commentò Rusty.

La squadra si trascinò di nuovo in campo. L'arbitro si preparò a fischiare. Billy disse qualcosa a Bridget, concitato.

«Cosa?» gridò lei avvicinandosi.

Lui parlò di nuovo. Muoveva le mani qua e là, come un matto.

«Cosa? Non ti sento.»

«Honey Bees!» esplose. «Sto dicendo Honey Bees.»

Finalmente lei lo sentì. Le stava facendo segno di entrare in gioco.

Bridget rise. Senza riflettere, corse in campo accanto a lui.

Tutti parvero confusi, mentre lei arrivava con i jeans e le scarpe da ginnastica.

«È il nostro sostituto!» gridò Billy all'arbitro, Marty Ginn, che aveva una farmacia a Burgess. «Rason ha l'asma» aggiunse Billy, sapendo bene che Marty aveva passato diciotto anni a scrivere ordini per gli inalatori di Rason.

Marty annuì. Guardò il capitano di Tuscumbia. «Va bene per voi?» chiese.

Il capitano di Tuscumbia parve trovare la faccenda divertente. La partita era già una farsa, quindi che importava se c'era una ragazza con i pantaloni in mezzo? Alzò le spalle e annuì, come per dire: "E poi?".

L'arbitro fischiò il secondo tempo.

Bridget cominciò a correre piano per il campo, per sciogliere le gambe. Seguì l'azione a distanza finché sentì l'adrenalina salire e gli occhi e la mente e i piedi ebbero quella sensazione armoniosa di lento riscaldamento. E poi entrò in gioco. Prese con facilità il pallone da un attaccante dei Tuscumbia e cominciò a dribblare veloce, un tocco e tre passi, un tocco e tre passi.

Nove mesi di lontananza dal calcio agonistico non aveva reso Bridget peggiore di prima. E poi portava i Pantaloni Viaggianti. Avevano forma e tessuto sbagliati per uno sport, certo, ma la rendevano felice. E Greta si riscosse e cominciò a correre a bordo campo, gridando a Bridget come una forsennata. Certo non le faceva male.

A Bridget parve di innalzarsi sempre più, finché finì sulle nuvole. Poteva permettersi di essere generosa. Aiutò Rusty. Aiutò Gary Lee. Aiutò due volte Billy. Costruiva il gioco e lo distribuiva come i regali di Natale finché il ritmo non si fece serrato, le grida di protesta della squadra avversaria divennero assordanti, e giunse l'ultimo minuto. Tenne l'ultimo goal per sé. Non aveva mai detto di essere Madre Teresa di Calcutta.

Carma,

so che ne hai bisogno in modo particolare, quindi eccoli, più in fretta che potevo. Per favore, nota l'erba del campo da calcio che ti ho lasciato nella tasca dietro. Un ciuffo del dolce paese natale, per tua somma gioia.

I Pantaloni hanno emanato la loro magia. Sono così felice, Carma. Non ti dico tutto adesso e nemmeno al telefono, perché voglio dirtelo di persona. Torno a casa presto, ho trovato tutto quello di cui avevo bisogno, qui.

Baci

Bee

LASCIAMI SENTIRE
ADESSO
LA MIA PROFONDA
ANGOSCIA.

– CHARLES DICKENS

«Giù dal letto.»
Christina guardò Carmen di traverso.
«No.»
«Sì.»
«No.»
«Mammaaaa.»
«Perché?»
«Perché...» Carmen batté sul cassettone di sua madre, imitando un rullio di tamburi. «Stasera esci.»

«No.»
«Sì.»
«Carmen, non andrò fuori di nuovo con tuo padre e Lydia.»
«Lo so. Comunque sono andati via. Esci con David.» Ah.
Christina si mise a sedere. Le sue guance si colorirono, nel sentir pronunciare quel nome. Cercò di assumere un'aria sospettosa e arrabbiata.
«Da quando?»
«Da quando l'ho chiamato e ho sistemato le cose.» Aprì l'armadio di sua madre e cominciò a ispezionare le scarpe.
«Non l'hai fatto.»
«L'ho fatto.»
«Carmen Lucille! Non sono fatti tuoi!»
«Gli manchi, mamma. Lui manca a te. È così ovvio. Sei triste. Vai e basta. Sii felice.»
Christina ammucchiò i cuscini sulle ginocchia. «Forse non è così facile.»
Carmen indicò il bagno. «Forse lo è.»
Christina esitò. Carmen poteva coprirsi gli occhi e tapparsi le

orecchie, ma avrebbe comunque sentito tutta la voglia che la sua mamma aveva di andare. Christina cercava di essere razionale e responsabile, e Carmen lo apprezzava.

«Non ti sto dicendo di perdere la testa, mamma. Non ti sto dicendo di riprendere da dove hai lasciato con lui. Sto solo dicendo: vai fuori a cena con l'uomo che ti ama.»

Christina dondolò le gambe fuori dalla sponda del letto. Funzionava.

«Non sei costretta a uscire ancora con lui, se non vuoi.» Come Carmen sapeva, le possibilità che questo succedesse erano pari a zero, ma comunque...

Sua madre si avviò verso la doccia.

«Aspetta.» Carmen corse in camera sua. Prese i Pantaloni Viaggianti appoggiati sul cassettone e li scosse piano. Corse di nuovo da sua madre. «Tieni.»

Gli occhi di Christina si riempirono di lacrime. Strinse le labbra. «Cosa?» disse in un sussurro, anche se sapeva che cosa voleva dire.

«Sono per te, mettili.»

«Oh, Carmen.» Christina prese Carmen e la strinse a sé. Carmen si rese conto che se alzava il mento riusciva ad appoggiarlo sulla testa di sua madre. Le parve un po' triste. Quando la mamma si allontanò, Carmen sentì le sue lacrime sul collo.

«Non posso accettarli. Se voglio provare di nuovo, devo essere adulta, questa volta.»

«D'accordo.» Carmen lo capiva.

«Però, Carmen...»

«Sì?»

La bocca di sua madre tremò. «È importantissimo che tu me li abbia offerti.»

Carmen annuì. Prese la mano di sua madre e impresse un grosso bacio sul dorso. «Vai, mamma. Doccia. Vestirsi. Presto!»

Carmen tornò in camera sua. «Preparo la macchina fotografica per quando arriva David» disse, mentre si voltava.

Carmabelle: Tib. Porto i Pantaloni quando vengo alla proiezione. Non vedo l'ora di incontrarti.

Tibby sapeva di credere davvero nei Pantaloni, perché altrimenti avrebbe anche potuto non metterli quel giorno, considerando quello che era successo l'ultima volta che li aveva indossati. Per lei i Pantaloni erano ricamare un brutto cuore e poi levarli, giudicare le persone ed essere capace di cambiare idea. Poteva stupirsi, come diceva Bailey.

Toccò il cuore ricamato mentre entrava nell'auditorium. Il suo vero cuore le batteva forte, come se fosse appena sotto la pelle. Le sue ossa non sembravano più dure e protettive.

Per qualche ragione, quando vide il gruppo di persone che la aspettava in una fila unica, in fondo all'auditorium, ebbe la stranissima sensazione di essere morta. Il mondo non c'era più, e tutta la gente a cui aveva fatto del male e che aveva deluso era tornata per darle una seconda possibilità. Sua madre e suo padre erano lì. Brian era lì. Lena e Carmen, Mr. e Mrs. Graffman. Perfino Vanessa. Voglio meritarvi, pensò.

Il suo film fu proiettato per primo. Cominciava con Bailey alla finestra e il sole che inondava la stanza e Beethoven. Poi si vedeva Wallman's e Duncan Howe e Margaret e il cinema Pavilion e Brian al 7-Eleven. Aveva intercalato a questi segmenti spezzoni di video di casa che si era fatta dare dai Graffman. Bailey che muoveva i primi passi da bimba, Bailey che inseguiva una farfalla nel giardino di casa, e – un'immagine dura – Bailey quand'era una vivace bambina di sei anni con un cappellino da baseball senza capelli sotto. L'ultimo frammento era un'intervista. Bailey che parlava e guardava, che sembrava prendere dalla videocamera e dare nella stessa misura.

La fine era ancora un'immagine al 7-Eleven. Quella in cui lei si voltava a guardare Tibby e rideva. Con una leggera dissolvenza, l'immagine diventava poi in bianco e nero. E rimase sullo schermo mentre la musica continuava.

Brian, che le sedeva accanto, tese il braccio e le prese la mano. Lei gli strinse la mano a sua volta. Si rese conto che lui stava fischiettando con la musica, ma così piano che doveva essere l'unica a sentirla.

Poi la musica finì e il viso di Bailey scomparve tremolando. Il buio parve vuoto, senza di lei.

Mrs. Graffmann posò la testa sul petto di suo marito. La mamma di Tibby prese la mano di Tibby da una parte e quella di Carmen dall'altra. Lena le strinse la testa. Piansero tutte, senza trattenersi.

Fuori, nel sole, i genitori di Tibby la abbracciarono. Sua madre le disse che era orgogliosa. Carmen e Lena si strinsero intorno a lei e la lodarono molte volte. Brian aveva le lacrime agli occhi. Tibby fu stupita quando Alex venne verso di lei. Si armò contro il suo commento, ma non se la sarebbe presa. «Bel lavoro» disse. I suoi occhi erano esitanti, e quel complimento gli uscì quasi come una domanda. La osservò come se fosse un'estranea. Cosa che in un certo senso era vera. Lui si era schiacciato contro il muro; ormai lei riusciva a vedere tutto intorno.

Se si è greci si sa che, secondo la tradizione, è considerato un insulto agli antichi dei pensare di sapere quando le cose non potrebbero andare peggio di come sono. Se fai questo errore, gli dei ti dimostreranno che hai sbagliato.

Una settimana dopo che Lena ebbe ricevuto la lettera apocalittica di Kostos, la nonna chiamò da Oia e disse al padre di Lena che Bapi aveva avuto un attacco cardiaco. Era all'ospedale a Fira, e non stava bene.

Il padre di Lena, che era avvocato e ormai americano, chiese di parlare con i dottori di Bapi e gridò molto e volle che Bapi fosse trasportato con un aereo all'ospedale di Atene. La risposta fu che Bapi era in condizioni troppo precarie per essere spostato.

Lena ebbe solo il tempo di lasciare dei messaggi a Tibby e Carmen per dire quello che era successo e chiamare Basia per finire il lavoro una settimana prima. Stava facendo la valigia, un po' frastornata, insieme al resto della famiglia, quando si ricordò dei Pantaloni Viaggianti. Avrebbe dovuto riceverli quel giorno! Era metà pomeriggio e ancora non erano arrivati. Chi di loro li aveva avuti per ultima? Si erano mossi così in fretta negli ultimi tempi che Lena non riusciva a ricordare. Il volo per New York partiva due ore dopo! Nonostante la situazione, quella divenne la fonte principale di preoccupazione. Come poteva andare in Grecia senza di loro?

Mentre il resto della famiglia si affannava in giro per la casa, lei si mise ad aspettare fuori, vicino alla porta d'ingresso, sperando di intravedere il furgone della posta. Si trascinò in casa pochi minuti prima della partenza.

«Lena, su!» le gridò sua madre dall'auto, mentre lei rimaneva immobile sul marciapiede, sperando ancora che i Pantaloni sarebbero apparsi magicamente in tempo.

Non apparvero, e lei lo considerò di cattivo auspicio. Presero un volo per New York e il mattino dopo uno diretto per Atene. Sul 747 che volava verso est sull'Oceano Atlantico, Lena passò quasi tutto il tempo a guardare il retro del sedile davanti al suo. Ma molte scene si animarono sul poliestere blu. Bapi e i suoi gomiti rugosi che spuntavano dalla finestra la sera della festa dell'Assunzione, l'agosto passato. Bapi che mangiava i cereali con le scarpe bianche ai piedi. Bapi che guardava a lungo e con grande concentrazione i suoi quadri, prendendoli sul serio più di ogni altra persona. Poteva sembrare buffo pensare di trovare l'anima gemella in un uomo greco di ottantadue anni, ma era successo a Lena l'estate prima.

Il padre di Lena scriveva su un quaderno. Effie dormiva contro la sua spalla. La madre di Lena sedeva pensierosa accanto a lei.

A un certo punto, tra il primo e il secondo film, si rivolsero uno sguardo triste e continuarono a guardarsi, sempre tristi.

Vorrei che potessimo aiutarci, pensò Lena. Vorrei che tu ti fidassi di me tanto da dirmi le cose importanti, e vorrei fidarmi di te. Poi desiderò che fosse sua madre la sua anima gemella, e non Bapi, che probabilmente stava morendo. Lena cominciò a
piangere. Si raggomitolò sul sedile dando la schiena a sua madre e permise alle spalle di sussultare e al fiato di dimenticare il suo ritmo regolare. Si soffiò il naso, forte, in un tovagliolo di carta. Piangeva per sé e Bapi e Kostos e sua nonna e suo padre e i Pantaloni Viaggianti che non erano arrivati in tempo, e poi ancora un po' per se stessa.

E poi, quando il comandante ordinò agli assistenti di volo di prepararsi per l'atterraggio, e Lena vide l'antica, meravigliosa terra di sua nonna sotto, sentì un brivido in fondo allo stomaco. Da qualche parte dentro di lei, il suo cuore irrefrenabile e ingenuo batteva dall'impazienza di vedere Kostos di nuovo, anche in quelle infelici circostanze.

Bee,

Mi piacerebbe che ci fosse un modo migliore per parlarti, perché voglio parlarti proprio adesso. Moltissimo. Ho appena saputo che il Bapi di Lena ha avuto un attacco cardiaco. Sono partiti tutti per la Grecia ieri. Dopo tutto quello che ha passato, mi sento così male per lei. Volevo essere sicura che tu lo sapessi.

Baci
Tibby

Lena aveva cominciato a pensare che la cosa che non voleva assolutamente che accadesse sarebbe di sicuro accaduta.

Quando, dopo essersi inerpicati su per le scogliere di Santorini fino al paese di Oia, con l'auto presa a noleggio, si fermarono e videro la nonna in piedi fuori dalla porta d'ingresso gialla, il suo presentimento trovò conferma.

La nonna era vestita di nero dalla testa ai piedi e tutti i tratti del viso sembravano rivolti in basso. Lena emise un piccolo grido. Suo padre balzò fuori dalla macchina e abbracciò la madre. Lena vide la nonna che annuiva e piangeva. Sapevano tutti che cosa voleva dire.

Effie passò un braccio intorno alle spalle di Lena. Le lacrime di Lena erano all'erta, pronte a entrare in azione. Aveva pianto così tanto negli ultimi giorni che aveva sete. I capelli di Lena si mescolarono con i capelli di Effie mentre si abbracciavano e piangevano. Poi, a turno, abbracciarono tutti la nonna. Quando la nonna vide Lena, emise un rantolo e parve abbandonarsi contro di lei. «Bellisssima Lena» disse singhiozzando. «Che cosa ci è successo?»

Il giorno dopo ci sarebbe stato il funerale. Lena si svegliò e guardò la caldera all'alba, grigio cupo e rosa. La finestra della camera che condivideva con Effie portò i ricordi dell'estate prima così vicini che le parve di poterli abbracciare. Si ricordò di aver fatto uno schizzo di Kostos con il carboncino, da quella finestra.

Con il tarlo dell'attesa e l'ansia di vedere Kostos, Lena s'impegnò più del solito sul suo aspetto. Indossò una camicia tutta nera, sopra un corpetto preso in prestito da Effie. Mise gli orecchini di perle. Si asciugò i capelli con il phon e li lasciò sciolti sulle spalle: un caso raro. Mise un velo sottilissimo di eyeliner e mascara. Sapeva che anche il minimo trucco metteva in forte risalto i suoi occhi verde chiaro, ed era quello il motivo per il quale non si truccava mai.

Lena era sempre sottotono. Indossava vestiti semplici e insignificanti. Non si truccava e non portava quasi mai gioielli e raccoglieva i capelli neri in una crocchia o una coda di cavallo, incurante. Da quando era bambina sua madre le aveva sempre ripetuto che la sua bellezza era un dono, ma col passare degli anni, Lena aveva cominciato a paragonarla al cavallo di Troia.

La sua bellezza la faceva sentire impacciata e scoperta. Le infliggeva il genere di attenzioni che detestava. Si sentiva quasi tradita dall'ovvietà della sua bellezza. A Effie, con il suo grosso naso, era consentito di essere appassionata, eccentrica, aperta e libera. Lena, con il suo naso piccolo, era bella. Lena passava troppo tempo ad accertarsi che nessuna delle persone di cui si fidava desse importanza al suo aspetto fisico, e a evitare quelli che lo facevano.

Eppure, quel giorno, stava lucidando il dono. Quel giorno, il vuoto lasciato da Bapi, la sua impazienza dolorosa per Kostos la rendevano disperata, desiderosa di provare ogni arma di cui disponeva.

«Oh mio Dio» disse Effie, vedendola scendere dalle scale. «Che cosa è successo a Lena?»

«L'ho imbavagliata nell'armadio» rispose Lena.

Effie ammirò Lena, in estasi per qualche minuto. «Kostos si struggerà dal dolore» dichiarò.

E così, sentendosi colpevole e meschina, Lena fu letta nell'intimo come un poster dalla sua sorellina Effie.

Tibby guardò il linoleum del pavimento e ricordò quanto le era sembrata squallida e deprimente la sua stanza, il giorno in cui era arrivata al college due mesi prima. Ora il pavimento era coperto di vestiti sporchi che buttava a casaccio in un ampio sacchetto di Hefty. Sul letto mise in fila tutte le videocassette che aveva riunito e usato per fare il film. Sulla scrivania c'era il suo iBook, con cui aveva tanto lavorato quell'estate. Il computer era stato un'esca pericolosa, ma aveva imparato ad amarlo ugualmente. Sul cassettone c'era il disegno della sua stanza quando aveva undici anni, che le aveva tenuto compagnia in un modo strano. C'era anche il diploma che diceva che il suo film aveva ottenuto il massimo dei voti e una nota di congratulazioni di Mrs. Bagley, la sua insegnante di sceneggiatura. Sul comodino c'era la rana violetta che Vanessa aveva fatto apposta per Nicky. Guardò ognuna di quelle cose con piacere mentre le infilava, una dopo l'altra, nella valigia.

L'ultima cosa che ripose fu una fotografia che aveva incollato alla porta. Era una fotografia di Bailey all'ospedale non molto tempo prima che morisse. Mrs. Graffman l'aveva data a Tibby quando era venuta alla proiezione.

Tibby faceva fatica a guardarla. Avrebbe voluto tenerla schiacciata tra due libri, al sicuro, su uno scaffale in alto, e lasciarla lì per sempre. Ma promise a se stessa che non lo avrebbe fatto. Promise a se stessa che l'avrebbe appesa alla parete della sua stanza, ovunque si trovasse. Perché Bailey aveva capito quali erano le cose davvero importanti, e quando Tibby vedeva il volto di Bailey, non poteva nascondersi.

L'AMORE È UNA MOTOSLITTA
CHE CORRE
ATTRAVERSO LA TUNDRA
E POI ALL'IMPROVVISO
SI LANCIA NELL'ARIA
LASCIANDOTI GIÙ.
DI NOTTE ARRIVANO
LE DONNOLE DEI GHIACCI.

– MATT GROENING

La messa per Bapi fu celebrata nella graziosa chiesa bianca e spoglia che Lena aveva visitato parecchie volte l'estate prima. La funzione fu tutta in greco, ovviamente, compreso il discorso di suo padre, cosa che lasciò Lena ai suoi ricordi e alle sue meditazioni su Bapi.

Teneva stretta la mano della nonna e si struggeva in attesa di uno sguardo di Kostos. Lui doveva essere tristissimo, lo sapeva. Mentre lei aveva avuto l'opportunità di amare Bapi solo per un'estate, Kostos lo conosceva da sempre. Lena aveva notato come Kostos sapeva badare a Bapi che era sempre più vecchio e debole: trasportava i sacchi della spazzatura, sostituiva le tegole del tetto, ma lo faceva sempre sentire virile e rispettato.

Lena voleva condividere tutto questo con Kostos. Era una delle pochissime persone che sapevano quello che Bapi aveva voluto dire per lei. Qualunque cosa li avesse separati, poteva starle vicino almeno quel giorno, no?

Verso la fine della funzione, Lena lo vide finalmente. Era dall'altra parte rispetto alla famiglia di Lena, proprio sul lato, indossava un completo scuro ed era quasi nascosto da suo nonno. Anche Kostos la stava cercando? Erano lì, in una piccola chiesa su quella minuscola isola in un giorno come quello. Come avrebbe potuto fare altrimenti?

Lena e la sua famiglia furono gli ultimi a mettersi in fila per la processione. Seguirono il *pope* fuori dal portone e si spostarono nel cimitero vicino dove l'intera comunità si riunì per fare le condoglianze alla nonna, la vedova. Come doveva essere strano, rifletté Lena, svegliarsi per migliaia di giorni da moglie, e un giorno svegliarsi da vedova.

Fu in quel momento che Lena vide chiaramente Kostos e lui dovette vederla. Lei fu colpita dalla rigidità della sua postura. Di solito l'aria intorno a lui sembrava vibrare per l'animazione, ma quel giorno sembrava immobile. Teneva le sopracciglia tanto abbassate che i suoi occhi si vedevano a stento.

Per qualche ragione, Lena non aveva notato al primo sguardo la ragazza che era in piedi accanto a Kostos, con la mano stretta sul gomito di lui. Dimostrava poco più di vent'anni. I suoi capelli erano biondi, di un biondo tinto, e la sua pelle sembrava giallognola contro il vestito nero. Lena non ricordava di averla mai vista prima.

Sentì un tonfo nel petto. Sapeva in qualche modo che la ragazza non era della sua famiglia né di una famiglia di amici intimi. Lo vedeva. Rimase immobile, sperando che Kostos le facesse un cenno con la mano o col capo, o la notasse in un modo qualsiasi, ma lui non lo fece. Lei aspettò vicino a sua nonna, dando baci e strette di mano, e ascoltando un sacco di frasi che in realtà non riusciva a capire.

I nonni di Kostos erano stati tra i primi ad abbracciare e baciare Valia, ma lui aspettò quasi fino alla fine. Il cielo si era coperto di nuvole scure e il cimitero si era svuotato quando si avvicinò con la ragazza bionda al suo fianco.

Stranamente Kostos abbracciò la nonna, ma non si dissero niente. La ragazza bionda le diede un bacetto timido sulla guancia. Lena fissò quella sconosciuta, e lei le restituì lo sguardo. Lena si aspettava qualche tipo di saluto o presentazione, ma non ce ne furono. La bocca della nonna si chiuse sul suo viso come una linea diritta. Lena era confusa, e si spaventò per la strana atmosfera che regnava.

Il *pope* che aveva gironzolato lì attorno per tutto il tempo, cortese, sembrò avvertire la difficoltà. Conosceva abbastanza l'inglese per intervenire.

«Kostos, immagino che tu conosca il figlio di Valia e sua nuora, che vengono dall'America.» Indicò i genitori di Lena che stavano qualche metro più in là. «E la nipote di Valia?» Fece un gesto da Kostos a Lena, e viceversa. «Lena, conosci Kostos e la sua giovane moglie?»

Moglie.

La parola volò alle orecchie di Lena come una zanzara, che

scendeva in picchiata e la spaventava prima di pungerla. E poi la punse.

Guardò Kostos, e lui la guardò. Il suo viso era così diverso. Mentre i suoi occhi incontravano quelli di Lena, conoscendola e vedendola, finalmente, la vista di lei cominciò ad annebbiarsi ai bordi.

Lena si accasciò a terra. Posò la fronte sulle ginocchia. Sentiva vagamente le mani preoccupate di sua madre sulla schiena. Come da lontano, sentì Kostos avvicinarsi. L'istinto vitale di Lena la fece rimanere aggrappata alla coscienza, ma sarebbe stato un gran sollievo lasciarla andare.

La camera non era abbastanza grande da contenere la sua angoscia. La casa non era abbastanza grande. Lena si chiese, mentre usciva piano dalla casa e guardava la strada che diventava buia, se il cielo sarebbe stato in grado di contenerla.

Camminò a piedi nudi per la strada polverosa, incerta sulla destinazione finché non arrivò in cima al terrapieno ampio che si estendeva da una scogliera all'altra. Si sedette, frastornata, il viso

rivolto al boschetto di ulivi. Era un luogo che lei e Kostos avevano condiviso, ma era certo che lui lo aveva ormai abbandonato, come aveva abbandonato tutte le cose che erano loro, compresa lei. Aveva diverse cose appuntite e spinose conficcate nella pianta dei piedi, tenera e cittadina, ma andava bene così.

Quando arrivò al boschetto, vagò tra i piccoli olivi come se fossero i suoi figli persi da tanto tempo. Camminò sopra le rocce e si sedette accanto al laghetto, molto più basso rispetto all'estate. L'intera isola era più arida e più gialla.

Quello era il posto dove era cominciato tutto. Sembrava una cerimonia, lavare lì i suoi piedi dolenti e insieme dire addio.

Era convinta di essere sola, ma sentì uno scalpiccio di passi dietro di lei. Il suo cuore sobbalzò, ma non perché pensava che fosse un criminale o un cinghiale. Sapeva chi era.

Lui si sedette vicino a lei, arrotolò i pantaloni del funerale e mise i piedi nell'acqua accanto a quelli di Lena.

«Sei sposato» disse lei, in tono piatto, assente.

Strinse i denti prima di guardarlo. Lui era afflitto e imbarazzato e dispiaciuto e *bla bla bla*. E allora?

«Lei è incinta» disse lui.

Lena si era preparata a rimanere distante e impassibile, ma lui riuscì a rovinarle anche quello.

Lo guardò con gli occhi sgranati.

Lui annuì. «Si chiama Mariana, e sono uscito con lei tre volte dopo che mi hai lasciato. La seconda volta abbiamo fatto l'amore.»

Lena sussultò.

«Sono uno stupido bastardo.»

Non lo aveva mai sentito così amareggiato prima. Lo guardò con calma. Non aveva molto da aggiungere.

«È incinta e io ho sbagliato. Quindi mi assumo le mie responsabilità.»

«Sai che è…» Lei fece fatica a finire. «… tuo?»

La guardò, pacato. «Questa non è l'America. Questo è un posto tradizionale. E questo è quello che fa un gentleman.»

Lei si ricordò di quando aveva usato quella parola con lei. Non poté fare a meno di avvertire, con qualche dissonanza, che tutti i suoi sforzi per essere un gentleman non lo rendevano molto felice.

«Tornerai a Londra con lei?»

Lui scosse il capo. «Non per ora. Staremo qui.»

Lena sapeva che duro colpo fosse per lui. Lui voleva andarsene da quell'isola e farsi una vita in un posto più grande, legato al mondo più grande. Sapeva che lo aveva sempre sognato.

«Vivete insieme?» chiese.

«Non ancora. Lei sta cercando un posto a Fira.»

«La ami?» chiese Lena.

Kostos la guardò. Lui chiuse gli occhi per un minuto o due. «Non potrei mai immaginare di provare per qualcuno quello che provo per te.» Aprì gli occhi per guardarla. «Ma farò quello che posso.»

Lena stava per piangere. Sapeva che non sarebbe riuscita a trattenersi per molto. La realtà la stava raggiungendo veloce, la tallonava, le afferrava i polsi. Voleva andare via da lui prima che succedesse.

Lei si alzò per andarsene, ma lui le prese le mani e la strinse a sé. Con un grido soffocato la abbracciò, la bocca nei suoi capelli, il respiro affannoso.

«Lena, se ho spezzato il tuo cuore, ho spezzato il mio mille volte di più.»

Lei sentiva che lui stava piangendo, ma non voleva guardarlo.

«Farei di tutto per cambiare la situazione, ma non vedo via d'uscita.»

Lei emise un singhiozzo solitario, una breve liberazione mentre si sforzava di trattenere il resto.

«Ti dirò questo, ora e mai più. Va contro l'impegno che ho preso, ma Lena, te lo devo dire. Tutto quello che ti ho detto era vero ed è vero. Non ho mentito. È più vero e più grande e più potente di quanto tu possa mai immaginare. Ricordati di quello che ho detto.»

Era disperato. La strinse, quasi troppo forte. «Tu andrai avanti, lo so. E io passerò il resto della mia vita senza di te.»

Lena doveva proprio andarsene. Si sciolse dall'abbraccio e nascose il viso tra le mani.

«Ti amo. Non smetterò mai» promise lui, come aveva fatto solo poche settimane prima sul marciapiede, fuori dalla casa di lei.

Quella volta era stato un tesoro. Questa volta era una maledizione.

Lena si voltò e corse via.

Tibby accettò di farsi fare la pedicure. Non si era mai considerata una ragazza da pedicure, ma sua madre aveva voluto che andasse con lei, ed era difficile non amare un massaggio gratuito ai piedi. Per di più, mentre sedevano fianco a fianco con i piedi che roteavano in una jacuzzi in miniatura, Tibby si rese conto che quello era il periodo più lungo che avesse passato con sua madre dall'inizio dell'estate. Forse era una buona idea. Forse bisognava stare vicine ogni tanto, per ottenere quello di cui si aveva bisogno.

Sua madre scelse uno smalto rosso scuro. Tibby lo scelse chiaro. Ma poi ci ripensò e decise per quello scuro.

«Tesoro, volevo farti vedere una cosa» disse la sua mamma, sfilando una busta dalla borsa.

Aprì la lettera, scritta a mano su carta spessa e raffinata. «È di Ari.»

Tibby sobbalzò. Pensò a Lena e pensò anche a quello stupido litigio.

«Mi ha fatto piangere» disse Alice, e le si inumidirono gli occhi come per dimostrarlo. Tibby vedeva che non era un pianto triste.

«Prima che partissero per la Grecia, mi ha scritto una bellissima lettera di scuse per tutta la faccenda. È una persona dolce. Lo è sempre stata.» Alice assunse un'espressione sentimentale, e Tibby all'improvviso si sentì anche lei sentimentale.

«Mi ricordo di quando tu e Ari giocavate a tennis il mercoledì contro Marly e Christina, e voi facevate sempre a turno per vincere.»

Alice rise. «Non facevamo a turno» disse.

«Forse era solo una coincidenza» disse Tibby, sapendo che non lo era.

Si ricordò di loro, le settembrine, quando giocavano per ore il mercoledì pomeriggio nel misero parco giochi di Broadbranch Road vicino al campo da tennis pubblico, mentre le loro madri si scambiavano racchettate. Il parco aveva due attrezzi per arrampicarsi, per quanto si ricordava Tibby. L'uomo dei gelati fermava sempre il suo furgone lì, e le mamme permettevano loro quasi sempre di prendere un gelato.

«Chissà se gioca ancora» disse Alice, più all'aria che a Tibby. «Comunque.» Prese la busta dalla borsa. «Ecco quello che volevo farti vedere.» Porse a Tibby un foto a colori.

«Ohhhh.» Tibby la tenne in mano e la osservò, scaldandosi per il piacere giù fino allo smalto rosso scuro sulle unghie dei piedi. «Mi piace moltissimo» disse. «Posso averla, per favore?»

Esiste un'infezione grave, mortale, chiamata endocardite: è un'infiammazione del cuore. La bisnonna di Lena era morta così da giovane, e Lena era abbastanza sicura di averla. Era mattinata inoltrata, e lei era a letto e monitorava il male.

Verso l'ora di pranzo sua madre entrò in punta di piedi nella stanza, si tolse le scarpe e s'infilò nel letto con lei. Aveva ancora il vestito blu di seta. Lena non oppose resistenza. Sentì di ritornare a quando aveva tre anni e sua madre la circondava con le braccia e la stringeva, protettiva, contro di sé. Lena inspirò il profumo forte e inconfondibile di sua madre e crollò. Pianse e tremò e il suo naso colò in maniera disgustosa mentre sua madre le accarezzava i capelli e le puliva il viso. Lena forse si addormentò per un attimo. Smise di essere una creatura cosciente, all'improvviso.

Sua madre era paziente quanto la terra. Non disse niente finché la luce cambiò nella stanza e il rosa che annunciava la fine del giorno entrò dalla finestra. Quando sua madre si mise a sedere,

Lena si accorse che aveva seminato moccio sul vestito più bello di sua madre.

«Ti andrebbe se ti raccontassi un po' di Eugene?» chiese sua madre con delicatezza.

Anche Lena si mise a sedere, e annuì. Le era importato così tanto di Eugene durante l'estate, e ora quasi non ricordava perché.

Ari giocherellò con gli anelli per un attimo prima di cominciare a parlare: la fede, l'anello di fidanzamento di brillanti, lo smeraldo dell'anniversario dei quindici anni. «L'ho conosciuto in chiesa ad Atene quando avevo quindici anni, e mi sono innamorata pazzamente.»

Lena annuì di nuovo.

«Lui è venuto in America per andare al college, all'American University. Proprio vicino a casa.»

Lena annuì.

«Sono rimasta ad Atene. Per quattro anni ho sofferto ogni giorno e ogni notte in cui eravamo separati. Sentivo di vivere solo in quelle poche settimane all'anno in cui stavamo insieme.»

Lena annuì ancora. Poteva capirlo.

«Quando avevo ventun anni, dopo l'università ad Atene, sono andata in America per stare con lui. Mia madre voleva impedirmelo, e si è arrabbiata moltissimo quando ho deciso di partire. Facevo la cameriera e lo aspettavo. Era molto occupato, stava finendo l'università. Ero disposta a prendere qualsiasi parte di lui mi avesse concesso.»

Sua madre alzò lo sguardo e rifletté un momento.

«Mi ha chiesto di sposarlo, e naturalmente ho detto di sì. Mi ha regalato un anello con una piccola perla e io lo conservavo come se fosse un'immagine sacra. Ma nel frattempo siamo vissuti insieme come se fossimo già sposati. Se mia madre l'avesse saputo, sarebbe morta. Tre mesi dopo, Eugene è partito all'improvviso ed è tornato in Grecia.»

«Mmmm» fece Lena, comprensiva.

«Suo padre gli aveva tagliato i viveri e gli aveva detto che avrebbe fatto meglio a tornare a casa e a mettere a frutto la sua costosa educazione. Non lo sapevo, però, allora.»

Lena annuì.

«Per un anno l'ho aspettato con impazienza, infelice. Continuava a dire che sarebbe tornato il mese dopo e il mese dopo e dopo ancora. Vivevo in uno squallido monolocale sopra un negozio di animali in Wisconsin Avenue. Ero povera e sola quanto lo si poteva essere. E c'era un odore fetido in quel posto. Molte volte avrei avuto voglia di tornare a casa. Ma credevo che Eugene sarebbe tornato da me, che ci saremmo sposati come aveva promesso. E ovviamente non volevo dar ragione a mia madre.»

Lena annuì di nuovo. Poteva capire come doveva sentirsi.

«Mi sono iscritta all'Università Cattolica quell'autunno. Il primo giorno di corso ho ricevuto una telefonata da mia sorella. Mi disse la cosa che tutti gli altri sapevano da settimane. Eugene aveva conosciuto un'altra ragazza. Non aveva intenzione di tornare da me.»

Il mento di Lena tremò. «Povera te» mormorò.

«Ho smesso di andare a scuola quel primo giorno. Sono andata a letto.»

Lena annuì solennemente. Le sembrava più che comprensibile. «E poi?»

«Avevo un insegnante molto in gamba. Mi ha chiamato a casa. Mi ha costretto a tornare.»

«E poi?» Lena aveva la sensazione che stessero per arrivare alla parte della storia che conosceva.

«Il giorno del Ringraziamento ho conosciuto tuo padre. Eravamo gli unici due greci che mangiavano, frastornati, da Howard Johnson.»

Lena sorrise. Conosceva quella parte. Quando arrivò la storia che le era stata spesso raccontata dell'incontro dei suoi genitori, le parve cara come un vecchio maglione. «E vi siete sposati quattro mesi dopo.»

«Sì.»

Il celebre incontro vorticoso dei genitori di Lena e il loro matrimonio aveva assunto una sfumatura diversa, più scura, ora che Lena conosceva tutti i fatti.

«Ma purtroppo non era finita con Eugene.»

«Oh.» Lena avvertì che a quel punto la faccenda si faceva spinosa.

Sua madre parve mettere a punto una strategia, per qualche istante. Poi disse: «Lena, te lo racconto come a una ragazza di quasi diciassette anni e non come a una figlia. Se vuoi».

Lena lo voleva tantissimo, ma al tempo stesso non voleva. Il volere prevalse. Annuì.

Ari sospirò. «Ho pensato spesso a Eugene nei primi anni di matrimonio. Amavo tuo padre, ma non avevo fiducia in quell'amore.» Si strofinò le dita sulla punta delle labbra, guardando a una vaga distanza. «Mi vergognavo del ripiego frettoloso, immagino. Credevo che la nostra unione fosse legata a Eugene e segnata da lui. Avevo paura di aver trasferito i miei sentimenti da Eugene a tuo padre per necessità.»

Lena sentì la testa pesante mentre annuiva. Sua madre aveva studiato psicologia, e a volte si vedeva.

«Quando avevi quasi un anno, Eugene mi ha chiamato da New York. Era la prima volta che sentivo la sua voce in quattro anni. Ho ceduto.»

Lena cominciava a chiedersi ansiosa dove avrebbe portato tutto questo.

«Voleva che andassi da lui.»

Lena strinse i denti. Si sentì triste per quando aveva un anno.

«Ho sofferto per tre giorni. E poi sono andata. Ho trovato una scusa per tuo padre, ti ho lasciata con Tina e Carmen, e ho preso il treno.»

«Oh, no» mormorò Lena.

«Tuo padre ancora non lo sa, e preferirei che tu non glielo dicessi.»

Lena annuì, sentendo il fastidio di sapere qualcosa di sua madre che suo padre non sapeva, ma anche una profonda repulsione.

«Ricordo di essere andata verso di lui a Central Park, sfiorando quell'orribile anello con le perle che avevo messo nella tasca della giacca. Onestamente, in quel momento non sapevo come sarebbe andato il resto della mia vita.»

Lena chiuse gli occhi.

«Le tre ore che abbiamo passato a camminare nel parco probabilmente sono state le tre ore più preziose che io abbia mai passato.»

Lena non avrebbe voluto sentirselo dire.

«Perché sono andata via di lì e sono tornata a casa da te e papà, e da quel momento ho saputo che amavo tuo padre perché era tuo padre e non amavo più Eugene.»

Lena sentì che il suo cuore cominciava ad alleggerirsi. «Quindi non è successo… niente.»

«L'ho baciato. E basta.»

«Oh» disse Lena, quasi incapace di credere a quella conversazione con sua madre.

«Ero così felice di essere di nuovo a casa, quella sera. Non dimenticherò mai quella sensazione.» Poi aggiunse, in tono divertito e quasi complice: «Credo che io e papà abbiamo fatto Effie quella notte».

Lena cominciava ad avvertire il bisogno di tornare a essere figlia e basta.

«E più o meno il resto lo sai.»

Lena ne fu colpita all'improvviso. Le diede una specie di senso cosmico il fatto che la sua nascita e la sua prima infanzia si fossero svolte in un'atmosfera di preoccupazione e sfiducia, mentre Effie era arrivata in un'ondata di perfetta felicità. Era fastidioso, saperlo.

«Così quella è stata la fine di Eugene» disse Lena.

«Non è stato così facile. Mi ha chiamato una mezza dozzina di volte negli ultimi anni. Di solito era ubriaco. Tuo padre odiava quell'uomo.» Ari alzò gli occhi al ricordo. «Ecco perché Tina e Alice e...» Lena sapeva che sua madre stava per dire Marly, ma si fermò. «Ecco perché le mie migliori amiche sapevano di Eugene. Temevo quelle telefonate e i litigi che provocavano con tuo padre. Ancora adesso non lo nomino mai davanti a papà. È in parte per questo che ho reagito come ho reagito, quando ne hai parlato.»

Lena annuì. «Ma papà non ha niente di cui preoccuparsi, vero?»

«Oh, no.» Ari scosse la testa con enfasi.

«Tuo padre è un uomo magnifico e un buon padre. Eugene è un pazzo. Guardo indietro, penso a come mi ha spezzato il cuore e sento che è stata la cosa migliore che potesse succedermi.»

Ari guardò sua figlia in maniera eloquente. «Questo, amore mio, è ciò che voglio che tu ti ricordi.»

Tibberon: Parlato con Lenny tardi. Accidenti. Hai già parlato con lei?

Carmabelle: Adesso. Non riesco nemmeno a pensarci. Povera, povera Lenny. Cosa possiamo fare? Stai lì. Arrivo.

Bridget sapeva che era ora di tornare a casa. Aveva saputo quello che stava succedendo a Lena e sentiva il bisogno di starle vicino. Il suo ultimo giorno a Burgess, si sedette con Greta nella veranda.

Sgranocchiarono cubetti di ghiaccio e parlarono dei lavori da fare alla casa, invece di dirsi addio.

Presto furono le tre, e Bridget dovette andare.

Greta fu cauta. Non voleva piangere per prima.

Bridget non era mai cauta, quindi disse quello che aveva da dire: «Lo sai, nonna, se non avessi tre amiche del cuore starei qui con te. Mi sento a casa, qui, ormai».

Greta cominciò a piangere, puntuale. Bridget la imitò.

«Mi mancherai, tesoro. Davvero.»

Bridget annuì. Abbracciò Greta, stringendola forse un po' troppo.

«E quando vieni a Natale, porti tuo fratello, me lo prometti?»

«Te lo prometto» disse Bridget, sincera.

«Ricorda» le disse la nonna in un orecchio quando la lasciò andare. «Ti vorrò sempre bene.»

Dopo aver radunato le sue cose, Bridget si voltò sul vialetto per dare un ultimo sguardo alla casa. Le era sembrata così anonima quando era arrivata, ma ora le sembrava così bella. Riusciva a scorgere la sagoma di sua nonna dietro la finestra, nell'ombra. Sua nonna stava piangendo a dirotto e non voleva che Bridget la vedesse.

Voleva bene a quella casa. Voleva bene a Greta. Voleva bene a Greta anche per il bingo del lunedì e la tv del venerdì e il pranzo alle dodici in punto tutti, tutti i giorni. Forse Bridget non provava la sensazione di essere a casa con suo padre e Perry. Ma si era costruita la sua casa lì.

Lenny,

Sei ancora in Grecia, quindi so che non leggerai subito questa lettera, ma devo fare qualcosa, devo sentirmi vicina a te in qualche modo.

Mi dispiace così tanto per Bapi. Ho pianto per te questa mattina, quando ho saputo. Sei sempre stata forte, Len, e così buona con il disastro che sono. Mi piacerebbe potermi prendere cura di te per una volta.

Con grandissimo affetto

Bee

Successero due cose importanti nel quarto e ultimo giorno di Lena in Grecia. La prima cosa fu che la nonna diede a Lena le orribili scarpe bianche di Bapi, e incredibilmente, andavano a pennello ai piedi enormi di Lena. La nonna rimase sbalordita, come se non potesse credere che Lena le avrebbe messe davvero, ma Lena era molto contenta.

«Stavo per buttarle via, ma ho pensato che ti potessero piacere, agnellino.»

«Mi piacciono, nonna. Grazie.»

La seconda cosa fu che, mentre cadeva la notte, Lena si sedette sul muretto fuori da casa della nonna e fece un quadro per Bapi. Ebbe l'idea di seppellirlo con lui.

Fu la luna piena sulla liscia caldera a ispirarla. Tirò fuori i tubetti e la tela e cominciò a mescolare i colori per ottenere le tinte della notte. Non aveva mai dipinto un quadro al buio, e probabilmente non lo avrebbe mai più fatto, perché era quasi impossibile.

Ma riuscì a catturare due lune scintillanti, quella nel cielo e la sua gemella nell'acqua. Sembravano uguali e nel suo quadro erano uguali.

Mentre attingeva alla confusione di colori sulla tavolozza, vide che Kostos era dietro di lei e la guardava lavorare.

Guardava con grande pazienza, per essere un uomo che ha appena rovinato due vite.

«Notte stellata» disse a nessuno in particolare, dopo aver studiato il lavoro per parecchio tempo.

Era buffo, perché era proprio il titolo che aveva pensato di dargli lei, ma la paura di essere presuntuosa l'aveva fermata. Non poteva legare una sua opera qualunque a Van Gogh, e soprattutto non al quadro che amava più di tutti. Le vennero in mente sua madre e Eugene, e si chiese se sarebbe mai riuscita a pensare che Kostos era un pazzo. Ne dubitava.

«Bapi lo adorerà» disse.

D'accordo, ora ne dubitava anche di più.

Si impose di non piangere all'infinito, e impose al suo naso di non mettersi a colare. Sapeva che quella era l'ultima volta che lo avrebbe visto, forse per sempre. Si voltò e rimase immobile per catturare in uno sguardo lungo e assetato la sua faccia, per assorbirla.

La notte prima si era sentita soffocata e ostile e frastornata, ma ora, per una qualche ragione, non si sentiva più così.

«Ciao» disse.

Si rese conto che lui stava bevendo il suo sguardo con la stessa sete. I suoi occhi, i suoi capelli, la sua bocca, il suo collo, i suoi seni, i suoi pantaloni sporchi di colore, le scarpe bianche di Bapi. Sarebbe stato del tutto inadeguato se fosse stato un buongiorno anziché un addio. Forse era inadeguato anche così.

«Le cose che mi hai detto l'altra sera» cominciò lei.

Lui annuì.

Lei si schiarì la voce. «È lo stesso per me.»

Dovette spingere le parole fuori. Lo fece in una maniera poco poetica.

Lui annuì di nuovo.

«Non ti dimenticherò mai.» Pensò un istante a quello che aveva detto. «Be', spero che ti dimenticherò un po'.» Strisciò per terra la punta della scarpa di Bapi. «Altrimenti sarà davvero difficile andare avanti.»

Appoggiò la tavolozza e il pennello sul muro. Si mise in punta dei piedi, pose le mani sulle sue spalle per tenersi in equilibrio, e lo baciò sulla guancia. Non importava dove, lo baciò comunque come un innamorato e non come un amico. Ma forse poteva andare. Lui la tenne tra le braccia, più forte e più vicino di quanto avrebbe dovuto. Non voleva lasciarla andare.

Dopo che Kostos se ne fu andato, comparve Effie. Ascoltava il walkman ed era tutta scarmigliata.

«Tu di sicuro piangi molto più di prima» disse Effie.

Lena avrebbe quasi voluto ridere. «E tu hai trovato il cameriere, vero?»

Effie alzò le spalle, reticente. Effie riusciva a interessarsi all'amore dell'estate prima come se il tempo non fosse passato. Effie poteva divertirsi entrando in grande intimità con un ragazzo e quando era il momento di andarsene sapeva salutarlo come se non fosse successo niente.

Lena osservò sua sorella, stupita. Effie stava muovendo la testa al ritmo di qualche stupida canzone che sbucava dalle sue cuffie.

Persone diverse erano brave a fare cose diverse, rifletté Lena. Lena era brava a scrivere biglietti di ringraziamento, per esempio, Effie era brava a essere felice.

NON SIAMO NATI UNA,
MA PIÙ E PIÙ VOLTE.

– WILLIAM CHARLES

Bridget aveva pensato di portare le valigie a piedi per un quarto di miglio fino alla stazione dei pullman, ma quando Billy apparve all'improvviso vicino a lei sul marciapiede e prese le due più pesanti, non si arrabbiò.

«Vorrei che non te ne andassi» disse lui.

«Hanno bisogno di me a casa» disse lei. «Ci rivedremo da queste parti, comunque.»

Guardò Billy alla stazione dei pullman, con le sue valigie in

mano, a desiderare che non andasse via. Lei gli piaceva, ne era certa. Lo guardò alla ricerca di segni di desiderio. Le piaceva quella sensazione? Si piaceva di nuovo abbastanza per sentire che se lo meritava.

Ma si chiese: le piaceva davvero quella sensazione? Non aveva già avuto abbastanza ragazzi che la guardavano a quel modo? Lo avrebbe in parte odiato se fosse cambiato con lei perché era carina e bionda?

Ad ogni modo lui non la guardava a quel modo. La guardava come se fosse Bee, che conosceva da quando avevano sei anni. La guardava come quando lei gli urlava dietro nel campo da calcio. No?

Lui le toccò la pelle delicata del polso.

Oppure?

Aveva pensato che la Bee di quando aveva sei anni e la Bee di adesso fossero due mondi divisi, separati dalle sue tragedie. Aveva pensato che la Bee che era sua amica e la Bee che era la sua potenziale innamorata fossero ragazze diverse, opposte. Ora non era più tanto sicura.

Quando Billy la baciò sulle labbra, sentì un brivido correrle dai capelli giù fino alle dita dei piedi, e le piaceva. In un lampo di meraviglia vide che il terreno sotto i suoi piedi era solido e continuo, e si estendeva da allora ad adesso e avanti fino a dove i suoi occhi potevano vedere.

Era un'idea piuttosto stramba, in effetti. Ma a Carmen erano sempre piaciute le cose che andavano e tornavano. Sua madre era fuori con David, per sempre felici e contenti. Carmen aveva fatto penitenza, passando i giorni a preoccuparsi per Lena e a vedere sua madre felice. Aveva avuto un sacco di tempo per dedicarsi a quelle cose, visto che i Morgan passavano le due ultime settimane dell'estate al mare.

Porter aveva lasciato un paio di messaggi la settimana prima, invitandola a una festa di una squadra sportiva di studenti in Chevy Chase. Quindi Carmen pensò che, ora che aveva messo a posto le cose con sua madre, poteva farselo piacere davvero.

Lui sembrò stupito quando lo chiamò e gli chiese di uscire, dopo così tanto tempo. Ma disse di sì e propose di portarla da Dizzy's Grill, quindi voleva dire che non la odiava del tutto. O che forse la odiava e che stava meschinamente pianificando di farle
pagare il conto alla fine della serata. Carmen fece un conto mentale e mise venti dollari in più nel portafoglio. Infilò i Pantaloni Viaggianti per la prima volta dalla sera fatale in cui Christina si era innamorata di David e Carmen non si era innamorata di Porter. Questa sera, chi poteva saperlo? Con i Pantaloni, la serata poteva benissimo essere fatale anche per lei.

Si stava strappando un sopracciglio solitario quando il telefono squillò. La telefonata veniva da una cabina alla fermata della metropolitana Union.

«Pronto.»

«Ciao. Sono Paul.»

Era abbastanza sicura che Paul si trovasse tra Charleston, dove era rimasto a casa per due settimane, e l'università a Philadelphia.

«Ciao. Cosa fai?»

«Ho perso il treno.»

«Oh, no. Cosa è successo?»

«Mi sono perso nella metropolitana.»

Carmen scoppiò in una sonora risata. «No!»

«Sì.»

«Oh.»

«Mi sono fatto dare un passaggio da un amico fino a Washington D.C. e poi ho perso il treno.»

«Oh.»

Carmen pensò a quello che voleva dire. Voleva dire che Paul non aveva un posto in cui passare la notte, e che avrebbe dovuto stare con lui.

«Uhhh.» Tamburellò sul telefono mentre pensava. «Trovati da Dizzy's Grill tra Wisconsin e Woodley. Quando vuoi. Hai già mangiato?»

«No.»

«Bene. Ci vediamo lì.» Povero Porter. Sarebbe stata una strana uscita, con un ragazzo in più. Carmen aveva finalmente catturato il sopracciglio ribelle con le pinzette per la seconda volta quando il telefono squillò di nuovo.

«Sììì» gridò, lanciando le pinzette contro il muro.

La telefonata veniva da casa di Lena. Lena era tornata? Carmen afferrò il ricevitore.

«Lena!»

«No, sono Effie» fu la risposta sussurrata.

«Sei a casa?»

«Sì, come un'ora fa.»

«Come sta Lena?»

Carmen sentiva il sangue pulsarle sulle tempie. Lena era a casa. Lena avrebbe avuto bisogno di lei. Be', non si poteva fare altrimenti. Sperava che Paul e Porter si sarebbero trovati simpatici.

Effie fece una pausa. «Mmm. Non so dirti.»

«Cammina? Parla?»

«Sì e no.»

«Che cosa vuoi dire?»

«Sì cammina, no parla.»

«Oh. Arrivo subito.»

«No. Devi portarla fuori.»

«Davvero?»

«Sì» disse Effie. «È quello di cui ha bisogno.»

«Perfetto. Sei sicura?» A Effie piaceva decidere, e anche a Carmen piaceva decidere. Non sempre si trovavano d'accordo.

«Sì. Metà della sua camera è coperta di lettere. L'altra metà di foto. Ecco come stanno le cose. Siamo partiti in fretta. Devi portarla fuori e distrarla, e io devo mettere via quella roba. Nella spazzatura, per esempio. Ah ah.»

Carmen tacque. A Effie non importava se nessun altro rideva delle sue battute.

«Hai parlato con Tibby?» chiese Carmen.

«Non è in casa.»

«Va bene, Ef. Passo a prenderla tra un quarto d'ora.» Carmen riagganciò.

Corse per la camera scuotendo la testa e infilando le sue cose nella borsa. Non poteva far altro che portare anche Lena da Dizzy's Grill. Era la sola cosa da fare.

E comunque, l'uscita di Carmen la matta con due ragazzi insieme sarebbe stata uno svago per Lena.

Molto tempo dopo, Carmen cercò di sentire di nuovo ogni sfumatura di quello strano incontro. Voleva stabilire con precisione quello che era successo.

Carmen indossava i Pantaloni. Teneva Lena per mano. Lena portava pantaloni morbidi di flanella con un laccio alla vita e una maglietta. Da un metro di distanza sembrava una maglietta bianca normale, dritta e semplice. Ma se ci si avvicinava, si scorgeva un piccola balza intorno al collo, che aveva subito colpito Carmen. La maglietta era normale per Lena, ma la balza no.

Lena era molto magra. Era magra di tormento, ma Carmen non poté fare a meno di invidiarla lo stesso. Gli occhi di Lena erano grandi e luminosi e sembravano perdersi a una vaga distanza, né qui, né lì. Sbatté le palpebre e guardò intorno il ristorante, come una bambina piccola. Aveva la pelle tenera e sensibile, ed era come se i suoi occhi vedessero per la prima volta. Carmen si sentì in colpa per averla trascinata in mezzo a quella confusione piena di fumo. Non era un posto per un neonato.

Carmen fece sedere Lena all'ingresso del ristorante, nella parte in cui si aspettava. Entrò nella sala e trovò Porter e Paul che la aspettavano ognuno al proprio tavolo. Prima andò da Porter. Lui si alzò e le sorrise vedendola.

«Ciao.» La baciò sulle labbra, ma lei era troppo distratta per pensarci.

«Ehi, senti. Questa serata è diventata un po' complicata.» Fece una smorfia per scusarsi. «Il mio amico – il mio mezzo fratello, in realtà – ha perso il treno stasera e non ha un posto dove andare, quindi l'ho invitato a venire qui.» Gli toccò la guancia, esitante. «Va bene?»

Lui le scoccò un'occhiata come per dire "Fa differenza se non va bene?".

«E poi» Carmen parlò di corsa. «La mia amica Lena. La conosci? È tornata dalla Grecia questa sera ed è... be', a pezzi, a dire il vero» disse Carmen abbassando la voce, «e non posso lasciarla da sola, quindi è qui anche lei.» Carmen alzò le spalle dispiaciuta. «Scusami.»

Porter annuì. Carmen immaginò che non ci fosse più molto da fare per stupirlo o deluderlo.

Nel frattempo Paul l'aveva vista. Andò verso di lui. «Ciao. Vieni.»

Lui la seguì.

«Porter, questo è Paul. Paul, questo è Porter» disse, quando furono abbastanza vicini.

«Ehi.» Porter alzò la mano come un capo indiano.

A Carmen sembrava di dover organizzare la vita di molte persone, quella sera. Indicò il tavolo in cui si era seduto Porter. «Possiamo stare tutti lì, d'accordo?»

Porter alzò le spalle. «Certo.»

«Va bene. Sedetevi. Vado a prendere Lena.»

Paul aveva un'aria un po' sconvolta. Non era molto socievole. Probabilmente avrebbe preferito trovarsi su una panchina della fermata Union, in quel momento.

Seduta nell'ingresso, Lena si guardava le mani mentre il mondo ruotava intorno a lei. «Len?»

Guardò in su.

«Mi dispiace di trascinarti in giro questa sera, ma ceniamo con due ragazzi che non conosci.» A che cosa serviva addolcirle la pillola? Se Lena avesse voluto ribellarsi, quello sarebbe stato il momento buono.

Invece di nascondersi sotto una sedia, come Carmen si era un po' aspettata, Lena si alzò e la seguì, obbediente. Questo preoccupò Carmen più di una scena tutta calci e grida.

Si avvicinarono al tavolo. Fu allora che successe. Per qualche ragione, Paul e Porter erano seduti dalla stessa parte del tavolo, e guardavano le ragazze andare verso di loro. Sembravano abbastanza comici, quei due ragazzoni che stavano seduti uno di fianco all'altro. Non avrebbe saputo dire di preciso che aria avesse Porter in quel momento, perché lei guardava Paul.

Fu allora che gli orologi si fermarono e il locale si fece silenzioso e i colori sbiadirono in una tinta seppia. L'aria parve nostalgica, anche se non era successo ancora niente.

Paul guardò Lena. Milioni di ragazzi avevano guardato Lena, ma nessuno l'aveva guardata in quel modo.

Era una delle cose a cui pensò Carmen poi. Quello sguardo di Paul. Come poteva uno sguardo contenere tante cose?

Porter si alzò. Paul si alzò. Si sedettero tutti. Carmen parlava. Porter parlava. Il cameriere si avvicinò e parlò. Sembrava tutto casuale e irrilevante perché nel frattempo stava succedendo qualcosa di importante.

Paul e Lena, Lena e Paul. Non si sorrisero neppure e non dissero niente. Forse non si rendevano nemmeno conto che qualcosa stava succedendo, ma Carmen sì. Lo sapeva e basta.

All'improvviso, in mezzo al piacevole quartetto si aprì una voragine. Da un lato c'erano il mondo e il ristorante e tutte le persone normali come Porter e Carmen. Dall'altro lato c'erano Paul e Lena. Benché molto attenta, Carmen non riusciva a guardarli o a sentirli. Non apparteneva a quell'altro mondo.

«Vuoi che dividiamo le ali di pollo speziato?» chiese Porter, con gentilezza.

Carmen aveva voglia di piangere.

Quelli erano i Pantaloni dell'Amore! Lo erano! C'era pura magia di metamorfosi in loro. Ma non era per lei! Non era mai per lei.

Non era brava in amore. Amava troppo.

L'immaginazione di Carmen stava cominciando a partire in direzioni pericolose. Lena sarebbe diventata il centro del mondo di Paul. Lo vedeva già. A lui non sarebbe più importato niente di Carmen. Non sarebbe più stato ad ascoltare tutte le stupide cose che aveva da raccontare.

E Lena? Che cosa avrebbe provocato nella loro amicizia? Nella Vera Amicizia? Dove avrebbe abbandonato Carmen?

L'ansia aumentava dentro, riempiendo il suo stomaco di acidi, aggrovigliando le viscere.

Che cosa c'era di sbagliato in lei e nelle uscite a quattro? Perché Carmen doveva star lì seduta sull'orlo dell'amore quando sembrava così vicino? Perché finiva per perdere invece di vincere?

Si ricordò proprio allora di sua madre e David. Quella sera era arrivato a casa loro con due mazzi di rose, per Christina e Carmen. Carmen aveva apprezzato molto il gesto perché aveva reso sua madre così incredibilmente felice. David le aveva suggerito la parola del cruciverba su cui era ferma (cane giapponese, cinque lettere, comincia con la "A"). Ma la cosa più importante era stata la faccia raggiante di sua madre, benché cercasse di sembrare razionale. Quello non era perdere. Quello era vincere.

Nel mondo di Lena e Paul, Paul sussurrava qualcosa a Lena. Lena guardò il tavolo, timida, ma quando guardò in su di nuovo aveva il sorriso più bello che Carmen le avesse mai visto. Qualcosa era cambiato in Lena.

Carmen poteva ignorare quello che vedeva. Poteva averne paura e calpestarlo prima che mettesse radici.

O forse poteva pensare che Lena e Paul erano due delle persone a cui lei voleva più bene sulla terra, e ognuno di loro si meritava l'amore di una persona tanto speciale.

All'improvviso la testa di Carmen si alzò. «Lena.»

Lena parve percorrere molte miglia per raggiungerla.

«Sì?»

«Vieni con me un attimo?»

Sia Paul che Lena la guardarono: sembravano stupiti di come lei potesse essere così chiassosa e invadente. «Solo un secondo, te lo prometto» aggiunse Carmen.

Nel bagno, Carmen si sbottonò i Pantaloni. Se li tolse in fretta. «Dammi i tuoi e prendi questi, d'accordo?»

«Perché?» chiese Lena.

«Perché so che sarà una serata importante per te.» Il cuore di Carmen batteva forte.

«Come fai a saperlo?» Lena sembrava quasi spaventata.

Carmen premette il palmo della mano contro il cuore. «Lo so e basta.»

Lena posò i grandi occhi su Carmen. «Importante in che senso? Cosa vuoi dire?»

Carmen alzò la testa. «Lena. Se non lo sai, lo saprai presto. Sono successe tante cose quest'estate. Ci vuole forse un po' di tempo.»

Lena sembrava confusa. Non aveva voglia di discutere. S'infilò i Pantaloni. L'aria parve risplendere intorno a loro.

Grazie al cielo Lena si è messa i pantaloni con il laccio in vita questa sera, pensò Carmen, infilandoseli e stringendoli.

Lena sembrava camminare nell'aria quando tornarono nella sala del ristornate. Guardando Lena che avanzava verso Paul, Carmen sentì che era uno di quegli strani momenti in cui il mondo si apre. Forse Carmen era l'unica ad accorgersene.

È così che sarà, pensò Carmen. E aveva trovato un modo per amare l'amore, in qualsiasi forma esso apparisse.

Lena era distesa sul letto. Come al solito stava pensando a un ragazzo. Ma quella sera, stranamente, il ragazzo in questione non era il solito. Quello nuovo era più alto e più robusto e aveva gli occhi che brillavano. Il modo con cui la guardava: sembrava che potesse vedere tutto, ma che prendesse solo quello che lei era pronta a dargli. Non era sposato. Non aveva messo incinta nessuna, per quanto ne sapeva.

In qualche modo, nell'arco di circa novanta secondi aveva lasciato il trapezio su cui si dondolava, sospesa in aria col cuore fermo, e aveva afferrato un trapezio che volava nella direzione opposta. Da quando sono diventata una che vola in alto? si chiese. In che modo, da eremita emotiva, sono diventata trapezista? Era
preoccupata per la propria sicurezza.

Chiamò Tibby. Non le aveva parlato da quando era tornata a casa, e aveva voglia di vivere ad alta voce.

«Tib, non so cos'ho che non va» si lamentò, incerta se il lamento fosse di felicità o tristezza. Su nell'alto dondolio, i due sentimenti sembravano emergere, identici nella loro intensità.

«Che cosa c'è, Len?» disse Tibby, più tenera che poteva.

«Credo di avere quella malattia in cui il cuore si gonfia.»

«Be'» disse Tibby con filosofia, «posso solo dirti: meglio un cuore gonfio di un cuore raggrinzito.»

Quando Carmen entrò in casa, dopo avere accompagnato Lena, sentì il telefono squillare. Rispose in cucina.

«Pronto.»

«Ehi Carmen, sono Porter.»

«Ehi» disse lei, stupita.

«Senti, ci rinuncio. Volevo solo che tu lo sapessi. Ogni persona ha un limite.»

Carmen deglutì forte. Per qualche ragione, sentiva il cuore battere nelle parti sbagliate del corpo. «Um, cosa vuoi dire?» disse, timida, fingendo di non capire. Non voleva sapere quello che lui aveva da dire, ma non significava che non lo sapesse.

Porter trasse un sospiro.

«Sarò onesto. È da due anni che sono innamorato di te. Ero emozionato di uscire con te quest'estate. Speravo davvero che potesse funzionare, ma insomma, Carmen, quante volte puoi prendere in giro un ragazzo?»

Porter fece una pausa, dandole un'opportunità per difendersi, ma lei era così sbalordita che non riusciva a muovere la lingua. Le ciondolava in bocca, inutile.

«Ero confuso, quando hai continuato a chiamare. Quando siamo usciti, capivo che non eri molto convinta, ma poi mi hai chiamato di nuovo.» Non sembrava irritato. Sembrava rassegnato. «Comunque ci ho rinunciato ufficialmente. Non riesco a comportarmi da idiota per più tempo di così.»

Nel suo silenzio a bocca aperta, rotto da tentativi di farfugliare qualcosa, cominciò a sorgere in Carmen il pensiero che Porter non fosse la persona che lei aveva pensato. Ma poi, aveva davvero pensato per un solo secondo quale genere di persona era?

Aveva considerato il suo valore oggettivo di spasimante a grande distanza, ma non aveva pensato davvero che lui avesse dei sentimenti reali e, men che meno che potesse parlarne. Era un ragazzo, un potenziale innamorato, un accessorio invidiabile, più o meno come una bella borsetta.

Non era così?

«So che sei stata distratta da tutta la faccenda con la tua mamma, e lo capisco. Ma pensavo che forse, dopo che le cose si erano sistemate, avremmo potuto uscire insieme.»

No, non era così.

Lei si sentì le guance bruciare. Si era sbagliata in maniera così colossale su di lui che quasi le veniva da ridere.

«Porter» disse. Il suo nome le sembrava diverso, ora. All'improvviso si sentì come se stesse parlando a un amico.

«Sì?»

«Io riesco a comportarmi da idiota per molto più tempo di così.»

Lui rise, anche se a fatica.

Carmen si rese conto che non avevano mai riso insieme. Lei non gli aveva neppure dato modo di farlo.

«Non so cosa dire per scusarmi, tranne che non mi sono resa conto che tu eri una persona vera» disse con sincerità.

«Che cosa pensavi che fossi?»

«Mah... non so. Un pinguino?»

Porter rise ancora e si schiarì la gola. «Non so bene come prenderla.»

«Mi sono sbagliata, però.»

«Non sono un pinguino?»

«No.»

«Mi fa piacere saperlo.»

Lei trasse un respiro lungo e triste.

«Mi dispiace molto» disse. Avrebbe voluto non mettersi così spesso nella condizione di dovere alle persone delle scuse lunghe e spassionate.

«Accetto» disse lui con semplicità.

«Grazie» disse lei.

«Stai bene, Carmen.» Il tono di voce era intimo. Era bello.

Mentre riagganciava, seppe che aveva avuto quello che si meritava. E la cosa folle era che per la prima volta riusciva a immaginare come avrebbe potuto sentirsi se le fosse piaciuto davvero.

Accennò un sorriso mentre s'infilava il pigiama rosso liso, quello che metteva quando era malata. Si vergognava, ma si sentiva anche stranamente ottimista.

Il giorno seguente, dopo aver viaggiato tutta la notte, Bee scese dal pullman a Bethesda in Maryland, ma non andò a casa. Andò dritto a casa di Lena. Strinse Ari in un abbraccio silenzioso e andò di sopra.

Lena era distesa sul letto; aveva il pigiama con le olive verdi e nere.

Si mise a sedere vedendo Bridget. Bridget emise un breve grido e la strinse in un abbraccio, poi si allontanò per osservarla con più attenzione.

Bridget si era aspettata di leggere un'aria tragica sulla faccia dell'amica, ma non fu così. Vide qualcosa di più complicato.

«Hai sentito di Bapi?» chiese Lena.

Bee annuì con aria solenne.

«Hai sentito di Kostos?»

Bee annuì di nuovo.

«Sono un disastro, eh?» disse.

«Lo sei?» chiese Bee con dolcezza, scrutando gli occhi di Lena.

Lena guardò il soffitto. «Non so nemmeno cosa sono.» Si lasciò ricadere sul letto e sorrise quando Bee si lasciò cadere accanto a lei.

«Lo amavo così tanto» disse a Bee. Chiuse gli occhi e cominciò a piangere. Mentre piangeva, non era nemmeno tanto sicura di quale ragazzo stesse parlando. Sentì le braccia di Bee intorno a sé.

«Lo so» disse Bee, cercando di calmarla. «Mi dispiace tanto.»

Quando Lena si sollevò per respirare, Bee la guardò pensierosa. «Sei diversa, Lenny» disse.

Lena rise piano attraverso le lacrime. Toccò una delle belle ciocche bionde di Bee. «Tu sei la stessa. Voglio dire, sei cambiata tornando com'eri.»

«Spero che questa sia una versione un po' più solida» disse Bee.

Lena allungò i grandi piedi in avanti.

«Sai una cosa?»

«Cosa?»

«Mi sono chiesta: se potessi cancellare quest'estate, tutta, lo farei?»

«E cosa hai risposto?» chiese Bee.

«Fino a ieri sera, avrei detto: per piacere, fatemi tornare com'ero.»

Bridget annuì. «E adesso?»

«E adesso credo di no. Forse resterò qui.»

Lena ricominciò a piangere. Di solito piangeva circa tre volte l'anno. Ora sembrava che piangesse tre volte prima di colazione. Lo si poteva considerare un progresso?

Si appoggiò a Bee, in modo che Bee la sostenesse. Che strano capovolgimento, cadere e lasciare che fosse Bee a prenderla.

In realtà quell'estate non aveva solo imparato ad amare: aveva anche imparato ad avere bisogno.

LASCIAMO
CHE L'ETÀ DELL'ORO
COMINCI.

— BECK

Bee chiamò Tibby e Carmen da casa di Lena, e si presentarono lì poco dopo: Carmen aveva la camicia a rovescio e le pantofole di sua madre, Tibby era a piedi nudi. Gridarono di gioia quando si ritrovarono tutte insieme.

Molte ore dopo, al tramonto, il sole entrava dalla finestra colorando la stanza di rosa e loro erano ancora lì. Avevano parlato a lungo e intensamente, tutte e quattro distese sul letto di Lena. Carmen sapeva che nessuna di loro voleva rompere quell'atmosfera, quell'incanto. Ma cominciavano ad avere fame.

Alla fine Tibby e Lena fecero una spedizione per saccheggiare la cucina e tornare su con i viveri. Ma dopo meno di trenta secondi irruppero nella stanza di nuovo.

«Abbiamo sentito gente in cucina» spiegò Tibby, eccitata.

«Venite a vedere» disse Lena. «Ma piano.»

Carmen osservò che riuscivano a far piano grazie alle loro calzature. Tibby si fermò su un lato della porta della cucina, e le altre si raggrupparono dietro di lei.

Carmen sospirò quando vide le tre madri sedute al tavolo della cucina. Le loro teste erano piegate, l'atmosfera confidenziale. Christina probabilmente stava raccontando una storia divertente, perché Ari e Alice ridevano. Ari si coprì gli occhi con un gesto, proprio come faceva Lena quando il riso stava sfuggendo al suo controllo.

Carmen notò anche le due bottiglie di vino sul tavolo, una vuota e una mezza piena.

Guardandole, affiorarono tante emozioni diverse. Carmen non riusciva a separare la tristezza dalla gioia: erano indissolubili. Il calore e l'intimità di quelle donne insieme riportava un'ondata d'infanzia. C'era la quarta sedia intorno al tavolo, vuota, dove avrebbe dovuto esserci Marly, che forse ora apparteneva a Greta.

Carmen si guardò intorno e vide le stesse emozioni sui volti delle amiche. Ognuna provava emozioni identiche e diverse.

Senza parlare, seguirono Tibby fuori dalla porta d'ingresso e davanti alla casa. Carmen sorrise. Vedere le madri di nuovo amiche la colpì come qualcosa che desiderava con forza ma non aveva ammesso di volere.

Si distesero tutte e quattro nell'erba finché il sole finì e cominciarono le stelle. Carmen pensava al potere del silenzio, che crea un legame più forte di migliaia e migliaia di parole.

Quella notte l'umore Da Gilda fu insieme dolce e cupo. Si tennero per mano e improvvisarono un momento di raccoglimento per ricordare i loro morti: Marly, Bailey, Bapi. Tibby aggiunse il papà di Brian e Lena Kostos. Era in lutto per lui. Bee volle ricordare suo nonno. Tibby pensò a Mimì, anche se non lo disse a voce alta.

Dopo i morti, onorarono l'amore. Stapparono una bottiglia di champagne che Tibby aveva rubato dalla riserva dei suoi genitori in cantina. Carmen volle bere all'amore romantico che diventa subito difficile. Lena volle includere Brian, ma Tibby rifiutò. Carmen volle includere Paul, ma Lena rifiutò. Quindi lo estesero all'amore in generale e il numero crebbe: Greta, Brian, Paul, Valia, Effie, Krista, Billy. Carmen si sentì virtuosa aggiungendo David alla lista.

Poi vollero brindare anche alle loro madri. Gli occhi di Bee si riempirono di lacrime durante il brindisi. Chiese se Marly poteva stare in due categorie, e furono tutte d'accordo. Poi chiese se Greta poteva stare in due categorie, e furono di nuovo tutte d'accordo.

Per quell'ultima parte, Tibby portò una sorpresa. Scartò con cautela la fotografia che Ari aveva mandato a sua madre e la posò sui Pantaloni Viaggianti, in mezzo al cerchio. Si chinarono tutte e socchiusero gli occhi per guardare bene.

Quattro giovani donne sedevano su un muretto di mattoni. Tenevano le braccia intrecciate. Avevano le caviglie sovrapposte, come se stessero per esplodere in uno sfrenato can can. Ridevano. Una di loro aveva bellissimi capelli biondi. Una aveva capelli neri ondulati e occhi scuri: era quella che aveva il sorriso più aperto.

Una aveva le lentiggini e i capelli scomposti. La quarta aveva capelli neri diritti e i tratti del viso regolari. Era un'immagine dell'amicizia, ma non era la Vera Amicizia. Erano le loro madri, molto tempo prima. Tibby notò con gioia che tutte e quattro indossavano i jeans.

RINGRAZIAMENTI

Vorrei esprimere la mia infinita gratitudine a Jodi Anderson. La mia riconoscenza, ammirazione e i miei più sentiti ringraziamenti vanno anche a Wendy Loggia, Beverly Horowitz, Channing Saltonstall, Leslie Morgenstein, e Jennifer Rudolph Walsh.

Ringrazio con amore e gratitudine mio marito, Jacob Collins, e le tre grandi gioie della mia vita, Sam, Nathaniel e Susannah. Ringrazio mio padre, William Brashares, mio modello. Grazie ai cari Linda e Arthur Collins, che ci hanno accolti quest'anno e mi hanno anche dato un posto dove scrivere questo libro. Grazie ai miei fratelli, Beau, Justin e Ben Brashares, per avermi dato la migliore opinione possibile dei maschi.

Quattro amiche e un paio di jeans
Il tempo delle scelte

Traduzione di Bérénice Capatti

A Jacob,
mio prezioso ragazzo.

IN ESTATE LA CANZONE
SI CANTA DA SÉ.

– WILLIAM CARLOS WILLIAMS

PROLOGO

Se stai leggendo, forse ci conosci già. O almeno conosci i Pantaloni. In tal caso, puoi saltare qualche pagina. Altrimenti rimani qui con me per qualche minuto. Cercherò di fare in modo che la cosa sia indolore.

Forse dirai che non vuoi leggere un libro che parla di pantaloni, e posso anche capirti. Ma credimi, questi sono Pantaloni epici. Questi Pantaloni hanno il potere sbalorditivo di trasformare quattro normali adolescenti in bellezze mozzafiato che vivono vite piene di avventure incredibili, oltre al fatto che riescono ad avere
sempre ai loro piedi ragazzi deliziosi.

D'accordo, sto esagerando, in realtà non hanno questo effetto. Però ci tengono insieme quando siamo divise. Ci fanno sentire sicure e amate. Ci guidano in posti nei quali altrimenti non oseremmo avventurarci. Ci aiutano a distinguere i ragazzi che valgono da quelli che non valgono. Ci rendono persone migliori e amiche migliori. Tutto questo è vero, lo giuro.

E sono belli, per di più.

Chi siamo noi? Noi siamo noi. Siamo sempre state noi. A volte siamo "ci" (da un punto di vista grammaticale questo è un fatto.) Tutto grazie alla palestra Da Gilda di Bathesda, Maryland, che organizzò un corso di aerobica preparto circa diciotto anni fa. La mia mamma, la mamma di Carmen, la mamma di Lena e la mamma di Bee saltarono e sudarono per una lunga estate da incinte e ognuna diede alla luce una bambina (più un bambino, nel caso di Bee) in settembre. Per quanto ne so, durante i primi anni le nostre madri ci hanno cresciute più come una sola nidiata di cuccioli che come veri e propri bambini. È stato solo in seguito che hanno cominciato a separarsi.

Come posso descrivere noi quattro? Userò le auto come metafora.

Carmen sarebbe un macchinone rosso ciliegia che consuma moltissimo, con un motore V8 e quattro ruote motrici. Può fare una gran confusione, combinare un mucchio di guai, ma è molto divertente, tiene bene la strada e ha una ripresa pazzesca.

Lena consumerebbe poco. Come una di quelle auto ibride. Sarebbe gradita all'ambiente e naturalmente alla vista. Avrebbe un GPS all'avanguardia, che però ogni tanto sbaglierebbe. Avrebbe gli airbag.

Bee non avrebbe airbag. Potrebbe non avere gli ammortizzatori. Potrebbe perfino non avere i freni. Farebbe un milione di miglia all'ora. Sarebbe una Ferrari blu oceano senza freni.

E io, Tibby, sarei una... bicicletta. No, sto scherzando. (Sono abbastanza grande per guidare, accidenti!) Hmmm. Che cosa sarei? Sarei un robusto Plymouth Duster verde scuro, con un cambio capriccioso. Okay, forse è solo quello che mi piacerebbe essere. Ma sono io che scrivo, quindi ho la facoltà di decidere.

I Pantaloni ci sono arrivati proprio nel momento giusto. Vale a dire quando ci stavamo separando per la prima volta. È stato due estati fa che hanno fatto la loro magia per la prima volta, e l'estate scorsa hanno sconvolto di nuovo le nostre vite. Vedi, non indossiamo i Pantaloni sempre. Li lasciamo riposare durante l'anno, in modo che siano strapotenti quando arriva l'estate. (C'è stato un momento quest'inverno in cui Carmen se li è messi per il matrimonio di sua madre, ma era un caso speciale.)

Ci sembrava una faccenda di grande importanza, la nostra prima estate da separate. Ora affrontiamo la nostra ultima estate insieme. Domani finiamo la scuola superiore, in settembre andremo al college. E questo non è uno di quegli show televisivi nei quali ci si ritrova per magia tutte nello stesso college. Andremo in quattro istituti diversi in tre diverse città (ma tutte a meno di quattrre in bluo ore l'una dall'altra: questa è stata la nostra unica regola).

Bee è la più discontinua di noi quattro nello studio eppure è stata ammessa in tutte le università in cui ha fatto domanda. (Si può dire in quelle con la migliore selezione sportiva?) Ha scelto la Brown. Lena, contro il parere dei suoi genitori, ha deciso di frequentare il corso d'arte alla Rhode Island School of Design,

Carmen andrà al Williams College come ha sempre sognato, e io comincerò la scuola di cinema alla New York University.

Come cambiamento è davvero grosso. Se sei come mio padre, dirai: "Ehi, vi vedrete il Giorno del Ringraziamento". Ma se sei come me, ti renderai conto che la vita come l'abbiamo conosciuta finora è finita. La nostra infanzia insieme sta finendo. Forse non vivremo mai più a casa. Forse non vivremo più tutte nello stesso posto. Ci stiamo preparando a cominciare la nostra vera vita. È stupefacente, ma è anche il pensiero più spaventoso del mondo.

Domani sera Da Gilda inaugureremo il terzo viaggio estivo dei Pantaloni. Domani comincia il tempo della nostra vita. È il momento in cui avremo più bisogno dei Pantaloni.

DOPO, PER IL TUO PIACERE,
L'UNIVERSO ESPLODERÀ.

– DOUGLAS ADAMS

«Okay, Bee con Greta e Valia e Lena» ordinò Carmen, guidando con la mano una nonna vagante. Bee e Lena intrecciarono le gambe, cercando di rovesciarsi a vicenda, mentre Carmen scattava la foto con la sua macchina fotografica digitale.

«Bene, uhm. Effie e… uhm, Perry. E Katherine e Nicky. Con Tibby e Lena e Bee.»

Lena scoccò un'occhiata a Carmen. Odiava le fotografie. «Ti pagano o cosa?» chiese, irritata.

Carmen si scostò i capelli dal collo sudato. La toga nera lucida non lasciava passare nemmeno un filo d'aria. Si tolse il tocco (chi aveva inventato quel nome?) e se lo infilò sotto il braccio. «Stringetevi, d'accordo? Non riesco a prendere Perry.» Katherine, la sorella di tre anni di Tibby, frignò, arrabbiata, quando suo fratello maggiore Nicky le pestò il piede.

Non era colpa di Carmen se le sue amiche avevano famiglie numerose. Ma santo cielo, era il giorno della consegna dei diplomi. Era un gran giorno. Non voleva tralasciare nessuno. Lei non aveva fratelli né sorelle ufficiali. Quindi doveva approfittare il più possibile di quelli ufficiosi.

«Non c'è ombra» notò Valia, la nonna di Lena, con tono aspro.

Erano in un campo da football. Carmen immaginò per un attimo l'impiccio di un olmo o una quercia piantati sulla linea delle cinquanta iarde. A quel pensiero si voltò verso il gruppo gracchiante di giocatori di football che si diplomavano, con le loro famiglie e gli ammiratori. Formavano uno dei capannelli sparsi sul campo rovente: un'ultima sfida all'ordine sociale.

La nonna di Carmen (*Seniora*, come la chiamava Tibby) scoccava dure occhiate ad Albert, il padre di Carmen, come per incolparlo del caldo spietato. Carmen riusciva a leggere nel pensiero della nonna: se Albert era stato capace di lasciare Christina, la madre di Carmen, chissà cos'altro poteva combinare, quell'uomo!

«Ora la foto di gruppo. Tutti, d'accordo?» Era stata una lunga mattinata. Carmen sapeva che li stava sfinendo. Ormai anche lei era irritata. Ma chi altro pensava ai posteri? Eh? «L'ultima, lo giuro.»

Sistemò in fondo i papà e i ragazzi ormai cresciuti. Perfino il papà di Lena, non perché fosse alto (Bee lo superava di almeno otto centimetri) ma perché Carmen era una persona premurosa, quando si applicava.

Le nonne e le mamme si disposero nella fila davanti. Valia, la nonna di Carmen, l'anziana bisnonna di Tibby, Felicia, che non sapeva dove si trovava, Greta, nervosa, che si rassettava la permanente. Poi c'era Ari nel suo elegante tailleur beige, Christina che continuava a voltarsi per guardare il suo nuovo marito David, la mamma di Tibby con il rossetto. E c'era la madre di Albert, Lydia, con l'aria entusiasta ma anche attenta a non occupare nemmeno un centimetro di spazio di troppo.

Infine Carmen sistemò i fratelli che rimanevano. Effie fece una faccia orrenda per il fatto di dover stare inginocchiata allo stesso livello di Nicky e Katherine. Tibby persuase Brian ad abbandonare la sua posizione laterale e lo sistemò nell'ultima fila.

E ora veniva il turno delle settembrine. Sedute davanti, si strinsero in una massa bollente di poliestere nero, lasciando uno spazio nel mezzo per Carmen. «Okay! Fantastico!» gridò Carmen a tutti per incoraggiarli. «Aspettate solo un attimo.»

Carmen quasi trascinò Ms. Collings giù dal palco. Ms. Collings era l'insegnante che l'aveva spedita fuori dalla classe più volte, ma era anche l'insegnante che l'amava di più.

«Siamo tutti pronti» disse Carmen. «Così.» Mostrò a Ms. Collings l'inquadratura che voleva. Per un attimo Carmen guardò nel mirino. Li vide tutti racchiusi nella piccola cornice: le sue care amiche, la sua mamma, la matrigna, il patrigno, il suo vero padre, la nonna. Le mamme delle sue amiche, i papà, le famiglie a cui si sentiva vicina come se fossero la sua. Era quella la sua vita, tutta lì. La sua tribù. Ciò che contava.

E quel momento era in un certo senso rappresentativo. Tutti

che festeggiavano un giorno e un risultato che apparteneva a loro quattro in ugual misura. Era il culmine di una vita condivisa.

Carmen si precipitò nel mucchio delle amiche. Gridò per pura emozione, il che indusse tutte a gridare. Si sentì tremare mentre ogni membro del gruppo pareva affondare nell'insieme: braccia strette intorno a spalle e fianchi, guance schiacciate le une contro le altre, corrugate e lisce. Poi Carmen scoppiò a piangere, pur sapendo che nella foto i suoi occhi sarebbero apparsi gonfi.

Tibby non poteva che essere di malumore. Tutto quello che vedeva era in via di cambiamento. Ciò di cui tutti parlavano era il cambiamento. Non le andava che Bee si mettesse i tacchi per il secondo giorno di fila. Era infastidita dal fatto che Lena si fosse fatta spuntare i capelli di otto centimetri. Non potevano lasciar stare le cose com'erano, almeno per qualche minuto, tutti quanti?

Lei aveva bisogno di tempo per adattarsi. Alla scuola materna, le maestre avevano detto che aveva problemi con le transizioni. Tibby preferiva guardare indietro per cercare le informazioni, anziché avanti. Per quel che la riguardava, avrebbe portato la sua pagella dell'asilo a un indovino, un giorno o l'altro. Era la forma più economica e migliore di autoanalisi che ci fosse.

Tibby vedeva anche la palestra Gilda nello stesso modo. Stava cambiando. Mostrava il segno degli anni. Il pavimento di legno un tempo lucido era ammaccato e opaco. Uno dei pannelli dello specchio era incrinato. I tappetini parevano vecchi quanto Tibby, ed erano stati lavati molto meno. Gilda cercava di stare al passo con i tempi, proponendo kickboxing e yoga, stando a quanto era scritto sull'ampia lavagna, ma non pareva che ciò fosse di grande aiuto. E se fosse fallita? Che pensiero orrendo. Forse avrebbe dovuto iscriversi ai corsi. Ma sarebbe stato strano, no?

«Tibby, pronta?» Lena la guardava con aria preoccupata.

«E se Gilda chiudesse?» Tibby aprì la bocca, e questo fu ciò che ne uscì.

Tutte si voltarono verso di lei. Carmen che teneva i Pantaloni Viaggianti, Lena che accendeva le candele, Bee che armeggiava con i regolatori di luminosità.

«Guardate questo posto.» Tibby fece un gesto nell'aria. «Voglio dire, chi ci viene qui?»

Lena era perplessa.

«Non lo so. Qualcuno. Donne. Gente che fa yoga.»

«Gente che fa yoga?» chiese Carmen.

«Non lo so» disse ancora Lena, ridendo.

Tra le quattro ragazze, Tibby era di certo quella che di solito riusciva meglio a tenere a bada le emozioni. I pensieri irrazionali su Gilda la fecero sentire disperata, come se la sua fine potesse inghiottire la loro intera esistenza; come se un cambiamento presente potesse spazzare via il passato. Sentiva che il passato era fragile, ma era già fissato, giusto? Non poteva più essere cambiato. Come mai sentiva un gran bisogno di proteggerlo?

«Credo che sia l'ora dei Pantaloni» disse Carmen. Gli spuntini erano pronti. Le candele erano accese. La favolosa musica da discoteca si diffondeva.

Tibby non era certa di volere che fosse già il momento dei Pantaloni. Faceva parecchia fatica a controllarsi. Aveva paura che loro si rendessero conto di tutto ciò che significava per lei.

Troppo tardi. Dalle braccia di Carmen uscì l'elemento-chiave del loro rituale. Mentre i Pantaloni, liberandosi dalla compressione invernale, si dispiegavano piano, parevano acquisire forza

nell'aria speciale di Gilda. Carmen li stese a terra e sopra di loro pose il manifesto scritto una sera di due anni prima, che descriveva le regole per indossarli. Le amiche formarono un cerchio in silenzio, studiando le scritte e i ricami che raccontavano le loro vite estive.

«Questa sera diciamo addio alla scuola, e arrivederci a Bee per un po'» disse Carmen in tono solenne. «Diciamo buongiorno all'estate, e buongiorno ai Pantaloni Viaggianti.»

La sua voce si fece meno cerimoniosa.

«Questa sera non ci preoccupiamo dei saluti. Ci riserviamo di farlo al mare, alla fine dell'estate. È questo il patto, no?»

Tibby avrebbe voluto baciare Carmen. Per quanto coraggiosa, perfino Carmen era intimidita da ciò che implicava il fatto di guardare avanti. «Questo è il patto» ribadì Tibby con forza.

L'ultimo fine settimana dell'estate era ormai diventato sacro nelle loro menti. Sacro e temuto. I Morgan possedevano una casa sulla spiaggia a Rehoboth. L'avevano proposta a Carmen per quell'ultimo fine settimana, in parte, sospettava, perché avevano assunto una babysitter danese e si sentivano in colpa di non aver preso lei quell'estate come avevano fatto l'anno prima.

In primavera si erano promesse che quello sarebbe stato il loro fine settimana. Loro quattro e nessun altro. Tutte ci contavano. Il futuro si avvicinava in fretta, ma qualunque cosa fosse successa durante l'estate, quel fine settimana stava tra loro e il grande ignoto.

Vedevano tutte il college in modo diverso, Tibby lo sapeva. Ognuna aveva da perdere cose diverse. Bee, nella sua casa solitaria, non aveva nulla. Carmen sì; aveva paura di dire addio a sua madre. Tibby temeva di lasciare il suo caos familiare. Lena saltellava di qua e di là: un giorno aveva paura di spezzare i legami, quello dopo moriva dalla voglia di andarsene.

La cosa che temevano tutte profondamente e nella stessa misura era di dirsi addio.

Dopo aver tirato a sorte i Pantaloni (vinse Tibby), ripassato le regole (inutile, ma faceva parte della tradizione), e dopo una breve pausa per masticare qualche vermicello di gomma alla frutta, giunse infine il momento del giuramento. Come l'estate prima, dissero insieme:

«Per onorare i Pantaloni e la Vera Amicizia
e in questo momento e in questa estate
e per il resto della vita
insieme e separate.»

Solo che questa volta Tibby sentì le lacrime che scorrevano quando dissero "per il resto della vita". Perché in passato era sempre parsa una strada lontana, mentre quella sera, lo sapeva col cuore, la stavano già percorrendo.

QUALCUNO
MI HA GIÀ SPEZZATO
IL CUORE.

– SADE

Quella notte Tibby fece un sogno sulla tassidermia. Nel sogno, la sua pazza bisnonna Felicia aveva fatto imbottire i Pantaloni Viaggianti come regalo di diploma. "Era proprio quello che volevi!" le gridava Felicia.

Il lavoro d'imbottitura era fatto davvero in modo professionale. I Pantaloni erano montati su un piedistallo di marmo lucido e con infilate dentro due gambe finte per dare l'impressione che stessero facendo un passo con disinvoltura. Per quanto sembrassero animati, si era costretti a notare che non c'erano corpo né testa, e nemmeno piedi. Erano uniti alla base di marmo da un tubo di ottone che sbucava da una gamba dei pantaloni.

"Ma non possono andare da nessuna parte" osservava Tibby timidamente.

"È questo il punto!" tuonava Felicia. "È proprio ciò che volevi!"

"Io?" chiedeva Tibby, confusa e con grandi sensi di colpa per aver forse avuto quel desiderio. Si chiedeva se fossero troppo pesanti per essere trasportati nelle camere da letto delle diverse università.

Ora non dovremo più preoccuparci di lavarli, si consolava nella realtà del sogno.

Quando si svegliò, Katherine le era accanto. La testa della sorella incombeva due centimetri sopra di lei, che era sdraiata. «Visita di Brian.» Katherine adorava provare le parole. Era soddisfatta di aver detto *visita di* anziché *c'è*.

Tibby si alzò a sedere, barcollando. «Che ore sono?»

Katherine andò davanti alla radiosveglia di Tibby e la studiò, speranzosa.

«Oddio, sono quasi le undici» si rispose Tibby.

Stava per avviarsi subito giù dalle scale, ma decise di lavarsi i denti, prima. Quando arrivò in cucina, Brian era accanto al tavolo e disponeva le tessere del domino con Nicky.

«Cerchiamo di metterne in piedi qualcuna» consigliava Brian con pazienza, sistemandole in una fila sinuosa.

Nicky voleva solo buttarle giù.

«Ehi» disse Tibby.

«Ehi.»

«Hai fatto colazione?» chiese lei.

«Uh-huh. Sì.» Si capiva che era un po' nervoso per qualche ragione, dal modo in cui teneva le spalle alzate verso le orecchie.

«Che succede?» gli chiese. Andò ad aprire il frigorifero per ispezionarlo.

«Solo, ehm... Posso parlarti un minuto?»

Lei richiuse il frigorifero e si raddrizzò. Lo guardò. «Certo.»

«Lì... dentro?» Brian fece un gesto verso il salotto.

Le sopracciglia di Tibby quasi si toccarono al di sopra del naso. «Lì dentro?»

Nessuno faceva mai nulla nel salotto, in casa sua. Loretta ci si avventurava una sola volta la settimana per togliere le ragnatele. E solo una volta ogni tanto i suoi genitori organizzavano una festa e si comportavano come se si riposassero tutto il tempo su quei divani perfetti.

Lo seguì, disorientata. Si sistemarono sul divano, come invitati a un cocktail party.

«E... allora?» chiese lei, con un accenno di ansia nel petto. Aveva un che di buffo il modo in cui se ne stavano seduti vicini, guardando entrambi davanti a sé.

Lui si strofinò le palme delle mani sui jeans.

Tibby accavallò le gambe sul divano in modo da potersi voltare verso di lui. «Tutto a posto?»

«Volevo chiederti una cosa.»

«Va bene. Chiedi.»

«Sai la cosa di stasera?»

«Uh... vuoi dire la festa dei senior?»

«Ci verresti con me?»

Le sopracciglia di Tibby si strinsero ancora di più. «Ci andiamo tutte. No? Lena... Bee...»

Lui agitò una mano per indicare che lo sapeva bene. «Ma verresti con me?»

Lei era confusa. «Vuoi dire come se fosse un appuntamento?» Lo disse in un soffio, sembrava così ridicolo.

«Sì, una specie.»

All'improvviso le parve meschino sbuffare o ridere all'assurdità di quell'idea. Piegò il capo. Lui dimostrò molto coraggio nel continuare a guardarla negli occhi come fece.

Lei si strinse le mani. Le venne in mente che indossava una canotta e i pantaloni del pigiama. Tibby passava un'insolita quantità di tempo con il pigiama addosso, quindi non poteva dire che Brian non l'avesse già vista così centinaia di volte. Ma lì, in quel salotto così scenografico, alla luce di quella curiosa domanda, il pigiama non faceva che accentuare la stranezza della situazione.

«Una specie di appuntamento?» chiese piano.

«Una specie.»

Lei non avrebbe urtato i suoi sentimenti. Non l'avrebbe fatto. Non importava quale risultato portasse. Annuì.

«Okay.»

Si sentì in imbarazzo, seduta sul divano con Brian. Quando lui si chinò verso di lei, non aveva la minima idea di che cosa sarebbe successo. Il corpo di lui si mosse con un movimento lento, e le parve di osservare se stessa e Brian da un punto distante della stanza. Lui aveva un nuovo tipo di sicurezza, di disinvoltura. Lei era allo stesso tempo terrorizzata e misteriosamente calma.

Quindi rimase ferma, guardandolo negli occhi mentre le si avvicinava al viso. Non la baciò né niente. Ma ciò che fece fu comunque molto intimo. Le prime tre dita della sua mano destra sfiorarono il viso caldo di lei e lisciarono la ruga di costernazione che aveva sulla fronte.

«Okay» disse lui.

All'inizio della primavera, un giorno in cui Lena era stata a casa da scuola ammalata, aveva visto in un talk-show una giovane donna che aveva scritto un libro sul fatto di essere stata adottata. Quella donna non aveva mai conosciuto la madre naturale, eppure passava tutta la sua vita a desiderare e sperare che lei la trovasse. Aveva parlato di quanto fosse stata restia a traslocare dalla prima casa dei suoi genitori adottivi. Non le piaceva fare lunghi viaggi. Lasciava sempre chiare istruzioni per far recapitare la posta al suo nuovo domicilio quando traslocava. Faceva in modo che il telefono fosse messo a suo nome. Lasciava la sua piccola scia di briciole di pane. Voleva essere sicura di essere rintracciabile.

Da allora, Lena aveva pensato tante volte a quella donna senza sapere bene perché. Ma non si soffermava a cercare di capire. Le menti funzionano in modo strano. Per esempio, Lena pensava sempre ai cracker Ritz quando si depilava le gambe con il rasoio. Chi poteva sapere perché? E in fin dei conti, era importante?

Ma ora, stesa sul suo letto, mentre riempiva i formulari per la scuola in cui sarebbe andata a settembre, Lena ripensò alla donna del talk-show. Compilò un questionario per la condivisione della stanza e continuò a vedere a tratti gli occhi grigi e tristi della donna. Compilò il foglio di preferenze per la sistemazione notturna e vide il labbro inferiore della donna contrarsi.

E quando Lena si sdraiò supina e si coprì il viso con le mani, finalmente capì. Quella donna le ricordava se stessa.

Senza nemmeno rendersene conto, Lena si era opposta al pensiero di andar via quell'estate. Anche l'idea di una sola settimana lontana da casa le provocava un leggero malessere. Il pensiero di spostarsi in un'altra città a settembre, per quanto eccitante, era anche una fonte di sofferenza.

Lena voleva andar via da casa. Prima di tutto perché si sentiva pronta. Poi perché da quando suo padre aveva costretto Valia, la madre vedova, a lasciare la sua bella isola greca e a trasferirsi in una zona suburbana del Maryland, la casa dei Kaligaris si era riempita di tensione.

Lena non vedeva l'ora di andare alla Rhode Island School of Design. Voleva essere un'artista, ne era quasi sicura. Il corso estivo di arte era la sua unica felicità, a parte le amiche.

Eppure. Eppure Lena non voleva andarci. E la ragione era che non voleva lasciare il posto in cui Kostos avrebbe potuto trovarla. E a un livello più profondo, non voleva porre altra distanza – nel tempo e nello spazio – tra l'oggi e il momento in cui lui l'aveva amata. Non voleva diventare una ragazza diversa da quella che lui aveva amato.

Il telefono squillò e Lena lo afferrò prima che Valia riuscisse a prenderlo e strillare contro l'innocente che chiamava.

«Pronto.»

«Sì, sono io.»

«Carma. Ciao. Cosa fai?»

«Mi sto vestendo. Ho di nuovo sbagliato a fare la ceretta. Tu cosa ti metti?»

Lena scoccò un'occhiata alla sveglia. Avrebbe dovuto incontrare le altre alla festa dei senior mezz'ora dopo. Si sarebbe portata Effie, come accompagnatrice, perché non aveva un accompagnatore e perché Effie andava dietro a qualche ragazzo dell'ultimo anno.

Poi rivolse uno sguardo al suo armadio aperto. Non era per nulla entusiasta di doversi vestire. Il suo guardaroba si divideva in due categorie: gli abiti che aveva portato con Kostos – pieni di ricordi – e quelli che non aveva portato con lui – vuoti. Non voleva né gli uni né gli altri.

«Non lo so. Non ho ancora scelto.»

«Lenny, è una grande serata» la spronò Carmen. «Vestiti. Mettiti qualcosa di splendido. Vuoi che venga lì?»

«No. Va tutto bene.» Non aveva voglia che rovistasse nel suo armadio.

«Non ti mettere quella gonna verde militare» la avvertì Carmen.

«Non la metto» disse Lena sulla difensiva, anche se era proprio quello che aveva programmato di indossare.

Purtroppo il guardaroba di Lena rappresentava la sua vita. Era binario, come un computer con il suo universo fatto di zero e uno. Lena aveva due modi di vestire: 1. Pensando a Kostos. 2. Cercando di non pensare a Kostos.

Si sentì profondamente solidale con la donna adottata del talk-show. Anche lei era stata abbandonata dalla persona che credeva l'amasse di più. E senza accorgersene né volerlo, nutriva la speranza inestinguibile che prima o poi lui sarebbe venuto a cercarla.

DOVE C'È GRANDE
AMORE,
CI SONO SEMPRE
DESIDERI.

– WILLA CATHER

«Brian! C'è Brian!» Katherine spalancò la porta d'ingresso e gridò la notizia perché salisse fino in cima alla casa.

Era chiaro che Brian moriva dalla voglia di un vero appuntamento. Porse dei fiori a Tibby e una scatola di cioccolatini ad Alice per la famiglia. Era come se avesse letto un manuale su come ci si comporta a un appuntamento. Eppure non sembrò colpito dal fatto che la ragazza con cui usciva indossasse i jeans mentre lui era in giacca e cravatta.

«Sei bellissima» disse, osservandola con attenzione, dai Pantaloni Viaggianti al leggero top violetto che le valorizzava il seno ed esaltava al massimo il fermaglio antico di strass nei capelli e la sfumatura di polvere d'antimonio sulle palpebre. Ce l'aveva messa tutta per sembrare carina.

Una cosa buona di Brian era che capiva i Pantaloni. Proprio come Bailey, due estati prima, che li aveva capiti in modo implicito. I Pantaloni, in un certo senso, erano come l'ultima prova del nove, ciò che distingueva chi era degno di considerazione da chi non lo era. E a prescindere dal suo aspetto, Brian era il ragazzo più degno di considerazione tra tutti quelli che Tibby aveva conosciuto.

Poche persone nel corso della storia si erano trasformate, anche solo fisicamente, quanto Brian dal pomeriggio di due anni prima, quando Tibby e Bailey lo avevano filmato per la prima volta al 7-Eleven.

Era incredibile. Un perfetto sfigato con un cuore d'oro, di cui ti mostri amica perché gli vuoi bene, cresce fino a diventare un metro e ottantotto, rivede il suo concetto di igiene dentale, rompe senza volerlo i suoi orrendi occhiali e si trasforma davanti ai tuoi occhi in un potenziale rubacuori. Era come comprare sottocosto un pacchetto di azioni a un dollaro e vederle lievitare fino a cento. Tibby osservava ancora stupefatta le ragazze che sussurravano e flirtavano intorno a Brian, ormai.

Ma d'altra parte, quello le pareva l'ennesimo esempio della curiosa ironia della sorte. L'unico ragazzo con cui si sentiva al sicuro era diventato grandioso. Non si imponeva di proposito, lei lo sapeva. Non la desiderava per essere crudele con lei. Non piantava quei sentimenti nel suo cuore per rattristarla. Ma il desiderio era lì, quello di lui e quello di lei; quindi la loro non era più una relazione sicura.

«Brian, Brian, Brian!» Katherine e Nicky stavano ballando intorno a lui. Brian si era guadagnato il loro affetto con fatica, non come lei per il solo fatto di essere la loro stizzosa sorella maggiore, ma facendo ogni noioso e infinito gioco che veniva loro in mente e ascoltando con attenzione ogni sciocchezza che dicevano. Erano molto più affettuosi della ragazza con cui stava per uscire, a pensarci bene.

L'innocenza di Brian gli dava uno strano tipo di sicurezza. Era

difficile da spiegare. Non gli importava di aver camminato fino a casa di lei perché non aveva l'auto. Non si vergognava del fatto che l'auto con cui sarebbero usciti era quella di lei. Una volta fuori, le aprì la portiera con galanteria. Dal lato del guidatore. A lui non importava, quindi non era un problema.

Stavano crescendo. Era un fatto che lei doveva affrontare. Lui era cresciuto, da ragazzino era diventato quasi un uomo. Aveva diciotto anni. Voleva Tibby in maniera diversa da prima. La guardava in un altro modo. Non era invadente né volgare, ma lo sguardo di lui indugiava sul suo seno. Quando posava una mano su di lei, Tibby capiva che percepiva la curva dei suoi fianchi. E quando la guardava così, anche lei si sentiva diversa. Era naturale, no?

Nel parcheggio della scuola le prese la mano. Quella di Tibby era umidiccia. Ma che fine faceva l'amicizia? E la disinvoltura tra loro? Dove li avrebbe portati tutto questo? E se si abbandonavano, avrebbero mai potuto tornare indietro? Era la grande questione di quell'estate. In tutto quello che stava accadendo, si chiedeva lei, ci sarebbe stato un ritorno?

L'auditorium era buio e la musica del DJ era alta e stridula come in ogni evento sociale della scuola, ma quella per loro era l'ultima volta, e perciò Tibby non riusciva a odiarla davvero.

Brian le teneva la mano, stretta. Stava annunciando il loro status di coppia. Per ironia della sorte, dava lustro a lei più che a se stesso. Quella primavera la popolarità di Brian aveva di certo superato la sua. Non che lui ci facesse caso o che gli importasse. Nonostante le sue belle amiche, Tibby veniva associata più al genere dell'artista ribelle. Bee era un'atleta affascinante. Carmen era diventata una bellezza, oggetto di un mucchio di fantasie degli studenti al primo anno di università, benché non avesse mai cercato di accattivarsi i favori dei più popolari. Lena volava al di sotto del radar sociale. E Brian, curiosamente, era diventato un beniamino del vortice sociale – anche lì c'era bisogno di sangue fresco ogni tanto – e riceveva inviti che nessuna di loro otteneva. Tibby era una di quelle persone che sedeva ai margini nei suoi vestiti scuri, e scambiava osservazioni ciniche con altri che si proclamavano disadattati ed erano troppo guardinghi per buttarsi nella mischia.

Di tutti i ragazzi della scuola, solo Brian sembrava accorgersi di quanto fossero cresciuti i capelli di Tibby, di come apparissero delicate le sue spalle nel top attillato, del fatto che i Pantaloni dessero particolare grazia al suo piccolo sedere. Le piaceva che qualcuno notasse quei dettagli. E allo stesso tempo non le piaceva.

Bee e Carmen li trovarono subito. Lena ed Effie non erano ancora arrivate. Effie era di una lentezza e di una minuzia terribili nel vestirsi, quando usciva. Bee indossava un prendisole bianco e aveva i capelli più chiari dei riflessi del tè. Sembrava una Marilyn Monroe in eccellente forma fisica. Carmen indossava un vestito rosso simile a una sottoveste, dietro al quale i ragazzi cominciavano già ad accodarsi. Per quanto splendide fossero nei loro abiti vistosi, Tibby era grata di aver avuto in sorte i Pantaloni.

Bridget e Carmen la spinsero come al solito verso il bagno. L'ampio bagno delle ragazze era sempre il posto più vivace durante le feste della scuola. «Avete tutte e due un aspetto incredibile» disse Tibby lungo la strada.

«Tu, Tibby, sei molto sensuale» replicò Carmen. «Sembrava che a Brian si spezzasse il cuore quando ti abbiamo portata via.»

Un esercito di ragazze agghindate si ritoccava il trucco, fumava, e spettegolava davanti agli specchi.

Bee tirò fuori il lucidalabbra, se lo mise e lo passò in giro.

«Ehi, Bee» disse Carmen.

«Sì?»

«Se per caso incontri un ragazzo di cui ti innamori, ma per qualche strana mutazione genetica non sembra ricambiare i tuoi sentimenti...»

Bee seguiva sempre con pazienza le ipotesi negative di Carmen. «Sì?»

«Mettiti questo vestito.»

Bee rise. «Okay.»

Lena arrivò qualche minuto dopo: come al solito, si era messa la gonna verde con le tasche laterali e una camicia nera.

«Lenny, ti dovevi proprio fare la coda?» chiese Carmen fingendosi irritata.

«Che cosa vuoi dire?» chiese.

«Dai, è la nostra ultima festa della scuola» disse Bee.

Insieme la trascinarono nell'atrio, le misero un po' di lucidalabbra e di mascara e la convinsero a sfilarsi l'elastico dai capelli.

Guardando i loro visi allo specchio, a Tibby venne da piangere. Quello era il posto in cui avevano vissuto la maggior parte degli eventi scolastici in quei quattro anni. Si erano divertite di più lì, insieme, che in qualunque altro posto. Quella, in un certo senso, era la loro vera esperienza della scuola superiore.

Carmen intercettò il suo sguardo. «È triste, lo so.»

«Torniamo fuori» disse Tibby. Non voleva sentire quelle cose in quel momento.

Di ritorno nell'auditorium, si separarono. Brian aspettava, trepido. «Vuoi ballare?» chiese a Tibby.

Poteva forse dire di no? Era permesso a una ragazza dire di no a un ballo durante un appuntamento? Mentre lui le prendeva la mano e la guidava verso la pista, la canzone veloce lasciò il posto a un lento. Era meglio o peggio? Non lo sapeva.

Ci avrebbe messo un'ora a stabilire come allacciare le braccia intorno a Brian, ma lo fece lui, con decisione. Si avvicinò e la strinse.

Ecco. Era un inizio. Per sua stessa ammissione, aveva pensato molto al corpo di Brian e a come l'avrebbe percepito. L'amicizia parve stemperarsi mentre accadeva quella nuova cosa.

Era tanto più alto, ora: la testa di lei raggiungeva a stento il suo petto. Teneva le mani sulla vita di lei, i fianchi, la schiena, toccando piano i posti che aveva guardato per così tanto tempo. Lei sentì una leggerezza nel basso addome, un tremore nelle gambe.

Stava andando tutto troppo in fretta, le sfuggiva di mano. Non poteva.

Le si arrossarono le guance quando si ritrasse.

«Possiamo andare?» chiese.

«Dove?» domandò lui.

«Non sono sicura.» Prese la mano di Brian e lo guidò fuori dall'auditorium, verso il parcheggio.

All'improvviso ebbe un'idea. Avrebbero ricominciato da zero.

Lui la seguì in macchina senza protestare. Lei guidò in silenzio fino all'origine, il 7-Eleven in River Road.

Lui capì che cosa stava facendo. Sorrise e scrollò le spalle sotto le luci intermittenti della sala giochi. Andò verso *Dragon Master*, compiacente, e si frugò nelle tasche in cerca di spiccioli. Mentre lei lo osservava, sentì che avrebbe giocato il loro vecchio gioco per farle piacere, ma la sua vita era fuori dallo schermo, ormai.

«Non importa» disse Tibby. Era volubile. Si sentiva le gambe nervose. Una goccia di sudore le scivolò lungo la spina dorsale. Non riusciva a trovare un posto in cui fermarsi. Era in fuga.

Tornarono in macchina. Guidò fino a un piccolo parco, che aveva la stessa distanza dalle loro case. Era un altro dei loro posti.

Uscirono dall'auto e si sedettero sul tavolo da picnic. Era tranquillo e silenzioso. Doveva solo restare ferma e lasciarsi trasportare. Lo sapeva.

Saltò giù dal tavolo e si fermò in piedi davanti a Brian. In quel modo, lei in piedi e lui seduto, i loro volti erano alla stessa altezza. Mise le sue mani sudate sulle ginocchia di lui. Lui le si avvicinò veloce, finché non fu sull'orlo del tavolo e la attirò a sé. La tenne così per molto tempo, e lei ebbe un tuffo al cuore.

Quando Tibby alzò lo sguardo, Brian la baciò prima sulla fronte, poi sulle labbra. Fu un tale bacio. Pieno di desiderio represso e senza alcuna incertezza; lui pose le mani sotto i suoi capelli, sostenendole la nuca. Interruppe il bacio un solo momento per dirle qualcosa all'orecchio. Ciò che disse fu: «Ti amo».

Fu bellissimo per Tibby, diverso da tutto ciò che aveva provato prima. Le lacrime affluirono agli occhi e altro sangue caldo al viso.

Ebbe la strana sensazione che il vento le soffiasse nella mente, prima caldo e soffocante, poi freddo e fortificante. E quando il vento si acquietò, capì che la loro amicizia, con tutto quello che aveva rappresentato, era finita.

UN GIORNO
QUALCUNO TI FARÀ
UNA DOMANDA
A CUI DOVRAI
RISPONDERE SÌ.

— OLD 97'S

Carmen era impegnata in una missione della massima importanza: doveva rubare le ciglia finte di sua madre, e doveva farlo subito.

Si era alzata presto per salutare Bee un'ultima volta, prima che partisse per il suo campo estivo in Pennsylvania. Aveva fatto colazione con sua madre e passato una manciata di minuti a sentirsi in colpa per il fatto di non avere un lavoretto estivo, mentre guardava Christina trascinarsi verso l'ufficio. Aveva scritto una lunga e-mail al suo amico e fratellastro Paul.

Poi aveva cominciato a essere triste perché doveva salutare Bee e le erano venuti in mente gli addii in generale. Perciò Carmen si era rivolta all'ultimo numero di "CosmoGIRL!" per trarne conforto, come faceva spesso in momenti del genere. E voilà, era stata rapita dal bisogno imperativo di copiare l'ultimissima moda in fatto di ciglia finte a pagina 23. A volte essere superficiali era una vera soddisfazione.

In quei giorni era difficile per Carmen entrare in camera di sua madre. La ragione pareva ovvia: non era più la camera di sua madre. Era la camera di sua madre e di David. La camera di una donna era così diversa da quella di una donna insieme a un uomo. Ed era diversissima quando la donna era tua madre e l'uomo era il marito nuovo di zecca, che conoscevi da meno di un anno.

Carmen non era contenta del divorzio dei suoi genitori. Erano così tante le cose che sentiva di aver perso. Ma c'era voluta la presenza di David per mostrarle quanto lei e sua madre fossero state vicine, tanto da sfidare i ruoli familiari istituzionali, per tutti gli anni in cui erano rimaste da sole.

Quando suo padre se n'era andato, un mucchio di divieti erano caduti. Aveva dormito nel letto di sua madre quasi ogni notte per un anno. Serviva ad aiutare Carmen? O Christina? Quando ormai non c'era più il papà che tornava dal lavoro dopo una dura giornata di lavoro, le "ragazze", come diceva sua madre, avevano mangiato cialde surgelate o uova strapazzate per molte sere di fila. Carmen aveva considerato un lusso speciale il fatto di non dovere tagliare un grosso pezzo di carne e ingoiare per forza la verdura.

Una volta Carmen sentiva di avere il sicuro possesso di quella stanza. Ora varcò la soglia con esitazione. Un tempo si lasciava cadere a suo piacimento sul letto di sua madre. Era un letto diverso, ormai. Non un letto diverso nel vero senso del termine, ma diverso in ogni altro senso. Ora si teneva a debita distanza.

Non era solo il fatto che in quella camera ci fossero un mucchio di cose maschili. David non era uno sciattone, niente affatto. Aveva chiarissimo il fatto che quell'appartamento era stato di Christina e Carmen molto prima che lui entrasse a far parte della famiglia. Aveva ordinato un armadio, tre mensole, e una nuova cassettiera da Pottery Barn. Non aveva ancora messo nessuna fotografia. Eppure la stanza attestava non tanto la sua presenza, quanto la loro: la loro intimità, le cose che si sussurravano mentre si addormentavano. Anche quando non erano presenti, Carmen si sentiva invadente.

Una volta il bagno era un fiorire di oggetti femminili: creme, lozioni, trucchi, assorbenti e profumo. Ora, per rispetto verso di lui, Christina teneva quasi tutto ordinato nell'armadietto. Perfino vedere la schiuma da barba di David accanto al solvente per le unghie di Christina faceva sentire Carmen come se fosse appena strisciata nel letto, tra di loro.

Le ciglia finte non erano nell'armadietto delle medicine, come scoprì presto Carmen. Quando vivevi sola con tua figlia, quelle cose lì le potevi tenere in bella vista. Da quando vivevi con il tuo nuovissimo marito, nascondevi le prove.

Carmen sapeva che la maggior parte della roba che Christina voleva nascondere a David veniva infilata nell'armadietto sopra il water. Sì, era il posto giusto; Carmen se ne rese conto non appena ebbe aperto l'anta appiccicosa. C'era la lozione contro le verruche, l'acqua ossigenata per i baffetti, la ceretta da depilazione per l'inguine, il balsamo che liscia i capelli e una scatola di tinta color mogano. Carmen infilò la mano nel fondo, urtando le pillole antifame e una scatola di lassativi. Una boccetta di plastica rotolò, spinta dalla caduta dei lassativi. Carmen, preoccupata, la guardò cadere dal ripiano e... *splash*, nella tazza. Accidenti.

La guardò affondare nell'acqua del gabinetto. Vide che conteneva delle vitamine. Sperava fortemente che il tappo fosse a tenuta stagna.

Mentre ritardava il momento di infilare la mano nella tazza – chi aveva fretta di fare una cosa del genere? – si chiese vagamente perché sua madre tenesse delle vitamine nell'armadietto della vergogna. David era favorevole alle vitamine. Le prendeva a colazione. Parlava di vari integratori di erbe come se fossero i suoi migliori amici. Quale tipo di vitamine nascondeva Christina al suo affascinante nutrizionista?

Per Carmen la curiosità era sempre il miglior sprone. Ficcò la mano nella tazza e ne trasse la boccetta. La scagliò nel lavandino e vi fece scorrere sopra l'acqua calda. Aggiunse un po' di sapone liquido. Quando la boccetta e la sua mano furono abbastanza pulite, la voltò per soddisfare la sua mente curiosa.

Rimase raggelata e la mente le si annebbiò. La confusione invase il petto e si espanse nell'addome. L'etichetta spiegava con precisione perché quella boccetta vivesse tra i lassativi e la Preparazione H. Ma non era a David che sua madre cercava di nasconderla. Perlomeno quello era il forte sospetto di Carmen.

Erano vitamine prenatali, del tipo che si prendono quando si aspetta un bambino. E Christina, quasi di sicuro, le stava nascondendo a lei.

Tibby socchiuse gli occhi alla luce del mattino. Era stordita e disorientata, aveva le labbra e gli occhi gonfi. Si sentiva come in preda ai postumi di una sbornia, ma non perché avesse bevuto.

Era una di quelle mattine in cui si viene a contatto con una nuova, strana realtà. Ci si chiede: è stato un sogno? L'ho fatto davvero? L'ha detto davvero? La realtà ritorna a sprazzi, e si prova da capo la novità di tutto quanto. Ci si chiede: questo giorno e questa notte e domani e il resto dei miei giorni saranno diversi per via di quello che è successo la notte scorsa? Nel suo caso, Tibby conosceva la risposta. Si posò le dita sulle labbra. Si potevano sentire i postumi dei baci?

Brian era già sveglio? Lo immaginò nel suo letto. Lo immaginò nel proprio letto. Sentì un brivido in fondo allo stomaco, perciò smise di immaginarlo. Chissà se si era pentito di qualcosa. E lei, si era pentita di qualcosa?

Che cosa si sarebbero detti, quando si fossero rivisti?

Sarebbe passato all'ora dei *pancake*, come faceva spesso? Le avrebbe schioccato un bacio appassionato e avrebbe atteso di vedere se qualcuno lo notava?

Si alzò e si guardò allo specchio. Chissà se appariva tanto diversa quanto sentiva di esserlo. Hmmm. Stessi pantaloni scozzesi del pigiama che le scivolavano sui fianchi. Stessa canotta bianca striminzita che lasciava scoperti diversi centimetri di pancia. Forse no.

La sua camera era una confusione totale. Non c'era nulla di nuovo in questo, ma vi prestò un'attenzione diversa, mentre si guardava intorno. Aveva mai buttato via qualcosa in vita sua?

C'erano strati e strati di detriti di Tibby sia sulle pareti che sul pavimento. Si sarebbe potuto fare uno scavo archeologico in quella stanza e probabilmente sarebbe riemersa la sua fattoria Fisher-Price, se ci si provava. Che cosa le stava accadendo?

La stanza era polverosa e soffocante e questo la infastidiva. Era sempre polverosa e soffocante, ma in genere non le dava fastidio.
Facendo qualcosa di insolito per lei, andò ad aprire la finestra. Era un'operazione impegnativa, perché non dava aria a quella stanza da un secolo, probabilmente. La vernice oppose qualche resistenza mentre lei spingeva con forza il pannello scorrevole della finestra. Oh.

L'aria entrò ed ebbe un effetto benefico. Si stava bene, con la finestra aperta. Il vento fece volare alcuni fogli che si trovavano sulla scrivania, ma non le importava.

Udì sua madre al piano di sotto, in cucina. Pensò di raccontarle di Brian. Una parte di lei voleva davvero che sua madre sapesse. Alice ne sarebbe stata entusiasta. Adorava Brian. L'idea di sua figlia che le raccontava una storia così succosa l'avrebbe resa felice. Era il suo ideale di rapporto madre-figlia: proprio la cosa che Tibby le negava tanto spesso.

Mentre usciva dalla sua stanza, udì il fruscio delle foglie del melo che sentiva così di rado lì, e le piacque.

Tibby guardò sua madre travolta dal solito turbine mattutino. Sarebbe riuscita a rallentare per ascoltare la novità? Tibby cercò di formulare la frase di attacco. "Io e Brian... Brian e io..."

Aprì la bocca, ma Alice la precedette.

«Tibby, ho bisogno che tu stia con Katherine questa mattina.» Alice sembrava già arrabbiata, benché Tibby non si fosse nemmeno ancora rifiutata.

Le parole le morirono in gola.

Alice non la guardava negli occhi, dimostrando di sentirsi in colpa da qualche parte nel profondo, ma il senso di colpa la rendeva ancor meno paziente. «Loretta deve portare sua sorella dal dottore e sarà di ritorno solo dopo pranzo.» Alice afferrò le confezioni di succo che si trovavano sulla mensola e ne porse una a Nicky. «O almeno così ha detto» aggiunse, ingenerosa.

«Perché sua sorella deve andare dal dottore?» chiese Nicky.

«Stellina, ha una specie di infezione, non lo so.» Alice accompagnò la frase con un movimento del braccio, come per dire che, vero o non vero, lei non aveva altro tempo per pensarci.

Lanciò svariati oggetti dentro e fuori dalla sua borsa. «Devo portare Nicky a tennis e poi andare in ufficio.»

«Non lo faccio» disse Tibby. Non solo aveva perso ogni desiderio di raccontare a sua madre di Brian, ma non voleva più dire a sua madre niente di ciò che le stava a cuore.

Alice le scoccò un'occhiata. «Scusa?»

«Non sono una babysitter. Sono stufa che tu mi scarichi addosso il lavoro ogni volta che ti fa comodo.»

«Tu vivi in questa casa, e questo vuol dire che devi aiutare, proprio come fanno tutti gli altri.»

Tibby alzò gli occhi al cielo. Quella lite era sgradevole, ma aveva già avuto luogo così tante volte che avrebbero potuto benissimo seguire le battute di un copione.

Katherine mescolò i Cheerios nella tazza. Versò un po' di latte sul tavolo della cucina.

Tibby provava sempre un vago senso di colpa quando si rifiutava di badare a Katherine in sua presenza, ma poi riusciva in qualche modo a superarlo.

«Non vedo l'ora di andare al college» mugugnò, come se lo dicesse a se stessa, ma non del tutto. Quell'affermazione era falsa, e la pronunciò solo per dare un dispiacere a sua madre.

Mezz'ora dopo, Tibby era seduta nella veranda sul retro con una pila di fogli e prospetti della NYU, mentre Katherine gironzolava per il giardino. La discussione con sua madre le aveva fatto svanire tutto l'incanto. Era tornata sulla terra, e guardava gli insetti sul prato, più che il cielo in alto.

Ad un certo punto l'appetito di Katherine per il gioco indipendente venne meno. Si presentò davanti a Tibby.

«Sali sull'albero e raccogli le mele?» Al momento quella pareva la fantasia più sfrenata della sorellina.

«Katherine, no. Perché vuoi quelle mele? Non sono buone. Non sono ancora mature. E anche se fossero mature, sarebbero dure e aspre.» Tibby provava una vergognosa insofferenza da genitore, quella che spinge a dire di no a un bambino prima ancora di scoprire che cosa vuole.

«Ne hai mai mangiata una?» chiese Katherine.

Tibby non le aveva mai mangiate, ma non aveva voglia di essere messa alle strette da una bambina di tre anni. «Ti dico che sono cattive. Se fossero buone ci metteremmo tutti a mangiare quelle mele anziché comprarle all'A&P, no?»

Katherine dovette trovare deprimente quel genere di logica. «Ne voglio una lo stesso.»

Tibby rimase seduta a guardare Katherine che esaminava il melo. Era troppo piccola per arrivare al ramo più basso, ma non
si scoraggiò. Indietreggiò una decina di metri dal tronco, corse più veloce che poteva e saltò. Il tentativo fu così misero e inconcludente da essere quasi straziante.

Indietreggiò di nuovo per riprovare. Si allontanò di più, questa volta, per aumentare la velocità. Corse con le braccia ben piegate al gomito, in una caricatura di un centometrista. Era così carina che una parte di Tibby avrebbe voluto riprenderla con la videocamera.

Ma al tempo stesso era infastidita. Si lasciò andare alla meschinità. Non voleva fare la babysitter. Era seccata con sua madre. Se si fosse lasciata assorbire dal mondo di Katherine, sarebbe stato quasi come se le fosse piaciuto fare la babysitter. E non le piaceva. Quindi rimase lì a guardare: Katherine era instancabile. Perché voleva così tanto quelle dannate mele? Tibby non riusciva a immaginare la natura del suo desiderio.

Ma si ricordava di quando da piccola voleva saltare, correre e arrampicarsi proprio come Katherine, e immaginava di spiccare il volo, credendo di saltare molto più in alto di quanto non riuscisse in realtà.

La prima cosa che Bridget fece quando arrivò al centro estivo di calcio fu cercare Diana. Avevano parlato al telefono e si erano scambiate molte e-mail, ma Bridget non la vedeva da due anni, dal giorno in cui avevano lasciato Baja. E tra tutte le cose e le persone che aveva incontrato laggiù, Diana spiccava come il solo ricordo felice. Quando la trovò nella loro casetta, gridò e abbracciò Diana così forte che la sollevò da terra.

«Cielo.» Diana esaminò il viso di Bee. Fece un passo indietro. «Stai benissimo. Sei cresciuta?»

«E tu sei rimpicciolita?» chiese Bee di rimando.

«Ha.»

Bridget lanciò la sacca da viaggio sulla sua branda del letto a castello. Non era brava a scegliere e piegare i vestiti quando partiva. Un tempo metteva la roba nei sacchetti di Hefty, ma Carmen l'aveva costretta smettere.

Abbracciò Diana di nuovo e l'ammirò. Due estati prima si stirava i capelli, ora li lasciava inanellare in lunghi, graziosi boccoli, che a Bee parevano avere un fascino incredibile. «Guardati! Sei sbalorditiva, favolosa! Ti piace la Cornell?»

Diana la abbracciò a sua volta. «Sì, a parte il fatto che vivo e respiro per il calcio. Vedrai com'è.»

«Hai avuto il tempo di trovare Michael però, vero? Hai portato una foto?»

Bridget gridò e fece una battutaccia di apprezzamento davanti alla fotografia del bel calciatore di Diana e delle sue buffe sorelle minori.

«E chi altro c'è qui?» chiese Bridget, indicando il secondo letto a castello nello spazio esiguo della casetta.

«Due assistenti allenatrici.» Diana assunse un'espressione incerta.

«Le hai conosciute?» chiese Bridget.

«A pranzo. Katie e Qualcosa» disse. Strizzò un occhio nel tentativo di ricordare. «Allison. Credo. Katie e Allison.»

Bridget sentì che c'era qualcosa che non andava. «E sono...?»

«A posto. Grandiose.»

«A posto e grandiose? Katie e Allison sono a posto e grandiose?»

Diana sorrise. Vagamente.

«Allora qual è il problema?»

«Quale problema?»

«Perché fai quella faccia?»

«Che faccia?» chiese Diana, abbassando lo sguardo.

Bee si spazientì. Diana era una persona sincera. Perché non lo era, in quel momento?

Diana sfilò dal polso un elastico per i capelli e lo tese tra l'indice e il pollice. «Non hai... ancora incontrato gli altri allenatori. Vero?»

Le parole di Diana giunsero piano, e quelle di Bee molto veloci.

«No. E tu?»

«Uh. Non tutti. Ma ho visto...» Qualcosa nell'elastico per i capelli di Diana era tanto affascinante che le sue parole si trascinarono nella profonda contemplazione di quello.

«Chi?» gridò Bee.

«Probabilmente hai già...»

«Chi?»

«Sono piuttosto sicura...»

Bridget sospirò, esasperata. Afferrò il braccio su cui Diana portava l'orologio e lo alzò in modo da poter leggere l'ora. «Abbiamo una riunione dello staff tra otto minuti. Scoprirò lì di chi stai parlando.»

NON C'È BISOGNO
CHE IO STIA ATTENTO,
HO LA PISTOLA!

– HOMER SIMPSON

Più tardi, quel giorno, Carmen si sedette al tavolo della piccola cucina nell'appartamento in cui viveva, stringendo la boccetta di vitamine prenatali.

Quando si fermò a pensare, alcuni fatti si allinearono nella sua mente. Sua madre era ingrassata negli ultimi due mesi. Carmen l'aveva attribuito alla felicità, ma ora si sentiva sciocca per non essere stata un'osservatrice migliore. Il guardaroba di Christina era scivolato in modo discreto ma inesorabile verso gli abiti più ampi che aveva nell'armadio. Aveva smesso di bere vino? Carmen provò a pensarci. Era andata a un mucchio di appuntamenti con il dottore?

Una volta aveva sentito sua madre scherzare con sua zia su quanto fosse semplice nascondere le cose agli adolescenti, perché erano così concentrati su se stessi. La cosa la feriva, ora, benché ne avesse riso allora.

Sentì una chiave girare nella serratura della porta d'ingresso: sua madre che tornava a casa dal lavoro alla solita ora. Carmen rimase seduta, sapendo che sarebbe comparsa in cucina qualche istante dopo aver posato la borsa. Non aveva pianificato un vero agguato, ma venne fuori qualcosa di molto simile.

«Ciao, *nena*, tesoro.» L'intero corpo di Christina parve stanco mentre entrava in cucina. Aveva sempre rifuggito dal mettersi le scarpe da tennis con il tailleur per andare e tornare dal lavoro, ma di recente aveva represso la sua dignità. Ora Carmen capiva perché.

Senza dire nulla, Carmen sollevò la boccetta.

Senza dire nulla, Christina la fissò, e pian piano il suo significato si chiarì. Sgranò gli occhi e la sua espressione mutò dalla confusione alla sorpresa allo spavento allo sfinimento, e da capo.

Carmen decise di puntare al nocciolo della questione. «Di quanti mesi sei?» chiese, in tono moderato e concreto, benché il suo cuore battesse forte. Sapeva che era vero, ma avrebbe voluto lo stesso che sua madre negasse.

Christina parve irrigidire la schiena per mettere a punto una vivace difesa. Parve prendere in considerazione diverse possibili angolature. E poi, davanti agli occhi di Carmen, si sgonfiò. La sua camicia rosso cupo parve stropicciarsi. «Cinque mesi.»

«Stai scherzando.» Be', ora lo sapeva. «Quando pensavi di dirmelo?» Il tono di Carmen era accusatorio.

«Carmen. Tesoro.» Christina le si sedette di fronte. Voleva prenderle una mano, ma Carmen ne teneva una infilata sotto di sé e con l'altra stava strangolando il collo della boccetta di vitamine. Christina rinunciò. Rimase in silenzio per qualche istante e respirò. «Lascia solo che ti spieghi, d'accordo? È complicato.»

Carmen offrì una risposta a metà tra una scrollata di spalle e un cenno del capo.

«Io e David abbiamo parlato e pensato molto al fatto di avere

un bambino. Lui non ha avuto questa gioia nella sua vita, come me. Non sapevamo se sarebbe stato possibile. Ma eravamo d'accordo sul fatto che la vita è troppo corta per non cercare di avere le cose che si desiderano.»

Carmen detestava quel genere di razionalizzazione sulla vita che è troppo corta. Le sembrava che fosse una delle scuse più deboli della storia delle scuse. Ogni volta che si faceva qualcosa perché "la vita è troppo corta per non farla", si poteva star certi che la vita sarebbe stata lunga abbastanza da punirci poi.

«Credevamo che ci sarebbe voluto almeno un anno o due, se mai fosse successo» proseguì Christina. «Non ci sognavamo affatto che potesse succedere tanto in fretta. Ho quasi quarantun anni.»

Carmen drizzò la testa, scettica. Con metà del suo cervello cercava di calcolare se avessero concepito il bambino prima o dopo il matrimonio. Questione di poco.

«Non ho nemmeno capito che ero incinta finché non è stato quasi il terzo mese. Non potevo crederci. E poi dovevo pensare a come parlartene. I tempi non sono stati quelli che avrei voluto. È molto... complicato.»

Complicato. Che parola insoddisfacente. Una parola da politici.

«C'erano i tuoi esami, la tesina di fine anno. Poi è arrivato il momento del diploma senza che ce ne accorgessimo» continuò Christina, tenendo alte le mani, come in atto di supplica. «Volevo che nessuno dei tuoi eventi speciali venisse oscurato da questa notizia.»

«Me l'avresti detto prima della nascita?»

Com'era ovvio Christina parve ferita. «Te l'avrei detto questo fine settimana.»

«Sai che cos'è?»

«Vuoi dire maschio o femmina?»

Carmen annuì.

«No. Vogliamo scoprirlo quando nasce.»

Carmen annuì di nuovo, sapendo che sarebbe stata una femmina. Doveva esserlo.

«Quindi immagino che nascerà più o meno...» Carmen aveva già calcolato che il bambino sarebbe dovuto nascere intorno al suo compleanno, ma lasciò la frase in sospeso perché fosse sua madre a finirla.

«Intorno alla fine di settembre» disse Christina piano, con l'espressione di timore che s'intensificava.

Da un punto di vista razionale, Carmen sapeva che per molti aspetti era una bella notizia. Christina aveva un'intera, nuova vita davanti a sé. Più o meno quand'era in settima, intorno ai dodici anni, Carmen aveva temuto il giorno in cui sarebbe partita per il college. Immaginava che avrebbe lasciato sua madre a scongelare il cibo e a mangiare da sola, una sera dopo l'altra. E invece a settembre avrebbe avuto una vita di coppia felice, che sarebbe sbocciata con l'arrivo di un bambino.

Oltre al fatto che Carmen avrebbe finalmente avuto il fratello o la sorella che aveva sempre dichiarato di volere. Se fosse stata matura e buona, sarebbe stata capace di sentire e apprezzare quella felicità. Sarebbe stata capace di congratularsi e perfino di abbracciare sua madre. Ma non era matura né buona. Aveva rovinato troppe occasioni come quella per non sapere la verità su di sé.

«Fa abbastanza comodo, per un certo verso» dichiarò Carmen con voce robotica, come se non gliene importasse un granché. «Perché potete usare la mia stanza come camera per il bambino, giusto? Me ne andrò appena prima che arrivi. Pianificazione perfetta.»

Gli angoli della bocca di Christina tremarono.

«Non è stata una pianificazione perfetta. Non è stato studiato.»

«E potete perfino combinare le feste di compleanno. Che buffa coincidenza.»

«Carmen, non mi sembra buffo.» Lo sguardo di Christina era ardente e deciso. «Credo che sia una cosa seria, e so che devi provare un mucchio di sentimenti contrastanti.»

Carmen distolse lo sguardo. Sapeva di essere scura in volto. Lo capiva dalla preoccupazione che leggeva negli occhi di sua madre. Carmen aveva l'abitudine di piagnucolare e lamentarsi e inveire con fare distruttivo. L'atteggiamento di Christina, piuttosto simile a quello di una persona pronta all'arrivo di un uragano, indicava che era preparata a un'aggressione simile. Ma non voleva dare nulla a sua madre, nemmeno quello.

Sì, aveva un mucchio di sentimenti che si stavano addensando dietro il viso e premevano in maniera smisurata da qualche parte intorno agli occhi. Carmen temeva che la faccia potesse esploderle se avesse elaborato altri sentimenti come quelli.

In silenzio porse le vitamine a sua madre e si alzò per andarsene. Prima si era chiesta se dire a sua madre che erano cadute nel gabinetto, ma mentre si allontanava a grandi passi dalla stanza pensò che avrebbe lasciato che andasse avanti a prenderle.

Carmen si odiava in quel momento, ma odiava sua madre appena un po' di più.

Uh, Carma,

Io non mi azzarderò a congratularmi con te né niente del genere. Giuro che non ti ricorderò che hai sempre detto che volevi un fratello o una sorella, come tutti quegli ?%=— hanno fatto con me. Capisco il tuo dolore. Voglio dire, non potevano prendersi un cane e basta?*

Spero che i biscotti ti conforteranno per almeno un'ora: mangia tutta la scatola e pensaci dopo. Ho preso quelli col ripieno extra, perché ti voglio extrabene.

Tibby

Nella sala da pranzo dell'Accademia di Calcio di Pryne Valley l'aria era stranamente sovraccarica. Bridget si sentiva eccitata e tesa. Aveva un'idea, ma non desiderava avere quell'idea, darle parole o un'immagine. O forse voleva avere quell'idea, ma non voleva volerla. Forse era così.

La stanza era tutta di pino, dal pavimento al soffitto. Assi larghe alle pareti, medie per il pavimento, sottili sul soffitto. Si stava riempiendo piano piano di allenatori, istruttori, amministratori, eccetera eccetera. Gli iscritti sarebbero arrivati solo il giorno dopo. Ogni estraneo somigliava a qualcuno che lei conosceva. La sua concentrazione la rese invisibile; osservava con così tanta intensità che si scordò di essere visibile.

«Bee?»

Sentì la voce di Diana dietro di lei, ma non si voltò. Diana era una vera amica, ma non le diceva quello che aveva bisogno di sapere. Quindi l'avrebbe scoperto da sé. C'era un lungo tavolo da una parte. Sopra si trovavano delle bibite, una macchina di dimensioni industriali per fare il caffè e qualche piatto di biscotti confezionati. Avena con chicchi d'uva.

Era la paura o la speranza che faceva battere il suo cuore? Le
dita dei piedi erano così strette negli zoccoli che si erano intorpidite. Avvertì la presenza di un corpo appena dietro la sua spalla sinistra. Non sapeva bene con quale senso lo percepisse. Era troppo lontano per poterlo toccare o avvertire il suo calore. Era dietro di lei, perciò non poteva vederlo. Almeno finché non si voltò.

I suoi occhi parvero mettere a fuoco poi appannarsi. Era lui? Certo che era lui! Era lui?

«Bridget?»

Senza alcun dubbio era lui. I suoi occhi erano scuri sotto le scure sopracciglia arcuate. Era più grande e più alto, diverso ma anche lo stesso. Era stupito? Era contento? Era dispiaciuto?

La mano le andò al viso, in segno di protezione.

Lui fece un gesto come per abbracciarla, ma parve che non riuscisse a penetrare la strana aria che li separava.

Giunse il momento in cui lei avrebbe dovuto dire qualcosa, ma poi passò. Lo fissò in silenzio. Non le importava mai molto di dissimulare, con le persone.

«Come stai?» le chiese lui. Lei si ricordò che era schietto. Era una cosa che le piaceva in lui.

«Sono... sono stupita» disse con onestà. «Non credevo che fossi qui.»

«Io sapevo che ci saresti stata.» Si schiarì la voce. «Qui, voglio dire.»

«Lo sapevi?»

«Hanno mandato la lista dello staff un paio di settimane fa.»

«Oh.» Bridget si maledisse perché non aveva l'abitudine di leggere la posta. Odiava i moduli (*Cognome della madre da ragazza... Professione della madre...*) e tra questo campo e la Brown ne aveva avuto abbastanza.

Quindi lui lo sapeva. Lei no. E se lo avesse saputo? Si sarebbe tuffata deliberatamente in un'estate piena di Eric Richman spezzacuori-e-cervelli?

In qualche modo era incredibile che occupasse lo spazio di un essere umano normale. Era così monumentale, per lei. Negli ultimi due anni aveva rappresentato non soltanto se stesso, ma tutti i sentimenti complicati che lei nutriva nei propri confronti.

Lui la stava osservando con attenzione. Sorrise quando gli occhi di lei incontrarono i suoi. «Allora, da quello che ho sentito non sei affatto peggiorata.»

Lei guardò la sua bocca muoversi, ma non aveva idea di che cosa stesse dicendo. Non lo nascose.

«Nel calcio» chiarì lui.

Si era scordata che si trovavano a un campo estivo di calcio. Si era scordata che giocava a calcio.

«Sono okay» disse. Non era nemmeno certa di quello che stava dicendo. Ma lo disse di nuovo, perché le piaceva il suono di quelle parole. «Sono okay.»

LE POSSIBILITÀ
CHE TU VENGA COLPITO
DA UN FULMINE
CRESCONO SE STAI SOTTO
UN ALBERO,
SCUOTI IL PUGNO
VERSO IL CIELO E DICI:
"I TEMPORALI
FANNO SCHIFO!"

– JOHNNY CARSON

La sola persona adulta che non si congratulò, sorridente, con Carmen per il suo futuro fratellino fu Valia Kaligaris, la nonna di Lena. In quel momento, mentre Carmen era seduta al bancone nella cucina scintillante della famiglia di Lena, e Valia era al tavolo della colazione, Carmen si sentì grata nei suoi confronti.

Di sicuro Valia non era in vena di chiacchierare in quei giorni; mentre Carmen aspettava che Lena tornasse dal ristorante, la vecchia guardò con occhio torvo la scatola di Cheerios e si trascinò nel salottino buio, dove accese la tv a un volume così alto che Carmen riusciva a sentire ogni parola, benché fosse a due locali di distanza. Era una soap opera. A quanto pareva, Dirk aveva abbandonato Raven sull'altare proprio il giorno prima che la gemella identica di lei, Robin, sparisse. Hmmmm.

Carmen poteva schernirla in privato perché non era la *sua* soap opera. La *sua* soap opera (della quale era diventata via via dipendente, da quando era stata ammessa al Williams in gennaio e aveva smesso di fare i compiti) si chiamava *Brawn and Beauty* e non avrebbe mai e poi mai avuto una trama insulsa come quella. La dipendenza di Carmen si concentrava su un attore (dalla parte dei Brawn) che si chiamava Ryan Hennessey. Era un'assoluta bomba di bellezza e il suo unico vero amore, per quanto le sue amiche potessero prenderla in giro. Era un buon attore. Lo era davvero. Aveva recitato Shakespeare prima di essere scritturato per la soap. O perlomeno era ciò che Carmen aveva letto sul *Dizionario delle soap opera* mentre aspettava che Tibby pagasse la Diet Coke all'A&P la sera prima.

La porta d'ingresso di casa Kaligaris si aprì e si richiuse, e Lena comparve con sua madre un minuto dopo.

«Ehi, Carma.» Lena era sudata per il turno all'Elite. Ari indossava gli abiti da lavoro.

«Ciao. Com'è il lavoro?»

Lena alzò gli occhi al cielo.

«Almeno tu hai un lavoro» fece notare Carmen.

«Come va la ricerca?» chiese Ari, prendendo una brocca d'acqua dal frigorifero e riempiendo un bicchiere. «Qualcuno ne vuole?» Sollevò la brocca.

«No, grazie.» Se Carmen avesse voluto qualcosa, se la sarebbe presa da sé. Le settembrine avevano eliminato quella barriera nelle case delle altre prima ancora che venisse eretta. «La ricerca è… uh, lenta. Non sono, uh, tanto dell'umore di fare la babysitter quest'estate.» Carmen si rese conto che se non si fosse affrettata a continuare, avrebbe potuto essere interrogata su quell'argomento. «Ma ho visto un annuncio da A&P per badare a un'anziana signora cinque pomeriggi alla settimana. È cieca o qualcosa del genere, credo, quindi il lavoro consisterebbe soprattutto nel leggere per lei. Ho chiamato il numero e lasciato un messaggio.»

Ari poggiò il bicchiere con un po' troppo impeto sul bancone. Lena si voltò a guardare sua madre. «Sai» disse Ari, lo sguardo animato, «è strano. Ho pensato alla stessa cosa per Valia. Ho pensato a quanto abbia bisogno di qualcuno che l'aiuti con le commissioni e la corrispondenza e che magari la porti dal dottore. Non oso prendere un altro pomeriggio di permesso dal lavoro questo mese.»

Carmen annuì.

«Speravo che Lena o Effie potessero occuparsene, ma hanno accettato tutte e due un lavoro all'inizio dell'estate.»

Carmen mantenne la sua neutrale allegria, in modo da non sembrare accusatoria verso Lena.

Ari depose il bicchiere nel lavandino con un gesto definitivo. «Quanto offrivano come compenso sul cartello che hai visto?» Cominciava a essere piuttosto entusiasta.

«Otto all'ora.»

«Che ne dici se ti pagassi otto dollari e mezzo per badare a Valia circa trenta ore alla settimana? Potremmo stabilire gli orari insieme.»

Carmen rifletté, chinando lo sguardo sul suo smalto rosso smangiato. In quell'istante poteva passare dalla condizione di non avere un lavoro né uno scopo nella vita a quella di averne uno. Il compenso era decente. Sarebbe parso un po' strano che Ari la pagasse, ma in fin dei conti era più comodo per Ari scegliere Carmen anziché un estraneo. Onestamente, Carmen preferiva stare nella casa ampia e ariosa di Lena che non in quello che con ogni probabilità era un appartamento soffocante da vecchia signora.

«Be'...» Carmen picchiettò l'indice sul bancone. «D'accordo. Perché no?»

«Fantastico» disse Ari.

Fino a quel momento Carmen non aveva guardato Lena che stava al di là del bancone. Quindi non aveva visto che aveva rivolto la schiena a sua madre e che, fissando Carmen con frenetici occhi sgranati, muoveva le labbra per dire di no e si passava l'indice sul collo, prima che fosse troppo tardi.

Lena attese di aver trascinato Carmen su in camera sua e chiuso la porta per sbottare.

«Sei matta?»

«Lenny, dai. Qual è il problema?»

«Perché credi che io e Effie ci siamo trovate un lavoro a metà aprile? Lavori che detestiamo moltissimo tutte e due, tra l'altro.»

«Perché... siete ben organizzate?»

Lena scosse il capo, furiosa.

«Perché... siete ingrate e indifferenti nipoti della vostra nonna, vedova di recente e derelitta?»

«Perché Valia è un incubo!» gridò Lena.

Era un bene che l'udito di Valia non fosse perfetto, pensò Carmen.

«Voglio dire, è una donna incredibile, è fantastica» si corresse Lena con aria più seria. «Lo è davvero. E le vogliamo bene. Ma è terribile, ora! E non dico che la biasimo. È disperata per Bapi. È disperata per il fatto di vivere negli Stati Uniti con noi. Odia mio padre che l'ha fatta venire. Odia tutto in questo Paese. Vorrebbe essere in casa sua circondata dai suoi amici. È furiosa con tutti, non lo vedi?»

Carmen si sentiva stupida, ora, e un po' sulla difensiva. «Può darsi che lo sia. Ma forse posso farcela.»

Lena scosse il capo. «Credimi. Tu e Valia non siete una buona combinazione, in questo momento.»

Carmen strizzò gli occhi. «Che cosa vorresti dire?»

Ora, e da molto tempo, il modo migliore che Bridget conosceva per calmare la mente era correre. A volte sentiva che lo stato meditativo indotto dalle lunghe, quiete miglia la aiutava a pensare. Altre, il puro sfinimento la aiutava a non pensare affatto.

A volte pensava di correre verso una qualche risoluzione, e altre sapeva che stava soltanto scappando via. Eppure fu quello che fece.

Quella corsa del tardo pomeriggio la portò su e giù per strade di campagna fiancheggiate da folti alberi accesi del verde di giugno. Il sole che calava le gettava di quando in quando un raggio scintillante dritto negli occhi. Quando si stancò delle auto che suonavano (correva qualche rischio, con la luce che si affievoliva, o erano i suoi capelli?) si allontanò dalla strada. Un'altra ragazza avrebbe forse avuto paura di correre attraverso boschi sconosciuti mentre scendeva l'oscurità: Bee no. Sapeva di poter battere nella corsa virtualmente ogni essere umano che avesse deciso di seguirla. E gli orsi da quelle parti non mangiavano gli uomini, ne era abbastanza certa.

Se ebbe un effetto, fu quello di renderla euforica. Il bosco era giovane e rado, tagliato da sentieri in ogni direzione. Seguì un solco ampio e profondo nel quale immaginò che un tempo avesse riposato un torrente. Immaginò di affannarsi nello stesso luogo con l'acqua che scorreva. Corse finché i pensieri si restrinsero e smisero di presentarsi in lunghe file. Lampeggiavano e trillavano. E quando sparirono dietro l'angolo, lei non li seguì. Finì per percepire semplicemente le cose, senza nessun come né perché. E così si calmò.

Il sole era ormai del tutto scomparso e Bridget sapeva che anche la luce presto sarebbe andata via. La luminosità che rimaneva dopo il sole le pareva sempre una promessa vuota. Qualcosa sul letto di terra davanti a lei attirò il suo sguardo, scombinò il battito del suo cuore e le fece turbinare la mente. Era a meno di venti metri e la disturbava. Bridget rallentò per far sì che la distanza non si accorciasse troppo in fretta. Avrebbe voluto passare lontano, ma voleva anche affrontarlo. Era di nuovo immersa nei come e nei perché.

Era un uccello, pensò. Un piccione, forse. Era chiaramente morto, tutto piegato secondo angoli sbagliati: il capo pareva ergersi dal terreno in una posa penosa. Bridget era vicina. Non si sarebbe fermata. Sarebbe andata avanti. Avrebbe distolto lo sguardo. No, non poteva farlo.

Solo quando si trovò letteralmente sopra l'uccello si rese conto di colpo che non era affatto un uccello. Era una manopola. Un guanto grigiastro abbandonato con il pollice alzato, che pareva molto simile alla testolina di un uccello.

Si sentì subito sollevata. La sua mente e il suo corpo ricaddero in una calma armonia.

Ma mentre correva e correva e il cielo diventava di un blu scuro, livido, Bridget si sentì triste. E curiosamente, benché il corpo avvitato sul suo cammino fosse solo una manopola, si scoprì a ricordarlo come un uccello.

Se l'auto della madre di Lena non si fosse surriscaldata, non sarebbe successo. L'intera estate sarebbe andata in un altro modo.

Ma l'auto di sua madre si surriscaldò giovedì pomeriggio, quindi venerdì Lena prese in prestito quella di suo padre e lo accompagnò al lavoro mentre andava al corso di disegno. Era proprio sulla

strada. Infatti, mentre si allontanava da suo padre che già sudava nella camicia bianca, rifletté di sfuggita che dal suo ufficio al luogo della lezione era solo un breve tratto a piedi. Ma in quel momento questo non voleva dire nulla per lei.

A metà mattina era del tutto immersa nel disegno. Su istruzione di Annik, il modello, Andrew, posava per periodi di cinque minuti. All'inizio Lena si era sentita tanto sollecitata da non riuscire a tracciare neppure un segno con la punta del carboncino. Ma poi quei cinque minuti avevano cominciato a estendersi. L'intensità della fretta era rimasta mentre la coscienza del tempo era svanita. Proprio come la consapevolezza della nudità del modello l'aveva catturata per la prima manciata di minuti ed era volata via. (Con il senno di poi, si vergognò per essere arrossita come una principiante. Per gli artisti esperti del corso, la nudità di Andrew era carica di erotismo quanto una tazza di caffè per Lena.)

Ora osservava il corpo di Andrew in ogni dettaglio, fissando senza alcuna timidezza l'incavo nel suo fianco e l'affilato spigolo dello stinco. S'immerse in profondità nello stato creativo, non ebbe più veri e propri pensieri. I muscoli che controllavano il suo braccio eludevano il cervello pensante, connettendosi direttamente al suo sistema nervoso autonomo. La solita Lena era lì ma senza avere parte attiva.

Sobbalzò quando il cronometro suonò per segnare l'inizio dell'intervallo lungo. Sentì un brivido diffondersi a partire dalle spalle. Detestava tornare in superficie così. Non aveva voglia di sentire il fruscio del giornale di Phyllis e i sandali strascicati di Charlie. Non voleva che Andrew si coprisse con la vestaglia, ma non per le ragioni a cui potreste pensare. No davvero. (Benché, in verità, l'attenzione imbarazzata per il corpo nudo di Andrew tornasse nell'istante in cui lui s'infilava il kimono verde e di nuovo nell'attimo in cui lo toglieva.) Voleva solo disegnare. Voleva solo rimanere in quel posto in cui capiva le cose senza pensarle.

Mentre Lena fissava, meditabonda, la sua tazza vuota di caffè, riconobbe – quasi come un'astrazione – la propria felicità. Stava a lei trovare la felicità, anziché sentirla. Forse non era proprio felicità. Forse era più... pace. Alla fine dell'estate precedente, la sua pace era stata fatta a fette come roast beef. L'agitazione aveva portato con sé una certa strana esuberanza, la sensazione di vivere in maniera più stravagante di prima. Ma era anche stato un disastro.

Ripensò alla fine dell'estate, quando aveva incontrato Paul Rodman, il fratellastro di Carmen. Si era sorpresa a rispondergli. Non aveva mai provato un'attrazione fisica così immediata per nessuno, nemmeno per Kostos. In presenza di Paul, la prima volta, aveva avuto quelle vaghe fantasie su che cosa potesse significare lei per lui e lui per lei. Ma quando lui se n'era andato, si era ritratta come era sua abitudine. Il suo lato romantico era tornato a nascondersi, e dopo un po' di tempo la timidezza aveva preso di nuovo il sopravvento.

Ora, quando pensava a lui si vergognava. Era una delle tante cose da cui si era nascosta quell'anno. Era una delle persone che aveva evitato.

In febbraio aveva sentito dire da Carmen che il padre di Paul era malato. Provava un orribile senso di colpa a questo riguardo. Aveva pensato a Paul, si era preoccupata per lui, ma non lo aveva chiamato, né gli aveva scritto come avrebbe voluto fare. Aveva saputo poi da Carmen che il padre di Paul era ancora più malato e con ogni probabilità non sarebbe migliorato. Non sapeva che cosa dire a Paul.

Aveva paura della sua tristezza. Aveva paura di scoprire i suoi sentimenti. Aveva anche paura di non scoprirli. Aveva paura che se avesse sollevato l'argomento, sarebbe seguito il fallimento più disarmante: il silenzio totale.

Solo con quel corso, con quelle sensazioni, riacquistava un senso di equilibrio. Il tempo che passava con il carboncino e gli ampi blocchi di carta, Andrew e Annik, quei profondi, stabilizzanti momenti di meditazione: pareva che fosse un dono troppo grande. Avrebbe dovuto lavorare per riceverlo.

Il cuore le si gonfiò al suono del cronometro che indicava la fine dell'intervallo. Di ritorno al lavoro. Era incredibile quanto potesse detestare e amare uno stesso identico suono.

E così cominciò la posa fatale.

Fu una sfortuna che la porta si aprisse in piena posa, quando Lena era meno capace di cogliere ciò che accadeva. Fu una sfortuna che la persona entrata dalla porta fosse il padre di Lena. Fu altresì una sfortuna che la porta fosse collocata vicino alla pedana del modello e che Andrew fosse orientato in modo tale che la prima cosa che si vedeva, irrompendo nella classe in mezzo a una posa (cosa che non si doveva fare), fosse uno scorcio molto ravvicinato tra le sue gambe. Fu una sfortuna particolare che Lena non si rendesse conto di quelle sfavorevoli circostanze in tempo per ammorbidire l'esperienza di suo padre, anziché stare lì come una sciocca per un lungo istante in contemplazione impassibile delle glorie di Andrew.

Quando suo padre cominciò a parlare, troppo forte, Lena tornò alla realtà. Lo vide incombere sopra di lei. Fu una ruvida transizione. Le ci volle un momento per trovare le parole.

«Papà, sei...»

«Papà, non...»

«Avanti, papà. Lascia solo...»

Abbozzò un mucchio di altre frasi. Un momento dopo, lui le strinse la mano attorno al braccio e la distolse a forza da Andrew, trascinandola fuori dalla porta.

Annik apparve nel corridoio con velocità sorprendente. «Che cosa succede qui?» chiese, calma.

«Ce ne andiamo» gridò Mr. Kaligaris.

«Te ne vai?» chiese Annik a Lena.

«No» disse Lena piano.

Mr. Kaligaris si abbandonò a tre o quattro esclamazioni in greco prima di riprendere l'inglese. «Non lascerò mia figlia in questa... in questa classe dove... in questo posto dove lei...»

Lena capì che suo padre non voleva usare le parole necessarie perché lei ascoltava. Quando si arrivava al punto, era un uomo molto conservatore e vecchio stile, e lo era diventato ancora di più dalla morte di Bapi. Ma anche molto prima era stato di gran lunga più severo di qualsiasi padre delle sue amiche. Non aveva mai lasciato salire nessun ragazzo al secondo piano di casa loro. Nemmeno i suoi cugini lobotomizzati.

Annik mantenne la calma.

«Mr. Kaligaris, potrebbe servire a qualcosa se lei e Lena e io ci sedessimo per qualche minuto e discutessimo di quello che cerchiamo di fare in questo corso? Deve sapere che in teoria ogni programma d'arte offre...»

«No, non serve» la interruppe Mr. Kaligaris. «Mia figlia ha smesso di frequentare il corso. Non tornerà più.»

Trascinò Lena attraverso l'atrio e fuori, sul marciapiede. Mugugnava qualcosa su una riunione improvvisa e il fatto di venire a prenderla per riavere l'auto, e guarda che cosa scopre!

Lena non riuscì a liberarsi finché non si ritrovò sotto il sole cocente, confusa e di nuovo priva di equilibrio.

È COME CHIEDERE:
QUANTO POTREBBE ESSERE PIÙ NERO?
E LA RISPOSTA È:
NON POTREBBE.
NON POTREBBE ESSERE PIÙ NERO.

– DAL FILM "THIS IS SPINAL TAP"

Quanto poteva essere difficile? Fu ciò che si chiese Carmen mentre preparava una tazza di tè per Valia, appena arrivata a casa Kaligaris nel primo pomeriggio del lunedì, e la portava nel salottino in cui Valia stava guardando la tv.

«Terribile.» Valia per poco non sputò nell'assaggiare il tè. «Che cosa ci hai messo qui dentro?»

«Be', tè.» Carmen fu paziente. «E miele.»

«Ho detto zucchero.»

«La zuccheriera era vuota.»

«Zucchero e miele non sono la stessa cosa. Il miele americano non si riesce a mangiare.»

«Si riesce se lo si vuole» attaccò Carmen, ma si rese conto che non era un'uscita diplomatica. «Dia qui, proverò di nuovo.» Riportò la tazza di tè in cucina, individuò la scatola di zucchero bianco semolato Domino sull'ultimo ripiano in alto della dispensa e riempì la zuccheriera.

Mentre aspettava che l'acqua bollisse una seconda volta, con la mente andò a settembre. Da una fredda distanza, immaginò sua madre molto incinta. Immaginò una festa per il neonato. Immaginò la sua stanza piena di attesa per qualcun altro.

Un tempo, quando pensava a settembre, immaginava di arrivare al college, di incontrare la sua compagna di stanza per la prima volta, di mettere in ordine tutte le sue cose. Ora pareva che riuscisse soltanto a figurarsi quello che sarebbe successo in sua assenza. In quelle immagini era come se fosse morta o come se fosse lei quella che non era ancora nata.

Un tempo non vedeva l'ora di essere all'università. Aveva sognato il Williams College per così tanto tempo. Era uno dei migliori del Paese. Il posto in cui era andato suo padre. Per quanto penoso fosse lasciare le amiche, il college era qualcosa che voleva davvero. Perché non lo desiderava più?

Era arrabbiata. Non con il bambino, per l'esattezza. Come poteva esserlo? Non era arrabbiata con sua madre. Be', lo era, per certi versi, ma non era quella la vera causa. Era arrabbiata per il fatto di non poter più immaginare la propria vita. Era arrabbiata perché sua madre e quel bambino avevano in qualche modo rubato il suo futuro e l'avevano spinta indietro nel passato.

La pressione si stava accumulando dietro i suoi occhi, di nuovo.

Pensierosa, staccò il telefono dalla parete.

«Ehi, sono io» disse, quando Tibby rispose.

«Tutto bene?» chiese Tibby. Era così bello che una persona a cui si voleva bene potesse capire il tuo umore da tre piccole parole.

Carmen sentiva Nicky che gridava qualcosa in sottofondo. «Immagino di sì. E tu?»

«Nicky, puoi farlo di là?» gridò Tibby, allontanato il telefono. «Come sta Valia?» chiese nella cornetta.

«È...»

All'improvviso un trillo coprì la connessione. «Tibby?»

Biip biip. Biiiiip.

«Pronto?»

«Sembra un modem.» Tibby dovette gridare per sormontare il rumore. «Dev'essere dalla tua parte.»

Carmen riappese e andò nel salottino. Come c'era da aspettarsi, Valia si era spostata dalla tv alla scrivania e stava muovendo il mouse del computer come una macchina da corsa. Carmen guardò sorpresa Valia, che scorreva con destrezza una serie di menu finché non cominciò a chattare. Presumibilmente con qualcuno in Grecia, visto che Carmen non riusciva a capire una sola lettera. Era abituata all'aspetto delle lettere greche dopo tutti gli anni passati in casa Kaligaris, ma non avrebbe saputo dire quali suoni producessero. Carmen doveva aiutare Valia con la corrispondenza? Si era immaginata carta per via aerea tutta spiegazzata e buste blu.

«Cosa?» Valia si voltò con espressione agguerrita, sentendo lo sguardo di Carmen sulla sua nuca spettinata.

«Niente. Wow. Lei ci sa fare.» Carmen decise di comportarsi da persona adulta e di non far notare che Valia si era accaparrata la linea telefonica proprio quando lei voleva parlare con Tibby.

Si sedette invece in una delle comode poltrone per la tv, raccolse il telecomando con fare distratto e passò in rassegna i canali. Mancavano sette minuti all'inizio di *Brawn and Beauty*. Si rilassò sulla poltrona, appoggiando la testa, che sentiva pesante. Quanto poteva essere difficile, passare l'estate a guardare la sua soap opera preferita e a farsi pagare mentre Valia inceneriva le linee chattando con i suoi amici greci?

«Quel canale no.» Valia si era voltata, le mani ancora posate sulla tastiera del computer.

«Che cosa intende?»

«Mi piace il canale sette. *The World Apart*.»

«Ma lei non sta nemmeno guardando. È al computer.» Carmen sentiva che la sua voce si stava alzando.

«Mi piace sentire» dichiarò Valia.

«Ma a me piace guardare» disse Carmen, brusca.

«Chi è che viene pagata?»

Oops. Fu come se Valia l'avesse morsa. Si sentì avvampare. «Be', allora può togliersi dal computer? Occupa la linea telefonica» rispose secca Carmen, in modo non molto maturo.

Tibberon: Come va con l'antica greca?

Carmabelle: Ehm... Non male. Non non male. Non bene. Se sai cosa voglio dire.

«Raccontami tutto, ma proprio tutto. Poi potrai bere il frullato.»

Tibby sentì il cuore sollevarsi di nuovo. L'entusiasmo di Carmen era ciò che di meglio poteva desiderare. Scosse la tazza di plastica chiara con il frullato rosa spumoso per rimescolarlo.

«Be', prima abbiamo ballato a quella...»

Carmen agitò le mani. «No, no. Indietro. Voglio l'inizio. Voglio sentire tutto, da cima a fondo.»

Tibby sorrise suo malgrado. Le piaceva stare seduta fuori sotto l'ombrellone nel posto dei frullati sulla Old Georgetown Road, mentre sentiva il sole cuocerle i polpacci. Accavallò le gambe e lasciò cadere la ciabattina di plastica verde sul marciapiede bollente. La verità era che aveva voglia di raccontare tutto, da cima a fondo. Così lo avrebbe rivissuto. «Okay. Allora torniamo in casa mia. Suona il campanello. Katherine apre la porta. È vestito con un completo e la cravatta – un po' corto sulle braccia e di certo economico, ma tanto, tanto, tanto, tanto carino. E ha...» Tibby avrebbe voluto non arrossire, ma non poteva farci nulla. «Un mazzo di fiori. Garofani rosa tinti, piuttosto orripilanti. Sai, come i fiori che solo un ragazzo comprerebbe, ma del tutto perfetti.» Tibby aveva bisogno di fare una pausa e respirare, altrimenti sarebbe svenuta.

In quel momento il suo cellulare squillò, soffocato nelle profondità della borsa di paglia. Lo tirò fuori e socchiuse gli occhi per vedere il numero. Era il cellulare di sua madre.

«Pronto.»

Non rispose nessuno, all'inizio. Sentì alcuni rumori di sottofondo, poi sua madre che diceva qualcosa a qualcun altro. Aveva una voce strana.

«Pronto?»

«Tibby?» Aveva la voce rotta.

«Stai bene?»

Sua madre piangeva.

«Mamma, stai bene? Cosa succede?» Tibby sentì un'ondata glaciale di adrenalina entrarle nel sangue.

«Tesoro, io e il papà...» Alice s'interruppe. Il pianto era troppo copioso per lasciar posto alle parole. Sentiva suo padre in sottofondo che strillava.

Tibby si alzò, infilando la ciabattina.

«Mamma, per favore dimmi che cosa sta succedendo. Mi fai spaventare.»

Sua madre impiegò qualche secondo a recuperare il fiato. Tibby non l'aveva mai sentita così. Il cervello prese a vorticare e a rimbalzare, spasmodico, tra possibilità spaventose. Camminò intorno al tavolo.

Cosa? articolava Carmen con insistenza.

«Siamo all'ospedale. Katherine si è fatta male.» Alice fece una pausa per riprendere il controllo della voce. «È caduta dalla finestra.»

Tibby non riuscì a muoversi né a pensare. Onde di freddo le scorrevano attraverso il corpo. Una crisi di nervi si preparava sotto le costole. «Lei. Sta bene?»

«È cosciente, è...» I singhiozzi di sua madre assunsero una nota più speranzosa. «È un buon segno.»

«Devo venire?» chiese.

«No. Per piacere, vai a casa e bada a Nicky, va bene?»

«Sì, vado.» Tibby piangeva, ora. Anche gli occhi di Carmen erano pieni di lacrime e non sapeva nemmeno che cos'era successo.

Tibby aveva bisogno di fare una domanda che riassumesse i suoi timori. Ma ne aveva paura, quindi attese che la comunicazione fosse terminata.

«Quale finestra?»

Lena era seduta sui gradini dietro il ristorante durante la pausa. Dentro faceva caldo, fuori faceva caldo. Si sentiva appiccicosa e aveva il grembiule macchiato di salsa di pomodoro. Pareva quasi che sanguinasse. Come se un cliente avesse fatto un commentaccio di troppo.

Odiava quel lavoro. Odiava il cibo preparato alla bell'e meglio, stracotto e schiacciato nelle vaschette. Odiava l'insistenza costante perché ci fosse ricambio di clienti ai tavoli. Odiava i séparé di vinile verde e il modo in cui le tazze di caffè sbatacchiavano sui piattini, riempiendoli di caffè caldo, che lei si versava immancabilmente sul grembiule. Si vergognava del rozzo dipinto con il fregio del Partenone che si dispiegava su un'intera parete della sala da pranzo. Odiava le false finestre e la finta edera. Era seccata dal fatto che il responsabile, Antonis, quello con i peli grigi increspati che gli uscivano dalle orecchie, credesse ancora che lei parlasse greco nonostante diverse conversazioni a senso unico.

Sarebbe stata felice di rimanere seduta fuori sul retro a respirare l'odore dell'immondizia pur di non stare dentro. Aveva bisogno di rimanere sola. Veniva apostrofata, sgridata, tormentata in continuazione. Perfino i clienti cortesi la chiamavano di continuo con un gesto, incrociando il suo sguardo, perché avevano bisogno che lei portasse qualcos'altro.

Ad alcuni piace essere in comunicazione con gli altri per tutta la durata del giorno, ma Lena non era tra questi.

Ripensando alla relativa pace nella boutique di Basia l'estate prima, quello le sembrava un lavoro da sogno.

Suo padre aveva insistito molto per il lavoro al ristorante. L'aveva addirittura raccomandata personalmente al proprietario dell'Elite. Era ciò che avevano fatto i suoi genitori quando erano in Grecia. Era la vita nella quale lui era cresciuto. Dalla morte di suo padre, meno di un anno prima, quei fatti erano diventati più importanti per lui.

Per gran parte della vita suo padre si era ribellato a Bapi e alla sua educazione. Aveva rifiutato l'attività del ristorante a favore del corso di giurisprudenza. Aveva cambiato il suo nome da Georgos in George. Per lui essere americano era un punto d'onore, e non aveva nemmeno insegnato il greco alle figlie. A Lena pareva triste che avesse atteso la morte di suo padre per cominciare a occuparsi delle cose di cui suo padre aveva sempre desiderato che si occupasse.

«L'attività del ristorante è molto pratica» le aveva detto suo padre in diverse occasioni, lasciando intendere che essere un'artista non fosse molto pratico. «È una buona attività» aveva detto, e lei era sicura che fosse una buona attività. Per qualcun altro. In qualche modo si chiedeva se si fosse mai soffermato a considerare chi era lei. Credeva davvero che avrebbe avviato un ristorante seguendo l'orgogliosa tradizione dei Kaligaris? Non riusciva a vedere quanto fosse inadatto per lei?

Erano passati quattro giorni dal disastro al corso di disegno. Non ci era più tornata e ne sentiva una mancanza terribile. Poteva

sopportare quel lavoro se aveva il disegno ad aspettarla. Poteva tollerare l'infelicità urlata di Valia e la tensione dei suoi genitori in casa, se disegnava. Ma senza si sentiva affondare.

Avrebbe forse potuto frequentare qualche altro corso. Dovevano ancora cominciare le lezioni di carpenteria, multimedia e una cosa chiamata "Questioni di genere nella rappresentazione tridimensionale", ma sapeva bene che non sarebbe stata quel tipo di artista. Il suo amore per l'arte non era particolarmente filosofico né politico. Non era fatta per l'avanguardia né per infrangere le regole. Voleva imparare a disegnare e dipingere la gente come faceva Annik.

In aprile era andata in Capitol Street a ritirare un modulo per i corsi estivi. C'erano un mucchio di pezzi vistosi, stravaganti, nella galleria, ma non significavano molto per lei. Invece, appena voltato l'angolo per andare in segreteria, ecco appeso al muro un disegno senza pretese, con una semplice cornice. Era un disegno figurativo di una giovane donna che teneva indietro i capelli con una mano. Era semplice, ma così bello che Lena aveva sentito un nodo alla gola. Le dava i brividi dalla nuca fino alla punta dei piedi. Il disegno non esibiva solo perizia tecnica e complessità nel dettaglio, ma conteneva tanta grazia e tanto sentimento che Lena capì ciò che voleva arrivare a fare nella vita.

Lena aveva aguzzato lo sguardo sulla firma disordinata e l'aveva confrontata con il nome di ogni insegnante sul pieghevole. Annik Marchand. Era entrata nella segreteria della scuola d'arte con insolito coraggio e si era subito iscritta alla classe di figura di Annik Marchand. Per quel solo disegno, amava Annik prima ancora di averla incontrata.

«Stop» gridò Antonis alle tre e trenta, per indicare la fine del turno del pranzo. Lena sistemò le sedie sui tavoli in modo che gli aiutanti potessero lavare il pavimento. Poi affrontò l'infelice prospettiva di andare a casa. Valia le stava molto a cuore. Era in parte per questo che il suo malumore la rattristava tanto.

Invece di prendere l'autobus verso nord, salì su quello diretto a sud. Scese e camminò per un isolato fino alla Scuola di Arte e Design di Capitol Street. Non aveva intenzione di tornare in classe. Voleva solo fermarsi e dire qualcosa ad Annik.

La classe si stava preparando. Bastarono la vista e l'odore dell'atelier a risollevare l'umore di Lena. Annik si voltò e quando vide che era lei, si avvicinò muovendo le ruote della sua sedia a rotelle, un po' sorpresa.

«È un piacere vederti» disse.

«Non sono venuta qui per disegnare» disse Lena.

«Perché no?»

«Be'... tutta la faccenda con mio padre.» Sventolò la mano in direzione di Andrew. «Mio padre è piuttosto duro quando prende una decisione. Ha già avuto quasi tutti i soldi indietro.» Lena scoccò un'occhiata alle proprie dita con le unghie rosicchiate. «Sono venuta solo a ringraziarti.»

«Per cosa?» chiese Annik.

«Per il tuo insegnamento. Non sono stata qui per molto, ma è un corso grandioso.»

Annik sospirò. «Senti, devo preparare le cose. Perché non rimani qualche minuto, fino al primo intervallo? Puoi disegnare, se vuoi. Ho dei blocchi e del carboncino in più. O puoi fare altro. Poi avremo modo di parlare per un minuto.»

«Okay» disse Lena. Del resto, non voleva davvero andar via. Sarebbe anche rimasta a innaffiare le piante, pur di avere una scusa per restare.

Annik posò il materiale su un cavalletto libero. Era come lasciare la droga a un tossicomane. Era stato il cavalletto di Lena: per questo era libero. Sulle prime Lena rimase in fondo alla classe e guardò la gente disegnare. Poi le dita cominciarono a bramare un pezzo di carboncino. Si avvicinò al cavalletto, disegnando solo con gli occhi all'inizio. Esitò. Poi prese il carboncino e si perse nel disegno finché non suonò il cronometro.

Annik si avvicinò. «È incantevole» disse, studiando le tre pose di Andrew sul foglio. «Vuoi uscire e parlare un attimo?»

«D'accordo.» Lena si aspettava che parlassero nel corridoio, ma Annik la condusse giù nell'atrio e su per una rampa, fino in cortile. Annik scivolò accanto a una panchina su cui Lena si sedette. Gli alberi di sanguinella frusciavano e una piccola, graziosa fontana spruzzava zampilli nel mezzo. Varie sculture e lavori con oggetti di riciclo, uno dei quali fatto con un mucchio di gomme per auto, decoravano il perimetro.

«Ti senti a tuo agio quando disegni Andrew?» chiese. I capelli di Annik erano di un rosso magnifico, che la luce del sole esaltava. Avevano sfumature di arancio e oro e nocciola e perfino di rosa. Lena si rese conto che Annik era piuttosto giovane, doveva essere attorno ai trent'anni, e il suo viso era delicato e piacevole. Si chiese distrattamente se avesse un uomo che l'amava.

«Sì» disse. «Mi sono sentita un po' strana il primo giorno, ma poi è passato. Non ci penso più.»

«È quello che pensavo» disse Annik. «Quanti anni hai?»

«Diciassette. Diciotto alla fine dell'estate.»

Annik annuì. «Posso dirti quello che penso?»

Lena annuì.

«Credo che tu debba frequentare il corso.»

«Anch'io penso che dovrei. Vorrei che mio padre la pensasse così.»

Annik pose le mani sulle ruote come se si preparasse ad allontanarsi.

Lena si chiese per l'ennesima volta che cosa era successo ad Annik perché le servisse una sedia a rotelle. Era sempre stata così oppure era cresciuta usando le gambe come una bambina normale? Aveva avuto un incidente o una malattia? Avrebbe voluto sapere che cosa funzionava in Annik e che cosa no. Poteva avere un bambino?

Voleva saperlo, ma non osò chiederlo. Voleva evitare l'intensità emotiva che sarebbe potuta venire dalla risposta a una domanda così. L'intimità arriva più in fretta quando le persone sono ammantate di dolore e sfortuna che tutti possono vedere. Non chiedere le pareva un atto di disinteresse e codardia, e manteneva una distanza tra loro, cosa che a Lena dispiaceva.

Annik fece scorrere le ruote avanti e indietro, ma non andò ancora da nessuna parte. «Fa' quello che devi fare» disse.

Lena non sapeva bene se volesse dire frequentare il corso o ascoltare suo padre, ma aveva un sospetto piuttosto forte che fosse la prima delle due ipotesi.

«Innanzitutto, non so bene come potrò pagare» osservò Lena.

«Posso avere un assistente» disse Annik. «Dovrai aiutare a preparare e pulire ogni giorno, compreso lavare per terra. Ma il corso sarà gratuito.»

«Lo farò» disse subito Lena, senza nemmeno rendersi conto che stava prendendo quella decisione.

Annik fece un ampio sorriso. «Sono così contenta.»

«Non so bene quello che dirò a mio padre» mormorò Lena, quasi tra sé.

«Digli la verità» disse Annik.

Lena scrollò le spalle, sapendo che non avrebbe ascoltato quel consiglio di Annik.

CI SONO TANTE COSE
CHE BUTTEREMMO VIA
SE NON AVESSIMO PAURA
CHE ALTRI LE RACCOLGANO.

– OSCAR WILDE

Tibby era seduta immobile su una poltrona nel salottino della tv e guardava Nicky che seguiva i cartoni. I suoi pensieri si raggruppavano e si dividevano, spezzati di quando in quando dal sadismo di *Tom e Jerry*. Aveva male in tutto il corpo; ogni singolo osso le doleva quando fissava il pensiero su Katherine. Si concedeva di pensare a Katherine un solo attimo alla volta, poi si distraeva perché era troppo doloroso.

Nicky non sapeva ancora nulla e Tibby non voleva che si spaventasse. Lei sì che era spaventata, e desiderava più di ogni cosa che il telefono squillasse, ma solo per darle una buona notizia.

Tibby non aveva ricevuto un'educazione religiosa. Durante la sua prima infanzia, i genitori erano atei convinti, e si riempivano la bocca con la retorica marxista dell'"oppio dei popoli". Al momento Tibby non sapeva bene in che cosa credessero. Non ne parlavano più.

Ma lei non era come loro. Per quanto la riguardava, non era possibile assistere alla morte di qualcuno che si amava, che si amava davvero, e non credere in qualche forma di Dio. Era il solo modo in cui si poteva vederla. Oltre al fatto che Bailey stessa – quando era vissuta, non quando era morta – era stata la prova che qualcuno o qualcosa esiste, oltre il regno delle cose razionali.

E quando Tibby pensava a Bailey, tutto assumeva un senso, perché un Dio abbastanza intelligente da volere Bailey indietro al più presto doveva essere abbastanza intelligente anche da vedere la bellezza di Katherine. Katherine era troppo buona per il mondo in cui viveva Tibby. Tibby vi apparteneva senza problemi, ma Katherine no; lei era audace e generosa e appassionata. Se Dio non l'avesse invitata a ballare con lui, allora chi mai avrebbe invitato?

Tibby se ne sarebbe stata in piedi in un angolo del paradiso, se fosse mai riuscita ad arrivarci, ma Katherine, come Bailey, avrebbe danzato la polka o quei balli di gruppo come il Bunny hop o il Bus stop insieme a Dio.

Per piacere, non prenderla ancora, implorò Tibby. *Ha solo tre anni e la amiamo troppo per sopravvivere senza di lei.*

Faceva quella richiesta egoista perché sapeva che era colpa sua. Era stata lei ad aprire la finestra che rimaneva sempre chiusa. Perché lo aveva fatto? Sapeva che Katherine voleva salire sull'albero di mele. Era certa che Katherine fosse caduta da quella finestra.

Non l'ho fatto apposta. Per piacere, Dio, credici.

Era stato un incidente. Era orribile, ma di gran lunga meno orribile di come Tibby aveva mancato di proposito al proprio compito verso la sorellina. Tibby aveva provato gelosia e rancore. Aveva urtato i sentimenti di Katherine con il pretesto che i bambini piccoli non hanno veri sentimenti. Eppure Tibby sapeva bene che ne hanno: probabilmente sono i sentimenti più profondi.

Se Tibby avesse voluto bene a Katherine come meritava, forse non sarebbe caduta dalla finestra. Se Tibby l'avesse ascoltata e le

avesse dato una spinta verso il ramo del melo, Katherine non si sarebbe arrampicata fuori dalla finestra. Se Tibby non fosse stata tanto concentrata su Brian, forse non sarebbe accaduto.

L'amore era la migliore imbottitura che si potesse avere. E benché l'irreprensibile Katherine se lo meritasse più di un milione di volte, Tibby non gliel'aveva dato.

Le voglio bene, Dio. Le voglio così bene. Tibby voleva solo una possibilità per riscattarsi.

Il telefono squillò e Tibby vi si gettò sopra.

«Tibby?»

Era suo padre. Si spostò con il telefono in cucina, in modo che Nicky non sentisse. «Papà?» Il suo corpo tremava.

«Tesoro, Katherine sta meglio, grazie al cielo. I medici dicono che andrà tutto bene. Guarirà.»

Tibby si concesse di piangere. Pianse e singhiozzò e ansimò e si scosse. Suo padre stava facendo lo stesso al suo capo del filo.

«Posso venire?» chiese lei.

«Le stanno ancora facendo una radiografia. Ha il cranio fratturato, che è la cosa più grave. Si è anche rotta il polso e l'osso del collo. Speriamo che sia tutto qui. Parla ed è sveglia, ora, ma preferisco che tu stia a casa con Nicky ancora per un paio d'ore. Portalo qui verso le sei, quando le cose si saranno sistemate, d'accordo?»

«D'accordo. Ma ho voglia... ho così tanta voglia di vederla, papà...» La voce di Tibby venne inghiottita dalle lacrime.

«Lo so, tesoro. La vedrai.»

«Tib, sono io, Carma. Siamo state in pena tutto il giorno. Lenny mi ha fatto smettere di chiamare casa tua, e poi ha chiamato altre cinque volte. Sono così contenta che K ce la farà. Ti penso. Per piacere, chiama quando hai un secondo. Ti voglio bene.» *Biiip*.

«Tibby! Sono Bee! Dio, Lena mi ha chiamata qui per dirmi di Katherine. Sto ancora tremando. Guarirà molto in fretta, però, lo so. Mi chiami? Ti voglio bene.» *Biiip*.

«Tib, scusa se ho continuato a chiamare prima. Sono Lenny. È solo che non sopportavo di aspettare. Sono così contenta che le notizie siano buone. Verrò a trovarti domani, okay? Non mollare. Ti vogliamo bene.» *Biiip*.

«E l'ho vista lì vicina, e volevo prenderla.» Katherine era sostenuta dai cuscini del letto d'ospedale, appena un po' intontita per le medicine ma desiderosa di raccontare la sua avventura a Tibby e Nicky, che erano tutti e due seduti con le gambe incrociate ai piedi del letto.

Tibby annuì con entusiasmo, cercando di non mostrare il dolore che le provocava ogni singola parola del racconto. Il cuore le faceva male alla vista della testa ferita e fasciata di Katherine, del gesso, del bendaggio che le sosteneva il braccio, dei tagli e dei graffi. Ed era quasi ancor più straziante per il fatto che Katherine non pareva farci caso.

«Non ci arrivavo proprio, così mi sono arrampicata.» A quel punto parve piena di rimorsi. «Non dovevo arrampicarmi. Ma l'avevo quasi presa, così mi sono arrampicata ancora. E poi...» – guardò Nicky in quella parte di racconto – «sono caduta.»

Nicky era estasiato. Di rado sua sorella aveva fatto una cosa tanto interessante. «Per terra?» chiese, con il fiato sospeso.

«Prima mi sono aggrappata alla parte bassa della finestra» spiegò lei. «Ho cercato di tornare su perché le dita mi facevano male perché ero appesa.»

Nicky annuì, gli occhi spalancati e fissi.

«Non riuscivo a tornare dentro, poi ho visto i cespugli morbidi e sono caduta.»

«Oh» mormorò Nicky.

«Non erano tanto morbidi perché mi sono rotta la testa» aggiunse Katherine, pratica.

«Katherine!» Tibby non poteva stare a sentirla. Le immagini erano troppo orribili da sopportare. Voltò il capo per riprendersi. Quando si volse di nuovo, si distese a pancia in giù sul letto e afferrò i piedi nudi di Katherine. Cercò di sorridere. «Sei così forte e coraggiosa, sai?» Si voltò verso Nicky. «Non credi?» Sapeva che quel complimento avrebbe avuto un grande valore per Katherine.

«Sì» disse Nicky con solennità.

«Ma devi promettere che non farai mai più una cosa del genere, okay?»

«Prometto. L'ho anche già promesso alla mamma e al papà.»

Tibby si portò i piedini di Katherine al viso, posandone uno su ogni guancia, e chiuse gli occhi. Era sopraffatta dalla tenerezza e dal sollievo mescolato al senso di colpa e al rimpianto. Trasse un respiro profondo e inghiottì le lacrime. Non voleva che Katherine vedesse altri pianti.

«Brian!» gridò Katherine, con notevole allegria per una bambina che si era fratturata il cranio meno di otto ore prima. Tibby alzò lo sguardo. Aveva provato così tante emozioni quel giorno che non immaginava di poterne provare altre.

Brian aveva il volto triste, ma s'illuminò mentre veniva avanti per abbracciare le parti non ferite di Katherine. «Sei tutta intera, Kitty Cat» disse. «Bel lavoro.»

Katherine era raggiante. «Sono caduta dalla finestra di Tibby.»

Brian scoccò una brevissima occhiata a Tibby, e lei poté leggervi lo spirito protettivo nei suoi confronti. «Ho sentito.»

Tibby si chiese come l'avesse saputo. Era proprio da lui venire subito all'ospedale.

Tibby lasciò i piedi di Katherine mentre Brian la guardava nel suo modo particolare, proiettando tutto quello che stava pensando negli occhi di lei. Era preoccupato per Katherine, ma era anche preoccupato per Tibby. Voleva che lei stesse meglio, che non si sentisse in colpa né responsabile. Voleva anche – o lo immaginava lei? – farle sapere che tra di loro era davvero accaduto ciò che era accaduto, e che pensava davvero ciò che le aveva detto.

Anche lei voleva qualcosa, solo una piccola cosa: tornare come erano prima.

Distesa sul letto, Carmen pensava a Katherine, si preoccupava per Tibby, e si faceva delle domande in generale. Sua madre stava dormendo benché avessero finito di mangiare solo un'ora prima. Per l'ennesima volta, David non era riuscito a tornare per cena.

David stava lavorando a un grosso caso. Scoprire i suoi orari di lavoro convinse Carmen che non avrebbe mai voluto fare l'avvocato. Perlomeno non di quel genere. Per qualche settimana era tornato a casa entro le sette, quasi tutte le sere per cena, ma nell'ultimo mese non era mai arrivato prima delle undici, e perfino a quell'ora rispondeva a chi lo chiamava sul cellulare. Qualche volta era uscito di casa una mattina e non era tornato prima della mattina dopo, si era fatto una doccia ed era ripartito. Carmen aveva sempre sospettato che chi lavora così tanto non voglia tornare a casa, ma per David non valeva. Lui aveva una voglia matta di stare a casa con Christina. La adorava. Carmen vedeva che si sentiva davvero in colpa ed era triste per ogni cena mancata. Praticamente quasi tutte.

Secondo Christina stava lavorando a "un'operazione importante". Un'enorme compagnia che s'impadroniva di un'altra enorme compagnia, a quanto aveva capito. E tutto quello che David voleva era finire questa "importante operazione" prima che arrivasse il bambino, che era il motivo per cui lavorava venti ore al giorno.

Carmen studiò il soffitto, disseminato di adesivi con le costellazioni fluorescenti che aveva attaccato tutta eccitata quando aveva otto anni. Avrebbe dovuto esserci una legge che proibiva ai bambini di otto anni di decorare le loro stanze, soprattutto con gli adesivi. Perché il suo io di otto anni aveva caricato il suo io diciassettenne di così tante stupide decalcomanie e adesivi di unicorni in vinile alla finestra? Erano impossibili da togliere.

La verità era che continuava ad avere un debole per le stelle luminose, ma quella notte facevano sembrare il soffitto più vicino, anziché più distante.

Pensare al suo io a otto anni le ricordò il suo io a quattro anni, responsabile di aver riempito l'armadio di bambole abbellite (ehm, mutilate). E questo le ricordò il suo io neonato, che aveva abitato quella stessa stanza. E che, com'era ovvio, le ricordò i neonati, in generale.

Voleva lasciare un vuoto, quando fosse andata al college. Era egoista, forse, ma era così. Voleva uscire dal quadro della sua vecchia vita e lasciare un grosso, generoso ritaglio che l'aspettasse al suo ritorno. Che le desse almeno la possibilità di tornare indietro.

Ma ora le pareva che nel minuto stesso in cui avesse messo piede fuori dalla sua vita, questa si sarebbe richiusa dietro di lei come se non fosse mai stata lì. Il quadro si sarebbe formato di nuovo quasi all'istante con una nuova famiglia al posto di quella vecchia, e non sarebbe mai più potuta tornare indietro. Ecco come si sentiva. Aveva paura di scomparire. Aveva paura di perdere il suo posto.

Il soffitto la spingeva in giù, la pressione dietro gli occhi la spingeva in su. Si sentiva come se i suoi bulbi oculari fossero in una morsa. Abbandonò il letto e accese la luce. Mosse qua e là il mouse per risvegliare il computer. Si collegò, e senza proprio deciderlo andò sul sito dell'Università del Maryland. Esplorò il sito. C'era la solita propaganda sull'educazione superiore. Si ritrovò a cliccare sul link delle ammissioni, e da lì sulla domanda on-line. L'università offriva la possibilità di presentare domanda di ammissione senza scadenze fisse. Si chiese se c'erano ancora posti liberi. La sua mano cliccò sull'icona stampa.

Posò gli occhi di sfuggita sulla pila di libretti e fogli del Williams College. Moduli medici, informazioni sulle stanze, la guida ai corsi, una mappa che mostrava il luogo pieno di alberi nel Massachusetts occidentale dove si trovava il campus, a più di sette ore a nord da casa.

Sentì il ronzio e il getto della stampante e s'interrogò. E se non fosse andata via, dopotutto? E se non fosse scomparsa?

DAL PUNTO DI VISTA
AERODINAMICO
IL CALABRONE
NON DOVREBBE ESSERE
IN GRADO DI VOLARE,
MA IL CALABRONE
NON LO SA,
PERCIÒ CONTINUA
A VOLARE COMUNQUE.

– MARY KAY ASH

«Ho preso un turno di lavoro in più» disse Lena a suo padre a tavola, quando le chiese com'era andata la giornata. «Farò il primo turno della cena, dalle quattro alle sette.» Tuffò gli occhi nella pasta mentre lo diceva.

«Perfetto» disse suo padre.

«Come sta la piccola Katherine?» chiese sua madre. «Sei riuscita a passare di lì oggi?»

«Sì.» Lena sorrise, pensando al resoconto eccitato di Katherine.

La tragedia era diventata l'unico incidente emozionante della sua breve vita. «Sta benone. Solo che deve portare il casco da hockey fino alla fine dell'estate.»

«Anch'io ho messo il casco da hockey» ricordò Effie, facendo stridere la forchetta da insalata sul piatto in modo fastidioso. «No, mamma?»

«Per una settimana» rispose Ari. «Hai avuto una commozione, non una frattura, grazie a Dio.»

Lena masticò un pezzetto di pane. A cosa era dovuto il fatto che le sorelle minori battessero la testa? Lena non aveva mai avuto bisogno di più di un cerotto.

«Come si chiama questo tipo di salsa?» chiese Valia, a voce altissima.

«Pesto» disse la madre di Lena, in modo definitivo.

«Non ha un buon sapore.» Valia lo ispezionò aiutandosi con la forchetta.

Si zittirono tutti e aspettarono che il momento passasse. Perfino Effie fu ridotta all'acquiescenza.

Un po' di tempo dopo, Lena lavava i piatti nell'acquaio. S'irrigidì quando udì sua nonna che entrava in cucina con passo felpato.

«Ho chattato con Rena oggi.»

«Sì?» Lena non si voltò. Non le piacevano quelle conversazioni.

«Dice che Kostos e quella donna non vivono più insieme, ora.»

Lena chiuse gli occhi e rimase con le mani nella schiuma calda. Era contenta che Valia non potesse vederla.

Valia aveva molte ragioni per cui essere aspra, e Kostos era una di quelle. Il suo più grande sogno era vedere il suo adorato e bel nipote Kostos sposare la sua bella nipote Lena. Non pareva rendersi conto che la sua ferita e la sua delusione erano amplificate mille volte in Lena. Altrimenti forse non avrebbe trasmesso notizie da Oia tanto di frequente.

Il bambino atteso da Kostos e Mariana, la ragione del loro matrimonio affrettato e del cuore spezzato di Lena alla fine dell'estate precedente, non era nato. Quello era stato il primo fulmine, caduto in dicembre.

Valia aveva continuato a irritare Lena con quelle notizie per settimane. Nessuno sapeva con esattezza perché o che cosa fosse successo, ma ci furono infinite speculazioni. Valia era così parziale che Lena dubitava che qualsiasi sua informazione fosse affidabile. Per quanto ne sapeva lei, poteva esserci un vigoroso piccolo Kostos amato da tutti. E poi, proprio come ora, Lena voleva e non voleva che quelle voci fossero vere. La parte migliore di lei non voleva. Era tutto ciò che poteva fare per riprendersi da Kostos e andare avanti con la vita, la sua vita. Non doveva aprire la mente a qualsiasi "e se...": altrimenti sarebbe rimasta invischiata. Non voleva sapere di Kostos. Qualsiasi cosa fosse successa, era finita. Eppure voleva sapere.

La presenza stessa di Valia e il suo legame con Oia provocavano uno strappo nel cuore di Lena, aggravando la ferita quando pareva che si stesse rimarginando.

«Kostos sta in un appartamento a Vothonas, vicino all'aeroporto. Lavora per una compagnia che costruisce case.»

Lena non riusciva a controllare i propri pensieri. Lo avrebbe fatto, se solo avesse potuto.

C'era stato un aborto spontaneo, perciò Mariana meritava comprensione? O era stato un imbroglio, quindi Kostos la disprezzava? Kostos aveva preso ad amare sua moglie? O a odiarla? Ci sarebbe stato un altro bambino? Questi erano i pensieri che la attraversavano migliaia di volte. Ora ne aveva di nuovi da aggiungere: si stavano davvero separando, Kostos e sua moglie? O lui si stava spostando per un nuovo lavoro e lei presto l'avrebbe raggiunto?

Lena avrebbe preso in considerazione l'elettroshock, se l'avesse liberata di quei pensieri.

«È interessante» disse piano al muro. Non poteva mostrare a Valia quanto la ferissero quei comunicati.

Valia si lanciò in una non richiesta girandola di opinioni, e Lena smise di ascoltare. Finì con pentole e padelle il più in fretta possibile, si scusò con tono cortese e salì come un razzo in camera sua. Chiamò Tibby e non parlò di nulla in particolare. Pulì la sua camera pulita.

«È un po' più alto, non credi?» La domanda di Bridget s'innalzò verso i travicelli del tetto, qualche decina di centimetri sopra la sua testa. Una parte della voce si fece strada verso Diana nella branda di sotto.

«Uh. Sì, credo.»

Bridget premette le dita dei piedi contro la struttura metallica del letto. «Dio, se è carino. Me lo ricordavo proprio bene, non avevo esagerato.»

«Bridget?»

Era la voce profonda, lenta e irritata di Katie dall'altra parte della stanza.

«Sì?»

«Vuoi stare zitta?»

Bridget rise. Apprezzava la schiettezza. «Okay.»

Era felice. Non poteva farne a meno. Era felice che Katherine stesse bene. Era felice di sentirsi felice anziché disperata al pensiero che Eric Richman dormisse in un letto a meno di cento metri da lei. Bridget tamburellò ancora un po' con le dita. Seguì più o meno il ritmo di *Walk on the Wild Side*. Provò a voltarsi sulla pancia. Si schiarì la voce.

«Posso dire un'altra cosa?»

«No» abbaiò Katie, ma il suo tono secco tradiva un certo divertimento.

«Per piacere?»

«Cosa c'è, Bee?» chiese Diana, esausta.

Aveva avuto più di ventiquattro ore per digerire il fatto che avrebbe passato l'estate con il mitico Eric. Lo aveva visto due volte, quel giorno. Si erano sorrisi, anche se non avevano parlato. Provava la stessa sensazione effervescente che aveva provato quando lo aveva incontrato la prima volta. E quella sensazione era pericolosa, forse. Ma ora lei era diversa. Si sentiva diversa.

«Non mi dispiace che sia qui» informò Diana. «Credo che saprò prenderla bene.»

Lennyk162: Finalmente parlato con Bee. Non riesco a credere che Eric sia lì.

Carmabelle: Neanch'io. Dice che sta bene, però.

Lennyk162: Le crediamo? Andiamo in Pennsylvania e la trasciniamo a casa?

Carmabelle: Diamole una settimana.

Era il giorno in cui Valia aveva l'appuntamento dal dottore. Pareva che i suoi reni avessero qualcosa di strano, quindi doveva farsi controllare ogni due settimane all'ospedale.

Era la loro prima uscita, e Carmen l'accolse con gratitudine.
Uscire di casa sarebbe stato bello. Anche se si fossero fatte schiacciare da un bulldozer al primo passo sul vialetto, sarebbe stato meglio di un altro lungo pomeriggio nel salottino buio dei Kaligaris.

Oltre al fatto che quello era il giorno in cui toccava a Carmen indossare i Pantaloni Viaggianti, e non sarebbe successo niente di straordinario a star seduta in casa, con Valia abbastanza vicina da scacciare qualsiasi magia.

Carmen e Valia erano state insieme per una sola settimana, e già erano entrate nella routine. Dopo aver chattato e gridato contro il computer – e contro Carmen – per un paio d'ore (ascoltando al tempo stesso la tv), l'energia di Valia cominciava ad affievolirsi. Intorno alle tre si spostava in una poltrona e il suo capo cominciava ad abbassarsi e a ciondolare mentre il sonno la reclamava. Questo accadeva più o meno quando cominciava *Brawn and Beauty*. Carmen si sedeva sull'orlo della sua sedia e s'impossessava del telecomando con cautela e lentezza. Fermandosi per lunghi istanti, se necessario, aspettava che le palpebre rugose di Valia si chiudessero. Poi aspettava ancora. Poi... pian piano abbassava il volume e passava in rassegna i canali. A quel punto aveva il cuore in gola. Giunta al quarto, immaginava di avere la vittoria in pugno, bramava il primo sguardo degli occhi celesti di Ryan Hennessey, e poi...

Valia si raddrizzava sulla poltrona e tuonava «Quello non è il mio show!», Carmen inghiottiva la pietosa sconfitta e tornava al programma di Valia. E il ciclo ricominciava da capo.

Perciò Carmen era vergognosamente grata ai reni carenti di Valia, quando salirono tutte e due sull'auto di Carmen. Fu sorda all'arringa di Valia, lunga dieci minuti, sul fatto che non teneva il volante nel modo corretto.

Per via dell'entusiasmo di Carmen, arrivarono con un anticipo spropositato all'appuntamento, perciò Carmen fu il ritratto dell'arrendevolezza quando Valia insistette perché si fermassero alla gelateria dietro l'ospedale. Chi era Carmen per rifiutare un gelato?

Valia voleva il pistacchio. Anzi, voleva *butter pecan*. No, non le sarebbe piaciuto.

«Perché mettono i biscotti nel gelato?» chiese.

«Che cosa vuol dire questo... confetti colorati?»

«Chi è che mangerebbe quella roba viola?»

Carmen vide l'espressione della ragazza dietro il bancone: era familiare. Era l'espressione che immaginava di aver avuto per circa trenta ore la settimana precedente.

Infine, dopo un numero tormentoso di domande e critiche non richieste, Valia si decise per il gelato alla menta piperita. Era di un rosso sgargiante, con un aspetto viscoso.

Valia lo assaggiò e lo porse a Carmen. «Non mi piace. Lo mangi tu.»

«Non lo voglio.»

«Non mi piace.» Valia continuò a spingerlo verso di lei.

Carmen ribolliva di rabbia. Nemmeno a lei piaceva l'orrendo gelato alla menta piperita di Valia. E non le piaceva nemmeno Valia. Valia era una bambinona grassa. Carmen odiava i bambini. Odiava i vecchi. Odiava quelli in mezzo. Odiava tutti.

Tranne lui.

Un ragazzo – forse della sua età o poco più grande – che entrò nel negozio proprio mentre Carmen cercava di schivare il gelato rosso e scivoloso.

Non lo odiava, ma di quel passo forse sarebbe arrivata a farlo.

Non era Ryan Hennessey né nessuno del genere, eppure qualcosa in lui la colpì. I suoi capelli lisci erano castano-biondicci e un po' arruffati. Le sopracciglia erano quasi bionde e le lentiggini gli davano un'aria disinvolta, come se non gli importasse granché di nulla. Gli occhi, invece, parevano indicare il contrario.

Carmen guardò il viso di lui per un istante di troppo. Quando voltò di nuovo il capo, vide la pallina di gelato che tremolava sul cono di Valia, e fu troppo tardi per fermarla. Come era prevedibile, la pallina rovinò al suolo e slittò per qualche decina di centimetri. Valia, esasperata, gridò qualcosa in greco a Carmen e si alzò per uscire. Ma il gelato alla menta piperita non era scivoloso solo in apparenza. Il tacco di Valia schiacciò la scia di gelato e Carmen guardò con orrore l'anziana signora crollare di colpo. Il grido di Carmen e lo strillo di Valia si mescolarono e riempirono l'aria.

In un istante Carmen ebbe Valia tra le braccia. Valia era più leggera e solida di quanto avesse potuto immaginare. Teneva gli occhi serrati e aveva il viso accartocciato per il dolore. Carmen vide che la sua gamba destra era piegata nel verso sbagliato. Quando Valia aprì gli occhi, Carmen li vide velati di lacrime e si sentì malissimo.
Anche i suoi occhi si riempirono di lacrime.

«Oh, Valia» mormorò Carmen, cercando di sorreggerla. «Mi dispiace tanto.» Le sfuggì un singhiozzo.

All'improvviso Carmen vide un altro paio di braccia nella confusione. Era il ragazzo che non aveva ancora cominciato a odiare. La stava aiutando a sollevare Valia dal linoleum appiccicoso.

I pochi altri clienti si raccolsero intorno a loro e si avvicinò anche la commessa, che spostava il peso nervosamente da un piede all'altro.

Valia gemette. «Mi sono fatta male alla gamba» disse. «Non la muovete. Per favore.»

«D'accordo» disse Carmen, nel tentativo di tranquillizzarla. «È tutto a posto.»

«Se appoggia il braccio sulla mia spalla posso sostenerle la gamba» disse il ragazzo con dolcezza. Si mise in posizione e fece un cenno a Carmen come per dirle che era il momento di sollevare. Lei ubbidì.

Valia gemette di nuovo, ma la tirarono su dal pavimento.

«Valia, il pronto soccorso è dietro l'angolo. La portiamo subito lì, d'accordo?» Carmen non avrebbe potuto usare tono più gentile.

Valia annuì.

Per una volta, la ferocia abbandonò i tratti del suo viso, che si ridisposero in maniera piuttosto dolce, nonostante l'evidente dolore.

Pronta?, articolò con le labbra il ragazzo rivolto a Carmen. A un tratto furono compagni.

Si misero a camminare, con Carmen che mormorava parole rassicuranti all'orecchio di Valia. Nell'uscire dal negozio con le braccia occupate, Carmen non riuscì a fermare la porta che si richiudeva dietro di lei. L'angolo tagliente della cornice di metallo la colpì dietro il braccio. Fece il possibile per non barcollare né gemere. Strinse le labbra e cercò di non lasciar scorrere le lacrime che le riempivano gli occhi. Si accorse che il ragazzo la stava guardando.

Lui osservò il braccio e vide il sangue prima di lei.

Carmen si scosse leggermente. *È tutto a posto*, sillabò in silenzio sopra la testa di Valia. Giurò che non avrebbe permesso alle lacrime di scendere.

Al pronto soccorso deposero con cura una pallidissima Valia su una sedia. Poi Carmen entrò in uno stato di pura efficienza. Si fece strada nella fila e andò a prendere i moduli, che promise di compilare non appena Valia fosse stata nelle mani di un dottore. Per qualche miracolo, scoprì che uno dei medici del pronto soccorso parlava greco, e in poco tempo Valia si ritrovò sollevata, al sicuro, in una stanza adibita alle visite, con un fiotto di parole greche all'orecchio come palliativo.

Allora Carmen si ricordò del ragazzo. Quando tornò nella sala d'aspetto, era ancora seduto su una sedia di plastica, con i gomiti poggiati sulle ginocchia.

«Grazie» disse lei con foga. «È stato molto, molto gentile da parte tua.»

«Sta bene?» chiese lui.

«Spero di sì. C'è un dottore che parla greco, cosa che l'ha resa felice. Dice che potrebbe essersi strappata un legamento del ginocchio, ma non crede che si sia rotta le ossa, che è la buona notizia. Le faranno una radiografia per sicurezza.»

Le parve strano di avere tanto da dire, di condividere quell'intera vicenda con un ragazzo di cui non sapeva il nome. Gli si sedette accanto. Lui le porse un tovagliolo di carta inumidito che aveva tenuto in mano fino a quel momento. «Per te.» Le indicò il braccio.

«Oddio. Giusto.» Il sangue aveva smesso di scorrere e cominciava a seccarsi, ma la pelle era impiastricciata. Si pulì con il tovagliolino. «Grazie.»

«Stai bene?» chiese lui.

«Benissimo. È un graffio.» Era più di un graffio, ma le piaceva mostrarsi coraggiosa.

Carmen guardò il tovagliolo striato di rosso. Lui guardò lei.

«Allora... grazie mille. Di nuovo» disse, calma. Carmen voleva fargli capire che era libero di andarsene, ma lui non aveva l'aria di volersene andare subito.

La guardò di nuovo, come se cercasse di capire qualcosa.

«Io lavoro qui» disse, nel silenzio.

«Davvero?»

«Be', sono volontario, per l'esattezza. Sto facendo il corso propedeutico di medicina: per questo, sai, voglio passare del tempo nel vero mondo dei dottori. Per vedere se sono all'altezza.»

«Scommetto che lo sei.» Carmen arrossì, sorpresa di essersi lasciata sfuggire quelle parole di bocca.

«Grazie» disse lui, abbassando lo sguardo per la prima volta.

Rimasero in silenzio per un minuto o due. Lui indossava delle Puma marroni. Aveva il riflesso dorato dei baffi rasati, come un uomo, e i capelli stralucidi di chi passa un mucchio di tempo in piscina. Le spalle erano larghe e il torace era forte e asciutto: con ogni probabilità la corporatura di un nuotatore.

«È tua nonna?» chiese.

«Oh. Valia? No. È... be', è mia... in realtà è la nonna della mia amica Lena. La stavo portando qui per delle analisi; non al pronto soccorso, voglio dire. Questo non faceva parte del piano.»

«Giusto.» Lui sorrise. Fissò di nuovo l'avambraccio di lei.

Da vanitosa, fu soddisfatta di essersi fatta male a una parte del corpo che riteneva particolarmente bella da guardare.

«Forse dovrai tornare. Per le analisi» disse lui.

«Sono certa che tornerò» disse lei. «Valia non può guidare fino a qui – soprattutto non ora – e io ho una macchina tutta per me in questo momento, e...»

Lui annuì. Si alzò per andarsene. «Magari ti rivedrò. Lo spero.»

«Anch'io» disse lei a bassa voce, guardandolo andar via. Si sentì il cuore che pulsava in diverse parti del corpo; posti in cui non lo aveva mai sentito battere.

Eppure, mentre ripassava la conversazione, avvertì una lieve apprensione. Valia era la nonna della sua amica Lena. Carmen la portava lì per le analisi. Carmen aveva una macchina tutta per sé.

Carmen veniva anche pagata otto dollari e mezzo all'ora. Si rese conto che avrebbe potuto dire anche quello.

TOCCA IL PUNTO UNA VOLTA.
POI TORNA E TOCCALO ANCORA.
POI TOCCALO UNA TERZA VOLTA:
UN COLPO TREMENDO.

— WINSTON CHURCHILL

Quel giorno Bridget avrebbe quasi certamente guardato in viso Eric Richman e lui avrebbe guardato lei. Questo rendeva l'atto di vestirsi diverso dal solito. Di solito non ci badava molto. O se lo faceva, era per soddisfare la propria esuberanza (con i pantaloni rosa stralucidi) o stravaganza (con il dolcevita verde che tutti odiavano).

Quella mattina era la sua vanità che chiedeva di essere soddisfatta. Voleva la coda di cavallo alta? Nooo. Troppo severa. Trecce? Carmen aveva l'aria sfrontata, quando si legava i capelli in due trecce sui lati, ma i capelli chiari di Bee la facevano somigliare ad Heidi. A ogni modo, quanto voleva usare quella particolare arma?

I Capelli, come li chiamava Tibby. Avevano provocato migliaia di commenti. I clacson suonavano e i fattorini fischiavano; perfino uomini rispettabili indugiavano un po' troppo a lungo con lo sguardo. I parrucchieri gettavano grida di sorpresa, come se fossero un miracolo vivente. I Capelli. I capelli di Marly, i capelli di Greta. In realtà, non erano nient'altro che un pugno di cellule morte che spuntavano dal cranio, ma le erano spettate di diritto alla nascita.

Voglio che tu mi noti?, si chiese, tanto vicina allo specchio che i suoi occhi formavano un unico grande globo da ciclope.

Lo specchio nella casetta era punteggiato di macchie grigie e mostrava soltanto la scena da metà anca a metà fronte. Se fosse indietreggiata, si sarebbe ritrovata seduta sulla branda disordinata di Katie.

Non doveva curarsi troppo dell'aspetto. Avvertiva un fastidioso ronzio nella testa: aspettative che si affollavano come tante zanzare. Non le piacevano. Le respinse.

Si sarebbe solo... messa il primo paio di calzoncini che trovava. E d'accordo, erano quelli corti blu Adidas davvero carini. E il primo top. Be', il secondo, perché era la canotta bianca con la schiena da competizione, e le stava meglio del primo. E i capelli. Li avrebbe lasciati sciolti. Non doveva tendere tranelli. No! Doveva solo... sbrigarsi. Un'allenatrice non può arrivare tardi. Infilò un elastico per i capelli intorno al polso, per ogni eventualità.

Uscì dalla casetta a passo spedito, scalza, facendo dondolare le scarpette che teneva per i lacci.

Cinque allenatori si erano già raccolti al centro del campo. Tra loro c'era Eric. Non che gli occhi di Bridget fossero andati subito a lui.

Avendo finalmente letto il libriccino del campo estivo, nell'ora dopo l'alba in cui non riusciva a dormire, conosceva ormai l'organizzazione. Nel campo ragazze e ragazzi venivano divisi in due gruppi. Ogni gruppo era a sua volta suddiviso in sei squadre. Giocavano a calcio per quattro ore ogni mattina. Ragazzi e ragazze si riunivano per l'allenamento di velocità e agilità dopo pranzo per un'ora, e poi per le altre attività: nuoto, sci d'acqua, escursionismo, rafting e tutti gli sport previsti nel campo. Dopo cena avevano un paio di ore libere. Di solito c'era un film o altro.

Ora che si era data la pena di guardare la lista degli allenatori, che era rimasta piegata in una busta nella sua camera per parecchie settimane, intonsa, e nella quale il nome di Eric Richman compariva a chiare lettere in corpo dodici, Bridget sapeva che le era stata assegnata una squadra maschile da allenare. Le andava bene. Diana ne allenava una di ragazze, era il solo aspetto negativo. Si sarebbero divertite, insieme.

Bridget si sedette in mezzo al campo e tirò fuori le calze che aveva appallottolato nelle scarpe. Se le infilò e si allacciò le scarpette. Sentì il sole caldo sulla testa.

È diverso, ora. È tutto diverso, ripeteva a se stessa. Ma non era sicura che il suo io stesse ascoltando. Eric le girò intorno, con l'espressione appena turbata che aveva assunto spesso vicino a lei due estati prima. Lei lo seguì con lo sguardo.

I ragazzi si stavano radunando. Dovevano avere tutti tra i dieci e i quattordici anni, ma i maschi in particolare erano così diversi l'uno dall'altro da essere quasi comici. Alcuni parevano ragazzini, altri quasi uomini fatti. Scorse Manny, che le era stato assegnato come suo allenatore personale; lo aveva conosciuto durante le riunioni dello staff il giorno prima. Sventolò il braccio rivolta a lui e lui rispose al saluto.

Il direttore maschile soffiò nel fischietto. Joe Warshaw. Aveva giocato nei San José Earthquakes, un sommo titolo di gloria. Bridget balzò in piedi, scuotendo le gambe. Era eccitante. Aveva fatto da allenatrice non ufficiale a Burgess, in Alabama, l'estate prima, e in un corso di perfezionamento. Aveva anche fatto da assistente all'allenatore JV a scuola, qualche volta. Ma non aveva mai avuto una squadra sua da allenare. Sapeva che la sua reputazione la precedeva. Aveva già sentito mormorare alle sue spalle, a colazione, quella mattina. Non solo era l'allenatrice più giovane, ma anche la sola liceale entrata nella meritoria categoria degli All-American quell'anno.

Aveva passato gran parte della vita in posti nei quali le sue imprese calcistiche non venivano tanto considerate. Le sue amiche non erano atlete. Certo, la sostenevano più che potevano, e tutte e tre avevano pianto alla sua premiazione. Ma non capivano ciò che voleva dire, né lei voleva che lo capissero per forza. Adorava il fatto che le volessero così bene per tutto il resto. Il suo papà, sempre preoccupato, era convinto che essere una All-American fosse grossomodo paragonabile a fare l'università. E suo fratello era andato a una sola delle sue partite. Ma qui era come essere una celebrità. I ragazzi la veneravano per ciò che era riuscita a fare. Ed Eric. Lui, meglio di tutti, sapeva quello che significava.

Si ritrovò di fianco a Eric quando il direttore chiamò le squadre. Non proprio di proposito. Conosceva solo lui. (Lo conosceva in un modo così strano.) Ed era un posto del tutto normale in cui stare.

Non lo farò più, si ripromise.

Qualche volta, quando pensava a Eric, e con forza maggiore adesso che lo vedeva, sentiva una dolorosa nostalgia del suo vecchio io, dell'intrepida anima audace che era stata un tempo. C'era un vago incanto in quel periodo passato. Alcune qualità si possedevano con noncuranza e non potevano essere recuperate, una volta svanite. Il fatto stesso di preoccuparsi rendeva impossibile riaverle.

Quello spirito però non era scomparso del tutto. L'aveva ancora, ma ne possedeva una versione più temperata. Quel periodo con Eric a Baja era stato il culmine della magia e la sua fine rovinosa. Lui era riuscito a generare entrambi.

Bridget era un po' più fragile, ormai. Oppure no. Forse lo era di meno. Forse era venuta a patti con le sue ferite e sapeva come proteggerle. Era più protettiva verso se stessa, in verità. Non aveva una madre, quindi doveva proteggersi da sé.

Bridget ebbe la sensazione di essere già conosciuta nel gruppo. I ragazzi che le erano stati assegnati la fecero sentire importante. Quando si raccolsero intorno a lei, alcuni avevano espressioni di ammirazione pura e altri parevano del tutto terrorizzati. Aveva sette ragazzi abili e muscolosi. Uno di loro, biondo, parlava inglese con un accento straniero. Per qualche ragione un ragazzino dal viso largo, lentigginoso, con i tratti affilati, lunghe gambe ossute e piedi immensi attirò la sua attenzione. Aveva un viso fantastico – entusiasta –, ma il solo fatto di stare in piedi immobile gli dava un aspetto scoordinato. Capì che sarebbe stato una rivelazione.

Mentre le squadre s'infilavano le maglie (quella della squadra di Bridget era azzurro cielo), si ritrovò accanto a Eric. «Sei famosa, eh? Non mi sono mai sentito una tale nullità» disse Eric ridendo, e lei fu contenta, se voleva dire ciò che lei credeva volesse dire.

«Allora, come va?» chiese lei con disinvoltura. Voleva fargli sapere che era diversa, ora. «Sembri abbronzato.»

«Sono appena tornato da due settimane in Messico.»

Il viso di Bridget era teso.

Che cosa stava cercando di dirle? Lei non era mai stata di quelle che fraintendono le intenzioni degli altri, e non si sentiva di cominciare in quel momento.

Dal viso di lui parve capire che erano già finiti su un terreno un po' scomodo.

Si schiarì la voce. «Com'era?»

Eric era a disagio. «Siamo stati con mia nonna a Mulege. Poi abbiamo viaggiato fino a Los Cabos e abbiamo finito con qualche giorno a Città del Messico.»

Bridget sentì una parola più forte delle altre. Lui aveva usato quel plurale. Che cosa voleva dire abbiamo? Abbiamo, chi? Non sarebbe rimasta lì a interrogarsi.

«Abbiamo chi?»

Lui attese. Non la guardava più. «Chi? Oh, uh, io e Kaya. La mia ragazza.»

Bridget annuì. La sua ragazza. Kaya. «Wow. Buon per te.»

Aveva voluto dirglielo? Non aveva voluto?

«Ci vediamo» disse Bridget frastornata, allontanandosi per scegliere un posto in cui riunire la sua squadra. Le sarebbe piaciuto poter soffocare quelle ronzanti, striscianti aspettative con una bomboletta insetticida.

Ci speravi, ammettilo. Detestava la disonestà, soprattutto con se stessa. *Sai che è così.*

Lena guardò fuori dal finestrino dell'autobus. Era vuoto, perciò raccolse le gambe sul sedile e le abbracciò, godendosi la sensazione dei Pantaloni Viaggianti sulla pelle. Era stato un meraviglioso pomeriggio di disegno, quasi magico. In parte perché indossava i Pantaloni, in parte perché sentiva che stava facendo veri progressi.

Rivide l'ultima posa della giornata: venti minuti. Preferiva le pose lunghe. Avevano una nuova modella ora, Michelle, che aveva i fianchi arrotondati e le braccia lunghe, lunghissime. Non pensò neanche un istante a valutare la modella in termini di bellezza. Michelle rappresentava una serie di sfide da disegnare. Lena guardò fuori dal finestrino dell'autobus, ma vide i gomiti di Michelle.

Le piaceva il tempo che passava sull'autobus, e amava camminare piano dalla fermata dell'autobus fino a casa nella dolce luce della giornata che moriva. Le offriva un passaggio tra l'atmosfera meditativa del corso e il tumulto di casa.

Quella sera fu accolta con asprezza. Suo padre stava già urlando prima che potesse appoggiare la borsa.

«Dove sei stata?» Non si era ancora tolto il completo. Non aveva l'aria rilassata.

Lei tenne la bocca chiusa. Aveva la sensazione che sapesse dov'era stata.

«Ho fatto un salto al ristorante tornando a casa dal lavoro e tu non c'eri» tuonò.

Lei scosse il capo. Sentì il battito sordo che cominciava nel petto. Avrebbe aspettato di scoprire quanto ne sapeva lui prima di provare a contenere i danni.

«Non fai il turno della cena, vero?»

Lei scosse di nuovo il capo.

«Eri al corso di arte, vero?»

Sarebbe servito a qualcosa negarlo? Erano tante, le regole fissate per i Pantaloni, ma si rese conto che ce n'era una inespressa: non si riusciva a mentire, quando li si indossava. Lei, almeno, non ci riusciva.

Aveva bisogno di cominciare a respirare di nuovo. «Sì.»

Il viso di suo padre si contorse per la rabbia.

I suoi occhi si dilatarono. Era la cosa che temeva sempre. Lei e Effie sapevano che quando i suoi occhi diventavano così erano guai seri. Era successo di rado durante la loro infanzia. Ma in quei lunghi mesi, da quando lui aveva costretto sua madre a vivere con loro, era accaduto molto più spesso.

La mamma di Lena comparve nell'ingresso dietro di lui. Era preoccupata.

«Parliamone con calma. George, perché non ti cambi per la cena? Lena, vai a sistemarti.» Dovette trascinare via George come un allenatore che spinge un pugile nel suo angolo.

Lena corse di sopra e chiuse la porta. Aspettò per vedere se aveva bisogno di piangere. Diede in un paio di singhiozzi, una lacrima bagnò i Pantaloni sul ginocchio. Sentiva le guance che scottavano e il cuore pareva le pulsasse in tutto il corpo.

La cena fu silenziosa e tesa. Effie era a casa di un'amica. Le lamentele di Valia – alimentate dal dolore al ginocchio – spezzarono la tensione anziché accrescerla, tanto soffocante era l'aria. Almeno qualcuno parlava.

Poi Lena, sua madre e suo padre si chiusero nel salottino della tv.

La rabbia di suo padre non era più tanto rovente, ma pareva essere diventata più profonda. «Ho riflettuto, Lena.»

Lei era seduta sulle mani.

«Sono molto turbato perché ci hai mentito.»

Inspirazione. Espirazione.

«Sai che non sono mai stato felice all'idea che tu andassi all'accademia d'arte» proseguì. «È poco pratica, è costosa, e alla fine dei quattro anni non avrai prospettive di lavoro. Non penserai seriamente di poterti mantenere facendo l'artista.»

Lena guardò sua madre. Sapeva che Ari era bloccata: non dava torto a suo marito, ma non gli dava nemmeno ragione.

«Dopo aver visto quella classe, ho sentito che era sbagliato anche per altre ragioni. Non è un'atmosfera sana per una ragazza giovane. Alcuni genitori possono anche accettare quel genere di ambiente per le loro figlie, ma io no.» Perlomeno non stava urlando. «L'ho già detto a tua madre. Non posso sostenere la tua decisione. Non ti pagheremo l'iscrizione alla RISD. Pagheremo per una normale università, ma non per quella.»

Lena era sbalordita. «Non è un po' tardi per una decisione del genere?» Aveva la voce spezzata.

«Puoi ancora trovare un corso, credo. Hai dei buoni voti. Alcune università accolgono ancora le domande di ammissione. Altrimenti puoi fare domanda per il prossimo autunno, e intanto stare a casa e lavorare per guadagnare un po' di soldi.»

Piuttosto morta, avrebbe voluto gridargli, ma non lo fece. Non disse nulla. Che cosa poteva dire? A lui che cosa importava? Di certo non gli interessava quello che lei stava provando.

La stava punendo perché gli aveva disobbedito. Stava rivestendo la punizione di senso pratico, fingendo di essere un buon padre, ma lei sapeva che cos'era in realtà.

Sfilò le mani da sotto il corpo. Le sentiva fredde come il marmo. Il suo sangue aveva smesso di circolare.

Si alzò piano e uscì dalla stanza. Suo padre non avrebbe ascoltato le sue parole. Dubitò che potesse sentire il suo silenzio.

PATRICK: SONO MATTO.
SPONGEBOB: CHE SUCCEDE, PATRICK?
PATRICK: NON RIESCO A VEDERMI LA FRONTE.

C'era una cosa strana in Carmen, e lei lo sapeva anche troppo bene: riusciva a capire, analizzare e predire l'arrivo del suo comportamento pazzo e autodistruttivo, eppure continuava comunque per la sua strada. Quella si chiamava premeditazione, e faceva sì che la gente andasse in prigione per tutta la vita anziché solo per qualche anno.

Che cosa rendeva una persona così?

Mentre per l'ennesima volta Carmen aspettava la sua stanca madre, fingendo di sfogliare una rivista nel salotto con noncuranza, traboccava di colpevole premeditazione.

Tuttavia attese con gentilezza che si fosse tolta le scarpe e sdraiata sul divano prima di scagliarsi contro di lei. Ora che la verità sul bambino era stata svelata, la pancia di Christina si espandeva in modo visibile.

«Mi ha telefonato il responsabile delle ammissioni dell'Università del Maryland, oggi» disse Carmen con noncuranza, sfogliando le pagine della rivista un po' troppo in fretta.

La verità era che Carmen non era entusiasta all'idea di passare il suo primo anno di università in quella del Maryland. Era una scuola decente, ma non fantastica come il Williams. Era immensa e anonima, mentre il Williams era piccolo e intimo.

Quello che eccitava Carmen, in qualche modo perverso, era dirlo a sua madre.

Christina era troppo stanca anche solo per esprimere la vastità della sua confusione. «Perché?»

«Perché ho fatto domanda lì, e la signora delle ammissioni voleva dirmi che mi danno un'autorizzazione speciale e mi ammettono.»

Christina cercò di raddrizzarsi. «*Nena*, non ho idea di che cosa stai dicendo.»

«Sto pensando di andare alla UM anziché al Williams.»

Ora Christina si mise a sedere del tutto. «Perché mai?»

«Perché forse non sono pronta per lasciare casa, ora. Forse voglio rimanere e dare una mano ed essere parte della vita del bambino.» Carmen soffiò fuori quelle parole come se stesse dicendo che aveva intenzione di farsi fare una manicure.

«Carmen?» L'espressione di sua madre era soddisfacente. Stava decisamente e di certo prestando attenzione al futuro di Carmen e di nessun altro, in quel preciso istante.

«Cosa?» Carmen sbatté gli occhi con aria innocente.

Christina inspirò ed espirò diverse volte, come in una lezione di yoga. Si adagiò sui cuscini e pensò un momento prima di aprire la bocca per parlare. «Tesoro. Nel mio cuore egoista, non posso volere altro che averti a casa. Odio il pensiero che tu te ne vada. Mi mancherai moltissimo, lo sai. Voglio che tu stia con me e David e il bambino. Nel mio cuore egoista, è questa la mia fantasia.»

Carmen sentì le lacrime traboccare. Era passata dall'assoluta noncuranza al pianto in venti secondi.

La voce di Christina fu dolce, quando proseguì. «Ma una buona madre non obbedisce solo ai desideri del suo cuore egoista. Una buona madre fa ciò che crede migliore per un figlio. A volte le due cose coincidono. Questa volta sono diverse.»

Carmen si asciugò le guance con il dorso della mano. Che genere di lacrime erano, con esattezza? Lacrime di gioia? Pena? Paura? Confusione? Forse tutto questo insieme?

«Come fai a saperlo?» La voce di Carmen era gonfia e acuta per l'emozione. «Come fai a sapere che non coincidono?»

«Perché il Williams è il posto giusto per una ragazza intelligente e capace come te, *nena*. Il tuo posto è lì.»

«Il mio posto è in questa casa.»

«Il tuo posto sarà sempre in questa casa. Andare al Williams non vorrà dire che non farai più parte di questa casa.»

«Forse sì» disse Carmen.

«No.»

Carmen scrollò le spalle e si asciugò gli occhi di nuovo con il dorso della mano.

«Sento che sarà così.»

Lenny,

avevi una voce così triste al telefono prima; abbiamo pensato che queste potessero tirarti su. La signora del negozio di caramelle ha detto che non ha mai conosciuto nessuno a cui piacciono solo le gelatine al rabarbaro, e per essere sincere, il sacchetto tutto marrone non attira quanto il mix ai frutti tropicali, per esempio. Ma tu sei tu e a noi piaci così.

XXXXXXXXXOOOOOOO

Tib + Carma

Tibby era fuori dalla sua finestra. La vedeva sopra di sé e sentiva il vuoto sotto i piedi, le mani strette al davanzale. Dentro c'era una luce gialla, calda, e fuori, dove stava lei, faceva buio. Riusciva ad avvertire il melo, da qualche parte sotto di lei, ma non a vederlo. Le facevano male le mani, non aveva più forza nelle braccia. Voleva con tutta se stessa tornare nella sua stanza. Come era arrivata lì? Perché lo aveva fatto? Non poteva lasciarsi cadere nell'oscurità, ma non poteva nemmeno tornare dentro.

«Tibby. Tibby?»

Tibby aprì gli occhi e impiegò un momento per orientarsi. Era sprofondata in una poltrona del cinema. Le luci erano accese. Lo schermo davanti a lei era vuoto. Margaret la stava svegliando con il massimo riguardo.

«Ciao, Margaret. Ciao. Mi sono addormentata, vero?»

«Sì. Non ti preoccupare. Il turno è finito. Ho raccolto la spazzatura, quindi è tutto a posto.»

Tibby la guardò con gratitudine. «Grazie mille. Farò la tua parte la prossima volta, d'accordo?» Si alzò a sedere, intontita, e aspettò che il sogno svanisse. Di solito non si addormentava durante i film, ma lavorare in un cinema poteva portare anche a questo. Dopo aver raccolto i biglietti dello spettacolo delle quattro ed essersi assicurata che tutti fossero ai loro posti e aver passato l'aspirapolvere nell'ingresso, le era consentito di guardare il film. Era il solo motivo per cui aveva chiesto a Margaret di aiutarla a ottenere quel lavoro.

Ma ormai aveva visto *L'attrice* quattordici volte. Le prime tre o quattro erano state piuttosto interessanti. Ma poi, pian piano, la suspense si era svuotata, la spontaneità della storia d'amore si era inaridita fino a svanire. Alla decima o dodicesima volta, Tibby riusciva a vedere i meccanismi che agivano nella testa degli attori e i miseri trucchi delle riprese. Alla quattordicesima volta... be', si era addormentata.

Per un'appassionata di cinema da sempre come lei, era triste, per un verso, vedere la magia dell'illusione seccarsi come un maccherone dimenticato sul seggiolino di Katherine per una notte. La faceva sentire depressa e avvilita. E leggere l'eccitazione sui volti del pubblico la faceva sentire ancora peggio. Sapeva che ogni spettatore era rapito dal crescendo fino al culmine, con i violoncelli e i violini e primi piani giganteschi di quei visi entusiasti, estasiati. Sentiva che tutta la magia e la potenza era solo per loro. Non riflettevano certo sul fatto che erano stretti nella morsa di un elaborato inganno. A loro non importava.

Tibby era stata ammessa al corso di cinema della NYU per la forza del film che aveva fatto su Bailey l'estate prima. Stava per passare quattro anni a imparare come si fanno i film. Aveva creduto di desiderarlo più di tutto. Ma ora cominciava ad avere qualche dubbio.

In fase depressiva, immaginò come si sarebbe sentita se fosse
stata un pubblico ufficiale che celebra matrimoni o un dottore che fa nascere i bambini. Avrebbe visto persone che, immerse nella loro intima meraviglia, immaginavano di vivere un'esperienza pura, unica nella vita. E poi, dopo un'ora o due, avrebbe visto qualcun altro fare la stessa cosa. Quelli che credevano miracoli, per lei sarebbero stati solo come colazione, pranzo e cena.

Era triste rendersi conto che quelle che un tempo si erano credute meraviglie dello schermo fossero trucchi, in realtà. Che quella che si era ritenuta arte era solo una formula fatta di artifici.

Bridget ne discusse con Diana quella sera, quando i ragazzini furono a letto. Si sedettero sulla riva del lago, gettando sassi nell'acqua ferma. Bridget tratteggiò la propria strategia, che era piuttosto semplice. Si sarebbe limitata a evitare Eric. Sarebbe rimasta alla larga da lui e si sarebbe concentrata su altre cose: la squadra, l'allenamento, stare con Diana e farsi nuovi amici. Oltre al fatto che aveva tre fine settimana liberi, proprio come Eric. C'erano buone possibilità che li avessero in momenti diversi. Non doveva importare poi tanto che lei e Eric lavorassero nello stesso campo. C'era spazio.

Durante una riunione prima di colazione, la mattina dopo, i responsabili distribuirono i compiti tra lo staff. Oltre all'allenamento, a ognuno fu assegnato un partner con il quale avrebbe prestato assistenza per le attività pomeridiane e sorvegliato alcuni pasti, gli eventi serali e le gite speciali del finesettimana.

Fu lungo e un po' noioso, e Bridget si distrasse, guardando di nascosto altre foto che Diana aveva portato – ancora Michael, le sue compagne di stanza, la sua squadra di calcio alla Cornell – finché non sentì chiamare il suo nome.

«Vreeland, Bridget. Rafting e kayak. Dalle due e mezzo alle cinque durante la settimana. E hai la colazione mercoledì, il pranzo lunedì, la cena giovedì, e domenica sera nuoto al chiaro di luna. Gite nel finesettimana ancora da decidersi» lesse a voce alta Joe Warshaw.

Lei scrollò le spalle, felice. Sembrava divertente. Non sapeva niente di rafting e kayak, ma avrebbe imparato in fretta. E a lei, più che a tutti gli altri, piaceva nuotare di notte sotto le stelle. Joe sfogliò le pagine del blocco. «Vreeland Bridget, farai coppia con...» Stava scorrendo i nomi. «Richman, Eric.» Non

alzò nemmeno lo sguardo dopo aver letto, e proseguì con le attribuzioni.

Bridget sperò di avere avuto un'allucinazione. Diana le scoccò un'occhiata ansiosa. Se Bridget aveva le allucinazioni, allora le aveva anche Diana.

Era così crudele che le venne quasi voglia di ridere. Era uno scherzo? Qualcuno aveva chiamato da Baja per dire che Bridget ed Eric avevano condiviso la storia più straziante, chiedendo che li si mettesse insieme a ogni costo?

Levò gli occhi e incontrò lo sguardo di Eric. Aggrottò la fronte.

«Puoi cambiare» disse Diana in un soffio. «Vai a parlare con Joe, dopo. Gli piaci. Ti lascerà cambiare.»

Bridget andò dritta da Joe, alla fine. «Ehi. Posso chiederti una cosa?»

«Certo.»

Lo staff della cucina stava cominciando ad apparecchiare per la colazione.

«Posso, uh, cambiare compagno? Si potrebbe fare?»

«Se mi dai una buona ragione.» Parve prevedere ciò che lei stava per dire, perché parlò prima che lei potesse aprire bocca. «E voglio dire una ragione medica o professionale. Non una ragione personale. Non ammetto ragioni personali.»

«Oh.» Frugò il cervello in cerca di qualcosa che avesse l'aria medica o professionale. Ferite aperte? Funghi contagiosi ai piedi? Personalità multiple? Poteva dimostrare la validità di quest'ultima ragione.

«Bene. Tieniti il tuo compagno. Tutti vogliono cambiare, all'inizio.» Raccolse i fogli e si alzò per andarsene. «Andrà tutto bene.»

DIO È SOTTILE,
MA NON MALIZIOSO.

— ALBERT EINSTEIN

La ferocia era tornata sul viso di Valia, ed era più forte che mai. Dovevano andare di nuovo all'ospedale, questa volta per la doppia sfortuna delle analisi del sangue per i reni e della fisioterapia per il ginocchio. Si era rifiutata di salire in macchina, sostenendo che Carmen teneva il volante in modo sbagliato. Perciò Carmen spingeva Valia in sedia a rotelle sul marciapiede, proprio come una madre che spinge il passeggino di un bambino molto capriccioso.

Cenere alla cenere, pannolino al pannolino, passeggino al passeggino, gengive alle gengive, pensava Carmen spingendo Valia. Chi poteva ancora sostenere che anche quell'estate non le era toccato un lavoro da babysitter? C'era una ragione per la quale stava percorrendo con baldanza le ultime due miglia fino all'ospedale, a dispetto del caldo di metà luglio, ma non ne conosceva ancora il nome. E comunque era meglio stare fuori, condividendo Valia con l'universo, anziché averla tutta per sé in un salottino buio. Mentre teneva una mano sulla sedia a rotelle, Carmen aprì con l'altra il cellulare e premette il tasto di Lena.

«Ciao» disse Carmen quando Lena rispose. «Hai finito il lavoro?»

«Ho il turno del pranzo e della cena» disse Lena. «Sono in pausa.»

«Oh. Senti...»

Carmen s'interruppe, perché Valia aveva scrollato la testa con aria torva, le rughe intorno alla bocca che si accentuavano. «Non voglio sentirti parlare al telefono» dichiarò. «Come fai a spingere con una sola mano?»

«Devi andare» disse Lena esperta, mostrandosi solidale.

«Oh, sì.» Carmen chiuse il telefono con uno scatto. La rabbia cominciava a scavare solchi anche nel suo viso. Uno dei vantaggi di un neonato rispetto a Valia, per esempio, era che non solo i bambini sono di gran lunga più carini, ma in più non parlano.

Carmen spinse per l'ultimo chilometro a denti stretti. In ospedale, salì subito al piano dove si facevano le analisi, l'ottavo. Mentre Valia abbaiava a chiunque non fosse Carmen e avesse la malaugurata idea di aiutarla, Carmen ebbe modo di gironzolare nel corridoio. In quaranta minuti vide diversi volti passare, ma non quello che desiderava. Soltanto dopo che ebbero raggiunto il piano del ginocchio, il terzo, e Carmen ebbe frugato il corridoio con lo sguardo per venti minuti, vide il ragazzo che ancora non odiava sporgere la testa da dietro l'angolo. Non appena lui la vide, il resto del corpo lo seguì.

«Ehi!» disse, avvicinandosi sorridente, a passo veloce. Dio, stava bene con i jeans. Era diventato ancora più carino?

«Ehi!» disse lei di rimando. La sua pancia reagì con forza alla vista di lui.

«Mi sono reso conto che avevo dimenticato di chiederti come ti chiami l'ultima volta» disse lui. «Ci ho pensato per tutta la settimana.»

«Hai avuto qualche idea?» chiese Carmen.

Lui rifletté. «Um… Florence?»

Lei scosse la testa.

«Rapunzel?»

«No.»

«Angela?»

Lei arricciò il naso, scontenta. Aveva una seconda cugina molto grassa che si chiamava Angela.

«Bene, allora?» chiese lui.

«Carmen.»

«Oh. Hmmm. Carmen. Bene.» Chinò il capo, aggiustando il nome su di lei.

«E tu?»

«Mi chiamo Win.» Lo disse un po' forte, come se si stesse preparando a una lite.

Carmen abbassò gli occhi. «Win? Come vincere… in opposizione a perdere?»

«Win in opposizione a…» Mostrò un'espressione di lieve turbamento. «Winthrop.»

«Winthrop?» Carmen sorrise: lo conosceva abbastanza per prenderlo in giro?

«Lo so.» Lui fece una smorfia. «È un cognome. Lo odiavo all'inizio, ma non ho imparato a parlare finché non ho avuto due anni, e ormai me lo avevano affibbiato.»

Lei rise. «Perché lasciamo che siano gli altri a darci un nome?»

«Sì» disse lui con indignazione. «Perché? Qualcuno dovrebbe cambiare le cose.»

«Mi viene in mente quella sciatrice alle Olimpiadi» si ricordò Carmen. «I genitori le avevano permesso di scegliersi il nome da sola e mi pare che abbia scelto Pikabù.»

Lui annuì con aria esperta. «Be', sì, in effetti.»

Lei sorrise. *Win.* Huh. Win, Win, Win, Win. A lei non dispiaceva affatto.

«Come va il tuo...» Win indicò il braccio di Carmen.

Non a caso indossava la camicia senza maniche che la valorizzava di più, offrendo un'ampia veduta del suo abbronzato, flessuoso avambraccio. Di tutte e due le braccia, in realtà.

«A posto. Praticamente guarito.»

«Bene.»

«Come sta Valia? Legamento, vero? Crociato anteriore?»

Lei annuì, contenta. Il problema maggiore di Carmen con i ragazzi era che non aveva mai nulla da dire. Le piaceva che lei e Win (Win, Win, Win) avessero tutte quelle cose di cui parlare anche se non si conoscevano.

«Carmen? Caaaaarmen?»

Era il suono che le rimescolava il sangue, le prosciugava le ossa e le faceva tornare su il pranzo per la gola. Carmen cercò di mantenere un volto radioso. «Dev'essere Valia. Ha bisogno di me. Meglio che vada.»

«Non sembra felice» osservò Win.

«Be'...» Carmen si morse il labbro. Non voleva riversare la sua sofferenza su Win. Le pareva sbagliato, lì. «Valia ha passato un brutto momento.» Abbassò la voce. «Ha perso suo marito meno di un anno fa e ha dovuto trasferirsi qui dalla bellissima isola greca in cui era nata e aveva vissuto tutta la vita e...» Carmen si sentì davvero triste per Valia, mentre descriveva la situazione. «È solo molto... triste.»

Win assunse un'aria grave. «Sembra duro.»

«Sì. Meglio che vada» disse Carmen. Non era sicura di poter sopportare un altro gemito di Valia.

«Per una cosa è fortunata, però» le gridò Win.

Carmen voltò la testa mentre si allontanava, sentendo che i lunghi capelli le ondeggiavano sulle spalle come in un film.

«Che cosa?»

«Ha te.»

Per qualche giorno Lena si sentì troppo fragile per tornare al corso di disegno. Sapeva che suo padre la osservava da vicino, ormai. Attese finché non si sentì abbastanza forte per un confronto, prima di avere il coraggio di ritornarci.

Chiese ad Annik se potevano parlare durante l'intervallo lungo e Annik accettò. Questa volta fu Lena a guidarla nel cortile. Annik era stata così contenta quando Lena le aveva detto del RISD, aveva parlato a lungo di tutti gli insegnanti che conosceva. Ora, con il cambio di programma, Lena si sentiva di doverle dire anche quello.

«Perciò dice che non posso andare. Non pagheranno la retta» spiegò Lena, inebetita.

La bocca di Annik si abbassò. I suoi occhi scuri si spalancarono nella loro cornice di ciglia rossicce. Parve trattenersi. Probabilmente sapeva che criticare un genitore non era di nessun aiuto, qualsiasi cosa avesse fatto. «Dice che non puoi andare o che non pagherà?» chiese infine, risoluta.

«Tutti e due, credo. Non posso andare se non pagano.»

«Ne sei certa?»

Lena scrollò le spalle.

«Non ci avevo pensato, in realtà.»

«Dovresti. Ci sono due strade. Immagino che non potresti chiedere un aiuto economico.»

Lena scosse il capo. Vivevano in una grande, bella casa con la piscina. Suo padre era un avvocato di successo. Sua madre aveva un buon reddito.

«Allora dovrai vincere una borsa per il merito» disse Annik.

«Come si fa?» Lena aveva paura di sperare.

«Potrei chiamare un amico...» Annik si interruppe. Unì le mani.

Lena contò gli anelli di Annik, nove in tutto.

«Se fossi in te» proseguì Annik, cambiando strada, «andrei sul sito web oppure chiamerei e mi informerei. E se ti dicono di no, fai qualche altra domanda finché non trovi qualcuno che ti dica di sì.»

Lena parve dubbiosa. «Non sono molto brava in quel genere di cose.»

Annik parve spazientita. Non arrabbiata o fredda, ma di certo spazientita. «Vuoi andare alla scuola d'arte o rimanere a casa?»

«Voglio andare alla scuola d'arte. Non posso stare a casa.»

«Allora cerca un modo per farlo.» Annik pose la mano per un attimo sul gomito di Lena. «Lena, credo che potresti fare qualcosa di buono. Credo che tu abbia talento, forse tanto, e non lo dico alla leggera. Voglio che tu provi. Vedo che sei appassionata, ma non posso lottare al posto tuo. Sei tu che devi combattere per te stessa.»

«Davvero?»

Annik rivolse a Lena un sorriso d'incoraggiamento. «Davvero. Devi prenderti un po' di spazio, ragazza.»

Quindi la prima strategia non avrebbe funzionato. Non solo Bridget non avrebbe potuto evitare Eric, ma l'avrebbe visto in continuazione. Qualcuno lassù si stava facendo una risata malevola a sue spese.

Bridget fece una lunga corsa nell'intervallo dopo il pranzo e cercò di formulare un piano B.

Lei ed Eric non sarebbero stati estranei, quindi avrebbero dovuto essere amici. Poteva farlo. Poteva trattarlo come un ragazzo qualsiasi, no?

Poteva cercare di dimenticare che lui era il primo e l'unico. Poteva accantonare l'effetto disastroso che la loro breve avventura aveva avuto sulla sua vita. Poteva ignorare – poteva davvero sforzarsi di ignorare – la potente attrazione che sentiva per lui. Poteva costringersi ad accettare che lui non provasse la stessa attrazione per lei.

Bridget aveva il respiro affannoso, mentre saliva di corsa su per una collina ripida, una curva dopo l'altra. La foresta ai lati pareva proteggerla.

La verità era che non si era mai sentita attratta in maniera tanto prepotente da nessuno. Nei due anni passati da quando si erano conosciuti si era interrogata su quel particolare magnetismo che Eric esercitava su di lei. Era reale? Oppure era stata così presa dall'entusiasmo della sua impresa estiva a Baja che l'aveva immaginato?

Vederlo di nuovo quell'estate le consentì di rispondere alla domanda. Era reale. Reagiva con lui nella stessa maniera, benché si sentisse cambiata.

Che cosa c'era in Eric? Era bello e aveva talento, sì. Ma un mucchio di ragazzi lo erano. Lei aveva adorato Billy Klein in Alabama l'estate prima, e si era sentita anche attratta da lui, ma non era lo stesso. Che cosa fa sentire quella stretta allo stomaco per una persona e non per un'altra? Se Bridget fosse stata Dio, si sarebbe opposta alla legge secondo cui ci si sente così per qualcuno senza che quel qualcuno ricambi.

Bridget raggiunse la cima della piccola montagna. All'improvviso gli alberi si diradarono e potè scorgere le colline arate e le vallate dense di foschia che si stendevano a perdita d'occhio. Il campo nel quale era contenuta tutta quell'agitazione era piccolo e circolare. Visto da quell'altezza, era tanto minuto da poterlo cingere con le braccia.

Bridget sapeva che cosa fare. Non riusciva a controllare la reazione istintiva nei confronti di Eric, ma poteva controllare il proprio comportamento. Era stata forte e risoluta allora, e lo sarebbe stata anche adesso. Come aveva trovato un modo per sedurlo tempo prima, poteva trovare un modo per non farlo ora.

Aveva davanti a sé un fine settimana a casa. Avrebbe ripreso il controllo, e tornata al campo si sarebbe contenuta. Non avrebbe flirtato, non ci avrebbe provato, non si sarebbe tormentata, non si sarebbe afflitta. Non si sarebbe nemmeno immalinconita. Be', forse un po' di malinconia l'avrebbe provata, ma se la sarebbe tenuta per sé.

Cominciò a correre in discesa, veloce, appena fuori controllo.

Sì, sarebbero stati amici. Sarebbero stati compagni. Lui non avrebbe mai saputo che cosa provava lei in realtà.

Si preparava un'estate molto lunga.

POSSO OFFRIRTI
UN DRINK O DEVO
SOLO DARTI I SOLDI?

– ARTISTA DELL'ACCHIAPPO
FALLIMENTARE

«Dai, Tibby! Andiamo!» Tibby, sulla soglia di casa, guardava Bee che saltava su e giù per il prato all'inglese e gridava. La sua testa bionda irradiava luce nell'oscurità.

«Dove andiamo?» chiese Tibby, con voce inespressiva.

«È una sorpresa. Sarà divertente. Dai!»

Tibby uscì sul prato estivo, sentendo i pezzetti d'erba tagliata che le si appiccicavano sotto i piedi nudi. «Non voglio sorprese. Non voglio divertirmi.»

«È proprio per questo che ne hai bisogno.»

Carmen, al volante della sua auto, suonò il clacson e sventolò il braccio fuori dal finestrino. Tibby vide Lena sul sedile del passeggero davanti.

Bee andò incontro a Tibby e avvicinò il capo a quello di lei. «Dai, Tib. Katherine rimbalza come una pallina magica, ormai. Sei autorizzata a sentirti bene, sai? Ho una sola serata prima di tornare in Pennsylvania. Non la passo senza di te.»

Tibby tornò in casa correndo per dire ai suoi genitori che sarebbe stata fuori per un po'. Di solito loro uscivano il sabato sera, ma dall'incidente di Katherine avevano cominciato a rimanere in casa. E poi, visto che avevano licenziato Loretta, chi si sarebbe occupato di Katherine? Tibby si trascinò fino all'auto di Carmen senza preoccuparsi di prendere le scarpe.

«Non voglio venire» annunciò al gruppo quando fu in macchina.

«Non sai neppure dove stiamo andando» fece notare Lena.

«Non voglio venire lo stesso.»

Carmen lasciò il freno e partì comunque.

«La tua fortuna, Tibadee, è che le tue amiche non ti stanno a sentire.»

Senza ironia, Tibby scosse il capo. «Non vedo proprio come possa essere una fortuna.»

«Perché ti vogliamo troppo bene per lasciare che ti maceri nella tua stanza per il resto dell'estate» chiarì Carmen. *Macerarsi* era la sua parola preferita della settimana.

«Forse ho scelto di macerarmi» disse Tibby.

«Ma macerarsi... non ha scelto te.» Carmen annuì con decisione, come se con quella frase l'argomento fosse chiuso.

Tibby sprofondò nel sedile e lasciò che l'intimo chiacchiericcio la avvolgesse. Ascoltare le voci delle sue amiche era come ascoltare una sinfonia familiare, con uno strumento che attaccava e si sovrapponeva a un altro. Il modo in cui le cadenze si allacciavano e armonizzavano le dava un senso di sicurezza.

Finché Carmen non entrò nel parcheggio della piscina Rockwood.

«Perché siamo qui?»

«Andiamo a nuotare» disse Bee.

«Perché non andiamo da Lenny e basta?» chiese Tibby.

«I suoi genitori sono a casa. E Valia dorme» spiegò Carmen.

Bastava. Nessuna persona sana di mente avrebbe voluto svegliare Valia, e la finestra della sua camera si affacciava sul retro della casa.

«Be', questa piscina è chiusa.» Tibby si sentì acida mentre lo diceva.

«Vieni e basta, okay?» disse Bee.

Tibby le seguì sul ponte sopra il torrentello che un tempo aveva creduto un impetuoso corso d'acqua che collegava lande sconosciute. Probabilmente era solo per i liquami. Le seguì sulle infinite, ripide scale che un tempo le erano parse la scala verso il paradiso. Si avvicinarono ai cancelli chiusi e si sparpagliarono sui lati.

Tibby stava cominciando a provare una sensazione ancora peggiore.

«Ecco il posto!» gridò Bee, indicando la sola parte della recinzione senza filo spinato. Bee si stava già arrampicando quando si raccolsero tutte sotto di lei. «Si sale e si scavalca» disse, allegra, dando l'impressione che fosse semplice quanto inforcare una bicicletta.

«Non vengo» disse Tibby.

«Perché no?» Carmen e Lena si voltarono tutte e due a guardarla.

Quel genere di acrobazie di solito la trovava d'accordo. Ma il pensiero di arrampicarsi sulla recinzione la faceva stare male in maniera quasi fisica. Non riusciva a spiegarne la ragione, ma sapeva che non l'avrebbe fatto.

«Non me la sento» disse.

Bee si fermò dall'altra parte della recinzione. Parevano tutte deluse che Tibby non si fosse entusiasmata per il loro piano. Bee si arrampicò di nuovo e tornò indietro. Ora Tibby si sentiva in colpa.

«Voi andate» disse, cercando di assumere un tono leggero. «Davvero, andate. Non mi dispiace. Oltre al fatto che avete bisogno di qualcuno che stia di guardia qui... sapete, per ogni eventualità.» Suonava pietoso alle sue stesse orecchie.

«Mi piacerebbe che tu venissi. Non ci divertiremo allo stesso modo senza di te» disse Lena.

«La prossima volta» rispose Tibby, che si sentiva un vero disastro.

Quindi si sedette lì, appoggiata alla recinzione – sul lato esterno, quello sbagliato – fingendo di fare la guardia, mentre sentiva le sue amiche che si sfilavano la biancheria e si tuffavano nell'acqua. Ci misero più tempo di quanto avrebbero fatto se Tibby fosse andata con loro. Ma avevano comunque voglia di divertirsi.

«Carma, ti prometto che te lo renderò.»

Carmen alzò gli occhi al cielo. «Sta' zitta. Perché dici così? Non ci ripaghiamo a vicenda. Non segniamo i punti.»

Tibby interruppe la sua frenetica attività per guardare Carmen con riconoscenza. «Allora non te lo renderò.»

«Grazie al cielo.» Carmen estrasse un tubetto di Blistex profumato alla fragola dall'ammasso di cose che giacevano sul cassettone di Tibby e se ne mise un po'. «Undicesimo piano, giusto?»

«Sì, controlla all'accettazione. Chiedi del dottor Barnes. C'è una saletta d'attesa per i bambini, se devi aspettare.»

«*No problem*. Mi sentirò come a casa.»

Carmen afferrò una maglietta morbida grigio antracite di Tibby e prese in considerazione di rubarla.

«Katherine ne sarà molto felice.»

Carmen ripose la maglietta nella confusione. «Ed è un buon esercizio per me, giusto?» La sua voce era di nuovo seria.

Tibby avvertì il suo umore e le toccò il polso. «Credo che tu l'abbia già mandata giù, Carma.»

Carmen fece strada fino alla base delle scale dove Katherine aspettava impaziente, lo zainetto giallo sulle spalle, il casco da hockey appena inclinato.

«Pronta, baby?»

Katherine si arrampicò su una sedia della cucina e si mise in piedi; senza alcun riguardo per il gesso, tese le braccia verso l'alto come una tuffatrice e saltò addosso a Carmen.

Tibby la aiutò ad adagiare Katherine sul seggiolino che avevano sistemato nell'auto di Carmen, e balzò sul sedile. Carmen accompagnò Tibby al lavoro, poi andò all'ospedale. Mentre parcheggiava, apprezzò il buon carattere di Katherine, che cinguettava dietro, senza mai lamentarsi del suo modo di guidare, al contrario di Valia, per esempio.

Quando, attraversando le porte automatiche, sfrecciarono nell'immenso ingresso, Carmen prese Katherine in braccio. Katherine le si aggrappò con dolcezza, come un koala, il casco da hockey che dondolava sotto il mento di Carmen. «Posso schiacciare il bottone?» chiese nell'ascensore.

«Sì, undicesimo. Uno uno.»

Carmen piegò l'indice di Katherine nella direzione giusta. Si sentì come se avesse appena regalato alla bambina un'intera vita di fortuna, tanta era la sua eccitazione. «Schiaccia sempre Nicky» spiegò, premendo diverse volte.

Carmen non poté fare a meno di vagare con lo sguardo per i corridoi. Il suo cuore batteva molto più forte e veloce del solito. Ovviamente stava pensando a lui. Ovviamente voleva vederlo. Ma per un altro verso non voleva.

Depose Katherine sul bancone dell'accettazione di pediatria. «Katherine Rollins, per una visita con il dottor Barnes» disse alla donna dietro la scrivania.

La donna scrisse il nome di Katherine e trovò la sua cartella. «Vuoi giocare nella sala dei giochi per qualche minuto, tesoro?» chiese a Katherine.

«Può venire anche lei?» Katherine toccò con il dito teso lo zigomo di Carmen.

«Certo» disse la donna, e indicò loro la direzione.

Carmen non poté trattenersi dal guardare indietro mentre

camminava. Una parte di lei voleva davvero vederlo. Una grossa parte.

Be', un'altra volta, pensò, varcando la soglia della sala dei giochi. Era chiara e soleggiata, e ospitava qualche altro bambino e un mucchio di giocattoli e mobili in miniatura. Carmen si sarebbe dovuta accontentare di rimanere in piedi o di sedersi sul pavimento, perché non c'era speranza che riuscisse a sedersi su una seggiolina Elmo. E se per qualche miracolo fosse riuscita a farlo, non ne sarebbe più venuta fuori. Si immaginò uscire dall'ospedale con una piccola sedia di plastica rossa attaccata al sedere.

«Ehi, tu.» Posò Katherine a terra davanti a un labirinto di fili su cui scorrevano palline colorate e le raddrizzò il casco. «A cosa vuoi giocare?»

Katherine danzò, al colmo della felicità. Racimolò un'arca di Noè, uno xilofono, due pupazzi e un libro. Carmen sapeva che a Katherine dispiaceva che le amiche di Tibby venissero a casa e passassero il tempo solo con lei. Ora aveva Carmen tutta per sé.

Carmen sentì una bimba che rideva dietro la grande casa delle bambole nell'angolo. Vide alcune parti di un uomo sbucare dalle porticine: il padre della bambina, senz'altro. Pensò che lei e Katherine avrebbero potuto occupare la casa delle bambole, quando quei due l'avessero lasciata libera. Due gemelli si stavano tirando palloni da basket di gommapiuma. Carmen notò che qualcuno aveva staccato dei pezzi a morsi da uno dei due palloni.

«Questo ti piace?» Katherine stava rovesciando gli animali fuori dall'arca.

Giocarono. C'erano un mucchio di animali senza compagno in quella versione della storia di Noè, probabilmente persi o rubati, ma a Katherine non importava. Carmen era l'ippopotamo, l'elefante, il leone e il pinguino. Era un bene, perché lei aveva sempre avuto un debole per i versi e i suoni degli animali. Con i pinguini si calò nella parte. In quell'occasione, il suo pinguino divenne un mafioso, un po' come Marlon Brando nel *Padrino*, però in un modo pinguino. Katherine rideva così forte che non le usciva alcun suono. Anche le persone dietro la casa delle bambole ridevano. I gemelli giravano intorno a loro, eccitati.

All'improvviso Carmen si rese conto che la gamba che si allungava da un lato della casa delle bambole aveva una scarpa marrone. Una Puma marrone, per la precisione. Interruppe il soliloquio del pinguino. Qualche istante dopo, un volto apparve sopra il frontone in miniatura. Lei pose le due mani sugli occhi, in preda a una profonda umiliazione.

«Ciao, Win.»

Avrebbe potuto essere più ridicola di così?

Lui sbucò da dietro la casa. Si stava sforzando di non sorridere. No, più probabilmente di non ridere. Di lei.

«Ciao, Carmen» disse. Strisciò carponi fino a dove era seduta lei, con le gambe incrociate. Le diede un colpetto al gomito e il braccio su cui era appoggiata cedette. «Posso dirti che non ho mai sentito un pinguino più divertente in vita mia? Non sapevo neppure che i pinguini parlassero.»

«Ah ah» disse Carmen, stendendo di nuovo il braccio. Tentò di tirarsi su e di riconquistare un minimo di dignità.

Si schiarì la voce.

«Win, questa è Katherine. Io e Katherine siamo amiche. Katherine, questo è Win.»

Katherine si alzò, dandosi un contegno. «Ciao» disse.

Win indicò il casco. «Mi piacciono i tuoi adesivi.»

Lei annuì. «Mi sono rotta il cranio.»

Carmen assunse un'aria sbigottita. «Non ti sei rotta il cranio, tesoro. Te lo sei fratturato.»

Katherine sventolò il braccio per liquidare quelle parole come un dettaglio insignificante.

«E sta migliorando molto in fretta» aggiunse Carmen, per rassicurare se stessa, con ogni probabilità.

Carmen vide che Win si sforzava di essere serio. «Ehi, Maddie.»

Una deliziosa bambina con la pelle color cioccolato sporse la testa sopra la casa delle bambole. «Questa è Katherine» disse lui.

Katherine puntò dritto verso la casa delle bambole. «Ehi. Posso vedere quella cosa?»

«Se non metti in disordine il salotto» concesse Maddie. Doveva avere circa quattro anni, quel tanto più grande di Katherine da essere del tutto seduttiva. Win era seduto sul pavimento accanto a Carmen. Lei riusciva a sentire il calore del suo corpo. Ne sentiva l'odore. Era un odore un po' salato, come di anacardi, e un po' dolce, come di shampoo al mango. Si sentiva stordita.

«Mi stupisce vederti qui» disse, timida dopo tanto rumoreggiare e mettersi in mostra con gli animali di plastica.

«Io faccio questo.»

«Voglio dire, so che lavori qui...» disse lei.

«No, è proprio quello che faccio. Dalle nove alle due lavoro in pediatria, la maggior parte del tempo qui nella sala dei giochi. Gioco con i bambini quando i genitori hanno bisogno di parlare con i dottori.»

Lei inarcò le sopracciglia. «Davvero?»

«Sì. E se hai bisogno di lavoro, ti assumo in un nanosecondo. Hai fatto ridere perfino i muri, con quel pinguino.»

Lei strizzò gli occhi. «Smettila.»

«Solo che non si guadagna molto» disse lui.

«Quanto?» chiese lei.

«Niente.»

«Non è molto.»

«È più di quanto guadagno dopo le due, quando vado su in geriatria, dove rallegro e intrattengo i vecchi. Vogliono sempre qualcosa dal distributore automatico. Sto andando in rosso, con quel lavoro.»

Un'infermiera comparve sulla soglia. «Katherine Rollins?»

Carmen si alzò. «Ehi, Katherine. Tocca a noi.»

Anche Win si alzò. «Tua... sorella?» chiese.

«No. Sono figlia unica» disse Carmen.

Non sapeva perché lo stesse dicendo. Era vero, certo, ma vero in un senso ristretto e ingeneroso che le parve più una bugia.

«È...?»

«La sorella della mia amica Tibby. È caduta dalla finestra qualche settimana fa. Andrà tutto a posto, ma ha bisogno di essere controllata spesso per vedere come va. Doveva portarla Tibby, ma al lavoro le hanno aggiunto un turno oggi, e sta cercando di risparmiare per...» Carmen alzò lo sguardo. «Perché ti sto dicendo tutto questo?»

Lui scrollò le spalle, sorridendo. «Non lo so.»

«Avanti, Katherine» chiamò. Katherine fece fatica ad abbandonare Maddie e la casa delle bambole.

«Però puoi raccontarmi anche altre cose» aggiunse. «Starò a sentire tutto quello che vorrai dirmi.»

Lei sentì nella sua voce, nel suo tono speranzoso, che lo pensava davvero. Sapeva che lo pensava davvero e non parlava solo per affascinarla e sedurla. Era sinceramente curioso di lei; era attento. Lei capiva che voleva conoscerla. Da un lato questo la rendeva più felice di qualsiasi cosa riuscisse a immaginare.

Da un altro lato la rendeva triste. Perché la ragazza che lui voleva conoscere non era lei. Lui vedeva una persona gentile e altruista, che si curava delle persone intorno a sé. Stava arrivando a conclusioni del tutto errate.

E peggio ancora, lei lo lasciava fare.

MOSTRAMI UNA RAGAZZA
CON I PIEDI BEN PIANTATI
A TERRA E TI MOSTRERÒ
UNA RAGAZZA CHE
NON RIESCE A INFILARSI
I PANTALONI.

– ANNIK MARCHAND

«Vreeland! Accidenti, smettila di prendere il sole e aiutami a mettere un po' di queste cose in acqua!»

Bridget aprì un occhio e si rizzò a sedere sul molo. Cominciò a ridere. Eric stava cercando di far scivolare nel lago cinque kayak insieme, e non aveva un'aria aggraziata.

«Ehi, bello» gridò, imitando alla perfezione la pronuncia strascicata, lenta e sciatta, della sua compagna di stanza Katie. «Sei in ritardo. Non posso continuare a fare le cose al posto tuo così.» Bridget tornò a sdraiarsi, poggiandosi sui gomiti, in modo che i Pantaloni Viaggianti assorbissero un po' di sole. Aveva già preparato tutto il materiale, i remi, i giubbotti salvagente, le calzature impermeabili, e tutti e due i doppi kayak. Lei era sempre in anticipo, lui era sempre in ritardo. Lui fingeva sempre di essere contrariato per il poco lavoro che lei gli lasciava da fare.

«Vedo che c'è la solita orda di ragazzi» disse.

Era un altro scherzo tra di loro. Tre settimane al campo e quasi nessuno veniva alle loro attività. Il rafting non era appetibile come la mountain bike estrema, a quanto pareva. Be', c'era un gruppetto di maschi che compariva di quando in quando, ma secondo Eric non erano lì per le barche. Se non fosse stata una zona no-flirt, Bridget avrebbe sbattuto le ciglia e avrebbe detto: "Be', perché sono qui, secondo te?". Ma non lo fece.

«Perché fai scappare i ragazzi?» chiese Bridget. Il sole la fece sbadigliare.

«Perché non ho voglia di lavorare. Ho il culo pesante.»

Bridget sorrise a quell'affermazione. Sapeva quanto si ammazzava sul campo di pallone. Ma rimanere seduti era ciò che facevano perlopiù dalle due e mezza alle cinque. Cominciava a stabilirsi un bel ritmo: allenare se stessa e la sua squadra senza tregua la mattina e impigrirsi al sole con il ragazzo che amava il pomeriggio.

Si alzò. Era stata attenta a mettere il costume intero negli ultimi giorni, ma ormai era da lavare. Oltre al fatto che quello non era un giorno qualsiasi. Era un giorno da Pantaloni Viaggianti. Li aveva portati con sé dopo il fine settimana passato a casa, e la loro presenza cedeva una dolcezza particolare all'aria, più forte ancora del profumo diffuso del caprifoglio. Quel giorno li indossava sopra il suo miglior bikini verde. Comunque era probabile che Eric non ci facesse caso o che non gli importasse. (Oppure sì?) Perché si dava la pena di pensarci?

Quando sentì troppo caldo, si sfilò piano i Pantaloni, li piegò, e li posò sul molo. Scosse i capelli sciogliendo la treccia. Per il suo piacere personale, fece un tuffo alto, arcuato, dal molo nel lago. Scese in profondità, senza fermarsi finché non toccò il fondo sassoso. Tornò in superficie senza fretta. Aveva sempre avuto una buona capacità di apnea. Quando affiorò in superficie, Eric la stava cercando.

«Sei una balena, per caso?»

Lei si finse offesa mentre si muoveva nell'acqua. «Grazie molte. Eric, in genere alle ragazze non piace sentirsi chiamare balene. Chiedi alla tua ragazza, se hai qualche dubbio.»

«Gli umani non sono fatti per rimanere sott'acqua così tanto.»

«Parla per te.» Nuotò fino alla fila dei kayak di plastica. «Ehi, vuoi provare uno di questi aggeggi?»

Era un'idea nuova. «Certo. Già che ci siamo, diamo almeno l'impressione di sapere quello che facciamo.»

Ne trascinò uno doppio dalla riva rocciosa nell'acqua bassa. Si sedette davanti e infilò i remi al loro posto. Lui la seguì nell'acqua.

Mentre si issava a bordo fece dondolare l'imbarcazione il più possibile di proposito, e Bridget rise di nuovo. Poi si sistemò dentro.

«Credo che tu abbia scordato qualcosa» disse lei.

Lui si guardò intorno. Scrollò le spalle.

«Una pagaia?»

«Oh, quella.» Si adagiò indietro, rovesciando il viso al sole. «Sono proprio così importanti?» Stava cercando di non ridere.

«Non sono certa che si possa dire di andare in kayak, se si

galleggia e basta» disse lei. Ma infilò la sua pagaia nella barca e si sdraiò. Fluttuarono per un po'.

In una sola settimana, avevano passato così tanto tempo libero insieme che ormai Bridget si sentiva tranquilla con lui. Parlavano. Era strano, ammazzare il tempo con qualcuno per cui si sentiva tanta attrazione.

Bridget aveva trovato il coraggio di accennare a Kaya con indifferenza, almeno una o due volte al giorno. Voleva fargli sapere che capiva. Voleva fargli sapere che rispettava il fatto che lui avesse una ragazza e che non avrebbe tentato di mettersi in mezzo.

Lui sollevò la testa. «Bee» disse.

«Sì?»

«Bee!»

Lei sollevò lo sguardo. Pareva un po' agitato.

«Cosa?»

«Una vespa!»

La indicò e Bridget udì all'improvviso un ronzio intorno all'orecchio. Strillò e la cacciò con la mano e la vespa si avvicinò all'altro orecchio. Balzò in piedi. Il kayak oscillò con forza.

La vespa andò verso di lui. Gli volò tra i capelli. Lui balzò in piedi e provocò un movimento ancora maggiore.

Lei gridò, ridendo, e fece dondolare l'imbarcazione cercando di mantenersi in piedi. Lui urlò e la fece oscillare a sua volta. Lei rovinò nell'acqua per prima. Udì il tonfo di lui poco dopo. Quando tornarono a galla, risero ancora di più.

Lei sputava e tossiva acqua, che le veniva fuori anche dal naso. «Certo che diamo proprio l'impressione di sapere quello che facciamo.»

Lena si avvicinò ad Annik prima della lezione. Era sudata e appiccicosa per via del ristorante, i piedi le facevano male e aveva la camicia sudicia, ma era comunque piuttosto soddisfatta di sé.

«La signora all'ufficio degli aiuti finanziari della RISD ha detto che se consegno il mio portfolio al comitato entro il quindici di agosto, posso ancora richiedere la borsa.»

Annik fece un ampio sorriso. «Bel colpo.»

«Li ho avvisati che mio padre avrebbe chiesto indietro i soldi e le ho detto di tenermi lo stesso tra gli iscritti. Dice che dovrò dare un acconto entro fine mese.»

«Puoi farlo?»

«Ho appena accettato altri tre turni nel ristorante dove faccio la cameriera. Lo odio, ma si guadagna.»

Annik le diede una pacca sulla schiena. Le sedie a rotelle rinforzano i muscoli delle braccia, considerò Lena.

«Questo è quello che chiamo combattere» disse Annik, mostrando la sua approvazione.

«Fare domanda ed essere accettati sono due cose diverse, però» disse Lena. «C'è una sola borsa completa, e hanno già in esame più di settanta portfolio.»

Annik guardò il soffitto. «Bene. Allora ti conviene produrre qualcosa di buono.»

Dopo la lezione, Annik attese Lena mentre lavava per terra. «Hai un'ora libera?» chiese.

Lena pensò che poteva chiamare a casa e trovare una scusa. «Certo.» Effie l'avrebbe coperta, se necessario.

«Voglio vedere che cosa sai fare con una posa più lunga. Poserò io seduta. Di certo non posso stare in piedi per te.» Annik parve trovare lo scherzo divertente.

Lena non osò ridere. «Sei sicura?» chiese.

«Mi farebbe piacere. Mi sistemerò quaggiù.» Si spinse fino alle finestre. «Abbiamo ancora circa un'ora di luce buona.»

Lena si sentì un po' insicura mentre posava il cavalletto. Era strano fissare la propria insegnante, ma quando cominciò a disegnare, si concentrò. Disegnò senza una pausa per trenta minuti pieni. Poi Annik si stirò un attimo il collo, e Lena lavorò per altri trenta minuti. Non aveva mai lavorato con un modello per più di venti minuti, e lo trovava entusiasmante. L'imbarazzo tornò quando dovette far valutare il lavoro. Annik esaminò con cura il disegno, spingendosi un po' avanti e indietro sulle ruote. Lena si morse un'unghia rosa e attese.

«Lena?»

«Sì?» Le uscì un tono un po' stridulo.

«Non è un brutto disegno.»

«Grazie.» Lena sapeva che sarebbe arrivato qualche altro commento.

«Ma non hai disegnato la mia sedia.»

«Che cosa vuoi dire?» Lena si sentì subito imbarazzata.

«Voglio dire, mi hai fatto il disegno fino alle spalle. Vedevi sicuramente un bel pezzo di sedia da questa angolatura, ma l'hai tralasciato. Come mai?»

Lena sentì le guance calde. «Non ne sono sicura» disse con un filo di voce.

«Non sto cercando di metterti in difficoltà» disse Annik. «È solo che la sedia è una grossa parte di me, sai cosa voglio dire? Nutro sentimenti profondi e complicati a riguardo, anche risentimento, com'è ovvio, ma fa parte di me. Non riesco a immaginarmi senza. Sono sorpresa che tu l'abbia lasciata fuori.»

Lena si sentì in colpa. Aveva pensato che forse sarebbe parsa una critica verso Annik se avesse disegnato la sedia. Non aveva saputo bene che cosa farne, quindi senza pensarci l'aveva esclusa.

«Potresti fare un disegno davvero buono, Lena. Si capisce che questo è l'approccio giusto per te: ritratti, pose lunghe. Vedo che sei molto sensibile ai gesti e alle espressioni del viso. Sarai brava, se lavorerai duro.» Annik pareva crederlo davvero. «Però, Lena...»

«Sì?»

«Devi disegnare la sedia.»

Loretta non era mai piaciuta a Tibby, finché non era stata licenziata.

La ragione principale per la quale a Tibby non piaceva era che si sentiva troppo grande per stare sotto la giurisdizione di Loretta, eppure lei si comportava come se fosse anche la sua babysitter.

E poi c'era stato il tempo in cui Loretta aveva messo il suo più bel maglione di cachemire nell'asciugatrice; si era ristretto così tanto che nemmeno Katherine riusciva a infilarlo. Tibby sapeva di essere meschina, ma aveva nutrito un lungo rancore.

Nonostante tutto ciò, Tibby fu sconvolta quando i suoi genitori mandarono via Loretta. Sconvolta e tormentata dal rimorso.

«Non è stata colpa sua.» Tibby difese Loretta con i suoi genitori quando sentì la notizia. «Se la colpa è di qualcuno, è stata mia per aver lasciato la finestra di sopra aperta.»

Ma i suoi genitori furono fermi e Tibby fu amareggiata per Loretta. Nelle molte ore che passò in camera sua (con le finestre ben chiuse) pensò molto a lei e la rimpianse.

Tibby non si era mai resa conto prima di quanto fosse accomodante il carattere di Loretta. Non si offendeva quasi mai. Riusciva ad annullare anche le peggiori tensioni della famiglia

Rollins con la sua leggerezza e il suo buonumore. Era maestra nello scoraggiare e distrarre Nicky e Katherine quando piagnucolavano. Era una cosa che a Tibby mancava molto, ora che sentiva sua madre minacciare e combattere Nicky giorno dopo giorno, spingendolo al culmine della sua rumorosa monelleria. Si chiedeva come mai sua madre avesse imparato così poco dal saggio esempio di Loretta in quegli anni.

Una sera Tibby rimase alzata fino a tardi, piangendo molte lacrime. Pianse lacrime amare di dispiacere, sapendo che Loretta non aveva più un lavoro, che era colpa sua se non aveva più un lavoro e che non le aveva mai detto quanto fosse grandiosa.

Il mattino dopo trovò l'indirizzo di Loretta nell'agenda di sua madre. Fermò i capelli con le mollette che le aveva regalato proprio Loretta a Natale due anni prima, indossò la sua maglietta gialla più allegra, salì in macchina e partì per le lontane terre della Contea di Prince George. Non aveva altro che una mappa dell'area metropolitana allargata di Washington D.C. e un mucchio di sensi di colpa come guida.

Le ci vollero due ore e mezza (una e mezza passata a perdersi), ma l'espressione di Loretta nel vederla la ripagò. Anche se poi avesse passato ventiquattro ore a perdersi sulla via del ritorno.

«*Tibby! ¡Mi hija! ¿Como estas? ¡Dios bendiga! ¡Ay mira que hermosa! ¡Que suerte verte! ¿Cuentame, como te va?*» proruppe in spagnolo.

Non solo Loretta non parve manifestare alcun rancore, ma l'abbracciò come una figlia smarrita da tanto tempo, e gli occhi le si riempirono di lacrime mentre scoccava ripetuti baci sul suo viso.

Tibby stava ancora strizzando gli occhi per la sorpresa quando Loretta la trascinò nella piccola casa e la presentò ai membri della famiglia come se sapessero tutto di lei. Loretta gesticolò verso la donna pallida in accappatoio sul divano. «Lei no se alza. Lei ha...» Loretta si batté il petto in segno dimostrativo «infezione».

Tibby capì che quella era la sorella, e si sentì ancora peggio.

Poi sedette al tavolo della cucina con Loretta, che continuava a darle dei colpetti sulla mano e a chiederle come stava Katherine.

«Migliora molto in fretta. Sta benone. Le manchi, però» aggiunse Tibby veloce. Poi mostrò una fotografia di Katherine raggiante con il casco da hockey, che Loretta baciò prontamente. Loretta volle sapere tutto di Nicky, e si assicurò perfino che certi resti di cibo non stessero marcendo nel frigorifero. Pianse molto sia di tristezza che di gioia, e disse diverse cose in spagnolo che Tibby non capì.

Ciò che Tibby capì fu che Loretta voleva davvero bene a Katherine. Voleva bene a Nicky. Voleva bene perfino a lei, chissà per quale ragione. Come potevano i genitori di Tibby licenziare una persona che amava i loro figli così tanto? Era sbagliato.

Loretta insistette perché rimanesse a cena. Nell'ora che seguì, trafficò in cucina per preparare una cena speciale con sua nipote e un'altra sorella, mentre Tibby sedeva sul divano con la sorella malata a guardare la tv. A Tibby fu dato un grosso bicchiere di aranciata e le fu impedito di aiutare in cucina.

Tibby guardò gli attori parlare in spagnolo e vagò con il pensiero. Era commossa dalla capacità di dare ancora affetto di Loretta, perfino quando il lavoro si era interrotto in modo tanto duro. Loretta non pareva toccata dal fatto che fosse tutto molto ingiusto e che i genitori di Tibby si fossero scagliati contro di lei in maniera vendicativa.

Certe persone passano la vita a crogiolarsi nel risentimento e altre, come Loretta, lasciano che la cattiva sorte le attraversi.

Quando la tavola venne svelata con un gesto plateale, Tibby vide quanto Loretta era orgogliosa. In suo onore avevano fatto le bistecche.

Tibby tentò di cacciare l'ansia dal viso. Era commossa dal gesto. Quella non doveva essere il genere di casa in cui si mangiavano bistecche tutte le sere. Quindi Tibby masticò la carne con tutto il vigore possibile a una ragazza vegetariana dall'età di nove anni.

LE MELODIE ASCOLTATE
SONO DOLCI, MA QUELLE
INASCOLTATE
SONO PIÙ DOLCI:
PERCIÒ SUONATE,
VOI MORBIDE CANNE.

– JOHN KEATS

«Chiamiamola… la Carmen Buona» disse Carmen.

Era sabato, e avevano passato gran parte della mattinata al mercato. Ora Lena e Tibby erano distese nella veranda dietro casa di Tibby, il mento sulle mani, e annuivano.

«Il ragazzo che lavora all'ospedale, capite, continua a incontrare la Carmen Buona.» Carmen si raddrizzò sulla sedia a sdraio e sedette con le gambe incrociate. Inspirò il profumo di ananas della crema solare di Lena. «La Carmen Buona bada a Valia. È stata stoica e altruista. Si prende cura di Katherine. Fa tutto questo perché è buona d'animo. Il problema è che il ragazzo crede che la Carmen Buona sia io.»

«È carino?» chiese Tibby.

Carmen socchiuse gli occhi. «Tibby, non hai ascoltato niente di quello che ho detto?»

«Tutto. Ho solo bisogno di un po' di contesto. Come si chiama? Com'è fisicamente? Quanto t'importa di quello che pensa?»

Carmen insistette. «Be'. Hmmm.» In verità, il solo fatto di pensare a lui era divertente. Parlare di lui era una gioia. «Se è carino, mi chiedi? Voglio dire, non è che sia Ryan Hennessey, ovvio…»

«No, infatti» ribatté Tibby, «Ma è reale.»

«Sì, è reale. Ha questo dalla sua. E sì, è carino.» Non riusciva a smettere di sorridere.

«È davvero carino» disse Lena. «Si indovina. Guardati.»

«Come si chiama?» chiese Tibby.

«Win.» Si rese conto di averlo detto con lo stesso tono un po' sulla difensiva che aveva usato lui. Si stava già schierando dalla sua parte.

«Win?» chiesero insieme.

«Sì. Diminutivo di Winthrop. Che cosa poteva fare? Non se l'è dato lui, il nome.»

«Mi piace» sentenziò Lena.

Tibby studiò Carmen per un lungo momento. «Oh mio Dio. Carma Carmeena Carmabelle. Ti piace questo ragazzo, vero?»

Carmen stava arrossendo.

«È incredibile. È una novità» proseguì Tibby. «Ti piace.»

«Ma io non piaccio a lui. È questo il problema. È una persona buona. Frequenta il corso propedeutico in medicina. Fa volontariato in ospedale tutto il giorno. Gli piace la Carmen Buona.»

«Allora perché non chiarisci la situazione?» chiese Lena.

«Non gli piacerò più.»

«Perché non ci provi?»

«Ho paura. Non voglio rovinare le cose. Preferisco che mi idealizzi anziché spiegargli la verità. Mi piace il suo modo di vedermi, voglio dire la Carmen Buona.»

Lena sollevò gli occhiali da sole. Era determinata. «Carmen, questo è molto triste. Sii te stessa. Se non gli piaci per quello che sei, allora non è all'altezza.»

«Alleluia» disse Tibby.

Carmen studiò le amiche con sospetto. «Che cosa avete, voi due?»

Bridget sedeva su un bordo del campo da calcio, con il blocco sulle ginocchia; masticava un filo d'erba. Non si dava nemmeno la pena di allacciare le scarpette, in quei giorni. Andava in giro scalza. Giocava perfino scalza. Non era la maniera ortodossa di fare, lo sapeva, ma a chi importava?

Eric camminava avanti e indietro qualche metro più in là; osservava la sua squadra che stava facendo gli esercizi di dribbling. Ormai Bridget non provava più una sensazione così forte, come se tutte le sue cellule gridassero, quando lo vedeva. Si stava abituando a lui.

«Più veloci» disse a nessuno in particolare. Aveva messo Lundgren, lo svedese, in difesa. Era versatile. I ragazzi europei avevano sempre basi migliori. Aveva sistemato in porta Naughton, il suo preferito. Era del tutto scoordinato, ma aveva un curioso magnetismo per la palla, all'apparenza inconsapevole. In quel momento la sua squadra eseguiva un complesso schema di scatti. Voleva riordinare l'elenco prima che tornassero.

All'improvviso il blocco fu in ombra. «Via. Non si spia» ordinò, senza guardare in su.

Eric indietreggiò di un passo. «Sei matta a mettere Naughton in porta.»

«Sono matta a metterlo da qualsiasi parte. Niente spie. Niente critiche.»

«È un consiglio amichevole.»

«Del tutto amichevole finché non vi diamo una batosta.»

«Ooooh, che paura.»

Infine alzò lo sguardo. Lui fece finta di pestarle il piede. Con una mano lei si schermò gli occhi, socchiudendoli per via del sole. Gli sorrise, e un bel pensiero le attraversò la mente. *Credo che siamo davvero amici.*

Eric si era unito a lei e Diana per la cena le ultime due sere. Sulle prime Diana era allarmata, ma poi si era abituata a lui. Ci si abitua a quasi tutto. Avevano passato tre ore seduti a un tavolo della mensa, discutendo i meriti di ciascuna delle loro squadre, da grandi appassionati di calcio quali erano.

Bridget ed Eric ormai stavano insieme anche quando non erano costretti. Lui si univa a lei nella corsa serale, certe volte. Pranzavano insieme sul campo (tranne il lunedì, quando fingevano di fare sorveglianza nella sala da pranzo) e parlavano di strategia con semplicità, senza farne una grande questione.

Lei riusciva a farlo. Ci riusciva. E non era tanto difficile. Lo amava, forse, ma amava anche stare con lui. Poteva essere felice anche solo così, non aveva bisogno di altro.

Finalmente la strana atmosfera del loro incontro si stava dissipando. Il loro nuovo rapporto aveva eclissato quasi del tutto il vecchio. Ormai Bridget sentiva di potersi fidare di se stessa. Osservò la sua squadra ansante tornare verso di lei. Li aspettò in piedi come una mamma orgogliosa. Naughton fu il primo. Aveva il forte sospetto che avesse saltato un paio di esercizi, perché non era molto veloce. «Ehi, Naughty, come va?»

«Bene.» Stava cercando di riprendere fiato.

«Bevete tutti» ordinò Bridget al gruppo. «Poi lavoreremo un po'.»

Naughton continuò a starle vicino, un po' sbilanciato sulle ginocchia ossute, mentre gli altri bevevano. Aveva sempre qualcosa da chiederle. Bridget contava su di lui, e lui lo sapeva. «Vai a correre stasera?» le chiese.

«Credo di sì. Forse, un po'.»

«Posso venire?»

Questa era nuova. «Uh... direi di sì. Se ti rimarranno ancora un po' di forze quando avrò finito con voi, oggi.»

Lui parve entusiasta. «Starò al passo. Non ti preoccupare.»

Naughton le ricordò quello che era successo due anni prima. Come lei aveva cercato di imporsi su Eric quando lui correva davanti agli altri in Messico. Lo infastidiva, si metteva in mostra e flirtava in modo eccessivo. Oddio, si era davvero comportata così?

Ci stava ancora pensando quando entrò con Eric in sala da pranzo, un paio d'ore dopo.

Lui notò che era silenziosa, ma non la pungolò.

Joe Warshaw li intercettò all'ingresso della stanza. «Proprio i due che mi servono» disse, trascinandoli da un lato. Ammiccò a Bridget come per dire "Vedi, il tuo compagno non è poi così male, vero?". Bridget si guardò gli alluci.

«Abbiamo in programma un po' di rafting per questo fine settimana» spiegò Joe. «Si passa la notte giù a Schuylkill. Il percorso è facile, e c'è un solo spostamento via terra tra un corso d'acqua e l'altro. Abbiamo otto iscritti. Li avrebbe accompagnati Esmer, ma deve andar via questo fine settimana, e voi siete tutti e due qui. Vi dispiace?»

«Importa qualcosa se ci dispiace?» chiese Eric. Conosceva i modi di Joe.

Joe sorrise, allegro. «In verità no.»

«Be', allora...» disse Eric.

«Dirò agli addetti alla cucina di caricare tutte le tende e la roba sul furgone. Vi renderò la vita facile, che ne dite?»

Eric e Joe discussero della logistica mentre la mente di Bridget vagava. Avrebbe fatto una gita passando la notte in tenda con Eric. Oddio. Si fidava di se stessa, quando si trattava di attenersi alle chiacchiere amichevoli durante i pasti o perfino al lavoro. Aveva imparato a padroneggiare quell'arte delicata. Ma dormire vicino a lui in un sacco a pelo sotto le stelle? Non era sicura di riuscirci.

Ehi, ragazze,

41 giorni!!!! Sapete dove sono i vostri bikini?

Bee

Arrivò in sogno. Davvero.

Lena stava sognando Valia e sua madre, Effie e ogni genere di pezzi e pezzetti di sogno incoerenti. E nel sogno andava nella sala da pranzo, o un posto che sapeva essere la sala da pranzo benché sembrasse un po' diverso. E anziché i membri della sua famiglia seduti sulle sedie, c'erano i loro disegni: grandi fogli di carta con disegni a carboncino posati sulle sedie. A Lena questi disegni piacevano, nel suo sogno, e in più sapeva di averli fatti lei.

E quando si svegliò, seppe quale sarebbe stato il suo progetto per il portfolio. In realtà non è che volesse proprio una galleria di ritratti della famiglia, ma sentiva che quella era la cosa giusta. Decise di cominciare con sua madre, l'origine di ogni cosa. Oltretutto sapeva che l'avrebbe convinta senza difficoltà. Dopo cena, perlustrò la casa in cerca del posto giusto in cui farla posare.

«Siediti qui.» Lena indicò il divano di velluto verde del salotto, con i cuscini sistemati per bene. Studiò sua madre. No. Non si riposava molto spesso in salotto.

«Proviamo in cucina» disse Lena, e sua madre la seguì. La fece sedere al tavolo della cucina. Meglio. Ma sua madre in realtà difficilmente stava seduta.

«Ti va di stare in piedi?» disse Lena. Aspettò che fosse attratta dal suo posto al piano di lavoro. Così aveva più senso. Senza pensarci, sua madre si pose il mento tra le mani e poggiò i gomiti sulla superficie di granito, aspettando che Lena scegliesse.

«Non ti muovere» disse Lena. «Così va bene.» Portò una sedia davanti ad Ari e appoggiò la tavola da disegno sulle ginocchia. Lena si costrinse a guardare per molto tempo prima di cominciare a disegnare. Voleva vedere tutto ciò che era reale. Non doveva lasciarsi intimidire.

Cominciò. Le piaceva la morbidezza della pelle di sua madre che contrastava con il piano di granito lucido, il modo in cui la pelle dei gomiti vi si allentava appena sopra. Sua madre fuggiva la morbidezza, desiderava la durezza, ma era la prima che la caratterizzava.

Lena voleva catturare le nocche gonfie, sciupate, e la solida presenza della fede che premeva sulla guancia di sua madre. Esaminò le gocce di brillanti, un regalo del padre di Lena per il loro ventesimo anniversario, che brillavano severe sui suoi morbidi, stanchi lobi.

Disegnare non era un esercizio passivo, amava dire Annik. Bisognava trovare l'informazione; bisognava seguirla.

Lena si spinse a guardare più in profondità gli occhi esitanti di sua madre, le linee scavate in direzione delle labbra, rese più pronunciate dal modo attento, deliberato in cui guardava.

Ari desiderava sostenere Lena, in qualche modo. Sarebbe rimasta ferma per quel disegno finché ogni singolo membro del suo corpo non si fosse intorpidito. Ma aveva anche bisogno di rimanere l'alleata di suo marito. Era già scesa a troppi compromessi quell'anno per restarne fuori. Era una pacificatrice, forse, ma ormai era coinvolta in prima persona.

Lena vide questi conflitti che lottavano in ogni parte del viso di sua madre. Vide le minuscole rughe che tradivano sentimenti laceranti. Ari era così placida, per un certo verso: i capelli morbidi, le sopracciglia assottigliate, i vestiti eleganti in ogni sfumatura di beige. E per un altro verso, Lena vedeva che combatteva una guerra interiore.

Lena immaginò di essere un maresciallo di campo, che guardava dall'alto le ostilità tra le sopracciglia di sua madre. Poi immaginò di essere una cartografa, che rilevava ogni curva e concavità tra lo zigomo di Ari e la mandibola. Immaginò di essere una cieca, che andava tastando il collo e la clavicola di sua madre con il carboncino. Si figurò grande come un acaro, che strisciava sulle cavità simili a canyon delle spalle di sua madre.

Quando Lena portò il disegno ad Annik il giorno dopo, lei ne fu entusiasta. Rimase quasi senza parole.

«Credi che ci abbia messo anche la sedia, questa volta?» chiese Lena con timidezza.

Annik la abbracciò, e le gambe di Lena urtarono contro le ruote. «Credo proprio di sì.»

AVREMMO DOVUTO
RESTARE A CASA
E PENSARE A QUI?

— ELIZABETH BISHOP

«Ehi, Naughty.»

Bridget non aveva detto a Naughton l'ora esatta in cui sarebbe andata a correre, ma lui era lì. Si chiese quanto avesse atteso sul ciglio della strada ai piedi della collina. Eric non era venuto, quella sera.

Corsero in silenzio per un periodo piuttosto lungo. L'aria era così pesante che sembrava di percepire l'acqua spiaccicarsi al suo interno. Bridget dovette complimentarsi con Naughty. Il tratto in salita era piuttosto ripido – le piaceva cominciare una corsa in modo duro – e lui tenne il passo perfino quando pareva sul punto di morire.

Aveva quattordici anni. Sembrava infinitamente più giovane di lei, ma si rese conto un po' mortificata che quanto a età non era più distante da lei di quanto lei non lo fosse da Eric. Continuava a voltarsi per guardarla. Era nervoso.

Lei fece una breve pausa sulla cima della collina, per godersi la vista. Faceva parte del suo rituale. Il silenzio era rotto da Naughton: respirava tanto forte che lei temeva potesse scoppiargli un polmone.

Per fare un po' di conversazione attese finché non imboccarono la discesa. «Come va?» gli chiese.

«B-b-ene.» Lui pronunciò la parola con grande fatica.

Naughton aspettò finché non ebbero finito i sei chilometri del giro e cominciò a camminare per alleggerire il cuore. «Ehm, Bridget?»

«Sì?»

«Preferisci Bridget o Bee?»

«Tutti e due. Quello che vuoi.»

«Okay, eh, Bee.»

«Sì?»

«Volevo dirti una cosa.»

«Okay.»

Silenzio.

«Uh… non importa.» Aveva il viso lucido per il sudore.

«Okay.»

Naughton non poteva sopportare di lasciare perdere a quel punto. «Secondo me, uh, sei… piuttosto meravigliosa.»

«Anche tu mi piaci, Naughty.»

Lui si schiarì la voce. «Io sto parlando di un tipo di piacere diverso.»

«Come quando ti piace una ragazza?» Bridget andò dritto al punto, altrimenti lui avrebbe potuto metterci tutta la notte.

Lui fu sorpreso. «Sì.»

«Sono la tua allenatrice, Naughty. Sai che non posso essere la tua ragazza.» A lei non era bastato, laggiù a Baja, no? Perché credeva che bastasse a lui?

«Hai un ragazzo?» chiese lui.

Sarebbe stata una facile scappatoia, ma non si sentiva di mentire. «No. Non proprio.»

«Forse dopo il campo?» propose lui. «Potrei aspettare.»

Era tanto più dolce e razionale di quanto non fosse stata lei. Perché togliergli ogni speranza? «Forse un giorno. Chissà cosa succederà.»

Qualche ora dopo, era seduta accanto a Eric sul molo. Il sole stava tramontando dietro gli alberi e lei era pensierosa.

«Posso scusarmi con te per una cosa?» gli chiese, dondolando il piede nudo avanti e indietro nell'aria tiepida.

«Per che cosa devi scusarti?» chiese lui, con tono indolente. Aveva i capelli arruffati dato che se li era asciugati al sole dopo il bagno nel lago. Il volto era ispido e rilassato come mai era stato nella loro prima estate.

«Due estati fa.»

Lui sussultò appena, ma la lasciò proseguire.

«Jack Naughton, vorrebbe essere il mio ragazzo. È dolce, ma mi ha fatto ripensare a me stessa. Mi ha fatto ricordare come mi sono comportata con te, e mi sono vergognata così tanto.»

Bridget spezzò una scheggia di legno del molo e la lanciò nell'acqua. Trasse un respiro profondo.

«Mi dispiace di averlo fatto. Devi aver pensato che ero ridicola.»

Eric parve dispiaciuto. Rimase a lungo in silenzio.

Lei alzò i piedi e li posò sul molo. Strinse le ginocchia al petto. Premette il mento contro un ginocchio abbronzato, timorosa di guardarlo. Sentiva il peso dei capelli sciolti che si asciugavano sulla schiena.

Non ne avevano mai parlato. Nelle tante ore passate insieme, non avevano mai accennato al fatto che si erano già conosciuti, tanto meno al come si erano conosciuti. Non parlavano mai di "noi". Non c'era nessun "noi".

Ma ora lei stava evocando lo spettro del "noi", giusto? Non per risuscitarlo, si ripromise. Non era per quello. La mente le suggerì questa buffa versione del famoso verso del *Giulio Cesare* di Shakespeare: "Sono venuta a seppellirci, non a lodarci".

Eric si passò una mano tra i capelli. «Non ho pensato che tu fossi ridicola» disse infine, un po' sulla difensiva. «Era più complicato di così.»

«Ma è stata tutta colpa mia. Lo so.»

Lui parve sfinito. Un lato della sua bocca era piatto, l'altro puntava in giù. Bridget capì che non voleva più parlarne.

«Non solleverò più l'argomento» disse lei con dolcezza. Le pizzicavano gli occhi, per le lacrime che non voleva mostrargli. «Prometto. Possiamo dimenticare che è successo.»

Quando finalmente lui parlò, la sua voce era così sommessa che quasi non riuscì a sentirlo. «Credi che potrei dimenticare?» Si passò una mano su un occhio. «Credi veramente di essere stata solo tu? Che non l'abbia voluto anch'io?»

Brian era lì, perciò Tibby rimase nella sua stanza. Veniva a trovare Katherine quasi tutti i giorni. Le stava trasformando il gesso in un'opera d'arte: con i pennarelli disegnava un fiero drago strisciante, e vi aggiungeva un pezzo ogni volta che veniva a trovarla.

Tibby sospettava che Brian venisse lì anche per lei, ma lei non voleva vederlo. La intercettava ogni tanto mentre lei sgattaiolava in cucina alla ricerca di viveri e le chiedeva, con i suoi sguardi vacui, perché lo stesse evitando. E lei continuava a evitarlo perché non aveva una risposta. Se ne stava appollaiata sul letto, con la porta aperta di qualche centimetro in modo da poter sentire la voce di Brian senza vederlo. Fu in uno di quei momenti che arrivò Carmen. Brian era abbastanza rispettoso da lasciarla in pace, ma con Carmen non poteva avere la stessa fortuna. Carmen entrò e chiuse la porta dietro di sé.

«Che cosa stai facendo?»

«Cosa vuoi dire?»

«Perché non vuoi vedere Brian? Quel poveretto sta morendo.»

«È qui per vedere Katherine» disse Tibby, per difendersi.

Carmen non era una persona molto paziente. «Smettila. Adora Katherine, lo so, ma vuole vedere te.»

«Perché non posso starmene per i fatti miei, se ne ho voglia?» chiese Tibby, irritata.

Carmen sospirò. Era disposta a correre il rischio di risultare sgradevole e autoritaria per amicizia. «Perché Brian ti ama. E sono abbastanza sicura che tu provi gli stessi sentimenti. Allora, cosa stai facendo? Che ti piaccia o no, andrai alla NYU tra un mese e mezzo. Non puoi lasciare le cose così.»

Tibby era stanca di ascoltare. Sua madre era stata nella sua camera e aveva cantato la stessa identica canzone meno di ventiquattr'ore prima. «Perché tutti hanno così tanta fretta di vedere me e Brian insieme? Perché dev'essere il mio ragazzo? Non sei una persona normale se non hai un ragazzo? Perché tutti devono essere innamorati di qualcuno?»

«Non devi essere innamorata di qualcuno» ribatté Carmen. «Ma capita che tu lo sia. A parte il fatto che Brian per te è molto più che il tuo ragazzo.» Carmen si guardò intorno, disgustata dalla confusione. «C'entra con Katherine?» chiese. «Perché Katherine si sta rimettendo in fretta e invece tu ti comporti come se fosse a pezzi.»

«Katherine non c'entra» disse Tibby, solo per liberarsi di Carmen. «Niente c'entra. Comunque forse mi sbaglio, forse Brian non mi piace in quel modo.»

Carmen la studiò. «Vuoi dirmi con tutta onestà che Brian non ti piace in quel modo?»

Tibby non poteva rispondere di no senza mentire, quindi decise di non dire nulla.

«Ciao, papà. Sono io.»

«Ehi, cucciolotta! Che bello sentire la tua voce. Cosa succede?»

Carmen e Al si sentivano con una certa regolarità la domenica sera. Quindi una chiamata di giovedì sera tendeva a far scattare un bel "Cosa succede?". Nella sua mente un po' malata, Carmen era tutta eccitata quando aveva detto a sua madre che non avrebbe realizzato il sogno della sua vita di andare al Williams College. Scoprì che non era affatto smaniosa di dirlo a suo padre. Aveva rimandato quella telefonata cento volte.

«Io... ehm... Come sta Lydia?»

«In gran forma.» Suo padre doveva aver capito che stava prendendo tempo.

«Come sta Krista?»

«Credo che stia bene.» Al era sempre circospetto su quell'argomento. Non voleva che Krista sembrasse la figlia che viveva con lui mentre Carmen era la figlia con cui parlava la domenica, anche se era proprio così.

«Salutamela, d'accordo?»

«Certo. Ne sarà felice. Ora, dimmi. Va tutto bene? Come sta andando il lavoro?»

«È... a posto. Ascolta, ti chiamo perché... be', perché...» Doveva costringersi a farlo. «Perché sto pensando molto a quest'autunno.»

«Sì...»

«Potrei non essere pronta a lasciare casa proprio ora.» Lo disse così in fretta che uscì come un'unica lunga parola.

«Cucciola, spiegami che cosa vuoi dire.»

«Con la mamma e David, e la mamma che aspetta il bambino e tutto il resto. È difficile pensare di andar via proprio ora.»

«Sì...»

«Forse rimarrò qui quest'autunno. Potrei andare all'Università del Maryland. Mi hanno ammessa lì, sai, nell'eventualità.»

«Oh, non lo sapevo.»

«È successo da poco.»

«Quindi stai dicendo che forse rimarrai a casa quest'autunno?»

«Probabile.» Espirò, dopo aver trattenuto il fiato per almeno un minuto.

«Niente Williams, allora.»

«Forse no.»

«Forse no?»

«Probabilmente no.»

«Probabilmente no.»

«Sì, il fatto è che devo chiamare il Williams e dirlo. Non posso tenere il posto se non ci vado, capisci?»

«Sì, certo.» Il papà non pareva furioso, in verità. Era calmo.

«Allora credo che chiamerò.»

Sentì suo padre che spostava il ricevitore sull'altro orecchio. «Cucciola, perché non lasci che me ne occupi io, okay? Ho già dato un grosso anticipo e può darsi che debba trattare un po' con loro per riaverlo.»

«Oh, no. Credi...?»

Carmen non poteva sopportare l'idea che suo padre perdesse migliaia di dollari, insieme a tutto il resto.

«Credo che andrà tutto bene» disse. «Lascia che me ne occupi io, d'accordo?» Era così calmo.

Era possibile che sua madre fosse arrivata prima di lei? Carmen annusò un lieve odore di complotto familiare. Perfino i genitori divorziati erano capaci di cose del genere.

«Grazie, papà.» Ancora una volta le vennero le lacrime agli occhi. «Sei sicuro che non sei deluso?» La voce le disobbedì e si spezzò sull'ultima sillaba.

Lui sospirò. «Se vuoi andare al Williams, voglio che tu ci vada. Se vuoi andare alla Maryland, voglio che tu vada alla Maryland. Voglio che tu sia felice, cucciola.»

Come faceva ad avere dei genitori così bravi? Come mai dei genitori così bravi avevano generato un tale disastro di figlia?

Non aveva finito di essere gentile. «Ti voglio bene, Carmen. Mi fido di te e so che sai prendere le giuste decisioni.»

Carmen si sentì come se un'incudine avesse misteriosamente preso il posto del suo basso ventre. A volte la fiducia era il peggior regalo al mondo.

È LA SOLITA VECCHIA STORIA.
RAGAZZO TROVA RAGAZZA,
RAGAZZO PERDE RAGAZZA,
RAGAZZA TROVA RAGAZZO,
RAGAZZO DIMENTICA RAGAZZA,
RAGAZZO RICORDA RAGAZZA,
RAGAZZA MUORE
IN UN TRAGICO INCIDENTE
IN DIRIGIBILE SOPRA
LO STADIO DELL'ORANGE BOWL
A CAPODANNO.

– UNA PALLOTTOLA SPUNTATA

Il rafting andò liscio. Questa volta niente Bee che si tuffava a capofitto. Niente schizzi né rovesci né schianti oltrebordo. Bridget ed Eric diedero l'impressione di sapere ciò che stavano facendo.

Nel frattempo i ragazzi, otto maschi, si abbandonavano a schizzi, urti e colpi di remi. Si divertirono come pazzi mentre Bridget ed Eric si dimostravano responsabili.

Durante le lunghe ore in cui galleggiarono sul fiume caldo e silenzioso, Bridget ebbe un mucchio di tempo per rimpiangere la sua ultima conversazione con Eric. Aveva trasformato l'atmosfera tra loro. Per forza. La disinvoltura era svanita. All'improvviso erano cauti e cortesi, e lei detestava questa cosa.

Erano cresciute tensioni di ogni genere. Si sentì in imbarazzo quando sfilò la maglietta scoprendo il bikini, benché tutti gli altri fossero già in costume da bagno. Distolse gli occhi dal petto nudo di Eric, anche se lo aveva visto un mucchio di volte. Mentre raccoglieva i capelli in una treccia alzò lo sguardo per scoprire che lui la guardava ed entrambi abbassarono gli occhi all'istante.

Quando la pioggia cominciò a cadere poco dopo la cena a base di fagioli e riso insipidi, in perfetto stile campeggio, parvero tutti e due un po' preoccupati. C'erano tre tende: due da quattro persone per i ragazzi. Una da due per i responsabili. A Bridget le tenda da due parve comica nella sua piccolezza, quando cominciò a montarla.

Supponeva che Eric si aspettasse di dormire sotto le stelle. Come lei. In quel modo, lui sarebbe stato da una parte del campo e lei dall'altra, e avrebbero evitato ogni ambiguità. Il vento soffiò più forte e spinse grosse gocce di pioggia su di loro, come per ribadire la sua opinione. Avrebbero dormito tutti in tenda, quella notte.

Di solito Bridget era brava a smorzare la tensione. Era una sua specialità. Avrebbe marciato in giro con coraggio, schiacciandola, senza indugiare a prenderla in considerazione. Ma quella volta la tensione era subdola: le si avvolgeva intorno alle caviglie e la teneva stretta.

Bridget non sapeva dove andare per togliersi il costume. Non voleva che lui la vedesse lavarsi i denti o spazzolarsi i capelli. Ovviamente non voleva che la sorprendesse a far pipì nei boschi. Non voleva incontrarlo solo con i boxer addosso, o peggio. Si sentiva nervosa al pensiero che lui la guardasse infilarsi nel sacco a pelo in camicia da notte.

Quando pensò alla sua sfrontatezza con lui due estati prima, inorridì. Come aveva potuto? Non lo conosceva nemmeno, allora.

Forse era proprio per questo che l'aveva fatto.

Eric le concesse molto tempo sola nella tenda prima di chiedere con gentilezza se poteva entrare. Era così cortese e così bagnato.

Sdraiata nel sacco a pelo, i capelli legati alla base del collo, gli voltò la schiena, fingendo di non badare a lui che s'infilava nel sacco a pelo poche decine di centimetri più in là. Si augurò che potessero riderne, ma non sapeva trovare un modo.

Eccoli, sdraiati in una minuscola tenda arancione, l'una accanto all'altro. Lei riusciva a sentire il suo shampoo e la sua pelle umida. Era imbarazzante in un modo magico.

Era troppo a disagio per considerare le allettanti possibilità che si prospettavano se solo avesse lasciato libera la mente. In verità, ciò che voleva di più era rassicurarlo. Lei non rappresentava un pericolo. Voleva provarglielo.

Si voltò in modo da stare supina e guardare in su. Lui fece lo stesso.

Lei si schiarì la voce. «Dimmi di Kaya» disse Bridget. «Com'è?»

Eric non rispose subito.

«Scommetto che è molto bella.»

Lui emise un lungo respiro. «Sì. È bella.» Pareva un po' guardingo. Era riservato, su quel genere di argomenti.

«Capelli chiari o scuri?»

«Scuri. È metà messicana, in realtà.»

«Bello.» Bridget ebbe l'assurdo desiderio di trovare un modo per diventare metà messicana. «Va alla Columbia?»

«Si è appena laureata.»

A Bridget parve che essere metà messicana e aver appena finito la Columbia fosse da persone mature e sofisticate. Sentì che stava sviluppando un complesso di inferiorità mentre se ne stava sdraiata nel sacco a pelo e si stringeva nella sua pelle immatura e affatto messicana. Non volle dire nient'altro, nel timore di risultare ancora più sciocca e infantile in confronto alla splendida fidanzata di lui.

Perché mai aveva invitato la fidanzata di Eric nella loro piccola tenda arancione?

Lui si voltò su un lato, guardandola in viso, e posò la testa sulla mano. Parlare un poco, perfino di questo, aveva cominciato a sciogliere la tensione tra di loro. «Ehi. Voglio sapere delle tue amiche.»

Era un'esca a cui non seppe resistere. Quindi consumò il suo nervosismo a cinguettare e chiacchierare, risultando più sciocca e infantile che mai.

L'ostacolo successivo di Lena era grosso: Valia. Lena aveva evitato sua nonna per parecchi mesi con tanto scrupolo che trovava quasi terrorizzante guardarla in faccia.

Un po' sperava che Valia si sarebbe rifiutata di posare, ma non fu così; la nonna si sedette dietro la scrivania nel salottino della tv e guardò dritto verso Lena.

«Puoi lavorare al computer, se vuoi. Potrei ritrarti in quel modo» propose Lena.

Valia scrollò le spalle. «Ho finito con il computer per oggi.»

Lena calcolò che era già tardi in Grecia; doveva essere quello il motivo.

«Puoi guardare la tv, se ti senti più a tuo agio.»

«No. Starò seduta qui» disse Valia.

Lena dovette farsi forza. Cercava una scappatoia, ma Valia la guardava dritto negli occhi. Si costrinse a essere coraggiosa.

Fu difficile, in principio. Lena aveva evitato la palese sofferenza di Valia e i propri problemi legati a quel dolore. Vedendo il viso di Valia, non poté ignorarne il tormento. Ritrarre Valia non voleva dire solo vederlo, ma andare a cercarlo dentro. Lena sentì che la sua sola speranza era procedere per gradi.

Quanto era invecchiata la nonna nell'ultimo anno. La pelle di Valia era ricoperta di rughe tanto che pareva cascare dalle ossa. I suoi occhi un tempo scuri erano lacrimosi e sbiaditi, con una sfumatura bluastra intorno all'iride. Guardavano dalle pieghe della pelle come se fossero dentro due caverne.

Bapi aveva amato Valia. Lena immaginava che perfino quando erano vecchi, Bapi avesse visto in Valia la donna giovane e bella che era stata. Ora non c'era più nessuno a vederla in quel modo, e lei era avvizzita.

Lena all'improvviso colse la sfida. Avrebbe cercato di vedere quella Valia – la Valia di Bap – in questo viso, se ci riusciva. Non avrebbe trovato solo il dispiacere, per quanto ne fosse pieno. Avrebbe agito come un archeologo. Avrebbe disseppellito la Valia di un tempo; l'avrebbe riscoperta in mezzo alle macerie.

Ora Lena stava guardando davvero, e Valia faceva resistenza. La guardava di rimando. Lena non aveva mai fatto un disegno in cui il soggetto la fissasse dritto negli occhi. Era come una gara di sguardi combattuta fino a un punto di stallo.

Lena l'archeologa vide degli indizi nella forma delle sopracciglia di Valia. Avevano qualcosa di Effie, che alcuni sostenevano somigliasse a Valia. Vide suo padre nella bocca e nel mento. Lena

disegnava ciò che vedeva, ma consentiva al passato di guidare il modo in cui interpretava, quando era possibile. Riusciva a vedere la bellezza, se ci provava davvero.

Il solito cipiglio aggressivo di Valia svanì piano piano dai suoi tratti. Le parti e i punti che costituivano il suo viso presero forme nuove, più naturali. Lena si rese conto che a Valia piaceva essere guardata. E questo la spinse a considerare con tristezza quanto poco l'avevano guardata. La temevano tutti. Tenevano lo sguardo lontano da lei. Chi aveva bisogno di un'altra tragedia nella propria giornata? La ignoravano con cortesia o si sottoponevano alle sue lamentele solo perché tacesse. In realtà speravano che lei scomparisse, o per lo meno che di lei scomparissero la rabbia, la sofferenza, la solitudine, il malumore e le continue lamentele. Il resto poteva andare bene.

Non ci si domandava perché Valia fosse arrabbiata. Suo figlio l'aveva portata lì quasi a forza e ora passava tutto il tempo ad augurarsi che non fosse lì. E Valia desiderava andare via, quello era il punto. Loro volevano che lei se ne andasse; lei voleva andarsene. Che disastro.

Lena disegnò a lungo. Valia era una modella eccezionale. Certo migliore dei professionisti a scuola, che venivano pagati quindici dollari all'ora. Per settanta minuti Valia rimase immobile senza un singolo sospiro né un gemito né un movimento.

Dopo un po' Lena sentì le lacrime agli occhi, ma non si fermò. Com'era sola Valia! Quanto le piaceva essere guardata, finalmente. Che tragedia per tutti loro, averla privata di sguardi a quel modo.

Quando Lena ebbe finito, si alzò e baciò Valia sulla testa. Non si erano toccate per mesi. Valia parve scossa.

Lena porse a Valia il ritratto con timidezza. *Ti ho vista. Finalmente credo di esserci riuscita*, le disse Lena in silenzio.

Valia lo guardò a lungo. Non disse nulla. Annuì con ruvidezza, ma Lena si convinse che in quello strano sabato pomeriggio si erano viste a vicenda.

Il mattino dopo, a colazione,Valia era tornata ai soliti trucchi.

«Chi ha fatto questo caffè?» chiese, come se avesse potuto benissimo sputarlo sul tavolo.

«Io» rispose Lena con la stessa asprezza. «Non ti piace?»

«È pessimo» disse Valia con foga.

Lena puntò gli occhi su quelli di Valia e non li lasciò andare. «Non berlo, allora.»

L'intera famiglia la guardò esterrefatta e Lena si sentì piuttosto contenta di sé.

«Ciao, Carmen? Spero che tu sia la Carmen giusta. Se sei la Carmen giusta, allora io sono Win. Se no, sono... sono Win lo stesso, e scusa del disturbo. Anche se sei la Carmen giusta, forse ti disturbo e mi dispiace. Ho trovato il tuo numero sul... be', poco importa. Non sono un maniaco o qualcosa del genere. Lo giuro su Dio. Non ho mai chiamato nessuno dal nulla, così. Ma devo ammettere che ti ho pensato, e...» *Biiiiiiip*.

In un momento imprecisato della notte, Bridget sentì un leggero solletico di capelli sul braccio. Aprì gli occhi senza muovere un singolo muscolo. Nel sonno Eric era rotolato verso di lei. La testa di lui si era avvicinata tanto da sfiorarle la spalla. Trattenne il respiro. I loro corpi erano piegati nella stessa direzione, il suo pareva avvolgere da lontano quello di lui. Il fondo dei loro sacchi a pelo si toccava quasi.

Quel poco che aveva dormito era stato un sonno leggero e affollato di sogni. Non riusciva ad andare più a fondo, vicina com'era a lui. Si chiese se lui avesse notato quanto i loro corpi fossero vicini, come si mescolasse il loro respiro. Oppure il suo sonno era profondo e inconsapevole?

Mosse il piede, cauta. Evitò di respirare finché attraverso il sacco a pelo riuscì a sentire appena con l'alluce la forma del suo tallone. Pregò che lui non se ne accorgesse né si agitasse. Non lo fece. Dormiva.

Ritrasse il piede, dispiaciuta.

Avrebbe dato qualsiasi cosa perché lui la volesse ancora. Ma avrebbe dato ancora di più perché si fidasse di lei.

NON FARMI DOMANDE
IN QUESTO MOMENTO.
SONO IRRITATA
E PROBABILMENTE
TI PRENDEREI IN GIRO.

– EFFIE KALIGARIS

Tibby aspettava in piedi davanti al cinema che lo spettacolo dell'una finisse. Aveva smesso di guardare i film. In quei giorni preferiva starsene accanto alla vetrata d'ingresso a guardare fuori. Un pomeriggio la cassiera era malata, e lei aveva preso il suo posto nello stanzino. Era divertente: sicuro, limitato, prevedibile.

Tibby s'interrogò per l'ennesima volta sulla sua libera scelta di carriera. Si chiese se la NYU tenesse qualche corso di ragioneria. O un programma di studio per casellanti. O cassieri.

Immaginò di poter apprezzare un lavoro in uno di quei negozi di liquori nei quartieri malfamati, in cui si sta seduti dietro una spessa lastra di plexiglas antipallottole e la gente paga gli acquisti attraverso una fessura nel vetro. Al momento le pareva abbastanza accettabile.

Individuò un gruppetto di persone dall'altra parte della strada, e provò quell'attimo di obiettività in cui si vede qualcuno che si conosce prima di rendersi conto che lo si conosce. Quello alto, naturalmente, era Brian. Ogni volta che lo vedeva Tibby doveva imparare da capo quale fosse il suo aspetto. Quando era stato un vero orrore, i capelli sciatt – penduli, spettinati, senza un taglio – avevano giocato un ruolo nel circolo vizioso che era stata l'apparenza di Brian. Ora era evidente che gli stavano bene, trascurati nella giusta misura. Lei gli comprava i vestiti da Old Navy un paio di volte l'anno, quindi non c'erano sorprese a questo riguardo. Lui aveva imparato a farsi la doccia volentieri. Anche questo aiutava.

La figurina con la testa gigantesca, ciondolante, da giocatore di hockey era Katherine, di sicuro. Ogni volta che Tibby vedeva quel casco da hockey si sentiva stringere le viscere. I suoi muscoli facciali si contraevano in una smorfia, anche se cercava di opporsi. Alla vista di quel casco, provava rabbia e le veniva voglia di piangere.

Nicky teneva l'altra mano di Katherine. Perfino lui era diventato più protettivo nei confronti della sorellina.

Attraversarono la strada e si avvicinarono all'ingresso del cinema. Katherine avvistò Tibby attraverso la vetrata. Si sbracciò con tanto fervore che il casco le scivolò da una parte, con il sottogola che le piegava l'orecchio a metà. Tibby aprì loro la porta.

«Veniamo a vedere un film nel tuo cinema!» gridò Katherine.

Tibby le raddrizzò il casco. Lo faceva sempre.

«Ehi, guarda.» Katherine indicò la propria testa.

«Cosa?» chiese Tibby.

«Adesivi!» Katherine esultava. «Nicky mi ha aiutato a metterli.»

In effetti il casco da hockey era tappezzato di adesivi, con tutti i supereroi e i personaggi dei cartoni della storia del merchandising a basso costo.

«Wow, bello» disse Tibby.

«Forse adesso non me lo tolgo mai più» disse Katherine, gongolante.

Tibby sentì il respiro arrestarsi. In quelle parole c'era una forma di tortura che non riusciva nemmeno a identificare. *Che Dio benedica Katherine*, pensò. Come poteva essere così? Come faceva lei, Tibby, a essere tanto diversa? Perché soffriva così tanto se Katherine stava davvero bene? Non era Tibby a essere caduta dalla finestra. La sua preoccupazione per Katherine era inutile, ormai; Katherine non ne aveva bisogno. A chi era rivolta, in realtà?

Dimenticando per un attimo ciò che era successo, Tibby guardò Brian, e Brian le toccò la mano con tenerezza e le rivolse uno sguardo di sostegno che non aveva nulla a che fare con il desiderio di baciarla.

Carmen aveva memorizzato il messaggio telefonico di Win e l'aveva ascoltato quattordici volte in un'ora. Allora perché si trovava all'ospedale – proprio il posto in cui lavorava lui – ingobbita su un libro in un angolo, con gli occhiali da sole e un cappello? Era mercoledì pomeriggio e Valia aveva la sua solita seduta di fisioterapia. Carmen sapeva dove trovare Win. Win la stava cercando, forse.

Invece aveva scelto il posto più appartato che era riuscita a trovare, un corridoio deserto del reparto maternità. Fu tranquillo per un po', ma all'improvviso un gruppo di donne incinte puntò ondeggiando verso di lei. Carmen chinò il capo e cercò di leggere qualche altra pagina, ma era distratta. A tanto le era servito cercare la solitudine. Non c'erano posti in cui rifugiarsi, lì.

Le donne e i loro mariti si stavano accalcando in una stanza. Carmen immaginò che cosa poteva essere – un enorme, selvaggio rave per donne incinte? – quando nella sua mente cominciò a formarsi un pensiero. Guardò l'orologio.

Perlopiù ignorava ciò che diceva sua madre, quando conteneva le parole *doglie, nascita, maternità* e *neonato*. Ma sapeva vagamente che lei e David venivano a un corso preparto in quell'ospedale. Poteva essere? Poteva?

Oh, cielo. Cercò di tornare al suo libro, ma non ci riuscì. Per pagine e pagine, le chiacchiere eleganti di Jane Austen le entrarono negli occhi e si fermarono lì, disconnesse dal cervello. Carmen era curiosa, ora. Quando la sua mente formulava una domanda, faceva fatica a non rispondere. Infilò il libro nella borsa e si avviò nel corridoio. Si fermò davanti alla stanza in cui erano entrate le donne incinte. C'era una vetrata smerigliata piuttosto adatta per spiare. Gli uomini erano seduti e tenevano le gambe aperte, con le loro tonde mogli all'interno. Pareva piuttosto bizzarro, a dire il vero. L'insegnante stava dietro un tavolo, in primo piano.

Carmen era ormai giunta alla conclusione che sua madre non fosse in quella strana classe quando, sbirciando in fondo, vide la massa familiare di capelli scuri. Non era facile vedere Christina perché, perfino con il suo pancione rotondo, pareva appiattita contro il muro.

Tutti erano in coppia, e Christina era sola. Perché? L'esercizio in corso prevedeva che gli uomini massaggiassero le spalle delle mogli, e Christina se ne stava seduta per conto suo.

Dov'era David? Carmen guardò, interdetta, finché sua madre alzò le braccia per massaggiarsi le spalle. Fu quanto bastò a Carmen. Il dolore nel petto la colse di sorpresa e la proiettò oltre la soglia, dentro la stanza.

«Posso aiutarla?» le chiese l'istruttrice.

«Aspetti un secondo» disse Carmen. Andò da sua madre. «Cosa succede? Dov'è David?»

Gli occhi di Christina erano arrossati.

«C'è stata un'emergenza sul suo caso. È dovuto volare a St. Louis» sussurrò. A suo onore, c'era molta tristezza nella maniera in cui lo disse, ma nessun biasimo. «Che cosa ci fai qui, *nena*?»

«Valia ha la fisioterapia» spiegò Carmen.

Christina annuì.

L'istruttrice si parò davanti a loro. «Lei è iscritta a questo corso...?» chiese a Carmen. Non lo disse in modo arrogante, ma era chiaro che preferiva mantenere un ordine perfetto.

Carmen guardò l'istruttrice, sua madre e ritorno. Indicò sua madre. «Sono la sua partner.»

L'istruttrice sembrava sorpresa. Come linea di condotta, doveva essere aperta a ogni genere di coppia. «Bene. D'accordo. Cominciamo con alcune tecniche di massaggio per il travaglio. Seguite il resto della classe.»

Carmen si sedette, chiuse Christina tra le sue ginocchia e cominciò a massaggiarle le spalle tese. Aveva mani forti: si sentiva brava. Avvertì un lieve singhiozzo nel respiro di sua madre e capì che Christina stava piangendo. Ma sapeva che piangeva perché era contenta, e questo le diede una felicità diversa da tutto ciò che aveva provato da molto tempo.

Ehi voi, bellissime!

Mio padre mi ha appena mandato una pila di roba dalla Brown.

Il nome della mia compagna di stanza è Aisha Lennox. Non suona bene?

Vivrò con lei. La conosceremo. Quanto è strano, eh?

Bee

Lena pensò che il ritratto di Effie sarebbe stato semplice. Non lo temeva. Non si preparò a lungo e cominciò con indolenza. Ma non era un'indolente, e a ragione, pensò, perché finiva sempre col pentirsene.

«Dove vuoi stare?» chiese. «Nella tua camera? Sul tuo letto? Da qualche altra parte?»

«Um.» Effie si stava mettendo lo smalto sulle unghie dei piedi. «Puoi farlo qui?» Era seduta per terra nel salottino della tv. Un reality show era in onda a tutto volume. Effie teneva il mento poggiato su un ginocchio e si concentrava sull'unghia del piede, come se fosse una delle cose più impegnative che avesse mai fatto.

«Immagino di sì» disse Lena. «Ti dispiace se spengo la tv?»

«Lasciala accesa» disse Effie. «Non la guarderò.»

Lena non obiettò. Aveva la sensazione che dare ordini alla modella non fosse un modo per farla rilassare. Per quanto stupida potesse essere.

Lena si assestò sul profilo. Le ginocchia di Effie piegate, il mento in giù, le dita del piede flesse. Cominciò a schizzare.

Effie non era Valia. Si muoveva, come se fare da modella per il disegno di Lena non fosse affatto tra le sue priorità.

«Uffa, Ef. Puoi stare ferma?»

Effie le scoccò un'occhiata torva e tornò all'unghia.

Lena ci provò. Provò davvero. Era difficile ritrarre una mano in movimento. Lasciò che il disegno si facesse confuso. Era difficile raffigurare l'espressione di una persona quando teneva il viso voltato. Tentò di suggerire la resistenza nella posa di Effie. Era la sola cosa che pareva vera.

Poi Lena dovette chiedersi perché Effie resisteva con tanta for-

za. Era vero che si erano mancate, quell'estate. Avevano cominciato a lavorare presto tutte e due. Avevano passato più tempo possibile fuori di casa tutte e due. Il suo rapporto con Effie era forse un'altra conseguenza rovinosa del crollo di Valia?

Era peggiorato più di quanto Lena non credesse?

«Effie.»

«Cosa?» ribatté Effie, senza voltare la testa.

Pareva che la bocca di Lena funzionasse un po' meglio, con un carboncino in mano. La aprì. «Ef, tu non vuoi che riesca, lo sento. Come se ce l'avessi con me.»

Effie alzò gli occhi al cielo. Fece mostra di soffiare sul lucido smalto rosa dell'alluce. «Perché pensi questo?»

«Perché non mi guardi. Non vuoi startene seduta ferma.»

Se Effie fosse stata Lena e Lena fosse stata Effie, ci sarebbe voluto forse tutto il giorno. Ma per fortuna, Effie era Effie. Quando finalmente si voltò, il suo viso era molto espressivo.

«Forse non voglio che tu vada alla scuola d'arte.»

Lena posò il blocco. «Perché no?» Non riuscì a dissimulare lo stupore. Dava sempre per scontato che Effie la sostenesse in ogni battaglia contro i suoi genitori, proprio come lei sosteneva

Effie, anche quando aveva torto. Era d'accordo con i suoi genitori, questa volta? Era risentita per il fatto che Lena provocava altra turbolenza nella loro già turbolenta casa?

Effie aveva gli occhi pieni di lacrime. Tappò la boccetta di smalto e lo spinse da parte. «Tu cosa credi?» chiese.

Lena sentì che i suoi occhi si spalancavano.

«Ef. Non lo so. Per piacere dimmelo.»

Effie si coprì il viso con le mani. «Non voglio che tu te ne vada. Non voglio che mi lasci qui... con tutti loro.»

Lena percorse a quattro zampe i pochi passi che la separavano da sua sorella. Abbracciò Effie. «Mi dispiace così tanto» disse con sincerità. «Non voglio lasciarti.» Si sentì le lacrime di Effie sulla spalla e la strinse più forte. «Odio anche solo il pensiero di lasciarti.»

Il bello di farsi spiegare da una persona che cosa non andava era che si poteva dirle qualcosa perché si sentisse un po' meglio. Lena si fece un appunto mentale di provare a farlo più spesso.

Nell'ingresso, Carmen stava abbracciando sua madre per salutarla quando scorse Win. Lui sorrise, raggiante, accelerando il passo per raggiungerla, quasi timoroso che lei potesse sgattaiolare via.

«Carmen!»

«Ehi, Win» disse. Non poté fare a meno di sorridergli. Lui era troppo dolce per non farlo. Win e Christina si guardarono. Win doveva chiedersi quale lontano parente di quale lontano conoscente Carmen stesse accompagnando all'ospedale questa volta.

«Questa è mia madre, Christina» disse Carmen. «Mamma, questo è Win.»

«Lieta di conoscerti, Win» disse Christina.

Carmen lo vide attraverso gli occhi di sua madre e fu di nuovo colpita dalla sua incredibile bellezza. Con la maggior parte dei ragazzi di così bell'aspetto Carmen si sentiva piuttosto intimidita, ma Win era diverso. Non era arrogante e non incuteva soggezione. Aveva un sorriso modesto e un passo strascicato, opposto alla spavalderia del tipo "Sono bello".

«Il piacere è mio» disse con entusiasmo. «Avevo immaginato che foste parenti. Lei è bella come Carmen.»

Se a Carmen fosse stata riferita quell'affermazione anziché sentirla di persona, avrebbe brontolato e alzato gli occhi al cielo e avrebbe detto a Mister Viscido di sparire. Ma ascoltandolo e vedendo la sua espressione, pensò che era il complimento più candido e sincero che avesse mai ricevuto. E così anche sua madre, a quanto pareva.

Christina avvampò di piacere. «Grazie. Mi piace pensare di somigliarle.»

Carmen si sentì instabile, colpita com'era da tanta bontà. Non aveva idea di che cosa dire.

«Carmen mi ha salvata, oggi» si offrì volontaria Christina, con l'emozione nella voce. «Mio marito non è potuto venire al corso preparto e lei mi è venuta in soccorso. È la mia partner e la mia allenatrice. Ci crederesti?»

Christina rideva, ma i suoi occhi erano pieni di lacrime. Carmen aveva sentito dire che le donne incinte sono più emotive, ma cielo, questo era un po' troppo.

Win fissò Christina, rapito. Poi si voltò a guardare Carmen. Lei aveva desiderato molte volte che un ragazzo come Win la guardasse a quel modo. Ma ora era sbagliato, e quello che diceva sua madre rendeva tutto ancora peggiore.

Aprì la bocca per dire qualcosa. E poi si ricordò. «Santo cielo! Devo andare subito a prendere Valia. Sarò in ritardo.» Oddio. Riusciva quasi a sentire quel grido da spaccare le orecchie all'ottavo piano.

«Vengo anch'io» disse Christina, inseguendola verso gli ascensori.

«Ciao, Win» gridò Carmen, voltando la testa per guardarlo.

Lui aveva l'aria un po' triste quando lo salutò, muovendo il braccio attraverso lo spazio sempre più stretto delle porte dell'ascensore. Non appena si chiuse, Christina saltò su: «*Nena*, chi è?». Era entusiasta. «È... è davvero adorabile. E il modo in cui ti guardava...»

Il viso di Carmen era bollente. «In effetti sembra... simpatico.» Non voleva che sua madre vedesse il suo sorriso eccitato. Avrebbe voluto tenere la bocca in una posizione normale.

«Simpatico! È più che simpatico! Come l'hai conosciuto?»

Carmen scosse le spalle. «In realtà non lo conosco per davvero. O forse in qualche modo lo conosco.» Si morse il labbro, dentro. «Ma lui non conosce me.»

PER L'UOMO CHE HA SOLO
UN MARTELLO
NELLA CASSETTA
DEGLI ATTREZZI,
OGNI PROBLEMA SOMIGLIA
A UN CHIODO.

– ABRAHAM MASLOW

Passarono quattro sere prima che Tibby riuscisse ad avventarsi sui sacchi della spazzatura e a portarli fuori nel viale prima di Margaret. Margaret aveva tanta esperienza, visto che lavorava al Pavillion Theater da più di vent'anni, ed era così ligia che fu quasi impossibile per Tibby riuscire a fare alla sua collega quell'unico, misero favore.

«Tibby, grazie!» disse Margaret, allegra, quando vide i bidoni vuoti. «Sei proprio carina.»

«Ti rendo il favore» disse Tibby.

Tibby osservò Margaret riporre il maglione nel suo armadietto (nessuna foto attaccata all'interno, notò Tibby) e raccogliere la borsa, proprio come ogni sera. Tibby sapeva che Margaret avrebbe preso l'autobus in Wisconsin Avenue per andare a casa, che era da qualche parte a nord. Non riusciva a indovinare che cosa facesse nel tempo libero, ma era quasi sicura che lo facesse da sola.

All'improvviso Tibby si sentì ispirata. «Ehi, Margaret.»

Margaret si voltò, con la borsa che dondolava graziosamente dal gomito piegato.

«Vuoi venire a cena con me?»

Margaret parve sconcertata.

«Potremmo mangiare una cosa veloce, se vuoi. Potremmo andare qui dietro l'angolo in un locale italiano.»

Perché non passare un po' di tempo con una persona molto sola?, pensò Tibby, complimentandosi con se stessa in silenzio. Non era una cosa meritevole da fare? Tibby si convinse che fosse un gesto da persona buona.

Margaret si guardò intorno, come per vedere se Tibby stesse

parlando a qualcun altro. Contrasse appena i muscoli intorno alla bocca e si schiarì la voce.

«Scusa?»

«Ti va di cenare insieme?»

Margaret parve un po' spaventata. «Io e te?»

«Sì.» Tibby cominciava a chiedersi se non avesse esagerato.

«Be', uh, okay. Posso.»

«Fantastico.»

Tibby la guidò dietro l'angolo. Non aveva mai visto Margaret fuori dal cinema. Era un po' strano. Si chiese quante volte fosse stata fuori dal cinema, quando non era a casa. Con il cardigan rosa pallido, la borsa bianca di vinile con i fermagli d'oro e la sua espressione attonita, pareva la vittima innocente di un errore della macchina del tempo.

«Va bene questo posto?» chiese Tibby, tenendo aperta la porta del ristorante.

«Sì» rispose Margaret con un leggero tremolio nella voce.

Tibby era già stata in quel ristorante, e le era parso normale. Ma ora, con Margaret al suo fianco, le parve cupo, buio, molto rumoroso e del tutto inadeguato.

La cameriera mostrò loro un tavolo. Margaret si sedette sull'orlo della sedia, la spina dorsale rigida, come pronta a fuggire in un attimo.

«Fanno una buona pizza» disse Tibby a bassa voce.

Margaret mangiava la pizza? Mangiava qualcosa? Era magrissima, piccola quasi quanto una bambina. C'erano alcuni indizi della sua età: la pelle del collo allentata, la consistenza della sua bionda coda di cavallo. Tibby sapeva che doveva avere intorno ai quarantacinque anni. Ma in quasi tutti gli altri aspetti, pareva ancora intimidita dalla pubertà.

Tibby si chiese che cosa le fosse accaduto per farla diventare così. Una tragedia? Una perdita? C'era qualcosa di terribile che l'aveva indotta a scendere dalla scala mobile della vita intorno ai quattordici anni?

Oppure, fatto più insidioso, aveva imboccato molte volte la strada della cautela? Aveva tagliato via uno dopo l'altro i rami potenziali della vita finché non si erano ridotti a uno solo?

Margaret aveva paura dell'amore? Poteva essere così? Aveva lasciato il palazzo proprio quando tutti gli altri cominciavano a conoscersi?

Tibby guardò Margaret con aria supplichevole. Voleva dire o fare qualcosa che la facesse sentire a suo agio, ma non riusciva a immaginare che cosa potesse essere.

«Ti piace la pasta?» chiese Tibby. «Ho sentito dire che è piuttosto buona qui.»

Margaret guardò il menu come se fosse un test pieno di diabolici trabocchetti. «Non sono sicura» disse piano.

«Puoi prendere solo un'insalata» suggerì Tibby. «E se non ti piace questo tipo di cibo, ti capisco.»

Margaret annuì. «Forse un'insalata...»

Tibby sentì una fitta di tristezza, perché sapeva che Margaret voleva compiacerla. Margaret si sentiva terribilmente a disagio, ma non voleva deluderla.

Chi stava facendo il favore a chi, in quella buona azione?

Piano piano l'aria calda della virtù uscì da Tibby, e lei si rese conto di quanto fosse stata idiota. Aveva trascinato la povera Margaret fuori dalla zona in cui si sentiva a suo agio, congratulandosi con se stessa della grandiosa elemosina che le faceva. Ma Tibby non stava portando sollievo a una donna sola; la stava torturando. Che cosa credeva di fare?

«Forse non ho voglia di cibo italiano» disse, allegra, cercando di offrire a Margaret una via di scampo. «Perché non torniamo indietro verso il cinema e ci prendiamo un gelato e poi ti accompagno alla fermata dell'autobus?»

Margaret parve molto sollevata, il che procurò a Tibby un po' di felicità. «D'accordo.»

Mentre camminavano, Tibby si ricordò di suo zio Fred che recitava un verso in occasione di quasi tutti i compleanni di famiglia. I suoi genitori si lamentavano dei bambini che crescevano; e lui diceva: "Crescere è orrendo, ma è meglio dell'alternativa".

Bene, per la prima volta Tibby si rese conto che c'era davvero un'alternativa: stava camminando accanto a lei, leccava un ghiacciolo arancione e le spezzava il cuore.

«Mi ha beccato di nuovo» disse Carmen a Lena, sorseggiando il cappuccino ghiacciato e godendosi l'aria condizionata da Starbucks in Connecticut Avenue.

«Che cosa vuoi dire?» chiese Lena. Non stava mangiando il suo biscotto, e Carmen lo voleva.

«Win mi ha beccato di nuovo nel pieno di un atto casuale di gentilezza all'ospedale.»

Lena rise. «Colpita.»

«Mi sento come se stessi rubando in un negozio o qualcosa del genere. Non sapevo che cosa dire per giustificarmi.»

«Gli hai detto che è stato un incidente? Che non volevi? Che non lo farai mai più fino alla fine dei tuoi giorni?»

Anche Carmen rise. «La Carmen Buona colpisce ancora. Che cosa faremo con questa ragazza?»

«Legarla in bagno?»

«Buona idea.»

Lena le scoccava occhiate furtive mentre rifletteva. «Forse tu sei davvero la Carmen Buona. Ci hai mai pensato?»

Carmen rifletté un istante. «Nooo.»

Lena continuava a non toccare il suo biscotto, quindi Carmen ne spezzò una parte e la mangiò. «Indovina chi dormirà sul mio divano domani notte» disse Carmen.

«Chi?»

«Paul Rodman. Viene su dal North Carolina e l'ho convinto a fermarsi qui a dormire. Non lo vedo da mesi.»

Lena si mosse sulla sedia, a disagio.

«Ha chiesto di te.»

Lena annuì con timidezza.

«Lo fa sempre. È la parte della conversazione che avvia lui, a dire il vero.»

Lena si guardò i piedi grandi nelle grandi infradito con la suola di sughero. «Come sta suo padre?» chiese.

Carmen smise di masticare. Aveva continuato a scrivere a Paul. Gli cavava più parole, a quel modo. «Non sta bene. Paul passa ore in macchina ogni settimana per andare a trovarlo. È così triste.»

Lena stava annuendo quando il cellulare di Carmen squillò. Carmen rovistò in fondo alla borsa finché non lo trovò.

«Ehi?»

«Carmen, ciao. Sono David.»

«Che cosa succede?» Quasi tutto il calore svanì dalla sua voce.

«Volevo solo ringraziarti per esserti presa cura di tua madre ieri. Non sai quanto sia stato importante per lei. E anche per me. Volevo esserci così tanto e davvero non so dirti come…»

«Tutto a posto» lo interruppe Carmen. «Nessun problema.»

«Davvero, Carmen. Davvero io...»

«Okay.» Non voleva che lui continuasse su quell'argomento. «Sei ancora a St. Louis?»

«No, sono a casa» disse, serio.

Perché era seccata con lui? Non era colpa sua se lavorava come un mulo. Aveva una famiglia a cui provvedere, ora. Prendeva sul serio le sue responsabilità, eccetera eccetera.

«Allora ci vediamo dopo» disse lei.

«Oh, Carmen... un'altra cosa.»

«Sì?»

«Ho lasciato il caricabatteria del mio telefono in albergo a St. Louis. Posso prendere il tuo in prestito?» Avevano lo stesso modello di cellulare. A volte pareva il loro unico argomento di conversazione. Lui aveva la suoneria che somigliava a una polka, ed era convinto che fosse molto gradevole.

«È nella presa accanto al comodino» disse.

«L'albergo dice che mi spediranno il mio quanto prima. Ho detto che mi serviva proprio.»

Perché le loro conversazioni erano sempre così vuote?

«Sì» disse Carmen. «Be', ciao.»

«Ciao.»

Premette il tasto per chiudere la comunicazione. Quando ripose il telefono nella borsa, si rese conto che il caricabatteria con il filo arrotolato era lì, sul fondo. Oh. Oops.

Lena la guardò in tralice, cercando di capire con chi stesse parlando. «David?» azzardò infine.

«Sì.»

«Sapevo che era qualcuno che non ti piace tanto.»

«Mi piace abbastanza» disse Carmen, con una nota di petulanza nella voce. Sospirò. «Dovrei essere più gentile, vero?»

«Non rispondo.»

Carmen mostrò un sorriso malizioso. «So cosa fare. Inviterò Win a cena con la mamma e David.» Rise. «Servirà a fargli capire.»

Tibby

Tutto l'occorrente per la spiaggia più i dischi.
Niente techno schifosa, come stabilito.

Bee e me
Cibo. Tanto. Soprattutto ipercalorico con grassi idrogenati aggiunti.
(Credo che mi piacciano. Ma cosa sono?)

Lena
Altri beni per la casa.
(Fazzoletti oltre alla carta igienica, signorina.)
Prego versare le donazioni ($ 60, e intendo in contanti)
al Fondo per il Primo Fantastico Fine settimana Pre-college Annuale di
Rehoboth Beach, c.a. portafoglio di Carmen.

E voglio dire presto, accidenti.

Da quando Lena aveva saputo che Paul avrebbe passato la notte in città, non faceva che pensare a lui. Infine si fece coraggio, lo chiamò da Carmen e gli chiese di andarla a trovare. Lui non faceva parte della famiglia, certo, ma provava un gran desiderio di ritrarlo. Non voleva più evitarlo.

Quel pomeriggio, carboncino alla mano, lo incontrò sulla soglia. Lo abbracciò, rigida. Il suo cuore fece un piccolo balzo quando vide il suo aspetto: era più vecchio, più triste e perfino più bello.

Piuttosto taciturno, lui la seguì in cucina.

Voi due siete molto, troppo simili, diceva Carmen di Lena e Paul e della loro congiunta incapacità di condurre una conversazione. Carmen aveva nutrito grandi speranze per loro, un tempo.

«Vuoi qualcosa da bere?» gli chiese.

Lui pareva nervoso. «No, grazie.»

Con un gesto Lena gli indicò di sedersi di fronte a lei al tavolo della cucina. Si passò una mano tra i capelli. Li aveva spazzolati per l'occasione. «Devo chiederti una specie di strano favore» disse.

Ora pareva davvero spaventato, ma non restio. «Okay.»

«Ti andrebbe se ti facessi un ritratto? Ci vorrà all'incirca un'ora, un'ora e mezza. Solo uno schizzo di te da qui in su» indicò la propria clavicola, in modo che non fuggisse in preda al panico. «Vedi, sto facendo un portfolio di ritratti, perché sto cercando di vincere una borsa di studio alla RISD. Altrimenti non potrò andare alla scuola d'arte, e lo desidero davvero. Credi che potresti farlo?» Non gli aveva mai detto tanto in una sola volta.

Lui annuì. «Mi piacerebbe» disse.

A Lena venne un'idea.

«Magari andiamo fuori.»

Lui la seguì nel giardino sul retro. Non lo vedeva su una sdraio accanto alla piscina né in un'altra posa del genere. Studiò le possibilità. C'era un tronco di legno nell'angolo in fondo, accanto alla siepe. Era stato una quercia, bella e gigantesca, che era invecchiata e aveva contratto una malattia; i suoi genitori l'avevano fatta abbattere prima che finisse per crollare sulla casa. Il ceppo era forte e robusto, adatto a Paul. Lo condusse lì, poi corse a prendere una sedia per sé e il blocco da disegno.

«Pronto?» chiese.

Paul sedette, coraggioso. Il ceppo aveva un'altezza perfetta per lui. I piedi di Lena sarebbero rimasti penzoloni, ma i suoi erano saldi a terra. Abbandonò le mani sulle ginocchia. La posa sarebbe parsa rigida in un'altra persona, ma per Paul pareva giusta. Lei notò che portava un grosso anello d'oro al mignolo della mano sinistra. Era il solo elemento che stonava.

Indietreggiò un poco. Voleva disegnare una porzione più ampia di lui. «Ti dispiace se faccio un tre quarti?»

«No, va bene» disse lui.

Fissò il foglio alla tavoletta. Paul la guardava con attenzione. Per questo lei si pizzicò una nocca; le fece male, quindi se la succhiò per un momento. Raccolse i capelli in una coda di cavallo. Calibrò il carboncino, sospeso sulla carta.

«Devo guardarti?» chiese lui.

«Uhm. Sì» rispose. Paul aveva sempre uno sguardo molto diretto, quindi le parve giusto così. Però sentì la tensione crescere quando i loro occhi s'incontravano per lunghi istanti. Non provava per Paul quello che provava per altre persone.

I tratti del viso di Paul davano l'impressione di essere piuttosto dritti e squadrati. Forte mascella squadrata, fronte squadrata, zigomi squadrati. Ma quando lei guardò con più attenzione e a lungo, vide molti elementi arrotondati che non si aspettava. I suoi occhi, per esempio. Erano grandi e circolari: innocenti, quasi infantili. Ma agli angoli esterni vide che aveva piccole, primitive rughe di espressione a raggiera che sospettava non fossero determinate dal troppo ridere. E agli angoli interni, dove gli occhi incontravano il naso, la pelle fine era blu e pareva un po' sciupata.

La sua bocca era sorprendente: piena e curvilinea. Era una bocca adorabile. Si perse nelle minuscole linee verticali che separavano le labbra dalle guance. Non si aspettava una bocca tanto sensuale in una persona così grande e forte. Si sentì un po' maniaca, a guardarla in modo così scoperto e tanto a lungo. E poi fu presa dal senso di colpa perché approfittava a quel modo dell'opportunità che le dava il ritratto.

Disegnò le spalle e le braccia con gesti ampi e sciolti. Quando giunse alle mani s'irrigidì un poco.

La sua mano esitò sull'anello. Si costrinse ad aprire la bocca. «L'anello» disse.

Le dita dell'altra mano lo coprirono all'istante. Lui abbassò lo sguardo. Era la prima volta che interrompeva la posa, anche solo per poco, in quasi quaranta minuti. «Scusa» disse, rendendosene conto.

«Va tutto bene. Non ti preoccupare» si affrettò a dire lei. All'improvviso si sentì protettiva nei suoi confronti. «Puoi fare una pausa. Te la meriti.»

«No. Sono a posto.» Ora guardava in giù. Il suo collo s'incurvava, grazioso e triste. L'inclinazione del collo parlava con tanta eloquenza che a Lena le dita prudevano per il desiderio di cominciare un altro disegno.

Era un miracolo che ci fosse così tanto da vedere anche nel più minuto gesto di una persona, se si osservava con sufficiente intensità quando si cercava un'informazione. C'era così tanto sentimento, una tale abbagliante varietà di cose che le parole, almeno le parole di Lena, non riuscivano a esprimere. C'erano migliaia di immagini e ricordi e idee, se le si lasciava fluire. C'era l'intera storia dell'esperienza umana contenuta in ogni piccola porzione, il più universale nel più particolare, se solo si riusciva a vedere. Era come poesia. Be', lei non aveva mai trovato poesia nella poesia, a dire il vero. Ma immaginava che la poesia potesse essere così per chi la capiva e l'amava.

Era come poesia oppure come essere strafatti.

L'anello era stato sfilato e Paul lo cullava nella palma della mano, ora. Lui la guardò di nuovo. «È di mio padre. Anche lui è andato alla Penn, per questo vuole che lo porti.»

Lena lo fissò con sguardo grave. Si chiese se i suoi occhi mostrassero la crescente compassione che provava. «È ammalato, lo so. Carmen me l'ha detto.»

Paul annuì.

«Mi dispiace.»

Lui stava ancora annuendo, sempre più piano. «È dura, sai?»

«Lo so» disse lei con trasporto. «Voglio dire, non lo so. Lo so e non lo so. Non lo so bene, ma mi sento come se lo sapessi. Il mio Bapi, mio nonno, è morto l'estate scorsa.» All'improvviso avvertì l'orrore delle sue parole. «Non sarà così!» gridò quasi. «Non succederà a tuo padre!» Certe volte Lena si odiava proprio.

E non si meritava l'espressione gentile di Paul, tutta fatta di dolce perdono. E perfino di gratitudine. «Lo so, Lena. So che capisci.»

Si fissarono, ma per la prima volta il silenzio non parve del tutto inadeguato. Andava bene.

«Vuoi fare una pausa?» gli chiese di nuovo.

«D'accordo» accettò lui questa volta.

Il tronco era grande abbastanza per due. Lena si sedette accanto a lui, con le gambe incrociate. Gli si appoggiò un poco, e lui la lasciò fare. Il sole splendeva su di loro, benevolo.

Gli angoli del disegno, dove l'aveva lasciato nell'erba, frusciavano piano al vento.

Voleva finirlo, ma non aveva fretta. Si rese conto che aveva cominciato il disegno per poter dire a Paul che le dispiaceva.

SCUOTILO UN PO'
FINCHÉ NON SI APRE.

– PINKY AND THE BRAIN

Era un altro giorno come tanti. Valia aveva speso gran parte delle sue energie a chattare con i suoi amici a casa. Era il solo momento della giornata in cui sembrava viva. Ora erano sedute nella semioscurità del salottino, e Carmen si preparava a ingaggiare una nuova guerra di logoramento, con la tv come premio.

Non aveva avuto la sua dose di Ryan Hennessey per giorni. Provò a immaginarlo, ma per qualche ragione non ci riuscì. Si alzò. «Valia, qui facciamo la muffa. Dobbiamo uscire.»

«Ah, sì?»

«Sì. È una bella giornata. Abbiamo bisogno di fare una passeggiata.»

Valia parve assonnata e indispettita. «Sto guardando un programma. Non voglio camminare.»

«Per piacere.» All'improvviso Carmen si sentì tanto disperata che non badò più a mantenere un contegno di freddo risentimento. Che Valia vincesse pure quel round. «Farò io tutta la fatica. Tu starai seduta sulla sedia e basta.»

Valia ci pensò. Le piaceva essere pregata. Le piaceva dimostrare di possedere un certo potere su Carmen. Scosse le spalle. «Fa troppo caldo.»

«Non fa così caldo oggi. Per piacere.»

Valia non voleva dare a Carmen la soddisfazione di acconsentire subito, ma guardò la sedia a rotelle con rassegnazione.

Carmen colse quello spiraglio. Issò il corpo magro di Valia sulla sedia a rotelle con delicatezza. «D'accordo.» Carmen controllò di avere le chiavi e i soldi e spinse Valia fuori dalla porta.

Il cielo era perfettamente blu. Benché fosse agosto, la foschia umida della piena estate si era sollevata in quel momento. Era bello stare fuori. Carmen camminò senza meta, lasciando vagare i pensieri. Cercò di guardare il mondo attraverso gli occhi di Valia, per immaginare come potesse apparire ogni scorcio di periferia urbana agli occhi di una donna anziana che aveva passato la vita su un'isola del mare Egeo. Non tanto bello, certo. Ma quando Carmen alzò lo sguardo e vide il cielo, seppe che era lo stesso cielo. Si chiese se anche Valia vedeva quello splendido cielo azzurro.

Per qualche ragione, si fece strada nella mente di Carmen l'immagine di un ristorante in cui era stata con sua madre qualche volta. Non ricordava il nome, ma sapeva dov'era. Puntò con Valia da quella parte e camminò. All'improvviso le venne fame.

Al ristorante, Carmen fu lieta di vedere che avevano ancora i tavoli all'aperto, riparati da ampi ombrelloni bianchi. Gerani rossi ondeggiavano da casse di legno lungo i muri imbiancati a calce della piccola terrazza. Carmen non era mai stata in Grecia, ma immaginava che a guardare le irregolarità sul muro o gli ombrelloni bianchi in alto contro il cielo, forse poteva assomigliarle un po'.

Sistemò Valia a un tavolo. Non c'erano altri clienti.

«Perché siamo qui?» chiese Valia.

«Ho bisogno di una pausa, e ho anche un po' fame. Ti dispiace?»

Valia assunse un'aria seccata ma pronta al sacrificio. «Ti importa se mi dispiace?»

«Torno subito» promise Carmen.

Non facevano servizio ai tavoli fuori, perciò andò a ordinare al bancone. Era un'ora strana, dopo pranzo e prima di cena, per cui il posto era piuttosto deserto. Si sentì un po' disonesta mentre studiava il menù. Non era proprio cibo greco, ma era mediterraneo. Riconobbe un mucchio di piatti che aveva mangiato a casa di Lena. Sapeva che al momento i Kaligaris non cucinavano quella roba. Lena le aveva spiegato che suo padre pensava che avrebbe riempito Valia di nostalgia. Lui cercava di tenerla lontana da qualunque cosa potesse procurarle nostalgia. Non permetteva a Valia di cucinare, benché lei l'avesse fatto per tutta la vita.

Carmen ordinò foglie di vite ripiene e qualcosa di caldo che somigliava molto a una *spanakopita*. Ordinò un piatto di melanzane, un'insalata greca, qualche quadratino di baklava e due grosse limonate. Pagò e portò il tutto al tavolo, disponendo i piatti tra lei e Valia. «Ho preso uno spuntino per noi. Spero che vada bene.»

Valia guardò il tutto con sdegno.

Carmen mise una porzione di pasticcio di spinaci fumante su un piattino di carta e lo porse a Valia con una forchetta. «Tieni, prova un po'.»

Valia rimase seduta, annusando il piatto, immobile.

Subito Carmen rimpianse il proprio impulso, proprio come finiva per rimpiangere quasi tutti i suoi impulsi.

Valia non voleva essere lì. Avrebbe odiato quel cibo poco autentico. Carmen riusciva già a sentire la litania di lamentele.

Questo lo chiami cibo?

Cos'è quel pasticcio verde? Questi non sono spinaci.

Con il passare del tempo, Carmen si sentì sempre peggio. Perché aveva idee tanto stupide? E soprattutto perché le metteva in pratica?

Valia sollevò il piatto, accostandolo al viso. Pareva che stesse per dare un morso, ma poi si fermò. Carmen osservò meravigliata Valia che lo posava sul tavolo e piegava il capo.

Rimase seduta così a lungo, con il capo inclinato, poi Carmen vide le lacrime. Le lacrime rigarono il viso rugoso di Valia. Carmen sentì la gola stringersi, osservando quel viso che sprofondava in un'assoluta tristezza.

Si alzò. Senza pensarci, andò da Valia e passò un braccio intorno all'anziana signora.

Valia era rigida tra le sue braccia. Carmen si aspettò di essere respinta, o di captare qualche segnale con cui Valia le lasciasse capire che non voleva essere abbracciata, soprattutto non da lei.

Invece la testa di Valia si fece più pesante mentre si adagiava sul suo collo. Carmen sentì la pelle morbida e floscia contro la clavicola. L'abbracciò più stretta e sentì le lacrime umide di Valia sul collo. Si rese conto in un modo vago che la mano di Valia si era fatta strada fino al suo polso.

Com'era triste comportarsi in modo orribile quando si era sconsolati e feriti e si voleva solo essere amati, pensò Carmen. Com'era tragico, in più, il modo in cui tutti ti evitavano e camminavano in punta di piedi intorno a te quando invece avevi tanto bisogno di loro. Carmen conosceva quello stato di cattiveria come tutti. Come era amaro comportarsi male con chiunque e finire per odiare se stessi più degli altri.

Carmen accarezzò i capelli di Valia con tenerezza, sorpresa che per una volta non fosse lei a comportarsi in modo detestabile. Non era Carmen a cercare aiuto, ma lo stava dando.

Pensò a Mr. Kaligaris e a tutte le sue teorie sul fatto di proteggere sua madre. Sì, sentire l'odore del cibo greco rattristava Valia. Lui aveva ragione. Anche sentirsi stringere da un altro essere umano pareva renderla triste. Ma a volte, Carmen lo sapeva, essere triste era quello che ci voleva.

«Voglio andare a casa» gracchiò Valia all'orecchio di Carmen.

«Lo so» sussurrò Carmen in risposta, e capì che Valia non stava parlando del 1303 di Highland Street, Bethesda, Maryland.

«Divertiti con Michael.» Bridget inarcò le sopracciglia, allusiva. «Ma non troppo.»

Mentre aiutava Diana a caricare la sacca da viaggio in macchina, Bridget sentì uno strano brivido sotto i bulbi oculari. La testa le doleva ed era stanca. Era felice per Diana, che tornava a Philadelphia per passare il fine settimana con il suo ragazzo, e dispiaciuta per sé che rimaneva lì. Decise di non fermarsi in sala da pranzo. La cena del venerdì era uno dei pasti migliori, comprendeva un buffet di gelati misti a cui era sempre felice di tornare per una seconda e terza porzione. Ma quella sera non aveva fame. «Devo andare a letto» mormorò tra sé, trascinandosi attraverso il parcheggio e oltrepassando le baracche con le attrezzature.

Il campo pareva stranamente vuoto. Era il fine settimana di mezzo, perciò la maggior parte dei ragazzi era tornata a casa. Rimaneva all'incirca un quarto dello staff per controllare la situazione.

Quando si sfilò i vestiti e scivolò sotto le coperte, Bridget fu contenta che la sua casetta fosse silenziosa, per una volta. Si avvolse più stretta che poteva. C'erano almeno ventisette gradi fuori; come mai aveva tanto freddo? Più si stringeva nelle lenzuola, più sentiva il freddo. Stava tremando. I denti battevano. Si concentrò e cercò di farli smettere, ma quelli sbatacchiavano ancora di più. Le guance, invece, scottavano.

Capì che le stava salendo la febbre e che doveva fare qualcosa. Forse poteva rubare un paio di Advil a Katie. Continuò a immaginare di farlo, senza riuscire ad alzarsi. Piano piano scivolò in uno stato di dormiveglia. Immaginò di prendere un'altra coperta.

Immaginò di bere un bicchiere d'acqua. Non riusciva a capire se lo stesse facendo oppure no. Spremette e torturò il suo cervello per sapere che cosa fosse e non fosse vero. Doveva aver delirato così molto tempo, perché era buio quando fu spaventata dalla presenza di qualcuno accanto a lei.

«Bee.»

Tentò di orientarsi. Era il viso di Eric, che fluttuava vicino al suo.

«Ciao» disse piano. Non voleva abbassare le coperte dal mento, perché detestava l'idea che un soffio d'aria raggiungesse il suo corpo bollente.

«Stai bene?»

«Sto bene» disse. I denti le battevano di nuovo.

Lui pareva preoccupato. Le premette una mano sulla fronte. «Oddio, sei calda.»

Lei avrebbe voluto ridere e fare una battuta, ma non riuscì a metterla insieme. Era troppo stanca. «Credo di avere l'influenza.»

«Ti sei presa qualcosa.» Con tenerezza, in modo quasi automatico, le spinse i capelli all'indietro, liberando la fronte. Era così bello, il modo in cui lo fece. Si sentì stranamente a suo agio, felice nella febbre.

Lui volle toccarle la guancia accaldata. La sua mano le parve molto fredda. «Vuoi prendere qualcosa? Vado a vedere se c'è l'infermiera?» I suoi occhi erano fissi su di lei, ansiosi.

«Non ti preoccupare, non è niente di grave.» Le parole uscivano molto lente per la stanchezza. «Mi viene sempre la febbre alta. La mia mamma diceva...» – dovette fare una pausa per riprendere le forze – «che arrivavo a quaranta gradi con un semplice raffreddore.» Non voleva apparire tragica quando lo disse, ma doveva esserci riuscita, perché Eric parve sconvolto. Lui sapeva di sua madre. Lei glielo aveva raccontato praticamente la prima volta che si erano incontrati.

«Non sono sicuro che ci sia l'infermiera, ma vado a prenderti qualcosa. Tylenol o il Motrin o una cosa del genere?»

«Qualsiasi cosa» disse lei.

«Torno subito. Non andare da nessuna parte, okay? Promesso?»

Lei tossì e rise insieme. «Questo posso promettertelo.»

«Dovete lasciare che Valia torni a casa» disse Carmen ad Ari, seguendola nella cucina dei Kaligaris.

Aveva ricevuto la benedizione di Lena. Poi ci erano voluti due giorni per incontrare Ari da sola in una stanza, ma Carmen era caparbia. Ari depose la posta sul piano della cucina e si volse verso Carmen, sorpresa. «Scusa?» Gli occhi di Ari erano grandi e incantevoli come quelli di Lena, ma scuri e indefinibili, mentre quelli di Lena erano chiari, verdi e fragili.

«So che non sono affari miei» disse Carmen, «e immagino che lei e Mr. Kaligaris non vogliate sentire la mia opinione.» Carmen chiamava sempre Ari Ari e Mr. Kaligaris Mr. Kaligaris. Non ricordava un tempo in cui fosse stato diverso.

«Ma credo davvero che lei e Mr. Kaligaris dovreste lasciare che Valia torni in Grecia.» Le lacrime sgorgarono dagli occhi di Carmen e lei si sentì così infastidita dalle sue emozioni pronte all'uso. «Sta morendo, qui.»

Ari sospirò profondamente e si stropicciò gli occhi con il dorso delle mani. Per lo meno non le stava annunciando nessuna novità. «Come fa Valia a prendersi cura di sé? Soprattutto ora, con il suo ginocchio? Chi baderà a lei, se non noi?» Non sembrava che stesse dando voce alle proprie convinzioni, quanto recitando quelle di qualcun altro.

«I suoi amici. Ha i suoi amici, e sono come una famiglia per lei. È evidente. L'unico momento in cui la vedo felice è quando chatta con Rena.» Carmen si carezzò le mani, un po' sbalordita di sentire che affrontava Ari da adulta. «Valia è troppo depressa per bere un bicchiere d'acqua da sola, ma scommetto che avrebbe potuto programmare il computer, se le fosse servito per stabilire un contatto con casa sua.»

Ari la guardò, addolorata e stanca, ma anche con tenerezza.

Non si accorgeva che Valia non era l'unica a soffrire? Carmen non aveva mai visto Ari così tesa, e Mr. Kaligaris non era sempre stato scontroso come ora. Ari non riusciva a vedere lo scotto che pagavano non solo lei, ma anche le figlie?

Carmen sapeva che non avrebbe potuto parlare così se ci fosse stato Mr. Kaligaris. Ma aveva fiducia nel fatto che Ari le volesse bene, che capisse le sue buone intenzioni e, sperava, la verità.

«Carmen, tesoro, non dico che non hai ragione. Apprezzo quello che stai cercando di fare. Ma è complicato. Davvero, come fa Valia a tornare nella casa che ha condiviso con Bapi per cinquantasette anni? Come potrebbe tollerare il dolore di vivere lì senza di lui? A volte cambiare è la cosa giusta.»

Carmen non poté evitare di assumere un'aria amara. Non era amica del cambiamento. «Lo so. So che tornare a casa sua sull'isola la renderà triste. Certo che sarà triste. Ma quella è la sua casa. Quella è la sua vita. Può sopportare di essere triste. Ne sono sicura. Quello che non può sopportare è di stare qui.»

C'ERA QUELLA LEGGE
DELLA VITA, COSÌ CRUDELE
E COSÌ GIUSTA,
PER LA QUALE
SI DOVEVA CRESCERE
O ALTRIMENTI PAGARE
UN PREZZO PIÙ ALTO
PER RIMANERE UGUALI.

– NORMAN MAILER

Tibby non riusciva ad addormentarsi. Era a letto, seduta, e guardava fuori dalla finestra il melo pericoloso. Le mele stavano diventando gonfie e rosse ormai. Perché non ne aveva mai assaggiata nemmeno una?

Le associava alla loro caduta, in parte si trattava di quello. Ricordava in modo viscerale l'odore delle mele dolciastre, quasi marce, in fermentazione, nelle stagioni passate, che cadevano senza essere raccolte. Quell'odore e la vista dei vermi e degli scarabei che le saccheggiavano le davano la nausea. Detestava le mele rovinate al suolo, ma non aveva mai pensato di coglierne una da un ramo.

L'albero pareva esaminare lei proprio come lei osservava lui. Sentiva il suo giudizio. Non la giudicava per aver lasciato la finestra aperta. Non era quello il crimine. I suoi crimini erano più profondi e numerosi: lei non era abbastanza grande per amare Katherine come si meritava. Non era abbastanza coraggiosa per amare Brian come si meritava. Non era abbastanza forte per tenere in vita ciò che amava (Bailey, Mimì) e non era abbastanza saggia da afferrare il significato della loro morte.

Tibby era brava a nascondersi.

Era la sola cosa che sapeva fare. Era brava a sigillare se stessa in una scatolina e aspettare. Ma aspettare cosa? Che cosa aspettava?

Pensò che aveva imparato una lezione dalla caduta di Katherine fuori dalla finestra. La lezione era: non aprire, non arrampicarti, non toccare, e non cadrai. Ma era la lezione sbagliata! Aveva imparato la lezione sbagliata.

La vera lezione contenuta nel corpo di tre anni appartenente a Katherine era l'opposto: prova, tocca, desidera, e potresti cadere. Ma anche se succede, puoi comunque salvarti.

Flettendo i piedi sotto il lenzuolo, Tibby pensò a un corollario di questa lezione: se non provi, non salvi niente, perché è come se tu fossi morta.

Per Bridget il tempo passò nel modo più bizzarro, un po' avanti, un po' indietro. Sentì vagamente Katie e Allison tornare nella casetta. Dovevano dare per scontato che lei dormisse, ma questo non impedì loro di accendere la luce e chiacchierare a voce alta e accendere la musica. Sospettò che avessero fatto baldoria con il resto dello staff. Il loro odore era quello, a ogni modo.

Poi, in un momento imprecisato, tornò Eric. Prese in mano la situazione con Katie e Allison. Era furente. «Non vedete che Bee sta male? Perché fate tutto questo rumore? Che cosa diavolo avete nella testa?»

Perfino nel suo annebbiamento, Bridget capì che non aveva mai visto quel lato di Eric.

«Tornatene da dove sei venuto, bulletto» sbottò Katie. «Perché piombi nella nostra stanza e ci dici cosa dobbiamo fare?» Era troppo ubriaca per lasciar perdere, anche se Bee stava male.

Eric s'inginocchiò vicino a Bridget.

Le posò di nuovo la mano sulla fronte. Si chinò vicino al suo orecchio. «Non ho proprio voglia di lasciarti qui dentro con quelle due. Vuoi venire con me? La mia casetta è vuota questo fine settimana. Puoi dormire lì.»

Lei annuì, grata. Si chiedeva soltanto come sarebbe riuscita ad andare fin laggiù senza morire di freddo. Non indossava altro che la biancheria intima, sotto le coperte.

Lui ebbe un'idea anche per quello. Infilò un braccio sotto di lei e la sollevò, ancora avviluppata nelle coperte. La trasportò fuori dalla casetta, nel buio, mentre Katie e Allison lo guardavano con sorpresa e indignazione.

Bridget si sentì leggera nelle braccia di Eric. Appoggiò il viso bollente contro il suo collo. Tremava di nuovo. Lui le strinse le coperte intorno e le posò il mento sulla testa con leggerezza.

Bee cercò di ricordare meglio che poté tutto quello che lui faceva, e volle imprimerselo nel cervello per sempre, perché era dolcissimo. Forse erano le cose più dolci che le erano mai capitate e mai le sarebbero capitate. Continuò a sperare che, al contrario di tutte le coperte che immaginava di ricevere e di tutti i bicchieri d'acqua che immaginava di bere, quello fosse vero. *Per piacere fa' che sia vero*, pensò con ardore. *E se non lo è, lasciami stare così comunque.*

Eric aprì la porta della sua casetta con la schiena e la depose con molta delicatezza su un letto: il suo letto, sperò lei, desiderosa di respirare il suo odore. Si premurò di rimboccarle le coperte strette. Lei provò a smettere di tremare.

«Ti metto un'altra coperta, ma non voglio che ti scaldi troppo, okay?»

Lei annuì. Notò che aveva una borsa annodata attorno alla vita. «Ecco.» Estrasse un flacone di Advil, uno di aspirina, una bottiglia d'acqua, una di succo d'arancia, un termometro e una tazza di plastica. «L'infermiera non tornerà prima di domenica, ma sono entrato in infermeria.»

Bridget batté le palpebre, cercando di concentrarsi sulla sua aria grave. «Era aperta?»

Eric scosse le spalle. «Ora lo è.»

Riempì la tazza di acqua e fece cadere due pillole nella palma della propria mano. «Pronta?» La aiutò a mettersi seduta.

Bridget cercò un modo per estrarre la mano senza lasciar entrare l'aria. La fece sbucare accanto al collo, tenendo il resto delle coperte stretto intorno a sé. Bevve l'acqua con avidità, poi un'altra tazza e un'altra, con il suo braccino da T Rex.

«Poverina. Avevi sete» disse Eric.

Inghiottì le pillole, sussultando mentre quelle scendevano. Si sentiva la gola gonfia.

«Grazie» disse, tornando a sdraiarsi. Sentì le lacrime riempirle gli occhi, tanto era bizzarra la gentilezza di Eric nei suoi confronti.

Lui le posò di nuovo la mano fresca sulla guancia. «Sono preoccupato per te» disse piano. Se lo avesse guardato, Bridget non avrebbe più potuto dubitare che fossero davvero diventati amici.

Lui estrasse il termometro dalla custodia. «Apri.»

«Sei sicuro che vuoi sapere?» chiese lei. Sapeva di avere la febbre alta.

Lui annuì, perciò aprì la bocca. Attese che il mercurio si fermasse. Non ci volle molto. Lo esaminò con la fronte aggrottata. «Hai quaranta e tre. Non è pericoloso?»

«Ci sono già arrivata» disse lei con voce debole. Perché faceva tutto in quel modo così teatrale?

«È il caso che chiami un dottore?» insistette Eric.

«Credo che andrà tutto bene» rispose lei con sincerità. «Non ho paura.»

Lui si stese sul letto di fronte a quello di lei, appoggiato sul fianco, osservandola con attenzione.

«Chiamerò tuo padre» annunciò, alzandosi a sedere. Prese il cellulare dal primo cassetto della sua cassettiera.

«Non chiamare papà» disse lei, con voce dolce. «Non… c'è.»

«È mezzanotte. Dove potrebbe essere?»

«No. Voglio dire.» Fece una pausa. «È solo che non c'è. In quel modo.» Era troppo stanca per spiegarsi meglio di così.

Lui la guardò, gli angoli della bocca rivolti verso il basso: pareva molto scosso. Si sdraiò di nuovo di fronte a lei. Più Bridget cercava di non tremare, più tremava. Non voleva che lui si preoccupasse.

Eric non sopportava di vederla così. Si alzò e andò da lei. La raccolse nella palla di coperte e la spostò nel letto. Con grande stupore e gioia di Bridget, si stese accanto a lei. La circondò con le braccia e accostò il viso di lei al suo collo. E lei sentì che il suo cuore febbricitante avrebbe potuto scoppiare.

La tenne stretta come se credesse che avrebbe potuto assorbire
la febbre e la malattia e la tristezza e la mancanza di una madre o perfino di un padre su cui poter contare. Le accarezzò i capelli e rimase con lei a quel modo per ore.

E forse assorbì la sofferenza, perché tra le sue braccia lei infine si addormentò.

Alle quattro del mattino, la luce del giorno cominciò ad abitare il cielo. Tibby non voleva che il sole sorgesse senza che lei avesse deciso per il risveglio.

Dopo quelle ore, sentì che conosceva l'albero in un modo nuovo e che l'albero la conosceva. Non era un albero antipatico, ma le lanciava una sfida.

Intorno alle due, Tibby si era ricordata di avere i Pantaloni Viaggianti. Erano rimasti per un vergognoso numero di giorni sotto il letto. Si era nascosta da loro. Intorno alle tre se li era infilati.

Alzò il vetro della finestra a ghigliottina e si mise a sedere, poggiando i gomiti sul davanzale e il mento sulle mani. L'albero si agitava. Katherine aveva creduto di poterlo raggiungere dalla finestra, ma in realtà non ci era riuscita. Tibby poteva raggiungerlo, ma credeva di non riuscirci. Le ovaie di sua madre dovevano aver prodotto una varietà di ovociti più sani e robusti via via che invecchiavano.

Posò prima un piede fuori dalla finestra, poi l'altro. Sedette sul davanzale e guardò giù. Era distante. Si sarebbe sentita una vera stupida se fosse caduta. Lei e Katherine avrebbero potuto indossare caschi da hockey abbinati. Tibby sorrise suo malgrado, immaginando l'eccitazione che avrebbe destato in Katherine. Si chiese se Nicky si sarebbe mostrato ugualmente disponibile ad aiutarla con gli adesivi.

Afferrò un ramo robusto con le due mani e lo tenne stretto. Sapeva dove appoggiare i piedi. Tentò di capire come farlo in modo che non le mancasse mai un appoggio. Poi ricordò che quello era il punto. Quando si fosse issata fuori dalla finestra, avrebbe dovuto trasferire tutto il peso sulle mani per uno o due secondi, finché non fosse riuscita a posare i piedi. Doveva farlo e basta.

Okay.

Sì.

Per esempio, ora.

Tibby guardò la terra. Riusciva già a vedere un paio di mele bacate che languivano nell'erba scura. Il terreno la metteva a disagio, perciò guardò il cielo.

Si sollevò; dondolò. Gridò, in quel momento. Ma prima che il grido le uscisse tutto dalla bocca, aveva i piedi sul ramo più basso. Era in equilibrio, al sicuro.

Discese piano, ramo dopo ramo. Aveva qualcosa della scimmia dentro di sé, dopotutto. Si appese a un ramo basso con tutte e due le mani, sfiorando il suolo con i piedi. Poi lasciò la presa.

Il salto fu minimo, ma grandioso. Le mani le facevano un male terribile. Tutto il corpo tremava di nervosismo e piacere. Il petto era così gonfio che faticava a lasciar entrare anche solo un soffio d'aria. Si sentiva come se stesse vivendo la vita di qualcun altro.

Sgattaiolò intorno alla casa per arrivare alla porta d'ingresso. Prima ancora di girare la maniglia, capì che era chiusa a chiave. E lo stesso valeva per la porta sul retro, e così anche per la porta sul lato. Era chiusa fuori di casa.

Il fatto le parve così esilarante che si rotolò nell'erba e rise fino alle lacrime.

Verso il mattino, la febbre di Bridget passò. Nello stesso modo in cui era improvvisamente salita, bruscamente calò. Era appena cosciente di quello che succedeva quando di colpo l'aria gelida intorno a lei si fece calda, soffocante. Le parve che il sudore uscisse da ogni poro della sua pelle. Quando si svegliò di soprassalto, si rese conto che nel sonno aveva gettato via tutte le coperte. Cosa ancora più allarmante, era lì distesa con la sola biancheria intima, ancora stretta tra le braccia di Eric che dormiva. Aveva paura di muoversi, ora. Che fosse malata o meno, non sarebbe parsa una bella vista a Kaya, per esempio. Non voleva che Eric si svegliasse e la vedesse.

Pensò che poteva districare le lenzuola con molta cautela dal fondo del letto e coprirsi prima che lui si svegliasse. Si sentì del tutto lucida quando strinse l'orlo del lenzuolo tra due dita del piede sinistro. Muovendosi più piano e delicatamente che poteva, lo avvicinò a sé.

Quanto era buffo e strano che lei e Eric avessero dormito insieme due volte in meno di due settimane. E non per scelta. Non perché volevano dormire insieme. (Be', forse lei sì... ma non a spese di lui.)

Per un verso era un tragico spreco, e in un modo più profondo era la cosa più romantica che avesse mai provato. Due anni prima avevano dormito insieme in senso figurato; quell'estate, in senso letterale. La prima volta l'aveva spezzata in due, quest'ultima la faceva sentire intera. La prima estate l'aveva fatta sentire abbandonata, questa la faceva sentire amata.

Il sesso era una deliziosa comunione. Ma poteva anche essere un'arma, e la sua assenza, a volte, era indispensabile per stabilire la pace.

Eric si mosse e lei bloccò il piede di colpo. Nel sonno lui la avvicinò a sé tanto che si ritrovò stretta contro di lui, con le braccia e il seno contro la pelle nuda di lui. Eric sospirò. Era probabile che stesse sognando Kaya. Anche lei sognava di essere Kaya, quella che lui amava davvero.

Bridget avrebbe voluto godersi quel momento, ma non ci riusciva. Non poteva sopportare il pensiero che lui si svegliasse e si sentisse a disagio dopo che si era preso cura di lei con assoluta gentilezza. Voleva proteggerlo.

Attese finché il respiro di lui non fu di nuovo regolare e ricominciò a coprirsi. Il mattino era quasi fatto, e la luce del sole filtrava attraverso la finestra, illuminando i loro corpi intrecciati. *Non ti svegliare ancora*, lo pregò.

Aveva tirato il lenzuolo fin quasi sulle cosce quando lui si svegliò. Oh.

Per un attimo, in quel momento di passaggio, si strinse forte contro di lei. Poi via via parve riconoscere i capelli biondi sparsi sulle sue braccia e rendersi conto di chi stesse stringendo a quel modo. Confuso, guardò lei, poi loro due insieme, e allontanò lo sguardo.

«Mi dispiace» mormorò, ritraendo le braccia.

Quanto le mancavano già. Tirò il lenzuolo per coprirsi. Il letto sotto di lei era madido di sudore. «Per piacere, non dirlo» disse.

Bridget aveva sempre creduto che la notte fosse più pericolosa del giorno. Ma nelle dodici ore appena trascorse, la sua convinzione si era ribaltata. La notte la proteggeva, la mattina la lasciava nuda.

«Non volevo...» attaccò lui, confuso.

«Lo so» tagliò corto lei.

Lui non riusciva più a guardarla. «Ti senti...?»

«Molto meglio» lo aiutò lei.

Eric era in piedi, con la schiena voltata. «Io... ehm, ti lascio, così puoi vestirti. Prendi quello che vuoi tra le mie cose. Una maglietta o qualcos'altro.» Lui s'infilò un paio di calzoncini sopra i boxer.

Erano così tante le cose che voleva dirgli. Così tante le sfumature della parola grazie. Così tante le strade per arrivare a cogliere l'amore. Non quel tipo di amore. Questo tipo di amore. Qualsiasi tipo di amore, in realtà.

Voleva dirglielo, voleva trasmettergli i suoi sentimenti e fargli sapere che anche se quello che c'era tra loro era fragile e strano (e sapeva, sapeva davvero che lo era!), lui era al sicuro.

Ma era troppo tardi: se n'era già andato.

QUESTO "TELEFONO"
HA TROPPE CARENZE
PER ESSERE CONSIDERATO
UN SERIO MEZZO
DI COMUNICAZIONE.
IL MECCANISMO
PER SUA STESSA NATURA
NON HA ALCUN VALORE
PER NOI.

– COMUNICAZIONE INTERNA
DELLA WESTERN UNION, 1867

«Mamma.» Carmen attraversò a grandi passi la camera di sua madre, diretta verso la porta chiusa del bagno. «Ehi, tutto bene lì dentro?»

Era nervosa innanzitutto perché sua madre non era andata a lavorare, spiegando che era indisposta. In più Christina aveva solo mangiucchiato le uova strapazzate che Carmen le aveva preparato per colazione.

Ed era lì dentro da un sacco di tempo. Carmen sentì un gemito, poi più niente.

«Mamma.» Bussò alla porta del bagno. «Va tutto bene?» Sentì il cuore che martellava. Quando sua madre aprì la porta un momento dopo, era pallida.

«Mamma! Cosa succede?»

Perfino le labbra di Christina erano bianche. «Credo... non sono certa...» appoggiò la mano allo stipite della porta per mantenersi in equilibrio. «Credo che si siano rotte le acque.»

«Tu... tu... davvero?» Carmen si sentì dentro uno di quei vecchi film in cui la moglie ha le doglie, solo che in questa versione il marito pasticcione era lei.

«Credo di sì.»

«Questo vuol dire...?»

Christina avvicinò le mani alla sua pancia sferica.

«Non lo so. Non sento contrazioni.»

«È così presto!» gridò Carmen alla pancia di sua madre, come se il bimbo dovesse saperlo. «Dovrebbe nascere fra quattro settimane!»

«*Nena*, tesoro, lo so.»

«Devo telefonare all'ospedale?»

«Chiamo la mia ostetrica» disse Christina. Andò piano verso il telefono.

«Ti senti... bene?» chiese Carmen, osservando sua madre comporre il numero.

«Mi sento come se stessi... gocciolando.» Christina premette un tasto e attese. Aspettò ancora mentre dal centralino chiamavano l'ostetrica.

Carmen camminò avanti e indietro mentre Christina parlava e ascoltava, in alternanza. Quando appese aveva l'aria spaventata, il che spinse il cuore di Carmen al galoppo.

«Cosa ha detto?»

Gli occhi di Christina erano umidi. «Devo andare all'ospedale per farmi vedere. Se le acque si sono rotte davvero, ho dodici ore per cominciare il travaglio naturalmente, poi m'indurranno il parto. La paura che io prenda un'infezione è maggiore della preoccupazione per il bambino prematuro.»

«Quindi il bambino arriva...»

«Sì. Presto» disse Christina con un filo di voce.

«Dov'è David?» chiese Carmen. Doveva essere quello a cui Christina stava pensando.

«È, ehm... è...» Christina si coprì il viso con le mani. Si sforzava di non piangere, il che aumentò la pena di Carmen. «Sto cercando di pensare... È stato via così tanto tempo. Credo che sia a Trenton, nel New Jersey. Forse è a Philadelphia ora. Non so bene.»

«Lo troveremo!» strillò Carmen, creando ancora più agitazione. «Lo chiameremo!»

«Prima andiamo all'ospedale, d'accordo? L'ostetrica ha detto di andare subito lì.»

Carmen aveva le mani sudate e correva in giro senza scopo. «Hai preso la borsa? Guido io.» In macchina, prese a osservare sua madre con insistenza.

«*Nena*, tesoro, tieni gli occhi sulla strada. Io sto bene.»

«Hai...» – Carmen non era sicura di quale fosse la giusta terminologia, visto che l'aveva allontanata di proposito per quasi tutta l'estate – «... le doglie?»

Christina teneva le mani sulla pancia, lo sguardo incerto, come se stesse tastando per sentire un messaggio Morse battuto dall'interno. «No. Non credo.»

«Ti fa male da qualche parte?» chiese Carmen.

«Non proprio. Ho la schiena bloccata, ma è solo un fastidio. Non è proprio doloroso.»

Quando furono all'ospedale e Carmen ebbe affidato sua madre a un medico interno per farla visitare nella sala di controllo al piano della maternità, chiamò il cellulare di David. Fu subito collegata alla segreteria vocale, senza nemmeno uno squillo. Non prometteva nulla di buono. Lasciò un messaggio. Voleva informarlo in tono calmo e maturo, ma non appena terminò si rese conto che era parsa più una pazza isterica.

Si zittì alla vista del viso di sua madre, sulla soglia della sala d'attesa.

«Allora?» chiese Carmen con dolcezza, gridando a se stessa, dentro, di stare calma.

«Le acque si sono rotte» disse Christina. Aveva l'aria sconvolta, la voce debole ed era chiaramente spaventata.

«Okay.»

«Però non ho le doglie.»

«È un bene, giusto?»

«Sì.»

«Quindi? Andiamo a casa?»

«Devo stare qui» disse Christina. «Vogliono tenermi d'occhio fino alle otto di stasera. Poi indurranno il parto.»

«Indurre vuol dire...»

«Ti danno delle medicine per farti cominciare il travaglio.»

Carmen annuì con gravità.

«Ma ho detto che non posso farlo finché... non posso avere il bambino finché...» Carmen guardò in pena le lacrime che spuntavano negli occhi di Christina. «Non posso finché David non arriva.» Le lacrime traboccarono e Carmen strinse sua madre in un abbraccio. Christina si lasciò andare e pianse per davvero; Carmen si chiese se le fosse già successo in vita sua.

Christina prendeva sempre il suo ruolo di madre tanto sul serio che non si lasciava quasi mai andare alle lacrime né si mostrava intimorita davanti a lei. Carmen aveva paura, ma al tempo stesso si sentì adulta. Si sentì orgogliosa perché sua madre lasciava che si prendesse cura di lei.

Tenendola stretta, Carmen desiderò, lo desiderò davvero, di essere coraggiosa questa volta.

«Andrò a prendere David» promise Carmen. «Lo troverò e lo porterò a casa in modo che possiate avere il bambino insieme, va bene?»

Carmen si sedette nell'ingresso dell'ospedale e cercò di riflettere. Il momento era inopportuno su quasi tutti i fronti. La nonna di Carmen, la madre di Christina, era ancora a Puerto Rico con la zia. Tutti, compreso David, avevano deciso di impegnarsi a fondo per poter essere liberi quando il bimbo arrivava. Ma il bambino non pareva tenere in grande considerazione i programmi altrui. Carmen stava cominciando a chiedersi se questo bambino dopotutto non avesse alcune cose in comune con la sorella maggiore.

Non voleva lasciare sua madre da sola mentre andava a prendere David. Avrebbe potuto metterci un po'. Sua madre non aveva ancora le doglie, vero, ma chi aveva voglia di rimanere all'ospedale senza nessuno vicino?

La cosa da fare era chiamare una delle persone di cui Carmen si fidava di più. Di queste, Bee era fuori città, e Carmen nutriva qualche perplessità su Tibby e gli ospedali. Chiamò Lena. Lena non rispose al telefono di casa né al cellulare. Non c'era da stupirsi, visto
che spesso non portava il cellulare con sé. Non voleva lasciare un altro messaggio da matta. Chiamò Tibby. Per una qualche volontà della sorte, Tibby rispose al primo squillo.

«Puoi venire all'ospedale?» la pregò Carmen con voce lacrimosa. «A mia madre si sono rotte le acque, David è fuori città e devo trovarlo prima che il dottore di mia madre le dia le medicine per mettere in moto il travaglio. Puoi farle compagnia finché non torno?»

«Sì» disse Tibby all'istante. «Arrivo subito.»

«Porta il cellulare, va bene? Ti chiamerò.»

«D'accordo.»

Riattaccarono entrambe.

La telefonata di Carmen giunse poco tempo dopo il risveglio di Tibby. Era stata una lunga notte. È faticoso, dopotutto, stare alzata fino all'alba a fissare un albero, scendere da quell'albero, rimanere chiusa fuori di casa per diverse ore e non andare a letto fin dopo le sette del mattino. Lo è. Provate a chiedere un po' in giro.

Ed era surreale sedere su una sedia accanto alla madre di Carmen in un letto di ospedale e ascoltare il monitor che emetteva un suono metallico. Lo era ancora di più dopo tre ore e mezza di sonno.

Tibby guardò la montagna che era la pancia di Christina. Ricordava piuttosto bene i parti di sua madre per Nicky e poi Katherine. Aveva tredici anni al primo e quasi quindici al secondo. Non aveva trovato la faccenda affatto divertente, al tempo.

Ma non temere, ricordò a se stessa e, in silenzio, a Christina. *Noi alla Tibby Corporation abbiamo una buona politica verso i fratelli minori e i neonati in genere. Ci piacciono e vogliamo che stiano bene. Ammettiamo perfino di amarli, anche se non più del necessario.*

«Come ti senti?» chiese Tibby. In qualche modo sentiva di non essere la persona migliore in quel ruolo, per quanto tenesse a Christina.

«Abbastanza bene» disse Christina, con la bocca tesa. Aveva lo sguardo confuso.

«Sei sicura?» All'improvviso Christina era piegata in due.

«Credo di sì» disse Christina con coraggio, stringendo le mascelle.

Tibby balzò in piedi e si spostò, nervosa.

«Devo... chiamare l'ostetrica, dici?»

«No-non lo so...»

Christina non riusciva a parlare, perciò Tibby capì che doveva chiamare l'ostetrica.

L'ostetrica, il suo nome era Lauren, stava compilando alcuni documenti nel posto assegnato alle infermiere. «Ehm, Lauren? Christina forse ha qualche problema.»

Lauren alzò lo sguardo. «Che tipo di problema?»

Tibby levò le palme verso il cielo. Non era un dottore. Non era un'infermiera. Non era una madre né un marito. Non poteva nemmeno ancora votare. «Non lo so» disse.

Lauren la seguì nella stanza di Christina. «Sente le contrazioni?» chiese a Christina.

Christina si mise a sedere tenendosi la pancia. «Non sono sicura.»

Lauren guardò la carta che si svolgeva fuori dal monitor. «Lei, mia cara, ha le contrazioni.»

«Ma non sono in travaglio» disse Christina, a metà tra un'affermazione e una domanda.

«Direi che ha cominciato il travaglio.»

«È troppo presto» disse Christina. I suoi occhi non mettevano bene a fuoco. «Credevo che stasera...»

«Stasera le avremmo indotto il parto se non avesse cominciato il travaglio da sola. Il travaglio sta cominciando in modo naturale, a quanto vedo.»

«Ma David e...» Christina chiuse gli occhi e posò il mento sul petto.

«Un'altra, vero?» disse Lauren. «Sta prendendo il ritmo: ogni sette minuti circa. Mi faccia controllare il collo dell'utero, d'accordo? Si stenda e apra le gambe.»

A Tibby non piaceva il suono di quelle parole. Si avviò con leggerezza verso la porta.

Lauren era una di quelle persone aperte e schiette, alle quali piace dire e fare cose imbarazzanti nella maniera più decisa e più frequente possibile. Come l'insegnante di scienze di Tibby in ottava, che diceva le parole "seno" e "ano" così spesso che pareva non aver mai sentito parlare di pronomi.

Tibby gironzolò nel corridoio finché Lauren comparve sulla soglia. «È a tre centimetri» annunciò Lauren.

«Non so cosa vuol dire» disse Tibby.

«Vuol dire che il collo dell'utero si sta dilatando. Succede durante il travaglio. Quando il collo dell'utero è del tutto aperto – sono dieci centimetri – sarà pronta a spingere fuori il bambino.»

Tibby aveva un'altra domanda, a cui Lauren non avrebbe saputo rispondere: *Come sono finita qui?*

«Quanto tempo ci vorrà?» chiese.

«Difficile dirlo con sicurezza, ma è solo l'inizio. Passeranno almeno alcune ore, con ogni probabilità.»

Tibby sperò, davvero, con tutto il cuore, che Carmen e David fossero di ritorno per quell'ora.

Lauren la guardò, seria. I suoi occhi nocciola erano molto belli. Una riga di eye-liner violetto sotto le ciglia contrastava con il suo sguardo diretto.

«Tibby, devi venire dentro con me. È un po' spaventata. Può aver bisogno di sostegno.» Lauren si voltò per andare.

«Ehm, mi scusi» disse Tibby con cortesia, «ma io sono, ehm, un'amica della figlia di Christina, se capisce quello che voglio dire.»

Lauren alzò le spalle. «Sì. Ma in questo momento ha solo te.»

Carmen chiamò di nuovo il cellulare di David e sentì un'altra volta la segreteria. Camminò su e giù per il marciapiede davanti all'ospedale. Chiamò Irene, la segretaria di David, e sentì la sua segreteria. Perché le cose importanti devono capitare all'ora di pranzo? Chiamò il numero di casa di Lena e strillò alla segreteria per dire che non poteva venire da Valia quel giorno. Disperata, chiamò di nuovo il cellulare di David e riattaccò, sentendo la segreteria. Scagliò la borsa sul marciapiede.

«Carmen?»

Si voltò e vide Win. Certo, era lui. Win osservò la sua totale confusione e i suoi occhi umidi. «Stai bene?»

«Mia mamma sta per avere un bambino e non riesco a trovare suo marito» sbottò Carmen. «Le acque si sono rotte e il bambino non avrebbe dovuto nascere per un altro mese. Ma ora vogliono che partorisca questa sera perché non le venga qualche infezione.»

Carmen non riusciva a credere di essere lì a spiegare i dettagli del liquido amniotico di sua madre a un ragazzo per cui si era presa una cotta. Ma aveva paura e voleva fare la cosa giusta e non

sapeva proprio come fare. L'interesse di Win era così manifesto da essere straziante.

«Le ho promesso che avrei trovato David.»

«Suo marito?»

«Sì.»

«Hai idea di dove sia?» chiese Win.

«Viaggia molto per lavoro» spiegò Carmen, rancorosa. Camminò in un cerchio sempre più stretto finché girò quasi su se stessa. «Non stavamo all'erta perché il bimbo non doveva arrivare, non ancora. Devo trovarlo subito!» La sua voce salì, velata d'isteria.

«Okay. Okay. Ha un cellulare?»

«Non suona nemmeno! Potrebbe essere su un aereo o qualcosa del genere.» O poteva essere scarico, e qualcuno che gli aveva offerto il suo caricabatteria poi non glielo aveva dato, aggiunse tra sé, avvilita.

«Hai provato in ufficio?» Carmen apprezzò il sincero aiuto che Win le offriva. Era una persona buona.

«La sua segretaria è a pranzo. Vado lì» mugugnò Carmen. «Che altro posso fare?»

«Posso venire?» Win la guardò con intensità.

«Vuoi?»

«Sì.»

Corse verso la sua auto e lui la seguì passo passo. «Puoi venire via dal lavoro?»

«Sono in pausa pranzo. Ho finito in pediatria, per oggi, e i vecchi possono fare a meno dei miei scherzi e dei miei spiccioli per un pomeriggio.»

«Sei sicuro?»

Lui la guardò serio, come se lei gli avesse chiesto di tuffarsi in fondo all'Oceano Atlantico con lei. «Sono sicuro. Sono sicuro, sono sicuro.»

Guidò Carmen; si sentì come Starsky e Hutch quando accostarono al marciapiede e balzarono fuori dall'auto. Lui la seguì fino all'ascensore e poi al banco della reception.

Mrs. Barrie salutò Carmen in modo caloroso, e Carmen spiegò dove stava andando senza fermarsi. Christina aveva lavorato in quello studio di avvocati da quando lei camminava a gattoni: sapeva orientarsi in quel luogo.

Carmen e Win piantonarono la scrivania di Irene che, per fortuna, tornò dal pranzo dieci minuti dopo. «Che cosa posso fare per te, Carmen?» chiese, confusa. Carmen aveva una bandana che le copriva il capo e le infradito ai piedi.

«Abbiamo bisogno di trovare David.» Carmen era così concitata che Irene parve ritrarsi dalla sua scrivania. «Credo che la mamma partorirà tra poco» spiegò, «ma non dire ancora niente a nessuno.»

Irene capì subito che la faccenda era grave.

«Oh, santo cielo.» Richiamò in fretta il calendario sul computer. Le sue lunghe unghie picchiettarono sui tasti finché non arrivò al giorno giusto. «La tua povera mamma. Lo troveremo.»

A volte Carmen aveva l'impressione che tutti sostenessero sua madre. Doveva essere una specie di modello per le segretarie legali. Si era guadagnata il rispetto e l'amore di un avvocato bello e giovane senza nemmeno cercarlo.

«Ha una riunione a Trenton oggi pomeriggio. Lì noleggia una macchina e va a Philadelphia. Dovrebbe passare la notte in albergo. Ha una riunione lì domani mattina, poi torna a casa. Aspetta.» Esaminò i suoi appunti con un po' più di attenzione. «Mi ha detto che sperava di fermarsi a trovare sua madre a Downingtown, andando a Philadelphia.»

Carmen rifletté.

«Sai il numero del posto a Trenton?»

«Sì.» Irene lo cercò e chiamò. Passò per diverse persone e vari brani di conversazione prima di appendere. «È già partito.»

«Oh.» Carmen si morsicò l'unghia del pollice. «E l'autonoleggio?»

«Sì.» Irene chiamò anche lì. Ascoltò per un po' e pose la mano sul ricevitore. «Ha noleggiato l'auto ed è partito circa venticinque minuti fa.»

«Merda» mugugnò Carmen. Camminò in un cerchio stretto. Si rese conto che Win la guardava con attenzione. Ma era troppo preoccupata per sentirsi imbarazzata o perfino per considerare il modo in cui si stava scostando dalla Carmen Buona.

«Hai il numero della madre di David?»

Irene fece una smorfia.

«Non credo.» Scorse lo schedario Rolodex e passò in rassegna la versione computerizzata. «No, mi dispiace.»

«L'indirizzo?» chiese Carmen senza grandi speranze.

Irene scosse il capo. «Io non so il nome del patrigno di David, e tu?»

Carmen avrebbe dovuto saperlo. Di sicuro doveva averlo già sentito. Ma nel suo sforzo di dimenticare la maggior parte delle cose che diceva lui, aveva cancellato questa informazione potenzialmente utile.

«Dovremmo lasciare un messaggio all'albergo di Philadelphia, non si sa mai» suggerì Win.

Irene annuì e lo fece. «Non è ancora lì, ma gli diranno di chiamare appena arriva.»

Il cervello di Carmen lavorava veloce. «Puoi chiamare di nuovo l'autonoleggio?» chiese.

Irene obbedì senza fare domande. Carmen tese la mano per prendere il ricevitore. «Posso parlare io?»

«Certo.» Irene glielo porse.

Carmen parlò con un responsabile per qualche minuto. Non appena appese, guardò Win e Irene, allegra. «Abbiamo qualcosa. Non possono mettersi in contatto con David, ma possono dirci dove si trova la sua auto.»

«Davvero?» Win parve colpito.

«Sì. E come dico sempre, ringraziamo Dio per i sistemi satellitari.» Rise. «Non è che vada proprio sempre in giro a dirlo.»

Win le sorrise con evidente sollievo per il fatto che avessero una pista. «Quanto è distante Downingtown?» chiese.

Irene alzò le spalle. «Un'ora e mezza circa, mi pare.»

Win e Carmen si guardarono.

«Allora andiamo» disse Win.

«Dici?» chiese Carmen, all'improvviso nervosa per aver coinvolto fino a quel punto un innocente nel suo dramma. «Sicuro che vuoi venire con me?»

Gli occhi di Win dissero che era scontato. «Sono sicuro di voler venire con te.»

NATURALMENTE LO TROVÒ
NELL'ULTIMO POSTO
IN CUI CERCÒ.
SE NON L'AVESSE TROVATO,
LO STAREBBE ANCORA
CERCANDO.

– SUSANNAH BROWN

Lena entrò nello studio di suo padre con aspettative tanto scarse che sarebbe stata felicemente sorpresa se lui avesse afferrato un fermacarte e gliel'avesse scagliato addosso. Stava rovistando in un mucchio di fogli sulla scrivania. C'era la musica di Paul Simon, uno degli unici tre CD che ascoltava. L'orecchio non troppo sensibile di suo padre e i suoi gusti da immigrato in fatto di musica la colpivano sempre. La canzone era vivace e raffinata, qualcosa su una macchina che faceva fotografie dai colori vividi. Per Lena somigliava a un compito eccellente, un modulo compilato in tutte le sue parti. Ma non le pareva musica. A lei piacevano colori più eccentrici.

Suo padre alzò il capo e la guardò sopra i mezzi occhiali. Spense la musica.

«Ti dispiace se ti faccio un ritratto?» Lena si era esercitata a dirlo così tante volte che le parole avevano perso da tempo il loro senso e producevano un gusto strano in bocca.

Lui le fece segno di sedersi sulla sedia vuota davanti alla scrivania. Era preparato. La madre di Lena l'aveva senza dubbio avvertito e ammorbidito.

Il foglio di Lena era già fissato sulla tavoletta e il carboncino era stretto nella sua mano umida. Non era pronta a sentirsi dire di no. Si sedette. «Non c'è bisogno che tu faccia niente di speciale.» Si era esercitata a dire anche quello.

Lui annuì, assente. Non ci fu bisogno di chiederglielo una seconda volta. Era già tornato alle sue carte. Ma lei notò che teneva il viso più dritto ora, solo gli occhi erano abbassati. Le lenti scintillavano, ma gli occhi parevano chiusi, da dove stava lei.

Lo guardò a lungo prima di cominciare a disegnare. Si costrinse a farlo. Non le importava se lo metteva a disagio.

Per un momento Lena vide ciò che si aspettava. Avrebbe potuto disegnare quel volto arrabbiato e quegli occhi chiusi tenendo chiusi i propri. Era così che se lo figurava ed era così che appariva. Vide ciò che sentiva, e ciò che sentiva era la sua rabbia. Lei ne aveva di certo sofferto. Altrimenti perché era lì?

Cominciò a interrogarsi. Nel disegno, i propri sentimenti e le aspettative si confrontavano con ciò che la fredda luce offriva al nervo ottico. Come la prima volta che si cerca di mescolare i colori per dipingere l'acqua. Si crede che ci sia bisogno di molto blu, e forse verde. Ma se ci si sforza di vedere, si finisce con tanto più grigio e marrone e bianco, e perfino strani colori inaspettati, come il giallo e il rosso. E quando si cerca di dipingerla di nuovo, è tutto diverso. Non si può dipingere due volte la stessa acqua.

Si ricordò di un giorno in cui era con sua madre all'angolo di una via a Georgetown e aveva osservato un pittore al lavoro. Sua madre l'aveva lasciata osservare per molto tempo, e mentre si allontanavano, Lena ricordava di aver chiesto come mai usava così tanto marrone.

Da bambino ti insegnano a vedere il mondo in forme geometriche e in colori primari. È come se gli adulti avessero bisogno di dotarti di nuovi talenti ("Lena conosce già i colori!"). Poi devi passare il resto della vita a dimenticarli. Così è la vita, a quanto ne sapeva Lena. Rendere tutto semplice per i primi dieci anni di vita, cosa che poi rendeva tutto molto più complicato per i settanta seguenti.

E ora i suoi sentimenti verso suo padre coprivano con una maschera i tratti reali. Aveva pensato che la sfida sarebbe stata dipingere la sua rabbia, affrontarla. Ma ora sapeva che non era quella la sfida. La sfida era vedere attraverso la rabbia.

Lo fissò senza battere le ciglia finché i bulbi oculari le si seccarono e la vista si sfuocò. Avrebbe voluto poter capovolgere suo padre. Certe volte si riescono a vedere le cose con maggiore verità quando si rinuncia alla relazione visiva normale che si ha con loro. Certe volte le idee preesistenti sono così potenti che uccidono la verità prima che ci si renda conto che è lì. Certe volte devi lasciare che la verità ti colga di sorpresa.

Lena distolse lo sguardo e chiuse gli occhi. Li aprì e tornò a guardare il viso di suo padre per un solo secondo. Sarebbe stata presa alla sprovvista, o forse, se era svelta, sarebbe riuscita ad afferrarlo.

Allontanò lo sguardo e tornò a osservare un po' più a lungo. Ora vedeva dell'altro. Si aggrappò a qualche elemento. Trasse un profondo respiro, attenta a mantenersi in questa nuova dimensione visuale. Quel luogo in cui si vede, ma non si sente.

La sua mano unì finalmente il carboncino alla carta. Lo lasciò volare. Non voleva offuscarlo con il pensiero.

Ormai il viso di suo padre non era altro che una mappa geografica. La bocca era una serie di forme, niente più. Gli occhi rivolti verso il basso erano gradazioni di ombra e luce. Rimase lì un bel pezzo. Fu attenta a non strizzare gli occhi troppo forte e a lungo, nel timore che quel nuovo modo di vedere la abbandonasse.

Non aveva più paura di lui. La parte impaurita di lei aspettava all'imboccatura della caverna; il resto di lei era dentro.

Vide qualcosa, nella bocca di suo padre. Un movimento nervoso. Un altro movimento nervoso e poi un cedimento.

Lei non aveva più paura, ma lui?

Nel disegno, il trucco è lasciare uscire i propri sentimenti, sferrando loro un calcio brutale. Il trucco più profondo è invitarli di nuovo, essere gentili con loro al momento giusto, quando si è sicuri che i propri occhi funzionano davvero. Lottare e ultimare.

E così i suoi sentimenti stavano tornando, ma erano di un genere diverso, questa volta. Erano guidati dagli occhi, anziché il contrario. Incerta, li lasciò venire. Un buon disegno attesta l'esperienza visiva di una persona, ma un bel disegno ne attesta anche i sentimenti. Bisognava lasciarli tornare indietro.

Vide la paura di suo padre, e la sorprese così tanto che le fu difficile contemplarla. Di che cosa aveva paura?

Lena poteva immaginarlo, se ci provava. Aveva paura che lei disobbedisse. Aveva paura che lei fosse indipendente. Aveva paura che lei crescesse e non fosse il genere di ragazza di cui avrebbe potuto sentirsi fiero, o il genere di ragazza di cui Bapi sarebbe stato fiero. Aveva paura di essere vecchio e debole. Aveva paura che lei vedesse la sua vulnerabilità. Ma voleva anche che lei la vedesse, sospettava.

Sentì le dita ammorbidirsi intorno al carboncino. Le linee si facevano più sciolte. Fu triste e commossa da quello che vide sul volto di suo padre. Non voleva che gli fosse difficile amarla. Ma al tempo stesso, non poteva negare se stessa per facilitargli le cose.

Le sue dita volavano. I muscoli del collo di suo padre tremarono appena per il grande sforzo di rimanere fermo. Ci stava provando. Davvero.

Anche questo la commosse.

Dopo quasi due ore lo liberò. «Grazie» disse con schiettezza.

Lui finse di non farci molto caso.

Lena tenne la tavoletta da disegno rivolta verso l'esterno mentre andava via, in modo che lui potesse sbirciare il risultato se lo voleva. Lui non sbirciò.

Ma più tardi quella sera, quando stava andando a letto, passò in punta di piedi davanti alla cucina, dove aveva lasciato il disegno su una sedia. Suo padre era solo nella stanza silenziosa. E anche se ne vide solo la schiena, seppe che lo stava guardando.

Win si offrì di stare al volante in modo che Carmen si occupasse del telefono. Dopo mezz'ora di strada dovettero fermarsi a fare benzina. Lui comprò due lattine di Coca Cola e un sacchetto di mais tostato. Carmen non aveva mai assaggiato il mais tostato e le piacque. Non riuscivano quasi a udirsi tanto sgranocchiavano, quindi si ritrovarono a gridare, il che parve a entrambi molto di-

vertente quando se ne resero conto. Ridendo, Carmen sentì le lacrime scendere. E il sale le bruciava le labbra.

Era stanca e frastornata e preoccupata e anche felice perché stavano andando verso David e stavano facendo tutto ciò che potevano. Secondo i suoi calcoli avevano quattro ore per trovare David e tornare dalla mamma. Lui era a una sola ora di distanza, ormai. Avrebbe funzionato. Doveva funzionare. Era certa che Tibby sarebbe riuscita a tenere compagnia a sua madre nell'attesa, e David e Carmen sarebbero stati lì in tempo.

Win guidava bene. Era sicuro e preciso, eppure naturale. Per qualche ragione, Carmen trovò la vista delle sue mani sul volante (sulle dieci e dieci, Valia avrebbe approvato) virile e perfino sexy.

Per di più aveva un magnifico profilo. Non proprio un profilo da Ryan Hennessey: il naso di Win era leggermente adunco e il suo labbro superiore sporgeva un po' rispetto a quello inferiore. Ma gli donava. Era divertente guardare qualcuno di nascosto mentre guidava. Lui si concentrava sulla strada, e lei osò osservarlo bene.

Si conoscevano appena, eppure avevano già un progetto comune. Era il contrario delle sue solite relazioni sentimentali, tutte forma e niente sostanza. Carmen aveva la cattiva fama di scrivere in anticipo gli argomenti di discussione da usare con i ragazzi con cui usciva. Con Win non doveva mai cercare le cose da dire.

«Sei molto legata a tua madre, eh?» le chiese, premuroso.

«Sì.» Era la risposta della Carmen Buona anziché la risposta della Carmen Intera. «E tu?»

«Sono molto legato a tutti e due i miei genitori» disse. «Sono figlio unico, quindi a volte il rapporto è davvero intenso.»

«Anch'io» intervenne Carmen. Poi si ricordò. «Fino a oggi, immagino.»

«Piuttosto strano, diventare sorella all'età di... quanti anni hai?»

«Diciassette» disse Carmen.

«Diciassette» ripeté lui.

«Quasi diciotto, e tu?» chiese lei. Erano domande che avrebbero potuto togliere di mezzo un po' d'impaccio durante un appuntamento due mesi prima, ma per qualche ragione non l'avevano fatto.

«Diciannove.»

«Sì, è strano. Più strano di quanto non riesca a spiegare.»

«Ho avuto un fratello per poco tempo.» Win cercò di dirlo
con un tono leggero, da conversazione, ma non venne fuori in quel modo.

«Che cosa vuoi dire?» Carmen desiderava sapere, ma non voleva costringerlo a parlare. «Se vuoi dirmelo.»

«Avevo un fratellino. È nato quando avevo cinque anni ed è morto appena prima che ne compissi sei.»

«Oh.» Le lacrime di Carmen erano sempre pronte in quei giorni, tanto che perfino una tragedia successa quattordici anni prima a qualcuno che lei non conosceva bene le richiamò. «Mi dispiace tanto.»

«È stato tanto tempo fa. Ma lui fa parte di me, sai?»

Non sapeva, ma poteva provare a immaginare.

Annuì.

«Penso ancora a lui qualche volta. E lo sogno, anche. Cerco di ricordarmi il suo aspetto. È difficile ricordare, però, per il tempo che è passato, o forse per quello che provo. A volte penso che più i nostri sentimenti per le persone sono forti, più è difficile ricordare il loro viso quando si è lontani da loro.»

Le lacrime di Carmen scorrevano libere, ormai, e cercò di nasconderle a Win. Avrebbe creduto che fossero lacrime da Carmen Buona, che lei piangesse per altruismo, per lui e il dolore della sua famiglia. Invece la Carmen Cattiva piangeva perché Win aveva passato la vita a sentire la mancanza di un bimbo che aveva perso e lei aveva passato un'estate a essere scontenta per un bimbo che non era ancora arrivato.

Tibby stava imparando qualcosa sul suo futuro. Imparava che avrebbe escluso il fatto di avere bambini. A meno di adottarne qualcuno.

Christina pativa le pene dell'inferno e Tibby non riusciva quasi a guardarla. A ogni contrazione – e sembrava che stessero venendo una di seguito all'altra, ormai – Christina pareva perdere qualcosa di sé. Quando il bimbo cominciò a scendere, fu ancora meno concentrata, meno coerente, meno riconoscibile. Tibby scoccò uno sguardo al tabulato che usciva dalla stampante. Una linea seguiva il battito cardiaco del bambino e l'altra seguiva le scosse dell'utero di Christina. A Tibby ricordò un sismogramma. Christina era passata da un cinque sulla scala Richter a un bel venti. Se la sua pancia fosse stata la California, allora la California sarebbe stata in fondo all'oceano, ormai.

Tibby provò a chiamare di nuovo sua madre, ma non ci fu alcuna risposta. Alice avrebbe saputo quelle cose, sarebbe stata d'aiuto. Stava facendo il numero del cellulare di Carmen quando le si parò davanti un'infermiera.

«Devi metterlo via» disse, brusca, indicando il cellulare di Tibby. «Interferisce con le apparecchiature. Potresti farti buttare fuori.»

Tibby considerò la possibilità con una certa dose di speranza.

«Può darle una medicina o qualcosa?» chiese Tibby a Lauren quando questa sporse la testa all'interno. Tibby aveva paura di tutto quel dolore. Non sapeva come affrontarlo.

Lauren si avvicinò e mise le mani sulle spalle di Christina. «Stai bene, tesoro?»

Christina cercò di concentrarsi. Non le pareva che la domanda avesse alcun senso. La risposta era un no così profondo che la domanda non era quasi pertinente.

«Nel programma di nascita ha specificato parto naturale. Questo significa, in sostanza, niente medicinali» spiegò Lauren a Tibby. «È anche per questo che è con me anziché con un OB. Le ostetriche non prescrivono roba pesante.»

Non pareva un buon segno, il fatto che stessero parlando di Christina anziché con Christina. «Un OB è… un dottore?» chiese Tibby, chiedendosi per un istante se un dottore non sarebbe stato una buona idea in quel momento. Se fosse stata al posto di Christina, avrebbe voluto roba pesante. Avrebbe voluto la roba più pesante e ogni singolo pezzettino che avevano. Avrebbe voluto che la mettessero KO a tal punto da svegliarsi dopo una settimana.

«Sembrerebbe più logico decidere quando si sta partorendo. In quel momento almeno si sa cosa si prova» obiettò Tibby, ma Lauren non l'ascoltava.

Lauren stava studiando la stampata con un certo interesse. «Christina, lasci che controlli di nuovo, cara. Queste contrazioni sono veloci e furiose.»

Christina scuoteva la testa. «No. Non voglio.» Le sue gambe erano serrate.

«Aspettiamo che questa contrazione sia passata.» Lauren accarezzò le spalle di Christina in un modo che immaginava potesse tranquillizzarla, ma Christina non si sentì affatto tranquillizzata. Spinse via Lauren. «Non posso. Non sono ancora pronta.» Christina aveva la voce rotta dai singhiozzi.

Lauren scoccò un'occhiata a Tibby, come per dire che lei era di sicuro la partner più spaventosa che fosse mai stata affibbiata a una partoriente. Tibby si sentiva male. Non a causa di Lauren – non le importava molto di ciò che pensava – ma per Christina. Christina era lì da sola: non aveva suo marito né sua sorella, sua figlia o sua madre. Aveva lei.

L'istinto di Tibby era quello di salire sul letto con Christina, ma i suoi muscoli lottavano contro di lei. Si ricordavano Bailey e più di recente Katherine. Tibby non collegava i letti d'ospedale a momenti gioiosi. E chi lo fa?

Christina era rannicchiata. Piangeva in silenzio. Tibby sentì un forte dolore al petto, che saliva su per la gola.

«Ho bisogno di controllarla, Christina. Ho bisogno di vedere a che punto è» disse Lauren.

È proprio lì!, avrebbe voluto gridare Tibby. *La lasci stare!*

«Non sono pronta» disse Christina, piangendo.

Lauren cercò di sciogliere il corpo di Christina, ma lei si oppose.

Tibby non poté più sopportarlo. Balzò sul letto, afferrò le mani di Christina e le strinse forte. In quel modo catturò la sua attenzione.

«Ha detto che non è pronta!» tuonò Tibby.

Lauren parve presa alla sprovvista, come se Tibby l'avesse schiaffeggiata. Poi, con grande sorpresa di Tibby, Lauren accostò il viso alla sua testa e le diede un bacio sulla tempia.

Quella giornata non avrebbe potuto essere più strana di così.

«Questa sì che è una ragazza» sussurrò Lauren. «Lotta per lei. Ha bisogno di te.»

Tibby tirò Christina per le mani. La guardò dritto negli occhi. «Christina, sono qui. Guardami, okay? Tieni le mie mani. Stringile tanto forte quanto è il dolore.» Era una cosa che Alice diceva sempre a Tibby quando doveva farsi fare un'iniezione.

Christina stava uscendo da una contrazione. Pareva persa, ma pian piano focalizzò l'attenzione su Tibby.

Tibby s'inginocchiò davanti a lei. «Sono qui. Va tutto bene. Fammi vedere quanto male fa.»

Il dolore invase di nuovo il viso di Christina. Strinse le mani di Tibby tanto forte che Tibby le vide diventare pallide. Si sforzò il più possibile di non cedere. La pressione salì tanto che Tibby si aspettò quasi di vedere sul materasso le sue dieci dita staccate.

«Bene!» gridò Tibby. «Lo sento! È grandioso!»

Gli occhi di Christina stavano seguendo i suoi, ora. Tibby sentì, in qualche modo, che quella era la cosa giusta.

«Ho bisogno di controllarla. Credo che stia succedendo» Lauren disse a Tibby sottovoce. «Mi aiuti, d'accordo?»

Tibby non sapeva che cosa volesse dire *succedendo*. Forse non voleva sapere che cosa volesse dire *succedendo*. Lauren divaricò le gambe di Christina in maniera tale da stare seduta all'interno, ma si tenne sospesa. «Tina» disse Tibby, «Lauren farà quello che deve fare. Tu segui me. I miei occhi. Mi stai guardando?»

Christina annuì.

«Stringimi le mani. Ci riesci?»

Christina consentì a Lauren di esaminare il collo dell'utero, benché fosse molto fastidioso. Le dita di Tibby erano a chiazze bianche e rosse.

«Santo cielo» disse Lauren, senza fiato. «Che velocità. Christina, lei è a dieci centimetri e pronta per partorire.»

Tibby fissò Lauren, sbalordita. Non faceva quelle cose ogni giorno? Come mai si lasciava sorprendere? Aveva detto che ci sarebbero volute ore. Come dire diverse ore. Non una. Aveva idea di quello che stava facendo?

Tibby non si era nemmeno messa in contatto con Carmen. Non aveva voluto spaventarla. Credeva che mancassero ore. Credeva che Carmen avesse abbastanza tempo per tornare indietro. E ora? Che cosa dovevano fare?

Christina ricominciò a piangere. C'era un mucchio di sangue sul letto, sotto le sue gambe.

Tibby non voleva lasciar trapelare la paura che cresceva veloce in lei. Se si fosse lasciata prendere dal panico, come avrebbe fatto Christina? Doveva concentrarsi di nuovo.

Christina aveva un nuovo tipo di dolore, che faceva un nuovo tipo di rumore. Tibby cercò di non allarmarsi. Non sarebbe servito.

«Deve spingere, tesoro» disse Lauren. «Sente la tensione e questo significa che deve spingere. Ci siamo quasi!»

«No!» All'improvviso Christina fu livida. «Non sono pronta! Non posso! David non c'è! Dov'è? Dov'è Carmen? Abbiamo fatto il corso! Questo bambino non deve nascere prima di quattro settimane!» Nella rabbia, Christina si era concentrata di nuovo su di sé.

Lasciò le mani di Tibby, rotolò sul fianco e si raggomitolò.

Tibby poteva vedere dal suo corpo che lottava contro una spinta feroce.

«Deve spingere. È necessario» disse Lauren. «Non combatta, Christina. È ora di avere il bambino. Deve lasciar andare!» Cercava invano di attirare l'attenzione di Christina.

Tibby tentò di tirarla su di nuovo, ma Christina era irremovibile. «Tina, mi guardi? Mi vedi? Puoi farlo! Lo so che puoi farlo!»

Christina non voleva guardare. «Non posso.»

SIAMO NATI CREDENDO.
UN UOMO PORTA
CREDENZE, COME UN ALBERO
PORTA LE MELE.

– RALPH WALDO EMERSON

Circa venti minuti a sud di Downingtown, Carmen si rese conto che c'era un altro argomento piuttosto vasto che lei e Win non avevano ancora preso in considerazione.

«Vai via per l'università il prossimo anno?» le chiese lui senza guardarla. Stava superando una lenta Nissan sulla corsia di sorpasso.

«Uhm.» Lei si leccò le labbra. «Sì.»

Era il momento per dire dove sarebbe andata. All'improvviso la colpì quanto desiderasse dire che sarebbe andata al Williams. Voleva che Win la credesse brillante. Batté leggermente le dita dei piedi nudi sul cruscotto. Ma non sarebbe andata al Williams. Sarebbe andata alla Maryland, e non voleva più mentirgli. Lui le piaceva troppo per continuare a farlo.

«Vado alla Maryland» disse. Soffocò l'impulso di elencare i suoi voti quasi perfetti e i suoi meriti accademici. Lasciò parlare la verità. Se non gli piaceva la verità, almeno era una buona cosa da sapere.

«Oh.»

Era forse deluso?

«E tu?» chiese lei. Le parve strano non saperlo. Carmen era molto brava a scuola. Prestava attenzione a quel genere di cose. Bollava la maggior parte dei ragazzi quasi con un marchio, e il college in cui andavano aggiungeva o sottraeva loro prestigio. Win era diverso. Aveva cominciato a conoscerlo da dentro, le sembrava.

«Vado alla Tufs. A Boston.» Fece un breve sorriso e inclinò la testa verso di lei. «Speravo un po' che tu andassi lì, da quelle parti.»

Dovevo!, avrebbe voluto gridargli. *Avrei potuto! L'ho quasi fatto!*

Ma rimase zitta, il che fu un bene, per un certo verso, perché quando il cellulare cominciò a squillare lo sentì subito e lo aprì con un gesto rapido.

Era Tibby, che cercava di mostrarsi calma.

«Oh, mio Dio! Oh, no! Dimmi che stai scherzando» Carmen tuonò al telefono.

Tibby non stava scherzando.

«Arriviamo appena possiamo» disse Carmen, impotente.

«Cos'è successo?» chiese Win.

«È in pieno travaglio» disse Carmen, lasciandosi sfuggire un singulto. «Va veloce. Chiede di David e di me.»

«Accidenti» mormorò Win. Tolse il piede dall'acceleratore. «Cosa vuoi fare? Andare avanti o fare inversione ora?»

«Fare inversione» rispose lei. Non appena azionò la freccia, lei ci ripensò. «No, vai avanti. È anche il bambino di David. Dobbiamo dirglielo. Sarà disperato, se non lo sa nemmeno.»

Win parve pensare che fosse una buona risposta. Tornò sulla corsia di sinistra dell'autostrada e accelerò. Andava a centoquaranta e Carmen non si lamentò.

La notizia la scosse e la riportò con la mente a Bethesda, per sentirsi vicina a sua madre. Carmen sapeva che Christina era spaventata. Probabilmente soffriva molto.

«Sono stata la sua partner per gli esercizi preparto» mormorò Carmen.

Era vicina a sua madre. Alla base di tutto c'era questo. E non era solo la risposta giusta, era vero. Altrimenti come si sarebbe potuta spiegare l'intensità con cui sentiva l'angoscia di sua madre?

Sua madre una volta le aveva detto che quando si sentono il dolore e la gioia di qualcuno come se fossero propri, allora si sa di amarlo davvero. Esattamente in quel momento Carmen seppe che la parte del dolore funzionava. Per la gioia… be', doveva ancora lavorarci.

Win imboccò l'uscita per Downingtown da esperto. Carmen si concentrò sulla cartina. Era brava a leggere le carte. Conoscevano gli incroci che David aveva attraversato, il tipo di macchina e il numero di targa. Speravano tutti e due che quelle informazioni sarebbero bastate. Se Dio voleva, David non aveva parcheggiato in un posteggio sotterraneo o in un luogo simile.

Le coordinate li portarono a un'area residenziale della periferia. Carmen strillò quando vide la Mercury verde. Gridò le lettere e i numeri della targa. Anche Win rideva e urlava. Si precipitarono alla porta d'ingresso della casa di recente costruzione, rivestita da assicelle di legno. Carmen si agitò, mentre cercava di trattenersi dal suonare il campanello più di due volte.

Una donna apparve sulla soglia. Carmen vide David dietro di lei e cominciò subito a sventolare le braccia e a gridare. Poi fu tutto un turbine. Carmen non riuscì più a ricordarsi chi avesse detto cosa, ma cinque minuti dopo lei, Win e David sfrecciavano a sud, verso Bethesda, Maryland.

«Ho dimenticato l'auto a noleggio» mugugnò David dal sedile dietro, ancora livido in viso.

«È tutto a posto. Qualcuno la porterà indietro per te» lo rassicurò Carmen. Guardò Win alla guida, poi David. «A proposito, David Breckman, lui è Win...»

Possibile che non sapesse il suo cognome? Avevano affrontato emozioni difficili, lui aveva condiviso tutto con lei, dai fragili legamenti di Valia al casco da hockey di Katherine alle inattese doglie di sua madre, e davvero non sapeva nemmeno il cognome di Win? «Ehm, qual è il tuo cognome?»

«Sawyer.»

«Win Sawyer» mormorò lei.

«Grazie per l'aiuto, Win» disse David in modo meccanico. Stava cercando di chiamare l'ospedale con il cellulare di Carmen.

La batteria era quasi esaurita.

«E il tuo?» le chiese Win. Erano nel loro mondo.

«Lowell.»

«Come stai, Carmen Lowell?»

Lei gli sorrise con gratitudine. «Chiedimelo dopo.»

Quando giunsero a Baltimore, sfrecciavano ormai sulla 95 a più di centocinquanta all'ora. Carmen fu irritata quando una sirena prese a ululare dietro di loro. Win gemette.

«Oh, state scherzando» disse Carmen.

Win accostò nella corsia di emergenza. Carmen aprì la portiera.

«Carmen, no!» le urlarono sia Win che David. «Non devi scendere dalla macchina!»

All'improvviso un poliziotto gridò con l'altoparlante e la fece arrabbiare ancora di più. Sbatté la portiera e incrociò le braccia sul petto.

«Mia madre è all'ospedale e sta per avere un bambino senza suo marito, e lei ci fa perdere tempo!» sbottò.

Dopo una concitata discussione con il poliziotto, Carmen tornò in macchina.

Win pareva piuttosto scosso. Lui e David avevano entrambi un'aria abbattuta, come se si aspettassero multe da centinaia di dollari o perfino la prigione.

«Ha detto che gli dispiace» riferì invece Carmen. «Puoi ripartire.»

«Cosa?» le gridarono insieme Win e David.

«Win, vai!» disse lei. E Win eseguì. «Ci ha offerto di scortarci, ma ho detto di no» continuò Carmen una volta che ebbero ripreso velocità. «Ho risposto di no, ma ho chiesto che chiamasse per radio i suoi colleghi poliziotti più avanti e dicesse loro di lasciarci stare.»

Win cercò di trattenere un sorriso. Carmen non riusciva a capire se stava recitando la parte della Carmen Buona o meno. Non riusciva più a distinguere.

David stava scuotendo il capo. «Win, questa ragazza è una forza della natura.»

Win scoccò un'occhiata obliqua a Carmen. «È l'impressione che mi sto facendo anch'io.»

«Abbiamo bisogno di aiuto.» Lauren e Minerva, l'infermiera della maternità, avevano preso Tibby da parte. «Non riesco a entrare in contatto con lei» aggiunse Lauren. Come se Tibby non lo sapesse.

Non siete professioniste? avrebbe voluto gridare Tibby. *Non dovreste sapere come funziona? Io ho diciassette anni! Non dovrei nemmeno essere qui!*

Minerva si schiarì la voce. Era una tarchiata filippina. «Questa non è una questione medica. È una questione emotiva. Capisci cosa voglio dire?»

«Vuoi dire che Christina è a pezzi perché suo marito non c'è?» chiese Tibby con impazienza. Era stanca e spaventata.

«Sì» disse Lauren. «E non vuole lasciar uscire il bambino. Deve lasciarlo andare, deve fare il salto. Dobbiamo fare in modo che si senta al sicuro.»

Tibby sapeva un paio di cose sui salti. Si voltò e tornò a passo spedito verso Christina. Si sentiva come un soldato che ritorna in battaglia. Aveva già avuto il buonsenso di mettersi un paio di pantaloni di stoffa dell'ospedale sopra i Pantaloni Viaggianti, che indossava ancora dalla notte prima. Pregò che portassero a Christina un po' della loro magia, per associazione, ma non era tanto pazza da lasciare scoperti dei pantaloni impossibili da lavare in una circostanza del genere.

Christina lottava. E all'improvviso ricordò a Tibby sua figlia. Come Carmen, Christina era una lottatrice, ma proprio come sua figlia combatteva per la distruzione totale.

Tibby salì sul letto e afferrò Christina per le spalle. Dentro di sé, fece una promessa a Christina. *Se salti, lo farò anch'io. Lo faremo insieme.*

Anche Tibby poteva essere una lottatrice. Almeno poteva provarci. Tirò Christina sopra i cuscini e le tenne il viso tra le mani.

«Tina. So che è difficile. Non vuoi lasciar andare. So come ci si sente. Voglio dire, non ad avere un bambino. È chiaro che non ho ancora avuto un bambino, ma...» D'accordo, stava sviando.

Con sua sorpresa, vide un lampo di allegria attraversare gli occhi di Christina. Un attimo e svanì. Se Christina poteva perfino ridere di Tibby, allora forse erano in contatto.

«David e Carmen stanno arrivando. E hanno tantissima voglia di vedere questo bambino. E il bambino vuole venire fuori, perciò lo devi fare.» Tibby si disse che avrebbe solo parlato. Christina la stava ascoltando, ora; il suo corpo si scuoteva da capo a piedi, ma era attenta.

Lauren e Minerva indossarono i guanti di lattice. Si stavano disponendo ai piedi del letto per la scena principale. Christina lasciò che la adagiassero sulla schiena. Aveva le ginocchia piegate. Era in posizione.

Emise un mugolio. Stava stringendo, il viso contratto.

«Lascia andare! Puoi farcela! So che puoi. Sei la mamma di Carmen, giusto? Puoi fare tutto! Vero?»

«Dille di spingere!» bofonchiò Lauren. «Deve spingere o saremo tutti nei pasticci.»

«Tina, spingi!» Tibby lo disse così forte che sentì i bulbi oculari schizzarle fuori. «Puoi farlo! Fai uscire il bambino, per piacere.»

Non importava quello che stava dicendo, purché Christina l'ascoltasse.

Christina si aggrappò a lei, tenendole stretto il collo, in cerca di forza. Così Tibby si sentì forte. «Sai quanto ti vogliamo bene! Sai quanto sarà contento David di vedere questo bambino! Immagina solo la faccia di Carmen!»

Tibby era isterica quanto Christina, ma Christina ormai spingeva, e sia Lauren che Minerva parevano quasi in delirio tanto era il sollievo.

«Tibby, sto spingendo!» gemette Christina.

«Sì! Sei incredibile! Sei una star! Sei un'eroina! Sei una bomba!» Tibby gridava; era fuori di sé. Da qualche parte laggiù c'era l'imbarazzo, e quassù c'era lei.

«Tibby!» gridò Christina. Stava riprendendo il controllo di sé.

Tibby continuò a gridare e strillare le cose più insensate, le più sciocche. Non stava nemmeno più a sentire ciò che diceva.

Giunsero le contrazioni, e con ogni nuova contrazione una spinta. Anche Minerva e Lauren levavano grida d'incoraggiamento, ma il mondo si era ristretto a loro due sole: Tibby e Christina,

una coppia bizzarra in quasi tutti gli altri giorni dell'anno.

Christina teneva gli occhi fissi su Tibby, sulle pupille di Tibby, e Tibby non batteva ciglio. Finché riusciva a tenere Christina lì con lei, era utile a qualcosa.

«Vedo la testa del bambino! La sento!» gridò Lauren.

«Oh, mio Dio. Hai sentito?» tuonò Tibby. «Riesce a sentire la testa del bambino!»

Christina fece un sorriso genuino.

«Il bambino è subito qui. Subito qui!» Tibby aveva superato se stessa. Tenne le spalle di Christina tra le mani, poi il viso. «Ce l'hai fatta! Lo sai?»

«Ce l'ho fatta!» gridò Christina. Si stava animando.

«Lo sento» disse Lauren. «Sento i capelli.»

«Tina, il tuo bimbo ha i capelli!» strillò Tibby. «Ci credi?»

Christina fece un'espressione come per dire che le piaceva l'idea di un bambino con i capelli. «Carmen aveva i capelli, quando è nata.»

«Bene, è una fortuna. Adoro i capelli. I capelli sono grandiosi!» Tibby si sentiva frastornata, ora. Scostò le lunghe ciocche sudate di Christina dal suo collo.

«Un'altra spinta e la testa è fuori» disse Lauren. Lasciò che Tibby facesse la sua insensata traduzione personale.

«Tina, un'altra grossa. Grossona. Una grossa, grossa, grossa spinta. Non vuoi conoscere il tuo bambino?»

Christina spinse a fondo. Gridò come se la sgozzassero. Il suo viso si fece rosso scuro.

«È... è... un... bimbo!» gridò Lauren.

Un'ultima gigantesca spinta e il resto del bambino seguì la testa. Tibby aveva paura di guardare giù, perché era tutto piuttosto sanguinolento. Ma Lauren sollevò quel corpicino arrossato, scivoloso, che si dimenava.

Tibby non riuscì quasi a respirare. Il bimbo agitava le mani ed emise un grido. Era una personcina minuscola, una vera persona, che aveva mani da agitare e polmoni per urlare.

Lauren posò il corpicino rosso sul petto di Christina e Christina singhiozzò. Tenne stretto il suo bambino e pianse. Tibby guardò stupefatta e pianse anche lei.

Le professioniste svolsero le faccende professionali tra le gambe di Christina. Poi tagliarono il cordone, pesarono il bambino, e si applicarono ad altre operazioni mediche. Il neonato, ora più
rosa che rosso, tornò tra le braccia di Christina.

Christina tenne il bambino al seno, e Tibby seppe che era fatta. Il piccolo mondo di Christina rimase composto di due esseri, ma la seconda non era più Tibby. Era come doveva essere, triste e allegro insieme.

Piano piano Tibby si rilassò e scese dal letto. Voleva andarsene in silenzio, per lasciare che Christina si godesse la sua gioia senza distrazioni.

Ma prima depose un bacio sulla testa di Christina. «Sei stata un portento» sussurrò. Non era propriamente un'espressione da bigliettino d'auguri, ma esprimeva i suoi sentimenti.

Accanto alla porta incappò in Lauren, indaffarata, che si bloccò. «Tibby, hai uno stile poco ortodosso, ma molto efficace. Saresti disponibile per altri parti?» Lauren ridacchiava, ma Tibby vide che aveva anche pianto e si era asciugata le lacrime.

«Nemmeno per sogno.» Tibby si fermò. Aveva bisogno di sapere una cosa. Le pareva importante, come se il suo futuro all'improvviso dipendesse dalla risposta. «Ehi, Lauren?»

«Sì?»

«Non ci si abitua mai? Voglio dire, non l'hai già fatto centinaia di volte?»

Lauren si sistemò i capelli dietro le orecchie. Il suo eye-liner viola era colato. Il viso era lucido di sudore. «Sì.» Si guardò le mani. «E no. È un miracolo. È diverso ogni volta.»

AMARE UN'ALTRA
PERSONA
È VEDERE IL VOLTO
DI DIO.

— VICTOR HUGO

Loro tre, Carmen, David e Win, piombarono nel reparto maternità con tanta fretta e foga che si sarebbe detto che ognuno di loro stesse per avere un bambino.

Quello di Tibby fu il primo volto familiare che videro. Indossava i pantaloni bianchi dell'ospedale coperti di macchie spaventose e stava in piedi nel corridoio con un'espressione confusa. Non appena vide Carmen, scoppiò a piangere. «Avete un bambino!» gridò.

«Davvero?»

«Oh, mio Dio.» David correva in giro, nel tentativo di trovare Christina.

«Laggiù!» Tibby lo afferrò per la camicia e lo trascinò nella stanza.

Era una camera d'ospedale e, com'era naturale, ospitava un letto. Il letto ospitava una donna rossa in viso con una vestaglia rosa chiaro, e lei, a sua volta, ospitava un fagotto minuscolo, avvolto in una coperta, con in cima un cappello di maglia della grandezza di un calzino da tennis.

Carmen fu circondata da strilli, grida, esclamazioni di sorpresa e gioia, tanti e tali che non riusciva a capire quale venisse da chi, e nemmeno se venissero dalla sua stessa bocca. Lasciò che David raggiungesse il letto prima di lei, ma gli fu subito dietro. A braccia larghe si strinse a sua madre e al bambino e perfino a David. Christina rideva e singhiozzava, e Carmen sentì che anche il suo respiro aveva quello stesso strano ritmo convulso.

«Abbiamo un bambino!» David si scostò di qualche centimetro per cercare di afferrare la situazione. «Giusto?»

Ora Christina era come una Madonna, calma e saggia. Rise vedendo il viso torturato di lui. «Sì, è nostro.»

Lacrime scorrevano sulle guance di David. Aveva bisogno di essere sicuro dei sentimenti di Christina prima di venire in contatto con l'idea di questo bimbo. «Christina, mi dispiace... non so come...»

Christina gli posò una mano sul viso. «Non dire altro. C'era Tibby. Abbiamo un bambino bellissimo e sano.» Guardò Carmen. «Anche te, *nena*. In questo momento ho tutto quello che voglio al mondo.»

Trepidanti, Carmen e David osservarono il minuscolo esserino.

«Volete sapere se è maschio o femmina?» chiese Christina.

Carmen era stata travolta dagli eventi tanto da scordarsi della questione. Le era importato un tempo, vero?

«È un maschio» disse Christina, felice.

«Oh!» Carmen levò un altro strillo, ma saggiamente lo diresse lontano dall'orecchio di sua madre. «Abbiamo un maschio!»

David pianse ancora un po'.

Carmen volse il capo per guardare la porta della stanza. Avrebbe voluto condividere quel momento di gioia con Tibby e Win, ma se n'erano andati tutti e due. Capì che doveva trovarli. Doveva anche lasciare sua madre, David e il loro bambino da soli per un momento.

Indietreggiò un po', vedendoli disposti a triangolo. Il viso di sua madre emanava tanto sollievo e tanta gioia che Carmen sentì che anche il suo stava assumendo la stessa, identica espressione, senza nemmeno pensarci. Era legata a lei in maniera tanto profonda che si sentì come se il viso di sua madre fosse il suo, il cuore di sua madre battesse con il suo, i loro sentimenti fossero identici.

E si ricordò che essere capaci di sentire la gioia di qualcun altro è sapere che lo si ama.

Buona e Grandiosa Carmen,

Questo è un giorno perfetto per i miracoli. Mettiti i Pantaloni e prendine uno per te.

Con tutto il mio affetto

Tibby

Quando Carmen trovò i Pantaloni Viaggianti piegati con cura, col biglietto dentro, davanti alla porta della stanza d'ospedale di sua madre, si precipitò in bagno e se li infilò. Poi prese l'ascensore per salire in geriatria. Win era accanto al distributore. Si stava frugando nelle tasche per trovare degli spiccioli. Le venne in mente che non avevano mangiato niente per molte ore, a parte il mais tostato. L'istinto fu quello di abbracciarlo, e non si diede il tempo di tirarsi indietro. Gli gettò le braccia al collo. «Grazie di cuore, Win» esclamò a voce alta. «Grazie di tutto.»

«Mi dispiace che non siamo arrivati in tempo» le disse Win. Anche lui la stava abbracciando.

«Credo che le cose siano a posto. Credo che sia tutto a posto, ormai.»

«Ehi, non avevo intenzione di sparire, prima. È solo che non volevo intromettermi nella vostra famiglia e il resto» spiegò.

«Lo so, ma ho bisogno di vederti.» Carmen si scostò appena per dargli un po' di spazio.

Ma non parve che lui volesse prenderselo. Anzi, affondò di nuovo il viso nei capelli di lei, premendo la guancia contro il suo orecchio. «Anch'io ho bisogno di vederti» sussurrò. La strinse a sé. Lasciò che il corpo di lei si rilassasse in quell'abbraccio, sentendo il suo respiro. Lei sentì la sua spina dorsale sotto le mani di lui. Il suo cuore batteva a qualche centimetro appena da quello di lui.

«Ho bisogno di dirti una cosa» disse sopra la spalla di lui.

Lui alzò il capo. Lasciò che lei si scostasse un poco. Dalla sua espressione Carmen vide che era pronto a una delusione.

«C'è una cosa che mi preoccupa, e non l'ho ancora messa in chiaro.»

L'apprensione parve crescere.

Lei trasse un respiro profondo. «Potresti pensare che io sia una bella persona, ma devi sapere che non lo sono. Sono meschina ed egoista. Quasi sempre.»

Lui si diede un colpetto sulla testa, confuso.

«Sei troppo buono per me» spiegò lei.

«È impossibile.»

«No, davvero, Win. Tu sei una persona buona e io faccio solo finta di esserlo. Ti ho dato questa falsa impressione, di essere altruista e gentile. E non lo sono.»

Win inarcò le sopraciglia. «Cielo, questo è un sollievo. Anche tu magari credi che io sia buono, ma cominciavo a essere piuttosto intimidito.»

«Davvero?»

«Oh, sì.»

«Prendo otto dollari e mezzo all'ora per assistere Valia.» Pensò che a quel punto valeva la pena di svelare tutto.

«Accidenti, te ne meriti cento.»

Lei rise. «La cosa buffa è che ho finito per preoccuparmi davvero per lei. Questa parte era gratis» aggiunse.

Lui la studiò a lungo con aria interrogativa prima di aprire la bocca. «Una volta ero grasso.»

Carmen sentì le sopracciglia che s'inarcavano. «Scusa?»

«Una volta ero grasso.» Win scosse le spalle. «Ero il classico bambino grasso. Visto che ci stiamo scoprendo, tanto vale che aggiunga anche questo.»

Lei non poté impedirsi di gettare un'occhiata al suo corpo, nel caso ci fossero cinquanta chili che si era scordata di notare. Non c'erano.

«L'estate dei miei tredici anni i miei genitori mi hanno mandato a un campo per grassi. L'estate dopo sono cresciuto di quindici centimetri e mi sono impegnato nel nuoto. Eppure il bambino grasso vive ancora dentro di me.»

Carmen cercò di inserire quel pezzo nel puzzle di Win. S'incastrava in un modo strano.

Lui si schiarì la voce. «Per come la vedo io, sono io quello che finge. Tu sei troppo buona per me.»

«È impossibile» disse lei.

Lui si avvicinò di nuovo. La guardò negli occhi a lungo. Poi le tirò con un gesto molto intimo un passante dei Pantaloni. «Se sei troppo buona per me e io sono troppo buono per te, che cosa vuol dire?»

«Che siamo fatti l'uno per l'altra?»

Lui sorrise. «Posso?» Voleva stringerla di nuovo a sé.

«Certo.»

Davanti alla macchina delle caramelle, sotto il bagliore delle luci fluorescenti del corridoio, circondati dall'odore tipico delle persone anziane, lui pose le sue labbra su quelle di lei. La baciò piano e con delicatezza all'inizio, poi con passione.

Avvicinò la testa al suo collo, le scostò i capelli e la baciò lì. Lei emise un breve sospiro.

«Desideravo farlo da così tanto tempo» le sussurrò all'orecchio.

«Mmmm» disse lei. Trovò di nuovo le labbra di lui. Lo baciò, abbandonandosi. Forse per la prima volta, diede un bacio senza preoccuparsi minimamente di come fosse o che cosa fosse o che cosa significasse. Diede un bacio da dentro.

Un'anziana signora sulla sedia a rotelle uscì dalla sua stanza e li colse sul fatto. «Voi due piccioncini, non potete farlo da qualche altra parte?» borbottò.

Carmen e Win scoppiarono a ridere e corsero verso l'ascensore. Si tennero per mano, mentre scendevano e sfrecciavano attraverso l'atrio.

Carmen camminava e gli stringeva la mano, e all'improvviso ebbe la stranissima impressione che la Carmen Buona camminasse davanti a lei, qualche passo davanti, come un fantasma, uno spirito splendente.

Quello era un giorno perfetto per i miracoli. Carmen raggiunse lo spirito. Entrò dritta nella Carmen Buona e la assorbì nella sua anima. Che si scontrasse con la Carmen Cattiva, se era necessario.

E così le porte dell'ospedale si aprirono e una sola Carmen Intera emerse, rinata, nel mondo.

NON HO PIÙ LA SCARPA
HO IL PIEDE GELATO
HO UN UCCELLINO
L'HO ACCAREZZATO.

– DR. SEUSS

Tibby non aveva ancora finito di saltare.

Frastornata, nella luce morente, avanzò barcollando lungo la Connecticut Avenue. Le auto sfrecciavano; la gente camminava intorno a lei. Si sentiva come se fosse stata risucchiata in un buco di esperienze intensissime e poi sputata fuori nel mondo normale. Il mondo era normale, ma lei non lo era più.

Il buco era abbastanza caotico. All'ospedale si era lavata le mani e il viso e si era tolta il camice macchiato. Si era sfilata i Pantaloni e se n'era andata con indosso solo i pantaloni dell'ospedale. Sperò di non essere arrestata per quello. Si sentiva appiccicosa, ma non le andava di pensarci troppo.

Doveva trovare Brian. Non voleva ancora sentirsi a suo agio fino in fondo. Sapeva che lui era a casa. A casa di lei. Puntò nella direzione giusta.

A un isolato da casa, lo vide camminare verso di lei. Non se ne stupì affatto. Era un giorno così, quello.

Non si gettarono l'uno nelle braccia dell'altra né niente del genere. Lui camminò verso di lei e quando la raggiunse si girò di centottanta gradi in modo che andassero nella stessa direzione. Camminarono così per un po'. Lei gli prese la mano. Lui la tenne.

«Ho un'idea» disse lei.

«Okay» disse lui. Non chiese che cosa fosse: era disposto a seguirla.

Attraversarono un incrocio dopo l'altro e s'incamminarono su una lunga salita che li portò alla piscina di Rockwood. Attraversarono il corso d'acqua con un salto e salirono su quella lunga scala. Quando giunsero alla siepe, era buio ormai. Ed erano in alto. Un posto alto era ciò che ci voleva per un salto.

«In questo punto è facile arrampicarsi.» Tibby indicò lo strappo nel filo spinato.

Brian parve pensare che aveva senso. Lei gli fece strada, lui le andò dietro. Per essere una fifona si arrampicava piuttosto bene. L'ultimo metro e mezzo saltellò per entrare nello spirito giusto. Lui apparve, atletico, al suo fianco.

«Pronto?» chiese Tibby.

«Credo di sì» rispose Brian, sincero, pur non sapendo di che cosa lei stesse parlando.

Lei cominciò a sbottonarsi la camicia e gli occhi di lui si dilatarono appena. La gettò via. Indossava un reggiseno carino. Per fortuna. Vide la propria pelle brillare nella tiepida aria notturna. Si tolse i pantaloni verde acqua dell'ospedale. Erano una novità. Li sfilò e li piegò con cura. Gli slip rosa non erano imbarazzanti.

Gli occhi di Brian si allontanarono da lei e poi tornarono. Erano attenti, sorpresi, speranzosi. E ardenti di desiderio. C'era anche quello. Brian aspettava il permesso di tenere gli occhi puntati su di lei. E con gli occhi, lei glielo diede.

«Ora tu» disse lei.

Brian si tolse la camicia e i jeans in un attimo. Li gettò in un mucchio. La sua pelle brillava con la stessa intensità sopra e sotto i boxer che lei stessa aveva scelto per lui, tre paia nove dollari da Old Navy. Non aveva pensato che li avrebbe rivisti in quella situazione. Trasse un piccolo respiro asciutto. Lo aveva immaginato tante volte, ma quello che vedeva era meglio.

Gli prese di nuovo la mano. Lasciarono scorrere lo sguardo sull'altro, senza freni. Che cosa c'era ancora da nascondere? Lei non voleva nascondere più niente.

Lo condusse sull'orlo. Scelse di proposito la parte profonda.

Rimasero uno accanto all'altra, le dita dei piedi arricciate sull'orlo. Lei lo guardò dritto negli occhi e lui guardò nei suoi. Sarebbe stato divertente.

Uno. Due. Tre.

E così saltarono insieme.

La salute di Bridget era migliorata. Ammalata con un colpo di scena, migliorata con un colpo di scena, quella era la sua specialità.

Venire a sapere che il fratellino di Carmen era nato le diede una grande gioia. La notizia giunse come uno schizzo di acqua fredda e pura sulla sua anima. Spese quasi tutta la paga di una settimana per mandare fiori e palloncini a Christina.

Ma il cuore le faceva male, comunque. Voleva vedere Eric. Aveva bisogno di vederlo. Moriva dal desiderio di vederlo. Ma lui era partito. Sabato era scomparso senza lasciare traccia.

Non era nella sua casetta. Non venne in sala da pranzo per tre pasti di fila. Alla fine Bridget pensò che la faccenda fosse seria e andò da Joe. «Sembra che io abbia perso il mio compagno» disse, cercando di assumere un tono disinvolto.

«Ti piace adesso, vero?» disse Joe, compiaciuto.

Avrebbe voluto dargli uno schiaffo. «Sai dov'è andato?» Non riusciva a pronunciare il nome di Eric.

«Non ne ho idea» disse Joe.

Bee picchiò il piede nudo sul pavimento di assi dell'ufficio principale. «Sai quando torna?»

«Gli conviene tornare entro lunedì» disse. «C'è il torneo che comincia.»

In quel momento odiò Joe, San José Earthquakes o meno. Era uno che teneva tanto ai propri interessi, per nulla a quelli degli altri. «Ti ha detto niente?»

«Ha detto che doveva andare via per un paio di giorni. Tutto qui.»

Bridget marciò fuori, rabbiosa. Strillò quando una scheggia del pavimento di pino s'infilò nel suo alluce, in profondità. Perché non si metteva delle maledette scarpe? Che cosa le succedeva?

Dov'era andato Eric? Perché? Aveva bisogno di allontanarsi da lei? Che cos'era successo tra loro?

Quella sera cercò di correre, ma si sentiva debole. Non riusciva a mangiare. Chiamò Lena, Carmen e Tibby dal telefono comune nella sala dello staff e lasciò messaggi a tutte e tre. Fu colta dal panico. Perché non riusciva a trovarle? Si sentì terribilmente sola.

Pensò di chiamare Greta, ma non sapeva come esprimere i propri sentimenti. Come poteva spiegare? Eric non era il suo ragazzo. Non era nulla per lei. Come mai sentiva di avere bisogno di lui in modo tanto disperato?

Si sedette sul molo e guardò le nuvole che si addensavano. Si augurò che piovesse forte e a lungo e che la pioggia spazzasse via tutto. La pioggia però non arriva mai quando la si chiama.

Non riusciva a stare seduta. Camminò avanti e indietro. Calciò un pallone in giro per il campo vuoto. I lampi in lontananza non erano reali. Erano vuoti, inconsistenti e falsi: lampi di caldo. Non avrebbero portato pioggia.

Per quanto avesse avuto la pretesa di riuscire a rendere quell'estate con Eric diversa dalla prima, stava cominciando ad assomigliarle in maniera spaventosa.

Come allora, si era esposta a un barlume d'intimità, e quando aveva cercato di ritrovarla, non c'era più niente e nessuno. Eric offriva, che lo volesse o no, un'idea gigantesca di amore. Ma lei lo afferrava appena in tempo per conoscere la propria povertà. Lui la spingeva a distruggersi. La spingeva a desiderare e poi non le dava nessuna soddisfazione.

Perché le faceva questo? Perché lei lo lasciava fare? Come poteva ridursi così, anche dopo aver già ricevuto una lezione tanto amara?

Desiderò che lui non l'avesse trovata in quello stato febbrile, vulnerabile. Sarebbe stato meglio se non si fosse preoccupato per lei e non si fosse preso cura di lei e non l'avesse tenuta stretta per tutta la notte. Averlo era stata un'estasi, ma la sua improvvisa, inspiegabile perdita era troppo dolorosa da sopportare. Avrebbe preferito passare tutta la vita senza sapere che una cosa del genere era possibile, anziché sapere che esisteva ma che lei non poteva averla.

Si sentiva uno spreco pietoso. Era disposta a dar via, a gettar via tutto il meglio che aveva. Per cosa? Un conto era sacrificarsi per una causa nobile. Un altro distruggersi per una persona che non la voleva neppure. Era un modo di immolarsi, un sacrificio che nessuno voleva, che non faceva del bene a nessuno. Che cosa poteva esserci di più tragico?

Credeva di essere forte e indipendente, ma aveva avuto un piccolo assaggio dell'amore ed era più affamata di prima. Era famelica.

Tutti i disegni erano stati difficili, ma Lena tenne il più difficile per ultimo.

Aveva preso tempo. Si era fatta manicure e pedicure insieme a Effie. Aveva passato le mattinate a fare la spesa e a cucinare per la famiglia di Carmen, per dare il suo aiuto per il nuovo bambino. Lei e Carmen avevano passato delle serate felici insieme sul pavimento a parlare di disegno e di Win e del mare, stando a guardare il bimbo che respirava.

Ma l'ora era venuta. Il suo portfolio doveva portare il timbro postale al più tardi del giorno dopo; non poteva rimandare oltre. Quando la casa fu silenziosa e la luce buona, infilò i Pantaloni Viaggianti, si sistemò davanti allo specchio nella sua camera e si mise al lavoro.

Una cosa era guardare i guai delle altre persone. Un'altra era guardare i propri. Se i sentimenti e le aspettative rendono difficile guardare il viso di una persona amata, quanto ciechi si è davanti al proprio viso?

Una cosa sorprendente che Lena scoprì guardando il suo volto allo specchio fu che non le era familiare come altri. Sì, si era guardata un mucchio di volte negli anni. Ma il suo viso non era radicato nel suo cervello come quello di sua madre o di suo padre.

Lena aveva un rapporto strano con il suo viso. Voleva che fosse bello e al tempo stesso non lo voleva. Lo guardò con il desiderio che una raffica di vento travolgente la spostasse da una categoria (bella) a un'altra (non bella). E guardò il suo viso con la paura di riuscirci. Ma in una categoria o nell'altra, di solito non riusciva a trovarlo. Era come quello che diceva Tolstoj in *Anna Karenina* sul fatto che tutte le famiglie felici si somigliano. Lena sentiva che tutti i visi belli si somigliano: dritti, lisci, regolari. È la bruttezza, la tristezza che li scompone. Lena non trovava tanta bruttezza oggettiva nel suo. Ma la tristezza era visibile.

Quando cominciò a disegnare il contorno esterno della sua guancia, si rese conto che aveva l'espressione di una persona che aspetta. Non impaziente, non tormentata, non frustrata. Solo in attesa. Che cosa aspettava?

L'enorme elefante in mezzo alla stanza sbuffò d'irritazione: Kostos, naturalmente. Quello che era sempre lì mentre lei lo evitava con diligenza. Aspettava ancora che tornasse, anche se lui non lo avrebbe fatto. Stava ancora combattendo strenuamente per qualcosa che non sarebbe successo. Era brava ad aspettare. Le parve triste essere bravi a fare proprio quello.

Liberami, chiese in silenzio al suo elefante.

Aveva bisogno di essere libera da lui. Aveva bisogno di continuare a vivere. Magari anche di innamorarsi di nuovo. Aveva in mente un candidato.

Era facile desiderare di staccarsi dalla tortura e dallo strazio al cuore e dalla mancanza di Kostos. Pareva facile, almeno. Ma c'era una trappola. Per staccarsi dal dolore, doveva rinunciare anche alle altre parti: il sentimento di essere amata. Il sentimento di essere voluta e perfino necessaria. Il modo in cui Kostos la guardava e la toccava. Il suono del suo nome quando lui lo pronunciava. La quantità di volte che lui aveva scritto *Ti amo* alla fine delle sue lettere, dalla terza all'ultima. (Diciassette: una per ogni anno della sua vita.) E sì, leggeva ancora quelle lettere.

Era tempo di una confessione completa: le leggeva.

Non era alla sofferenza che si aggrappava con ostinazione. Era alle cose preziose. Ma le cose preziose la legavano per forza al dolore.

Aspettava che Kostos venisse a cercarla, che venisse a liberarla. Viveva in silenzio, passiva, al margine delle vite più grandi di altre persone: suo padre, Kostos. Occupava lo spazio che loro le lasciavano.

Non poteva più aspettare Kostos. Fu ciò che imparò dal viso che vide allo specchio e sulla carta. C'era una persona che poteva liberare Lena, e Lena stava guardando proprio lei.

Beezy,

Mi chiami, vuoi? Questi sono per te, e sono pieni di forza, quindi mettili bene. (E con giudizio! Devo dire che sono preoccupata per te.) Sono qui. Ma posso essere lì in un lampo. Chiamami.

Un bacio,

Len

HO SOLO BISOGNO
DELLA TUA STELLA
PER UN GIORNO.

— NICK DRAKE

Bridget non vide Eric fino al lunedì in tarda mattinata. Si sentì come se l'universo avesse potuto esplodere e raffreddarsi e sputare fuori qualche nuova galassia, nel tempo che era passato.

Lui non la guardò e lei non guardò lui. O fece comunque in modo che lui non vedesse quando lo guardava. Era uno che svicolava, no? Lei odiava quelli che svicolano. E odiava essere una di loro. Come poteva una persona trasformarsi da suo eroe a suo distruttore in così poco tempo?

Il torneo cominciò il lunedì. Quella settimana lei ed Eric furono dispensati dal turno al lago. Era il momento dell'estate in cui tutti vivevano e respiravano solo per il calcio. Eric e Bridget non furono più costretti a vedersi.

Entro martedì pomeriggio, la squadra di Bridget aveva già vinto le prime due partite. Di solito guidava i suoi giocatori con durezza, ma sapeva anche essere divertente. Ora li guidava con maggiore durezza e non era affatto divertente. Era feroce.

Anche la squadra di Eric aveva vinto due partite su due. Per quanto fosse arrabbiata, Bridget doveva ammettere che Eric probabilmente era il miglior allenatore. Era paziente e intuitivo, e aveva già alle spalle tre anni di calcio in Prima Divisione. Bridget veniva considerata dal resto dello staff dotata ma imprevedibile e inesperta. E aveva qualche vero fenomeno tra le mani. Tutti concordavano sul fatto che la squadra da battere era quella di Eric. Quindi Bridget decise di batterli.

Non era forse il modo più maturo di trattare la sua rabbia. Ma aveva un mucchio di energia pericolosa, ed era meglio usarla nel calcio piuttosto che nel manovrare macchinari pesanti, per esempio.

Quindi sapeva che la sua squadra e quella di Eric si sarebbero incontrate nella finale di venerdì. Passò ogni momento a lavorare sulla disposizione in campo e sulla strategia. Aveva qualche giocatore davvero bravo: Karl Lundgren, Aiden Cross, Russel Chen. Sapeva che cosa fare di loro. Era uno come Naughton che richiedeva qualche riflessione. Spiava la squadra di Eric. Organizzava riunioni segrete con i suoi giocatori alla luce delle torce elettriche nel bosco, dopo cena. Li portava a correre la mattina presto. Dovette trattenersi dall'imporre un passo massacrante.

Tre o quattro volte, in quei giorni, Eric la guardò e la salutò con una mano o cercò di incrociare il suo sguardo. Lei teneva la testa bassa. Era decisa a non sperare più.

Giovedì sera trovò i Pantaloni Viaggianti avvolti in un sacchetto di Jiffy nella sua casella di posta con un biglietto di Lena. Ora aveva tutto l'occorrente.

Venerdì mattina si alzò alle cinque. Era troppo preoccupata per dormire. Infilò la felpa blu della squadra. Si pettinò e lasciò i capelli sciolti. Poi, senza troppo pensarci, si mise del mascara e un po' di ombretto blu. Il colore si abbinava con i suoi occhi, i Pantaloni, il suo umore livido e la felpa. Oltre allo spirito di squadra e tutto il resto.

Uscì per consultare il quaderno mentre i primi raggi di sole si allungavano sul campo. Aveva ancora un debole per Naughton. Tutti meritavano una possibilità. Ognuno aveva qualcosa da dare.

In uno slancio di ispirazione, entrò nella sua casetta e lo svegliò. «Vestiti e vieni da me al campo sud» gli disse. Lui aveva uno sguardo speranzoso, che lei sospettava legato a qualcosa di diverso dal calcio. «Naughty. Niente del genere. Ho bisogno di capire cosa fare con te.» Forse lui sapeva di essere un giocatore anticonvenzionale. E se non lo sapeva, lo avrebbe imparato presto.

Quando arrivò sul campo, gli ordinò di andare in porta. Per un certo verso, Eric aveva ragione. Le carenze di Naughton lo rendevano terribile come portiere. Ma c'era qualcosa in lui...

«Pronto?» gridò, allineandosi con il pallone a circa quindici metri dalla porta. Tirò dritto verso di lui, forte ma non fortissimo. Lui si scostò e si lanciò con le mani verso la palla, lasciandola entrare in porta. I suoi piedoni non erano buoni e le mani erano anche peggio. Bee si chiese come mai si fosse fissato con il calcio fin dalla prima elementare, come le aveva raccontato con fierezza.

«Proviamone un altro.» Lui lanciò la palla e lei la stoppò, precisa, con il piede. Provò diversi altri colpi dritti in porta. Naughton non riusciva a rimanere fermo e a prendere la palla che gli veniva incontro. Sentiva il bisogno di muoversi. Sbagliò quasi tutte le volte.

Bridget cercò conferma della sua teoria. Decise di calciare da un po' più lontano. Tirò forte il pallone, lo spedì dritto verso l'angolo in alto a sinistra della porta. Guardò sbalordita e soddisfatta il corpo di Naughton che si sollevava in direzione della palla. Balzò in alto, e con le braccia tese, la afferrò. «Wow. Bravo» gridò lei.

Dentro di sé stava esultando, ma non voleva dare troppa importanza alla cosa.

Gli fece parecchi altri tiri forti negli angoli e lui li parò tutti. Non riusciva a curare la porta quando significava rimanere fermo. Non gli si doveva lasciare tempo per pensare, altrimenti la sua mente lo sabotava. Ma sapeva muoversi. Aveva una notevole, quasi paranormale capacità di capire dove sarebbe arrivato il pallone; più giungeva veloce, da lontano, e più impressionante era la sua abilità. Nei tiri finali, sfidò se stessa a farne passare uno. Solo il suo ultimo, il migliore, entrò in porta.

Andò da lui e gli strinse la mano. Gli diede una pacca forte sulla schiena. «Naughty, tu hai qualcosa di speciale. Non so cosa sia, ma è qualcosa.»

«Hai un aspetto meraviglioso» disse Tibby, seduta al tavolino della cucina davanti a Christina. Christina chinò il capo con modestia e guardò con orgoglio il suo bambino. Pareva che anche lei si sentisse meravigliosa.

«Sono fortunata, a dire la verità» disse Christina, alzando il neonato tra le braccia. «Ma Tibby, ascoltami.» Christina rivolse un'occhiata alla porta chiusa. «Volevo che fossimo sole» – si interruppe e guardò il bimbo – «be', noi tre, per qualche minuto, perché volevo chiederti una cosa. È piuttosto importante; non devi sentirti costretta a dire di sì e non devi neppure rispondere subito.»

«D'accordo.»

Tibby non poteva fare a meno di essere un po' nervosa. «Non mi chiederai di essere di nuovo la tua assistente durante il parto, vero?»

Christina soffiò così forte dal naso mentre rideva che il bimbo si spaventò. «No. Te lo prometto.»

Anche Tibby si mise a ridere.

«Non che tu non fossi proprio quello di cui avevo bisogno» disse Christina più seria. «Lo eri.» Aveva gli occhi pericolosamente lucidi e Tibby sentì che anche i suoi diventavano così.

«Volevo chiederti se vuoi essere la madrina del bambino.»

Tibby sgranò gli occhi.

«So che sembra pesante, ma non dev'esserlo per forza. Tu hai già avuto un ruolo speciale nella sua vita. Voglio che questo ti sia riconosciuto. Mi piacerebbe pensare che continuerai a condividere un pezzo di vita con lui.»

Tibby non ebbe bisogno di pensare. «Mi piacerebbe molto.»

«Davvero?»

«Certo.»

«Fantastico.»

«Devo diventare una guida spirituale?» chiese Tibby, un po' ansiosa.

Christina scosse il capo. «No. No. Insegnagli qualcosa di regia. Oppure spiegagli come sono fatte le auto. Portalo a vedere i film che non voglio fargli vedere io.»

Tibby annuì. Le piaceva quell'idea. «Aspetta che lo dica ai miei» disse, allegra. «Sono una ragazza madre.»

Il riso di Christina venne fuori di nuovo in uno sbuffo, ma il bambino non se ne accorse questa volta. Carmen apparve sulla soglia.

Indossava un prendisole color mandarino e la sua pelle era abbronzata e lucida.

«Allora, che cosa ha detto?» chiese Carmen.

Christina era raggiante. «Ha detto di sì.»

«Congratulazioni a tutte e tre» disse Carmen.

«Grazie. E dove vai, Miss Splendore?» chiese Tibby.

«Esce con Win.» Christina parve felice, come se avesse avuto lei un appuntamento. «L'hai già conosciuto?»

Tibby scosse il capo. «Non vedo l'ora. Allora, com'è?» chiese.

Carmen indicò quell'esserino roseo e grinzoso che era suo fratello. «Be', non è Ryan Hennessey...»

La partita fu una lunga, feroce maratona difensiva. Nel secondo tempo, tutte e due le squadre erano esauste. Era una versione calcistica del tiro alla fune. Bridget mise in campo i suoi giocatori migliori, i più brillanti, in difesa. Non fece quasi nulla in attacco. Perfino Naughty ebbe un momento di gioco come centravanti. Tenne Mikey Rosen in porta. Era equilibrato e competente. Con tiri normali e perfino con buoni tiri non sbagliava. E ad ogni modo la sua difesa era tanto forte e concentrata che il suo ruolo non sarebbe stato fondamentale.

Il fatto era che Bridget non stava dirigendo la squadra per vincere. Non ancora. Questo rendeva la sua strategia più semplice. Puntava a un pareggio, tipo zero a zero. La sua squadra non capiva con esattezza perché, ma si fidava di lei.

«Difesa» disse alla sua squadra. «Difesa» disse a ogni giocatore tutte le volte che aprì la bocca. «Difesa!» gridava a pieni polmoni quando una palla oltrepassava il centrocampo. Aveva un pensiero fisso. «*No pasarán*» sussurrò loro. A volte era più facile concentrarsi appieno su un solo chiaro obiettivo.

Camminava avanti e indietro dalla sua parte a bordocampo, ed Eric dalla sua. Lui vedeva quello che lei stava facendo, ma non riusciva a capire perché. Bee voleva confonderlo. Eric dovette cambiare strategia per adattarsi a quella di lei, e questo distrasse un po' la sua squadra dal gioco, proprio come lei aveva sperato.

Il fischio finale suggellò il verdetto che lei aveva sperato: zero a zero. Ora dovevano solo perseverare nel tempo supplementare per evitare il Golden Goal.

Tutto il pubblico si era raccolto a bordocampo, ormai, e li incitava alla lotta. Era frustrante guardare una partita così lunga senza nemmeno una rete. Senza nemmeno un tentativo un po' eccitante di far rete.

Bridget raccolse la squadra intorno a sé. Tutti gli occhi erano incollati ai suoi. Come allenatore, era proprio quello che voleva: sentirsi del tutto collegata e in sintonia con ogni giocatore. La sua intensità era magnetica. Non ci fu bisogno di fare un grande discorso. Trattenne solo i loro sguardi. «Zero» disse in un sussurro. «Riuscite a farlo?»

Gridarono e strillarono e si sparpagliarono di nuovo sul campo.

In mezzo a tutte le grida e le ingiurie dei fan, la sua squadra tenne lo stesso andamento per tutto il tempo supplementare. Niente eroismi. Giocarono una difesa dura, coraggiosa. Resero orgogliosa la loro allenatrice.

Un altro fischio decretò la fine della partita e l'inizio dei rigori per stabilire i vincitori.

L'arbitro lanciò la moneta e la squadra di Bridget si guadagnò il primo tiro. Tutto andava proprio come aveva sperato. Fece un cenno a Russel Chen. Non era un giocatore bravo e a tutto tondo come Lundgren, ma era un tiratore sublime, ed essendosi trattenuto per tutta la partita, era pronto a esplodere.

Il cuore di Bridget martellava quando il portiere di Eric si mise in posizione e gli altri membri della squadra si raccolsero nel cerchio di centrocampo. Gli arbitri si misero in posizione e Russell si sistemò vicino al dischetto del calcio di rigore. Guardò il balletto di previsioni che il tiratore e il portiere ingaggiavano, poi Chen tirò. Il cuore di Bridget si gonfiò quando il pallone sfrecciò dritto nella parte alta della porta. Il portiere di Eric si tuffò dalla parte sbagliata. Non riuscì a toccare la palla nemmeno con un dito.

Tutta la sua squadra e circa la metà dei tifosi scoppiarono in applausi e grida. Per via telepatica, li avvertì di non perdere ancora la concentrazione, e sintonizzati com'erano, parvero ricevere il messaggio.

Ora era il turno della squadra di Eric.

Non ci furono dubbi su chi avrebbe scelto per tirare. Jerome Lewis era probabilmente il miglior giocatore in campo. Andò sul dischetto del rigore.

La squadra di Bridget la guardò con il fiato sospeso. Sapevano che aveva un asso nella manica. Diede una pacca sulla spalla a Naughton. «Vai e stracciali» disse.

Il ragazzo aveva l'aria sorpresa, come se non credesse che lei facesse sul serio.

«Vai!» gli gridò.

Naughton si avviò. Piano. Tutti sussurravano e chiacchieravano mentre guardavano la sua lenta marcia verso la porta. Perfino gli arbitri si voltarono a guardarla come per dire "Sei sicura di quello che fai?". Lei aspettò finché Naughton non fu in posizione prima di fare un cenno all'arbitro.

Per una volta, Eric la fissò. Era competitivo, sicuro, ma ora pareva più preoccupato dell'integrità mentale di lei. I suoi giocatori si sorridevano, compiaciuti, a centrocampo.

Bridget posò lo sguardo su Naughton e lo tenne lì. Lui aveva bisogno di sapere che lei credeva in lui.

Secondo le regole del campo, se Lewis mandava a segno il tiro, i rigori sarebbero continuati fino al prossimo giro. Se lo mancava, la partita era finita.

L'arbitro fischiò. Di solito, come allenatore della squadra avversaria, si sperava che il tiratore sbagliasse. Nello strano caso di Naughton, fu l'opposto. *Per favore, fa' che gli riesca un bel tiro*, pensò Bridget.

Lewis fece un tiro splendido. C'era silenzio perfetto nel campo mentre tutti guardavano il pallone che sfrecciava nell'aria, verso la porta. Naughton parve saltare nell'istante stesso in cui la palla abbandonò il piede di Lewis. Era impressionante, si disse Bridget. Naughton aveva occhi incredibili.

Il pallone volò, Naughton saltò, e i due s'incontrarono nell'angolo più alto della porta. Naughton catturò la palla in aria e ce l'aveva tra le mani quando atterrò. Parve così stupito della presa che barcollò e lasciò che la palla gli scivolasse dalle mani. Per fortuna cadde fuori dalla porta anziché dentro.

Sbalordita, la folla esplose di esultanza. Bridget guardò con soddisfazione e orgoglio i suoi giocatori che si precipitavano in porta e sollevavano Naughton sulle spalle. Lo portarono all'allenatrice e lo deposero ai suoi piedi. Tra le grida di giubilo, lei lo abbracciò e gli scoccò un grosso bacio sulla guancia. Lui parve apprezzare.

Con clemenza, lasciò che le rovesciassero il gelido contenuto di un distributore d'acqua sulla testa. Poi fu il momento di stringere la mano agli avversari. Si misero in riga, Bridget dietro, e si batterono un cinque o si strinsero la mano. Gli ultimi due a incontrarsi faccia a faccia furono gli allenatori.

«Hai vinto. Naturalmente» disse Eric, inchinandosi davanti a lei come se fosse una donna d'affari giapponese e non una ragazza che lo amava fino a perdersi.

Lei non poté fare a meno di guardarlo negli occhi per un momento. *Non ho vinto, però, vero?*

«Lenny. Ehi. Sono Bee. Sto bene. Davvero. Smettila di preoccuparti, adesso! Ma ho voglia di parlare con te. Sono pronta per tornare a casa. Mi manchi così tanto. Ehi! Ho sentito il nome del bambino! Mi piace! È stata un'idea di Carmen? Deve aver riso per un'ora. Chiamami… no, non importa. È impossibile chiamarmi qui. Ti chiamo io. E non ti preoccupare! Okay? Mi manchi.» *Biiiiip*.

HO DENTRO DI ME
DESIDERI IMMORTALI.

– WILLIAM SHAKESPEARE

Lena porse il suo portfolio ad Annik. Si preparava a una lunga attesa e all'improvviso avvertì una strana impazienza. Ma non fu così. Annik posò la matita, inforcò gli occhiali, e cominciò a sfogliarlo subito. Nemmeno tre minuti dopo lo chiuse e alzò lo sguardo.

«Non importa se avrai la borsa» disse.

Lena drizzò il capo, confusa. «Importa a me» disse.

«Sono sicura che l'avrai» disse Annik, un po' spiccia. «A meno che i membri del comitato non siano ciechi o perfetti idioti.» Sorrise a Lena. «La ragione per la quale non importa è che l'hai fatto. Tutto quello che accadrà dopo sarà un po' di questo o un po' di quello. Un po' rottame di auto. Un po' malattia temibile. Un po' crepacuore. Ora sei un'artista.»

Annik disse la parola *artista* come se fosse il miglior complimento che si potesse fare a qualcuno. Meglio che essere supereroe o immortale.

«Grazie a te. Credo.»

«Non è un regalo che ti sto facendo io. L'hai fatto a te stessa.»

«Tu mi hai aiutata.»

«Spero di sì. Hai fatto più e meglio di quanto immaginassi.»

«Ci sto arrivando. Sto davvero cominciando a pensarlo.»

«Sì, lo vedo. Lo sento.»

Lena sorrise al pensiero di tutto il vedere e sentire che avveniva in quella stanza. «Ehi, posso chiederti una cosa?»

«Certo» disse Annik.

«Ci penso da tanto tempo. Credo che dovrei chiederlo e basta.»

Annik annuì per incoraggiarla, quasi come se sapesse che cosa avrebbe detto Lena.

«Perché sei su una sedia a rotelle?»

Annik le batté sulla schiena nel suo modo da Incredibile Hulk. «Santo cielo, credevo che non me l'avresti mai chiesto.»

Win aspettava in macchina davanti al palazzo, con il motore acceso. Carmen non aveva mai immaginato che ci sarebbe stato un ragazzo con il quale avrebbe avuto voglia di andare da Target a fare acquisti per l'università. Era un altro dei progetti che avevano insieme, più frivolo di altri.

Carmen irruppe dalla porta d'ingresso per raccogliere la lista della spesa e la carta di credito. Si era dimenticata di portarle quando un gruppetto di loro – Tibby, Brian, Lena, Effie e Win – si era incontrato per fare colazione al Tastee Diner un paio di ore prima.

Si fermò nel salotto. Fu colpita da quanto le sembrasse diverso l'appartamento dopo Win, dopo il bambino. Le pareti parevano più vicine, eppure il pavimento sembrava un po' più lontano. C'era silenzio. Per una volta i condizionatori tacevano. Un leggerissimo soffio d'autunno entrava dalla finestra aperta. Forse era per quello che l'aria le pareva nuova. Era di fretta; aveva delle cose da fare. Quella casa l'aspettava comunque. Aspettava sempre.

Sapeva che una volta girato l'angolo del corridoio, avrebbe trovato sua madre nella stanza con il bimbo. Ed eccola lì. Era raggomitolata a letto con il piccolo Ryan.

Passavano le mattinate tra allattamenti e sonno. Carmen andava spesso a trovarli nei suoi momenti liberi, baciando i pugni del bambino e avvolgendolo come un burrito prima che si scoprisse di nuovo, scalciando. Ora Christina dormiva e Ryan cominciava ad agitarsi. Carmen pose una mano sulla sua minuscola schiena, ammirando gli sforzi del suo fratellino.

I sentimenti che provava per lui erano molto diversi da quelli che aveva immaginato. Lui era suo, e le faceva male al cuore la sua fragilità e il suo umore e la forma delle sue orecchie, già in tutto come le sue. Ma riconosceva anche che fosse di Christina e David.

Prima della nascita, si era aspettata che entrasse a far parte del suo vecchio mondo, pretendendo il posto di lei e tutto ciò che lei reclamava. Ma non era così. Apparteneva al nuovo mondo. Tutti e due vi appartenevano, insieme.

La vittoria di Bridget non fu tanto dolce. Tranne che per i suoi giocatori, che vagabondarono come supereroi per il resto della settimana, schiamazzando e ripassando i punti salienti della partita (non erano molti). Lei era contenta per loro. Si era affezionata a loro.

Riuscì a tornare a casa a Bethesda per un giorno di beatitudine: vedere le amiche diede di nuovo senso alla sua vita. Quando tornò al campo, stette con Diana e dormì e mangiò, riprendendo energia. Sapeva di poter resistere al proprio cuore ferito, ma ci volle lavoro, e in alcuni momenti, molta forza.

Si rese conto che non aveva chiuso del tutto con Eric. Poteva tenersi la sua tristezza per sé e chiedersi che cosa fosse successo davvero. Due estati prima, era rimasta zitta. L'aveva caricata tutta su di sé e aveva lasciato che si agitasse e si guastasse dentro di lei. Ma non aveva più voglia di continuare in quel modo.

Aspettò che il campo fosse quasi tutto silenzioso e andò a trovare Eric nella sua casetta. Questo richiamò il ricordo di una certa esperienza vissuta molto tempo prima, quando era andata da lui e l'aveva strappato al suo letto. A quel tempo lei lo inseguiva. Questa volta era compassata come un pellegrino. Bussò, cortese, e aspettò.

Lui venne alla porta e aprì. Aveva l'aria un po' impaurita, o era solo la sua immaginazione?

«Ti dispiacerebbe fare una passeggiata con me?» chiese. Stava per dire qualcosa per rassicurarlo sul fatto che non gli sarebbe saltata addosso né niente del genere, ma era davvero necessario? Non aveva forse provato le sue buone intenzioni? Ma avevano portato qualche risultato, o invece un fatto del genere non si poteva dimenticare? Una ragazza poteva davvero riscattare la sua reputazione in qualche modo?

Lui annuì. Scomparve per qualche secondo e tornò con una maglietta e le scarpe insieme ai pantaloncini.

Per un po' camminarono in silenzio. Lei aveva i capelli raccolti con un elastico. Indossava una felpa da football consumata sui Pantaloni. Aveva cercato di mettersi le scarpe per una settimana, ma era tornata scalza. Aveva deciso che poteva accettare una scheggia ogni tanto, come prezzo per la libertà dei suoi piedi. Senza pensarci, s'incamminarono verso il lago e passeggiarono sul molo. Lei si sedette e lui si sedette accanto a lei. Se avevano un posto tutto loro, era quello.

La luna era piena e abbastanza luminosa da proiettare le loro ombre sull'acqua quieta. Le piacevano le loro sagome liquide.

«Parlerò solo io per un po', e tu starai ad ascoltare, okay?» Perché aveva aggiunto quell'*okay*? Non voleva chiedergli il permesso.

Lui annuì.

«Forse dirò cose che non ti piaceranno» lo avvertì.

Lui annuì di nuovo. Aveva l'aria stanca, si rese conto. Perfino in quella luce fioca riusciva a vedere i cerchi blu sotto gli occhi. Sembrava che non si facesse la barba da un pezzo.

«Credevo che saremmo diventati amici, quest'estate» disse lei. «Non sapevo se sarebbe stato possibile dopo quello che avevamo fatto – avevo fatto – due estati fa, ma poi è successo. Ero felice. Mi piaceva essere tua amica. Ammetto di aver forse avuto anche altri pensieri, ma non m'importavano quanto la tua amicizia. Ero felice di essere vicino a te in qualsiasi modo.» Bridget aveva bisogno di essere sincera, quella sera. Era la ragione per la quale si trovava lì.

Lui abbassò lo sguardo, giocherellando con il cinturino di cuoio logoro intorno al polso.

«Non cercavo di essere la tua ragazza. So che ne hai una. Lo accetto. Non volevo mettermi in mezzo. Sono felice per te se sei felice con lei. Non dico che non sia stato difficile, ma lo pensavo davvero... voglio dire, lo penso davvero. Volevo che tu ti fidassi di me.»

Tenendo lo sguardo basso, lui parve annuire.

«E abbiamo passato del tempo insieme e abbiamo fatto delle cose e ci siamo divertiti. Perlomeno, io mi sono divertita. E mi è sembrato che anche tu ti divertissi.» La sua voce stava cominciando a tremare, ma lei proseguì. «E poi quando mi sono ammalata ti sei preso cura di me. Ti sei preso cura di me nel modo più bello che mi sia mai capitato. Anche se passerà tutta la vita e non ci vedremo né ci parleremo più, non lo scorderò mai.» Tacque, in modo che le lacrime non soffocassero le parole. Voleva trattenerle negli occhi.

«Mi fidavo. Credevo che t'importasse di me. Non come una fidanzata. Non parlo di questo. Ero convinta che tu fossi mio amico. E poi sei sparito. Non sono riuscita a capire che cosa sia successo. Mi sentivo così vicina a te, e poi tu non c'eri più. Hai lasciato che credessi in te e poi mi hai tradita. È così che fai? Lasci che le persone ti vengano vicine solo per poterle deludere?» Si asciugò le lacrime dagli occhi prima che scendessero.

Eric aveva alzato lo sguardo: occhi seri, che luccicavano come quelli di lei.

«Bee. No. Non è così.»

Il mento di lei tremava, suo malgrado.

«E allora com'è?»

Lui si raddrizzò. Si fissò le nocche. Aprì le mani e le chiuse di nuovo. «Ora parlerò solo io per un po', e tu starai ad ascoltare, d'accordo?»

«D'accordo.»

«La ragione per la quale non mi piace parlare di quello che è successo due estati fa è che mi odio. Non sto dicendo che tu non hai fatto la tua parte: l'hai fatta. Ma avrei potuto resistere. Sarebbe stata la cosa giusta. Ma non l'ho fatto perché volevo la stessa cosa che volevi tu, ed era sbagliato. Credi di essere stata solo tu, ma io lo volevo quanto te. Devi saperlo.»

Lei non riusciva quasi a muoversi. Fissava il suo volto e ascoltava.

«La ragione per la quale sono scomparso dopo che sei stata male è che avevo bisogno di andare a New York e non potevo aspettare. Ho preso la macchina, sono andato lì e ho visto Kaya perché avevo bisogno di dirle che non potevo più stare con lei.»

Bridget trasse un piccolo respiro.

Lui aveva l'aria triste. «Credevo di amarla. Due mesi fa le ho detto che l'amavo. Non potevo lasciare che le cose rimanessero così. Mi sembrava sbagliato.»

Bridget aveva una voglia terribile di porgli delle domande, ma voleva anche mostrarsi leale, stando zitta. Strinse le labbra.

Lui aprì le mani e le unì come se si accingesse a pregare. «E la ragione per la quale era sbagliato era che sapevo di non poterla amare davvero, se provavo qualcosa di tanto più grande per un'altra persona.»

Bridget era impietrita. Aveva paura di pensare a che cosa volesse dire, nel caso che lui non intendesse ciò che credeva lei.

«E la ragione per la quale non mi sono quasi fatto vedere è che quando sono vicino a te i miei pensieri non vanno dritti. Devo metterli in ordine, prima di fare qualche altra sciocchezza.»

Bridget gli scoccò un'occhiata. La speranza le riempiva il petto, anche se lei tentava di cacciarla via.

«Quando ero a New York, avevo solo voglia di correre da te.

Ma che cosa voleva dire? Che lasciavo Kaya per poter stare con te? Che potevo dimenticare una ragazza che credevo di amare in meno di cinque ore?» Scosse la testa. «E comunque, non volevo che ti sentissi responsabile perché io e Kaya ci siamo lasciati. So che non stavi mirando a quello. Per tutta l'estate sei stata abbastanza altruista da rispettare la storia con Kaya: io no. Sono stato un schifo. Non sentivo di meritarmi di tornare correndo da te. Mi sentivo in colpa.»

Bridget non riuscì a seguire subito tutti quei pensieri. Non riusciva a immaginare dove portassero.

«C'è una cosa di cui sono sicuro, e che credo sia giusta. In tutti questi giorni continuo a tornare su questo punto. Abbiamo passato quella notte insieme, io che ti stringevo, e ho provato qualcosa di più forte di quanto abbia mai provato per qualcuno, di più forte di quanto pensavo che fosse possibile provare. Mi ha fatto crollare. In teoria, mi ha fatto capire che non potevo più stare con Kaya.»

Lui scosse di nuovo la testa. Sembrava in qualche modo disgustato da sé, ma anche sul punto di ridere. «Volevo essere razionale, per credere che la mia decisione riguardo a Kaya fosse ponderata e non solo dovuta alla folle, incontrollabile attrazione che ho per te.»

«Lo è?» chiese lei tutto d'un fiato. «...Ponderata?»

La guardò in viso da molto vicino. «Per nulla.»

Ragazze!

6 giorni e 1/2! Ahhhhhh! Yahhhhhh! Wahhhhhh!

Carma

La lettera arrivò a Lena con il timbro di Providence, Rhode Island, appena prima che partisse per la gita al mare di fine estate. Il suo cuore fremette quando l'aprì, ma sapeva che non avrebbe determinato la sua sorte, anche se la risposta fosse stata no.

Perché Annik aveva ragione. Lei era un'artista. Poteva trovare la sua strada qualunque cosa dicessero gli altri. La sua sorte non apparteneva più a nessun altro fuorché a lei.

La lettera, però, diceva di sì. Lena chiuse gli occhi, e lasciò che il piacere si diffondesse dentro di lei. Era molto severa con se stessa sul fatto di provare gioia, ma in quel momento se l'era guadagnata.

Andò in cucina e si sedette sulla lettera, pensando a lungo. Sarebbe andata, poteva andarci. Non aveva bisogno del denaro dei suoi genitori e non aveva bisogno del loro permesso. Pensò anche a quello. Non ne aveva bisogno, ma lo voleva. Ecco quello che capì.

Si infilò una semplice gonna blu marino e una bella camicia di lino. Si spazzolò i capelli per renderli morbidi e si mise gli orecchini di perle. Prese in prestito la macchina di sua madre per andare da suo padre in ufficio.

Mrs. Jeffords, la segretaria di suo padre, la fece entrare senza annunciarla.

Suo padre parve sorpreso di vederla sulla soglia. In effetti era così stupito che sembrò davvero contento di vederla, come se avesse dimenticato tutto quello che era successo nei due mesi passati, tornando d'istinto alla sua vecchia tenerezza.

«Entra» la invitò, alzandosi.

Lei aveva ancora in mano la lettera quando si sedette davanti a lui. «Ho avuto notizie dalla scuola d'arte per la borsa» disse.

«L'hai ottenuta» disse lui con calma.

«Come fai a saperlo?» chiese lei.

Lui aveva un'aria placida, quasi filosofica. «Perché ho visto i tuoi disegni. Quando li ho visti, ho saputo che l'avresti ottenuta.»

Quello era uno dei complimenti meno diretti che avesse mai ricevuto. Ammesso che lo fosse.

«Papà, non voglio farti arrabbiare né deluderti. Ma ci voglio davvero andare. Vorrei che anche tu e la mamma lo desideraste insieme a me.»

Lui sospirò. Poggiò il gomito sulla scrivania e posò la guancia nella palma con una posa da ragazzino. «Lena, temo di essere io ad averti offeso e deluso.»

Lei non si affrettò ad annuire, ma non voleva nemmeno discutere.

«Devi andare alla scuola d'arte. Me lo hai provato con quei disegni come lo hai provato alla giuria della borsa.»

Lena mantenne un'espressione controllata. Non si fidava ancora. «Allora per voi va bene?»

Lui ci pensò per un momento. «Sono onorato che tu me lo chieda, quando ti sei guadagnata il diritto di non farlo.»

Il petto le doleva. «Voglio chiedertelo» disse. «M'importa quello che dici.»

«La risposta è sì.»

«Grazie.»

Si alzò per andarsene.

«Lena?»

«Sì?»

«Quando ho cominciato a rendermi conto, con l'aiuto di tua madre, di quanto fossero profondi i miei recenti errori» si schiarì la voce, «mi sono sentito orgoglioso che tu non li abbia accettati.»

«Non hai reso le cose facili» disse lei con sincerità.

Valia123: Che Dio mi aiuti, cara Rena, torno a casa. George ha finalmente capito che è giusto così. Effie prenderà il volo con me per riportarmi a casa tra una settimana. Per cortesia, mettiti d'accordo con Pina, vedi se puoi chiederlo a lei, per arieggiare la mia casa.

RenaDounas: Carissima Valia, piango mentre leggo. Quanto saremo felici di vederti di nuovo nella casa a cui appartieni!

A MODO MIO HO CERCATO
DI ESSERE LIBERO.

— LEONARD COHEN

«Ciao, papà.»

«Carmen? Ciao, cucciolotta! Come stai?»

Si sentì un po' a disagio, ma non poteva più lasciare la faccenda in sospeso. «Sto bene.»

«Come sta il bambino?»

«Molto bene. Scalcia come se fosse una cintura nera.»

Albert rise, mostrando di apprezzare, benché stessero parlando del bimbo della sua ex moglie e del suo nuovo marito. «Come sta la mamma?» chiese con sincero interesse.

«Sta benissimo anche lei. Dice che le sta tornando in mente tutto, anche dopo diciotto anni.»

«Posso immaginare» disse suo padre, con lieve malinconia.

«Allora, papà?»

«Sì?»

«Ci ho pensato.»

Lui attese, paziente, benché lei un po' sperasse che lui la interrompesse.

«Secondo te... uhm...» Scostò i capelli pesanti dal collo sudato. «Secondo te il Williams potrebbe considerare l'idea di accettarmi di nuovo?»

«Credi di volerci andare?»

Carmen non voleva dare l'impressione di prendere una decisione affrettata, quindi non strillò la risposta, ma fece una pausa.

«Sì.»

«E la Maryland?»

Carmen si morse il labbro. «Credevo che avrei potuto stare lì, sai, fare l'esperienza del college ed essere comunque vicina a casa. Ma poi mi sono resa conto che volevo davvero, davvero andare al

Williams. Credi che mi riprenderanno? Voglio dire, quante sono le possibilità che abbiano tenuto un posto libero?» La sua voce finì per essere stridula e non parve più calma.

«Ti dico io cosa facciamo» disse suo padre. «Lasciami chiamare.»

Carmen tentò di pulire la sua stanza mentre aspettava. In realtà la sistemò in modo superficiale, spasmodico, per esempio infilando una pila di calze nel cassetto per toglierla di mezzo, cosa che avrebbe solo reso più difficile il lavoro quando avesse messo davvero in ordine.

Meno di dieci minuti dopo, il telefono squillò. Sobbalzò al primo mezzo squillo, tanto era calma.

«Sì?»

«Ciao.» Era di nuovo suo padre.

«Hai parlato con loro?» sbottò.

«Sì. Dicono che puoi andarci.»

«Mi prendono?»

«Sì.»

«Solo così?»

«Sì.»

«Stai scherzando.»

«No.»

«Sul serio?» Carmen aveva paura di lasciarsi andare alla gioia troppo in fretta.

«Sono contento per te, cucciolotta» disse suo padre. «Sento dalla tua voce che lo vuoi davvero.»

«Lo voglio davvero» gli fece eco lei.

Carmen scosse il capo, sentendo i nervi che vibravano e si animavano in tutto il corpo. «Non posso credere che sia così semplice.»

Lui non rispose.

«Sarà meglio che cominci a fare le valigie» disse invece. «E divertiti al mare con le tue amiche, questo fine settimana.»

«Senz'altro. Grazie.»

Dopo che gli ebbe detto che gli voleva bene ed ebbe riattaccato, le venne un altro strisciante sospetto. Poteva essere stato un altro caso di collusione parentale? Forse anche ingannevole intervento parentale?

Suo padre aveva mai chiamato il Williams per dir loro che lei non sarebbe andata? Aveva mai recuperato l'anticipo? Era forse un altro caso di genitori che la conoscevano meglio di quanto lei non conoscesse se stessa?

Era davvero seccante, per un verso. Però era bello essere amati.

Carmabelle: Porti il top verde, così posso essere furbissima e rubartelo appena ti volti?

Tibberon: Certo. Ma come farò a capire chi l'ha preso?

Carmabelle: Non vedo l'ora.

Tibberon: Anch'io non vedo l'ora.

Per tre lunghi giorni, Bridget lasciò Eric da solo in modo che potesse mettere ordine tra le sue idee. E alla fine del terzo giorno, proprio quando credeva di non farcela più con tutti i pensieri che aveva in testa, lui comparve vicino al letto su cui era distesa.

«Avresti voglia di fare una passeggiata con me?» sussurrò.

Lei balzò giù dal letto. Lo seguì fuori dalla casetta con una t-shirt e un paio di boxer addosso. All'improvviso si ricordò di una cosa che aveva detto Carmen all'inizio dell'estate. «Puoi aspettarmi un secondo?»

Lo lasciò fuori e tornò nella casetta. Trovò il prendisole bianco della festa dei senior ancora avvoltolato in fondo alla sua sacca da viaggio. Non credeva che l'avrebbe messo. Gettò via tutto quello che indossava e infilò il vestito della festa. Per fortuna la stoffa serica non trattenne le pieghe.

I Pantaloni sarebbero stati la sua prima scelta, naturalmente, ma aveva dovuto rispedirli a Lena. Oltre al fatto che non voleva essere avida. Aveva già ottenuto da loro quello di cui aveva bisogno.

«Okay» disse, comparendo di nuovo accanto a lui nell'oscurità. Aveva ancora i piedi scalzi e i suoi capelli erano sciolti.

Lui strizzò gli occhi e indietreggiò di un passo per guardarla meglio. «Cielo, Bee» mormorò. Non era sicura di che cosa volesse dire, ma non avrebbe insistito per saperlo.

Camminarono uno accanto all'altra verso il lago. Lei cercò di non saltellare, ma non riusciva proprio a trattenersi. Era felice. La sua mano urtò quella di lui per un istante e sentì i nervi tendersi. Dopo tutto quello che avevano passato insieme, tutto quello che avevano provato e ormai discusso, non sapevano nemmeno come toccarsi.

Scelsero i soliti posti sul molo. Bridget poteva quasi vedere il calore che avevano lasciato sulle assi sbiadite l'ultima volta. Dondolò le gambe sopra l'acqua, sentendo con piacere il vuoto sotto le dita dei piedi nudi. I loro corpi non facevano ombra quella sera; erano completamente controllati.

Eric le si avvicinò. Aveva un'espressione un po' malinconica.

«La sai una cosa?»

«Cosa?»

«Quando ho visto il tuo nome nell'elenco degli allenatori prima che cominciasse l'estate, ho avuto una premonizione. Sapevo che avresti ribaltato la mia vita.» Non pareva tanto dispiaciuto.

«Se avessi visto quell'elenco, mi chiedo se sarei venuta» rifletté Bridget.

Eric sospirò.

«Mi detestavi così tanto?»

«Uhhhh. Detestavo?» Sorrise appena. «No. Non è la parola giusta. Avevo paura di te. Non volevo sentirmi di nuovo così.»

«È stato difficile, vero?» Gli dispiaceva, si capiva.

«Avevo un po' perso il controllo.»

«Sei cresciuta, da allora.»

«Un po'. Mi piace crederlo.»

«Lo sei. Sei diversa. Eppure non lo sei.»

Bridget scosse le spalle. Sembrava abbastanza vero.

«Scusa se sono scomparso» disse, dispiaciuto. «Non volevo ferirti. Non sapevo se provavi quello che provavo io. Ero preoccupato di essere solo io.»

«Non lo eri.»

«Ora lo so.»

Ognuno rifletté in silenzio.

«Sono contenta di non aver letto l'elenco degli allenatori. Sono contenta di essere venuta» disse lei dopo un po'.

«Anch'io. Dovevamo ritrovarci, alla fine.»

«Davvero?»

«Sì. Era destino.»

Le piaceva quell'idea. «Credi?»

«Sì.»

«È quello che ti hanno detto i tuoi pensieri quando si sono messi in ordine?» chiese lei. Il cuore le si gonfiava dentro le costole.

Lui sorrise ma aveva un'aria seria. «Sì. Forse non sembra tanto lineare. Forse non era quello che credevo mi dicessero. Ma me l'hanno detto. Quindi eccoci qui.»

«Come lo sapevano?»

«Perché quando mi sono sdraiato con te nel mio letto, c'è stato un momento in cui sono riuscito a sentire tutto quello che avevi passato, e ho avuto quest'idea che se riuscivo a renderti felice, allora lo sarei stato anch'io.»

Bridget si sentiva troppo piena di emozioni per parlare. Posò il capo su di lui. Lui la cinse con le braccia, e lei cinse lui. Aveva parlato con semplicità, ma quelle parole bastavano per una vita intera. Lui poteva renderla felice. Doveva. L'ultima volta avevano cominciato dalla fine. Questa volta cominciavano dall'inizio. Non si poteva cancellare il passato. Non si poteva nemmeno cambiarlo. Ma a volte la vita offriva un'opportunità per raddrizzarlo. Forse il giorno dopo si sarebbero baciati. Forse nelle settimane e nei mesi dopo avrebbero capito come toccarsi, come tradurre i sentimenti in gesti di ogni genere. Un giorno, sperava, avrebbero fatto l'amore. Ma per il momento, tutto quello che voleva era questo.

SEGUENDO LA LUCE
DEL SOLE, ABBIAMO
ABBANDONATO
IL VECCHIO MONDO.

– CRISTOFORO COLOMBO

La casa al mare dei Morgan aveva la moquette piena di sabbia. Il frigorifero era vuoto, a parte mezzo filone di pane industriale ammuffito. Sembrava che pentole e padelle fossero state lavate l'ultima volta da Joe, il loro bambino che non aveva ancora due anni.

Ma era anche di una bellezza sorprendente, piantata in mezzo alle dune, circondata di vegetazione, a solo un'ottantina di metri dall'Oceano Atlantico.

La prima cosa che fecero quando arrivarono fu sfilarsi gli abiti (secondo un accordo precedente si erano messe tutte il costume da bagno sotto) e correre strillando dritte nell'oceano.

Le onde erano alte e forti. Le risucchiavano, le trattenevano e le spingevano in basso. Avrebbero potuto far paura, pensò Tibby, ma loro si tennero per mano formando una catena in modo che la risacca non potesse trascinarle lontano dalla spiaggia. E questo, in aggiunta a tutte le grida e gli scherzi e gli strilli, rese tutto divertente.

La seconda cosa che fecero fu lasciarsi cadere nella sabbia calda. Il sole del pomeriggio asciugò loro la schiena mentre giacevano lì, spalla a spalla. Il cuore di Tibby batteva ancora forte per l'eccitazione dell'acqua. Aveva dei sassolini nel costume. Adorava la sensazione della sabbia sotto la guancia. Si sentiva felice.

Voleva che questa felicità fosse la sua guida. Non avrebbe guardato al futuro con trepidazione. Non avrebbe mandato su di giri il cervello.

Ci sarebbero stati gli inevitabili saluti. Quelli essenziali. Avrebbe guardato Lena e Bee che si allontanavano sul furgone a noleggio, dirette a Providence, giovedì. Immaginò Bridget che rimaneva sdraiata sul clacson per i primi cinque chilometri in cui si allontanava da casa. Poi ci sarebbe stato il momento di venerdì, in cui avrebbe baciato Carmen e l'avrebbe guardata sfrecciare via verso il Massachusetts con suo padre e cinquanta milioni di valigie. Ci sarebbero stati i saluti alla stazione sabato mattina, quando lei e sua madre sarebbero salite sul Metroliner per New York. Suo padre le avrebbe dato una pacca sulla schiena e il mento di Katherine avrebbe tremato e Nicky si sarebbe spostato e non le avrebbe restituito il bacio. Tibby riusciva a immaginarlo, se ci provava. E salutare Brian. Sapeva che non sarebbe rimasto lì per molto. Brian doveva andare alla Maryland perché era praticamente gratuita, eppure lei sospettava che non avesse preso 800 nel test SAT di matematica per nulla. Avrebbe trovato il modo di raggiungerla. Sapeva che lo avrebbe fatto. Era una buona cosa che avesse ottenuto una camera singola.

Ma quel momento era per le settembrine e per loro sole. Quello era il loro fine settimana fuori dal tempo. Tibby avrebbe vissuto la felicità di ognuno di quei momenti, per quanto circoscritti. Insieme, le settembrine potevano limitarsi a essere.

Fecero tutte una doccia (l'acqua cominciò a essere calda tra quella di Carmen e quella di Lena) e fecero un pranzo tardivo a base di panini con formaggio grigliato e brownies, stanche per il sole e affamatissime come solo l'oceano ti fa sentire.

Il primo cellulare squillò subito dopo il pranzo.

«Davvero? Fantastico!» Carmen stava ridendo al telefono. Lo scostò di qualche centimetro dalla bocca. «Win ha visto Katherine nella sala dei bambini in ospedale oggi» spiegò a Tibby. «Le hanno tolto il casco da hockey!»

«Lo so. Le manca.» Tibby sorrise, benevola. Le piaceva Win. Pollici in alto per lui. Ma avrebbe preferito che non le avesse raggiunte proprio in quel momento.

La seconda chiamata fu di Valia. Sembrava che non riuscisse a trovare la fotocopia del ritratto che le aveva fatto Lena, e che voleva portare con sé in Grecia. Valia aveva nuove energie, e le stava impiegando tutte nel fare le valigie. Poi insistette per farsi passare Carmen in modo da poterle dire qualcosa della nuova soap opera che aveva scelto, lo stesso stupido programma che guardava sempre Carmen.

La terza chiamata fu per Bee. Tibby guardò Bee addolcirsi al telefono e capì che era Eric. Non era invidiosa di Bee – né di nessuna delle persone che amava, se è per questo – perché una voce riusciva a darle un'espressione di pura felicità.

Tibby si sedette sul ripiano della cucina e pensò al numero di voci che si erano unite alle loro vite.

Poi chiamò Brian. Voleva parlarle e lei voleva parlare con lui, almeno per qualche minuto.

Non appena Tibby riattaccò, altri due telefoni cominciarono a squillare insieme. Lena colse lo sguardo di Tibby. «Che cosa sta succedendo qui?» disse. «Sembra uno scherzo.»

Tibby annuì. «Solo che non riesco a capire se è divertente o meno.»

La cena fu caotica, con i telefoni che squillavano e Carmen che per poco non bruciò la casa quando si dimenticò il riso sul fuoco. Non ci fu molta pace. Da una parte era fantastico, perché rassicurava Tibby su quanto ricco e divertente e pieno di legami fosse il suo mondo. Ma era anche un po' triste perché aveva immaginato che il mondo si sarebbe fermato per quel solo fine settimana, in modo che loro potessero esistere insieme in solitudine. Ma il mondo non si era fermato per loro. Semmai aveva accelerato.

Ore dopo, la mezzanotte era arrivata e passata e Tibby non riusciva a dormire. Sedette sul pavimento della piccola camera sabbiosa e non poté fare a meno di sentirsi un po' triste. Non che la serata non fosse stata divertente; lo era stata. Dopo che il fuoco in cucina era stato riportato sotto controllo, avevano deciso di abbandonare i fornelli e avevano cenato con milkshake e dolce al burro di arachidi. Ne avevano mangiato così tanto che poi si erano tutte sdraiate gemendo, esauste, sul pavimento del salotto.

C'erano così tante cose di cui parlare, così tante nuove persone da analizzare, così tanto futuro che incombeva su di loro; avevano appena cominciato. Avevano ascoltato la musica, erano scivolate in un assopimento indotto dallo zucchero e si erano trascinate nelle varie stanze.

Quella notte, per la prima volta, il mondo sembrava troppo grande per essere contenuto e assimilato nel loro piccolo cerchio di amiche. Era così che sarebbe andato il futuro?

Stavano crescendo, era inevitabile che accadesse. E Tibby aveva imparato abbastanza, quell'estate, da non voler intralciare la strada di nessuno. C'erano ragazzi e famiglie e progetti importanti che splendevano proprio davanti a loro.

Ma lei non si sentiva di farlo se questo implicava uno scambio. Non poteva concludere l'affare se crescere voleva dire affondare l'amicizia che stava proprio nel centro della sua vita, la cosa che le dava forza ed equilibrio.

Il buio la chiudeva in casa e le onde nere battevano sonore contro la riva. All'improvviso Tibby si sentì soffocare. Forse per la prima volta dacché si ricordava era più spaventata di un piccolo spazio chiuso che non di uno grande, aperto, infinito. Senza esitare, lasciò in punta di piedi la sua camera, scese le scale, e uscì.

Si sentì come se stesse camminando in un sogno, un sogno felice, quando vide tre sagome sedute sulla sabbia in lontananza. Rise alla vista di quelle tre teste familiari. Era come un sogno, anche nel senso che sapeva più di quanto non potesse davvero sapere. Sapeva quello che stavano provando; sapeva che era la stessa cosa che stava provando lei, e nel saperlo sentì la forza del loro legame.

Come in un sogno, parve che la stessero aspettando, pur non avendo ragione di sapere che sarebbe arrivata. Quando Tibby fu abbastanza vicino, Bee le tese la mano e la trascinò giù nel loro piccolo gruppo.

«Ciao.» La voce di Tibby era tranquilla, quasi allegra.

«È qui che vengono i tipi in gamba» disse Bee, ridendo.

Lena scosse le spalle. «Immagino che nessuna di noi riuscisse a dormire.»

«Abbiamo troppe cose di cui parlare» osservò Carmen.

Un'onda si allungò accanto ai loro piedi, ma a nessuna venne l'idea di muoversi.

Strinsero il cerchio e Carmen depose i Pantaloni al centro, chiudendo così anche il cerchio della loro estate.

Tibby lasciò andare un lungo sospiro, trovando un inesprimibile conforto nei volti delle amiche. Davanti ai suoi occhi, quella notte si era trasformata in un dono rassicurante. Quello era il futuro. La vita sarebbe stata più ricca e più varia, popolata sia di cose belle che di eventi infelici. Se la loro amicizia richiedeva esclusività e solitudine, non poteva funzionare. Se esigeva che tutto andasse come era stato pianificato, sarebbe diventata fragile e infine si sarebbe spezzata. D'altra parte, sapeva che se invece fossero riuscite a essere flessibili e grandi, se avessero compiuto il cambiamento, allora ce l'avrebbero fatta.

Tibby si ricordò il suo sogno sulla tassidermia e capì in un modo nuovo la bellezza dei Pantaloni. I Pantaloni potevano muoversi insieme a loro.

«Qualsiasi cosa succeda» disse Bridget, «ci troveremo. Sempre.»

STO TORNANDO
ALL'INIZIO.

– COLDPLAY

EPILOGO

Durante la nostra ultima ora al mare ci siamo scambiate regali anziché salutarci. Non l'avevamo deciso, ma è successo, come quando ci siamo trovate sulla spiaggia in piena notte. Volevamo tutte qualcosa a cui aggrapparci.

Il sole proiettava strisce rosa e arancione dietro di noi, e l'oceano si agitava, scuro. La sabbia pareva più morbida nella luce dolce. L'aria era tiepida e rassicurante.

Non so dirvi tutto ciò che abbiamo detto e sentito. Non posso. Ma vi dirò quello che è successo e voi potrete immaginare. Farete meglio con la vostra immaginazione di quanto farei io con le parole.

Ha cominciato Carmen, perché è la più impaziente. Non di ricevere, ma di dare. «Per le pareti delle nostre camere da letto all'università» ha annunciato, tirando fuori i suoi regali.

Carmen aveva trovato quattro lunghe cornici verticali e incollato tre fotografie in ognuna. La prima fotografia, in alto, era quella delle nostre madri da giovani, mamme alla fine degli anni Ottanta, sedute in fila su un muretto, abbracciate, con i jeans. La foto ci era ormai familiare. Un po' macchiata. Un po' vecchia. Un po' straziante nel ricordare Marly, come lo era sempre. Anche la foto numero due, al centro, era vecchia, ricordavo appena di averla vista. Era di noi quattro a gattoni, le nostre facce che spuntavano sopra il divano. Sembravamo una band di ragazze in miniatura. Carmen sembrava la cantante. Io, piccola e confusa, sembravo quella che connette gli strumenti agli amplificatori. Mi ha fatto ridere. La foto in basso era del diploma: noi quattro nello stesso ordine, gli stessi visi, le stesse espressioni.

Così abbiamo tutte cominciato a piangere. Era inevitabile. Era come quella sensazione di essere fuori sotto la pioggia senza un impermeabile o un ombrello. Si lotta per un po' contro il fatto di bagnarsi e poi ci si arrende e si capisce che è una sensazione piuttosto piacevole. Ci si chiede perché lottiamo contro le cose quando arrendersi non è affatto male.

Poi è toccato a Bee. Ha distribuito minuscole scatoline da gioielli. Abbiamo sollevato i coperchi tutte insieme.

Su quattro delicate catenelle d'argento dondolavano quattro minuscoli, identici ciondoli. Di pantaloni. Erano piccoli ciondoli d'argento a forma di pantaloni, proprio come i nostri Pantaloni. Erano i nostri Pantaloni, in un modo nuovo e diverso.

Bee ha spiegato che Greta ne aveva trovato uno in un chiosco di gioielleria al centro commerciale di Huntsville, in Alabama. E che lei e Greta si erano coalizzate nel perseguitare il gioielliere, Mr. Bosely, finché non ne avesse trovati altri tre.

Ce li siamo messi a vicenda, armeggiando con i fermagli e sollevandoci i capelli. Ho premuto il piccolo ciondolo contro lo sterno, sapendo che avrebbe vissuto lì, ormai. Non riuscivamo a guardarci se non a pezzettini. Era difficile avere sentimenti così forti.

Lena ci ha dato i suoi, dopo. Li aveva perfino impacchettati. Abbiamo strappato la carta con diversi gradi di attenzione: io ho piegato la carta da regalo per un uso futuro, Bee ha strappato la sua selvaggiamente e ci si è seduta sopra, in modo che non iniziasse a volare per la spiaggia.

Lena aveva fatto quattro disegni quasi identici e li aveva incorniciati, uno per ognuna di noi. Aveva disegnato i Pantaloni Viaggianti due volte, davanti e dietro. Ma li aveva rovesciati e messi uno accanto all'altro in modo che insieme formassero una grossa W. Vicino aveva aggiunto la lettera *e*. Il disegno diceva *We*, noi.

Io sono stata l'ultima. Ho distribuito le videocassette con etichette decorate e personalizzate. «Dobbiamo entrare» ho detto.

Avevo già controllato che il videoregistratore dei Morgan funzionasse. Quindi quando siamo risalite dalla spiaggia e siamo entrate in casa, non mi ci è voluto molto per far partire il film.

Era corto. Solo dieci minuti. La maggior parte delle immagini apparteneva alla collezione dei miei genitori, ma ero riuscita a farmi dare i filmini anche da Tina e Ari. Avevo anche concesso a loro due e a mia madre una piccola anteprima nella nostra stanza per la televisione qualche sera prima, anche se le avevo costrette a mantenere il segreto. Loro tre hanno pianto davanti alla tv mentre io fingevo di non essere commossa. Le tre mamme si sono abbracciate, dopo. E io mi sono sentita felice.

La prima parte era un vecchio filmino Super 8 di atmosfera, un po' a scatti, che ci mostrava mentre andavamo carponi nel giardino di Lena. Be', Lena era un po' esitante, quindi noi la spingevamo e la facevamo rotolare. Io ero una bambina nerboruta, calva e senza senso. I capelli di Bee sembravano piume bianche che le adornavano la testa. Lei gattonava veloce. Sua madre doveva allontanarla di continuo dal bordo della piscina. Il fratello di Bee, Perry, faceva una breve comparsa. Non si muoveva molto, ma trovava un insetto nell'erba. Carmen aveva i suoi riccioli perfetti, occhi enormi e una voce molto forte con la quale incitava l'inerte, piccola Lena.

Prima del nostro secondo anno di vita, alcuni genitori erano passati a una vera videocamera. La parte seguente mostrava noi quattro bambine allineate sui nostri quattro vasini di plastica. Lena sedeva paziente, con i gomiti sulle ginocchia, il mento nella palma della mano. Io ero piccola e parevo quasi cadere nel mio. Carmen cercava di scrollarsi un legnetto dal piede. Bee era la

prima a terminare. «Finito!» Si alzava e gridava a qualcuno fuori dal video.

I pezzi dopo erano brevi riprese: un catalogo di feste di compleanni congiunti, brutti tagli di capelli e complessa ortodonzia. Fratelli, genitori, nonni, e altri parenti comparivano in incidenti vari.

L'ultimo era una lunga ripresa, fatta quando avevamo sette anni. Non ho neppure pensato al suo significato quando l'ho scelta e l'ho inserita alla fine del film.

Era girata sulla spiaggia di Rehoboth, probabilmente a non più di un chilometro e mezzo dal posto in cui ci trovavamo. Il video mostrava noi quattro per mano nel mare mosso, che saltavamo le onde, gridando e strillando.

Era proprio come adesso.

Proprio come avevamo fatto il pomeriggio prima e la mattina presto. Mentre guardavo lo schermo riuscivo a sentire l'acqua fredda, salata, che mi ricopriva le mani, una stretta a quella di Bee e l'altra a quella di Lena. Riuscivo a sentire le grida di gioia di Carmen nell'orecchio. In tempi diversi ci siamo allineate secondo un ordine diverso. L'ordine non importa.

L'immagine è rimasta sullo schermo e l'abbiamo guardata tutte, anche quando si è fermata.

Allora era esattamente come adesso. Per affrontare la corrente, avevamo imparato a tenerci per mano.

RINGRAZIAMENTI

Prima di tutti e sempre, vorrei ringraziare Jodi Anderson. Ringrazio anche con grande calore le Vere Amiche editoriali, Wendy Loggia e Beverly Horowitz, e sono grata all'intero gruppo Random House Children's Books, e in particolare a Marci Senders, Kathy Dunn, Judith Haut, Daisy Kline e Chip Gibson. Vorrei ringraziare Leslie Morgenstein, che è stata coinvolta fin dall'inizio. E ringrazio la mia amica e agente, l'incomparabile Jennifer Rudolph Walsh.

Esprimo il mio amore e la mia riconoscenza ai miei genitori, Jane Easton Brashares e Williams Brashares e ai miei fratelli, Beau, Justin e Ben Brashares. E ultima ma non meno importante, la mia piccola tribù: Sam, Nathaniel e Susannah.

Quattro amiche e un paio di jeans
Per sempre in blu

Traduzione di Patrizia Rossi

Per la mia dolce Susanna…
quando sarà pronta.

E GUARDA, LEI ALEGGIA,
È DAPPERTUTTO.

– NICK DRAKE

PROLOGO

C'erano una volta quattro ragazze. O si potrebbe anche dire: quattro giovani donne. Le loro vite avevano preso strade diverse, eppure continuavano a volersi un sacco di bene.

Queste quattro ragazze, qualche tempo prima, avevano trovato un paio di pantaloni, saggi e magici, che avevano chiamato i Pantaloni Viaggianti.

I Pantaloni avevano il potere magico di insegnare alle ragazze a vivere separate. Come essere quattro persone invece di una. Come restare unite dovunque fossero. E come voler bene a se stesse nello stesso modo in cui volevano bene alle altre. A livello pratico, i Pantaloni avevano il potere magico di calzare alla perfezione a tutte e quattro, anche se è difficile da credere, soprattutto perché solo una di loro (la bionda) possedeva un fisico da modella.

Okay. Vi svelo tutto. Io sono una delle quattro ragazze. Ho indossato i Pantaloni. Sono miei amici. Ne conosco il potere magico.

In effetti sono la bionda, anche se scherzavo riguardo al mio fisico da modella.

Ma come spesso accade nella magia, tali Pantaloni hanno funzionato fin troppo bene. E le ragazze, essendo ragazze straordinarie – lasciatemelo dire – hanno imparato la lezione fin troppo bene. E così, in quell'ultima estate, la vita delle ragazze è cambiata, e anche i Pantaloni, che sono saggi, sono dovuti cambiare con loro.

Ed ecco come è iniziata la storia delle Vere Amiche, che non è ancora finita.

L'UNICO PARADISO
È QUELLO PERDUTO.

– MARCEL PROUST

La palestra Da Gilda era rimasta uguale. Sempre la stessa. *Che sollievo*, pensò Lena. Per fortuna il genere umano è vanitoso e non mancano mai i patiti del fitness, sempre in fila a mendicare tappetini e specchi.

Ma per il resto niente era rimasto uguale. Alcune cose erano diverse, altre non c'erano più.

Carmen, per esempio, non c'era.

«Non so proprio come fare tutto questo senza Carmen» disse Tibby. Come al solito si era portata dietro la videocamera, per la posterità, ma non l'aveva ancora accesa. Nessuna di loro aveva un'idea precisa del concetto di posterità: era forse già iniziata?

«Forse non dovremmo farlo» disse Bee. «Forse dovremmo aspettare di essere tutte insieme.»

Lena aveva portato le candele ma non le aveva ancora accese. Tibby aveva portato la musica dance degli indimenticabili anni Ottanta, ma non l'aveva ancora fatta partire. Bee si era occupata di sistemare le vaschette di salatini e vermicelli gommosi alla frutta, ma nessuna di loro mangiava.

«E quando allora?» domandò Tibby. «Sul serio, è da settembre che cerchiamo di trovarci tutte insieme, ma non ci siamo ancora riuscite.»

«Vogliamo parlare della Festa del Ringraziamento?» domandò Lena.

«Ti ricordo che sono dovuta andare a Cincinnati per il compleanno della bisnonna di Felicia, che compiva cento anni...» disse Tibby.

«Ah, sì. E ha avuto un colpo» disse Bee.

«Ma dopo la festa.»

«E Carmen a Natale era in Florida» disse Lena. «E voi due eravate a New York per Capodanno.»

«Va bene, ma se facessimo fra quindici giorni? Carmen dovrebbe già essere tornata, no?»

«Sì, ma i miei corsi iniziano il 20 giugno.» Lena si abbracciò le ginocchia, poggiando i grossi piedi nudi sul legno appiccicoso del pavimento. «Non posso perdere il primo giorno del corso di figura, rischierei di finire in un angolo, oppure per un mese sarei costretta a fissare la rotula della modella.»

«Va bene. Facciamo il 4 luglio» concluse Tibby decisa. «Nessuno ha lezione o altri impegni del genere quel venerdì. Potremmo vederci qui, per passare insieme l'intero fine settimana.»

Bee si slacciò una scarpa. «Io ho l'aereo per Istanbul il 24 giugno.»

«Così presto? Non puoi prenderlo dopo?» domandò Tibby.

Bridget chinò il capo, dispiaciuta. «Il programma prevede che prendiamo tutti quel volo charter. Altrimenti devi sborsare mille dollari in più e trovare da sola la strada per arrivare al sito.»

«Ma come ha fatto Carmen a dimenticarsene?» domandò Tibby.

Lena sapeva cosa voleva dire l'amica. Nessuna di loro avrebbe mai rinunciato a questo rito, soprattutto Carmen, che ci teneva tantissimo. Bee si guardò attorno. «Dimenticare cosa?» chiese in tono di conciliazione più che di sfida. «Non è la vera inaugurazione, no?» Fece un gesto in direzione dei Pantaloni, che stavano docilmente piegati in mezzo al triangolo formato da loro tre. «Cioè, non è la cerimonia ufficiale. Li abbiamo indossati tutto l'anno scolastico. Non è, come per le estati passate, un vero e proprio calcio d'inizio.»

Lena non sapeva se essere rassicurata o contrariata da quell'affermazione.

«Può darsi» disse Tibby. «Forse quest'estate non è necessaria una cerimonia.»

«Stasera dovremmo per lo meno fissare i turni di rotazione» disse Lena. «Carmen dovrà adattarsi.»

«Perché non manteniamo la stessa rotazione che abbiamo adottato finora?» suggerì Bridget, stirando le gambe. «Non c'è ragione di cambiare solo perché siamo in estate.»

Lena si mordicchiò una pellicina attorno all'unghia del pollice, mentre valutava la praticità di quell'affermazione.

L'estate un tempo era diversa. Era il periodo in cui lasciavano le loro case, si dividevano, vivevano separate per dieci lunghe settimane e facevano affidamento sui Pantaloni per sentirsi legate, finché non tornavano a riunirsi. Ora, riconobbe Lena, l'estate non cambiava nulla. Essere separate non era più l'eccezione ma la regola.

Quando saremo di nuovo tutte qui, a casa? Ecco quello che voleva sapere. A pensarci bene, però, lo sapeva: non era cambiata la risposta, era cambiata la domanda. Ormai cosa voleva dire casa? Qual era la loro condizione attuale?

Casa era un tempo, un tempo ormai passato.

Nessuna stava mangiando i vermicelli gommosi alla frutta. Lena doveva mangiarne almeno uno, altrimenti si sarebbe messa a piangere. «Allora manterremo la stessa rotazione» fece eco, fiacca. «Credo di essere la prossima.»

«L'ho scritto» disse Tibby.

«Bene.»

«Bene.»

Lena diede una sbirciata all'orologio.

«Allora andiamo?»

«Suppongo di sì» disse Tibby.

«Nel tornare ci fermiamo a mangiare da Tastee?» domandò Bridget.

«Sì» disse Tibby, raccogliendo gli oggetti di un rito che non era avvenuto. «Dopo magari possiamo vederci un film. Stasera non devo preoccuparmi dei miei.»

«A che ora partite domani?» domandò Bee.

«Credo che il treno sia alle dieci» disse Tibby. Lei e Lena prendevano lo stesso treno: Tibby scendeva a New York per iniziare i corsi di cinema e il suo lavoro da Movieworld; Lena proseguiva per Providence, per l'università, dove doveva cambiare stanza per l'estate. Bee avrebbe trascorso qualche giorno dai suoi prima della partenza per la Turchia.

Lena capì che non aveva ancora voglia di tornare a casa. Prese i Pantaloni e li cullò per un attimo. Provava una strana sensazione, che non sapeva definire e che non aveva mai sentito prima per i Pantaloni. Aveva provato gratitudine, ammirazione, fiducia. Ora a tutti questi sentimenti si mescolava un vago senso di disperazione.

Se non li avessimo, non so cosa faremmo, si sorprese a pensare, mentre Bee chiudeva la porta della palestra alle loro spalle. Presero a scendere lentamente le scale buie.

SPESSO LA VERA VITA
È QUELLA
CHE NON VIVIAMO.

— OSCAR WILDE

«Carmen, è stupendo. Non vedo l'ora che tu lo veda.»

Carmen annuì al ricevitore. La voce di sua madre suonava così felice che Carmen doveva essere felice a sua volta. Come poteva non esserlo?

«Quando pensi che potrai traslocare?» domandò a sua madre, cercando di mantenere un tono disinvolto.

«C'è ancora qualche lavoro da fare. Dobbiamo stuccare, tinteggiare, rifinire i soffitti. E gli impianti idraulici ed elettrici sono da sistemare. Spero di far tutto prima del trasloco. Entro fine agosto.»

«Ehi, che velocità.»

«*Nena*, ha cinque stanze da letto. Non è incredibile? E un meraviglioso giardinetto sul retro, dove Ryan potrà correre.»

Carmen pensò al fratellino che sapeva a malapena camminare, lasciato da solo a correre. Sarebbe cresciuto in maniera totalmente diversa da lei.

«Quindi, non più un appartamento?»

«No. È un'ottima sistemazione per noi due. Non abbiamo sempre desiderato una casa? Non era quello che hai sempre detto di volere?»

Avrebbe voluto anche un fratello vero e che sua madre non fosse rimasta sola. Non sempre era facile accettare di ottenere ciò che si voleva.

«Dovrò imballare tutta la mia camera» disse Carmen.

«Nella nuova casa avrai una stanza più grande» si affrettò a precisare sua madre.

In effetti. Ma non era un po' tardi? Per avere una casa con il giardino e la stanza più grande? Era troppo tardi per rivivere l'infanzia. Lei aveva avuto quella che aveva avuto e l'aveva trascorsa nella stanzetta del loro appartamento. Era triste e strano abbandonarla e troppo tardi per sostituirla con un'altra.

Che ne sarebbe stato di lei? Privata della sua vecchia vita e non ancora agganciata alla nuova. Nel mezzo, sospesa, da nessuna parte. In un certo senso era tutto troppo appropriato.

«Ieri è passata Lena per salutarmi e vedere Ryan. Gli ha portato un frisbee» disse la madre con un pizzico di nostalgia. «Avrei voluto che tu fossi a casa.»

«Sì, ma ho molto da fare qui.»

«Lo so, *nena*.»

Dopo aver chiuso la comunicazione con la madre, il telefono squillò di nuovo.

«Carmen, dove sei?»

Julia Wyman aveva un tono irritato. Carmen si voltò a guardare l'orologio alla parete.

«Non dovevamo andare a provare fra... adesso!»

«Sto arrivando» disse Carmen, infilandosi i calzini con la cornetta poggiata sulla spalla. «Sarò lì in un attimo.» Uscì di corsa dalla sua stanza e andò verso il teatro. Durante il tragitto si ricordò di avere i capelli sporchi; non si era neppure preoccupata di cambiarsi i pantaloni, anche se quelli che indossava la facevano sentire particolarmente grassa. Ma cosa importava? Tanto nessuno la guardava.

Julia la aspettava dietro le quinte.

«Mi puoi dare una mano con questo?» Per il ruolo che interpretava nello spettacolo, Julia indossava un lungo vestito di tweed troppo abbondante per lei.

Carmen si curvò per armeggiare con la spilla da balia. «Come va?» domandò fissando la cintura sul dietro.

«Meglio. Grazie. Come sto?»

Julia aveva un bell'aspetto con quel costume. Le stava bene quasi tutto ciò che indossava e non aveva bisogno che Carmen glielo dicesse. Ma Carmen lo diceva lo stesso. Per una strana combinazione il compito di Julia era mostrarsi bella, per entrambe. Il compito di Carmen, apprezzarla per questo.

«Credo che Roland ti stia aspettando sul palco.»

Carmen salì sul palcoscenico ma Roland non sembrava aspettarla. Quando la vide non ebbe alcuna reazione. Da giorni a Carmen sembrava di essere un fantasma: nessuno si accorgeva di lei, ma al suo arrivo l'aria si faceva d'un tratto gelida. Socchiuse gli occhi cercando di diventare più piccola possibile. Non le piaceva stare sul palcoscenico con i riflettori accesi. «Ti serve qualcosa?» chiese a Roland.

«Oh, sì.» Stava cercando di ricordare cosa. «Puoi fissare la tenda del salotto? Sta cadendo.»

«Certo» disse frettolosamente, chiedendosi se dovesse sentirsi in colpa. Era stata lei l'ultima a fissarla?

Sistemò la scala, salì tre gradini e rivolse la sparapunti verso il soffitto del palcoscenico. La scenografia era una strana costruzione: sembrava fatta per essere guardata da particolari angolazioni, e non per durare. Esisteva nello spazio e nel tempo non come una cosa reale, ma come un trucco. A Carmen piaceva udire lo schiocco sonoro della graffetta che si conficcava nel muro. Era una di quelle cose che aveva imparato al college: come maneggiare una sparaspunti. Suo padre avrebbe pagato per saperlo fare.

Carmen aveva imparato un mucchio di altre cose. Come prendere dieci chili rimpinzandosi di cibo e cioccolata nella caffetteria, di notte, quando si sentiva sola. Come essere invisibile ai ragazzi. Come non svegliarsi e perdere il corso di psicologia delle nove di mattina. Come indossare la felpa tutti i giorni per non sentirsi osservata. Come evitare le persone che si amano di più al mondo. Come rendersi trasparente praticamente a tutti, compresa se stessa.

Era stata una fortuna conoscere Julia. Carmen era molto fortunata e lo sapeva. Perché Julia era una delle persone più popolari del campus. Così loro due si compensavano. Carmen aveva il sospetto che, senza Julia, al campus del Williams College lei avrebbe potuto addirittura scomparire.

A: Carmabelle@hsp.xx.com
Da: Beezy3@gomail.net
Oggetto: L'orso Carmen

Qui siamo agitate da disturbi carmici.
Lo so che sei in fase di ibernazione e io, più di tutte, capisco cosa vuol dire.
Ma è giugno, Carma. È il momento di uscire e di stare con le amiche che ti vogliono bene.

Abbiamo tentato di andare Da Gilda, ma senza di te non siamo riuscite.
Non potevamo.

Bee, la pungente.

Era tutto diverso, adesso che aveva il ragazzo.

Bridget pensava a questo percorrendo Edgemere Street, da casa di Lena a casa sua. Aveva iniziato questa riflessione un attimo prima, quando un ragazzo che conosceva appena alle superiori si era sporto dall'automobile per urlarle: «Ciao, bellezza!» e le aveva lanciato un bacio.

Una volta avrebbe urlato qualcosa di rimando. Gli avrebbe forse restituito il bacio. O avrebbe alzato il dito medio, a seconda del suo umore. Ma per qualche ragione, adesso che aveva il ragazzo, tutto le appariva diverso.

Ci aveva messo quasi un anno ad abituarsi. Era piuttosto complicato, dal momento che si vedevano solo uno o due giorni al mese, perché lui studiava a New York e lei a Providence, Rhode Island. Il suo stato di ragazza impegnata era più che altro teorico. Per ogni tipo che le urlava dal finestrino dell'auto, per ogni tipo che la radiografava mentre andava alla segreteria delle matricole di psicologia, le veniva da pensare: *Quello non si rende conto che ho il ragazzo.*

Non appena vedeva il volto di Eric, quando lui appariva sulla porta del dormitorio o si incontravano a New York, tutto le ritornava in mente. Il modo in cui la baciava. Il modo in cui indossava i pantaloni. Il fatto che era rimasto alzato tutta la notte per aiutarla a preparare il parziale di spagnolo.

Ma dopo che Eric le aveva detto del Messico, tutto era tornato allo stato teorico. Lui aveva ottenuto un lavoro come vicedirettore nel campo di Baja, dove erano già stati assieme.

«Parto appena finiti i corsi» le aveva detto al telefono in aprile.

Non un dubbio nelle sue parole, non una domanda o un'esitazione. Non c'era nulla per lei.

Aveva serrato con forza la mano attorno alla cornetta del telefono perché non voleva tradire il caos che le ribolliva dentro. Non era brava con le separazioni. "Quando torni?" gli aveva chiesto.

"A fine settembre. Andrò a stare per un mese dai miei nonni a

Mulegé. Mia nonna ha già iniziato a cucinare." L'aveva detto con una risata argentina. Si comportava come se lei dovesse sentirsi soddisfatta perché così si sentiva lui. Non capiva in quali tenebre l'aveva sprofondata.

Ci sono volte in cui, dopo aver attaccato il telefono, si sente male al cuore. Si sente che fa male in quel momento e che lo farà anche dopo. La conversazione non è per niente piacevole, eppure non si ha per niente voglia che finisca. Bridget avrebbe voluto scagliare il telefono contro il muro, e magari anche se stessa.

Aveva creduto che avrebbero pianificato insieme la loro estate. Pensava che avere un ragazzo significasse progettare di comune accordo il proprio futuro. Eric aveva deciso di partire perché era troppo sicuro di lei oppure perché lei gli era indifferente?

Andò a fare una passeggiata e si mise a riflettere. Non erano mica sposati o qualcosa del genere. Non doveva rimanerci male. Sapeva che non c'era niente di personale. Un incarico di vicedirettore a Baja era un lavoro inaspettato e ben retribuito, e per giunta avvicinava Eric alla sua famiglia.

Non ci rimase male, in effetti, ma nei giorni seguenti fu presa dalla smania di agire. Non intendeva crogiolarsi nella nostalgia. Se non fosse stata presa alla sprovvista, in quella disposizione d'animo, probabilmente non avrebbe accettato così in fretta di andare in Turchia per gli scavi. Eric non poteva pretendere che si mettesse seduta ad aspettarlo. Non era proprio possibile. Poteva considerarsi impegnata se il suo ragazzo programmava di andarsene da maggio a settembre? Per quanto sarebbero potuti durare come coppia? Bee non era per niente un tipo teorico.

Fu dopo la conversazione sul Messico che cominciò a porsi tali domande. Da quel momento, di fronte a ogni tipo che incrociava andando ai corsi, le pareva di avvertire una strana sensazione. Come se il suo stato di ragazza con il ragazzo non rispondesse più ai suoi desideri, ma fosse qualcosa di imposto.

Tibby diede un'occhiata all'ora sul registratore di cassa. Ancora quattro minuti alla fine del turno e almeno dodici persone in fila.

Passò allo scanner un pacco di sei film per una preadolescente con l'ombretto argentato brillante e un collare che sembrava strozzarla. Aveva gli occhi sporgenti o era solo una sua impressione?

«Li vuoi tutti?» chiese Tibby con tono assente. Era venerdì.

E dovevano essere riportati entro lunedì. La ragazzina masticava una gomma al fastidioso profumo di cocomero. Quando deglutì, Tibby pensò ai pellicani utilizzati dai pescatori e ai collari stretti intorno ai loro colli, per far sì che non possano ingoiare i pesci.

«Faccio un pigiama-party. Saremo in sette. Cioè, se Callie viene. Se non può venire, forse non dovrei prendere quel film, le altre lo detestano.»

Noi eravamo così? si chiese Tibby, mentre la mocciosa continuava a descrivere i gusti cinematografici delle sue amichette. Ora mancavano due minuti alla fine del turno. Tibby si maledì per aver iniziato quella conversazione. Dimenticava sempre la regola fondamentale della domanda-risposta. Le persone avevano la tendenza a rispondere.

C'erano ancora undici persone da servire prima che potesse chiudere la cassa e non accettare più soldi. «Questa cassa chiude!» gridò a chi stava prendendo il numero dodici, per non fargli perdere tempo inutilmente.

L'ultimo fu un giovanotto con il pizzetto, che portava una giacca a vento sulla divisa da portiere. Quando un lembo svolazzò,

Tibby riuscì a vedere che il suo nome era Carl. Avrebbe voluto dirgli che quel film era perfetto tranne il finale disgustoso e il seguito che era un insulto all'intelligenza, ma si limitò a pensarlo e non disse nulla. D'ora in poi questa sarebbe stata la sua regola. Però doveva ammettere che le piaceva di più parlare che ascoltare.

Chiuse la cassa, salutò e si avviò per la Broadway, girò in Bleeker Street e arrivò all'ingresso del suo dormitorio. Il brutto di quel lavoro era la paga, poco più del salario minimo. Il bello era che distava appena tre isolati.

L'ingresso del dormitorio era silenzioso e vuoto, a parte il sorvegliante al bancone. Essendo estate, tutto era diverso. Non c'erano studenti che chiacchieravano, non c'era la sinfonia di cellulari che squillavano. La grande lavagna della bacheca, di solito carica di avvisi, era stata ripulita fino al fondo di sughero.

Durante l'anno accademico, ogni corsa in ascensore era un impegno sociale. Tutto quel tempo a fissarsi negli occhi, a fare apprezzamenti ed esprimere giudizi. Stipata in quello stretto spazio, lei sentiva la necessità di essere qualcosa per ciascun passeggero, anche per quelli di cui ignorava il nome. Ora, nell'ascensore vuoto, le pareva di potersi confondere fra le venature di finto legno.

Quella sera le stanze sarebbero rimaste deserte. I corsi estivi non iniziavano prima del 4 luglio. E anche allora ci sarebbero stati soltanto studenti di passaggio, non i suoi amici e non il tipo di gente di cui ti preoccupi in ascensore. A metà agosto se ne sarebbero andati tutti.

Strana cosa l'università. Ti sentivi come se dovessi trovare lì la tua vita. A ogni persona che incontravi ti chiedevi: *Significherà qualcosa per me? Le nostre vite si intrecceranno?* Finora si era fatta pochi amici, fra le persone del suo piano e fra quelle del corso di cinema, e sapeva che quasi tutti quelli che incrociava non avrebbero contato niente. Come le ragazze della squadra di nuoto che si pitturavano di rosso la faccia per dimostrare spirito di gruppo o quel tipo con il ciuffo spettinato che indossava la maglietta di Warhammer.

Eppure, ripeté meccanicamente quella voce che aveva cominciato a credere venisse da una Meta-Tibby (il suo vero Io, paziente e comprensivo), chi l'avrebbe detto, quel primo giorno al 7-Eleven, che Brian sarebbe diventato tanto importante?

Nei quattro anni passati da quando lo aveva incontrato per la prima volta, molte cose erano cambiate. Anche se Brian sosteneva di essersi innamorato di lei fin dal primo istante, lei in un primo momento aveva pensato che lui fosse un imbranato totale. Si era sbagliata. Si sbagliava spesso. Ora sentiva una fitta al cuore al solo pensiero di averlo vicino. Erano passati nove mesi da quando erano... da quando erano cosa? Odiava quel termine: stare insieme. Nove mesi da quando, dopo l'ora di chiusura della piscina pubblica, si erano messi a nuotare con indosso solo gli indumenti intimi e si erano baciati a lungo e si erano tenuti stretti, finché le dita delle mani e dei piedi erano diventate come prugne vizze e le labbra avevano assunto un colorito bluastro.

Però non avevano fatto sesso. Non fino in fondo, nonostante le richieste di Brian. Ma dopo quella notte di agosto si era sentita come se il suo corpo appartenesse a Brian e il corpo di Brian a lei. Da allora, dopo quella notte in piscina, il loro modo di volersi bene era cambiato. Prima, ciascuno di loro occupava il proprio spazio. Dopo quella notte, avevano cominciato a occupare lo stesso spazio insieme. Prima di quella notte, se lui le sfiorava la caviglia con la sua sotto il tavolo dove mangiavano, lei arrossiva, si tormentava e sudava nella camicetta. Dopo quella notte avevano sempre qualche parte in contatto. Leggevano insieme sul letto, sdraiati l'una sull'altro, concentrati sui rispettivi libri. Insomma, abbastanza concentrati.

Quella sera il dormitorio sarebbe stato vuoto. Tibby sentiva un po' la mancanza di Bernie, che dalle nove alle dieci si esercitava nel canto lirico. E di Deirdre, che si metteva ai fornelli nella cucina comune del loro piano. Allo stesso tempo era rilassante stare sola. Poteva scrivere e-mail alle sue amiche e depilarsi le ascelle e le gambe prima dell'arrivo di Brian, previsto per l'indomani. Magari avrebbe ordinato Thai al locale all'angolo. Sarebbe andata a prenderlo di persona, così non avrebbe dovuto pagare la mancia per la consegna. Odiava essere taccagna, ma non poteva permettersi di sborsare altri cinque dollari.

Infilò la chiave nella serratura. Era una serratura difettosa, tanto che aveva quasi il sospetto che potesse essere aperta da qualunque chiave del dormitorio. Forse del mondo. Era una piccola serratura irritante.

Spalancò la porta e ancora una volta trovò la sua stanza singola accogliente e familiare. Cosa importava se misurava 2 metri per 3? E se non sembrava una vera camera ma piuttosto un guardaroba? Era sua. E non era come a casa, le cose restavano dove lei le aveva lasciate.

Dapprima posò lo sguardo sulla luce intermittente del pulsante del computer. Poi sulla luce verde del caricabatteria della sua videocamera. Infine le cadde sul luccichio delle pupille di un diciannovenne possente, con i capelli castani, seduto sul suo letto.

Fece un balzo. Stomaco, gambe, costole, cervello. Il cuore le martellava.

«Brian!»

«Ciao» disse lui sottovoce. Per non farla spaventare.

Tibby lasciò cadere la borsa e andò da lui e subito fu avvolta dalle sue braccia.

«Credevo che saresti arrivato domani.»

«Non potevo resistere cinque giorni» le disse, la faccia premuta contro il suo orecchio.

Era bello sentirsi circondata da lui. Amava quella sensazione. Non ci avrebbe mai fatto l'abitudine. Era troppo bella. Immeritatamente bella. Non poteva scacciare l'idea che tutto ha un prezzo. Che paghi per ciò che ottieni. In termini di felicità, questo le dava sempre l'impressione di fare spese folli.

Quasi tutti i ragazzi dicevano che avrebbero telefonato sabato e invece telefonavano il sabato dopo, o non telefonavano affatto. Quasi tutti dicevano che sarebbero stati lì alle otto, e invece si facevano vedere alle nove e un quarto. Ti facevano sentire a disagio, piena di bisogni e desideri insoddisfatti, e irritata con te stessa per ogni istante in cui ti sentivi così. Brian era diverso. Brian prometteva di arrivare sabato e invece arrivava venerdì.

«Ora sono felice» disse, stretto a lei.

Lei guardò il suo volto, il braccio virile. Era molto bello eppure non si metteva in mostra. Non era l'aspetto di Brian ad averla fatta innamorare, ma che male c'era a notarlo?

La spinse sul letto. Lei si sfilò le scarpe da ginnastica con le dita dei piedi. Lui le sollevò la camicetta e appoggiò la testa sulla pancia nuda, abbracciandole i fianchi e tenendo le ginocchia piegate contro la parete. Se la stanza era piccola per lei, figurarsi se riusciva a contenere anche Brian, disteso. Lui non poté fare a meno di scalciare qualche volta contro il muro. Quella sera Tibby era contenta di non doversi sentire in colpa nei confronti della ragazza della stanza 11C.

Era una specie di miracolo, ecco. Nella loro stanza. Nessun bisogno di nascondersi, raccontare bugie, cercare di farla franca. Nessun genitore a cui rendere conto dell'ora. Nessun coprifuoco da rispettare.

Il tempo si dilatava. Potevano cenare con quello che volevano, con quello che potevano permettersi. Tibby ripensò a quella sera in cui avevano cenato con due barrette di Snickers e gelato.

Poi avrebbero dormito insieme, la mano di lui sul suo seno o nell'avallamento dei suoi fianchi, e si sarebbero svegliati alla luce del sole che filtrava dalla finestra esposta a est. Era così bello. Troppo bello. Poteva permetterselo?

«Ti amo» mormorò lui, le mani che si allungavano sotto la camicetta. Non si fermò ad aspettare, non lasciò correre quell'attimo sospeso per darle la possibilità di rispondergli nello stesso modo. Le mani erano già sotto le sue spalle e si lasciò andare su di lei per un vero bacio. Non aveva bisogno che gli rispondesse.

Lei aveva una sua idea, una sorta di credo mai dimostrato, che ci si ama in una sorta di danza allo specchio. Il tuo amore è l'esatta risposta a quanto amore ti danno gli altri.

Brian non era così. Dava il suo amore apertamente, senza chiedere alcuna ricompensa. Questo la spaventava un po', ma la faceva sentire anche distante, come se lui parlasse cinese o andasse a canestro per una schiacciata.

Infilò la mano sotto la maglietta di Brian, ne sentì la schiena calda, la spina dorsale. «Ti amo» gli disse. Lui non aveva chiesto quelle parole, ma lei gliele offrì.

... E CRESCENDO
DIMENTICANO
QUELLO CHE ERANO.

— E. E. CUMMINGS

Ci sono così tante cose che diamo per scontate. Così tante di cui ci accorgiamo solo quando non ci sono più. Nel caso di Carmen si trattava della sua identità.

Un tempo ne aveva una, pensò, mentre metteva via l'ultimo elemento della scenografia nel teatro buio e deserto.

Era stata la figlia unica di una ragazza madre. Era stata il membro di un quartetto notoriamente inseparabile. Era stata un'eccellente studentessa di matematica, un'esperta di moda, una brava ballerina, una *freak* moderata, una pigrona. L'inquilina dell'appartamento 4F. Ora queste cose erano svanite, o al momento non erano rintracciabili. Non aveva trovato quasi nulla per sostituirle. Nulla eccetto Julia, probabilmente. Era fortunata ad avere Julia.

Di solito si cresce in una casa e in una famiglia, e poi si va all'università. Si lasciano la casa e la famiglia, che restano, per così dire, in nostra attesa. Si lascia un buco, pressappoco della nostra dimensione e forma. E si deve tornare a casa per riempirlo, una volta ogni tanto.

Forse era soltanto un'illusione. Niente rimane uguale. Non si può pretendere che tutta la famiglia resti lì seduta ad aspettare per riprendere la discussione interrotta. Ci vuole una bella dose di narcisismo infantile per credere una cosa del genere, e perfino Carmen, ormai, lo aveva esaurito (be', quasi esaurito). Ma se anche era solo un'illusione, che importava? Certe volte le illusioni possono essere di grande aiuto.

L'importante è che la casa resti ferma al suo posto. Così, quando ci si muove, si misura la propria posizione nel mondo in rapporto alla propria casa. Chi si trova in Cina può pensare a quanto è lontano da casa; chi sta per svoltare l'angolo ed entrare nella propria via a quanto è ormai vicino.

Come la madre di Carmen amava puntualizzare, gli adolescenti non sono tanto diversi dai bambini piccoli. A tutti piace lasciare la mamma, fin tanto che la mamma resta dov'è.

Be', la madre di Carmen si era mossa. Era un obiettivo in movimento. Casa era un tempo passato, non era più uno spazio. Carmen non poteva farvi ritorno.

Ecco perché andarsene per lei era più difficile. E anche misurare la propria posizione nel mondo diventava piuttosto complicato.

Per i primi sette mesi dell'anno accademico, niente le era sembrato familiare e reale. Eccetto forse il cibo. Si sentiva come se fosse uscita dal flusso del tempo. Vedeva il tempo diventare passato, senza avervi preso parte. Restava lì, in attesa, chiedendosi quando la sua vita sarebbe ripartita.

Prima aveva vissuto alla grande. Sul serio. Era ambiziosa. Bella. Una giovane donna vivace. Ora si sentiva un fantasma. Il cibo esangue e gommoso della caffetteria l'aveva resa esangue e gommosa. Aveva confuso i suoi lineamenti.

La percezione di se stessa dipendeva moltissimo dalle persone che aveva intorno. Le facce delle amiche e della madre erano come uno specchio per lei. Senza, non riusciva a vedersi, era persa. L'aveva capito la prima volta durante quella strana estate solitaria in South Carolina quando aveva conosciuto la nuova famiglia di suo padre. Lei e Win Sawyer, il tipo incontrato quell'estate, in autunno si erano ritrovati un paio di volte ma poi lei aveva lasciato sfumare l'occasione, di proposito. Carmen non si conosceva o non si piaceva abbastanza da sentirsi desiderata quando era con lui. Non aveva nulla da offrire.

Scoprì che non era brava a farsi nuovi amici. Tutto perché aveva avuto tre amiche, già pronte, praticamente lì in attesa della sua nascita. Non aveva dovuto far funzionare quel muscolo che si adopera per farsi delle amicizie. Dubitava perfino di possederlo, quel muscolo.

Il primo errore in quei sette mesi all'università fu credere che la compagna di stanza, Lissa Greco, sarebbe diventata sua amica all'istante e che questo rapporto sarebbe stato il trampolino di lancio per il suo ingresso in società. Ma Lissa, quasi subito, le aveva fatto capire come stavano le cose. Era arrivata al Williams College con le sue due migliori amiche delle superiori. Era capricciosa e negativa nei confronti di Carmen. Non cercava un'altra amica. Accusava Carmen di rubarle i vestiti.

All'inizio Carmen, disorientata dalla solitudine, desiderava disperatamente rivedere Tibby, Bee e Lena. Ma poi, con il passar del tempo, prese a evitarle con tattiche subdole. Non voleva ammettere con le amiche, o con se stessa, di non aver successo all'università come aveva sperato.

Una volta andò a Providence e vide Bee in tutto il suo splendore: le amiche della squadra di calcio, la mitica compagna di stanza, le amiche con cui pranzava, quelle con cui andava alle feste, quelle con cui studiava in biblioteca. Vide anche Lena in uno splendore diverso, tranquilla nella scuola d'arte, circondata dai suoi bellissimi disegni. Quando passò un fine settimana a New York con Tibby, erano in tre in stanza, con Brian, e Tibby vinse un premio del dipartimento per il suo primo cortometraggio.

Carmen non desiderava che le sue amiche venissero a trovarla e la vedessero lì, dove non aveva avuto alcun trionfo. Non voleva che la vedessero in quello stato.

Aveva incontrato Julia per la prima volta nel teatro del dipartimento, dove si era iscritta per un corso di sceneggiatura teatrale. Julia, scambiandola per una dello staff, le aveva chiesto: "Hai montato tu le scene?".

Carmen non poteva credere che si stesse rivolgendo a lei. "Io?" le aveva detto. Non sapeva di cosa stupirsi di più: del fatto che Julia l'avesse scambiata per una macchinista oppure del fatto che stesse parlando con lei.

Come sono caduta in basso, aveva pensato, desolata. Nessuno a scuola mi avrebbe scambiata per una che monta le scene. A scuola era stata una delle più corteggiate, specialmente alla fine delle superiori. Aveva esibito il suo ombelico sotto camicette striminzite. Aveva civettato senza ritegno. Si era messa il rossetto rosso per i test di ammissione.

"No, non sono una macchinista di scena" si era affrettata a dire, per cercare di recuperare un filo di dignità.

"Oh, dai. Tutti quanti siamo personale di scena" era stata la risposta di Julia. "Jeremy Rhodes dirigerà la produzione di *Anna dei miracoli* per la settimana degli studenti senior e siamo disperati."

Carmen aveva riconosciuto Julia perché l'aveva già vista nella caffetteria. Era una delle poche matricole di cui si parlava. Era bella e aveva un aspetto per certi versi teatrale, con la sua carnagione bianco pallido e i suoi lunghi capelli neri. Portava giacche *vintage* e lunghe gonne *bohémienne* e faceva parecchio rumore con i suoi braccialetti, le sue spille e le sue collane. Era piccola e minuta ma usava ampi gesti come le persone che sanno di essere osservate.

"Già, scusa" aveva detto Carmen.

"Se cambi idea, comunque, fammelo sapere. È un gruppo di persone davvero in gamba. Molto unite."

Carmen, dopo aver annuito, si era dileguata. Ma poi ci aveva ripensato sul serio. Le era tornato in mente con nostalgia che un tempo aveva delle cose da fare e persone "davvero in gamba" con cui farle.

Poche settimane dopo Julia l'aveva avvicinata ancora nella caffetteria. "Ciao, come va?"

Carmen, in imbarazzo perché stava mangiando da sola, era combattuta tra sentirsi infelice perché Julia la vedeva in quello stato o felice perché tutti gli altri la vedevano insieme a Julia. "Bene" aveva risposto.

"Sei andata al corso di scrittura?"

"No. Come procede il vostro allestimento?"

"Benissimo" aveva detto Julia, sfoderando un sorriso vincente. "Stiamo ancora cercando collaboratori."

"Davvero?"

"Sì. Dovresti ripensarci. Jeremy è proprio in gamba. Sono solo tre rappresentazioni e dopo la fine degli esami. Perché non vieni stasera? Abbiamo una prova alle sette. Tanto per renderti conto."

"Grazie" aveva detto Carmen provando un'assurda sensazione di gratitudine. Era grata a Julia perché l'aveva notata, perché si era ricordata di lei, perché le aveva parlato e perché l'aveva invitata a fare qualcosa. Julia sapeva che lei non aveva amici all'università? "Magari vengo."

Si sentiva tanto grata a Julia, che probabilmente avrebbe accettato anche l'invito a bere una velenosa Kool-Aid.

E così, una settimana dopo, Carmen si era ritrovata in cima a una scala con la cassetta degli attrezzi. Se i suoi amici l'avessero vista, quasi di sicuro non l'avrebbero riconosciuta. Nessuno dei suoi compagni dell'ultimo anno l'avrebbe riconosciuta. O per lo meno lei sperava che non l'avrebbero fatto. Lei non si riconosceva più. Chi era, in effetti? Chi?

Se l'avesse saputo, forse non sarebbe mai salita su quella scala, con la cassetta degli attrezzi. E oggi, dopo sei settimane, Carmen stava facendo ancora la stessa cosa, solo aveva perduto quella sensazione di assurdità. Sentiva di appartenere a quel posto più che a qualunque altro. Ci si abitua quasi a tutto.

E apprezzava il fatto di avere qualcosa da fare e un luogo in cui andare dopo cena, in alternativa alla sua stanza. Le faceva piacere che Julia fosse gentile con lei. La presentava ad altre persone. Si assicurava che, dopo le prove, se gli attori e i tecnici andavano a prendersi un cappuccino, ci andasse anche lei. A Carmen piaceva quando Julia faceva l'imitazione di Lissa, ridicolizzandola, per tirarla su quando aveva subito qualche cattiveria dalla compagna di stanza.

Nel gruppo teatrale, che comprendeva numerosi studenti degli altri anni, Carmen si sentiva come un'appendice di Julia, un'amica trascurabile e appiccicosa. Spesso doveva ricordare agli altri il proprio nome. Eppure era meglio essere di nuovo in circolazione come amica di Julia piuttosto che ingozzarsi di dolci nella propria stanza, come il signor nessuno.

Solo di tanto in tanto le dispiaceva per se stessa. Si sentiva come il principe ne *Il Principe e il Povero*, quando per errore viene scambiato per uno che non conta niente. *Sai chi sono?* pensava. *Sai almeno chi sono i miei amici?*

Ma se qualcuno avesse scoperto il suo bluff, lei cosa gli avrebbe detto? Forse avrebbe potuto rispondere alla seconda domanda, ma per la prima non aveva risposte.

Che cosa ci guadagni tu? chiese a Julia in silenzio, mentre per la terza volta le appuntava la gonna, ricevendo in cambio una stretta di ringraziamento. Era questo che Carmen non riusciva a capire. Quando Julia era andata da lei, in aprile, con la brochure del Village Summer Theater Festival che si teneva nel Vermont, Carmen aveva provato sorpresa e gratitudine.

"Ci saranno molte produzioni importanti e un mucchio di attori noti" le aveva spiegato Julia. "Vuoi farlo? Va da metà giugno alla seconda settimana di agosto. Non è facile riuscire a entrare, ma cercano sempre tecnici. Potrebbe essere una splendida esperienza."

Carmen era così felice di essere stata invitata che avrebbe detto di sì anche solo perché le era stato proposto. In seguito aveva dovuto chiedere ai suoi se erano d'accordo, per il pagamento.

"Carmen, da quando ti interessa il teatro?" aveva domandato suo padre, raggiunto dalla figlia al cellulare mentre tornava in macchina dall'ufficio.

"Da... non so... da adesso."

"Già, ho sempre pensato che tu fossi un po' teatrale."

"Grazie tanto, papà." Era il tipo di cosa che bisogna mandar giù quando si chiedono soldi.

"Lo dico in senso buono, Pasticcino. Veramente."

"Grazie" aveva ripetuto lei a denti stretti.

"Mi ricordo che alla recita delle elementari facevi la feroce carota dell'insalata."

"Ero il pomodoro. Comunque qui non recito."

"Allora cosa fai?"

"Delle cose dietro le quinte."

"Dietro le quinte?" Era sorpreso. Neanche gli avesse detto che intendeva mangiarsi le orecchie.

"Sì" aveva ribadito lei, sulla difensiva.

"Carmen, tesoro, in vita tua non hai mai fatto niente dietro le quinte."

Suo padre era proprio in buona.

"Magari è arrivato il momento."

A quel punto, suo padre aveva spento il motore. "Pasticcino, se è proprio quello che vuoi, allora sono disposto a pagare."

Quando suo padre reagiva male, era tutto più facile. Quando lui era in buona, a lei toccava riflettere.

Era proprio quello che desiderava? O lo faceva soltanto per sentirsi desiderata? Per via di Julia.

Quali erano le alternative per l'estate? Bee andava in Turchia, Tibby aveva i corsi a New York e Lena restava a Providence. Sua madre e David erano sul punto di lasciare l'appartamento – la sua casa – per sistemarsi in una villetta in periferia, in una strada di cui non aveva mai sentito nemmeno il nome.

"È proprio quello che voglio" aveva concluso.

Bridget era in bagno alla ricerca di uno spazzolino da denti nel disordine dell'armadietto, e solo allora si rese conto di quanto tempo era passato dalla sua ultima notte a casa.

Non era il risultato di una qualche strategia. Era dipeso da una cosa e poi da un'altra. Il Giorno del Ringraziamento era stata alzata fino a tardi a parlare a casa di Lena e alla fine era crollata sul divano. Per le vacanze di Natale era stata a New York, prima con Eric in periferia, poi con Tibby in centro. Per le vacanze di primavera era andata a trovare Greta in Alabama. E quella volta che era tornata a casa in febbraio, aveva viaggiato di notte, sia all'andata sia al ritorno.

E ora, poco prima di andare a fare scavi in un posto in capo al mondo, era finalmente atterrata a casa sua.

Nell'ingresso tenne lo sguardo fisso davanti a sé. Non voleva vedere quanto disperatamente il tappeto avesse bisogno dell'aspirapolvere. Non intendeva passare il poco tempo che aveva a disposizione ripulendo quella stupida casa.

In camera sua passò al setaccio la sacca da viaggio. Non aveva voglia di mettere sugli scaffali nemmeno una delle sue cose. Aveva una pila di biancheria da lavare ma non voleva farlo lì. Mantenne al minimo i punti di contatto: i piedi e il pezzetto di pavimento occupato dalla sacca. Per sedersi o sdraiarsi dovette estendere quel fastidioso contatto.

Le venne in mente il campeggio quando erano in terza media e la guardia forestale aveva insegnato loro la filosofia del campeggio a basso impatto ambientale. "Quando ripartite, l'ambiente deve essere intatto, come se non ci foste mai stati." Ecco il modo in cui viveva a casa sua. Una vita a basso impatto ambientale. Lei mangiava di più, beveva di più, respirava e dormiva di più a casa delle amiche che non a casa sua.

Bussò alla porta di Perry. Poi bussò ancora. Sapeva che era lì dentro. Alla fine la aprì con una spinta. Lui fissava lo schermo del computer. Aveva delle cuffie enormi, ecco perché non l'aveva sentita.

Perché mai suo padre e suo fratello erano tanto fissati con quelle dannate cuffie? Eppure la casa era silenziosa come una tomba.

«Ciao!» disse a pochi centimetri dall'orecchio del fratello. Lui sollevò gli occhi, disorientato. Si tolse le cuffie. Non era abituato a essere disturbato.

Stava giocando a un war game online, uno dei suoi videogiochi preferiti fin dall'inizio delle superiori. Non aveva voglia di chiacchierare. Voleva ritornare alla sua partita.

«Avete uno spazzolino da denti di scorta da qualche parte? Pensavo di aver messo in valigia il mio e invece non riesco a trovarlo.» In quella casa si sentiva sempre una rozza urlatrice.

«Cosa?»

«Uno spazzolino. Ce l'avete?»

Scosse la testa senza neanche pensarci. «Uhm, scusa» e tornò a fissare lo schermo.

Bridget fissò il fratello. Per qualche ragione pensò a Eric. E cominciò a fare una serie di valutazioni inoppugnabili. Sì, la sua era una famiglia alienata. Al meglio della loro forma erano degli eccentrici. E non erano felici; non erano uniti. Eppure si trovava nella stanza di Perry, era sua sorella, sua sorella gemella, per la miseria, anche se a malapena si incontravano una volta l'anno.

Spinse da parte una pila di riviste tecniche e si appoggiò alla scrivania del fratello. Voleva parlare con lui. Era da Natale che non avevano una vera conversazione. Se non fosse stato per il senso colpa, l'avrebbe volentieri torturato.

«Come va la scuola?»

Lui tastò qualcosa dietro lo schermo.

«Come è andato l'ultimo semestre? Hai fatto il corso di scienze naturali?»

Lui continuò a trafficare dietro lo schermo. La guardò una sola volta, speranzoso.

«Ehi, Perry?»

«Sì, scusa» disse. Lasciò in pace il computer. «In effetti mi sono preso un semestre di pausa.» Parlava al bracciolo della sedia.

«Cosa?»

«Non ho frequentato corsi questo semestre.»

«E perché no?»

Aveva lo sguardo vuoto. Non era abituato a dover rispondere a delle domande. Non era abituato a dover parlare della sua vita o delle sue scelte.

«Papà cosa ha detto?» gli domandò.

«Papà?»

«Sì.»

«Non ne abbiamo discusso.»

«Non ne avete discusso.» Si era messa a parlare un po' troppo in fretta e ad alta voce. Perry fece una smorfia, come se gli facessero male le orecchie.

«Lo sa?»

Lo sguardo di Perry era distante. A lei parve di parlare in un megafono invece che a lui direttamente.

Non le importava che lui non la guardasse. L'avrebbe guardato lei. Voleva vederlo con occhi obiettivi.

I capelli del fratello avevano sempre avuto un colore più scuro dei suoi e ora erano proprio castani. Forse il processo era stato accelerato dal fatto che se ne stava sempre chiuso in casa. Aveva sul labbro superiore un accenno di peluria ma per il resto sembrava appena entrato nella pubertà. Distolse lo sguardo, sentendosi un rimescolio nel petto.

Lui era così esile e lei così alta che era sorprendente pensare che fossero parenti, figuriamoci gemelli. Ma forse non era affatto sorprendente. Forse faceva parte della crudele dicotomia di chi nasce insieme. Ciò che ha uno, non ce l'ha l'altro. E Bridget era sempre stata forte. Non poteva fare a meno di immaginare loro due rannicchiati insieme, dentro la pancia della madre, intenti a succhiare tutto ciò che riuscivano a prendere.

Era il problema a "somma zero" dei gemelli. Se uno era brillante, l'altro era spento. Se uno era autoritario, l'altro era mite. Un'equazione fin troppo semplice.

Bridget sapeva che aveva sempre preso più della metà che le spettava. Ma cosa doveva fare, restare piccola per incoraggiare lui a diventare grande? Se lei avesse fatto un passo indietro, lui ne avrebbe fatto uno in avanti? Era colpa sua se era venuto fuori così?

«Credo che papà lo sappia» rispose Perry alla fine.

Lei si alzò in piedi. Si sentiva avvilita. Se non frequentava la scuola, cosa faceva Perry? Non aveva un lavoro. Aveva degli amici? Usciva mai da quella stanza?

«Ci vediamo più tardi» gli disse, asciutta.

«Potresti chiederlo a lui» disse lui.

Lei si voltò. «Chiedere a chi?»

«A papà.»

«Che cosa?»

«Lo spazzolino.»

RIEMPI CIÒ CHE È VUOTO,
SVUOTA CIÒ CHE È PIENO,
E GRATTA DOVE SENTI
PRUDERE.

– TALLULAH BANKHEAD

Era difficile che Lena si sentisse sola. Per essere felice le bastava sapere di avere delle amiche. Non era necessario parlarsi o vedersi tutto il tempo. Così le succedeva anche con il resto: finché aveva un'aspirina nell'armadietto, non aveva bisogno di prenderne. Se il bagno era disponibile, poteva aspettare fino all'ultimo momento. Fin tanto che aveva a disposizione le risorse basilari, i suoi bisogni erano ridotti al minimo.

Pensava a tutto questo il primo giorno del corso estivo di pittura. Il professore era nuovo, il tutor era nuovo. Non conosceva gli altri studenti. Usava un nuovo tipo di pennello. Eppure era quasi certa che queste cose le sarebbero piaciute, una volta che ci si fosse abituata.

Nel frattempo, Tibby e Carmen erano all'altro capo del cellulare. Presto le sarebbero arrivati i Pantaloni Viaggianti. Annik, la sua vecchia insegnante, era disponibile per le crisi artistiche, perfino quelle minime. E il suo vecchio pennello era lì pronto all'uso, in caso di necessità. Queste erano le cose che le infondevano coraggio.

Ma poteva considerarsi coraggio starsene tanto sulla difensiva?

«Laggiù. C'è un posto» sentì che Robert, il professore, si rivolgeva all'ultima persona entrata. Ciò che Lena si augurava di ricevere dagli altri studenti non era amicizia o compassione. Sperava che non le si avvicinassero troppo e non le riducessero la visuale. Quando l'ombra si avvicinò, Lena s'irrigidì, ma poi si rilassò non appena lui/lei scivolò alle sue spalle e andò dall'altra parte dell'aula. Una potenziale minaccia evitata. Non ebbe bisogno di staccare gli occhi dalla modella.

Nel momento in cui la campanella suonò e la modella abbandonò la posa, Lena finalmente levò lo sguardo. E notò una capigliatura castano scuro spuntare dalla tela dove si era diretta l'ultima persona arrivata, capelli mossi e non molto curati. Doveva essere alto, probabilmente maschio. Abbassò subito lo sguardo. Quella capigliatura castana le era familiare. Provò a pensarci. Uscendo in corridoio, tenne lo sguardo rivolto in basso.

Da anni ormai Lena aveva preso l'abitudine di evitare i contatti visivi. Era un triste compromesso, in un certo senso, perché a lei piaceva guardare i volti delle persone. Dopo tutto voleva essere un'artista. Possedeva occhi buoni e attenti e le piaceva usarli. Il guaio era che di solito le persone che guardava, chiunque fossero, ricambiavano lo sguardo. E per quanto le piacesse guardare, non le piaceva affatto essere guardata. Sul piano teorico, lei era progettata per essere invisibile. Ma di fatto sapeva di non esserlo. Aveva sempre colpito. Aveva sempre attirato l'attenzione.

Questo era uno dei motivi per cui amava disegnare e dipingere con i modelli. Era l'unico momento della sua vita in cui poteva guardare, guardare e guardare, senza che nessuno guardasse lei.

Ritornò in aula al suo cavalletto, dopo i cinque minuti di intervallo che l'avevano ricaricata per i successivi venticinque minuti di concentrazione. L'ultimo arrivato stava ancora lavorando. Lena era incuriosita. Vide una mano e una tavolozza. Era una mano maschile.

Nei primi cinque minuti di posa, pensò ai capelli e alla mano dall'altra parte dell'aula e non pensò al disegno che stava facendo. Strano. Certo, forse evitava il contatto visivo ma, a quanto pareva, abboccava al mistero come chiunque altro.

Nell'intervallo successivo attese che la faccia emergesse da dietro la tela. Aspettava che lui guardasse nella sua direzione. Allora tutto sarebbe rientrato nella normalità. Lui l'avrebbe guardata per qualche secondo di troppo e lei avrebbe potuto non pensarci più.

Lo conosceva? Aveva la sensazione di conoscerlo.

Un altro intervallo passò e lui non spuntò neppure un attimo da dietro la tela. Com'era frustrante. Lei si sporse per dargli un'occhiata. Le venne da ridere perché in quel tentativo si stirò il collo. Ridere le fece aspirare l'olio di lino e i colori e le diede una sensazione di felicità viscerale, provocata dai profumi.

Il desiderio era decisamente la cosa più sciocca di tutte. Vuoi ciò che vuoi finché non è tuo. Poi non lo vuoi più. Dai per scontato quello che hai finché ti rendi conto che non è più tuo. A Lena questo sembrava uno dei più crudeli paradossi della natura umana.

Si ricordò di un paio di scarpe marroni con la zeppa. Le aveva viste ai grandi magazzini Bloomingdale's ma era passata oltre perché costavano più di duecento dollari. Ce ne saranno un sacco di paia, aveva pensato. Di sicuro anche della misura dei suoi piedi gargantueschi. Poteva sempre tornare.

Ma due giorni dopo, quando era tornata, erano già state vendute tutte. La commessa le aveva detto: "Oh, sono andate via subito. Questo tipo di scarpe con la zeppa è molto richiesto. No, non faremo un altro rifornimento".

A quel punto per Lena erano diventate un'ossessione. Non per il fatto che altre persone volevano quelle scarpe. Ma per il fatto che lei non avesse potuto averle. No, neanche questo era completamente vero. In parte c'entrava anche il fatto che fossero sul serio delle scarpe deliziose. Si mise alla loro ricerca su internet, cercò il fabbricante, guardò su eBay. Era disposta a offrire trecento dollari per quelle scarpe da duecento dollari, eppure

non riuscì a trovarle. Ne aveva parlato, tutta infervorata, anche con le amiche. "Le scarpe scomparse" le aveva definite Carmen, per prenderla un po' in giro.

Ma in che modo il desiderio, così irrimediabilmente volubile, c'entra con l'amore? Non erano la stessa cosa. (Lei sperava che non lo fossero.) Erano diversi. Eppure erano in relazione. Ma, si chiese, come parenti stretti o soltanto acquisiti?

E Kostos? Senza dubbio c'entrava il desiderio. E poi? Avrebbe continuato ad amarlo se lui avesse continuato a essere disponibile? Sì. La risposta giunse prima della fine del ragionamento. Sì. C'era stato un momento in cui lui amava lei, lei amava lui, ed entrambi pensavano di poter stare insieme. Ed era stato proprio quel momento a rovinarle tutte le altre volte.

Avrebbe mai lasciato Kostos se lui non l'avesse mollata così bruscamente? Se avesse avuto la possibilità, nel corso dei mesi e degli anni, di scoprire che russava o che aveva la schiena cosparsa di punti neri o che gli crescevano le unghie incarnite e gli puzzavano i piedi?

Si bloccò. Aspetta un momento. Obiezione. Era necessario riformulare la domanda. Avrebbe potuto dimenticarlo più facilmente se lui non l'avesse lasciata a quel modo? Ora aveva superato quella storia. Sì, ci pensava ancora, ma non con la stessa intensità. No, non era ancora stata con un altro, ma...

Per il resto della lezione Lena si sorprese a guardare ripetutamente la mano destra sulla tela, dall'altra parte della stanza, e la massa di capelli sopra la tela. Si accorse che era mancino: Kostos era mancino.

Lui non smise di lavorare negli intervalli. Così lei non riuscì a dargli neppure un'occhiata.

L'ultima posa della modella terminò e Lena molto lentamente mise via le proprie cose. Si trattenne per un po' facendo finta di pensare (in effetti pensava, no?). Alla fine uscì in corridoio.

E per dirla tutta, Lena (quella a cui non interessava) girellò per un quarto d'ora nel corridoio finché lui non uscì dalla classe e poté finalmente vederlo.

Lo conosceva. No, non lo conosceva. Ma aveva sentito parlare di lui. Non era del suo anno. Forse era uno o due anni più avanti. Di sicuro l'aveva già visto.

Non era un tipo che si poteva dimenticare, dato l'aspetto. Era alto, con una massa di capelli disordinati, la pelle scura e dorata e una spruzzata di simpatiche lentiggini.

Si chiamava Leo e lei lo conosceva perché aveva una certa fama. E non perché era un giocatore, ma perché sapeva dipingere. E questo, sopra ogni cosa, per una certa Lena Kaligaris, vergine greca, aveva una certa importanza.

Nella sua piccola cerchia di amicizie e conoscenze universitarie, tutti quanti erano patiti dell'arte, e non si faceva che discutere con fervore di chi riusciva e non riusciva, sapeva o non sapeva. Dipingere, ecco di cosa si trattava. E questo giovane uomo mancino dai bei capelli era fra i pochi tipi praticamente leggendari, che riuscivano e sapevano. O, almeno, uno dei pochi su cui quasi tutti concordavano.

Lo guardò con un pizzicore imprevisto allo stomaco, e aspettò che lui la notasse. Quante volte aveva desiderato che accadesse una cosa del genere? Non tante. Quello che davvero desiderava, si disse, era che lui la guardasse in un certo modo. Non le importava che avesse una ragazza fissa, o che non fosse per nulla attirato dalle ragazze. Voleva che lui le rivolgesse quello sguardo, il sottile apprezzamento che l'avrebbe strappato al suo mistero, trasformandolo in una persona normale. (Ma lo voleva davvero?) Il solito sguardo che avrebbe sancito il suo speciale potere, quel potere che lei possedeva da sempre e di rado cercava.

Queste erano le cose che la facevano sentire libera. Le cose che le infondevano coraggio.

Ma lui non le rivolse quel genere di sguardo. Non la guardò affatto. Con gli occhi fissi davanti a sé continuò a camminare, e a Lena, per la seconda volta quel pomeriggio, tornarono in mente le scarpe marroni con la zeppa.

«Sono riuscito a entrare.»

Brian fece scivolare la notizia fra le polpettine di maiale e i biscotti della fortuna.

«Cosa?» gli chiese Tibby. Non era sicura di aver capito bene.

«Mi hanno preso.»

«Ce l'hai fatta?»

Lui le rivolse uno sguardo imbarazzato. Spezzò il suo biscottino in quattro pezzi, poi in otto e infine lo ridusse in minuscoli frammenti.

«Ma è fantastico. Sapevo che ce l'avresti fatta. Impossibile pensare il contrario!»

Dal momento in cui Brian aveva accarezzato l'idea di trasferirsi all'università di New York da quella del Maryland, non aveva sbagliato una mossa.

"Voglio dormire al tuo fianco tutte le notti" le aveva detto in dicembre. "Ecco tutto quello che voglio."

Lei era certa che sarebbe riuscito a iscriversi. Sapeva che ce l'avrebbe fatta. Lui era così.

«Cosa dice?» le domandò indicando il foglietto della fortuna che lei teneva in mano.

«Non dare troppo peso alle idee» lesse. Si mise a sgranocchiare il biscottino. «I miei numeri fortunati sono il 4 e il 237. E il tuo cosa dice?»

«Tu sei sexy.»

«Ma no! Non dice così. Fammi vedere!»

Con un sorriso ammiccante le passò il bigliettino.

Diceva proprio così. Che indiscreto. «E per i soldi?» gli domandò, gettando il bigliettino fra gli avanzi della salsa.

«Già.»

«Problemi?» Sentì le fettuccine di sesamo intasarle l'esofago.

«Ne ho ottenuti seimila.»

«Oh» deglutì. «Dollari?»

«Dollari.»

Cercò di riflettere. Il cameriere lasciò il conto sul tavolo senza fermarsi.

«Su ventiduemila.»

«Oh.»

«Vitto e alloggio esclusi.»

«Oh.» Agitò le bacchette di legno. «Perché non di più?»

«Il mio patrigno ha più soldi di quanto potresti credere.»

«Ma non ti dà neanche un dollaro» esplose Tibby. Nel suo mondo i genitori pagavano l'università e se non potevano coprire tutte le spese, ti aiutavano a chiedere un prestito per pagare la differenza.

Brian non sembrava per niente amareggiato. Non sembrava nemmeno contrariato. Brian non sperava in quello che Tibby riteneva un diritto. «Lo so. Ma le cose vanno in questo modo.»

«Non è giusto che facciano il calcolo sul denaro del tuo patrigno a tuo svantaggio. Non puoi spiegare che lui non ti pagherà *niente*?»

Brian scrollò le spalle.

«Sto risparmiando.»

«A quanto sei arrivato?»

«Centosettantanove.» Prese il conto.

Lei glielo strappò di mano. «Faccio io.»

«No. Voglio pagare io.»

«Tu stai risparmiando.»

«Lo so. Ma posso risparmiare e anche pagarti la cena.»

«E prendere il pullman fin qui quasi ogni fine settimana e comprarmi i CD?» Ma non voleva sembrare arrabbiata con lui.

Lui estrasse il portafoglio. Lei vide spuntare il profilattico che aveva messo lì tre o quattro mesi prima. "Così siamo pronti, quando saremo pronti" le aveva detto la prima volta che lei se ne era accorta. Lui pescò una banconota da venti, talmente spiegazzata e sbiadita da sembrare l'ultima banconota da venti dollari rimasta in circolazione.

«Dai, lascia fare a me.» Anche lei prese il portafoglio.

«La prossima volta» disse lui alzandosi e lasciandola lì con il suo inutile portafoglio stretto in mano.

Diceva sempre così. La circondò con le braccia non appena furono fuori dal locale, sul marciapiede. Era incredibile che potessero camminare così allacciati.

Nella corsa in ascensore sfruttarono il fatto di essere soli. Non appena furono dentro la stanza, Brian andò alla sua sacca e aprì la cerniera. «Per festeggiare» disse tirando fuori una bottiglia di vino.

«Dove l'hai presa?» gli domandò. Brian non era il tipo da documenti falsi.

Cercò di fare il misterioso.

«L'ho trovata in un posto.»

«Per esempio a casa tua?»

Rise. «Era abbandonata lì. È vecchia.»

La prese in mano per guardarla. Era vino rosso del 1997. «Molto divertente.»

«Aspetta.» Scomparve nel corridoio e ritornò con un cavatappi e due bicchieri di plastica presi dalla cucina comune. Non sapeva come usare il cavatappi e neanche lei. Fra le risate, finirono per spingere il tappo dentro la bottiglia. Lui versò il vino nei due bicchieri e mise su il CD di Beethoven, il Concerto n. 5 per pianoforte e orchestra, perché sapeva che a lei piaceva molto.

«Il volume è alto» gli disse.

«Non c'è nessuno» rispose lui.

«Oh, già.»

Sedettero a gambe incrociate sul pavimento, uno di fronte all'altra. Quando toccarono i bicchieri, la morbida plastica si flettè, senza alcun rumore.

«A noi due» gli disse, e sapeva di averlo reso felice perché arrossì. Tutto d'un tratto si sentì intimidita. Voleva dire qualcosa di spiritoso ma non le venne nulla. Bevve una lunga sorsata di vino.

«È buono?» le domandò, tirandola per i piedi per avvicinarla a sé.

«Non so. Per te?»

Lui bevve un altro sorso. «Sa di vecchio.»

«A me piace» disse. Ogni cosa le piaceva in quel momento, e il vino era tra queste.

«Prendine un altro po'.»

«Anche tu.»

Si voltò e rimase con la schiena poggiata a lui, il vino nelle vene e la musica nelle orecchie. Meditò sulle persone che vivono tutta la vita senza provare una tale felicità. Questo pensiero fu l'unica nota di infelicità nella sua felicità.

Lui seguì i violini fischiettando per qualche battuta. «Non c'è mai stata una notte più bella, credo» disse in un tono tranquillo, facendo gli stessi pensieri di lei, come spesso capitava.

«A parte forse la notte in piscina» gli disse.

«Giusto» rifletté. «Ma allora non sapevo niente di te. Credevo di saperlo, ma ora so che non era vero. Riesci a immaginare come ci sentiremo fra un anno o due?»

Brian non aveva paura di pensare al futuro. Era sicuro che lei ci sarebbe stata, in quel futuro. Parlava di loro due a trent'anni con la stessa facilità di loro due a venti. Parlava di bambini e di quale dei loro figli avrebbe avuto il secondo dito del piede lungo quanto quello di Tibby. Erano cose che voleva, e non aveva paura di parlarne. Gli piaceva raccontarle i suoi sogni, dirle che sognava sempre al plurale. "In che senso al plurale?" gli aveva domandato Tibby la prima volta, alla fine di un lungo e complesso racconto. Brian l'aveva guardata stupito, come se lo stesse prendendo in giro senza un motivo. "Tu e io."

Non poteva continuare così per sempre, decise Tibby. Non poteva e basta. C'era una legge della fisica che lo proibiva. Sul serio, doveva esserci qualche legge. Conservazione della gioia. Nulla poteva essere aggiunto al totale di gioia nell'universo senza che qualcosa venisse detratto. Stavano prendendo molto più di ciò che spettava loro.

Lui le versò altro vino. Lei capì in modo confuso che si stava ubriacando. Lo sentiva nella testa e nel corpo.

La bottiglia e i bicchieri di plastica erano stati in qualche modo spinti via e ora loro due si baciavano sul pavimento di linoleum.

Cominciò il secondo movimento del concerto, troppo bello per qualsiasi cosa. «Che ne dici del letto?» suggerì lei in un sussurro.

Di solito era Tibby la prima a stare in guardia in situazioni simili. Aveva deciso che non dovevano ancora fare l'amore. Erano entrambi alla prima esperienza. Lui era più che disponibile, ma lei non era ancora sicura. E per quanto lui lo volesse, non la forzava; era un bravo ragazzo.

Ora che era avvinghiata a lui, sembrava che i suoi fianchi sapessero cosa fare senza neanche disturbare il cervello. Non aveva più la maglietta e non se ne era neanche accorta. Qualche attimo prima Brian era riuscito a sganciarle la chiusura del reggiseno.

Tibby armeggiò per liberarlo della camicia.

Non c'era nulla di più bello che sentire su di sé la sua pelle nuda e la sottile peluria del suo torace.

Ma se lui fa così, si domandò confusa, e anche io, chi si preoccuperà di mantenere il controllo?

Stavano andando oltre, facendo le cose di sempre, ma più in fretta, più intensamente. Il suo corpo non le rispondeva. Voleva essere più vicino a lui. Lo voleva dentro di sé.

Pensò di fermarsi. Dire: un attimo, aspetta. Giusto per pensarci. Per riprendere il controllo di se stessa. Ma non riusciva a dire basta. Non lo voleva dire. Voleva sentirlo dentro. Era così vicino, ormai.

«Dobbiamo...?» cominciò debolmente.

«Sì» rispose lui prima che un'altra parola le uscisse di bocca. Brancolò per meno di un secondo prima di recuperare il profilattico e aprirlo con uno strappo.

«Vuoi...?»

«Non so...»

Lo amava. Sapeva di amarlo.

E allora in un attimo, semplice e puro, furono insieme come non lo erano mai stati prima.

LA VITA È UN GLORIOSO
CERCHIO DI SUONI /
UN GUAZZABUGLIO
DI MELODIE /
E L'AMORE È COSA
DI CUI SEMPRE DISPONI /
E IO SONO MARÌ DI ROMANIA.

– DOROTHY PARKER

La sera della prima arrivò e passò. Carmen si vestì di scuro e si sfiancò cambiando scene e manovrando attrezzature. Non abbassò mai la guardia; non c'era spazio per gli errori. Per quanto impegno ci mettesse, quello era il tipo di lavoro di cui la gente si accorge solo quando si combina un pasticcio.

Carmen riservò gli applausi più calorosi a Julia, che interpretava la parte di Annie Sullivan. Si assicurò che fosse pronto un mazzo di rose da darle sul palcoscenico. Era orgogliosa della sua amica. Con Julia anche l'orgoglio aveva il sapore della gratitudine.

Carmen aveva lavorato sodo. Aveva imparato molte cose. E se aveva avuto dei dubbi, li aveva risolti da sola, senza bisogno di aiuto. Era per lo più invisibile, certo, ma nessuno poteva negare che fosse brava.

Carmen regalò a Julia un braccialetto d'argento. Julia ricambiò con un vassoio di cioccolatini che Carmen si portò in camera alla fine della serata.

«Ehi, ti hanno già assegnato una stanza al Village Theater?» le domandò Julia. Aveva in mano la sua risposta.

«Credo di sì» disse Carmen trovando sulla scrivania la lettera arrivata quella mattina stessa dal Vermont.

«Forte House, stanza 3H» lesse Julia. «Ci hanno messe insieme?»

«3H. Sì.»

«Oh, bene.»

Ancora una volta Carmen si sentì felice, e anche sollevata. Era una fortuna che Julia volesse stare in stanza con lei. Quando aveva ricevuto la propria assegnazione, aveva temuto che Julia le avrebbe preferito un'estranea.

«Mio fratello ha detto che mi porterà in macchina. Va a trovare una ragazza a Dartmouth, che non è molto lontano da lì. Vuoi venire? Hai già pensato come andarci?»

Thomas, il fratello di Julia, era uno studente molto bello dell'ultimo anno al Williams. Carmen era troppo imbarazzata in sua presenza per spiccicare anche solo una parola. Non era soltanto invisibile, diventava anche muta. «Sarebbe perfetto. Non avevo ancora programmato nulla.»

«Oh, bene» aggiunse Julia, e sembrava proprio contenta. «Andiamo a bere un caffè?» chiese.

«Certo» disse Carmen e mentre camminava al seguito di una esuberante Julia, si sentì soggiogata dalla sua gonna messicana, da quel particolare rosso scuro della sua canotta, dalla sua magrezza e dalla disinvoltura con cui portava un cappello di tweed che su chiunque altra sarebbe apparso scialbo. Di nuovo Carmen provò il piacere di avere qualcuno con cui stare. E non una persona qualsiasi, ma una delle persone più intriganti della scuola.

Carmen fece la fila all'unione studentesca per prendere i loro caffelatte e arrivò al tavolo alle spalle di Julia, che aveva già riunito intorno a sé una corte di ragazzi del secondo anno. Carmen s'intrufolò accanto a lei senza dire una parola e rise alle battute di Julia, ammirandone la disinvoltura.

Per la centesima volta si chiese che cosa vedesse Julia in lei. Per Carmen la loro amicizia era una benedizione, ma Julia cosa ne ricavava? C'erano altre ragazze nel campus brillanti come lei. Sarebbero state molto più adatte come amiche, eppure Julia se ne andava in giro con l'ottusa, muta e invisibile Carmen.

Carmen fissava la sua tazza mentre Julia raccontava un piccolo aneddoto sull'impianto di amplificazione che era impazzito nel secondo atto dello spettacolo. Carmen era dispiaciuta di non essere un'amica più degna. Inoltre avrebbe dovuto pensare alle cose da dire e non stare lì come una cretina. Avrebbe dovuto offrire qualcosa.

Julia non c'entrava proprio nulla con una perdente che portava una felpa extralarge. Per questo, se non per altri motivi, Carmen decise che era arrivato il momento di darsi una mossa.

Stretta a lui, la faccia contro il suo torace appiccicoso, Tibby sentì piccole lacrime calde scivolarle giù dagli angoli degli occhi, scorrerle sul naso e sgocciolare sul petto di Brian. Erano forse le lacrime più sincere e misteriose che avesse mai pianto. Quando si portò le mani al viso si accorse che anche le palpebre erano umide.

Desiderava restare così per sempre. Desiderava sprofondare nel corpo di Brian e vivere lì. Si rese anche conto che le scappava la pipì.

In un modo o nell'altro, si girò sulla schiena e lui si mise seduto.

Lei si toccò le guance infuocate.

«Ma cosa...?» Un suono strano uscì dalla gola di Brian.

Anche lei si mise seduta, preoccupata.

«Cosa c'è?» chiese, intontita.

«Io... non sono sicuro...»

«Brian?»

«Il profilattico... credo che... non è...»

«Non è cosa?» Non voleva guardare.

«Non... non c'è.»

«Cosa vuoi dire?» La voce era piatta, ma i suoi muscoli erano tesi come una molla.

«Oddio, Tib. Non sono sicuro. Forse si è rotto. Credo che si

sia rotto.»

«Sei sicuro?»

Si mise a controllare, con i capelli che gli ricadevano sul viso. Tese una mano verso di lei, ma Tibby si era già alzata portandosi dietro il lenzuolo.

«Sei sicuro?» Aveva alzato un po' la voce. Come in un film al rallentatore, il seme della preoccupazione aveva messo radici ed era germogliato in lei.

«Andrà tutto bene. Noi... io...»

«Sei sicuro che si sia rotto?» Si teneva il lenzuolo stretto attorno al corpo con entrambe le mani. Pensò con odio a quel profilattico inutile che per tutti quei mesi era rimasto chiuso nel portafoglio.

Lui era seduto sul materasso, come Il Pensatore di Rodin. «Sì, sono sicuro. Non so come sia successo.»

Poteva rimanere incinta. In quel momento forse stava accadendo. E le malattie che si trasmettevano sessualmente? L'herpes? E, oddio, l'AIDS?

No, lui era vergine. Diceva che era vergine. Doveva esserlo. Lo era, vero? «È successo perché abbiamo fatto sesso» disse, tagliente.

Lui levò lo sguardo verso di lei, cercando di interpretare quello strano tono di voce.

Poteva restare incinta! Ma certo! Questo è esattamente il modo in cui accade! Doveva riflettere. Quando avrebbe dovuto avere il ciclo? Queste erano le cose che accadevano alle ragazze distratte, non a quelle prudenti e pratiche come Tibby.

Cosa avrebbe fatto? Cosa comportava tutto ciò? Per tutto quel tempo, in tutti gli strani posti in cui si era trovata nella vita, il fatto di essere ancora vergine aveva rappresentato una sorta di rifugio per lei. Di quello non doveva preoccuparsi. Era l'unica barriera che non aveva scavalcato. E adesso non era più vergine! Come aveva potuto dimenticarne l'importanza?

Guardò Brian da lontano, con distacco, per quanto glielo consentisse quella piccola stanza. Avrebbe dovuto esprimere a lui, ad alta voce, queste sue preoccupazioni e non tenerle per sé. Ma non ci riusciva.

Desiderava rivestirsi senza che lui la guardasse. Si girò dall'altra parte.

«Tibby, mi dispiace. Mi dispiace per quello che è successo. Non so neanche...»

«Non è proprio una cosa da niente...» Queste parole le uscirono in un soffio e galleggiarono fino al muro.

«Vorrei solo...» le disse.

Quella mattina lo stomaco di Bridget si era messo a brontolare dalla fame non appena si era svegliata, eppure quando il padre mise sul tavolo un piatto di uova per lei, invece di sedersi cominciò ad andare avanti indietro per la cucina.

«Papà, perché hai lasciato che Perry smettesse di andare a scuola?» domandò.

Suo padre indossava un paio di calzoni spigati senza piega e una giacca di tweed, lo stesso abito che usava per andare al lavoro da quando lei riusciva a ricordare. Era insegnante di storia e vicepreside di un liceo privato, ed era ottuso come secondo Bridget solo uno che da tanto tempo faceva l'amministratore di una scuola poteva essere. Non ascoltare i ragazzi era la sua professione. E si teneva in esercizio anche a casa.

«Non ha smesso. Si è preso un periodo di riposo.»

«È quello che ti ha detto?»

Il padre aveva lo sguardo di chi batte silenziosamente in ritirata. Non gli piacevano tutte quelle domande. Le evitava. «Dovresti mangiare, se vuoi che ti dia un passaggio mentre vado a scuola» disse in tono tranquillo. Era sempre desideroso di scaricarla da qualche parte.

«Perché deve prendersi un periodo di riposo? Glielo hai chiesto? Voglio dire, tre corsi al Montgomery Community College non sono proprio un impegno schiacciante.»

Il padre si versò il caffé. «Non tutti appartengono alla Ivy League.»

Bridget gli scoccò un'occhiata. Stava cercando di farla retrocedere. Sapeva che lei non era né una secchiona né una snob e che andare alla Brown University non la faceva sentire a suo agio. Lui aveva probabilmente calcolato che con questo argomento le avrebbe chiuso la bocca, ma non funzionò. «Così ritornerà a scuola in autunno?» proseguì.

Il padre mise le forchette in tavola. Si sedette per mangiare. «È quello che mi aspetto.»

Cercò di incontrare lo sguardo di lui. «Davvero ti aspetti questo?»

Il padre salò le uova. Fece una pausa aspettando che lei si sedesse. Bridget però non intendeva sedersi. Quando si trattava di lui, anche lei sapeva fare resistenza passiva. Era una delle poche cose che avevano in comune. Suo padre aveva preparato le uova in segno di amicizia. L'aveva fatto per lei. Eppure la vista di quelle uova le dava il voltastomaco. Perché non riusciva ad accettare almeno i pochi gesti che suo padre faceva per lei?

Lui si rifiutava di darle quello che lei voleva. Lei si rifiutava di prendere quello che lui le dava.

Bridget si sedette. Afferrò la forchetta. Lui si mise a mangiare.

«Sono preoccupata per Perry» gli disse.

Lui annuì vagamente, poi spostò lo sguardo sul giornale. Il "Washington Post" era il suo compagno più abituale, la mattina a colazione, e lei intuì che non gradiva interrompere quella tradizione.

«Mi sembra che stia per… marcire nella sua camera.»

Finalmente gli occhi del padre si posarono su di lei. «I suoi interessi sono diversi dai tuoi, ma ha degli interessi. Perché non mangi?»

Bridget non voleva mangiare. Non voleva fare quello che lui le diceva. Mangiare, pensò, era come dargli ragione, acconsentire a questa vita da reclusi, e non aveva intenzione di farlo.

«Si vede con qualcuno? Esce di casa? I suoi interessi vanno oltre lo stare appiccicato al computer, giorno e notte?»

«Non drammatizzare, Bridget. Sta bene.»

D'un tratto scoppiò. Si alzò e la forchetta tintinnò cadendo sul pavimento. «Sta bene?» gridò. «Come stava bene la mamma?»

Lui smise di masticare. Posò la forchetta. Non guardava più lei ma attraverso di lei, dietro di lei. «Bridget» disse in un sordo mormorio.

«Perché non ti guardi in giro? Non sta bene. Perché non te ne accorgi?»

«Bridget» ripeté in tono smorzato. Più ripeteva il suo nome e meno lei aveva la sensazione di trovarsi nella stanza con lui.

«Questa non è vita! Non riesci a capirlo?» Sentì le lacrime in gola e negli occhi, ma non voleva piangere. Lui non era pronto al pianto, da tanto tempo ormai era indifeso. *Che tristezza.*

Lui scosse il capo. Certo che non capiva. Perché quello era anche il suo modo di vivere.

«Bridget, tu hai scelto come vivere. Lascia che Perry faccia lo stesso.»

E lascia vivere anche me avrebbe potuto aggiungere.

Bridget non si sarebbe seduta. Non avrebbe mangiato le uova. Ma avrebbe vissuto la vita che si era scelta. Lo avrebbe fatto per lui. Afferrò la sua sacca e il suo zaino e uscì dalla cucina e di casa. Quella era la sua scelta.

«Così quando mi ha telefonato gli ho detto che non potevo parlare» spiegò Julia, seduta a gambe incrociate sul letto di Carmen, nella loro stanzetta del dormitorio nel Vermont. «Mi sentivo male, sai. Non so come dirgli che non voglio stare con lui quest'estate.»

Era buffo. L'ambiente era nuovo – il campus di un centro d'arte che ospitava il festival teatrale – ma la situazione era la stessa: Julia, seduta sul letto, che di notte raccontava a Carmen l'ultimo atto della sua relazione altalenante con l'attraente Noah Markham, studente borsista.

Carmen annuì. Aveva finito di tirar fuori tutta la sua roba e cominciò a ripiegarla.

«Voglio dire, e se incontro qualcuno qui? Ti sei guardata attorno? Ci sono un sacco di bei ragazzi. Probabilmente però la metà di loro è gay.»

Carmen annuì. Non si era ancora guardata attorno.

«In un posto come questo può capitare di tutto. Sai come sono gli attori, che si innamorano sempre sul set e rovinano le loro relazioni?»

Carmen leggeva "Us Weekly" abbastanza spesso da sapere come andavano queste cose. Mise un flacone di shampoo, che piaceva a entrambe, sulla toeletta di Julia. Nella cornice d'argento vide la solita foto in bianco e nero della madre di Julia. Julia la teneva nella sua stanza al college. Era una foto incantevole, scattata da qualche fotografo famoso che Carmen faceva solo finta di conoscere. Sua madre era stata una modella, le aveva raccontato Julia. Certo, era bella, ma non telefonava mai, pensò Carmen.

Carmen non teneva esposte foto di famiglia, ma portava con sé una piccola foto di Ryan attaccata con lo scotch all'interno della copertina del suo taccuino. Era stata scattata nel giorno indimenticabile della sua nascita. Aveva anche una foto scattata in settembre sulla spiaggia di Rehoboth, l'ultima volta in cui erano state tutte insieme. Durante l'inverno l'aveva spostata dal retro della copertina davanti a quella in fondo, perché vederla la rendeva felice, nella maniera più triste possibile.

Julia osservava Carmen che sistemava la stanza. «Ehi, hai preso il balsamo?»

Carmen inarcò le sopracciglia. «Non credo. Era sulla lista?»

Julia annuì. «Sono sicurissima di averlo scritto.»

Carmen frugò nei sacchetti dei cosmetici ma non riuscì a trovare nessun balsamo. «Devo averlo dimenticato da qualche parte.» Si sentì in colpa, anche se non lo usava neppure.

«Non preoccuparti» disse Julia.

«Ne prenderò uno quando andiamo in città» disse Carmen in tono di scusa.

«Sul serio, non fa niente» la rassicurò Julia.

Dopo un po' Julia si addormentò, mentre Carmen rimase sveglia a lungo nel suo letto. Doveva ricordare a se stessa dove si trovava.

Dopo un po' si alzò per controllare la lista che aveva fatto con Julia prima di andare in farmacia. Il balsamo non c'era.

Uscì in corridoio per telefonare a Lena. Lena non rispose, così le lasciò un messaggio. Neanche Tibby rispose e Bridget era già partita per la Turchia.

Anche se era tardi, chiamò sua madre.

«Ciao, *nena*. Va tutto bene?» le domandò la madre con la voce assonnata.

«Bene. Ci siamo appena sistemate.»

«Come ti sembra?»

«Bello» disse Carmen, senza pensarci davvero. «Ryan, come sta?»

La madre rise.

«Ha gettato le scarpe fuori dalla finestra.»

«Quelle nuove?»

«Sì.»

Carmen si immaginò Ryan e le sue scarpette da ginnastica e la madre che correva fuori per cercarle.

«In strada o in giardino?»

«In strada, ovviamente.»

Carmen rise.

«E cos'altro è successo?» chiese con un velo di nostalgia.

«Oggi ho visto gli imbianchini» sua madre lo disse come se avesse incontrato il presidente degli Stati Uniti.

«Ah, sì?»

«Dovremo far dare una mano di vernice su tutti i muri. Stiamo iniziando a scegliere i colori.»

Carmen sbadigliò. Aveva poco da dire sulla tinteggiatura.

«Okay, mamma, fai una bella dormita.»

«Anche tu, *nena*. Ti voglio bene.»

Carmen rientrò in camera in punta di piedi e strisciò nel letto, attenta a non svegliare Julia, che aveva il sonno leggero.

Carmen sapeva che la madre le voleva bene. Ciò le dava una certa autosufficienza. Quanto bastava per farla sentire qualcuno.

Era abituata a pensare a sé e a sua madre come a un'unica persona, come se vivessero un'unica vita. Ora le loro vite si erano separate. L'identità della madre non era più qualcosa a cui potersi aggrappare.

Non significava che sua madre non le volesse bene. Le aveva dato la vita, ma Carmen non poteva pretendere che continuasse a dargliela. E non sapeva come fare da sola. Infilò le mani sotto il cuscino e, nonostante il respiro di Julia lì accanto, si sentì terribilmente sola.

Quando Lena tornò in camera richiamò Carmen, anche se era tardi. «Devo chiederti una cosa, ma non saltarmi subito addosso» le disse, dopo averle dato la possibilità di spostarsi in corridoio.

«Come se l'avessi mai fatto» disse Carmen, troppo curiosa per fingersi offesa.

«Non mi importa più di Kostos, ci credi?»

«Sei uscita con qualcun altro?» domandò Carmen.

Lena fissò il soffitto. «No.»

«Hai notato qualcun altro?»

Lena si sentì arrossire e fu contenta che Carmen non potesse vederla. Carmen aveva sempre avuto una straordinaria capacità di combinare un talento quasi da psicologa con una totale ottusità; solo di rado li usava nello stesso momento.

«Perché me lo chiedi?»

«Perché ritengo che dimenticherai ufficialmente Kostos quando inizierai a parlare di un altro, anche se gli avrai dato solo un'occhiata.»

«Non è un pochino semplicistico?»

«No» disse Carmen.

Lena rise.

«Uno di questi giorni ti innamorerai e lo dimenticherai. Presto o tardi succederà. Spero il prima possibile.»

Lena si sedette a gambe incrociate sul letto. Poteva dimenticare Kostos? Doveva forse indirizzare i suoi sforzi in quella direzione? Finora il suo obiettivo era stato "riprendersi" da lui, qualunque significato avesse la parola, e spesso si vantava di avere fatto progressi in questo senso. Ma era difficile immaginare di dimenticarlo. Lei non era proprio il tipo che dimentica.

«Non so se sarà possibile.»

«Credo di sì. Credo che succederà. E sai cos'altro penso riguardo a Kostos?»

Lena sospirò. Nel corso di quella telefonata aveva detto troppe volte il nome di Kostos, e troppe volte lo aveva sentito pronunciare. «No, sapientona. Cosa?»

«Ho questa strana premonizione, che non appena avrai dimenticato Kostos, lo rivedrai.»

Lena si sentì lo stomaco in subbuglio. Era nello stesso tempo un senso di nausea e una scossa eccitante. Meno male che il bagno era lì vicino.

«Oh, sì, certo.» Lena cercò di suonare sarcastica, ma le venne fuori un suono melmoso.

«Me lo sento, davvero» ribatté Carmen in tono solenne.

Lena interruppe la comunicazione con il sospetto, forse anche con la speranza, che Carmen avesse sterzato in direzione dell'ottusità.

IL DOLORE È INEVITABILE;
LA SOFFERENZA SI SCEGLIE.

– GRETA RANDOLPH

Aveva avuto il ciclo durante il viaggio dall'università a Bethesda, oppure no? Tibby cercò di ricordare i dettagli: la biancheria macchiata, gli assorbenti che hai dimenticato di comprare o di mettere in valigia, il bisogno di fermarti a un distributore di benzina per affrontare l'urgenza.

«Tibby Rollins?»

Lei e Bee avevano viaggiato insieme. Bee aveva affittato un'automobile a Providence e aveva caricato a bordo Tibby a New York, lungo il tragitto. Tibby ricordò almeno due fermate a una stazione di servizio. Una proprio per fare benzina, l'altra per un'emergenza personale. Ma l'emergenza era la perdita di sangue o il bisogno di una scatola di Krispy Kremes? Non riusciva a ricordare bene. Allora era vergine e le vergini hanno il diritto sacrosanto di non fare troppo caso alle loro mestruazioni.

«Tibby Rollins?»

Si voltò infastidita dal suono della voce del suo capo. Charlie la chiamava sempre con nome e cognome come se ci fossero altre tre Tibby in quel locale.

«Charlie Spondini?» ribatté lei.

Le rivolse uno sguardo accigliato.

«Il contenitore dei resi è così pieno che non entra più niente dalla fessura. Ti spiace dargli un'occhiata?»

«Sì, mi spiace. Sarebbe scortese verso la nostra clientela e la nostra condizione finanziaria, viste le ultime buste paga.» Ogni tanto riusciva a farlo ridere ma oggi sapeva di essere stata maleducata. Desiderava quasi che lui la licenziasse.

«Tibby Rollins...» Sembrava più stanco che arrabbiato.

«Okay» disse. Si diresse al gigantesco contenitore di cartone sotto il banco e cominciò a svuotarlo.

Il viaggio in macchina con Bee era stato il 4 giugno. Se avesse avuto allora le mestruazioni, significava che... Cosa significava? Avrebbe dovuto sapere quando aveva l'ovulazione? Odiava quell'argomento. Era già passata attraverso i trattamenti per la fertilità di sua madre, i termometri e i kit. Non voleva vivere in un mondo così.

«Scusi?»

Tibby levò lo sguardo. Era un cliente. Portava occhiali azzurrati e aveva il riporto grigio. «Avete *Striptease*?»

«Cosa?» Lo fissò disgustata.

«*Striptease*?»

Puah. «Se c'è, è nella sezione Drammatici.»

«Grazie» disse quello e tornò nelle corsie.

«È una schifezza totale» disse rivolta alla schiena del cliente.

A casa la lucina della segreteria lampeggiava. Di solito trovava sostegno nei dolci, romantici messaggi di Brian. Quella sera dovette invece sforzarsi per ascoltare.

«Tib, ho trovato quali sono le pillole che puoi prendere.» La sua voce suonava tesa e spaventata. «Penso che non sia troppo tardi. Verrò stasera, se vuoi che ti accompagni. Ho l'indirizzo del consultorio. Non è lontano... proprio a Bleeker Street. Io posso...»

Tibby premette il tasto cancella e la stanza tornò silenziosa. Non voleva sapere l'indirizzo del consultorio. Non voleva avere quel tipo di vita. Non voleva farsi esaminare da un ginecologo né farsi fare una prescrizione medica. Voleva che la sua esperienza sessuale restasse privata.

Perché l'aveva fatto? Perché si era lasciata convincere da Brian? *Ma lui non ti ha affatto convinta*, disse la voce di Meta-Tibby. Quella sera non avevano quasi parlato. Era successo, e basta.

Ma era lui che lo voleva a tutti i costi. Lui che lo voleva e che l'aveva supplicata per tutti quei mesi. Lui che aveva portato in giro nel portafoglio quel profilattico scadente. Lui a essere tanto sicuro che farlo li avrebbe avvicinati di più. Ogni pensiero negativo di Tibby si arenava su quello stupido profilattico e su Brian che l'aveva portato in giro speranzoso, per così tanto tempo.

Tibby accese il piccolo televisore. C'era il notiziario locale su canale 7. Tibby si sintonizzò su quella stazione perché c'era una giornalista che le piaceva. Era in là con gli anni, probabilmente ne aveva una sessantina. Si chiamava Maria Blanquette, aveva una carnagione scura e lineamenti intelligenti e imperfetti. E al contrario della maggior parte dei giornalisti dei notiziari con i loro mascheroni di trucco, Maria sembrava una persona vera. Teneva la rubrica *Momenti a Manhattan*, in teoria dedicata ai pettegolezzi sulle celebrità di New York. Ma invece di adulare i personaggi in vista, come accade in quasi tutti i programmi di intrattenimento e spettacolo, Maria faceva dell'ironia, e aveva una risata speciale. Una risata sonora, disordinata, del tutto irrispettosa. Tibby guardava ore e ore di notiziari per uno di quei momenti.

Tibby fissò speranzosa lo schermo ma la risata di Maria quel giorno sembrava proprio non voler comparire. Tibby sospettò che i produttori le avessero chiesto di smettere.

Di solito a Bridget piaceva il cibo servito sugli aeroplani. Era una delle poche persone a trovarlo buono.

Se lo si trangugia mentre è ancora caldo bollente, ha un gusto abbastanza piacevole. Ma se ci si pensa troppo e lo si lascia raffreddare, non è per nulla appetitoso. Se ne rese conto all'improvviso. Una verità che valeva per molte cose della vita.

Stasera valeva per il suo vassoio. Eric era a Baja. Lo immaginò mentre nuotava nel golfo del Messico. Da quelle parti era quasi l'ora di cena e lui era abituato a fare una nuotata prima di mangiare. E lei era lì, a dodicimila metri d'altezza sull'Atlantico. Erano entrambi sospesi sull'acqua, nessuno dei due aveva i piedi per terra.

"Eric si comporta come se io non avessi bisogno di niente" aveva detto a Tibby al telefono, pochi giorni prima.

"Forse sei tu che ti comporti come se non avessi bisogno di niente" aveva risposto Tibby. L'aveva detto in tono gentile eppure aveva colpito Bee dritta al cervello.

Un fremito d'ansia la invase: era così lontana dalla superficie terrestre, lanciata a tutta velocità nella direzione opposta a dove si trovavano Eric, la sua casa, tutto ciò di cui aveva bisogno.

C'era buio nella cabina, buio fuori dal finestrino. Non era del tutto sola. Sparpagliate all'interno dell'aereo c'erano molte persone del suo stesso programma. Avrebbe trascorso l'estate con loro.

Per ora erano degli estranei, ma in teoria erano suoi amici. Peccato che Bridget non fosse molto portata per le teorie.

Preferiva i viaggi brevi, quelli in cui si parte e si arriva nello stesso giorno. Avvertì un leggero malessere perché volavano nella direzione opposta al sole.

Posò le mani fredde sui Pantaloni, provando piacere al contatto con le cuciture irregolari e con la ruvidezza del colore per tessuti usato da Carmen.

Di cosa aveva veramente bisogno? Aveva bisogno delle sue amiche, ma aveva i Pantaloni Viaggianti. Era come essere insieme alle sue amiche. I Pantaloni la facevano sentire vicina a loro, qualunque cosa accadesse.

Greta era a casa sua a Burgess, dove stava sempre. Se Bridget calcolava la differenza di fuso orario, poteva sapere esattamente cosa stava facendo Greta in quel momento. Martedì pomeriggio alle sette: bingo. Mercoledì mattina: shopping. Non importava a quale velocità lei andasse e quanto lontano andasse: Greta era laggiù, ferma.

E c'era Eric. Una volta in vita sua aveva avuto bisogno di Eric

e lui era arrivato. E aveva saputo esattamente cosa fare. Lei non l'aveva dimenticato.

E poi c'era casa sua. Tecnicamente parlando, una costruzione di legno scurito che conteneva suo padre e suo fratello. Inghiottì un boccone a fatica. Restituì il vassoio con il cibo avanzato a una hostess. Loro avevano bisogno di lei? E lei aveva bisogno di loro?

Non si trattava delle domande giuste. Erano domande "Non Classificabili". Ricordò che sulla sua prima pagella aveva tre N. C. e si era chiesta dove avesse sbagliato. Quando l'aveva detto a suo padre, lui si era messo a ridere, arruffandole i capelli. «Beezy, significa Non Classificabile. Non vuol dire che hai sbagliato qualcosa.» Allora lui era capace di tranquillizzarla. Allora lei ce l'aveva messa tutta.

Non era una vera casa se non c'erano bisogni né la capacità di soddisfarli. Se Perry e suo padre avessero avuto bisogno di lei non avrebbe cambiato granché, perché non avrebbero accettato in ogni caso il suo aiuto. Se lei avesse avuto bisogno di loro... be', impossibile. Non avevano nulla da darle di quello che desiderava.

Lei non poteva aiutarli. E non aveva bisogno di loro. Ecco la verità. Non tutti hanno una famiglia unita. Non tutti ne hanno bisogno.

Stava volando lontana dal sole, ma il sole sarebbe stato lì ad aspettarla all'atterraggio. Stavano solo prendendo direzioni diverse per lo stesso luogo.

Cominciò a sentirsi più rilassata, e riuscì a distogliere il pensiero dal continente alle sue spalle per considerare quello che aveva di fronte. Non poteva aiutare suo padre o Perry. Non poteva. Doveva guardare avanti, cercando di vivere la sua vita al meglio. Non aveva più bisogno di guardare indietro.

Si sfilò le scarpe da tennis e ripiegò le gambe sotto di sé. Incrociò le braccia e mise le mani sotto le ascelle, per scaldarle. Quando si risvegliò era in Turchia. Un altro continente, dall'altra parte del mondo, un altro mare.

Sentì di nuovo quel fremito. Ma questa volta di eccitazione, non di paura. Quel tipo di emozione che ti fa venire fame, e non stare male. Che nasce dal guardare avanti e non indietro.

In un certo senso era lo stesso fremito. Ma ti faceva sentire meglio.

Carmen scarabocchiava sui programmi, mentre gli aspiranti attori – che qui erano chiamati principianti – giunti da ogni parte del Paese sedevano attenti alla presentazione che si teneva nell'edificio principale del teatro. Julia si dipingeva le unghie dei piedi, il che poteva sembrare un'occupazione abbastanza stupida. Ma le dipingeva di nero e agli occhi di Carmen questa era una tipica cosa da attrice.

Carmen si guardò attorno, osservando la moltitudine di ragazze vestite in modo appariscente. Julia non era l'unica a indossare strati di abiti vintage, e a portare l'eyeliner nero inchiostro. A Carmen venne da ridere pensando che se Julia all'università si distingueva dalle altre ragazze scialbe, qui era lei a spiccare, in mezzo a tutte quelle fascinose regine.

Andrew Kerr, regista della produzione più ambita, si presentò per primo.

«Quest'anno metteremo in scena *Il racconto d'inverno*. Come di sicuro saprete, per ogni decennale del nostro festival, rendiamo omaggio a Shakespeare, e quest'anno ricorre il trentesimo anniversario. Abbiamo coinvolto alcuni famosi attori professionisti.

Ed ecco cosa voglio dire.» Si schiarì la voce per catturare l'attenzione. «Lo spettacolo principale che metteremo in scena è quello dei professionisti. Per tradizione c'è un ruolo disponibile per un principiante. Un solo ruolo e, ovviamente, non un ruolo principale. È una procedura che seguiamo ogni anno. Sarete i benvenuti se volete provare, ma pochissimi di voi saranno richiamati. Non spendeteci troppe energie. Ci sono numerosi ruoli importanti per tutti voi nel secondo spettacolo e nelle produzioni di gruppo. Ognuno troverà una parte.»

La maggior parte dei giovani presenti lo sapeva già. Ma era difficile non nutrire speranze. Carmen sospettava che moltissimi di loro intendessero spendere un sacco di energie nonostante le parole di Andrew Kerr. Carmen cominciava a capire che gli attori, intesi come categoria, erano sempre pieni di speranza e dotati di una spiccata autostima.

«Tutte le audizioni inizieranno contemporaneamente. Poi proseguiremo con la lista delle persone da convocare separatamente per ognuna delle tre produzioni.»

Carmen si domandò se ci fosse qualcun altro intenzionato ad andare direttamente nello staff tecnico. Era lei l'unica principiante d'America già sconfitta in partenza?

«Le audizioni non cominciano domani ma dopodomani. Nell'atrio ci sono le liste per iscriversi. Buona fortuna a tutti.»

Carmen si domandò se aveva qualche possibilità di lavorare per l'allestimento più importante. Immaginò di no. C'erano molti scenografi e macchinisti affermati, che erano venuti lì apposta. Bene, si sarebbe accontentata di lavorare per una delle produzioni minori.

Dopo l'incontro, Julia sembrava ispirata. «Torniamo in camera e mettiamoci a lavorare.»

«Non penso di avere niente da fare, per ora» disse Carmen, che faceva un po' fatica a tenere il passo deciso di Julia.

«Speravo che mi avresti aiutato a ripassare la parte» disse Julia.

Alcuni corpi affrontano i cambiamenti meglio di altri. Il resto del gruppo di Bee sonnecchiava sulle tre file di sedili del vecchio pulmino, uno dei tanti veicoli malconci acquisiti dal Consorzio per l'Archeologia Classica. Bee sedeva dritta come un fuso, studiando il paesaggio campestre fra Smirne e Priene. Ora si trovavano abbastanza vicini alla costa da riuscire a scorgere l'Egeo dal finestrino di destra.

«Efeso si trova a pochi chilometri sulla sinistra» disse Bob Qualcosa, uno studente laureato, che era alla guida. «Ci andremo, almeno per un giorno, durante l'estate.»

Bee socchiuse gli occhi per guardare in quella direzione, ricordando le pitture di Efeso che aveva studiato nel corso di archeologia. Il sole era arrivato proprio insieme a lei.

«Anche Afrodisía, Mileto e Alicarnasso. Ci sono alcune delle più belle rovine che si possano ammirare.»

Era contenta di essere sveglia, altrimenti Bob non avrebbe avuto nessuno a cui raccontare quelle cose e lei non avrebbe potuto ascoltarle.

«E Troia?» domandò, cominciando a sentirsi un po' emozionata. Ecco che si trovava in questo posto incredibile, lontana da casa come non lo era mai stata. In quella terra c'era più storia che in qualunque altra parte del mondo.

«Troia è a nord, appena sotto i Dardanelli. È affascinante leggerne la storia ma non c'è molto da vedere. Credo che nessuno del nostro gruppo ci andrà.» Aveva una Lacoste arancione scolorita e la faccia rotonda. Bee pensò che doveva essersi rasato da poco perché il mento e le guance erano pallide, mentre il resto della faccia era rosa.

«Ho letto l'*Iliade* a scuola nel semestre scorso» disse Bridget. «Quasi tutta.» Oltre al corso di archeologia antica, aveva frequentato quello di letteratura greca. Allora non se ne era resa conto, ma ripensandoci era stata di gran lunga la sua esperienza universitaria più avvincente. Non sempre puoi sapere in anticipo cosa troverai interessante.

Quando entrarono nel sito, Bridget fu sorpresa di quanto fosse piccolo e semplice. C'erano due tende grandi, parecchie altre più piccole e al di là si intravvedevano gli scavi, polverosi e recintati. Si trovavano su un'altura elevata che guardava un tratto di pianura alluvionale e, in fondo, il mar Egeo.

Lasciò i bagagli in un alloggio che consisteva semplicemente in una tenda con pareti di tela su un basamento di legno. C'erano in tutto quattro lettini e alcune scaffalature aperte, ma le sembrò molto romantico. Lei era un'esperta di ritrovi rustici per l'estate.

I nuovi arrivati si riunirono, stanchi e confusi, nella tenda grande per l'incontro di benvenuto e Bridget esercitò la cattiva abitudine di guardarsi attorno per decidere chi era il tipo più attraente nella stanza. Era un'abitudine di quando non aveva il ragazzo, ma non era ancora riuscita a levarsela del tutto.

In questo caso la stanza era solo una tenda, grande e aperta su un lato, utilizzata come sala riunioni, sala di lettura e caffetteria. La visione più bella era l'Egeo, ma c'era anche qualche bella faccia.

«Ragazzi, questo è un sito relativamente scomodo. Le tubature sono rudimentali. Abbiamo in tutto quattro latrine e due docce. Quest'estate starete in compagnia del vostro sudore» disse Alison Qualcosa, la vicedirettrice, nel suo discorso di benvenuto, a dire il vero non molto accogliente. Aveva la tipica mentalità di un addestratore di reclute, si disse Bridget. Le scomodità la elettrizzavano.

Be', anche Bridget poteva trovarle elettrizzanti.

«Abbiamo un generatore elettrico che alimenta il laboratorio da campo, ma i dormitori non sono collegati. Spero che nessuno abbia portato il phon.»

Bridget rise, ma un paio di ragazze sembrò a disagio.

Era uno scavo piccolo e piuttosto recente, stabilì Bridget. Loro erano circa una trentina di persone, un po' universitari un po' studiosi, oltre ad alcuni volontari. In mezzo a tutte quelle magliette e camiciole, a tutti quei calzoncini e scarponcini, era difficile distinguere i docenti dai laureati, gli studenti dai volontari. Per la maggior parte erano americani e canadesi ma c'era anche qualche turco.

«Ci sono tre aree in questo sito, e tutti noi passeremo un po' di tempo in ognuna di esse. Se siete studenti e volete dei crediti, dovete seguire le conferenze ogni martedì, dalle tre alle cinque. Faremo quattro visite in tutto negli altri siti. Il programma è in bacheca. Tutte le visite sono obbligatorie per i crediti. Questo per quanto riguarda l'università. Chiaro? Per il resto si tratta di lavoro e noi lavoreremo in squadra. Qualche domanda?»

Bridget si domandò perché gli organizzatori fossero sempre così poco entusiasmanti. Chi non avrebbe desiderato vedere il Tempio di Artemide a Efeso?

In un certo senso era una fortuna che la Brown University fosse situata in un ambiente urbano e non in una tenda, perché era difficile concentrarsi con un mare come quello che ti faceva l'occhiolino. Smise di ascoltare Alison e ricominciò a guardarsi attorno. C'era un bel tipo e scommise che si trattava di uno studente universitario. Aveva i capelli neri ricci e gli occhi scuri. Un arabo, forse. O un turco, ma sentì che parlava inglese.

Individuò un altro tipo piuttosto carino. Era abbastanza grande da essere già laureato. Aveva i capelli rossi e così tanta crema solare sulla faccia che il suo colorito era bluastro. Forse questo non era un granché sexy.

«Tu sei Bridget, no?» le chiese Alison distogliendola dai suoi pensieri.

«Sì.»

«Tu sei nella camera mortuaria.»

«Okay.»

«Cosa significa camera mortuaria?» domandò Bridget a una ragazza alta che si chiamava Karina Itabashi mentre si avviavano al laboratorio da campo.

«Vuol dire morti.»

«Oh.»

Dopo pranzo Bee partecipò alla prima lezione e scoprì una cosa interessante: il tipo più bello non era il presunto turco né quello dai capelli rossi impiastricciato di crema. Il tipo più bello era quello che stava di fronte a lei, e che stava tenendo una lezione sui manufatti.

«Okay, ragazzi.» L'insegnante mostrò loro un oggetto che all'inizio teneva nascosto dietro la schiena. «L'oggetto che ho in mano è un manufatto tecnico, un manufatto sociale o un manufatto culturale?» Poi puntò gli occhi addosso a Bridget, voleva che fosse lei a rispondere.

«È un pomodoro» rispose lei.

A onore dell'insegnante bisogna dire che rise invece di tirarle il pomodoro in faccia.

«Risposta sensata, uhm…?»

«Bridget.»

«Bridget. Altre idee?» Molte mani si alzarono.

Lei aveva pensato che fosse un laureato quando l'aveva visto per la prima volta, intento a mangiare un panino sotto un ulivo. Non dimostrava trent'anni. Ma poi si era presentato come il professor Peter Haven, e quindi doveva avere circa quell'età. Insegnava all'Indiana University. Bridget cercò di collocare l'Indiana sulla carta geografica.

Quella sera, al tramonto, dopo la cena nella grande tenda, un gruppetto di persone si riunì su un terrazzamento della collina per vedere il tramonto. Per terra c'erano alcuni cartoni di birra. Lei si sedette vicino a Karina, che aveva una bottiglia in mano.

«Ne vuoi una?» domandò a Bridget indicandole i cartoni.

Bridget esitava e Karina parve leggerle negli occhi. «Qui non c'è limite di età per bere, da quel che ho capito.»

Bridget si chinò e ne prese una. Era stata abbastanza spesso a delle feste durante l'ultimo anno da aver sviluppato nei confronti della birra una certa confidenza, se non proprio un'amicizia.

Accanto a Karina, dall'altra parte, Bridget riconobbe uno dei direttori e fu colpita, come le era già successo durante la cena, dall'assortimento del gruppo. Non c'era la gerarchia che vigeva all'università. Dal punto di vista dell'età, era un gruppo molto vario. Se qualcosa li univa era l'area del sito dove lavoravano più che l'età o la posizione. Si rese conto di quanto fosse abituata a ricercare i simboli dell'autorità, ma qui non ne trovò alcuno.

«Dove scavi?» chiese alla donna seduta accanto a sé, una certa Maxine che alloggiava nella sua stessa tenda.

«Io non scavo. Sono una restauratrice. Lavoro sulle ceramiche nel laboratorio. E tu?»

«Nella camera mortuaria. Almeno per gli inizi.»

«Oh. Come va lo stomaco?»

«Bene, credo.»

Vide Peter Haven all'altra estremità del gruppetto. Anche lui stava bevendo e rideva per qualcosa. Aveva un modo simpatico di ridere.

Il sole tramontò. E sorse la luna. Maxine alzò la bottiglia e Bridget la toccò con la sua. «Alla camera mortuaria» disse la donna.

«Alla ceramica» rispose Bridget, cui non era mai capitato prima di bere birra con una restauratrice. Era bello essere adulti. Perfino la birra aveva un gusto migliore.

SE CI AFFASCINA
È INNOCENZA,
ALTRIMENTI IGNORANZA.

– MIGNON MCLAUGHLIN

Se Leo l'avesse guardata come facevano tutti gli altri, quella notte Lena non avrebbe pensato a lui tante volte né avrebbe cercato di ricordarne il cognome per poterlo cercare su Google.

Di sicuro non avrebbe sentito il bisogno di recarsi nella loro aula deserta di sabato mattina, quando tutti gli studenti d'arte rispettabili se ne stavano nel caldo dei loro letti. Vi andò per dare una sbirciatina al quadro di Leo, sperando in segreto che le sue doti pittoriche non fossero all'altezza della sua reputazione.

Lena esaminò prima il proprio lavoro. Era il ritratto di una modella in piedi. Si chiamava Nora e aveva le cosce magre. Lena riusciva a vedere la bellezza di Nora solo finché lei restava immobile. Appena cambiava espressione o apriva bocca, il concetto di bellezza andava in frantumi e Lena doveva ricrearla, all'inizio di ogni posa.

Ma le cosce di Nora possedevano una loro strana grazia e, cosa più importante, avevano fornito a Lena un'immediata percezione dei volumi, così difficili da ricreare in due dimensioni, sulla tela. A Lena piaceva come stava venendo quella parte del proprio dipinto.

Imbarazzata, sebbene fosse sola, avanzò lentamente sul linoleum consunto. Posò gli occhi sul rialzo vuoto della modella, i cavalletti abbandonati, i battenti cigolanti dei finestroni, la felce cui nessuno dava l'acqua, gli odori che ristagnavano. L'aula di pittura vuota ricordò a Lena il mondo di notte. Era difficile riconciliare i luoghi notturni con la loro immagine diurna.

Lena si ricordò di un temporale estivo con i lampi, quando faceva le medie. Si era ritrovata completamente sveglia a mezzanotte e facendosi coraggio aveva sceso le scale in pigiama, sedendosi in veranda per guardare fuori. I lampi erano scariche accecanti.

Mezzanotte divenne mezzogiorno, e Lena fu colpita nel vedere che tutte le cose del misterioso mondo notturno erano le stesse che vedeva nella normale, radiosa luce del giorno.

Dopo quella notte, passò un sacco di tempo a convincere se stessa che ciò che vedeva, ciò che provava, aveva un rapporto incerto con la realtà effettiva. La realtà era un'altra cosa, che non aveva nulla a che fare con le nostre visioni o sensazioni.

In seguito, però, cominciò a disegnare e a dipingere e si trovò a dover smontare tutte le convinzioni che si era fatta. Non si poteva penetrare la realtà oltre le apparenze. La realtà era ciò che si vedeva. "Siamo intrappolati nei nostri sensi" le aveva detto una volta la sua vecchia insegnante, Annik. "I sensi sono tutto ciò che abbiamo del mondo."

E dunque sono il mondo. Lena ricordava di averlo pensato allora e molte volte in seguito. Non puoi dipingere una coscia basandoti su ciò che pensi che sia, al buio o alla luce. Devi dipingere una coscia basandoti esattamente sulle particelle di luce che penetrano nei tuoi occhi e sulla percezione che hai in quel preciso momento, da quella angolazione, in quello spazio.

Perché aveva passato così tanti anni a disimparare? Era molto più faticoso che imparare, pensò Lena, mentre si aggirava timidamente attorno alla tela di Leo.

Aveva quasi paura di guardare: paura che fosse peggiore di quanto si aspettava, ma soprattutto paura che fosse migliore.

Attese di essere di fronte al quadro per valutarlo.

Dopo tre giorni di lavoro, il quadro di Leo era solo abbozzato. Più uno spunto di lavoro che un lavoro compiuto. Eppure era talmente superiore al suo che le venne quasi da piangere. In confronto il suo sembrava un lavoro da dilettante. Il lavoro di Leo aveva un tocco e una qualità, perfino a quello stadio embrionale, che lo rendevano penetrante e seducente.

Lei aveva dedicato la sua vita allo studio dell'arte, e sapeva che lì avrebbe potuto imparare un sacco di cose, ma in un lampo di consapevolezza capì anche che c'era qualcosa che nessuno poteva insegnarle. Non riusciva a dire perché il quadro di Leo l'avesse colpita così, in che senso fosse riuscito a cogliere il pathos di Nora, ma era qualcosa che Lena percepiva con chiarezza. E sentì anche che i suoi standard e le sue ambizioni erano finiti nel cesso. Riusciva quasi a sentire il rumore dello sciacquone.

Si toccò gli occhi, innervosita dal fatto che fossero umidi. Aveva sperato che le sue fossero lacrime virtuali.

Pensò a Leo. I suoi capelli, la sua mano. Cercò di armonizzare il suo aspetto esteriore con questo quadro.

E a un tratto si vergognò dei suoi sciocchi giochetti, e si rese conto che avrebbe pensato a lui indipendentemente da se, quando o come lui le avesse rivolto uno sguardo.

LennyK162: Ciaooooo Tibby. Ci sei?

Non hai risposto alle chiamate e le tue amiche sono preoccupate. Bee sta compilando il modulo per le persone scomparse e io sono incaricata di chiamare Alice. Per favore, dacci notizie.

Tibberon: Sono qui, spiritosona.

«Ti prego, richiamami prima delle cinque, se puoi, Tib» disse Brian.

Tibby distesa sul letto stava ascoltando la fine del suo messaggio. Non aveva voglia di richiamarlo. Se gli avesse parlato, invece di lasciargli dei messaggi quando sapeva che era al lavoro, probabilmente non sarebbe più riuscita a essere arrabbiata con lui.

«Andrà tutto bene, Tib» disse in chiusura.

Perché continuava a ripetere quelle parole? Quale potere aveva di realizzarle? Forse non sarebbe andato tutto bene. Magari lei era già incinta.

E poi, bene per chi? Si trattava del suo corpo, non di quello di Brian.

E se era incinta? Cosa le avrebbe detto? Cosa sarebbe successo, se avesse voluto che lei tenesse il bambino? Lui aveva già parlato di bambini. Cosa sarebbe successo se in cuor suo Brian desiderava proprio una cosa simile?

Meta-Tibby aveva qualcosa da dire in proposito, ma la vera Tibby la mise subito a tacere.

Brian probabilmente aveva un'idea romantica dell'arrivo di un bambino. Probabilmente pensava che sarebbe stata una bella cosa per loro. Bene, Tibby aveva già visto con i suoi occhi l'intero processo da vicino, e non era stato piacevole. Aveva visto la pancia gigantesca di sua madre, incinta di Nicky, con tutte quelle orribili smagliature rosse. Lei sapeva quanto poco si dormisse e quanto piangessero i bambini. E in una delle esperienze più surreali della sua vita, era passata anche attraverso quella sanguinolenta faccenda del parto, costretta senza volerlo ad assistere Christina durante il travaglio.

Conosceva la grandiosità della nascita, nel bene e nel male. E non avrebbe mai potuto definirla una cosa piacevole ed eccitante.

Non poteva essere incinta. Ma se lo era?

Se le ultime mestruazioni erano finite il cinque, per esempio... o forse era il sei? E poi si contavano ventotto giorni. No, erano ventun giorni, giusto? Dall'ultimo giorno? Dal primo giorno?

Tibby si era lambiccata con questa stessa domanda almeno un centinaio di volte e ancora si confondeva negli stessi punti.

Brian lavorava come aiuto cameriere in un ristorante messicano di Rockville tutti i mercoledì sera. Lei aspettò a richiamarlo finché non fu certa che aveva iniziato il turno.

«Non credo che dovresti venire questo fine settimana. Penso che me ne andrò a Providence per stare con Lena. Va bene? Scusami.»

Riattaccò in fretta. Le sembrò di avere una brutta smorfia sul viso. Ma era troppo preoccupata per provare vergogna delle sue bugie o per sforzarsi di essere più convincente.

Se le erano venute il cinque, allora le mestruazioni – se stavano per venirle – dovevano venirle entro il ventisei. Ma se non le erano venute il cinque? Poteva essere stato il sei o il sette. Allora avrebbe dovuto aspettare fino a domenica. Come sarebbe riuscita ad aspettare tutto quel tempo?

E se non le fossero venute domenica? E se non le fossero venute mai?

No. Non poteva pensare a una simile eventualità. Non poteva imporsi di pensare a una simile eventualità, eppure non riusciva a pensare a nient'altro.

Non sarebbe andata a Providence. Non voleva vedere le sue amiche in questo momento. Non prima che le fossero venute le mestruazioni. Altrimenti avrebbe dovuto dire cosa le stava succedendo. Loro la conoscevano troppo bene per accettare le sue omissioni o le sue bugie. Non voleva pronunciare ad alta voce con le sue amiche la parola tanto temuta, perché ciò l'avrebbe fatta apparire vera.

Odiava non dir loro che l'aveva fatto, alla fine. Aveva bisogno di parlarne con loro perché era un'informazione molto importante. Ma le conseguenze di quell'atto erano troppo penose per condividerle, e le due cose erano inscindibili.

In quel momento non desiderava vedere Brian. Non desiderava parlare con lui dell'accaduto. E se Brian avesse voluto fare di nuovo sesso? Lui desiderava farlo oppure no? E lei, cosa avrebbe fatto?

Brian non avrebbe dovuto essere tanto insistente, si ritrovò a pensare. *Avremmo dovuto rimanere come eravamo.*

Non aveva voglia di mangiare, né di dormire. Non si aspettava nulla, non c'era nulla per cui essere felice e nulla che potesse forzarsi a fare.

Aveva un programma molto preciso per il fine settimana. Doveva aspettare e sperare nell'unica cosa che realmente desiderava. Doveva aspettare e sperare che accadesse.

«Oh, santo cielo. È un pezzo di cranio. Qualcuno chiami Bridget.»

Bridget rise e si voltò.

Darius, il bell'arabo, risultò essere non un turco ma un persiano di passaggio a San Diego. Anche lui era nella camera mortuaria e in quel momento stava indicando un muro di terra.

Lei si avvicinò. Depose la cazzuola appuntita per usare strumenti più precisi. In poco più di una settimana si era già guadagnata la reputazione di una che non aveva paura di nulla. Di fronte a pezzi di ossa, serpenti, vermi, roditori, ragni e insetti, non importa quanto grandi, non batteva ciglio. Neanche il fetore delle latrine del campo la colpiva. Sebbene, in verità, non vi facesse quasi mai la pipì.

Alle 17.30 i suoi colleghi, impolverati e sudati, vagavano per il campo mentre lei stava ancora lavorando su un osso. Era un pezzo davvero grosso. Era un lavoro faticoso. Non consisteva semplicemente nello scavo. Ogni granello di terra doveva essere rimosso ed esaminato con attenzione. Ogni frammento di osso, ogni frammento di ceramica o pietra doveva essere mandato in laboratorio. Ogni cosa andava registrata all'interno del luogo di ritrovamento per mezzo di un grosso reticolo tridimensionale. Bisognava fotografare ogni pezzo con la macchina digitale e numerarlo in gruppi e lotti.

"La differenza fra un saccheggiatore e un archeologo sta nella conservazione del contesto ambientale" le aveva detto Peter. "L'oggetto in se stesso, per quanto sia prezioso, rappresenta solo una piccola parte del suo valore per noi."

Alle 18.30 Peter era ancora con lei. «Puoi andare» gli disse Bridget. «Ho quasi finito.»

«Non mi sento tranquillo ad abbandonarti qui da sola, in una tomba» le disse.

Lo trovò bello, così con il sole alle spalle. Lo fece restare.

«L'ho chiamato Ettore» disse, estraendo con cura il teschio dalla terra.

«Chi?»

«Lui.» Indicò la cavità dove avrebbe dovuto essere il naso.

«È un nome da eroe. Perché pensi che fosse maschio?»

Non era sicura se fosse una domanda o un indovinello. «Per la dimensione. Ieri abbiamo trovato parte di un cranio femminile.»

Lui annuì.

«E come l'hai chiamato?»

«Clitemnestra.»

«Mi piace.»

«Grazie. Tengo gli occhi aperti per gli ultimi pezzi del suo scheletro, che è quasi completo.»

«Oh, così quella è Clitemnestra. Ne ho sentito parlare in laboratorio.»

Bridget annuì. «I ragazzi di biologia sono esaltati.»

Terminato l'inventario di quel pezzo di terreno, sollevò con cura il cranio di Ettore. Cominciò a pulirne i solchi come le era stato insegnato.

«Non ti fa alcun effetto?»

Fece spallucce. «No, davvero.»

«Eppure dovrebbe, almeno un po'. Sembra un passato tanto lontano, lo so, ma qualcosa è arrivato fino a noi.»

«Che tragedia c'è in una morte di tremila anni fa?» rifletté Bridget a voce alta. «Qualsiasi cosa abbia fatto nella vita, grande o terribile, a questo punto il buon vecchio Ettore sarebbe morto comunque.»

Peter le sorrise. «Questo dà una certa prospettiva al nostro essere mortali, non ti pare?»

«Appunto. Perché preoccuparci tanto di ogni cosa, quando tutti dobbiamo finire così?» domandò. Era molto divertita, perché faceva queste considerazioni in un sito di sepolture con in mano una grossa sezione di cranio umano.

Lui rise, ma sembrava aver capito. Si sedette sull'orlo della fossa. Bridget si disse che sembrava captare tutte le sue parole e il loro esatto significato, che lei le pronunciasse a voce alta o sottovoce. Condividere lo stesso contesto facilitava l'ascolto.

«Senza dubbio una morte recente viene percepita come più tragica» ragionò lui. «Forse perché facciamo parte del mondo che i morti hanno lasciato. Siamo rimasti qui, e loro ci mancano.»

Aveva perso qualcuno di importante? Si domandò Bridget. Pensava che fosse capitato a lei?

Spostò una ciocca di capelli dal viso. Si rese conto di essersi fatta un segno di sporco sulla fronte. «Il nostro debito morale per le persone si estingue dopo un certo periodo di tempo. Non credi? Come potremmo altrimenti scavarne le tombe?»

«Hai proprio ragione, Bridget. Non posso che essere d'accordo. Ma dopo quanto tempo? Duecento anni? Duemila? Come stabilire quando la morte di una persona diventa un caso scientifico e smette di essere emotivo?»

Lei sapeva che la sua era una domanda retorica, ma volle comunque rispondergli. «Direi di calcolarlo dalla morte dell'ultima persona la cui vita si è sovrapposta alla loro. Dal momento in cui loro hanno perso la facoltà di aiutare o danneggiare un altro essere vivente.»

Lui sorrise della sua certezza. «Questa è la tua ipotesi?»

«È la mia ipotesi.»

«Ma non pensi che il potere di aiutare o danneggiare qualcuno possa estendersi ben al di là della vita naturale di una persona?» le domandò.

«No» proclamò, quasi d'istinto. Talvolta si sentiva calamitata dalla certezza più che dalla verità.

«Allora, cara amica, ci sono una o due cosette che devi imparare dai Greci.»

Lenny,

accludo i Pantaloni con una manciatina di terra antica e una mia foto con il mio nuovo ragazzo, Ettore. Non è tanto vitale, dirai tu. Ma ha la saggezza dell'età.

Con tanto amore dalla tua amica Bee
(e un sorriso a trentadue denti
dal tuo nuovo amico Ettore)

Carmen ripassò le battute con Julia. Ripassarono per ore, senza interruzioni, per due giorni di seguito. Julia voleva provare una serie di ruoli prima di decidere la sua strategia per le audizioni.

Carmen ebbe un po' di sollievo quando Julia andò in segreteria per fotocopiare altre pagine, e così riuscì a dare un'occhiata alla posta elettronica. Aveva una lunga lista di messaggi non letti da parte di Bee, Lena, sua madre e il fratellastro Paul.

Quando Julia rientrò si accorse subito di una foto che Carmen aveva stampato e lasciato sul tavolo.

«Ehi, chi è?» domandò. Prese la stampata per guardarla bene. Era una foto di Bee in Turchia, teneva in mano un teschio e faceva finta di baciarlo. Bee l'aveva spedita via mail e Carmen l'aveva trovata tanto divertente da decidere di stamparla.

«Questa è la mia amica Bridget» disse Carmen.

«Davvero?»

«Sì.»

Carmen sapeva che era strano da parte sua non parlare quasi mai delle sue amiche con Julia. Ne parlava poco, una volta ogni tanto, e non diceva mai cosa significassero davvero per lei. Non sapeva perché si comportava così. Era come se avesse messo le sue amiche e Julia in due scomparti diversi. Non si mischiavano. Lei non voleva che si mischiassero.

«È una tua amica?» Julia aveva un'aria vagamente dubbiosa, quasi che Carmen avesse ritagliato l'immagine da una rivista e facesse solo finta.

Forse era questo il motivo, pensò Carmen.

«Ha una figura incredibile. Guarda che gambe» disse Julia.

«È un'atleta.»

«È bella. Dove va a scuola?»

Era buffo. Carmen non pensava che Bee fosse propriamente bella. Bee non aveva abbastanza pazienza per essere bella. «Alla Brown University» disse.

«Anch'io pensavo di iscrivermi lì. Ma il Williams College è molto più intellettuale.»

Detto da una ragazza che non leggeva soltanto *Us Weekly* ogni settimana, ma anche *Star* e *Ok!*. Carmen scrollò le spalle.

«I capelli sembrano un po' innaturali. Userà un riflessante.»

«Cosa?»

«Se li colora lei?»

«Bridget? Non si è mai colorata i capelli. Sono naturali.»

«Davvero?»

«Sì.»

«Ne sei sicura?»

«Sì.»

«Questo è quello che ti dice lei» disse Julia, un po' per scherzo un po' seriamente, ma Carmen non lo trovò divertente.

Guardò Julia e si chiese quale fosse il problema. Si sentiva veramente in competizione con una ragazza che nemmeno conosceva?

«Ehi, andiamo a prendere qualcosa di pronto per pranzo e portiamolo qui» propose Julia dopo un'altra ora di ripasso. «Non voglio smettere di studiare.»

«Tu resta pure qui» si offrì Carmen. «Vado io a prendere qualcosa.» Aveva proprio voglia di fare una pausa e uscire. I dintorni erano splendidi, soprattutto nella luce serale. Lungo i sentieri c'erano piccoli alberi dai rami penduli, e grandi giardini di piante annuali circondavano gli edifici.

Mentre ammirava i fiori sbagliò la strada per la caffetteria, che i novellini chiamavano mensa. Camminò fino a trovarsi in cima a una graziosa altura che dominava la valle. Era rigogliosa e gradevole in quella luce.

Rimase in contemplazione a lungo. Si era già persa, poteva perdersi ancora di più? Quando non appartieni a nessun posto, ti sembra di appartenere a ogni posto, rifletté Carmen.

Si chiese da quanto tempo non percepiva più la bellezza attraverso i sensi. Come se fosse rimasta nel congelatore per tutti quei mesi, e soltanto ora cominciasse a sciogliersi.

Si rese conto che c'era qualcuno vicino a lei, intento a contemplare lo stesso paesaggio. Era una donna che non aveva mai visto né incontrato.

«È bello, non trovi?» disse la donna.

Carmen sospirò. «Sì, lo è davvero.»

Si misero a passeggiare insieme lungo il vialetto. «Partecipi al programma di teatro?» le chiese la donna. Aveva i fianchi larghi ed era piuttosto sgraziata. Non era un'attrice, decise Carmen, e provò una sensazione di cameratismo.

Carmen annuì.

«Cosa stai preparando?»

Carmen si sistemò una ciocca di capelli dietro l'orecchio. «Nulla. Se avrò fortuna, mi occuperò delle scene.»

«Non stai preparando nulla?»

«No.»

«E perché?»

«Perché non sono un'attrice.»

«Che ne sai? Hai provato?»

«Credo di non esserlo.» *Sebbene mio padre sostenga che sono molto teatrale*, aggiunse dentro di sé.

«Dovresti provare. È la parte migliore di questo programma.»

«Dici?»

«Sicuro.»

«Uhm.» Attese qualche secondo, fingendo di considerare sul serio le sue parole, perché non voleva sembrare scortese. «Ehi, mi dici come faccio ad arrivare alla mensa? Mi sono persa e non ho idea di dove andare.»

«Sì» le rispose. E indicò a sinistra alla biforcazione del vialetto.

«Grazie» disse Carmen, voltandosi indietro.

«Come ti chiami?» le chiese la donna.

«Carmen.»

«Io Judy. Piacere di averti conosciuto, Carmen. Provaci, okay?»

Carmen non poteva rispondere okay senza esserne convinta. «Nel senso che dovrei pensarci?»

«È tutto quello che posso chiederti» disse la donna.

Più tardi, mentre cercava di addormentarsi e tutte quelle battute le frullavano in testa, ci pensò. E pensò soprattutto al motivo per cui non lo faceva.

IN QUESTO ISTANTE
HO AVUTO
CONTEMPORANEAMENTE
UN'AMNESIA E UN SENSO
DI DÉJÀ VU.
PENSO DI AVERLO
DIMENTICATO PRIMA.

— STEVEN WRIGHT

Lena se ne andò in giro con quella fibrillazione addosso. Non le piaceva per niente. Si dimenticò di mangiare e si truccò gli occhi per andare nell'aula di pittura. Si impose di guardare Leo solo una volta a ogni posa della modella, tenendosi in disparte durante gli intervalli. Sperava, supplicava in silenzio che lui la notasse. E si spremeva le meningi per trovare il modo di mantenere viva la speranza.

Osservò il proprio dipinto con occhi diversi. Dapprima ne fu così disgustata che riusciva a malapena a guardarlo. Ma poi si calmò. Cercò di lasciarsi andare, di guardare meglio e più in profondità. Si sentiva come una fondista che sta cercando di battere il record dei cinque minuti sul miglio, e a cui viene detto che può farcela in quattro. Doveva rivedere il significato che lei attribuiva al termine possibilità. Doveva per lo meno provarci.

Pensò a Leo. Fece qualche domanda in giro, sperando di non dare troppo nell'occhio, e così scoprì che lui era al terzo anno, che non viveva nel campus e che di rado si faceva vedere in giro. Ciò non fece che aumentare il fascino del personaggio.

Il sabato successivo le arrivarono i Pantaloni Viaggianti da Bee. Li infilò per trarne coraggio e si allontanò decisa dal nido protetto della sua stanza. Non le serviva coraggio per rivolgere la parola a Leo; le serviva coraggio per esaminare un'altra volta il quadro di Leo.

Era così determinata, impaziente e al tempo stesso furtiva nel mettere in atto questo proposito, che si sentì quasi come se fosse entrata nell'aula per rubare. Senza fermarsi davanti al suo quadro, andò direttamente a quello di Leo. Come aveva segretamente desiderato per tutta la settimana. Ogni volta che Leo stava dietro la tela, lei avrebbe desiderato vedere come procedeva. Adesso sarebbe stato difficile ricostruire un'intera settimana di lavoro.

Aveva bisogno di riflettere sulla propria pittura con la stessa intensità, ne era consapevole, ma al momento viveva ancora nel mondo delle possibilità.

Se avesse potuto, sarebbe strisciata dentro il quadro di Leo, tanto era ossessionata dal desiderio di capire cosa lui aveva fatto e come.

"In una scuola d'arte si impara un sacco guardandosi in giro" le aveva detto Annik al telefono, qualche sera prima.

Com'era vero. Soprattutto avrebbe voluto ascoltare quello che Robert, il loro professore, diceva a Leo.

Il fascino del quadro di Leo cominciò a sfumare quando lei prese ad analizzarlo nei dettagli. Poi, per un secondo, allentò la messa a fuoco e il quadro tornò a stregarla. Alla fine smise di concentrarsi così a fondo e lasciò che la vista le si annebbiasse un po' mentre si limitava a contemplarlo.

Non che non avesse mai visto dei quadri straordinari. Aveva ammirato quadri ben più raffinati di quello. Era stata alla National Gallery centinaia di volte. Era stata al Met e in molti altri grandi musei.

Ma Leo aveva dipinto esattamente lo stesso soggetto che aveva dipinto lei – nella stessa aula, dalla stessa angolazione (sebbene fosse un'immagine speculare alla sua), con la stessa luce. Era uno studente d'arte, non un maestro. Partivano da una condizione paritaria: avevano a che fare con le stesse forme, le stesse fossette sulle guance, gli stessi capelli e le stesse ombre. Ciò le permetteva di apprezzare quello che lui stava facendo in una maniera per lei elettrizzante e al contempo umiliante.

Guardò il ritratto. Le linee delle spalle. I gomiti. Per qualche ragione pensò a suo nonno. Emozioni che Lena di solito teneva celate affiorarono in superficie danzando. Sentì le guance diventare rosse e le lacrime le inondarono gli occhi. Poi pensò a Kostos e al fatto che non aveva più pensato a lui negli ultimi giorni.

Aveva ragione Carmen? Sarebbe stata davvero capace di dimenticarlo? Era quello per cui avrebbe dovuto lottare?

Non era sicura di voler lottare per quello. Si sentiva disorientata. Non era sicura di voler dimenticare, anche se ne sarebbe stata capace. Se l'avesse dimenticato, temeva che avrebbe perso anche una parte di sé. Chi era lei senza di lui?

«Cosa ne pensi?»

Lena era talmente persa in quelle riflessioni che dovette percorrere miglia e miglia per tornare al suono e alla luce. In rapida successione si rese conto che Leo era a pochi metri da lei, che le stava parlando, che lei si trovava davanti al suo quadro senza una valida ragione. E che stava piangendo.

Si portò immediatamente le mani al viso per asciugare le lacrime. Premette le dita umide sulle cosce e si ricordò che indossava i Pantaloni Viaggianti. Tutto bene. Quelle non erano le prime lacrime che venivano asciugate sui Pantaloni.

Lui la guardava e lei si affannò a pensare cosa sarebbe successo. Stava guardando i Pantaloni. Avrebbe dovuto spiegargli cos'erano? Le aveva rivolto davvero la parola? Le aveva fatto una domanda. Questo voleva dire che si aspettava una risposta? I suoi pensieri si susseguivano così frenetici che temeva si sentissero anche dall'esterno.

«Non importa se non ti piace» le disse, nel tentativo di darle una mano.

«No! Mi piace!» disse lei, quasi gridando.

«Ho avuto dei problemi con la testa.» Allungò il mignolo e, con orrore di Lena, cancellò un tratto di pittura umida che rappresentava la mascella di Nora.

«No!» esclamò. Perché urlava? Si impose di calmarsi. Avrebbe preferito che lui non la fissasse in quel modo.

«Scusa» si affrettò a dire. «Solo che... mi piace quella parte. Non dovresti cancellarla.» All'improvviso, Lena si accorse che teneva a quel quadro più di quanto ci tenesse lui.

«Oh. Va bene.» Lui pensò che fosse pazza.

Lena desiderò che lui non l'avesse mai guardata. Cercò di calmarsi. Se non riusciva a essere distaccata, poteva almeno essere onesta. «Mi piace davvero il tuo quadro. Penso sia splendido» gli disse con un tono di voce normale.

Lui la guardò diversamente, cercando di valutare quel tono, sorpreso dalla sua sincerità. «Be', grazie.»

«Il fatto è che... guardare il tuo quadro mi ha fatto capire che non ho assolutamente idea di quello che sto facendo.» Chi l'avrebbe mai detto che Lena si sarebbe messa a parlare con Leo? E che sarebbe stata così sincera?

Lui rise. «Anche a me guardare quel quadro fa capire che non ho assolutamente idea di quello che sto facendo.»

Anche lei rise, ma un sorriso mesto. «Smettila» disse.

Gli aveva proprio detto di smetterla?

«Ma è vero» disse lui. «Lo guardo in un certo modo e vedo solo quello che non va. Non facciamo tutti così?»

«Sì, solo che la maggior parte di noi ha ragione» disse avvilita.

Stava proprio avendo una conversazione con Leo in quel preciso istante?

Lui rise ancora. Aveva un bel sorriso.

«Mi chiamo Leo» disse. «Dove ti sei messa?»

Lena indicò il cavalletto dall'altra parte della stanza, cercando di non sentirsi troppo abbattuta dal fatto che lui non l'avesse notata fino a quel momento. «Io sono Lena» disse, in tono sconfitto.

«Sei iscritta qui per tutto l'anno o solo per il semestre estivo?»

«Tutto l'anno» disse, nervosa. «Ho appena finito il primo.»

Lui annuì.

La realtà di quella conversazione la colpì. Leo era lì. In un'aula vuota. Aveva una ragazza? Aveva un ragazzo? Aveva tempo per simili frivolezze?

Capì che lui desiderava lavorare al quadro. D'un tratto si sentì

così imbarazzata da non poter più continuare. Trovò una scusa e si dileguò.

Giunta in camera, si girò e rigirò nel letto per un po', prima di telefonare a Carmen.

«Indovina.»

«Cosa?»

«Credo di essermi presa una cotta.»

Carma,

ecco i Pantaloni e uno schizzo che ho fatto di Leo. A memoria, non dal vivo.

(E se vuoi saperlo, no, non ci sto pensando giorno e notte. Oddio.)

Capelli buffi, eh?

Non si era accorto che ero nella sua stessa classe. Mi sa che sto facendo una gran impressione da queste parti!

Ti voglio bene,

Len

Alle sette e mezza la luce svanì e Peter era ancora seduto con Bridget sull'orlo della fossa. Sapeva che lui si sentiva in dovere di restare lì perché era il supervisore, e anche perché doveva dimostrarle che apprezzava il suo senso del dovere. Sperava solo che facesse piacere a lui quanto ne faceva a lei.

«Ehi, Bridget?» disse alla fine.

«Sì?»

«Possiamo andare a mangiare qualcosa?»

«Sì, certo, certo.» Finse impazienza. «Lasciami finire la registrazione.»

«Sulla strada lasceremo il materiale al laboratorio.»

Si avviarono come due buoni amici. Lei cercò di pulirsi la faccia ma se la sporcò di più.

«Vuoi chiamarmi Bee?»

«Bee?»

«Sì, come un borbottio.»

«D'accordo.»

«È così che mi chiamano gli amici. Puoi chiamarmi Bridget se vuoi, ma io potrei pensare che sei arrabbiato con me.»

Lui sorrise. «Allora, Bee.»

Si sciacquarono velocemente con la pompa esterna, ma quando arrivarono alla tenda grande, la tavola della cena era già stata sgombrata.

«Colpa mia» gli disse.

«Sì.» Era d'accordo e lo disse nel suo modo simpatico.

Le signore turche che si occupavano del servizio mensa furono gentili e trovarono loro un po' di pane, di humus e di insalata rimasti. Una delle donne portò anche una bottiglia piena di vino rosso forte, senza etichetta. Era un po' avventato bere vino dopo aver lavorato sotto il sole tutto il giorno. Bee lo mescolò con acqua.

Era sbagliato? si domandò.

Non era sbagliato. Era un modo come un altro per divertirsi. Lui era bello e simpatico e lei era stata attirata da lui per queste e probabilmente anche per altre ragioni.

Sarebbe stato meno sbagliato se lui non fosse stato così bello e simpatico? Sarebbe stato meno divertente?

E il fatto che lei avesse un ragazzo? E che lui... be', chi poteva dirlo?

Bastava avere un ragazzo per impedirti di sentirti attratta da un altro? Avere un ragazzo ti rendeva meno attraente?

E infine si chiese: lui come la vedeva? Era solo nella sua testa la tensione che avvertiva nel modo in cui allungavano la mano per prendere le cose e dividevano lo spazio?

Oh. Si sarebbe presa a schiaffi. Era incorreggibile. Perché provava queste sensazioni?

Uhm. Stava provando delle sensazioni?

Quali sensazioni, di preciso?

Il sole era tramontato da tempo, si incamminarono verso il terrazzamento sulla collina. Per effetto del vino si sentiva stordita, le girava la testa. Il suo passo era un pochino troppo allegro e anche un pochino troppo malfermo? Come facevano quasi tutte le sere, intendevano unirsi ai ritardatari del gruppo, ma erano già tutti sparpagliati. Ci fu un certo imbarazzo sulla scelta di dove sedersi. Almeno nella sua testa. Lui si sedette e lei anche. Era strano che fossero insieme anche lì?

No, non lo sarebbe stato, se lei non fosse stata incorreggibile.

In modo incorreggibile liberò i capelli dall'elastico. Sarebbe comunque finita così, anche senza elastico. I suoi capelli erano insolitamente lunghi da quando non aveva più Carmen che glieli tagliava, ora che erano all'università. Le arrivavano ai gomiti, quasi a metà schiena. E possedevano una caratteristica particolare, quella di assorbire il chiarore lunare. Lei sapeva che lui l'avrebbe notato. E allora avrebbe preferito non essersi seduto accanto a lei.

Perché si stava comportando in quel modo? Era cresciuta. Aveva imparato la lezione. Cosa stava cercando di dimostrare? Sentiva quel formicolio nelle membra. Non poteva arrestarlo.

Era tutto nella sua testa?

Sì, vero? Forse era meglio così.

Guardò gli occhi di Peter per avere un'idea precisa della situazione, ma lui inaspettatamente ricambiò quello sguardo. Rimasero immobili, per un secondo di troppo, prima di distogliere entrambi gli occhi.

Merda.

Lui era irrequieto. Batté le mani come per iniziare una conversazione. «Allora, Bridget» disse. «Parlami della tua famiglia.»

Lei sentì il suo corpo allontanarsi da lui, anche se era di fatto immobile. Non aveva nulla da dire sulla propria famiglia. «Allora, Peter» disse un po' troppo forzatamente. «Parlami della tua.»

Come si era raffreddata l'aria. In un luogo asciutto come quello il sole diffondeva e assorbiva tutto il calore. Non c'era nulla nell'aria che lo trattenesse. «Vediamo. I miei bambini hanno quattro e due anni. Sophie e Miles.»

I suoi bambini avevano quattro e due anni. Sophie e Miles. Le sembrò che questa potesse essere la fine dell'interrogatorio e non la prima cosa da dire. Aveva chissà come pensato che le avrebbe parlato dei suoi genitori o dei suoi fratelli. Il suo cervello fece retromarcia a strappi. Lui era padre, e ciò presumibilmente significava che era anche marito.

«E tua moglie?»

«Si chiama Amanda. Ha trentaquattro anni.»

«Anche tu?»

«Quasi trenta.»

«Una donna più vecchia.»

«Già.»

Lei lo aveva frainteso. I suoi pensieri le erano scappati di mano. Era il momento di richiamarli tutti indietro.

NON ROVINARE
CIÒ CHE HAI
PER IL DESIDERIO
DI CIÒ CHE NON HAI.

— EPICURO

I Pantaloni Viaggianti chiamavano Carmen da sotto il letto. Le altre volte in cui erano stati a sua disposizione negli ultimi mesi, Carmen li aveva solo trasportati da un posto all'altro, senza mai indossarli.

I Pantaloni erano straordinari ma lei non era nello stato d'animo per mettersi in mostra. Non era nello stato d'animo per rispondere alle domande che Julia le avrebbe certamente rivolto in merito ai Pantaloni. Sempre per quella questione degli scomparti. Non riusciva a immaginare un modo per presentare quella Carmen a questa. E in più aveva paura di essere ingrassata troppo.

Estrasse la valigia da sotto il letto e tastò per trovare dove li aveva nascosti quella mattina, quando erano arrivati da Lena tramite corriere. Erano lì, ripiegati con cura, come in un cassetto segreto.

Per qualche strano motivo provò l'impulso urgente di indossarli. Forse perché fuori era bello o perché aveva bevuto un sacco di caffè. Forse perché Lena aveva una cotta per un tipo di nome Leo e ciò la rendeva felice, e le faceva pensare che le cose stavano cambiando.

Era un impulso un po' inquietante, perché era preoccupata di ciò che avrebbe scoperto. Non aveva mai considerato l'opzione di provare i Pantaloni, tanto le erano sempre andati a pennello. Ora però non li voleva forzare.

Era anche consapevole che, dopo aver iniziato a lavorare ad *Anna dei miracoli*, in primavera, aveva quasi del tutto abbandonato l'abitudine dei dolcetti a tarda notte. Negli ultimi due mesi era stata attenta a quello che mangiava, sforzandosi di essere un'amica più degna per Julia.

Trattenne il fiato e, facendo rientrare la pancia e desiderando di poter far rientrare anche il posteriore, li tirò su, su, su, ed ecco. Erano andati. E ora chi poteva dubitare del loro potere magico? Oddio, le andavano bene! Come si sentiva in forma. Come la rendevano felice.

Andò allo specchio e dopo tanti mesi che non lo faceva guardò la propria immagine riflessa. Si infilò una maglietta rosa e si diresse decisa verso il mondo esterno. Per la prima volta da tanto tempo non si vergognava di se stessa.

Sicuramente fu grazie ai Pantaloni Viaggianti se si recò nel teatro dove si stavano svolgendo le audizioni.

«Tu sei nel prossimo gruppo» le disse una donna con un blocco per gli appunti. «Vai avanti.»

La donna si era sbagliata, Carmen lo sapeva, ma lei andò avanti perché era curiosa. Julia aveva già provato?

Un tipo stava leggendo delle battute dal *Riccardo III*. Carmen si sedette in un posto verso il fondo della sala e si mise ad ascoltare. Le venne sonno, ma gustò lo stesso la musicalità del linguaggio, anche senza assorbirne il significato.

«Carmen?»

Udì il suo nome e si guardò attorno. Si era davvero addormentata?

Strizzò gli occhi.

«Carmen, sei tu?»

Si sporse in avanti. Una donna in seconda fila si era alzata in piedi. Si accorse che era Judy, la donna che le aveva indicato la strada per la mensa la sera prima.

Carmen fece un cenno di saluto, spaesata.

«Fra cinque minuti facciamo pausa pranzo» le disse «Ma se sei pronta possiamo ascoltarti adesso.»

Stava dicendo che toccava a lei? Subito? Judy doveva aver pensato che lei fosse venuta per tentare. Era ovvio. Altrimenti perché avrebbe dovuto trovarsi lì?

Carmen si incamminò con fare incerto verso il palcoscenico. Si fermò all'altezza di Judy, seduta accanto a Andrew Kerr e un paio di altre persone che non conosceva.

«In verità... in verità non ho preparato nulla» sussurrò Carmen, sperando che la sua voce raggiungesse Judy ma non gli altri. «Volete che torni un'altra volta?» *Magari mai*, pensò.

«Vai avanti» disse Judy. Doveva essere una degli aiuto-registi, pensò Carmen.

Carmen salì sul palcoscenico, chiedendosi che cosa diavolo stava facendo. Non si sentiva a suo agio sotto quelle luci. Non aveva niente da dire, niente da leggere. «Mi interesso più che altro di scenografia» disse debolmente, rivolta al gruppetto. Le sembrò di udire una risatina in risposta.

Le altre persone nella fila di Judy sembravano infastidite, ma Judy appariva paziente. Salì sul palcoscenico e allungò a Carmen alcuni fogli. «Tu fai Perdita. È una bella parte. Io leggo le battute di Florizel.»

«Sei sicura?» le domandò Carmen. Si sentiva stupida. Tutti gli altri avevano imparato a memoria le loro parti, le avevano provate e recitate con un chiaro intento. Lei invece doveva leggere su dei fogli che non aveva neanche scelto.

Ma conosceva alcune di queste battute. Erano tratte da *Il racconto d'inverno*. Le aveva provate con Julia. Ciò le diede coraggio perché quelle parole, anche se strane, suonavano familiari e piacevoli al suo orecchio.

Judy cominciò la scena nella parte di Florizel e poi diede la battuta a Carmen con un cenno.

Carmen si schiarì la voce.

"Mio sovrano, grazioso mio signore,
non spetta certo a me farvi rimprovero
di certe stravaganze (e perdonatemi,
se ve ne parlo!), ma l'Altezza vostra,
graziosa mira di tutto il paese,
oscurata nei panni d'un pastore...
Ed io povera ed umile fanciulla,
parata a festa come una deità!..."

Si fermò e levò lo sguardo.

«Continua» le disse Judy.

Così Carmen proseguì. Era giunta al passo che più le piaceva e lo lesse con gioia. Alla fine dell'ultimo foglio si fermò. Si guardò attorno. Si sentì di nuovo una stupida.

«Bene. Grazie» si rivolse a tutti in generale, socchiudendo gli occhi per guardare Judy a causa delle luci che la abbagliavano. «Scusate.»

Abbandonò il palcoscenico e uscì alla luce del sole, dalla porta posteriore.

Una volta all'aperto si mise a ridere di gusto, perché era tutto così orrendamente ridicolo.

Oh, bene. Un'altra avventura per i Pantaloni, pensò con affetto.

Ci sono così tanti e strani capovolgimenti sulla strada per crescere.

Tibby aveva quattordici anni quando ebbe per la prima volta le mestruazioni. Fu l'ultima delle sue amiche. Le desiderava. Fantasticava su come sarebbero state. Comprò una scatola di assorbenti e la tenne sotto il lavandino del bagno per ogni evenienza. Rimase lì per mesi, sigillata. Temeva che non le sarebbero mai venute. Temeva che ci fosse qualcosa in lei che non funzionava. Desiderava, desiderava con tutta se stessa quella prima macchia di sangue che l'avrebbe riunita alle sue amiche.

E finalmente successe. La felicità nell'avere ciò che si desidera non è paragonabile alle preoccupazioni che l'hanno preceduta. Il sollievo è un'emozione breve, inerte ed esile. L'agonia del dubbio scompare, lasciando un piccolo ricordo di quanto abbiamo effettivamente provato. La vita si allinea alla nuova verità. Da quel momento in avanti, avrebbe sempre avuto le mestruazioni.

Dopo tre mesi già le odiava e le temeva, proprio come chiunque altra. Soffriva di crampi fortissimi. Si rannicchiava a letto per ore e ore. Prendeva il Midol. Gli assorbenti, prima tenuti in gran conto, divennero una seccatura. Quando mai le aveva desiderate. Macchiava tutti i vestiti e doveva lavarli da sola perché l'idea che Loretta potesse vederli la imbarazzava.

E ora, dopo quasi cinque anni, eccola lì di nuovo a rimpiangerle. Era tutta concentrata sulla propria pancia, al lavoro, a casa. Guardava la televisione con una parte del cervello e con l'altra pensava al proprio utero. Quello che sentiva era un crampo, un piccolo spasmo? Lo era? Oh, ti supplico!

Pensò al suo utero al lavoro, tutto il venerdì e il sabato mattina. Ci pensò mentre camminava per la Quattordicesima Strada per comprare del cibo e una rivista. Ci pensò mentre passava davanti ai posti che avevano avuto un significato per lei nell'ultimo anno: il parrucchiere dove si era fatta un terribile taglio di capelli con la sua amica Angela; il messicano preferito dagli studenti di cinema dove servivano Margarita economici e non chiedevano quasi mai la carta d'identità. Pensò al suo utero tutti i pomeriggi e tutte le notti, senza mai rispondere al telefono, limitandosi ad ascoltare i messaggi lasciati dalle persone che le volevano bene.

Devo solo superare questo momento, pensava. Poi richiamerò tutti.

Lavorò domenica. Si mise un assorbente, per sicurezza. Le sembrò di avvertire un crampo.

«Tibby Rollins, dove stai andando?»

Tibby si immobilizzò mentre percorreva la corsia delle Commedie. Si schiarì la voce. «Uhm. Da nessuna parte.»

Non poteva dire che stava di nuovo andando in bagno. Era la sesta volta e non era neanche mezzogiorno. Ogni volta controllava, speranzosa. E ogni volta tornava con i piedi per terra e riprendeva a farsi divorare dalla preoccupazione.

«Ti spiace prendere la cassa tre?»

«Sì. Va bene.»

Se non le fossero venute oggi, sarebbe stato già un ritardo? Voleva dire che...? Un'ondata di panico montò e si infranse. Ma forse le sue ultime mestruazioni non erano terminate il sei. Forse era il sette. Questo era lo schema: si poneva delle domande; veniva presa dal panico; si calmava dandosi delle risposte.

Un cliente le stava agitando una mano davanti alla faccia.

«Scusi?» gli disse, strizzando gli occhi.

«L'ha visto questo?» Era un tipo fra i venti e i trenta. Puah. La sua acqua di colonia era così penetrante che ne sentiva quasi il sapore.

«Sì» disse cercando di non respirare.

«È una bella commedia romantica?»

Tibby non intendeva strabuzzare gli occhi. Ma lo fece.

Quello biascicò qualcosa di poco amichevole e se ne andò.

Lo guardò allontanarsi mentre tornava a meditare sul suo utero. Quello che avvertiva era un crampo? O era solo fame? Si assicurò che Charlie non la stesse guardando mentre strisciava in bagno, un'altra volta.

Julia era un fascio di nervi per le riconvocazioni del giorno dopo.

«Andrà tutto bene» l'assicurò Carmen. «Sono sicura che sei andata alla grande.»

«Speriamo che anche Judy la pensi allo stesso modo» disse Julia nervosa, mordicchiando l'unghia rosa.

«Judy?»

«È l'addetta alla selezione degli attori.»

«Sicura?»

«Certo. Perché? La conosci o qualcosa del genere?»

«Non proprio. No.»

Gran parte dei ragazzi era ancora a pranzo quando si diffuse la notizia che le liste erano state affisse. Carmen stava attendendo in fila per prendere il caffè per lei e per Julia, e temette di venire calpestata come un malcapitato tifoso di rugby.

Osservò il fuggi fuggi generale. Bevve il caffè da sola, godendosi la relativa calma.

Poi, quando il baccano terminò, Carmen si ritrovò a girellare nell'atrio per controllare le liste. Perché non farlo? Scorse prima la lista dello spettacolo di gruppo, giudicando che fosse la possibilità meno assurda, e poi scorse la lista per il secondo spettacolo. Il cuore le batteva un po' più veloce mentre gli occhi passavano dalla lettera I alla J, K, L. Fino alla M. Il suo nome non c'era.

Non era proprio una sorpresa, si disse mentre usciva, imboccando il lungo vialetto per tornare in camera. Provò un leggero imbarazzo per essere andata a guardare.

Era dispiaciuta? Cercò di leggere onestamente nel proprio cuore.

No. Piuttosto si sentiva felice. Indossava i Pantaloni Viaggianti che le andavano ancora a pennello. E perfino su quel vialetto deserto si sentì tra amici.

Oh Tibbeth,
perché le tue amiche ignori?
Una carta telefonica ti inviai. Ti prego, richiamami.
E i Pantaloni ti acclusi.
Con affetto,
La tua cara e sovra tutto teatrale donzella, Carmen.

Quando Bridget si presentò al lavoro il giorno dopo, Peter non era nella tomba. Aspettò noncurante fin verso mezzogiorno, poi chiese in modo altrettanto noncurante a Carolyn, la sua compagna di tenda, perché Peter non ci fosse. «Credo che si sia spostato negli scavi della casa.»

«Oh» disse vaga.

Non era alla lezione del martedì e non lo vide a cena la sera successiva.

«Un gruppo è andato in città per la cena» riferì Maxine.

La città distava circa trentacinque minuti e Bridget non c'era mai stata, ma d'un tratto sentì crescere in sé la curiosità.

Il giorno dopo Alison annunciò al gruppo della tomba che c'era stato un notevole progresso nello scavo della casa e chiese un paio di volontari per far prima. La mano di Bridget scattò in alto.

«Abbiamo trovato una nuova parte delle fondamenta e un nuovo pavimento» spiegò dopo pranzo Peter, eccitato, al gruppo allargato.

Era sorpreso di vederla lì? Gli importava qualcosa?

«Abbiamo messo in luce solo una piccola porzione del pavimento e intendiamo continuare. È un pavimento di terra pressata, fatto di… terra, naturalmente. Non è facile distinguerlo dal resto, mi capite?»

Bridget si ritrovò carponi con la sua cazzuola in mano. Si trovavano così in profondità che le ombre erano allungate. Davanti a lei gli altri membri del gruppo rimuovevano con attenzione strati di terra. Nel punto in cui si era inginocchiata, c'era solo una piccola porzione di terriccio smosso, dove gli altri avevano smesso di usare gli attrezzi.

Scavò tutt'intorno, formando dei mucchietti di terriccio che metteva nel contenitore più vicino. Peter le aveva detto come cercare, ma lei sentiva che avrebbe fatto meglio a usare le mani. Non voleva assolutamente correre il rischio di scavare il terreno e compromettere l'integrità del pavimento.

Poggiò i palmi sul limite della superficie piatta e mosse le mani lungo il contorno, usandole come sensori. Era tutta terra, d'accordo, ma una parte era stata costruita e conservata per uno scopo mentre il resto era stato gettato alla rinfusa in quello spazio. Perfino dopo duemilacinquecento anni si poteva avvertire la differenza.

Cominciò a capire cosa voleva dire scavare. Arrivavi lì con l'istinto del saccheggiatore: scavare e setacciare, trovare qualcosa di valore, di favoloso, e portarlo in un museo. Aveva sognato di emulare Indiana Jones. Ma la cosa davvero importante era ritrovare i segni della volontà umana. I progetti, i desideri, gli sforzi di queste antiche popolazioni: ecco ciò che ti univa a loro. Il loro sforzo segnava la differenza fra il terriccio che si trovava dappertutto, cadeva a caso da ogni parte, compreso dai tuoi capelli, e quel prezioso pavimento.

Ecco cosa si poteva imparare da un sito tombale, le aveva spiegato Peter. Di un popolo si imparava più dal modo in cui seppelliva, si prendeva cura e commemorava i morti, che da uno scheletro ritrovato per caso in un terreno.

"Non amiamo ciò che è casuale" aveva stuzzicato Peter dopo una delle sue vivaci conferenze.

"No, vero?" disse lui ridendo, come era solito fare, ma riflettendo su ciò che lei aveva detto.

Quel pavimento non era un prodotto del caso. Chiuse gli occhi e concentrò tutta se stessa nei suoi palmi, quasi fosse in trance mentre li muoveva. Probabilmente appariva ridicola, ma non se ne curava. Ricordò che suo nonno le aveva descritto Michelangelo intento a scolpire corpi da blocchi di marmo. Il nonno le aveva letto un libro su quell'artista, durante una lunga estate trascorsa in Alabama da lui e Greta. Si ricordò di come le aveva raccontato che Michelangelo cercasse i corpi dentro il marmo. Li vedeva, li sentiva già nella materia e con lo scalpello li liberava.

Sì, pensò Bridget, *un pavimento è più prosaico, certo, ma cercherò di liberarlo.*

Le sue dita erano così sensibili che si lasciò quasi sfuggire un grido quando incontrò qualcosa di duro che sembrava fatto per un qualche scopo, ma non era il pavimento. Con cautela lo scosse dal terriccio e lo osservò sotto un raggio di sole.

«Ehi!» chiamò.

Peter saltò nella stanza, seguito da Carolyn e da un altro tipo. «Magnifico. È un lume quasi intero. Guarda come si riescono a distinguere le decorazioni.»

Lei avvertì la terracotta umida sulle dita e ne seguì la forma liscia e modellata.

«Ecco dove versavano l'olio. Probabilmente olio di oliva.» Peter indicò un piccolo raccoglitore in cima. «E proprio lì immergevano lo stoppino.» Le fece un cenno d'approvazione. «Scommetto che riesci a trovare anche il pezzo mancante.» Lei andava pazza per le sfide. Lui lo aveva capito.

«L'ho trovato» disse meno di un minuto dopo.

Lui saltò di nuovo nella fossa, l'allegria dipinta sul viso. Bridget fu felice di avergli procurato una simile gioia.

«Ben fatto, Bee.» Alzò una mano e fece per darle una pacca sulla spalla, ma la riabbassò prima del contatto. «Registralo e portalo a Maxine. Sarà contenta di avere un pezzo intero.»

PORTA SEMPRE
UNA FIASCA DI WHISKY
IN CASO DI MORSO
DI SERPENTE
E, GIÀ CHE CI SEI,
PORTA ANCHE
UN PICCOLO SERPENTE.

– W. C. FIELDS

«*Pene d'amor perdute* è un grandissimo testo teatrale» dichiarò Carmen. «Eri magnifica leggendo il discorso della Ragazzacomesichiama.»

«Rosalinda» disse Julia, apatica.

Carmen stava cercando di consolare Julia, affranta perché l'avevano scelta per recitare nello spettacolo di gruppo, quello meno desiderabile secondo lei, e non per le altre due produzioni.

«Rosalinda. Giusto. Devi ammettere che si tratta di un testo molto più spassoso del *Riccardo III*.»

Riccardo III era la produzione del secondo spettacolo. Carmen riusciva già a percepire la gerarchia esistente fra quanti erano stati richiamati per questo spettacolo e quanti, in numero superiore, erano stati richiamati per quello di gruppo.

«Già. Ma non vendono nemmeno i biglietti. È a ingresso libero. E all'aperto. Non sembra neppure un vero spettacolo.»

«Come puoi dirlo? Certo che è vero. Andrew ha detto che è quello che attira più pubblico.»

«Perché l'ingresso è libero» disse Julia. «Chiunque può entrare.»

«Ed è un bene. Tu almeno sei stata richiamata» disse Carmen. Non era nemmeno sicura del perché l'avesse detto. Aveva deciso di non parlare a Julia del proprio assurdo tentativo. Ma in questo caso stava cercando di sminuire se stessa per far sentire meglio Julia.

«Tutti sono stati richiamati» disse Julia.

«Non è vero.»

«Che cosa stai dicendo? Melanie Pee ha detto che tutti quelli che si sono presentati sono stati richiamati per qualche produzione.»

«No, non è vero.»

«Come fai a dirlo?» Adesso Julia si era messa a sedere dritta.

«Io non sono stata richiamata» disse Carmen, con una nota di sottile trionfo.

Julia la guardò, sinceramente sorpresa.

«Hai provato?»

«Sì.»

«Mi stai prendendo in giro.»

«È stato quasi per scherzo. Ma ci ho provato.»

«E perché?»

«Non ne ho idea. In effetti, si è rivelato un errore.»

«Cosa hai letto?»

«Perdita.»

«No.»

«Sì.»

Julia sembrava sul punto di ridere ma fece una smorfia di simpatia. «Non sei stata richiamata.»

«Decisamente no.»

«Oh, be'. Sei stata coraggiosa a tentare.»

«Sì, e anche stupida.»

Julia diede una piccola pacca sulla spalla a Carmen e rise. Sembrava che quel metodo di consolazione funzionasse.

Lena non sapeva se fosse a causa di Leo, ma sapeva che ogni ora trascorsa fuori dall'aula di disegno avrebbe desiderato essere là dentro.

«Ciao Lena» le disse Leo giovedì, mentre lei stava uscendo dall'aula, arrabbiata con se stessa per aver trascorso tre giorni interminabili a deprimersi, senza dipingere e senza riuscire a vederlo.

«Ciao» rispose, sentendosi assurdamente orgogliosa perché lui ricordava il suo nome.

«Come va?» le disse.

«Piuttosto bene» gli disse, in tono piatto. Rise, scialba. E sempre in tono piatto gli domandò: «E tu?».

«Bene.»

Ti prego, cerca di essere interessante, implorò se stessa. Portava i capelli sciolti e il mascara per il quarto giorno di fila. Si sentiva un sacco noiosa, ma almeno aveva un aspetto decente.

«Non so se resisterò fino a lunedì» disse Leo. Si passò distrattamente la mano fra i capelli, scompigliandoli ancora di più.

«In che senso?»

«Senza dipingere. Sono proprio a metà di qualcosa che sto cercando di mettere a punto. Ma da qui a lunedì mi sarà sfuggita. È un intervallo troppo lungo, non sei d'accordo?»

Lei annuì. Eccome se lo era. Non era sicura che le proprie ragioni fossero nobili come le sue, ma fu sorpresa che la pensassero nello stesso modo.

«Sto cercando di vedere se Nora è disposta a lavorare qualche ora anche nel fine settimana. Immagino che dovrò chiederlo a Robert.» Si passò di nuovo la mano fra i capelli, scoraggiato. «Vuoi venire anche tu con me?»

Rimase quasi paralizzata a questo pensiero. Quelle parole la cullavano in dolci illusioni. «Uhm.»

Cercò di fare un calcolo. Doveva tirar fuori otto o nove dollari all'ora. Come avrebbe fatto? Non aveva soldi. Quasi ogni sera mangiava i Cup Noodles dalla confezione da ventiquattro che s'era comprata da Costco con la tessera dei genitori. Questo corrispondeva pressappoco al supporto paterno alle sue finanze. Sua madre le aveva sganciato ottanta dollari all'inizio dell'estate, che lei aveva fatto durare per quasi tre settimane.

Ma come avrebbe potuto dirgli di no? Non poteva. Avrebbe impegnato l'orologio. Avrebbe rubato i diamanti di sua madre. Si sarebbe fatta imprestare i soldi da Effie, se fosse stato necessario.

Deglutì. «Mi piacerebbe molto venire con te» cinguettò.

«Sei tu Carmen Lowell?»

Carmen levò lo sguardo dal tavolo della mensa e vide un ragazzo che non conosceva, ma che la stava fissando con inspiegabile intensità.

Ne fu talmente sorpresa che non rispose. Un anno prima avrebbe immaginato che la stesse fissando perché la considerava attraente, ma ora era talmente condizionata dalla propria invisibilità da trovare quello sguardo allarmante. D'un tratto si chiese se non fosse scoppiato un incendio nel suo dormitorio o qualcosa del genere.

«Sì, lei è Carmen Lowell» disse Julia, spazientita da entrambi.

«E brava Carmen. Complimenti. Sophia, laggiù, pensava che

fossi proprio tu, ma io le ho detto che non credevo che avresti tentato.»

Carmen non avrebbe potuto essere più sconcertata. Avrebbe voluto replicare ma rimase a bocca aperta, come un pesce preso all'amo.

«Complimenti, per cosa?» domandò Julia.

«Perché l'hanno richiamata» disse il tipo.

Julia depose la forchetta sul tavolo. Rivolse a Carmen uno sguardo protettivo.

«Non l'hanno richiamata.»

Carmen annuì.

«Sono sicurissimo di sì.» Perché quel tipo continuava a parlare come se fosse Carmen, e non Julia, la sola persona con cui conversare? Ecco un altro particolare insolito. «Non hai controllato la lista?»

«Sì, l'ha controllata» disse Julia in tono polemico.

«Forse dovresti dare un'altra occhiata» disse lo sconosciuto a Carmen.

«Non sa quello che dice» brontolò Julia quando quello se ne fu

andato, e riprese il suo pranzo fatto di insalata e Diet Coke.

Carmen si alzò. Aveva una strana idea che le frullava in testa e doveva liberarsene prima che si trasformasse in un'ossessione.

«Non avevi detto che l'avevi controllata?» le domandò Julia.

«Sì. Ma potrei dare un'altra occhiata.» Carmen afferrò il vassoio con i resti del pranzo.

Anche Julia si alzò dal tavolo.

«Verrò con te. Ho finito.»

Mentre camminavano, Julia parlava e Carmen era agitata.

«Probabilmente quel tipo ha visto una delle liste dei tecnici e si è confuso» disse Julia.

«Sì, probabilmente.»

Ma Carmen stava pensando a un'altra cosa quando aprì con una spinta le porte dell'atrio: lei aveva controllato soltanto due liste. Non aveva pensato di controllare la terza perché era da qualche altra parte, non sapeva neppure dove, e le sembrava assurdo andare in giro a cercarla.

In silenzio, lei e Julia si avviarono alle liste e fecero scorrere gli occhi lungo le colonne. In effetti, il nome di Carmen non c'era.

«Un attimo» mormorò Carmen mentre stavano uscendo. Piegò

in direzione dell'altro lato dell'atrio dove vide attaccata una lista molto più piccola.

«È quella dello spettacolo principale» disse Julia.

Carmen si diresse lì e guardò. C'erano sette nomi sulla lista e il suo era uno di quelli.

A Carmabelle@hsp.xx.com
Da Beezy3@gomail.net
Oggetto: io+terra=amore

Carma,
ho un nuovo amore. Non parlo di Ettore.
Mi sono innamorata di un pavimento di terra pressata. Ne sono ossessionata. Gli sono devota. Sono la sua umile serva.
Lo sposerò. Avrò da lui dei bambini polverosi e piatti.
Non temere, Carma. Amerò sempre le mie amiche anche se sono pulite e rotonde.
Ma, lo sai, non in quel modo.
Con affetto,

Signora Bee Vreeland Dirtfloor

Dopo la sorpresa iniziale, Julia volle riparlarne.

«Non ci posso credere, Carmen» disse.

Volle sapere ogni dettaglio di quanto era successo, la conversazione con Judy. Volle che Carmen le recitasse di nuovo ogni singola parola di quel suo provino pasticciato.

E poi, d'un tratto, Julia non volle parlarne più. Disse che era stanca e in pochi secondi si addormentò.

Così Carmen restò a rigirarsi sotto le lenzuola, chiedendosi se Judy le stesse giocando qualche subdolo tiro. Cosa poteva significare?

E ora avrebbe dovuto prepararsi a una vera audizione per la sera dopo? Come avrebbe fatto? Non aveva alcuna idea in proposito.

In ogni caso, qual era il punto? Che lei non era un'attrice. Non le piacevano le luci. Non voleva la parte.

L'audizione le aveva confermato che lei non c'entrava niente con il palcoscenico, anche se non era riuscita a dimostrarlo a Judy.

La mattina seguente si alzò presto. Girellò fino alle nove finché trovò dove era ubicato l'ufficio di Judy, e di conseguenza Judy.

«Credo che tu abbia fatto un errore» disse, indugiando nervosa davanti alla sua scrivania.

Judy si tolse gli occhiali da lettura. «Quale errore?»

«Inserirmi nella lista delle persone scelte per *Il racconto d'inverno*.»

Judy le rivolse un'occhiata alquanto sorpresa. «Non è stato un errore.»

«Penso che lo sia.»

«Carmen, sei tu o sono io l'addetta alla selezione degli attori?» Judy non sembrava scortese ma le sue sopracciglia contratte incutevano soggezione.

«Lo so. Lo so. Ma io penso che non sarò all'altezza.»

«Ma non sai nemmeno quale parte ti assegneremo!»

«Sì, è vero, ma credo che non sarò all'altezza per nessuna parte.»

«Per favore, puoi lasciare a me questo compito?» Ora sembrava seccata.

«Judy. Dico sul serio. Non so neanche come prepararmi per un'audizione. Ho una pessima memoria. Non farei un buon lavoro. Penso che ci sarebbero tante altre persone in grado di fare un buon lavoro. Per esempio, la mia amica Julia Wyman, sarebbe magnifica. L'ho ascoltata leggere Perdita ed è stata molto più brava. Sa tutto a memoria.» Carmen si rese conto di quanto puerili dovessero sembrare le sue parole.

«Carmen, senza offesa per la tua amica Julia, ma io vedo quella ragazza venti volte al giorno.»

Carmen non riusciva a capire, finché comprese che Judy parlava in senso metaforico.

«Una ragazza educata, posata e ambiziosa, ma non è ciò che sto cercando in questo preciso momento. Quando legge Perdita, io ascolto una pastorella che crede di essere una principessa. Io voglio una pastorella che crede di essere una pastorella.»

Carmen non la seguiva fino in fondo, ma non intendeva discutere.

«Io sto cercando qualcuna che sia un po' più permeabile, capisci? Qualcuna che sia fragile, meno sicura di tutto.»

Carmen annuì, pensando per la prima volta che Judy non fosse del tutto pazza.

Quando fece ritorno in stanza, telefonò alla madre.

«Complimenti, Carmen. È straordinario.»

«Mamma, non è straordinario. È spaventoso. Non credo di volerlo fare. Non so neanche come farlo.» La sua voce non era mai stata tanto simile a un lamento. «Tu lo sai che non sono un'attrice!»

La madre fece una pausa per riflettere. «Sì, *nena*, ma sei sempre stata teatrale.»

«Mamma!»

Perché tutti continuavano a dirglielo?

Mai un fine settimana trascorse più lentamente. Lena si ricordò del vecchio detto: uno sa di aver scelto la carriera giusta da come si sente la domenica sera. Che luce gettava sulla vita lavorativa di una persona il fatto di detestare il venerdì sera?

Non aspettò altro che la lezione di pittura del lunedì. E fu ancora più felice quando Leo si avvicinò al suo cavalletto nel primo intervallo.

«Robert dice che non possiamo farlo» le disse, deluso.

«Perché no?» gli domandò.

«Non possiamo usare l'aula. Fesserie sull'assicurazione e sul fatto che occorre la presenza di una persona della sicurezza nell'edificio. Non so. Dice che non possiamo neanche ingaggiare Nora fuori degli orari scolastici.»

«Davvero?»

Lui scosse il capo.

«Accidenti!» disse in un tono un po' troppo contento. Ma lei era euforica perché le sembrava che lui la considerasse sua amica.

«Già.»

Da una parte era un bene perché così non avrebbe dovuto rubare i diamanti di sua madre. Ma come poteva superare un altro fine settimana? La campanella suonò ed entrambi ritornarono al proprio quadro. Alla fine della lezione lei impiegò molto tempo a mettere via le sue cose ed era eccitata quando lo vide ritornare al suo cavalletto.

«Non che mi importi dipingere proprio Nora» le disse mentre uscivano insieme dall'aula, ritrovandosi alla luce del sole. «Sì, sarebbe perfetto. Ma quello che voglio è soprattutto poter continuare a dipingere. Penso che dovremmo lavorare ogni giorno. Lunedì mi sento sempre come se dovessi ricominciare da capo.»

«Capisco» gli disse in un tono piatto.

Lui camminava veloce. Lena doveva quasi correre per stargli dietro.

«Potrei lavorare su una natura morta, o qualcosa del genere» le disse. «Ma quest'estate voglio esercitarmi in figura. Voglio concentrarmi su questo. Non è la stessa cosa che star lì a fissare un cesto di frutta.»

«Già.»

Si fermò. «Ti va un caffè?»

«Certo» disse.

La guidò dietro l'angolo. «Qui fanno un ottimo caffè freddo» disse.

«Magnifico.» Le sue lentiggini erano simpatiche.

Ordinò due caffè. «Hai tempo di sederti un minuto?»

E perché non un'ora, avrebbe voluto dire. *O sette ore?* Per un attimo non poté far a meno di sorridere.

«Sì» disse per tutta risposta.

Si sedettero.

«Ho un sacco di minuti» aggiunse, in un eccesso di onestà.

«Davvero?»

«Sì. Quest'estate la mia agenda è piuttosto vuota.» Ma perché quando la bocca le obbediva diventava mortalmente noiosa e quando non le obbediva era denigratoria? Non c'era una via di mezzo?

Le rivolse uno sguardo. Era dispiaciuto per lei? Non era precisamente affascinante ammettere di non aver nulla da fare.

«È che devo dipingere» si affrettò ad aggiungere. «E lavoro in biblioteca per otto ore alla settimana. Ma nessuna delle mie amiche è da queste parti quest'estate e così...»

«Capisco.»

«Già.»

Lui rimescolò un po' il ghiaccio nel caffè freddo. Sembrava rammaricato. «Devo rimettermi subito al lavoro. Ma domani sera cosa fai?»

Lei arrossì. Si sentiva stupida. Carità e romanticismo non vanno d'accordo. «È molto carino da parte tua, ma...»

«Ma cosa? Vieni per cena. Smettila di fingere di avere altri programmi.»

Lei rise. «Non sono credibile, vero?»

«Allora va bene. Ecco.» Pescò nella borsa un pezzo di carta e una penna. Scrisse il suo indirizzo. «Verso le sette?»

«Okay» disse in un sussurro.

Quando lui uscì dal locale, Lena si sentì quasi mancare l'aria. Leo le aveva chiesto di cenare insieme. Aveva un appuntamento con Leo.

Una parte di lei era contenta. Ma un'altra parte sapeva che non c'era nulla come un appuntamento per rovinare una relazione sul nascere. Soprattutto un appuntamento generato dalla pena.

CARATTERISTICA
DELLA SAGGEZZA
È NON FARE
COSE DISPERATE.

– HENRY DAVID THOREAU

I Pantaloni Viaggianti arrivarono di lunedì. Le mestruazioni, no. Quando le aspetti, non arrivano mai, rifletté Tibby.

Decise di cambiare strategia. Avrebbe provocato il destino. Indossò delle mutandine di pizzo leggerissime e infilò i Pantaloni Viaggianti. Andò a iscriversi ai corsi estivi.

Con una piccola parte del cervello riempì i moduli nell'atrio del dipartimento di cinema, e consultò il programma. Con la restante parte di cervello pensò che doveva smettere di pensare al suo utero.

Dalla prima volta che aveva indossato i Pantaloni Viaggianti aveva sempre avuto la segreta paura che le sarebbero venute le mestruazioni mentre li portava. Non si potevano lavare i Pantaloni, ovviamente. Era la prima regola e la più severa. Tibby si era spesso immaginata la vergogna che avrebbe provato se avesse macchiato i Pantaloni e avesse dovuto rispedirli così. Si immaginava intenta a lavarli di nascosto, nella speranza che nessuno se ne accorgesse.

Questa paura l'aveva spinta, fin dalla prima estate, a mettersi la biancheria più resistente quando indossava i Pantaloni, e anche un salvaslip. Aveva poi scoperto di non essere l'unica a fare così. Era diventata una sorta di cortesia fra di loro.

Ma non quel giorno. Quel giorno aveva scelto di correre il rischio estremo. Succeda quel che succeda, pensò inconsciamente, mentre entrava a grandi passi nella sua camera, quel pomeriggio.

«Tibby?»

Indietreggiò fino alla porta. Il sangue le scorreva tumultuoso nelle vene. Mai prima d'ora, alla vista di Brian nella sua stanza, si era allarmata.

«Scusami» le disse, cogliendo la sua insofferenza. Di solito si metteva a sedere sul letto ma questa volta rimase in piedi. Quando cercò di prenderla fra le braccia, lei lo allontanò.

«Oggi non è un bel giorno» disse.

«Non hai risposto al telefono. Volevo assicurarmi che stessi bene.»

«Sto bene.»

«Davvero?» Lui desiderava tanto parlarle. Si capiva. Ma Tibby fece molta attenzione a mantenersi sulle sue. Non poteva aprirsi, nemmeno un pochino.

«Stasera non lavori?» gli domandò.

«Ho scambiato il turno.»

«E domani mattina?»

«Sarò di ritorno per allora» disse.

«Torni stasera?»

Annuì. «Volevo solo vederti.»

Quello fu il primo momento di sollievo. Non intendeva fermarsi.

«Sì. Bene.»

Lui aveva i capelli appiccicati. Da quanto non si faceva una doccia? «Lo so che sei preoccupata. Anch'io sono preoccupato. Vorrei solo poter…»

«Non puoi» disse in fretta. Guardò per terra. «Questo è il momento in cui sei contento di essere tu il ragazzo e io la ragazza.»

Brian le mostrò tutta la sua sofferenza. «Io non sono contento.»

Lei vide com'era ridotto, vide come lo stava riducendo. Pensò ai Pantaloni e al suo unico, ossessivo desiderio. C'era qualcosa che non avrebbe buttato all'aria? Qualcosa che non avrebbe sacrificato per una macchiolina di sangue?

«So che non sei felice» gli disse in tono di scusa.

«Vorrei poter fare qualcosa.»

Voleva che lui se ne andasse. Ecco cosa poteva fare per lei. Voleva restare sola con il suo utero. «Se mi viene in mente qualcosa, te lo farò sapere» gli disse, aprendo la porta e spostandosi di lato per farlo uscire.

«Sicura?»

«Sì.»

«Promesso?»

«Sì.»

«Tibby?»

«Sì?»

Lui pareva sul punto di piangere. Avrebbe voluto parlare.

Non avremmo dovuto farlo, avrebbe voluto dirgli. *Abbiamo incasinato tutto noi. Perché lo desideravi tanto? Perché mi hai fatto credere che non ci sarebbero stati problemi?* Avrebbe dovuto dire queste cose a Brian. Invece le ripeté soltanto a se stessa, per l'ennesima volta.

«Cosa?» lo incalzò, sapendo bene cosa voleva.

Lui la guardò un'ultima volta prima di voltarsi e andarsene. Si sentì meschina. Era meschina. Odiava se stessa più di quanto odiasse lui.

Lui si diresse verso l'ascensore. Aveva fatto tutta quella strada e ora l'avrebbe rifatta all'incontrario. Soltanto Brian poteva fare una cosa del genere.

Di solito questi suoi gesti la toccavano. Le piaceva il suo modo di comportarsi, il suo modo di credere in se stesso e di credere in lei, al di là di tutto quello che poteva succedere al resto del mondo.

Di solito lei capiva i suoi sentimenti e i suoi gesti. Stasera si sentiva diversa. Dopo aver richiuso la porta, si domandò quale persona sana di mente avrebbe fatto un viaggio di dodici ore per
vedere una ragazza per dieci minuti.

Julia lavorava sulla parte della principessa di Francia, mentre Carmen studiava nervosa quella di Perdita.

«Perdita significa ragazza smarrita, lo sapevi?» domandò Carmen sollevando gli occhi dal libro, la sera prima dell'audizione. La stanza era immersa nel silenzio da così tanto tempo, che desiderava il sollievo di un po' di conversazione.

«Sì, lo so» disse Julia, seccata.

Carmen cercò di non sentirsi urtata. «Vuoi che legga Biron o il re per te?» le domandò.

«No, grazie.»

Più tardi Julia sembrò a disagio. «Carmen, vuoi che legga con te?» le domandò.

«Sicuro. Sarebbe bello. Ti va di fare Polissene?»

«Va bene.»

«Okay, comincerò da dove lei va...» Carmen diede una sbirciata alla pagina sapendo che doveva cercare di ripetere a memoria. «Uhm, ecco... "Benvenuto signore..."»

«Continua.»

«"Benvenuto signore! È volontà di mio padre che io assuma il compito dell'ospite..."»

«No» l'interruppe Julia. «Non è ospite, è padrona di casa. E non devi dire "che io". Devi dire "ch'io". È una contrazione. Così: "È volontà di mio padre ch'io assuma il compito della padrona di casa".»

«Chiaro» disse Carmen. Cercò di ripeterlo.

Julia la fermò dopo tre battute. «Carmen, hai mai letto Shakespeare?»

«Non tanto. E mai ad alta voce. Perché?»

«Perché la tua metrica è tutta sbagliata. Dal punto di vista del ritmo suona proprio male.»

«Oh.»

Erano amiche: Carmen non riusciva a credere che Julia fosse stata cattiva di proposito, come il suo tono lasciava intendere.

«E non ho neanche tempo per insegnarti tutto» disse Julia. «Ho un sacco di lavoro da fare per la mia audizione.»

«Già» disse Carmen. Si sentiva sul punto di piangere.

Julia chiuse il libro e sembrò insensibile ai sentimenti di Carmen.

Carmen tenne gli occhi fissi sul copione.

«Senti, Carmen, senza offesa, ma sei sicura di volerti sobbarcare tutta questa fatica? Non sembra una parte adatta a te, sai? Ti stai ammazzando di lavoro e le probabilità di riuscita sono molto scarse. Forse dovresti decidere di smettere. È quello che farei se fossi al tuo posto.»

Carmen non voleva piangere. «Ho già tentato di ritirarmi» disse in un soffio. «Ho detto a Judy che aveva commesso un errore.»

«Gliel'hai detto?» si affrettò a dire Julia ad alta voce. «E lei cosa ti ha detto?»

«Che non era vero.»

A questo punto il viso attraente di Julia non appariva più così attraente. Sembrava contratta e sospettosa. Carmen cercò di usare la propria immaginazione per ricostruire il volto grazioso dell'amica, per ricordare le ragioni della loro amicizia.

«Cosa non era vero?»

«Che aveva commesso un errore.»

«Ah, già. Ma tu ti conosci meglio di lei.»

Carmen annuì, muta. Si distese sul letto, con il viso rivolto contro il muro. Cosa c'era che non andava in lei? Julia si stava comportando da strega e lei aveva solo voglia di piangere. Dov'era finito il famoso carattere di Carmen? Lei era una maestra nel tirarsi su.

Ma le sembrava che quella Carmen fosse solo una vecchia conoscenza. Quella Carmen non era questa Carmen. Questa era una Carmen sbiadita. Aveva perso tutto lo smalto.

Forse bisogna sentirsi forti per tirarsi su. Bisogna sentirsi amate. Si era sempre trovata meglio con le persone da cui sapeva di essere amata.

Desiderava solo addormentarsi e dormire fino a dopo l'audizione e dimenticare tutta quella brutta storia. Forse Julia non aveva voluto essere cattiva. Forse aveva voluto essere onesta e la verità è amara da ingoiare. Carmen non sapeva leggere Shakespeare. La sua metrica era indubbiamente sbagliata.

Avrebbe tanto voluto dormire, ma non ci riuscì. Anche molto tempo dopo che Julia aveva spento la luce, continuò a sentirsi male. Era disperata e, a parte i Pantaloni, non riusciva a capire come venirne fuori.

E allora pensò che c'era solo un modo.

In silenzio afferrò il suo copione da sotto il letto. In silenzio uscì dalla stanza nel corridoio.

Si sedette fuori dalla porta, in un angolo dove la luce era buona. Provando uno strano sentimento di ribellione, rimase in quel posto a studiare le sue battute.

Le lesse tutte. Non solo quelle di Perdita ma l'intero testo. Lo rilesse da capo e poi, nelle ore che restavano prima del mattino, lesse la parte di Perdita, con sempre maggiore attenzione. Non cercava di imparare a memoria né di immaginarsi quello che Julia avrebbe detto sulla metrica. Cercava solo di capire il testo.

Carmen non sapeva recitare come un'attrice. Ma a un tratto si rese conto che non era questo che le veniva chiesto. Lei doveva recitare come se fosse Perdita. Doveva recitare il ruolo della figlia perduta di genitori divisi: un padre imperfetto ma pentito, una madre tormentata ma retta che era stata portata via per mare. Forse quella era una cosa che avrebbe potuto fare.

BASTA UN SOLO GIORNO
A RENDERCI UN PO'
PIÙ GRANDI.

– PAUL KLEE

Lena, vestendosi per quel presunto appuntamento, si rese conto che erano due giorni che non pensava a Kostos. Paragonati al solito, due giorni equivalevano a un'eternità. L'aveva già dimenticato? Questo significava dimenticare? Forse il fatto che stesse ancora chiedendoselo voleva dire di no, che non l'aveva ancora dimenticato.

Lena voleva sembrare bella, ma non bella come per un primo appuntamento. Non voleva sforzarsi troppo, ma sperava che lui si accorgesse che era attraente. Come se ne erano accorti gli altri. Le parve una cosa buffa. *Tu, Leo, puoi non averlo notato, ma tutti mi considerano attraente.*

Le piaceva Leo e lo ammirava per il fatto di non averla notata come facevano tutti, però allo stesso tempo voleva che lui la notasse. Il suo aspetto sembrava colpire molto gli altri, ma le causava anche tensione e disagio, per via dell'attenzione appiccicosa e degli innumerevoli commenti di coloro che la giudicavano una principessa o una snob. Ogni tanto, però, poteva anche trarne dei vantaggi.

Sprofondò nel ricordo dell'ultima volta in cui lo aveva fatto. Era stato al funerale di Bapi, quando sapeva che avrebbe rivisto Kostos. Lena smise di prepararsi. Lasciò cadere la matita per gli occhi sulla toeletta. Si sedette sul letto, le mani infilate sotto le cosce. Quello era stato uno dei peggiori giorni della sua vita.

Si fissò per un attimo i piedi e poi guardò fuori, attraverso la finestra, il palazzo di fronte. Capì che non aveva dimenticato.

Quando si rialzò dal letto, smise di armeggiare con i trucchi e i capelli. Si cambiò le scarpe, calzando quelle comode che le facevano sembrare i piedi le due barche che in effetti erano. Esitò. Poi uscì così com'era.

Si incamminò con l'indirizzo di Leo in una mano. Dove abitava? Aveva un compagno di stanza? Sarebbe stato un normale appuntamento? O si trattava del gesto di un amico impietosito? Quale delle due ipotesi era preferibile? Non era sicura di volerlo sapere.

Svoltò nella strada di Leo. Conosceva la via, ma non quella parte. Era deserta e un po' equivoca; eppure i loft ricavati dai vecchi edifici industriali erano romantici.

Si fermò di fronte al numero 2020. Citofonò al 7B. Il 7B frusciò in risposta. Entrò e si accertò che il portone si richiudesse dietro di lei.

Di tutte le centinaia di possibilità che aveva preso in considerazione, una delle poche non considerate le si presentò alla porta.

«Ciao. Sono Jaclyn. Tu sei Lena?»

Lena rimase a bocca aperta per un secondo di troppo, poi allungò la mano. «Sì, ciao.»

Jaclyn era un'afroamericana, alta, sui quarant'anni o poco più. Indossava una camicia da lavoro di cotone imbrattata di vernice su dei pantaloni grezzi verde oliva, con eleganti chiusure lampo di colore marrone. Aveva tre mollette di brillantini nelle lunghe treccine. Era bella.

Mentre guardava l'appartamento alle spalle della donna, il cervello di Lena si affrettò a prender nota dei particolari. Era un loft enorme. Il soffitto del locale principale doveva essere alto sei metri e tutt'attorno correva una galleria che rivelava l'esistenza di un secondo piano. La balconata era rivestita di enormi arazzi e alcuni tappeti dall'aria antica.

La donna e quel luogo ebbero l'effetto di confonderle i sensi ma il suo cervello si chiese cosa c'entrava lei, Lena, in tutto questo. Leo era un tipo meno convenzionale di quanto avesse immaginato. E a quanto pareva gli piacevano le donne mature.

Leo apparve alle spalle di Jaclyn. «Benvenuta. Entra.»

Li seguì attraverso la grande stanza nell'angolo cottura sotto la balconata. La tavola era sistemata lì e le pentole bollivano sui fornelli. L'aria era impregnata di profumi di spezie e aglio.

«Spero che ti piaccia, ehm, il cibo saporito» disse Jaclyn «Leo usa una testa d'aglio ogni volta che cucina.»

Un altro senso fu ottenebrato. Un'altra sorpresa su Leo. Lena annuì. «Sono greca» disse.

Jaclyn rise. «Perfetto» disse.

Leo manovrava tutti e quattro i fornelli con ammirevole sangue freddo. Lena era cresciuta in una famiglia di cuochi, ma non sapeva destreggiarsi neanche con un solo fornello.

«Mamma, puoi passarmi il burro?» esclamò Leo.

Tutti i pezzettini e i frammenti sparsi che vorticavano nel cervello di Lena tornarono a ricomporsi. Jaclyn era sua madre?

Jaclyn prese il burro.

La prova che era davvero sua madre: non c'era nessun'altra lì attorno che potesse esserlo.

Lena fece vagare lo sguardo da Jaclyn a Leo e viceversa. Ehi. Pensò alla pelle bruno dorata di Leo. Ora aveva un senso. Lena vide, ora che riusciva a vedere, quanto Leo avesse preso della bellezza materna.

Lena si accorse che come ospite a cena non era carino restarsene lì muta. Chiese, educatamente: «Posso darvi una mano?».

«Penso che sia pronto» disse Jaclyn, cercando qualcosa nella credenza. «Leo, come va?»

«Un paio di minuti» disse. «Ehi, Lena, mi porteresti i piatti?»

Era contenta di fare qualcosa. Prese i piatti gialli e li impilò facendo attenzione. «Sono belli» sussurrò.

«Sono della mamma» disse Leo.

Le ci volle un secondo per comprendere che non intendeva dire che erano proprietà di sua madre.

«Vuoi dire che…»

«Che li ha fatti lei. È una brava ceramista.»

«Tu hai fatto questi?» chiese scioccamente a Jaclyn, intenta a disporre i bicchieri.

«Sì. Vuoi acqua? Succo di frutta? Vino?»

«Acqua» disse Lena. Non poté impedirsi di rivolgere uno sguardo di autentica ammirazione a Jaclyn. Era bella. Era giovane. Aveva creato quegli stupendi piatti gialli da tavola. D'un tratto si chiese cosa ne era del padre di Leo. C'era un padre? I piatti erano solo tre.

Lena ripensò a sua madre, con i suoi abiti beige confezionati su misura e la sua valigetta lucida.

Gli unici sensi di Lena non ancora offuscati erano le papille gustative, ma pochi bocconi ottennero lo scopo. C'era agnello speziato al curry con verdure, sopra una qualità di riso stranamente delizioso. «È così buono» disse a Leo con palese ammirazione. «Non posso credere che l'abbia fatto tu.»

Lui rise e lei capì che non l'aveva preso come un complimento. «Non voglio dire che non mi sembri capace di cucinare» cercò di scusarsi «ma che io non saprei da che parte cominciare.»

Perché doveva sempre sminuirsi davanti a lui? Quale fascino poteva esercitare quel suo atteggiamento?

«Forse non hai fatto abbastanza pratica» disse Leo.

«È vero. Tutti cucinano nella mia famiglia; non ho mai avuto bisogno di farlo finora.» Pensò con una certa vergogna a tutti i suoi cibi pronti. «I miei nonni avevano un ristorante in Grecia.»

Da quel momento la conversazione si movimentò. Jaclyn volle sapere tutto della sua famiglia e di come i suoi genitori fossero finiti in America. Lena parlò per un po' e quando si ricordò di come si sentisse timida e spersa, Jaclyn andò in suo aiuto con una storiella buffa: quando era andata in Grecia con un suo vecchio fidanzato, l'aveva perso nel mercato vicino all'Acropoli e non l'aveva più rivisto.

Poi Lena scoprì che il padre di Leo era un uomo d'affari

dell'Ohio e non faceva più parte della loro famiglia. E che Jaclyn aveva cresciuto Leo praticamente da sola.

«Ci ha mantenuto vendendo le sue ceramiche e i suoi arazzi» le spiegò Leo con orgoglio.

Lena ammirò gli arazzi e tutti gli altri incantevoli oggetti che ricoprivano le pareti e gli scaffali. Tutto lo spazio era riempito da oggetti creati da loro due. Disegni, ceramiche, sculture, quadri. Era quasi imbarazzante per Lena.

Ripensò alle grigie pareti vuote di casa sua e alle fredde superfici lucide di metallo e pietra. I suoi genitori, che provenivano da un romantico e caotico paese, ed erano cresciuti in case antiche e disordinate, ora volevano soltanto la lucentezza americana.

Sei diventata grande, pensò Lena. *Sei uscita di casa. Ora vedi altri modi di vivere.*

Lena si guardò attorno, quasi intossicata dal desiderio. Questo era ciò che voleva.

Era tardi e Bee aveva ancora mani e ginocchia per terra. Aveva ripulito molti altri centimetri di pavimento e non riusciva a smettere. Avrebbe saltato anche la cena. Avrebbe lavorato anche al chiaro di luna, se fosse stato necessario. Poteva farlo anche al buio. Nelle ultime tre notti l'aveva sognato. Semplicemente adorava quella sensazione di scoprire il pavimento, sotto le sue mani, millimetro dopo millimetro. Ora credeva sul serio di sapere dove fosse.

L'unica differenza, quella sera, era che Peter stava inginocchiato a pochi centimetri da lei e lavorava con lei per scoprirlo. Non era ancora entrato in sintonia con il pavimento come Bee, ma lei aveva notato con una certa soddisfazione che aveva messo da parte la cazzuola e aveva adottato la sua stessa tecnica. Bee diventava più veloce, delicata e sicura a ogni ora che passava.

«Puoi andartene» gli disse. «Sul serio, va tutto bene. Io sono una maniaca esaltata dal lavoro. Lo so, non posso farci niente. Ma giuro che non rovinerò nulla.»

«Lo so che non lo farai» le disse, quasi sulla difensiva. «Non resto per te.»

Lei rise. «Buono a sapersi.»

Aveva quell'aria un po' assente, la stessa che veniva a lei quando tastava con le mani per terra. «Voglio dire» disse Peter, sollevando le mani impolverate. «È una droga.»

«Come se non lo sapessi.»

«Peggio dei pistacchi.»

«Molto peggio.»

Lui si allontanò un momento per prendere un faretto che attaccò al generatore. Poi saltò di nuovo nella buca.

«Ehi, guarda» gli disse Bee. Sollevò un grosso pezzo di terracotta. «Un altro.» Ne avevano fatto delle pile e li avevano messi da parte con le loro etichette di identificazione. Era sempre più tardi.

«Proviene da un kylix attico» le disse.

«Penso anch'io.»

«Grandioso. Potremmo trovare l'intero vaso.» Era eccitato. Quando lavorava, ci metteva tutta la sua passione. E lei riusciva a capirlo.

«Potremmo, sì» lo punzecchiò di rimando.

Dopo un po' lui s'interruppe di nuovo per andare a prendere alcuni pezzi di pita, una tavoletta di cioccolato e mezza bottiglia di vino rosso. Che divise galantemente con lei.

Finito di mangiare, rimasero a lungo in silenzio, lavorando. Lei sentì una risata isolata provenire dalla cima dell'altura, dove era in corso la solita festa notturna.

«Un altro reperto» le disse. «Proviene da un lume.»

«Grr» lei proruppe. «Di' *frammento*! Non dire *reperto.*» "Reperto" era l'unica parola nell'archeologia che non le piacesse.

Lui le lanciò uno sguardo di sfida. «Reperto.»

«Basta!»

«Reperto.»

«Lo odio.»

«Reperto.»

«Peter! Smettila!»

«Reperto.»

Si allungò e gli diede una spinta, cogliendolo di sopresa. Lui non era in equilibrio e cadde per terra.

A Bee dispiacque, ma non riuscì a trattenere una risata fragorosa. Gattonò sulle ginocchia verso Peter. Voleva chiedergli scusa, ma le parole non uscivano.

Lui si allungò e per ripicca le diede una spinta. Bee cadde all'indietro, continuando a ridere tanto da rischiare di soffocarsi. Entrambi erano per terra, storditi, ubriachi.

Quando lui riprese a respirare normalmente e si mise seduto, le porse una mano. «Tregua?» disse, aiutandola a rialzarsi.

Bee si rimise sulle ginocchia. Lui stava ancora stringendo nella sua mano quella impolverata di lei. Se l'attirò al petto.

Tregua, avrebbe voluto dire lei, ma ricominciò a ridere.

«Reperto» disse lui.

Quando Carmen arrivò in mensa per la cena, dopo l'audizione, Julia le chiese com'era andata. Dalla sua espressione sembrava che avesse già in mente la risposta giusta.

È stato un disastro, avrebbe dovuto dire Carmen. *Ho fatto proprio la figura della cretina.*

Era quello che Julia voleva sentirsi dire, e se lei l'avesse accontentata, si sarebbero messe a ridere dell'accaduto e sarebbero tornate unite.

Carmen poggiò il vassoio e si sedette. Ma se Julia era veramente sua amica, perché voleva sentire quelle parole? E se Carmen era tanto brava a difendersi, perché sentiva il bisogno di dirle? Perché Julia voleva che fosse un fallimento, e perché lei si adeguava?

«Non ne ho idea» disse Carmen sincera. «Non saprei davvero che dire.»

«Judy ha detto qualcosa?» Julia sembrava impaziente, insoddisfatta.

«Ha detto: "Grazie, Carmen".»

«Tutto qui?»

«Tutto qui.»

L'atmosfera fra loro era così fredda che Carmen si aspettava che avrebbero passato il resto della cena in un silenzio punitivo. Ma dopo pochi minuti arrivarono due ragazze del loro dormitorio.

«Ciao, Carmen. Ho sentito che hai fatto una grande audizione» disse Alexandra.

Carmen non riuscì a nascondere la propria meraviglia. «Davvero?»

«È quello che ha detto Benjamin Bolter. Ha detto che avevi un'energia molto spontanea.»

Carmen non era sicura dell'esatto significato di quelle parole. «Grazie. Ero nervosa.»

«Essere nervosi può essere positivo» disse Rachel, l'altra ragazza.

«Comunque, mi auguro che tu ce la faccia veramente. Non sarebbe favoloso?»

Carmen guardò le due ragazze andarsene e d'un tratto provò il desiderio di cenare con Alexandra e Rachel anziché con Julia.

Mentre uscivano dalla mensa, Carmen si accorse che un gruppetto di ragazzi la fissava dal tavolo di fronte. Conosceva uno di loro, un certo Jack, che la salutò con la mano. «Magnifico, Carmen» gridò.

Si sentì arrossire. Avrebbe voluto portare gli orecchini ed essere un po' truccata. Sentì nel petto il tamtam dell'eccitazione. Comportava certe responsabilità, essere visibile.

A Tibberon@sbgnetworks.com
Da Carmabelle@hsp.xx.com
Oggetto: chiamami chiamami chiamami

Ehi, ragazza dei misteri metropolitani. Mi vuoi telefonare? Ho qualcosa di eccitante da dirti e non voglio scriverlo. Devi chiamarmi. Avanti. E non fare quella cosa di lasciare un messaggio quando sai che non ci sono.

Entro le undici di quella sera, Lena era già rilassata e felice. Aveva la pancia piena. Sapeva di essere innamorata. Se non di Leo, almeno di sua madre.

«Così ho chiesto a Nora se posava per noi, anche se non avevamo il permesso» disse Leo, mentre mangiavano frollini e lamponi come dessert.

«E lei cosa ha detto?» chiese Lena, i gomiti poggiati sul tavolo.

«Ha detto che ci avrebbe pensato. Non sono troppo ottimista.»

«In verità» disse Lena «vorrei tanto farlo, ma probabilmente non posso permettermelo. A meno che non rubi i gioielli di mia madre. Cosa che ho preso in considerazione.»

Leo rise. «Sono solo otto dollari all'ora se dividiamo.»

Lena si portò una mano alla tempia.

«Lo so. Ma non ho soldi. Più o meno mi pago io la scuola ed è...»

«Assurdamente cara» concluse Jaclyn. «Hai chiesto dei contributi economici?»

«Non avevo i requisiti» spiegò Lena. «I miei genitori hanno i soldi ma mio padre non sopporta l'idea che io... sia un'artista.»

Di solito Lena se lo teneva per sé, perché si vergognava dei suoi genitori. Ma quella sera lo disse con una nota di orgoglio.

«Dovresti chiedere una borsa di studio» disse Leo. «Come ho fatto io.»

«E tu hai avuto i soldi per gli studi?» gli domandò.

«Per gli studi, per la retta, per ogni cosa. Aiuta, essere nero» disse. «Ho vinto pressoché tutte le borse di studio per cui ho fatto domanda.»

Aiuta essere il miglior pittore della scuola, pensò lei. «Ho solo una borsa parziale» spiegò Lena. «Per il prossimo anno ho fatto richiesta per una copertura totale. Lo saprò in agosto.»

«Sono certo che ce la farai» disse Leo. «Ma se vuoi ti aiuterò con il tuo portfolio.»

Lena arrossì di piacere. «Grazie» disse. Non era sicura di potergli far vedere tutti quei disegni che era abituata a considerare buoni. «Ho solo bisogno di alcuni quadri finiti, sai?»

Jaclyn si alzò per svuotare le tazze. «Dovreste fare quello che facevamo noi quando frequentavo la scuola d'arte.»

«Cosa?» chiese Leo, i piedi infilati in un paio di calzini blu scoloriti, appoggiati su un angolo del tavolo.

«Eravamo abituati a scambiarci le pose gli uni con gli altri. Facevamo ritratti, figura, tutto quanto. Non spendi un soldo ed è bello. La maggior parte dei soggetti dei disegni e quadri che ho fatto a scuola sono i miei amici.»

«Non conosco così tante persone al corso estivo» ammise Lena.

Jaclyn indicò Leo. «Vi conoscete voi due. Potete farlo voi due.»

Mentre Leo soppesava l'idea, Lena cercò di comprenderne il significato.

«Vuoi dire che io poso per Leo e lui posa per me?» Dal modo in cui la guardarono si sentì una bambina sciocca.

Leo cominciò a entusiasmarsi.

«Potremmo fare come vogliamo. Io potrei posare per te il sabato e tu potresti farlo per me la domenica. Potremmo lavorare con questo sistema per tutti i prossimi fine settimana.»

Lena si sentì mancare l'aria. Cercò di abbassare le palpebre per mascherare un po' i suoi occhi sgranati.

«E fa anche bene a un artista posare. L'ho sentito dire» disse Leo, ma la sua voce le sembrò distante. «È utile considerare il processo anche dall'altra parte. Ti migliora nel lavoro con i modelli.»

Lena sentì che il suo capo annuiva.

«E così, potremmo finire un quadro a figura intera entro la fine dell'estate.»

Lena si sentiva sola, intrappolata nella propria testa con i suoi pensieri rumorosi, rallentati. Doveva posare per lui per un quadro a figura intera? I frollini le si erano fermati in gola, ostruendola. Avrebbe posato per lui? «O un ritratto» disse nervosa, con la voce soffocata.

«Puoi fare un ritratto» le disse Leo, che sembrò sorvolare sul vero significato di quelle parole. «Se vuoi.»

Lena, semplicemente, non riusciva più a inghiottire i frollini. Erano lì in gola e la stavano soffocando. Sapeva che non c'era spazio per il moralismo nell'addestramento e nella carriera di un pittore ritrattista. Eppure.

Cercò ancora una volta di deglutire. Forse suo padre non aveva tutti i torti.

NEL PROFONDO DELL'INVERNO
HO FINALMENTE CAPITO
CHE C'È IN ME
UN'INVINCIBILE ESTATE.

– ALBERT CAMUS

La mattina dopo, Carmen scovò dei pantaloni rossi a zampa di elefante che non aveva più indossato dalla fine dell'estate precedente. Li aveva messi per andare con Win da Target a fare spese per la scuola. Si era messa anche una bandana, in perfetto stile trasandato, e lui l'aveva baciata a lungo nel parcheggio.

Dio, sembrava un tempo lontanissimo.

Indossò un top nero sexy e si mise due grandi orecchini d'argento a cerchio. Si passò un'ombra di rossetto rosso, perché sapeva che le donava. Si sciolse i lunghi capelli indisciplinati, liberandoli dal solito fermaglio. Mentre usciva dal dormitorio, alla luce del sole, si sentì una persona completamente diversa. Una persona familiare, però.

Voleva percorrere senza fretta il tragitto verso l'atrio del teatro. Voleva tenere il motore al minimo, mantenere le aspettative sotto controllo. Le possibilità di vedere il proprio nome sulla lista del cast erano minime, lo sapeva. Una su sette, nella migliore delle ipotesi, e sapeva di non essere preparata e nemmeno all'altezza degli altri sei.

Due giorni prima, si trovava nell'ufficio di Judy per tentare di non farsi prendere. Ora invece… cosa?

Ora lo voleva. Era rimasta alzata tutta la notte a lavorare, a pensare e studiare, e alla fine aveva iniziato a desiderarlo.

Entrando nel teatro sentì il cuore batterle all'impazzata, così forte che sembrava scuoterle tutto il corpo. In un certo senso era più facile non volere.

Ma volere era positivo. Anche se non ci fosse riuscita. Volere è ciò che ti rende una persona, e lei era felice di sentirsi di nuovo una persona.

La scena nell'atrio del teatro le sembrò un sogno. Come se tutti i settantacinque principianti si fossero radunati lì. Ma non c'erano rumore e caos, e Carmen ebbe la strana impressione che aspettassero lei.

Era tutto così strano, le sembrò che la sua immaginazione si accendesse al ritmo delle sue stesse percezioni. Le sembrò che la folla si aprisse per lei e che si formasse un sentiero fino al punto in cui nella bacheca era esposta la lista del cast. E le sembrò che tutti la spingessero in avanti, perché guardasse. E quando si fermò lì davanti, le sembrò che un personaggio e un nome fossero più grandi e scritti in modo più evidente di tutti gli altri. *Perdita* lesse. E di fianco c'era scritto *Carmen Lowell.*

Non aveva detto di sì, pensò Lena uscendo dalla doccia la mattina dopo la cena nel loft di Leo. Forse aveva dato l'impressione di acconsentire, ma non aveva pronunciato la parola "sì".

Lui ci sarebbe rimasto molto male se lei si fosse tirata indietro.

Guardò il proprio corpo nudo nello specchio appannato. Lo specchio era troppo piccolo per rimandarle l'immagine intera, il che era solo un bene.

Era una moralista. Doveva ammetterlo. Era pudica. Eccessivamente pudica. Era una greca. I suoi genitori erano tradizionalisti. Non riusciva neanche a guardarsi senza provare imbarazzo.

Cercò di raffigurarsi Leo che la guardava a quel modo. Al solo pensiero si sentì avvampare e andò in tilt. Come avrebbe potuto farlo?

Era tesa. Avrebbe voluto non essere così tesa. Era questo il problema, no? Aveva un bel corpo. Non era sovrappeso, non era fatta male. Non c'erano zone evidenti di cellulite, almeno così le sembrava. Non aveva peli in punti in cui non avrebbero dovuto esserci. E i suoi seni puntavano nella direzione giusta. Dov'era il problema allora?

Avrebbe voluto essere come Bee, che si faceva la doccia nello spogliatoio del campo di calcio, accanto a ragazzi che nemmeno conosceva. Lena, di fronte a quella rivelazione, aveva guardato l'amica come un'allocca e si era messa a balbettare incredula. Bee l'aveva quasi ignorata. "Non è poi una gran cosa" le aveva detto.

Lena ripensò a Kostos e all'episodio del laghetto in Grecia, l'estate in cui s'erano conosciuti. Per una ragazza che preferiva restare coperta, il destino aveva giocato a Lena due begli scherzetti.

A Carmabelle@hsp.xx.com
Da Beezy 3@gomail.net
Oggetto: Sìììì!!!!!

Carma! Ho urlato così forte quando ho letto il tuo messaggio che il mio compagno di scavi a momenti chiamava l'ambulanza.
Sono così fiera di te!
La macchinista è diventata una star. Non riesci proprio a tener nascosta la tua maledetta luce, eh?

Se non fossero arrivate il martedì, Tibby avrebbe comprato il test di gravidanza.

Se non fossero arrivate il mercoledì, avrebbe comprato il test di gravidanza.

Se non fossero arrivate il giovedì.

Se entro venerdì.

Era sabato mattina e Tibby era da Duane Reade. Fissava la confezione come se fosse un cobra. Era tenuta ovviamente al di là del bancone, dietro il vetro. Non potevi agguantarla dallo scaffale e buttarla a faccia in giù. Eri costretta a chiederla. Come poteva chiederla? Provò a formulare la domanda mentalmente. *Posso avere l'xxx...? Uno xxx...? Una confezione di xxx...?*

Se non riusciva a formularla neppure nella sua testa, che probabilità aveva di riuscire a pronunciarla ad alta voce?

Il commesso più vicino era un tipo con degli stravaganti basettoni. Non poteva chiedere a lui. Doveva per forza ritornare.

Si toccò la pancia. Le dita entrarono in contatto con l'addome in modo diverso rispetto alle altre volte.

Uscì. Alzò gli occhi al cielo. Il sole portava avanti tranquillamente la sua esplosiva impresa, ostacolato da una sola nuvola.

Tibby aveva una giornata libera, il cielo era blu, ma si sentiva strangolata da un senso di claustrofobia. Non c'era un posto in cui andare dove le sue preoccupazioni non l'avrebbero raggiunta. Neanche dormire le procurava sollievo.

Si trascinò sulle gambe e si ritrovò a Washington Square Park. Grappoli di persone si intrecciavano attorno alla fontana centrale. Un uomo e una donna si baciavano su una panchina. Tibby si chiese se in parte non fosse solitudine ciò che provava.

Pensò alle sue amiche. Un rimescolio nei muscoli generò una sensazione di tristezza diffusa.

Ehi gente! Ho fatto sesso. Non sono più vergine. Ci credete? L'ho fatto. L'abbiamo fatto.

Ma poi c'era l'altra parte della storia, inseparabile dalla prima. Tibby era sempre stata convinta che bisogna vivere un'esperienza per sapere cosa si prova davvero, e stavolta ne era uscita bastonata. La gioia si era trasformata in agonia, l'amore in risentimento.

Ma non era così che andava il mondo? Tu avevi un rapporto per la prima volta con una persona che veramente amavi e il profilattico si rompeva, lasciandoti molto probabilmente...

Il cinismo era una grande difesa. Quando succedeva il peggio, potevi sempre dire che tu lo sapevi già. Ma adesso quella soddisfazione la lasciava fredda. Non voleva essere nel giusto. Per la prima volta in vita sua desiderava essere dalla parte del torto.

«Sa che ore sono?» le chiese un giovanotto con un berretto di velluto.

«Non ne ho idea» gli rispose. Avrebbe potuto controllare sul cellulare, ma non lo fece.

Non le andava di sedersi da nessuna parte. Ripassò davanti a Duane Reade. Doveva proprio acquistare il test? Non ci riusciva. Doveva saperlo per forza? Forse poteva far finta di niente per i successivi nove mesi. Fino a quando poteva negare? Poteva diventare una di quelle ragazze che partoriscono nel bagno della scuola.

Continuò a camminare fino al centro.

Attraversò Houston Street e si addentrò nel quartiere di Soho, come sempre stracolmo di gente che faceva compere. I turisti si riversavano qui per il presunto colore metropolitano, ma non trovavano nulla a parte se stessi.

Percorse Soho fino a Canal Street, con una breve puntata a Chinatown. Passò davanti alla scalinata di un ristorante dove una volta aveva mangiato delle orrende delizie gelatinose con Brian e due ragazze del suo stesso dormitorio. Quella sera si erano seduti al tavolo davanti alla grande finestra panoramica e avevano guardato la neve cadere. Ora c'erano trentacinque gradi. Quella notte era stata felice, mentre ora si sentiva disperata. Tibby puntò di nuovo a nord. Le gambe la portarono ancora una volta, automaticamente, fino a Duane Reade. Rallentò davanti al grande magazzino. Non poteva entrare e comprare quella cosa, ma non poteva neanche ignorare il problema. Negare cominciava a diventare spossante.

Passò davanti a una senzatetto, per la terza volta. Cercò nella borsa e trovò una banconota da cinque dollari. La donna dal viso tumefatto accettò il denaro con garbo e Tibby si chiese cosa poteva esserle accaduto. Perché era finita per strada?

Tibby chinò il capo e proseguì. Probabilmente tutto era cominciato con una ragazza troppo giovane che era rimasta incinta.

Peter aveva perso la testa per il pavimento di terra, come lei. Di solito Bridget era attratta da persone più concrete di lei, ma in questo caso era stata la sensazione di aver incontrato un'anima gemella ad attrarla.

Era domenica.

Tutti gli altri erano andati in spiaggia. Bridget e Peter erano rimasti al loro posto, a lavorare al loro pavimento.

"Voi due siete matti" aveva commentato Alison prima di andarsene. Entrambi avevano annuito, consapevoli.

Più di due terzi del lavoro era stato completato. Avevano ripulito e messo in luce una grossa area quadrata, fonte di meraviglia per tutti i componenti del gruppo, e trovato due stupendi vasi attici del VI sec. a.C. intatti, oltre ai pezzi per ricostruirne altri cinque. Si era rivelata una scoperta più grande, un'abitazione più ricca di quanto lo stesso direttore avesse immaginato. Gli altri membri del gruppo avevano lavorato alle pareti, mettendo a nudo pezzi di intonaco e tracce di un affresco.

«Non so cosa farò della mia vita quando avremo finito qui» disse Bridget, meditabonda. Sentiva le mani vive nella terra.

«Capisco cosa vuoi dire» disse Peter.

«Lo amo. Mi mancherà. Credo che la mia vita non avrà più senso.»

Lui annuì. Non poteva far finta di niente. Lui si struggeva, un istante dopo l'altro, come lei.

«Questo è uno scavo che dà soddisfazione, sai?» le disse. La sua voce era un po' impastata sotto il sole bollente. «Ma non sempre è così.»

«Sono stata viziata.»

«Hai avuto una partenza fortunata» convenne lui.

«Sono fortunata» si sentì dire.

«Davvero?»

«Sì. In tutto, eccetto che nelle cose importanti.»

Si fermò e si sedette. «Cosa vuoi dire?» Per giorni era stato restio a guardarla in viso, ma ora lo stava facendo.

Bridget appoggiò le mani sul suo pavimento di terra. «Mia madre è morta quando ero molto piccola.» Le faceva sempre bene dirlo ad alta voce. Le sembrava di sapere meglio chi era e dov'era, dopo averlo proclamato. Era il suo modo di delimitare il territorio.

«Mi spiace.»

«Grazie.» Le sembrò, ma non sapeva come, che la morte della madre fosse legata in qualche modo a quel pavimento.

«Ecco perché non ti fa piacere parlare della tua famiglia.»

Non ho una famiglia di cui parlare, stava per dire, ma capì che non era vero. Lei aveva una famiglia. Erano tutte sotto i vent'anni e nessuna di loro aveva legami di sangue con lei, ma l'avevano resa quella che era. Rappresentavano il meglio di lei. «Ho una famiglia diversa da tutte le altre» gli disse.

Per un po' la lasciò da sola a scavare. A lei fece piacere.

«Questa gente sapeva come riempire la propria vita» le disse, quando il sole cominciò a declinare. «Pitturavano i loro vasi, dipingevano i loro muri, costruivano i loro luoghi sacri e raccontavano la loro storia su ogni superficie che possedevano.»

«Facevano bene, no?» disse lei in tono nostalgico. Cominciava a sentirsi stanca.

«Ecco perché ho scelto questa specialità e non un'altra più vicina a casa, come probabilmente avrei dovuto fare. Questa gente ha lasciato così tanti resti di sé, perché noi potessimo scoprirli...»

Lei annuì e sbadigliò. Si accostò alla parete per rimanere in ombra. In queste lunghe giornate all'aperto, il sole le aveva scurito la pelle e schiarito i capelli già biondi.

Pensò alla sua casa, dove viveva il meno possibile. Un archeologo, cosa avrebbe mai potuto trovare di lei? O di sua madre? Le loro storie non erano scritte da nessuna parte. E le vecchie fotografie, le loro vecchie cose? Ora dov'erano? Suo padre le aveva gettate via tutte?

Si rimise carponi, strisciando sulle mani e sulle ginocchia per tornare dal suo amore, il pavimento. Doveva andare più adagio. Doveva farlo durare.

«Ehi, cosa sono questi?» chiese. Ripulì dalla terra dei pesanti pezzi di metallo e li passò nelle mani di Peter.

Lui li studiò con attenzione. «Sai cos'erano?»

Scosse il capo. Le sembrò la domanda di un quiz.

«Credo che siano pesi da telaio. Li ho visti in fotografia ma non ne avevo mai trovati prima.» Sembrava felice del ritrovamento. «Assicurati di registrare bene la loro collocazione.»

Lei annuì. Si pulì le mani sui calzoncini e prese la macchina fotografica digitale da una tasca. Poi estrasse il pennarello per preparare l'etichetta.

«Sai a cosa mi fanno pensare?»

«No» disse lei.

«Alla funzione di questa stanza. Il suo orientamento, lontana da dove reputiamo fosse la strada. Il tipo di vasi che abbiamo trovato. Ora questi pesi.»

Lei attese paziente. Lo lasciò pensare e parlare.

«Sospetto che fosse il gineceo. Ne parleremo con David quando torna. Sarà entusiasta.»

«Come l'hai chiamato?»

«Gineceo. Vuol dire "quartiere delle donne". Vivevano in grandi case. Agli uomini non faceva piacere che le loro donne fossero viste in pubblico o perfino nelle proprie abitazioni. Di solito le donne stavano in una parte interna della casa dove non potevano essere viste.»

«Perché?» domandò Bridget.

«Perché? Perché» fece una pausa per riflettere. «Perché gli uomini sono gelosi, suppongo. Cos'altro può essere?» Le rivolse uno sguardo franco. Forse troppo. «Noi siamo creature gelose, che commettono degli errori. Guardiamo nei nostri cuori ed ecco cosa vediamo.»

«Pronto?»

C'era una ragione, e una soltanto, per cui Tibby domenica sera rispose al telefono. Aspettava la consegna della sua zuppa da asporto e credeva che fosse la telefonata del custode, che l'avvertiva di scendere a prenderla.

«Tibby, sei tu?»

Se avesse saputo che era Lena, non avrebbe mai risposto.

«Tibby? Sono io. Ti prego, parliamo. Sei lì?»

Al suono della voce di Lena, Tibby sentì che le lacrime a lungo represse erano pronte a sgorgare. Seguite a ruota dall'ansia e dall'infelicità. Tibby cercò di soffocare i gemiti. Allontanò il telefono. Una lacrima cadde sulla gamba dei Pantaloni Viaggianti. Una lacrima e poi un'altra. Il corpo fu scosso dai sussulti. Fu un pianto dirotto.

«Tibby sono qui. Aspetto. Ma dimmi qualcosa, così so che sei lì.»

La delicatezza di Lena aprì un varco che la durezza non avrebbe mai potuto aprire. Tibby cercò di ispirare aria sufficiente per dire una parola. Il suo naso era pieno di moccio e lacrime. La sua mano era bagnata perché l'aveva usata per asciugarsi il naso. Quello che le uscì fu un gorgoglio più che una parola.

«Okay, Tibby. Va bene. Ti ascolto. Non devi dire nulla se non vuoi.»

Tibby annuì e pianse. Si ricordò di come urlava contro Katherine, la sua sorellina, che annuiva alla cornetta invece di dire sì.

«Resterò qui al telefono, in attesa, per un po'.»

«Bene» gorgogliò Tibby.

Tibby ripensò al tempo della scuola media, prima che SMS ed e-mail prendessero piede, quando restavano attaccate al telefono per ore, cantandosi canzoni, guardando insieme la TV.

Ripensò alle notti passate al telefono con Carmen, che era da sola in casa perché sua madre lavorava fino a tardi, e sentiva dei rumori nell'appartamento. Più di una volta Tibby si era addormentata con il telefono posato sul cuscino.

Tibby lottava per articolare le parole, per non essere un fantasma. «Ho paura… Potrei essere… Forse sono…» Ma la parola cruciale annegava nel mare. Non riusciva a tirarla fuori.

Lena emise un "uhmm" sommesso di partecipazione. La maggior parte delle persone, quando avverte una crisi, diventa curiosa e vuole a tutti i costi definire i confini precisi del problema. Tibby apprezzava Lena perché non lo stava facendo.

Lena attese paziente mentre Tibby piangeva. A lungo.

«Lena, sono un disastro» disse alla fine Tibby. Rise e tirò su con il naso. Era un disastro, ciononostante si sentì un pochino meglio per il solo fatto di poterlo riconoscere.

«Vengo da te, d'accordo?»

«Non è necessario.»

«Voglio venire. È facile.»
«Sei sicura?»
«Sì.»
Tibby sospirò.
«C'è qualcosa che posso portarti?» le domandò Lena.
Tibby ci pensò.«Sì. In effetti c'è una cosa.»
«Cosa?»
Tibby cercò di schiarirsi la voce. «Pensi che potresti portarmi un test di gravidanza?»

«Ora devo proprio tornare in scena» disse Carmen al gruppo che domenica mattina, durante la pausa, si era radunato sulla scalinata del teatro a bere caffè freddo.

«Ho saputo che non hai neppure fatto i provini per entrare negli altri due spettacoli» disse Michael Skelley, un tipo che abitava un piano sotto al suo.

Un certo alone di mistero avvolgeva il successo di Carmen, lei ne era consapevole e ne godeva, ma nello stesso tempo voleva chiarire l'accaduto. «Credevo di non riuscire in nessuno dei due. Stavo osservando le audizioni e Judy mi ha chiesto di leggere Perdita. Ecco come è iniziato tutto.»

Parecchie teste annuirono.

«Allora, com'è Ian O' Bannon?» domandò Rachel.

Era un famoso attore irlandese che interpretava la parte di Leonte.

Carmen rise. «Sono ancora nervosa quando recito con lui. Già alla prima lettura collettiva sembrava che avesse passato gli ultimi vent'anni a interpretare Leonte.»

Era strano avere tutte quelle persone che la guardavano, dopo che per mesi nessuno si era accorto di lei. Non sapevano che lei era andata alla deriva e aveva visto la vita scorrere dall'esterno. Non lo sapevano, forse perché lei adesso non si sentiva più così.

Queste persone erano colpite da lei. Si sentivano in dovere di congratularsi con lei. Non sapevano quanto si fosse sentita smarrita. Non meritava tutti quei complimenti.

C'era solo una persona che non si congratulava con lei e non sembrava essere felice per il suo successo. Solo questa persona sapeva che si era sentita smarrita e che non meritava ciò che aveva ora. Sfortunatamente, quella persona era la sua amica.

Julia era finita a recitare nello spettacolo di gruppo. Uno spettacolino corale dal titolo *Inverno*, giusto alla fine dell'opera, nel quale lei doveva travestirsi da gufo. Carmen si domandò se quello era il modo con cui Judy si vendicava delle ragazze che vedeva venti volte al giorno.

BISOGNA AVERE BUONA
MEMORIA
PER MANTENERE
LE PROMESSE FATTE.

– FRIEDRICH NIETZSCHE

Tibby pianse nella sua zuppa da asporto, quando finalmente arrivò. «Ho paura di essere incinta» disse. Le carote e i piselli non risposero, ma lei si sentì meglio dopo essersi confidata con loro.

Si addormentò vestita. La mattina si cambiò, infilandosi il pigiama. Aspettò Lena in pigiama. Poi, troppo impaziente di scorgere il viso di Lena, l'aspettò in pigiama, da basso, nell'ingresso.

I suoi slip erano umidi. Registrò questa sensazione quasi soprapensiero, troppo concentrata sull'arrivo di Lena per salire a controllare.

Tibby era dietro la porta a vetri quando Lena voltò l'angolo. Si precipitò fuori, sul marciapiede, e quasi la travolse. Chissà se Lena rimase più sorpresa dal suo abbraccio violento oppure dalla sua apparizione in pigiama sul marciapiede affollato di New York City.

Lena le prese la mano mentre salivano in ascensore.

«Puoi aspettare un minuto?» le domandò Tibby quando arrivarono al suo piano.

«Certo.»

Tibby andò in bagno e ne uscì in meno di cinque secondi.

«Indovina?»

Si sentiva come se tutto il suo corpo stesse per squagliarsi.

«Cosa?»

«Qualcosa è andato a posto proprio un istante prima del tuo arrivo.» Non voleva ridere ma non riusciva a trattenersi.

«Davvero?»

«Sì.»

«Allora non ne avremo più bisogno» disse Lena, felice, mettendo in mostra il sacchetto.

Tibby estrasse la confezione e la studiò. Nel negozio le aveva fatto una paura tremenda. Ora non più. «Accidenti, quanto costa.»

«Pensi che si conserverà per dieci o vent'anni?» le domandò Lena.

«Tienila tu» le disse Tibby. «Non la voglio.» D'un tratto si sentì stanca, stanchissima, fin dentro alle ossa. Si gettò sul letto.

«Allora» disse Lena. Non poteva più aspettare un rinvio. «Sei pronta a raccontarmi tutto?»

Tibby era pronta. Era sdraiata sul letto mentre Lena era seduta sulla sedia vicino alla finestra. Tibby si mise a raccontare e Lena, mentre l'ascoltava, estratto il suo album, disegnò i piedi nudi dell'amica. Tibby cavalcò ogni suo crampo con il piacere di un surfista dopo una tempesta.

Che sollievo. *Ricorderò questa sensazione*, si ripromise, *davvero me ne ricorderò. Non voglio dare più nulla per scontato.*

Giovedì Nora cominciò un nuovo turno di posa di quattro settimane. Sorteggiarono con i numeri la scelta dei posti e Lena fu la terza. Si mise vicina alla modella. Finché il sorteggio non si concluse, temette che qualcuno le ostruisse la visuale. Ogni volta che le si avvicinava un compagno, si sentiva come una rana toro che si gonfia per apparire più grossa e minacciosa possibile.

A Leo toccò il quattordicesimo e ultimo numero. Con grande sorpresa di Lena, si accomodò proprio davanti a lei, su uno sgabellino all'altezza delle sue ginocchia. Dapprima pensò che stesse scherzando. Si sarebbe infuriata con chiunque altro avesse fatto una cosa del genere, ma quando la seduta cominciò, Leo prese subito a schizzare il contorno della figura e lei ne fu elettrizzata.

Lena riusciva a vedere la modella senza alcun impedimento. Vedeva anche il dorso di Leo, le mani e la tela. Poteva osservarlo mentre lavorava. Lui aveva idea di quanto lei avesse desiderato tutto ciò? Quanto lei pensasse di poter imparare da lui?

Dapprima lo guardò col fiato sospeso. E quando anche lei cominciò a lavorare, trasse una tale intensità dal lavoro di lui, che si sentì come se avesse connesso la propria mente a quella di Leo con un cavo a banda larga, e fosse in corso un riversamento di dati.

Sì, era insofferente verso il suo vecchio lavoro e i suoi vecchi standard. Era molto autocritica. Ma non pessimista. Allora non conosceva altre possibilità. Ora le aveva proprio di fronte a sé.

Continuarono a lavorare, sia lei sia Leo, anche durante gli intervalli. Alle quattro del pomeriggio il braccio le doleva e aveva le gambe addormentate, ma non se ne preoccupò. Il ritmo della sua vita di pittrice era segnato dai progressi e oggi ne aveva fatti più che nel corso dell'intero anno accademico.

Misero via le loro cose in silenzio e uscirono insieme. Le fu difficile smettere. Era sopraffatta dagli stimoli, dalla gratitudine e dall'eccitazione. Si sentiva come un ripostiglio troppo stipato. Se avesse spostato anche solo una cosa, tutto il resto sarebbe crollato.

Lui sembrò partecipe. Per salutarla le posò una mano sul braccio. «Ci vediamo sabato» disse.

Quella notte, mentre era sdraiata nel letto, sentiva il suo corpo e la sua mente dolorosamente pieni. Non sapeva come catalogare tutte quelle sensazioni.

In parte era desiderio. Forse amore. O piacere. C'era l'eccitazione del progresso. La venuta dello spirito artistico. E lei non sapeva come armonizzare tutto ciò.

Solo di rado, nelle notti (tanto dolorose quanto dolci) in cui si struggeva dal desiderio, Lena si era concessa di addormentarsi cullata dai pensieri d'amore per Kostos: per le cose che avevano fatto, per quelle che fantasticava avessero fatto, e per le cose che immaginava avrebbero fatto se avessero avuto la possibilità di stare di nuovo insieme, per quanto questo fosse impossibile.

Quella notte, invece, lasciò correre i pensieri d'amore a briglia sciolte. Ma stavolta era a Leo che pensava.

Bridget, seduta nel laboratorio da campo, stava facendo delle registrazioni frettolose e compilava scartoffie. Affrancò una lettera per Greta e la imbucò, poi rimase in attesa di poter usare il computer. Non controllava le sue e-mail da quattro giorni. Eric si stava probabilmente chiedendo cosa le fosse successo.

Lasciava trascorrere gran parte delle sue giornate, intere giornate, senza pensare a lui. Come poteva permettere a se stessa di comportarsi così? Be', era occupata con il suo pavimento, certo. Ma dimenticava Eric soprattutto quando era con Peter. E questo era sbagliato.

Dal giorno in cui era partito per il Messico, non riusciva a raffigurarsi il viso di Eric. Questo la disorientava. Riusciva a distinguerne il contorno della testa, la linea dei capelli, ma in mezzo tutto era confuso. Perché? Riusciva a ricordare persone che non le interessavano. Riusciva a ricordare la faccia grassa del borsista universitario. E la sorella maggiore di Aisha, la sua compagna di stanza, che una volta era venuta in visita. Perché non riusciva a ricordare il viso del suo ragazzo? Perché non riusciva a tenere in mente Eric quando non era con lei? Ricordava di amarlo, ma in quel momento non riusciva a sentirlo.

E perché no? Perché non riusciva a recuperare quelle sensazioni che erano così forti quando erano insieme?

Perché lui non c'era.

C'era qualcosa di sbagliato nel cuore di Bridget? Funzionava male?

Pensò a Peter e sentì il cuore battere. No, funzionava. Funzionava fin troppo bene.

Ma era un cuore limitato, si disse, un cuore in senso letterale, che sembrava battere soltanto al presente. Come l'aria del deserto che non era in grado di trattenere calore in assenza del sole. Come l'acqua di una chiusa, che sembrava funzionare in un'unica direzione: avanti, non indietro.

Cosa avrebbe scritto a Eric? Cosa gli avrebbe detto? Si sarebbe accorto del suo tono forzato o evasivo? Era geloso? Si fidava di lei?

Un ragazzo di nome Martin uscì dall'ufficio proprio mentre lei aspettava di entrare.

«Non scomodarti» disse. «Il collegamento satellitare non funziona.»

«Niente e-mail?» gli domandò.

Quello scrollò la testa.

Bee si sentì in colpa, perché era felice di avere una buona scusa che le impediva di scrivere. Nell'andarsene incrociò Peter che le chiese: «Il collegamento è ancora guasto?».

Annuì. «Non lo sapevo.»

«È da questa mattina» le disse. «Siamo tagliati fuori.»

Passando per il laboratorio, Bee andò a dare un'occhiata alla camera mortuaria. «Come sta la mia Clitemnestra?» domandò ad Anton, il capo biologo.

Sembrava che gli facessero piacere le visite volanti di Bridget. «Presto sapremo tutto di lei. Stiamo facendo un bel lavoro.»

«Per esempio?» gli domandò in tono allegro.

«Quanti anni aveva, cosa mangiava, come è morta.»

«Davvero? Come è morta?»

«Dando alla luce un bambino.»

Bridget cambiò espressione. «Come fai a dirlo?»

«Non ne abbiamo la certezza. Ma è molto probabile.»

Annuì. «Quanti anni aveva?»

«Circa diciannove, venti.»

Quando lasciò il laboratorio, Bridget aveva un passo più pesante di quando era entrata. Si domandava se il bambino di Clitemnestra fosse sopravvissuto. Cosa sarebbe successo se avessero trovato uno scheletro minuscolo? Avrebbero chiamato l'intrepida Bridget anche per quel lavoro?

Bridget chinò il capo per entrare nella tomba. Clitemnestra aveva migliaia di anni, ma Bridget l'avrebbe ricordata per sempre, come se ne avesse diciannove o venti.

Oddio, Bee.

Ho un sacco di cose da dirti. Credo che la tua e-mail non funzioni. Non posso scriverlo in questa lettera, ma chiamami presto, va bene?

Divertiti con i Pantaloni e non far nulla che io non farei. Il che pone forti limitazioni alle tue azioni. Ma, ehm, puoi includere una cosa che potresti non PENSARE di poter fare ma che io potrei in realtà essere capace di fare o perfino aver già fatto.

Indizio, indizio.

Ho scritto proprio io questa frase?

Ti voglio bene,
Tibby

«Magari non questo fine settimana» disse Tibby a Brian al telefono.

«Potrei venire solo per domenica.»

«Devo lavorare domenica. E inoltre devo preparare i materiali per i corsi che iniziano lunedì.»

«Oh, certo.»

Riusciva a sentire i passi di Brian che misurava la stanza. Conosceva il calpestio delle sue scarpe, il cigolio del pavimento e l'alternanza tappeto/legno.

«Potrei venire mercoledì notte» suggerì.

Perché Brian non capiva che doveva lasciarla stare per un po'? Perché era così ottuso?

«In mezzo alla settimana no» disse. Se lui era diventato ottuso, lei non doveva trovare scuse complicate.

«Il prossimo fine settimana, allora.»

«Forse.»

Sentì i passi che rallentavano. «Tibby?»

«Sì?»

«Quella cosa che ci preoccupava così tanto...»

Lui voleva che lei lo interrompesse, riempiendo gli spazi vuoti, ma lei non si sentì obbligata a farlo.

«Prima hai detto... Non sono... più preoccupata?»

«Credo di sì.»

Era così contenta per la novità di domenica. Perché non voleva renderlo partecipe? Era avara con le cattive notizie ma ancora più avara con le buone.

Attaccò il telefono e si sedette per terra, a riflettere. Perché era così seccata con lui? Le sue mestruazioni erano un fiume, non doveva più temere una gravidanza. Non c'è colpa senza danno (come diceva quel proverbio?). Perché non riusciva a tornare felice? Pensava che quella macchia rossa sugli slip avrebbe sistemato tutto, ma non era stato così. Perché?

Era come se qualcosa dentro Tibby avesse preso una brutta piega.

L'incertezza nella voce di Brian, tutte quelle telefonate, il suo disperato bisogno di essere rassicurato: perché la infastidivano tanto?

Ma questa domanda dipendeva da un'altra domanda, sotterranea, più profonda, che aveva finora evitato di porsi. Perché, prima, tutto questo non la infastidiva?

Leo si presentò come un bravo modello alle nove in punto, l'ora stabilita.

Lena gli aprì la porta della sua stanza e lo fece entrare. Era rimasta seduta sul letto in silenzio per i venti minuti precedenti all'appuntamento, le mani sudate, la testa vuota. Non riuscì a nascondere il proprio nervosismo. Non c'era modo.

«Pronta?» le domandò. La sua voce non aveva un tono più alto del solito?

«Penso di sì» pigolò. Indicò il cavalletto su cui era collocata la tela 70 x 50 cm, che aveva appena preparato. La tavolozza era pronta. I colori erano disposti.

Con lui dentro, la stanza divenne ridicolmente piccola. Come avrebbero fatto a lavorare? Come poteva allontanarsi abbastanza da inquadrare più di tre centimetri del torace di Leo? Non ci aveva pensato troppo (non riusciva neppure a pensarci).

«Devo... mettermi sul letto?» le domandò. Anche lui era titubante. La sua incertezza la agitò ancora di più ma allo stesso tempo l'aiutò a recuperare il controllo. Qualcuno doveva prendere l'iniziativa.

«Pensavo... di sì. Solo che...»

«Sì, non puoi proprio...»

«Sì, è piuttosto vicino.»

«E se io...»

Lui provò diverse posizioni sdraiato sul letto, ancora con indosso i suoi benedetti vestiti. E ogni volta Lena si ritrovava a fissare, piuttosto da vicino, il cavallo dei suoi pantaloni.

Dentro di sé Lena sapeva che la situazione era buffa, eppure il panico era talmente forte che non riusciva a farsi una bella risata, come se lei non si trovasse lì ma nel bel mezzo di un disastro aereo.

Anche lui sembrò accorgersene. Si tirò su. «Che ne dici di una posa da seduto?» le disse.

Ne provò alcune. Lena arretrò il più possibile. Con l'aiuto di Leo spostò la scrivania e si sedette con la schiena addossata alla parete. Scosse la testa. «Credo che funzionerebbe soltanto se facessi un buco nel muro e ti dipingessi dalla stanza di Dana Trower.»

Lui si strinse nelle spalle. «Dana potrebbe non gradire.»

Era troppo presto per arrendersi? Potevano fare dei tentativi per tutto il semestre estivo. O forse avrebbero fatto meglio ad andarsi a bere un altro caffè freddo.

«Credo di conoscere la risposta» disse Leo.

Caffè freddo? Si schiarì la voce. «E qual è?»

«Scorcio.»

«Eh?»

Spinse il letto in fondo alla stanza.

«Te lo faccio vedere.»

Sistemò il cavalletto nell'angolo. Poi si sdraiò sul letto, la testa vicina a lei, i piedi più lontani possibile.

Lena si mise dietro il cavalletto e lo guardò in quella posizione. Era una strana angolazione. Avrebbe dovuto dipingere la testa di Leo molto ingrandita e i piedi molto rimpiccioliti. La spalla di Leo risultava gigantesca, come la Groenlandia su quelle carte geografiche mondiali prese dall'alto dell'emisfero boreale, mentre i suoi piedi, laggiù in fondo, apparivano minuscoli come il Capo di Buona Speranza. Ma le sue parti intime sarebbero state, per così dire, meno visibili in quella posa. Diciamo come l'Ecuador.

Questo era più di quanto potesse sperare.

«Credo che andrà bene» gli disse.

«Okay. Bene.»

«Okay.»

«Okay, dovrei solo...»

«Okay.» Abbassò lo sguardo sui colori, le guance in fiamme.
Era proprio una bambina. Cosa avrebbe detto Bee?

Leo si tirò su e si sfilò la maglietta mentre Lena manteneva lo sguardo basso.

«Non l'ho mai fatto prima. È piuttosto strano.»

Lei non riuscì a spiccicare sillaba.

«Sembra così normale per i modelli nell'aula di disegno, vero?»

Annuì, continuando a fissare il tubetto rosso di cadmio.

«Voglio dire, è solo per posare. Per un quadro.» Parlava a se stesso mentre si sbottonava i jeans e li sfilava.

«Sì» provò a dire, ma le uscì solo un soffio.

Leo era sul punto di togliersi gli slip? Acci. Era proprio una bambina.

«Ehi, qui in fondo non succede nient'altro...» la sua voce era incerta. Sgusciò fuori dalla biancheria e si distese sul letto in meno di un secondo.

Come faceva a guardare? Come poteva concentrarsi sulla tela? Per lui non stava succedendo niente? Secondo lei succedeva eccome!

Aveva il viso sudato. Le mani sudate e tremanti. Cercò di impugnare il pennello. Se avesse sollevato il pennello, Leo avrebbe visto quanto le tremava la mano.

Lui aveva detto che non stava succedendo niente. Ehi, cosa voleva dire?

«Sono pronto» le disse. «Puoi cronometrare la seduta?»

No. Non poteva. Non poteva far nulla. Non poteva neanche muovere gli occhi nelle orbite.

«Tutto a posto?» le domandò. Lena registrò che la voce di Leo si era addolcita. Cercò di scrollarsi di dosso quell'inerzia. «Sono greca» disse alla fine. E lo si capisce da tutto. Dall'aglio, dal pudore.

«Ah.» C'era una certa comprensione nel modo in cui lo disse. «Perché non provi a considerarmi un qualunque modello in aula?»

Levò lentamente lo sguardo. La spalla di Leo, il volto di Leo. Era arrossito come lei, ma non era così sudato. Anche se lei non lo voleva, i loro occhi si incontrarono per un attimo.

Lui credeva che non stesse succedendo niente?

Lena provava sensazioni diverse, quando posava Nora. O

quando posava Marvin. E non erano nemmeno un milionesimo di quelle che provava ora.

Il suo orgoglio le impedì di abbassare lo sguardo, anche se le pupille non mettevano più a fuoco. Serrò le dita intorno al pennello e lo diresse sulla tela. Non era una buona tecnica. Tracciò alcuni segni maldestri.

Troppo nervosa per guardare la tela, guardò lui. Dalla padella alla brace. Guardò il suo corpo, la sua pelle dorata. Oh, santo cielo. Lo vide. Come avrebbe potuto non vedere? Non era l'Ecuador. Era più simile al Brasile.

Distolse subito lo sguardo. Altro che niente, stavano succedendo un sacco di cose.

Ripose il pennello sulla tavolozza.

«Facciamo una pausa» le disse Leo.

QUANDO UN CIECO
GUIDA UN ALTRO CIECO,
TUTTI E DUE
CADRANNO IN UN FOSSO!

– MATTEO 15, 14

«Oh, Dio! Diventereste sì smagrito,
che i soffi di gennaio
vi passerebbero da parte a parte.
Per voi, invece, bellissimo amico,
vorrei aver fiori di primavera
che più si addicono alla vostra età...»

Carmen levò lo sguardo, riprendendo fiato.

Polissene, interpretato da un attore che lei aveva visto almeno in quattro film, assomigliava a suo zio Hal quasi come una goccia d'acqua. Trovandoselo di fronte, Carmen provò a fingere che fosse proprio lo zio, per non sentirsi troppo nervosa. Lui le fece cenno di continuare.

«... che ancor portate sui vergini rami
le gemme in fiore della castità.
Oh, avessi qui, Proserpina, quei fiori
che lasciasti cadere, spaventata,
dal carro di Plutone!»

Carmen si rivolgeva ora a Florizel, il suo presunto bersaglio amoroso. Aveva almeno dieci anni più di lei, la faccia impiastricciata di trucco, e sembrava decisamente più interessato a Polissene.

Si sentì sollevata quando finalmente fecero una pausa. Ormai provavano i testi per quasi dieci ore al giorno e per il resto del tempo provavano i costumi.

Si accorse che Leonte era rimasto a osservarla dal bordo del palcoscenico e cercò di girargli al largo, nervosa. Lo sentiva così superiore che non aveva ancora avuto il coraggio di rivolgergli una parola che non fosse scritta nel copione.

La manovra di aggiramento non le riuscì. Lui le scoccò un'occhiata.

«Carmen, sei stata assolutamente incantevole» le disse, mentre lei se la svignava a piccoli passi, come una tartarughina che si precipita verso il mare.

«Grazie» squittì in risposta, sudando da ogni poro.

Ma, una volta fuori, non riuscì a trattenere la felicità. Incantevole, aveva detto. Assolutamente incantevole.

Assolutamente incantevole. Ecco cosa aveva detto. Rise all'aria. Aveva le maniche della maglietta zuppe in un modo decisamente poco incantevole.

Era davvero incredibile. Non si era mai sentita così in vita sua, come se avesse un talento naturale per tutto. In passato, per ottenere qualsiasi cosa, aveva dovuto sforzarsi, agognare, implorare, ordinare o carpire.

Era brava in matematica perché studiava il doppio degli altri. Aveva preso "ottimo" nei test di ammissione all'università perché aveva studiato liste di vocaboli e si era esercitata sui test ogni settimana per due anni. Aveva avuto A in fisica perché sedeva alla destra di Brian Jervis, un mancino super intelligente che non copriva mai il foglio dei test. E ora, eccola lì, riusciva a essere assolutamente incantevole con il minimo sforzo.

Che gioia. Che bellezza.

Il principe Mamillio uscì dalla porta laterale. Quando la vide, le si sedette vicino. Non riusciva a ricordarne il nome. Sebbene nel testo di Shakespeare fosse suo fratello, moriva prima che lei nascesse e non dividevano mai la scena.

«Come va?» le chiese.

Quando interpretava il principe si esprimeva nell'antico inglese di Shakespeare, ma quando non recitava aveva un tipico accento del New Jersey, che a Carmen piaceva molto.

«Bene» disse. Aveva il tatuaggio di un tasso sulla caviglia. In effetti, era molto grazioso.

«Bei fiori» le disse.

Carmen si portò la mano all'orecchio. Andrew Kerr le aveva chiesto di mettersi dei fiori nei capelli durante la scena del corteggiamento, per abituarsi al costume di Flora. «Oh.» Si sentì stupida ma poi decise che non lo era.

Lui si piegò in avanti, molto vicino a lei, e ne aspirò il profumo. «Uhm» disse. Carmen poteva sentire il suo respiro sui capelli.

«Vuoi che ti prenda una limonata?» le domandò, rimettendosi in piedi. Era un tipo irrequieto.

Lei pensò di dire no, ma poi disse sì. «Mi farebbe molto piacere.»

Lui sollevò le sopracciglia con fare ammiccante, prima di voltarsi e andarsene. Lei si rese conto che il Principe Mamillio, suo fratello in scena, aveva appena fatto il cascamorto.

Tre ore più tardi, Lena aveva spremuto parecchi dollari di colore su una tela di qualità. Aveva sprecato tutto, compreso il tempo di Leo. Il suo quadro non era neanche un quadro. Sua sorella Effie ne avrebbe fatto uno migliore. Alla terza ora le guance di Lena erano rosse e le bruciavano. Era assolutamente impensabile che potesse lasciargli vedere questo suo pseudodipinto.

«Facciamola finita per oggi» disse, sconfitta.

«Sicura?» Non sembrava aver nulla in contrario.

«Sì.»

Era anche visibilmente imbarazzato. «Scusa, non sono un granché come modello.»

«No, no, tu vai bene. Davvero.»

Lavò i pennelli in bagno mentre lui si rivestiva. Quando ritornò, sedettero uno di fianco all'altra, sul letto.

«Non è andata come speravo» disse Leo.

Lena fece un sospiro di sollievo. Perché lui era di nuovo vestito. Perché lei non doveva più sforzarsi di tenere in mano un pennello.

«Colpa mia» gli disse.

«No, non è colpa tua.»

Rimasero per un po' in silenzio.

«Sei vergine?» le domandò.

Lo guardò sorpresa.

«Scusa» le disse. «È una faccenda personale, lo so. Non rispondermi se non vuoi.»

Non aveva intenzione di rispondergli. Ma il suo volto era bello. La fissava intensamente. Con un'espressione tesa che gli stava bene.

«Sì. Oddio, è così evidente?»

«No. Comunque non c'è niente di cui scusarsi.»

Mise la mano sulla sua. Non stringeva, semplicemente la teneva posata lì.

Dopo che fu uscito, Lena si gettò sul letto, esausta, e vi restò immobile per un'ora. In un punto, nel fondo del suo cervello, la coscienza premeva per dirle che quella era stata la parte più facile di quel loro maledetto accordo di posare a turno.

Bridget aveva trascorso l'intero sabato visitando la città di Alicarnasso, che ora si chiamava Bodrum. In pulmino si era quasi fatta venire la nausea, leggendo i libri che Peter le aveva prestato, ingozzandosi di informazioni sui primi insediamenti dei Greci in Asia Minore fino all'invasione dei Persiani, da cui erano stati praticamente distrutti.

Una volta dentro le rovine della città, era schizzata attorno a ogni colonna, per ogni sentiero, su ogni gradino dell'antico stadio. Un'esperienza piacevole, ma fu felice di ritornare al sito dove oltre al suo pavimento la aspettava un pacco di Tibby con i Pantaloni Viaggianti.

Eccola seduta sul pavimento con indosso i Pantaloni. Era felice al pensiero che avrebbero per sempre dato asilo a qualche granello di quella antica terra. Si godeva ogni minuto in compagnia del pavimento e dei Pantaloni. E anche di Peter. Il fatto che fossero lì da soli, lei e Peter, e che il collegamento satellitare fosse fuori uso la fecero sentire ancora più isolata dal resto del mondo.

Mancava pochissimo per scoprire l'intero pavimento. Ora tutti e due procedevano piano.

«Che ora è?» chiese lui. Il sole era tramontato da tempo e avevano trascorso un lungo periodo, scavando e classificando, persi nei loro pensieri.

«Non so. Vuoi che vada a controllare?»

Lui annuì. «Ti dispiace?»

Lei si alzò.

«Ehi, mi piacciono i tuoi pantaloni» le disse.

Li aveva notati.

Gli si accostò e si fermò alla luce in modo che potesse guardarli meglio. «Questi pantaloni appartengono alla famiglia di cui ti accennavo.»

Peter annuì, studiando i disegni e le scritte. Poi la prese per la vita, cingendola con le braccia, e la fece ruotare lentamente per vedere il resto.

Sta guardando i Pantaloni, si disse, ma sospettò che lui stesse guardando anche le sue forme.

Imbarazzata uscì dalla fossa salendo la scaletta di legno provvisoria, e andò al terrazzamento dove il raduno stava ormai per sciogliersi. «Qualcuno sa l'ora?»

Darius aveva l'orologio. «Mezzanotte e quaranta» le disse.

Ritornò al pavimento e lo riferì a Peter.

«Sai una cosa?» le disse.

«Cosa?»

«Ho compiuto trent'anni.»

«In questo momento?»

«Quaranta minuti fa.»

«Incredibile. Tanti auguri! È fantastico.»

«Grazie.» Si sedette contro il muro. Si ripulì le mani dalla terra. D'un tratto le lanciò uno sguardo sospettoso. «Se lo dici a qualcuno, ti uccido.»

«Sarebbe una reazione sproporzionata.»

Rise. «D'accordo. Ma non devi dirlo, va bene?»

«Va bene.» Le sembrò fin troppo naturale che lui volesse condividere con lei dei segreti. Bridget studiò il suo volto. Trent'anni. Non li dimostrava.

«Avrai una torta o qualcosa del genere?»

«Credo che riuscirò a farne a meno. Ho una paura infantile degli estranei che cantano per me.»

«Curioso.»

«Già. Comunque sono felice di varcare la soglia dei trent'anni proprio su questo pavimento.» Fece una pausa. «E con te.»

Lei cercò di ignorarlo ma il volto le bruciava. «Grazie. Sono lusingata.» Bridget riusciva a sentire l'umore di Peter oscillare tra il serio e il leggiadro. Non sapeva come interpretarlo.

«Anch'io» disse Peter. Non potevano fingere di non aver raggiunto un'intimità, durante quelle settimane. Era un fatto.

Le venne un'idea. «Okay. Aspetta un momento.»

La cucina nella grande tenda era deserta, ma lei trovò una torcia elettrica e con l'aiuto di quella un mezzo vassoio di *baklavà*, una candela e una bottiglia di vino. Trovò i fiammiferi, due bicchieri di plastica e tornò da Peter con tutta la refurtiva.

Seduta di fronte a lui, sulla superficie liscia del pavimento, riempì i due bicchieri di vino. Accese la candela e la infisse nel *baklavà*. «Non canterò» promise. «Ma tanti auguri di buon compleanno.» Lo disse in tono serio, perché erano parole sincere. Era un grande momento, un grande giorno. Abbassò lo sguardo quando lui spense la candela per esprimere un desiderio.

Dato che era sua amica e si sentiva l'unica destinata a traghettarlo nella nuova decade, sollevò il bicchiere per toccare il suo e si sporse in avanti. Non era sicura di cosa volesse dire quel gesto. Forse pensava di abbracciarlo o di dargli un bacio sulla guancia come faceva con un sacco di altre persone.

Ma Peter travisò la vicinanza di Bridget o forse fu lei. La guancia di Bridget contro quella di Peter, le labbra di lei contro la guancia di lui. Proprio in quel momento lui voltò il viso, apposta, per caso, lei non avrebbe saputo dirlo. Ma l'effetto, voluto o non voluto, fu che la bocca di Peter sfiorò quella di Bridget.

Il primo contatto fu maldestro e imbarazzato. Il secondo di sicuro desiderato. Si sentì sprofondare nel suo calore, nel suo odore. Accarezzò il suo volto, non l'avrebbe fatto con altre persone. Lo baciò, avvertì la sua mano poggiata sulla nuca.

«Questo è un bacio di buon compleanno» gli disse, cercando di staccarsi. Era stordita. Non si sentiva in sé. Doveva mantenersi aperta la strada per tornare indietro. Anche lui avvertiva quel bisogno?

Lui si rialzò in fretta e lei lo seguì. «Ti va di camminare?» le domandò.

Entrambi ne avevano bisogno. Una camminata, un filo di vento.

Camminarono verso il mare, salirono in cima alla collina fino a uno spiazzo erboso, imbiondito dall'estate e disteso sotto milioni e milioni di stelle.

Si sentiva spinta a correre in discesa, fino all'acqua, a tuffarsi e nuotare verso un'altra riva. Si sentiva spinta a baciare ancora Peter, a gettarsi nelle sue braccia per nascondere il viso contro il suo petto.

Indossava, dalla mattina, lo stesso top bianco e sudicio. Avrebbe dovuto avere freddo ma non lo sentiva per niente.

Peter le prese una mano e la intrecciò alla sua, poi se la appoggiò alla coscia.

«Bee.»
«Sì.»
«Devo confessarti che sono mostruosamente dipendente da te.» Lo disse piano, riflettendo. «Speravo di non arrivare a questo, ma forse dirlo ad alta voce può essere d'aiuto.»
Lei appoggiò la guancia alla mano, e lo attraversò con lo sguardo. «Sono dipendente anch'io» disse.
«Dal pavimento.»
«Dal pavimento. Da te.»
«Da me?»
«Da te.» Dirlo la fece sentir bene. Ma le sarebbe stato anche d'aiuto?
«Non dovrei esserne felice» disse Peter, ma mentre pronunciava queste parole, il suo aspetto sembrava contraddirle.
«Neppure io.»
I capelli di Bridget, mossi dalla brezza, sfiorarono il braccio di Peter, compiendo la loro magia. Ma non era sicura di volere altra magia in quel momento.
«Sarebbe ipocrita...» cominciò lentamente, intercalando le parole a lunghi sospiri inquieti «... negare che mi sto innamorando di te. È una sensazione così forte, è così bello averti qui. Ti guardo e mi è difficile ricordare le ragioni per cui non posso farlo.»
«Vuoi che ne parliamo?»
Per un attimo sembrò sinceramente dispiaciuto. «No.»
Lo guardò con un cenno di sfida negli occhi. «Allora cosa vuoi?»
Quell'istante di pura felicità stava svanendo. Lui non poteva farci niente. Era come lei. Non riusciva a nasconderlo. «Davvero vuoi saperlo?»
Annuì sapendo che non avrebbe dovuto. Non avrebbe dovuto fare domande. Non avrebbe dovuto desiderare sapere.
«Ecco cosa voglio. Voglio prenderti fra le braccia e rotolarci giù da questa collina. Poi voglio spogliarti e baciarti dappertutto. E poi voglio fare l'amore, amarti con passione, proprio qui, sull'erba.» Fissò un punto verso le pendici della collina. «E poi voglio addormentarmi, stretto a te. E voglio risvegliarmi al sorgere del sole e ricominciare tutto daccapo.»
Lei tenne gli occhi chiusi per un secondo. Quelli che stavano

attraversando erano luoghi pericolosi. Come poteva non immaginare, sentire e desiderare quelle stesse cose?

«E allora cosa farai?» gli chiese, la voce poco più di un sussurro.

Bridget riusciva a vedere le forze contrastanti nella mente di Peter. Non sapeva quale avrebbe vinto né per quale parteggiare.

La stanchezza negli occhi di Peter offrì a Bridget la risposta. «Ci baceremo perché è il mio trentesimo compleanno e questo è il desiderio che ho espresso. E poi ti accompagnerò al tuo alloggio e ci daremo la buonanotte.»

«Bene» disse, felice e triste al tempo stesso.

La baciò. La rovesciò sull'erba e la baciò appassionatamente. Le mani di Peter risalirono sotto la maglietta, premendo la schiena nuda di Bridget. Lei avvertì la forza del suo desiderio e ne fu stordita.

Si mise seduta prima che potessero essere risucchiati nella fase successiva.

Si tennero per mano sulla via del ritorno. All'ingresso della tenda, le diede un bacio sulla guancia.

«È meglio che tu te ne vada prima che la cosa prenda un'altra piega» le bisbigliò all'orecchio. «Sai, rotolare giù dalla collina.»

Lei annuì contro la sua guancia. «Buon compleanno» disse con un angolo della bocca, come avrebbe fatto Mae West, la diva del cinema.

E così Bridget si sdraiò sulla sua misera brandina di metallo, avvolta in una nuvola di desiderio. Ma anche in quella nuvola si sentiva scossa, una sensazione di malessere che covava sotto di lei.

Avevano resistito quella notte, ma la notte successiva? E quella dopo ancora?

Ora aveva sentito il suo sapore. Aveva sentito il suo corpo. Si erano detti cose che non si potevano dimenticare né cancellare. Tutti i confini fra loro erano stati abbattuti. Cosa avrebbe potuto tenerli separati? Temeva che entrambi avessero visto il punto in cui era ancora possibile tornare indietro, ma avessero consapevolmente tirato dritto.

L'ESPERIENZA
È UNA MAESTRA
SEVERA PERCHÉ PRIMA
TI DÀ I COMPITI
E SOLO DOPO
TI SPIEGA COME FARLI.

– VERNON LAW

Leo sembrò sorpreso di trovare Lena alla porta del suo loft la domenica mattina. Lei era sorpresa di essere lì.

«Non ero sicuro che saresti venuta» le disse.

«Neanch'io.»

«Mi fa piacere» aggiunse. Sembrava felice e anche indeciso. La fissava in un modo diverso.

«Sono nervosa» ammise. «Ma ogni promessa è debito.»

Lo sguardo di Leo era cambiato. Lena non sapeva dire perché. «Sei stata carina» le disse. «Non eri obbligata.»

Rise, nervosa. «Grazie.»

«Vuoi un caffè?»

«Sì.» Poi considerò le condizioni del suo sistema nervoso. «Meglio un tè» balbettò, seguendolo in cucina.

Leo mise il bollitore sul fuoco e si sedette. La luce del nord – luce d'artista – cadeva su di loro attraverso le grandi finestre.

«Dov'è tua madre?» domandò Lena.

«Fa volontariato tutto il giorno in parrocchia» disse. «Ho pensato che sarebbe stato più facile, se eravamo da soli.»

Annuì.

«Ma ti capisco se non vuoi farlo.»

«Bene.»

Si sedette a pensare.

Leo la guardava, il gomito appoggiato sul tavolo, il mento appoggiato sulla mano. Quando incrociò il suo sguardo, le sorrise. E lei ricambiò il suo sorriso.

Pensò che poteva bere il tè e tornare al dormitorio. Pensò che poteva restare, e spogliarsi, e lasciare che Leo la ritraesse. Questa seconda ipotesi non le sembrò possibile, ma neppure la prima.

Provò l'inspiegabile desiderio di avventurarsi in un territorio sconosciuto. La sua mente era già in viaggio. E ora si presentava l'occasione. Non sarebbe bastato andarsene e dimenticare. Non era proprio il tipo che dimentica.

«Credo che dovremmo provare» disse alla fine.

«Credi?»

«E tu?»

«Sì.»

«Allora facciamolo.»

«Se ti senti a disagio, smettiamo.»

Lena scrollò le spalle con un sorriso. «Mi sentirò a disagio. Dovremmo fermarci prima ancora di cominciare.» Fece un profondo respiro. «Ma penso che dovremmo provare comunque.»

La stanza da letto di Leo era spaziosa e inondata di luce. Aveva spinto al centro un divanetto color rubino e l'aveva coperto con un telo giallo chiaro. Il cavalletto era piegato in un angolo.

«Ho pensato di lavorare qui» disse, un po' imbarazzato. Era evidente il suo sforzo di farla somigliare a un'aula di pittura più che alla sua camera da letto. «Ma possiamo andare in un altro posto.»

I colori brillavano.

La luce si posava sulla stoffa in un modo splendido, come un velo di polvere. Lei riusciva già a vedere il quadro. «No. Qui va bene.»

Lui scomparve un attimo e riapparve con una vestaglia, probabilmente della madre. La allungò a Lena con uno sguardo interrogativo. *Vuoi veramente farlo?* «Non mi arrabbio se non ti va» le disse.

«Mi sa che mi arrabbio io» gli rispose.

Annuì. «È solo un quadro.»

Per lei non era solo un quadro. Doveva farlo a ogni costo.

«Ti lascio un attimo da sola...» le disse.

«Ma solo un attimo» scherzò lei, nervosa. Era come quando il medico lascia la stanza aspettando che tu ti svesta e ti rivesta. Quasi che essere nuda sia meno imbarazzante se ti spogli mentre sei sola.

Si tolse i vestiti in fretta, prima di ripensarci e bloccarsi. Il top, i pantaloni larghi da ginnastica e gli infradito formarono una piccola pila sul pavimento. Era troppo nervosa per piegarli. Si era vestita apposta come le modelle, con vestiti comodi da togliere e rimettere. Niente segni rossi per una cintura chiusa troppo stretta o per una spallina del reggiseno che irrita. E aveva deciso di depilarsi per essere liscia e in ordine.

Si infilò in fretta la vestaglia. A che scopo? si chiese. Solo per toglierla un attimo dopo. Ma le modelle avevano sempre la vestaglia. Forse era come la cabina telefonica per Superman. Nella vestaglia entrava una vergine terrorizzata e pudica e ne usciva una consumata modella.

Si sfilò la vestaglia. Si sedette sul divanetto. Si sdraiò sul divanetto. Si risistemò sul divanetto. Leo bussò. «Pronta?»

Contrasse ogni muscolo del corpo. Sentì le spalle, il collo e la testa fondersi in un unico blocco rigido. A una prima occhiata era uscita dalla vestaglia uguale a come era entrata.

«Pronta» bisbigliò.

«Lena?»

«Pronta» disse, un po' più forte. Si sentiva come in una sit-com sul matrimonio. Si augurò di trovarla divertente.

Anche lui era nervoso. Non voleva offenderla o imbarazzarla guardandola troppo poco o troppo a lungo. Armeggiò con il cavalletto come se non ci fosse una ragazza nuda nella stanza. Lei disse qualcosa su quanto faceva caldo fuori, fingendo anche lei che non ci fosse una ragazza nuda nella stanza.

«Va bene, mia cara» disse. Il pennello in mano. Era pronto a lavorare. La osservò con lo sguardo dell'artista.

«Va bene» lei fece un respiro. Quel "mia cara" poteva funzionare per lui, pensò indispettita, ma non per lei.

Leo spostò il cavalletto a sinistra. Lo avvicinò di mezzo metro al divano. Spuntò da dietro il cavalletto. «La testa un po' più alta» le disse, andando più vicino.

Lei eseguì.

«Perfetto.» Si avvicinò ancora. Ora la guardava. «Va bene, la mano così.» E si mise in posa lui stesso piuttosto che toccarle la mano.

Lei eseguì. Sperando di riuscire a rilassare un po' i muscoli.

«Bellissimo» disse lui. Continuò a studiarla. «Le gambe un po'... più abbandonate.»

Le scappò una risatina nervosa. «Va bene.»

Anche lui rise, ma con aria assente.

Lena era sicura che fosse ormai concentrato sul quadro. Perché lei non ne era stata capace?

«Va bene. Perfetto.» Tornò dietro la tela. Inarcò le sopracciglia. Lei riusciva a percepire la sua eccitazione. Era eccitato all'idea del quadro da dipingere.

La mattina dopo Bridget stava a testa china sulla scodella della colazione, mangiando senza troppa convinzione i suoi Frostes Flakes, quando intravvide un'automobile sconosciuta entrare nel parcheggio del campo. Non ci prestò subito attenzione. Aveva la testa troppo pesante e confusa.

Registrò in automatico lo sbattere di portiere e alcuni movimenti dall'altra parte della tenda. Ma pian piano qualcosa cominciò a farsi strada nella sua mente.

«Hai visto Peter?» le domandò Karina.

Lei strabuzzò gli occhi e ingoiò i cereali. «Non stamattina» disse. Qualcosa in quella domanda le fece scattare un campanello d'allarme. In fondo alla tenda una donna sconosciuta parlava con Alison. Poi nella visuale di Bridget irruppe una personcina, una

bambina con una coda di cavallo scompigliata, tutta spostata su un lato della testa. Era strano vedere lì una bambina.

I pezzi andarono tutti al loro posto quando vide la vicedirettrice dirigersi verso di lei con una certa agitazione. Le reazioni di Alison erano sempre un po' sopra le righe. «Sai dov'è Peter? Sono arrivati la moglie e i figli per fargli una sorpresa.»

Moglie e figli. Erano qui per fargli una sorpresa. Il campanello d'allarme si trasformò in un assordante scampanio. Moglie e figli erano saltati fuor dal loro etere incorporeo e si erano materializzati qui. Per fargli una sorpresa.

Per il suo compleanno, si rese conto Bridget, mentre i suoi pensieri si urtavano e collidevano. Il compleanno che aveva tenuto segreto, che Bridget aveva creduto appartenere soltanto a lei. Non le apparteneva, ammise con un dolore sordo al petto. Apparteneva a loro.

La moglie e i figli di Peter erano lontani, controsole, così non riuscì a vederli bene.

«No. Non so dov'è» disse come un automa. Di colpo capì come doveva essersi sentita Eva. Perché tutti continuavano a chiederlo a lei? Cosa sapevano? Cosa sospettavano? Rimpianse di essere rimasta in piedi fino a tardi, tutte quelle notti. Si augurò che le sue compagne di tenda si ricordassero che ogni mattina si era svegliata in mezzo a loro.

Cosa avrebbe pensato la moglie, visto che tutti chiedevano di suo marito a quella ragazza bionda e assonnata, con quelle labbra da baciare e con gli occhi luminosi come stelle? Sentì l'impulso di difendersi, ma da chi?

Stava lì seduta sulla sua sedia, con i cereali in bocca, incapace di inghiottirli o sputarli, quando udì la voce di Peter alle sue spalle. Capì che doveva uscire da lì prima che quell'incontro avesse luogo. Per il suo bene, ma anche per quello di Peter.

Non voleva che la trovasse lì. Si rannicchiò il più possibile. Per un momento pensò di scivolare sotto il tavolo per nascondersi.

Lui aveva una moglie. Una moglie. In teoria e ora in pratica, con i capelli castani scuri e una sacca di tela in spalla. Una moglie come in una vera famiglia. Figli come in una vera famiglia. Figli che ti saltellano attorno e dipendono da te per tutto.

Passava dall'identificarsi con la moglie all'identificarsi con la figlia. Una figlia come di fatto lei era. Una persona con desideri e dispiaceri.

Situazioni come queste erano davvero pericolose.

Alla fine Tibby permise a Brian di andare a trovarla quella domenica, ma non per le ragioni che sperava lui.

Lo incrociò all'ingresso. Sarebbe stato peggio se fosse salito in camera.

«È bello fuori. Ti va di fare due passi?» le domandò, ingenuo.

Di solito lei adorava la sua ingenuità. Ora si poneva delle domande su Brian. Era un po' stupido? No, non stupido in senso stretto. Non intendeva quello. Lui aveva un alto quoziente d'intelligenza. Ma forse era una specie di *idiot savant*?

«Sì» rispose controvoglia.

Forse, le suggerì Meta-Tibby, lei apprezzava di più quella semplicità quando il suo animo non era così nero.

Non andarono molto lontano. Arrivati nel centro di Astor Place, lei gli rivolse la parola.

«Brian, credo che dovremmo prenderci una pausa» disse. Era la frase che aveva già deciso di usare.

Lui la guardò, la testa inclinata come un labrador retriever. «Cosa vuoi dire?»

«Voglio dire che per un po' non dovremmo più vederci.»

«Stai dicendo…»

La tristezza e la sorpresa cominciarono a velare il suo sguardo fiducioso, ma lei non riusciva a provare nulla per lui. Vedeva il suo dolore, ma non le arrivava al cuore. C'erano state volte in cui aveva percepito il dolore di Brian con maggiore intensità di lui stesso. Perché non ora?

«Ma perché?» le chiese.

«Perché. Perché…» Era una domanda talmente ovvia che non aveva pensato a una risposta. «Credo… per la distanza e tutto il resto…»

«Per me non è un problema venire fin qui» si affrettò a dire.

Lo guardò infastidita. *Perché non pensi a te stesso e non te ne vai?* voleva urlargli. *Arrabbiati con me. Vattene.*

«Non voglio che tu lo faccia» disse perentoria. «Voglio stare sola con me stessa, per un po'. Non riesco nemmeno a spiegarlo.»

Lui rifletteva. La maglietta gli si appiccicava addosso. Sembrava magro. Brian non si limitava a fare quello che facevano gli altri. Lui faceva quello che faceva, decideva quello che decideva nel modo più coraggioso possibile. Di solito lei lo amava per questo. Ma ora la sua qualità migliore si era trasformata nel suo peggior difetto. Lei aveva pensato che lui rifiutasse di fare quello che facevano gli altri perché lo considerava una vigliaccheria, ma ora si chiedeva se ne era consapevole. Era rifiuto o completa ignoranza? Perché, per una volta tanto, lui non poteva solo assecondarla?

Non c'è niente come il troppo amore. Questo le aveva detto una volta di punto in bianco un'amica di sua madre, una tipa con lo sguardo da cerbiatta e un'aria piuttosto sgradevole.

Sì, qualcosa c'è, pensò Tibby.

«È forse perché…» cominciò Brian esitante.

«Non so perché» gli rispose brusca. «So solo che non voglio più continuare.»

Lui levò lo sguardo e poi lo abbassò. Guardò la gente in Lafayette Street. Osservò lo striscione che penzolava all'ingresso del Public Theater. Tibby aveva paura che si sarebbe messo a piangere, ma non lo fece.

«Non vuoi più che venga a trovarti?» le disse.

«No, non voglio.»

«Non vuoi più che ti telefoni?»

«No.»

Brian aveva forse mai capito un'allusione? Aveva sempre bisogno di una mazzata in testa per comprendere anche il concetto più semplice? All'improvviso si insinuò in lei un sospetto. Pensò a come la gente doveva vedere Brian e, poi, a come doveva vedere lei. Lo consideravano un ritardato? Ridevano di lei perché stava con un ritardato?

Tibby si odiò per questo pensiero crudele e sleale. Ma chi al mondo possiede un cervello, deve sforzarsi di pensare solo cose accettabili?

Lo odio? si chiese. *L'ho mai amato davvero?*

Quella fatidica notte in cui avevano fatto sesso, le era sembrato di essersi addormentata come una persona e di essersi svegliata come un'altra. Non riusciva a ricordarsi com'era prima. Un'esperienza sconcertante. Come un'ipnosi, un sortilegio o un sogno interrotto bruscamente.

«Allora dobbiamo dirci addio.»

Tibby levò il capo. Dalla sua espressione era chiaro che avesse capito. Lo leggeva nei suoi occhi. Erano ancora pieni di dolore, ma avevano smesso di fare domande.

«S-sì. Direi di sì» balbettò. Questa volta lui l'aveva anticipata.

Tibby non aveva certo immaginato che Brian se ne sarebbe andato dando in escandescenze, anche se in un certo senso lo avrebbe desiderato. Ma non si sarebbe mai aspettata che lui volesse un vero addio, occhi negli occhi.

«Addio, Tibby.» Non era arrabbiato. Non era speranzoso. Cos'era?

«Addio.» Si sporse, rigida, per dargli un bacio sulla guancia. Si sentì a disagio e a metà strada era già pentita.

Lui si incamminò verso la metropolitana, con la sua logora sacca rossa a tracolla. Tibby lo seguì con lo sguardo, ma lui non si voltò.

Camminava con decisione, e Tibby si accorse che fra loro due era lei a restare lì, sola e confusa.

D'un tratto capì cosa la disturbava di più in Brian, cosa lo rendeva non solo irritante ma anche insopportabile: il modo in cui continuava ad amarla ciecamente, anche se lei non lo meritava.

OH, TESORO,
ABBANDONA IL CORPO,
LASCIATI ANDARE AL PIACERE.

– ANNE SEXTON

Lena scoprì un fatto strano ma consolante: nella vita ci si abitua a tutto. Perfino a stare nude, distese su un divanetto rosso rubino, sotto lo sguardo attento di un ragazzo che ti sta ritraendo e che tu conosci appena. Ci si può abituare anche se, mettiamo caso, sei una ragazza greca vergine, la tua famiglia è tradizionalista e tuo padre morirebbe se lo venisse a sapere.

Durante la prima ora, Lena soffrì terribilmente.

Durante la seconda ora, i muscoli cominciarono a rilassarsi, uno dopo l'altro.

Nella terza ora successe qualcos'altro. Lena cominciò a osservare Leo. Lo guardava dipingere. Lo guardava mentre era intento a guardarla. Osservava il modo in cui lui fissava ogni singola parte del suo corpo. Lo seguiva mentre posava lo sguardo su una nuova parte da ritrarre, e sentì un brivido sul fianco quando lui lo dipinse. E poi lungo la coscia quando lui ci arrivò.

Di solito era infastidita dagli sguardi degli estranei, ma adesso era diverso. Era un modo diverso di guardare. Lui la guardava ma il suo sguardo la attraversava. Tratteneva ogni immagine solo il tempo necessario per riportarla sulla tela. Come acqua attraverso un setaccio.

Leo dipingeva con un intenso trasporto e Lena cominciò a rilassarsi. Capì che l'unica relazione che Leo voleva era con il quadro. Aveva un contatto con la Lena che lui vedeva, non con la vera Lena. Lasciò libera la mente di vagare per l'appartamento. Le relazioni non funzionavano tutte così in un certo senso? Non comportavano sempre una rappresentazione artistica?

Le piaceva la sensazione dei raggi di sole sul corpo. Cominciò a piacerle il modo in cui gli occhi di Leo si posavano sulla sua pelle, mentre si sentiva libera di vagare con la mente.

Leo mise della musica. Disse che era Bach. L'unico strumento era il violoncello.

Durante la quarta ora, per un secondo i loro sguardi si incrociarono. Distolsero sorpresi lo sguardo. Poi, nello stesso istante, si guardarono di nuovo. Leo smise di dipingere. Aveva smarrito la strada. Sembrava confuso ma la ritrovò.

Alla quinta ora Lena volle fare una pausa. Si sentiva preda di un incantesimo. Si sentiva languida. Anche Leo era preda di un incantesimo. Ma erano incantesimi diversi.

Alla sesta ora, lei immaginò che lui la toccava. Il rossore che le colorò le guance era un rossore diverso. Era arrossita per una ragione diversa.

Leo mise su un altro CD di Bach. Questa volta musica per solo violino. A lei sembrò languidamente romantica.

Stava dipingendo il viso. «Solleva lo sguardo» disse. Lei guardò in alto. «Volevo dire su di me» chiarì lui.

Davvero voleva dire così? Lo guardò.

E per l'ora seguente non staccarono più gli occhi l'uno dall'altra. E come in una gara di sguardi, la posta continuò a crescere, fino a un livello quasi insopportabile. Ma nessuno dei due abbassava lo sguardo.

Quando Leo alla fine depose il pennello, aveva le guance arrossate come Lena. Era senza fiato come lei. Erano caduti preda dello stesso incantesimo.

Le si avvicinò senza mai smettere di guardarla negli occhi. Appoggiò con delicatezza le mani sui fianchi di Lena, si chinò su di lei e la baciò.

In passato Bee, quando era sopraffatta o depressa, si rifugiava a letto. Ma questa volta stava troppo male anche per il letto. Questa era una sofferenza che la scavava dentro, un tipo di dolore che la braccava per non mollarla. Nel suo letto sarebbe stata una preda facile.

A piedi nudi si allontanò dalla tenda. Una volta all'aperto sputò nell'erba la poltiglia di Frosted Flakes. Ebbe paura di vomitare tutto quello che aveva mangiato.

Era così contenta di aver lasciato i Pantaloni sulla sua branda. Non voleva che la vedessero in questo stato.

Si allontanò dal campo e continuò a camminare in direzione

del sole. Voleva solo camminare. Una volta in marcia verso est, avrebbe potuto camminare per sempre. Fino in India, fino in Cina.

Camminò, camminò, finché i piedi cominciarono a farle male. Chissà che dolore arrivare fino in Cina.

Più tardi, il sole le passò sopra la testa e capì che ora se ne stava allontanando. Non voleva camminare lontana dal sole, ma per camminare con il sole avrebbe dovuto tornare indietro e non riusciva a farlo. Tremava. Faceva freddo in Cina?

Si sentì come un rettile che ha bisogno del sole per scaldarsi. Dentro di sé non aveva più alcun calore.

Sapeva fin dall'inizio che Peter era sposato e aveva dei figli. Non aveva scoperto nulla di nuovo quella mattina. Quella moglie e quei figli non erano diventati più reali di prima. Ma adesso li aveva visti. Ecco cosa aveva distrutto la sua pace.

Lontano dagli occhi, lontano dal cuore. Come poteva essere valido per lei? Andava bene per persone con amnesie e danni cerebrali. Per salamandre e ranocchie. Cos'è che non andava in lei? Perché non riusciva a ricordarsi le cose? Essere vittima della propria incapacità non dava alcun sollievo, non era una giustificazione.

Stava giocando a un gioco diverso. Non una sfida nel campo della scuola o un riscaldamento o una zuffa. Era la realtà ed era importante. Peter era adulto. Lei era adulta. Avevano una vita vera da prendere o lasciare.

Poteva flirtare e darsi arie di fronte a quell'uomo sposato. Poteva baciare quell'uomo sposato e fingere che fosse tutto molto divertente e malizioso. Ma non lo era.

Appena riprese a camminare, rabbrividì. Era arrivato il momento di crescere. Guardò davanti a sé e vide la cima di un'altura. Mentre saliva ostinata, decise che quella cima avrebbe rappresentato la sua crescita.

Si drizzò in tutta la sua altezza, un metro e settantotto di donna. Se non prendeva sul serio la sua vita, chi l'avrebbe fatto per conto suo? Stava diventando la persona che sarebbe rimasta per sempre. Ogni sua scelta contribuiva a formare quella persona. Non voleva più essere così.

A Carmen piaceva stare in teatro. Anche la prova più lunga e sfiancante, fino a tarda notte, era meglio della stanza del dormitorio.

Andrew Kerr poteva demolirla con un'occhiata, ma persino il suo sguardo più orrendo era più amichevole degli occhi della sua compagna di stanza.

Carmen era passata dall'invisibilità alla notorietà in tutto il campus, eccetto che per una persona. Per due lunghe settimane, anche se condividevano la piccola stanza e dormivano a un metro e mezzo di distanza, Julia si comportò come se Carmen non ci fosse.

Ecco perché si sorprese, durante la terza settimana di prove, quando Julia si voltò e le disse: «Come vanno le prove?»

Quando successe, Carmen si stava sfilando le calze, stanca ma eccitata perché per la prima volta aveva provato il costume.

«Piuttosto bene. Almeno spero.»

«Come si lavora con Ian O' Bannon?» le domandò Julia.

Le fece questa domanda come se avessero trascorso giorni e notti a chiacchierare da buone amiche. Carmen aveva quasi paura a credere che stesse realmente succedendo.

«È… Non sono ancora riuscita a capire che tipo è. Ogni volta credo di non potermi più sorprendere, ma poi mi sorprendo.»

«Beata te, è una fortuna lavorare con lui.»

Carmen soppesò queste parole, preparandosi a un commento beffardo o sarcastico, che però non arrivò.

«È una vera fortuna» disse cauta.

«È… l'esperienza con la E maiuscola» disse Julia.

Di nuovo Carmen soppesò queste parole, studiando la faccia di Julia. Quella faccia che sembrava nello stesso tempo così bella e volitiva, ora si era rabbuiata. Le qualità che aveva più ammirato in lei sembravano ora troppo esasperate.

Era troppo magra, troppo equilibrata, troppo curata.

«Credo di sì» le rispose.

Quella notte Carmen si addormentò chiedendosi a cosa fosse dovuto quel disgelo. Era molto felice che fosse successo anche se aveva un po' paura a fidarsi del tutto.

Così, quando si risvegliò la mattina, era ancora piena di dubbi ma anche di speranze.

«Dovresti mettere i pantaloni verdi. Ti stanno molto bene» disse Julia a Carmen, intenta a frugare nel cassetto.

Carmen si voltò. «Davvero?»

«Sì.»

«Grazie.» Carmen si infilò i pantaloni verdi anche se non pensava che le stessero così bene.

«Cosa provate oggi?» le domandò.

Carmen si propose di accettare questa dimostrazione di cordialità per quello che sembrava. «Leonte proverà la prima parte, in cui perde la ragione. Perdita non compare che alla terza scena del quarto atto, ma Andrew vuole che io osservi. "Osserva e assorbi" mi dice sempre, e fa il gesto di bussarmi in testa. Forse pensa di essere divertente.»

«È un tipo bizzarro, non è vero?» disse Julia.

«Sì» disse Carmen, ma di colpo si accorse di voler difendere le stranezze di Andrew. «Non ho alcuna esperienza, ma penso che sia un bravo regista.»

Julia avrebbe potuto dire con facilità qualcosa di tagliente, ma non lo fece. «Ha un'ottima reputazione» disse.

«Sì?»

«Oh, sì.»

«Bene.»

Questa conversazione così gradevole poteva bastare a Carmen per una settimana, ma Julia continuò.

«Posso leggere con te, se vuoi provare un po' di più» disse.

Carmen la guardò attentamente. «Sarebbe bello. Grazie. Te lo dirò.»

«Sul serio, quando vuoi» disse Julia. «Tanto la mia parte in *Pene d'amor perdute* non è un impegno da perderci il sonno.»

Carmen non voleva che la vedesse annuire. «Ma hai l'ultima battuta. È una grande opportunità.»

«Come gufo.»

«Già.»

Julia aveva un'espressione davvero triste. «R. K., il nostro regista, mi ha chiesto se posso aiutarlo con le scenografie quando non sono impegnata.»

Carmen cercò di mantenere un'espressione neutra. «Cosa gli hai detto?»

Carmabelle: Ehi, Leo è nero?

Lennyk162: Sì. Per metà, direi.

Carmabelle: Stai davvero cercando di uccidere tuo padre.

Lennyk162: Un fidanzato di qualunque colore lo ucciderebbe.

Carmabelle: Leo si identifica di più con il suo lato nero o il suo lato bianco?

Lennyk162: Cosa?

Carmabelle: Io sono una donna di colore. Mi è concesso fare queste domande.

Lennyk162: Non ho ancora capito di cosa stai parlando.

Carmabelle: Okay, ascolta gli U2?

Quella sera Bridget non finì in Cina ma sul pavimento di terra, con una brutta scottatura che le faceva bruciare le spalle.

Era felice di avere nuovamente il suo pavimento. Si era chiesta se la felicità che le dava il pavimento dipendesse in qualche modo da Peter, ma ora era sicura di no. Era una gioia solo sua, che non poteva esserle strappata.

Era contenta perché aveva saputo che Peter portava la famiglia in città per cena. Voleva saltare la cena, ma non voleva saltarla a causa sua.

Continuò a rimuginare su questi pensieri pesanti, sentendo che si trattava di un sottoprodotto seccante dell'essere adulti. C'era qualcuno nel suo gruppo di lavoro che la trattava con troppa attenzione?

Alla fine le sue mani sapevano ancora come scoprire il pavimento. Era pronta per il mezzo metro rimasto dall'ultima notte. Non poteva tirare il lavoro troppo per le lunghe.

Scavò, setacciò, selezionò. Arrivata all'estremità, con le dita sfiorò qualcosa di duro. Ormai c'era abituata. Immaginò che si trattasse di un pezzo di terracotta come tanti altri. Scosse via la terra e lo sollevò, ma la luce del sole ormai era troppo debole. Se lo passò fra le dita. Era piccolo. Non era poroso come l'argilla. Non era pesante come il metallo.

Registrò il punto del ritrovamento e risalì la scaletta per prendere una torcia. Mentre teneva il frammento sotto la luce elettrica, il cuore cominciò a martellarle.

Lo portò al laboratorio, contenta che Anton lavorasse fino a tardi.

«Che cos'hai lì?» le domandò.

Glielo allungò.

«Credo che sia un dente.» Quel piccolo oggetto la faceva tremare. Una sensazione di freddo le faceva tremare la bocca dello stomaco.

Lui lo guardò. Lo mise sotto la lente d'ingrandimento. «Hai ragione.»

«Il dente di un bambino.»

«Sicuramente.»

«Puoi dire a chi apparteneva? A un bambino o a una bambina?»

Scosse la testa. «Con i bambini non è mai possibile risalire al sesso, partendo dalle ossa. Prima della pubertà, gli scheletri dei maschi e delle femmine sono perfettamente identici.»

Perché Anton nel dirlo sembrava così allegro e lei si sentiva tanto male?

«L'ho trovato nella casa» disse. «Nella nuova stanza.» Il suo respiro affannato si condensava in nuvolette. «Mi aspettavo di trovare questo tipo di resto nella tomba, non nella casa.» Non aveva alcuna intenzione di piangere.

Anton le rivolse uno sguardo attento. «Bridget, il dente non era nella tomba, perché il bambino non è morto.»

«No?»

«O dovrei dire, la sua morte non ha alcuna relazione con questo dente.»

«No?»

«No.» Anton sorrise, per farle andare via quella faccia lugubre. «Il dente è saltato via, Bridget. È caduto sul pavimento e si è perso. Può darsi anche che la madre del bambino l'avesse conservato.»

Bridget stava ancora annuendo mentre tornava al pavimento, voleva quasi piangere per il sollievo. Quella persona, maschio o femmina che fosse, era morta da tanto, tanto tempo. Ma non era morta per il dentino. Il dentino non era il simbolo della morte. Era il simbolo della crescita.

IO HO BEVUTO
E VEDUTO IL RAGNO.

– WILLIAM SHAKESPEARE

«Ti manca?» domandò Carmen.

«Non so. Non ne sono sicura» disse Tibby, reggendo il telefono con la spalla mentre si tormentava l'unghia dell'alluce. Nell'ingresso, alcuni studenti dei corsi estivi erano accalcati attorno a un videogame. C'era troppo rumore per una conversazione seria.

«Non sei sicura?»

«No. Non so. Ero abbastanza sicura di aver bisogno di una pausa. Non voglio vederlo, ma ogni tanto ci penso e mi chiedo se mi telefonerà.»

«Uhm.»

«In un certo senso penso che lo farà, ma anche che non lo farà. Ha senso questo ragionamento?»

«Uh» rispose Carmen con voce stridula. «Penso di sì.»

Tibby era sicura che per Carmen non aveva alcun senso e che niente di quello che le aveva raccontato della sua relazione con Brian, dall'inizio dell'estate, aveva un minimo senso per lei, ma nonostante tutto Carmen era sempre lì al telefono pronta ad ascoltare.

«Vorresti dirgli qualcosa in particolare?» domandò Carmen. Il tono paziente era quello che le riusciva peggio. Per Tibby era sorprendente pensare che stesse avendo tanto successo come attrice.

«No, non proprio» buttò lì Tibby, senza convinzione. Nell'atrio ci fu un'esplosione di fischi e urla.

La maggior parte delle loro conversazioni, soprattutto con la Carmen di una volta, avevano una trama, un andamento. Andavano in profondità o restavano in superficie. Si raggiungeva un accordo o si rischiava uno scontro. Si dava soccorso o lo si riceveva. Questa conversazione non aveva nessuna di quelle caratteristiche.

Tibby sapeva che era colpa sua, ma non era abbastanza motivata per prendere l'iniziativa e rimediare. Era stanca. Doveva lavorare alla sua sceneggiatura. Aveva bisogno di farsi una doccia. E cosa avrebbe mangiato per cena?

«C'è troppo rumore. Ti chiamo più tardi, va bene?» disse a Carmen.

«Va bene» rispose Carmen. Stare al telefono o attaccare era lo stesso.

Tibby sedette al computer e aprì il file con il soggetto per il suo corso di sceneggiatura. Il documento aveva l'altisonante titolo di "Sceneggiatura" ma non conteneva nulla che assomigliasse a una sceneggiatura. Aveva frequentato il corso per tre settimane e tutto quello che era riuscita a produrre era una paginetta di appunti, confusa e disordinata. Nessuna frase sembrava avere rapporto con le altre. E per lo più aveva l'impressione di non averle mai scritte.

Lasciò che il suo computer ripiombasse nel sonno. Accese la televisione. Poteva avere una vita piena limitandosi a saltare da uno schermo all'altro. Tutto ciò di cui aveva bisogno era contenuto in una scatola elettronica.

Attese la sua commentatrice preferita, Maria Blanquette, con il nasone e la risata grassa. Un'isola sicura in un mare di falsità. Ma Tibby era arrivata troppo tardi. Il telegiornale era già passato alle previsioni del tempo.

Tornò a chiedersi se Brian le avrebbe telefonato. Probabilmente l'avrebbe chiamata non appena fatti i programmi per l'autunno. L'avrebbe chiamata con una buona scusa – un consiglio sull'alloggio o sui requisiti necessari per l'ammissione, sull'orario dei pasti o chissà cos'altro. Quasi di sicuro, Brian si aspettava che in settembre, una volta alla New York University, avrebbero ripreso a frequentarsi, almeno come amici.

E in quel caso lei cosa avrebbe fatto? Cosa avrebbe detto? Doveva aiutarlo? Doveva incoraggiarlo? Oppure era un errore e per Brian sarebbe stato più difficile superare quel brutto momento?

Quella notte, quando chiamò Tibby dall'ufficio deserto, Bridget aveva ancora voglia di piangere. Per fortuna il collegamento satellitare era stato ripristinato e funzionava. Sapeva che le sarebbe costato un sacco di soldi ma non se ne preoccupò. A nessuna di loro aveva detto la verità su Peter e ora ne sentiva il bisogno.

«Mi sento così stupida» disse. Non riuscì a trattenere le lacrime. Era profondamente ferita e aveva bisogno di sfogarsi con qualcuno.

«Oh, Bee» disse Tibby per calmarla.

«Sapevo che era sposato. Sapevo che aveva dei figli e ho lasciato che accadesse lo stesso.»

«Lo so.»

«Li ho visti stamattina e mi sono fatta schifo. Ma perché prima non avevano importanza?»

«Mmm» disse Tibby, per farle capire che la stava ascoltando senza giudicarla.

«Fa parte di una famiglia, sai? Loro dipendono da lui. Loro appartengono a lui. Io non apparterrò mai a lui.»

A quel punto Bridget fece una lunga pausa per piangere. E così facendo, capì di essere stata molto più sincera di quanto si fosse proposta.

«Beezy, è giusto. Tu appartieni ad altri» disse Tibby dal profondo del cuore.

Bridget pensò a suo padre e provò un'inconsolabile tristezza. Pensò a Eric e sentì di non aver diritto al suo amore. Pensò alla madre e desiderò con tutta se stessa tutti quei momenti che non aveva dimenticato. «Tibby, appartengo a te, a Lena e a Carmen» disse fra le lacrime. «Non appartengo a nessun'altro.»

Lunedì mattina Lena arrivò per prima in aula. Leo arrivò per secondo. Le si avvicinò subito. Lei si vergognava ancora.

«Ero troppo eccitato per dormire» le disse.

In effetti sembrava molto eccitato e molto stanco. Era per il quadro? Era per lei?

«L'ho portato» disse. Sollevò la cartelletta porta disegni. «Vuoi vederlo?»

«Non qui» disse. Stavano già cominciando ad arrivare altri studenti.

«Capisco. Ma dopo. Da qualche parte, da soli.»

«Va bene» disse. Era troppo nervosa per guardarlo.

Cercò di concentrarsi sulla sua tela. Cercò di dimenticare tutto per riuscire a lavorare. Le ci volle un po' di tempo.

Alla fine della lezione Leo raccolse rapido la sua roba. Lei aveva fretta di raggiungerlo. Lui trovò un'aula vuota al secondo piano e chiuse la porta.

Lasciò il dipinto nella cartelletta e la appoggiò al muro. Attirò Lena a sé e la baciò. Poi appoggiò il viso alla sua guancia.

«Nora è un'eccellente modella» disse. «Ma ora voglio dipingere solo te.»

La baciò ancora finché lei non ebbe più fiato, scossa dalla testa ai piedi. «Non ho mai baciato una modella prima d'ora» disse. «Non ho mai ritratto una ragazza che ho baciato.»

«Potresti provare a baciare Nora.»

Lui fece una faccia strana.

«O Marvin.»

Fece una faccia peggiore. «Va bene. Ora ti faccio vedere» le disse. Tirò fuori la tela dalla cartelletta. La maneggiò con cautela perché il colore non si era ancora del tutto asciugato.

Fu difficile costringersi a guardare. Ne osservò un pezzetto alla volta, cercando di pensare al quadro come al ritratto di una donna fatto da un altro studente. La scuola era piena di tele di quel genere.

Ma no. Quella era lei. Era difficile tenere separata l'ammirazione per il lavoro di Leo dalla sua personale insicurezza. Era difficile guardare quel dipinto in modo obiettivo.

Ma quando riuscì a rilassarsi vide che era davvero un bel quadro. E non era neanche un lavoro scolastico. Era più personale. Era un dipinto fatto nella stanza della casa dove lui era cresciuto. Ed era un ritratto di lei, che era appartenuta soltanto a lui per le ore in cui l'aveva ritratta.

Colse anche qualcos'altro. I dipinti fatti per compito erano asessuati. Questo non lo era.

«È sexy, vero?»

Le sorrise.

«Già.»

«Spero che i miei genitori non lo vedano mai.»

«Non lo vedranno.»

C'erano ancora momenti d'imbarazzo fra di loro. Nel poco tempo dall'inizio della loro storia, si erano visti nudi, ma non conoscevano neanche i rispettivi amici.

Il giorno prima, quando aveva finito di posare, cosa sarebbe successo se non si fosse rimessa la vestaglia? Se l'avesse lasciato continuare con i suoi baci? Lui lo voleva. E lei anche. Ma la potenza di quell'attrazione fisica era stata eccessiva per lei.

«In questo scambio, te la sei cavata molto meglio di me» gli disse.

Leo sembrò davvero dispiaciuto. «Ma tu sei una modella migliore.»

«Tu sei un pittore migliore.»

«Forse meno inibito» disse.

Lena riusciva ancora a sentire il punto esatto fra le sue costole dove le dita di lui avevano sfiorato la sua pelle. «Non c'è dubbio» gli disse.

«Potremmo riprovare.»

«Non so.»

«Ti prego» aveva uno sguardo quasi disperato. «Perché se tu non mi usi come modello, io non posso più chiederti di posare per me, giusto? E io ho proprio voglia che posi ancora per me.»

Era solo un quadro che voleva da lei? Se avesse accettato, cosa sarebbe accaduto? «Prova a chiedermelo» gli disse.

«Poserai per me? Ti prego! Mi metto in ginocchio se vuoi che lo faccia.»

«Non occorre.»

«Domenica?»

Non era poi così spiacevole essere desiderate. «Ci rifletto.»

«Di' di sì.»

«Va bene.»

«Domani ceniamo insieme?» Era felice. Rimise il dipinto nella cartelletta, doveva andare al lavoro.

«A casa tua?» gli chiese.

«No, usciamo» disse mentre andavano verso l'atrio, mano nella mano. «Non credo che riuscirei a baciarti di fronte a mia madre.»

All'ora di pranzo, Julia si fece trovare all'uscita di servizio del teatro. Carmen ne fu sorpresa, ma allo stesso tempo le fece piacere, perché Julia sembrava cordiale e desiderosa di vederla.

Carmen era uscita dal teatro fianco a fianco con il Principe Mamilio – il suo vero nome era Jonathan – e lo presentò a Julia.

«Vieni al Bistrò?» le chiese Jonathan quando arrivarono al bivio del vialetto. Il Bistrò era la sala da pranzo più piccola e graziosa, riservata agli attori professionisti. Quelli del Bistrò non andavano mai in mensa e i principianti non potevano andare al Bistrò: Carmen lo sapeva, ma Ian, Andrew e specialmente Jonathan cercavano sempre di convincerla a mangiare con loro.

«No» disse.

«Su. Dai.»

Era stanca di discutere.

«Non posso.»

«Smettila, signorina. Lo sai che puoi farlo.»

«Jonathan.»

«Puoi portare la tua amica.»

Carmen si voltò verso Julia, che sembrava esaltata all'idea e le chiese speranzosa: «Ti va?».

In realtà Carmen avrebbe preferito di no.

«Mi piacerebbe vedere il Bistrò» aggiunse Julia.

Carmen scoccò un'occhiata a Jonathan. «È riservato agli attori» disse, «ma se il nostro principe è così ansioso di dividere il pranzo con noi, potrebbe andare a prenderlo e portarlo sul prato.»

Jonathan scosse la testa. «Mi arrendo» disse. «Va bene, Carmen, ci vediamo sul prato.»

«Sarà eccitante per queste aspiranti dive» disse Carmen, in tono seccato.

Per la gioia di Julia, Jonathan le raggiunse sul prato, l'area verde oltre la mensa frequentata dai principianti. Portò tre panini al tacchino che per Carmen avevano lo stesso identico sapore dei panini della mensa.

L'arrivo di un attore professionista provocò un certo trambusto. Sembrava che tutti ne sapessero più di Carmen sulla filmografia di Jonathan. Julia chiacchierava allegra con lui, discutendo di ogni ruolo che aveva interpretato.

Osservando Julia, Carmen capì che il mistero del disgelo era risolto e si sentì sollevata. Julia faceva di nuovo l'amica perché credeva che lei potesse farle conoscere dei veri attori.

Carmen avrebbe potuto rimanerci male, ma non fu così. Dunque Julia la stava usando. Ecco. Era comunque meglio della cura del silenzio.

Solo negli ultimi due giorni Carmen aveva capito quanto fosse angosciante vivere con qualcuno che non vuole parlarti. Ripensò dispiaciuta a tutte le volte in cui aveva riservato a sua madre quella stessa punizione.

Il silenzio ostile aveva reso infelice Carmen, ma anche il recente cambiamento di Julia l'aveva inquietata. Ora che ne comprendeva la ragione, si sentiva meglio.

Più tardi vide Jonathan dietro le quinte e lo ringraziò. «I panini facevano schifo, ma la mia amica ha molto apprezzato la tua compagnia.»

Lui rise, tirandole una ciocca di capelli. Era sempre molto dispettoso con lei. «Non c'è problema, sorella!»

«Ma ora vuole sapere cosa fai stasera per cena.»

Jonathan fece un'altra risata. «Oh, bene. La tua amica è quella che noi definiamo una lottatrice. Se ne incontrano un sacco così a Los Angeles.»

Bridget aveva toccato il fondo. Un'esperienza devastante. Ma almeno aveva scoperto dov'era il fondo, pensò, mentre stava sdraiata sulla sua branda. Era una stupida, una stupida che aveva toccato il fondo e ora giaceva in attesa di agonizzare. Lo accettava.

Peter le aveva detto che c'erano un paio di cose da imparare dagli antichi Greci, e aveva ragione. I Greci conoscevano i cicli dell'infelicità. Sapevano che le sventure familiari passavano di generazione in generazione, per lungo tempo. Perfino le violazioni che sembravano perdonabili finivano in guerre, tradimenti, nell'uccisione sacrificale dei figli.

No, in effetti non finivano così. Non finivano mai. In quelle storie la distruzione continuava, propagata dalla cieca incapacità della debolezza umana.

Ed era la strada che aveva imboccato lei stessa. La sua famiglia era infelice. Nessuna famiglia poteva essere felice. Da un certo punto di vista, non voleva che Peter – o qualcun altro – avesse ciò che lei non aveva. Non voleva che l'avessero neanche i suoi figli.

Bridget era piena di domande. Il fatto che Peter avesse una famiglia diminuiva il suo interesse per lui? O lo rafforzava? Era spaventoso che i suoi impulsi più distruttivi potessero travestirsi da romanzo sentimentale.

Sembrava che quei Greci ciechi e confusi avessero continuato a commettere sempre lo stesso errore. Non avevano saputo imparare dal passato. Procedevano impettiti verso il futuro. Rifiutavano di guardare indietro. Era quello che stava facendo anche lei.

LO CAPIREBBE
UN BAMBINO
DI CINQUE ANNI.
QUALCUNO
VADA A PRENDERE
UN BAMBINO
DI CINQUE ANNI.

– GROUCHO MARX

Tibby ridusse il suo orario di lavoro. O meglio, fu Charlie a consigliarle di diminuire le sue ore. Pensava che se avesse lavorato meno, sarebbe stata più paziente con i clienti. Assunse una ragazza che usava un lucidalabbra profumato, indossava dei pantaloni microscopici, e non dava alcuna importanza alla qualità dei film. Charlie era troppo buono per licenziare in tronco Tibby.

La nuova situazione a lei non pesò più di tanto. In quel periodo non aveva nessuno con cui uscire a cena o andare al cinema, quindi non aveva un gran bisogno di soldi. Ed era più libera di lavorare alla sua sceneggiatura. O almeno di aprire il file chiamato "sceneggiatura".

Gli ultimi giorni di luglio andò a casa per un fine settimana lungo. Katherine e Nicky facevano uno spettacolo al campo estivo e pensò di far loro una sorpresa.

Avrebbe visto Brian? Ecco la domanda che aveva in testa mentre il treno la portava sferragliando verso sud. Continuò a pensarci fino alla stazione di Bethesda, dove sua madre passò a prenderla.

L'avrebbe incontrato. Ne era certa. Perché no? Brian adorava la sua famiglia. Molto più di quanto non facesse lei, che ne era membro effettivo. E la sua famiglia adorava Brian. Che effetto le avrebbe fatto ora questa situazione? Come previsto, venerdì mattina Brian apparve in cucina mentre Tibby stava mangiando i suoi Lucky Charms.

«Ciao! Ciao!» Katherine gli saltellò intorno tutta eccitata. «Ci accompagni tu oggi?»

Brian era sorpreso di vederla? Tibby non ne era sicura. All'inizio, pensò che lui si fosse fatto vivo con l'idea di incontrarla ma ora, a giudicare dalla sua espressione, non era più così sicura che lui si aspettasse di trovarla lì.

«Ciao, Tibby» disse.

«Ciao» rispose, con gli occhi fissi sulla scodella di cereali. Voleva essere amichevole, ma senza illuderlo.

«Qualche volta il venerdì ci porta Brian invece della mamma» spiegò Katherine, allegra. Aveva abbandonato del tutto la sua colazione per stare con Brian.

Tibby sentì sua madre di sopra che urlava a Nicky di smettere di giocare con il computer e di vestirsi. «Che cosa carina» disse Tibby, impassibile. E poi aggiunse: «Prima dovresti finire la colazione, Katherine». Lei non si sarebbe mai sognata di accompagnare di sua spontanea volontà il fratello e la sorella al campo estivo, eppure, fino a prova contraria, era lei ad avere il loro stesso DNA.

Ma, a pensarci bene, Brian non aveva fratelli né sorelle. E ne sentiva la mancanza, mentre Tibby ne aveva già abbastanza così.

«Com'è che non vi abbracciate più?» chiese Katherine, fissando prima Brian e poi Tibby, e poi ancora Brian.

Calò il gelo. Brian permise a Katherine di camminargli sulle

scarpe ma non rispose. Tibby, con le guance in fiamme, tenne lo sguardo fisso sulla scodella dei cereali.

«Siete in guerra?» insistette Katherine, sbucando in mezzo alle gambe di Tibby, con le mani appoggiate su un ginocchio della sorella.

Tibby impugnò il cucchiaino e cominciò a rimestare nella scodella. La combinazione di cuoricini rosa, mezzelune gialle e diamanti blu trasformò il latte in una poltiglia grigia. «Non in guerra» disse. «Solo che... quest'estate abbiamo cose diverse da fare.»

Katherine non sembrò molto convinta.

«Vuoi venire, Tibby?» domandò Brian con gentilezza.

«Dove...?»

«A portarci al campo!» rispose subito Katherine. «Dai. Puoi venire?»

«Penso di sì...»

Poco dopo Tibby si ritrovò seduta al posto del passeggero, sull'automobile della madre, con il suo ex che accompagnava il suo fratellino e la sua sorellina al campo estivo. Ma il vero imbarazzo cominciò dopo che i due rumorosi passeggeri furono scesi.

«Come stai?» le chiese Brian all'improvviso.

Sembrava meno a disagio di lei. Ma lui non era il colpevole, in effetti.

«Bene. E tu?»

«Un po' meglio, pare. Ci sto provando.» Lui voleva davvero essere onesto, ma lei no. Ecco perché non voleva parlare con lui.

Non riusciva a pensare a nulla da dire. Si fermarono al semaforo rosso più lungo del mondo. Lei aveva sempre odiato il semaforo di Arlington Boulevard. Perché Brian aveva preso quella strada?

«Come va con l'università e tutto il resto?» gli chiese alla fine.

«Cosa vuoi dire?» le domandò.

Finalmente ripartirono.

«Con il prestito.»

«Forse non ne avrò bisogno.»

«Davvero? Pensavo che...» Ora era invischiata nella conversazione.

«All'università del Maryland...»

«No, intendevo a New York» disse lei.

Per un po' Brian rimase in silenzio.

Tibby avrebbe tanto voluto rimangiarsi tutto quello che aveva detto, sottrarsi a quel confronto inevitabile.

«Non andrò più all'Università di New York» disse lentamente, mentre svoltavano nell'isolato di Tibby. «Ho ritirato la domanda di iscrizione un paio di settimane fa.»

Tibby aveva cominciato ad aprire la portiera ancora prima che la macchina si fermasse. «Già. Certo.» Per un attimo si dimenticò che era l'auto di sua madre e che Brian doveva parcheggiarla sul vialetto di casa. «Certo. Logico» disse. Era confusa. Continuò a salutarlo agitando nervosa la mano, dal marciapiede fino alla porta d'ingresso.

Brian la stava guardando, ma lei non capiva bene con che espressione, perché non lo stava davvero guardando.

«Devo scappare. A più tardi!» esclamò Tibby, scomparendo in casa.

Si diresse in camera sua e si lasciò cadere sul letto a peso morto. Guardò fuori della finestra senza vedere nulla.

Ovvio che Brian non andava più a New York! Ci andava soltanto per lei e lei lo aveva lasciato!

All'improvviso le si accese una lampadina. Brian, almeno in apparenza, aveva accettato la loro rottura.

Ma lei?

Quando Carmen rientrò al termine delle prove, a tarda notte, vide con sorpresa che Julia le aveva lasciato sul letto una pila di libri.

«Quello è sul teatro elisabettiano» disse Julia in tono saccente, indicando il primo libro che Carmen aveva preso. «Quello grande sotto è sulla lingua e la pronuncia. Ti aiuterà molto. Poi ce n'è uno che analizza *Il racconto d'inverno*.»

Carmen annuì, esaminandoli. «Grazie. Fantastici.»

«Penso che potranno esserti utili» disse Julia.

«Di sicuro» rispose Carmen. Quei libri le fecero risuonare dentro un campanello. Si chiese perché non le era ancora venuto in mente di passare in biblioteca. Proprio lei, che aveva sempre preferito chiedere, prendere in prestito e studiare piuttosto che fare affidamento sulle proprie capacità naturali. Non era mai stata brava in qualcosa senza metterci un po' di impegno.

Era distrutta ma invece di andare subito a dormire, tenne la luce accesa per un po' e finì per confondersi le idee sui diversi tipi di metrica.

La notte dopo Julia le insegnò come guardare attraverso il testo e oltre il testo. Quindi le consigliò di leggere il passo su Leonte, lucido e poi folle, e mentre Carmen leggeva, Julia si mise alla scrivania a prendere appunti con foga. Verso mezzanotte, quando Carmen era pronta a spegnere la luce, Julia le passò dei fogli.

«Ecco, li ho sottolineati per te.»

Erano le fotocopie di alcuni passi del testo, riempite di un numero sbalorditivo di simboli e annotazioni.

«Ti ho segnato la metrica» le spiegò Julia. «Ti ho messo gli accenti dei versi, come dovresti recitarli.»

«Davvero?»

«Sì. Pensavo che potesse aiutarti.»

«Va bene. Sì.»

Julia indicò il primo verso e cominciò a leggerlo, esagerando il ritmo.

«Ho capito.»

«Sì?»

«Credo.»

«Vuoi provare tu?»

Carmen non voleva provare. Non aveva capito, in realtà. Si sentiva stupida e voleva andare a letto.

«Solo una o due righe» la stuzzicò Julia.

Carmen provò.

«No, fa così» le disse Julia, e lo lesse per farle capire.

E così avanti finché Carmen fu due volte più stanca di prima e le venne anche mal di testa.

Il sabato di quel fine settimana, Tibby andò a trovare Mrs Graffman, la madre della sua vecchia amica Bailey. Tibby tornava a New York in treno quella notte, e voleva trovare il modo di vederla prima della partenza.

«Prendiamo un caffè insieme?» le domandò Tibby al telefono.

«Va bene. Incontriamoci in quel posto all'angolo di Highland.»

«Perfetto» disse Tibby, sollevata. Preferiva non andare dai Graffman se poteva evitarlo.

Tibby aveva cercato di far visita a Mrs Graffman, o almeno di telefonarle, le poche volte che era tornata a casa nell'ultimo anno. Di solito era un desiderio, ma oggi lo sentiva più come un dovere.

Tibby strinse appena la mano di Mrs Graffman, all'ingresso del locale dove la stava aspettando. Presero i loro caffè al bancone e si sedettero a un tavolino vicino alla vetrina.

«Come stai?» le chiese Mrs Graffman. Sembrava a suo agio con i larghi pantaloni da ginnastica e le scarpe da giardinaggio schizzate di fango. Sembrava più in forze di un anno e mezzo prima.

Tibby non soppesò né la domanda né la sua risposta. «Piuttosto bene, credo. E lei?»

«Be', lo sai.»

Tibby annuì. Quel "lo sai" significava che le mancava Bailey e che la vita è buona o degna di essere vissuta in pochi momenti, quando hai perso la tua unica figlia.

«Il lavoro va bene. Ho cambiato azienda. Te l'avevo detto?»

«Sì, credo l'ultima volta» disse Tibby.

«Ho rifatto il bagno da basso. Mr Graffman si sta allenando per la maratona dei Marines.»

«Magnifico» commentò.

«Cerchiamo di darci uno scopo, sai?»

«Sì» disse Tibby. Mrs Graffman sembrava triste ma, con grande sollievo di Tibby, non di quella tristezza insopportabile che ha bisogno di consolazione.

«E cosa mi dici di te, mia cara?»

«Va tutto bene, mi sono iscritta a un corso intensivo di sceneggiatura. Entro metà agosto dovrei stenderne una completa.»

«Dev'essere appassionante.»

D'un tratto Tibby capì che Mrs Graffman avrebbe voluto sapere di cosa parlava.

«E di cosa parla?» domandò tranquilla, come Tibby aveva previsto.

Tibby trangugiò il caffè troppo in fretta e si bruciò la lingua.

«Per ora mi sto ancora divertendo a lavorare su vari argomenti. Mi diverto a raccogliere immagini, capisce?» L'aveva sentito dire da qualcuno una volta, e pensava che suonasse favoloso. Ma detto in quel momento suonò come la risposta più finta del mondo.

«Interessante» disse Mrs Graffman.

È un altro modo per dire che non ho cominciato, avrebbe dovuto dire Tibby, ma non lo fece.

«E il tuo amico Brian?» le chiese Mrs Gaffman con un sorriso. Era un'altra dei tanti coetanei dei suoi genitori che tifavano per Brian.

«Lui... sta bene. Penso. Non ci vediamo molto.»

Mrs Graffman aveva una domanda nello sguardo, ma Tibby si mise a parlare per impedirle di farla. «È pazzesco, sa, perché io ho il lavoro e l'università e lui ha due lavori e viviamo in città diverse...»

«Immagino» disse. «Ma l'anno prossimo sarete insieme?»

«Pare.» Tibby desiderò di potersene andare. Voleva tornare nella sua stanzetta nel dormitorio, distante ore da casa, a guardare la tv. «Non so. È un po' complicato.»

Vedi, ho rotto con lui. E ora, strano a dirsi, sembra che non siamo più insieme e che non divideremo più il nostro futuro. Che casino. Chi l'avrebbe detto?

Mrs Graffman era troppo sensibile per portare la conversazione su argomenti che Tibby non voleva toccare. E così non ebbero in pratica più niente da dirsi.

«Verrà alla festa dei miei in agosto, vero?» domandò Tibby, raccogliendo le sue cose per andare.

«Sì. Abbiamo ricevuto l'invito per posta. Vent'anni. Uuh.»

Tibby annuì. Non le piaceva mettersi a fare i conti quando si trattava del matrimonio dei suoi. Ecco, un'altra conversazione senza sbocco.

Tibby iniziò a capire perché si sentiva più a suo agio nei rapporti semplici, unidirezionali. Come con la televisione, per esempio.

Lena si era dimenticata di dimenticare Kostos. Ecco perché lo sapeva: quando ricordi di dimenticare, vuol dire che stai ricordando. È quando dimentichi di dimenticare, che dimentichi davvero.

La cosa che riportò Lena a Kostos non ebbe origine da qualche movimento nel suo cervello (il che avrebbe rappresentato una falla nella dimenticanza) ma da un colpo bussato alla porta della sua stanza, un soffocante giovedì pomeriggio, alla fine di luglio.

Semplice. Quando vide Kostos, si ricordò di lui.

PERCHÉ, COSA AVREBBE POTUTO
FARE, ESSENDO QUELLA CHE È?
C'ERA FORSE PER LEI
UN'ALTRA TROIA
DA BRUCIARE?

– WILLIAM BUTLER YEATS

Successe dopo la lezione. Lena si era liberata degli infradito con un calcio e si era addormentata di schianto sul letto, ancora in calzoncini e maglietta, una ciocca di capelli che scappava fuori dalla coda di cavallo. Stava dormendo profondamente, quando bussarono. Dei colpi alla porta. Era intontita, sudata e disorientata ancor prima di aprire la porta.

Quando vide l'uomo con i capelli neri in piedi davanti a lei, non riuscì subito a credere che fosse davvero Kostos. Anche se aveva la faccia di Kostos, i piedi di Kostos e la voce di Kostos, continuò a pensare che potesse trattarsi di qualcun altro.

Perché un uomo che assomigliava in modo sorprendente a Kostos se ne stava in piedi davanti alla porta della sua stanza? Il primo impulso fu quello di telefonare a Carmen per dirle che c'era un tipo nel Rhode Island praticamente identico a Kostos.

Poi si ricordò di ciò che le aveva detto Carmen, riguardo al momento in cui avrebbe rivisto Kostos, e anche di tutta quella faccenda del dimenticare.

All'improvviso si sentì turbata e impaurita. Come se si fosse risvegliata nel bel mezzo del test di ammissione. Era davvero lui?

Ma era impossibile, perché Kostos viveva in Grecia, su un'isola lontana migliaia di chilometri. Viveva nel passato. Viveva nella fortezza del suo matrimonio, irraggiungibile. Viveva nella memoria e nell'immaginazione di Lena. Ecco l'unico luogo in cui poteva trovarsi.

Non poteva essere qui. Qui c'erano i resti del sandwich al tacchino avanzato da un pranzo veloce nell'aula di pittura; e i pantaloni consumati della tuta che aveva trasformato in calzoncini; e la puntura di zanzara sulla caviglia che si era grattata con forza; e il disegno a carboncino che aveva attaccato al muro con lo scotch, un lunedì di due settimane prima. Kostos non viveva né qui né ora. Era disposta a mettere in dubbio quello che vedeva e che sentiva, ma non questo dato di fatto.

Stava per dirglielo.

«Sono io» le disse, di fronte alla sua aria confusa, sempre meno sicuro che l'avesse riconosciuto.

Be', lei lo aveva riconosciuto. Ma non era questo il punto. Cosa significava se lui era "io"? Tutti sono "io". Lei era "io". E lui, chi altro avrebbe dovuto essere?

Solo perché era Kostos e si era presentato alla sua porta dicendo "Sono io", non significava che stesse occupando uno spazio e un tempo nella vita di Lena. Pensò di dirglielo.

Era confusa e irritata, come in un sogno, e si scervellava per darsi una risposta, ma poi si dimenticò quale fosse la domanda. Perché c'era una domanda, vero? Pensò di chiederglielo.

«Avrei dovuto telefonarti prima» le disse con un filo di voce.

Il cuore le batteva molto più veloce o molto più lento del normale. Valutò la situazione. Forse si sarebbe fermato del tutto. A

quel punto cosa avrebbe fatto?

Immaginò il suo petto che si apriva come gli sportelli di una credenza e il suo cuore che saltava fuori, attaccato all'estremità di una molla.

Era sveglia? Avrebbe potuto chiederlo a lui, ma lui era l'ultima persona che poteva saperlo, visto che neppure lui era reale.

«Penso che dovrei sedermi» disse Lena sottovoce. Si sentiva come una ragazza di un vecchio film, stretta nel bustino, che si sedeva prima di prendere le decisioni importanti.

Lui stava sulla porta con un punto interrogativo stampato sul volto: doveva o non doveva entrare? Era stanco e arruffato. Forse era davvero arrivato fin lì dalla Grecia.

«Magari puoi tornare più tardi» gli disse.

Lui aveva l'aria di essere sotto tortura. Non sapeva come comportarsi con lei. «Posso tornare stasera? Verso le otto?»

Lei si sorprese a domandarsi se intendeva le otto nel suo orario o in quello di lui. Riuscì solo a confondersi di più. «Potrebbe andare» gli disse, educata. Potevano trovarsi davvero nella stessa dimensione temporale?

Mentre la porta si chiudeva e lei lasciava cadere la testa sul cuscino, decise che se fosse ritornato alle otto, quella sarebbe stata la prova definitiva della sua esistenza.

Quello stesso giovedì di canicola di fine luglio, dalla guardiola telefonarono a Tibby e le dissero che c'era una visita per lei.

Subito pensò a Brian, anche se non l'aveva più visto, né sentito dopo il suo rientro da Bethesda. Sentì il cuore accelerare. «Chi è?» chiese.

«Attenda.» Tibby udì delle voci smorzate. «È Effie.»

«Chi?»

«Effie. Effie? Dice che è una sua amica.»

Il cuore cambiò ritmo. «Scendo subito» disse.

Lasciò i capelli sciolti, si mise un top largo e un paio di calzoncini consumati.

All'improvviso ebbe paura che fosse successo qualcosa a Lena. Corse fino all'ascensore.

Quando la porta si aprì al piano terra e Tibby si lanciò fuori dall'ascensore, Effie ebbe appena il tempo di fare un passo indietro e inciampò.

«Tutto bene?» le domandò Tibby.

Effie aggrottò le sopracciglia. «Sì. Almeno credo.»

«Dov'è Lena?»

«A Providence.» Effie assunse quell'espressione ferita di quando doveva ammettere che gli amici di Lena non erano nello stesso modo anche amici suoi.

«Oh, bene.» Tibby capì che poteva suonare scortese dire *Allora che ci fai qui?* Meglio aspettare pazientemente che fosse Effie a spiegare il motivo della sua presenza.

«Hai da fare in questo momento?» domandò Effie.

«No, per niente.»

«Non devi scappar via o qualcos'altro?»

«No.» Tibby stava morendo dalla curiosità, e aveva la netta sensazione che stesse per succedere qualcosa. Era rimasta sola troppo a lungo.

«Vuoi prendere un caffè? C'è un posto qui vicino?»

Tibby ne era certa, Effie era piuttosto nervosa. Tesa. Non riusciva a tener ferme né le mani né i piedi. Indossava un abitino corto fasciante, color fragola, con una generosa scollatura.

«Ce ne sono milioni.»

Tibby raccomandò a se stessa di non essere impaziente o scortese. Era stato carino da parte di Effie passare a trovarla. Voleva avvisarla di qualcosa? All'improvviso era interessata a intraprendere una folgorante carriera da produttore cinematografico? Forse aveva sentito che c'era un numero spropositato di bei ragazzi all'Università di New York? Non che ci fossero davvero. «Possiamo prendere un caffè freddo in un posto sulla Waverly.»

«Ottima idea» disse Effie e si asciugò un velo di sudore dal labbro superiore.

«Ti fermi per un po' a New York?» le chiese Tibby a caccia di indizi, mentre camminavano.

«Solo un giorno» rispose Effie.

Alla fine, con un caffè freddo da due dollari per Tibby e un frappuccino al lampone da cinque dollari per Effie, si sedettero a un tavolino fresco e in ombra in fondo al locale. Dall'altoparlante alla destra di Effie uscivano le note di un'opera italiana.

Il frappuccino di Effie era così denso che dovette succhiare con una certa forza con la cannuccia per berne almeno un po'. Tibby osservava e aspettava.

«Quindi tu e Brian avete rotto» disse Effie alla fine.

«Sì.»

«Non potevo crederci quando l'ho saputo.»

Tibby fece spallucce. Questo era il preambolo? Dove voleva andare a parare?

«Pensi che tornerete insieme?» le domandò. Non aveva un'espressione interessata. Sembrava più che altro intenta a giocherellare con la cannuccia.

«Non credo.»

«Sicura?»

Tibby si sforzò di stare calma.

Effie stava cercando di intrattenere una piacevole conversazione? Perché non era affatto piacevole.

«Sicura.»

«Uh. Pensi di non amarlo più?»

Tibby la guardò nervosa. «Vuoi sapere se penso di non amarlo più?»

Effie aprì le mani come per farle vedere che erano vuote. «Sì.»

«Non sono sicura di saperlo.»

Effie alzò le spalle. Continuò a sorbire il suo frappuccino. «Cioè, ti sconvolgerebbe scoprire che esce con qualcun'altra?»

Mentre si ripeteva queste parole, Tibby sentì il cervello rivoltarsi come un calzino. La vista le si annebbiò e dovette battere le palpebre per rimettere a fuoco. Cercò di rimanere impassibile e calma.

Cosa sapeva Effie? Aveva visto Brian con un'altra ragazza? Brian stava facendo lo stupido con qualche ragazza in giro per Bethesda? Cosa aveva visto Effie? Cosa stava succedendo?

Tibby finì di bere il caffè. Inspirò. Ascoltò il tenore che urlava proprio sopra la testa di Effie. Non poteva perdere il controllo di fronte a Effie. Effie, a parte la quantità di frappuccino che beveva, era ancora una bambina.

Voleva chiederle cosa sapeva, ma come poteva farlo senza sembrare preoccupata? Senza sembrare sconvolta, turbata, presa alla sprovvista? Non poteva.

«Ti arrabbieresti» concluse Effie.

Tibby aveva la sua dignità, prima di tutto. «No» disse. «Al massimo potrei essere un po' sorpresa. In fondo sono stata io a rompere con lui, no? Non l'ho fatto senza un motivo. Ero consapevole delle mie scelte. Non avevo dubbi che era arrivato il momento di lasciarci e che, per me, era la cosa giusta da fare.» D'un tratto Tibby capì che era più facile parlarne piuttosto che pensarci.

«Sicura?»

«Sicura. È proprio finita. Per me è finita. Brian può fare quello che vuole. È assolutamente libero di uscire con chi vuole. Davvero, dovrebbe uscire con un'altra se è quello che vuole.» Tibby si sentì come se la testa le ballasse sul collo. Come quegli stupidi pupazzetti dalla testa snodabile che si attaccano nelle automobili.

Effie annuì e continuò a succhiare quella sua specie di caffè, con gli occhi sgranati, tutta intenta ad ascoltare. «Avresti problemi se fosse una che conosci?»

Mai Tibby avrebbe immaginato che la tortura potesse avere l'aspetto di Effie Kaligaris in un vestitino scollato, che succhiava una bevanda rosa. Una ragazza che Tibby conosceva? Chi era? Chi stava con Brian? Una che lei conosceva? Brian era stato accalappiato da una che lei conosceva? Chi era? Come poteva farle una cosa simile? Tibby si spremeva le meningi per capire chi potesse essere.

Come faceva a chiederlo senza tradire la propria totale infelicità? Come faceva a non chiederlo e a continuare a soffrire in quel modo?

«Ne avresti» sentenziò Effie.

Tibby si trattenne di nuovo. Sarebbe andata in pezzi più tardi. Poteva telefonare a Lena e scoprire la verità. Poteva perfino chiamare sua madre, se fosse diventato necessario.

«Perché dovrebbe essere un problema?» disse Tibby, tambu-rellando con le dita per ostentare una falsa *nonchalance*.

«Perché dovrebbe importarmi se è una che conosco?»

D'un tratto tutti i dannati cantanti d'opera sembrarono urlare a pieni polmoni. «Il punto è che Brian non è più il mio ragazzo e io non sono più la sua ragazza.» Tibby stava quasi gridando. «Sono affari suoi con chi esce. E sono affari miei con chi esco io.»

Effie annuì, lenta. «Già.»

Tibby era davvero molto orgogliosa della sua risposta. Suonava proprio come la frase giusta, anche se non aveva alcuna relazione con quello che provava. Cercò di riprendere fiato. Si augurò che quei cantanti scendessero di un tono.

«Tutto torna perfettamente.» Effie aspirò nella cannuccia un altro po' del suo frappuccino.

«Allora...» Effie posò la bevanda e si risistemò sulla sedia. Ora teneva gli occhi fissi su Tibby. «Non ti dispiacerebbe se...»

Effie scavallò le gambe sotto il tavolo. Tibby capì che anche lei aveva un assoluto bisogno di appoggiare entrambi i piedi per terra. Per una ragione misteriosa, Tibby trattenne il fiato.

«Non ti dispiacerebbe se io uscissi con Brian?»

A me non dovrebbero succedere cose simili, stabilì Lena, guardando i mattoni fuori della finestra e soprattutto gli interstizi dove la calce si era sgretolata. *Cose come questa dovrebbero succedere ad altre persone. Come a Effie, per esempio. Lei è più brava a essere una persona.*

La luce diminuì e i mattoni si fecero scuri. Gli unici gesti di Lena in previsione dell'appuntamento delle otto furono una spruzzata di deodorante e una spazzolata ai capelli. Quel movimento le risvegliò un ricordo, perché anche il giorno del funerale di Bapi si era spazzolata i capelli per lui. Erano passati due anni.

Da allora quante sofferenze: la morte di Bapi, l'agonia della nonna, la dura inflessibilità del padre. E la scoperta su Kostos, naturalmente. Tutte quelle sensazioni si erano scontrate come venti contrari. Avevano creato una tempesta abbastanza forte da risucchiare i casuali momenti positivi di quel periodo, per quanto semplici: il particolare disegno delle nuvole e il ronzio di un certo tipo di aeroplano, l'odore di terra arida e la sensazione di essersi spazzolata i capelli per una persona che amavi.

La tempesta aveva risucchiato perfino il tempo: ore, giorni, settimane che non gli appartenevano più in modo legittimo. Il tempo prima della tempesta era stato appesantito dalla coscienza di un dolore inesorabile; e il tempo dopo la tempesta era stato segnato dalla desolazione di desiderare cose che mai avrebbe avuto.

Nel ricordo dei capelli spazzolati per lui, si insinuò il presentimento che Kostos l'avrebbe abbandonata di nuovo.

Rammentò le parole che le aveva detto. Quelle parole l'avevano tormentata fino ad allora, risuonando nella sua mente come la flebile voce di una stazione radiofonica.

"Non essere mai triste credendo che non ti ami" le aveva detto. "Non credere di avere fatto qualcosa di sbagliato." "Se ho spezzato il tuo cuore, ho spezzato il mio mille volte di più." "Ti amo, Lena. Non potrei smettere nemmeno se lo volessi."

A tormentarla non era il fatto che non l'amasse più. Col tempo avrebbe potuto accettarlo. A tormentarla era il fatto che l'amava. Da lontano. (Qualche volta anche lei si amava in quel modo.) Il modo in cui la amava restava intatto nel tempo, non poteva essere intaccato. E lei si prendeva cura di quell'amore, attenta e premurosa.

Lei era adorabile. Si attaccava a quel dato di fatto. Era degna di essere amata. Questo era ciò che contava, no? Anche se lui aveva sposato un'altra? Anche se aveva infranto tutte le sue speranze?

Era adorabile. Era così. Nei suoi sogni lo sentiva dire che la amava ancora, che non l'avrebbe dimenticata in nessun'ora di nessun giorno. Lei era indimenticabile. Questa era la cosa più importante. Perfino meglio che essere felice.

E questo dove l'aveva portata? Sola, nella sua urna greca. Adorabile, ma mai amata.

Non correva rischi. Audace, all'interno dei propri confini.

Era la solita, vecchia copertura.

La situazione ricordò a Tibby la scena della cattura del bambino in *Chitty Chitty Bang Bang*, quando all'improvviso si scopre che il camion dei dolci è una gabbia.

Seduta lì di fronte a Effie, il suo bicchiere di ghiaccio sciolto che colava sul tavolo, Tibby guardò le pareti massicce trasformarsi nelle sbarre della gabbia. Era in trappola. C'era finita dentro dritta dritta, compiacendosi della propria fantastica, bugiarda testolina.

Cosa poteva fare? Cosa poteva dire? Effie aveva giocato la partita da vera fuoriclasse. D'un tratto Tibby capì ogni obiettivo che Effie si era prefissa, ogni domanda che le aveva fatto. Non per niente Effie proveniva dalla terra di Socrate.

Tibby non riusciva più a pensare. Non poteva sperare di combattere con lei. La testa le faceva su e giù.

«Ti dispiace» concluse Effie tranquilla, ma Tibby notò il suo compiacimento venire a galla. Effie sembrava pronta a volare, afferrare al volo la sua vittoria e scappare via.

«No. Tutto a posto» mormorò Tibby. Cos'altro poteva dire?

Effie si alzò. Questo le bastava. «Oh, mio Dio, che sollievo, Tibby» le uscì. «Non sai com'ero preoccupata. Non avrei potuto far nulla senza essere sicura che per te non era un problema.»

Erano già sul marciapiede, Tibby la seguiva inebetita.

Brian ed Effie? Effie e Brian? Effie con il suo Brian? Era questo che voleva lui? Voleva stare con Effie? Ripensò alla scollatura di Effie.

«Sono così contenta che sia tutto a posto. Perché Brian e io siamo le uniche due persone rimaste a casa questa estate, lo sapevi? E io... be', comunque. Ma non avrei nemmeno potuto pensare di fare qualcosa senza essere sicura che per te andasse bene.»

«Va bene» mugugnò Tibby, tanto per finire degnamente la farsa. Poi tornò nella sua stanza e andò in mille pezzi.

VOI CONOSCERETE LA VERITÀ,
E LA VERITÀ VI RENDERÀ FOLLI.

— ALDOUS HUXLEY

Il presunto Kostos arrivò alle otto.

Lena si azzardò a toccargli un polso prima di rassegnarsi a credere che fosse tridimensionale. Era troppo caldo per essere un fantasma, un parto della fantasia o un ologramma. E aveva occhi, labbra e braccia che si muovevano. Era puntuale e stava davanti alla sua porta. Doveva accettarlo.

E così fece un passo indietro, studiandolo in silenzio e come se lei non fosse nemmeno lì. Lei era un paio d'occhi e non un essere con cui interagire. Se lui insisteva sul fatto di essere presente, forse avrebbe potuto scomparire lei.

Dunque era Kostos. Lei credeva che il ricordo avesse sbiadito la realtà del suo viso, ma non era successo. Il viso di Kostos conservava il suo fascino, anche se per lei più distante.

Lui allungò la mano e prese la sua con fare serio, ma senza aspettative. Lei restava troppo lontana per credere che volesse abbracciarlo.

Così lui era Kostos e lei era Lena e dopo tutto quel tempo e quell'infelicità si ritrovavano a faccia a faccia sulla soglia di uno studentato a Providence, Rhode Island. Lei era lì più da spettatrice che da protagonista. Prendeva nota per raccontarsi tutto più tardi e rimuginarci sopra in modo adeguato.

C'erano persone che coglievano l'attimo, Lena lo sapeva, mentre lei viveva con un ritardo di ore o perfino di anni. Insieme a tale consapevolezza sopraggiunse la consueta frustrazione, la voglia di darsi un colpo in testa con un anfibio per essere sicura, una volta tanto, di vivere un'esperienza e allo stesso tempo sentirla.

«Non rimarrò se non vuoi che resti, Lena.» Accennò a un passo dentro la stanza. «Ma ci sono alcune cose che voglio dirti di persona.»

Lena annuì, le labbra serrate e protese come il becco di un uccellino. Il suo nome detto da Kostos suonava stonato. *Dobbiamo camminare*, decise Lena. Sarebbe stato più facile perché non avrebbero dovuto guardarsi negli occhi. «Facciamo due passi» disse.

Uno dietro l'altra percorsero il corridoio e scesero tre rampe di scale. Lo portò fuori dal dormitorio, verso il fiume. L'aria era deliziosa, tiepida ma non umida.

Per un attimo Lena pensò che avrebbero potuto arrivare in quel posto sul fiume, dove nelle notti estive accendevano i fuochi in mezzo all'acqua. Era una delle poche attrazioni turistiche di Providence, ma era troppo disorientata per ricordare a che ora venissero accesi e il posto preciso in cui avrebbero dovuto essere.

«Non sapevo come l'avresti presa» le disse, continuando a camminare accanto a lei.

Neanche lei lo sapeva. Non ne aveva assolutamente idea. Aspettava che qualcuno glielo dicesse.

Lo portò nella direzione sbagliata. Andarono a finire oltre un distributore di benzina e un 7-Eleven e continuarono a camminare
al buio lungo una strada trafficata. Non aveva certo il dono della guida turistica.

Pensò a Santorini, a com'era bello, a come Kostos conosceva tutte le strade. Questo pensiero la colpì nel profondo, come il calcio di un anfibio, e le fece bruciare gli occhi.

«Non sono più sposato» disse Kostos fra le auto che sfrecciavano. Le rivolse uno sguardo e lei annuì, giusto per far vedere che aveva sentito.

«Sono ufficialmente divorziato da giugno.»

Non ne fu sorpresa. Da quando aveva accettato la sua presenza sulla porta della sua stanza, una parte del suo cervello sembrava sapere che lui non era più sposato.

Kostos se ne stava in piedi con una faccia seria, mentre aspettavano che una colonna di auto passasse. Anche in quella situazione, lui era paziente. Erano tutti e due pazienti, forse anche troppo. Avevano questo in comune. Lei fece strada di nuovo verso il campus, verso una panchina tranquilla su una striscia verde di giardino male illuminata, in mezzo a due blocchi di uffici. Non era un boschetto di ulivi ma avrebbero potuto parlare.

«Non abbiamo avuto figli» le disse, cauto. Sembrava aver soppesato prima questa frase.

«Cos'è successo?» Si sentì sfacciata a chiederlo, ma anche ragionevole.

Le rivolse uno sguardo sincero. Non c'erano la rabbia o il sospetto che aveva visto due anni prima negli occhi di Kostos. Era più facile parlare di un bambino mai arrivato.

«Dunque.» Dal suo sguardo si capiva quanto fosse difficile parlarne. «Mariana mi aveva detto di aver perso il bambino. Ma i tempi non corrispondevano. Sua sorella mi ha confidato che Mariana non era mai stata incinta, ma aveva voluto sposarmi pensando che nel frattempo il bambino sarebbe arrivato.»

«Ma non è arrivato» disse Lena.

Dallo sguardo fisso di Kostos intuì che stava valutando cosa rivelarle. «All'inizio ero arrabbiato. Volevo scoprire la verità. Mi rifiutavo di comportarmi con lei... come un marito.»

Lena ascoltò stupita quelle parole. Quale uomo americano avrebbe parlato così?

«Abbiamo cominciato a vivere separati dopo i primi sei mesi,

pur restando sposati. Non potevo disonorare i miei nonni con un divorzio. Non è accettato dalle vecchie famiglie. Lo fanno solo i nuovi arrivati e i turisti.»

Lena riconobbe quanto fosse radicato nel carattere di Kostos il bisogno di piacere. Il desiderio di non deludere. Un'altra cosa che avevano in comune. Era il beniamino di tutte le famiglie di Oia. Voleva essere sempre amabile, a costo di accantonare la felicità. La propria e quella di lei, a quanto pareva.

Quale bisogno incontenibile li spingeva a voler essere amabili? Entrambi avevano questo bisogno, ne erano pilotati, ne erano imbrigliati. Si sarebbero perfino sacrificati per questo.

Ma Lena capì che le loro dipendenze erano di tipo diverso. Kostos voleva conservare la propria rispettabilità davanti agli altri. Forse perché aveva perso i genitori. I genitori sono gli unici obbligati ad amarti; l'amore del resto del mondo te lo devi guadagnare.

E lei? Dell'amore di chi si sentiva costretta a dubitare?

L'aveva sempre saputo. Sin dai suoi primi ricordi, esisteva un abisso fra come appariva all'esterno e come si sentiva dentro.

Sapeva di chi era l'amore che metteva in dubbio. Non quello

dei suoi genitori, né quello delle sue amiche. Era l'amore per se stessa.

«E poi che cos'è successo?» gli domandò senza emozione.

«Erano soprattutto i nonni a preoccuparmi. Sai che sono vecchi e molto tradizionalisti. Rimandavo quello che avrei dovuto fare. Avevo paura di parlarne con loro.» Lena sapeva che Kostos aveva pensato anche a questa parte del discorso. Se l'era preparata. E annuì.

«Alla fine, quando ne ho parlato alla nonna, credevo che svenisse.»

«Invece no» indovinò Lena.

Kostos scrollò il capo. «Mi ha detto che aveva pregato ogni notte perché trovassi il coraggio di parlare.»

Lei si immaginò le due nonne, Valia e Rena, vecchie signore piene di sorprese. Quanto sapeva Valia?

«Valia non mi ha detto niente» disse Lena.

«Le ho chiesto io di non farlo. Volevo dirtelo di persona.»

Lena studiò la sua faccia calma e d'un tratto si sentì offesa.

«Sarei infuriata se fossi in te» gli disse.

«Ma a cosa servirebbe ora?» le domandò.

Si sentì infuriata anche se non era lui. Si sentì infuriata con lui perché Kostos si era arrogato il diritto di sacrificare anche il rancore di Lena. «Vorrei sapere cosa è successo davvero» disse, risentita.

Kostos sembrò dispiaciuto, ma scrollò le spalle. «Ho lasciato perdere. Che importanza aveva? A cosa mi sarebbe servito chiarire le responsabilità?»

Che importanza aveva? Per Kostos poteva anche non averne. Dopotutto, a voler ben vedere, non erano affari di Lena. Eppure, se ripensava agli ultimi due anni della sua vita, un'importanza ce l'aveva, sentiva come un altro colpo sferrato da un anfibio.

Questa era la stupidità di amare qualcuno appartenente a un altro pianeta. Non si tratta soltanto di donare se stesse, ma di imboccarre una strada pericolosa. Per poi trovarsi costrette a fare bambini e seguire tradizioni di cui non ci si è mai preoccupate.

Non era questo che lei voleva per la sua vita, giusto? Era già abbastanza soffocata così. Pensò con amarezza a suo padre. Lei ne aveva abbastanza delle vecchie tradizioni.

E poi, inaspettatamente, pensò a Leo. Al suo loft. Al divano rosso rubino e alla sensazione di esservi distesa sopra.

Le mancò il fiato per un attimo. Era intollerabile pensare a Leo con lo stesso cervello con cui pensava a Kostos. Si sentì snervata, dissociata, come se stesse vivendo in due universi e fosse due persone diverse allo stesso tempo.

Si era dimenticata di Leo. L'alternativa Leo. Le piombò addosso come un altro calcio.

Era davvero incapace di dimenticare? Forse era più brava di quanto pensasse.

Ecco un altro colpo d'anfibio, che le fece male. Ma non era ciò che voleva?

No. Non lo era. *Lasciami sola*, fu sul punto di urlare. Non voleva un altro calcio. Non aveva bisogno di un'altra mazzata in testa. Non voleva Kostos. Non voleva nulla di tutto questo.

«Carmen, che diavolo stai facendo?»

Carmen cercò di schivare l'occhiataccia di Andrew.

«Sto recitando la mia parte» disse.

«Quale è il problema? Sembri un robot. Peggio di un robot. Magari potessi ascoltare un robot al tuo posto.»

Carmen si irrigidì. Non era la prima sgridata di Andrew, ma era la prima così diretta contro di lei.

«Riprova» le ordinò.

Carmen riprovò.

«Bip, bip» la riprese Andrew. «Robot.»

Prese un profondo respiro. Non voleva piangere. Lui era stanco. Lei era stanca. Era stata una giornata molto lunga. «Credo che dovrei fare una pausa» disse, tesa.

«Ecco, vai» le rispose.

Sei odioso e ti detesto, pensò rivolta ad Andrew, anche se sapeva che non era vero.

Si diresse barcollante verso l'uscita di servizio e l'aprì con una spinta. L'aria calda e afosa non offriva alcun sollievo.

Si sedette e appoggiò la testa sulle braccia. Andrew era odioso ma non aveva torto. Quei versi in bocca a lei diventavano innaturali. Ci pensava troppo. O meglio, pensava troppo alla tecnica per dirli.

Qualche minuto più tardi, Carmen levò lo sguardo e vide Julia.

«Carmen, sei tu?»

«Sì» disse Carmen, mentre si metteva a sedere dritta.

«C'è qualche problema? Stai bene?»

«Ho fatto una brutta prova.»

«Oh no. Come mai?»

«Tutto quel lavoro sulla metrica mi ha solamente confuso» disse Carmen sincera.

«Davvero?» Julia sembrava preoccupata. Si sedette sul gradino accanto a Carmen. «Non va bene.»

Carmen chiuse gli occhi. «Non posso credere che devo già rientrare.»

«Sai qual è il problema?»

«Quale?»

«Capita sempre. La prima volta che studi la struttura, ti confondi. Assolutamente normale. Quello che devi fare è continuare finché l'hai in pugno. Diventa naturale non appena la sai controllare.»

«Credi?»

«Ne sono sicura.»

Finita la penosa prova, Carmen tornò alla stanza dove la stava aspettando Julia.

«Guarda, ti ho sottolineato il testo in un altro modo» disse Julia. «Così è più semplice.»

Carmen guardò le battute di Perdita. Quelle parole così familiari le erano diventate estranee. Ora che le considerava sotto una luce diversa, non riusciva più a farle sue come prima. Non riusciva a ritrovare la semplicità. Non poteva tornare indietro. Forse aveva ragione Julia. Doveva andare avanti.

Apprezzò la pazienza di Julia, che rimase in piedi con lei fin quasi all'alba per assicurarsi che si esercitasse.

Lena era arrabbiata. Non riusciva a prendere sonno.

Era stata disponibile, confusa, triste; ora era arrabbiata. Era passata attraverso le diverse fasi del dolore, ma troppo rapidamente e senza un ordine preciso.

Tanto tempo fa, nel cuore di una lunga notte, era andata da Kostos piena di passione, indossando la propria vulnerabilità sotto forma di una camicia da notte bianca e svolazzante. Quella notte bussava alla porta di Kostos al Braveside Motel, stretta in una giacca di pelle nera lucida, sfidando il vento e la pioggia.

Lui si era infilato i calzoni mentre apriva la porta. Lo sguardo di Lena scivolò dietro a lui, su un paio di valigie che conosceva, sul disordine di vestiti che conosceva, sulle scarpe che conosceva. Tutto aveva un odore conosciuto che le fece male. Perché si era portato dietro così tanta roba?

«Non saresti dovuto venire qui» gli disse, e dicendolo si rese conto che era lei ad aver bussato alla sua porta alle due del mattino.

Sorpresa, dolore, diffidenza si dipinsero uno dopo l'altra sulla faccia assonnata di Kostos. Sulle guance aveva ancora i segni del cuscino.

«Insomma, cosa stai cercando di fare? Cosa pensavi che sarebbe successo?»

«Io...» Si bloccò. Si sfregò gli occhi. Sembrava che fosse stato morso dal proprio cane.

«Voglio solo capire!» gridò Lena.

Era una bugia. Non voleva solo capire. Voleva prenderlo e punirlo.

Forse lui non faceva quel genere di cose. Forse era troppo buono per farle. Forse non gli importava incolpare qualcuno e il fatto che gli avessero rovinato la vita non era importante per lui. Ma lei non poteva passarci sopra.

«Volevo dirti cos'era successo. Pensavo che avessi il diritto di saperlo.»

«Perché? Sono forse affari miei?» scattò lei. «Tu eri sposato. Ora non sei più sposato. Acqua passata. Perché dovrebbe voler dire qualcosa per me?»

Un'altra bugia. Peggiore della prima. Appena la disse, non sapeva più se voleva che lui le credesse.

A giudicare dall'espressione, Kostos le credeva. «Io...» Si bloccò di nuovo. Abbassò lo sguardo. Osservò il cielo notturno dietro la testa di Lena. Guardò le poche automobili parcheggiate nel cortile del motel. Faceva tutto quello che poteva per controllarsi.

Lei si strinse la giacca in vita così forte che pensò di rompersi una costola.

«Mi dispiace.»

Sembrava dispiaciuto. Sembrava davvero dispiaciuto. Lena avrebbe voluto che Kostos proseguisse, ma non lo fece.

Avrebbe voluto scuoterlo, urlargli contro:
Ti dispiace, per cosa?
Per essere venuto qui?
Perché pensavi che mi importasse?
Perché importava a te?
Per avermi spezzato il cuore?
Per aver scelto un'altra al posto mio?
Perché sai quanto male desidero farti in questo preciso momento?
Perché sai che mi importa e ti odio per questo?
Perché hai visto che io sono diversa da quello che pensavi?

Strinse la mascella al punto che le orecchie le fecero male. «Ti aspettavi che mi sarei buttata tra le tue braccia?» chiese, beffarda.

Sembrò preso alla sprovvista. Credeva ancora che lei fosse una persona adorabile. «No, Lena. Non mi aspettavo che... Io...»

«In ogni caso, ho un ragazzo» disse decisa, scortese, bugiarda. «Hai un tempismo terribile.»

C'era qualcosa di assolutamente liberatorio nel mentire. Era un'esperienza che non aveva mai fatto prima.

Lui strinse le labbra. Il suo corpo si avvicinò. Gli ci volle un po' prima di cominciare a dubitare di lei.

Una parte di Lena voleva farlo arrabbiare, per dimostrargli quanto fosse cattiva e indegna. Ne era capace?

Lei voleva l'inferno. In quegli anni aveva custodito il loro amore dentro di sé con tanta attenzione, ma ora voleva incenerirlo. Farlo a pezzi e dargli fuoco, svilirlo e basta.

No, Kostos non poteva farlo. La sua espressione non era più aperta. La sua faccia si era indurita. Era silenzioso mentre lei bruciava dentro.

«Mi dispiace per tutto» le disse alla fine.

L'avrebbe preso a pugni, e invece si allontanò. Girò l'angolo e ascoltò in silenzio il *click* della porta che si richiudeva.

La passeggiata verso il dormitorio diventò una corsa. Si slacciò la giacca e la lasciò sbattere pesante contro di lei. Corse più veloce che poté finché restò senza fiato, con il cuore in gola.

Più tardi capì, tremando nel pigiama sotto il lenzuolo, che nessuno finora l'aveva mai fatta arrabbiare così tanto.

LE ILLUSIONI SONO ARTE
PER GLI ANIMI SENSIBILI,
ED È DI ARTE CHE SI VIVE,
SE SI VIVE.

– ELIZABETH BOWEN

Quando Lena si svegliò la mattina dopo, di buon'ora, non era più arrabbiata. Era sbalordita. Cosa aveva fatto? Come poteva averlo fatto?

Una straordinaria energia la spinse giù dal letto, dritta nei vestiti. Tornò al motel, la scena del delitto, come per provare a se stessa di aver effettivamente fatto quello che pensava di aver fatto. Che era successo davvero.

Successo davvero? Cosa poteva dire a Kostos? Che le dispiaceva? Si guardò in fondo al cuore.

Laggiù non trovò un vero dispiacere. Non riusciva a definire cosa c'era: uno strano miscuglio di euforia e terrore. Cosa doveva fare?

Mentre attraversava l'ingresso, era terrorizzata all'idea di vedere i resti del casino che aveva combinato.

Era pronta a bussare, ma quando si avvicinò vide che la porta era già aperta. Ripensò a quanta roba c'era nella stanza, alle numerose valige e alle pile di vestiti. Ma ora, al di là del carrello delle pulizie, vide solo una stanza pulita e vuota.

Tibberon: Oh, Len. Carmen mi ha detto cosa è successo. Stai bene?

Lennyk162: Sto bene. Forse un po' confusa.

Tibberon: Vuoi compagnia?

Lennyk162: Adoro la tua compagnia, Tib, ma in questo momento non ne ho bisogno. Non sono neanche triste. Sono felice che sia finita. Era finita da molto tempo.

L'amore è un'idea. Niente di più, niente di meno.

Se perdi l'idea dell'amore, se per qualche motivo la dimentichi, chi amavi diventa un estraneo. Tibby ripensò a tutti quei film sulle persone colpite da amnesia, che non riconoscono nemmeno il marito o la moglie. L'amore vive nel ricordo. Può essere dimenticato.

Ma può anche essere ricordato.

All'inizio dell'estate Tibby perse l'idea di amare Brian. Perché avevano fatto sesso, perché il profilattico si era rotto, perché le sue peggiori paure sembravano reali. Non sapeva di preciso per quale ragione. Ma sapeva che i momenti più bui della sua crescita da quella notte si erano fusi con lui. Quei momenti bui si erano attaccati a lui e in qualche modo avevano sopraffatto la fragile idea di amore.

Tibby ricordava distintamente la strana sensazione, quella notte in cui la sua idea dell'amore era svanita. Era stato come un incantesimo rotto, un sogno finito, e la realtà aveva preso il sopravvento. Era ritornata in sé e aveva capito di non amare Brian, che le migliori caratteristiche di Brian erano anche le peggiori, e che, in aggiunta, il fatto che Brian l'amasse in modo inspiegabile era un fatto stupido e intollerabile. Si era risvegliata da un sogno d'amore.

Eppure.

Ora era di nuovo tutto diverso. Il sogno era ritornato e non sapeva se era sveglia o dormiva, cosa era reale e cosa illusorio.

Telefonò a Lena, anche se Lena aveva già le sue preoccupazioni.

«Hai un'idea di cosa stia succedendo?» gridò Tibby. Aveva smesso di fare la parte di quella orgogliosa.

«Di cosa?» domandò Lena.

«Di Effie e Brian!»

Lena rimase in silenzio. Per non più di un secondo, ma abbastanza perché Tibby capisse che lei sapeva qualcosa.

«Be'» sospirò Lena.

«Cosa sai?» esplose Tibby.

«Ma niente!» La voce di Lena era bassa e calma. «Cioè, so che Effie ha una cotta per Brian. Da un secolo. Lo sanno tutti.»

Tibby sentì che avrebbe potuto inghiottirsi la lingua. «Lo sanno tutti?»

«Oh Tib. È solo una cotta. Lo sai, una cotta da ragazzine. Brian è proprio un gran bel ragazzo.»

«Lui è...?» Tibby non respirava più.

«Dai, Tibby! Sai cosa voglio dire. Non voglio torturarti. Sto solo esponendo i fatti.»

Tibby si sedette sulla sua mano. «Certo» pigolò.

«Vuoi parlarne?»

Voleva? No! Ma non esisteva nient'altro al mondo a cui pensare o di cui parlare. «Io devo sapere» disse.

«Non credo ci sia molto da sapere» disse Lena in un tono consolatorio. «Effie ha una cotta per Brian, Brian è infelice a causa tua. Credo che si siano parlati al telefono qualche volta.»

«Si sono parlati?» La mano di Tibby era addormentata. L'orecchio attaccato alla cornetta era bollente.

«Tibby, non voglio essere messa in mezzo. Ma voglio anche essere del tutto onesta con te.»

«Loro non sono... usciti insieme o qualcosa del genere.»

«Non credo.»

«Non credi?»

Lena sospirò di nuovo. «È il genere di cose di cui Effie parlerebbe. Fidati di me.»

«Pensi che a Brian piaccia?»

«Non ho motivo di pensarlo. Ma so anche che lui in questo periodo è molto solo.»

«Perché riflette sul fatto che l'ho lasciato?» buttò lì Tibby.

«Perché tu l'hai lasciato.»

«Oh.»

«Ehi, Tib?»

«Sì?»

«Non voglio intromettermi, ma avresti dovuto dire la verità a Effie.»

«Già. Grazie.»

Dopo aver attaccato il telefono, si sedette alla scrivania e cercò di decodificare il suo cervello.

Effie voleva Brian. Brian era il ragazzo ideale. Già. Tutti lo sapevano. Tutti lo volevano. Infatti, era troppo, troppo, troppo perfetto per Tibby.

Era spregevole e doloroso come tutte queste cose ora le importassero.

Sì, Tibby aveva dimenticato per un attimo cosa voleva dire amare Brian, ma ora la sua memoria si era rimessa in moto. Oh, com'era doloroso ricordare.

Ovvio che Brian fosse bello! Non che Tibby non lo sapesse! Ma non era questo che le importava.

Le importava tutto il resto. Brian era una persona fiduciosa e buona, un ottimista, e poteva fischiettare Beethoven senza preoccuparsi di quello che pensavano gli altri. E amava Tibby! Lui sapeva amare meglio di chiunque altro. O almeno, così era stato.

Ora Tibby aveva di nuovo l'impressione di amare Brian. Non riusciva nemmeno a ricordare cosa volesse dire non amarlo. Quando pensò a Effie e Brian, desiderò ricordare tutti i motivi per non amarlo.

Un incantesimo si era rotto di nuovo, un sogno era finito, ma questa volta al contrario. Ora l'incantesimo era non amarlo. Non amarlo era il sogno da cui si era risvegliata. Almeno le pareva. Ma che confusione! Come capire cos'era reale in quel momento? O cosa sarebbe stato reale l'indomani? Era così scombussolata che non riusciva più a orientarsi.

Chi era lei per cambiare idea e sentimenti così radicalmente? Poteva ancora fidarsi di se stessa?

Nei giorni successivi avrebbe voluto lavorare di più da Movieworld. Ora che aveva ridotto l'orario, aveva un'infinità di tempo per stendere la sua sceneggiatura e arrovellarsi su queste cose. Più domande si faceva e meno capiva.

Cercò di lavorare alla sceneggiatura. Voleva che fosse una storia d'amore. Ma non riusciva a seguire un filo. Riusciva solo a pensare all'instabilità dell'amore, e ciò non andava affatto bene, per nessuna storia.

Peter andò a trovare Bridget al laboratorio, pochi giorni prima che lei partisse per tornare a casa. Bee aveva le tasche piene di etichette ed etichette appiccicate su tutti i vestiti. Teneva tre pennarelli colorati nella mano sinistra e uno nella destra.

Fino a quel momento era riuscita a evitare tutti i compiti che avrebbe dovuto svolgere nel laboratorio. Sapeva di essersi guadagnata la stima di David, il direttore, per gli scavi fatti nella casa, e così aveva potuto schivarli. Le piaceva stare all'aperto, sotto il sole. Le piaceva tenere le mani nella terra. Non le piaceva invece questa parte del lavoro. L'aveva rimandata fino all'ultimo momento. Pensò a Socrate prima della cicuta. Alla fine, tutti i debiti si pagano. Vide Peter e per salutarlo si tolse l'etichetta che teneva in bocca.

«Come va?» le chiese. Erano molto cambiati dopo il bacio sulla collina, erano entrambi più discreti.

Fece spallucce. «Bene.»

Lui si guardò attorno per essere sicuro che fossero soli. «Non volevo che partissi senza salutarti.»

Lei annuì.

«Sto male per quello che è successo.»

«Non quanto me» gli disse. Si sentì sciocca. Che cosa stupida gareggiare sui sensi di colpa.

«Non credo ci si possa sentire peggio» le disse.

Dio, come si somigliavano. Eccessivi, perfino in questo momento.

«Ho capito che è un errore stare lontano dalla mia famiglia per troppo tempo. Perdo di vista l'importanza che ha per me, capisci?»

Lei capiva. Capiva esattamente. Era astuto e famelico. Viveva il momento, proprio come faceva lei.

«Forse hai ragione» disse Bridget, consapevole che lui stava rimuovendo la spiegazione più profonda.

Le sorrise. «Poteva andare peggio.»

Lei inarcò un sopracciglio. «Credi?»

«Avremmo potuto rotolare giù dalla collina.»

A quel punto, sarebbe stata solo forza di gravità, ma non glielo disse.

«Ho ripensato a quella notte. Mi sento come se avessimo schivato una pallottola» le disse.

Lo guardò senza dire una parola. No. Non avevano schivato una pallottola. La pallottola aveva schivato loro.

Pensò a Eric e per la prima volta dopo tanto tempo cominciò a immaginarselo. Come teneva la bocca quando era concentrato su qualcosa. Come corrugava la fronte quando era preoccupato. I denti davanti un po' accavallati, così buffi quando rideva. Le ritornò in mente a sprazzi e capì con dolore cosa voleva dire sentirne la mancanza.

Capì di essere andata lontana per non dover sentire questa mancanza. Nonostante la dolcezza e la costanza delle sue e-mail, aveva continuato a difendersi dai sentimenti che provava per lui. Da molto tempo aveva istituito una strategia personale per non sentire la mancanza delle persone, fondata sulla paura di sprecare la vita a sentire la mancanza di tutti, se si lasciava andare.

Era giunto il momento di ripensare a quella sua strategia. Blocchi il dolore, blocchi tutto.

Eric l'amava. Lei aveva più fiducia in lui che in se stessa. Apprezzava la saggezza di amare qualcuno così diverso da lei. Era stupida a lasciarlo andare, anche solo dai suoi pensieri, anche solo per un giorno. Era la sua sconfitta.

Dopo aver salutato Peter, provò pena per lui. Avrebbe rifatto la stessa cosa. In qualche altro posto, con qualche altra ragazza confusa. Stava già guardando al futuro, si era già scrollato di dosso il passato – un passato che ora includeva anche lei.

Si complimentò con se stessa per non essere così.

Tibby telefonò a sua madre. Triste, ma vero. «Hai saputo qualcosa?» le domandò. Senza dignità. Senza alcuna dignità. Sarebbe stato impensabile che ne avesse ancora.

«No, tesoro.»

«Li hai visti insieme?»

«No.»

«Tu sai qualcosa. Ci scommetto.»

«Tibby.»

«Mamma, se sai qualcosa devi dirmelo.»

La madre sospirò proprio come avevano sospirato tutti quelli con cui aveva parlato. «Tuo padre li ha visti da Starbucks.»

«Visti?»

«Sì.»

«Insieme?»

«Così sembrava.»

«A Brian non piace Starbucks!»

«Forse piace a Effie.»

La cosa peggiore da dire. Tibby sentì il bisogno di mettere il broncio per un po'.

«Tibby, cara. Reagisci come se questa cosa ti stesse sconvolgendo. Perché non dici a Effie di smetterla? Perché non dici a Brian come ti senti?»

Tipico di sua madre. Erano i consigli peggiori e meno pratici che avesse mai sentito in tutta la sua vita.

«Devo andare» disse, imbronciata.

«Tib, ti prego.»

«Ti richiamo più tardi.»

«Sai cosa ha detto tuo padre?»

«No. Cosa?»

«Ha detto che Brian non sembrava felice.»

Tibby espirò. Era la prima e unica cosa buona che le aveva detto sua madre in tutta la telefonata.

LEI NON POTRÀ SFIORIRE,
E TU L'AMERAI PER SEMPRE,
PER SEMPRE COSÌ BELLA!

– JOHN KEATS

«Ehi, Carmen?»

«Sì, Andrew.»

«Che succede?»

Erano soli nell'ingresso deserto del teatro. Andrew Kerr pareva aver capito che umiliarla in pubblico non serviva, quindi cercava di parlarle in privato.

«Non so.» Nascose il viso fra le mani.

«Carmen, cara. Rilassati. Dimmi cosa succede.»

«Non lo so.»

«Eri magnifica in questo ruolo. Anche Ian lo diceva. "È un miracolo" mi ha detto, e sai cosa ho detto io?»

Carmen scosse il capo.

«Ho detto "Non portare scalogna".»

«Grazie, Andrew.»

«Carmen, so di cosa sei capace. Credo in te. Voglio solo sapere perché non lo fai.»

«Credo di pensare troppo» disse.

Andrew annuì saggio. «Ah. Molto male. Non pensare troppo. Non pensare proprio.»

«Cercherò.»

«Brava.»

Dieci minuti dopo era di nuovo in scena con i fiori nei capelli, cercando di recitare il ruolo della padrona di casa.

«Carmen» tuonò Andrew. «Spero che tu non stia di nuovo pensando!»

«Ci vediamo domenica?» Leo lasciò il messaggio sulla segreteria di Lena.

«Ci sei? Stai bene? Ceniamo insieme? Che succede?» fu il suo messaggio di sabato.

«Ti prego, ti prego, Lena, chiamami» disse domenica mattina.

Lei lo fece. Quando le chiese come stava, quasi non riusciva a trovare le parole.

«Puoi posare oggi?» le chiese speranzoso.

Poteva? Un'eco del vecchio terrore si risvegliò al solo pensiero, ma era molto distante, più un'immagine che un sentimento reale. «Va bene» disse. Non aveva la forza per inventare una scusa. «Sarò lì in mezz'ora» disse.

Si fece la doccia. La pelle era fresca e pulita, uno strano involucro per la sua strana anima. Non cercò di dare un senso alle sue impressioni o alle sue ansie. Si limitò a camminare fino a casa di Leo e suonò al 7B.

In cima alle scale Leo la spinse dentro il loft, l'abbracciò e la baciò come se avesse sofferto tutta la vita per mancanza d'amore. Lena ebbe un'intuizione: non rispondere ai messaggi telefonici era un potente afrodisiaco. Per qualsiasi ragazzo.

Sentì il suo corpo tendersi verso Leo, le sue labbra rispondere

per istinto a quelle di lui. Forse anche lei aveva sofferto per la stessa mancanza.

Leo era imbarazzato quando la portò nella sua stanza. Si chiuse la porta alle spalle, cosa che la settimana prima non aveva fatto. Anche i muri potevano avere orecchie.

La vestaglia era pronta. Le coperte del letto erano drappeggiate con cura. Il divanetto rosso era appoggiato contro la parete.

«Pensavo...» Strusciava per terra il piede con una certa malizia. «Puoi metterti ancora sul divanetto se vuoi. Oppure...»

«Oppure?»

«Be', stavo pensando che magari...»

Lei indicò il letto. Ci avrebbe scommesso che era quello che lui voleva.

«Bene. Perché. Sì. Diciamo che mi sono già immaginato il quadro.» Non riusciva a star fermo. Continuava a muoversi da un piede all'altro.

Lei riusciva a vedere quanto lo desiderava. Se per lei o per l'arte, non lo sapeva.

«Non ti spiace? Se ti senti a disagio, lo capisco perfettamente.» Ma mentre parlava, i suoi occhi la supplicavano di mettersi sul letto.

«Non mi dispiace» gli disse. Per qualche ragione non le dispiaceva davvero. Il modo in cui l'aveva sistemato era delizioso. Lena riusciva a vedere come Leo voleva che fosse il quadro. Era felice per lui.

Leo scomparve con discrezione e lei si tolse i vestiti, senza preoccuparsi della vestaglia. Si sdraiò sul letto, girata su un fianco. Abbandonò la testa sul braccio. Sciolse i capelli sulle spalle e sulla schiena e lasciò che si aprissero a ventaglio sul lenzuolo.

Leo bussò, timido. Entrò con l'espressione controllata di un uomo che non si aspetta di vedere realizzati i propri desideri. Ma l'espressione cambiò quando la vide.

«È esattamente, esattamente come l'immaginavo» disse, stupito. L'energia che sprigionava lo faceva sembrare più giovane. «Come facevi a saperlo?»

«È come l'avrei dipinto io» confessò.

Si chiese dove fossero finiti i milioni di strati del suo pudore. Era strano. Dov'erano i muscoli contratti, le guance arrossate, l'incapacità di seguire anche un solo pensiero?

Forse era la depressione. Forse, dopo l'orribile episodio con Kostos, aveva smarrito la propria volontà. Forse si era così avvinghiata alle vecchie speranze che, una volta svanite, nulla più la preoccupava.

Ma non si sentiva triste. Se fosse stata davvero triste, forse l'avrebbe capito. L'aveva sempre capito in passato.

Si sentiva vecchia, ecco. Si sentiva stanca. Si sentiva come se fosse passato tantissimo tempo e lei riuscisse a vedere il suo io civettuolo della settimana prima da un'enorme distanza. Come se non avesse più le stesse cose da nascondere. O forse le mancava l'energia per provarci.

Forse si preoccupava meno. Guardò Leo che la fissava con il pennello a mezz'aria. Forse si preoccupava in un modo diverso.

Forse era un sollievo sapere che l'epoca di Kostos era tramontata una volta per tutte.

«Incredibile» sussurrò Leo.

Non era sicura se fosse riferito a lei o al quadro. Forse non era importante. Per qualche strana ragione si sentì come liberata dall'amo.

Lo guardava dipingere. Ascoltava la musica che aveva messo. Ancora Bach, aveva detto, ma questa volta orchestra e coro. Si sentiva quasi come sul punto di addormentarsi. La sua mente si distendeva in pensieri sonnolenti sul mare e sul cielo, come si vedevano fuori della finestra della cucina della nonna, a Oia.

Forse si era addormentata davvero perché quando aprì gli occhi la luce era cambiata. Leo aveva appoggiato il pennello e la stava studiando.

«Scusami. Mi sono addormentata?» disse.

«Credo di sì» disse. Il suo sguardo era pieno di passione, ma rivolto al quadro. Stava raccogliendo le sue impressioni per trasferirle di getto sulla tela.

«Come viene?» gli chiese.

«È... non so. Ho paura a dirlo.»

Voleva dire che veniva bene. «Farei qualche minuto di pausa» disse. Aveva tutto il braccio informicolato, fino alle dita. Si mise a sedere e si spostò sul bordo del letto prima che lui potesse appoggiare il pennello e la tavolozza.

Leo fece per uscire, ma indugiò a metà strada. «Vuoi che esca?» le chiese.

«Non è necessario» gli disse.

La osservò stiracchiarsi e sbadigliare seduta sul bordo del letto. Non era abituato a questo suo nuovo modo di fare. Tornò alla tela, incredulo.

«Che ora è?» gli domandò, mentre scuoteva il braccio addormentato.

C'era un orologio sulla scrivania. «Quasi le quattro.»

Sgranò gli occhi. «Santo cielo! Mi sono addormentata sul serio.»

Leo annuì.

«Resti immobile nel sonno» le disse.

Era caduto il silenzio sulla vita di Tibby. Lena sosteneva di non sapere nulla. La madre di Tibby sosteneva di non sapere nulla. Carmen sosteneva di non sapere nulla. Bee sosteneva di non sapere nulla, ma Bee era in Turchia. Bee era l'unica a cui Tibby credeva.

In un momento di depressione, Tibby si ritrovò al telefono con Katherine. Da sola non ce la faceva.

«Allora, hai visto Brian di recente?» le domandò Tibby di sfuggita, anche se odiava ogni parola che le usciva di bocca. E odiava anche la bocca e il corpo fiacco cui era attaccata.

«Sì» disse Katherine. Tibby aveva il sospetto che stesse guardando i cartoni animati.

«Ti ha portato al campo venerdì?»

«Uhm uhm.» Ora Katherine stava masticando qualcosa.

«Hai visto Effie?» Oh, che vergogna.

«Eh?»

«Hai visto Effie con Brian?»

«Effie?»

«Sì. Effie.»

«No.»

Tibby avvertì una sensazione di sollievo invaderle tutto il corpo. Forse in fin dei conti Lena e tutti gli altri le avevano detto la verità. Forse non c'era davvero niente.

«Ma è passata a prendere Brian in macchina.» Katherine citò la canzone d'apertura dei Blue's Clues.

«Lei?»

«Un paio di volte.»

Cosa? Cosa? «Sei sicura?»

«Sì. E sai cosa penso?»

«Cosa?» Tibby era così tesa che in pratica si era infilata il telefono nella cavità auricolare.

«Ha le tette grosse.»

Nell'ultima ora di luce, Leo cominciò ad agitarsi.

«Quando torna tua madre?» gli domandò Lena, senza muovere la testa.

«Non prima di domani. Questo fine settimana è andata via con gli amici.»

«Oh» disse. Dubitò di quella spiegazione.

Quando la musica finì, Leo appoggiò il pennello e mise via la tavolozza. Le si avvicinò. La luce fioca illuminava il suo viso solo per metà.

«Abbiamo finito?» domandò Lena.

Non le rispose ma con le dita le sfiorò appena il polpaccio. Appoggiò il palmo della mano sul fianco. Aspettò per vedere se protestava o si ritraeva, se si metteva a cercare la vestaglia, come aveva fatto in passato. Lei prese in considerazione tutte queste possibilità, ma non fece nulla. Le piaceva il contatto della mano di Leo sulla pelle. Voleva sapere cosa sarebbe successo dopo.

Leo si sedette sul letto, si piegò su di lei, e la baciò. Lena sospirò nel sentire la sua mano che le toccava il seno. Gli restituì il bacio mentre lui esplorava il suo corpo e scopriva dettagli che gli occhi non avrebbero saputo rivelargli.

Si sdraiò vicino a lei. Lena gli sbottonò la camicia. Si sentì goffa, ma non si vergognava.

Fu sorpresa dall'intimità dei sospiri di Leo, dal profumo del suo collo e del suo torace. Spinse il proprio corpo contro quella muscolosa distesa di pelle. Era un contatto intimo, ma non come quelli che aveva avuto prima. La mente di Lena era serena. Il suo corpo era in trambusto ed era curioso. Voleva sapere come sarebbe finita.

Non era come con Kostos: il desiderio feroce che sfiora il tormento, il desiderio irresistibile mischiato al dolore. Era qualcos'altro. Era un piacere più semplice. Non c'era tanto da girarci intorno.

Due anni prima si era fermata anche se voleva con tutta se stessa andare fino in fondo. Perché non lasciarsi andare? Cosa stava aspettando?

Aveva avuto abbastanza sogni, nutrito abbastanza fantasie. Aveva letto, ascoltato e immaginato. Sapeva di cosa si trattava.

«Ho una cosa» sussurrò Leo. Lena capì che si trattava di un profilattico e le stava chiedendo se era pronta, se era quello che voleva.

Lei si fermò, solo per un istante. «Va bene» rispose in un sussurro.

A: LennyK162@gomail; Tibberon@sbgnetworks.com
Da: Beezy3@gomail.net
Oggetto: casa

Torno in aereo a Washington D.C. Arrivo sabato.
Forse anche in tempo per la festa dei Rollins. Non vedo l'ora di riabbracciarvi.

Leo voleva che si fermasse a dormire da lui, ma Lena voleva svegliarsi nel suo letto. A lui dispiaceva, ma la accompagnò. Una volta arrivati sulla soglia di casa, Leo la baciò finché lei per gioco non gli chiuse la porta in faccia.

«Domani mangiamo prima della lezione» le disse prima di lasciarla. «Porto dei panini.»

Lena rimase a lungo seduta sul suo letto al buio. Considerò ogni singola parte del suo corpo e cercò di capire come si sentiva. Dicono che spesso la prima volta faccia male. Non valeva per lei. Per ore era rimasta nel letto di Leo nuda e insonnolita, muovendosi fra le sue lenzuola e il profumo dei suoi feromoni. Era pronta quando era accaduto. Il suo piacere era stato incerto e nuovo, ma era riuscita anche a gioire del completo abbandono di lui.

Era la sua musa ispiratrice, le aveva detto.

La combinazione di erotismo e arte era stata una rivelazione per lui. Lei ne era felice. Soprattutto se ripensava al suo dipinto: anche lui era una fonte di ispirazione.

Ma lui capisce che c'è dell'altro?

Lena si fece un esame di coscienza. Smise di pensare e riconsiderò la domanda, lei per prima incerta sul suo significato. Altro cosa? Altra tristezza? Altra tragedia? Altre sofferenze, di quelle che ti rivoltano come un calzino? Era questo?

E se Leo non capiva? Se non avesse mai capito? Da un certo punto di vista, poteva essere una fortuna.

Con Leo non si sentiva rivoltata come un calzino. E ne era felice. Si infilò un vecchio pigiama e si sentì perfetta.

Ma quando la mattina si svegliò stava piangendo. Aveva il viso e i capelli zuppi, il cuscino umido. Da quanto piangeva?

Le lacrime continuarono a scendere, senza che lei lo volesse, anche quando si sedette e se ne domandò la ragione. Ma lei sapeva quale era il problema. Nel mondo dei sogni il suo inconscio le aveva concesso una tristezza che da sveglia le aveva vietato.

Aveva aspettato Kostos per tutto quel tempo. Aveva sempre pensato che la prima volta sarebbe stata con lui.

RICORDATI DI RIPORLA
NEL TUO CUORE.

– JOHN LENNON
E PAUL MCCARTNEY

Per tutti i giorni precedenti alla festa di anniversario dei suoi, Tibby continuò a torturarsi. Ma trovava una strana consolazione nel fatto che, in fin dei conti, se l'era meritato.

Brian ed Effie si comportavano come una coppia. Nessuno lo negava più.

«Sono gli unici rimasti a casa» disse Bee.

«Può darsi che siano solo amici» disse Carmen.

«Brian è solo. Sente la tua mancanza» disse Lena.

Tibby non credeva a nessuna.

Se Effie aveva usato con Brian anche solo la metà della brillante tattica impiegata con lei, non c'era speranza. Al prossimo incontro con Tibby, molto probabilmente avrebbe avuto al dito un anello di fidanzamento. Non era importante che Effie piacesse o meno a Brian.

E brava Effie, sciocca sorellina che sapeva leggere l'ora solo sugli orologi digitali. Ah. Nella mente di Tibby Effie si era trasformata nel diavolo in persona.

Per l'occasione l'inconscio di Tibby produsse un nuovo sogno angoscioso. Tibby lo faceva notte dopo notte, per tutta la notte: Effie con addosso i Pantaloni Viaggianti, che compiva azioni coraggiose. Solo una volta in tutti quei sogni Tibby era riuscita a indossare i Pantaloni. E quando si era presentata questa grande opportunità, non si sa come, Tibby aveva finito per infilarsi con tutto il corpo in una sola gamba.

«Vuoi che dica a Brian di non venire alla festa?» le chiese la madre la settimana prima che Tibby decidesse di prendere il treno per tornare a casa.

«Ci penso.»

Tibby richiamò la madre un'ora dopo. «No, deve venire. Sarebbe sbagliato dirgli di non venire. Tanto dovrò vederlo prima o poi.»

Ci fu un minuto di silenzio.

«Non posso non invitare Effie» disse la madre, facendo crollare l'unica speranza di Tibby.

«Non puoi?»

«Tesoro, verranno tutti. Sono come la nostra famiglia allargata. Non posso pensare di non avere Ari e George. E Lena? È fuori discussione. Non posso certo dire "Venite tutti ma lasciate a casa Effie".»

«Perché no?» disse Tibby, acida.

«Tibby.»

«Allora ti dispiacerebbe non invitare me?»

Tibby passava sempre più tempo davanti alla televisione. Aveva spento il computer e rinunciato alla sua sceneggiatura. Guardava tutti i programmi di inchieste criminali. Tutti quelli sulla chirurgia estetica. Tutte le soap. Tutti i programmi di cucina. Perfino i documentari sugli insetti e quelli di storia. Sperperò quasi tutti i suoi risparmi comprando una TiVo su E-bay. Con il resto comprò una PlayStation usata. In quel suo televisorino aveva tutto quello che le occorreva. Aspettava Maria Blanquette, ma lei non comparve mai più.

C'erano però alcuni momenti tranquilli, nel cuore della notte oppure la mattina presto, quando tutte quelle ore di tv avevano talmente scartavetrato il cervello di Tibby che lei riusciva di nuovo a calarsi nelle grandi questioni della vita. In uno di quei momenti le venne un pensiero triste: mentre lei era lì a fissare il teleschermo, Brian, l'ex *Dragon Master*, stava con una ragazza e viveva la sua vita.

A: Tibberon@sbgnetworks.com;
Carmabelle@hsp.xx.com; Beezy3@gomail.net
Da: LennyK162@gomail.net
Oggetto: Quello

Non riesco davvero a credere che sto scrivendo questa raffica di e-mail, ma non riuscirei a dirlo a una senza dirlo alle altre.
L'ho fatto. Quello. Quello. O, meglio, l'abbiamo fatto. Io e Leo.

Bee, credo che fossi stata tu (no?) a scommettere una dozzina di frittelle che non sarebbe successo prima dei miei 25 anni. Ehm. Non è stato perché avevo fretta. Per niente. Avrei mangiato volentieri le ciambelle. Ma ho capito che stavo aspettando qualcosa di irreale. Vi darò i dettagli di persona quando saremo insieme.
(Carmen??)
Improvvisamente mi immagino mio padre che si impadronisce del mio computer e legge tutto quello che ho scritto.

Amore, amore, amore, amore, amore,
la vostra amata Lena
(amante di Leo)

In origine il viaggio di rientro di Bee prevedeva lo spostamento da Smirne a Istanbul a New York e in ultimo un breve volo per Boston. Il programma doveva quindi concludersi con una decina di giorni a Providence per rimettersi in forma per gli allenamenti, in vista della stagione di calcio.

Ma all'aeroporto di Istanbul Bee cambiò il volo per Boston con uno per Washington D.C.

E, disorientata da parecchie ore di viaggio, fu felice di vedere Tibby e Lena che la aspettavano proprio di fronte all'area bagagli. Corse loro incontro, quasi travolgendole per la gioia.

«Sono così felice che siate qui!» urlò.

«Ci sei mancata» disse Lena, mentre Bee la stringeva sempre più forte.

«Mi siete mancate» esclamò Bee.

Avevano così tanto da dirsi, che non riuscirono a dirsi nulla. Andarono da Angie in centro e si rimpinzarono di frittelle e bacon anche se non era l'ora della colazione, e si sentirono felici di essere insieme. Secondo Bee era meglio aspettare fiduciose che arrivasse il momento per condividere tutto e sapere tutto. Doveva esserci anche Carmen per il vero sfogo.

Bridget era fortunata, eccome. Nelle cose davvero importanti.

«Ho un paio di faccende da sbrigare» disse mentre Tibby fermava l'auto della madre davanti alla casa dell'amica. «Ma dopo verrò alla festa dei tuoi, va bene?»

«Bene. Siamo tu, io, Len... Brian ed Effie» disse Tibby cupa.

«Oh no» disse Bee. «Davvero?»

«Sì.»

Bee guardò Lena che si strinse nelle spalle.

«Effie ha mai fatto quello che volevo?»

«Porterò il mio equipaggiamento antisommossa» disse Bee.

Bee si accorse, dopo averle salutate e guardate andar via, di non avere le chiavi di casa. Non aveva voglia di bussare. Abbandonò i bagagli all'ingresso e si diresse sul retro. Sapeva ancora il trucchetto della porta della cucina. Ci lavorò con la pazienza di un ladro e quella si aprì. Entrò decisa.

Il padre era ancora al lavoro, calcolò, e Perry doveva essere in camera sua. Raccolse i bagagli dall'ingresso. Li trascinò su per le scale. Senza pensarci troppo aprì la cerniera della sacca e cominciò a sistemare le sue cose nei vecchi cassetti vuoti.

Spalancò una finestra della stanza. Finito di svuotare i bagagli, ridiscese in cucina e spalancò una finestra anche lì. Fece un rapido giro nel giardino invaso dalle erbacce, con una piccola sosta per raccogliere alcune ortensie dal cespuglio del vicino. Mise i fiori

blu in un bicchiere al centro del tavolo in cucina.

Guardò nel frigorifero. Non c'era molto. Una bottiglia di ginger ale. Un cartone di latte a metà. Alcune scatole del take-away. Una costa di sedano avvizzita sul ripiano in basso.

Nell'armadietto c'erano numerose lattine, chissà da quanto. Poi si ricordò dei cereali. Aprì lo sportello della credenza e vide un impressionante allineamento di scatole. Sia il padre che il fratello erano ghiotti di cereali.

Trovò una scodella e un cucchiaino. Si versò un sottile strato di corn flakes e aggiunse un po' di latte, felice che non fosse ancora scaduto. Si sedette al piccolo tavolo della cucina. Non aveva fame e il sapore non era proprio invitante, ma mangiò.

Lasciò la scodella e il cucchiaino nel lavandino. Lasciò la borsetta appesa alla sedia. Nel bene o nel male questa era casa sua e voleva ricordarsi come viverci.

La magia si era dissolta. La bellezza era svanita del tutto. Era tornata la Carmen della felpa anche se ora faceva troppo caldo per indossarne una.

Rimase a letto cercando di dormire invece di andare alle prove. Avvertì l'impulso distruttivo della vecchia Carmen e tentò di opporsi.

Julia era comprensiva. Le portò dalla mensa il tè e i biscotti. Le portò sacchetti di Fritos salati e le prestò il suo iPod. Promise che non avrebbero più parlato di metrica se questo la faceva stare peggio.

«Grazie» disse Carmen in lacrime.

Sarebbe rimasta a letto tutto il giorno ma mancavano quattro giorni alla sera della prima e sapeva che, se avesse saltato la prova del pomeriggio, Andrew l'avrebbe mutilata, stritolata, fatta a pezzi e anche uccisa.

Carmen si trascinò avvilita al teatro. Piano piano stava ricominciando a essere invisibile. Neanche Jonathan si prendeva più il disturbo di flirtare con lei.

Sfortunatamente era ancora visibile per Judy, che le saltò addosso non appena abbandonò il palcoscenico.

«Carmen, vieni qui» le disse, uscendo veloce dietro di lei.

Carmen si sentì soffocare, e non per i trentacinque gradi né per l'umidità al cento per cento.

«Non mi piace pensare di aver commesso un errore.»

«Neanche a me» disse Carmen, amareggiata.

«Sto cercando di capire cos'hai che non va.»

«Da dove cominciare?» disse Carmen.

Judy le lanciò un'occhiata tagliente.

«Tu ti stai crogiolando.»

«Lo so.»

«È troppo tardi per trovare qualcuno che ti sostituisca.»

Carmen sentì la testa pulsare.

«Eh, sì, ci avevo pensato.»

Carmen smise di fare sarcasmo. Non aveva nulla da dire.

«Lo sai, Carmen, che la maggior parte della persone raggiunge un'effettiva qualità nella recitazione con il lavoro e lo studio. Ci sono poche persone che hanno uno spiccato talento naturale, e per loro a volte è meglio abbandonare i metodi tradizionali e lasciarsi andare. Capisci cosa voglio dire?»

Carmen annuì, anche se non aveva capito sul serio.

«Allora vai nella tua stanza e cerca di capire dove sta il problema e domani ritorna per la prova in costume e fai il tuo lavoro.»

Carmen fissò Judy poco convinta.

«Un'ultima cosa.»

«Sì.»

«Abbi fiducia in te stessa. Non dar retta a nessun altro.»

Carmen cercò di non fare un'espressione scocciata, ma ormai le sembrava un ordine ridicolo.

Judy si strinse nelle spalle. «È tutto quello che volevo dire.»

«Allora, guarda cosa ho comprato» disse Bee al padre quando rientrò dal lavoro.

Era stupito di vedere lei, prima di tutto, per non parlare dell'assortimento di verdura, frutta fresca e pasta che Bee aveva comprato nel nuovo supermercato Whole Foods e appoggiato sul piano di lavoro della cucina. «Mi fermo per un paio di giorni e ho pensato che potremmo cenare insieme.»

C'era stato un tempo in cui a suo padre piaceva cucinare. Aveva l'abitudine di ascoltare le canzoni dei Beatles in cucina. Cantava a squarciagola, tanto che le parole arrivavano fino sui fogli dei compiti di Bridget.

Gli diede un colpetto affettuoso sulla spalla. «Che ne dici? Tu sai come si prepara il pesto, no?»

Annuì. Pareva teso, molto sorpreso e un po' impaurito.

«Bene. Chiamerò Perry. Può preparare la macedonia.»

Era un'idea assurda, ma Bee quella sera era ambiziosa.

Trascinò giù dalle scale Perry, che sbatteva gli occhi come una talpa trascinata fuori da sottoterra. «Puoi tornare ai tuoi videogame dopo cena» gli disse. Lo sistemò al bancone, vicino a lei, con lo sbucciatore, un mucchio di frutta e una scodella blu. «Devi solo sbucciarla e tagliarla più o meno a quadratini» gli spiegò.

Era così sbigottito che obbedì senza ribattere.

Bridget cominciò a tritare l'aglio per il pesto. «Così?» domandò al padre. Lui sollevò gli occhi dal basilico che stava lavando.

«Un po' più fine» le rispose.

Bridget infilò nella presa la spina della radio che non usavano da tanto, una specie di pezzo d'antiquariato, e la sintonizzò su un'emittente di vecchie canzoni. Si mise a saltellare mentre grattugiava il formaggio.

«Penne o linguine?» domandò a Perry, saltellando come un pugile davanti a lui. «Devi scegliere.»

«Uhm.» Perry guardò prima l'una poi l'altra. Sembrava prendere sul serio quel compito. «Penne?»

«Perfetto» dichiarò Bridget.

Lavorarono in silenzio con il sottofondo di una stupida canzone dei Carpenter alla radio.

«Hai i pinoli?» le chiese il padre.

«Eccoli» disse con soddisfazione, tirandoli fuori da dietro una pagnotta.

«Certi ci mettono le noci» spiegò il padre, «ma io preferisco i pinoli.»

«Anch'io» disse Bridget, compunta.

Perry annuì.

Dopo aver apparecchiato il tavolo della cucina, acceso una candela e aiutato Perry a travasare la macedonia in una scodella più grande, ascoltò *Hey Jude* trasmessa dalla radio. Avvertì una strana sensazione di tristezza ed esaltazione. Si voltò dall'altra parte per un attimo e chiuse gli occhi, presa nella morsa del ricordo di come si stava una volta in quella casa, in quella cucina.

Alla sua destra, sopra il suono dell'acqua che scorreva nel lavandino, suo padre canticchiò due parole seguendo la canzone. Solo due, eppure le procurò una gioia che a stento riuscì a trattenere.

RIMBALZARE È UNA COSA
DA PALLE.

— TIBBY ROLLINS

La festa per il ventesimo anniversario di matrimonio dei suoi genitori fu per Tibby come un incidente automobilistico al rallentatore, prolungato nel tempo. In alcuni momenti era coinvolta nell'incidente, altre volte lo guardava da fuori.

Per Tibby quell'evento aveva il vantaggio di essere stato previsto. E come in un incidente, Tibby non osava guardare ma d'altronde non poteva non guardare. La sua parte migliore le diceva di distogliere lo sguardo. E lei diceva alla sua parte migliore di levarsi di mezzo.

Lena le portò i Pantaloni Viaggianti da indossare. Lena e Bee la tallonavano così da vicino che pareva le fossero cresciute altre due teste. Alla fine disse loro di andarsene.

Tibby chiacchierò con diversi amici di famiglia. Si comportava come se stesse scrivendo una vera sceneggiatura, come se fosse una vera studentessa di cinema, e non come una che recita, ma in realtà non fa altro che guardare la tv.

La prima volta che vide Brian, lui stava mangiando l'humus. La seconda volta polpette di gamberetti. La terza volta involtini di foglie di vite stufate. Come faceva a mangiare tanto?

La quarta volta era con Effie. Doveva succedere, prima o poi. Tibby vide Effie che, in uno spaventoso accesso di sfacciataggine, toccava il sedere a Brian. Di fronte a tutti. Tibby si sentì male. Lena e Bee riapparvero per magia accanto a lei, come due angeli custodi.

Effie era bella. Era davvero bella. Aveva le guance rosa, le gambe abbronzate e il seno prorompente. Sembrava attirare l'attenzione di tutti. A essere onesti, Effie non era molto elegante. Non era molto truccata. Effie era felice. Questo era il punto.

Rispetto a quel tipo di bellezza, Tibby era un vero orrore. Era una specie di Boo Radley che si aggirava per l'allegra festa dei suoi genitori.

Tibby restò per un po' in camera sua. A un certo punto decise di andare in giardino e ci trovò Bee che insegnava a Nicky e Katherine a giocare calcio. Tibby cercò di fare il pagliaccio e propose una gara di sputo di semi dell'anguria. Ma chi voleva prendere in giro?

«Finirà?!» chiese a Bee prima dell'arrivo della torta.

Finalmente lo strazio finì davvero, in una baraonda di calorosi annunci e fervidi auguri e vicini di casa ubriachi. E lei concluse con i saluti a Effie e Brian, nell'ordine. Non era proprio quello che avevano desiderato. Sembravano tutti imbarazzati.

Tibby restò impassibile. E sì, c'era Effie, abbastanza vicina da sentirne il profumo. Tibby mosse le labbra e formulò una frase adatta alla circostanza. «Grazie. Bellissimo, Sì. Bla, bla, bla.» Effie si allontanò.

Ora era il turno di Brian. Tibby ripeté come un robot le stesse banalità, ma Brian non le rispose niente di stupido o meccanico. La guardò soltanto. Lei aveva il morale sotto i piedi, ma anche in questo stato il suo cervello funzionava. Continuava a percepire sensazioni e a produrre pensieri.

Sì, Effie era splendida. Effie era una dea. Ma quando Tibby riuscì a guardare con occhi disincantati, vide che Brian, nonostante tutta la sua bellezza, non sembrava così felice. Era un secondo Boo Radley, ma con la pancia più piena.

Tibby si bloccò a metà della frase. Qualunque stupidaggine stesse dicendo era abbastanza. Brian le prese la mano. E mentre la teneva, la fissò dritto negli occhi. Lei non distolse lo sguardo. Era la prima cosa coraggiosa che faceva in tre mesi.

Esiste un ritmo naturale nelle cose, che ciascuno conosce senza esserne consapevole. Quel ritmo imponeva che ora Brian le lasciasse la mano, ma lui non lo fece. Continuava a tenerla e lei faceva lo stesso. Prima di essere spinto via da un collaboratore dell'azienda del padre di Tibby, Brian le strinse la mano. Ma fu una stretta così fuggevole e leggera che Tibby non era sicura che fosse stata intenzionale o addirittura che ci fosse stata.

Lo guardò andare via con una profonda tristezza, come se vedesse cose familiari da chilometri di distanza. Salì in camera sua senza salutare nessun altro.

Si arrampicò sul letto e guardò il posto vicino alla finestra dove stava la gabbia di Mimì e dove Mimì aveva vissuto le sue morbide e semplici giornate di porcellino d'India, fra trucioli di legno e palline di sterco. Magari avesse potuto tornare il tempo in cui Mimì era ancora vivo. Il tempo in cui Bailey era ancora viva.

Ripensò alla prima volta in cui aveva incontrato Brian. Era stata Bailey, ovvio, che ci aveva pensato, che li aveva messi insieme. Bailey era straordinaria. Prima di morire, in pratica aveva lasciato in dote a Tibby tutte le cose e le persone indispensabili per una vita felice. E Tibby le aveva per lo più perse o dimenticate.

È così difficile vivere nel modo giusto, anche se sai qual è.

Tibby avrebbe desiderato poter almeno tornare a quella notte di giugno in cui aveva avuto l'impressione di non amarlo più. Non avrebbe voluto cancellare il sesso. L'aveva desiderato, ma ora non più. Lei e Brian si amavano. Erano abbastanza grandi per sapere cosa stavano facendo. Lei voleva stare con lui in ogni senso.

Quando ci ripensò, si rese conto che non avrebbe neppure cambiato il profilattico rotto o la sua paura di restare incinta. Se davvero avesse potuto esprimere un desiderio, avrebbe evitato di essere tanto impaziente e sprovveduta. Ma il tempo non torna indietro e i morti non tornano in vita. Adesso aveva un unico desiderio: diventare più riservata.

Si ricordò di quando, a quattro o cinque anni, aveva chiesto a Carmen se credeva che il desiderio espresso da Tibby spegnendo le candeline del compleanno si sarebbe realizzato. "Sì, se desideri qualcosa che può accadere davvero" aveva detto Carmen, filosofica.

Il desiderio di Tibby era restare aggrappata all'idea dell'amore e crederci anche di fronte al dubbio più tormentoso. Perché era lì che aveva sbagliato. Non una, ma tante e tante volte.

Quella notte Carmen cercò di capire quale fosse il problema. Girò un po' per il campus. Si sedette sull'altura dove aveva incontrato Judy per la prima volta. Telefonò a Tibby e solo allora si ricordò della festa di anniversario dei Rollins e scoppiò a piangere perché non era lì con loro. *Perché siamo sempre lontane?* si domandò. Certe volte una voce al telefono non bastava. *Perché devo stare via per tutto questo tempo?*

Perché noi abbiamo i Pantaloni, pensò subito. *I Pantaloni ci danno il potere di farlo.*

Ritornò nella sua stanza al dormitorio, e senza preoccuparsi di togliersi i vestiti, lavarsi i denti o spegnere la luce, si trascinò fino al letto.

Era ancora sdraiata lì, a occhi aperti, quando un attimo dopo entrò Julia.

«Guarda cosa ho per te» annunciò Julia felice. Si era calata nella parte di Florence Nightingale.

«Cosa?» domandò Carmen, fiacca.

«Gli scones al burro che adori. Li fanno alla sera. Lo sapevi? Ne ho tre in borsa e sono c-a-a-a-ldi!» Allungò la "a", come in un assolo canoro.

Carmen si mise a sedere. In effetti gli scones erano il cibo più consolante del sistema solare.

Ma appena guardò il viso di Julia, a Carmen si accese una lampadina. Julia sembrava felice. Non quella felicità che serve a consolare un'amica, ma una felicità autentica. Al contrario, Carmen si sentiva davvero infelice, e doveva anche averne l'aspetto.

Un secondo dopo a Carmen si accese un'altra lampadina. Si ricordò del periodo, solo poche settimane prima, in cui Julia era

l'unica a sembrare infelice. E si dava il caso che nello stesso periodo Carmen si sentiva felice, e senza dubbio aveva un aspetto felice.

Si trattava di una coincidenza? Carmen lo escluse.

Julia era felice quando lei era infelice. In effetti l'infelicità di Carmen sembrava proprio renderla felice. E, viceversa, la felicità di Carmen la rendeva infelice.

C'era un'evidente asimmetria. Una grave asimmetria. Che razza di amica gode della tua infelicità?

Lei conosceva la risposta. Nessuna amica.

Tornò a sdraiarsi con la mente frastornata.

Ripensò alla sua patetica decisione di diventare più degna dell'amicizia di Julia. Aveva creduto che, se fosse dimagrita e avesse riacquistato il controllo su se stessa, le sarebbe piaciuta di più. Che sbaglio! Lei piaceva a Julia proprio per la sua inadeguatezza. Tutti i fallimenti di Carmen rendevano Julia più sicura di sé. Al contrario, i rari successi la spingevano a disprezzarla. Perfino a sabotarla.

Julia sembrò percepire quel cambiamento di umore, ma non voleva mollare. «Burro o marmellata? Burro e marmellata!»

Perfino ora, perfino in mezzo ai dubbi più atroci, alla confusione e all'infelicità, Carmen non volle deludere Julia. L'idea di cosa significasse essere amiche era troppo radicata in lei. «Non stasera. Grazie» disse. «Mi sento proprio stanca.»

«Sicura? Sono caldi. Non saranno più caldi domattina.»

A Julia dava fastidio che la sua offerta venisse respinta.

«No, grazie» disse Carmen di nuovo.

Julia assunse di nuovo l'espressione comprensiva. «Nessun problema» disse. «Li lascerò sulla tua scrivania.»

«Grazie» ripeté Carmen, depressa. Si tirò fuori dal letto, si lavò i denti, infilò la camicia da notte e si trascinò di nuovo nel letto. «Ti dispiace se spengo la luce?»

Julia prese un libro dal pavimento. «Volevo leggere un po'» disse.

Carmen provò a dormire, ma non ci riusciva. Era talmente disperata che non riusciva a pensare a un modo per sentirsi meglio.

E poi se ne ricordò uno.

Sotto lo sguardo diffidente di Julia, Carmen prese il suo copione ai piedi del letto e si spostò silenziosamente nel corridoio. Si sedette sotto una buona luce e cercò di ristabilire un contatto con la ragazza perduta.

Quando Tibby si svegliò, rimase per un po' nel suo vecchio letto, mentre il mondo che si svegliava la raggiungeva piano piano. E si accorse che il suo respiro aveva un'eco. Che cosa buffa, come essere in due a respirare.

Poi si accorse che il secondo respiro non era suo. Spalancò gli occhi e vide il viso di Lena, stesa di traverso in fondo al letto. Il piccolo, paziente volto di Lena, i cui tratti precisi avevano una finezza sconosciuta ai volti normali. Chiunque altro avrebbe dato una scrollatina a Tibby per farla svegliare, ma Lena era felice di aspettare mentre lei dormiva.

«Ciao» disse Tibby. Si domandò come potesse amare tanto una sorella Kaligaris e odiare altrettanto l'altra.

Lena sorrise. Sembrava molto soddisfatta di starsene stesa lì nella luce dell'alba.

«Quando rientri?» le domandò Tibby, puntellandosi sul gomito e appoggiando la testa sulla mano.

«Voglio fermarmi qui qualche giorno. E tu?»

«Penso che prenderò un treno domani sera con Bee.»

Rimasero in silenzio per un po', ma era un silenzio da amiche.

«Credo che dovresti rimetterti con Brian» disse Lena alla fine.

A Tibby parve quasi di vedere quelle parole scendere dall'aria come piume liberate dalla sua consolatrice. «Non posso.»

«Perché no?»

«Non sarebbe onesto» disse Tibby, sperando con tutta se stessa che Lena non fosse d'accordo con lei.

«Non sarebbe onesto nei confronti di chi?»

«Di Effie, suppongo.»

Lena studiò il viso di Tibby, pensierosa. Sembrava cercasse di trasmetterle i pensieri non solo con le parole, ma anche con lo sguardo. «Non penso che dovresti preoccuparti tanto di Effie.»

«Perché no? Mi ha chiesto il permesso e io gliel'ho dato.»

Lena sembrava triste «Sì, lo so. Ed Effie è mia sorella. E non voglio schierarmi con te contro di lei. Non è che non ci abbia già pensato.»

«Lo so, Lenny» disse Tibby, dispiaciuta.

«Ho aspettato prima di dire qualunque cosa, perché non voglio ferire Effie.»

Tibby annuì. La sua rabbia verso Effie era diventata come una seconda pelle, protettiva e irritabile. Ma ora, come nel periodo della muta, Tibby ne scivolava fuori non a pezzetti, ma intera. E come la pelle della muta, una volta separata dal corpo, la rabbia giaceva secca e senza peso alle sue spalle. L'aveva completamente avvolta, eppure non le apparteneva più.

«Effie è forte, lo sai? Rimbalza.»

Io invece no, ammise Tibby con se stessa.

«Lei ama Brian. Ma lo ama a modo suo. Come se gli girasse attorno a cento chilometri all'ora, e lui in pratica restasse fermo. A ogni giro lei lo vede soltanto, ma già pensa che stiano insieme.»

Tibby rise senza volere.

«Brian vuole cooperare, ma non è la situazione giusta per lui.»

Tibby si meravigliò del perfetto riassunto di Lena.

Lena si mise a sedere a gambe incrociate proprio di fronte a Tibby, continuando a guardarla negli occhi.

«C'è una cosa che so» disse Lena.

Anche Tibby si mise a sedere. Lena era brava a capire le cose importanti.

«Ci sono persone che si innamorano di continuo.»

Tibby annuì, comprendendo la particolare tristezza che si dipingeva sul volto di Lena.

«E ci sono altre persone che sembrano poterlo fare una volta sola.»

A Tibby vennero le lacrime agli occhi non appena le vide in quelli di Lena. Sapeva che Lena stava parlando di lei e Brian. E che stava parlando anche di se stessa.

E FORSE...
TU SEI SOLO UN ORSACCHIOTTO
GRASSO
SENZA ALI
NÉ PIUME.

– ELSE HOLMELUND MINARIK

Bridget persuase Perry a fare un giro in bicicletta con lei. Aveva fatto di tutto per farsi prestare la bicicletta e il casco del patrigno di Carmen, ma con Perry aveva cercato di farlo passare per un impulso del momento.

«Che ne dici? Arriviamo solo al Rock Creek Park e torniamo indietro.»

Lui sembrava dubbioso.

«Scusa?»

Montò sulla sua vecchia bici, senza dargli il tempo di pensare.
Fu felice quando lui la seguì, controvoglia. Perry non era mai stato un tipo atletico, ma gli era sempre piaciuto andare in bicicletta.

Era una bella giornata di fine estate, meno calda di quanto avrebbe potuto essere. Per fortuna c'era poco traffico, come se le automobili si fossero tenute lontane di proposito, vista la situazione delicata.

Perry pedalò al suo fianco, costeggiando il marciapiede, fino al parco.

Bridget si fermò all'ingresso, come d'accordo. «Vuoi che torniamo indietro?» gli domandò.

Lui fece spallucce.

«Possiamo continuare» disse, riempiendola di felicità.

Pedalarono per un'altra ora prima di fermarsi davanti a un carretto per comprare due coni di gelato. Perry aveva i soldi e volle offrire. Si sedettero sul prato vicino al torrente.

C'erano tante cose che voleva dirgli. Voleva spingerlo a parlare di loro madre e dei suoi ricordi. Ma sapeva che doveva andarci piano. Sarebbe stato troppo facile metterlo in fuga.

Prima di risalire in bicicletta, mise un braccio attorno alle spalle del fratello e lo strinse. Da quanto tempo qualcuno non lo toccava? Era un po' rigido, un po' a disagio. Forse non era quello che Perry voleva, ma il cuore di Bridget le diceva che il fratello ne aveva bisogno.

Sulla strada di casa si fermarono nel negozio di animali sulla Wisconsin Avenue. Perry aveva sempre amato gli animali ma non gli era mai stato permesso di averne uno, a parte i tritoni, perché loro madre era allergica al pelo.

Presero in mano dei criceti e poi una cavia obesa. Perry sollevò un topolino bianco con la massima cura. Poi presero un coniglietto ciascuno. Quello di Perry cercò di scendere giù lungo la sua camicia, e lui scoppiò a ridere. Subito dopo essere tornati a casa dal negozio di animali, il cellulare di Bridget cominciò a squillare. Con il cuore che le scoppiava nel petto, riconobbe il numero del cellulare di Eric. Non doveva andare a lavorare in Messico?

«Pronto?»

«Bee?»

«Eric?»

«Sono io» le disse con dolcezza. «Dove sei?»

Non sentiva la sua voce da così tanto tempo che avrebbe potuto mettersi a piangere.

«Sono a Washington D.C. E tu?»

«Sono a New York.»

«A New York?» urlò felice. Non riusciva più a trattenersi. Non era proprio a due passi, ma New York non era certo Baja. «Tutto a posto?»

«Tutto a meraviglia. Ho proprio voglia di vederti» le disse, tenero.

«Anch'io ho proprio voglia di vederti.» Qualunque cosa fosse successa quell'estate, da come si sentiva in quel momento non aveva più dubbi: lo amava.

«Che ora è?» le domandò.

Andò a guardare l'orologio della cucina. «Quasi mezzogiorno.»

«Arriverò in tempo per la cena.»

«Qui?»

«Sì. Faresti bene a ridarmi il tuo indirizzo.»

«Verrai qui?» gridò di nuovo.

«Se no come faccio a vederti?»

«Non so!» urlò stordita.

«Non posso aspettare fino a domani» le disse.

Quella mattina Carmen si vestì sotto lo sguardo circospetto di Julia. Si costrinse a mettersi il rossetto, anche se non ne aveva affatto voglia. A volte si può bluffare anche con se stessi.

Non raccolse nemmeno uno dei libri che aveva preso l'abitudine di portarsi dietro. Non prese nemmeno il copione. Non riusciva più a distinguere le parole per colpa di tutti quei segnacci.

Però prese il sacchetto degli scones dalla scrivania e lo portò con sé uscendo dalla stanza. Julia sembrò contenta almeno di questo. Carmen portò gli scones fino all'ingresso principale e li buttò nell'immondizia.

Durante le prove rimase per conto suo. Andrew non la perdeva di vista, ma la lasciò stare. Anche Judy non le disse nulla. Carmen non si sentiva invisibile ai loro occhi. Sentiva che avevano fiducia nel fatto che avrebbe trovato una soluzione. Che fosse così o che avessero perso fiducia in lei, in ogni caso era Carmen quella che continuava a dubitare.

Si sedette in fondo alla sala, al buio; ascoltò Leonte infuriarsi
per nulla. Ripensò all'idea che le era venuta la notte dell'incontro con Judy. Dove non c'è nulla, tutto è possibile. Quando vivi in nessun posto, vivi dappertutto.

Se solo avesse avuto i Pantaloni in quel momento! Ma non li aveva. Doveva contare solo su se stessa. *Devi essere come una tartaruga*, pensò, *devi inventarti un modo di portare la tua casa con te.*

Vide Ermione, la madre dannata di Perdita, armeggiare nel corridoio con il costume e il trucco da statua. Era una fantasia o no? Una madre che si trasforma in statua. William Shakespeare sapeva un paio di cosette sulla realizzazione dei desideri. La madre-statua resta esattamente dove l'hai lasciata. Sai sempre dove trovarla. Non si muove, non cambia, non invecchia.

Carmen pensò a sua madre. Non aveva niente della statua. Non stava ferma un attimo. Eppure, anche ora che aveva un nuovo marito, un nuovo bambino, una nuova casa, e tutta la sua nuova felicità, Carmen sapeva sempre dove trovarla.

Pensò all'infelicità altrui e questo fece riaffiorare una serie di sentimenti fastidiosi. Non voleva pensare a Julia. Aveva paura di ricominciare a innervosirsi, di essere risucchiata nel vortice della vecchia Carmen, cosa che non l'avrebbe di certo aiutata. Non aveva la forza per sopportarlo. Non ne aveva la capacità. Non aveva i mezzi per affrontare una simile eventualità.

Pensò invece alle scarpe da ginnastica di Ryan. Toccò il talismano dei Pantaloni appeso alla catenina attorno al collo. Per qualche strana ragione pensò a Mimì, il vecchio porcellino d'India di Tibby.

Julia la stava aspettando fuori dal teatro per la pausa pranzo, con il suo solito sorriso, due tè freddi grandi, panini e sacchetti di patatine. Julia fece un cenno a Carmen e Carmen avvertì sensazioni familiari, antiche e rimosse, ma presenti. Sentì il vecchio richiamo della gratitudine. Si sentì misera e insicura. Ancora una volta si trovava a dipendere dall'opinione di un'amica. Ma un'amica disgustosa.

Ma Carmen non si mosse. «No, grazie. Non oggi» disse in un tono che non ammetteva repliche, e se ne andò.

Bridget irruppe nella camera di Lena. Quando l'eccitazione di rivedere Eric si attenuò, capì di avere dei problemi.

«Avevo promesso a Perry che mi fermavo per cena. In effetti mi

sembrava che gli andasse. Non posso tirarmi indietro.»

«Potete mangiare tutti insieme» disse Lena.

«Insieme?»

«Sì, perché no?»

C'erano svariate ragioni per il no. Ma ne esisteva una abbastanza valida?

«Va bene. Cosa faccio con Eric?»

«Cosa fai con Eric?» Lena sorrise, furba. «Solo tu puoi rispondere a questa domanda.»

Bridget fece finta di darle un pugno.

«Dai, voglio dire, dove lo metto?»

«A casa tua.»

«A casa mia?»

Lena fece spallucce. «È l'unica idea che mi viene.»

Bee non aveva mai portato nessuno a casa. Nessuno dai tempi della scuola media. Nemmeno le sue amiche. A malapena ci portava se stessa. Certamente non ci avrebbe portato il suo ragazzo. Era troppo strano perfino da immaginare. Doveva chiederlo a suo padre? E lui come avrebbe interpretato la domanda?

E, peggio ancora, Eric cosa avrebbe pensato di loro? Come

l'avrebbe giudicata se avesse visto casa sua? Se avesse incontrato suo padre e suo fratello? Lei aveva voluto proteggerlo dalla verità.

«Lenny, sai com'è casa mia.»

«Credo che Eric possa affrontarla.»

«Lo pensi davvero?»

«Sì, Bee, ne sono sicura. Se lui ti merita.»

Sulla strada del ritorno, l'adrenalina cominciò a salire. Arrivata a casa, non sarebbe riuscita a stare ferma neanche se avesse voluto. Cominciò a passare l'aspirapolvere. Poi a spolverare. Spruzzò un detergente sulle pareti, cercando di farle apparire un po' meno grigie. Spalancò tutte le finestre. Tirò fuori un ventilatore dalla soffitta. Passò lo straccio. Trovò degli scatoloni in garage e cominciò a infilarci la roba più brutta: piatti, foto, giornali, strani pezzi di arredamento. Stipò tutti gli scatoloni nel seminterrato, lontano da sguardi indiscreti. Sbatté i tappeti. E cercò di disporli in modo che nascondessero la moquette, disgustosamente brutta. Si mise carponi a pulire le piastrelle del bagno. Rubò altri fiori dal giardino del vicino.

Quando il padre rientrò, aveva la faccia di uno che ha sbagliato indirizzo.

«Ehi, papà» disse. «Un mio amico... veramente il mio ragazzo viene a trovarmi e si fermerebbe qui per questa notte. Va bene?»

La confusione del padre era quasi totale. Dovette spiegarglielo quattro volte prima che cominciasse a capire.

«Dove starà?» domandò alla fine con il suo sguardo assente.

«Nello studio. Sul divano.»

«Nel mio studio?»

«Sì. A meno che tu non lo voglia nella tua stanza.» Lo disse per scherzo, ma lui non capì la battuta.

«Non penso» disse il padre, serio.

«Allora nello studio? Va bene?»

Annuì e lei tornò alle pulizie, sempre più agitata con il passare delle ore. Alle cinque del pomeriggio radunò i suoi due uomini in cucina.

«Niente auricolari fuori dalla vostra camera» ordinò.

Entrambi annuirono timorosi.

«Cercate di darvi una mossa. Se Eric vi parla, sarebbe carino che gli rispondeste.»

Annuirono di nuovo entrambi. Non sembravano nemmeno offesi.

«Ceniamo alle sette e mezza, va bene? Papà, usiamo il pesto rimasto e io preparo un'insalata.»

Un altro assenso.

«Ecco tutto. Siate solo... voi stessi» concluse, la frase meno utile che avrebbe potuto dire.

Alle sette era distrutta. Ondeggiava lungo il corridoio dispiaciuta, scoraggiata e triste. Quanto desiderava che Eric non arrivasse più. Quanto desiderava non aver costretto il padre e il fratello a un'ostile resistenza. Quanto desiderava una vita diversa, una qualsiasi, ma non questa. Certe volte non si può costringere il passato ad andare d'accordo con il futuro.

Ma quando passò davanti alla stanza di Perry, lo vide intento a pulire la scrivania. Quando scese di sotto, trovò il padre che stendeva con cura le lenzuola e la coperta sul divano nello studio.

Credeva che non avessero nulla da offrirle e invece... Credeva che i suoi sforzi fossero inutili con loro, ma forse si sbagliava. Credeva che non avessero il potere di ferirla o di renderla felice, ma in quel momento capì che non era vero.

Loro tre, tutti e tre, avevano ben poco da offrire. Ma se riuscivano a mettere insieme il poco che avevano, forse le cose potevano migliorare.

Tibby telefonò a Brian sabato pomeriggio, sul tardi. «Ci vediamo al tavolo del picnic?» gli chiese. Era il loro posto, quello del primo bacio. Si trovava sotto un gigantesco faggio rosso in un minuscolo parco pubblico a forma di triangolo, che stava alla stessa distanza dalle loro case.

«Va bene» le rispose.

«Adesso?»

Lei arrivò per prima. Si voltò nella direzione della casa di lui e si mise ad aspettarlo. Alla fine Brian arrivò, mentre il sole tramontava alle sue spalle. Tibby sentì la gioia traboccarle in petto. Qualcosa nel viso di Brian le disse di alzarsi e di buttargli le braccia al collo. Trovò il coraggio di stringerlo. Lui la lasciò fare.

Poi, lei si scostò un po' per permettere a Brian di sedersi all'estremità del tavolo da picnic. Gli era riconoscente del fatto che avesse acconsentito a vederla. Quel tavolo era perfetto: quando

Brian si sedette e lei rimase in piedi fra le sue gambe, si trovarono all'altezza giusta per fissarsi negli occhi e baciarsi. Quante volte l'avevano fatto in passato. Ma questa volta lei non cercò di baciarlo. Appoggiò il viso a quello di lui, la bocca vicina al suo orecchio.

«Mi dispiace tanto» gli disse.

Lui la allontanò e cominciò a guardarla con attenzione.

«Avevo paura. Ero nel panico. Avevo dimenticato tutte le cose importanti» aggiunse lei.

A volte le sembrava che Brian potesse carpirle ogni pensiero solo con gli occhi. A volte le sembrava che le parole fossero d'intralcio.

«Lo sapevo, Tibby. L'avevo capito. Perché non volevi parlarne?»

Un battito d'occhi rivelò delle lacrime inattese. «Perché non so mentirti come mento a me stessa.»

Lui annuì, come se avesse già capito anche questo.

«Prometto che non lo farò più» gli disse. Gli occhi di Brian soppesarono le parole di Tibby, ma lei non aveva paura. Sapeva di aver detto la verità.

Con delicatezza prese le mani di Brian fra le sue. Con decisione mise da parte l'orgoglio e la paura. Ora non aveva più niente a che fare con loro. «Mi sei mancato» gli disse. «Vorrei che potessimo tornare indietro.»

Lui scrollò le spalle.

«Non possiamo.»

«Non possiamo?» Le parole salirono da un abisso di angoscia. Aveva sbagliato a pensare che l'avrebbe perdonata?

«Ma possiamo andare avanti.»

«Insieme?» Non fece nulla per attenuare l'espressione di totale speranza che aveva in volto.

«Spero di sì.»

«Sicuro?»

Annuì. «Ma non verrò a New York, in ogni caso.»

Tibby fece una smorfia di dolore. «Per colpa mia. Perché ho rovinato tutto.» Se l'avesse ripresa con sé, era pronta a rimangiarsi l'orgoglio come un gelato.

«Nessun problema. Forse non è una cosa tanto terribile.»

«Voglio farmi perdonare. Davvero. Prenderò il pullman ogni fine settimana.»

«Non hai bisogno di farlo, Tibby.»

«Ma voglio farlo. Lo farò.»

«Vediamo come va.»

«D'accordo» disse, snervata dalle riserve di Brian, dalla sua moderazione.

Capì che aveva ragione a dire che non potevano tornare indietro. Nel bene o nel male, ora sarebbe stato diverso. L'innocenza non è una cosa che puoi riavere.

«Possiamo trovare un compromesso» le disse.

LA VITA È UN VIAGGIO
VERSO CASA.

– HERMAN MELVILLE

Eric forse sperava in una romantica cena a due in un bel ristorantino, dove avrebbero potuto ridere e baciarsi e farsi piedino sotto il tavolo, finché ne avessero avuto voglia. Invece si beccò il pesto avanzato, l'insalata preparata senza cura e i lunghi silenzi impacciati dei due membri della famiglia di Bridget, incapaci di socializzare.

Forse pensava che avrebbe dormito in un letto in una graziosa villetta, ma gli toccò un divano ruvido in una casa cadente e occupata per lo più da fantasmi.

Sopportò ogni cosa con coraggio, e la sua ricompensa arrivò quando lei scese le scale in punta di piedi, lo prese per mano, lo guidò nella sua camera e chiuse piano la porta. Sapeva che il fratello e il padre si erano rintanati con i loro auricolari e per una volta tanto ne fu felice.

Fece sedere Eric sul letto. Lui sgranò gli occhi quando lei sollevò un po' la camicia da notte e gli sedette in braccio, avvolgendolo con le gambe abbronzate. Gli diede un bacio lungo e profondo e lo fece prigioniero nella sua rete di braccia, gambe, dita e morbidi capelli.

«Perché sei tornato prima?»

«Per questo» le sussurrò.

«No, davvero.»

«Davvero.»

«Davvero?»

«Mi sei mancata.»

«Ti sono mancata?»

«Un sacco.»

Lo abbracciò più forte.

«Pensavo a te in ogni posto, a ogni ora. Sulla spiaggia. Sul campo da calcio. In acqua. Disteso a letto pensavo solo a te.»

La sua espressione spudorata la fece ridere. «Davvero, Bee. Ogni ragazza che incontravo, desideravo fossi tu.»

Lo guardò meravigliata. Lui in questo era molto più bravo di lei! All'improvviso si sentì triste per se stessa, ma felice per lui. O meglio, il contrario: si sentì felice per se stessa perché aveva trovato un ragazzo meraviglioso, e triste per lui perché aveva trovato una tipa come lei.

«Ti sono mancato?» le domandò.

Lo guardò pensierosa. Non voleva mentire. Aveva delle cose complicate da dirgli e non sapeva come dirle. «Quando mi hai detto che andavi in Messico, non ero sicura di cosa volesse dire» disse lentamente. «Se significava che volevi... startene un po' per i fatti tuoi.»

Ogni singolo tratto del viso di Eric sembrò farsi serio. «Hai pensato questo?»

«Non sapevo cosa pensare.»

«Lo pensi anche adesso?»

«No.» Era sicura della sua risposta.

Eric le prese il viso fra le mani. «Non ho mai pensato di scegliere una strada diversa dalla tua. Non l'ho mai voluto. Mi sono detto: cos'è un'estate, se è la persona giusta?»

Bee si sentì il cuore in gola. Lui non metteva in dubbio il suo amore. Perché doveva dubitarne lei?

«Questo significa che non ti sono mancato?» le domandò.

«Ho capito quanto solo alla fine» gli disse.

«E all'inizio? E a metà?»

Si sfregò la guancia pensierosa. «È come se mi fossi dimenticata di sentire nostalgia» disse. «Ma ora penso che avrei potuto provarla.»

Eric lasciò che Bee gli sfilasse la maglietta. E che lo baciasse. Lui la lasciò fare quando tirò l'elastico dei suoi boxer, e sembrava impaziente di sfilarle la camicia da notte. Si fidava di lei e lei sarebbe stata degna della sua fiducia.

Forse era strano voler far l'amore con il tuo ragazzo nella tua vecchia camera, dopo una simile estate. Ma era tutto quello che Bee desiderava.

Forse per ricongiungere il vecchio al nuovo. Forse per lasciare un ricordo felice, un atto d'amore, in quella casa che ne aveva visti così pochi.

Carmen infilò fra i capelli i fiori di Perdita e cercò di mantenere la calma. Parlò solo quando fu sul palcoscenico. Il resto del tempo continuò a fluttuare in uno stato sonnambulico. Per tre giorni non guardò affatto il copione.

La cosa più difficile era trascorrere le ore notturne, per quanto poche fossero, nella sua stanza. Era faticoso rimanere impermeabile alle offerte di Julia. E forse ancora più difficile rimanere indifferente al suo silenzio pieno di rabbia.

Non vuoi che io sia felice, si diceva Carmen per allontanare gli influssi velenosi di Julia.

Indossò il costume. Meditò sul calore della sua pelle e sulla sensazione dei nuovi tessuti a contatto con essa. Ascoltò Leonte. Ascoltò Polissene, Autolico e Paolina. Si immerse con la mente nel linguaggio suntuoso, e soprattutto si dimenticò di pensare.

Disse le sue battute ma senza guardare Andrew e lui non le disse nulla. *Hanno fiducia in me, nella mia capacità di ritrovarmi.*

La mattina dopo Eric disse che doveva partire. Forse in realtà voleva partire. Ma promise a Bridget che dopo pochi giorni si sarebbero incontrati a Providence. Per lei fu un sollievo. Voleva imparare a sentire di più la sua mancanza, ma non subito.

Prima di andarsene, Bridget aveva parecchie cose di cui occuparsi. L'ultima fu recuperare gli scatoloni che aveva portato nel seminterrato quando il giorno prima era stata colpita dalla febbre delle pulizie.

Suo padre e Perry erano felici di alcuni cambiamenti che aveva fatto, ma non voleva esagerare. Se Perry aveva bisogno di tenersi il calendario del 2003 del *Signore degli Anelli*, andava bene così.

Scese nel seminterrato e trascinò di sopra gli scatoloni, uno alla volta. Scendendo per l'ultimo carico, pensò di accendere la luce per essere sicura di non aver dimenticato nulla.

Lo sguardo le cadde su uno scaffale con una serie di scatole ben ordinate. Non ricordava né gli scaffali né le scatole. Da quando tempo non dava più un'occhiata laggiù? Si avvicinò per studiarle meglio.

Su ogni scatola c'era un'etichetta con un nome e un anno; in qualche caso, un arco di anni. Erano scritti in stampatello ma riconobbe la grafia del padre.

Praticamente senza fiato prese la scatola Bridget, 1993. Era all'asilo? O forse alle elementari? Dentro, divisi con cura e impilati, c'erano disegni, pezzi di argilla, tentativi di scrittura. C'erano foto, alcune annotate sul retro con la calligrafia di sua madre. C'era una cartolina di Greta. Una collana di perline, che ricordava. Una foto di lei con Tibby, Lena e Carmen. Un ritratto di Perry fatto a pastelli; aveva la testa piccolina e tra le mani un tritone.

Prese dallo scaffale la scatola con l'etichetta Marly, 1985-1990. C'erano le fotografie del matrimonio dei suoi, i diari di sua madre, ritratti fatti da lei, l'inizio di un libro di ricordi per i gemelli. Bridget non aveva mai saputo che sua madre facesse ritratti.

Prese un'altra scatola, Bridget, 1994. C'erano molte foto di quel settembre. Il primo dei trofei vinti a calcio. Bridget afferrò una scatolina di cartone, come quelle delle gioiellerie. La agitò e seppe, senza guardare, cosa conteneva. Ricordò come festeggiava la caduta dei dentini da latte, mettendoli sotto il cuscino e aspettando le monetine, che puntualmente arrivavano.

La mise via senza aprirla. Rimise le altre scatole al loro posto
sugli scaffali e si sedette sul pavimento polveroso. Pensò a quanto lavoro doveva aver fatto suo padre per mettere in salvo queste cose, la cura con cui aveva conservato ogni singolo oggetto. Senza che nessuno li vedesse, ma erano ancora lì. Anche sua madre era lì. Non vivevano alla grande, forse. Ma vivevano.

Si abbracciò le ginocchia, e scoppiò in un pianto liberatorio.

Lena rimase a Bethesda qualche giorno in più, perché sentiva che c'era bisogno di lei. Effie sarebbe partita per un viaggio di dieci giorni in Europa la settimana successiva, ma fino ad allora Lena sentiva che la sorella avrebbe potuto aver bisogno di qualche distrazione femminile. Lena si era mentalmente preparata a una serie di manicure, pedicure e pulizie del viso casalinghe. Questo era il bello con Effie: c'erano ben poche catastrofi nella sua vita che una manicure non potesse sistemare.

A Lena venne in mente di telefonare a Leo per dirgli dove si trovava e perché. Ma quando fu davvero al telefono con lui, decise di non dirgli niente. Leo era felice di sentirla e ansioso di parlarle di un nuovo quadro che aveva cominciato, ma non aveva bisogno di sapere dove si trovava o quando si sarebbero rivisti. Le cose non sarebbero dovute andare così fra di loro. Lena lo sapeva, ma non le dispiaceva.

Davvero? L'onestà le impose di farsi questa domanda una seconda volta. No, non era dispiaciuta, decise, passando la mano sul copriletto, con gli occhi ancora fissi sul telefono. Sarebbe stata felice di vederlo ancora. Lo ammirava, era attratta da lui. Ma non le dispiaceva che finisse. L'intermezzo nel letto di Leo era stato eccitante e chiarificatore per lei, ma mentre succedeva, lei aveva capito che era la fine piuttosto che l'inizio di una storia.

Quel pomeriggio Lena andò a casa di Tibby e Bee per salutarle. Era rientrata da poco quando sentì un colpo alla porta d'ingresso e la voce di Brian al piano di sotto. Capì che lui ed Effie erano usciti per una passeggiata.

Chiuse la porta della sua stanza e si sedette sul letto ad aspettare con pazienza che la bomba scoppiasse. Dopo quarantacinque minuti scoppiò. Prima Lena sentì sbattere la porta d'ingresso. Poi sentì i passi pesanti sulle scale e infine la porta della stanza di Effie che sbatteva.

Era meglio rilassarsi. Pochi minuti dopo la porta di Effie fu sbattuta una seconda volta e quindi la porta di Lena fu spalancata di botto.

«Non dovevo crederle!» Effie aveva la faccia in fiamme e gli occhi imbrattati di nero. Doveva essere stata un'imboscata perché Effie di solito capiva d'istinto quanto usare il mascara che non cola.

Lena considerò quanto doveva mostrare di sapere. Decise di star calma. Con Effie, la calma funzionava meglio.

«Perché mi ha detto che era finita? Le ho dato l'occasione! Perché ha mentito?» Effie gesticolava piena di indignazione.

Lena nascose le mani sotto di sé.

«Brian è un idiota! Perché vuol ritornare con lei? Dopo quello che gli ha fatto? Non le importa nulla di lui. Non lo ama.»

Lena aprì bocca, anche se non avrebbe dovuto. «Come fai a saperlo, Ef?» Subito si pentì dell'errore.

«Cosa?» Effie le andò più vicino, avventandosi su di lei. «Stai dicendo che lo ama?»

Lena mantenne un tono di voce basso e neutro. «Non credi che sia possibile?»

«No! Non è possibile! Tu sai come l'ha trattato?» Nell'enfasi scosse le mani. «Non tratti qualcuno in quel modo se lo ami!»

Lena si sentì avvampare. *Oh, ma certe volte succede*, pensò.

«Lena? Lena!»

Lena levò lo sguardo.

«Tu stai dalla sua parte, vero? Lo sapevo che sarebbe successo. Tu prendi le difese di Tibby, anche dopo quello che ha fatto!»

«Effie, no...»

«Sì! Ammettilo. Tibby mi ha mentito, ha trattato Brian come uno stronzo, mi ha tradito anche dopo che sono andata a New York per avere la sua autorizzazione, e tu stai dalla sua parte contro tua sorella!»

«Effie, no...» La loro conversazione aveva preso una brutta piega. Il sentiero delle manicure era ormai smarrito.

«È vero!»

Effie piangeva davvero ora e Lena si sentì spezzare il cuore. Queste non erano lacrime da attrice, ma lacrime piene di tristezza, incontrollabili.

E Lena sapeva che erano arrivate alla questione più profonda e dolorosa, anche più dolorosa di perdere il ragazzo che pensavi di amare.

«Lo fai sempre! Lo fai! L'hai sempre fatto! Lo capisci?»

Lena aveva un nodo alla gola. «Effie...»

«Sì, lo fai, Lena. Io sono la tua unica sorella, ma tu scegli sempre loro invece di scegliere me.»

«Effie.» Lena si alzò per cercare di consolarla o di farle una carezza o perfino fermarla, ma era troppo tardi. Effie scappò, singhiozzando.

Lena avrebbe preferito una clamorosa porta sbattuta, ma non ci fu. La porta oscillò così silenziosa che Lena continuò a sentire il pianto della sorella. La fece star peggio di tutte le urla e i colpi messi insieme.

Poco dopo cercò di andare nella camera di Effie, ma Effie non voleva parlarle. Il giorno dopo, Effie non volle neanche aprire la porta.

Lena uscì qualche ora nel tardo pomeriggio e, quando rientrò, la porta di Effie era ancora chiusa. Continuava a non volerne parlare.

Lena trascorse gran parte del tempo in silenzio, in camera sua, chiedendosi se avesse davvero sbagliato. Davvero aveva preferito Tibby a Effie? Non era così semplice. In un certo senso aveva l'impressione di aver scelto uno stato d'animo più che una persona. Aveva preferito la sofferenza di Tibby alla gioia di Effie. In un modo bizzarro, aveva scelto se stessa.

Prima di partire, Bridget andò al negozio di animali e ritornò a casa con un coniglietto e una gabbia.

«Per te» disse a Perry in giardino, mentre glieli consegnava.

Era sorpreso e all'inizio non volle accettarlo, ma quando prese in braccio quella creaturina, Bee capì che stava cambiando idea.

Perry cominciò a esaltarsi quando sistemarono la gabbia sotto l'albero di sanguinella. Prese fra le braccia il coniglio e gli diede da mangiare un gambo di sedano avvizzito.

«Dovrò andare a prendere una bottiglia d'acqua» sottolineò a se stesso e alla sorella. «E carote, lattuga e altra roba.»

«Ti presto la mia bicicletta, se vuoi» gli disse.

Annuì. Era tanto carino con un po' di sole sul viso.

Sarebbe tornata di nuovo a casa, una delle prossime settimane.

Promise a se stessa di farlo. E nel frattempo Perry avrebbe avuto la compagnia di questa calda cosa pelosa. Una ragione per uscire dalla sua stanza e di casa. Qualcosa di cui prendersi cura, qualcosa che aveva bisogno di lui. Qualcosa da carezzare e coccolare sotto la camicia, che l'avrebbe riabituato ad amare un altro essere vivente.

Lei sospettava che quello di cui il fratello aveva davvero bisogno erano gli antidepressivi, ma finché lei riusciva ad assumersi quella responsabilità, un coniglietto era l'alternativa migliore.

Perry lo chiamò Barnacle. Bridget non aveva idea del perché.

«Alla fine dovrà uscire, no?» disse Lena alla madre la mattina dopo in cucina.

«Effie?» domandò la madre.

«Sì. L'hai vista?»

«È uscita presto stamattina. Papà l'ha accompagnata all'aeroporto.»

«Cosa? Stai scherzando! Dove è andata?»

«È andata in Grecia.»

Lena rimase sbalordita. «È già andata?»

«Ha telefonato alla nonna ieri notte e le ha chiesto se poteva rimanere a Oia per tutta la settimana. La nonna era felice. Vuole farsi aiutare da Effie a imbiancare la casa. Tuo padre ha cambiato il biglietto aereo on-line.»

Come aveva fatto a non accorgersene? «È partita stamattina?»

«Sì.»

Lena si grattò con foga una morsicatura d'insetto sul polso. Aveva bisogno di un minuto per riflettere. «Sembrava tranquilla?»

Sua madre cominciava a capire. «Dipende da cosa intendi per tranquilla.»

«Mi risponde se le telefono?»

«Forse dovresti darle ancora qualche giorno.»

Lena era addolorata. «Che pasticcio, eh?» Tenne lo sguardo abbassato.

«Lena, tesoro, lei si sente tradita» disse sua madre, appollaiandosi su uno sgabello della cucina. Raramente Ari si accontentava di una normale sedia.

Lena appoggiò le braccia sul bancone. «Mamma, Brian non la ama. Prima o poi se ne sarebbe resa conto.»

«Credo che tu abbia ragione. E credo che Brian in fondo glielo abbia detto nel modo più gentile possibile» disse Ari.

«Davvero?»

«Sì. Ma non credo che sia l'amore di Brian di cui sente la mancanza.»

Carmabelle,
In bocca al lupo! E crepi il lupo!
Ti vogliamo tanto bene,
Tibby + Bee + Lenny
P. S. Bee ha scelto i garofani blu. Prenditela con lei.

Lena aveva pensato che ci sarebbe stato bisogno di lei a casa. Ora non ce n'era più. Non poteva raggiungere Effie al telefono per sistemare le cose, e si sentiva troppo colpevole e incerta per aggirarsi in casa, scansando le conversazioni con il padre riguardo ai suoi progetti per il futuro.

Così le venne in mente un'idea ancora più folle.

Pasticciò con il telefono nell'ufficio del padre finché riuscì a raggiungere Tibby e Bee nello stesso istante. In due minuti illustrò la sua idea ed entrambe furono d'accordo.

Una volta sicura che la madre le prestasse l'auto, salì al piano di sopra a preparare i bagagli.

«Ehi, mamma?»

«Sì?»

«Hai visto i Pantaloni Viaggianti?» Lena scese in cucina per ripetere la domanda di persona invece che urlare.

«No. Credo di no.»

«Pensavo fossero in camera mia.» Cominciò a provare un leggero nervosismo. «Ieri qualcuno ha pulito o fatto il bucato?» Si fidava di sua madre e di Joan, la donna delle pulizie; non potevano aver combinato una sciocchezza, ma ogni tanto veniva una sostituta.

«No. Joan è venuta venerdì. Sei sicura che li avevi? Quelli che hai portato dal college?»

«Sì. Salgo e guardo di nuovo» disse, lanciandosi su per le scale verso la sua stanza. Controllò ovunque, anche in posti impossibili come i cassetti in basso e un baule che non apriva da mesi.

Sapeva che li aveva portati a casa per farli indossare a Tibby alla festa. Tibby li aveva indossati e poi li aveva restituiti. Li aveva ridati a lei, giusto?

Lena pensava di sì, ma il dubbio era abbastanza grande da non farla stare per niente tranquilla.

PAZZO È CHI IL PAZZO FA.

– THE BLACK EYED PEAS

Arrivò la sera della prima e Carmen, chissà come, si ritrovò lo stomaco in bocca. Avrebbe anche potuto vomitarlo, ma per fortuna restava fermo dov'era.

C'erano fotografi, critici, centinaia di persone. Andrew cercava di proteggerla. Lo sentiva. La prese per mano e la accompagnò dietro le quinte.

Jonathan le diede un bacio e le tirò anche i capelli.

«Deliziosa.» Ian annuì, guardando la decorazione floreale di

Carmen. Le diede un bacio in fronte e lei pensò di essere sul punto di scoppiare a piangere.

Poteva farcela? Sapeva come fare? Cercò di deglutire per mandare lo stomaco di nuovo al suo posto.

Seduta dietro le quinte, ascoltò il primo atto e cominciò a entrare in una specie di *trance*. Riusciva a sentire le parole più distintamente di quanto le fosse mai successo. Riusciva a comprendere meglio il senso di ciascuna parola, di ciascuna combinazione di parole, di ciascun verso.

Questi erano veri attori. Il fatto di conoscerli la inorgogliva. In cinque settimane di prove avevano dato così tanto da farle pensare che avessero esaurito tutte le energie. Ma ora sapeva che avevano messo da parte una riserva per quel momento.

Alla fine dell'intervallo sbirciò in sala, mentre il teatro si riempiva di nuovo. Quando era quasi al completo e le luci cominciavano a spegnersi, vide tre persone in fila all'ingresso principale e il respiro le si fermò. Il tempo rallentò mentre procedevano per il corridoio centrale: tre ragazze tutte nella stessa fila.

Erano così grandiose, così belle, così splendenti che Carmen cominciò a pensare che le stava solo immaginando. Erano come divinità, come titani. Ne era così orgogliosa! Erano generose, erano oneste. Insomma, erano amiche.

Lena, Tibby e Bee, erano lì, in quel teatro, ed erano venute per lei. La sua grande serata era la loro grande serata. La sua felicità era la loro felicità; la sua sofferenza, la loro. Era così semplice. Erano assolutamente deliziose e, alla loro presenza, anche lei lo era.

Alla presenza delle sue amiche, Carmen riscoprì la semplicità che aveva perso. La resero capace di ritrovare la voce di Perdita così come l'aveva interpretata la prima volta. Essere stata capace di tornare indietro la faceva sentire bene.

Ma il miracolo più grande fu la sua interpretazione delle ultime scene del dramma: la riunione, la fine dei contrasti, la fine dell'inverno. Sin dal principio aveva capito i sentimenti della ragazza persa e ora capì anche quelli della ragazza ritrovata.

Di fronte a seicentoventi persone, tre di loro preziosissime per lei, l'inverno di Carmen finì e lei sentì il ritorno della sua assoluta stravaganza.

Lena cantava sulle note di una vecchia canzone di Van Morrison trasmessa dalla radio, mentre guidava sull'autostrada del New Jersey. Aveva accompagnato Bee a Providence, Tibby a New York e adesso stava ritornando a Washington D.C., per riconsegnare l'automobile alla madre. Erano le quattro di mattina e aveva bisogno di fare qualcosa per tenersi sveglia.

Il cellulare cominciò a vibrare nella tasca davanti della gonna. Quello poteva funzionare.

«Sì?»

All'inizio non c'era campo e poi sentì una voce incalzante, anche se lontana. «Lena?»

«Effie! Sei tu?»

«Lena, ci sei?»

«Sì. Sono io. Stai bene? Sei in Grecia?» Spense la radio. Era sollevata e felice di riuscire a parlare con Effie molto prima di quanto si aspettasse.

«Sì, sono dalla nonna» disse Effie, a voce bassa, ma senza nascondere le lacrime.

«Ef? Effie?» per alcuni secondi Lena riuscì a sentire solo i singhiozzi ma nessuna voce, e si preoccupò. «Mi dispiace tanto, Effie. Ti prego, parlami. Stai bene?»

«Lena, ho fatto una cosa tremenda.»

Anche attraverso la connessione di un cellulare Lena capì subito che queste erano lacrime un po' diverse da quelle con le quali Effie l'aveva lasciata. «Cosa? Cosa hai fatto?» Lena cercava di non finire fuori strada.

«Non riesco a dirtelo.»

«Ti prego, dimmelo.»

«Non posso.»

«Effie, cosa può essere? Come può essere così terribile?»

«Può. Ed è peggio.»

«Mi stai facendo innervosire. Dimmelo o finisco in un fosso.»

«Oh, Lena.» Altri singhiozzi.

«Effie!»

«Io... io... i tuoi Pantaloni.»

«Cosa? Non ti sento!»

«Ho preso i tuoi Pantaloni.»

«I Pantaloni Viaggianti?»

«Sì.» Piangeva. «Li ho presi.»

«Li hai portati in Grecia?»

«Sì.»

«Effie.» Almeno ora sapeva dove erano finiti.

«Ero arrabbiata... ero arrabbiata con Tibby, con te, con tutti e...»

«Va bene, ho capito» disse Lena, disorientata dalla nuova, rapida ridistribuzione della colpa fra loro due.

«Ma è anche peggio di così.»

Il cuore cominciò a martellarle in petto, facendole presagire qualcosa di terribile. «Cosa?»

«Li avevo addosso sul traghetto e sono diventati umidi.»

«Sì.»

«Così li ho appesi ad asciugare sulla terrazza della nonna. Non avrei mai pensato che...»

Tump, tump, tump. «Mai pensato che?»

«C'era vento. Non pensavo che potessero...» Molte parole si persero fra le lacrime. «... o che li avrei persi.»

«Effie, cosa vuoi dire?»

«Sono andata per riprenderli e non c'erano più. Ho guardato

dappertutto. Nelle ultime tre ore non ho fatto altro che cercarli.» Un'altra raffica di singhiozzi. «Lena, non volevo perderli.»

Effie aveva preso i Pantaloni. Non riusciva più a trovarli. Ma non li aveva persi. Non erano persi. «Effie, ascoltami. Non puoi averli persi! Mi senti? Devi trovarli. Devono pur essere da qualche parte.» La voce di Lena era dura come non l'aveva mai sentita prima.

«Ci ho provato. Davvero.»

«Continua a provare!» C'erano dei disturbi sulla linea. «Effie, mi senti? Effie? Effie?»

Non c'era più. Lena scagliò il cellulare sul sedile del passeggero e strinse con forza il volante. Avrebbe potuto farlo a pezzi.

I Pantaloni non potevano essere persi. Avevano il potere magico che li proteggeva. Non erano il genere di cosa che può andare persa. Erano laggiù ed Effie doveva trovarli. Non si poteva prendere in considerazione nessun'altra ipotesi.

Fu dura per Carmen arrivare alla fine. La festa, le congratulazioni, gli ammiratori, il rinfresco, lo champagne, i piccoli involtini primavera. E il particolare orgoglio con cui Carmen aveva presentato le sue amiche agli attori. Ma la serata era destinata a finire.

Fu dura dire addio alle proprie amiche, mentre si infilavano nell'automobile della madre di Lena per affrontare una notte di viaggio ed essere a casa la mattina dopo, pronte per i loro impegni.

Tornando indietro dal parcheggio, Carmen passò di nuovo vicino al teatro per riassaporare il profumo della notte. Judy e Andrew erano ancora lì, tutti presi a ripassare per l'ennesima volta i momenti della serata. Fu dura non piangere quando la abbracciarono.

«Mi hai reso orgogliosa, cara» le sussurrò nell'orecchio Judy.

«Non ho intenzione di portare scalogna» disse Andrew. Ma quando le scese qualche lacrima, si accorse che anche lui aveva gli occhi umidi.

La cosa più dura di tutte fu ritrovarsi nella camera del dormitorio. Julia per fortuna stava dormendo quando Carmen si infilò nel letto e sprofondò in un lungo sonno ristoratore. Ma come era normale che accadesse al mattino, Julia si svegliò.

«Come è andata?» domandò, pungente.

«Ma non c'eri?» le chiese Carmen.

«No. Avevo altri impegni.»

Era strano perché in una delle tante chiamate alla ribalta, Carmen aveva visto proprio Julia in mezzo al pubblico. Sapeva che era lei perché sul momento era stata colpita dal contrasto fra i tre fari dell'amicizia, che brillavano come il sole ai suoi occhi, e Julia, la più economica, dozzinale lampadina da dieci watt della finta amicizia.

«È buffo perché ti ho vista lì.»

Julia sembrava di nuovo sulla difensiva. «No, non c'ero.»

A quel punto Carmen avrebbe potuto fare appello alla sua rabbia. Si era abbastanza rinforzata da poter sfidare Julia come la vecchia Carmen che tirava i sassi, e Julia ci sarebbe rimasta male.

Carmen avrebbe potuto farlo, ma non lo fece. Un tempo Julia le sembrava troppo superiore per contraddirla. Oggi non lo era abbastanza.

Cominciò a vestirsi sotto il suo sguardo ostile.

«Non capisco qual è il tuo problema» disse Julia in tono brusco a Carmen, prima che uscisse dalla stanza. «Credevo che fossimo amiche.»

Carmen si voltò. E suo malgrado la umiliò. «Non lo eravamo.»

«Non lo eravamo?» le fece eco Julia, sorpresa e sarcastica.

«No. E sai come lo so?»

Julia alzò gli occhi al cielo con la stessa espressione petulante tipica di Carmen. «Come lo sai?»

«Perché tu volevi che io fallissi. Ma io ce l'ho fatta. E questo per te era insopportabile. Ecco perché non siamo mai state amiche.»

Prima di andarsene, Carmen fece un'ultima considerazione.

«Sai qual è la cosa triste?»

Ora Julia aveva la mascella serrata. Non riusciva a replicare nulla.

«Visto come ti comporti, non ne avrai mai di amiche.»

Mentre se ne andava, a Carmen dispiaceva solo di essere stata catturata nelle spire di quel serpente. Ma in un certo senso era felice che fosse successo. In fatto di amicizia, lei aveva sempre vissuto nel Giardino dell'Eden. Il legame con le sue amiche era così forte, mai competitivo, da farle credere che l'amicizia funzionasse in quel modo. Era una viziata e anche un'ingenua. Non si era resa conto di come era bella l'amicizia che aveva, né di come poteva essere brutta l'altra, la presunta amicizia.

Ora lo sapeva.

Se avesse potuto tornare indietro, avrebbe dovuto comportarsi in maniera diversa? Ci pensò su.

No, forse no. Era quella vecchia convinzione: meglio esporre il proprio cuore e farselo maltrattare una volta ogni tanto, piuttosto che tenerlo nascosto.

Però, un po' di buonsenso non avrebbe fatto male.

POVERI PANTALONI VUOTI
SENZA NESSUNO DENTRO.

— DOTT. SEUSS

Dal momento in cui Bee aveva saputo dei Pantaloni, il tempo aveva smesso di scorrere nel modo normale e aveva cominciato a farlo con scosse nervose.

«Dovrei chiamare di nuovo Lena?»

«Le hai parlato dieci minuti fa» disse Eric da dietro al suo collo, dove la stava baciando.

«Lo so, ma cosa succede se viene a sapere qualcosa? Se ne parla con Carmen?»

Lei, Tibby e Lena non avevano fatto quasi nient'altro che telefonarsi dal momento in cui Lena aveva dato l'allarme.

Il telefono di Bee squillò prima che potesse decidere. Era Carmen.

«Oh, mio Dio.»

«Lena te l'ha detto.» L'agitazione di Bridget era grande e la sua camera del dormitorio cominciò a sembrarle minuscola.

«Sì.» Avevano deciso di aspettare fino a mercoledì, il giorno dell'ultima replica di Carmen.

«Cosa faremo?»

«Cosa possiamo fare? Sperare che Effie non sia accecata dalla rabbia e dalla gelosia.»

Bridget fece una pausa.

«Vorrei quasi che ci fosse qualcun altro disposto a cercare.»

«Sì. Ma chi altro abbiamo?»

«La nonna.»

«Mah.»

Lena telefonò a Effie ogni ora per venti ore consecutive. La nonna era piuttosto seccata, ma cosa poteva fare? Lasciò che Effie si prendesse la colpa.

«Sto tentando. Le sto tentando tutte.» Era tutto quello che Effie riusciva a dire.

Lena avrebbe perfino telefonato a Kostos per sapere se era lì e se poteva dare una mano. Ma sfortunatamente quello era un ponte che aveva tagliato.

«Credo di sapere qual è il problema» disse Tibby a Lena, dal telefono della sua camera a New York.

Si telefonavano così spesso che quasi non si prendevano più il disturbo di attaccare. «Quale?»

«I Pantaloni non vogliono che Effie li trovi.»

«Accidenti. Potresti aver ragione.»

«Hanno paura di lei.» Tibby pensò che stava personificando un po' troppo i Pantaloni. Eppure…

«Forse è così.»

«Allora cosa dovremmo fare?»

Lena aspettò ventidue ore prima di prendere un'altra decisione.

«Parto» disse a Carmen al telefono.

«Cosa?»

 «Andrò in Grecia. Sono on-line in questo momento. Sto comprando il biglietto.»

«No.»

«Sì.» Aveva deciso. Era stata solo colpa sua. I Pantaloni erano sotto la sua custodia. Quella stupida di sua sorella li aveva presi. Era l'unica ad avere una nonna acida a Oia. Chi altri poteva trovarli se non lei?

«Quando?»

«Giovedì. Il primo giorno disponibile.»

«Ferma.»

«Carma, ho già schiacciato invio. L'ho comprato.»

«Sei terribile. Con cosa l'hai comprato?»

«Una carta di credito.»

«Di chi?»

«Di mia madre.»

«Lo sa?»

«Non ancora.»

«Oh, Lenny.»

«I Pantaloni Viaggianti per me non hanno prezzo.»

«Ma forse per tua madre sì.»

Lena cominciò a insospettirsi quando Bee telefonò martedì per chiederle per la terza volta il numero del volo. «Che succede?» le domandò.

«Niente» disse Bee.

Giovedì, quando Lena arrivò all'Aeroporto Kennedy all'imbarco del volo per Atene, fu sorpresa di vedere Bee che l'aspettava con il sacco in spalla, ma non sbalordita. Fu sbalordita quando vide, accanto a lei, Tibby e Carmen.

Scoppiò in una risata fragorosa. La prima da giorni. Una risata liberatoria. «Siete venute per dirmi addio?» domandò, con un allegro sospetto.

«No, tesoro. Siamo venute per dirti buongiorno» disse Carmen.

Bee si era fatta prestare i soldi del biglietto da suo padre. Secondo Carmen, David aveva un miliardo di chilometri *frequent flyer* e di fronte alle sue suppliche gliene aveva dati un po'. I genitori di Tibby le avevano regalato, per il diploma in giugno, un voucher per un biglietto aereo aperto. E le avevano anche prestato un centinaio di dollari per fare al volo il passaporto, ma sarebbe stato duro rimborsarli dato che si era licenziata dal lavoro esattamente un'ora prima.

«Ci chiamiamo Elemosina, Prestito, Furto e...?» Bee guardò Tibby.

«Sfruttamento» disse Tibby.

«Io voglio essere Furto» disse Carmen.

«Io Prestito» disse Lena.

«Nessuno vuol essere Elemosina» fece notare Bee.

Dovettero discutere alla biglietteria per avere i posti vicini, ma quando l'aereo decollò per la Grecia, erano sedute una di fianco all'altra.

Lena guardò a destra, guardò a sinistra e scoppiò a ridere un'altra volta. Come era brutto dover viaggiare in simili circostanze. Ma com'era favoloso farlo tutte insieme.

«Sei preoccupata che ti sbattano fuori dalla squadra?» domandò Tibby.

Non appena l'aeroplano si sollevò in aria, la loro energia propulsiva finì e le ore si allungarono, cominciarono a calcolare il numero di impegni che avevano annullato e di persone che avevano sconvolto con questa scelta.

«Non finché avranno bisogno di un centravanti.» Bee spiegò che l'allenatore si sarebbe infuriato e l'avrebbe minacciata, ma che avrebbe dimenticato tutto alla prima partita di campionato. Tibby si rese conto che non riuscivano a parlare della durata del viaggio. Non riuscivano a pensare a un finale diverso dal ritrovare i Pantaloni e riportarli indietro. E chi avrebbe potuto dire quanto tempo ci avrebbero messo? Ma era quasi la terza settimana di agosto: difficile non considerare il fatto che la maggior parte delle lezioni sarebbe iniziata fra una settimana e mezza.

«Prenderò insufficiente nel corso di sceneggiatura» disse Tibby. Nei tre giorni trascorsi a New York, dopo la riconciliazione con Brian, aveva fatto enormi progressi nella stesura della sua storia d'amore, ma non era riuscita ad arrivare alla fine.

«Dovevo imballare le cose della mia stanza questo fine settimana. Mia madre e David traslocheranno nella nuova casa il giorno dopo la Festa del Lavoro. Io dovrò farlo più avanti.»

«Eric ha detto che mi perdonerà per questa partenza se indosso il burka e gli prometto di non tubare con nessun ragazzo greco» disse Bee.

«Ai greci piacciono molto le bionde» disse Lena.

«Brian si era offerto di venire ad aiutarci nelle ricerche» disse Tibby.

«E Leo?» domandò Carmen.

«Ha telefonato ieri sera» disse Lena. «Credo che starà a Roma per la maggior parte del prossimo semestre.»

«Peccato» disse Carmen.

Lena fece spallucce. «No, affatto. Tutto a posto. Avevo intuito che non sarebbe diventata una cosa seria.»

Tibby notò che Lena sembrava diversa dai vecchi tempi, quando riusciva a trasmettere agli altri serenità. Ora sembrava che avesse appena rubato una macchina.

«Meglio così» la consolò Carmen. «Lena. Leo. I vostri nomi non stanno affatto bene insieme.»

Tibby rise e strizzò il braccio di Carmen. «Sì, grazie, Carma. Questo sistema tutto.»

Anche Lena rise.

«Avete un problema con una relazione tormentata? Rivolgetevi a Carma» disse Bee.

«Dovresti tenere una rubrica.»

«Aprire un blog.»

«In effetti.» Carmen fu d'accordo. «Ehi, vi ho detto chi è venuto a vedere l'ultima rappresentazione la notte scorsa?»

«Chi?»

«Mia mamma e David...»

«Bene» disse Lena.

«E mio papà e Lydia.»

«Davvero?» disse Bee. «Tutti e quattro?»

«Sì. All'inizio sono stati sorpresi di incontrarsi. Ma poi si sono trovati così bene, che ho detto loro di prendersi una stanza.»

Tibby rise e ascoltò le risate delle amiche, poi rimase solo a guardarle e ad ascoltare il flusso di quelle voci familiari. Quanto era triste per i Pantaloni, tanto era felice di essere di nuovo con loro, tutte e quattro insieme.

Si sentiva un po' in colpa, come se si fosse messa a ridere a un funerale. Ma poi capì che i Pantaloni non avrebbero voluto che lei si sentisse così.

«Ehi, vi rendete conto che non stavamo più insieme da quella volta sulla spiaggia, alla fine dell'estate scorsa?» disse Tibby, incapace di frenare il proprio entusiasmo.

«Sì, ci pensavo anch'io» disse Lena, un po' triste.

«Come abbiamo fatto a resistere tanto?» domandò Carmen.

«Sei l'unica a domandarlo» disse Tibby, ma mentre lo diceva fu piena di riconoscenza per aver riavuto indietro la solita vecchia Carmen.

«Sai cosa?» disse Bee.

«Cosa?»

«Non credo che sia solo che i Pantaloni hanno paura di Effie» disse.

«Allora cosa?» domandò Lena.

Bridget guardò le amiche una ad una. «Guardateci. Credo che i Pantaloni siano più intelligenti di quanto pensiamo.»

AL PRIMO CANTO DEL GALLO
I FANTASMI TORNINO
NEI LORO TUMULI
SILENZIOSI.

– THEODOSIA GARRISON

Era tardi quando arrivarono a casa di Valia ed erano tanto stanche, disorientate e confuse sulla loro collocazione spazio-temporale da sentirsi come se fossero state frullate in un bidone di panna montata.

Lena fu davvero felice di vedere la nonna e sorpresa di non vedere Effie. Si era preparata a un incontro difficile.

«Effie è andata ad Atene oggi» disse impassibile la nonna, ma poco dopo prese in disparte Lena. «Ce l'ha messa tutta, lo sai. Ha cercato di trovare quei Pantaloni, giorno e notte.»

«Lo so, nonna» disse Lena.

Nonostante la stanchezza, sapevano qual era il loro obiettivo. Lena trovò due torce elettriche e con quelle in mano uscirono per le stradine acciottolate e lungo i sentieri sotto la terrazza della nonna.

«È tutto un saliscendi, qui» sottolineò Tibby, agitando la mano verso la scogliera e la distesa scura del mare là sotto. «Niente di piatto.»

Circostanza che rendeva più difficile trovare qualcosa, pensò Lena. Lì la forza di gravità era sempre in vantaggio. Valia scosse il capo, senza far mistero dei suoi dubbi, e dopo un po' anche Lena si rese conto dell'inutilità del loro metodo. Perchè lottare per illuminare delle piccole strisce di mondo quando il sole poche ore dopo avrebbe egregiamente svolto quel compito da solo?

«Dovremmo dormire un po'» disse Lena. «È la cosa più intelligente da fare. Così possiamo alzarci presto e rimetterci al lavoro.»

La mattina ripresero la ricerca. Pur preoccupate da ciò che

avevano perso e dalla loro missione, non riuscirono a non farsi ammaliare da quello che il sole rivelava.

«È il posto più bello che abbia mai visto. Mille volte più bello del più bel posto arrivato secondo» disse Carmen.

Anche Lena era d'accordo. Sentiva una grande vertigine mista a una profonda soddisfazione perché poteva condividere tutto ciò con le sue amiche. *Un altro dono inatteso, grazie ai Pantaloni*, pensò.

Raccontò loro come si era formata la Caldera, un cratere davvero immenso lasciato dalla peggiore esplosione vulcanica forse mai verificatasi nella storia del mondo. L'intera parte centrale dell'isola era collassata riempiendosi d'acqua e lasciando tutto attorno delle scogliere taglienti.

«E quelle isolette?» domandò Bee, guardando con gli occhi socchiusi le tre masse di terra che galleggiavano sull'acqua della Caldera.

«Pezzi di lava rimasti» spiegò Lena.

Lena le guidò lungo i passaggi a strapiombo dove pensavano che il vento avrebbe potuto trasportare i Pantaloni dalla terrazza della nonna. Le casupole sbiancate e le chiese diroccate, l'azzurro abbagliante delle cupole e delle porte, il rosa acceso delle bouganville rampicanti, tutto ubriacava talmente gli occhi che era difficile rimanere concentrate su ciò che stavano facendo. Dopo qualche ora al sole, si concessero una pausa all'ombra e cercarono di fare un piano.

«Non sarei sorpresa se qualcuno li avesse trovati» disse Tibby.

«Questo è un buono spunto» disse Lena.

Si recarono nella cittadina. Per fortuna la maggior parte dei commercianti parlava un po' d'inglese. Lena ci andò munita di una foto.

«Stiamo cercando una cosa» spiegò a un uomo in un negozio di vestiti. Estrasse la foto dei Pantaloni indossati da Tibby l'estate prima sulla spiaggia. Puntò il dito sui Pantaloni. «Abbiamo perso questi.»

Il negoziante sembrò allarmato. «Voi persa questa ragazza?» Si infilò gli occhiali e avvicinò la foto.

«No, lei sta qui» gli spiegò Bee. «Abbiamo perso i Pantaloni.»

In città trovarono un negozio di fotocopie. Usando la foto, ingrandirono l'immagine dei Pantaloni, decapitando Tibby, e cerchiarono i Pantaloni con un pennarello nero. "PANTALONI PERDUTI" scrisse Lena in inglese e in greco. La signora del negozio le aiutò con la traduzione. Lena ci mise l'indirizzo e il numero di telefono della nonna. Poi scrisse "RICOMPENSA!" in greco.

In attesa che le cinquanta fotocopie fossero pronte, Lena le portò a fare un giretto.

«Questa è la fucina che apparteneva al nonno di Kostos. Credo che l'abbia venduta, uno o due anni fa. Qui lavorava Kostos» spiegò. «Qui è dove ci siamo dati il primo bacio» aggiunse.

Le portò giù al porticciolo. «Avete mai visto il quadro che ho fatto? È uno di quelli che mi piacciono di più. Io e Kostos venivamo qui a nuotare.»

«Mi pare che il nostro tour abbia un tema ricorrente» disse Tibby.

«Ah ah» rispose Lena e, quando si fermarono sul molo, fece finta di buttare Tibby in acqua.

«Come potevi non innamorarti in questo posto?» domandò Bee.

Ispirata dai suoi pensieri di amore e bellezza, di antichi luoghi e pavimenti di terra, Bee alzò le braccia al cielo e, descrivendo un arco, si tuffò dal molo in mare. Era freddo da brividi. Spuntò con la testa dalla superficie dell'acqua e urlò di gioia.

E siccome erano amiche, amiche perfette in tutti i sensi, le altre tre risposero con un urlo e si tuffarono dietro a lei.

Tutte gridarono che faceva freddo. Nuotavano in cerchio e urlavano con addosso i vestiti gonfi e bagnati. Bee uscì per prima dall'acqua e aiutò le altre, che ridevano e tremavano tanto da farle temere che potessero affogare per colpa dell'euforia e della sventatezza.

Si sdraiarono una accanto all'altra sul molo per farsi asciugare dal sole. Il cielo era di un blu assoluto, perfetto, senza una nuvola.

Bee amava il sole. Amava quei vestiti pesanti e zuppi d'acqua. Amava l'acqua che si frangeva contro i pali del molo, sotto di lei. Protestò ad alta voce contro l'invasione delle dita fredde dei piedi di Tibby sulla sua gamba, ma amava anche questo.

Lei apparteneva alle sue amiche e loro appartenevano a lei. Era tutto quello che sapeva, anche se per il momento i Pantaloni erano smarriti.

«Credo che le fotocopie siano pronte» fece notare Carmen, sognante.

Attaccarono i loro annunci dovunque. In tutta Oia e nei dintorni.

«Penso che dovremmo coprire anche Thira» suggerì Lena.

Così andarono a Thira, la sera stessa, con altre cinquanta fotocopie. Le stavano attaccando nei posti più frequentati dai turisti, quando videro Bee arrivare di corsa.

«Lena, credo di aver visto Kostos.»

Lena sentì il *bzzzzzz* della corrente elettrica su per la schiena.

«Ma se non hai mai incontrato Kostos» disse Tibby comparendo al suo fianco.

«Lo so, ma ho visto una sua foto» insistette Bee.

Lena si guardò attorno, cercando di stare calma. Fece un lento, tranquillo riepilogo.

«La nonna ha detto che non è qui. Non si è visto per tutta l'estate. Dove pensi di averlo visto?»

Bee indicò con un dito un angolo con un bar e un negozio di biciclette.

«È impossibile. Forse te lo sei immaginato» disse Carmen. Stava accanto a Lena con fare protettivo.

«Carma, lui vive qui» sottolineò Bee. «Non è come se sostenessi di averlo visto a Milwaukee o che so io.»

«Che sia lui o no, è come una persecuzione» disse Lena, diplomatica. «Sono la prima ad ammetterlo. In ogni caso andiamo avanti.»

Attaccarono gli annunci finché fu buio, Lena con la testa altrove, immaginando di vedere Kostos dappertutto. «Ora andiamo a casa ad aspettare che ci chiamino» disse Lena.

Una volta a casa Lena entrò in cucina dove Valia stava preparando un grande banchetto.

«Nonna, Kostos non è sull'isola, vero?»

«Ho sentito che sarebbe stato in viaggio per tutta l'estate. Io non l'ho mai visto. Parlo con Rena, ma non so dove va quello.» La nonna dimostrò scarso interesse per Kostos. Come Lena, aveva passato troppo tempo a sperare.

Trascorsero una lunga e gradevole serata, in casa. Valia andò a letto presto, ma lasciò loro una bottiglia di vino rosso. Si sedettero per terra a bere e parlare, parlare, parlare.

Fu una notte magica ma quando si trascinarono a letto, si

accorsero che, nonostante i cento cartelli, nessuno aveva telefonato.

Lena fu l'unica del gruppo ad alzarsi presto. Il suo corpo pareva essersi adattato più rapidamente al fuso orario greco. All'alba, decise di fare una passeggiata.

Una lunga passeggiata a passo lento. Prima ripensò a Effie, poi a Bapi e infine si lasciò andare ai pensieri su Kostos. In un certo senso, camminare in mezzo a tutte quelle rovine era appropriato. Lì, sull'isola dove lei aveva aperto il suo cuore e l'aveva visto andare in frantumi, c'erano dovunque rovine, anche se non tutte così antiche.

Le rovine erano il simbolo di mondi perduti, eppure erano belle, piene di pace, storia e spiritualità. Non tragiche o spiacevoli. Lena cercò di considerare così anche le sue rovine, e in una certa misura ci riuscì. Perché non celebrare quello che aveva avuto piuttosto che passare il tempo nel rimpianto del passato? Poteva esserci gioia anche nelle cose finite.

Tuttavia era sorprendente quanto questi luoghi la facevano pensare a lui, quante volte credette di averlo visto. Dietro l'angolo, affacciato a una finestra, seduto al tavolino di un bar. Non un fantasma o il ricordo di Kostos, ma Kostos com'era adesso.

«È strano. Continuo a credere di vederlo» confidò a Bee più tardi, quel giorno, mentre passavano al vaglio tutte le persone sulla spiaggia del Paradiso e di Pori.

«A cosa pensi quando ti succede?» le domandò Bee.

Lena si soffermò su questa domanda mentre si faceva la doccia, prima di cena.

Dopo l'episodio del motel a Providence, Lena sapeva di essere cambiata. Sapeva di aver distrutto ciò che rimaneva di lei e Kostos. Accidenti, cosa avrebbe pensato di lei ora?

Non era quella che lui pensava fosse. Neppure lei aveva mai saputo di essere così. Aveva dimostrato una cattiveria che lui non immaginava avesse. Ma in un certo senso era stata una liberazione. Se quella era una parte di lei, lui doveva conoscerla. Non doveva essere ingannato. C'era questa parte di lei, capricciosa e infantile, che ogni tanto la spingeva a essere cattiva.

E lui, si domandò, era mai stato capace di amarla veramente? E lei, l'aveva mai amato veramente? Senza dubbio c'era qualcosa di bello nell'attrazione e nel desiderio. La loro era una storia d'amore perfetta perché impossibile da realizzare.

Ma lui avrebbe potuto amare la sua imperfezione? Avrebbe accettato il fatto che non era sempre perfetta? Poteva ammettere l'imperfezione in se stesso? Avrebbe smesso di essere una persona adorabile per amor suo?

Avevano avuto una storia d'amore immaginaria. Era stata straziante e stupenda. Ma adesso si domandò se avevano mai avuto il coraggio di guardare in faccia la realtà.

Il giorno dopo andarono al porto di Athinios dove attraccavano i traghetti. Appiccicarono i loro annunci, e andarono di negozio in negozio, di ristorante in ristorante. La nonna le aveva istruite su come chiedere in greco "Ha visto questi Pantaloni?" Loro avevano imparato a dirlo anche in francese e tedesco.

Ci fu un momento di eccitazione quando un venditore di gelati disse: «Oh, li ho visti». Ma dopo che tutt'e quattro l'ebbero circondato, si resero conto che lui intendeva che aveva visto i loro annunci.

«Dobbiamo abbandonare le speranze?» domandò Tibby. Non riusciva a nascondere la propria inquietudine.

«No» la rassicurò Bee.

«Li troveremo. Loro vogliono che li ritroviamo» disse Carmen.

Tibby capì che nessuna di loro voleva pensarla diversamente. O per lo meno, che nessuna voleva ancora dirlo.

Quando rientrarono a casa da Athinios, la nonna stava aspettando Lena sulla porta. In pratica l'agguantò appena la vide.

«C'è Kostos!» disse. Le dita stringevano un po' troppo forte le spalle di Lena.

«Cosa?»

«È qui. Ti sta cercando.»

Le amiche le si fecero attorno.

«Mi sta cercando?» fece eco.

«Oh, accidenti» disse Tibby.

«Già, è qui» disse Bee.

«Ha detto che stava lasciando l'isola e che voleva vederti prima di partire.»

Il cuore di Lena prese a battere forte. «Dove è andato?»

«Ha detto che andava a cercarti al boschetto.» La nonna si

strinse nelle spalle. «Non so cosa sia, ma è andato in su.» E fece segno con il dito.

Lena sapeva dove. «Grazie, nonna.» Fece una pausa cercando di raccogliere le proprie sensazioni.

«Ci vai?» Sembrava che la nonna fosse pronta ad andare al suo posto, se Lena non si fosse sbrigata.

«Sì, ci vado.»

Con parole di avvertimento e incoraggiamento da parte delle amiche, Lena cominciò a risalire lenta la collina. Era strano. Pensava di aver trovato un po' di calma rispetto a Kostos. Allora perché il suo cuore correva in quel modo?

Perché lui voleva vederla? Che altro dovevano dirsi? Non avrebbe potuto essere più chiara di quanto era già stata. Fu sorpresa di non essere riuscita a spaventarlo per tutta la vita.

Delle cose che aveva detto, se ne sarebbe rimangiata qualcuna? Voleva ritrattare qualcosa? Era per questo che il cuore galoppava?

Continuò a salire e salire finché la collina si livellò in una specie di pianoro. Fu felice vedendo quanto fosse di nuovo verde. La pioggia era stata abbondante quell'anno.

Sì, alcune cose che aveva detto quella notte erano bugie. Forse se avesse potuto, ne avrebbe corrette alcune, ma rappresentavano pur sempre una certa verità che aveva bisogno di esprimere. Era felice di averlo fatto, se soltanto così poteva migliorare la propria vita.

Si sentì il cuore in gola alla vista di Kostos, di schiena, nel loro boschetto di ulivi. Certi sentimenti non si possono soffocare, anche se lo meriterebbero. Kostos si voltò e la vide avvicinarsi. Perché sembrava felice di vederla? Perché anche lei era felice di vederlo?

«Torniamo sempre qui, no?» gli disse.

Annuì. Aveva un aspetto migliore. Non più attraente, per la precisione. Sembrava più determinato, sicuro, forte. L'ultima volta, a Providence, aveva uno sguardo remissivo, da cane bastonato, ma ora era cambiato.

Kostos si arrotolò i pantaloni e si sedettero vicini, sul bordo del laghetto. L'acqua era talmente fredda che Lena strillò e lui rise.

Immerse i piedi, poi si piegò e si lavò le mani. Lei teneva le mani in grembo. E fissava le radici dell'erba secca che li separava.

«Sono stato infelice» disse. Gli credeva anche se adesso non sembrava affatto infelice.

«Stavo malissimo per te» disse Lena.

Immerse di nuovo le mani nell'acqua e poi le tirò fuori. «Ho una storia da raccontarti» le disse, guardandola negli occhi.

«Va bene» disse, titubante, con la netta sensazione di avere una parte in quella storia.

«Ricordi cosa mi hai chiesto? Se pensavo che ti saresti gettata fra le mie braccia appena mi avessi visto?»

Lei sobbalzò. Allora l'aveva detto con crudeltà. Voleva ferirlo.

«Bene, era quello che pensavo» dichiarò, risoluto. «Quando ho preso l'aereo per vederti, ho messo in valigia abiti sufficienti per due mesi. Immaginavo di telefonare alla nonna, che mi avrebbe spedito il resto della mia roba in scatoloni. Perché pensavo proprio che ti saresti gettata fra le mie braccia e che saremmo stati insieme per sempre.»

Per quanto doloroso da ascoltare, lei apprezzò l'onestà.

«Avevo telefonato al consolato greco. Avevo cominciato a richiedere un visto come studente. Avevo mandato la domanda di iscrizione a tre università vicine a te.»

L'aveva tanto ammirato per la sua onestà, ma si augurava che a questo punto si fermasse.

«Avevo portato un anello.»

Lena si morse la guancia così forte da sentire il sapore del sangue. Come poteva dirle quelle cose? Era senza dubbio doloroso per lui dirle, come per lei ascoltarle. Non riuscì a pensare ad alcuna risposta.

«Non pensavo che ci saremmo sposati. Non nei primi anni. Ma volevo darti qualcosa per dimostrarti che non ti avrei lasciata un'altra volta.»

Sentì la mazzata in testa. Le lacrime inattese. Si sentì sciogliere per lui; riusciva a sentire il proprio corpo che cambiava.

Kostos era tenace. Si inoltrava deciso in questa confessione. Lena capì che non si sarebbe fermato finché non fosse arrivato alla fine.

«Ho fatto due lavori diversi, quasi un centinaio di ore alla settimana, negli ultimi due anni, e ho speso quasi tutto per l'anello. Mi faceva bene distrarmi e pensare che avrei potuto far la pace con te.»

Le sue amiche la prendevano in giro per il verso simile a un ronzio che faceva per sintonizzarsi sulla loro infelicità. Adesso sentì che produceva proprio quel rumore.

«Sai cosa ne ho fatto?»

La guardava fisso, tanto che lei capì che aspettava una risposta. Scosse la testa.

«L'ho buttato nella Caldera.»

Lena sgranò gli occhi.

«E sai cosa ho fatto dopo?» La noncuranza con la quale lo raccontava, sembrava riproporre la noncuranza con la quale aveva agito.

Lena scosse di nuovo la testa.

«Sono entrato in casa della mia ex moglie e ho rubato l'anello che le avevo dato e ho buttato in mare anche quello.»

Lena sembrava ipnotizzata.

«In confronto al tuo anello non significava niente per me, ma è stato come mettere la parola fine.»

Lei annuì.

«Ma Mariana ha chiamato la polizia e così ho confessato il furto e ho passato una notte in prigione a Thira.» Lo raccontò come un semplice dato di fatto.

«No» disse Lena.

Kostos annuì. Sembrava davvero compiaciuto.

«Ho una foto segnaletica» disse, piuttosto soddisfatto.

Lena ci rifletté. L'adorabile Kostos in una foto segnaletica. Era folle. Era buffo. Ma non poté far a meno di restarne impressionata. Si era attribuita la capacità di distruggere. Ma aveva sottovalutato quella di Kostos.

«Il nonno è venuto a prendermi. Grazie a Dio, sono stato rilasciato senza multe.»

«E cosa ti ha detto?» Non era semplice immaginarselo.

«Be'.» Kostos riprese un'espressione seria. «Ha fatto finta che non fosse accaduto. Non ne abbiamo mai parlato.»

Lena fece di nuovo il famoso ronzio. Capì che questa confessione faceva parte della penitenza di Kostos. Ed era una penitenza anche per lei.

Il sole cominciava a tramontare. La luce rosata sulle foglie argentate degli ulivi era incantevole, più di qualsiasi cosa potesse ricordare. Sapeva che presto Valia avrebbe messo in tavola la cena.

«Stai partendo per qualche posto» disse Lena.

«Domattina prendo il primo traghetto. Poi l'aereo per Londra.»

«Londra?»

«Ritorno alla London School of Economics. Avevano un posto.»

«Oh, naturale.» Questa era la differenza fra loro. Lui non si scoraggiava. Era più determinato di prima. La rabbia verso di lei aveva cancellato il rimorso. Si era costretto ad andare oltre lei.

Quanta forza ci voleva per rinunciare ai propri desideri. Era come mercanteggiare. Potevi far leva solo sulla possibilità di andartene.

«Posso ricominciare da dove ho interrotto. Ho perfino una stanza nel mio vecchio appartamento.»

Lena sentiva un dolore in gola. «Oddio. È come se le lancette dell'orologio fossero tornate indietro. Come se fossimo tornati all'estate del nostro incontro. È la fine di agosto, tu stai tornando a Londra e io a casa per andare a scuola.»

Kostos annuì.

«Possiamo riflettere su tutte le cose successe nel frattempo» disse Lena.

Era pensieroso mentre la guardava. «Ma tu non riesci, vero?»

«No, tu non riesci.»

Osservò la sfera arancione del sole nell'acqua immobile. Mise le mani in acqua, smuovendo la superficie. E le riportò fredde e bagnate sulle guance calde.

Kostos si alzò in piedi e anche lei. Kostos allungò la mano per una stretta. Le sue erano ancora umide. «Suppongo che dobbiamo salutarci» le disse.

Era più facile stare insieme, conversare, ora che si dovevano lasciare.

«Sì, credo di sì.»

«Buona fortuna, Lena, per tutto. Spero che sarai felice.»

«Grazie. Spero che lo sarai anche tu.»

«Bene, allora.»

«Addio.»

Kostos si schiarì leggermente la gola, mentre Lena se ne andava. Allora lei si voltò.

«Stasera ci sarà luna piena» aggiunse, prima che le loro strade si separassero.

Quando Kostos non fu più in vista, in Lena si risvegliò la vecchia nostalgia per lui. Non era dolorosa come una ferita recente. Era il dolore di un'influenza in agguato.

Davvero non abbiamo più bisogno l'uno dell'altra? si chiese Lena. In realtà sembrava non avessero più bisogno di loro stessi.

Lena rimase in silenzio durante la cena, guardava le adorabili facce abbronzate delle amiche e si godeva le loro battute. Amava la risata di Valia quando Carmen la prendeva in giro.

Appena era entrata in casa, avevano voluto sapere tutto quello che era successo con Kostos e lei l'aveva raccontato. Ma non riusciva a trovare un modo di spiegare i suoi sentimenti.

Si trascinò a letto presto. Dal piano di sotto le arrivavano le risate smorzate di Bee, di Carmen e della nonna. Sentì Tibby parlare con una sfilza di operatori telefonici internazionali nel tentativo di raggiungere Brian sul cellulare.

Aveva la mente talmente affollata che si aspettava di girarsi e rigirarsi nel letto per ore, ma invece si addormentò quasi subito.
E si risvegliò con un sobbalzo. Aveva la sensazione di aver fatto un sogno, svanito troppo rapidamente per riuscire a trattenerne anche solo un frammento.

Sentì il respiro leggero di Carmen accanto a lei. I tratti del viso di Carmen addormentata le riportarono alla mente le centinaia di notti, in questi anni, in cui avevano dormito insieme. Lì, in Grecia, la faceva sentire felice. Spesso il mondo procedeva a balzi e strattoni, ma quella sera girava tranquillo e senza intoppi.

Guardò fuori della finestra e vide una superba luna piena che incombeva sulla Caldera, come soddisfatta del suo riflesso perfetto. Sapeva cosa aveva voluto dire Kostos.

Passò un altro minuto a guardare la luna, e all'improvviso capì cosa aveva davvero voluto dire Kostos.

Uscì fuori dal letto facendo attenzione a non svegliare Carmen. Si infilò un paio di jeans e una maglietta verde scolorita. Si pettinò e uscì di casa a passi felpati.

Chi sapeva che ore erano? Chi sapeva se lui ci sarebbe stato o quando ci sarebbe stato? Ma i suoi piedoni avevano fiducia mentre la portavano su per la collina.

Lui era lì. Forse da ore, non poteva saperlo. Si alzò per salutarla, felice, non sorpreso. Gli bastò guardarla in faccia un secondo per sapere che poteva abbracciarla.

Lena scoppiò a piangere fra le sue braccia. Non erano affatto lacrime tristi, erano solo quelle che dovevano uscire. Piangeva sulla sua camicia. Piangeva per i Pantaloni. Kostos la teneva più stretta che poteva, attento a non farle male.

Lena avrebbe desiderato che il suo cuore restasse piccolo e sotto controllo, ma il cuore non voleva.

Le foglie lucide vibravano sotto la luna. Dal laghetto arrivava un bel rumore d'acqua. Era troppo bello per essere vero. Sentiva quell'abbraccio come nessun altro abbraccio.

«Credi che potrai mai dimenticarmi?» le domandò Kostos. Non c'era un tono interrogativo nella sua voce. Lei avrebbe potuto rispondere sì o no, ma lui non l'avrebbe stretta meno forte.

«Forse» rispose lei in un sussurro. «Forse sì.»

«Ami qualcun altro?» le domandò. Naturale che fosse importante per lui, ma rimase sul vago.

«Ho provato» gli disse. «Non so se ne sono capace» disse Lena, senza sollevare la testa dal suo petto.

Lo sentì annuire sopra la sua testa. Capì che era sollevato dal modo in cui il suo corpo si strinse ancora di più a lei.

«Io so che non ne sono capace» le disse.

Annuì contro il suo petto. Rimasero così per un po'. Lena si accorse che i primi raggi di sole stavano già salendo dal confine più lontano del mare. Era più tardi di quanto pensasse. O più presto.

Si sciolse da lei, lento, con dispiacere.

Lei sentì l'aria fredda prendere il posto del caldo abbraccio di Kostos. Prima di andarsene le prese il viso fra le mani e la baciò, un bacio profondo, deciso, pieno di desiderio. Era un bacio diverso. Più adulto, definitivo. Senza pensarci seppe come restituirgli quel bacio, nello stesso modo.

L'ultima cosa che le disse fu qualcosa in greco. Lo disse con enfasi, come se lei avesse potuto capirne il significato, ma ovviamente non era così.

E per tutta la discesa della collina, mentre il sole che sorgeva si insinuava con dolcezza nell'intimità di quella notte, cercò di ricordare la parola.

Era una parola? O due? Una frase? Pensandoci bene, erano cinque sillabe. O no? Cercò di ricordarle una a una, ripetendole sottovoce come un mantra per tutta la strada del ritorno.

Una volta a casa, per prima cosa le trascrisse con una matita su un pezzetto di carta, nella cucina della nonna.

Trascrisse il suono. Cos'altro poteva fare? Non sapeva abbastanza bene l'alfabeto greco. Era incerta su come scrivere le vocali.

Perché aveva usato quelle parole? Come se lui sapesse con precisione di cosa stava parlando e lei potesse capirlo?

Che rabbia! La lasciava sempre con un problema.

«Sai cosa vuol dire?» chiese alla nonna quando scese di sotto, tenendo il pezzetto di carta a un centimetro dal naso di Valia. Lena non fu riservata come al solito.

Valia aguzzò gli occhi segnati dalle rughe. «E questo, cosa sarebbe?» domandò.

«Non lo so. Speravo che potessi dirmelo tu. È greco.»

La nonna era sconcertata.

«E questo, lo chiami greco?»

Lena era impaziente. «Nonna, puoi provare?»

Valia fece un gran baccano per trovare gli occhiali. Con gli occhi strizzati fissò ancora un po' il pezzetto di carta. «Lena, tesoro, come faccio a sapere cosa vuol dire?» le disse alla fine.

Mentre le sue amiche, sveglie e vestite, presero il controllo della cucina trasformando in omelette tutto quello che c'era di commestibile, Lena se ne stava seduta al tavolo in mezzo a tutta quell'attività, con il naso infilato nel vocabolario di greco.

«Che fai?» le chiese Tibby.

«Te lo dirò, quando lo saprò» disse.

Le ragazze indossarono il bikini e il pareo e prepararono le borse di paglia, e Lena le seguì verso la spiaggia con il viso sempre infilato nel dizionario. Incespicò nell'acciottolato e si sbucciò un ginocchio come una bambina. Come una bambina sentì che avrebbe potuto scoppiare a piangere.

«Cos'hai?» le domandò Carmen.

«Ce lo dirà, quando lo saprà» disse Tibby con tono protettivo.

Lena era così concentrata che si bruciò la schiena al sole. Era ancora diligentemente immersa nel dizionario, quando le amiche andarono a prendersi un gelato. Tentava ogni singola lettera. Ciascun gruppetto di lettere, finché alla fine, mentre il sole era arrivato al culmine del cielo, capì. O per lo meno credette di aver capito.

«καποια μερα» aveva detto Kostos. Che significava «Prima o poi».

E così lei capì.

SFRECCIAMO LASSÙ,
NEL SELVAGGIO BLU.

– INNO DELL'AIR FORCE
DEGLI STATI UNITI

Il sesto giorno a Santorini, Lena rintracciò al telefono Effie a casa dei loro zii ad Atene.

«Effie, sono io» disse. Fece la sua voce gentile. Sapeva che Effie aveva paura di parlarle.

«Li hai trovati?» esplose Effie.

«No.»

«Non li hai trovati?»

«No.»

«Oh no.» Sentì che Effie sospirava e cominciava a piagnucolare. Per quanto fosse arrabbiata, Lena non voleva che Effie soffrisse in quel modo. «Oh, no» ripeté Effie.

«Già.»

«Pensavo che li avessi trovati, visto che hai chiamato» disse Effie, mentre tirava su con il naso. Forse pensava che Lena fosse troppo arrabbiata per chiamarla per un'altra ragione.

«Ti ho telefonato perché volevo dirti che... è tutto a posto.» Finché le parole non le uscirono, Lena non fu proprio sicura di cosa avrebbe detto.

Effie si soffiò rumorosamente il naso.

«Andrà tutto bene» disse un'altra volta Lena. «D'accordo? So che non è stata colpa tua. So che hai cercato di fare tutto il possibile per ritrovarli.»

Effie singhiozzò.

«È tutto a posto, Ef. Ti voglio bene.»

Effie piangeva talmente tanto da non riuscire a rispondere nulla, così Lena aspettò con pazienza che smettesse.

Il settimo giorno a Santorini, rimasero per ore e ore a nuotare nella Caldera, e a galleggiare a pancia in su. A Carmen sembrava che stessero rimandando il momento in cui dovevano ritornare con i piedi per terra. La Terra girava, il tempo passava e loro avrebbero dovuto riflettere sul da farsi. E il momento arrivò, inevitabile.

«Non possiamo star qui ancora per molto» disse Lena, seduta sulla sabbia a guardare il tramonto. Era l'unica autorizzata a dirlo.

Carmen si guardò le dita raggrinzite e se le premette contro le labbra.

Nei primi giorni erano state assorbite dalle ricerche dei Pantaloni ma poi, a poco a poco, ne avevano parlato sempre meno, si erano fatte meno illusioni, si erano date meno da fare. Si erano rilassate con inutili intermezzi di chiacchiere, cibo, riflessioni, passeggiate e domande.

Sebbene il motivo del loro viaggio fosse triste, fin dall'arrivo Lena non aveva mai avuto un attimo di sofferenza. Era troppo bello stare insieme. Era una straordinaria gioia, necessaria da troppo tempo e per troppo tempo rimandata.

Da parte sua Carmen avvertiva una soggezione crescente verso la saggezza dei Pantaloni, perché avevano capito come riunirle.
Perché avevano capito che a volte l'assenza è più potente della presenza.

«Magari potessimo stare qui per sempre» disse Carmen.

«Magari» disse Bee.

Non volevano andarsene senza i Pantaloni, Carmen lo sapeva. I Pantaloni erano lì, in un certo senso. Anche se persi, erano dappertutto, erano intorno a loro.

«Credo che abbiamo perso i Pantaloni molto tempo fa» disse Tibby, infilando le dita nella sabbia, l'espressione assorta. «Voglio dire, credo che abbiamo perso la loro idea. Erano arrivati da noi per tenerci unite, li abbiamo usati per aiutarci a stare lontane.»

Carmen rifletté. «Giusto. Avere i Pantaloni faceva sembrare normale il fatto di non vederci.»

«Hai ragione» disse Lena. «Non ci avevo pensato.»

«Abbiamo fatto troppo affidamento su di loro» disse Bee. «O forse ci abbiamo fatto affidamento nel modo sbagliato.»

Senza pensarci formarono una specie di cerchio, come facevano Da Gilda. Mancavano solo i Pantaloni.

«Ci hanno insegnato a essere autonome, e noi l'abbiamo imparato un po' troppo bene» disse Carmen.

«Avremmo dovuto accantonarli durante l'anno scolastico» suggerì Tibby.

«Ma ora le nostre vite sono diverse» disse Lena. «Eravamo abituate a separarci solo durante l'estate. Ora siamo sempre separate. È impossibile sapere come usarli.»

Carmen si sentiva sul punto di piangere. «Forse è un'impresa troppo grande tenerci ancora unite.»

Bee afferrò per un secondo le dita di Carmen, poi le lasciò andare. «Non può essere» disse.

«Ma non possiamo aspettarci che siano i Pantaloni a fare tutto.»

«Ora ciascuna di noi è in un posto diverso» disse Carmen, tirando fuori le sue paure più profonde. «Forse il nostro tempo è tramontato.»

«No» disse Lena. «Non ci credo. E neppure tu, Carma, vero?»

Carmen era seduta lì perché non voleva crederci. E allora, inaspettatamente, ebbe un'idea che la rincuorò.

«So di cosa si tratta» disse. «Non siamo più a Bethesda e non siamo più alle superiori. Non siamo più con le nostre famiglie e nelle nostre case. Quelli sono i luoghi dove siamo cresciute e rappresentano i momenti che abbiamo condiviso, ma non sono noi. Se crediamo che ci rappresentino, allora siamo perse, perché quei luoghi e quei momenti sono persi. Noi non siamo in un luogo o in un momento.»

Ripensò ai loro Pantaloni. Se li immaginò mentre volavano via dal filo della biancheria e salivano in aria, veleggiando e librandosi fino a fondersi nel silenzio del cielo e del mare.

«Ecco il punto. Noi siamo ovunque.»

QUI SEI LA BENVENUTA.

— B. C. L. T.

EPILOGO

Nel nostro ultimo giorno in Grecia abbiamo fatto una lunga passeggiata e siamo finite su una scogliera a picco sull'acqua. Ci siamo sedute lasciando penzolare le gambe nel vuoto, come parte dell'aria. Non c'era una nuvola in cielo e il mare era piatto come una tavola.

Ho guardato le mie amiche abbronzate, scalze, lentigginose, spettinate, spaiate e felici, ognuna di noi con i vestiti dell'altra. Tibby con i calzoni bianchi di Lena arrotolati alle caviglie, Carmen

con la maglietta ricamata di Tibby, Lena con il mio cappello da cowboy e io con i capelli nel foulard rosa di Carmen.

Il cielo e il mare erano così assolutamente immobili che, per quanto strizzassimo gli occhi, non riuscivamo a vedere la linea di demarcazione tra il cielo e il mare, tra il tempo e lo spazio, tra l'acqua e l'aria.

Ho ripensato alle parole di Carmen. Non siamo in un posto o in un tempo. Noi siamo ovunque, qui e là, passato e futuro, unite e separate.

E così siamo rimaste a lungo sedute a guardare in silenzio, perché il confine era invisibile e il colore eterno. E pensando al colore, ho capito quale blu fosse.

Era un blu delicato e cangiante, il blu unico e inconfondibile di un paio di pantaloni lisi.

Pantaloni = Amore

RINGRAZIAMENTI

Prima di tutti e sempre, vorrei ringraziare Jodi Anderson, alla quale va tutta la mia ammirazione.

Dopo quattro libri e sei anni passati insieme, ringrazio la mia squadra alla Random House, con stima e affetto sempre più profondi: Wendy Loggia, Beverly Horowitz, Chip Gibson, Judith Haut, Kathy Dunn, Marci Senders, Daisy Kline, Joan DeMayo, e molti altri che si sono dedicati a questo progetto con tutto il cuore. Grazie a Leslie Morgenstein e alla mia agente e amica, Jennifer Rudolph Walsh. Ci siamo divertiti tutti tantissimo.

Grazie ai miei genitori, Jane Easton Brashares e William Brashares, e ai miei fratelli, Beau, Justin e Ben Brashares. Non puoi scegliere la tua famiglia, si dice, ma io loro li sceglierei.

La mia amorevole riconoscenza a mio marito, Jacob Collins, e ai nostri tre figli, Sam, Nate e Susannah.

Noi quattro, Vere Amiche, decretiamo le regole che governe-
ranno l'uso dei Pantaloni Viaggianti:

1. Non laverai mai i Pantaloni.

2. Non li porterai mai con i risvolti in fondo: i risvolti sono fuori moda e lo rimarranno sempre, nei secoli dei secoli.

3. Non pronuncerai mai la parola "ciccia" al cospetto dei Pantaloni e mai penserai "sono grassa" mentre li indossi.

4. Non permetterai mai a un ragazzo di sfilarti i Pantaloni (ma potrai sfilarteli da sola in sua presenza).

5. Non ti metterai mai le dita nel naso mentre indossi i Pantaloni, ma ti sarà concesso di darti una grattatina disinvolta alle narici quando proprio muori dalla voglia di metterti le dita nel naso.

6. Al momento della nostra riunione, dovrai seguire le procedure previste per documentare il periodo in cui hai portato i Pantaloni:
Sulla gamba sinistra scriverai il posto più eccitante in cui sei stata mentre li indossavi.
Sulla gamba destra scriverai la cosa più importante che ti è successa mentre li indossavi (per esempio, "mentre indossavo i Pantaloni Viaggianti ho baciato il mio secondo cugino Ivan.").

7. Dovrai scrivere alle tue Vere Amiche durante tutta l'estate, per quanto tu possa divertirti da pazzi anche senza di loro.

8. Passerai i Pantaloni alle tue Vere Amiche secondo lo schema prestabilito dalla Vera Amicizia. Il mancato adempimento di tale regola comporterà una severa sculacciata dopo la nostra riunione.

9. Non indosserai i Pantaloni con la cintura né infilandoci dentro la maglietta. (Vedi regola n. 2)

10. Ricorda: Pantaloni = Amore.
Ama le tue amiche. Ama te stessa.

Indice

Finito di stampare nell'agosto 2024
su carta HOLMEN
con fibra vergine proveniente da foreste sostenibili holmen.com/paper
presso Grafica Veneta - via Malcanton, 2 - Trebaseleghe (PD)
Printed in Italy